OUTLANDER

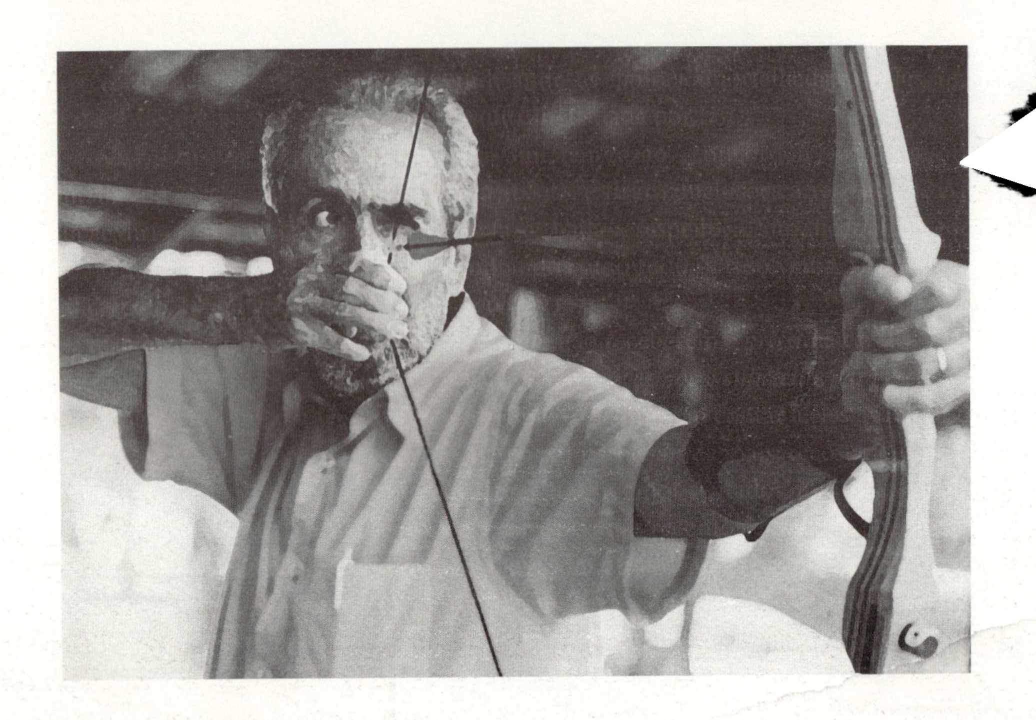

O Arqueiro

Geraldo Jordão Pereira (1938-2008) começou sua carreira aos 17 anos, quando foi trabalhar com seu pai, o célebre editor José Olympio, publicando obras marcantes como *O menino do dedo verde*, de Maurice Druon, e *Minha vida*, de Charles Chaplin.

Em 1976, fundou a Editora Salamandra com o propósito de formar uma nova geração de leitores e acabou criando um dos catálogos infantis mais premiados do Brasil. Em 1992, fugindo de sua linha editorial, lançou *Muitas vidas, muitos mestres*, de Brian Weiss, livro que deu origem à Editora Sextante.

Fã de histórias de suspense, Geraldo descobriu *O Código Da Vinci* antes mesmo de ele ser lançado nos Estados Unidos. A aposta em ficção, que não era o foco da Sextante, foi certeira: o título se transformou em um dos maiores fenômenos editoriais de todos os tempos.

Mas não foi só aos livros que se dedicou. Com seu desejo de ajudar o próximo, Geraldo desenvolveu diversos projetos sociais que se tornaram sua grande paixão.

Com a missão de publicar histórias empolgantes, tornar os livros cada vez mais acessíveis e despertar o amor pela leitura, a Editora Arqueiro é uma homenagem a esta figura extraordinária, capaz de enxergar mais além, mirar nas coisas verdadeiramente importantes e não perder o idealismo e a esperança diante dos desafios e contratempos da vida.

OUTLANDER

ECOS DO FUTURO

LIVRO SETE

DIANA GABALDON

ARQUEIRO

Título original: *An Echo in the Bone*

tradução: Geni Hirata
preparo de originais: Victor Almeida
revisão: Flávia Midori e Luis Américo Costa
diagramação: Valéria Teixeira
capa: DuatDesign
imagens de capa: © Olivier Le Qneinec/ Shutterstock (canhões);
© Nine Ok/ Photodisc/ Getty Images (paisagem)
impressão e acabamento: Associação Religiosa Imprensa da Fé

CIP-BRASIL. CATALOGAÇÃO NA PUBLICAÇÃO
SINDICATO NACIONAL DOS EDITORES DE LIVROS, RJ

G111o Gabaldon, Diana
Outlander: ecos do futuro/ Diana Gabaldon; tradução de
Geni Hirata. São Paulo: Arqueiro, 2019.
912 p.; 16 x 23 cm. (Outlander; 7)

Tradução de: An echo in the bone
Sequência de: Outlander: um sopro de neve e cinzas
ISBN 978-85-8041-964-1

1. Ficção americana. I. Hirata, Geni. II. Título. III. Série.

19-56090 CDD: 813
CDU: 82-3(73)

Rua Funchal, 538 – conjuntos 52 e 54 – Vila Olímpia
04551-060 – São Paulo – SP
Tel.: (11) 3868-4492 – Fax: (11) 3862-5818
E-mail: atendimento@editoraarqueiro.com.br
www.editoraarqueiro.com.br

A todos os meus queridos cachorros:

PENNY LOUISE
TIPPER JOHN
JOHN
FLIP
ARCHIE E ED
TIPPY
SPOTS
EMILY
AJAX
MOLLY
GUS
HOMER E JJ

PRÓLOGO

O corpo é extremamente maleável. O espírito, mais ainda. Mas há alguns estados dos quais você não consegue se recobrar. Não é mesmo, *a nighean*? De fato, o corpo pode ser facilmente mutilado, e o espírito, incapacitado. No entanto, há algo no ser humano que nunca pode ser destruído.

PARTE I

Águas turbulentas

1

ÀS VEZES ELES ESTÃO REALMENTE MORTOS

Wilmington, colônia da Carolina do Norte
Julho de 1776

A cabeça do pirata havia submergido. William ouviu a conversa de um grupo de vagabundos em um cais próximo, especulando se ela seria vista outra vez.

– Não, ele se foi para sempre – disse um mestiço maltrapilho, balançando a cabeça. – Se os jacarés não o levarem, a água fará o serviço.

Um caipira revirou o fumo na boca e cuspiu na água, discordando:

– Não, ele dura mais um dia... talvez dois. Sabe as cartilagens que seguram a cabeça? Elas secam ao sol e ficam duras como ferro. Já vi isso muitas vezes em carcaças de veados.

William viu a sra. MacKenzie lançar um olhar rápido ao porto e, logo em seguida, virar o rosto. *Ela está um pouco pálida*, pensou, tentando bloquear a visão dela dos homens e das águas turvas, apesar de o corpo amarrado à estaca estar naturalmente escondido pela maré alta. A estaca, entretanto, era visível – uma dura lembrança do preço do crime. O pirata fora amarrado ali havia vários dias, para que se afogasse nos baixios. A persistência de seu corpo em decomposição era assunto corrente nas conversas do povo.

– Jem! – chamou o sr. MacKenzie, ríspido, e passou energicamente por William, em direção ao filho.

O menino, ruivo como a mãe, se afastara para ouvir a conversa dos homens e agora se debruçava perigosamente sobre a água, agarrando-se a um poste de amarração na tentativa de ver o pirata morto.

O sr. MacKenzie segurou o garoto pela gola, puxou-o e o levantou nos braços, apesar de o menino se debater, esticando o pescoço na direção do porto alagadiço.

– Quero ver o jacaré comer o pirata, papai!

Os vagabundos riram e até MacKenzie abriu um leve sorriso. Mas o sorriso desapareceu assim que viu sua mulher. Num instante, já estava a seu lado, a mão sob seu cotovelo.

– Acho que devemos ir – disse MacKenzie, ajeitando o peso do filho no colo a fim de apoiar melhor sua mulher, cuja aflição era evidente. – O tenente Ransom, quero dizer, lorde Ellesmere – corrigiu-se, com um sorriso de desculpas para William – sem dúvida tem outros compromissos.

Era verdade. William havia prometido jantar com o pai. Ainda assim, seu pai combinara encontrá-lo na taverna em frente ao cais; não havia como se desencontrarem. William explicou isso e insistiu para que ficassem, pois apreciava a companhia deles – particularmente da sra. MacKenzie –, mas ela sorriu com pesar, embora aparentasse estar melhor, e afagou a cabecinha entoucada do bebê em seus braços.

– Não, nós precisamos ir. – Ela olhou de relance para o filho, ainda se debatendo para descer do colo do pai, e William viu seus olhos relancearem rapidamente na direção do porto e da estaca inflexível que se erguia acima da água. Resoluta, desviou o rosto. – O bebê está acordando; deve estar com fome. Mas foi um prazer encontrá-lo. Gostaria que pudéssemos conversar por mais tempo – disse com sinceridade e tocou levemente no braço dele, causando-lhe uma agradável sensação na boca do estômago.

Os vagabundos agora faziam apostas sobre o reaparecimento do pirata afogado, apesar de nenhum deles parecer ter um tostão furado no bolso.

– Dois para um como ele ainda estará lá quando a maré baixar.

– Cinco para um que o corpo ainda estará lá, mas a cabeça terá ido. Não quero saber do que você disse sobre cartilagens, Lem, que a cabeça dele estaria pendurada por um fio quando a maré baixasse. A próxima vai arrancá-la, você vai ver.

Esperando abafar a conversa, William iniciou uma elaborada despedida, chegando até a beijar a mão da sra. MacKenzie com seus modos mais corteses – e, tomado de inspiração, beijou a mãozinha do bebê também, fazendo todos rirem. O sr. MacKenzie, por sua vez, lançou-lhe um olhar de estranheza, mas não pareceu se ofender. Apertou a mão de William de maneira bastante republicana e levou adiante a brincadeira, colocando seu filho no chão e fazendo o menino apertar sua mão também.

– Você já matou alguém? – perguntou o menino com interesse, olhando para a espada embainhada de William.

– Não, ainda não – respondeu William, sorrindo.

– Meu avô matou duas dúzias de homens!

– Jemmy! – exclamaram os pais simultaneamente, e o menino deu de ombros.

– Matou, *sim*!

– Tenho certeza de que seu avô é um homem forte e corajoso. – William lhe assegurou com ar muito sério. – O rei precisa de homens assim.

– Meu avô diz que o rei pode ir tomar naquele lugar – retrucou o garoto inocentemente.

– JEMMY!

O sr. MacKenzie tapou a boca do filho.

– Você *sabe* que seu avô não falou nada disso! – disse a sra. MacKenzie.

O menino aquiesceu e o pai recolheu a mão.

– Não. Mas vovó, sim.

– Bem, isso é mais provável – murmurou o sr. MacKenzie, obviamente se esforçando para não rir. – Ainda assim, não diga isso para soldados. Eles trabalham para o rei.

– A maré está baixando agora? – indagou o menino, mudando de assunto e esticando o pescoço na direção do porto.

– Não – respondeu o sr. MacKenzie com firmeza. – Só daqui a muitas horas. Você já estará na cama.

A sra. MacKenzie sorriu para William, desculpando-se, as faces encantadoramente ruborizadas de constrangimento, e a família partiu às pressas, deixando William entre o riso e o assombro.

– Ei, Ramson!

Virou-se ao ouvir seu nome, deparando-se com Harry Dobson e Colin Osborn, dois subtenentes de seu regimento, evidentemente de folga e ansiosos para experimentar os prazeres de Wilmington, se assim podiam ser chamados.

– Quem são? – Dobson acompanhou com os olhos o grupo que se afastava, interessado.

– Sr. e sra. MacKenzie. Amigos de meu pai.

– Ah, ela é casada, então? – comentou Dobson, ainda observando a mulher. – Bem, imagino que isso torne as coisas um pouco mais difíceis. Mas o que é a vida sem um desafio?

– Desafio? – William lançou um olhar zombeteiro ao seu diminuto amigo. – O marido dela tem quase três vezes o seu tamanho, caso não tenha notado.

Osborn riu, ruborizando.

– A mulher tem o *dobro* do tamanho dele! Ela iria esmagá-lo, Dobby.

– E o que o faz pensar que eu pretendia ficar por baixo? – indagou Dobson com dignidade.

Osborn vaiou o colega.

– Por que essa obsessão por mulheres grandes? – perguntou William. Olhou para a pequena família, agora quase fora do alcance da vista no final da rua. – Aquela mulher é quase tão alta quanto eu!

– Ah, está tripudiando, hein?

Osborn – que tinha mais estatura que o 1,50 metro de Dobson, mas era uns 30 centímetros mais baixo que William – fingiu mirar um chute no joelho do amigo mais alto. William se esquivou e deu um sopapo em Osborn, que se abaixou e o empurrou contra Dobson.

– Cavalheiros!

O tom de voz ameaçador do sargento Cutter, com seu sotaque popular londrino, os fez parar abruptamente. Podiam ter patente superior ao sargento, mas nenhum deles teria a petulância de ressaltar isso. O batalhão inteiro temia o sargento Cutter, que era bem mais velho e tinha mais ou menos a altura de Dobson, mas continha em seu pequeno corpo a fúria de um grande vulcão em erupção.

– Sargento! – O tenente William Ransom, conde de Ellesmere e oficial de mais alta patente do grupo, empertigou-se, o queixo pressionado contra o lenço do pescoço.

Osborn e Dobson apressadamente o imitaram, as pernas tremendo.

Cutter andou de um lado para outro na frente deles, como um leopardo espreitando a presa. Quase se podia ver a cauda açoitando e o animal lambendo os beiços de expectativa, William pensou. Esperar o ataque era quase pior do que levar uma mordida no traseiro.

– E onde estão suas tropas – vociferou Cutter –, *senhores*?

Osborn e Dobson imediatamente começaram a gaguejar explicações, mas o tenente Ransom – ao menos dessa vez – era inocente.

– Meus homens estão guardando o Palácio do Governador, sob as ordens do tenente Colson. Eu recebi licença para me ausentar, sargento, para jantar com meu pai – respondeu William respeitosamente. – De sir Peter.

Sir Peter Packer era um nome capaz de exercer um poder mágico. Cutter se abrandou no meio do ataque. No entanto, para surpresa de William, não fora o nome de sir Peter que produzira tal reação.

– Seu pai? – perguntou Cutter, estreitando os olhos. – É lorde John Grey, não é?

– Hã... sim – respondeu William com cautela. – O senhor... o conhece?

Antes que Cutter pudesse responder, a porta de uma taverna próxima se abriu e o pai de William surgiu. William sorriu, encantado com a oportuna aparição, mas rapidamente fechou a cara quando o olhar perfurante do sargento se fixou nele.

– Não fique rindo para *mim* como um macaco abobalhado – começou o sargento em tom ameaçador, mas foi interrompido pelo tapinha familiar de lorde John em seu ombro. Um gesto que nenhum dos três jovens tenentes teria ousado ainda que lhes fosse oferecido muito dinheiro.

– Cutter! – exclamou lorde John, sorrindo calorosamente. – Ouvi sua voz e pensei: "Ora, vejam se não é o sargento Aloysius Cutter! Não pode haver outro homem no mundo que pareça tanto com um buldogue que engoliu um gato e viveu para contar."

– *Aloysius?* – enunciou Dobson silenciosamente para William, mas este apenas soltou um breve grunhido em resposta, impossibilitado de dar de ombros, uma vez que seu pai agora voltara sua atenção para ele.

– William – disse lorde John, com um aceno cordial da cabeça. – Você é muito pontual. Desculpe-me por estar tão atrasado. Fui retido.

No entanto, antes que William pudesse retrucar qualquer coisa ou apresentar os outros, o pai iniciara uma extensa série de reminiscências com o sargento Cutter, relembrando os velhos tempos nas planícies de Abraham com o general Wolfe.

Isso permitiu que os três jovens oficiais relaxassem um pouco, o que, no caso de Dobson, significava um retorno à sua linha de pensamento anterior.

– Você disse que aquela boneca de cabelos ruivos era amiga de seu pai? – sussurrou para William. – Descubra com ele onde ela está hospedada.

– Idiota – sibilou Osborn. – Ela nem é bonita! Tem o nariz reto e comprido como... como... o de Willie!

– Não cheguei a ver seu rosto – disse Dobson, sorrindo afetadamente. – Já seus peitos estavam exatamente na altura dos meus olhos, e *esses*...

– Imbecil!

– Shh! – Osborn pisou no pé de Dobson para fazê-lo se calar quando lorde John se voltou novamente para os rapazes.

– Não vai me apresentar seus amigos, William? – perguntou.

Um pouco ruborizado – tinha razões para achar que o pai possuía uma audição aguçada, apesar de suas experiências na artilharia –, William os apresentou. Osborn e Dobson se inclinaram, com admiração e reverência. Eles até então não sabiam quem seu pai era e William se sentiu imediatamente orgulhoso ao vê-los impressionados e ligeiramente consternados por terem descoberto a sua identidade. Todo o batalhão já estaria sabendo antes do jantar do dia seguinte. Não que sir Peter não soubesse, é claro, mas...

William interrompeu suas divagações ao ver que o pai se despedia por ambos e retribuiu a continência do sargento, apressadamente mas de maneira correta, antes de seguir o pai e abandonar Dobby e Osborn à própria sorte.

– Eu o vi conversando com o sr. e a sra. MacKenzie – comentou lorde John. – Eles estão bem? – Lançou um olhar pelo cais, mas os MacKenzies já haviam desaparecido de vista.

– Parece que sim – respondeu William.

Ele *não* iria perguntar onde os MacKenzies estavam hospedados, mas a impressão que a jovem mulher lhe causara persistia. Não sabia dizer se ela era bonita ou não. Seus olhos, entretanto, o haviam cativado: de um lindo tom azul-escuro, com longas pestanas castanho-avermelhadas, fixaram-se nele com uma intensidade lisonjeira que enterneceu o fundo de seu coração. Grotescamente alta, é claro, mas... O que ele estava pensando? A mulher era casada, e com filhos! E, ainda por cima, era ruiva.

– Você... os conhece há muito tempo? – perguntou William ao pai, pensando nos surpreendentes sentimentos políticos avessos que evidentemente prosperavam na família.

– Há bastante tempo. Ela é filha de um dos meus amigos mais antigos, sr. James Fraser. Lembra-se dele?

William franziu a testa, sem conseguir situar o nome. Seu pai tinha milhares de amigos, como ele poderia...?

– Ah! – exclamou. – É um inglês? Não foi um sr. Fraser que nós visitamos nas montanhas, naquela ocasião em que o senhor adoeceu com... com sarampo?

Sentiu um aperto no fundo do estômago, lembrando-se do absoluto terror daquela época. Ele tinha atravessado as montanhas aturdido e infeliz; sua mãe havia morrido apenas um mês antes. Então lorde John pegara sarampo e William tivera certeza de que seu pai iria morrer também, deixando-o sozinho naquela região inóspita. Não havia espaço em sua mente para nada além de medo e pesar, e ele guardara apenas um amontoado confuso de impressões da visita. Tinha uma vaga recordação de que o sr. Fraser o levara para pescar e fora muito gentil com ele.

– Sim – respondeu o pai, com um sorriso enviesado. – Estou enternecido, Willie. Imaginava que você se recordasse daquela visita mais por causa de suas desventuras do que pelas minhas.

– Des... – A lembrança o inundou no mesmo instante, seguida por uma onda de calor mais quente que o ar úmido de verão. – Muito obrigado! Eu havia conseguido expurgar isso da minha memória até você mencionar!

Seu pai ria, sem fazer nenhuma tentativa de esconder o fato. Na realidade, ele gargalhava.

– Desculpe-me, William – disse, arquejando e enxugando os olhos com a ponta de seu lenço. – Não consigo me conter. Foi a mais... a mais... ah, meu Deus, nunca vou me esquecer da sua cara quando o retiramos daquela latrina!

– Você *sabe* que foi um acidente – falou William em voz baixa.

Suas faces ardiam com a mortificante recordação. Ao menos a filha de Fraser não estava presente para testemunhar sua humilhação na época.

– Sim, claro. Mas... – Seu pai pressionou o lenço contra a boca, os ombros se sacudindo levemente.

– Fique à vontade para interromper o cacarejo a qualquer momento que quiser – disse William friamente. – Aonde estamos indo, aliás?

Haviam alcançado o fim do cais. Ainda resfolegando como uma orca, o pai os conduzia a uma das ruas tranquilas, arborizadas, longe das tavernas e das hospedarias próximas ao porto.

– Vamos jantar com o capitão Richardson – disse o pai, controlando-se com visível esforço. Ele tossiu, assoou o nariz e guardou o lenço. – Na casa do sr. Bell.

A casa do sr. Bell era caiada, bonita e próspera, sem ser pomposa. O capitão Richardson dava o mesmo tipo de impressão: de meia-idade, bem-arrumado e com roupas de corte impecável, mas sem nenhum estilo notável e com um rosto que não se poderia distinguir em uma multidão dois minutos depois de visto.

As duas senhoritas Bell causavam uma impressão bem maior, particularmente a mais jovem, Miriam, cujos cachos cor de mel espreitavam para fora da touca. Seus olhos grandes e redondos permaneceram fixos em William durante todo o jantar.

Miriam estava muito longe para ele poder conversar com ela, mas a linguagem do olhar era suficiente para indicar que o fascínio era mútuo. Se uma oportunidade de comunicação mais pessoal se apresentasse mais tarde... Um sorriso e um recatado abaixar de pestanas, seguidos de um rápido olhar na direção da porta aberta para a varanda lateral, para arejar a sala. Ele retribuiu o sorriso.

– Você acha que sim, William? – perguntou o pai, alto o suficiente para indicar que era a segunda vez que perguntava.

– Ah, sem dúvida. Humm... Acho o quê? – indagou William, já que se tratava de seu pai, e não de um comandante.

Seu pai lhe lançou um olhar que significava que ele teria revirado os olhos se não estivessem em público, mas respondeu pacientemente:

– O sr. Bell perguntava se sir Peter pretende permanecer bastante tempo em Wilmington.

O sr. Bell, à cabeceira da mesa, inclinou-se educadamente, apesar de William observar que ele meio estreitava os olhos na direção de Miriam. Talvez devesse voltar para uma visita amanhã, pensou, quando o sr. Bell estaria em seu local de trabalho.

– Acredito que permaneceremos aqui por pouco tempo – disse respeitosamente ao sr. Bell. – Entendo que os principais problemas estão no interior da colônia. Assim, sem dúvida, devemos partir sem demora para reprimi-los.

O sr. Bell pareceu satisfeito, mas William percebeu pelo canto do olho o gracioso biquinho de insatisfação que Miriam fez à ideia de sua iminente partida.

– Ótimo, ótimo – comentou Bell jovialmente. – Sem dúvida, centenas de legalistas acorrerão para se juntarem à sua marcha.

– Certamente, senhor – murmurou William, tomando mais uma colherada de sopa.

Duvidava que o sr. Bell estaria entre eles. Pelo visto, não era do tipo que se une à luta. E não que a ajuda de um bando de provincianos sem treinamento, armados com pás, pudesse ser útil. Mas ele certamente não podia argumentar isso.

William, tentando ver Miriam sem encará-la, interceptou o relance de um olhar entre seu pai e o capitão Richardson e, pela primeira vez, começou a se indagar. Seu pai anunciara claramente que iriam jantar com o capitão Richardson, querendo dizer que um encontro com o capitão era o objetivo da noite. Por quê?

Então captou um olhar da srta. Lillian Bell, sentada à sua frente, ao lado de seu pai, e parou de pensar no capitão. De olhos escuros, mais alta e mais esbelta do que a irmã – mas certamente uma jovem muito bonita, ele percebia agora.

Ainda assim, quando a sra. Bell e suas filhas se levantaram e os homens se retiraram para a varanda após o jantar, William não ficou surpreso de se encontrar em uma das extremidades com o capitão Richardson, enquanto seu pai envolvia o sr. Bell em uma animada discussão sobre os preços do alcatrão na outra ponta. O pai conseguia conversar com qualquer pessoa sobre qualquer assunto.

– Tenho uma proposta para você, tenente – disse Richardson depois que as cordialidades de costume foram trocadas.

– Sim, senhor – respondeu William respeitosamente.

Sua curiosidade aumentava. Richardson era um capitão da cavalaria ligeira, mas no momento não estava com seu regimento; isso ele havia revelado durante o jantar, dizendo displicentemente que fora destacado para um serviço à parte. Destacado para quê?

– Não sei quanto seu pai lhe falou sobre a minha missão...

– Nada, senhor.

– Ah. Estou no serviço de inteligência, encarregado de reunir informações no Departamento do Sul. Não que eu esteja no comando de tais operações, sabe... – O capitão sorriu com modéstia. – Apenas de uma pequena parte.

– Reconheço o grande valor de tais operações, senhor – disse William, tentando ser diplomático –, mas eu...

– Não tem nenhum interesse em espionagem. Não, claro que não. – Estava escuro na varanda, mas a frieza do tom de voz do capitão era evidente. – Poucos homens que se consideram soldados têm.

– Sem ofensa, senhor.

– Não se preocupe. Eu não estou, entretanto, recrutando-o como espião. É uma ocupação delicada e que envolve algum perigo. Em vez disso, gostaria de recrutá-lo como mensageiro. Embora, caso surja a oportunidade de atuar como agente de espionagem ao longo do caminho... Bem, isso seria uma contribuição muito apreciada.

William sentiu o sangue subir a seu rosto com a insinuação de que não seria capaz de lidar com missões delicadas e perigosas, mas controlou a raiva, dizendo apenas:

– Sim?

O capitão, ao que parecia, havia reunido informações importantes referentes às condições locais nas Carolinas e queria enviá-las ao comandante do Departamento do Norte, general Howe, no momento em Halifax.

– Naturalmente, enviarei mais de um mensageiro – disse Richardson. – Sem dúvida, é mais rápido de navio, mas quero ter ao menos um mensageiro viajando por terra, tanto por segurança quanto para coletar observações *en route*. Seu pai enaltece muito suas qualidades, tenente – teria detectado um tom de zombaria naquela voz seca? –, e fui informado de que já viajou extensamente pela Carolina do Norte e pela Virgínia. É um atributo valioso. Há de concordar que não quero ver meu mensageiro desaparecer no Grande Pântano para nunca mais ser visto.

– Rá-rá-rá. Certamente – comentou William com educação, interpretando a preocupação de Richardson como uma pilhéria.

Obviamente, o capitão Richardson nunca estivera perto do Grande Pântano; William havia estado, embora achasse que ninguém em seu juízo perfeito iria naquela direção intencionalmente, a não ser para caçar.

Ele também tinha sérias dúvidas quanto à sugestão de Richardson, embora, ao mesmo tempo que dizia a si mesmo que não deveria considerar deixar seu regimento, já acalentasse uma visão romântica de si mesmo, sozinho na imensidão deserta, levando notícias importantes através de tempestades e perigos.

Ainda mais digno de consideração, entretanto, era o que ele poderia esperar do outro lado da jornada.

Richardson se adiantou à sua pergunta, respondendo-a antes que ele a pronunciasse:

– Uma vez no Norte, você poderia se juntar ao exército do general Howe. Isto é, se lhe convier.

Ora, ora, pensou William. Ali estava o prêmio, e bastante atraente. Sabia que a parte do "se lhe convier" se referia ao general Howe, não a ele. Mas tinha confiança na própria capacidade e achou que talvez pudesse ser útil.

Estivera na Carolina do Norte apenas por alguns dias, mas fora o suficiente para fazer uma avaliação precisa das chances de progresso entre o Departamento do Norte e o do Sul. Todo o Exército Continental estava com Washington no Norte; a rebelião do Sul consistia em bolsões problemáticos de habitantes do interior e milícias improvisadas. Não chegavam a ser uma ameaça real. E quanto ao status relativo de sir Peter e do general Howe como comandantes...

– Capitão, se possível, gostaria de pensar em sua proposta – sugeriu, esperando que sua voz não traísse sua ansiedade. – Posso dar minha resposta amanhã?

– Sem dúvida. Imagino que queira discutir as perspectivas com seu pai.

O capitão, então, deliberadamente mudou de assunto e, em poucos instantes, lorde John e o sr. Bell se reuniram a eles e a conversa passou para assuntos gerais.

William prestava pouca atenção no que diziam. Sua atenção fora atraída pela visão de duas figuras esbeltas e brancas que pairavam como fantasmas em meio aos arbustos nos limites externos do pátio. Duas cabeças em toucas brancas se aproximavam uma da outra, depois se afastavam. De vez em quando, uma delas se virava brevemente para a varanda com o que parecia um ar especulativo.

– "E quanto às suas vestes, eles tiraram a sorte" – murmurou seu pai.

– O quê?

– Nada. – Seu pai sorriu e se virou para o capitão Richardson, que acabara de fazer um comentário sobre o tempo.

Vaga-lumes iluminavam o pátio, perambulando como faíscas verdes em meio às plantas úmidas e exuberantes. Era bom ver vaga-lumes outra vez; sentira falta deles na Inglaterra – e daquela suavidade particular do ar do Sul que fazia o sangue latejar nas pontas de seus dedos. Grilos cricrilavam ao redor e, por um momento, seu canto pareceu abafar tudo mais, salvo o som de sua pulsação.

– O café está servido, cavalheiros.

A voz suave da escrava dos Bells atravessou a leve agitação de seu sangue e ele entrou com os outros homens, lançando apenas um olhar de relance na direção do pátio. As figuras haviam desaparecido, mas uma sensação de promessa permanecia no ar morno e suave.

Uma hora mais tarde, ele se viu caminhando de volta em direção a seu alojamento, os pensamentos agradavelmente confusos, seu pai em silêncio a seu lado.

A srta. Lillian Bell lhe concedera um beijo entre os vaga-lumes no final da noite, casto e fugaz, mas nos lábios, e o denso ar do verão lembrava café e morangos maduros, a despeito do aroma úmido e penetrante do porto.

– O capitão Richardson me falou da proposta que lhe fez – disse lorde John de maneira descontraída. – Está interessado?

– Não sei – respondeu William, com igual descontração. – Eu sentiria falta dos meus homens, é claro, mas...

A sra. Bell insistira para que ele fosse tomar chá mais para o final da semana.

– Há pouca permanência na vida militar – disse o pai, balançando levemente a cabeça. – Eu avisei.

William concordou com um breve resmungo, sem prestar atenção de fato.

– Uma boa oportunidade para progredir na carreira – afirmou o pai, acrescentando casualmente: – Embora haja algum perigo na proposta.

– O quê? – zombou William ao ouvir isso. – Cavalgar de Wilmington para pegar um navio em Nova York? Há uma estrada por quase todo o caminho!

– E muitos habitantes locais – ressaltou lorde John. – Todo o exército do general Washington está neste lado da Filadélfia, se as notícias que tive estão corretas.

William deu de ombros.

– Richardson disse que me queria porque eu conhecia a região. Posso me orientar muito bem sem estradas.

– Tem certeza? Faz quatro anos que você não vai à Virgínia.

O tom de dúvida de lorde John aborreceu William.

– Acha que não sou capaz de encontrar o caminho?

– De modo algum – respondeu o pai, ainda com o tom de dúvida na voz. – Mas os riscos dessa proposta não são poucos; não gostaria de vê-lo assumir essa missão sem as devidas considerações.

– Bem, já pensei a respeito – comentou William, ofendido. – Vou aceitar.

Lorde John caminhou mais alguns passos em silêncio, depois balançou a cabeça, com relutância.

– A decisão é sua, Willie – retrucou. – Mas eu ficaria muito agradecido se você tomasse cuidado.

O aborrecimento de William se desfez no mesmo instante.

– Claro que tomarei – disse, com a voz embargada.

Continuaram a andar sob o manto escuro de bordos e nogueiras, calados, tão próximos que seus ombros se roçavam de vez em quando. Na estalagem, William desejou uma boa noite a lorde John, mas não retornou ao próprio quarto. Em vez disso, perambulou pelo cais, agitado demais para ir dormir.

A maré virara e estava bem baixa. O cheiro de peixes mortos e algas em decomposição era forte, embora um plácido lençol de água ainda cobrisse os baixios, silenciosos ao luar minguante. Levou um instante para encontrar a estaca. Por um segundo, pensou que ela tivesse desaparecido, mas não. Lá estava, uma linha escura e fina contra o reflexo da água. Vazia.

A estaca já não estava ereta, mas pronunciadamente inclinada, como se estivesse prestes a cair, com um fino laço de corda pendente, flutuando como o laço de forca de um carrasco na maré vazante. William sentiu uma inquietação visceral. A maré não teria levado o corpo inteiro. Alguns diziam que havia jacarés ou crocodilos ali, embora ele nunca tivesse visto um. Olhou para baixo involuntariamente, como se um desses répteis pudesse dar um bote aos seus pés. O ar ainda estava quente, mas um leve calafrio o percorreu.

Tentou se livrar da sensação e se virou na direção de seu alojamento. Ainda teria um ou dois dias antes de iniciar a viagem, e imaginou se deveria ir ver a sra. MacKenzie antes de partir.

Lorde John se demorou um pouco na varanda da estalagem, observando seu filho desaparecer nas sombras das árvores. Tinha algumas inquietações. A questão fora acertada com mais urgência do que gostaria, mas ele confiava na capacidade de William. E, embora o acordo tivesse seus riscos, isso fazia parte da natureza da vida de um soldado. Contudo, algumas situações eram mais arriscadas do que outras.

Hesitou, ouvindo o burburinho do salão do bar no interior da estalagem, mas já tivera companhia suficiente por aquela noite e a ideia de ficar se virando de um lado para outro sob o teto baixo de seu quarto, sufocante com o calor acumulado do dia, o fez decidir caminhar um pouco até que o cansaço físico assegurasse um bom sono.

Não era apenas o calor, refletiu, deixando a varanda e partindo na direção oposta à de William. Ele se conhecia muito bem para saber que mesmo o aparente sucesso de seu plano não iria evitar que ficasse acordado, preocupando-se como um cachorro com o osso, procurando os pontos fracos, buscando formas de melhorá-lo. Afinal, William não iria partir imediatamente; havia algum tempo para refletir, fazer alterações, se necessário.

O general Howe, por exemplo. Teria sido a melhor escolha? Talvez Clinton... mas não. Henry Clinton era um velho rabugento, que não mexia um pé sem ordens em três vias.

Os irmãos Howe – um general, outro almirante – eram reconhecidos pela rispidez. Ambos tinham os modos e o cheiro de javalis no cio. Mas nenhum dos dois era burro, e Deus sabia que não eram tímidos. Grey considerava William capaz de sobreviver às maneiras rudes e às palavras ríspidas. E um comandante dado a cuspir no chão – Richard Howe certa vez cuspira no próprio Grey, embora sem querer, devido a uma súbita mudança da direção do vento – possivelmente era mais fácil para um jovem subalterno do que as idiossincrasias de alguns militares que Grey conhecia.

Embora os mais peculiares da fraternidade da espada fossem preferíveis aos diplomatas. Perguntou-se distraidamente qual seria o coletivo de diplomatas. Se os escritores formavam a fraternidade da pena e um bando de lobos era denominado alcateia... uma corja de diplomatas, talvez? Irmãos de diplomacia? Não, decidiu. Óbvio demais. Fraternidade do tédio, mais adequado. Embora, às vezes, os que não eram maçantes pudessem ser perigosos.

Sir George Germain era uma exceção: maçante *e* perigoso.

Perambulou para cima e para baixo das ruas da cidade por algum tempo, na esperança de se cansar antes de voltar para o quarto pequeno e abafado. O céu estava baixo e soturno, com relâmpagos cintilando entre as nuvens, e o ar estava úmido. Ela já devia estar em Albany, não menos úmida e infestada de insetos, porém um pouco mais fresca, e próxima às belas e escuras florestas das Adirondacks. Ainda assim, não se arrependia de sua apressada viagem a Wilmington. Willie fora selecionado; isso era importante. E a irmã de William, Brianna...

Estacou por um instante, os olhos cerrados, revivendo o momento de transcendência e aflição que experimentara naquela tarde vendo os dois juntos no que seria o seu único encontro, para sempre. Ele mal conseguira respirar, os olhos fixos nas duas figuras altas, aqueles rostos bonitos, ousados, tão parecidos – e ambos tão semelhantes ao homem que se postara a seu lado, imóvel, mas, ao contrário de Grey, sorvendo grandes haustos de ar, como se temesse nunca mais conseguir respirar outra vez.

Grey esfregou distraidamente o dedo anular da mão esquerda, ainda não acostumado com a ausência do anel. Jamie Fraser e ele haviam feito o possível para proteger os que amavam. Apesar da melancolia, sentia-se reconfortado com a ideia de estarem unidos nesse parentesco de responsabilidade.

Será que algum dia voltarei a me encontrar com Brianna Fraser MacKenzie?, perguntou-se. Ela dissera que não e parecera tão triste com o fato quanto ele.

– Que Deus a abençoe, minha filha – murmurou ele enquanto se virava na direção do porto.

Iria sentir muito a falta dela, mas, assim como acontecia em relação a Willie, seu alívio de saber que ela logo estaria longe de Wilmington e fora de perigo sobrepujava sua sensação de perda.

Olhou para a água quando saiu no cais e suspirou aliviado ao ver a estaca vazia. Não compreendera suas razões para fazer o que fizera, mas ele conhecia seu pai – e seu irmão também, aliás – havia muito tempo para se enganar com a teimosa convicção que vira naqueles felinos olhos azuis. Assim, conseguira o pequeno barco que ela pedira e permanecera no ancoradouro com o coração na boca, pronto para criar uma distração, enquanto seu marido remava, levando-a na direção do pirata amarrado à estaca.

Ele já vira muitos homens morrerem, em geral a contragosto, às vezes com resignação. Nunca vira alguém partir com tão apaixonada gratidão no olhar. Grey pouco conhecia Roger MacKenzie, mas suspeitava que se tratava de um homem extraordinário, tendo não só sobrevivido ao casamento com aquela criatura fabulosa e perigosa como gerado dois filhos com ela.

Balançou a cabeça e se dirigiu de volta à estalagem. Poderia esperar mais duas semanas até responder à carta de Germain, que ele tinha furtado do malote diplomático ao ver o nome de William na missiva. Então escreveria que, quando a carta fora recebida, lorde Ellesmere estava em algum lugar da vastidão deserta entre a Carolina do Norte e Nova York e, assim, não pôde ser informado de que ele era chamado de volta à Inglaterra, embora Grey estivesse certo de que Ellesmere lamentaria profundamente ter perdido a oportunidade de fazer parte da equipe de sir George quando recebesse a notícia, meses depois. Uma pena.

Começou a assoviar "Lillibulero" e acelerou o passo de volta à estalagem, sentindo-se mais animado. Parou no bar e pediu que uma garrafa de vinho fosse levada a seu quarto. Foi informado pela atendente que um "cavalheiro" já subira com uma garrafa.

– E dois copos – acrescentou, sorrindo para ele. – Então, suponho que ele não pretenda beber tudo sozinho.

Grey sentiu algo como uma centopeia correr pela sua espinha.

– Desculpe – falou. – Você disse que há um cavalheiro em meu quarto?

– Sim, senhor – confirmou ela. – Contou que é um velho amigo seu.... Na verdade, ele mencionou seu nome... – Franziu a testa por um instante. Em seguida, seu semblante se desanuviou. – Bou-chau, ou algo assim. Parecia um nome francês. E o cavalheiro também parecia afrancesado. Deseja alguma coisa para comer também, senhor?

– Não, obrigado.

Ele a dispensou com um aceno de mão e subiu as escadas, pensando rapidamente se havia deixado em seu quarto alguma coisa que não deveria. Um francês chamado Bou-chau... *Beauchamp*. O nome atravessou sua mente como um relâmpago. Estacou por um instante no meio da escada, em seguida retomou a subida, mais devagar.

Claro que não... mas quem mais poderia ser? Quando saíra da ativa, há alguns anos, começara a vida diplomática como membro da Black Chamber inglesa, uma obscura organização encarregada de interceptar e decodificar a correspondência diplomática oficial – e mensagens muito menos oficiais que fluíam entre os governos da Europa. Cada um desses governos possuía a própria Black Chamber e não era incomum que os membros conhecessem seus pares. Nunca se conheciam pessoalmente, mas os reconheciam pela assinatura, pelas iniciais ou pelas observações escritas nas margens.

Beauchamp fora um dos agentes franceses mais ativos. Grey cruzara com ele várias vezes ao longo dos anos, muito embora seus próprios dias na Black Chamber já estivessem no passado. Se ele conhecia Beauchamp de nome, era razoável supor que o sujeito também o conhecesse. Mas eles nunca haviam se encontrado pessoalmente, e para tal encontro ocorrer *ali*...

Tocou o bolso secreto em seu casaco e se tranquilizou com o estalido abafado de papel. Hesitou no topo da escada, mas de nada adiantava ser furtivo; era esperado. Com passos firmes, desceu o corredor e girou a maçaneta de porcelana branca de sua porta, a louça lisa e fria sob seus dedos.

Uma onda de calor o envolveu e ele arfou involuntariamente. Ainda bem, pois isso o impediu de proferir a blasfêmia que saltara aos seus lábios.

O cavalheiro que ocupava a única cadeira do aposento era realmente "afrancesado": seu traje muito bem cortado, realçado por cascatas de renda branca como neve na garganta e nos punhos, os sapatos com fivelas de prata que combinavam com os cabelos nas têmporas.

– Sr. Beauchamp – disse Grey, fechando lentamente a porta atrás de si. Suas roupas de baixo, úmidas de suor, estavam grudadas na pele. Ele podia sentir a pulsação latejando nas têmporas. – Temo que tenha me surpreendido em desvantagem.

Perseverance Wainwright sorriu muito levemente.

– Prazer em vê-lo, John.

Grey mordeu a língua para evitar dizer qualquer coisa insensata. Depois de muito pensar, optou por uma inofensiva saudação.

– Boa noite – disse, erguendo uma das sobrancelhas com ar de interrogação. – *Monsieur* Beauchamp?

– Ah, sim.

Percy fez menção de se levantar, mas Grey abanou a mão para que permanecesse sentado e foi pegar um banquinho, esperando que os segundos ganhos lhe permitissem recobrar o autocontrole. Vendo que não adiantaram, procurou ganhar mais um tempo abrindo a janela e ficou ali parado, inspirando o ar úmido e denso, antes de se virar e tomar seu assento.

– Como isso aconteceu? – perguntou, fingindo descontração. – Beauchamp, quero dizer. Ou se trata apenas de um *nom de guerre*?

– Ah, não. – Percy pegou seu lenço de renda e delicadamente enxugou a testa. Grey percebeu que seu cabelo começava a rarear. – Casei-me com uma das irmãs do barão Amandine. O nome da família é Beauchamp e eu o adotei. O relacionamento facilitava a entrada em determinados círculos políticos, dos quais...

Ele deu de ombros graciosamente e fez um gesto delicado que abrangia sua carreira na Black Chamber – e sem dúvida em outros lugares.

– Parabéns pelo casamento – disse Grey, sem se dar ao trabalho de disfarçar a ironia na voz. – Com quem você está dormindo: com o barão ou com a irmã?

Percy pareceu achar graça.

– Ambos, de vez em quando.

– Juntos?

O sorriso se alargou. Seus dentes ainda eram bons, Grey notou, embora um pouco manchados pelo vinho.

– De vez em quando. Embora Cecile, minha mulher, realmente prefira as atenções de sua prima Lucienne e eu prefira as atenções do ajudante do jardineiro. Um homem adorável chamado Emile; me lembra um pouco você... em seus anos de juventude. Esbelto, louro, musculoso e viril.

Para seu espanto, Grey sentiu vontade de rir. Em vez disso, disse secamente:

– Soa extremamente francês. Tenho certeza de que lhe convém. O que deseja?

– É mais uma questão do que *você* deseja, eu acho. – Percy ainda não havia bebido nada do vinho; pegou a garrafa e serviu a bebida cuidadosamente, o líquido vermelho borbulhando, escuro, contra os copos. – Ou talvez eu deva dizer "o que a Inglaterra deseja". – Estendeu um copo a Grey, sorrindo. – Pois dificilmente se podem separar os interesses próprios dos interesses do país, não é? Na verdade, confesso que você sempre me pareceu *ser* a Inglaterra, John.

Grey gostaria que ele não usasse seu primeiro nome, mas proibi-lo só iria enfatizar a lembrança da intimidade dos dois – que era, é claro, a intenção de Percy. Resolveu ignorar isso e tomou um pequeno gole do vinho, que era bom. Perguntou-se se ele teria pagado. E, se tivesse, como.

– O que a Inglaterra deseja – repetiu, cético. – E qual é sua impressão do que a Inglaterra quer?

Percy tomou um gole do vinho e o reteve na boca, saboreando-o, antes de finalmente engolir.

– Não é propriamente um segredo, não é, meu caro?

Grey suspirou e olhou fixamente para ele.

– Você viu essa "Declaração de Independência" publicada pelo chamado Congresso Continental? – perguntou Percy, enfiando a mão em uma sacola de couro que pendurara nas costas da cadeira. De lá retirou um maço de papéis dobrados, que entregou a Grey.

Grey não tinha visto o documento em questão, embora certamente tivesse ouvido falar dele. Fora impresso havia apenas duas semanas, na Filadélfia, mas as cópias haviam se espalhado pelas colônias como ervas daninhas carregadas pelo vento. Erguendo uma das sobrancelhas para Percy, desdobrou as folhas e passou os olhos rapidamente por elas.

– O rei é um tirano? – perguntou, quase rindo do ultraje de alguns dos sentimentos mais extremos do documento. Dobrou as folhas e as atirou sobre a mesa. – E, se eu sou a Inglaterra, imagino que você seja a personificação da França, para fins desta conversa.

– Represento certos interesses do país – respondeu Percy calmamente. – E do Canadá.

Isso fez soar o alarme. Grey havia lutado no Canadá com Wolfe e tinha plena consciência de que, apesar de terem perdido grande parte de suas possessões na América do Norte, os franceses continuavam ferozmente entrincheirados nas regiões ao norte, de Ohio Valley a Quebec. Perto o bastante para causar problemas agora? Achava que não. Mas não descartaria nada dos franceses nem de Percy.

– A Inglaterra quer um fim rápido desta bobajada, obviamente. – A mão longa e magra de Percy apontou na direção do documento. – O Exército Continental, como o chamam, é uma frágil associação de homens sem experiência e com ideias conflitantes. E se eu lhe fornecesse informações que poderiam ser usadas para afastar um dos principais oficiais de Washington de sua lealdade?

– A pergunta é outra – retrucou Grey, sem fazer nenhum esforço para esconder o ceticismo em sua voz. – De que forma isso beneficiaria a França ou seus interesses, que tomo a liberdade de achar que não são completamente idênticos?

– Vejo que o tempo não abrandou seu cinismo natural, John. Um de seus traços menos atraentes... Não sei se já mencionei isso a você.

Grey arregalou ligeiramente os olhos e Percy suspirou.

– Terras, é isso – respondeu Percy. – O Território Noroeste. Nós o queremos de volta.

Grey soltou uma risada curta.

– Imagino que sim.

O território em questão, uma grande extensão a noroeste do vale do rio Ohio, fora cedido à Grã-Bretanha pela França no fim da guerra entre franceses e índios. A Inglaterra, entretanto, não ocupara as terras e impedira a expansão colonial naquela direção, devido à resistência armada dos nativos e da presente negociação de tratados com eles. Os colonos não estavam satisfeitos com isso. O próprio Grey havia encontrado alguns desses nativos e estava inclinado a achar a posição do governo britânico tanto razoável quanto honrosa.

– Os comerciantes franceses têm extensas ligações com os aborígines naquela área; vocês não têm nenhuma.

– Os comerciantes de peles de animais sendo alguns dos... interesses... que você representa?

– Não os principais interesses – Percy sorriu abertamente. – Mas alguns.

Grey não se deu ao trabalho de perguntar por que Percy o estava abordando – um diplomata notoriamente aposentado, sem nenhuma influência em particular – com essa questão. Percy conhecia o poder da família e das ligações de Grey da época de seu relacionamento pessoal. "Monsieur Beauchamp" sabia muito mais a respeito de suas atuais conexões pessoais através da rede de informações que alimentava as Black Chambers da Europa. Grey não podia interferir na questão, é claro. Mas estava bem situado para levar a oferta discretamente à atenção daqueles que podiam.

Sentiu cada pelo de seu corpo se eriçar, alerta ao perigo.

– Seria necessário mais do que a sugestão, é claro – disse friamente. – O nome do oficial em questão, por exemplo.

– Não cabe a mim informar. Não agora. Mas quando uma negociação for aberta...

Grey já estava imaginando a quem deveria levar essa proposta. Não a sir George Germain. Ao gabinete de lorde North? Mas isso podia esperar.

– E os *seus* interesses? – perguntou Grey com rispidez. Ele conhecia bem Percy Wainwright para saber que haveria algum aspecto do caso que o beneficiaria.

– Ah, sim. – Percy tomou um pequeno gole do vinho, baixou o copo e olhou calmamente para Grey. – Muito simples, na verdade. Fui encarregado de encontrar um homem. Conhece um cavalheiro escocês chamado James Fraser?

Grey sentiu o fundo de seu copo trincar e cortar sua mão. No entanto, continuou a segurá-lo. Com muito cuidado, tomou um gole do vinho, agradecendo a Deus, primeiro, por nunca ter mencionado o nome de Jamie Fraser a Percy e, segundo, por Fraser ter ido embora de Wilmington naquela tarde.

– Não – respondeu calmamente. – O que você quer com esse sr. Fraser?

Percy deu de ombros e sorriu.

– Só uma ou duas perguntas.

Grey podia sentir o sangue vazando do corte na palma de sua mão. Segurando cuidadosamente os pedaços do copo quebrado, sorveu o resto do vinho. Percy permaneceu em silêncio, bebendo com ele.

– Minhas condolências pelo falecimento de sua esposa – disse Percy brandamente. – Sei que ela...

– Você não sabe nada – retrucou Grey asperamente.

Inclinou-se para a frente e colocou o copo quebrado sobre a mesa; a taça rolou sem direção, a borra do vinho espalhando-se pelo vidro.

– Absolutamente nada. Nem sobre minha mulher, nem sobre mim.

Percy ergueu levemente os ombros. *Como quiser*, o gesto dizia. No entanto, seus olhos – ainda eram bonitos, desgraçado, escuros e meigos – se demoraram sobre Grey com o que parecia um sentimento genuíno.

Grey suspirou. Sem dúvida, *era* genuíno. Percy não era confiável, mas o que ele andara fazendo fora por fraqueza, não por malícia ou mesmo insensibilidade.

– O que você quer? – repetiu.

– Seu filho – começou Percy.

Grey se virou subitamente para ele. Agarrou Percy pelo ombro com tanta força que o sujeito soltou uma pequena arfada e se retesou. Grey se inclinou, olhando tão de perto no rosto de Wainwright/Beauchamp que sentiu o calor do hálito do sujeito em sua face e o cheiro de sua água-de-colônia. Ele estava sujando o casaco de Wainwright de sangue.

– Na última vez que o vi – disse Grey muito calmamente –, estive muito perto de colocar uma bala em sua cabeça. Não me dê motivo para lamentar meu autocontrole.

Fique longe do meu filho, fique longe de mim. E, se quiser um conselho bem-intencionado, volte para a França. Depressa.

Girando nos calcanhares, saiu, fechando a porta com firmeza às suas costas.

Já estava no meio da rua quando percebeu que deixara Percy em seu quarto.

– Para o inferno com ele – murmurou e saiu batendo os pés para pedir ao sargento Cutter uma vaga de alojamento para passar a noite. Pela manhã, iria se certificar de que a família Fraser e William estavam todos a salvo longe de Wilmington.

2

E ÀS VEZES NÃO ESTÃO

Lallybroch
Inverness-shire, Escócia
Setembro de 1980

– *Estamos vivos* – disse Brianna MacKenzie com voz trêmula.

Olhou para Roger, o papel pressionado contra o peito com as duas mãos. Seu rosto estava banhado em lágrimas, mas uma luz gloriosa brilhava nos olhos azuis.

– Vivos!

– Deixe-me ver.

Seu coração batia com tanta força no peito que ele mal conseguia ouvir as próprias palavras. Estendeu a mão e, relutante, ela lhe entregou o papel, agarrando-se a seu braço enquanto ele lia.

A textura do papel era agradavelmente áspera sob os dedos, papel feito à mão com sobras de folhas e flores pressionadas em suas fibras. Amarelado pelo tempo, mas ainda forte e surpreendentemente flexível. A própria Bri o fizera... havia mais de duzentos anos.

Roger percebeu que suas mãos estavam trêmulas, o papel sacudindo tanto que a letra rabiscada era difícil de ser lida, ainda mais com a tinta desbotada.

> *31 de dezembro de 1776*
>
> *Querida filha,*
> *Como verá se algum dia receber esta, estamos vivos...*

Seus olhos se turvaram e ele os enxugou com as costas da mão, mesmo enquanto dizia a si mesmo que não importava, pois agora Jamie Fraser e Claire certamente estavam mortos. Mas sentiu tal alegria com aquelas palavras na folha que era como se os dois estivessem diante dele, sorrindo.

E eram, de fato, os dois, como ele descobriu. Embora a carta começasse com a caligrafia de Jamie, a segunda página continuava na letra inclinada e bem delineada de Claire:

A mão do seu pai não consegue mais continuar. É uma longa história. Ele cortou lenha o dia inteiro e mal pode desdobrar os dedos, mas insistiu em lhes contar que não fomos (ainda) carbonizados. Não que isso não possa acontecer a qualquer momento; há catorze pessoas comprimidas na velha cabana e estou escrevendo quase sentada dentro da lareira, com a velha vovó MacLeod respirando ruidosamente em seu catre aos meus pés, para que eu possa, caso ela comece a morrer, entornar mais uísque por sua goela.

– Meu Deus, eu posso *ouvi-la* – disse ele, estupefato.

– Eu também. – As lágrimas ainda rolavam pelo rosto de Bri, mas eram de alegria. Ela as enxugou, rindo e fungando. – Leia mais. Por que estão em nossa cabana? O que aconteceu com a casa grande?

Roger correu o dedo pela página para continuar de onde havia parado e retomou a leitura.

– Ah, meu Deus! – exclamou.

Lembra-se daquele idiota, Donner?

Seus braços se arrepiaram diante do nome. Um viajante do tempo, Donner. E um dos indivíduos mais ineptos e irresponsáveis que já conhecera. E, por isso mesmo, perigoso.

Bem, ele se superou ao reunir uma quadrilha de vagabundos de Brownsville para roubar pedras preciosas que ele os convencera que possuíamos. Só que não tínhamos, é claro.

Não tinham porque Brianna, Jemmy, Amanda e ele haviam usado as pedras preciosas restantes como proteção para sua viagem através do tempo.

Eles nos mantiveram reféns e reviraram toda a casa. Os desgraçados quebraram, entre outras coisas, o recipiente de éter no meu consultório. Os gases quase nos intoxicaram...

Leu rapidamente o restante da carta, Brianna espreitando por cima de seu ombro e soltando gritinhos de susto e espanto. Uma vez terminada a leitura, ele largou as folhas e se voltou para ela, o corpo trêmulo.

– Então *você* conseguiu – disse Roger, ciente de que não deveria dizer isso, mas incapaz de se conter, incapaz de não resfolegar com uma risada. – Você e seus malditos fósforos. *Você* incendiou a casa!

Seu rosto era uma caricatura, as feições se alternando entre horror, indignação e... sim, uma vontade histérica de rir que se igualava à dele.

– Ah, não! Foi o éter de mamãe. Qualquer tipo de faísca poderia ter provocado a explosão...

– Mas não foi qualquer tipo de faísca – ressaltou Roger. – Seu primo Ian acendeu um de seus fósforos.

– Bem, então foi culpa de Ian!

– Não, foi sua e de sua mãe. Mulheres cientistas... – disse Roger, balançando a cabeça. – O século XVIII teve sorte de sobreviver a vocês duas.

Ela bufou de raiva.

– Bem, nada disso teria acontecido se não fosse o palhaço do Donner!

– É verdade – admitiu Roger. – Mas ele era um encrenqueiro do futuro também, não era? Embora não fosse mulher nem muito científico.

– Humm... – Ela pegou a carta, segurando-a delicadamente, mas incapaz de evitar passar os dedos pelas páginas. – Bem, *ele* não sobreviveu ao século XVIII, não é?

Estava cabisbaixa, as pálpebras ainda avermelhadas.

– Você não está com pena dele, está? – perguntou Roger, incrédulo.

Ela balançou a cabeça, mas seus dedos ainda se moviam de leve pela folha grossa e macia.

– Não... *exatamente* dele. É que... a ideia de alguém morrer assim... Sozinho, quero dizer. Tão longe de casa.

Não, não era em Donner que ela estava pensando. Ele passou o braço ao seu redor e encostou a cabeça na dela. Bri cheirava a xampu e repolhos frescos – estivera no canteiro de repolhos. As palavras na carta se desbotavam e tornavam a ficar fortes conforme a pena que as escrevera era molhada no tinteiro. Ainda assim, eram nítidas e precisas.

– Ela não está sozinha – sussurrou ele e, estendendo o dedo, delineou o pós-escrito, novamente na letra de Jamie. – Nenhum dos dois está. E, quer tenham um telhado acima de suas cabeças ou não, ambos estão em casa.

Deixei a carta de lado. Haveria bastante tempo para terminá-la depois. Estivera trabalhando nela conforme o tempo permitia nos últimos dias; não que houvesse pressa em pegar o correio de partida. Sorri ligeiramente diante desse pensamento e dobrei as folhas com cuidado, colocando-as em minha nova sacola de costura, por segurança. Limpei a pena e a guardei. Em seguida, esfreguei meus dedos doloridos, saboreando por um pouco mais de tempo a doce sensação de conexão que sentia ao escrever cartas. Eu podia escrever com muito mais facilidade do que Jamie, mas minha mão tinha seus limites e o dia havia sido muito longo.

Olhei para o catre do outro lado do fogo, como fazia de poucos em poucos minutos, mas ela ainda estava quieta. Podia ouvi-la respirar, um gorgolejar chiado que vinha a intervalos tão longos que eu podia jurar que ela havia morrido entre um e outro. Contudo, não morrera e, pela minha estimativa, isso não aconteceria ainda por algum tempo. Eu esperava que ela morresse antes que meu suprimento de láudano acabasse.

Não sabia sua idade. Parecia ter uns 100 anos, mas podia ser mais nova do que eu. Seus dois netos adolescentes a trouxeram havia dois dias. Estavam descendo as montanhas, pretendendo levar a avó para a casa de parentes em Cross Creek antes de partirem até Wilmington para se unirem à milícia, mas a avó passara mal e alguém lhes dissera que havia uma curandeira ali perto, nas montanhas. Assim, trouxeram-na para mim.

Vovó MacLeod... Eu não tinha outro nome para ela. Os garotos não me contaram o nome dela antes de partir e ela não estava em condições de fazê-lo. Muito provavelmente estava nos últimos estágios de algum tipo de câncer. Macilenta, o rosto contraído de dor mesmo inconsciente, dava para ver pelo aspecto cinzento de sua pele.

O fogo ardia bem baixo. Eu deveria atiçá-lo e acrescentar mais uma acha de lenha. Mas a cabeça de Jamie descansava em meus joelhos. Será que eu conseguiria alcançar a pilha de lenha sem perturbá-lo? Apoiei a mão de leve em seu ombro para dar equilíbrio e me estiquei, conseguindo apenas tocar a ponta de uma pequena tora. Delicadamente, soltei-a da pilha, os dentes pressionando o lábio inferior, e consegui enfiá-la na lareira, deslocando as brasas acesas e levantando nuvens de fagulhas.

Jamie se remexeu e murmurou algo ininteligível, mas, assim que enfiei a pequena tora no fogo, atiçando-o, e me recostei na cadeira, ele suspirou, ajeitou-se e voltou a dormir.

Olhei para a porta, apurando os ouvidos, mas não escutei nada além do farfalhar das árvores ao vento. Claro que eu *ouviria* alguma coisa, considerando-se que era o Jovem Ian quem eu estava esperando.

Jamie e ele estavam se revezando em montar guarda, escondendo-se em meio às árvores acima das ruínas carbonizadas da casa grande. Ian estava fora havia mais de duas horas. Já era tempo de ele retornar para comer e se aquecer junto à lareira.

– Alguém tentou matar a porca branca – anunciou durante o café da manhã três dias atrás, achando graça.

– O quê? – Passei-lhe uma tigela de mingau encimada por um bocado de manteiga derretida e um fio de mel. Felizmente, meus pequenos barris de mel e caixas de favos estavam na casinhola de refrigeração na ocasião do incêndio. – Tem certeza?

Ele fez que sim, pegando a tigela e inalando o vapor, inebriado.

– Sim, ela está com um corte no flanco. Não é fundo e está sarando, tia – acrescentou, achando que eu iria considerar o bem-estar médico da porca com o mesmo interesse que teria por qualquer outro morador da Cordilheira.

– É mesmo? Ótimo – respondi, embora não houvesse nada que pudesse fazer se ela não estivesse sarando. Eu costumava tratar de cavalos, vacas, cabras, arminhos e até mesmo de uma ou outra galinha que não punha ovos, mas essa porca em particular estava por conta própria.

Amy Higgins fez o sinal da cruz à menção da porca.

– Provavelmente foi um urso – comentou. – Nada mais ousaria atacá-la. Aidan, preste atenção no que o sr. Ian está dizendo! Não se afaste muito e tome conta do seu irmão lá fora.

– Os ursos dormem no inverno, mamãe – disse Aidan distraidamente.

Sua atenção estava fixa em um novo pião que Bobby, seu novo padrasto, esculpira. Ele o colocou cuidadosamente sobre a mesa, segurou o barbante por um instante tenso e lhe deu um puxão. O pião disparou por cima da mesa, ricocheteou no jarro de mel com um estalido e partiu na direção da jarra de leite a toda velocidade.

Ian estendeu a mão e agarrou o pião na hora certa. Mastigando uma torrada, fez sinal para que Aidan lhe passasse o barbante, enrolou-o de novo e, com um experiente trejeito do pulso, lançou o pião zunindo em linha reta pelo meio da mesa. Aidan observou de boca aberta, depois mergulhou embaixo da mesa quando o pião caiu da outra extremidade.

– Não, não foi um animal – disse Ian, conseguindo finalmente engolir. – Era um corte preciso. Alguém a atacou com uma faca ou uma espada.

Jamie ergueu os olhos da torrada queimada que andara examinando.

– E você encontrou o corpo dele?

Ian exibiu um sorriso, mas balançou a cabeça.

– Não. Se a porca o matou, deve ter comido. Não achei nenhum resto.

– Porcos fazem uma grande sujeira para comer – observou Jamie. Ensaiou uma cautelosa mordida na torrada queimada, fez uma careta, mas comeu mesmo assim.

– Um índio, você acha? – perguntou Bobby.

O pequeno Orrie se debatia para descer do colo de Bobby. Seu novo padrasto obedientemente o colocou no chão, no seu lugar favorito embaixo da mesa.

Jamie e Ian trocaram olhares e senti os pelos da minha nuca se arrepiarem.

– Não – respondeu Ian. – Todos os cherokees das proximidades a conhecem muito bem e não tocariam nela nem com uma vara de 3 metros. Acham que ela é um demônio.

– E índios de passagem vindos do norte teriam flechas e tacapes – concluiu Jamie.

– Tem certeza de que não foi uma pantera? – perguntou Amy, em dúvida. – Elas caçam no inverno, não é?

– É verdade – confirmou Jamie. – Eu vi pegadas lá em cima, perto da Fonte Verde, ontem. Estão me ouvindo aí? Fiquem espertos, hein? – perguntou, inclinando-se para falar com os garotos embaixo da mesa. – Mas não – acrescentou, endireitando-se. – Acho que Ian conhece a diferença entre marcas de garras de animais e um corte de lâmina.

Abriu um sorriso para Ian, que educadamente se absteve de revirar os olhos e apenas balançou a cabeça, os olhos fixos, em dúvida, na cesta de torradas.

Ninguém sugeriu que qualquer residente da Cordilheira ou de Brownsville estivera caçando a porca branca. Os presbiterianos locais não concordavam com os cherokees em nenhuma questão espiritual, mas havia um consenso entre eles sobre o caráter demoníaco da porca.

Pessoalmente, eu não estava certa se não tinham razão. Aquele monstro havia sobrevivido até mesmo ao incêndio da casa grande sem nenhum arranhão, emergindo de seu esconderijo sob os alicerces entre uma chuva de madeira queimada, seguida de sua última ninhada de porquinhos.

– Moby Dick! – exclamei no presente em voz alta, inspirada.

Rollo ergueu a cabeça com um rugido espantado, fixou os olhos amarelos em mim e a deitou outra vez, suspirando.

– Moby quem? – perguntou Jamie, sonolento. Sentou-se direito, espreguiçando-se, depois passou a mão pelo rosto e pestanejou para mim.

– Estava pensando no que aquela porca me faz lembrar – expliquei. – Uma longa história. Sobre uma baleia. Eu contarei amanhã.

– Se eu viver até lá – falou ele, com um bocejo que quase deslocou seu maxilar. – Onde está o uísque? Ou você precisa dele para a pobre mulher? – Meneou a cabeça, indicando vovó MacLeod enrolada em um cobertor.

– Ainda não. Tome. – Inclinei-me e remexi na cesta sob minha cadeira, tirando dali uma garrafa com rolha de cortiça.

Ele retirou a rolha e bebeu, a cor gradualmente retornando ao rosto. Entre passar os dias caçando ou rachando lenha e metade das noites espreitando em uma floresta gelada, até mesmo a enorme vitalidade de Jamie começava a dar sinais de enfraquecimento.

– Por quanto tempo você pretende manter esta situação? – perguntei, a voz baixa para não acordar os Higgins.

Bobby, Amy, os dois meninos e as duas cunhadas de Amy de seu primeiro casamento, que vieram para as bodas realizadas havia alguns dias, acompanhadas por um total de cinco crianças com idades abaixo de 10 anos, todos dormindo no pequeno quarto. A partida dos rapazes MacLeods amenizara um pouco o congestionamento na cabana, mas com Jamie, eu, Ian, o cachorro de Ian, Rollo, e a velha mulher dormindo no chão do aposento principal e os poucos bens que havíamos conseguido salvar do incêndio empilhados pelas paredes, às vezes eu sentia um pouco de claustrofobia. Não era de admirar que Jamie e Ian estivessem patrulhando a floresta, tanto para respirar um pouco de ar fresco quanto pela convicção de que havia alguma coisa lá fora.

– Não por muito tempo – assegurou-me, dando de ombros ligeiramente enquanto engolia um longo gole de uísque. – Se não virmos nada esta noite, nós...

Ele parou, a cabeça voltada para a porta. Eu não tinha ouvido nada, mas vi a maçaneta se mexer. Um instante depois, uma rajada de ar gélido inundou o aposento, brincando sob minhas saias e agitando uma chuva de faíscas do fogo.

Prontamente peguei um trapo e apaguei as fagulhas antes que pudessem atear fogo aos cabelos ou às roupas de cama da vovó MacLeod. Enquanto eu controlava o fogo, Jamie colocava a pistola, a sacola de munição e o chifre de pólvora no cinto, conversando em voz baixa com Ian à porta.

Ian, empolgado com alguma coisa, estava com o rosto vermelho devido ao frio. Rollo também estava acordado, fuçando entre as pernas de Ian, balançando o rabo na expectativa de uma aventura glacial.

– É melhor você ficar aqui, *a cù* – disse Ian, esfregando as orelhas com dedos frios. – *Sheas.*

Rollo emitiu um rosnado de decepção e tentou passar por Ian, mas foi habilmente impedido por uma perna. Jamie se virou, vestindo o casaco, inclinou-se e me beijou.

– Tranque a porta, *a nighean* – sussurrou. – Não abra para ninguém, a não ser para mim ou para Ian.

– O que...? – comecei a dizer, mas eles já tinham partido.

A noite estava fria e límpida. Jamie respirou fundo e estremeceu, deixando o frio penetrar em seu corpo, remover o calor da mulher, a fumaça e o cheiro da lareira. Cristais de gelo cintilaram em seus pulmões, penetrando em seu sangue. Ele virou a cabeça de um lado para outro, como um lobo farejando, respirando a noite. Havia pouco vento, que vinha do leste, trazendo o cheiro pungente de cinzas das ruínas da casa grande... e um leve odor que poderia ser de sangue.

Olhou para o sobrinho, chamando-lhe a atenção, e viu Ian assentir, sua silhueta contra a claridade cor de lavanda do céu.

– Há um porco morto logo depois da horta da tia – disse o rapaz em voz baixa.

– Ah, é mesmo? Mas não é a porca branca, é?

Seu coração ficou apertado por um instante diante do pensamento e ele se perguntou se iria lamentar a perda do monstro ou dançar em cima de seus ossos. Mas não. Ian balançou a cabeça, o movimento mais sentido do que visto.

– Não, não aquela besta velhaca. Um porco novo, talvez da ninhada do ano anterior. Alguém o abateu, mas não levou mais do que uma ou duas tiras do quarto traseiro. E uma boa parte do que realmente levaram foi espalhada em pedaços pela trilha.

– O quê? – perguntou Jamie, surpreso.

Ian deu de ombros.

– Sim. Mais uma coisa, tio: o animal foi abatido e esquartejado com um machado.

Os cristais de gelo em seu sangue se solidificaram com uma rapidez que quase fez seu coração parar.

– Santo Deus! – exclamou, não de choque, mas pela confirmação de algo que ele suspeitava havia muito tempo. – É ele, então.

– Sim. – Ambos já sabiam, mas nenhum deles quis admitir. Sem se consultarem, afastaram-se da cabana, penetrando na floresta.

Jamie respirou fundo e suspirou, o vapor de seu hálito branco na escuridão. Esperara que o sujeito tivesse pegado seu ouro e a mulher e partido da Cordilheira. Nunca passara de uma esperança. Arch Bug era um Grant pelo sangue e o clã Grant era um bando vingativo.

Os Frasers de Glenhelm tinham flagrado Arch Bug em suas terras havia uns cinquenta anos e lhe deram a escolha: perder um olho ou os dois primeiros dedos da mão direita. O sujeito se acostumara com sua mão mutilada, passando do arco e flecha que já não podia manejar para o uso de um machado, que lançava com uma habilidade equivalente à de qualquer mohawk, apesar de sua idade.

O que ele não conseguira aceitar fora a perda da causa Stuart e do ouro jacobita, enviado tarde demais da França. O ouro foi resgatado (ou roubado) por Hector Cameron, que trouxera para a Carolina do Norte um terço dele, que, por sua vez, fora roubado (ou recuperado) da viúva de Cameron por Arch Bug.

Nem Arch Bug se reconciliara com Jamie Fraser.

– Você acha que é uma ameaça? – perguntou Ian.

Eles haviam se afastado da cabana, mas continuaram no meio das árvores, circundando a grande clareira onde antes ficava a casa grande. A chaminé e metade de uma parede ainda estavam de pé, carbonizadas, contra a neve suja.

– Acho que não. Se ele quisesse ameaçar, por que esperaria até agora?

Ainda assim, agradeceu que sua filha e seus netos estivessem a salvo. Havia ameaças piores do que um porco morto e ele achava que Arch Bug não hesitaria em fazê-las.

– Talvez ele tenha ido embora para resolver a questão com a mulher e somente agora tenha voltado – sugeriu Ian.

Era um pensamento sensato. Se havia uma coisa que Arch amava neste mundo era sua mulher, Murdina, sua companheira de mais de cinquenta anos.

– Talvez – disse Jamie.

No entanto... No entanto, ele sentia que alguém o observava desde a partida dos Bugs. Sentiu um silêncio na floresta que não era o silêncio de árvores e rochas.

Jamie não perguntou se Ian procurara o rastro do dono do machado. Se alguém pudesse ser encontrado, Ian o encontraria. Mas não nevava havia mais de uma semana e o que sobrara no solo estava remexido e pisoteado pelos pés de inúmeras pessoas. Olhou para o céu. Neve outra vez, e dentro de pouco tempo.

Subiu em um pequeno afloramento de rocha, tomando cuidado com o gelo. A neve derretia durante o dia, mas a água congelava outra vez à noite, pendurando-se dos beirais da cabana e de cada galho em cintilantes pingentes que enchiam a floresta com a luz azul da aurora, depois gotejavam como ouro e diamantes sob o sol. Agora estavam incolores, tilintando como vidro quando a manga de seu casaco roçava pelos ramos de um arbusto coberto de gelo. Parou, agachando-se no alto da rocha e olhando por toda a extensão da clareira.

Muito bem. A certeza de que Arch Bug estava ali havia disparado uma cadeia de deduções, cuja conclusão agora flutuava na superfície de sua mente.

– Ele só voltaria por duas razões... – disse a Ian. – Para me causar algum mal ou para pegar o restante do ouro.

Jamie dera a Bug um pouco de ouro quando mandou o sujeito e sua mulher embora ao descobrir a traição de Bug. Metade de um lingote francês. Teria permitido que um casal de idosos vivesse o resto de suas vidas com modesto conforto. Mas Arch Bug não era um homem modesto. Um dia fora arrendatário dos Grants e, embora tivesse escondido seu orgulho por algum tempo, não era da natureza do orgulho se manter escondido.

Ian olhou para ele, interessado.

– Então você acha que ele o escondeu aqui, mas em algum lugar de onde não podia retirá-lo facilmente quando você o mandou embora.

Jamie ergueu um dos ombros, observando a clareira. Com a casa agora destruída, ele podia ver a trilha íngreme que subia por trás dela, na direção do lugar onde antes ficava a horta de sua mulher, protegida atrás de sua cerca à prova de veados. Partes da cerca ainda estavam de pé, negras contra as manchas brancas de neve no solo. Iria fazer uma nova horta para ela um dia, tinha fé em Deus.

– Se seu propósito fosse apenas causar mal, ele já teria agido.

Podia ver o porco abatido dali onde estava, uma forma escura no caminho, sombreada por uma larga poça de sangue.

Afastou da mente um pensamento repentino sobre Malva Christie e se forçou a raciocinar outra vez.

– Sim, ele o escondeu aqui – concluiu, mais confiante agora. – Se já tivesse todo o ouro, teria ido embora há muito tempo. Ele tem esperado, tentando arranjar uma maneira de recuperá-lo. Mas não consegue fazer isso sutilmente, então está tentando outra maneira.

– Sim, mas o quê? Isso... – Ian fez um sinal com a cabeça indicando a figura amorfa no caminho. – Pensei que pudesse ser uma cilada ou algum tipo de armadilha, mas não é. Eu olhei.

– Um chamariz, talvez?

O cheiro de sangue era evidente até mesmo para ele. Seria óbvio para qualquer predador. No mesmo instante em que esse pensamento lhe ocorria, percebeu um movimento perto do porco e colocou a mão no braço de Ian.

Um rápido movimento hesitante, depois uma forma pequena e sinuosa arremeteu para a frente, desaparecendo atrás do corpo do porco.

– Raposa – disseram os dois homens simultaneamente, depois riram baixinho.

– Há uma pantera na floresta acima da Fonte Verde – comentou Ian, em dúvida. – Vi o rastro ontem. Será que pretende atraí-la com o porco, na esperança de corrermos para lidar com ela e ele poder pegar o ouro enquanto estamos ocupados?

Jamie franziu a testa e olhou na direção da cabana. É verdade. Uma pantera atrairia os homens para fora, mas não as mulheres e crianças. E onde ele poderia ter escondido o ouro naquele lugar tão cheio de gente? Seus olhos recaíram sobre a forma longa e curva do forno de Brianna, a certa distância da cabana, sem uso desde sua partida, e uma onda de animação o invadiu. Isso seria... Não. Arch roubara o ouro de Jocasta Cameron, uma barra de cada vez, transportando-a secretamente para a Cordilheira, e iniciara esse roubo muito antes de Brianna partir. Talvez...

Ian se empertigou repentinamente e Jamie virou a cabeça para ver qual era o problema. Não podia ver nada, mas captou o som que Ian ouvira. Um grunhido profundo, rouco, um estalo. Então houve uma distinta agitação entre as toras carbonizadas das ruínas da casa e ele compreendeu.

– Santo Deus! – exclamou, agarrando o braço de Ian com tanta força que o sobrinho soltou um gemido de dor. – Está embaixo da casa grande!

A porca branca emergiu de seu esconderijo embaixo das ruínas, um vulto claro e gigantesco na noite, e ficou parada, girando a cabeça de um lado a outro, farejando o ar. Em seguida, começou a se mover, uma pesada ameaça se avolumando com determinação colina acima.

Jamie teve vontade de rir diante da pura beleza do ardil.

Arch Bug era astuto. Escondera o ouro sob os alicerces da casa grande, escolhendo os momentos em que a porca estava ausente. Ninguém pensaria em invadir os domínios da porca. Ela era a guardiã perfeita, e sem dúvida ele pretendera reaver o tesouro da mesma maneira quando estivesse pronto para partir: cuidadosamente, um lingote de cada vez.

Mas a casa pegou fogo, as toras de madeira desabando sobre as fundações, tornando o ouro inacessível sem muito trabalho e dificuldade, o que sem dúvida atrairia atenção. Somente agora, quando os homens haviam limpado a maior parte dos escombros – e espalhado a fuligem e o carvão por toda a clareira no processo –, é que alguém poderia ter acesso a alguma coisa escondida sob as ruínas sem chamar atenção.

Mas era inverno e a porca branca, embora não hibernasse como um urso, mantinha-se quase o tempo inteiro em seu aconchegante esconderijo. Bem, a não ser quando havia algo para comer.

Ian emitiu uma pequena exclamação de desgosto ao ouvir os ruídos de mastigação e salivação que vinham do caminho.

– Os porcos não têm nenhuma delicadeza de sentimentos – murmurou Jamie. – Se está morto, eles comem.

– Sim, mas provavelmente é um dos seus filhotes!

– Ela às vezes come os próprios rebentos vivos. Duvido que se importe em comê-los mortos.

– Cruzes!

Ele silenciou no mesmo instante, os olhos fixos na mancha escura que um dia fora a melhor casa da região. De fato, uma figura emergiu de trás da casinhola de refrigeração, movendo-se com cautela no caminho escorregadio. A porca, ocupada com o horrendo banquete, ignorou o sujeito, que parecia vestido com uma capa escura e carregava algo com o aspecto de um saco.

Não tranquei a porta imediatamente, mas saí para respirar um pouco de ar fresco por alguns instantes, fechando a porta atrás de mim para que Rollo não escapasse. Em pouco tempo, Jamie e Ian haviam desaparecido no meio das árvores. Apreensiva, olhei ao redor da clareira, para o negro da floresta do outro lado, mas não vi nada de errado. Nada se movia, a noite estava em silêncio; perguntei-me o que Ian poderia ter encontrado. Pegadas estranhas, talvez? Isso explicaria sua urgência. Obviamente estava prestes a nevar.

Não havia lua visível, mas o céu tinha um tom cinza-rosado. O solo, embora pisoteado e com acúmulos de neve aqui e ali, ainda estava recoberto por neve antiga. O resultado era uma claridade estranha, leitosa, em que os objetos pareciam flutuar como se fossem pintados em vidro, indistintos e adimensionais. As ruínas carbonizadas da casa grande se erguiam do outro lado da clareira, não mais do que uma mancha daquela distância, como se um polegar gigante, preto de fuligem, tivesse pressionado aquele lugar. Eu podia sentir a opressão da neve iminente no ar, ouvi-la no sussurro abafado dos pinheiros.

Os rapazes MacLeods haviam atravessado a montanha com a avó. Eles disseram que estava muito difícil atravessar as passagens mais altas. Outra grande tempestade iria provavelmente nos isolar até março ou mesmo abril.

Assim, lembrando de minha paciente, dei uma última olhada ao redor da clareira e coloquei a mão no trinco. Rollo choramingava, arranhando a porta, e eu enfiei o joelho sem nenhuma cerimônia em sua cara enquanto abria a porta.

– Fique onde está, Rollo. Não se preocupe, eles vão voltar logo. – Ele fez um ruído alto, ansioso, no fundo da garganta, e começou a se virar de um lado para outro, fuçando minhas pernas, procurando sair. – *Não* – falei, empurrando-o a fim de trancar a porta.

O trinco se encaixou no lugar com um baque tranquilizador e me virei para o fogo, esfregando as mãos. Rollo ergueu a cabeça e emitiu um uivo baixo e lúgubre que fez os cabelos da minha nuca se arrepiarem.

– O que foi? – indaguei, alarmada. – Quieto!

O barulho fez uma das crianças no quarto acordar e chorar. Ouvi o farfalhar de cobertas e murmúrios maternais sonolentos. Ajoelhei-me depressa e agarrei o focinho de Rollo antes que ele pudesse uivar outra vez.

– Shhhhh – fiz, e olhei para ver se o barulho perturbara vovó MacLeod.

Ela jazia imóvel, o rosto cor de cera, os olhos cerrados. Esperei, contando os segundos antes que a próxima respiração, apesar de fraca e superficial, levantasse seu peito.

Seis... sete...

– Ah, droga! – exclamei ao perceber.

Benzendo-me rapidamente, arrastei-me até ela de joelhos, mas uma inspeção de perto não me revelou nada que eu já não tivesse visto. Discreta até o último instante, ela aproveitara o momento de distração para morrer sem atrair atenção.

Rollo continuava andando de um lado para outro, não mais uivando, mas inquieto. Coloquei a mão delicadamente sobre o peito dela. Não buscando um diagnóstico ou oferecendo ajuda, não mais. Apenas... um reconhecimento necessário do falecimento de uma mulher cujo primeiro nome eu não sabia.

– Que Deus a tenha, pobrezinha – disse baixinho, e me sentei sobre os calcanhares, tentando pensar no que fazer.

O protocolo adequado das Terras Altas determinava que a porta deveria ser aberta imediatamente após uma morte, para permitir que a alma fosse embora. Esfreguei o nó de um dedo sobre os lábios, em dúvida. A alma poderia ter escapado quando abri a porta para entrar? Provavelmente não.

Seria de imaginar que, em um clima tão inóspito quanto o da Escócia, deveria haver um pouco de condescendência climatológica em tais questões, mas eu sabia que não era o caso. Chuva, neve, granizo, vento... Os escoceses das Terras Altas *sempre* abriam a porta e a deixavam aberta durante horas, ansiosos por liberar a alma que partia e receosos de que o espírito, impedido de sair, se virasse e se instalasse ali para sempre como um fantasma. A maioria dos terrenos era pequena demais para que essa perspectiva pudesse ser tolerada.

O pequeno Orrie estava acordado agora; podia ouvi-lo cantando alegremente para si mesmo, uma canção que consistia no nome do padrasto:

– Baaaaah-by, baaah-by, BAAAH-by...

Ouvi uma risadinha baixa, sonolenta, e o murmúrio de Bobby em resposta:

– Esse é meu homenzinho. Precisa do urinol, *acooshla*?

A chuisle, a palavra carinhosa em gaélico que significa "sangue do meu coração", me fez sorrir, tanto pelo que significava quanto pela estranheza do som no sotaque de Dorset de Bobby. Mas Rollo emitiu um rosnado baixo na garganta, relembrando-me da necessidade de ação.

Os Higgins ficariam muito perturbados se acordassem dentro de poucas horas e descobrissem um cadáver no chão. Seria um presságio muito ruim para o novo casamento e o ano-novo. Ao mesmo tempo, sua presença estava inegavelmente deixando Rollo nervoso e a perspectiva de que ele acordasse todo mundo nos minutos seguintes estava *me* deixando nervosa.

– Certo – disse num sussurro. – Vamos, Rollo.

Havia, como sempre, partes de arreios precisando de remendos em um gancho junto à porta. Com um pedaço de rédea improvisei uma coleira, que passei pelo pescoço de Rollo. Ele ficou mais do que satisfeito em sair, arremetendo para a frente quando abri a porta, mas sua felicidade durou pouco. Amarrei a correia em uma estaca antes de retornar à cabana para pegar o corpo de vovó MacLeod.

Olhei em volta de forma cautelosa antes de me aventurar a sair outra vez, as advertências de Jamie em mente, mas a noite estava tão quieta quanto uma igreja; até mesmo as árvores haviam silenciado.

A pobre mulher não podia pesar mais do que 30 e poucos quilos. Suas clavículas se projetavam através da pele e seus dedos eram frágeis como galhinhos secos. Ainda assim, 32, 33 quilos de peso literalmente morto eram um pouco mais do que eu conseguiria levantar. Fui obrigada a desenrolar o cobertor que a envolvia e usá-lo como um trenó improvisado, no qual a arrastei para fora, murmurando ao mesmo tempo desculpas e preces.

Apesar do frio, eu arfava e estava molhada de suor quando finalmente consegui colocá-la na despensa.

– Bem, ao menos sua alma teve tempo suficiente para ir embora – murmurei, ajoelhando-me para verificar o corpo antes de ajeitá-lo em sua falsa mortalha. – E também não creio que ela iria querer ficar pairando por aí, assombrando uma despensa.

Suas pálpebras não estavam inteiramente fechadas. Havia uma fenda branca à mostra, como se ela tivesse tentado abrir os olhos para uma última espiadela ao mundo ou talvez em busca de um rosto familiar.

– *Benedicite* – murmurei e delicadamente fechei seus olhos, imaginando se algum dia um estranho iria fazer o mesmo por mim.

As chances eram boas. A menos que...

Jamie manifestara sua intenção de retornar à Escócia, recuperar sua gráfica e depois voltar para lutar. *Mas e se não voltássemos?*, disse uma voz covardemente dentro de mim. E se fôssemos para Lallybroch e ficássemos lá?

Enquanto pensava nessa possibilidade – com as promissoras visões de ser envolvida na mortalha pela família, capaz de viver em paz, envelhecer lentamente sem o medo constante de contratempos, fome e violência –, sabia que não funcionaria.

Também não sabia se Thomas Wolfe estava certo sobre não ser possível retornar para casa. Bem, eu não poderia saber. Não tinha uma casa para onde voltar. No entanto, eu conhecia Jamie. Ele era um homem correto, portanto precisava ter um trabalho adequado. Não apenas um trabalho braçal; não apenas para ganhar a vida. Um trabalho de verdade. Eu entendia a diferença.

Apesar de ter certeza de que a família de Jamie o receberia com alegria, apesar de ter dúvidas sobre a natureza da recepção que eu mesma receberia, acreditava que não iriam chamar um padre e mandar me exorcizar. O fato era que Jamie não era mais o senhor de Lallybroch. Ele nunca seria.

– "... e sua casa não o conhecerá mais" – murmurei, limpando as partes íntimas da mulher, surpreendentemente não ressequidas, com um pano úmido.

Talvez ela fosse mais nova do que eu imaginava. Havia dias ela não comia nada; nem mesmo o relaxamento da morte tivera muito efeito, mas qualquer um merecia ir limpo para sua cova.

Parei ante o pensamento. Teríamos condições de enterrá-la? Ou ela apenas iria descansar pacificamente embaixo da geleia de framboesa e das sacas de feijões secos até a primavera?

Ajeitei suas roupas, respirando com a boca aberta, tentando avaliar a temperatura pelo vapor do meu hálito. Essa seria apenas a segunda nevasca importante do inverno e ainda não havíamos tido uma temperatura congelante; isso geralmente acontecia do meio para o fim de janeiro. Se o solo ainda não estivesse congelado, conseguiríamos enterrá-la – desde que os homens estivessem dispostos a retirar a neve.

Rollo se deitara, resignado, enquanto eu fazia o meu trabalho, mas nesse momento ergueu a cabeça, as orelhas em pé.

– O que foi? – perguntei, assustada, e me virei sobre os joelhos para olhar para fora pela porta aberta da despensa. – O que está acontecendo?

– Devemos pegá-lo agora? – sussurrou Ian.

Tinha o arco posicionado no ombro; deixou o braço cair e o arco deslizou silenciosamente para sua mão.

– Não. Deixe-o encontrá-lo primeiro – falou Jamie devagar, tentando decidir o que seria correto fazer com o sujeito.

Não matá-lo. Era bem verdade que ele e sua mulher haviam causado uma série de transtornos com sua traição, mas não quiseram causar mal à sua família. Ao menos, não no começo. Seria Arch Bug realmente um ladrão aos seus olhos? Sem dúvida, a tia Jocasta de Jamie não tinha mais direito ao ouro do que ele próprio.

Suspirou e colocou a mão no cinto, onde estavam sua adaga e a pistola. Ainda assim, não poderia permitir que Bug fosse embora com o ouro nem simplesmente levá-lo dali e deixá-lo livre para causar mais problemas. Quanto ao que fazer com ele, em nome de Deus, quando o capturasse... Era como ter uma cobra em um saco. Mas nada podia fazer senão capturá-la e mais tarde se preocupar com o que fazer com o saco. Talvez pudessem chegar a um acordo...

A figura alcançara a mancha negra dos alicerces e escalava desajeitadamente as pedras e as toras carbonizadas dos destroços, a capa preta se agitando e inflando quando o vento soprava.

A neve começou a cair repentina e silenciosamente, com flocos grandes e vagarosos que não pareciam cair do céu, mas apenas aparecer, girando, do ar. Roçavam seu rosto e grudavam em suas pestanas; limpou-os e fez sinal para Ian.

– Vá por trás – sussurrou. – Se ele correr, lance uma flecha para fazê-lo parar. E fique bem longe.

– *Você* fique bem longe, tio – retrucou Ian. – Se chegar a uma distância decente para um tiro de pistola, ele racha seu crânio com o machado. E eu não vou explicar *isso* para a tia Claire.

Jamie deu uma risadinha e empurrou Ian com o cotovelo para que ele fosse andando. Carregou e preparou sua pistola, depois saiu para a neve que caía, caminhando em direção às ruínas de sua casa.

Ele já vira Arch abater um peru com seu machado a 6 metros de distância. E era verdade que a maioria das pistolas não era precisa a muito mais do que isso. Mas, afinal, ele não pretendia atirar no sujeito. Sacou a pistola, mantendo-a à mão.

– Arch! – chamou.

A figura estava de costas para ele, inclinada enquanto cavava nas cinzas. Diante de seu chamado, pareceu se retesar, ainda abaixada.

– Arch Bug! Saia daí, homem. Quero falar com você!

Em resposta, a figura se virou e um jato de fogo iluminou a neve que caía. No mesmo instante, a chama queimou a coxa de Jamie e ele cambaleou.

Foi uma surpresa. Não imaginava que Arch Bug soubesse usar uma pistola, e ficou impressionado que ele pudesse mirar tão bem com a mão esquerda. Caiu na neve sobre um dos joelhos, mas, enquanto erguia a própria arma para atirar, percebeu duas coisas: a figura negra mirava uma segunda pistola para ele, mas não com a mão esquerda. O que significava...

– Santo Deus! Ian!

Mas Ian o vira cair e também vira a segunda pistola. Jamie não ouviu o voo da flecha acima do murmúrio do vento e da neve; ela apareceu como por mágica, fincada nas costas da figura. A pessoa se enrijeceu, depois desmoronou no chão. Enquanto isso, Jamie correu, mancando, a perna direita se dobrando a cada passo.

– Meu Deus, não, meu Deus, não – repetia, mais parecendo a voz de outra pessoa.

Outra voz atravessou a noite, gritando em desespero. Logo Rollo passou por ele a toda velocidade e um rifle espocou do meio das árvores. Ian berrou, em algum lugar próximo, chamando o cachorro, mas Jamie não tinha tempo para olhar. Arrastava-se aos trancos e barrancos pelas pedras enegrecidas, escorregando na fina camada de neve fresca, sua perna fria e quente ao mesmo tempo, mas não importava.

Deus, por favor, não...

Alcançou a figura negra e se atirou de joelhos a seu lado, agarrando-a. Soube imediatamente; soubera no mesmo instante em que percebera que a pistola era empunhada pela mão direita. Arch, sem seus dedos, não poderia disparar uma pistola com a mão direita.

Ele a virou, sentindo o corpo pequeno e pesado agora flácido e difícil de manejar como um cervo recém-abatido. Puxou para trás o capuz da capa e passou a mão, delicadamente, sob o rosto redondo e liso de Murdina Bug. Ela respirou contra sua mão... e ele sentiu a haste da seta. A flecha atravessara seu pescoço. Sua respiração gorgolejava sangue; sua mão também estava molhada e quente.

– Arch? – disse ela arquejando. – Quero Arch.

E morreu.

3

VIDA POR VIDA

Levei Jamie para a despensa. Estava escuro e frio, mas eu não queria correr o risco de nenhum dos Higgins acordar. Meu Deus, agora não. Todos eles irromperiam de seu santuário como uma revoada de codornas em pânico, e me encolhi à ideia de ter que lidar com eles antes do momento inevitável. Já seria bastante horrível ter que lhes contar o que acontecera à luz do dia; eu não poderia encarar a perspectiva agora.

Por falta de alternativa, Jamie e Ian haviam colocado a sra. Bug na despensa, ao lado da vovó MacLeod, enfiada embaixo da prateleira mais baixa, a capa puxada sobre o rosto. Eu podia ver seus pés se projetando para fora, com as botas gastas e rachadas e meias listradas. Tive uma súbita visão da Bruxa Malvada do Oeste e tapei a boca com a mão antes que algum som histérico pudesse escapar.

Jamie virou a cabeça em minha direção, mas sua mente parecia estar em outro lugar, o rosto pálido e cansado, as rugas profundas à claridade da vela que ele segurava.

– Hein? – perguntou.

– Nada – respondi, com a voz trêmula. – Sen... sente-se.

Pousei o banco e meu estojo médico, peguei a vela e a vasilha de água quente da mão dele e tentei não pensar em nada além da tarefa à minha frente. Não em pés. Não em Arch Bug.

Jamie tinha um cobertor em volta dos ombros, mas suas pernas estavam nuas e eu podia sentir seus pelos se arrepiando conforme minha mão roçava por eles. A barra de sua camisa estava tomada por sangue semisseco; grudava em sua perna, mas ele não emitiu nenhum som quando a soltei e afastei suas pernas.

Ele andara se movendo como um homem em um pesadelo, mas aproximar uma vela de seus testículos o excitou.

– Tome cuidado com essa vela, Sassenach – disse ele, colocando a mão protetoramente sobre sua genitália.

Compreendendo sua preocupação, entreguei-lhe a vela e, com uma breve admoestação para ter cuidado com os pingos de cera quente, retornei a minha inspeção.

O ferimento era feio, mas não grave. Mergulhei um pano na água quente da vasilha e comecei a trabalhar. Sua carne estava gelada e o frio abafava até mesmo os odores pungentes da despensa, mas eu ainda podia sentir seu cheiro, seu almíscar seco familiar, misturado a sangue e suor abundante.

Era um sulco de uns 10 centímetros de comprimento no alto de sua coxa. Mas bastante limpo.

– Um especial de John Wayne – falei, tentando manter um tom descontraído, leve.

Os olhos de Jamie, que estavam fixos na chama da vela, mudaram de foco e se concentraram em mim.

– O quê? – perguntou com voz rouca.

– Nada – respondi. – A bala passou de raspão. Pode mancar um pouco por um ou dois dias, mas o herói sobrevive para lutar.

A bala havia de fato passado entre suas pernas, sulcando a parte interna da coxa, perto dos testículos e da artéria femoral. Mais 2 centímetros para a direita e ele estaria morto. Dois centímetros para cima...

– Você não está ajudando muito, Sassenach – comentou ele, mas o esboço de um sorriso flutuou em seus olhos.

– Não – concordei. – Mas um pouco, talvez?

– Um pouco – respondeu e tocou meu rosto de leve.

Sua mão estava fria e trêmula; cera quente escorria pelos nós dos dedos da outra mão, mas ele não parecia sentir. Tirei a vela de sua mão e a coloquei na prateleira.

Eu podia sentir a tristeza e a autocensura emanando dele em ondas e lutei para mantê-las a distância. Não poderia ajudá-lo se cedesse à enormidade da situação. Não tinha certeza se poderia ajudá-lo, de qualquer forma, mas iria tentar.

– Ah, meu Deus – falou ele, tão baixo que mal o ouvi. – Por que não o deixei levar o ouro? Que diferença faria? – Bateu o punho cerrado no joelho, silenciosamente. – *Meu Deus*, por que simplesmente não o deixei levá-lo?

– Você não sabia quem era ou o que pretendia fazer – respondi no mesmo tom, colocando a mão em seu ombro. – Foi um acidente.

Seus músculos estavam contraídos, enrijecidos de angústia. Eu também sentia o mesmo, um nó de protesto e negação. *Não, não pode ser verdade, não pode ter acontecido!* Eu lidaria com o inevitável mais tarde.

Ele colocou a mão no rosto, balançando a cabeça devagar de um lado para outro. E não falou nem se moveu enquanto eu terminava a limpeza e o curativo do ferimento.

– Pode fazer alguma coisa por Ian? – perguntou depois que terminei. Retirou a mão do rosto e ergueu os olhos para mim quando me levantei, o semblante abatido de exaustão e dor, mas novamente calmo. – Ele está... – Engoliu em seco e olhou para a porta. – Ele está mal, Sassenach.

Olhei para o uísque que eu trouxera: um quarto de garrafa. Jamie seguiu a direção do meu olhar e balançou a cabeça.

– Não é suficiente.

– Beba-o você, então. – Ele se negou, mas coloquei a garrafa em sua mão e pressionei seus dedos ao redor. – Ordens médicas. – Ele resistiu, fez menção de devolver a garrafa e eu apertei minha mão sobre a sua. – Eu *sei*. Jamie... eu sei. Mas você não pode se entregar. Não agora.

Ergueu os olhos para mim por um instante, depois balançou a cabeça, aceitando o que era necessário aceitar. Meus dedos estavam rígidos, frios da água e do ar gélido, mas ainda mais quentes que os dele. Envolvi sua mão livre com as minhas e a apertei com força.

– Há uma razão para o herói nunca morrer, sabe? – comentei, esboçando um sorriso, embora sentisse meu rosto enrijecido e falso. – Quando o pior acontece, alguém ainda deve decidir o que fazer. Entre em casa agora e se aqueça. – Olhei para a noite lá fora, com seu céu de lavanda e agitada pela neve em torvelinho. – Eu... encontrarei Ian.

Para onde ele teria ido? Não muito longe, não neste tempo. Considerando seu estado de espírito quando Jamie e ele voltaram com o corpo da sra. Bug, *devia* ter ido para a floresta, sem se importar para onde ou com o que pudesse lhe acontecer. Mas o cachorro estava com ele. Independentemente de como se sentisse, não levaria Rollo para uma nevasca violenta.

E uma forte nevasca vinha mesmo se formando. Subi devagar a colina na direção dos barracões externos da fazenda, protegendo a lanterna na dobra da minha capa. Ocorreu-me de repente que... Não! Se Arch Bug se escondera na casinhola de refrigeração ou no barraco de defumação... ele *saberia*? Parei de repente no caminho, deixando a neve espessa se acumular como um véu sobre minha cabeça e os ombros.

Eu estava tão chocada com o que acontecera que não me perguntei se Arch Bug saberia que sua mulher estava morta. Jamie contou que ele chamara Arch para que viesse assim que compreendera. Mas não houve resposta. Talvez Arch tivesse suspeitado de uma armadilha; talvez tivesse fugido ao ver Jamie e Ian, presumindo que eles não causariam nenhum mal a sua mulher.

– Ah, *maldição* – sussurrei, alarmada.

Não havia nada que eu pudesse fazer a respeito. Esperava poder ajudar Ian. Passei o braço pelo rosto, pisquei para tirar a neve das pestanas e continuei, devagar, a luz da lanterna engolida no vórtice da neve em redemoinho. Se eu me deparasse com Arch... Meus dedos se fecharam na alça da lanterna. Eu teria que contar para ele, levá-lo de volta à cabana, deixá-lo ver... Ah, meu Deus. Se eu voltasse com Arch, Jamie e Ian poderiam ocupá-lo por tempo suficiente para eu remover a sra. Bug da despensa e deixá-la mais apresentável? Eu não tivera tempo de retirar a flecha de seu pescoço nem de estender o corpo mais apropriadamente. Enfiei as unhas na palma da mão, tentando me controlar.

– Cristo, não deixe que eu o encontre – falei baixinho. – Por favor, não permita que eu o encontre.

A casinhola de refrigeração, o barraco de defumação e a tulha de milho estavam todos vazios, e ninguém poderia ter se escondido no galinheiro sem que as galinhas fizessem uma grande algazarra; estavam silenciosas, dormindo durante a tempestade de neve. A visão do galinheiro me fez lembrar da sra. Bug: espalhando milho de seu avental, chamando as tolas galinhas com seu cantarolar monótono. Ela dera nome a todas elas. Eu não me importava se estávamos comendo Isobeaìl ou Alasdair no jantar, mas no momento o fato de que agora ninguém mais seria capaz de distingui-las ou de se alegrar por Elspeth ter chocado dez pintinhos me parecia indescritivelmente desolador.

Finalmente encontrei Ian no estábulo, uma forma escura encolhida na palha junto às patas de Clarence, cujas orelhas se levantaram à minha chegada. Ela zurrou extasiada diante da perspectiva de mais companhia e as cabras baliram histericamente, achando que se tratava de um lobo. Os cavalos, surpresos, remexiam a cabeça de um lado para outro, resfolegando e relinchando. Rollo, aninhado no feno ao lado do dono, deu um latido agudo e breve de contrariedade diante da algazarra.

– Isto aqui está parecendo a Arca de Noé – observei, retirando a neve da minha capa e pendurando a lanterna em um gancho. – Tudo que precisamos é de um casal de elefantes. Pare, Clarence!

Ian voltou o rosto para mim, mas pude ver por seu semblante inexpressivo que ele não prestara atenção no que eu dissera.

Agachei-me ao seu lado e coloquei a mão em seu rosto. Estava frio, áspero, com a barba por fazer.

– Não foi sua culpa – declarei brandamente.

– Eu sei – concordou ele, engolindo em seco. – Mas não vejo como vou poder continuar vivendo. – Ele não estava sendo dramático. Sua voz denotava perplexidade e confusão. Rollo lambeu sua mão e seus dedos mergulharam nos pelos do pescoço do cachorro, como se buscasse apoio. – O que posso fazer, tia? Não há nada, não é? Não posso desfazer o que fiz. No entanto, continuo procurando uma forma de fazer isso. Uma forma de consertar as coisas. Só que… não sei como.

Sentei-me no feno a seu lado e passei um braço pelos seus ombros, pressionando sua cabeça contra mim. Ele cedeu, com relutância, embora eu sentisse pequenos e constantes estremecimentos de exaustão e dor percorrerem seu corpo como um calafrio.

– Eu a amava – disse ele, tão baixo que eu mal podia ouvi-lo. – Era como se fosse minha avó. E eu…

– Ela também amava você – sussurrei. – Ela não o culparia.

Eu continha minhas emoções para poder fazer o que precisava ser feito. Mas... Ian tinha razão. Não havia nada e, por absoluto desamparo, as lágrimas começaram a rolar por meu rosto. Eu não estava chorando. Era simplesmente a dor da perda e do choque que transbordava. Não conseguia contê-la.

Quer ele tenha sentido as lágrimas em sua pele ou apenas as vibrações da minha dor, eu não saberia dizer. Mas Ian também sucumbiu e chorou convulsivamente nos meus braços.

Desejei de todo o coração que ele fosse um menino e que o pranto pudesse lavar sua culpa e deixá-lo limpo, em paz. Mas ele já estava muito além de coisas simples assim. Tudo que eu podia fazer era abraçá-lo, afagar suas costas, com murmúrios apaziguadores. Em seguida, Clarence ofereceu consolo, respirando pesadamente na cabeça de Ian e mordiscando uma mecha de seu cabelo. Ian se afastou com um safanão, dando um tapa no focinho do burro.

– Ei, saia daí!

Engasgou-se, riu, abalado, chorou um pouco mais e, em seguida, limpou o nariz na manga. Permaneceu imóvel por algum tempo, reunindo os pedaços de si mesmo, e eu não interferi.

– Quando matei aquele homem em Edimburgo – disse em voz triste, mas controlada –, tio Jamie me levou ao confessionário e me ensinou a prece que se diz quando se mata alguém. Para encomendar sua alma a Deus. Pode dizê-la comigo, tia?

Eu não pensava na prece das almas há muitos anos e, desajeitada, tropecei pelas palavras. No entanto, Ian a recitou sem hesitação e eu me perguntei quantas vezes ele a havia usado através dos anos.

As palavras da oração pareciam insignificantes e inúteis, engolidas pelos ruídos do farfalhar do feno e da mastigação dos animais, mas senti uma pequena centelha de consolo. Tinha a sensação de que existia algo maior – e devia haver, porque obviamente *eu* não era suficiente para a situação.

Ian permaneceu sentado por algum tempo, imóvel, os olhos cerrados. Finalmente abriu-os para mim, o olhar escuro de compreensão, o rosto muito pálido sob os pelos curtos da barba.

– E depois você vive com isso – concluiu com suavidade.

Passou a mão pelo rosto.

– Mas acho que não conseguirei.

Era a simples afirmação de um fato, e isso me assustou muito. Minhas lágrimas haviam secado, mas parecia que eu olhava para dentro de um buraco negro, infinito – e não conseguia desviar os olhos.

Respirei fundo, tentando encontrar algo a dizer. Em seguida, retirei um lenço do bolso e o entreguei a ele.

– Você está respirando, Ian?

Ele sorriu.

– Sim, acho que sim.

– É tudo que precisa fazer por enquanto. – Levantei-me, limpei o feno da minha saia e estendi a mão para ele. – Venha. Precisamos voltar à cabana antes de ficarmos presos aqui pela neve.

A neve estava mais intensa agora e uma rajada de vento apagou a vela em minha lanterna. Não importava; eu poderia encontrar a cabana de olhos vendados. Ian seguiu à minha frente sem comentários, abrindo caminho pela neve recém-acumulada.

Esperava que a prece o tivesse ajudado um pouco e imaginei se os mohawks tinham um meio melhor de lidar com a morte injusta do que a Igreja Católica.

Então percebi que eu sabia exatamente o que os mohawks fariam nesse caso. Ian também; ele o fizera. Apertei mais a capa ao meu redor, sentindo como se eu tivesse engolido uma grande bola de gelo.

4

AINDA NÃO, POR ENQUANTO

Após muita discussão, os dois corpos foram carregados com cuidado para fora e estendidos na beirada do alpendre. Simplesmente não havia espaço suficiente para deixá-los em casa e, dadas as circunstâncias...

– Não podemos deixar o velho Arch continuar em dúvida – dissera Jamie, colocando um fim na discussão. – Se o corpo estiver bem à vista, ele pode sair do esconderijo ou não, mas saberá que sua mulher está morta.

– É verdade – disse Bobby Higgins, com um olhar inquieto na direção das árvores. – E o que acha que ele fará?

Jamie ficou parado por um instante, olhando para a floresta.

– Chorar – sussurrou. – E pela manhã veremos o que fazer.

Não era um tipo normal de velório, mas foi conduzido com todo o respeito possível. Amy doou para a sra. Bug um manto, feito depois de seu primeiro casamento e guardado com muito cuidado desde então. Vovó MacLeod foi envolvida no que restou de minha camisa sobressalente e mais dois aventais, rapidamente costurados para dar maior respeitabilidade à mortalha improvisada. Os corpos foram posicionados no alpendre, cada um com um pequeno pires de sal e uma fatia de pão no peito, apesar de não haver nenhum devorador de pecados disponível. Eu havia enchido um pequeno fogareiro de barro de carvão e o colocara perto dos corpos. Também tinha sido decidido que iríamos nos revezar durante a noite para velar as falecidas, já que o alpendre não comportava mais do que duas ou três pessoas.

– "*A lua no peito da neve recém-caída/ Dava o brilho do meio-dia aos objetos embaixo*" – recitei baixinho.

Era verdade. A tempestade de neve cessara e a lua quase cheia lançava uma luz pura e fria que fazia cada árvore coberta de neve se destacar da paisagem, nítida e delicada como uma pintura japonesa. E nas ruínas distantes da casa grande o jogo de varetas de toras queimadas ocultava tudo que estivesse embaixo.

Jamie e eu fazíamos o primeiro turno da vigília. Ninguém argumentou quando Jamie anunciou que seria assim. Ninguém dizia nada, mas a imagem de Arch Bug espreitando sozinho na floresta estava na mente de todos.

– Você acha que ele está lá? – perguntei a Jamie em voz baixa. Fiz sinal com a cabeça indicando as árvores escuras, tranquilas em suas mortalhas suaves.

– Se fosse você deitada aqui, *a nighean* – disse Jamie, baixando os olhos para as figuras brancas e imóveis na beira do alpendre –, eu estaria ao seu lado, morto ou vivo. Venha se sentar.

Sentei-me a seu lado, o fogareiro perto dos nossos joelhos envoltos na capa.

– Pobres coitadas – disse, após alguns instantes. – Estão muito longe da Escócia.

– Estão, sim – respondeu ele e tomou minha mão. Seus dedos não estavam mais aquecidos do que os meus, porém o tamanho e a força deles eram reconfortantes. – Mas serão enterradas entre pessoas que as conheciam, se não entre seus parentes.

– É verdade.

Se os netos da vovó MacLeod voltassem um dia, encontrariam um marco assinalando sua sepultura e saberiam que ela havia sido tratada com bondade. A sra. Bug não tinha nenhum parente, salvo Arch. Ninguém para voltar e procurar a sepultura. Mas estaria entre pessoas que a conheceram e amaram. E quanto a Arch? Se tinha parentes na Escócia, nunca os mencionara. Sua mulher fora tudo para ele, assim como ele para ela.

– Você não acha que Arch pode... acabar com a própria vida? – perguntei delicadamente. – Quando souber?

Jamie balançou a cabeça negando.

– Não é do feitio dele.

De certo modo, fiquei feliz por ouvir isso. Por outro lado, de modo menos misericordioso, não pude deixar de me perguntar o que um homem com as paixões de Arch poderia fazer, abalado por esse golpe mortal, agora privado da mulher que fora sua âncora e porto seguro durante a maior parte de sua vida.

O que um homem desses faria? Navegar a favor do vento até atingir um recife e afundar? Ou amarrar sua vida à âncora improvisada da fúria e tomar a vingança como sua bússola? Eu vira a culpa que Jamie e Ian estavam carregando; quanto mais Arch estava suportando? Um homem poderia aguentar tal culpa? Ou teria que colocá-la para fora, como uma simples questão de sobrevivência?

Jamie nada dissera sobre suas especulações, mas eu notara que ele carregava tanto a pistola quanto a adaga na cintura. A pistola estava carregada e preparada. Podia sentir o leve cheiro de pólvora sob o sopro resinoso dos abetos. Claro, podia ser para afugentar um lobo solitário ou raposas...

Permanecemos sentados em silêncio por algum tempo, observando a claridade inconstante das brasas no fogareiro e o bruxulear da luz nas dobras das mortalhas.

– Acha que devemos rezar? – sussurrei.

– Não parei de rezar desde que aconteceu, Sassenach.

– Compreendo o que quer dizer.

Realmente, eu compreendia. A prece apaixonada para que não fosse verdade e, depois, a prece em busca de orientação; a necessidade de fazer alguma coisa quando nada podia ser feito. E, é claro, a prece pelo descanso das falecidas. Ao menos vovó MacLeod esperara a morte. *E lhe dera as boas-vindas*, pensei. A sra. Bug, ao contrário, devia ter ficado surpresa ao se ver tão repentinamente morta. Tive a desconcertante visão da sra. Bug de pé na neve logo fora do alpendre, olhando espantada para seu corpo, as mãos nos quadris robustos, os lábios franzidos de contrariedade por ter sido desencarnada.

– Foi realmente um choque – comentei, como se me desculpasse.

– Sim, é verdade.

Jamie enfiou a mão dentro da capa e retirou seu frasco de bebida. Após destampá-lo, inclinou-se para a frente e despejou algumas gotas de uísque na cabeça de cada uma das mulheres mortas. Em seguida, ergueu o frasco em um brinde silencioso à vovó MacLeod, depois à sra. Bug.

– Murdina, mulher de Archibald, você era uma grande cozinheira – disse simplesmente. – Jamais esquecerei seus pãezinhos. Pensarei em você quando estiver comendo meu mingau da manhã.

– Amém – respondi, a voz trêmula entre o riso e as lágrimas.

Aceitei o frasco e tomei um gole; o uísque queimou minha garganta apertada e eu tossi.

– Sei a receita dela para *piccalilli*. Ela não pode se perder. Vou anotá-la.

A ideia de escrever me fez lembrar da carta inacabada, ainda dobrada em minha sacola de costura. Jamie sentiu a leve rigidez da minha postura e virou a cabeça para mim, com um ar interrogativo.

– Só estava pensando naquela carta – expliquei, limpando a garganta. – Quero dizer, apesar de Roger e Bri saberem que a casa foi destruída por um incêndio, ficarão felizes em saber que ainda estamos vivos.

Cientes tanto dos tempos precários que vivíamos quanto da sobrevivência incerta de documentos históricos, Jamie e Roger haviam elaborado vários planos para a transmissão de informações, desde a publicação de mensagens codificadas em diversos jornais a algo mais sofisticado, envolvendo a Igreja da Escócia e o Banco da Inglaterra. Tudo isso, é claro, pautado no fato básico de que a família MacKenzie havia feito a passagem pelas pedras com sucesso e chegado mais ou menos na época certa. Mas eu era obrigada, para minha paz de espírito, a presumir que sim.

– Mas não quero terminá-la tendo que lhes contar... isto. – Meneei a cabeça, indicando as figuras amortalhadas. – Eles amavam a sra. Bug... e Brianna ficaria muito angustiada por Ian.

– Sim, tem razão – concordou Jamie, pensativo. – E as chances são que Roger Mac iria refletir e tirar conclusões a respeito de Arch. Sabendo, e não tendo condições de fazer nada a respeito... Sim, ficariam preocupados até encontrarem outra carta contando como tudo se resolveu. E só Deus sabe quanto tempo levará até que tudo se resolva.

– E se não receberem a próxima carta...

Ou se não vivermos o suficiente para escrevê-la, pensei.

– Sim, é melhor não contar a eles. Não por enquanto.

Aproximei-me ainda mais, recostando-me nele, e Jamie passou um braço ao meu redor. Continuamos sentados, imóveis e calados, por algum tempo, ainda perturbados e tristes, mas reconfortados pelo pensamento em Roger, Bri e as crianças.

Ouvi sons atrás de mim na cabana. Todos haviam permanecido quietos até então, chocados, mas a normalidade estava se restabelecendo. Não era possível manter as crianças sossegadas por muito tempo e eu podia ouvir perguntas em tom agudo, pedidos exigentes de comida, a tagarelice dos pequenos, agitados com o fato de estarem acordados tão tarde da noite, as vozes se misturando à barulheira de panelas e utensílios na preparação de comida. Haveria pães e tortas durante toda a próxima etapa da vigília. A sra. Bug ficaria contente. Uma chuva repentina de fagulhas voou pela chaminé e caiu por todo o alpendre como estrelas cadentes, brilhantes contra a noite escura e a neve fresca e branca.

O braço de Jamie me apertou e ele fez um pequeno ruído de prazer diante da cena.

– Isso... que você disse sobre a neve recém-caída... – comentou em seu suave sotaque das Terras Altas – é um poema, não é?

– É, sim. Não muito apropriado para um velório. É um poema divertido de Natal chamado "A visita de Papai Noel".

Jamie deu uma pequena risada, o hálito branco.

– Não creio que a palavra "apropriado" tenha muito a ver com qualquer velório, Sassenach. Dê bastante bebida aos enlutados e logo estarão cantando "*O thoir a-nall am Botul*" e as crianças estarão brincando de ciranda no pátio, ao luar.

Eu não ri propriamente, mas pude visualizar a cena com muita facilidade. De fato, havia bastante bebida. Um novo tonel de cerveja se encontrava na despensa e Bobby tinha trazido o pequeno barril de uísque para as emergências de seu esconderijo no celeiro. Ergui a mão de Jamie e beijei os nós dos dedos frios. O choque e a sensação de desarranjo da ordem começavam a se dissipar com a crescente percepção da pulsação de vida atrás de nós. A cabana era uma pequena e vibrante ilha de vida flutuando na superfície branca e preta da noite.

– *Nenhum homem é uma ilha* – disse Jamie suavemente, captando meu pensamento não enunciado.

– Agora, *isso* é bem apropriado – comentei. – Talvez apropriado demais.

– Como assim?

– *E por isso não perguntes por quem os sinos dobram, eles dobram por ti.* Nunca ouço *Nenhum homem é uma ilha* sem que venha imediatamente seguido do último verso.

– Humm. Sabe o poema inteiro, hein? – Sem esperar pela minha resposta, inclinou-se para a frente e revolveu as brasas com uma vareta, levantando breves faíscas silenciosas. – Não é bem um poema, sabe... ou o sujeito não pretendia que fosse.

– Não? – perguntei, surpresa. – O que é? Ou o que foi?

– Uma meditação, algo entre um sermão e uma prece. John Donne o escreveu como parte de seu "Devoções para ocasiões emergentes". É bem adequado, não? – acrescentou, com um toque de ironia.

– Não ficam muito mais emergentes do que isso, não. O que estou perdendo, então?

– Humm. – Puxou-me para mais perto de si e inclinou a cabeça para se apoiar na minha. – Deixe-me tentar lembrar o que eu puder. Não vou me lembrar de tudo, mas algumas partes me impressionaram, portanto eu me lembro delas.

Eu podia ouvir sua respiração, lenta e tranquila, concentrando-se.

– *Todo o gênero humano tem um único autor* – disse devagar – *e constitui um único volume. Quando um homem morre, um capítulo não é arrancado do livro, mas traduzido para uma língua melhor; e todo capítulo deve ser assim traduzido.* Depois há trechos que não sei de cor, mas gostava deste: *O sino realmente toca para aquele que acredita que ele o faz* – e sua mão apertou a minha delicadamente – *e, embora ele pare novamente, a partir do minuto que aquela ocasião o impressionou, ele está unido com Deus.*

– Humm. – Pensei nisso por alguns instantes. – Tem razão. É menos poético, mas dá um pouco mais de... esperança?

Eu o senti sorrir.

– Sim, sempre achei isso.

– Onde você leu isso?

– John Grey me deu um livrinho das reflexões de Donne quando eu era prisioneiro em Helwater. Estava ali.

– Um cavalheiro muito letrado – comentei, um pouco irritada com esse lembrete da parte substancial da vida de Jamie que John Grey compartilhara.

Ao mesmo tempo, fiquei contente por ele ter tido um amigo durante essa época difícil. Com que frequência, perguntei-me, Jamie ouvira esse sino tocando?

Endireitei-me, peguei o frasco e tomei um gole revigorante. O cheiro de pão assando, de cebolas e carne refogada vazava pela porta e meu estômago roncou de modo inconveniente. Jamie não notou. Pensativo, semicerrava os olhos na direção oeste, onde a montanha jazia, oculta por nuvens.

– Os rapazes MacLeods disseram que as trilhas já estavam até os quadris de neve quando eles vieram – comentou. – Se há uns 30 centímetros de neve fresca aqui, há três vezes mais lá no alto. Não vamos a lugar algum até o degelo da primavera, Sassenach. Tempo suficiente para esculpir boas lápides, ao menos – acrescentou, com um rápido olhar para nossas hóspedes silenciosas.

– Então você ainda pretende ir para a Escócia? – Fora o que ele dissera depois do incêndio da casa grande, porém não tocara mais no assunto desde então. Eu não sabia ao certo se ele falara a sério ou se estava apenas reagindo à pressão dos acontecimentos na ocasião.

– Sim, pretendo. Não podemos permanecer aqui, eu acho – confirmou ele com certo pesar. – Quando chegar a primavera, o interior da colônia estará fervilhando outra vez. Já chegamos perto demais do fogo. – Ergueu o queixo na direção das ruínas carbonizadas da casa grande. – Não pretendo ser assado da próxima vez.

– Bem... sim.

Ele tinha razão, eu sabia. Podíamos construir outra casa, mas era improvável que nos permitissem viver pacificamente nela. Entre outras coisas, Jamie fora um coronel de milícia. Salvo por incapacidade física ou ausência, não podia abdicar dessa responsabilidade. E as opiniões nas montanhas não eram de modo algum unânimes a favor da rebelião. Eu conhecia várias pessoas que haviam sido surradas, queimadas, obrigadas a se refugiar nas florestas ou nos pântanos, ou simplesmente assassinadas em consequência direta de suas preferências políticas expressas de maneira incauta.

As condições do tempo nos impediam de partir, mas também estancavam o movimento das milícias – ou bandos itinerantes de bandidos. Esse pensamento lançou um calafrio pelo meu corpo.

– Quer entrar, *a nighean*? – perguntou Jamie, percebendo. – Posso vigiar sozinho por algum tempo.

– Certo. E sairemos com os pãezinhos e o mel e o encontraremos estendido ao lado das velhas senhoras com um machado na cabeça. Estou muito bem aqui, obrigada.

Tomei novo gole do uísque e lhe passei o frasco.

– Mas não teríamos necessariamente que ir para a Escócia – sugeri, observando-o beber. – Poderíamos ir para New Bern. Você poderia se unir a Fergus na gráfica.

Era o que ele pretendia fazer: ir para a Escócia, recuperar a gráfica que deixara em Edimburgo, depois voltar para se engajar na luta, armado com chumbo na forma de lingotes de tipos, em vez de balas de mosquete. Eu não sabia ao certo qual método era mais perigoso.

– Você acha que a sua presença impediria Arch de tentar rachar meu crânio? – Jamie sorriu ligeiramente. – Não... Fergus tem o direito de se colocar em perigo, e é isso que ele quer. Mas não tenho o direito de arrastá-lo e a sua família para os meus problemas.

– Agora já imagino o tipo de material que você pretende imprimir. E minha presença talvez não impeça Arch de atacá-lo, mas eu poderia ao menos avisar você se o vir se aproximando pelas suas costas.

– Eu sempre vou querer você às minhas costas, Sassenach – assegurou-me com ar grave. – Então, já sabe o que pretendo fazer?

– Sim – respondi, com um suspiro. – De vez em quando, tenho a vã esperança de estar errada a seu respeito, mas nunca estou.

Isso o fez rir.

– Não, não está – concordou ele. – Mas continua aqui, hein? – Ergueu o frasco em saudação a mim e tomou um gole. – É bom saber que alguém vai sentir minha falta quando eu morrer.

– Não deixei de notar esse "quando" em vez de "se"– disse friamente.

– Sempre foi "quando", Sassenach – retrucou ele. – "Todo capítulo deve ser assim traduzido." Certo?

Respirei fundo e observei meu hálito se tornar uma nuvem de vapor.

– Eu sinceramente espero não ter que fazê-lo, mas, se a situação surgir, você gostaria de ser enterrado aqui? Ou prefere ser levado de volta para a Escócia?

Eu estava pensando em um marco de granito no cemitério de St. Kilda, com o nome dele gravado e o meu também. A maldita pedra quase me fez ter um infarto quando a vi e eu não tinha certeza se havia perdoado Frank por isso, embora houvesse surtido o efeito que ele desejara.

Jamie fez um leve ruído, resfolegando, não propriamente uma risada.

– Vou ter sorte se conseguir ser enterrado, Sassenach. É bem provável que eu morra afogado, queimado ou seja deixado para apodrecer em algum campo de batalha. Não se preocupe. Se tiver que se livrar da minha carcaça, deixe-a para os abutres.

– Vou me lembrar disso.

– Você se importa de ir para a Escócia? – perguntou ele, as sobrancelhas erguidas.

Suspirei. Apesar de saber que ele não estaria enterrado embaixo daquela lápide em particular, não conseguia me livrar da ideia de que em algum momento ele iria morrer lá.

– Não. Vou me importar de deixar as montanhas. Vou me importar de vê-lo ficar verde e vomitar as entranhas em um navio, e posso me importar com o que acontecer a caminho desse navio, mas... Edimburgo e gráficas à parte, você quer ir para Lallybroch, não é?

Ele balançou a cabeça, os olhos fixos nas brasas. A luz do fogareiro era fraca, mas realçava o arco ruivo de suas sobrancelhas e traçava uma linha dourada pelo seu nariz reto e comprido.

– Eu prometi – afirmou ele. – Falei que levaria o Jovem Ian de volta para a mãe dele. E depois disto... é melhor que ele vá.

Balancei a cabeça. Três mil milhas de oceano poderiam não ser suficientes para Ian fugir de suas lembranças, mas mal não fariam. E talvez a alegria de ver seus pais, seus irmãos e irmãs, as Terras Altas... talvez isso o ajudasse a se curar.

Jamie tossiu e passou o nó de um dedo sobre os lábios.

– E há outra coisa – disse ele, um pouco timidamente. – Outra promessa, como se poderia dizer.

– Qual?

Ele me fitou com aqueles olhos escuros e sérios.

– Eu jurei a mim mesmo que jamais encararei meu filho por cima do cano de uma arma.

Respirei fundo. Após um instante de silêncio, ergui os olhos das mulheres cobertas com suas mortalhas.

– Você não perguntou o que eu gostaria que fosse feito com o *meu* corpo. – Eu falara, ao menos em parte, de brincadeira, para fazê-lo espairecer, mas seus dedos se fecharam tão abruptamente sobre os meus que eu me assustei.

– Não – disse ele, baixinho. – E nunca o farei. – Não olhava para mim, mas para a extensão branca à nossa frente. – Não posso pensar em você morta, Claire. Qualquer outra coisa, menos isso. Não posso.

Ele se levantou. Um estrépito de madeira, um barulho metálico de uma vasilha de estanho e chamados insistentes vindos de dentro da cabana me salvaram de responder. Simplesmente deixei que ele me ajudasse a levantar quando a porta se abriu, derramando luz no alpendre.

O dia nasceu claro e brilhante, com uns 30 centímetros de neve fresca no solo. Por volta de meio-dia, os pingentes de gelo que pendiam dos beirais da cabana começaram a se soltar, caindo aleatoriamente como adagas, com ruídos surdos e intermitentes. Com pás, Jamie e Ian haviam subido a colina até o pequeno cemitério para ver se o terreno poderia ser escavado fundo o suficiente para duas sepulturas decentes.

– Leve Aidan e um ou dois dos outros meninos com vocês. Eles precisam sair um pouco de casa.

Jamie me lançou um olhar incisivo, mas assentiu. Ele sabia muito bem o que eu estava pensando. Arch Bug poderia ainda não saber que sua mulher estava morta, mas começaria a tirar conclusões se visse que uma sepultura estava sendo preparada.

– Seria melhor se ele viesse falar comigo – Jamie me dissera em voz baixa, protegido pelo barulho feito pelos meninos se aprontando para ir, as mães preparando um lanche para ser levado e as crianças menores brincando de roda no quarto.

– Sim, e os meninos não vão impedi-lo de fazer isso. Mas se ele resolver não aparecer e falar com você...

Ian havia me dito que ouvira o disparo de um rifle durante o confronto na noite anterior. No entanto, Arch Bug não era um exímio atirador e provavelmente hesitaria em disparar contra um grupo que incluía crianças.

Jamie balançara a cabeça, silencioso, e mandara Aidan chamar seus dois primos mais velhos.

Levando Clarence, o burro de carga, Bobby também subiu com o grupo para preparar as sepulturas. Havia um estoque de tábuas de pinho recém-serradas no local, mais na encosta da montanha, onde Jamie dissera que nossa nova casa um dia seria erguida. Se as sepulturas pudessem ser cavadas, Bobby traria algumas tábuas para fazer os caixões.

Da minha perspectiva no alpendre da frente, eu podia ver Clarence agora, descendo a colina com afetação e graça, as orelhas apontadas uma para cada lado, como para ajudá-lo em seu equilíbrio. Avistei Bobby andando do outro lado do burro, segurando a carga de vez em quando para evitar que escorregasse; ele me viu e acenou, sorrindo. A letra M marcada em seu rosto era visível mesmo àquela distância, lívida contra a vermelhidão do frio em sua pele.

Retribuí o aceno e entrei em casa para dizer às mulheres que iríamos de fato ter um funeral.

Subimos a trilha sinuosa até o pequeno cemitério na manhã seguinte. As duas senhoras, companheiras improváveis na morte, jaziam lado a lado em seus caixões em um trenó, puxado por Clarence e uma burrinha das mulheres McCallums, uma fêmea pequena e preta chamada Pudim.

Não estávamos bem-vestidos. Ninguém tinha roupas boas, com exceção de Amy McCallum Higgins, que usara seu lenço de casamento, orlado de renda, em sinal de respeito. Mas estávamos limpos e arrumados, e os adultos, ao menos, exibiam um aspecto sério e atento. Muito atento.

– Quem será a nova guardiã, mamãe? – perguntou Aidan à mãe, fitando os dois caixões, enquanto o trenó rangia lentamente colina acima, à nossa frente. – Quem morreu primeiro?

– Ora... não sei, Aidan – respondeu Amy, parecendo um pouco desconcertada. Franziu a testa para os caixões, depois olhou para mim. – Você sabe, sra. Fraser?

A pergunta me atingiu como se tivessem atirado uma pedrinha em mim. Pisquei várias vezes. Eu sabia, é claro, mas... Com algum esforço, abstive-me de olhar para o meio das árvores que ladeavam a trilha. Eu não fazia a menor ideia de onde Arch Bug estaria, mas estava por perto. Eu não tinha a menor dúvida sobre isso. E se estivesse perto o suficiente para ouvir essa conversa...

A superstição das Terras Altas dizia que a última pessoa a ser enterrada em um cemitério se tornava a guardiã e devia defender de qualquer mal as almas que ali descansavam até que outra pessoa morresse e assumisse o lugar de guardiã – quando então o guardião anterior era liberado e podia ir para o céu. Eu não achava que Arch ficaria satisfeito com a ideia de sua mulher ficar presa na Terra para guardar as sepulturas de presbiterianos e pecadores como Malva Christie.

Senti um frio no coração ao pensar em Malva. Agora que eu havia parado para pensar, ela era provavelmente a atual guardiã do cemitério. Apesar de outras pessoas terem morrido na Cordilheira desde sua morte, ela fora a última a ser propriamente enterrada no cemitério. Seu irmão, Allan, foi enterrado ali perto, um pouco para dentro da floresta, em uma sepultura secreta, sem marco. Não sabia se era suficientemente próxima para contar. E seu pai...

Limpando a garganta, respondi:

– Ah, a sra. MacLeod. Ela estava morta quando voltamos para a cabana com a sra. Bug. – O que era verdade. Pareceu-me melhor omitir o fato de ela já estar morta quando *deixei* a cabana.

Eu olhava para Amy enquanto falava com ela. Virei a cabeça de novo para a trilha e lá estava ele, bem à minha frente. Arch Bug, em sua capa preta desbotada, a cabeça branca descoberta e abaixada, seguindo o trenó pela neve, lento como um corvo preso à terra. Um leve estremecimento percorreu o séquito.

Então ele virou a cabeça e me viu.

– Vai cantar, sra. Fraser? – perguntou, a voz tranquila e cortês. – Gostaria que ela fosse levada ao seu lugar de descanso com todas as cerimônias adequadas.

– Eu... Sim, é claro.

Ruborizada, pensei em alguma coisa adequada. Eu simplesmente não estava à altura do desafio de compor um *caithris* apropriado, um lamento para os mortos, quanto mais de oferecer a lamentação formal que um funeral das Terras Altas de primeira classe teria.

Decidi por um salmo em gaélico que Roger me ensinara, "*Is e Dia fèin a's buachaill dhomb*". Era um cântico em versos, cada um devendo ser cantado por um dirigente de coro, em seguida repetido, verso a verso, pela congregação. Mas era simples e, apesar de minha voz parecer fina e débil na encosta da montanha, as pessoas à minha volta podiam compreender e, quando chegamos ao local do enterro, havíamos conseguido um nível respeitável de fervor e volume.

O trenó parou na borda da clareira rodeada de pinheiros. Algumas cruzes de madeira e montículos de pedras eram visíveis através da neve parcialmente derretida, bem como as duas covas recém-abertas no centro, lamacentas e brutais. A visão das sepulturas estancou a cantoria repentinamente, como um balde de água fria.

O sol brilhava com uma luz pálida através das árvores e havia um bando de trepadeiras-azuis chilreando nos galhos na borda da clareira, inconvenientemente alegres. Jamie conduzira os burros e não olhara para trás à aparição de Arch. Agora, no entanto, ele se virou para Arch e, com um pequeno gesto para o caixão mais próximo, perguntou em voz baixa:

– Quer olhar para sua esposa uma última vez?

Foi somente quando Arch assentiu e se moveu para o lado do trenó que eu percebi que, enquanto os homens haviam pregado a tampa do caixão da sra. MacLeod, tinham deixado a da sra. Bug solta. Bobby e Ian a levantaram, os olhos no chão.

Arch soltara os cabelos em sinal de pesar. Eu nunca os vira soltos. Eram ralos, completamente brancos, e ondularam ao redor de seu rosto como filetes de fumaça quando ele se inclinou e levantou com cuidado a mortalha do rosto de Murdina.

Engoli em seco, cerrando os punhos. Eu havia removido a flecha – uma tarefa nada agradável – e depois enrolara sua garganta com uma atadura limpa antes de pentear seus cabelos. Ela parecia bem, embora diferente. Acho que nunca a vira sem sua touca e a atadura ao redor do pescoço lhe dava o ar severo e formal de um ministro presbiteriano. Vi Arch se encolher quase imperceptivelmente e sua garganta se mover. Recobrou o controle de sua expressão quase imediatamente, mas eu notei os sulcos que corriam do nariz ao queixo como valas em barro molhado e o modo como abria e fechava as mãos sem parar, buscando segurar alguma coisa que não estava ali.

Fitou o interior do caixão por um longo tempo, depois enfiou a mão em seu *sporran* e retirou dali alguma coisa. Quando ele afastou a capa, notei que seu cinto estava vazio. Ele estava desarmado.

O objeto em sua mão era pequeno e brilhante. Inclinou-se e tentou prendê-lo na mortalha, mas não conseguiu, devido à falta dos dedos. Tateou desajeitadamente, sussurrou alguma coisa em gaélico, depois ergueu os olhos para mim, quase com pânico nos olhos. Aproximei-me dele e peguei o objeto de sua mão.

Era um broche, pequeno e maravilhosamente moldado na forma de uma andorinha em pleno voo. Feito de ouro e parecendo muito novo. Afastando a mortalha para trás, prendi o broche no lenço da sra. Bug. Eu nunca tinha visto aquele broche antes. Arch provavelmente o fizera com o ouro que tomara de Jocasta Cameron – talvez quando ele começou a retirar os lingotes, um a um; talvez mais tarde. Uma promessa feita à mulher: que seus anos de penúria e dependência haviam terminado. Bem... de fato haviam. Olhei para Arch e, a um sinal de sua cabeça, recoloquei a mortalha sobre o rosto frio de sua mulher.

Estendi a mão para tocá-lo, tomar seu braço, mas ele se afastou e ficou parado, olhando impassivelmente enquanto Bobby pregava a tampa. Em determinado momento, seu olhar se levantou e perscrutou Jamie. Em seguida, fez o mesmo com Ian.

Pressionei os lábios com força, olhando para Jamie enquanto retornava para seu lado, vendo a angústia gravada com clareza em seu rosto. Tanta culpa! Não que já não houvesse bastante. Arch obviamente sentia a própria. Não ocorreu a nenhum deles que a própria sra. Bug teve alguma coisa a ver com isso? Se ela não tivesse atirado em Jamie... Mas as pessoas nem sempre agem de forma inteligente. E o fato de alguém ter contribuído para seu falecimento diminuiria a tragédia do que acontecera?

Avistei a pedra que assinalava a sepultura de Malva e seu filho, apenas o topo visível através da neve – redondo, úmido e escuro, como o topo da cabeça de um bebê ao nascer.

Descanse em paz, pensei, e senti um pequeno relaxamento da tensão sob a qual estava havia dois dias. *Você pode ir agora.*

Ocorreu-me que, independentemente do que eu dissera a Amy e Aidan, isso não alterava a ordem de quem havia morrido primeiro. Ainda assim, considerando a personalidade da sra. Bug, eu achava que ela gostaria de estar no comando, cacarejando e perturbando as almas residentes como seu bando de amadas galinhas, banindo os espíritos do mal com palavras duras e brandindo uma salsicha como arma.

Esse pensamento me ajudou a atravessar a breve leitura da Bíblia, as preces, as lágrimas – de mulheres e crianças, a maioria delas não fazendo a menor ideia da razão de estarem chorando –, a remoção dos caixões do trenó e uma recitação um pouco desarticulada do pai-nosso.

Senti muita falta de Roger – de sua calma e genuína compaixão ao conduzir um funeral. Talvez ele soubesse o que dizer no discurso fúnebre sobre Murdina Bug. Mas agora ninguém falou quando a prece terminou e se instaurou um longo e constrangedor silêncio, as pessoas se remexendo desconfortavelmente, apoiando-se ora num pé, ora no outro. Estávamos sobre 30 centímetros de neve e as anáguas das mulheres estavam molhadas até os joelhos.

Vi Jamie remexer os ombros, como se seu casaco estivesse apertado, e olhar para o trenó, onde as pás estavam embaixo de um cobertor. No entanto, antes que fizesse sinal para Ian e Bobby, Ian inspirou fundo e deu um passo à frente.

Postou-se ao lado do caixão da sra. Bug, junto do marido enlutado, e parou, querendo falar algo. Arch o ignorou por um longo momento, olhando fixamente para dentro da cova, mas finalmente ergueu o rosto, impassível, esperando.

– Foi pela minha mão que isto – Ian engoliu em seco –, que esta mulher de grande valor morreu. Não tirei sua vida por maldade nem intencionalmente e é um sofrimento para mim. Mas ela morreu pela minha mão.

Rollo choramingou baixinho ao lado de Ian, sentindo a aflição do dono, mas Ian colocou a mão na cabeça do cão, que ficou quieto. Ian tirou a faca de sua cintura e a colocou sobre o caixão, em frente a Arch Bug. Em seguida, se empertigou e o encarou.

– Certa vez, você fez um juramento a meu tio, em uma época de grande provação, e ofereceu vida por vida por esta mulher. Eu juro pela minha arma e ofereço o mesmo. – Seus lábios se pressionaram por um instante e sua garganta se moveu, os olhos escuros e calmos. – Acho que talvez não falasse a sério, senhor... mas eu falo.

Percebi que eu estava prendendo a respiração e me forcei a soltar o ar. Seria esse um plano de Jamie? Ian parecia estar certo. Ainda assim, as chances de Arch aceitar a oferta ali mesmo e cortar a garganta de Ian diante de uma dúzia de testemunhas eram escassas, por mais exigentes que fossem seus sentimentos. Por outro lado, se ele publicamente recusasse a oferta, a possibilidade de uma recompensa mais formal e menos sangrenta se apresentava, mas o Jovem Ian seria aliviado, ao menos em parte, de sua culpa. *Maldito escocês*, pensei, erguendo os olhos para Jamie – não sem certa admiração.

Entretanto, eu podia sentir pequenos solavancos de energia percorrerem seu corpo a intervalos de segundos, cada qual logo reprimido. Ele não iria interferir na tentativa de expiação de Ian. Também não iria deixar que ele fosse ferido, se por acaso Arch *realmente* optasse por sangue. E evidentemente ele considerava isso uma possibilidade. Olhei para Arch e concordei com Jamie.

Arch encarou Ian por um instante, as sobrancelhas grossas e despenteadas, com pelos cinza-chumbo e rebeldes da velhice. Os olhos dele eram cinza-chumbo e frios como aço.

– Fácil demais, garoto – disse por fim, com uma voz de metal enferrujado.

Abaixou os olhos para Rollo, parado junto a Ian, as orelhas levantadas e os olhos de lobo desconfiados.

– Você me daria seu cachorro para matar?

A máscara de Ian se rompeu no mesmo instante, o choque e o horror o tornando de repente muito jovem. Eu o ouvi engolir em seco e se preparar, mas sua voz saiu embargada ao responder:

– Não, ele não fez nada. É meu crime, não dele.

Arch sorriu bem de leve, embora o sorriso não chegasse aos seus olhos.

– Sim. Então você compreende. E ele não passa de um animal pulguento. Não é uma esposa. – "Esposa" foi dito quase num sussurro. Limpou a garganta. Em seguida, olhou com cuidado de Ian para Jamie, depois para mim. – Não é uma esposa – repetiu.

Eu já sentira meu sangue gelar. Isso congelou meu coração. Sem nenhuma pressa, Arch fitou cada um dos homens.

– Você me verá outra vez quando tiver algo que valha a pena, garoto... – concluiu tranquilamente, depois se afastou para o meio das árvores.

5

MORALIDADE PARA VIAJANTES DO TEMPO

Havia uma luminária elétrica em sua escrivaninha, mas Roger sempre preferia trabalhar à luz de vela à noite. Tirou um fósforo da caixa e o acendeu com um único movimento. Depois da carta de Claire, achava que jamais acenderia um fósforo de novo sem pensar na sua história do incêndio da casa grande. Meu Deus, ele queria ter estado lá.

A chama do fósforo diminuiu quando a encostou no pavio e a cera translúcida da vela adquiriu um tom azul etéreo e sobrenatural por um instante, depois se iluminou com sua claridade normal. Olhou para Mandy, cantando para uma coleção de brinquedos de pelúcia no sofá. Ela já havia tomado banho e devia se manter longe de confusão enquanto Jem tomava o dele. De olho nela, sentou-se à escrivaninha e abriu seu caderno de notas.

Ele o começara em parte por diversão. Mas também como único recurso que conseguia imaginar para combater um medo paralisante.

– Você pode ensinar as crianças a não atravessarem a rua sozinhas – ressaltara Bri. – Sem dúvida, também pode ensiná-las a ficar bem longe de monumentos de pedra.

Ele concordara, mas com consideráveis reservas. Crianças pequenas, sim. Era possível fazer uma lavagem cerebral para que não enfiassem garfos nas tomadas. Mas e quando se tornassem adolescentes, com todo aquele desejo incipiente de descoberta da própria individualidade e do desconhecido? Lembrava-se muito bem de si mesmo quando adolescente. Diga a um adolescente para não enfiar garfos nas tomadas e ele partirá para a gaveta de talheres no instante em que você virar as costas. As meninas podiam ser diferentes, mas ele duvidava.

Olhou novamente para o sofá. Amanda estava deitada agora, as pernas para o ar e um enorme urso de pelúcia com cara de rato equilibrado sobre os pés, para o qual ela cantava "Frère Jacques". Mandy era tão pequena que não se lembraria. Jem, sim. Ele se lembrava. Era bem perceptível quando o menino acordava de pesadelos, os olhos arregalados, fixos no vazio, sem poder descrever seu sonho. Graças a Deus, não acontecia com frequência.

Ele mesmo começava a suar frio sempre que lembrava da última passagem através das pedras. Agarrara Jemmy contra o peito e entrara... Meu Deus, não havia nome para aquilo, porque o gênero humano, como um todo, não sofrera essa experiência. Não chegava nem perto de alguma coisa com a qual pudesse ser comparada.

Nenhum dos sentidos funcionava ali. Ao mesmo tempo, todos eles funcionavam, em tal estado de hipersensibilidade que você morreria disso se durasse um pouco mais. Um imenso vazio em que o som parecia surrá-lo, pulsando através de seu corpo, tentando separar cada célula das vizinhas. Cegueira absoluta, a cegueira de olhar diretamente para o sol. E o impacto de... corpos? Fantasmas? Pessoas invisíveis que roçavam em você como asas de mariposas ou pareciam esbarrar em você e atravessá-lo, como uma colisão de ossos se embaralhando. Uma permanente sensação de gritaria.

Havia um cheiro? Parou para pensar, franzindo a testa, tentando se lembrar. Sim, claro que havia. E, por mais estranho que pareça, um odor perfeitamente descritível: o cheiro de ar queimado por um raio. Ozônio.

Tem um forte cheiro de ozônio, escreveu, sentindo-se aliviado por ter ao menos esse pequeno ponto de referência com o mundo normal.

Esse alívio desapareceu no instante seguinte, ao retornar ao esforço mental de lembrar.

Sentira como se nada, salvo sua força de vontade, os mantivesse juntos, nada senão absoluta determinação de sobreviver. Saber o que o esperava não ajudara nem um pouco. Foi diferente – e muito pior do que suas experiências anteriores.

Ele sabia que não devia olhar para eles – os fantasmas ou fossem lá o que fossem.

"Olhar" não era o termo adequado... Prestar atenção? Mais uma vez, não havia uma palavra certa, e ele suspirou, exasperado.

– *Sonnez les matines, sonnez les matines...*

– *Din dan don* – cantou ele baixinho, em coro com ela. – *Din dan don.*

Ficou tamborilando a caneta no papel por um instante, pensando, depois balançou a cabeça e se debruçou sobre o papel outra vez, tentando explicar sua primeira tentativa, a ocasião em que ficara a... instantes? Centímetros? Um grau ínfimo de distância do encontro com seu pai... e da destruição.

Creio que não se pode atravessar a linha da própria vida, escreveu devagar. Tanto Bri quanto Claire, as mulheres cientistas, haviam lhe assegurado que dois objetos não podem ocupar o mesmo espaço, quer sejam partículas subatômicas ou elefantes. Se isso fosse verdade, explicaria por que uma pessoa não pode existir duas vezes no mesmo período de tempo, imaginava.

Ele presumia que fora esse fenômeno que quase o matara em sua primeira tentativa. Pensava em seu pai quando entrou nas pedras, provavelmente como ele era quando Roger o conhecera. O que era, é claro, durante o período de sua própria vida.

Tamborilou a caneta no papel outra vez, pensando, mas não conseguiu se resolver a escrever sobre isso agora. Mais tarde. Em vez disso, voltou as páginas para o esboço rudimentar que fizera no começo do caderno de notas.

Guia prático para viajantes do tempo

I. Fenômenos físicos
- *A. Locais conhecidos (Rotas antigas?)*
- *B. Herança genética*
- *C. Mortalidade*
- *D. A influência e as propriedades das pedras preciosas*
- *E. Sangue?*

Ele estava prestes a riscar o último item, mas hesitou. Teria a obrigação de contar tudo que sabia, acreditava ou suspeitava? Claire achava que a ideia de um sacrifício de sangue ser necessário ou útil era tolice, uma superstição pagã sem validade real. Ela podia estar certa. Afinal, ela era a cientista. Mas ele tinha a inquietante lembrança da noite em que Geillis Duncan atravessara as pedras.

Longos cabelos louros esvoaçando ao vento crescente de uma fogueira, as mechas agitadas recortadas em silhueta por um instante contra a face de um monólito. O cheiro nauseante de gasolina misturada a carne queimada e a tora (que não era uma tora) carbonizada no centro do círculo. Geillis Duncan fora longe demais.

"*São sempre duzentos anos nos antigos contos de fadas*", Claire lhe dissera.

Contos de fadas literais. Histórias de pessoas raptadas por fadas, "levadas através das pedras" nas colinas das fadas. "Era uma vez, há duzentos anos", era como tais histórias sempre começavam. Ou as pessoas eram devolvidas a seu lugar... só que duzentos anos antes. Duzentos anos.

Claire, Bri, ele mesmo... Cada vez que viajaram, o intervalo de tempo fora o mesmo: 202 anos, bem próximo dos duzentos anos dos contos. Mas Geillis Duncan fora longe demais.

Com relutância, ele lentamente escreveu a palavra *Sangue* outra vez, acrescentando parênteses (*Fogo??*), mas nada sob ela. Agora não; depois.

Para se tranquilizar, olhou para o local na prateleira onde estava a carta, sob um peso no formato de uma pequena cobra esculpida em cerejeira. *Estamos vivos...*

Teve vontade de buscar a caixa de madeira, tirar as outras cartas, abri-las e lê-las. Não era apenas curiosidade. Tinha algo mais. Era a vontade de tocá-los, Claire e Jamie, pressionar a evidência de suas vidas contra o rosto, eliminar o espaço e o tempo entre eles.

No entanto, reprimiu o impulso. Haviam decidido que era melhor assim... Bem, Bri decidira, e eram os pais dela.

"Não quero ler todas elas de uma vez", dissera ela, revolvendo o conteúdo da caixa com seus dedos longos e delicados. "Se eu as lesse todas de uma vez, então eles... *realmente* teriam ido para sempre."

Ele compreendia. Enquanto restasse ao menos uma carta, eles *estariam* vivos. Apesar de sua curiosidade de historiador, compartilhava os sentimentos de Bri. Além disso, os pais de Brianna não haviam escrito aquelas cartas como anotações em um diário, destinado aos olhos eventuais de uma posteridade imaginada. Tinham sido escritas com a intenção clara e específica de comunicação - com Bri, com *ele*. O que significava que podiam muito bem conter fatos inquietantes. Seus sogros tinham um talento especial para tais revelações.

A despeito de si mesmo, levantou-se, pegou a carta, desdobrou-a e leu o pós-escrito outra vez, só para se assegurar de que não o imaginara.

Não. Com a palavra "sangue" ressoando vagamente em seus ouvidos, sentou-se de novo à escrivaninha. *Um cavalheiro italiano.* Era Carlos Stuart; não podia ser mais ninguém. Santo Deus. Enquanto Mandy começava a cantar "Jingle Bells", ele folheou algumas páginas e começou a escrever outra vez, obstinadamente.

II. Moralidade

A. Assassinato e homicídio culposo

Naturalmente, presumimos que matar alguém por qualquer razão que não legítima defesa, proteção de outra pessoa ou o uso legítimo de força em guerra é completamente indefensável.

Olhou para o texto por um instante, murmurou "Filho da mãe pretensioso" e arrancou a folha do caderno, amassando-a.

Ignorando os trinados de Mandy, pegou o caderno de notas e atravessou o corredor a passos largos até o escritório de Brianna.

– Quem sou eu para dizer asneiras sobre moralidade? – perguntou.

Brianna ergueu os olhos de uma folha exibindo os componentes desmontados de uma turbina hidrelétrica, com o olhar vazio de quem sabe que alguém está se dirigindo a ela, mas que ainda não conseguiu se desligar o suficiente do assunto no qual está concentrada para saber quem está falando ou o que está dizendo. Familiarizado com isso, ele esperou com leve impaciência até que sua mente abandonasse a turbina e se concentrasse nele.

– Asneiras...? – repetiu ela, franzindo a testa. Seu olhar entrou em foco. – A quem você está dizendo asneiras?

– Bem... – Levantou o caderno rabiscado, sentindo-se acanhado de repente. – Às crianças, eu acho.

– Você deve dizer asneiras sobre moralidade para seus filhos – disse ela sensatamente. – Você é o pai deles. É sua função.

– Mas... eu *fiz* muitas coisas que estou dizendo a eles para não fazer.

Sangue. Sim, talvez fosse proteção de outra pessoa. Talvez não.

Ela ergueu uma sobrancelha grossa e ruiva para ele.

– Um pouco de hipocrisia às vezes pode fazer bem. Pensei que ensinassem coisas desse tipo na escola para ministros, já que você mencionou dizer asneiras sobre moralidade. É a função de um ministro também, não é?

Ela o fitou, os olhos azuis aguardando. Ele respirou fundo. Só mesmo Bri, pensou com ironia, para ir direto ao elefante na sala e agarrá-lo pela tromba. Ela não dissera nem uma palavra desde que voltaram sobre sua quase ordenação ou o que ele pretendia fazer agora a respeito de sua vocação. Nem uma palavra durante o ano que passaram na América, a cirurgia de Mandy, a decisão de se mudarem para a Escócia, os meses de reforma depois de comprarem Lallybroch... não até ele abrir a porta. Uma vez aberta, é claro, ela a havia atravessado sem hesitação, derrubando-o e plantando um pé em seu peito.

– Sim, é – confirmou serenamente, devolvendo-lhe o olhar.

– Ok. – Ela sorriu com ternura. – Então, qual é o problema?

– Bri – respondeu, sentindo o coração ficar preso em sua garganta marcada de cicatrizes –, se eu soubesse, eu diria.

Ela se levantou e colocou a mão em seu braço, mas, antes que qualquer um dos dois pudesse dizer mais alguma coisa, ouviram o barulho de pés pequenos e descalços saltitando pelo corredor, e a voz de Jem veio da porta do escritório de Roger:

– Papai?

– Aqui, amigão – respondeu Roger, mas Brianna já se dirigia à porta.

Seguindo-a, encontrou Jem em seu pijama azul do Superman, os cabelos molhados e espetados, em pé ao lado de sua escrivaninha, examinando a carta com interesse.

– O que é isto? – perguntou.

– *Qui* é? – repetiu Mandy, correndo para perto e subindo na cadeira para ver.

– É uma carta de seu avô – respondeu Brianna sem hesitação. Colocou a mão casualmente sobre a carta, ocultando a maior parte do pós-escrito, e com a outra apontou para o último parágrafo.

– Ele lhe mandou um beijo. Está vendo aqui?

Um enorme sorriso iluminou o rosto de Jem.

– Ele disse que não iria esquecer – disse o menino, satisfeito.

– Beijinho, vovô! – exclamou Mandy e, inclinando-se para a frente de modo que a espessa cabeleira de cachos escuros caísse sobre seu rosto, plantou um sonoro beijo na carta.

Entre o riso e a surpresa, Bri pegou a carta e limpou a umidade do beijo – mas o papel, apesar de antigo, era resistente.

– Não estragou nada – disse ela e entregou a carta naturalmente para Roger. – Venham. Que história vamos ler hoje?

– *Histoias de aminais!*

– Animais – corrigiu Jem, inclinando-se para falar com a irmã. – Histórias de animais.

– Tá – disse ela amistosamente. – Eu primeiro!

E saiu correndo loucamente para a porta, dando risadinhas, seguida de perto pelo irmão. Brianna demorou três segundos para agarrar Roger pelas orelhas e beijá-lo com firmeza na boca, depois o soltou e partiu atrás de seus rebentos.

Sentindo-se melhor, Roger se sentou, ouvindo a algazarra das crianças na operação de lavar os rostos e escovar os dentes. Suspirando, guardou o caderno de notas na gaveta outra vez. Havia muito tempo, muitos anos antes de ser necessário. Anos e anos.

Dobrou a carta com cuidado e, na ponta dos pés, colocou-a na prateleira mais alta da estante, com a pequena cobra de madeira em cima. Apagou a vela e foi se juntar à sua família.

Pós-escrito: Estou vendo que devo ter a última palavra, um raro prazer para um homem morando em uma casa que abriga (segundo a última contagem) oito mulheres. Pretendemos deixar a Cordilheira assim que o clima melhorar e a neve derreter, e partir para a Escócia, para reaver a gráfica. As viagens nestes tempos são incertas e não posso prever quando – ou se – será possível escrever outra vez. (Nem sei se vocês chegarão a receber esta carta, mas tenho fé que sim.)

Gostaria de lhes contar sobre a disposição dos bens que um dia foram guardados em confiança pelos Camerons para um cavalheiro italiano. Acho temerário levá-los conosco. Assim, eu os removi para um lugar seguro. Jem conhece o lugar. Se em algum momento vocês tiverem necessidade desses bens, digam a ele que o espanhol os guarda. Se assim for, não deixem de mandar um padre benzê-los; há sangue neles.

Às vezes, gostaria de ver o futuro. Com muito mais frequência, dou graças a Deus por não poder. Mas sempre verei seus rostos. Deem um beijo nas crianças por mim.

Seu pai amoroso,

JF

Uma vez terminado o ritual de colocar as crianças para dormir, os pais voltaram à biblioteca, uma dose de uísque e a carta.

– Um cavalheiro italiano? – Bri olhou para Roger, uma das sobrancelhas levantada de tal modo que o fez se lembrar de Jamie Fraser. – Ele se refere...?

– A Carlos Stuart? Não pode ser outra pessoa.

Ela pegou a carta e leu o pós-escrito talvez pela décima vez.

– Se ele realmente se refere a Carlos Stuart, então os bens...

– Ele encontrou o ouro. E Jem sabe onde está? – Roger não pôde evitar que essa última frase adquirisse o tom de pergunta enquanto lançava os olhos para o teto, acima do qual as crianças estavam adormecidas, inocentes, em seus pijamas de desenho animado.

Bri franziu a testa.

– Será que sabe? Não foi bem isso que papai disse. E se ele realmente souber... é um segredo terrivelmente grande para um menino de 8 anos guardar.

– É verdade.

Com 8 anos ou não, Jem era muito bom em guardar segredos, pensou Roger. Mas Bri tinha razão. Seu pai não colocaria alguém em risco com informações perigosas, muito menos seu amado neto. Certamente não sem uma boa razão, e seu pós-escrito deixava claro que essa informação só fora fornecida como uma contingência em caso de necessidade.

– Tem razão. Jem não sabe nada sobre o ouro, apenas sobre esse espanhol. Ele nunca mencionou nada sobre isso a você?

Ela balançou a cabeça, depois se virou quando uma lufada repentina de vento atravessou a janela aberta e enfunou as cortinas, anunciando chuva iminente. Bri se levantou e foi correndo fechá-la. Em seguida, subiu para fechar as janelas do andar de cima, acenando a Roger para que fosse ver as do térreo. Lallybroch era uma casa grande e extraordinariamente provida de janelas. As crianças estavam sempre tentando contá-las, mas nunca terminavam a contagem com o mesmo número.

Roger achava que ele mesmo poderia contá-las um dia e resolver a questão, mas relutava em fazê-lo. A casa, como a maior parte das casas antigas, possuía uma personalidade própria. Lallybroch era acolhedora, sem dúvida; espaçosa e graciosa, uma construção mais confortável do que pomposa, com os ecos de gerações murmurando em suas paredes. Mas era um lugar que também escondia seus segredos. E esconder o número de suas janelas estava bem de acordo com a ideia que ele tinha de Lallybroch como uma casa divertida.

A cozinha agora estava equipada com uma geladeira moderna, um fogão Aga e encanamento adequado, mas ainda tinha suas antigas bancadas de granito manchadas com o suco de frutas silvestres e o sangue de animais domésticos e de caça. As janelas estavam todas fechadas, mas Roger verificou uma por uma, bem como as da copa. A luz na entrada dos fundos estava apagada, mas ele podia ver a grade no chão perto da parede que dava ventilação ao buraco do padre embaixo.

Seu sogro havia se escondido ali por algum tempo, na época do Levante, antes de ser preso em Ardsmuir. Roger descera lá uma vez, quando compraram a casa, e saíra do pequeno espaço fétido e úmido com uma compreensão completa do motivo que levou Jamie Fraser a preferir viver em uma região deserta e selvagem, no alto de uma montanha remota, onde não havia nenhuma barreira física em qualquer direção.

Anos de esconderijo, de coação, de prisão... Jamie Fraser não era uma criatura política e sabia melhor do que a maioria das pessoas qual era o verdadeiro custo da guerra. Mas Roger vira seu sogro esfregar de vez em quando distraidamente os pulsos, onde as marcas de algemas havia muito tinham esmaecido – mas a lembrança de seu peso, não. Roger não tinha a menor dúvida de que Jamie Fraser preferiria morrer a viver preso. E desejou, por um instante, com uma ânsia que fez seus ossos doerem, que pudesse estar lá, para lutar ao lado dele.

A chuva começara. Pôde ouvir os pingos tamborilando nas telhas de ardósia dos telhados das construções externas, logo transformados em uma tromba-d'água que avançou impetuosamente, envolvendo a casa em névoa e água.

– Por nós... e nossa posteridade – declarou em voz alta, mas serenamente.

Era um acordo feito entre os homens – não declarado, mas compreendido. Nada importava, senão que a família fosse preservada, as crianças protegidas. E quer o custo disso fosse pago em sangue, suor ou alma – seria pago.

– *Oidche mhath* – disse, com um breve sinal da cabeça na direção do buraco do padre. Boa noite, então.

Entretanto, permaneceu mais um instante na velha cozinha, sentindo o abraço da casa, sua proteção sólida contra a tempestade. A cozinha sempre fora o coração da casa, pensou, e achou o calor do fogão um conforto tão grande quanto fora um dia o fogo da lareira agora vazia.

Encontrou Brianna ao pé da escada. Ela havia se trocado para ir para a cama... mas não para dormir. O ar na casa era sempre fresco e a temperatura caíra alguns graus com o começo da chuva. Entretanto, ela não usava seu pijama de flanela. Em vez disso, uma camisola fina de algodão branco, enganadoramente inocente, com uma fita vermelha entremeada. O tecido branco se colava aos seus seios como uma nuvem ao pico de uma montanha.

Esse detalhe não lhe passou despercebido. E Brianna riu e não fez nenhuma objeção quando ele envolveu os seios dela com as mãos, seus mamilos contra as palmas dele através do tecido fino.

– Vamos subir? – sussurrou ela e, inclinando-se para a frente, correu a ponta da língua pelo seu lábio inferior.

– Não – respondeu ele, beijando-a com força. – Na cozinha. Ainda não fizemos lá.

Ele a possuiu inclinado sobre a bancada antiga com suas manchas misteriosas, o som de seus pequenos gemidos uma pontuação para o barulho do vento e da chuva nas velhas persianas. Sentiu-a estremecer e se desfazer. Seus joelhos tremiam, de modo que caiu lentamente para a frente, agarrou-a pelos ombros, o rosto pressionado nas ondas de seus cabelos perfumados de xampu, o granito antigo liso e frio sob sua face. Seu coração batia devagar e com força, compassado como um tambor surdo.

Ele estava nu e uma lufada de ar frio fez suas costas e pernas se arrepiarem. Brianna o sentiu estremecer e virou o rosto para ele.

– Frio? – sussurrou.

Ela não estava com frio. Ardia como um carvão em brasa, e ele não queria nada além de deitar a seu lado e sobreviver à tempestade no calor aconchegante de sua cama.

– Estou bem. – Abaixou-se e pegou as roupas que largara no chão da cozinha. – Vamos para a cama.

A chuva era ainda mais barulhenta no andar de cima.

– *Ah, os animais entravam de dois em dois* – cantava Bri suavemente enquanto subiam as escadas. – *Os elefantes e os cangurus...*

Roger sorriu. Ele podia imaginar a casa como uma arca de Noé, flutuando em um mundo turbulento de águas, mas todos confortavelmente aconchegados ali dentro. Dois a dois: dois pais, dois filhos... talvez mais, um dia. Afinal, havia muito espaço.

Com o abajur apagado e a chuva batendo nas persianas, Roger hesitava à beira do sono, relutante em abandonar o prazer do momento.

– Não vamos perguntar a ele, vamos? – sussurrou Bri. Sua voz estava sonolenta, seu peso macio e quente ao longo de todo o lado de seu corpo. – Jem?

– Hein? Não. Claro que não. Não é necessário.

Ele sentiu uma ponta de curiosidade. Quem era o espanhol? E a ideia do tesouro enterrado sempre era uma sedução... mas não precisavam dele. Tinham dinheiro suficiente para o presente. Sempre presumindo que o ouro ainda estivesse onde Jamie o colocara, o que já era bem pouco provável.

Ele também não havia se esquecido da última injunção do pós-escrito de Jamie. *Mandem um padre benzê-los; há sangue neles.* As palavras se dissolveram enquanto pensava nelas e o que ele viu por dentro de suas pálpebras não foram lingotes de ouro, mas a velha bancada de granito da cozinha, manchas escuras tão entranhadas na pedra a ponto de terem se tornado parte dela, irremovíveis pela mais vigorosa esfregação, muito menos uma invocação.

Mas não importava. O espanhol, quem quer que fosse, podia ficar com seu ouro. A família estava a salvo.

PARTE II

Sangue, suor e picles

6

LONG ISLAND

Em 4 de julho de 1776, a Declaração de Independência foi assinada na Filadélfia.

Em 24 de julho, o general sir William Howe chegou a Staten Island, onde montou um posto de comando na Rose and Crown Tavern, em New Dorp.

Em 13 de agosto, o general George Washington chegou a Nova York para reforçar as fortificações da cidade, dominada pelos americanos.

Em 21 de agosto, o tenente William Ransom, lorde de Ellesmere, chegou à Rose and Crown Tavern, em New Dorp, apresentando-se – com certo atraso – para servir como membro mais novo e mais jovem do exército do general Howe.

Em 22 de agosto...

O tenente Edward Markham, marquês de Clarewell, examinou com atenção o rosto de William, oferecendo-lhe uma desagradável visão de uma grande espinha, prestes a estourar, na testa.

– Você está bem, Ellesmere?

– Estou. – William conseguiu emitir a palavra por entre os dentes cerrados.

– É que você parece meio... verde. – Clarewell, demonstrando preocupação, enfiou a mão no bolso. – Quer chupar meus picles?

William por pouco não alcançou a amurada a tempo. Houve certa algazarra de brincadeiras e troça atrás dele, com relação ao pepino de Clarewell, quem iria chupá-lo e quanto o seu proprietário seria obrigado a pagar por tal serviço. Tudo isso intercalado pelos protestos de Clarewell de que sua velha avó jurara que um pepino em conserva era ótimo para prevenir enjoo no mar, e obviamente funcionava, bastava olhar para ele, firme como uma rocha...

William piscou os olhos lacrimejantes e fixou a visão na praia que se aproximava. A água não estava muito agitada, embora uma tempestade estivesse se formando, sem a menor dúvida. Mas não importava. Até os movimentos mais suaves das ondas, mesmo numa viagem curta, eram o suficiente para fazer seu estômago se virar pelo avesso. Toda maldita vez!

Seu estômago ainda tentava, mas, como não restava mais nada dentro para expelir, ele podia fingir que nada estava acontecendo. Limpou a boca, sentindo a pele pegajosa e fria, apesar do calor do dia, e endireitou os ombros.

Lançariam âncora a qualquer minuto. Era hora de descer e impor algum tipo de ordem às companhias sob seu comando antes que descessem para os botes. Arriscou uma breve olhada por cima da amurada e viu o *River* e o *Phoenix* logo atrás. O *Phoenix* era o navio do almirante Howe e seu irmão general estava a bordo. Teriam que esperar, sacolejando como rolhas de cortiça sobre as ondas cada vez mais agitadas, até que o general Howe e o capitão Pickering, seu ajudante de ordens, chegassem a terra firme? Santo Deus, esperava que não.

Ao que parecia, os homens tiveram permissão de desembarcar imediatamente.

– O MAIS RÁPIDO POSSÍVEL, senhores! – informou-os o sargento Cutter, aos berros. – Vamos pegar os malditos rebeldes de surpresa, é o que vamos fazer! E AI DE QUEM estiver vadiando! VOCÊ, aí...!

Saiu a passos largos, vociferando com um segundo-tenente negligente e deixando William se sentindo um pouco melhor. Sem dúvida, nada realmente terrível poderia acontecer em um mundo onde houvesse o sargento Cutter.

Seguiu seus homens pela escada para dentro dos botes, esquecendo-se por completo de seu estômago na afobação. Sua primeira batalha verdadeira ainda estava para ser travada, em algum lugar de Long Island.

Oitenta e oito fragatas. Era o que ouvira falar que o almirante Howe trouxera, e ele não duvidava dessa informação. Uma floresta de velas enchia a baía de Gravesend e a água estava lotada de pequenos barcos, levando as tropas para terra firme. O próprio William estava um pouco sufocado pela expectativa. Podia senti-la se avolumando entre os homens, conforme os cabos reuniam suas companhias dos botes e saíam marchando em ordem, abrindo espaço para a próxima leva de desembarques.

Os cavalos dos oficiais eram levados a nado até a praia, já que a distância não era muito grande. William se encolheu para o lado quando um grande cavalo baio aflorou na arrebentação perto de seu barco e se sacudiu com uma chuva de água salgada que encharcou todos a 3 metros de distância. O cavalariço, agarrado à sua brida, parecia um rato molhado, mas imitou o gesto do animal e riu para William, o rosto branco de frio, mas empolgado.

William também tinha um cavalo... em algum lugar. O capitão Griswold, veterano do exército de Howe, estava lhe emprestando uma montaria, não tendo havido tempo para organizar nada além disso. Imaginava que o cavalariço que estivesse cuidando do cavalo o encontraria, embora ele não visse como.

Reinava uma confusão organizada. A costa naquele ponto era uma zona de baixios arenosos e multidões de casacos vermelhos pululavam entre restos de naufrágios como bandos de aves pernaltas, os berros dos sargentos formando um contraponto aos gritos das gaivotas no céu.

Com alguma dificuldade, já que havia sido apresentado aos cabos apenas naquela manhã e ainda não gravara seus rostos muito bem, William localizou suas quatro companhias e as conduziu praia acima, até as dunas de areia cobertas por uma espécie de capim selvagem. Era um dia quente, que os fazia sofrer com o pesado uniforme e o equipamento completo. Ele deixou os homens fazerem uma pausa, beberem água ou cerveja de seus cantis, comerem um pouco de queijo ou biscoitos. Logo retomariam a marcha.

Para onde? Essa era a pergunta que martelava sua mente no momento. Uma equipe reunida às pressas na noite anterior, sua primeira noite, reiterara as bases do plano de invasão. Da baía de Gravesend, metade do exército marcharia para o interior, virando para o norte na direção de Brooklyn Heights, onde se acreditava que as forças rebeldes estivessem entrincheiradas. O restante das tropas se espalharia ao longo do litoral até Montauk, formando uma linha de defesa que poderia marchar para o interior atravessando Long Island, forçando os rebeldes a recuar para dentro de uma armadilha.

William queria estar na vanguarda, lutando, mas sabia que não era provável. Desconhecia inteiramente as tropas e não estava muito impressionado com a aparência delas. Nenhum comandante sensato colocaria tais companhias na linha de frente, a não ser para servirem de bucha de canhão. Esse pensamento o fez hesitar por um instante, mas apenas por um instante.

Howe não era de desperdiçar homens. Era conhecido por ser cauteloso, às vezes até demais. Seu pai lhe dissera isso. Lorde John não mencionara que essa consideração era a principal razão para seu consentimento a que William fizesse parte do exército de Howe, mas William sabia disso. Não se importava; já havia calculado que suas chances de entrar em combate ainda eram muito maiores com Howe do que ficar vagando pelos pântanos da Carolina do Norte com sir Peter Packer.

E afinal... virou-se devagar, de um lado para outro. O mar era uma massa compacta de navios ingleses, a terra à sua frente fervilhante de soldados ingleses. Ele jamais admitiria em voz alta estar impressionado com a visão, mas sentia o lenço apertar ao redor de seu pescoço. Percebeu que estava prendendo a respiração e conscientemente a soltou.

A artilharia estava sendo trazida para terra firme, flutuando perigosamente em barcaças de fundo chato manejadas por soldados que praguejavam. As carretas, as caixas de munição e os cavalos e bois de tração necessários para puxar os canhões subiam a praia chapinhando na água, sujos de areia, relinchando e mugindo, abaixando-se em protesto, tendo desembarcado mais ao sul. Era o maior exército que ele já vira.

– Senhor, senhor!

William se virou e viu um soldado baixo, provavelmente da mesma idade que ele, de bochechas rechonchudas e ansioso.

– Sim?

– Sua lança, senhor. E seu cavalo já veio – acrescentou o soldado, gesticulando para o cavalo baio castrado, alto e esguio cujas rédeas ele segurava. – Com os cumprimentos do capitão Griswold, senhor.

William pegou a lança, de 2 metros, a ponta de aço lustrada brilhando opacamente mesmo sob o céu nublado, e sentiu o peso da arma eletrizar seu braço.

– Obrigado. E você é...?

– Perkins, senhor. – O soldado bateu continência apressadamente. – Terceira companhia, senhor; costumam nos chamar de "Escavadores".

– É mesmo? Bem, esperamos lhes dar bastantes oportunidades de justificar seu nome. – Perkins pareceu não entender. – Obrigado, Perkins – disse William, dispensando-o com um gesto de mão.

Pegou a brida do cavalo, a alegria tomando conta de seu coração. Era o maior exército que ele já vira. E ele fazia parte dele.

William teve mais sorte do que pensara que teria, ainda que não tanta quanto gostaria.

Suas companhias deveriam estar na segunda leva, seguindo a vanguarda a pé, guardando a artilharia. Não era garantia de ação, mas havia uma boa chance se os americanos fossem metade dos guerreiros que tinham a reputação de ser.

Já passava de meio-dia quando ele finalmente levantou sua lança no ar e gritou: "À frente, marchem!" O tempo ameaçador havia irrompido em uma chuva esparsa, um grato alívio do calor. Além da costa, uma faixa de floresta dava lugar a uma planície vasta e bela. Uma extensão de capim ondulante se estendia diante deles, salpicado de flores silvestres, as cores exuberantes na claridade turva da chuva. Ao longe, podia ver bandos de pássaros em pleno voo. Pombos? Codornas? Longe demais para saber. As aves se alçavam no ar apesar da chuva, conforme os soldados em marcha as afugentavam de seus abrigos.

Suas companhias se concentravam no centro da linha em marcha, avançando sinuosamente em colunas ordenadas atrás dele. E William dirigiu um pensamento agradecido ao general Howe. Como oficial novato, o serviço de mensageiro deveria ser delegado a ele, saltando de um lado para outro entre as companhias no campo, transmitindo ordens do quartel-general de Howe, levando e trazendo informações dos outros dois generais, sir Henry Clinton e lorde Cornwallis.

No entanto, considerando sua chegada com atraso, ele não conhecia nenhum dos outros oficiais nem a disposição do exército. Ignorava quem era quem e onde deveriam estar em dado momento. Seria inútil como mensageiro. O general Howe, de algum modo conseguindo reservar um momento naquela correria da invasão iminente, não só lhe dera as boas-vindas com grande cortesia, mas lhe oferecera a escolha: acompanhar o capitão Griswold, seguindo as ordens do mesmo, ou assumir o comando de algumas companhias órfãs de seu próprio tenente, que adoecera com malária.

Ele agarrara a chance e agora se empertigava orgulhosamente em sua sela, a lança descansando em sua presilha, conduzindo homens à guerra. Remexeu-se um pouco, apreciando a sensação do novo casaco de lã vermelho em seus ombros, a bem-arrumada trança na nuca, o rígido lenço de couro ao redor do pescoço e o pequeno peso de seu gorjal de oficial, aquele pequeno remanescente de prata da armadura romana. Havia quase dois meses que não usava uniforme e, molhado da chuva ou não, considerava sua retomada uma gloriosa apoteose.

Uma companhia de cavalaria ligeira avançava perto deles. Ouviu o grito de seu oficial e os viu passar à frente e virar na direção de um bosque distante. Teriam visto alguma coisa?

Não. Um grupo de melros-pretos criou uma algazarra tão grande no bosque que muitos cavalos se assustaram. Os cavaleiros fizeram uma busca no lugar, embrenhando-se pelo meio das árvores com os sabres em punho, decepando galhos, mas apenas para se exibirem. Se alguém tivesse se escondido lá, já tinha ido embora, e a cavalaria ligeira voltou para se unir à tropa de reconhecimento, zombando uns dos outros.

William relaxou novamente em sua sela, afrouxando a mão que agarrava a lança.

Nenhum americano à vista, o que não era de surpreender. Ele vira e ouvira o suficiente em seu trabalho de inteligência para saber que somente verdadeiros soldados do Exército Continental eram capazes de lutar de maneira organizada. Ele vira milícias fazendo manobras em praças de vilarejos, compartilhara comida com homens que pertenciam a tais milícias. Nenhum deles era soldado – vistos em grupo, treinando, eram risíveis, mal conseguindo marchar em fila, muito menos em sincronia –, mas quase todos eram hábeis caçadores, e ele vira muitos deles atirarem em perus e gansos selvagens em pleno voo o suficiente para não compartilhar o sentimento comum de desprezo da maioria dos soldados ingleses.

Se houvesse americanos por perto, o primeiro aviso provavelmente seria homens caindo mortos. Fez sinal para Perkins, mandou-o transmitir ordens aos cabos para manterem os homens alertas, as armas preparadas e engatilhadas. Viu os ombros de um dos cabos se enrijecerem ao receber a instrução, que ele obviamente considerara um insulto. No entanto, o sujeito obedeceu e a tensão de William arrefeceu um pouco.

Seus pensamentos retornaram à sua recente jornada e ele se perguntou quando e onde deveria se encontrar com o capitão Richardson para repassar os resultados de sua missão de inteligência.

Ele gravara na mente a maior parte de suas observações durante o trajeto. Colocou no papel apenas o que era indispensável. E, por segurança, fez isso codificado em um pequeno exemplar do Novo Testamento que sua avó lhe dera. Ainda estava no bolso de seu casaco civil, em Staten Island. Agora que estava de volta são e salvo ao seio do exército, deveria escrever suas observações em relatórios apropriados? Ele poderia...

Algo o fez se levantar nos estribos, bem a tempo de avistar o clarão e ouvir o estalido de disparo de mosquete no bosque à esquerda.

– Alto! – gritou, vendo seus homens começarem a abaixar suas armas. – Esperem!

O tiro viera de muito longe e havia outra coluna de infantaria mais próxima ao bosque. Eles giraram em posição de fogo e dispararam uma saraivada para dentro da floresta; a primeira fileira se ajoelhou e a segunda disparou por cima de suas cabeças. A resposta veio da floresta. Ele viu um ou dois homens caírem, outros cambalearem, mas a linha se refez.

Mais duas saraivadas, as centelhas do fogo de resposta, porém mais esporádicas. Pelo canto do olho, viu movimento e girou em sua sela, deparando-se com um bando de homens em camisas de caça correndo da outra extremidade do bosque.

A companhia à sua frente os viu também. Um grito de seu sargento e eles fixaram as baionetas e correram, embora fosse evidente para William que jamais pegariam os caçadores em fuga.

Esse tipo de escaramuça aleatória continuou durante toda a tarde, conforme a tropa continuava sua marcha. Os feridos eram recolhidos e carregados para a retaguarda, mas eram poucos. Uma das companhias de William foi alvejada em determinado ponto e ele se sentiu um deus quando deu a ordem de atacar. Eles se lançaram para dentro da floresta como um fluxo de vespas furiosas, as baionetas fixas, conseguindo matar um dos rebeldes, cujo corpo arrastaram para a planície. O cabo sugeriu pendurá-lo de uma árvore como forma de desencorajar os outros rebeldes, mas William recusou a sugestão e os fez estender o corpo no limiar da floresta, onde poderia ser encontrado pelos companheiros.

À noitinha, chegaram ordens do general Clinton, transmitidas ao longo das fileiras. Não iriam parar para acampar. Uma breve pausa para um lanche frio e seguir em frente. Houve murmúrios de surpresa entre os homens, mas nenhuma reclamação. Afinal, tinham vindo para lutar, e a marcha foi retomada com um senso maior de urgência.

Chovia esporadicamente e o assédio dos rebeldes foi diminuindo com o avanço da luz mortiça. Não fazia frio e, apesar do crescente encharcamento de suas roupas, William preferia a friagem e a umidade ao calor abafado e opressivo do dia anterior. Ao menos a chuva aplacava os ânimos de seu cavalo, o que era bom. O animal era nervoso e arisco. William tinha motivos para duvidar das boas intenções do capitão Griswold ao emprestá-lo. Exausto do longo dia, entretanto, o animal parou de se sobressaltar com galhos agitados pelo vento e os puxões das rédeas, seguindo em frente penosamente, as orelhas descaídas em cansada resignação.

As primeiras horas da marcha noturna não foram difíceis. No entanto, após a meia-noite a exaustão do esforço prolongado e a falta de sono começaram a se evidenciar nos homens. Soldados começaram a tropeçar e a ficar para trás, e uma noção da vasta imensidão de escuridão e esforço que os separava da aurora se abateu sobre eles.

William acenou para que Perkins se aproximasse. O soldado de rosto rechonchudo achegou-se, bocejando e pestanejando, e começou a andar a seu lado, a mão no couro do estribo de William enquanto este lhe explicava o que queria.

– Cantar? – perguntou Perkins, em dúvida. – Bem, acho que posso cantar, sim, senhor. Mas apenas hinos.

– Não era bem o que eu tinha em mente – retrucou William. – Vá perguntar ao sargento... Millikin, é esse o nome dele? O irlandês? Qualquer coisa que ele queira, desde que seja alta e animada.

Afinal, não estavam tentando ocultar sua presença; os americanos sabiam exatamente onde eles estavam.

– Sim, senhor – disse Perkins em dúvida, soltando o estribo e desaparecendo na noite.

William continuou cavalgando por mais alguns minutos, em seguida ouviu o vozeirão irlandês de Patrick Millikin cantando uma canção muito desbocada. Houve uma onda de risadas dos homens e, quando ele chegou ao primeiro refrão, alguns já haviam se juntado em coro. Mais dois versos e todos o acompanhavam animados, inclusive William.

Não poderiam manter a cantoria durante horas, enquanto marchavam energicamente com todo o equipamento, é claro. No entanto, quando esgotaram suas canções favoritas e ficaram sem fôlego, todos já estavam novamente acordados e otimistas.

Pouco antes do amanhecer, William sentiu cheiro de mar e de lama de um pântano sob chuva. Os homens, já molhados, começaram a chapinhar através de incontáveis e minúsculos braços e ribeiros formados pelas marés.

Alguns minutos depois, o estrondo de um canhão despedaçou a noite. Uma revoada de pássaros dos pântanos, com gritos de alarme, ergueu-se no céu que começava a clarear.

Nos dois dias seguintes, William nunca teve a menor ideia de onde estava. Nomes como "Jamaica Pass", "Flatbush" e "Gowanus Creek" surgiam de vez em quando nos despachos e bilhetes apressados que atravessavam o exército, mas poderiam muito bem dizer "Júpiter" ou "o lado escuro da Lua" que daria no mesmo.

Finalmente, ele viu os continentais. Hordas deles, surgindo dos pântanos como um enxame. Os primeiros confrontos foram violentos, mas as companhias de William foram mantidas na retaguarda, dando apoio. Somente uma vez estiveram perto da linha de fogo, a fim de repelir a chegada de um grupo de americanos.

Ainda assim, ele estava em permanente estado de agitação, tentando ouvir e ver tudo ao mesmo tempo, intoxicado com o cheiro de fumaça de pólvora, mesmo quando seu corpo estremecia com um tiro de canhão. Quando o tiroteio terminava ao pôr do sol, ele comia biscoitos e um pouco de queijo, mas sem sentir o gosto, e dormia apenas por alguns instantes, de pura exaustão.

No final da tarde do segundo dia, viram-se a pouca distância dos fundos de uma grande casa de fazenda de pedra que os ingleses e algumas tropas de soldados mercenários alemães haviam tomado como uma plataforma de artilharia; canos de canhões se projetavam das janelas de cima, brilhando molhados pela chuva constante.

Pólvora úmida era um problema agora. Os cartuchos estavam bons, mas, se a pólvora despejada nas caçoletas fosse deixada ali mais do que alguns minutos, começava a endurecer e falhar. A ordem para carregar, portanto, tinha que ser postergada até o último momento possível antes de disparar. William se viu rangendo os dentes de ansiedade quanto ao momento certo de dar a ordem.

Por outro lado, às vezes não havia dúvida. Com gritos roucos, diversos americanos arremeteram do meio das árvores próximas à frente da casa e correram para as portas e janelas. Os tiros de mosquete das tropas dentro da casa atingiram vários deles, mas alguns conseguiram alcançar o prédio, começando a escalar e entrar pelas janelas estilhaçadas. William automaticamente puxou as rédeas e cavalgou para a direita, longe o suficiente para dar uma olhada nos fundos da casa. De fato, um grupo maior já estava lá, vários homens subindo pelas trepadeiras que cobriam as paredes.

– Para lá! – berrou, virando o cavalo e brandindo sua lança. – Olson, Jeffries, vão para os fundos! Carreguem e disparem assim que tiverem alcance!

Duas de suas companhias correram, arrancando as pontas dos cartuchos com os dentes, mas um grupo de soldados alemães de casacos verdes chegou lá primeiro, agarrando os americanos pelas pernas, puxando-os das trepadeiras e os atacando a coronhadas.

Ele deu a volta com o cavalo e partiu para o outro lado, para ver o que estava acontecendo na frente, chegando no exato momento em que um soldado da artilharia voava de uma das janelas abertas do andar de cima. O inglês se chocou contra o solo, uma das pernas dobrada sob o corpo, e ficou lá gritando. Um dos homens de William, perto do ferido, arremeteu para a frente e o agarrou pelos ombros, mas foi atingido por um disparo vindo de dentro da casa. Ele se dobrou ao meio e caiu, o chapéu caindo e rolando para o meio das moitas.

Passaram o resto daquele dia na casa de pedra da fazenda e os americanos fizeram quatro incursões. Em duas, conseguiram dominar os ocupantes e por pouco tempo tomaram as armas, mas foram sobrepujados por novas levas de tropas britânicas e expulsos ou mortos. William em nenhum momento se aproximou a menos de 200 metros da casa, mas uma vez conseguiu interpor uma de suas companhias entre a casa e uma onda de americanos desesperados vestidos como índios e gritando como banshees. Um deles ergueu e disparou um rifle longo, mas errou o alvo. Ele tirou a espada, pretendendo derrubar o sujeito, mas um tiro de algum lugar atingiu o americano, fazendo-o rolar pelo barranco de uma pequena elevação.

William aproximou seu cavalo para ver se o americano estava morto ou não; os companheiros do sujeito já haviam fugido, desaparecendo por trás da casa, perseguidos por tropas britânicas. Seu cavalo, entretanto, parecia nervoso. Treinado para o som de tiros de mosquete, achava a artilharia enervante e, ante o estrondo de uma descarga de canhão naquele exato momento, abaixou as orelhas e disparou.

William ainda empunhava a espada, as rédeas frouxamente enroladas na outra mão. O súbito solavanco o deslocou da sela, o cavalo deu uma guinada para a esquerda, arrancando seu pé direito do estribo, e ele foi atirado ao chão. Mal teve a presença de espírito de largar a espada ao cair, aterrissando sobre um dos ombros e rolando. Simultaneamente agradecendo a Deus por seu pé esquerdo não ter ficado preso no estribo e xingando o cavalo, ergueu-se apoiado nas mãos e nos joelhos, sujo de lama e capim, o coração na boca.

Os disparos dentro da casa haviam parado. Os americanos deviam estar lá dentro de novo, lutando corpo a corpo com os homens da artilharia. Ele cuspiu lama e começou a recuar cuidadosamente; achava estar ao alcance das janelas de cima.

À sua esquerda, entretanto, avistou o americano que tentara acertá-lo, ainda estendido no capim molhado. Com um olhar cauteloso para a casa, arrastou-se até o sujeito, que estava caído com o rosto para baixo, imóvel. Ele queria ver o rosto do rebelde, embora não soubesse a razão. Ergueu-se sobre os joelhos e segurou o homem pelos ombros, virando-o.

Estava morto, com um tiro na cabeça. A boca e os olhos se encontravam semiabertos e seu corpo parecia estranho, pesado e frouxo. Usava um tipo de uniforme de milícia; William viu os botões de madeira, com as letras "PUT" gravadas a fogo. Aquilo significava alguma coisa, mas sua mente aturdida não conseguiu decifrar. Delicadamente deitando o homem no chão, levantou-se e foi recuperar sua espada. Tinha uma sensação estranha nos joelhos.

A meio caminho do local onde estava sua espada, parou e deu meia-volta. Ajoelhando-se, com os dedos frios e um vazio no estômago, fechou os olhos sem vida do sujeito sob a chuva.

Para satisfação dos homens, acamparam naquela noite. Escavaram fogueiras de acampamento, as carroças de alimentos foram trazidas e o cheiro de carne assada e pão fresco encheu o ar úmido. William acabara de se sentar para comer quando Perkins, o arauto da desgraça, apareceu se desculpando a seu lado, com uma mensagem: apresentar-se ao posto de comando do general Howe imediatamente. Colocando um fumegante naco de carne de porco assada dentro do pão, ele partiu, mastigando.

Encontrou os três generais e todos os oficiais de estado-maior reunidos, imersos em uma discussão sobre os resultados do dia. Os generais se sentavam a uma pequena mesa repleta de despachos e mapas apressadamente desenhados. William encontrou um lugar entre os oficiais de estado-maior, mantendo-se respeitosamente atrás, junto à lona da enorme barraca.

Sir Henry defendia um ataque a Brooklyn Heights ao amanhecer.

– Poderíamos expulsá-los facilmente – disse Clinton, apontando para os despachos. – Eles perderam metade de seus homens, se não mais, e já não eram muitos desde o começo.

– Eu não diria "facilmente" – disse lorde Cornwallis, franzindo os lábios grossos.

– Você os viu lutar. Sim, poderíamos desalojá-los de lá, mas a certo preço. O que acha, sir? – acrescentou, voltando-se respeitosamente para Howe.

Os lábios de Howe desapareceram, somente uma linha branca marcando sua boca.

– Não posso me dar ao luxo de outra vitória como a última – retrucou rispidamente. – Se pudesse, não o faria. – Seus olhos abandonaram a mesa e percorreram os oficiais mais jovens de pé junto à parede da barraca. – Perdi todos os meus auxiliares naquela maldita colina em Boston – explicou. – Foram 28 homens.

Seus olhos se demoraram em William, o mais novo dos oficiais subalternos. Ele balançou a cabeça e se virou para sir Henry.

– Suspendam a luta.

Sir Henry não gostou do que ouviu, William pôde notar.

– Quer oferecer-lhes termos de acordo?

– Não – respondeu Howe sucintamente. – Eles perderam quase a metade de seus homens, como o senhor disse. Somente um louco continuaria a lutar. Eles... O senhor... Tem alguma observação a fazer?

Com um sobressalto, William compreendeu que Howe estava se dirigindo a ele. Aqueles olhos redondos penetravam em seu peito como chumbo de caça.

– Eu... – começou William, mas parou e se empertigou. – Sim, senhor. É o general Putnam que está no comando. Lá no riacho. Ele... talvez não seja louco, senhor – acrescentou cuidadosamente –, mas tem a reputação de ser teimoso.

Howe parou, os olhos semicerrados.

– Um homem teimoso – repetiu. – Sim. Eu diria que é.

– Ele era um dos comandantes em Breed's Hill, não era? – objetou lorde Cornwallis. – Os americanos fugiram bem rápido de lá.

– Sim, mas... – William parou de repente, paralisado pelos olhares fixos dos três generais. Howe acenou impacientemente para que ele continuasse. – Com todo o respeito, senhor, eu ouvi dizer que os americanos só fugiram em Boston depois de esgotar toda a sua munição. Receio... que não seja este o caso. Com relação ao general Putnam, não havia ninguém por trás de seus atos em Breed's Hill.

– E o senhor acha que agora há. – Não era uma pergunta.

– Sim, senhor. – William procurou não olhar para a pilha de despachos sobre a mesa de sir William. – Tenho certeza. Creio que praticamente todos os continentais estão na ilha, senhor. – Tentou não fazer isso parecer uma pergunta. Ouvira essa informação de um major de passagem no dia anterior, mas podia não ser verdade. – Se Putnam estiver no comando aqui...

– Como sabe que é Putnam, tenente? – interrompeu Clinton, lançando-lhe um olhar desconfiado e hostil.

– Cheguei recentemente de uma... expedição de inteligência, senhor, que me levou a atravessar Connecticut. Lá ouvi de muitas pessoas que as milícias estavam se reunindo para acompanhar o general Putnam, que deveria se unir às forças do general

Washington perto de Nova York. E vi um botão em um dos rebeldes mortos perto do riacho esta tarde, senhor, com "PUT" gravado em cima. É como chamam o general Putnam, senhor. "Velho Put".

O general Howe se empertigou antes que Clinton ou Cornwallis pudessem apartear outra vez.

– Um homem teimoso – repetiu. – Bem, talvez ele seja. Certo, vamos suspender a luta. Ele está numa posição insustentável e deve saber disso. Isso lhe dará uma chance de pensar duas vezes. Se quiser, poderá até consultar Washington. Ele talvez seja um comandante mais sensato. E se pudermos obter a rendição de todo o Exército Continental sem mais derramamento de sangue... acho que vale o risco, senhores. Mas não vamos oferecer condições.

O que significava que, se os americanos fossem sensatos, seria uma rendição incondicional. E se não fossem? William ouvira histórias sobre a batalha de Breed's Hill. É bem verdade que eram histórias contadas por americanos e, portanto, deviam ser ouvidas com reservas. Mas, por esses relatos, os rebeldes haviam arrancado os pregos das cercas de suas fortificações – até das próprias solas dos sapatos – e os dispararam contra os ingleses quando a munição acabou. Só recuaram quando ficaram reduzidos a atirar pedras.

– Mas, se Putnam estiver esperando reforços de Washington, ele apenas se sentará e ficará esperando – disse Clinton, franzindo a testa. – E então teremos um caldeirão fervente. Não seria melhor que nós...?

– Não foi isso que ele quis dizer – interrompeu Howe. – Foi, Ellesmere? Quando disse que não havia ninguém por trás dos atos dele em Breed's Hill?

– Não, senhor – disse William, agradecido. – Eu quis dizer... que ele tem algo a proteger. Não acho que esteja esperando que o resto do exército chegue para ajudá-lo. Acho que está dando cobertura à retaguarda dele.

As sobrancelhas curvas de lorde Cornwallis se ergueram de súbito. Clinton franziu o cenho para William, que se lembrou tarde demais que Clinton fora o comandante de campanha na difícil vitória de Breed's Hill e provavelmente era sensível ao assunto Israel Putnam.

– E por que estamos solicitando a opinião de um garoto ainda engatinhando por trás do... O senhor por acaso já viu um combate? – perguntou a William, que ruborizou.

– Eu estaria lutando agora, senhor, se não tivesse sido detido aqui!

Lorde Cornwallis riu e um leve sorriso atravessou o rosto de Howe.

– Vamos nos certificar de que fique adequadamente experiente em guerra, tenente – retrucou Howe, secamente. – Mas não hoje. Capitão Ramsay? – Fez sinal para um dos oficiais, um homem baixo, com ombros muito largos e retos, o qual deu um passo à frente e bateu continência. – Leve Ellesmere e faça com que ele conte os resultados de seu trabalho... de inteligência. Transmita-me qualquer coisa que lhe pareça interessante. Enquanto isso – voltou-se novamente para seus dois generais –, suspendam as hostilidades até segunda ordem.

William não ouviu mais nenhuma das deliberações do general, sendo conduzido dali pelo capitão Ramsay.

Teria falado demais?, questionou-se. É verdade que o general Howe lhe fizera uma pergunta direta e ele precisara responder. Mas apresentar seu trabalho de inteligência de apenas um mês, comparado ao conhecimento combinado de tantos oficiais mais velhos e experientes...

Externou algumas de suas dúvidas ao capitão Ramsay, que parecia um sujeito calado, mas bastante simpático.

– Você não teve escolha. Foi obrigado a se manifestar – assegurou-lhe Ramsay. – Mesmo assim...

William se desviou rapidamente de uma pilha de excremento a fim de acompanhar o passo de Ramsay.

– Mesmo assim...?

Ramsay ficou calado por algum tempo, mas liderou o caminho pelo acampamento, através de corredores perfeitos de barracas de lona, acenando de vez em quando para os homens que o chamavam ao redor de uma fogueira.

Finalmente chegaram à própria barraca de Ramsay, que segurou a porta para William entrar.

– Já ouviu falar em uma senhora chamada Cassandra? – perguntou Ramsay por fim. – Uma espécie de profetisa grega, eu acho. Não muito popular.

A tropa dormiu profundamente depois de seus vigorosos esforços, e William também.

– Seu chá, senhor?

Ele piscou, desorientado, ainda envolto em sonhos de estar caminhando pelo zoológico particular do duque de Devonshire, de mãos dadas com um orangotango. Mas era o rosto redondo e ansioso do soldado Perkins, e não do orangotango, que o saudava.

– O quê?

Perkins parecia flutuar em uma espécie de névoa que não se dissipava por mais que ele piscasse. Quando se sentou para pegar a xícara fumegante, descobriu que a causa disso era que o próprio ar estava permeado de uma pesada neblina.

Todos os sons estavam abafados. A rotina de um acampamento despertando podia ser ouvida, mas soava distante, amortecida. Não foi nenhuma surpresa, portanto, quando ele enfiou a cabeça para fora da tenda alguns minutos mais tarde e viu o chão coberto com uma bruma flutuante proveniente dos pântanos.

Não fazia muita diferença. O exército não ia a lugar algum. Um despacho do quartel-general de Howe tornara oficial a suspensão das hostilidades; não restava nada a fazer, senão esperar que os americanos caíssem em si e se rendessem.

Os soldados se espreguiçavam, bocejavam e procuravam distração. William se achava engajado em um disputado jogo de dados com os cabos Yarnell e Jeffries quando Perkins ressurgiu.

– Cumprimentos do coronel Spencer, senhor. O senhor deve se apresentar ao general Clinton.

– Ah, é? Para quê? – perguntou William.

Perkins pareceu perplexo; não lhe ocorrera perguntar ao mensageiro por quê.

– É que... acho que ele quer vê-lo – respondeu, num esforço para se mostrar útil.

– Muito obrigado, soldado Perkins – disse William, com um sarcasmo que Perkins não percebeu, radiante de alívio e se retirando sem ser dispensado. – Perkins! – gritou ele, e o soldado se virou, o rosto redondo assustado. – Para que lado?

– O quê? Hã... Como, senhor?

– Em que direção fica o quartel-general do general Clinton? – indagou William com esmerada paciência.

– Ah! O soldado da cavalaria... ele veio... – Perkins girou devagar, como um cata-vento, franzindo a testa em concentração. – De lá! Pude ver aquele morro atrás dele.

O nevoeiro ainda estava denso junto ao chão, mas os topos das colinas e as árvores altas eram visíveis de vez em quando, e William não teve nenhuma dificuldade em localizar o morro a que Perkins se referira; tinha uma estranha aparência, cheio de protuberâncias.

– Obrigado, Perkins. Dispensado – acrescentou rapidamente antes que Perkins saísse às pressas outra vez.

Observou o soldado desaparecer na massa de nevoeiro e corpos, depois balançou a cabeça e foi passar o comando ao cabo Evans.

Seu cavalo não gostava de nevoeiro. William também não. Dava-lhe uma sensação inquietante, como se alguém estivesse respirando na sua nuca. Mas aquela era uma cerração do mar: pesada, densa e fria, não sufocante. Ela se rarefazia e se espessava, dando uma sensação de movimento. Ele só conseguia ver alguns passos à frente e apenas divisava a forma do morro que Perkins indicara, embora o topo aparecesse e desaparecesse como por mágica de conto de fadas.

O que sir Henry podia querer com ele? Teria sido somente ele a ser chamado ou seria uma reunião convocada para informar aos oficiais alguma mudança de estratégia?

Talvez os homens de Putnam tivessem se rendido. Sem dúvida deveriam. Não tinham a menor chance de vitória nas atuais circunstâncias e isso devia ser óbvio para eles.

Mas imaginava que Putnam precisaria se reunir com Washington. Durante a batalha da velha casa de fazenda de pedra, ele vira um pequeno grupo de homens a cavalo no alto de uma colina distante, uma bandeira desconhecida tremulando acima deles. Alguém na ocasião apontara e dissera: “Aquele lá é Washington. Pena que a gente não tenha um granadeiro para lhe dar uma lição!” E rira.

O bom senso dizia que eles se renderiam. Mas William sentia uma sensação inquietante que nada tinha a ver com o nevoeiro. Durante o mês que passara na estrada, tivera oportunidade de ouvir muitos americanos. A maioria também se sentia inquieta, não querendo um conflito com a Inglaterra, particularmente não desejando estar perto de nenhum conflito armado. Já aqueles que haviam optado pela revolta... estavam *muito decididos*.

Talvez Ramsay tivesse transmitido parte disso aos generais; ele não parecera nem um pouco impressionado com nenhuma das informações de William, muito menos com suas opiniões, mas talvez...

O cavalo tropeçou e ele se inclinou para o lado na sela, acidentalmente puxando as rédeas. O cavalo, irritado, girou a cabeça e o mordeu, os grandes dentes arranhando sua bota.

– Desgraçado!

Açoitou o focinho do cavalo com as pontas das rédeas e puxou a cabeça do animal com força, até que os olhos revirados e o lábio torcido estivessem quase em seu colo. Em seguida, tendo demonstrado seu desagrado, reduziu lentamente a pressão. O cavalo bufou, mas retomou o caminho sem rebeldia.

Ele parecia estar cavalgando havia algum tempo. Só que o tempo, assim como a distância, costumava enganar na névoa. Ergueu os olhos para o morro que era seu objetivo, descobrindo que ele havia desaparecido outra vez. Bem, certamente voltaria a aparecer.

Só que não voltou.

O nevoeiro continuava a se mover à sua volta e ele ouvia os pingos de orvalho que caíam das folhas das árvores, que pareciam surgir para logo depois desaparecer. Mas o morro continuava obstinadamente invisível.

Ocorreu-lhe que fazia algum tempo que não ouvia mais o barulho dos homens.

Deveria ouvir.

Se estivesse se aproximando do quartel-general de Clinton, não só estaria ouvindo todos os sons normais do acampamento como deveria ter encontrado muitos homens, cavalos, fogueiras, carroças, barracas...

Não havia ruído ao redor, salvo o barulho de água corrente. Ele tinha se afastado do acampamento.

– Maldito Perkins – disse, a meia-voz.

Parou um instante e verificou a pistola, cheirando a pólvora na caçoleta; adquiria um cheiro diferente quando ficava úmida. *Ainda está boa*, pensou. Tinha um cheiro forte, não o cheiro de ovo podre de enxofre que a pólvora molhada possuía.

Manteve a pistola na mão, apesar de até o momento não ter visto nada ameaçador. Mas a neblina estava um tanto densa para se ver mais do que alguns passos à frente. Alguém podia surgir repentinamente e ele teria que decidir no mesmo instante se deveria atirar ou não.

Tudo estava silencioso. Sua artilharia estava silenciosa. Não se ouvia nenhum disparo aleatório de mosquete como no dia anterior. O inimigo se retirava; não havia dúvida a respeito. Deveria atirar caso se deparasse com um continental extraviado, também perdido no nevoeiro? Esse pensamento fez suas mãos suarem. O continental provavelmente não hesitaria em atirar nele assim que visse o uniforme vermelho.

Estava mais preocupado com a humilhação de ser acertado pela própria tropa do que com a real perspectiva de morte, mas tampouco estava totalmente indiferente a esse risco.

Na verdade, a maldita neblina havia se tornado ainda mais densa. Procurou em vão pelo sol, para lhe dar alguma noção de direção, mas o céu estava invisível.

Tentou reprimir o pequeno estremecimento de pânico na base de sua espinha. Certo, havia 34 mil soldados britânicos naquela maldita ilha. Ele poderia estar ao alcance de um tiro de pistola de muitos deles no momento. E você só precisa estar ao alcance de um único tiro de um americano, lembrou a si mesmo, abrindo caminho com raiva pela vegetação de lariços.

Ouviu farfalhar de folhas e estalido de galhos perto de onde estava. Havia alguém no bosque, sem dúvida. Mas quem?

As tropas britânicas não estariam se deslocando nesse nevoeiro, isso era um fato. Maldito Perkins! Portanto, se ouvisse movimento, como o de um grupo de homens, pararia e se esconderia. De outra forma... tudo que podia fazer era se deparar com um corpo de tropas ou ouvir alguma coisa inconfundivelmente de natureza militar – gritos de ordens, talvez...

Continuou cavalgando devagar por algum tempo e finalmente guardou a pistola, achando seu peso cansativo. Santo Deus, há quanto tempo estava fora? Uma hora? Duas? Deveria dar meia-volta? Mas não tinha como saber qual a direção certa. Podia estar andando em círculos. O terreno inteiro parecia o mesmo, uma mancha cinzenta de árvores, rochas e capim. Ontem, passara cada minuto em alerta máximo, pronto para o ataque. Hoje seu entusiasmo para lutar havia diminuído de forma significativa.

Alguém surgiu à sua frente e o cavalo recuou, tão abruptamente que William teve apenas uma vaga impressão do homem. No entanto, foi suficiente para saber que não estava usando uniforme inglês. Ele teria sacado sua pistola, se as duas mãos não estivessem ocupadas em controlar o cavalo.

O cavalo, cedendo à histeria, saltava em círculos, chacoalhando todos os ossos de William a cada aterrissagem. O ambiente à sua volta girava em uma mancha cinza e verde, mas ele tinha certa noção de vozes, no que poderia ser tanto zombaria quanto encorajamento.

Depois do que lhe pareceu um século, mas que não deveria ter ultrapassado mais do que um minuto, William conseguiu fazer a maldita criatura parar, arfando e bufando, ainda lançando a cabeça para os lados, os brancos dos olhos ressaltados, brilhando de suor.

– Seu desgraçado filho da mãe! – exclamou William, puxando a cabeça do animal para o lado.

A respiração do cavalo penetrou, úmida e quente, na camurça de suas calças e seus flancos se ergueram sob ele.

– Não é o cavalo de melhor temperamento que já conheci – soou a voz de alguém e uma mão se ergueu, segurando a brida. – Mas parece bem saudável.

William avistou de relance um homem com roupas de caça, forte e de tez escura. Então alguém o agarrou pela cintura, por trás, e o arremessou para fora do cavalo.

Ele bateu em cheio de costas no chão, perdendo o fôlego, mas tentou valentemente pegar a pistola. Um joelho pressionou seu peito e uma enorme mão lhe arrancou a arma. Um rosto barbado e sorridente surgiu acima dele.

– Não muito sociável – disse o homem com ar de reprovação. – Pensei que vocês, ingleses, fossem civilizados.

– Se você o deixar se levantar, Harry, imagino que ele o tornará bem civilizado. – Este era outro homem, mais baixo e de compleição esbelta, com uma voz suave e educada, como a de um professor, que espreitou por cima do ombro do homem ajoelhado no peito de William. – Mas você poderia deixá-lo respirar.

A pressão no peito de William relaxou e ele conseguiu fazer entrar um pouco de ar nos pulmões, que logo foi expelido de volta quando o sujeito que o prendera no chão lhe deu um soco no estômago. Esvaziaram seus bolsos e seu gorjal foi arrancado pela cabeça de modo ríspido, ralando dolorosamente a base de seu nariz. Alguém desafivelou seu cinto, habilmente o removendo com um assobio de satisfação diante do equipamento preso a ele.

– Muito bom – disse o segundo homem, aprovando. Abaixou os olhos para William, estendido no chão e arfando como um peixe fora d'água. – Muito obrigado, senhor. Ficamos muito agradecidos. Tudo bem, Allan? – gritou, virando-se para o homem que segurava o cavalo.

– Sim, já o peguei – respondeu uma voz escocesa anasalada. – Vamos cair fora!

Os homens se afastaram e, por um instante, William achou que tinham ido embora. Então a mão pesada de alguém agarrou seu ombro e o virou. Ele conseguiu se erguer por pura força de vontade e a mesma mão agarrou seu rabo de cavalo e puxou sua cabeça para trás com um safanão, expondo sua garganta. Ele vislumbrou o brilho de uma faca e o largo sorriso do sujeito, mas não teve fôlego nem tempo para preces ou imprecações.

A faca desceu com toda a força e ele sentiu um puxão na nuca que fez seus olhos lacrimejarem. O homem resmungou, insatisfeito, e golpeou mais duas vezes, afastando-se triunfante finalmente, o rabo de cavalo de William erguido na mão enorme.

– Suvenir – disse a William, rindo, e partiu atrás de seus amigos.

O relincho do cavalo chegou até William através do nevoeiro, zombando dele.

Quisera ardentemente ter conseguido matar ao menos um deles. Mas eles o dominaram com a facilidade de uma criança, depenaram-no como se fosse um ganso e largaram o pobre coitado no chão como um maldito imbecil! Sua raiva era tão avassaladora que precisou parar e esmurrar o tronco de uma árvore. A dor o deixou arquejante, ainda furioso, mas sem fôlego.

Prendeu a mão ferida entre as coxas, sibilando entre dentes até a dor arrefecer. A sensação de choque se misturava à raiva. Sentia-se mais desorientado do que nunca, a cabeça girando. Com o peito arfando, levou a mão livre à parte de trás da cabeça, apalpando o toco de cabelo eriçado deixado ali.

Tomado de nova onda de raiva, chutou a árvore com toda a força. Deu voltas em torno dela, mancando, praguejando, finalmente desmoronando em uma rocha e colocando a cabeça entre os joelhos, arquejante.

Gradualmente, sua respiração se acalmou e sua capacidade de pensar de forma racional começou a voltar.

Muito bem. Continuava perdido na floresta de Long Island, só que agora sem cavalo, comida ou armas. E sem cabelo. *Isso* o fez se sentar direito. Com os punhos cerrados, tentou dominar a fúria. Não tinha tempo para ficar com raiva agora. Se algum dia pusesse os olhos novamente em Harry, Allan ou no homenzinho de voz educada... Bem, haveria bastante tempo para isso quando acontecesse.

Por ora, o importante era localizar alguma parte do exército. Seu impulso era desertar ali mesmo, pegar um navio para a França e nunca mais voltar, deixando que o exército presumisse que fora assassinado. Mas não podia fazer isso por uma série de razões, inclusive seu pai – que provavelmente preferiria que ele tivesse sido morto a ter fugido.

Não tinha remédio. Resignado, levantou-se e tentou se sentir grato pelo fato de os bandidos terem deixado seu casaco. O nevoeiro começava a se dissipar aqui e ali, mas ainda cobria o chão, frio e úmido. Não que isso o incomodasse; seu sangue ainda fervia.

Olhou furioso ao redor, para as formas imprecisas de pedras e árvores. Pareciam iguais às malditas pedras e árvores que encontrara ao longo desse dia funesto.

– Muito bem – disse em voz alta, erguendo um dedo no ar e se virando aos poucos. – Uni-duni-tê, salamê-minguê... Ah, para o inferno com tudo isto.

Mancando ligeiramente, partiu. Não sabia para onde estava indo, mas tinha que se mexer ou explodiria.

Distraiu-se por algum tempo repassando o recente encontro, com visões gratificantes de si mesmo agarrando o homem gordo chamado Harry e torcendo seu nariz até transformá-lo em uma polpa sangrenta, antes de esfacelar sua cabeça em uma pedra. Tomando-lhe a faca e golpeando aquele miserável arrogante... arrancando seus pulmões... Havia um costume entre as tribos bárbaras alemãs chamado "águia de sangue". Consistia em cortar as costas de um homem e puxar seus pulmões para fora de modo que batessem como asas enquanto ele morria...

Aos poucos, sentiu-se mais calmo, simplesmente porque era impossível manter tal nível de fúria.

Seu pé estava melhor; os nós dos dedos da mão estavam esfolados, mas não latejavam muito, e suas fantasias de vingança começaram a lhe parecer absurdas. Seria assim a fúria da batalha? Você queria não apenas atirar e apunhalar porque era seu dever matar, mas porque realmente *gostava* de fazer isso? Desejava isso como se deseja uma mulher? E se sentia um idiota depois?

Ele refletira sobre matar em uma batalha. Não o tempo todo, mas de vez em quando. Fizera um grande esforço para visualizar a cena quando decidira servir o Exército. E percebera que também poderia haver remorso no ato.

Seu pai tinha lhe contado uma vez, sem nenhuma tentativa de se justificar, sobre as circunstâncias em que fizera sua primeira vítima. Não durante uma batalha, mas depois. A execução à queima-roupa de um escocês, ferido e deixado no campo de Culloden.

– Sob ordens – dissera o pai. – Nenhuma clemência deveria ser dada. Eram nossas ordens escritas, assinadas por Cumberland.

Os olhos do pai estavam fixos na sua estante de livros durante o relato, mas nesse ponto ele fitara diretamente William.

– Ordens – repetira ele. – Você segue ordens, é claro; você tem que seguir. Mas haverá ocasiões em que não terá nenhuma ordem para seguir ou em que se verá em uma situação que mudou. E haverá ocasiões, William, em que sua honra ditará que você não deve seguir uma ordem. Em tais circunstâncias, você precisará seguir sua consciência e estar preparado para viver com as consequências.

William tinha balançado a cabeça, sério. Acabara de trazer seus papéis de alistamento para o pai examinar, a assinatura de lorde John sendo necessária por ser seu tutor. Mas ele havia considerado a assinatura uma mera formalidade; não esperava nem uma confissão, nem um sermão – se isso é o que era.

– Eu não deveria ter feito isso – comentara o pai abruptamente. – Não devia ter atirado nele.

– Mas... suas ordens...

– Não me afetavam, não diretamente. Eu ainda não tinha patente. Acompanhara meu irmão na campanha, mas ainda não era um soldado. Não estava sob a autoridade do Exército. Eu poderia ter me recusado.

– Mas outra pessoa não teria atirado nele? – perguntou William de forma prática.

Seu pai sorriu, mas sem humor.

– Sim, teria. Mas o problema não é esse. E é verdade que nunca me ocorreu que eu tivesse escolha na questão, mas *este* é o problema. A gente sempre tem escolha, William. Lembre-se disso, sim?

Sem esperar resposta, ele se inclinara, tirara uma pena da jarra azul e branca de porcelana chinesa sobre a sua mesa e abrira o tinteiro de cristal.

– Tem certeza? – perguntara, olhando gravemente para William, e, diante do sinal de confirmação do filho, assinara seu nome com um floreio. Depois, erguera os olhos e sorrira. – Tenho orgulho de você, William. Sempre terei.

William suspirou. Não duvidava que seu pai sempre o amaria, mas quanto a deixá-lo orgulhoso... não era provável que essa expedição em particular o cobrisse de glórias. Teria sorte de voltar às próprias tropas antes que alguém notasse quanto tempo ele ficara fora e desse o alarme. Deus, que humilhação, perder-se e ser roubado como seu primeiro ato de destaque!

Ainda assim, melhor do que ter como seu primeiro ato de destaque ser morto por bandidos.

Com cautela, continuou a avançar pela floresta imersa no nevoeiro. O terreno não era ruim, embora houvesse poças, onde a chuva se acumulara. Uma vez, ouviu o estrépito de tiros de mosquete e correu em sua direção, mas o barulho parou antes que pudesse avistar quem andara atirando.

Continuou se arrastando penosamente, perguntando-se quanto tempo deveria levar para atravessar toda a maldita ilha a pé e se já estava perto de ter feito isso. O terreno se inclinara acentuadamente. Ele estava subindo agora. De fato, em determinado momento ele emergiu em um pequeno promontório rochoso e teve uma breve visão do terreno abaixo – completamente encoberto por um nevoeiro cinzento movendo-se em redemoinhos. A visão lhe deu vertigem, obrigando-o a se sentar em uma pedra por alguns instantes, com os olhos fechados, antes de continuar.

Por duas vezes ouviu o som de homens e cavalos, mas havia algo errado naquele som. As vozes não tinham os ritmos do exército, e ele se virou, afastando-se na direção contrária.

Notou uma mudança abrupta no terreno, que se tornou uma espécie de cerrado, repleto de árvores raquíticas se projetando de um solo de cor clara que rangia sob suas botas. Então ouviu a água, ondas batendo em uma praia. O mar! *Graças a Deus!*, pensou, e apressou o passo na direção do som.

Entretanto, ao avançar na direção das ondas, repentinamente percebeu outros sons.

Barcos. O ranger dos cascos no cascalho, o ruído de forquetas, barulho na água. E vozes. Vozes abafadas, mas agitadas. *Maldição!* Agachou-se atrás do tronco de um pinheiro-anão, esperando por uma fenda na névoa flutuante.

Um movimento repentino o lançou para o lado, a mão buscando a pistola. Quando se lembrou de que não a tinha mais, percebeu que seu adversário era uma enorme garça-azul, que o fitou com um olhar fixo e amarelo antes de se lançar ao ar com um alarido de indignação. Um grito de alarme se elevou das moitas, a não mais de 3 metros de distância, com um estrondo de mosquete. A garça explodiu em uma chuva de penas diretamente sobre sua cabeça. Sentiu pingos do sangue da ave, muito mais quente do que o suor frio em seu rosto, e se sentou abruptamente, pontos negros de tontura diante dos olhos.

Não ousava se mover, muito menos gritar. Havia um sussurro de vozes no meio dos arbustos, mas não alto o suficiente para que ele pudesse entender alguma palavra. Entretanto, após alguns instantes, ouviu um ruge-ruge furtivo que gradualmente se afastou. Fazendo o menor barulho possível, girou sobre as mãos e os joelhos e engatinhou por certa distância na direção oposta, até achar que já podia ficar de pé outra vez.

Achou que ainda ouvia vozes. Aproximou-se, rastejando devagar, o coração batendo com força. Sentiu cheiro de tabaco e parou.

Entretanto, nada se movia perto dele. Ainda podia ouvir as vozes, mas estavam a uma boa distância. Farejou o ar cautelosamente, mas o cheiro de tabaco desaparecera; talvez estivesse imaginando coisas. Continuou avançando na direção dos sons.

Podia ouvi-los claramente agora. Vozes baixas, urgentes, o chacoalhar de forquetas e o chapinhar de pés na água. A movimentação e o murmúrio de homens se confundindo um pouco com os sussurros do mar e da vegetação rasteira. Lançou um último olhar desesperado para o céu, mas o sol continuava invisível. Ele *tinha* que estar no lado oeste da ilha; estava certo disso. Quase. E se estivesse...

Se estivesse, os sons que ouvia tinham que ser de tropas americanas, fugindo da ilha em direção a Manhattan.

– Não se mova.

O sussurro atrás dele coincidiu com a pressão do cano de uma arma, enfiado com tanta força em seu rim que o paralisou. A pressão cedeu por um instante e retornou, com uma força que turvou seus olhos. Emitiu um som gutural e arqueou as costas, mas, antes que pudesse falar, alguém com mãos calejadas o agarrara pelos pulsos e os puxara violentamente para trás.

– Não é preciso – afirmou a voz grave e ranzinza. – Afaste-se e eu dou um tiro nele.

– Não – disse outra voz, igualmente grave, porém menos rabugenta. – É só um garoto. E bonito, ainda por cima. – Uma das mãos calejadas acariciou o rosto de William e amarrou suas mãos com força.

– Se pretendesse atirar nele, já o teria feito, irmã – acrescentou a voz. – Vire-se, garoto.

Devagar, ele se virou, verificando que havia sido capturado por uma dupla de mulheres velhas, baixas e atarracadas como ogros. Uma delas, a que empunhava a arma, fumava um cachimbo; fora desse tabaco que ele sentira o cheiro. Vendo o choque e a repulsa em suas feições, ela ergueu o canto da boca enrugada enquanto segurava com firmeza a haste do cachimbo com os tocos de dentes manchados de marrom.

– Ser bonito é fazer coisas bonitas – citou ela o provérbio, examinando-o de cima a baixo. – Ainda assim, não precisa desperdiçar munição.

– Madame – disse ele, tentando se mostrar sedutor –, acredito que estão enganadas a meu respeito. Sou um soldado do rei e...

As duas desataram a rir, rangendo como um par de dobradiças enferrujadas.

– Jamais teria imaginado – falou a dona do cachimbo, rindo. – Achei que era um espantalho!

– Cale a boca, menino – a irmã interrompeu sua nova tentativa de falar. – Não vamos machucar você, desde que fique calado. – Observou-o, avaliando os danos. – Esteve na guerra, hein? – perguntou, não sem compaixão.

Sem esperar por uma resposta, empurrou-o para cima de uma pedra coberta de crostas de mexilhões e musgos gotejantes, o que o fez deduzir que estava bem perto da praia.

Não disse nada. Não por medo das mulheres, mas porque não havia nada a dizer.

Permaneceu sentado, ouvindo os ruídos do êxodo. Não fazia ideia de quantos homens poderiam estar envolvidos, já que não tinha noção de quanto tempo já durava aquela operação. Nada de útil era dito. Havia apenas a conversa entreouvida de homens trabalhando, ofegantes, o murmúrio de homens esperando, aqui e ali o tipo de risada abafada que evidencia nervosismo.

A névoa começava a se dissipar sobre a água. Podia vê-los agora. A menos de 100 metros de distância, uma pequena frota de barcos a remo, botes, aqui e ali um barco de pesca, movendo-se devagar de um lado para outro pela água lisa como um espelho. Vários homens na praia, as mãos nas armas, olhavam continuamente por cima do ombro, atentos a qualquer indício de perseguição.

Não sabiam de nada, refletiu com amargura.

No momento, não tinha nenhuma preocupação com seu futuro. A humilhação de ser testemunha impotente enquanto todo o exército americano fugia sob seu nariz, além da ideia de ser obrigado a retornar e relatar essa ocorrência ao general Howe, eram tão exasperantes que ele não se importava se as duas velhas pretendessem devorá-lo.

Concentrado como estava na cena na praia, não lhe ocorreu que, se podia ver os americanos, também era visível a eles. Na verdade, os continentais e os homens das milícias estavam tão preocupados com a retirada que nenhum deles notou sua presença, até que um deles se afastou do agrupamento em retirada, parecendo esquadrinhar a região mais elevada da praia em busca de alguma coisa.

Com um olhar de relance para os companheiros alheios à situação, o sujeito começou a atravessar com passos decididos a faixa de seixos da praia, os olhos fixos em William.

– O que é isto, mamãe? – perguntou.

Vestia o uniforme de oficial do Exército Continental e era de constituição robusta e atarracada, muito semelhante à das duas mulheres, porém bem maior. Embora seu rosto estivesse aparentemente calmo, especulações se sucediam por trás dos olhos injetados.

– Andei pescando – respondeu a fumante. – Peguei este peixinho vermelho, mas acho que vou devolvê-lo.

– Ah, é? Talvez ainda não.

William olhou para ele, mantendo a própria expressão o mais soturna possível. O sujeito olhou para a névoa desaparecendo por trás de William.

– Há outros com você, não é, garoto?

William permaneceu em silêncio. O sujeito suspirou, lançou o punho cerrado para trás e desfechou um soco no estômago de William. Ele se dobrou ao meio, caiu sobre a pedra e ficou estendido, vomitando na areia. O homem o agarrou pela gola e o levantou como se não pesasse nada.

– Responda, rapaz. Não tenho muito tempo e você não vai querer que eu me apresse em minhas perguntas – avisou suavemente, mas tocou a faca em seu cinto.

William limpou a boca no ombro da melhor maneira que pôde e se virou para o homem, os olhos em brasa. *Está bem*, pensou, e sentiu certa calma se abater sobre ele. *Se é aqui que vou morrer, ao menos morrerei por alguma coisa.* O pensamento era quase um alívio.

A irmã da fumante de cachimbo, entretanto, pôs fim ao drama cutucando seu interrogador nas costelas com o mosquete.

– Se houvesse mais, a mana e eu já os teríamos ouvido há muito tempo – disse ela, com certo desprezo. – Soldados não são silenciosos.

– Isso é verdade – concordou a fumante, removendo o cachimbo da boca o tempo suficiente para cuspir. – Dá pra ver que este aí está só perdido. Também dá pra ver que ele não vai falar com você. – Ela abriu um sorrisinho para William com familiaridade, exibindo o único canino amarelo remanescente. – Prefere morrer a falar, não é, rapaz?

William assentiu e as mulheres deram risadinhas. Não havia como negar: elas riram.

– Vá andando – respondeu a tia ao sujeito, apontando para a praia atrás dele. – Eles vão embora e vão largar você aqui.

O homem não tirava os olhos de William. Após um instante, balançou ligeiramente a cabeça e girou nos calcanhares.

William sentiu uma das mulheres atrás dele. Algo pontudo tocou seu pulso e a corda com que o haviam amarrado se soltou. Teve vontade de esfregar os pulsos, mas não o fez.

– Vá, garoto – ordenou a fumante, quase amavelmente. – Antes que alguém mais o veja e comece a ter ideias.

Ele foi embora.

No ponto mais alto da praia, olhou para trás. As mulheres haviam desaparecido, mas o sujeito estava sentado na popa de um barco a remo que se afastava rapidamente da praia, agora quase vazia. Seu rosto estava voltado para William.

William deu-lhe as costas. O sol era um pálido círculo cor de laranja ardendo através da névoa. A tarde se iniciava. Ele se virou para o interior e partiu na direção sudoeste, mas, durante muito tempo depois que a praia ficara para trás, fora do alcance da vista, ainda sentia que era observado.

Seu estômago estava dolorido e o único pensamento em sua cabeça era o que o capitão Ramsay lhe dissera: *Já ouviu falar em uma senhora chamada Cassandra?*

7

UM FUTURO INCERTO

Lallybroch
Inverness-shire, Escócia
Setembro de 1980

Nem todas as cartas estavam datadas, mas algumas, sim. Bri manuseou a meia dúzia de cima e, com a sensação de estar parada no alto de uma montanha-russa, escolheu uma com a data *2 de março de 1777* escrita na borda.

– Acho que esta é a seguinte. – Mal conseguia respirar. – É... fina.

Era bem curta, não mais do que uma página e meia, mas a razão de sua brevidade era evidente. Seu pai a redigira. Sua caligrafia determinada, desengonçada, deu um aperto em seu coração.

– Nunca permitiremos que um professor tente fazer Jemmy escrever com a mão direita – disse furiosa a Roger. – Nunca!

– Sim – concordou ele, surpreso e achando graça em sua explosão.

2 de março, Anno Domini 1777
Cordilheira dos Frasers, colônia da Carolina do Norte

Minha querida filha,

Estamos nos preparando agora para nos mudar para a Escócia. Não para sempre, nem mesmo por muito tempo. Minha vida – nossas vidas – está aqui na América. E com toda a honestidade eu preferia ser ferroado até a morte por marimbondos a colocar o pé em outro navio; tento não ficar pensando no assunto. Porém duas preocupações importantes me levaram a tomar essa decisão.

Se eu não tivesse a dádiva do conhecimento que você, sua mãe e Roger Mac me deram, provavelmente pensaria – como a maioria das pessoas na colônia de fato pensa – que o Congresso Continental não vai durar nem mais seis meses e o exército de Washington menos ainda. Eu mesmo conversei com um homem de Cross Creek que foi dispensado (honrosamente) do Exército Continental por causa de um ferimento no braço – sua mãe, é claro, tratou dele.

Ele gritava muito e eu fui convocado a ajudá-lo. Ele me contou que Washington não tem mais do que alguns milhares de soldados regulares, todos muito pobres em equipamentos, roupas e armas, e a todos é devido o pagamento, que é provável que nem recebam. A maioria de seus homens é de membros de milícias, alistados sob contratos de curta duração de dois ou três meses e já se dispersando, tendo que voltar para suas casas para o plantio.

O fato é que eu sei. Ao mesmo tempo, não posso ter certeza de como o que eu sei irá acontecer. De alguma forma deverei fazer parte disso? Se eu me retrair, será que isso prejudicará ou impedirá o sucesso de nossos desejos? Muitas vezes cogitei discutir essas questões com seu marido. Embora ele seja presbiteriano, creio que as acharia ainda mais perturbadoras do que eu. No final das contas, isso não tem importância. Sou aquilo que Deus me fez e devo lidar com a época em que Ele me colocou.

Embora ainda não tenha perdido as faculdades da visão e da audição, nem o controle dos meus intestinos, já não sou jovem. Tenho uma espada e um rifle, mas também tenho uma gráfica, e posso usá-la com um efeito muito maior. Percebo muito bem que se pode brandir a espada ou o mosquete somente contra um inimigo de cada vez, enquanto as palavras podem ser usadas contra muitos.

Sua mãe – sem dúvida contemplando a perspectiva de eu ficar enjoado por várias semanas nas redondezas – sugere que eu entre no negócio com Fergus, usando a gráfica do L'Oignon, em vez de viajar para a Escócia para recuperar a minha maquinaria.

Considerei essa hipótese, mas não posso em sã consciência expor Fergus e sua família ao perigo, fazendo uso de sua gráfica para os propósitos que tenho em mente. A deles é apenas uma de algumas poucas gráficas em operação entre Charleston e Norfolk. Ainda que eu fizesse em segredo minhas impressões, em pouco tempo as suspeitas recairiam sobre eles. New Bern é um reduto de legalistas e as origens da minha panfletagem seriam descobertas em pouquíssimo tempo.

Além da consideração por Fergus e sua família, creio haver algum benefício em visitar Edimburgo a fim de resgatar minha gráfica. Eu tinha muitos conhecidos lá; alguns podem ter escapado da prisão ou do laço.

Entretanto, a segunda e mais importante consideração que me compele a ir à Escócia é seu primo Ian. Há muitos anos jurei à sua mãe – pela memória de nossa mãe – que eu o levaria de volta para casa, para ela, e é o que pretendo fazer, embora o homem que levo de volta a Lallybroch não seja mais o rapaz que saiu de lá. Só Deus sabe como se entenderão, Ian e Lallybroch. E Deus tem um senso de humor muito peculiar. Mas, se ele deve voltar, agora é a hora.

A neve está derretendo. As calhas gotejam o dia inteiro e pela manhã pingentes de gelo se estendem do telhado até quase o chão. Em algumas semanas, as estradas estarão transitáveis outra vez. Parece estranho pedir que rezem pela segurança de uma viagem que já terá sido feita – para o bem ou para o mal – há muito tempo quando ouvirem falar dela. Ainda assim, eu peço. Diga a Roger Mac que acho que Deus não se preocupa com o tempo. E dê um beijo nas crianças por mim.

Seu pai amoroso,

JF

Roger se reclinou um pouco para trás, as sobrancelhas levantadas.

– A Conexão Francesa, você acha?

– A *o quê*? – Ela franziu a testa por cima de seu ombro e viu onde seu dedo marcava o texto. – Onde ele fala de seus amigos em Edimburgo?

– Sim. A maior parte de seus conhecidos de Edimburgo não era contrabandista?

– Foi o que mamãe disse.

– Daí a referência ao laço. E *de onde* contrabandeavam a maior parte das coisas?

Seu estômago se revirou.

– Você só pode estar brincando. Acha que ele está planejando se meter com contrabandistas franceses?

– Bem, não apenas contrabandistas. Pelo visto, ele conhecia muitos agitadores, ladrões e prostitutas também. – Roger sorriu ligeiramente, mas logo ficou sério outra vez.

– Mas contei a ele tudo que eu sabia sobre a Revolução. Não com muitos detalhes, pois não era a minha especialidade. E certamente lhe contei quanto a França seria importante para os americanos. Só estou pensando... – Parou, um pouco constrangido, depois ergueu os olhos para ela. – Ele não vai para a Escócia para fugir da luta. Ele deixa isso bem claro.

– Então você acha que ele deve estar procurando aliados políticos? – perguntou ela. – Não apenas retomar a gráfica, deixar Ian em Lallybroch e voltar depressa para a América?

O pensamento lhe deu um pouco de alívio. A ideia de seus pais armando intrigas em Edimburgo e Paris era muito menos assustadora do que suas visões de ambos no meio de explosões e campos de batalha. E *seriam* os dois, tinha certeza. Aonde seu pai fosse, sua mãe iria também.

Roger deu de ombros.

– Essa observação casual sobre ele ser como Deus o fez... Sabe o que ele quis dizer com isso?

– Um homem maldito – respondeu ela brandamente, aproximando-se de Roger e colocando a mão em seu ombro, como se quisesse se certificar de que ele não fosse desaparecer. – Ele me falou que era um homem maldito. Que poucas vezes escolhera lutar, mas sabia que nascera para isso.

– Sim, isso mesmo – confirmou Roger com a mesma suavidade. – Mas ele não é mais o jovem senhor de terras que pegou sua espada, conduziu trinta colonos para uma batalha fadada à derrota e os levou de volta para casa. Agora ele sabe muito mais sobre o que um único homem pode fazer. E acredito que pretenda fazê-lo.

– Eu também acho. – Sentia um nó na garganta, tanto de orgulho quanto de temor.

Roger estendeu o braço e colocou a mão sobre a dela, apertando-a.

– Eu me lembro... – começou devagar. – Uma coisa que sua mãe falou, ao contar sobre quando ela voltou e se tornou médica... Uma coisa que seu... Frank... disse. Algo sobre ser muito inconveniente para as pessoas ao redor dela, mas uma grande bênção ela saber o que estava destinada a ser. Ele tinha razão nisso. E Jamie sabe disso.

Ela balançou a cabeça, concordando. Talvez não devesse dizer isso, porém não conseguiu mais reprimir as palavras:

– E *você* sabe?

Ele ficou em silêncio por um longo tempo, olhando para as folhas sobre a mesa. Por fim, assentiu, o movimento tão leve que ela mais intuiu do que viu.

– Eu sabia – disse ele serenamente, soltando a mão dela.

Seu primeiro impulso foi socá-lo bem na nuca; o segundo foi agarrá-lo pelos ombros, inclinar-se até ficar com os olhos a 2 centímetros dos dele e dizer calma mas claramente: "O que quer dizer com *isso*?"

Absteve-se de qualquer das duas reações, apenas porque ambas iriam levar a uma longa conversa de um tipo completamente inadequado para crianças, e elas estavam no corredor a alguns passos da porta do escritório. Podia ouvi-las conversar.

– Está vendo isso? – perguntou Jemmy.

– Sim.

– Gente má veio aqui há muito tempo procurando o vovô. *Ingleses* maus. Foram eles que fizeram isso.

A cabeça de Roger se virou ao perceber o que Jemmy dizia e seus olhos encontraram os de Brianna, com um ligeiro sorriso.

– "Ingueses" maus! – repetiu Mandy docilmente. – Faz eles limpar tudo!

Apesar de sua contrariedade, Brianna não pôde deixar de compartilhar o sorriso de Roger, ainda que sentindo um pequeno tremor na boca do estômago ao se lembrar de seu tio Ian – tão calmo, tão gentil – mostrando os vergões de sabre no painel de madeira do corredor e dizendo: "Nós o mantemos assim para mostrar às crianças e lhes dizer 'Esses são os ingleses'." Havia dureza em sua voz e, ao ouvir um eco fraco, absurdamente infantil, dessas palavras na voz de Jemmy, ela teve as primeiras dúvidas quanto à sabedoria de manter essa tradição familiar em particular.

– Você contou sobre isso? – perguntou ela a Roger, enquanto as vozes das crianças se afastavam na direção da cozinha. – Eu não falei nada.

– Annie contou uma parte da história. Achei melhor contar o resto. – Ergueu as sobrancelhas. – Fiz mal?

– Não, não – repetiu ela, em dúvida. – Mas... será que está certo ensinarmos Jemmy a odiar os ingleses?

Roger sorriu.

– "Odiar" pode ser um pouco exagerado. E ele disse "ingleses *maus*". Quem fez isso de fato foram ingleses maus. Além disso, se ele vai crescer nas Terras Altas, certamente vai ouvir algumas farpas com relação a *sassenachs*. Vai acabar comparando as lembranças que tem de sua avó. Afinal, seu pai sempre a chamou de Sassenach.

Ele olhou para a carta sobre a mesa, consultou de relance o relógio de parede e se levantou abruptamente.

– Estou atrasado. Vou passar no banco enquanto estiver na cidade. Precisa de alguma coisa da Farm and Household?

– Sim – respondeu ela laconicamente –, uma nova bomba para o separador de leite.

– Certo – concordou ele e, beijando-a apressadamente, saiu, um braço já enfiado no casaco.

Ela abriu a boca para chamá-lo e dizer que estava brincando, mas pensou melhor e a fechou. A loja Farm and Household era bem capaz de ter uma bomba para um separador de leite. Um prédio grande e cheio de gente na periferia de Inverness, a Farm and Household fornecia praticamente tudo de que uma fazenda pudesse precisar: forcados, baldes de borracha para apagar incêndios, arame maleável para amarrar fardos de feno e máquinas de lavar roupa, assim como louças, potes para conservas e muitos implementos misteriosos cuja utilidade ela só podia tentar adivinhar.

Enfiou a cabeça no corredor, mas as crianças estavam na cozinha com Annie MacDonald, a jovem que haviam contratado. O som de risadas e o estalo surdo da antiga torradeira, que viera com a casa, chegavam pela velha porta de feltro verde, juntamente com o cheiro tentador de torradas quentes e amanteigadas. O cheiro e as risadas a atraíram e o calor do lar fluiu sobre ela, dourado como mel.

Parou para dobrar a carta antes de ir se juntar a eles e a lembrança da última observação de Roger a fez cerrar os lábios.

Eu sabia.

Bufando furiosa, ela enfiou a carta de volta na caixa e saiu para o corredor, sendo logo atraída pela visão de um envelope grande na mesa perto da porta, onde a correspondência diária e o conteúdo dos bolsos de Roger e Jemmy eram descarregados todos os dias. Tirou o envelope da pilha de folhetos, pedrinhas, tocos de lápis, elos de corrente de bicicleta e… aquilo seria um rato morto? Era. Achatado e seco, mas adornado com um apertado laço cor-de-rosa. Pegou-o com cuidado e, com o envelope comprimido ao peito, rumou na direção do chá com torradas.

Para ser franca, Roger não era o único a guardar suas intenções. A diferença era que ela planejava contar o que tinha em mente… assim que estivesse resolvido.

8

DEGELO DE PRIMAVERA

Cordilheira dos Frasers, colônia da Carolina do Norte
Março de 1777

Uma coisa devia ser dita a respeito de incêndios devastadores: tornavam muito mais simples fazer as malas. Atualmente eu possuía um vestido, uma combinação, três anáguas – uma de lã, duas de musselina –, dois pares de meias (estava usando um par quando a casa pegou fogo; o outro havia sido deixado sobre um arbusto para secar algumas semanas antes do incêndio e fora descoberto mais tarde, um pouco surrado pelo tempo, mas ainda usável), um xale e um par de sapatos.

Jamie arranjara uma capa horrível para mim em algum lugar – eu não sabia onde e não queria perguntar. De lã grossa da cor de lepra, tinha um cheiro como se alguém tivesse morrido dentro dela e só houvesse sido encontrado alguns dias mais tarde. Eu a fervera com sabão de lixívia, mas o fantasma de seu ocupante anterior não desaparecera.

Ainda assim, eu não iria morrer congelada.

Meu estojo médico foi simples de arrumar. Com um suspiro de pesar pelas cinzas do meu belo baú de boticário, com seus instrumentos elegantes e inúmeros frascos, revirei a pilha dos restos salvos dos escombros do meu consultório. O cano denteado do meu microscópio. Três jarras de cerâmica, uma sem a tampa, outra rachada. Uma lata grande de gordura de ganso misturada com cânfora – agora quase vazia após um inverno inteiro de catarros e tosses. Um punhado de páginas chamuscadas, arrancadas do livro de registros médicos iniciado por Daniel Rawlings e continuado por mim – embora eu tenha ficado mais animada ao descobrir que as folhas resgatadas incluíam uma com a receita especial do dr. Rawlings para prisão de ventre.

Era a única de suas receitas que eu achara eficaz e, apesar de já ter gravado a fórmula na memória, tê-la à mão mantinha a sua lembrança viva para mim. Nunca conheci Daniel Rawlings em vida, mas ele fora meu amigo desde o dia em que Jamie me dera sua caixa e o livro de anotações. Dobrei o papel com cuidado e o enfiei no bolso.

A maior parte das minhas ervas e remédios compostos havia desaparecido nas chamas, junto com as jarras de cerâmica, os frascos de vidro, as tigelas largas em que eu incubava caldo de penicilina e minhas serras cirúrgicas. Ainda tinha um bisturi e a lâmina escurecida de uma pequena serra de amputação. O cabo fora destruído pelo fogo, mas Jamie podia fazer um novo para mim.

Os residentes da Cordilheira foram generosos – tanto quanto pessoas que praticamente não possuíam nada podiam ser no final de um inverno. Tínhamos comida para a viagem e muitas das mulheres haviam me trazido pequenos itens domésticos e porções de suas ervas medicinais. Eu tinha diminutas jarras de lavanda, alecrim, confrei e sementes de mostarda, duas preciosas agulhas de aço, um pequeno novelo de fio de seda para usar em suturas e como fio dental (embora eu não tenha mencionado essa última utilidade para as senhoras, que teriam ficado profundamente ofendidas com a ideia) e um estoque bem pequeno de ataduras e gaze para curativos.

No entanto, uma coisa que eu tinha em abundância era álcool. O armazém de milho fora poupado do incêndio, assim como o alambique. Como havia grãos suficientes para os animais e a família, Jamie economicamente transformara o resto em uma bebida bruta, mas muito potente, que levaríamos conosco para trocar por artigos necessários ao longo do caminho. No entanto, um pequeno barril fora separado para meu uso particular; eu pintara cuidadosamente a palavra *Sauerkraut* na lateral, para desencorajar qualquer roubo na estrada.

– E se formos emboscados por bandidos analfabetos? – perguntou Jamie, achando graça.

– Pensei nisso também – informei-o, exibindo uma pequena garrafa com rolha de cortiça cheia de um líquido turvo. – *Eau de Sauerkraut.* Vou despejá-la sobre o barril assim que avistar qualquer pessoa suspeita.

– Então, acho que é melhor torcer para que não sejam bandidos alemães.

– Você já conheceu algum bandido alemão? – indaguei.

Com a exceção de um ou outro bêbado ou espancador de mulheres, quase todos os alemães que conhecíamos eram honestos, trabalhadores e virtuosos. Não era de surpreender, visto que a maioria viera para a colônia como parte de um movimento religioso.

– Não como tal – admitiu ele. – Mas não se esqueça dos Muellers, hein? E do que fizeram aos seus amigos. Eles não se considerariam bandidos, mas os tuscaroras provavelmente não fizeram essa distinção.

Era bem verdade, e um polegar frio pressionou a base do meu crânio. Os Muellers, vizinhos alemães, tiveram uma filha muito amada e seu filho recém-nascido mortos por sarampo. Eles culparam os índios da vizinhança pelo contágio. Enlouquecido de dor, o velho Herr Mueller liderou um grupo de filhos e genros para se vingar e arrancar os escalpos dos índios. Minhas vísceras ainda se lembravam do choque de ver os cabelos grisalhos de minha amiga Nayawenne se derramarem sobre o meu colo.

– Meus cabelos estão ficando brancos, não acha? – perguntei subitamente.

Ele ergueu as sobrancelhas, mas se inclinou para a frente e examinou o topo da minha cabeça, correndo os dedos delicadamente pelos meus cabelos.

– Provavelmente há um fio branco no meio de cinquenta. Um em cada 25 ficou prateado. Por quê?

– Então imagino que tenho um pouco de tempo. Nayawenne... – Eu não pronunciava seu nome em voz alta havia vários anos e encontrei um estranho conforto ao ouvi-lo, como se tivesse evocado seu espírito. – Ela me falou que eu atingiria meus plenos poderes quando meus cabelos ficassem brancos.

– É um pensamento assustador – comentou ele, rindo.

– Sem dúvida. Como ainda não aconteceu, suponho que, se tropeçarmos em um bando de ladrões de chucrute na estrada, terei que defender meu barril com o bisturi.

Ele me lançou um olhar estranho, depois riu e balançou a cabeça.

O empacotamento de Jamie era um pouco mais complicado. Ele e o Jovem Ian haviam retirado o ouro do alicerce da casa na noite seguinte ao funeral da sra. Bug – um processo delicado, precedido pela minha providência de colocar uma grande bacia de pão velho encharcado em aguardente de milho, depois chamando "Poooorca!" a plenos pulmões do começo do caminho da horta.

Um momento de silêncio e logo a porca branca emergiu de seu esconderijo, uma mancha pálida contra as pedras enegrecidas de fumaça do alicerce. Eu sabia o que ela era, mas a visão daquela forma branca se movendo rapidamente ainda fazia os cabelos da minha nuca se arrepiarem. Recomeçara a nevar – uma das razões para Jamie decidir agir rápido – e ela veio através do redemoinho de grandes e macios flocos de neve com uma velocidade que a fazia parecer o espírito da própria tempestade conduzindo o vento.

Por um instante, achei que viria para cima de mim. Em vez disso, ouvi a sonora fungada quando ela sentiu meu cheiro – mas também farejara a comida e mudou de direção. Instantes depois, os sons medonhos de um porco em êxtase flutuaram pelo silêncio da neve e Jamie e Ian saíram correndo do meio das árvores para trabalhar.

Levaram mais de duas semanas para remover o ouro. Trabalhavam apenas à noite e somente quando nevava ou estava prestes a nevar, a fim de encobrir seus rastros. Enquanto isso, revezavam-se vigiando as ruínas da casa grande, atentos a qualquer sinal de Arch Bug.

– Acha que ele ainda se importa com o ouro? – perguntara a Jamie no meio dessa empreitada, enquanto ele esfregava as mãos a fim de aquecê-las o suficiente para poder segurar a colher.

Ele entrara para o café da manhã, congelado e exausto após uma longa noite dando voltas ao redor da casa incendiada para manter o sangue circulando.

– Não resta a ele muita coisa para se importar, não é? – falou suavemente, para não acordar a família Higgins. – Com exceção de Ian.

Estremeci, tanto por pensar no velho Arch vivendo como um fantasma na floresta, sobrevivendo do calor de seu ódio, quanto por causa do frio que entrara com Jamie. Ele deixara a barba crescer para aquecer o rosto – todos os homens faziam isso durante o inverno nas montanhas – e o gelo brilhava em seu bigode e cobria suas sobrancelhas de cristais.

– Você parece o próprio Velho Inverno – sussurrei, trazendo uma tigela de mingau quente para ele.

– É como eu me sinto – respondeu com a voz grave. Passou a tigela por baixo do nariz, inalando o vapor e fechando os olhos em êxtase. – Me passe o uísque, sim?

– Está pretendendo despejá-lo no seu mingau? Já tem sal e manteiga. – Ainda assim, passei a garrafa guardada na prateleira acima da lareira.

– Não, vou descongelar minha barriga o suficiente para comê-lo. Virei uma pedra de gelo do pescoço para baixo.

Ninguém vira nem sinal de Arch Bug – nem mesmo uma trilha errante na neve – desde seu comparecimento ao funeral. Devia estar enfurnado em algum refúgio, bem aconchegado para passar o inverno. Podia ter ido embora para as aldeias indígenas. Podia estar morto. De certa forma, eu esperava que estivesse, por menos caridosa que a ideia pudesse ser.

Mencionei isso e Jamie fez que não. O gelo em seus cabelos derretera e a luz do fogo cintilava como brilhantes nas gotículas de água em sua barba.

– Se ele estiver morto e a gente não ficar sabendo, Ian nunca terá um minuto de paz. Quer que ele fique olhando por cima do ombro em seu casamento, com medo de que uma bala atravesse o coração de sua mulher no exato momento do "sim"? Ou que esteja casado e com família, temendo todos os dias deixar a casa e as crianças, na dúvida sobre o que poderá encontrar na volta?

– Estou impressionada com o alcance e a morbidez de sua imaginação, mas você tem razão. Está bem. Não espero que ele esteja morto, não até encontrarmos seu corpo.

Mas ninguém encontrou seu corpo e o ouro foi removido, pouco a pouco, para seu novo esconderijo.

Isso demandou um pouco de reflexão e consideráveis discussões entre Jamie e Ian. Não a caverna do uísque. Pouquíssimas pessoas tinham conhecimento desse esconderijo, mas algumas sabiam. Joseph Wemyss, sua filha, Lizzie, e seus dois maridos – eu me espantava de ter chegado ao ponto em que podia pensar em Lizzie e nos Beardsleys sem ficar chocada. Todos conheciam o local e ele teria que ser mostrado a Bobby e Amy Higgins antes de partirmos, já que eles fariam uísque em nossa ausência. Eles não haviam contado a Arch Bug o local do esconderijo, mas provavelmente ele sabia.

Jamie fora categórico quanto a ninguém na Cordilheira ficar sabendo da existência do ouro, muito menos sua localização.

– Bastaria um boato se espalhar e todos estariam correndo perigo – dissera. –

Você sabe o que aconteceu quando Donner contou ao pessoal dele que tínhamos pedras preciosas aqui.

Eu sabia muito bem. Ainda acordava no meio da noite com pesadelos, ouvindo o ruído abafado dos vapores de éter explodindo, o vidro se estilhaçando e madeiras quebrando enquanto os invasores saqueavam a casa.

Em alguns desses sonhos, eu corria inutilmente tentando salvar alguém - quem? -, mas sempre me deparava com portas fechadas, paredes intransponíveis, quartos tomados pelas chamas. Em outros, eu ficava presa ao chão, incapaz de mover um único músculo, enquanto as labaredas escalavam as paredes, alimentavam-se de corpos aos meus pés, brotavam pelos cabelos de um cadáver, lambiam minhas saias e envolviam minhas pernas em uma rede flamejante.

Eu ainda sentia uma imensa tristeza - e uma raiva profunda e purificadora - quando olhava para a mancha de fuligem no meio da clareira que um dia fora a minha casa, mas sempre tinha que sair da cabana pela manhã depois de um desses sonhos e olhar para esses escombros: andar ao redor das ruínas geladas e sentir o cheiro infectante de cinzas extintas, a fim de sufocar as chamas que ardiam por trás dos meus olhos.

- Sim - anuí, apertando mais o xale ao redor dos ombros. - Então... onde?

Estávamos parados junto à casinhola de refrigeração na fonte, olhando para as ruínas lá embaixo enquanto conversávamos, e o frio penetrava em meus ossos.

- Na Caverna do Espanhol - respondeu ele, e eu pisquei sem entender.

- Como é?

- Vou mostrar, *a nighean* - disse ele, rindo para mim. - Quando a neve derreter.

A primavera tinha chegado e o riacho subia. Engrossado pela neve derretida e alimentado por centenas de minúsculos cursos de água que corriam pela encosta da montanha, ele rugia pelos meus pés, exuberante, em uma chuva de borrifos. Podia sentir os salpicos no meu rosto e sabia que em poucos minutos estaria molhada até os joelhos, mas não me importava. O verde das plantas aquáticas orlava as margens, algumas arrancadas do solo pela elevação do nível da água e levadas pela corrente, outras se agarrando a suas raízes, as folhas flutuando. Tapetes escuros de agrião giravam sob a água, junto à proteção das margens. E verduras frescas eram o que eu queria.

Minha cesta estava parcialmente cheia de brotos comestíveis. Um bom maço de agrião, crocante e frio devido à água, iria acabar de compensar a deficiência de vitamina C do inverno. Tirei meus sapatos e meias e, após alguns segundos de hesitação, tirei o vestido e o xale também e os pendurei no galho de uma árvore. O ar era frio na sombra dos vidoeiros prateados que se dependuravam sobre o riacho naquele ponto e estremeci um pouco, mas ignorei a sensação antes de vadear o rio.

Esse frio era difícil de ignorar. Arquejei e quase deixei a cesta cair, mas consegui encontrar apoio para os pés entre as pedras escorregadias e avancei na direção do tentador tapete verde-escuro mais próximo. Em poucos segundos, minhas pernas estavam dormentes e eu começava a perder qualquer sensação de frio no afã de um caçador de comida faminto por salada.

Uma boa parte de nossa comida armazenada fora salva do incêndio, já que era guardada nas construções externas: a casinhola de refrigeração, o armazém de milho e o barracão de defumação. O porão de tubérculos, entretanto, fora destruído, e com ele não só cenouras, cebolas, alho e batatas, mas a maior parte do meu estoque de maçãs secas e batatas-doces, bem como as uvas-passas, tudo destinado a nos manter livres dos estragos do escorbuto. As ervas, assim como o resto do meu escritório, tinham virado fumaça. É bem verdade que uma grande quantidade de abóboras escapou, tendo sido empilhadas no celeiro, mas depois de alguns meses qualquer pessoa acaba ficando enjoada de torta de abóbora e *succotash*, uma sopa indígena de abóbora.

Não pela primeira vez, senti falta tanto da sra. Bug quanto das habilidades culinárias dela. Amy McCallum Higgins fora criada na cabana de um pequeno lavrador nas Terras Altas da Escócia e era, segundo ela, "uma boa cozinheira simples". Essencialmente, isso significava que sabia assar biscoitos, cozinhar mingau e fritar peixe ao mesmo tempo, sem queimar nenhum deles. Não era pouca coisa, mas um tanto monótono em termos de dieta.

Minha própria *pièce de résistance* era ensopado, o qual, na falta de cebolas, alho, cenouras e batatas, degenerara em uma espécie de sopa de carne de veado ou peru cozida com milho pilado grosso, cevada e às vezes nacos de pão dormido. Ian surpreendentemente se mostrara um cozinheiro razoável. O *succotash* e a torta de abóbora eram suas contribuições para o nosso cardápio. Imaginei quem teria lhe ensinado a prepará-los, mas achei melhor não perguntar.

Até agora, ninguém passara fome nem perdera nenhum dente, porém, em meados de março, eu estava disposta a vadear uma correnteza de água gelada até o pescoço a fim de obter algo verde comestível.

Ian continuara, graças a Deus, a tocar sua vida. E após uma semana deixara de agir de modo tão traumatizado, recuperando um pouco de seu jeito. Mas eu notava que os olhos de Jamie o seguiam de vez em quando e Rollo passara a dormir com a cabeça no peito de Ian. Eu me perguntava se o animal pressentia a dor no coração de Ian ou se era simplesmente uma reação às condições tão confinadas para dormir na cabana.

Alonguei as costas e ouvi minhas vértebras estalarem. Agora que a neve começara a derreter, mal podia esperar por nossa partida. Eu iria sentir falta da Cordilheira e de todos que moravam ali. Bem, de quase todos. Provavelmente não muito de Hiram Crombie. Nem dos Chisholms, nem... Encurtei a lista antes que se tornasse pouco caridosa.

– Por *outro* lado – disse com firmeza a mim mesma –, teremos camas.

É bem verdade que passaríamos muitas noites na estrada, acampando, mas um dia chegaríamos à civilização. Hospedarias. Com comida. E camas. Fechei os olhos momentaneamente, visualizando a absoluta felicidade de um colchão. Nem queria algo extravagante como um colchão de penas. Qualquer coisa que prometesse mais de 2 centímetros de amortecimento entre mim e o chão seria o paraíso. E, é claro, seria melhor ainda se viesse com um pouco de privacidade.

Claro que Jamie e eu não tínhamos ficado celibatários desde dezembro. Fora o desejo – e não se podia desconsiderá-lo –, precisávamos do conforto e do calor do corpo um do outro. Mesmo assim, a prática sexual velada sob as cobertas, com os olhos amarelos de Rollo fixos em nós a dois passos de distância, ficava muito aquém do ideal, mesmo presumindo que o Jovem Ian estivesse dormindo, o que eu achava que não estava, embora ele sempre fosse bastante diplomático para fingir.

Um grito terrível cortou o ar e eu me sobressaltei, largando a cesta. Lancei-me atrás dela, mal conseguindo agarrar a alça antes que ela girasse na correnteza para fora do meu alcance, e me levantei tremendo e escorrendo água, o coração batendo com força enquanto esperava para ver se o grito se repetiria.

Repetiu-se, seguido por um guincho igualmente penetrante, porém mais profundo no timbre e passível de ser reconhecido pelos meus ouvidos acostumados com a espécie de ruído feito pelos escoceses das Terras Altas repentinamente imersos em águas geladas. Gritos mais fracos, porém ainda mais estridentes, e um "Cruzes!" arquejante, emitido com sotaque de Dorset, indicavam que os homens da casa tomavam seu banho de primavera.

Agarrando o xale do galho da árvore onde o deixara, calcei os sapatos e caminhei na direção da gritaria.

Há poucas coisas mais agradáveis do que ficar sentada relativamente aquecida e confortável enquanto se observa outras pessoas molhadas em água fria. Melhor ainda se as referidas pessoas proporcionam uma visão completa da forma masculina nua. Atravessei sinuosamente um pequeno bosque de salgueiros florescentes na beira do rio, encontrei uma rocha ao sol, convenientemente protegida pelas árvores, e apreciei o calor do sol nos meus ombros, o cheiro forte dos amentilhos e a cena diante de mim.

Jamie estava de pé no remanso, com água quase até os ombros, o cabelo alisado para trás. Bobby estava parado na margem e, levantando Aidan com um grunhido, atirou-o para Jamie em meio a pernas e braços descontrolados e gritos estridentes de medo e deslumbramento.

– Eu! Eu! Eu! Eu! – Orrie dançava ao redor dos pés o padrasto, o traseiro rechonchudo se balançando para cima e para baixo entre os juncos como um pequeno balão cor-de-rosa.

Bobby riu, abaixou-se e o pegou, mantendo-o por um instante acima da cabeça, enquanto ele guinchava de felicidade. Depois, formando um pequeno arco, atirou-o no meio do remanso.

Ele bateu na água com grande estardalhaço e Jamie o agarrou, rindo, puxando-o para a superfície, onde ele emergiu com um ar de boquiaberta estupefação que fez todos rolarem de rir. Aidan e Rollo patinhavam em círculos agora, gritando e latindo.

Olhei para o lado oposto do remanso e vi Ian correr nu morro abaixo e saltar na água como um salmão, emitindo um de seus melhores gritos de guerra mohawk, que foi bruscamente interrompido pela água fria. Ele desapareceu quase sem levantar borrifos.

Como os outros, esperei que emergisse de volta, mas não foi o que aconteceu. Desconfiado, Jamie olhou para trás, esperando um ataque furtivo. Porém, segundos depois, Ian saltou da água diretamente em frente a Bobby com um grito de gelar o sangue nas veias, agarrou-o pela perna e o puxou para dentro da água.

A partir daí a situação ficou caótica, com uma profusão promíscua de jorros de água, gritos, apupos e pulos das pedras, o que me deu a oportunidade de refletir como os homens nus são encantadores. Não que eu já não tivesse visto mais do que o suficiente deles, mas, fora Frank e Jamie, os homens que eu vira despidos geralmente estavam doentes ou feridos e eram encontrados em circunstâncias tão adversas que impediam uma apreciação de seus mais belos atributos.

Do corpinho rechonchudo de Orrie aos membros longos, finos, desengonçados e brancos de Aidan, passando pelo tronco pálido e magro de traseiro pequeno e achatado de Bobby, os McCallum-Higgins eram tão divertidos de observar quanto um bando de macacos.

Ian e Jamie eram diferentes – babuínos, talvez, ou mandris. Na verdade, não se pareciam em nada além da altura. No entanto, eram obviamente da mesma cepa. Observando Jamie se agachar em uma rocha acima do remanso, as coxas se preparando para um salto, eu podia facilmente vê-lo na expectativa de atacar um leopardo, enquanto Ian se alongava, brilhando ao sol, aquecendo-se, sem deixar de se manter alerta contra intrusos. Só lhes faltavam traseiros roxos para partir direto para uma estepe na África sem serem incomodados.

Cada um a seu diferente modo, eram todos adoráveis. Mas era para Jamie que meu olhar sempre retornava. Tinha o corpo machucado e coberto de cicatrizes, os músculos rijos e proeminentes, e a idade havia aprofundado os sulcos entre eles. O grosso vergão da cicatriz de baioneta subia por sua coxa, largo e feio, enquanto a linha branca mais fina da cicatriz deixada pela mordida de uma cascavel estava quase invisível, parcialmente coberta pela espessa penugem do corpo, agora começando a secar e se destacar da pele em uma nuvem ruiva e dourada. O corte de espada nas costelas também havia cicatrizado bem, agora não mais do que uma linha branca da espessura de um cabelo.

Ele se abaixou para pegar um pedaço de sabão na pedra e minhas entranhas se reviraram. Seu traseiro era perfeito: redondo, delicadamente salpicado de pelos ruivos e dourados, e com encantadoras covinhas nas laterais. Seus testículos, que mal se viam por trás, *estavam* realmente roxos de frio e despertaram em mim uma vontade repentina de me aproximar sorrateiramente por trás dele e envolvê-los em minhas mãos aquecidas pela rocha.

Sinceramente, eu não o via nu havia meses.

Mas agora... Atirei a cabeça para trás, fechando os olhos contra o brilhante sol da primavera, apreciando a cócega de meus cabelos recém-lavados contra os ombros. A neve se fora, o tempo estava bom e toda a vida ao ar livre acenava convidativamente, repleta de lugares onde a privacidade era garantida, salvo por um ou outro gambá.

Deixei os homens gotejando e tomando sol nas pedras e voltei para recuperar as minhas roupas. Mas não as vesti. Em vez disso, subi até a casa de refrigeração na fonte, onde submergi minha cesta de verduras na água fria e deixei vestido, espartilho e meias enrolados na prateleira onde os queijos estavam empilhados. Em seguida, voltei para o riacho.

As pancadas na água e a gritaria haviam cessado. O que ouvi foi uma cantoria em voz baixa vindo pela trilha. Era Bobby, carregando Orrie, profundamente adormecido depois de tanta atividade física. Aidan, zonzo de limpeza e calor, caminhava vagarosamente ao lado do padrasto, a cabeça escura balançando de um lado para outro ao ritmo da canção.

Era uma linda canção de ninar em gaélico; Amy deve tê-la ensinado a Bobby. Perguntei-me se ela teria lhe dito o significado da letra.

S'iomadh oidhche fhliuch is thioram
Sìde nan seachd sian
Gheibheadh Griogal dhomhsa creagan
Ris an gabhainn dìon.

(Em muitas noites, com ou sem chuva
Mesmo nas piores condições do tempo
Gregor encontrava uma pequena rocha para mim
Ao lado da qual eu podia me abrigar.)

Òbhan, òbhan ìri
Òbhan ìri ò!
Òbhan, òbhan ìri
'S mòr mo mhulad's mòr.

(Ai de mim, ai de mim
Ai de mim, imensa é realmente a minha tristeza.)

Sorri ao vê-los, apesar de sentir um nó na garganta. Eu me lembrava de Jamie carregando Jem de volta, depois de nadarem no rio, no verão anterior. E Roger cantando para Mandy à noite, sua voz áspera e entrecortada pouco mais que um sussurro. Ainda assim, era música.

Cumprimentei Bobby com um aceno de cabeça; ele sorriu e retribuiu o gesto, sem interromper a canção. Depois ergueu as sobrancelhas e sacudiu o polegar por cima do ombro na direção do morro, para indicar onde Jamie estava. Não demonstrou nenhuma surpresa ao me ver vestida daquela maneira. Certamente achou que eu estava indo para o riacho tomar banho também, inspirada pelo calor inusitado do dia.

Eudail mhòir a shluagh an domhain
Dhòirt iad d'fhuil an dè
'S chuir iad do cheann air stob daraich
Tacan beag bhod chrè.

(Grande amada de todas as pessoas do mundo
Eles derramaram seu sangue ontem
E fincaram sua cabeça em uma estaca de carvalho
A uma curta distância do seu corpo.)

Òbhan, òbhan ìri
Òbhan ìri ò!
Òbhan, òbhan ìri
'S mòr mo mhulad's mòr.

(Ai de mim, ai de mim
Ai de mim, imensa é realmente a minha tristeza.)

Peguei a trilha lateral que levava à clareira no alto. "Casa nova", é como todos a chamavam, embora as únicas indicações de que algum dia pudesse de fato haver uma casa ali fossem uma pilha de toras cortadas e várias estacas fincadas no chão, com cordas amarradas entre elas. Destinavam-se a marcar o local e as dimensões da construção que Jamie pretendia erigir quando voltássemos, em substituição à casa grande.

Percebi que ele andara remanejando as estacas. O aposento da frente agora era mais largo e o cômodo dos fundos, destinado ao meu consultório, ganhara uma espécie de anexo, talvez uma despensa ou destilaria para armazenar e preparar os remédios.

O arquiteto estava sentado em uma tora de madeira, inspecionando seu reino, inteiramente nu.

– Estava me esperando? – perguntei, tirando meu xale e pendurando em um galho próximo.

– Estava. – Sorriu e coçou o peito. – Achei que a visão do meu traseiro nu provavelmente iria atraí-la. Ou será que foi o de Bobby?

– Bobby não tem traseiro. Sabia que você não tem nenhum cabelo branco abaixo do pescoço? Por que será?

Ele olhou para baixo, inspecionando-se. Era verdade. Havia apenas alguns fios prateados entremeados em sua espessa cabeleira, embora a barba, crescida durante o inverno e removida havia alguns dias, estivesse bastante grisalha. Mas os pelos do peito ainda eram escuros, castanho-avermelhados, e os mais abaixo, um aglomerado felpudo de um vívido tom ruivo.

Ele passou os dedos pensativamente pelo exuberante matagal, olhando para baixo.

– Acho que tenho um cabelo branco, sim. Mas está escondido – observou, erguendo os olhos para mim, uma das sobrancelhas erguidas. – Por que não vem me ajudar a procurá-lo?

Dei a volta e me postei diante dele, ajoelhando-me. Meu objeto de interesse estava bastante visível, embora parecesse um pouco traumatizado, depois da recente imersão em água fria, e de um tom azulado muito interessante.

– Bem – comentei, após um instante de contemplação –, os maiores carvalhos crescem de minúsculas bolotas. Ou assim dizem.

Um estremecimento o percorreu com o calor da minha boca e ergui as mãos involuntariamente, segurando suas bolas.

– Santo Deus! – exclamou ele, e suas mãos pousaram de leve em minha cabeça, em estado de graça. – O que você disse? – perguntou um instante depois.

– Eu disse – comecei, erguendo a cabeça momentaneamente para respirar – que acho a pele arrepiada muito erótica.

– Há mais de onde essa veio – assegurou-me. – Tire a roupa, Sassenach. Eu não a vejo nua há quase quatro meses.

– Bem... não é verdade – discordei, hesitante. – E não tenho certeza se quero que veja.

Uma das sobrancelhas dele se ergueu.

– E por que não?

– Porque passei semanas inteiras dentro de casa, sem sol ou exercícios. Devo estar parecendo uma dessas larvas que se encontram debaixo das pedras: gorda, branca e molenga.

– Molenga? – repetiu ele, abrindo um sorriso.

– Molenga – confirmei com dignidade, abraçando meu corpo.

Ele franziu os lábios e exalou devagar, examinando-me com a cabeça inclinada para o lado.

– Eu gosto quando você está gorda, mas sei muito bem que não está, porque eu sentia suas costelas quando a abraçava todas as noites desde o fim de janeiro. Quanto a estar branca, você sempre foi branca. Não vai ser um grande choque para mim.

Quanto à parte do "molenga" – estendeu a mão e remexeu os dedos, chamando-me para perto –, acho que vou gostar.

– Humm – murmurei, ainda hesitante.

Ele suspirou.

– Sassenach, eu disse que não a vejo nua há quatro meses. Isso significa que, se você tirar sua roupa agora, será a melhor coisa que já vi nesse período. E, na minha idade, acho que não me lembro de mais nada antes disso.

Ri e, sem mais delongas, levantei-me e desfiz o laço de fita na gola da minha combinação. Contorcendo-me, deixei-a cair a meus pés.

Ele fechou os olhos. Em seguida, respirou fundo e os abriu outra vez.

– Estou cego – declarou suavemente, estendendo a mão para mim.

– É uma cegueira como a provocada pelo reflexo do sol em um campo de neve? – perguntei, insegura. – Ou por uma górgona?

– Ver uma górgona nos transforma em pedra, não nos deixa cegos – informou-me. – Embora, pensando melhor, eu possa ficar duro como pedra. Quer fazer o favor de vir até aqui, pelo amor de Deus?

Eu fui.

Adormeci no calor do corpo de Jamie e acordei algum tempo depois, confortavelmente enrolada em seu xale escocês. Espreguicei-me, assustando um esquilo, que correu para outro galho a fim de me ver melhor. Evidentemente, ele não gostou do que viu e começou a reclamar e tagarelar.

– Ah, cale a boca – falei, bocejando, e me sentei.

O esquilo se ressentiu com esse gesto e começou a berrar histericamente, mas eu o ignorei. Para minha surpresa, Jamie não estava lá. Achei que talvez apenas tivesse entrado no bosque para se aliviar, mas, após uma rápida olhada ao redor, não o localizei. Quando fiquei de pé, enrolada no xale, não vi nenhum sinal dele.

Eu não ouvira nada. Sem dúvida, se alguém tivesse chegado ali, eu teria acordado. Ou Jamie teria me acordado. O esquilo finalmente havia ido embora. Ouvi com atenção, mas não escutei nada além dos sons normais de uma floresta acordando para a primavera: o murmúrio do vento pelas folhas novas das árvores, pontuado pelo estalido ocasional de um galho caindo ou o crepitar de cones de pinheiros e cascas de castanhas do ano anterior estalando nas copas das árvores; o grito de uma gralha distante, a conversa de um bando de pequeninas trepadeiras-azuis ciscando no capim alto perto dali, o farfalhar de um arganaz faminto nas folhas mortas do inverno.

A gralha continuava gritando; outra se juntara a ela, ecoando gritos agudos de alarme. Talvez fosse para lá que Jamie fora.

Depois de me desenrolar do xale de Jamie, vesti-me e calcei os sapatos. A tarde chegava ao fim. Nós – ou eu, pelo menos – dormimos por muito tempo. Ainda havia calor do sol, mas fazia frio nas sombras sob as árvores. Coloquei meu xale e enrolei o de Jamie nos braços, já que ele provavelmente iria querê-lo.

Segui os chamados das gralhas morro acima, afastando-me da clareira. Havia um casal delas aninhado perto da Fonte Branca; eu os vira construindo o ninho havia apenas dois dias.

Não ficava nada longe do local da casa, embora essa fonte em particular sempre tenha tido um ar remoto de tudo. Situava-se no centro de um pequeno bosque de freixos e cicutas, escondida a leste por um rochedo acidentado coberto de musgo. Toda água possui uma sensação de vida, e uma fonte de montanha carrega uma noção particular de tranquila alegria, brotando, pura, do coração da terra. A Fonte Branca, assim chamada por causa da rocha grande e clara que assomava como um guardião acima do lago da fonte, possuía algo mais: uma sensação de paz inviolada.

Quanto mais eu me aproximava da fonte, mais certeza tinha de que era ali que encontraria Jamie.

– Há alguma coisa lá que ouve – dissera Brianna certa vez, descontraidamente. – Há lagos assim nas Terras Altas. São chamados de lagos dos santos. As pessoas dizem que o santo vive junto ao lago e ouve suas preces.

– E qual santo vive junto à Fonte Branca? – perguntara eu, cinicamente. – Santo Killian?

– Por que ele?

– O santo padroeiro da gota, do reumatismo e dos caiadores de paredes.

Ela riu, balançando a cabeça.

– O que quer que viva nestas águas é mais antigo do que a ideia de santos – assegurou. – Mas ouve.

Caminhei silenciosamente, aproximando-me da fonte. As gralhas tinham se calado.

Ele estava lá, sentado em uma pedra junto à água, apenas de camisa. As gralhas haviam passado a cuidar da própria vida porque ele estava tão imóvel quanto a rocha branca, os olhos fechados, as mãos viradas para cima sobre os joelhos, frouxamente dobradas, em oração.

Parei imediatamente ao vê-lo. Eu já o vira rezar ali uma vez, quando ele pedira ajuda a Dougal MacKenzie em uma batalha. Eu não sabia a quem ele se dirigia no momento, mas não era uma conversa que quisesse perturbar.

Eu devia ir embora, mas, fora o temor de atrapalhar com um barulho inadvertido, não queria ir embora. A maior parte da fonte estava na sombra, mas raios de luz desciam através das árvores, iluminando-o. O ar estava denso de pólen, e a luz, repleta de partículas douradas. Ela acendia reflexos cintilantes no topo de sua cabeça, no arco liso e alto do pé, no nariz, nos ossos de sua face. Era como se ele tivesse nascido ali, fizesse parte da pedra, da água, da terra, como se fosse o espírito da fonte.

Não me senti uma intrusa. A paz do lugar se estendeu até mim e me tocou delicadamente, apaziguando meu coração.

Imaginei se seria isso que ele buscava ali. Estaria atraindo a paz da montanha para dentro de si, para sustentá-lo durante os meses (anos, talvez) do exílio próximo?

Eu me lembraria.

A luz começou a diminuir; a claridade, a desaparecer do ar. Finalmente ele se mexeu, erguendo um pouco a cabeça.

– Que eu seja suficiente – disse serenamente.

Sobressaltei-me com o som de sua voz, mas ele não estava falando comigo.

Abriu os olhos e se levantou, tão silenciosamente quanto havia permanecido sentado. Em seguida, passou pelo riacho, os pés esguios descalços pisando sem ruído nas camadas de folhas úmidas. Quando passou pelo afloramento de rochas, me viu e sorriu, estendendo a mão para pegar o xale que eu lhe entregava. Ele não disse nada, mas tomou minha mão fria na sua mão grande e quente e nos dirigimos para casa, caminhando juntos na paz da montanha.

Alguns dias mais tarde, ele veio ao meu encontro. Eu estava procurando sanguessugas ao longo da margem do riacho. Elas haviam começado a emergir da hibernação do inverno, famintas de sangue. Eram fáceis de pegar. Eu só precisava caminhar um pouco pela água perto da margem.

No começo, a ideia de servir de isca viva para as sanguessugas foi repulsiva, mas era assim que eu geralmente as obtinha – deixando Jamie, Ian, Bobby ou qualquer um dos rapazes vadearem os riachos para apanhá-las. E, quando você se acostumava a ver as criaturas lentamente engordando com seu sangue, não era tão ruim assim.

– Tenho que deixá-las sugar bastante sangue para se manterem – expliquei, fazendo uma careta enquanto deslizava o polegar sob uma delas para desgrudá-la –, mas não a ponto de ficarem comatosas e não terem mais nenhuma utilidade para mim.

– Uma questão de bom discernimento – concordou Jamie, enquanto eu soltava a sanguessuga em uma jarra cheia de água e plantas aquáticas. – Quando acabar de alimentar seus bichinhos de estimação, venha comigo e vou lhe mostrar a Caverna do Espanhol.

Não ficava perto. A mais de 6 quilômetros da Cordilheira, atravessando arroios frios, lamacentos, subindo barrancos íngremes, depois passando por uma fenda em uma encosta de granito que me fez sentir como se estivesse enterrada viva, para somente então emergir em um descampado inóspito de rochas proeminentes, sufocadas em redes de videiras selvagens.

– Jem e eu a encontramos um dia, quando estávamos caçando – explicou Jamie, levantando algumas folhas para eu passar por baixo.

As vinhas se contorciam pelas rochas, grossas como o braço de um homem e lenhosas da idade, as folhas verde-claras da primavera ainda não as cobrindo por completo.

– Era um segredo nosso – continuou ele. – Combinamos não contá-lo a ninguém, nem mesmo aos pais dele.

– Nem a mim – acrescentei, mas não estava ofendida. Senti a dor da perda em sua voz à menção de Jem.

A entrada da caverna era uma fenda no solo, sobre a qual Jamie havia puxado uma pedra grande e chata. Empurrou-a para trás com algum esforço e eu me inclinei com cautela, experimentando um breve nó nas entranhas ao leve som de ar se movendo pela fissura. O ar da superfície, entretanto, estava quente; a caverna sugava ar em vez de soprar.

Lembrei-me bem demais da caverna de Abandawe, que parecia respirar à nossa volta, e foi necessária alguma força de vontade para seguir Jamie quando ele desapareceu ali dentro. Havia uma escada rústica de madeira. Notei que não era nova, mas substituía outra muito mais velha que havia se despedaçado. Alguns pedaços de madeira apodrecida ainda estavam no lugar, pendurados da rocha em cravos de ferro enferrujado.

A profundidade não devia chegar a 4 metros, mas a abertura da caverna era estreita e a descida parecia interminável. Finalmente cheguei ao fundo e vi que a caverna havia se ampliado, como o fundo de um frasco. Jamie estava agachado em um dos lados. Eu o vi pegar uma pequena garrafa e senti o cheiro forte de terebintina.

Ele havia trazido uma tocha, um nó de pinho com a ponta mergulhada em alcatrão e enrolada com um pano. Embebeu o pano com terebintina, em seguida retirou o acendedor que Bri fizera para ele. Uma chuva de fagulhas iluminou seu rosto, atento e corado. Mais duas tentativas e a tocha se acendeu, a chama explodindo através do tecido inflamável e incendiando o alcatrão.

Ele ergueu a tocha e gesticulou para o chão atrás de mim. Virei-me e quase dei um salto de susto.

O espanhol se apoiava contra a parede, as pernas ossudas estendidas para fora, o crânio caído para a frente como se estivesse cochilando. Tufos de cabelo avermelhados, desbotados, ainda se agarravam aqui e ali, mas a pele desaparecera por completo. As mãos e os pés também já haviam desaparecido quase inteiramente, os pequenos ossos levados pelos roedores. Mas nenhum animal grande conseguira chegar até ele e, apesar do torso e dos ossos longos mostrarem sinais de pequenas mordidas, estavam intactos na maior parte. O arco da cavidade torácica despontava do tecido de uma roupa tão desbotada que não havia como dizer de que cor fora um dia.

Ele era, de fato, um espanhol. Um capacete de metal com um penacho, marrom de ferrugem, jazia a seu lado, juntamente com um peitoral de ferro e uma faca.

– Meu Deus – sussurrei.

Jamie se benzeu e eu me ajoelhei junto ao esqueleto.

– Não faço a menor ideia de há quanto tempo ele está aqui – comentou, também em voz baixa. – Não encontramos nada com ele, salvo o peitoral e isso.

Apontou para os cascalhos bem diante da pélvis. Aproximei-me para olhar. Um pequeno crucifixo de prata, agora completamente enegrecido, e a alguns centímetros um pequeno triângulo, também empretecido.

– Um rosário? – perguntei, e Jamie assentiu.

– Imagino que o estivesse usando no pescoço. Devia ser feito de madeira e barbante. Quando apodreceu, os pedaços de metal caíram. Isto – seu dedo tocou delicadamente o pequeno triângulo – diz *Nr. Sra. Ang.* em um dos lados. Acho que significa *Nuestra Señora de los Angeles.* "Nossa Senhora dos Anjos". Há uma pequena imagem de Nossa Senhora do outro lado.

Automaticamente, fiz o sinal da cruz.

– Jemmy ficou com medo? – perguntei, após um instante de silêncio respeitoso.

– Eu fiquei – respondeu Jamie laconicamente. – Estava escuro quando desci pela fenda e quase tropecei nesse sujeito. Achei que ele estivesse vivo e o choque quase fez meu coração parar.

Ele gritara de susto e Jemmy, deixado lá em cima com instruções rígidas de não sair do lugar, prontamente se arrastou para dentro do buraco, caindo da escada quebrada no meio da descida e aterrissando em pé em cima do avô.

– Eu o ouvi descendo e olhei para cima bem a tempo de vê-lo mergulhar dos céus e me atingir no peito como uma bala de canhão. – Jamie esfregou o lado esquerdo do peito com um sorriso pesaroso. – Se eu não tivesse olhado para cima, ele teria quebrado meu pescoço e jamais teria conseguido sair sozinho.

E nós nunca ficaríamos sabendo o que acontecera aos dois. Engoli, a boca seca ante o pensamento. No entanto... em qualquer dia, algo igualmente aleatório podia acontecer. A qualquer pessoa.

– É de admirar que nenhum dos dois tenha quebrado nada – comentei e indiquei o esqueleto. – O que acha que aconteceu com este cavalheiro?

Sua gente nunca soube.

Jamie balançou a cabeça.

– Não sei. Ele não estava esperando um inimigo, porque não estava usando o peitoral.

– Acha que ele caiu aqui dentro e não conseguiu sair?

Agachei-me junto ao esqueleto, correndo o dedo pela tíbia esquerda. O osso estava seco e rachado, roído na ponta por dentes pequenos e afiados, mas vi o que podia ser uma fratura do osso. Ou talvez fosse apenas uma rachadura do tempo.

Jamie deu de ombros, olhando para cima.

– Não creio. Ele era bem mais baixo do que eu, mas acho que a escada original devia estar aqui quando ele morreu, pois, se alguém tivesse construído a escada depois, por que deixaria este homem aqui no fundo da caverna? E, mesmo com uma perna quebrada, ele teria conseguido subir por ela.

– Humm. Ele deve ter morrido de alguma febre, imagino. Isso explicaria o fato de ter tirado o peitoral e o capacete. Embora eu os tivesse tirado na primeira oportunidade; dependendo da estação, ele devia ter sido cozido vivo ou sofrido de grave ataque de fungos, parcialmente enclausurado em metal.

– Hum.

Ergui os olhos diante desse som, que indicava uma aceitação dúbia da minha explicação, mas discordância quanto à conclusão.

– Acha que ele foi assassinado? – perguntei.

– Ele tem um peitoral, mas nenhuma arma, salvo essa pequena faca. E você pode ver que era destro, mas a faca está caída à esquerda.

O espanhol era destro. Os ossos do braço direito eram perceptivelmente mais grossos, mesmo à luz bruxuleante da tocha. *Um espadachim?*, perguntei-me.

– Conheci muitos soldados espanhóis nas Antilhas, Sassenach. Todos eles carregados de espadas, lanças e pistolas. Se este homem tivesse morrido de uma febre, seus companheiros poderiam ter levado suas armas, mas também teriam levado o peitoral e a faca. Por que deixá-las?

– Mas, segundo esse raciocínio, por que quem o matou, se é que foi assassinado, deixou o peitoral e a faca?

– Quanto ao peitoral, não o quiseram. Não seria útil para ninguém, exceto um soldado. Quanto à faca... por que ela estaria espetada nele? – Jamie sugeriu. – E, para começar, nem é uma boa faca.

– Muito lógico – concordei, engolindo em seco outra vez. – Deixando de lado a questão de como morreu... O que em nome de Deus ele estava fazendo nas montanhas da Carolina do Norte, para começar?

– Os espanhóis enviaram exploradores até a Virgínia há cinquenta ou sessenta anos – informou-me. – Mas os pântanos os desencorajaram.

– Posso entender por quê. Mas por que... *isso*?

Levantei-me, apontando para a caverna e sua escada. Ele não respondeu, mas segurou meu braço e levantou a tocha, conduzindo-me para o lado da caverna oposto à escada. Bem acima da minha cabeça, vi outra pequena fenda na rocha, negra à luz da tocha, larga apenas o suficiente para um homem se espremer por ela.

– Há uma caverna menor passando por lá – informou. – Quando levantei Jem para olhar, ele me disse que havia marcas na terra, marcas quadradas, como se caixas pesadas tivessem sido guardadas ali.

Razão pela qual, quando houve a necessidade de esconder um tesouro, ele se lembrou da Caverna do Espanhol.

– Traremos o resto do ouro esta noite e empilharemos pedras para esconder a abertura lá em cima. Depois, deixaremos o *señor* aqui descansar em paz.

Fui obrigada a admitir que a caverna constituía um lugar de descanso final tão bom quanto qualquer outro. E a presença do soldado espanhol provavelmente desencorajaria qualquer um que deparasse com a caverna de fazer maiores investigações. Tanto índios quanto colonos têm uma nítida aversão a fantasmas. Quanto a isso, também os escoceses das Terras Altas, e me virei para Jamie com curiosidade.

– Você e Jem... não tiveram medo de ser assombrados por ele?

– Não, fizemos a oração adequada pelo repouso de sua alma quando fechei a entrada da caverna e espalhamos sal por ela.

Aquilo me fez rir.

– Você sabe a oração adequada a todas as situações, não é?

Ele sorriu levemente e esfregou a ponta da tocha no cascalho úmido para extinguir o fogo. Um débil facho de luz vindo de cima iluminou o topo de sua cabeça.

– Sempre há uma prece, *a nighean*, ainda que seja apenas *A Dhia, cuidich mi. Ó Deus, ajude-me.*

9

UMA FACA QUE CONHECE MINHA MÃO

Nem todo o ouro ficou com o espanhol. Duas das minhas anáguas tinham uma prega na bainha, com raspas de ouro uniformemente distribuídas em minúsculos bolsos, e meu bolso interno tinha várias onças de ouro cuidadosamente costuradas no fundo. Jamie e Ian carregavam cada qual uma pequena quantidade no *sporran*. E cada um deles levaria duas avantajadas bolsas de munição no cinto. Nós havíamos nos retirado para o local da casa nova a fim de fazer as balas sozinhos.

– Bem, não vá se esquecer de que lado carregar, hein? – Jamie soltou uma nova bala de mosquete do molde, brilhante como um sol nascente em miniatura dentro do pote de gordura e fuligem.

– Não, desde que você não pegue minha sacola de munição por engano – disse Ian ironicamente.

Ele fazia projéteis de chumbo, soltando as balas quentes em um buraco forrado de folhas úmidas onde elas fumegavam e exalavam vapor na noite fria de primavera. Rollo, deitado ali perto, espirrou e resfolegou quando um filete de fumaça flutuou pelo seu nariz. Ian olhou para ele com um sorriso.

– Você vai gostar de caçar veados pelo urzal, *a cù*? – perguntou. – Mas vai ter que ficar longe das ovelhas ou alguém vai atirar em você pensando que é um lobo.

Rollo suspirou e deixou os olhos se transformarem em duas fendas sonolentas.

– Pensando no que vai dizer a sua mãe quando se encontrar com ela? – perguntou Jamie, estreitando os olhos contra a fumaça do fogo enquanto segurava a concha de raspas de ouro sobre a chama.

– Estou tentando não pensar muito – respondeu Ian com franqueza. – Sinto uma sensação estranha na barriga quando penso em Lallybroch.

– Boa ou ruim? – perguntei, cuidadosamente retirando as balas de ouro resfriadas da gordura com uma colher de madeira e as colocando nas bolsas de munição.

Ian franziu a testa, os olhos fixos em sua concha enquanto o chumbo passava de bolhas retorcidas a uma poça trêmula.

– As duas. Brianna me falou um dia de um livro que ela leu na escola que dizia que não se pode voltar para casa outra vez. Acho que é verdade... mas eu quero voltar – acrescentou suavemente, os olhos ainda no seu trabalho.

O chumbo derretido silvou ao ser despejado no molde. Desviei os olhos da melancolia em seu rosto e me deparei com Jamie olhando para mim de maneira inquiridora, cheia de compaixão. Desviei os olhos dele também e me levantei, gemendo ligeiramente quando a junta do meu joelho estalou.

– Sim – disse, animada. – Acho que depende do que você considera casa, não é? Nem sempre se trata de um lugar, sabe?

– Sim, é verdade. – Ian ficou segurando o molde de balas por um instante, deixando-o esfriar. – Mesmo quando é uma pessoa... nem sempre você pode voltar, não é? Ou talvez possa – acrescentou, dando um ligeiro sorriso enquanto erguia os olhos para Jamie e depois para mim.

– Acho que você vai encontrar seus pais do mesmo jeito que os deixou – comentou Jamie secamente, preferindo ignorar a referência de Ian. – Mas você pode ser um grande choque para eles.

Ian abaixou os olhos para si mesmo e sorriu.

– Fiquei um pouco mais alto.

Achei graça. Ele tinha 15 anos quando deixou a Escócia. Um garoto alto, magro e desengonçado. De fato, estava uns 5 centímetros mais alto agora. Também estava magro e rijo como uma tira de couro seco. E bronzeado, apesar de o inverno ter clareado sua pele, fazendo os pontos tatuados que corriam em semicírculos pelas maçãs do rosto se destacarem ainda mais.

– Lembra-se de outra frase que eu disse? – perguntei a ele. – Quando voltamos para Lallybroch de Edimburgo, depois que eu... encontrei Jamie outra vez. *Lar é o lugar onde você sempre deve ser aceito quando precisar.*

Ian ergueu uma das sobrancelhas e aquiesceu.

– Não é de admirar que você goste tanto dela, tio. Ela deve trazer um grande conforto para você em tempos difíceis.

– Bem – disse Jamie –, ela sempre me recebe, então suponho que seja meu lar.

Uma vez terminado o trabalho, Ian e Rollo levaram as bolsas de munição cheias de volta para a cabana, enquanto Jamie extinguia o fogo e eu guardava os instrumentos. Estava ficando tarde e o ar, tão frio que fazia cócegas nos pulmões, adquiria uma vivacidade extra que acariciava a pele, o hálito da primavera se movendo sem descanso pela Terra.

Fiquei parada por um instante, apreciando o ar frio e cortante. Apesar de estarmos ao ar livre, havíamos trabalhado muito juntos, aglomerados ao redor do fogo, e a brisa fria que levantava os cabelos dos meus ombros era deliciosa.

– Você tem uma moeda, *a nighean*? – perguntou Jamie a meu lado.

– Uma o quê?

– Bem, qualquer tipo de dinheiro serve.

– Creio que não, mas...

Revirei o bolso amarrado à minha cintura, que a essa altura dos nossos preparativos abrigava uma coleção de improbabilidades quase tão grande quanto a do *sporran* de Jamie. Entre meadas de linha, pacotinhos de papel contendo sementes ou ervas secas, agulhas enfiadas em pedacinhos de couro, um frasco repleto de suturas, uma pena de pica-pau salpicada de branco e preto, um pedaço de giz branco e metade de um biscoito, descobri uma moeda de meio xelim, imunda, coberta de farelos e fiapos de algodão. – Esta serve? – perguntei, limpando-a e a entregando.

– Serve – respondeu ele, oferecendo-me alguma coisa.

Minha mão se fechou na hora em algo que descobri ser o cabo de uma faca e quase a larguei, surpresa.

– Você sempre deve dar dinheiro em troca de uma lâmina nova – aconselhou ele, sorrindo ligeiramente. – Para que ela saiba que você é seu dono e, assim, não se vire contra você.

– Dono?

O sol tocava a borda da Cordilheira, mas ainda havia bastante luz e olhei para minha nova aquisição. Era uma lâmina fina, mas firme, de um só gume e primorosamente afiada. O lado do corte brilhava à luz do sol poente. O cabo era feito de chifre de veado e fora esculpido com duas pequenas depressões que se ajustavam com perfeição aos meus dedos. Sem dúvida, a faca era minha.

– Obrigada – disse, admirando-a. – Mas...

– Vai se sentir mais segura se carregá-la sempre com você – explicou ele, de modo prático. – Ah, só mais uma coisa. Me dê a faca aqui.

Entreguei-a de volta, intrigada, e fiquei espantada ao vê-lo passar a lâmina de leve pelo polegar. O sangue aflorou do corte superficial e ele o limpou nas calças e enfiou o dedo na boca, devolvendo-me a faca.

– Você deve sangrar uma lâmina recomendou para que ela saiba sua finalidade – recomendou ele, tirando o dedo ferido da boca.

O cabo da faca ainda estava quente em minha mão, mas um leve calafrio me percorreu. Com raras exceções, Jamie não era dado a gestos românticos. Se ele me deu uma faca, achou que eu iria precisar dela. E não para arrancar raízes e cascas de árvores.

– Encaixa-se perfeitamente na minha mão – comentei, olhando para baixo e afagando a pequena depressão modelada ao meu polegar. – Como soube moldá-la tão bem?

Ele riu.

– Já senti sua mão em volta do meu pau vezes suficientes para saber exatamente a medida, Sassenach.

Dei uma breve risadinha, mas virei a lâmina e furei a ponta do meu polegar. Era extremamente afiada. Mal senti a picada, mas uma gota de sangue vermelho-escuro aflorou. Prendi a faca no cinto, peguei sua mão e pressionei meu polegar contra o dele.

– Sangue do meu sangue.

Eu também não era dada a gestos românticos.

10

BRULOTE

Nova York
Agosto de 1776

Na verdade, as notícias de William sobre a fuga dos americanos foram mais bem recebidas do que ele imaginara. Com a sensação inebriante de que havia encurralado o inimigo, o exército de Howe se deslocou com notável velocidade. A frota do almirante ainda estava na baía de Gravesend. Em um dia, milhares de homens marcharam até o litoral e foram embarcados para a rápida travessia até Manhattan. Ao pôr do sol do dia seguinte, companhias armadas iniciaram o ataque a Nova York... apenas para descobrir as trincheiras vazias e as fortificações abandonadas.

Embora tenha sido uma decepção para William, que esperava uma chance de vingança física e direta, esse acontecimento agradou ao general Howe. Ele se mudou, com seu estado-maior, para uma enorme mansão chamada Beekman House e começou a solidificar seu controle sobre a colônia. Houve certa provocação entre os oficiais superiores a favor de perseguir os americanos – sem dúvida, William preferia essa ideia –, mas o general Howe achava que derrota e desgaste iriam minar as forças restantes e o inverno acabaria de vez com elas.

– Enquanto isso – disse o tenente Anthony Fortnum, olhando em volta do abafado sótão para onde os três oficiais mais novos haviam sido enviados –, somos um exército de ocupação. O que significa que temos direito aos prazeres do posto, não é?

– E quais seriam eles? – perguntou William, procurando em vão um lugar onde pudesse colocar a maleta surrada que continha todos os seus bens terrenos.

– Mulheres – respondeu Forthum, pensativo. – Certamente mulheres. Sem dúvida, Nova York tem prostíbulos, não?

– Não vi nenhum no caminho – disse Ralph Jocelyn, em dúvida. – E olhe que eu procurei!

– Não o bastante – retrucou Fortnum com firmeza. – Tenho certeza de que existem prostíbulos aqui.

– Tem cerveja – sugeriu William. – Uma taverna decente chamada Fraunces Tavern, perto da Water Street. Tomei um bom caneco lá quando chegamos.

– Tem que ser algo mais perto – protestou Jocelyn. – Não vou andar quilômetros neste calor! – Beekman House tinha uma localização agradável, com amplos espaços e ar fresco, mas ficava a uma boa distância da cidade.

– Procurem e encontrarão, irmãos. – Fortnum ajeitou um cacho dos cabelos e jogou a capa em cima do ombro. – Você vem, Ellesmere?

– Não, agora não. Tenho cartas a escrever. Se encontrar algum prostíbulo, espero um relatório por escrito. Em três vias, veja bem.

Sozinho, ele largou o saco no chão e pegou o pequeno maço de cartas que o capitão Griswold lhe entregara. Eram cinco; três com o lacre sorridente em meia-lua de seu padrasto – lorde John escrevia para ele religiosamente no dia 15 de cada mês, embora também em outras ocasiões – e uma de seu tio Hal. Ele riu ao ver a carta. As cartas de tio Hal às vezes eram confusas, mas sempre divertidas. Por fim, uma missiva com caligrafia desconhecida, feminina, com um lacre comum.

Curioso, rompeu o lacre e abriu-a, descobrindo duas folhas, totalmente preenchidas, de sua prima Dottie. Ergueu as sobrancelhas. Dottie nunca lhe escrevera antes.

Elas continuaram erguidas enquanto ele lia a carta com atenção.

– Santo Cristo! – exclamou em voz alta.

– O que foi? – perguntou Fortnum, que voltara para pegar o chapéu. – Más notícias?

– O quê? Não, não – repetiu, retornando à primeira página da carta. – Apenas... interessante.

Dobrando a carta, colocou-a dentro do casaco, a salvo do olhar interessado de Fortnum, e pegou a carta de tio Hal, com seu lacre de brasão ducal. Os olhos de Fortnum se arregalaram ao vê-lo, mas ele não fez nenhum comentário.

William tossiu e rompeu o lacre. Como sempre, o bilhete ocupava menos de uma página e não incluía saudações nem despedidas. A carta tinha um endereço, o destinatário era óbvio, o lacre indicava claramente quem a escrevera e tio Hal não perdia tempo escrevendo a imbecis.

Adam está designado para Nova York, sob o comando de sir Henry Clinton. Minnie deu a ele algumas coisas horrivelmente incômodas para serem entregues a você. Dottie envia seu amor, o que ocupa bem menos espaço.

John me disse que você está fazendo alguns serviços para o capitão Richardson. Eu conheço Richardson e acho que você não deveria.

Mande lembranças minhas ao coronel Spencer. Não jogue cartas com ele.

Tio Hal, William refletiu, era capaz de comprimir mais informações - apesar de cifradas - em menos palavras do que qualquer outra pessoa. Ele realmente se perguntava se o coronel Spencer trapaceava nas cartas, se era muito bom ou se tinha muita sorte. Tio Hal sem dúvida omitira essa informação. Se fosse uma das duas últimas alternativas, William se sentiria tentado a testar suas habilidades, apesar de saber o perigo que era vencer um oficial superior. Mas uma ou duas vezes... Não, tio Hal era um excelente jogador de cartas e, se ele estava alertando William, a prudência sugeria que acatasse o aviso. Talvez o coronel Spencer fosse um jogador tão honesto quanto medíocre, mas alguém que se ofendia (e se vingava) se derrotado com muita frequência.

Tio Hal é *um velhaco astuto*, pensou William, não sem admiração.

E isso era o que o preocupava a respeito do segundo parágrafo. *Eu conheço Richardson...* Neste caso, ele compreendia muito bem por que tio Hal omitira os detalhes. A correspondência podia ser lida por qualquer um e uma carta com o brasão do duque de Pardloe poderia chamar atenção. É bem verdade que o lacre não parecia ter sido violado, mas ele já vira o próprio pai remover e recolocar lacres com grande destreza e uma faca quente. Não era impossível.

O fato não o impediu de se perguntar o que tio Hal sabia sobre o capitão Richardson e por que sugeria que William parasse com seus serviços de inteligência. Sem dúvida o pai havia contado a tio Hal a natureza do que ele fazia.

Mais coisas para refletir. Se seu pai dissera ao irmão dele o que William estava fazendo, então tio Hal teria dito a seu pai o que ele sabia sobre o capitão Richardson, se houvesse alguma coisa que desacreditasse o capitão. E se ele tivesse feito isso...

Deixou de lado o bilhete de tio Hal e abriu a primeira carta do pai. Não, nada a respeito de Richardson... A segunda? Também não. Na terceira, uma referência velada à espionagem, mas apenas votos pela sua segurança e uma observação indireta sobre sua postura.

Um homem alto sempre se destaca em um grupo. Mais ainda se seu olhar for direto e estiver bem-vestido.

William sorriu. Westminster, a escola que ele cursara, conduzia as aulas em um único salão, dividido por cortinas em classes superiores e inferiores, mas havia rapazes de todas as idades tendo aulas juntos e William rapidamente aprendeu quando e como ser discreto ou se sobressair, dependendo da companhia imediata.

Muito bem. O que quer que tio Hal soubesse sobre Richardson, não era algo que preocupasse seu pai. Claro, lembrou a si mesmo, não precisava ser nada desonroso. O duque de Pardloe era destemido quando se tratava de si próprio, mas tendia a ser excessivamente cauteloso com relação à família. Talvez ele apenas considerasse Richardson desleixado. Se fosse esse o caso, seu pai confiaria no próprio bom senso de William e não mencionaria a questão.

O sótão estava sufocante. O suor escorria pelo rosto de William e molhava sua camisa. Fortnum saíra de novo, deixando a ponta de sua cama de lona virada para cima em um ângulo absurdo sobre seu baú protuberante. Isso deixava espaço suficiente apenas para William ficar de pé e caminhar até a porta. Ele fugiu para o ar livre com uma sensação de alívio. O ar do lado de fora estava quente e úmido, mas ao menos circulava. Colocou o chapéu na cabeça e foi descobrir onde seu primo Adam estava alojado. "Coisas horrivelmente incômodas" soava promissor.

No entanto, enquanto abria caminho através de uma multidão de mulheres que se dirigia ao mercado central, sentiu o papel da carta no bolso do casaco e se lembrou da irmã de Adam.

"Dottie envia seu amor, o que ocupa bem menos espaço." Tio Hal era astuto, pensou William. Mas até o mais astuto dos demônios tem um ponto cego.

"Coisas horrivelmente incômodas" cumpriu o que prometia: um livro, uma garrafa de excelente xerez espanhol, um recipiente de um quarto de galão de azeitonas para acompanhar e três pares novos de meias de seda.

– Estou nadando em meias – declarou o primo Adam quando William tentou partilhar essa abundância. – Mamãe compra meias às dúzias e as despacha a cada portador. Tem sorte por ela não ter pensado em lhe mandar cuecas novas. Recebo um par a cada malote diplomático e se você não acha que isso é uma coisa difícil de explicar a sir Henry... Mas não recusaria um copo do seu xerez.

William não estava inteiramente certo de que seu primo não estivesse brincando com relação às cuecas. Adam tinha um ar sério que lhe servia muito bem nas relações com seus superiores e possuía o dom da família Grey de dizer os maiores exageros com uma expressão impassível. William riu e pediu dois copos.

Um dos amigos de Adam trouxe três, prestativamente permanecendo ali para ajudar a dar fim ao xerez. Outro amigo apareceu do nada – era um xerez muito bom – e retirou meia garrafa de cerveja escura de seu baú para contribuir para as festividades. Com a inevitabilidade de tais reuniões, tanto as garrafas quanto os amigos se multiplicaram, até cada espaço livre no quarto de Adam estar ocupado.

William generosamente compartilhou suas azeitonas, assim como o xerez, e no final da garrafa ergueu um brinde à sua tia pelos presentes generosos, sem deixar de mencionar as meias de seda.

– Embora eu imagine que sua mãe não tenha sido responsável pelo livro, certo? – perguntou a Adam, abaixando seu copo vazio com uma explosão de ar dos pulmões.

Adam teve um acesso de risadinhas, sua seriedade habitual completamente desfeita em um grande copo de ponche de rum.

– Não. Tampouco papai. Essa foi minha contribuição para o "avancho" da causa "cutlural", "cultchural", quero dizer, nas colônias.

– Um serviço extraordinário às sensibilidades do homem civilizado – assegurou

William com ar sério, demonstrando sua habilidade de segurar a bebida e controlar a língua, por mais sílabas escorregadias que pudessem se interpor em seu caminho.

Ante a gritaria geral de "Que livro? Que livro? Vamos ver o famoso livro!", ele foi obrigado a mostrar o prêmio de sua coleção de presentes: um exemplar do famoso *Lista das damas de Covent Garden*, do sr. Harris, um catálogo profusamente descritivo dos encantos, especialidades, preços e disponibilidade das melhores prostitutas em atividade em Londres.

O livro foi recebido com gritos de entusiasmo e, depois de uma rápida luta pela posse do volume, William o resgatou antes que fosse dilacerado, mas concordou em ler algumas das passagens em voz alta. Sua leitura dramática foi recebida com uivos de êxtase e saraivadas de caroços de azeitona.

Ler é, sem dúvida, um esforço que dá sede. Assim, mais bebidas foram solicitadas e consumidas. Ele não saberia dizer quem primeiro sugeriu que o grupo deveria constituir uma força expedicionária com o propósito de compilar uma lista semelhante para Nova York. Entretanto, quem quer que tenha sido o primeiro a dar a ideia, logo foi apoiado e saudado com copos cheios de ponche de rum. Todas as garrafas já tinham sido esvaziadas a essa altura.

E foi assim que ele se viu vagando em uma espécie de torpor alcoólico por vielas estreitas cuja escuridão era pontuada por janelas iluminadas a vela e uma ou outra lanterna pendurada em um cruzamento. Ninguém parecia ter nenhum endereço em mente, mas o grupo avançava como um só corpo entorpecido atraído por alguma emanação sutil.

– Como cachorros seguindo uma cadela no cio – observou ele, e ficou surpreso de receber um empurrão e um grito de aprovação de um dos amigos de Adam.

Ele não havia percebido que tinha falado em voz alta. No entanto, estava certo, pois finalmente chegaram a um beco ao longo do qual havia duas ou três lanternas penduradas, forradas com musselina vermelha, de modo que a luz se difundia em uma claridade cor de sangue pelas entradas das casas – todas abertas de par em par em sinal de boas-vindas. Gritos entusiásticos saudaram a descoberta e o grupo de pretensos investigadores avançou com determinação, parando apenas no meio do beco para uma rápida discussão, concernente à escolha do estabelecimento por onde começar a pesquisa.

William não tomou parte na discussão. O ar estava abafado, úmido e fétido com o odor de gado e esgoto, e de repente ele sentiu que uma das azeitonas que consumira muito provavelmente não lhe caíra bem. Suava demais, um suor pegajoso. Aterrorizava-lhe a ideia de que talvez não conseguisse tirar as calças a tempo caso seu desarranjo estomacal piorasse.

Forçou um sorriso e, com um vago movimento do braço, indicou a Adam que ele deveria prosseguir como quisesse – William iria se aventurar um pouco mais longe.

E foi o que fez, deixando o tumulto dos jovens oficiais arruaceiros para trás e cambaleando, passou pela última das lanternas vermelhas. Procurava desesperadamente um lugar que oferecesse alguma aparência de privacidade para que pudesse vomitar. Não encontrando nada que servisse a seus propósitos, parou e vomitou na entrada de uma casa. Para seu horror, a porta se escancarou, revelando o dono extremamente indignado, que não esperou explicações, desculpas ou ofertas de recompensa. Agarrou uma espécie de bastão de trás da porta e, berrando palavrões incompreensíveis no que parecia ser alemão, perseguiu William beco abaixo.

Entre uma coisa e outra, William passou algum tempo vagando sem rumo por chiqueiros, barracões e ancoradouros fétidos antes de descobrir o caminho de volta para o bairro certo, lá encontrando seu primo Adam subindo e descendo a rua, batendo às portas e gritando por ele a plenos pulmões, à sua procura.

– Não bata nesta daí! – disse ele, assustado, vendo Adam prestes a bater à porta do maldito alemão.

Adam girou nos calcanhares com surpresa e alívio.

– Aí está você! Tudo bem, meu velho?

– Sim, tudo bem. – Sentia-se úmido e pegajoso, apesar do calor intenso da noite de verão, mas o agudo mal-estar se desfizera, com o salutar efeito colateral de deixá-lo sóbrio.

– Achei que tivesse sido assaltado ou morto em um beco destes. Nunca mais iria poder encarar tio John se tivesse que lhe explicar que você foi morto por minha causa.

Desciam a viela, as costas voltadas para as lanternas vermelhas. Todos os rapazes haviam desaparecido em um ou outro estabelecimento, embora os sons de farra que vinham do interior sugerissem que sua animação não arrefecera, fora apenas realocada.

– Você se arranjou bem? – perguntou Adam. Apontou o queixo na direção de onde William viera.

– Sim. E você?

– Bem, ela não receberia um parágrafo no Harris, mas não era má para um sumidouro como Nova York – respondeu Adam criteriosamente.

Seu lenço estava solto, pendurado no pescoço. Quando passaram pela fraca claridade de uma janela, William viu que estava faltando um dos botões de prata do casaco do primo.

– Mas poderia jurar que vi duas prostitutas dessas no acampamento.

– Sir Henry o mandou fazer um censo? Ou você passa tanto tempo com as que seguem as tropas que já as conhece pelo...?

Foi interrompido por uma mudança no barulho que vinha de uma das casas da rua. Gritaria, mas não do tipo provocado por bêbados alegres, como era evidente até então. Eram gritos assustadores: uma voz masculina furiosa e os berros estridentes de uma mulher.

Os primos trocaram um olhar, depois partiram na direção do tumulto. A confusão aumentava enquanto corriam na direção da origem e, quando alcançaram a casa mais distante, vários militares seminus surgiram no meio da viela, seguidos por um tenente musculoso – a quem William fora apresentado durante a festa no quarto de Adam, mas de cujo nome não lembrava – arrastando uma prostituta pelo braço.

O tenente havia perdido o casaco e a peruca. O cabelo escuro era tosado bem curto e começava bem baixa no meio da testa, o que, somado à compleição musculosa, de ombros largos, lhe dava o aspecto de um touro prestes a atacar. E de fato ele o fez, virando-se e golpeando com o ombro a mulher que arrastara para fora, atirando-a contra a parede da casa. Ele estava completamente bêbado e berrava blasfêmias incoerentes.

– Brulote.

William não viu quem dissera a palavra, mas foi repetida em murmúrios agitados e uma sensação odiosa perpassou os homens na viela.

– Brulote! Ela é uma brulote!

Várias mulheres haviam se amontoado na porta. A luz por trás delas era turva demais para mostrar seus rostos, mas estavam claramente assustadas, agarradas umas às outras. Uma delas tentou gritar, estendendo um braço, mas as outras a puxaram para trás. O tenente de cabelos pretos não lhes deu atenção. Socava a prostituta repetidamente na barriga e nos seios.

– Ei, companheiro!

William se arremessou para a frente, gritando, mas várias mãos agarraram seus braços, impedindo-o.

– Brulote! – Os homens começaram a entoar a palavra a cada golpe dos punhos do tenente.

Brulote, ou balsa de fogo, uma embarcação que leva explosivos aos navios inimigos, é como chamavam uma prostituta com vesículas de sífilis. Quando o tenente parou de surrá-la e a arrastou para debaixo da luz da lanterna vermelha, William pôde ver que ela realmente era doente; as pústulas inflamadas em seu rosto eram visíveis.

– Rodham! Rodham! – Adam gritava o nome do tenente, tentando abrir caminho pelo aglomerado de homens, mas eles se moveram juntos, empurrando-o para trás, e o coro gritando "Brulote!" ficou mais alto.

As mulheres amontoadas na entrada da casa soltavam gritos estridentes e recuaram quando Rodham arremessou a prostituta na soleira da porta. William se lançou para a frente e conseguiu abrir passagem na multidão, mas, antes que pudesse alcançar o tenente, Rodham agarrou a lanterna e, arremessando-a contra a fachada da casa, lançou óleo em chamas sobre a prostituta.

Ele caiu para trás, arfando, os olhos arregalados, sem acreditar no que via. Em pânico, a mulher se levantou e começou a se debater, enquanto as chamas lambiam seus cabelos e sua combinação fina. Em poucos segundos, ela virara uma tocha humana, gritando com uma voz fina e estridente que atravessava a algazarra na rua e penetrava diretamente no cérebro de William.

Os homens recuaram quando ela deu alguns passos na direção deles, oscilante, as mãos estendidas. William não sabia dizer se o gesto era uma súplica ou o desejo de imolar seus algozes. Ficou parado, fincado no chão, o corpo trincado na ânsia de fazer alguma coisa, na impossibilidade de fazer qualquer coisa, na dominante sensação de tragédia. Uma dor insistente em seu braço o fez se virar, deparando-se com Adam a seu lado, os dedos enfiados com força nos músculos de seu braço.

– Vamos embora – sussurrou Adam, o rosto branco e suado. – Pelo amor de Deus, vamos!

A porta do prostíbulo foi fechada com um baque. A mulher em chamas caiu junto à porta, as mãos pressionadas contra a madeira. O cheiro de carne assada encheu o beco apertado, estreito e quente, e William sentiu nova ânsia de vômito.

– Que Deus amaldiçoe vocês! Que seus malditos paus apodreçam e caiam! – Os gritos vinham de uma janela no andar superior.

A cabeça de William se voltou para cima bruscamente e ele viu uma mulher brandindo o punho cerrado para os homens embaixo. Houve um rumor surdo entre os homens e um deles gritou um palavrão em resposta. Outro se abaixou, pegou uma pedra do pavimento e a arremessou com força. A pedra ricocheteou na fachada da casa embaixo da janela e voltou, atingindo um dos militares, que praguejou e empurrou o homem que a atirara.

A mulher carbonizada desmoronara junto à porta. As chamas haviam feito uma mancha queimada na madeira. Ela ainda emitia débeis gemidos, mas tinha parado de se mexer.

De repente, William enlouqueceu. Agarrando o homem que atirara a pedra, segurou-o pelo pescoço e bateu sua cabeça contra o batente da porta da casa. O homem desmoronou, os joelhos cedendo, e se sentou na rua, gemendo.

– Saiam! – berrou William. – Todos vocês! Vão embora!

Com os punhos cerrados, virou-se para o tenente de cabelos pretos, o qual, toda a raiva desaparecida, estava parado, imóvel, olhando para a mulher no alpendre. Suas vestes haviam sido consumidas pelo fogo; um par de pernas carbonizadas se torceu debilmente na escuridão.

William alcançou o sujeito com uma única passada e o agarrou pela frente da camisa.

– Vá embora – ordenou, com uma voz ameaçadora. – Agora!

Soltou o tenente, que pestanejou, engoliu em seco e, virando-se, caminhou como um autômato noite adentro.

Arquejando, William olhou para os outros homens, mas eles haviam perdido a sede de violência com a mesma rapidez com que haviam se deixado dominar por ela. Houve alguns olhares para a mulher – agora absolutamente imóvel –, um arrastar de pés, murmúrios incoerentes. Nenhum deles era capaz de fitar outro nos olhos.

William tinha uma vaga consciência de Adam, trêmulo de choque, mas estoicamente a seu lado. Colocou a mão no ombro do primo mais novo e o segurou com firmeza, enquanto os homens desapareciam. O tenente sentado na rua se apoiou lentamente nas mãos e nos pés, levantou-se parcialmente e deu uma guinada, cambaleando atrás dos companheiros, afastando-se das casas conforme avançava na escuridão.

O beco ficou silencioso. O fogo se extinguira. As outras lanternas vermelhas haviam sido apagadas. Sentiu como se estivesse preso ao chão e fosse ficar para sempre naquele lugar odioso – mas Adam se moveu um pouco e sua mão caiu do ombro do primo, e William descobriu que seus pés o levariam dali.

Viraram-se e caminharam em silêncio, de volta pelas ruas escuras. Passaram por um posto de observação, onde sentinelas rodeavam uma fogueira, mantendo uma vigilância descontraída. Elas deviam manter a ordem na cidade ocupada. As sentinelas olharam para elas, mas não os pararam.

À luz da fogueira, ele viu os riscos molhados no rosto de Adam e compreendeu que seu primo estava chorando.

Ele também estava.

11

POSIÇÃO TRANSVERSA

Cordilheira dos Frasers
Março de 1777

O mundo estava molhado. Correntes de água do degelo saltavam pela encosta da montanha, a grama e as folhas estavam úmidas de orvalho e as telhas soltavam vapor com o sol da manhã. Nossos preparativos tinham sido feitos e as passagens estavam desimpedidas. Restava apenas mais uma coisa a fazer antes de partir.

– Você acha que será hoje? – perguntou Jamie, esperançoso.

Ele não era um homem afeito à contemplação tranquila. Quando uma linha de ação é decidida, ele quer agir. Bebês infelizmente são indiferentes tanto à conveniência quanto à impaciência.

– Talvez – respondi, tentando controlar minha impaciência. – Talvez não.

– Eu a vi na semana passada e já naquela ocasião ela parecia que ia explodir a qualquer momento, tia – observou Ian, dando a Rollo o último bocado de seu bolinho. – Conhece aqueles cogumelos? Aqueles grandes e redondos? Você toca em um deles e *puuf*! – Estalou os dedos, espalhando farelos de bolo. – Simples assim.

– Ela vai ter um só, não é? – perguntou Jamie, franzindo o cenho.

– Eu já disse umas seis vezes: *acho* que sim. *Espero* que sim – acrescentei, reprimindo a vontade de fazer o sinal da cruz. – Mas nunca se sabe.

– Gêmeos são característica de família – interpôs Ian prestativamente.

Jamie se benzeu.

– Só ouvi batidas de um coração – disse, controlando a irritação –, e estou ouvindo há meses.

– Você não pode contar as protuberâncias? – perguntou Ian. – Se parece ter seis pernas, quero dizer…

– Mais fácil falar do que fazer.

Eu podia, é claro, discernir o aspecto geral da criança. Uma cabeça era razoavelmente fácil de sentir, assim como as nádegas. Braços e pernas eram um pouco mais problemáticos. Era isso que me perturbava no momento.

Eu examinara Lizzie uma vez por semana no último mês – e fora à sua cabana dia sim, dia não, na última semana, apesar de ser uma longa caminhada. A criança, e eu realmente *achava* que era apenas uma, parecia muito grande. O fundo do útero estava bem mais alto do que deveria. E, embora os bebês com frequência mudem de posição nas últimas semanas antes do nascimento, esse permanecia em "posição transversa" por um tempo longo demais para o meu gosto.

O fato é que minha capacidade de lidar com um parto fora do normal ficava seriamente limitada sem hospital, instalações cirúrgicas ou anestesia. *Sans* intervenção cirúrgica, com uma posição transversa, uma parteira tinha quatro alternativas: deixar a mulher morrer após dias de agonizante trabalho de parto; deixar a mulher morrer depois de fazer uma cesárea sem o benefício de anestesia ou assepsia – mas possivelmente salvando o bebê; tentar salvar a mãe matando a criança no útero e depois a removendo aos pedaços (Daniel Rawlings tinha várias páginas com ilustrações em seu livro descrevendo esse procedimento); ou tentar virar o bebê internamente para uma posição em que pudesse nascer.

Apesar de parecer a opção mais atraente, esta última podia ser tão perigosa quanto as outras, resultando na morte da mãe *e* da criança.

Eu tentara uma versão externa na semana anterior e conseguira, com dificuldade, induzir a criança a virar de cabeça para baixo. Dois dias depois, ela voltara à posição anterior, preferindo ficar de costas. Ela poderia virar de novo antes do início do trabalho de parto… ou não.

Com base na experiência, eu normalmente conseguia distinguir entre planejamento inteligente para contingências e preocupação inútil com situações que poderiam não acontecer, assim permitindo que eu dormisse à noite. Mas ficara acordada até tarde da noite na última semana, visualizando a possibilidade de a criança não virar a tempo e percorrendo aquela lista curta e sombria de alternativas, em uma busca inútil de alguma outra chance.

Se eu tivesse éter… mas o que eu tinha se perdera no incêndio da casa.

Matar Lizzie para salvar o bebê? Não. Se chegasse a esse ponto, melhor matar a criança *in utero* e deixar Rodney com uma mãe, Jo e Kezzie com sua mulher. Mas a ideia de esmagar o crânio de uma criança completamente formada, saudável, pronta para nascer... ou decapitá-la com um laço de arame cortante...

– Não está com fome hoje de manhã, tia?

– Hã... não. Obrigada, Ian.

– Você parece um pouco pálida, Sassenach. Está se sentindo mal?

– Não!

Levantei-me rápido antes que pudessem fazer mais perguntas. Não havia nenhuma razão para mais alguém além de mim ficar aterrorizado com o que eu estava pensando. Assim, saí para buscar um balde de água no poço.

Amy estava do lado de fora. Ela havia acendido uma fogueira embaixo do caldeirão de lavagem de roupa e apressava Aidan e Orrie, que corriam de um lado para outro para pegar lenha, parando de vez em quando para atirar lama um no outro.

– Precisa de água, *a bhana-mahaighstir*? – perguntou ela, vendo o balde em minha mão. – Aidan vai buscar para você.

– Não, pode deixar – assegurei-lhe. – Quero tomar um pouco de ar. Está tão agradável aqui fora agora.

Era verdade. O ar ainda era frio até o sol estar alto no céu, mas fresco e inebriante com os aromas de grama, os brotos carregados de resina e as primeiras florescências.

Levei meu balde até o poço, enchi-o e comecei a descer o caminho de volta, devagar, olhando para tudo como se costuma fazer quando se sabe que talvez não volte àquele lugar outra vez por um longo tempo. Se é que algum dia voltaria.

As coisas já haviam mudado drasticamente na Cordilheira, com a chegada da violência, os distúrbios da guerra, a destruição da casa grande. Ainda iriam mudar muito quando eu e Jamie nos ausentássemos.

Quem seria o líder natural? Hiram Crombie era o chefe do povo pescador presbiteriano que viera de Thurso. Mas era um homem severo, inflexível, mais capaz de causar atritos com o resto da comunidade do que de manter a ordem e promover a cooperação.

Bobby? Depois de alguma reflexão, Jamie o nomeara administrador, com a responsabilidade de tomar conta de nossa propriedade. Mas, à parte suas habilidades naturais ou falta delas, ele era jovem. Assim como muitos dos outros homens da Cordilheira, poderia facilmente ser levado de roldão pela tormenta que se avizinhava e ser obrigado a servir em uma das milícias. Mas não nas forças da Coroa. Sete anos antes, Bobby tinha sido um soldado inglês baseado em Boston, onde ele e vários companheiros foram ameaçados por uma multidão enfurecida de centenas de cidadãos locais. Temendo por suas vidas, os soldados carregaram seus mosquetes e apontaram para a multidão. Pedras e paus foram atirados, tiros disparados – por quem, ninguém pôde dizer; nunca perguntei a Bobby –, e homens morreram.

A vida de Bobby fora poupada no julgamento, mas ele carregava uma marca de ferro em brasa na face. M, de *murderer*, assassino. Eu não fazia a menor ideia de suas tendências políticas, mas ele nunca lutaria ao lado do Exército Britânico outra vez.

Abri a porta da cabana, minha estabilidade emocional bastante restaurada. Jamie e Ian agora discutiam se a criança seria irmã do pequeno Rodney ou meia-irmã.

– Bem, não há como saber, não é? – argumentou Ian. – Ninguém sabe se foi Jo ou Kezzie quem gerou o pequeno Rodney, e acontece o mesmo com esta criança. Se Jo for o pai de Rodney, e Kezzie, o pai desta...

– Na verdade, não importa – interrompi, despejando a água do balde em um caldeirão. – Jo e Kezzie são gêmeos idênticos. Isso significa que seu... hã... esperma também é idêntico. – Estava simplificando demais a questão, mas ainda era muito cedo para tentar explicar meiose reprodutiva e DNA recombinante. – Se a mãe for a mesma, e o pai, geneticamente igual, todos os filhos que nascerem serão irmãos uns dos outros.

– O sêmen deles é igual, então? – perguntou Ian, incrédulo. – Como pode saber? Você *olhou*? – acrescentou, lançando-me um olhar de horrorizada incredulidade.

– Não olhei – respondi com severidade. – Não é preciso. Eu *sei*.

– Certo – disse ele, assentindo, com respeito. – Claro que sabe. Às vezes esqueço quem você é, tia Claire.

Eu não sabia o que ele queria dizer com isso exatamente, mas não me pareceu necessário perguntar nem explicar que meu conhecimento dos processos íntimos dos Beardsleys era acadêmico, e não sobrenatural.

– Mas *é* Kezzie o pai desta criança, não é? – interpôs Jamie. – Eu mandei Jo embora; foi com Kezzie que ela viveu este último ano.

Ian lançou-lhe um olhar de compaixão.

– E você acha que ele foi? Jo?

– Eu não o vi – respondeu Jamie, franzindo o cenho.

– Bem, não veria mesmo – admitiu Ian. – Eles devem ter tomado cuidado com isso. Não queriam enfurecê-lo. Na verdade, você nunca vê mais de um deles... – acrescentou descontraidamente.

Nós dois olhamos para Ian. Ele ergueu os olhos do pedaço de bacon em sua mão e levantou as sobrancelhas.

– Eu sei essas coisas, hein? – disse afavelmente.

Após o jantar, todo mundo se preparou e se acomodou para a noite. Todos os Higgins se retiraram para o quarto, onde compartilhavam a única cama.

Obsessivamente, abri minha trouxa de parteira e espalhei o equipamento, verificando tudo outra vez. Tesouras, fio branco para o cordão. Panos limpos, lavados muitas vezes para remover qualquer vestígio de sabão de lixívia, escaldados e secos. Um grande quadrado de lona encerada, para impermeabilizar o colchão. Uma pequena garrafa de álcool, diluído a cinquenta por cento com água esterilizada. Uma pequena sacola contendo vários fios torcidos de lã – lavada, mas não fervida. Uma folha enrolada de pergaminho, para servir de estetoscópio, uma vez que o meu se perdera no incêndio. Uma faca. E um pedaço de arame fino, afiado em uma das pontas, enroscado como uma cobra.

Eu não havia comido muito no jantar – nem durante todo o dia –, mas tinha a sensação constante de golfada de bílis no fundo da garganta. Engoli e enrolei meu estojo outra vez, amarrando-o com barbante.

Senti os olhos de Jamie em mim e levantei a cabeça. Ele não falou nada, mas sorriu. Havia ternura em seus olhos, e senti um alívio momentâneo – seguido de novo aperto, ao imaginar o que ele pensaria se o pior acontecesse e eu tivesse que...

Ele viu a expressão de medo em meu rosto. Com os olhos ainda fixos nos meus, tirou seu rosário do *sporran* e começou a rezar silenciosamente, a madeira desgastada das contas deslizando devagar por seus dedos.

Duas noites depois, acordei com o som de passos do lado de fora. Já estava de pé, vestindo minhas roupas, antes que se ouvisse a batida de Jo à porta. Jamie o mandou entrar; eu os ouvi murmurando enquanto entrava embaixo do banco comprido para resgatar meu estojo. Jo parecia agitado, um pouco preocupado, mas não em pânico. Isso era bom. Se Lizzie estivesse com medo ou em sérias dificuldades, ele teria pressentido isso na hora. Os gêmeos eram quase tão sensíveis a seu estado de espírito e bem-estar quanto eram um com o outro.

– Devo ir? – sussurrou Jamie, assomando perto de mim.

– Não – respondi também num sussurro, tocando-o para dar ênfase. – Volte a dormir. Mandarei avisá-lo se precisar de você.

Ele estava desgrenhado do sono, as brasas da lareira lançando sombras em seus cabelos, mas os olhos estavam alertas. Assentiu e beijou minha testa, mas, em vez de recuar, colocou a mão sobre minha cabeça e murmurou "Ó abençoado Miguel do Reino Vermelho..." em gaélico.

Em seguida, tocou meu rosto em despedida.

– Verei você de manhã, então, Sassenach – falou, empurrando-me delicadamente em direção à porta.

Para minha surpresa, estava nevando. O céu estava cinzento e claro, e o ar, animado com enormes flocos esvoaçantes que roçavam meu rosto, derretendo-se imediatamente em minha pele. Era uma tempestade de primavera. Eu podia ver os flocos se assentarem em talos de capim, desaparecendo em seguida. Provavelmente não haveria nenhum vestígio de neve pela manhã, mas a noite estava repleta de seus mistérios. Virei-me para olhar para trás, mas não pude ver a cabana. Apenas formas de árvores parcialmente cobertas, indistintas à luz cinza-perolada. O caminho à nossa frente parecia igualmente irreal, o traçado desaparecendo entre árvores estranhas e sombras desconhecidas.

Eu me sentia desencarnada, presa entre o passado e o futuro, nada visível a não ser o silêncio branco em torvelinho que me cercava. No entanto, eu me sentia mais calma do que em muitos dias. Sentia o peso da mão de Jamie em minha cabeça, com sua bênção sussurrante: *Ó abençoado Miguel do Reino Vermelho...*

Era a bênção dada a um guerreiro antes da batalha. Eu a dera a ele mais de uma vez. Ele nunca fizera isso antes e eu não sabia o que o levara a fazê-lo agora, mas as palavras cintilavam em meu coração, um pequeno escudo contra os perigos à frente.

A neve agora cobria o solo com um cobertor fino que escondia a terra escura e a vegetação rasteira. Os pés de Jo deixavam pegadas nítidas que eu seguia encosta acima, as agulhas dos pinheiros e abetos balsâmicos roçando frias e perfumadas contra a minha saia enquanto eu ouvia um silêncio vibrante que tocava como um sino.

Se houvesse uma noite em que os anjos caminhassem, eu rezaria para que fosse esta.

À luz do dia e com tempo bom, era quase uma hora de caminhada até a cabana dos Beardsleys. Mas o medo apressava meus passos e Jo se esforçava para me acompanhar.

– Há quanto tempo ela está assim? – perguntei.

Era sempre complicado determinar essas coisas, mas o primeiro parto de Lizzie tinha sido rápido. Ela tivera o pequeno Rodney sozinha e sem incidentes. Eu não achava que iríamos ter a mesma sorte esta noite, embora minha mente não pudesse deixar de visualizar, esperançosa, minha chegada à cabana encontrando Lizzie já segurando o bebê, que viera ao mundo sem dificuldades.

– Não muito tempo – disse ele, arfando. – A bolsa d'água estourou de repente, quando estávamos todos na cama, e ela falou que era melhor eu vir chamá-la imediatamente.

Tentei não notar aquele "todos na cama". Afinal, Kezzie ou ele poderia estar dormindo no chão. Mas o *ménage* dos Beardsleys só ressaltava o duplo sentido. Era difícil pensar neles sem pensar em...

Não me dei ao trabalho de perguntar há quanto tempo Kezzie e ele estavam convivendo na cabana. Pelo que Ian contara, era provável que ambos estivessem lá o tempo todo. Considerando as condições normais de habitação no interior, ninguém acharia estranha a ideia de um homem e sua mulher viverem com o irmão dele. E, até onde a população da Cordilheira tinha conhecimento, Lizzie estava casada com Kezzie. Bem, ela também estava casada com Jo, em consequência de uma série de maquinações que ainda me espantavam, mas a família Beardsley mantinha esse fato em segredo, por ordem de Jamie.

– O pai dela estará lá – disse Jo, o hálito formando plumas brancas quando ele se colocou a meu lado onde o caminho se alargou. – E tia Monika. Kezzie foi buscá-los.

– Você deixou Lizzie *sozinha*?

Ele arqueou os ombros, sem jeito.

– Foi ela que pediu – falou simplesmente.

Não me dei ao trabalho de responder, mas me apressei, até que uma pontada no flanco me fez diminuir um pouco o passo. Se Lizzie já não tivesse dado à luz, se estivesse com uma hemorragia ou alguma outra desgraça, seria bom ter a ajuda da "tia Monika", a segunda esposa do sr. Wemyss. Monika Berrisch Wemyss era uma alemã, com um inglês limitado e excêntrico, mas imensuráveis coragem e bom senso.

O sr. Wemyss tinha sua parcela de coragem também, embora de um jeito mais sossegado. Ele nos aguardava na varanda com Kezzie. Era óbvio que o sr. Wemyss estava dando apoio ao genro, e não o contrário. Kezzie claramente torcia as mãos e saltitava de um pé para outro, enquanto a figura frágil do sr. Wemyss se inclinava para ele, reconfortando-o. Ouvi murmúrios e então eles nos viram, a esperança repentina visível na forma como se empertigaram.

Um uivo longo e surdo veio da cabana e todos os homens se enrijeceram como se um lobo tivesse saltado da escuridão em cima deles.

– Bem, pelo som, ela está bem – comentei baixinho, e todos eles soltaram a respiração ao mesmo tempo, de forma audível.

Tive vontade de rir, mas achei melhor não o fazer e empurrei a porta.

– Ugh! – exclamou Lizzie, erguendo os olhos da cama. – Graças a Deus é a senhora!

– *Gott bedanket*, sim – concordou tia Monika tranquilamente. Ela estava de quatro, limpando o chão com um pedaço de pano. – Não falta muito agora. Bem, eu espero.

– Eu também espero – disse Lizzie, com uma careta. – GAAAAARRRRGH!

Seu rosto ficou vermelho e o corpo inchado se arqueou. Ela parecia mais alguém com tétano do que uma mulher grávida, mas felizmente o espasmo durou pouco e ela desabou em um monte mole, arquejando.

– Não foi assim da última vez – queixou-se, abrindo um dos olhos enquanto eu apalpava seu abdômen.

– Nunca é igual – respondi distraidamente.

Um rápido olhar fez meu coração dar um salto. A criança não estava mais atravessada. Por outro lado, também não estava na posição certa, de cabeça para baixo. Os bebês geralmente não se moviam durante o parto e, enquanto eu achava ter localizado a cabeça embaixo das costelas de Lizzie, não tinha certeza quanto à disposição do resto do corpo.

– Deixe-me dar uma olhada aqui...

Ela estava despida, coberta com uma colcha. Sua combinação molhada pendia das costas de uma cadeira, soltando vapor diante da lareira. A cama, entretanto, não estava encharcada e deduzi que ela sentira a ruptura de suas membranas e ficara em pé rapidamente antes do rompimento da bolsa.

Tive medo de olhar e soltei a respiração com alívio. O principal receio durante um parto pélvico – em que as partes do bebê a surgir primeiro são os pés ou as nádegas – é que parte do cordão umbilical sofra um prolapso quando as membranas se rompem, o laço então se apertando entre a pélvis e alguma parte da criança. No entanto, não havia sinal do cordão umbilical e um rápido exame indicou que a cérvix uterina estava quase abolida.

A única coisa a fazer agora era esperar para ver o que surgiria primeiro. Desfiz minha trouxa e estendi a lona encerada, içando Lizzie para cima dela com a ajuda de tia Monika.

Monika pestanejou, olhou para a caminha onde o pequeno Rodney dormia quando Lizzie soltou outro daqueles uivos sobrenaturais e se virou para mim em busca da confirmação de que não havia nada de errado. Em seguida, segurou as mãos de Lizzie, murmurando algo em alemão, enquanto Lizzie gemia e arquejava.

A porta rangeu delicadamente e me virei, vendo um dos Beardsleys espreitando, o rosto exibindo uma mistura de temor e esperança.

– Já chegou? – sussurrou com voz rouca.

– NÃO! – berrou Lizzie, sentando-se abruptamente na cama. – Saiam daqui agora ou arrancarei suas bolas! Todas as quatro!

A porta se fechou prontamente e Lizzie se acalmou.

– Eu os odeio – disse entre dentes. – Quero que morram!

– Aham – falei, solidária. – Bem, tenho certeza de que ao menos eles estão sofrendo.

– Ótimo. – Ela passou da fúria para a comoção em uma fração de segundo, as lágrimas assomando aos olhos. – Eu vou morrer?

– Não – respondi, com toda a confiança que consegui reunir.

– AAAAAAAAAARRRRRGGGGG!

– *Gruss Gott!* – exclamou tia Monika, fazendo o sinal da cruz. – *Ist gut?*

– *Ja* – respondi, ainda confiante. – Será que haveria alguma tesoura...?

– Oh, *ja* – respondeu ela, pegando a bolsa. Apresentou-me uma pequena tesoura de bordado, muito usada e que um dia já fora dourada. – É isto que procura?

– *Danke.*

– MALDIRRRRRRGGGG!

Monika e eu olhamos para Lizzie.

– Não exagere – adverti. – Eles estão com medo, mas não são idiotas. Além disso, vai assustar seu pai. E Rodney – acrescentei, com um rápido olhar para o pequeno monte de cobertas na caminha.

Ela se acalmou, ofegante, mas assentiu de leve e esboçou um ligeiro sorriso.

Os acontecimentos se aceleraram depois disso. Verifiquei seu pulso, depois a cérvix, e senti meu coração acelerar quando toquei o que era obviamente um pezinho. Eu conseguiria pegar o outro?

Olhei para Monika, avaliando tamanho e força. Ela era forte como um cordel de chicote, eu sabia, mas não muito corpulenta. Lizzie, por outro lado, estava do tamanho de... Bem, Ian não estava exagerando quando achou que ela teria gêmeos.

A ideia arrepiante de que ainda *pudessem* ser gêmeos fez os cabelos da minha nuca se arrepiarem, apesar do calor úmido da cabana.

Não, disse com firmeza a mim mesma. *Não é, você sabe que não. Um só já vai ser difícil.*

- Vamos precisar de um dos homens para ajudar a segurar seus ombros - avisei a Monika. - Chame um dos gêmeos, sim?

- Os dois - disse Lizzie, arquejante, enquanto Monika se dirigia para a porta.

- Um só será...

- *Os dois! Hmmmmmggggg...*

- Os dois - concordou Monika, assentindo de maneira conformada.

Os gêmeos entraram com uma lufada de ar frio, os rostos máscaras idênticas, coradas de temor e empolgação. Sem que eu precisasse orientá-los, dirigiram-se para Lizzie como duas limalhas de ferro para um ímã. Ela conseguira se sentar e um deles se ajoelhou atrás dela, as mãos delicadamente massageando seus ombros enquanto relaxavam da última contração. Seu irmão se sentou ao lado dela, um braço de apoio ao redor do que costumava ser sua cintura, a outra mão alisando para trás os cabelos suados em sua testa.

Tentei arrumar a colcha ao redor dela sobre sua barriga protuberante, mas ela a afastou, acalorada e impaciente. A cabana estava repleta de um calor úmido, do caldeirão fumegante e do suor do esforço. Bem, presumivelmente os gêmeos estavam mais familiarizados com a anatomia dela do que eu. Assim, entreguei a colcha a tia Monika. O recato não tinha lugar em um parto.

Ajoelhei-me diante dela, tesoura na mão, e fiz a episiotomia rapidamente, sentindo um pequeno jato de sangue quente em minha mão. Eu raramente precisava fazer o corte do períneo em um parto rotineiro, mas neste caso iria precisar de espaço para manobra. Pressionei um dos meus panos limpos no corte, mas a quantidade de sangue era insignificante e a parte interna de suas coxas estava marcada de muco ensanguentado, de qualquer forma.

Era, de fato, um pé; eu podia ver os dedos, longos como os de uma rã. Fitei no mesmo instante os pés de Lizzie, plantados firmemente no chão, de cada lado de mim. Não, os delas eram curtos e compactos; devia ser a influência dos gêmeos.

O cheiro úmido, pantanoso, de suor, sangue e líquido amniótico se erguia como uma névoa do corpo de Lizzie e senti meu suor escorrendo pelos flancos. Tateei para cima, enganchei um dedo ao redor do tornozelo e puxei o pé para baixo, sentindo a vida da criança se mover em sua carne, embora o bebê propriamente não estivesse se movendo, indefeso no processo do nascimento.

O outro, eu precisava do outro. Tateando pela parede do abdômen entre uma contração e a seguinte, deslizei a outra mão pela perna emergente e encontrei a minúscula curva da nádega. Troquei de mão rapidamente e, de olhos cerrados, encontrei a curva da perna dobrada. Droga, parecia ter o joelho enfiado sob o queixo...

Senti a firmeza flexível de minúsculos ossos cartilaginosos, sólidos no esguicho de fluidos, a distensão de músculos... Segurei um dedo, dois dedos, envolvendo o outro tornozelo, e – repetindo entre dentes "Segurem!", "Firmes, não a deixem escorregar!", enquanto as costas de Lizzie se arqueavam e suas nádegas deslizavam em minha direção – trouxe o segundo pé para baixo.

Afastei-me, os olhos arregalados e respirando com força, embora não tivesse sido um esforço físico. O pequenino pé de rã se torceu uma vez, depois arriou, enquanto as pernas apareciam com o empurrão seguinte.

– Outra vez, querida – murmurei, a mão na coxa retesada de Lizzie. – Mais um empurrão como esse.

Um rosnado das profundezas da terra quando Lizzie atingiu aquele ponto em que uma mulher já não se importa se vive, se morre ou se racha ao meio, e a parte inferior do corpo da criança surgiu devagar, o umbigo pulsando como um grosso verme roxo enroscado sobre a barriga. Meus olhos estavam fixos nele e pensei: *Obrigada, Senhor. Obrigada, Senhor.* Nesse momento, senti a presença de tia Monika, espreitando intensamente por cima do meu ombro.

– *Ist das* bolas? –indagou, intrigada, apontando para a genitália do bebê.

Eu não tivera tempo de analisar, preocupada com o cordão umbilical, mas olhei para baixo e sorri.

– Não. *Ist eine Mädchen* – respondi.

O sexo do bebê estava edematoso; realmente pareciam os genitais de um menino, mas era apenas o clitóris se projetando dos lábios vaginais inchados.

– O quê? O que foi? – perguntou um dos Beardsleys, inclinando-se para olhar.

– Você ganhou uma menininha – anunciou tia Monika, radiante.

– Uma menina? – perguntou o outro Beardsley, arquejante. – Lizzie, temos uma filha!

– Querem fazer o favor de *calar a boca*?!? – rosnou Lizzie. – NNNNNNNGGGGG!

Nesse ponto, Rodney acordou e se sentou abruptamente na cama, de boca aberta e olhos arregalados. Tia Monika ficou de pé, retirando-o da cama antes que ele pudesse começar a gritar.

A irmã de Rodney vinha ao mundo relutantemente, centímetro a centímetro, empurrada pelas contrações. Eu contava mentalmente *Um hipopótamo, dois hipopótamos...* Do aparecimento do umbigo ao bem-sucedido surgimento da boca e à primeira respiração, não podiam se passar mais do que quatro minutos antes que começassem a ocorrer danos cerebrais por falta de oxigênio. Mas eu não podia puxar e arriscar danos ao pescoço e à cabeça.

– Empurre, querida – falei, apoiando as mãos nos dois joelhos de Lizzie, a voz calma. – Com força, agora.

Trinta e quatro hipopótamos, trinta e cinco...

Tudo que precisávamos agora era que o queixo se engatasse no osso pélvico.

Quando a contração arrefeceu, deslizei os dedos até o rosto da criança e levei dois dedos acima do maxilar superior. Senti a próxima contração a caminho e cerrei os dentes quando sua força esmagou minha mão entre os ossos da pélvis e o crânio do bebê, mas não a retirei, com medo de perder minha tração.

Sessenta e dois hipopótamos...

Relaxamento, e lentamente comecei a retirar a mão, puxando a cabeça da criança para a frente, facilitando a passagem do queixo pela borda da pélvis...

Oitenta e nove hipopótamos, noventa hipopótamos...

A criança estava pendurada do corpo de Lizzie, azulada e brilhante à luz do fogo, oscilando à sombra de suas coxas como o badalo de um sino – ou um corpo de um cadafalso –, e afastei esse pensamento da mente...

– Não deveríamos tirar...? – sussurrou tia Monika, Rodney agarrado a seu peito.

Cem.

– Não – respondi. – Não toque nele... nela. Ainda não. – A gravidade lentamente ajudava o parto. Puxar machucaria o pescoço, e se a cabeça surgisse...

Cento e dez hipo... Eram muitos hipopótamos, pensei, distraída, visualizando rebanhos inteiros descendo em marcha para o banhado, onde iriam se espojar na lama, gloooooooriosa...

– Agora – instruí, preparada para limpar a boca e o nariz assim que emergissem, mas Lizzie não esperou pelo comando e, com um longo e fundo suspiro e um sonoro *pop!*, a cabeça surgiu inteira repentinamente e o bebê caiu nas minhas mãos como uma fruta madura.

Despejei um pouco mais da água fervente do caldeirão na bacia e acrescentei água fria do balde. O calor fez arder minhas mãos. A pele entre meus dedos estava rachada do longo inverno e do uso constante de álcool diluído para esterilização. Eu havia acabado de costurar Lizzie e limpá-la, e o sangue flutuou de minhas mãos, redemoinhos escuros pela água.

Atrás de mim, Lizzie estava confortavelmente aconchegada na cama, vestida com uma camisa de um dos gêmeos, sua combinação ainda úmida. Ela ria com a euforia do parto e da sobrevivência, os gêmeos um de cada lado, enchendo-a de atenções, murmurando palavras de admiração e alívio, um prendendo para trás seus cabelos louros, soltos e suados; outro beijando delicadamente seu pescoço.

– Está com febre, meu bem? – perguntou um deles, preocupado.

Lizzie contraíra malária e, apesar de não sofrer uma crise havia algum tempo, talvez o estresse do parto...

– Não – respondeu ela, beijando Jo ou Kezzie na testa. – Só estou corada de felicidade.

Kezzie ou Jo sorriu com veneração, radiante, enquanto seu irmão assumia os serviços de beijar o pescoço dela do outro lado.

Tia Monika tossiu. Ela havia limpado o bebê com um pano úmido e alguns chumaços de lã que eu trouxera – macios e oleosos com lanolina – e agora o enrolava em um cobertor. Rodney ficara entediado com os procedimentos e fora dormir no chão, junto ao cesto de lã, o polegar na boca.

– Seu pai, Lizzie – disse Monika, um leve tom de reprovação na voz. – Ele vai pegar um resfriado lá fora. *Und die Mädel* ele quer ver, *mit* você, mas talvez não tanto *mit der*...

Conseguiu inclinar a cabeça na direção da cama, enquanto simultaneamente desviava os olhos recatadamente do alegre trio sobre ela. O sr. Wemyss e seus genros haviam tido uma cautelosa reconciliação após o nascimento de Rodney, mas era melhor não forçar a situação.

Suas palavras sacudiram os gêmeos, que saltaram da cama, um se abaixando para pegar Rodney, que segurou no colo com carinho, outro correndo para a porta para chamar o sr. Wemyss, esquecido na varanda devido à empolgação.

Apesar de ligeiramente azulado nas extremidades, o alívio fez seu rosto fino se iluminar como se estivesse aceso por dentro. Sorriu com sincera alegria para Monika, reservando um olhar e uma cuidadosa palmadinha para a trouxinha enrolada no cobertor – mas sua atenção era toda para Lizzie, e dela para ele.

– Suas mãos estão geladas, papai – disse ela, com uma risadinha, segurando-o com mais força quando ele ameaçou se afastar. – Não, fique aqui. Estou bem aquecida. Sente-se aqui a meu lado e cumprimente sua netinha. – Sua voz traía um tímido orgulho enquanto estendia a mão para tia Monika.

Monika colocou o bebê nos braços de Lizzie e ficou parada, com uma das mãos no ombro do sr. Wemyss, seu rosto maltratado pelo tempo suavizado por algo muito mais profundo do que afeto. Não pela primeira vez, fiquei levemente envergonhada por estar surpresa com a profundidade de seu amor pelo frágil e silencioso homenzinho.

– Ah! – exclamou o sr. Wemyss baixinho.

Seu dedo tocou a face do bebê. Eu podia ouvi-la fazer pequenos ruídos de sucção. No começo, ela parecia chocada com o trauma do nascimento e sem interesse no seio, mas obviamente começava a mudar de ideia.

– Ela deve estar com fome. – Um farfalhar de cobertas quando Lizzie pegou o bebê e o levou ao peito com mãos práticas.

– Como vai chamá-la, *a leannan*? – perguntou o sr. Wemyss.

– Eu não tinha pensado em um nome de menina – respondeu Lizzie. – Ela era tão grande, achei que certamente era um... Ai! – Ela riu, um som baixo e afetuoso. – Havia me esquecido como um bebê recém-nascido pode ser voraz. Ai! Pronto, *a chuisle*. Sim, assim está melhor...

Levei a mão ao saco de lã para esfregar minhas mãos ásperas com um dos chumaços macios e oleosos e, por acaso, avistei os gêmeos, parados lado a lado, os olhos fixos em Lizzie e sua filha, ambos com uma expressão igual à de tia Monika. Sem afastar os olhos, o Beardsley que segurava Rodney inclinou a cabeça e beijou o topo da cabecinha redonda do menino.

Tanto amor em um lugar tão pequeno. Importaria quão pouco ortodoxo era o casamento no seio daquela família estranha? Bem, importaria para Hiram Crombie. O líder dos rígidos imigrantes presbiterianos de Thurso iria querer que Lizzie, Jo e Kezzie fossem apedrejados, no mínimo. Eles e o fruto pecaminoso de sua união.

Nenhuma chance de isso acontecer enquanto Jamie estivesse na Cordilheira. Mas e quando ele fosse embora? Devagar, limpei o sangue de baixo das minhas unhas, esperando que Ian tivesse razão sobre a capacidade de discrição e de engodo dos Beardsleys.

Distraída por essas considerações, eu não notara tia Monika, que se aproximara silenciosamente de mim.

– *Danke* – disse ela suavemente, colocando a mão nodosa no meu braço.

– *Gern geschehen.* – Pensei minha mão sobre a dela e a apertei delicadamente. – Você ajudou muito. Obrigada.

Ela sorriu, mas uma ruga de preocupação se formou em sua fronte.

– Nem tanto. Mas estou com medo, *ja*? – Olhou por cima do ombro na direção da cama, depois novamente para mim. – O que acontecerá da próxima vez, quando você não estiver *hier*? Eles não param, você sabe.

Discretamente fez um círculo com o polegar e o indicador, e enfiou nele o dedo médio da outra mão, em uma ilustração nada discreta do que queria dizer. Transformei apressadamente uma risada em um acesso de tosse, que foi ignorado por todos, embora o sr. Wemyss olhasse por cima do ombro, ligeiramente preocupado.

– Você estará aqui – falei a ela, recobrando-me.

Ela pareceu horrorizada.

– Eu? *Nein* – respondeu, balançando a cabeça. – *Das reicht nicht.* Eu... Eu... não sou suficiente.

Respirei fundo, sabendo que tia Monika tinha razão. No entanto...

– Terá que ser – retruquei brandamente.

Ela piscou uma vez os olhos castanhos, grandes e sensatos. Em seguida, balançou a cabeça devagar, resignada.

– *Mein Gott, hilf mir.*

Jamie não conseguiu voltar a dormir. Ultimamente tinha dificuldade em dormir e quase sempre ficava deitado, acordado até tarde, observando o clarão das brasas na lareira ou buscando respostas nas sombras das vigas. Se conseguisse adormecer com facilidade, em geral acordava mais tarde, repentinamente, suando. Mas ele sabia o que causava isso e o que fazer a respeito.

Sua estratégia para atingir o sono envolvia Claire – conversar, fazer amor – ou simplesmente ficar olhando para ela enquanto dormia, encontrando consolo na curva longa e sólida de sua clavícula ou na forma de suas pálpebras cerradas, deixando o sono fluir do tranquilo calor de seu corpo e dominá-lo.

Só que Claire, é claro, não estava ali.

Após meia hora rezando o rosário, convenceu-se de que já fizera o suficiente pelo bem de Lizzie e sua iminente criança. Fazia sentido rezar o rosário por penitência, ainda mais se tivesse que fazê-lo de joelhos. Ou para acalmar a mente de alguém, fortalecer o espírito ou buscar a sabedoria da meditação sobre assuntos sagrados. Sim, isso também. Mas não como súplica. Se ele fosse Deus ou mesmo a Virgem Maria, que era conhecida pela paciência, acreditava que acharia tedioso ouvir por mais de uma década alguém dizendo "por favor" sobre alguma coisa todos os dias, sem parar, e certamente não fazia sentido aborrecer uma pessoa cuja ajuda você buscava, não é mesmo?

Ora, as preces gaélicas pareciam muito mais úteis para esse propósito, concentradas em uma bênção ou um pedido específico e mais agradáveis, tanto em ritmo quanto em variedade. Se lhe perguntassem, embora fosse pouco provável que alguém o fizesse.

– *Moire gheal is Bhride;*
Mar a rug Anna Moire,
Mar a rug Moire Criosda,
Mar a rug Eile Eoin Baistidh
Gun mhar-bhith dha dhi,
Cuidich i na 'h asaid,
Cuidich i a Bhride!
Mar a gheineadh Criosd am Moire
Comhliont air gach laimh,
Cobhair i a mise, mhoime,
An gein a thoir bho 'n chnaimh;
'S mar a chomhn thu Oigh an t-solais,
Gun or, gun odh, gun ni,
Comhn i's mor a th'othrais,
Comhn i a Bhride!

Ele murmurava enquanto subia:

Santa Maria e Brígida;
Como Anna gerou Maria
E Maria gerou Cristo,
Como Eile gerou João Batista
Na perfeição,
Ajude-a em seu parto,

Ajude-a, ó Brígida!
Como Cristo foi concebido de Maria
Em toda a perfeição,
Ajude-me, minha mãe adotiva,
A concepção trazer do osso;
E como realmente ajudou a Virgem da alegria,
Sem ouro, sem grãos, sem gado,
Ajude-a, grande é sua doença,
Ajude-a, ó Brígida!

Jamie decidiu sair da cabana, não conseguindo suportar o abafado confinamento, e vagou pela Cordilheira sob a neve, repassando listas mentalmente. Mas o fato é que todos os seus preparativos já tinham sido feitos, salvo o carregamento dos cavalos e burros. Sem se dar conta, viu que estava subindo a trilha na direção da cabana dos Beardsleys. A neve havia parado de cair, mas o céu se estendia cinzento e suave no alto e um lençol branco e frio se desdobrava suavemente sobre as árvores e parava a corrida do vento.

Santuário, pensou. Não era, é claro. Não havia lugar seguro em tempos de guerra. Mas a sensação da noite na montanha o fazia lembrar o interior de igrejas: uma grande paz, à espera.

Notre-Dame de Paris... St. Giles, em Edimburgo. Pequenas igrejas de pedra nas Terras Altas, onde ele fora algumas vezes nos anos em que estivera escondido. Ao se lembrar disso, fez o sinal da cruz. As pedras nuas e, em geral, nada além de um altar de madeira no interior. No entanto, o alívio de entrar, sentar-se no chão se não houvesse bancos, apenas ficar lá sentado, sabendo que não estava sozinho. Santuário.

Quer tenha sido o pensamento sobre igrejas ou Claire, lembrou-se de outra igreja – aquela em que se casaram –, e riu consigo mesmo ante a lembrança. Não, não foi uma espera tranquila. Ainda podia sentir os batimentos acelerados de seu coração ao entrar, o odor de seu suor – cheirava a uma cabra no cio e esperava que ela não notasse –, a impossibilidade de respirar normalmente. E a sensação da mão dela na dele, os dedos pequenos e gelados dela agarrando os seus para se firmar.

Santuário. É o que foram um para o outro na ocasião, e ainda eram agora. *Sangue do meu sangue.* O minúsculo corte cicatrizara, mas ele esfregou a ponta do polegar, sorrindo da maneira prosaica como Claire fizera os votos.

Avistou a cabana e viu Joseph Wemyss esperando na varanda, encolhido e batendo os pés para se esquentar. Estava prestes a chamá-lo quando a porta se abriu e um dos gêmeos Beardsleys – Santo Deus, o que *eles* estavam fazendo lá dentro? – estendeu a mão e segurou o sogro pelo braço, quase o arrancando do chão em seu entusiasmo.

E *era* entusiasmo, não tristeza ou terror. O semblante do rapaz era nítido à luz do fogo. Soltou a respiração que não sabia que estava prendendo, o vapor branco na escuridão. A criança tinha nascido, então, e tanto ela quanto Lizzie sobreviveram.

Ele relaxou contra uma árvore, tocando o rosário em seu pescoço.

– *Moran taing* – disse suavemente, em um agradecimento breve mas sincero.

Alguém na cabana colocara mais lenha na lareira; uma chuva de faíscas subiu da chaminé, iluminando a neve de vermelho e dourado, e silvando, negra, onde as cinzas caíam.

No entanto, o homem nasce para as dificuldades, tão certamente quanto as fagulhas voam para cima. Lera essa frase de Jó muitas vezes na prisão, sem conseguir entendê-la direito. De modo geral, fagulhas voando para cima não causavam nenhum problema. A menos que você tivesse telhas de madeira muito secas; eram as que se lançavam direto da lareira que podiam atear fogo à sua casa. Se o autor tinha o intuito de dizer que era da natureza do homem estar em dificuldades – como obviamente era; a própria experiência lhe servia de exemplo –, então ele estaria fazendo uma comparação de inevitabilidade, dizendo que fagulhas *sempre* voam para cima. Bem, qualquer um que observasse uma fogueira por bastante tempo poderia afirmar o contrário.

Ainda assim, quem era ele para criticar a lógica da Bíblia, quando deveria estar repetindo salmos de louvor e gratidão? Tentou pensar em um, mas estava alegre demais para pensar em qualquer coisa.

Um tanto chocado, compreendeu que estava feliz. O nascimento bem-sucedido da criança era mesmo um grande motivo de alegria, sem dúvida. Mas também significava que Claire atravessara sua provação com sucesso e que os dois agora estavam livres. Deixariam a Cordilheira sabendo que haviam feito tudo que podia ser feito pelas pessoas que ficaram.

Sim, sempre havia tristeza em partir. Nesse caso, podia-se dizer que a casa é que os deixara quando se incendiou, e de qualquer modo seu crescente senso de expectativa estava pesando mais na balança. Livre e longe dali, Claire a seu lado, não mais tarefas diárias a fazer, não mais rixas mesquinhas a apaziguar, não mais viúvas e órfãos para manter. Bem, sem dúvida esse era um pensamento indigno, mas...

A guerra era algo terrível, e essa também seria. Ao mesmo tempo, era inegavelmente empolgante, e o sangue acelerou em suas veias, do couro cabeludo às solas dos pés.

– *Moran taing* – disse outra vez, com sincera gratidão.

Pouco depois, a porta da cabana se abriu de novo, derramando luz na varanda, e Claire saiu, levantando o capuz da capa, sua cesta no braço. Vozes a seguiram. Pessoas se amontoaram na porta. Ela acenou em despedida e a ouviu rindo. O som de sua risada lançou uma eletrizante sensação de prazer pelo seu corpo.

A porta se fechou e ela começou a descer o caminho na escuridão cinzenta; pôde ver que ela cambaleava um pouco, de exaustão, e ainda assim tinha um ar diferente – achou que devia ser a mesma euforia que o animava.

– Como as fagulhas que voam para cima – murmurou consigo mesmo e, sorrindo, saiu do meio das árvores para encontrá-la.

Ela não se assustou. Veio em sua direção, parecendo quase flutuar na neve.

– Deu tudo certo, então – disse ele.

Ela suspirou e se aninhou em seus braços, sólida e quente dentro das dobras frias de sua capa. Ele enfiou as mãos por dentro e a puxou para junto de si, dentro da lã de sua capa.

– Preciso de você, por favor – sussurrou ela, a boca contra a dele.

Sem dizer nada, ele a tomou nos braços. Santo Deus, Claire tinha razão, aquela capa cheirava a carne morta. O homem que lhe vendera a capa a teria usado para carregar um veado estripado da floresta? Beijou-a profundamente. Em seguida, colocou-a no chão e a conduziu colina abaixo, a neve fraca parecendo se derreter de seus pés conforme andavam.

Pareceu não levar tempo algum até o estábulo; conversaram um pouco no caminho, mas não saberia dizer sobre o quê. Só o que importava era estarem na companhia um do outro.

Não estava aconchegante dentro do estábulo, mas também não estava gelado. Acolhedor, ele definiu, com o cheiro agradável e quente dos animais na escuridão. A estranha luz cinzenta do céu se filtrava para dentro apenas o suficiente para se ver as formas curvas dos cavalos e burros cochilando em suas baias. E havia feno seco para se deitarem, apesar de velho e um pouco mofado.

Estava frio demais para se despirem, mas ele estendeu sua capa sobre a palha, deitou Claire sobre ela e deitou sobre Claire, ambos tremendo de frio enquanto se beijavam, de modo que seus dentes batiam, e eles se afastaram, rindo.

– Isso é tolice – disse ela. – Posso ver minha respiração *e* a sua. Vamos congelar.

– Não, não vamos. Sabe como os índios fazem fogo?

– O quê? Esfregando um galho seco em...

– Sim, fricção. – Ele ergueu suas saias. Sua coxa estava lisa e fria sob a mão dele. – Mas vejo que não vai ser a seco. Santo Deus, Sassenach, o que andou fazendo?

Ele introduziu com firmeza a sua mão; ela estava quente, macia e úmida e deu um gritinho ao sentir o frio do toque de sua mão, alto o bastante para um dos burros resfolegar, assustado. Claire se contorceu apenas o suficiente para ele tirar a mão do meio de suas pernas e inserir outra coisa depressa.

– Vai acordar o estábulo inteiro – observou ele, ofegante.

Deus, o choque envolvente de seu calor o deixou tonto. Ela correu as mãos frias por baixo da camisa dele e beliscou seus mamilos com força. Ele soltou um ganido, depois riu.

– Faça de novo – pediu ele e, inclinando-se, enfiou a língua em sua orelha fria só pelo prazer de ouvi-la guinchar.

Ela se contorceu e arqueou as costas, mas não desviou a cabeça. Ele mordeu o lóbulo de sua orelha delicadamente e começou a roçar a carne, ao mesmo tempo fazendo amor devagar e rindo consigo mesmo dos ruídos que ela emitia.

Foi um bom tempo de sexo em silêncio.

As mãos de Claire estavam ocupadas em suas costas. Ele abrira apenas a braguilha das calças, mas ela puxou sua camisa por cima e descobriu suas costas. Depois, enfiou as duas mãos por dentro das calças dele e agarrou suas nádegas com força. Ela o puxou para si ainda mais, cravando as unhas em sua carne, e ele compreendeu. Soltou sua orelha, ergueu-se apoiado nas mãos e a cavalgou com força, a palha farfalhando ao redor deles como estalidos de uma fogueira.

Ele teve vontade de se soltar. Liberar-se e cair sobre ela, segurá-la contra seu corpo e sentir o cheiro de seus cabelos em uma sonolência de calor e alegria. Um indistinto senso de obrigação o fez se lembrar de que ela havia lhe pedido, que ela precisava daquilo. Não podia decepcioná-la.

Ele fechou os olhos e diminuiu o ritmo. Abaixou-se sobre ela, de modo que o corpo dela se retesou e se ergueu ao longo do dele, o tecido de suas roupas se embolando entre eles. Levou a mão por baixo dela, segurou sua nádega nua e deslizou os dedos na fenda quente de seu traseiro. Deslizou-os um pouco mais e ela arquejou. Seus quadris se elevaram, tentando se liberar, mas ele riu e não permitiu. Meneou o dedo.

– Faça isso de novo – sussurrou ele em seu ouvido. – Faça esse barulho para mim outra vez.

Ela fez um melhor ainda, um que ele nunca ouvira, e se moveu sob ele, tremendo e gemendo.

Ele retirou o dedo e a acariciou, leve e rapidamente, por todas as partes profundas e lubrificadas, sentindo o próprio pênis sob seus dedos, grande e escorregadio dentro dela...

Foi a vez dele de emitir um terrível ruído – como o de uma vaca morrendo –, mas estava feliz demais para sentir vergonha.

– Você não é nem um pouco recatada, Sassenach – murmurou um instante depois, inalando o cheiro de almíscar e vida nova. – Mas eu gosto de você assim.

12

SUFICIENTE

Eu me despedi, começando pela casinhola de refrigeração na fonte. Fiquei lá dentro por um instante, ouvindo o gorgolejar da água corrente em seu canal de pedra, respirando o cheiro frio e fresco do lugar, com seus suaves aromas adocicados de leite e manteiga. Ao sair, virei à esquerda, passando pelas paliçadas envelhecidas da minha horta, cobertas com os remanescentes farfalhantes e desmantelados das trepadeiras de abóbora. Parei, hesitando. Não tinha colocado mais o pé na horta desde o dia em que Malva e seu filho morreram ali. Apoiei as mãos em duas das estacas de madeira da cerca, inclinando-me para a frente para olhar.

Fiquei feliz por não ter olhado antes. Não teria suportado vê-la em sua desolação de inverno, as hastes assoladas, enegrecidas e rígidas, os restos de folhas mortas apodrecidos no solo. Ainda era uma visão que dava uma pontada no coração de um jardineiro, porém não mais desolada. Folhas novas, verdes, brotavam por toda parte, salpicadas de pequenas flores; a bondade da primavera espalhando guirlandas sobre os ossos do inverno. É bem verdade que metade do verde que crescia era de capim e ervas daninhas. Quando chegasse o verão, a floresta teria reclamado de volta o terreno da horta, sufocando os brotos raquíticos de repolhos e cebolas. Amy havia feito um novo canteiro de legumes e verduras perto da velha cabana; nem ela nem ninguém na Cordilheira colocaria o pé ali.

Algo se mexeu no capim e vi uma pequena cobra-touro passar, caçando. Ver alguma coisa viva me reconfortou, embora eu não gostasse de cobras. Sorri quando levantei os olhos e vi que as abelhas zumbiam de um lado para outro de uma das antigas colmeias em tronco oco que subsistira no fundo da horta.

Olhei por último para o local onde eu plantava verduras. Ela tinha morrido ali. Na lembrança, eu sempre via o sangue se espalhando, imaginava-o ainda lá, uma mancha permanente, encharcada e escura, entranhada na terra, entre as ruínas desbaratadas de alfaces arrancadas e folhas murchas. Mas ela desaparecera. Nada marcava o lugar, salvo um círculo de cogumelos, minúsculas cabeças brancas bisbilhotando do meio do capim.

– *Agora vou me levantar e ir embora* – disse baixinho. – *Vou para Innisfree, para uma pequena cabana que existe lá, de pau a pique. Lá, terei nove fileiras de feijão, uma colmeia para mel de abelhas e viverei sozinho na clareira da selva, em meio ao zum-zum de abelhas.* – Parei por um instante e, quando me virei, acrescentei num sussurro: – *E deverei ter um pouco de paz lá, pois a paz vem gotejando pouco a pouco.*

Em seguida, desci o caminho. Não havia necessidade de dar destaque às ruínas da casa nem à porca branca. Eu me lembraria *delas* sem esforço. Quanto ao armazém de milho e ao galinheiro – se já viu um, viu todos.

Pude ver o pequeno ajuntamento de cavalos, burros e pessoas se movendo no lento caos da partida iminente na frente da cabana. No entanto, eu ainda não estava totalmente pronta para despedidas e entrei na floresta para recuperar o autocontrole.

O capim estava alto ao lado da trilha, macio e leve como plumas contra a bainha de minhas saias pesadas. Algo mais pesado do que capim as roçou e eu olhei para baixo, e vi Adso. Eu procurara por ele no dia anterior; bem típico dele aparecer no último instante.

– Então, aí está você – disse, em tom de censura.

Olhou para mim com seus olhos imensos e calmos, verde-claros, e lambeu uma pata. Movida por um impulso, peguei-o no colo e o apertei contra o peito, sentindo seu ronronar e o pelo espesso e macio de sua barriga cinza-prateada.

Ele ficará bem. A floresta era sua reserva de caça particular. Além disso, Amy

Higgins gostava dele e me prometera lhe dar leite e um lugar quente junto à lareira no mau tempo.

– Vá, então – disse, colocando-o no chão.

Ele ficou parado por um instante, a cauda oscilando devagar, a cabeça levantada em busca de comida ou aromas interessantes, depois deu uns passos para dentro do capim e desapareceu.

Abaixei-me muito devagar, os braços cruzados, e estremeci, chorando silenciosa e convulsivamente.

Chorei até minha garganta doer e não conseguir mais respirar, depois sentei na grama, enroscada em mim mesma como uma folha seca, as lágrimas que eu não conseguia estancar pingando nos meus joelhos como as primeiras gotas grandes de uma tempestade iminente. Meu Deus, isso era apenas o começo.

Esfreguei os olhos com força, espalhando as lágrimas, tentando limpar a tristeza e a dor. Um tecido macio tocou meu rosto e ergui os olhos, fungando. Vi Jamie ajoelhado à minha frente, o lenço na mão.

– Sinto muito – disse ele brandamente.

– Não é... Não se preocupe, eu... É apenas um gato – comentei, e senti um novo aperto de dor, como uma faixa cingindo meu peito.

– Sim, eu sei. – Ele se moveu para o meu lado e passou o braço ao redor dos meus ombros, puxando minha cabeça para seu peito enquanto enxugava meu rosto. – Você não pôde chorar pelas crianças. Nem pela casa. Nem pela sua pequena horta. Nem pela pobre menina e seu filho. Mas, se chorar por seu gatinho, você sabe que pode parar.

– Como você sabe disso? – Minha voz estava embargada, mas a faixa ao redor de meu peito já não parecia tão apertada.

Ele fez um ruído pesaroso.

– Porque eu também não posso chorar por essas coisas, Sassenach. E eu não tenho um gato.

Funguei, limpei o rosto mais uma vez e assoei o nariz antes de lhe devolver o lenço, que ele enfiou no *sporran* sem fazer careta ou pensar duas vezes.

Deus, dissera ele, *que eu seja suficiente*. Essa prece se alojou em meu coração como uma flecha quando a ouvi e achei que ele pedia ajuda para fazer o que tinha que ser feito. Mas não fora isso absolutamente – e a compreensão do que ele de fato quis dizer partiu meu coração.

Tomei seu rosto entre as mãos e desejei ter o dom dele, a capacidade de dizer o que se passava em meu coração de tal forma que ele soubesse. Mas eu não tinha.

– Jamie – falei por fim. – Jamie, você é... tudo. Sempre.

Uma hora depois, partimos da Cordilheira.

13

INQUIETAÇÃO

Ian se deitou com uma saca de arroz sob a cabeça como travesseiro. Era dura, mas ele gostava do sussurro dos pequenos grãos quando virava a cabeça e do leve cheiro de amido. Rollo fuçou embaixo do xale escocês, resfolegando enquanto se aproximava aos poucos do corpo do dono, terminando com o focinho confortavelmente enterrado debaixo do seu braço. Ian afagou as orelhas do cachorro, depois ficou de costas, observando as estrelas.

A lua era apenas uma lâmina fina, como a apara de uma unha, e as estrelas eram grandes e brilhantes no céu roxo-escuro. Traçou as constelações no alto. Veria as mesmas estrelas na Escócia?, perguntou-se. Não prestava muita atenção nas estrelas quando estava em casa nas Terras Altas. E não conseguia ver nenhuma estrela em Edimburgo por causa da fumaça das chaminés.

Sua tia e seu tio estavam deitados do outro lado da fogueira, juntos o bastante para parecerem um tronco de árvore, compartilhando o calor de seus corpos. Ele viu os cobertores se mexerem, sossegarem e se mexerem outra vez. Em seguida, uma imobilidade à espera. Ouviu um sussurro, baixo demais para ele compreender as palavras, mas a intenção por trás delas era bastante clara.

Ele manteve a respiração regular, um pouco mais alta do que o normal. Depois de um momento, os movimentos furtivos recomeçaram. Era difícil enganar tio Jamie, mas há ocasiões em que um homem quer ser enganado.

Sua mão pousou de leve na cabeça do cachorro e Rollo suspirou, o enorme corpo se afrouxando, quente e pesado contra ele. Se não fosse pelo cachorro, ele não conseguiria dormir ao ar livre. Não que alguma vez dormisse profundamente ou por muito tempo – mas ao menos podia se abandonar de vez em quando à necessidade física de sono, confiante de que Rollo ouviria qualquer passo muito antes dele.

– Você está bastante seguro – dissera seu tio Jamie na primeira noite na estrada.

Ian não tinha conseguido dormir na ocasião por nervosismo, mesmo com a cabeça de Rollo em seu peito, e se levantara para se sentar junto à fogueira, atiçando as brasas com um galho fino até as chamas se erguerem na noite, puras e vívidas.

Ian tinha plena consciência de que era perfeitamente visível para qualquer pessoa que estivesse espreitando, mas não havia nada a fazer a respeito disso. Se ele tinha um alvo pintado no peito, iluminá-lo não iria fazer muita diferença.

Rollo, deitado e alerta ao lado da fogueira cada vez mais alta, levantara a enorme cabeça repentinamente, mas apenas a virou na direção de um leve ruído na escuridão. Isso significava alguém conhecido e Ian não se preocupou nem ficou surpreso quando seu tio saiu da floresta aonde fora se aliviar e se sentou a seu lado.

– Ele não quer vê-lo morto, sabe? – dissera tio Jamie sem preâmbulos. – Você está bastante seguro.

– Não sei se quero estar seguro – extravasara ele, e o tio o encarara, o rosto transtornado, mas não surpreso. Tio Jamie, porém, apenas balançara a cabeça.

Ele sabia o que o tio queria dizer. Arch Bug não queria que ele morresse porque isso acabaria com sua culpa e, portanto, com seu sofrimento. Ian olhara dentro daqueles olhos de ancião, o branco amarelado e rajado de vermelho, lacrimejando de frio e de dor, e vira algo ali que congelara o âmago de sua alma. Não, Arch Bug não iria matá-lo ainda.

Seu tio fitava o fogo, a luz quente nos ossos largos de seu rosto, e a visão trouxe tanto conforto quanto pânico a Ian.

Você não vê?, pensara ele, angustiado, mas não falara nada. *Ele disse que tiraria aquilo que eu amo. E aí está você a meu lado, claro como o dia.*

A primeira vez em que o pensamento lhe ocorrera, ele o afastara. O velho Arch devia muito a tio Jamie e era um homem que reconhecia suas dívidas – embora talvez mais disposto a reclamar uma dívida. E ele não tinha a menor dúvida de que Bug também respeitava seu tio como homem. Durante algum tempo, isso parecera resolver a questão.

Mas outros pensamentos começaram a lhe ocorrer, inquietantes, monstros de muitas pernas que rastejavam em noites insones desde que ele matara Murdina Bug.

Arch era velho. Rígido como uma lança endurecida no fogo e duas vezes mais perigoso, mas era velho. Ele lutara em Sheriffmuir; devia estar perto dos 80 anos. A vingança poderia mantê-lo vivo por algum tempo, mas todo corpo tinha que chegar ao fim. Ele poderia muito bem pensar que não tinha tempo para esperar que Ian adquirisse "algo que valesse a pena tomar". Se ele pretendia cumprir a ameaça, precisaria agir sem demora.

Ian podia sentir leves movimentos e ouvir ruídos do outro lado do fogo. Engoliu em seco. O velho Arch podia tentar matar sua tia. Sem dúvida Ian a amava, e ela seria muito mais fácil de matar do que tio Jamie. Mas não. Arch podia estar enlouquecido de dor e raiva, mas não era louco. Ele saberia que tocar em tia Claire e não matar tio Jamie seria suicídio.

Talvez ele não se importasse. Esse era outro pensamento que rastejava pela sua barriga com pés pequenos e frios.

Devia deixá-los, sabia disso. Pretendera fazê-lo – ainda pretendia. Esperar até que tivessem adormecido, depois se levantar e ir embora. Assim eles estariam a salvo.

Sua intenção malograra naquela primeira noite. Tentava reunir coragem junto à fogueira, mas seu tio o impedira, saindo da floresta e se sentando a seu lado, em silêncio, apenas fazendo-lhe companhia, até Ian se sentir em condições de se deitar outra vez.

Amanhã, pensara. Afinal, não havia sinal de Arch Bug; não desde o funeral de sua mulher. *E talvez ele esteja morto.* Ele era velho, afinal, e estava sozinho.

Ainda tinha que considerar que, se fosse embora sem dizer nada, tio Jamie iria atrás dele. Ele deixara bem claro que Ian iria voltar para a Escócia, por vontade própria ou amarrado em um saco. Ian riu, apesar de seus pensamentos, e Rollo deu um pequeno resmungo.

Ele mal dedicara um único pensamento à Escócia e ao que poderia estar à sua espera.

Talvez fossem os ruídos do outro lado da fogueira que o fizeram pensar nisso – uma inspiração aguda, repentina e os dois profundos suspiros que se seguiram, sua familiaridade lhe propiciando uma vívida lembrança física da ação que causara aqueles suspiros –, mas ele imaginou se encontraria uma esposa na Escócia.

Ele não poderia. Poderia? Bug seria capaz de segui-lo tão longe? *Talvez ele já esteja morto*, refletiu, remexendo-se um pouco. Rollo resmungou com um ruído gutural, afastou-se dele e se encolheu a certa distância.

Sua família estaria lá. Cercado pelos Murrays, certamente ele – e uma mulher – estariam a salvo. Era simples espreitar e se infiltrar pelas florestas densas ali nas montanhas, mas não tanto nas Terras Altas, onde todo olho era aguçado e nenhum estranho passava despercebido.

Ele não sabia exatamente o que sua mãe faria ao vê-lo, mas depois que se acostumasse talvez conseguisse pensar em alguma jovem que não ficasse muito assustada com ele.

Uma forte inalação de ar e um som que não era bem um gemido de seu tio – ele fazia isso quando ela colocava a boca em seu mamilo. Ian a vira fazer isso uma ou duas vezes, na claridade das brasas da lareira da cabana, os olhos fechados, um rápido brilho molhado de dentes e seus cabelos caindo para trás dos ombros nus em uma nuvem de luz e sombra.

Colocou a mão em seu membro, tentado. Ele possuía uma coleção particular de imagens que guardava para esse fim – e não eram poucas as de sua prima, embora isso o deixasse um pouco envergonhado. Afinal, ela era a mulher de Roger Mac. Mas ele achara em determinado momento que teria que se casar com ela e, apesar de aterrorizado com a perspectiva – ele tinha apenas 17 anos e ela era bem mais velha –, sentira-se estimulado com a ideia de tê-la na cama.

Ele a observara de perto por vários dias, vendo seu traseiro redondo e sólido, a sombra escura de seu sexo ruivo sob a musselina fina da combinação quando ia se banhar, imaginando o êxtase de vê-lo claramente na noite em que ela se deitaria e abriria as pernas para ele.

O que estava fazendo? Não podia pensar em Brianna dessa forma, não a doze passos do pai dela!

Fez uma careta e fechou os olhos com força, a mão diminuindo o ritmo enquanto ele evocava outra imagem de sua biblioteca particular. Não a bruxa, não esta noite. Sua lembrança o excitava com urgência, em geral dolorosamente, mas era tingida por uma sensação de desamparo. Malva... Não, tinha medo de evocá-la. Ele sempre achava que seu espírito nunca estava muito longe.

A pequena Mary. Sim, ela. Sua mão retomou imediatamente seu ritmo e ele suspirou, fugindo com alívio para os pequenos seios rosados e para o sorriso encorajador da primeira garota com quem se deitara.

Pairando, momentos depois, à beira de um sonho com uma jovem loura que era sua mulher, pensou, sonolento: *Sim, talvez ele já esteja morto.*

Rollo fez um ruído dissonante com a garganta e rolou sobre o corpo, as patas para o ar.

14

QUESTÕES DELICADAS

Londres

Novembro de 1776

Havia compensações em envelhecer, pensou lorde John. Sabedoria, perspectiva, posição na vida, o sentimento de realização, de tempo bem aproveitado, uma riqueza de afeto pelos amigos e pela família... e o fato de não precisar manter as costas pressionadas contra a parede quando conversava com lorde George Germain. Embora tanto seu espelho quanto seu criado pessoal lhe assegurassem que ele continuava apresentável, era pelo menos vinte anos velho demais para atrair a atenção do secretário de Estado, que gostava de rapazes de pele macia.

O funcionário que o fizera entrar atendia a essa descrição, sendo dotado também de longos cílios escuros e uma boquinha macia. Grey não lhe destinou mais do que uma rápida olhadela. Seus gostos eram mais musculosos.

Não era cedo. Conhecendo os hábitos de Germain, ele aguardara até uma hora. Mas o sujeito ainda mostrava os efeitos de uma longa noite. Bolsas e olheiras arroxeadas sublinhavam seus olhos, os quais inspecionaram Grey com nítida falta de entusiasmo. Ainda assim, Germain se esforçou para ser cortês, convidando-o a se sentar e mandando o funcionário de olhos de gazela buscar conhaque e biscoitos.

Grey raramente tomava uma bebida forte antes da hora do chá e queria estar com a mente clara agora. Assim, mal bebericou seu conhaque, apesar de excelente. Germain enfiou o nariz pontiagudo e proeminente, como um abridor de cartas, no próprio copo. Inalou profundamente, em seguida o esvaziou e serviu nova dose. O líquido pareceu ter algum efeito restaurador, pois ele emergiu do seu segundo copo parecendo um pouco mais feliz e perguntou a Grey como ele estava passando.

– Muito bem, obrigado – respondeu Grey educadamente. – Retornei da América e trouxe várias cartas de conhecidos em comum de lá.

– É mesmo? – Germain se animou um pouco. – Muita gentileza sua, Grey. Fez boa viagem?

– Tolerável.

Na verdade, fora insuportável. Atravessaram tempestades no Atlântico, o navio jogando e dando guinadas sem cessar dias a fio, a ponto de Grey ter desejado ardentemente que o navio afundasse, apenas para acabar com o sofrimento. Mas não queria desperdiçar tempo em conversas triviais.

– Tive um encontro extraordinário pouco antes de deixar a colônia da Carolina do Norte – disse, julgando que Germain já estava suficientemente desperto para ouvir. – Permita-me que lhe conte.

Germain era tanto vaidoso quanto mesquinho e levara a arte da ambiguidade política às alturas. Mas podia se dedicar a uma questão quando queria, o que geralmente se dava quando percebia algum benefício próprio em determinada situação. A menção ao Território Noroeste fez maravilhas para atrair sua atenção.

– Você não falou mais com esse Beauchamp? – Um terceiro copo de conhaque repousava junto ao cotovelo de Germain, pela metade.

– Não. Ele dera seu recado. Não havia nada a ganhar com mais conversa, já que obviamente ele não tinha nenhum poder de agir por conta própria. E, se tivesse a intenção de revelar a identidade de seus mandantes, já o teria feito.

Germain pegou o copo, mas não bebeu. Pensativo, girou-o nas mãos. Era um copo liso, não facetado, sujo com digitais e manchas da boca de Germain.

– Você conhece o sujeito? Por que ele procurou você particularmente?

Não, não é estúpido, pensou Grey.

– Eu o conheci há muitos anos – respondeu, sem se alterar. – Durante o meu trabalho com o coronel Bowles.

Nada no mundo faria Grey revelar a verdadeira identidade de Percy a Germain. Percy fora – bem, ainda *era* – irmão adotivo dele e de Hal, e somente a sorte e a própria determinação de Grey impediram um enorme escândalo na época da suposta morte de Percy. Alguns escândalos caem no esquecimento com o tempo – esse não.

A sobrancelha delineada de Germain estremeceu à menção de Bowles, que chefiara a Black Chamber da Inglaterra durante muitos anos.

– Um espião?

Uma leve repugnância transpareceu em sua voz. Espiões eram uma necessidade vulgar, não algo digno de um cavalheiro.

– Em certa ocasião, talvez. Aparentemente ele subiu na vida.

Grey pegou seu copo e tomou um bom gole. Afinal, era um excelente conhaque. Recolocou-o sobre a mesa e se levantou para se despedir. Sabia muito bem que não devia cutucar Germain com vara curta. O melhor era largar a questão no colo do secretário e confiar em seu interesse em levar o assunto adiante.

Grey deixou Germain recostado em sua cadeira, fitando contemplativamente seu copo vazio, e pegou sua capa com o funcionário de lábios macios, cuja mão roçou na dele por um momento.

Não, refletiu, apertando a capa ao redor do corpo e enterrando o chapéu na cabeça contra o vento cada vez mais forte. Não pretendia abandonar a questão ao caprichoso senso de responsabilidade de Germain.

É verdade que Germain era o secretário de Estado para a América, mas essa não era uma questão que dissesse respeito apenas à América. Havia outros dois secretários de Estado no gabinete de lorde North: um para o Departamento do Norte, que abrangia toda a Europa, e outro para o Departamento do Sul, constituindo o resto do mundo. Preferia não ter que lidar com lorde Germain. No entanto, tanto o protocolo quanto a política o impediam de ir direto a lorde North, que fora seu primeiro impulso. Ele daria um dia de vantagem a Germain, depois visitaria o secretário do Sul, Thomas Thynne, visconde de Weymouth, com a odiosa proposta do sr. Beauchamp. O secretário do Sul era encarregado de lidar com os países católicos da Europa, portanto questões com uma conexão francesa também eram de sua alçada.

Se os dois homens resolvessem assumir a questão, sem dúvida ela chamaria a atenção de lorde North. E North, ou um de seus ministros, procuraria Grey.

Uma tempestade se formava no Tâmisa. Podia ver nuvens negras parecendo querer soltar sua fúria diretamente sobre o Parlamento.

– Um pouco de raios e trovões lhes faria bem – murmurou funestamente e chamou uma charrete de aluguel quando os primeiros pingos grossos começaram a cair.

A chuva desabava torrencialmente quando chegou ao Beefsteak, e quase ficou ensopado com as três passadas que deu do meio-fio à porta do clube.

O sr. Bodley, o velho gerente, recebeu-o como se ele tivesse estado ali no dia anterior, não havia um ano e meio.

– Sopa de tartaruga com xerez esta noite, milorde – informou ele a Grey, gesticulando para um criado pegar a capa e o chapéu molhados do recém-chegado. – Muito acolhedora para o estômago. Seguida de uma excelente costeleta de carneiro com batatas frescas?

– Ótimo, sr. Bodley – respondeu Grey sorrindo.

Tomou seu lugar na sala de jantar, apaziguado pelo fogo da lareira e pelas toalhas e guardanapos brancos e frios. No entanto, ao se inclinar para trás a fim de permitir que o sr. Bodley enfiasse o guardanapo embaixo de seu queixo, notou um acréscimo à decoração do aposento.

– Quem é aquele? – perguntou, surpreso.

O quadro, exibido em lugar de destaque na parede oposta, retratava um majestoso índio enfeitado com plumas de avestruz e mantos bordados. Parecia bastante estranho, situado como estava entre os retratos sóbrios de vários membros distintos e na maioria falecidos.

– É o sr. Brant, claro – respondeu o sr. Bodley com um ligeiro ar de reprovação. – Sr. Joseph Brant. O sr. Pitt o trouxe para jantar no ano passado quando ele estava em Londres.

– Brant?

As sobrancelhas do sr. Bodley se levantaram. Como a maioria dos londrinos, ele presumia que todos que já tinham estado na América deviam forçosamente conhecer todas as pessoas de lá.

– É um cacique mohawk, eu acho – respondeu, pronunciando com cuidado a palavra "mohawk". – Ele veio visitar o rei!

– É mesmo? – murmurou Grey.

Imaginou quem teria ficado mais impressionado: o rei ou o índio?

O sr. Bodley se afastou, provavelmente para ir buscar a sopa, mas retornou em poucos minutos para depositar uma carta sobre a toalha diante de Grey.

– Esta foi enviada aos cuidados do secretário, sir.

– Obrigado, sr. Bodley.

Grey pegou a carta, reconhecendo a caligrafia do filho e sofrendo um pequeno aperto no estômago por isso. Por que William não quis enviar aos cuidados de sua avó ou de Hal?

Algo que ele não queria correr o risco de que qualquer um dos dois lesse. Sua mente forneceu a resposta lógica e ele pegou a faca de peixe para abrir a carta com justa apreensão.

Seria Richardson? Hal não gostava do sujeito e desaprovara o fato de William trabalhar para ele, apesar de não ter nada de concreto a alegar contra o sujeito. Talvez devesse ter sido mais cauteloso em colocar o filho nesse caminho em particular. Entretanto, era imprescindível tirar William da Carolina do Norte antes que ele ficasse cara a cara com Jamie Fraser ou com Percy, o suposto Beauchamp.

E, na verdade, você tinha que deixar um filho partir, encontrar o próprio caminho no mundo, por mais que isso lhe custasse. Hal lhe dissera isso mais de uma vez. Três vezes, para ser exato, pensou com um sorriso, e toda vez que um dos filhos de Hal entrara para a carreira militar.

Ele desdobrou a carta com cautela, como se ela pudesse explodir. Fora escrita com tanto cuidado que achou estranho. Willie normalmente era legível, mas não sem um ou outro borrão.

A lorde John Grey
The Society for Appreciation of the English Beefsteak
De tenente William lorde Ellesmere
7 de setembro de 1776
Long Island
Colônia Real de Nova York

Querido pai,
Tenho uma questão um pouco delicada para confidenciar.

Eis uma frase capaz de congelar o sangue de qualquer pai, pensou Grey. Willie teria engravidado uma jovem, jogado e perdido uma grande soma, contraído uma doença venérea, sido desafiado ou desafiado alguém para um duelo? Ou ele teria se deparado com algo sinistro no decurso de seu serviço de inteligência a caminho do general Howe? Estendeu a mão para o vinho e tomou um gole profilático antes de retornar, agora mais bem preparado à carta. No entanto, nada poderia tê-lo preparado para a frase seguinte:

Estou apaixonado por lady Dorothea.

Grey engasgou, cuspindo vinho na mão, mas gesticulou, dispensando o gerente, que corria em sua direção com uma toalha. Em vez disso, limpou a mão nas calças enquanto apressadamente passava os olhos pelo resto da página.

Há algum tempo, temos consciência de que existe uma crescente atração entre nós, mas hesitei em fazer qualquer declaração, sabendo que logo estaria de partida para a América. Entretanto, vimo-nos inesperadamente sozinhos no jardim durante o baile de lady Belvedere, na semana anterior à minha partida, e a beleza do cenário, a romântica sensação da noite e a inebriante proximidade da jovem dominaram minha capacidade de julgamento.

– Meu Deus! – exclamou lorde John em voz alta. – Diga-me que você não a deflorou debaixo de uma moita, pelo amor do Senhor!

Percebeu o olhar interessado de um comensal vizinho e, com uma tossidela, retornou à carta:

Coro de vergonha ao admitir que meus sentimentos me subjugaram a tal ponto que hesito em pôr por escrito. Pedi desculpas, é claro, não que pudesse haver desculpas suficientes para conduta tão desonrosa. Lady Dorothea foi tão generosa em seu perdão quanto veemente em sua insistência em que eu não fosse – como a princípio era meu desejo – procurar imediatamente seu pai.

– Muito sensato de sua parte, Dottie – murmurou Grey, visualizando muito claramente a reação de seu irmão a tal revelação.

Só podia esperar que Willie estivesse corando por alguma indiscrição bem distante de...

> *Eu pretendia que o senhor falasse com tio Hal por mim no ano que vem, quando devo voltar para casa e poder formalmente pedir a mão de lady Dorothea em casamento. No entanto, acabo de saber que ela recebeu outra proposta, do visconde Maxwell, e que tio Hal a está considerando.*
>
> *Eu não mancharia a honra da dama de maneira alguma, mas, sob estas circunstâncias, ela obviamente não pode se casar com Maxwell.*

Você quer dizer que Maxwell descobriria que ela não é virgem, pensou Grey soturnamente, *e viria correndo no dia seguinte à noite de núpcias para contar a Hal.*

Esfregou o rosto com força e continuou:

> *As palavras não podem transmitir meu remorso por meus atos, pai. E não posso pedir um perdão que não mereço, por desapontá-lo de maneira tão mortificante. Não por mim, mas por ela, imploro que fale com o duque. Espero que ele possa ser persuadido a considerar meu pedido e permitir que fiquemos noivos sem a necessidade de que ele faça tais descobertas explícitas que possam afligir a dama.*
>
> *Seu muito humilde filho pródigo,*
>
> *William*

Grey se deixou afundar na cadeira e fechou os olhos. O choque inicial começava a se dissipar. Agora sua mente se atracava com o problema.

Era possível. Não haveria nenhum impedimento a um casamento entre William e Dottie. Embora nominalmente fossem primos, não havia laços de sangue entre eles. William era seu filho de todas as maneiras que importavam, mas não de sangue. E, embora Maxwell fosse jovem, rico e muito adequado, William era um duque, assim como herdeiro do baronato dos Dunsany, e estava longe de ser pobre.

Não, essa parte estava certa. E Minnie gostava muito de William. Hal e os rapazes... bem, desde que nunca suspeitassem do comportamento de seu filho, deveriam concordar. Por outro lado, se algum deles descobrisse, William teria sorte de escapar apenas sendo chicoteado e tendo todos os ossos do corpo quebrados. Assim como Grey.

Hal ficaria muito surpreso, é claro. Os primos sempre se viam durante o tempo em que Willie passou em Londres, mas William nunca se referira a Dottie de uma maneira que indicasse...

Pegou a carta e a leu outra vez. E outra vez. Largou-a e ficou olhando fixamente para ela por vários minutos com os olhos semicerrados, pensando.

– Não acredito nisso – disse finalmente, em voz alta. – O que você está tramando, Willie?

Amassou a carta e, pegando um castiçal de uma mesa próxima, pôs fogo nela. O garçom, observando aquilo, imediatamente apresentou uma pequena vasilha de porcelana, na qual Grey deixou cair a carta em chamas, e juntos observaram a folha se transformar em cinzas.

– Sua sopa, milorde – anunciou o sr. Bodley e, abanando delicadamente a fumaça da conflagração com um guardanapo, colocou um prato fumegante diante dele.

Como William estava fora de alcance, o curso de ação óbvio devia ser confrontar sua parceira no crime – qualquer que tenha sido o tipo de crime. Quanto mais ele refletia, mais convencido ficava de que qualquer que fosse a cumplicidade que houvesse entre William, nono conde de Ellesmere, e lady Dorothea Jacqueline Benedicta Grey não era a do amor nem da paixão pecaminosa.

Mas como ele iria falar com Dottie sem despertar a atenção de seus pais? Não podia ficar zanzando na rua até que Hal e Minnie saíssem, de preferência deixando Dottie em casa. Mesmo que ele de algum modo conseguisse pegá-la sozinha em casa e falar com ela em particular, os criados certamente mencionariam isso aos pais dela. Hal, que possuía um senso de vigilância protetora em relação à filha semelhante ao de um grande mastim com seu osso favorito, iria procurá-lo para saber o motivo.

Recusou a oferta do porteiro de lhe arranjar uma carruagem e caminhou de volta à casa de sua mãe, ponderando as diferentes possibilidades de lidar com o problema. Poderia convidar Dottie para jantar... mas seria muito estranho o convite não incluir Minnie. O mesmo se daria se ele a convidasse para uma peça de teatro ou uma ópera. Hal não conseguia ficar sentado quieto o tempo suficiente para ouvir uma ópera inteira e considerava a maioria das peças maçante disparate.

Seu caminho atravessava Covent Garden e ele se esquivou agilmente de um banho de água, jogada de um balde para levar embora as enlameadas folhas de repolho e maçãs podres das pedras do calçamento pelo dono de um quiosque de frutas. No verão, flores murchas se espalhavam pelo pavimento; antes do amanhecer, as flores frescas chegavam de carroça, vindas do interior, e enchiam a praça com seu perfume e frescor. No outono, o lugar exalava um odor apodrecido e decadente de frutas esmagadas, carne estragada e restos de legumes e verduras que era a marca registrada da troca da guarda em Covent Garden.

Durante o dia, vendedores ambulantes anunciavam suas mercadorias aos gritos, barganhavam, discutiam uns com os outros, afugentavam ladrões e batedores de carteira e, ao anoitecer, iam embora para gastar metade de seus lucros nas tavernas das ruas Tavistock e Brydges. Com as sombras da noite se aproximando, as prostitutas reclamavam o lugar para si.

A visão de duas delas, que haviam chegado cedo e perambulavam de um lado para outro, na esperança de conseguir clientes entre os vendedores que voltavam para casa, fez seus pensamentos retornarem aos primeiros acontecimentos do dia.

A entrada para a Brydges Street estava à sua frente. Podia entrever a casa requintada situada na outra extremidade, um pouco recuada em discreta elegância. Era uma ideia; as prostitutas sabiam de muita coisa – e podiam descobrir mais com um incentivo adequado. Ficou tentado a ir até lá visitar Nessie, nem que fosse apenas pelo prazer de sua companhia. Mas não. Ainda não.

Ele precisava descobrir o que já se sabia sobre Percy Beauchamp em círculos mais oficiais antes de começar sua ronda à caça daquele coelho. E antes de se encontrar com Hal.

Já era muito tarde para fazer visitas oficiais. No entanto, enviaria um bilhete marcando um encontro – e pela manhã visitaria a Black Chamber.

15

BLACK CHAMBER

Grey se perguntou que alma romântica havia originalmente batizado a Black Chamber – e se de fato era uma designação romântica. Talvez os espiões de outrora fossem encarregados de ficar num buraco sem janelas sob as escadas em Whitehall e o nome "Câmara Escura" fosse apenas descritivo. Atualmente, Black Chamber se referia a uma categoria de atividade, e não a uma localização específica.

Todas as capitais da Europa – e não poucas cidades menores – possuíam Black Chambers, centros onde a correspondência interceptada *en route* por espiões ou simplesmente retirada de malotes diplomáticos era inspecionada, decodificada com variados graus de sucesso e, em seguida, enviada para a pessoa ou agência necessitada da informação daí obtida. Quando Grey trabalhou lá, a Black Chamber da Inglaterra empregava quatro cavalheiros – sem contar funcionários e auxiliares. Eram mais agora, distribuídos em cantos e buracos aleatórios em edifícios ao longo de Pall Mall, mas o principal centro de tais operações ainda se localizava no Palácio de Buckingham.

Não ficavam em nenhuma das magníficas áreas equipadas que serviam à família real ou a seus secretários, criadas das senhoras, governantas, mordomos ou outros serviçais superiores. Ainda assim, estavam dentro dos limites do palácio.

Grey passou pelo guarda no portão preto com um aceno de cabeça – usava seu uniforme, com a insígnia de tenente-coronel, para facilitar a entrada – e seguiu por um corredor malconservado e mal iluminado cujo cheiro de cera de polimento de assoalho antigo e de resquícios de repolho cozido e bolo queimado lhe deu um agradável frisson de nostalgia. A terceira porta à esquerda estava aberta de par em par e ele entrou sem bater.

Já era esperado. Arthur Norrington o cumprimentou sem se levantar e indicou uma cadeira.

Ele conhecia Norrington havia anos, embora não fossem amigos. Achou reconfortante que o sujeito parecesse não ter mudado em todos os anos desde que se viram pela última vez. Arthur era um homem grande, indolente, cujos olhos redondos e ligeiramente proeminentes e lábios grossos lhe davam uma expressão de peixe no gelo: digno e um pouco injurioso.

– Agradeço sua ajuda, Arthur – disse Grey e, enquanto se sentava, depositou no canto da escrivaninha um pequeno embrulho. – Uma humilde lembrança desse agradecimento – acrescentou, apontando para o pacote.

Norrington ergueu uma das sobrancelhas finas e o pegou, desembrulhando-o com dedos ávidos.

– Ah! – exclamou, com genuíno deleite. Girou a minúscula escultura de marfim delicadamente nas mãos grandes e macias, levando-a até perto do rosto para ver os detalhes, fascinado. – *Tsuji?*

Grey deu de ombros, satisfeito com o efeito de seu presente. Não entendia nada de *netsuke*, mas conhecia um homem que negociava miniaturas de marfim da China e do Japão. Ficara surpreso com a delicadeza e o talento artístico do objeto, que mostrava uma mulher seminua engajada em uma forma muito atlética de relação sexual com um cavalheiro nu e obeso com um coque no alto da cabeça.

– Receio que não tenha a procedência – disse em tom de desculpas.

Norrington descartou a questão com um gesto, os olhos ainda fixos no novo tesouro. Após um instante, suspirou de satisfação e guardou o objeto no bolso interno de seu casaco.

– Muito obrigado, milorde. Quanto ao objeto de sua investigação, receio que tenhamos pouco material disponível referente ao seu misterioso sr. Beauchamp.

Balançou a cabeça indicando a escrivaninha, onde uma pasta de couro surrado repousava. Grey pôde ver que havia algo volumoso ali dentro, algo que não era papel. A pasta tinha furos, com um pequeno pedaço de cordão passando por eles e prendendo o objeto no lugar.

– O senhor me surpreende, sr. Norrington – disse educadamente, estendendo a mão para a pasta. – Ainda assim, posso ver o que tem aí? Talvez...

Norrington pressionou os dedos abertos sobre o arquivo e franziu o cenho por um instante, tentando passar a impressão de que segredos oficiais não podiam ser transmitidos a *qualquer um*. Grey sorriu para ele.

– Vamos, Arthur. Se quer saber o que *eu* sei sobre nosso misterioso sr. Beauchamp, e tenho certeza que quer, precisa me mostrar tudo que tem sobre ele.

Norrington relaxou um pouco, deixando os dedos deslizarem para trás – embora ainda mostrando relutância.

Erguendo uma das sobrancelhas, Grey pegou a pasta e a abriu. O objeto volumoso se revelou uma pequena sacola de tecido; fora isso, havia apenas algumas folhas de papel. Grey suspirou.

– Protocolo ruim, Arthur – disse em tom de censura. – Há montanhas de papel envolvendo Beauchamp e com referência cruzada a esse nome também. É bem verdade que há anos ele não está na ativa, mas alguém deve ter examinado o caso.

– Examinamos – confirmou Norrington, com um tom estranho na voz que fez Grey erguer os olhos repentinamente. – O velho Crabbot se lembra do nome e nós procuramos. Os arquivos desapareceram.

A pele dos ombros de Grey se contraiu, como se ele tivesse recebido uma chicotada.

– Isso é estranho – disse calmamente. – Bem, então...

Inclinou a cabeça sobre a pasta, embora tenha precisado de um instante para dominar seus pensamentos vertiginosos o suficiente para ver o que havia ali. Assim que seus olhos pousaram sobre a página, o nome "Fraser" se destacou, quase fazendo seu coração parar.

Mas não era "Jamie Fraser". Respirou devagar, virou a página, leu a seguinte, voltou à primeira. Havia quatro cartas no total, apenas uma completamente decodificada, embora outra tivesse sido iniciada. Tinha anotações experimentais de alguém nas margens. Seus lábios se contraíram. Ele fora um bom decodificador na sua época, mas estava ausente do campo de batalha havia tempo demais para ter qualquer ideia das expressões em uso pelos franceses, sem falar nos termos idiossincráticos que um único espião podia usar – e essas cartas eram o trabalho de pelo menos duas pessoas diferentes. Quanto a isso, não havia dúvida.

– Eu as examinei – comentou Norrington, e Grey levantou a cabeça, deparando-se com os proeminentes olhos castanho-claros de Arthur. – Ainda não as decodifiquei *oficialmente*, mas tenho uma boa ideia do que dizem.

Bem, ele já decidira que isso tinha que ser feito e viera preparado para contar a Arthur, que era o mais discreto de seus antigos contatos na Black Chamber.

– Beauchamp é Percival Wainwright – revelou sem rodeios, perguntando-se enquanto falava por que mantinha em segredo o nome verdadeiro de Percy. – Ele é um súdito inglês, foi oficial do Exército, preso pelo crime de sodomia, mas nunca julgado. Acreditava-se que tivesse morrido em Newgate enquanto aguardava julgamento, mas...

Os lábios grossos de Arthur formaram um silencioso "Oh".

Grey se perguntou por um instante se poderia deixar as coisas por aí, mas não. Arthur era persistente como um cão de caça escavando uma toca de texugo e, se descobrisse o resto da história por conta própria, imediatamente suspeitaria de que Grey estivesse escondendo muito mais.

– Ele também é meu irmão adotivo – informou Grey, da forma mais descontraída possível, e colocou a pasta na mesa de Arthur. – Eu o vi na Carolina do Norte.

Arthur ficou de queixo caído por um instante. Fechou a boca em seguida, piscando.

– Bem... eu compreendo.

– Sim, compreende – disse Grey secamente. – Compreende por que eu preciso conhecer o conteúdo dessas cartas... o mais rápido possível.

Arthur assentiu, comprimindo os lábios, e se ajeitou na cadeira, pegando as cartas. Uma vez decidido a agir seriamente, ele não perdia tempo.

– A maior parte do que consegui decodificar parece tratar de questões de marinha mercante. Contatos nas Antilhas, cargas a serem entregues... contrabando simples, mas em escala bastante grande. Uma referência a um banqueiro em Edimburgo; não consegui identificar a conexão. Mas três das cartas mencionam o mesmo nome *en clair*. Certamente você viu isso.

Grey não se deu ao trabalho de negar.

– Alguém na França quer muito encontrar um homem chamado Claudel Fraser – declarou Arthur, erguendo uma das sobrancelhas. – Alguma ideia de quem seja?

– Não – respondeu Grey, embora tivesse uma leve ideia. – Alguma ideia de *quem* deseja encontrá-lo, e por quê?

Norrington balançou a cabeça.

– Não faço a menor ideia do motivo – respondeu francamente. – Quanto a quem, entretanto, pode ser um nobre francês. – Abriu a pasta outra vez e, da bolsinha anexa a ela, retirou dois selos de cera, um quebrado quase ao meio, o outro quase intacto. Ambos mostravam uma merleta contra um sol nascente. – Ainda não encontrei ninguém que o reconhecesse – acrescentou Norrington, tocando um dos selos delicadamente com um gordo indicador. – Por acaso você reconhece?

– Não – disse Grey, a garganta repentinamente seca. – Mas deve investigar certo barão Amandine. Wainwright mencionou esse nome para mim como... uma conexão dele.

– Amandine? – Norrington pareceu intrigado. – Nunca ouvi falar dele.

– Ninguém ouviu. – Grey suspirou e se levantou. – Começo a me perguntar se ele existe mesmo.

Enquanto se dirigia à casa de Hal, ele ainda se perguntava se o barão Amandine existia ou não. Se existisse, podia ser apenas uma fachada, disfarçando o interesse de alguém muito mais proeminente. Se não... a questão ficava simultaneamente mais confusa e mais simples de abordar. Sem nenhum modo de saber quem estava por trás, Percy Wainwright se tornava o único caminho para descobrir.

Nenhuma das cartas de Norrington mencionava o Território Noroeste ou continha qualquer pista da proposta que Percy colocara diante dele. Mas isso não era de admirar. Teria sido extremamente perigoso colocar tal informação no papel, apesar de ele ter conhecido espiões que faziam isso. Se Amandine realmente existisse e estivesse envolvido, ele era ao mesmo tempo sensato e cauteloso.

Bem, teria que contar a Hal sobre Percy, de qualquer modo. Talvez ele soubesse de alguma coisa referente a Amandine ou pudesse descobrir. Hal possuía inúmeros amigos na França.

O pensamento do que deveria dizer a Hal o fez se lembrar da carta de William, de que quase se esquecera em meio às intrigas da manhã. Inspirou profundamente diante da lembrança. Não. Ele não iria mencionar *isso* a seu irmão enquanto não tivesse tido uma oportunidade de conversar com Dottie. Talvez pudesse conseguir trocar uma palavra com ela em particular e combinar um encontro.

Mas Dottie não estava em casa quando Grey chegou à Argus House.

– Ela está em uma das tardes musicais da srta. Brierley – informou sua cunhada Minnie quando ele perguntou como sua sobrinha e afilhada estava passando. – Dottie está muito sociável ultimamente. Mas vai lamentar não tê-lo encontrado. – Ficou na ponta dos pés e o beijou, radiante. – É bom vê-lo de novo, John.

– Você também, Minnie – disse ele, sinceramente. – Hal está em casa?

Ela revirou os olhos.

– Está em casa há uma semana, com gota. Mais uma semana e vou colocar veneno na sopa dele.

– Ah.

Isso reforçou sua decisão de não falar com Hal sobre a carta de William. Hal de bom humor já era uma perspectiva que atemorizava soldados calejados e políticos veteranos. Hal com problemas de saúde... Provavelmente fora por isso que Dottie tivera o bom senso de se ausentar.

Bem, de qualquer modo suas notícias não iriam melhorar o estado de espírito de Hal. Abriu a porta do gabinete dele com a devida cautela; seu irmão tinha a fama de atirar objetos quando estava rabugento – e nada o deixava mais irritado do que indisposição física.

No entanto, Hal estava dormindo, desmoronado em sua poltrona em frente à lareira, o pé enfaixado sobre uma banqueta. O cheiro de um remédio forte e ácido permanecia no ar, dominando os odores de madeira queimando, vela de sebo derretida e pão dormido. Via-se um prato de sopa solidificada e intocada em uma bandeja ao lado de Hal. Talvez Minnie tivesse decidido tornar sua ameaça explícita, Grey ponderou com um sorriso. Fora ele mesmo e sua mãe, Minnie era a única outra pessoa no mundo que nunca tinha medo de Hal.

Sentou-se silenciosamente, perguntando-se se deveria acordá-lo. Hal parecia doente e cansado, muito mais magro do que de costume – e era normalmente magro. Não poderia parecer menos elegante, mesmo vestindo calças e uma camisa de linho velha, a perna despida e com um xale surrado em volta dos ombros, mas as rugas de uma vida despendida em batalhas eram eloquentes em seu rosto.

O coração de Grey ficou apertado, com uma ternura repentina e inesperada, e ele se perguntou se, afinal, deveria perturbar Hal com suas notícias. Mas não podia correr o risco de Hal ser confrontado inesperadamente com as novidades da ressurreição inoportuna de Percy; ele tinha que ser avisado.

Antes que pudesse decidir se iria embora, voltando mais tarde, os olhos de Hal se abriram. Estavam límpidos e alertas, do mesmo azul-claro dos olhos de Grey, sem nenhum sinal de sonolência ou distração.

– Você voltou – disse Hal e sorriu com grande afeição. – Sirva-me um conhaque.

– Minnie contou que você está com gota – comentou Grey, com um rápido olhar para o pé de Hal. – Os médicos não dizem que não se deve tomar bebidas fortes quando se está com gota?

Mesmo assim, Grey se levantou.

– Dizem – concordou Hal, endireitando-se na poltrona e fazendo uma careta quando o movimento abalou seu pé. – Mas, pelo seu tom, você está prestes a me contar alguma coisa que vai me fazer precisar de um drinque. É melhor trazer a garrafa.

Ele deixou a Argus House horas mais tarde, recusando o convite de Minnie para ficar para o jantar. O tempo piorara consideravelmente. Havia um frio de outono no ar; uma ventania começava a soprar e ele podia sentir o gosto de sal no vento – vestígios do nevoeiro do mar flutuando para terra firme. Prometia ser uma noite boa para ficar dentro de casa.

Minnie tinha se desculpado por não poder lhe oferecer sua carruagem, já que Dottie fora ao seu *salon* vespertino com ela. Grey assegurou-lhe que preferia mesmo caminhar; isso o ajudaria a pensar. Era verdade, mas o barulho do vento batendo as abas de seu casaco e ameaçando carregar seu chapéu era uma distração, e ele começava a lamentar a falta da carruagem quando repentinamente avistou o veículo, parado no caminho de entrada de uma das grandes casas perto de Alexandra Gate, os cavalos cobertos com mantas para se protegerem do vento.

Ele atravessou o portão e, ouvindo um grito de "Tio John!", olhou na direção da casa a tempo de ver sua sobrinha, Dottie, avançando como um navio com todas as velas enfunadas. Ela usava um manto de seda cor de ameixa e uma capa cor-de-rosa, os quais, com o vento vindo de trás, se inflavam de forma alarmante. Na verdade, ela correu em sua direção com tal velocidade que ele foi obrigado a segurá-la nos braços a fim de impedir que o embalo continuasse a carregá-la.

– Você é virgem? – perguntou ele sem preâmbulos.

Os olhos dela se arregalaram e, sem a menor hesitação, ela desvencilhou um dos braços e lhe deu uma bofetada.

– *O quê?!* – exclamou ela.

– Desculpe-me. Foi um pouco abrupto, não?

Ele olhou para a carruagem. Gritou para que o cocheiro esperasse e a segurou pelo braço, girando-a na direção do parque.

– Aonde estamos indo?

– Apenas dar uma volta. Tenho algumas perguntas a fazer e não são do tipo que eu queira que alguém ouça.

Os olhos dela se arregalaram ainda mais, mas não discutiu. Agarrou seu pequeno chapéu e o acompanhou, as saias esvoaçando ao vento.

O tempo e os transeuntes o impediram de fazer as perguntas que tinha em mente até terem entrado bastante no parque e se encontrarem em uma trilha mais ou menos deserta que cortava um pequeno jardim de plantas podadas em formas decorativas.

O vento arrefecera por um momento, embora o céu estivesse ficando escuro. Dottie parou ao abrigo de um arbusto podado em forma de leão e disse:

– Tio John, que bobagem é essa?

Dottie tinha a mesma coloração de folha de outono da mãe, com cabelos da cor de trigo maduro e faces coradas como botões de rosa. Mas, enquanto o rosto de Minnie era bonito e delicadamente atraente, o de Dottie era acentuado pelos ossos elegantes de Hal e bordado com pestanas escuras. Sua beleza tinha um quê de perigosa.

Esse traço predominava no olhar que ela lançou ao seu tio. De fato, não era de admirar que Willie estivesse realmente apaixonado por ela. *Se* ele estivesse.

– Recebi uma carta de William notificando-me de que ele havia, se não realmente forçado sua atenção sobre você, se comportado de uma maneira imprópria a um cavalheiro. É verdade?

Ela ficou boquiaberta, em um horror não dissimulado.

– Ele disse *o quê*?

Bem, isso aliviou sua mente de um fardo. Ela ainda era virgem e ele não precisaria despachar William para a China para evitar os irmãos dela.

– Foi, como eu disse, uma notificação. Ele não me forneceu detalhes. Venha, vamos caminhar antes que fiquemos congelados.

Pegou-a pelo braço e a conduziu por uma trilha que levava a um pequeno oratório. Ali, abrigaram-se no vestíbulo, supervisionados apenas por um vitral de Santa Bárbara carregando seus seios decepados em uma bandeja. Grey fingiu examinar essa imagem sublime, propiciando a Dottie um instante para ajeitar as roupas fustigadas pelo vento e decidir o que iria contar.

– Bem – começou ela, virando-se para ele com o queixo erguido –, é verdade que nós... bem, que eu o deixei me beijar.

– Onde? Quero dizer... – acrescentou apressadamente, vendo o choque momentâneo em seus olhos, e *isso* era interessante, pois uma jovem inexperiente saberia que era possível ser beijada em algum outro lugar além dos lábios ou da mão? – Em que localização geográfica?

Ela ficou ainda mais ruborizada, pois percebeu, assim como ele, o que acabara de revelar.

– No jardim de lady Windermere. Nós dois havíamos comparecido a seu musical e o jantar não estava pronto. William me convidou para caminhar um pouco com ele e... foi isso. Era realmente uma noite maravilhosa.

– Sim, ele também notou isso. Eu não me dei conta anteriormente das propriedades inebriantes do bom tempo.

Ela lhe lançou um rápido olhar fulminante.

– Bem, de qualquer modo, estamos apaixonados! Ele disse *isso*, ao menos?

– Sim – respondeu Grey. – Na verdade, ele começou com uma declaração como essa, antes de prosseguir com as confissões escandalosas referentes à sua virtude.

Os olhos dela se arregalaram.

– Ele... O que exatamente ele disse?

– O suficiente para me convencer a procurar seu pai e lhe apresentar a premência do pedido de William por sua mão.

– Ah... – Ela inspirou fundo, como se aliviada, e desviou o olhar por um instante. – Bem, vai fazer isso, então? – perguntou girando os grandes olhos azuis de novo em sua direção. – Ou já fez? – acrescentou, com ar esperançoso.

– Não, eu não disse nada a seu pai com referência à carta de William. Para começar, achei melhor falar com *você* primeiro e ver se estava de acordo com os sentimentos de William como ele parece acreditar.

Ela pestanejou e abriu um de seus radiantes sorrisos.

– Isso foi *muito* atencioso de sua parte, tio John. Muitos homens não se preocupariam com a opinião da mulher sobre a situação, mas você sempre teve muita consideração. Mamãe não se cansa de elogiar sua gentileza.

– Não exagere, Dottie – disse ele, com tolerância. – Então, você está disposta a se casar com William?

– Disposta? – gritou ela. – Ora, é meu maior desejo!

Ele lhe lançou um olhar demorado e direto. Apesar de Dottie ainda encará-lo, o sangue subiu repentinamente por seu pescoço até faces.

– Ah, é mesmo? – perguntou ele, deixando que todo o ceticismo que sentia transparecesse em sua voz. – Por quê?

Ela pestanejou duas vezes, muito depressa.

– Por quê?!

– Por quê? – repetiu ele pacientemente. – O que há no caráter de William, ou na aparência, imagino – acrescentou de maneira justa, já que as jovens não tinham grande reputação como avaliadoras de caráter –, que a atrai tanto a ponto de desejar se casar com ele? E um casamento apressado, devo dizer.

Ele até podia compreender que um ou ambos desenvolvessem uma atração pelo outro... mas por que a pressa? Mesmo que William temesse que Hal decidisse conceder o pedido do visconde Maxwell, a própria Dottie certamente não podia estar pensando que seu pai coruja a forçaria a se casar com alguém que ela não quisesse.

– Bem, estamos apaixonados, é claro! – argumentou ela, embora com um tom um pouco incerto na voz para uma declaração teoricamente tão fervorosa. – Quanto ao seu... seu *caráter*... Ora, tio, você é o pai dele. Não pode ignorar sua... sua... inteligência! – Ela apresentou a palavra triunfalmente. – Sua bondade, seu bom humor... sua delicadeza.

Foi a vez de lorde John piscar. William era indubitavelmente inteligente, bem-humorado e bondoso, mas "delicado" não era a palavra que lhe vinha à mente em relação a ele. Por outro lado, o buraco no painel de madeira da sala de jantar de sua mãe, por onde William havia inadvertidamente atirado um colega durante um evento social, ainda não fora consertado, e essa imagem estava fresca na mente de Grey. Provavelmente Willie se comportava de maneira mais circunspecta na presença de Dottie. Mesmo assim...

– Ele é um cavalheiro exemplar! – exclamou ela com entusiasmo, agora já descontrolada. – E a sua aparência... Bem, é claro que ele é admirado por toda mulher que conheço! Tão alto, uma figura tão imponente...

Ele notou, com um ar de distanciamento clínico, que, apesar de mencionar diversas características notáveis de William, em nenhum momento ela mencionou seus olhos. Fora sua altura – que dificilmente passaria despercebida –, os olhos eram provavelmente seu traço mais extraordinário, de um azul-escuro brilhante e de formato incomum, rasgados como os de um gato. Eram, na realidade, os olhos de Jamie Fraser. John sentia um leve aperto no coração toda vez que Willie olhava para ele com certa expressão.

Willie sabia muito bem o efeito que seus olhos causavam nas moças e não hesitava em se aproveitar disso. Se ele tivesse fitado longamente os olhos de Dottie, ela teria ficado transfixada, quer o amasse ou não. E aquele tocante relato de arrebatamento no jardim... Depois de uma sessão musical ou durante um baile, e quer na casa de lady Belvedere ou na de lady Windermere...

Ficara tão absorto em seus pensamentos que por um instante não percebeu que ela havia parado de falar.

– Desculpe-me – disse ele com cortesia. – Agradeço pelos elogios ao caráter de William, que só poderiam enternecer o coração de um pai. Ainda assim, qual a urgência de marcar o casamento? William será enviado de volta para casa em um ou dois anos.

– Ele pode ser morto! – retrucou ela, e havia em sua voz uma nota súbita de real temor, tão real que despertou sua atenção. Ela engoliu em seco, levando a mão ao pescoço. – Eu não suportaria – acrescentou, a voz subitamente fraca – se ele fosse morto sem que nós nunca... nunca tivéssemos a chance de... – Ergueu os olhos para ele, brilhantes de emoção, e pousou a mão em seu braço, suplicante. – Eu preciso. Realmente, tio John. Eu preciso, e não posso esperar. Quero ir para a América e me casar.

Olhou para ela, boquiaberto. Querer se casar era uma coisa, mas *isso*...!

– Você não pode estar falando a sério. Não pode achar que seus pais... seu pai, em particular... concordaria com tal coisa.

– Ele concordaria – contrapôs ela. – Se *você* colocasse a questão de maneira adequada para ele. Ele dá mais valor à sua opinião do que à de qualquer outra pessoa – continuou, convincente, apertando um pouco seu braço. – E você, mais do que ninguém, deve entender o horror que sinto diante da ideia de que alguma coisa possa... acontecer com William antes de eu o ver de novo.

De fato, a única coisa pesando a favor dela era o sentimento de desolação que a menção à possível morte de William causava em seu coração. Sim, ele *podia* ser morto. Qualquer homem podia, em tempos de guerra, ainda mais um soldado. Esse era um dos riscos que se corria. E ele não podia em sã consciência ter impedido William de corrê-lo, embora a mera ideia de William estilhaçado por um disparo de canhão ou abatido com um tiro na cabeça ou agonizando com diarreia...

Engoliu em seco e, com algum esforço, afastou essas imagens pusilânimes com firmeza de volta ao armário mental trancado em que normalmente as mantinha confinadas.

Respirou longa e profundamente.

– Dorothea – disse ele com firmeza –, eu *vou* descobrir o que você está aprontando.

Ela olhou para ele por um longo momento, pensativa, como se avaliasse as probabilidades. Não pôde evitar um sorriso enquanto seus olhos se estreitavam. Ele viu a resposta em seu rosto, tão claramente quanto se ela a tivesse dito em voz alta.

Não, não creio.

No entanto, a expressão não passou de uma luz fugaz e seu rosto retomou o ar de indignação misturada a súplica.

– Tio John! Como ousa acusar a mim e William, seu próprio filho! De, de... de *que* está nos acusando?

– Não sei – admitiu ele.

– Muito bem, então! Falará com papai por nós? Por mim? Por favor? Hoje?

Dottie era uma sedutora inata. Enquanto falava, inclinou-se em sua direção, de modo que ele pôde sentir a fragrância de violetas em seus cabelos, e torceu os dedos graciosamente nas lapelas de seu casaco.

– Não posso – disse ele, esforçando-se para se desvencilhar. – Não no momento. Eu já o choquei com uma notícia hoje.

– Amanhã, então – insistiu ela, tentando persuadi-lo.

– Dottie. – Ele segurou suas mãos e ficou um pouco emocionado por encontrá-las frias e trêmulas. Ela realmente desejava aquilo, ou alguma outra coisa ao menos. – Ainda que seu pai estivesse disposto a enviá-la à América para se casar, e não consigo imaginar nada menos imperativo do que se você estivesse grávida para obrigá-lo a isso, não há nenhuma possibilidade de viajar antes de abril. Não há, portanto, necessidade de atormentar Hal e enviá-lo mais rápido para seu túmulo lhe contando essas coisas, ao menos não até ele ter se recuperado de sua atual indisposição.

Ela não ficou satisfeita, mas foi obrigada a admitir o raciocínio do tio.

– Além disso – continuou ele, soltando suas mãos –, a campanha termina no inverno, e você sabe disso. A luta logo cessará e William estará relativamente a salvo. Não precisa temer por ele.

Fora acidente, tifo, malária, envenenamento, diarreia, brigas em tavernas e outras dez ou quinze possibilidades de ameaça à vida, acrescentou para si mesmo.

– Mas... – começou ela, depois parou e suspirou. – Sim, creio que tem razão. Mas... o senhor vai falar com papai *logo*, não é, tio John?

Ele suspirou, mas sorriu.

– Sim, se é isso que você realmente deseja... – Uma rajada de vento atingiu o oratório e o vitral com a imagem de Santa Bárbara estremeceu em sua armação de chumbo. Uma súbita precipitação de chuva crepitou pelas telhas de ardósia e ele enrolou a capa ao redor do corpo. – Fique aqui. Vou buscar a carruagem.

Enquanto caminhava contra o vento, uma das mãos no chapéu para impedir que voasse, lembrou-se com certa inquietação de suas palavras para ela: *Não consigo imaginar nada menos imperativo do que se você estivesse grávida para obrigá-lo a isso.*

Ela não faria isso. Faria? Não, assegurou a si mesmo. Engravidar de alguém a fim de convencer seu pai a permitir que ela se casasse com outra pessoa? Sem chance. Hal a faria se casar com o culpado. A menos, é claro, que ela escolhesse alguém impossibilitado de contrair matrimônio: um homem casado ou... Que tolice! O que William diria se ela chegasse à América grávida de outro homem?

Não. Nem mesmo Brianna Fraser MacKenzie, a mulher mais assustadoramente pragmática que já conhecera, teria feito algo assim. Sorriu um pouco à lembrança da formidável sra. MacKenzie, lembrando-se de sua tentativa de chantageá-lo para que se casasse com ela – estando grávida de outra pessoa. Ele sempre se perguntara se a criança seria de fato de seu marido. Talvez *ela* fosse capaz. Não Dottie.

Claro que não.

16
CONFLITO DESARMADO

Inverness, Escócia
Outubro de 1980

A antiga e alta igreja de St. Stephen se erguia serena às margens do Ness; as pedras envelhecidas pelo tempo no cemitério da igreja constituíam um testemunho de merecida paz. Roger tinha consciência da serenidade, mas não era para ele.

Seu sangue ainda latejava nas têmporas e o colarinho de sua camisa estava suado do esforço, apesar de ser um dia frio. Ele caminhara do estacionamento na High Street a passos largos, que pareceram devorar a distância em segundos.

Ela o chamara de covarde. Ela o chamara de inúmeras outras coisas também, mas essa foi a que mais doeu. E ela sabia disso.

A briga havia começado depois do jantar no dia anterior, quando ela colocou uma panela suja na velha pia de pedra, virou-se para ele, inspirou fundo e o informou de que tinha uma entrevista de emprego no Comitê da Hidrelétrica do Norte da Escócia.

– Emprego? – perguntara ele estupidamente.

– Emprego – repetira ela, estreitando os olhos para ele.

Fora rápido em reprimir a reação automática ("Mas você já tem um trabalho") que viera a seus lábios, substituindo-a por um débil:

– Por quê?

Não muito chegada à diplomacia, ela havia respondido:

– Porque um de nós precisa trabalhar. Se não vai ser você, terá que ser eu.

– O que quer dizer com "precisa trabalhar"? – indagara ele.

Droga, Brianna tinha razão. Ele *era* um covarde, porque sabia muito bem o que ela queria dizer com isso.

– Temos dinheiro suficiente para algum tempo.

– Para algum tempo – concordara ela. – Um ano ou dois, talvez mais, se tivermos cuidado. E você acha que a gente deve ficar sentado até o dinheiro acabar? E o que acontece depois? *Então*, começar a pensar no que vai fazer?

– Eu tenho pensado – retorquira entre dentes.

Isso era verdade. Havia meses que não fazia outra coisa. Tinha o livro, é claro. Estava escrevendo todas as canções do século XVIII que gravara na memória, com comentários. Mas isso certamente não era um emprego nem daria muito dinheiro. Basicamente, era só pensar.

– Ah, é? Eu também. – Dera as costas para ele, abrindo a torneira, para afogar o que poderia dizer em seguida ou apenas a fim de se controlar. Depois a água parara. – Não posso esperar muito mais. Não posso ficar fora do mercado anos a fio e simplesmente voltar a qualquer momento. Já faz um ano desde o último serviço de consultoria que fiz. Não posso esperar mais.

– Você nunca falou que pretendia voltar a trabalhar em tempo integral.

Ela havia feito alguns pequenos trabalhos em Boston, breves projetos de consultoria, depois que Mandy saíra do hospital e ficou bem. Joe Abernathy os arranjara para ela.

"Veja, rapaz", dissera Joe confidencialmente a Roger, "ela está impaciente. Eu conheço essa menina. Ela precisa estar sempre em *movimento.* Sua atenção estava focada na bebê desde que ela nasceu, envolvida com médicos, hospitais, filhos exigentes por semanas e semanas. Ela tem que desanuviar a cabeça."

E eu não?, pensara Roger. Mas não podia dizer isso.

Um homem idoso com uma boina limpava o mato ao redor de uma das lápides, um monte murcho de ervas daninhas arrancadas no chão a seu lado. Ele estivera observando Roger enquanto este hesitava junto ao muro e o cumprimentou com um aceno de cabeça.

Ela era mãe! Quis dizer alguma coisa sobre a proximidade entre ela e as crianças, de quanto precisavam dela, de como precisavam de água, comida e ar. De vez em quando, tinha inveja de não ser necessário de forma tão primordial. Como Brianna podia renegar essa dádiva?

Bem, ele *tentara* dizer alguma coisa nessa linha. O resultado fora o esperado, como se acendesse um fósforo em uma mina cheia de gás.

Saiu do cemitério. Não podia falar com o reitor da igreja nesse momento. Na verdade, não podia falar nada. Teria que esfriar o ânimo primeiro, recuperar sua voz. Virou à esquerda e começou a descer a Huntly Street, vendo a fachada da igreja de St. Mary do outro lado do rio pelo canto do olho; a única igreja católica em Inverness.

Durante uma das primeiras, e mais racionais, partes da briga, ela se esforçara. Perguntara se era culpa dela:

– Sou eu? Por ser católica, quero dizer. Eu sei... sei que isso torna tudo mais complicado. – Crispara os lábios. – Jem me contou sobre a sra. Ogilvy.

Ele não tinha nenhuma vontade de rir, mas não pôde deixar de esboçar um sorriso diante da lembrança. Estava no estábulo, retirando estrume com uma pá e jogando em um carrinho de mão para espalhá-lo na horta, Jem o ajudando com a própria pazinha.

– *Dezesseis toneladas, e o que você tem?* – cantava Roger, se é que podia ser chamado de canto o som áspero e grave que produzia.

– *Um dia mais velho e mais afundado na bosta!* – berrara Jem, fazendo o melhor possível para abaixar a voz na mesma extensão de Tennessee Ernie Ford, mas se descontrolando em um *glissando* de risadinhas.

Fora nesse desafortunado momento que ele se virara e vira que tinham visitas:

a sra. Ogilvy e a sra. MacNeil, pilares da Ladies' Altar and Tea Society da Free North Church em Inverness. Ele as conhecia e sabia exatamente o que estavam fazendo ali.

– Viemos visitar a sua esposa, sr. MacKenzie – dissera a sra. MacNeil, sorrindo com os lábios cerrados.

Ele não sabia se a expressão pretendia indicar reservas interiores ou se era apenas porque ela temia que sua dentadura mal ajustada pudesse cair se ela abrisse a boca um pouco mais.

– Ah, sinto muito. Ela não está, foi à cidade. – Ele limpara a mão na calça jeans, pensando em estendê-la, mas olhara para ela e pensara melhor, fazendo apenas um cumprimento com a cabeça. – Por favor, entrem. Posso mandar a menina fazer um chá?

Elas balançaram a cabeça ao mesmo tempo.

– Ainda não vimos sua esposa na igreja, sr. MacKenzie. – A sra. Ogilvy fixara nele um olhar pouco amistoso.

Bem, ele já esperava por isso. Podia ganhar tempo dizendo que o bebê andara adoentado, embora não adiantasse. Mais cedo ou mais tarde, o problema teria que ser enfrentado.

– Não – dissera ele afavelmente, ainda que seus ombros tivessem se enrijecido em uma reação automática. – Ela é católica. Vai à missa na igreja de St. Mary aos domingos.

O rosto quadrado da sra. Ogilvy se desfizera em um oval momentâneo de perplexidade.

– Sua mulher é papista? – perguntara ela, dando-lhe uma chance de corrigir a informação obviamente insana que acabara de dar.

– É, sim. De nascença. – Dera de ombros ligeiramente.

Houvera pouca conversa após essa revelação. Apenas um olhar para Jem, uma pergunta ríspida se ele frequentava a escola dominical, uma inspiração ruidosa diante da resposta e um olhar fulminante para Roger antes de irem embora.

– Quer que eu me converta? – indagara Bri no decorrer da discussão. E fora uma pergunta, não uma proposta.

Teve a vontade repentina de lhe pedir que fizesse exatamente isso, apenas para ver se ela o faria. Mas a consciência religiosa jamais permitiria. Sua consciência como marido também não.

Huntly Street se tornou Bank Street e o tráfego de pedestres dos arredores do centro comercial desapareceu. Passou pelo pequeno jardim memorial erguido para celebrar o serviço das enfermeiras durante a Segunda Guerra Mundial e pensou em Claire, embora dessa vez com menos admiração do que a habitual.

E o que você diria?, pensou.

Sabia muito bem o que ela diria... ou ao menos de que lado estaria nessa questão. *Ela* não ficara em casa sendo mãe em tempo integral. Em vez disso, cursara medicina quando Bri tinha 7 anos. E o pai de Bri, Frank Randall, aceitara a situação, querendo ou não. Diminuiu um pouco o passo, refletindo... Não era de admirar, portanto, que Bri estivesse pensando...

Passou pela Free North Church e esboçou um sorriso, lembrando-se da sra. Ogilvy e da sra. MacNeil. Se ele não fizesse alguma coisa a respeito, elas voltariam. Conhecia bem aquele tipo de amabilidade obstinada. Santo Deus! Se soubessem que Bri tinha ido trabalhar e, em sua maneira de pensar, abandonado o marido com duas crianças pequenas, fariam uma corrida de revezamento para lhe trazer tortas e ensopados. *Isso até que podia ser bom*, ponderou, lambendo os lábios – exceto que elas se demorariam para meter o nariz no funcionamento de sua casa e deixá-las entrar na cozinha de Brianna seria não só brincar com dinamite, mas lançar uma garrafa de nitroglicerina no meio de seu casamento.

– Católicos não acreditam em divórcio – informara Bri certa vez. – Mas *acreditamos* em assassinato. Afinal, sempre temos a confissão.

Na outra margem, estava a única igreja anglicana de Inverness, a de St. Andrew. Uma única igreja católica, uma única igreja anglicana e nada menos do que seis presbiterianas, todas plantadas junto ao rio em um espaço de menos de 400 metros. Isso já dizia tudo sobre a natureza básica de Inverness. E ele tinha dito isso a Brianna – sem, no entanto, mencionar sua crise de fé.

Tinha que admitir que ela não perguntara. Ele chegara muito perto da ordenação na Carolina do Norte. E ninguém tocara no assunto no período traumático que se seguiu a essa interrupção, com o nascimento de Mandy, a desintegração da comunidade da Cordilheira, a decisão de arriscar a passagem pelas pedras. Quando voltaram, com as necessidades imediatas de cuidar do coração de Mandy e depois montar alguma espécie de rotina de vida... a questão do ministério fora ignorada.

Ele achava que Brianna não mencionara o assunto porque não tinha certeza de como ele pretendia lidar com a questão e não queria pressioná-lo em nenhuma direção. Se o fato de ela ser católica tornava sua condição de ministro presbiteriano em Inverness mais complicada, o contrário também era verdadeiro. O fato de ele ser ministro causaria grandes complicações na vida dela, e ela sabia disso.

O resultado foi que nenhum dos dois falou sobre o assunto ao planejar os detalhes de sua volta. Eles haviam tratado das questões práticas da melhor forma possível. Ele não podia voltar a Oxford, não sem uma explicação muito bem arquitetada.

– Não se pode ficar entrando e saindo de uma universidade – explicara a Bri e a Joe Abernathy, o médico que fora amigo de longa data de Claire antes de sua partida para o passado. – Você pode sair em ano sabático, é verdade, ou mesmo em uma longa licença. Mas tem que ter um propósito definido e algo a mostrar por sua ausência quando voltar, em termos de pesquisa publicada.

– Mas você podia escrever um livro incrível sobre a Regulamentação – observara Joe Abernathy. – Ou sobre o avanço da Revolução no sul da colônia.

– Poderia – admitira. – Mas não um livro academicamente respeitado.

Sorrira amargurado, sentindo uma leve comichão nas pontas dos dedos. Ele *podia* escrever um livro, um que ninguém mais poderia escrever. Mas não como historiador.

– Nenhuma fonte – explicara, indicando com a cabeça as prateleiras no gabinete de Joe, onde realizavam o primeiro de vários conselhos de guerra. – Para escrever um livro como historiador, eu precisaria fornecer as fontes de todas as informações, e para a maioria das situações únicas que eu poderia descrever tenho certeza de que nada jamais foi registrado. Garanto que "testemunho ocular do autor" não combinaria bem com uma editora universitária. Eu teria que escrevê-lo como um romance.

Essa ideia tinha algum apelo, mas não iria impressionar Oxford. Na Escócia, contudo...

As pessoas não apareciam em Inverness – ou em nenhum lugar das Terras Altas – sem serem notadas. Só que Roger não era um "recém-chegado". Ele crescera em uma casa paroquial em Inverness e ainda havia muita gente que o conhecera já adulto. E com uma mulher americana e filhos para explicar sua ausência...

– Veja, as pessoas lá não se importam com o que você andou fazendo enquanto esteve fora – explicara ele. – Apenas com o que você faz quando está lá.

Já havia alcançado as ilhas do Ness. Um parque pequeno, tranquilo, situado nos pequenos braços do rio que se estendiam a apenas alguns metros da margem, tinha caminhos de terra batida, árvores grandes e pouco movimento nessa hora do dia. Perambulou pelas trilhas, tentando esvaziar a cabeça, enchê-la apenas com o barulho da água corrente, a quietude do céu nublado.

Chegou ao final do parque e ficou parado por alguns instantes, entrevendo os destroços deixados nos galhos dos arbustos que margeavam a água: monturos de folhas mortas, penas de aves, espinhas de peixes, um ou outro maço de cigarros, depositados pela passagem da água em seu nível mais alto.

Ele havia, é claro, pensado em si mesmo. O que *ele* iria fazer, o que as pessoas pensariam *dele*. Por que nunca lhe ocorrera se perguntar o que Brianna pretendia fazer se fossem para a Escócia?

Bem, isso era óbvio. Na Cordilheira, Brianna fazia... bem, muito mais do que uma mulher comum de lá costumava fazer, era verdade. Não se podia deixar de registrar que ela caçava búfalos, abatia perus a tiro, seu lado deusa-caçadora, matadora de piratas. Mas também o que a mulher comum fazia. Cuidar da família, alimentar, vestir, confortar todos eles – ou às vezes lhes dar umas palmadas. E, com Mandy doente e Brianna sofrendo a perda dos pais, a questão de trabalhar em qualquer coisa se tornara irrelevante. Nada poderia separá-la de sua filha.

Mas Mandy estava bem agora, saudável. A trilha de destruição que a seguia por toda parte demonstrava isso. Os detalhes cuidadosos de restabelecer suas identidades no século XX foram realizados, Lallybroch foi comprada do banco que era o proprietário, concretizou-se a mudança física para a Escócia, Jem estava assentado

– mais ou menos – na escola do vilarejo próximo e uma boa menina foi contratada para vir fazer a limpeza e ajudar a tomar conta de Mandy.

E agora Brianna ia trabalhar.

E Roger ia para o inferno. Metaforicamente.

Brianna não podia dizer que não fora avisada. O mundo em que ela estava entrando era dominado por homens.

Fora um trabalho árduo, um duro empreendimento – o mais difícil, cavar os túneis que carregavam os quilômetros de cabos das turbinas das usinas hidrelétricas. "Tigres dos túneis", era como chamavam os homens que os escavaram, muitos deles imigrantes poloneses e irlandeses que vieram pelo emprego na década de 1950.

Ela lera a respeito deles, vira fotos, rostos sujos e olhos brancos como mineiros de carvão, no escritório do diretor da empresa. As paredes estavam cobertas deles, atestados da mais imponente realização moderna da Escócia. *Qual fora a mais antiga realização da Escócia?*, perguntara ela. O kilt?

Ela reprimiu uma risada diante da ideia. E isso deve ter feito seu semblante se suavizar um pouco, porque o sr. Campbell, o gerente de pessoal, sorriu amavelmente para ela.

– Está com sorte, garota. Temos uma vaga em Pitlochry, para começar daqui a um mês – disse ele.

– Isso é maravilhoso.

Brianna tinha uma pasta no colo, contendo suas credenciais. Ele não pediu para vê-la, o que a surpreendeu, mas a colocou sobre a mesa diante dele, abrindo-a.

– Aqui está meu... hã...

Ele começou a ler o currículo, suficientemente boquiaberto para ela poder ver as obturações de platina nos dentes posteriores.

O homem fechou a boca, ergueu os olhos para ela, perplexo, depois olhou novamente para a pasta, levantando devagar o documento, como se receasse que pudesse haver alguma coisa ainda mais chocante embaixo.

– Acho que tenho todas as qualificações – disse ela, reprimindo a ânsia nervosa de cerrar os dedos no tecido de sua saia. – Para ser inspetora de usina, quero dizer.

Ela sabia muito bem que sim. Possuía as qualificações para *construir* uma maldita usina hidrelétrica, quanto mais inspecionar uma.

– Inspetora... – disse ele debilmente.

Em seguida, tossiu e ficou um pouco ruborizado. Fumante inveterado. Ela podia sentir o cheiro de tabaco que impregnava suas roupas.

– Acho que houve algum mal-entendido, minha cara. Estamos precisando de uma secretária em Pitlochry.

– Talvez estejam – respondeu ela, cedendo à necessidade de agarrar a saia. – Mas o anúncio ao qual respondi foi para inspetor de usina, e é para esse cargo que estou me candidatando.

- Mas... minha cara... - ele balançou a cabeça, perplexo - você é uma mulher!

- Sou - respondeu ela, e qualquer homem que tivesse conhecido seu pai teria percebido o tom metálico em sua voz e cedido na mesma hora.

O sr. Campbell, infelizmente, não conhecera Jamie Fraser, mas estava prestes a ser esclarecido.

- Poderia me explicar que aspectos da inspeção de uma usina requerem um pênis?

Os olhos do homem se arregalaram e ele ficou da cor da barbela de um peru no período de cortejo.

- É que... você... é... - Com evidente esforço, conseguiu se dominar para falar educadamente, embora o choque ainda fosse evidente em suas feições grosseiras. - Sra. MacKenzie, conheço a ideia da liberação feminina. Tenho filhas. - *E nenhuma delas teria dito algo desse tipo para mim.* - Não é que eu ache que seria incompetente. - Olhou para a pasta aberta, ergueu as sobrancelhas rapidamente, depois a fechou com firmeza. - É o... ambiente de trabalho. Não seria adequado para uma mulher.

- Por que não?

Ele agora já recuperava sua autoconfiança.

- As condições em geral são fisicamente duras. E, para ser franco, sra. MacKenzie, assim também são os homens com quem a senhora se depararia. A companhia não pode, em sã consciência, e para o bem dos negócios, arriscar a sua segurança.

- O senhor emprega homens que poderiam atacar uma mulher?

- Não! Nós...

- Tem usinas que são fisicamente perigosas? Então *realmente* precisa de um inspetor, não?

- Os aspectos legais...

- Estou bem informada sobre o regulamento referente às usinas hidrelétricas - disse ela com firmeza e, enfiando a mão na bolsa, retirou o folheto de normas, obviamente manuseado, fornecido pelo governo das Terras Altas e pelo Conselho de Desenvolvimento das Ilhas. - Posso apontar problemas e posso lhe dizer como retificá-los prontamente... e da forma mais econômica possível.

O sr. Campbell parecia muito infeliz.

- E soube que o senhor não teve muitos candidatos para este cargo - concluiu ela. - Nenhum, para ser mais exata.

- Os homens...

- Homens? - perguntou ela, permitindo que uma ponta mínima de ironia matizasse a palavra. - Já trabalhei com homens antes. Eu me dou bem com eles.

Olhou para ele, sem dizer mais nada. *Sei o que é matar um homem*, pensou. *Sei quanto é fácil. Você não.* Ela não tinha consciência de que endurecera sua expressão, mas Campbell perdeu um pouco da cor e desviou os olhos. Perguntou-se por uma fração de segundo se Roger teria tido essa reação também. Mas essa não era a hora de pensar em coisas assim.

– Por que não me mostra um dos canteiros de obras? – indagou Brianna. – Depois poderemos conversar mais.

No século XVIII, a igreja de St. Stephen fora usada como prisão temporária para os jacobitas capturados. Dois deles haviam sido executados no cemitério da igreja, segundo o relato de algumas pessoas. Não era o pior lugar para ter como sua última visão da Terra, imaginava: o rio amplo, o vasto céu, ambos fluindo para o mar. Carregavam uma permanente sensação de paz – o vento, as nuvens e a água –, apesar de seu constante movimento.

"Se algum dia você se vir no meio de um paradoxo, pode ter certeza de que está à beira da verdade", dissera seu pai adotivo certa vez. "Você pode não saber o que ela é, veja bem. Mas está lá."

O reitor da igreja de St. Stephen, dr. Weatherspoon, também tivera alguns aforismos para compartilhar.

"*Quando Deus fecha uma porta, abre uma janela.*" Sim. O problema é que essa janela em particular se abria no décimo andar e ele não tinha certeza se Deus também dava o paraquedas.

– O Senhor dá? – perguntou ele, erguendo os olhos para o céu de Inverness.

– O que disse? – indagou o espantado sacristão, levantando-se de trás da lápide onde estava trabalhando.

– Desculpe-me – respondeu Roger, embaraçado. – Só estava... falando sozinho.

O velhinho assentiu.

– Sim, sim. Então não se preocupe. É quando começa a obter respostas que você deve se preocupar. – Com uma risada rouca, abaixou-se, sumindo de vista outra vez.

Roger começou a descer pelo cemitério até o nível da rua, caminhando devagar para o estacionamento. Bem, ele dera o primeiro passo. Com bastante atraso. Bri tinha razão, até certo ponto; ele *fora* covarde, mas finalmente começara a agir.

A dificuldade ainda não estava solucionada, mas fora ótimo poder expor o problema para alguém que compreendia e era solidário.

"Rezarei por você", dissera o dr. Weatherspoon, apertando sua mão ao se despedir. Isso também servira de consolo.

Começou a subir os úmidos degraus de concreto do estacionamento, remexendo no bolso em busca da chave do carro. Não podia dizer que estava em paz consigo mesmo. Ainda não. Mas se sentia bem mais tranquilo em relação a Bri. Agora podia voltar para casa e lhe dizer...

Não, droga. Não podia, ainda não. Precisava verificar.

Não precisava verificar. Tinha certeza de que estava certo. Mas precisava ter isso nas mãos, tinha que ser capaz de mostrar a Bri.

Girando nos calcanhares, passou pelo perplexo funcionário do estacionamento que vinha atrás dele, desceu os degraus de dois em dois e começou a subir a Huntly Street como se pisasse em brasas. Vasculhando os bolsos em busca de moedas, ligou da cabine telefônica para Lallybroch. Annie atendeu ao telefone com seu modo ríspido usual, dizendo "Siiim?" com tal brusquidão que chegou aos seus ouvidos como pouco mais de um silvo interrogativo.

Ele não perdeu tempo em censurar seus modos ao telefone.

– É Roger. Diga a dona Brianna que estou indo a Oxford para tratar de um assunto. Vou dormir lá.

– Aham – disse ela e desligou.

Ela teve vontade de golpear Roger na cabeça. Com uma garrafa de champanhe, por exemplo.

– Ele foi *aonde*? – indagou, embora tivesse ouvido Annie MacDonald claramente.

Annie ergueu os ombros estreitos ao nível das orelhas, indicando que compreendia a natureza retórica da pergunta.

– Para Oxford – respondeu. – Para a *Inglaterra*.

O tom de sua voz sublinhava a absoluta ignomínia do ato de Roger. Ele não havia ido simplesmente consultar algum livro antigo, o que já teria sido bastante estranho, embora sem dúvida ele fosse um estudioso – e eles eram capazes de tudo. Roger abandonara a mulher e os filhos sem avisar e se escafedera para um país estrangeiro!

– Bem, ele avisou que voltaria amanhã – acrescentou Annie, duvidando da informação.

Brianna pegou a garrafa de champanhe da sacola de compras com cuidado, como se ela fosse explodir.

– Devo colocar isto no gelo?

– Não... não, não coloque no congelador. Apenas na geladeira. Obrigada, Annie.

Annie desapareceu na cozinha e Brianna permaneceu na fria corrente de ar do corredor por um instante, tentando controlar seus sentimentos firmemente antes de ir ao encontro de Jem e Mandy. Sendo crianças, os dois tinham radares ultrassensíveis em relação aos pais. Já sabiam que havia algum problema entre os dois. O desaparecimento repentino de Roger não iria contribuir para se sentirem seguras e tranquilas. Ele ao menos se despedira delas? Assegurou-lhes que voltaria? Não, claro que não.

– Maldito egoísta, egocêntrico... – murmurou. Incapaz de encontrar um complemento satisfatório para a frase, disse: – Filho da mãe desgraçado!

Em seguida, resfolegou com uma risada relutante. Não somente pela tolice do insulto, mas com um reconhecimento amargo de que ela conseguira o que queria. Dos dois modos.

É bem verdade, ele não pôde impedi-la de procurar um emprego. Mas ela achava que ele aceitaria bem a situação quando tivesse superado os transtornos práticos envolvidos.

"Os homens detestam mudanças", dissera sua mãe uma vez, de forma descontraída. "A menos que sejam ideia deles, é claro. Às vezes você pode fazê-los pensar que a ideia *é* deles."

Talvez ela devesse ter sido menos direta e tentado fazer Roger sentir que ele ao menos tivera alguma participação na sua decisão de trabalhar fora, ainda que não fosse ideia dele. *Isso* já seria querer demais. Mas ela não estava com disposição para ser dissimulada. Nem mesmo diplomática.

Quanto ao que ela fizera a *ele*... Bem, ela aturara sua imobilidade o máximo que pudera, e depois o empurrara da beira do penhasco. De propósito.

– E não me sinto nem um pouco culpada por isso! – disse para o cabideiro.

Pendurou o casaco devagar, despendendo um pouco mais de tempo para verificar os bolsos em busca de lenços de papel usados e recibos amassados.

Ele teria partido por ressentimento, para se vingar dela por voltar a trabalhar? Ou por raiva, por ela tê-lo chamado de covarde? Ele não gostara nada disso. Seus olhos ficaram escuros e ele quase perdera a voz – uma emoção forte o sufocara. Mas ela havia feito isso de propósito. Sabia quais eram os pontos fracos de Roger, assim como ele sabia os dela.

Seus lábios se cerraram diante do pensamento, assim como seus dedos se fecharam sobre algo duro no bolso interior do casaco. Uma velha concha, lisa e espiralada, desgastada pelo sol e pela água. Roger a pegara entre os seixos junto ao lago Ness e dera a ela.

– Para se abrigar – dissera ele, sorrindo, mas traído pela rouquidão em sua voz danificada.

Ela fechou os dedos delicadamente sobre a concha e suspirou.

Roger não era mesquinho. Nunca. Não iria partir repentinamente para Oxford – uma bolha relutante de riso surgiu à ideia da chocada descrição de Annie: *para a Inglaterra!* – só para preocupá-la.

Portanto, ele fora por alguma razão específica, sem dúvida algo deflagrado pela briga que tiveram. E *isso* a preocupava um pouco.

Ele tivera que resolver vários problemas desde que voltaram. E ela também, é claro: a doença de Mandy, decisões sobre onde morar, todos os detalhes triviais de realocar uma família tanto no tempo quanto no espaço. Fizeram tudo isso *juntos.* Mas havia questões que ele enfrentara sozinho.

Assim como Roger, ela cresceu como filha única. Sabia como era, como você vive muito dentro da própria cabeça. Droga, o que quer que ele tivesse em sua cabeça o consumia diante de seus olhos. Se ele não dizia do que se tratava, era algo muito particular ou perigoso demais para compartilhar. Se fosse esse último caso, ela não iria aceitar.

Seus dedos haviam se fechado em volta da concha e ela os afrouxou, tentando se acalmar.

Podia ouvir as crianças em cima, no quarto de Jem. Ele lia algo para Mandy – *The Gingerbread Man*, pensou. Não conseguia distinguir as palavras, mas conhecia o ritmo, com os gritinhos empolgados de Mandy fazendo contraponto.

Não fazia sentido interrompê-los. Haveria bastante tempo para lhes contar que papai passaria a noite fora. Talvez eles não se incomodassem se ela contasse de maneira casual. Roger nunca os havia deixado desde que voltaram, mas, quando viviam na Cordilheira, ele sempre se ausentava com Jamie ou Ian, caçando. Mandy não se lembraria disso, mas Jem...

Cogitara ir para seu gabinete, mas se viu vagando pelo corredor e atravessando a porta aberta do gabinete de Roger. Era o antigo aposento onde as pessoas de fora vinham "dar uma palavrinha" com o dono da casa; o aposento onde seu tio Ian conduzira os assuntos da propriedade durante anos – seu pai por pouco tempo antes disso e seu avô antes dele.

E agora era de Roger. Ele perguntara se ela queria o gabinete, mas ela garantira que não. Preferia a pequena sala de estar do outro lado do corredor, com suas janelas ensolaradas e a sombra da antiga roseira amarela que enfeitava aquele lado da casa com sua cor e seu perfume. Fora isso, entretanto, ela apenas sentia que este aposento era um lugar de homem, com seu assoalho de madeira austero e desgastado e estantes confortavelmente envelhecidas.

Roger conseguira encontrar um dos antigos livros de contabilidade da fazenda, de 1776. Estava em uma das prateleiras superiores, a gasta encadernação de tecido abrigando as minúcias pacientes, cuidadosas, da vida em uma fazenda das Terras Altas: *um quarto de libra de sementes de abeto-branco, um bode para reprodução, seis coelhos, trinta pesos de batatas-semente...* Teria sido seu tio quem escrevera isso? Ela não sabia, nunca vira uma amostra de sua caligrafia.

Ela imaginou, com um estremecimento peculiar em suas estranhas, se seus pais haviam conseguido voltar para a Escócia – para *cá*. Se tinham visto Ian e Jenny outra vez; se seu pai havia sentado aqui neste aposento, em casa de novo, discutindo as questões de Lallybroch com Ian. E sua mãe? Do pouco que Claire dissera, ela não se despedira de Jenny nos melhores termos, e Brianna sabia que sua mãe se entristecia com isso. Um dia, haviam sido grandes amigas. Talvez as coisas pudessem ser consertadas, talvez *tenham sido* consertadas.

Olhou para a caixa de madeira, a salvo na prateleira superior, ao lado do livro de contabilidade, a pequena cobra de cerejeira enroscada diante dela. Em um impulso, pegou a cobra, encontrando certo consolo na curva lisa do corpo e na expressão cômica de sua cara, espreitando. Sorriu para ela.

– Obrigada, tio Willie – disse em voz alta, e sentiu um extraordinário tremor percorrê-la.

Não era de medo nem de frio, mas uma espécie de prazer, de um tipo tranquilo. Reconhecimento.

Ela vira aquela cobra tantas vezes – na Cordilheira e aqui, onde fora feita – que nunca pensara em seu criador, o irmão mais velho de seu pai, morto aos 11 anos. Mas ele estava ali, também, no trabalho de suas mãos, nos aposentos que o conheceram. Quando ela visitou Lallybroch anteriormente, no século XVIII, havia um retrato dele no patamar das escadas. Um garoto pequeno, forte, ruivo, parado com a mão no ombro do irmão menor, sério, os olhos muito azuis.

Onde estará esse quadro agora? E os outros pintados por sua avó? Havia aquele único autorretrato, que de alguma forma chegara à National Portrait Gallery – ela não podia deixar de levar as crianças a Londres para vê-lo quando fossem um pouco mais velhas –, mas e os outros? Havia um de Jenny Murray ainda muito jovem alimentando um faisão dócil que tinha os meigos olhos castanhos de seu tio Ian, e ela sorriu diante da lembrança.

Era o certo a ser feito. Vir para cá, trazer as crianças… para casa. Não importava que fosse preciso um pouco de esforço dela e de Roger para encontrarem seu lugar. Embora talvez ela não devesse falar por Roger, pensou com uma expressão de desgosto.

Ergueu os olhos para a caixa outra vez. Quisera que seus pais estivessem ali, qualquer um dos dois, para que pudesse conversar sobre Roger, pedir a opinião deles. Não que precisasse tanto… O que ela queria, para ser sincera, era uma confirmação de que agira da forma correta.

Com o rosto corado, ergueu as mãos e pegou a caixa, sentindo-se culpada por não esperar por Roger para compartilhar a carta seguinte. Mas ela precisava da mãe… agora mesmo. Pegou da pilha a primeira carta que tinha a caligrafia dela.

Escritórios de L'Oignon, New Bern, Carolina do Norte
12 de abril de 1777

Querida Bri (e Roger, Jem e Mandy, é claro)

Conseguimos chegar a New Bern sem grandes incidentes. Sim, eu a imagino pensando: "Como assim, 'grandes incidentes'?" E é verdade que fomos parados por dois bandidos na estrada ao sul de Boone. No entanto, considerando que deviam ter respectivamente 9 e 11 anos, armados apenas com um antigo mosquete que os teria feito em pedacinhos se tivessem conseguido dispará-lo, não corremos perigo.

Rollo saltou da carroça e derrubou um deles, estatelando-o no chão, quando então o irmão largou a arma e fugiu correndo. Seu primo Ian o perseguiu e o arrastou de volta pelo cangote.

Seu pai levou algum tempo para conseguir extrair deles alguma coisa que fizesse sentido, mas um pouco de comida fez milagre. Revelaram seus nomes: Herman e – sério – Vermin. Seus pais morreram durante o inverno. O pai foi caçar e não voltou, a mãe faleceu ao dar à luz e o bebê morreu um dia depois, já que os dois meninos não tinham como alimentá-lo. Eles não conhecem ninguém do lado paterno, mas disseram que o nome de família da mãe era Kuykendall. Felizmente, seu pai conhece uma família Kuykendall perto de Bailey Camp. Assim, Ian levou os dois vagabundos ao encontro dos Kuykendalls para ver se os dois garotos poderiam ficar com eles. Se não, imagino que ele os trará para New Bern e tentaremos colocá-los como aprendizes em algum lugar ou talvez levá-los conosco para Wilmington e encontrar para eles um trabalho como ajudantes de camareiro no navio.

Fergus, Marsali e as crianças parecem estar todos bem, tanto financeira quanto fisicamente – salvo uma tendência familiar a adenoides aumentadas e a maior verruga que já vi no cotovelo esquerdo de Germain.

Fora o Wilmington Gazette, L'Oignon *é o único jornal regular na colônia e Fergus assim consegue fazer muitos negócios. Acrescente-se a isso a impressão e a venda de livros e panfletos e pode-se dizer que ele está indo muito bem. A família agora é dona de duas cabras leiteiras, um bando de galinhas, um porco e três burros, inclusive Clarence, que vamos levar para eles quando formos para a Escócia.*

Condições e incertezas sendo o que são [significando, Brianna pensou, que você não sabe quem pode ler esta carta, ou quando], *é melhor que eu não seja específica sobre o que ele anda publicando além de jornais. O próprio* L'Oignon *é cuidadosamente imparcial, publicando denúncias radicais tanto dos legalistas quanto dos menos legalistas, além de poemas satíricos de nosso bom amigo "Anônimo", que ridiculariza ambos os lados de nosso atual conflito político. Acho que nunca vi Fergus tão feliz.*

A guerra combina com alguns homens. Fergus é um deles. Seu primo Ian é outro, embora neste caso eu acredite que talvez isso o impeça de ficar pensando muito.

Eu me pergunto o que sua mãe vai achar dele. Conhecendo-a como conheço, meu palpite é que, depois de passado o choque inicial, ela vai começar a procurar uma mulher para ele. Jenny costuma ser uma mulher muito observadora... e tão obstinada quanto seu pai. Espero que ele se lembre disso.

Por falar em seu pai, ele sai muito com Fergus, para fazer alguns pequenos "negócios" (não especificados, o que significa que deve estar tratando de alguma coisa que me deixaria de cabelos brancos) e investigar junto aos mercadores um possível navio – embora eu ache que nossas chances de encontrar um serão melhores em Wilmington, para onde iremos assim que Ian voltar.

Enquanto isso, eu "abri meu consultório" colocando uma placa na frente da gráfica de Fergus com os dizeres: ARRANCAM-SE DENTES, CURAM-SE ERUPÇÕES DE PELE, CATARRO E MALEITA, sendo a placa obra de Marsali.

Ela queria acrescentar sífilis, mas tanto Fergus quanto eu a dissuadimos. Ele, por medo de que isso fosse abaixar o nível do estabelecimento; eu, por certo apego à verdade na propaganda, já que de fato não há nada que eu possa fazer no momento sobre qualquer condição da doença. Catarro... Bem, sempre há alguma coisa que se pode fazer contra o catarro, nem que seja ao menos uma xícara de chá quente (atualmente, significa água quente sobre raiz de sassafrás, gatária ou erva-cidreira) com uma dose de uísque.

Fiz uma visita ao dr. Fentiman em Cross Creek no caminho e pude comprar vários instrumentos necessários e alguns remédios para renovar meu estojo (ao custo de uma garrafa de uísque e ser forçada a admirar a mais recente adição à sua medonha coleção de curiosidades em conserva. Não, você não vai querer saber. Ainda bem que ele não viu a verruga de Germain ou viria na mesma hora a New Bern com uma serra de amputação).

Só não tenho um par de boas tesouras cirúrgicas, mas Fergus conhece um prateiro chamado Stephen Moray em Wilmington que talvez possa fazer um par segundo minhas especificações. Por enquanto, ocupo-me em grande parte com extração de dentes, já que o barbeiro que costumava fazer isso se afogou em novembro último, depois de cair nas águas do porto quando bêbado.

Com todo o amor,
Mamãe

P.S.: E, por falar no Wilmington Gazette, *seu pai pretende ir lá para ver se consegue descobrir quem deixou aquela maldita notícia sobre o incêndio. Embora eu suponha que não deva me queixar: se você não a tivesse encontrado, talvez nunca viesse para cá. E, embora existam muitas coisas que eu preferia que não tivessem acontecido em consequência de sua vinda, jamais lamentaria você ter conhecido seu pai.*

17

DIABINHOS

Não era muito diferente de nenhuma das trilhas de veado que haviam encontrado. Na verdade, sem dúvida começara como uma delas. Mas havia alguma coisa sobre aquele traçado em particular que parecia ter sido feita por humanos. Ian estava tão acostumado a essas conclusões que raramente as registrava conscientemente. Ele não sabia, mas repuxou a rédea de condução de Clarence, virando a cabeça do cavalo.

– Por que estamos parando? – perguntou Herman, desconfiado. – Não tem nada aqui.

– Alguém está morando lá em cima. – Ian indicou a subida com um movimento brusco do queixo. – A trilha não é larga o bastante para cavalos. Vamos amarrá-los aqui e subir a pé.

Herman e Vermin apenas trocaram um olhar de profundo ceticismo, mas desceram do burro e se arrastaram atrás de Ian, subindo a trilha.

Ele começava a ter suas dúvidas. Ninguém com quem ele falara na última semana conhecia algum Kuykendall na região e ele não podia ficar perdendo muito mais tempo com a questão. Provavelmente teria que levar os pequenos selvagens para New Bern com ele, e não tinha a menor ideia de como eles receberiam a sugestão.

Aliás, não fazia a menor ideia de como eles receberiam qualquer coisa. Eles não só eram tímidos como também reticentes e dissimulados, sussurrando entre si às suas costas enquanto cavalgavam, depois se fechando como moluscos no instante em que Ian os olhava. Fitavam Ian com expressão neutra, por trás da qual ele via os pensamentos correndo acelerados. O que estariam planejando?

Se pretendiam fugir, ele não faria nenhum esforço para recapturá-los. Se, por outro lado, pretendessem roubar Clarence e o cavalo enquanto ele dormia...

A cabana estava lá, uma espiral de fumaça saindo da chaminé. Herman lhe lançou um olhar surpreso e ele sorriu para o garoto.

– Eu não falei? – comentou, gritando em seguida: – Ó de casa!

Abriu-se apenas uma fresta na porta e o cano de um mosquete apontou por ela. Não era uma reação incomum a estranhos nas regiões isoladas do interior e Ian não se deixou amedrontar. Ergueu a voz e disse o que fazia, empurrando Herman e Vermin à sua frente como prova de sua boa-fé.

A arma não foi recolhida, mas se ergueu de maneira significativa. Obedecendo ao instinto, Ian se atirou ao chão, levando os garotos com ele, enquanto o tiro estrondava acima deles. Uma voz de mulher gritou alguma coisa em uma língua desconhecida. Ele não compreendeu as palavras, mas apreendeu o significado. Puxando os dois garotos e os colocando de pé, empurrou-os de volta trilha abaixo.

– Eu não vou viver com *ela* – argumentou Vermin, lançando um olhar de aversão por cima do ombro e semicerrando os olhos. – Isso eu posso garantir.

– Não, não vai – concordou Ian. – Continue andando, hein? – instruiu, pois Vermin tinha parado repentinamente.

– Preciso cagar.

– É? Bem, faça rápido.

Deu-lhe as costas, pois descobrira desde o começo que os garotos tinham uma necessidade exagerada de privacidade nessas questões. Herman já seguira na frente. A cabeleira loura emaranhada e suja era apenas visível a uns 20 metros abaixo na ladeira. Ian sugerira que os rapazes deveriam cortar ou pentear os cabelos, talvez lavar o rosto, como um gesto de civilidade em deferência a qualquer parente que se visse diante da perspectiva de adotá-los, mas a sugestão fora rejeitada com veemência.

Felizmente, ele não era responsável por forçar os malandrinhos a se lavarem. Para ser justo, pouca diferença iria fazer para o mau cheiro deles, considerando o estado de suas roupas. À noite, ele os fazia dormir do outro lado da fogueira, longe dele e de Rollo, na esperança de limitar sua exposição aos piolhos com que eles estavam infestados.

Poderia a notável infestação ser onde os pais do garoto mais novo haviam obtido seu nome? Ou eles não teriam nenhuma noção de que "Vermin" significava parasitas, praga, peste e só o escolheram para rimar com o nome do irmão mais velho?

O zurro ensurdecedor de Clarence o arrancou de seus pensamentos. Acelerou o passo, repreendendo-se por ter deixado a própria arma presa na sela. Não queria se aproximar da casa armado, mas...

Um grito lá embaixo o fez saltar para fora do caminho e entrar no meio das árvores. Outro grito foi interrompido repentinamente e ele desceu o barranco aos tropeços, o mais rápido possível, sem fazer muito estardalhaço. Pantera? Urso? Não. Clarence estaria berrando como uma orca se fosse o caso. Em vez disso, gorgolejava e resfolegava como fazia quando avistava...

Alguém que conhecia.

Ian parou de repente atrás de uma cortina de choupos, o coração frio no peito. Arch Bug virou a cabeça ao ouvir o barulho, apesar de quase imperceptível.

– Saia daí, rapaz – falou. – Estou vendo você.

Obviamente ele via. Ian saiu devagar do meio das árvores.

Arch pegara a arma do cavalo; estava pendurada em seu ombro. Tinha um braço engatado ao redor do pescoço de Herman e o rosto do menino estava roxo do sufocamento. Seus pés chutavam como os de um coelho moribundo, alguns centímetros fora do chão.

– Onde está o ouro? – perguntou Arch sem preâmbulos.

Seus cabelos brancos estavam arrumados e presos para trás. Até onde Ian podia ver, ele não parecia ter se prejudicado nem um pouco com o inverno. Deve ter encontrado alguma família com quem ficar. *Onde?*, perguntou-se. *Brownsville, talvez?* Perigoso demais, se tivesse contado aos Browns sobre o ouro – mas ele achava que Arch era muito astuto para confiar naquela gente.

– Onde você nunca o encontrará – disse Ian prontamente.

Precisava pensar rápido. Tinha uma faca na cintura, mas estava muito longe para atirá-la e se errasse o alvo...

– O que você quer com o menino? – perguntou, aproximando-se um pouco. – Ele não tem nada a ver com isso.

– Não, mas parece ter a ver com *você*. – Herman dava pequenos guinchos ásperos e seus pés, embora ainda chutando, moviam-se mais devagar agora.

– Não, ele não significa nada para mim – disse Ian, procurando falar descontraidamente. – Só o estou ajudando a encontrar sua família. Pretende cortar a garganta dele se eu não lhe disser onde o ouro está? Vá em frente, eu não vou contar.

Ele não viu Arch puxar a faca, mas ela estava lá, segurada de forma estranha por causa dos dedos que lhe faltavam, mas ainda assim perigosa.

– Está bem – disse Arch com calma, colocando a ponta da faca sob o queixo de Herman.

Um berro irrompeu de trás de Ian e Vermin em parte correu, em parte resvalou pelos últimos metros da trilha. Arch Bug ergueu os olhos, espantado, e Ian se agachou para atacá-lo, mas foi antecipado por Vermin.

O garoto correu para Arch Bug e lhe deu um tremendo chute na canela, gritando:

– Velho desgraçado! Larga ela agora mesmo!

Arch pareceu tão surpreso com o chute quanto com o que o menino falara, mas não soltou sua presa.

– Ela?! – exclamou, e olhou para baixo, para a criança que segurava.

Ela prontamente virou a cabeça e o mordeu ferozmente no pulso.

Ian, aproveitando o momento, arremeteu contra ele, mas foi impedido por Vermin, que agora se agarrava à coxa de Arch com todas as forças, tentando socar o sujeito nos testículos com o pequeno punho cerrado.

Com um grunhido feroz, Arch levantou a menina no ar com um safanão e a arremessou, cambaleando, sobre Ian. Em seguida, desferiu um soco com seu enorme punho na cabeça de Vermin, atordoando-o. Arrancou o garoto de sua perna, chutou-o nas costelas quando ele cambaleou para trás, depois se virou e correu.

– Trudy, Trudy! – Herman correu para seu irmão, estendido na camada de folhas mofadas, a boca fechando e abrindo como uma truta fora da água.

Ian hesitou, querendo perseguir Arch, mas ao mesmo tempo preocupado que Vermin estivesse gravemente ferido. Mas Arch já tinha desaparecido na floresta. Rangendo os dentes, aproximou-se de Vermin. Nenhum sangue, e o menino agora já recuperava o fôlego, engolindo o ar e respirando pesadamente, como um fole avariado.

– Trudy? – perguntou Ian a Herman, agarrado com força ao pescoço de Vermin.

Sem esperar por uma resposta, levantou a camisa rasgada de Vermin, arrancou a corda que prendia suas calças muito largas e espreitou lá dentro. Soltou-a apressadamente.

Herman ficou de pé com um salto, os olhos arregalados e as mãos superpostas protetoramente entre as pernas.

– Não! Não vou deixar você enfiar seu maldito pau em mim!

– Nem que me pagasse. Se este é Trudy – balançou a cabeça indicando Vermin, que se dobrara sobre as mãos e os joelhos e vomitava no mato –, qual é afinal o *seu* nome?

– Hermione – respondeu a menina, amuada. – Ela é Ermintrude.

Ian esfregou o rosto, tentando se adaptar à informação. Agora ele parecia… bem, não, elas ainda pareciam dois diabinhos imundos, e não duas meninas, os olhos rasgados flamejando atrás dos cabelos sujos e emaranhados. Elas iam ter que raspar a cabeça, pensou, e esperava não estar nas proximidades quando isso acontecesse.

– Sim – disse ele, por falta de alguma outra palavra sensata. – Muito bem, então.

– Você tem ouro? – perguntou Ermintrude depois que parou de vomitar. Sentou-se empertigada, passou a mão pequena sobre a boca e cuspiu. – Onde?

– Se eu não contei a ele, por que contaria a vocês? E pode esquecer *essa* ideia – disse, vendo os olhos dela se dirigirem para a faca na sua cintura.

Droga. O que ele deveria fazer agora? Afastou o choque da aparição súbita de Arch Bug e passou a mão devagar pelos cabelos, refletindo. O fato de serem meninas não mudava nada, na verdade, mas o fato de saberem que ele tinha ouro escondido, sim. Não ousava deixá-las com ninguém agora. Se o fizesse...

– Se deixar a gente, vamos contar sobre o ouro – comentou Hermione prontamente. – Não queremos morar numa cabana nojenta. Queremos ir para Londres.

– O quê? – Fitou-as, incrédulo. – O que sabem de Londres, pelo amor de Deus?

– Nossa mãe veio de lá – respondeu Herman, não, Hermione, e mordeu o lábio para impedir que tremesse à menção da mãe.

Com interesse, Ian notou que era a primeira vez que falava da mãe e exibia algum sinal de vulnerabilidade.

– Ela nos contou isso.

– Hummm. E por que eu não mataria vocês? – perguntou, exasperado.

Para seu espanto, Herman sorriu, a primeira expressão amável que ele via em seu rosto.

– O cachorro gosta de você – respondeu ela. – Não gostaria se você matasse a gente.

– É o que você pensa – murmurou, levantando-se.

Rollo, que andara ausente cuidando da própria vida, escolheu esse momento oportuno para saltar do meio do mato, farejando.

– E onde *você* estava quando precisei de você? – indagou Ian.

Com cuidado, Rollo cheirou ao redor do lugar onde Arch Bug estivera, depois ergueu a perna e urinou em um arbusto.

– Aquele velho miserável ia matar Hermie? – perguntou a menina enquanto ele a levantava e montava no burro, atrás da irmã.

– Não – respondeu ele, com certeza.

Mas, ao subir na sela, ficou em dúvida. Tinha a desconfortável sensação de que Arch Bug compreendia a natureza da culpa. O suficiente para matar uma criança inocente somente porque a morte dela faria Ian se sentir culpado? Arch era vingativo e retaliador, e tinha o direito de ser. Mas Ian não tinha motivo para julgá-lo um monstro.

Mesmo assim, fez as meninas cavalgarem à sua frente até acamparem naquela noite.

Não houve mais nenhum sinal de Arch Bug, embora Ian tivesse de vez em quando a sensação insinuante de estar sendo observado enquanto acampavam. O sujeito o estaria seguindo? Talvez, pois certamente não fora por acaso que aparecera tão repentinamente.

Muito bem. Ele voltara às ruínas da casa grande pensando em recuperar o ouro depois que tio Jamie fora embora e descobrira que o ouro não estava mais lá. Perguntou-se se Arch teria conseguido matar a porca branca, mas descartou a ideia. Seu tio dissera que a criatura obviamente viera das regiões infernais e, portanto, era indestrutível. E ele estava inclinado a concordar.

Olhou para Rollo, que cochilava a seus pés, mas o cachorro não dava nenhum sinal de que houvesse alguém por perto, apesar das orelhas parcialmente erguidas. Ian relaxou um pouco, embora mantivesse a faca no corpo, mesmo enquanto dormia.

Não inteiramente por causa de Arch Bug, saqueadores ou animais selvagens. Olhou para o outro lado da fogueira, onde Hermione e Trudy estavam deitadas, bem juntinhas sob um cober... Só que não estavam. O cobertor estava habilmente estofado para dar a impressão de conter dois corpos, mas uma rajada de vento levantara uma das pontas e ele pôde ver que não estavam ali.

Fechou os olhos, exasperado, depois os abriu e olhou para o cachorro.

– Por que você não me alertou? – perguntou. – Certamente as viu ir embora.

– Não fomos embora – respondeu uma vozinha fraca e rouca atrás dele.

Ian se virou e viu as duas agachadas de cada lado do alforje, pilhando a comida.

– A gente tá com fome – disse Trudy, enfiando os restos de um pão na boca.

– Mas eu dei comida a vocês!

Ele havia abatido algumas codornas e as cozera no barro. É bem verdade que não era um banquete, mas...

– A gente *ainda* tá com fome – rebateu Hermione, com lógica impecável.

Lambeu os dedos e arrotou.

– Vocês beberam toda a cerveja? – perguntou ele, agarrando uma garrafa vazia que rolava junto a seus pés.

– Uhum – confirmou ela vagamente, sentando-se.

– Não podem roubar comida – ralhou ele severamente, tirando o alforje de Trudy. – Se comerem tudo agora, vamos passar fome antes que eu consiga levá-las a... seja lá para onde formos.

– Se não comermos, vamos passar fome agora – retrucou Trudy. – Melhor passar fome depois.

– Para onde estamos indo? – Hermione oscilava de um lado para outro como uma flor pequena e suja ao vento.

– Para Cross Creek. É a primeira cidade de maior porte que encontraremos e eu conheço algumas pessoas lá.

Se conhecia alguém que pudesse ser de alguma ajuda nas atuais circunstâncias... era uma pena o que acontecera à sua tia-avó Jocasta. Se ainda estivesse em River Run, ele poderia deixar as meninas lá. Mas, do jeito que as coisas estavam, Jocasta e seu marido, Duncan, haviam imigrado para a Nova Escócia. Tinha a criada de Jocasta, Phaedre. Achava que ela trabalhava como garçonete em Wilmington. Mas não, ela não poderia...

– É tão grande quanto Londres? – Hermione se deixou cair de costas, com os braços abertos.

Rollo se levantou e foi cheirá-la; ela deu uma risadinha, o primeiro som inocente que emitiu em toda a viagem.

– Você tá bem, Hermie?

Trudy se arrastou até a irmã e se agachou ao lado dela, preocupada. Rollo, tendo cheirado Hermione, voltou sua atenção para Trudy, que apenas empurrou seu focinho curioso. Hermione agora cantarolava desafinadamente consigo mesma.

– Ela está bem – consolou Ian após um rápido olhar. – Só está um pouco bêbada. Vai passar.

– Ah. – Tranquilizada, Trudy se sentou ao lado da irmã, abraçando os joelhos. – Papai costumava ficar bêbado. Então ele gritava e quebrava as coisas.

– É mesmo?

– Uhum. Quebrou o nariz da minha mãe uma vez.

– Sinto muito – disse Ian, sem saber como reagir a isso.

– Acha que ele está morto?

– Espero que sim.

– Eu também – concordou ela, satisfeita.

E deu um enorme bocejo. Ele pôde sentir o cheiro de seus dentes podres de onde estava sentado. Em seguida, enroscou-se no chão, aconchegando-se a Hermione.

Suspirando, Ian se levantou e foi buscar o cobertor. Envolveu-as, ajeitando-o ao redor dos corpinhos abandonados.

E agora?, perguntou-se. A recente troca de palavras fora a mais próxima de uma conversa que já tivera com as meninas até então e não tinha dúvida de que a breve incursão em amabilidades iria durar mesmo depois que amanhecesse. Onde iria encontrar alguém disposto a cuidar delas?

Um leve ronco, como o zumbido das asas de uma abelha, veio do cobertor e ele sorriu involuntariamente. A pequena Mandy, filha de Bri, fazia um ruído assim quando dormia.

Ele segurara algumas vezes Mandy nos braços, adormecida. Certa vez, segurou-a por mais de uma hora, não querendo largar o peso minúsculo e quente, observando a pulsação rápida em seu pescoço e imaginando, com saudade e uma dor amenizada pela distância, sua filha natimorta. Seu rosto era um mistério para ele. Yeksa'a, os mohawks a chamaram – "menininha", nova demais para ter um nome. Mas sua filha tinha um nome. Iseabail. Foi assim que ele a chamou.

Enrolou-se no esfiapado xale escocês que seu tio Jamie lhe dera quando ele resolveu ser um mohawk e se deitou junto à fogueira.

Reze. Era isso que seus pais ou seu tio, teriam aconselhado. Na verdade, não sabia ao certo a quem rezar ou o que dizer. Deveria se dirigir a Cristo, sua Mãe ou talvez um dos santos? Ao espírito do cedro vermelho que montava guarda para além da fogueira ou à vida que se movia na floresta, sussurrando na brisa noturna?

– *A Dhia* – murmurou para o céu aberto –, *cuidich mi.*

E adormeceu. Quer tenha sido Deus ou a própria noite que o atendeu, ao amanhecer acordou com uma ideia.

Ele esperava a criada estrábica, mas a própria sra. Sylvie atendeu à porta. Lembrava-se dele. Ian percebeu uma centelha de reconhecimento e prazer em seus olhos, embora não chegasse a ser um sorriso, é claro.

– Sr. Murray – disse ela, tranquila e controlada.

Em seguida, abaixou os olhos e perdeu um pouco de sua compostura. Ajeitou os óculos de armação metálica no nariz para ver melhor o que o acompanhava, em seguida levantou a cabeça e o fitou com desconfiança.

– O que é isso?

Ele já esperava por essa reação e se preparara. Sem responder, levantou a bolsinha gorda que trouxera, para que ela ouvisse o tilintar das moedas. A expressão da sra. Sylvie mudou diante disso e ela deu um passo atrás para que eles pudessem entrar, embora continuasse a olhá-los com desconfiança.

Não com tanta desconfiança quanto as criaturinhas selvagens (ainda tinha dificuldade em pensar nelas como meninas). Elas ficaram para trás e ele teve que agarrar cada uma pelo pescoço fino e empurrá-las com firmeza para dentro da sala de estar da sra. Sylvie. Elas se sentaram, mas pareciam ter alguma coisa em mente, o que o fez cravar os olhos nelas, mesmo enquanto conversava com a proprietária do estabelecimento.

– Criadas? – perguntou ela, incrédula, olhando para as meninas.

Ele dera banho nelas à força e lavara suas roupas. Tinha várias dentadas para provar, embora felizmente nenhuma houvesse inflamado ainda. Não havia nada a fazer a respeito de seus cabelos, a não ser cortá-los, e ele não estava disposto a se aproximar de nenhuma das duas com uma faca, por medo de feri-las ou a si próprio na luta subsequente. Elas permaneceram sentadas, olhando furiosas através do emaranhado de cabelos como gárgulas de olhos vermelhos e malignos.

– Bem, elas não querem ser prostitutas – disse ele. – E eu também não quero que sejam. Não que eu tenha alguma objeção à profissão – acrescentou em prol da cortesia.

Um pequeno sorriso surgiu no canto da boca da sra. Sylvie e ela lhe lançou um olhar penetrante e bem-humorado através de seus óculos.

– Fico feliz em saber – retrucou ela secamente.

E abaixou os olhos até os pés dele, subindo o olhar lentamente, quase de forma avaliadora, por toda a extensão de seu corpo, de tal maneira que o fez se sentir mergulhado em água quente. Os olhos descansaram em seu rosto de novo e a expressão divertida havia se intensificado.

Com uma mistura de constrangimento e desejo sexual, ele relembrou uma série de imagens interessantes de seu encontro mais de dois anos antes. Por fora ela era uma mulher comum que já passara dos 30 anos, o rosto e os modos parecidos com os de uma freira aristocrática, e não com os de uma prostituta. Por baixo do despretensioso vestido de morim e do avental de musselina, entretanto... madame Sylvie valia cada centavo.

– Não estou pedindo um favor, hein? – perguntou ele, indicando a bolsinha, que colocara na mesa ao lado de sua poltrona. – Eu tinha em mente ensinar algum ofício a elas, talvez.

– Meninas aprendizes. Em um bordel. – Ela não falou como uma pergunta, mas sua boca se torceu.

– Podia começar treinando-as como criadas. Certamente você tem limpeza a fazer, não é? Urinóis a serem esvaziados e coisas assim? Depois, se forem bastante inteligentes – lançou-lhes um olhar penetrante e Hermione lhe mostrou a língua –, poderia treiná-las como cozinheiras. Ou costureiras. Você deve ter que fazer muitos remendos, não? Lençóis rasgados e coisas assim?

– Combinações rasgadas é mais provável – disse ela, muito secamente.

Seus olhos dardejaram para o teto, de onde o som de guinchos rítmicos denunciava a presença de um cliente pagante. As meninas haviam deslizado de seus banquinhos e rondavam pela sala como gatos selvagens, farejando as coisas. Ele percebeu repentinamente que elas nunca haviam visto uma cidade, muito menos a casa de alguém civilizado.

A sra. Sylvie se inclinou para a frente e pegou a bolsinha, os olhos se arregalando de surpresa com seu peso. Abriu-a e despejou um punhado de balas gordurosas e enegrecidas na mão, levantando a cabeça e lançando um olhar penetrante para Ian à sua frente. Ele não falou, mas sorriu e, estendendo a mão, pegou uma das balas de sua palma, enfiou a unha com força no metal e a largou novamente em sua mão, o risco brilhando e mostrando o ouro sob o negrume.

Ela franziu os lábios, avaliando o peso da bolsinha outra vez.

– Toda ela? – Ele estimara que eram mais de 50 libras em ouro: metade do que ele carregava.

Ele pegou um enfeite de porcelana das mãos de Hermione.

– Não vai ser uma tarefa fácil. Você vai merecer esse valor, eu acho.

– Eu também acho – disse ela, observando Trudy, que, sem nenhum constrangimento, abaixara as calças e se aliviava no canto da lareira.

Uma vez revelado o segredo de seu gênero, as meninas haviam abandonado suas exigências de privacidade.

A sra. Sylvie tocou seu sino de prata e as meninas se voltaram para o som, surpresas.

– Por que eu? – perguntou ela.

– Não consegui pensar em ninguém mais que pudesse ser capaz de lidar com elas – respondeu Ian.

– Estou *muito* lisonjeada.

– Devia estar mesmo. Estamos combinados, então?

Ela inspirou fundo, analisando as meninas, que cochichavam entre si enquanto olhavam para ela com extrema desconfiança. Soltou a respiração, balançando a cabeça.

– Provavelmente é um péssimo negócio. Mas os tempos estão difíceis.

– Em seu ramo? Imagino que a demanda seja bem constante – falou ele em tom de pilhéria.

Ela se aproximou dele, estreitando os olhos.

– Os clientes estão prontos a bater à minha porta, independentemente de qualquer coisa. Mas não têm dinheiro. Ninguém tem. Eu aceito uma galinha ou um pedaço de bacon, mas metade deles nem isso tem. Pagam com "dinheiro da proclamação", com "continentais" ou com vales das milícias. Adivinha quanto qualquer uma dessas moedas vale no mercado?

– Sim, eu...

Ela fumegava como uma chaleira de água fervente e se virou para ele, sibilando:

– Ou simplesmente não pagam. No tempo das vacas gordas, os homens são justos, em sua maioria. Se o cinto aperta um pouco, eles param de vir porque têm que nos pagar pelo seu prazer. Afinal, o que custa *a mim*? E não posso me recusar, ou eles simplesmente conseguem o que querem e depois ateiam fogo à minha casa. Você percebe isso, não?

A amargura em sua voz ardia como urtiga e ele abandonou o impulso que se formava em seu íntimo de lhe propor que selassem seu acordo de forma mais íntima.

– Compreendo – respondeu ele, da maneira mais neutra possível. – Mas isso não é sempre um risco na sua profissão? E você prosperou até agora, não?

Ela comprimiu os lábios por um instante.

– Eu tinha um... benfeitor. Um cavalheiro que me dava proteção.

– Em troca de...?

Um forte rubor tomou conta de suas faces magras.

– Não é da sua conta, senhor.

– Não? – Ele balançou a cabeça indicando a bolsinha em sua mão. – Se estou deixando meu... isso... bem, elas.... – abanou a mão indicando as meninas, agora tocando o tecido de uma cortina – com você, certamente tenho o direito de perguntar se as estou colocando em perigo, não é?

– São meninas – respondeu ela sucintamente. – Nasceram no perigo e viverão suas vidas nessa condição, independentemente das circunstâncias.

Sua mão se apertara ao redor da bolsinha, os nós dos dedos brancos. Ele ficou impressionado por ela ser tão honesta, considerando que precisava do dinheiro. No entanto, apesar de sua amargura, ele estava apreciando o debate.

– Acha, então, que a vida não é perigosa para um homem? – perguntou e, sem parar, acrescentou: – O que aconteceu com seu cafetão?

O sangue desapareceu do rosto dela, deixando-o branco como um osso descarnado. Seus olhos lançavam faíscas.

– Ele era meu irmão – disse, em um sussurro furioso. – Os Filhos da Liberdade o cobriram de alcatrão e penas e o deixaram na minha porta para morrer. Agora, senhor... tem mais alguma pergunta concernente a meus negócios ou nosso acordo está *fechado*?

Antes que ele conseguisse encontrar uma resposta, a porta se abriu e uma jovem entrou. Ele sentiu um choque visceral ao vê-la. Mas não era Emily. A jovem, olhando com curiosidade para as pequenas selvagens enroladas nas cortinas, era parcialmente índia, de constituição pequena e graciosa, com os cabelos longos, cheios, negros como as asas da graúna, balançando-se, soltos, pelas suas costas. Tinha as maçãs do rosto largas e o queixo redondo e delicado de Emily. Mas não era Emily.

Graças a Deus, pensou ele, mas ao mesmo tempo sentiu um vazio no estômago. Ao vê-la, pareceu que uma bala de canhão o tinha atravessado, deixando um enorme buraco em seu rastro.

A sra. Sylvie dava rápidas instruções à jovem índia, apontando para Hermione e Trudy. As sobrancelhas negras da jovem se ergueram levemente, mas ela assentiu. Sorrindo para as meninas, convidou-as a acompanhá-la até a cozinha para comerem alguma coisa.

As meninas prontamente se desvencilharam das cortinas; já se passara muito tempo desde o café da manhã e ele não tinha nada para elas senão um pedaço de pão seco e um pouco de carne de urso seca, dura como couro de sapato.

Elas seguiram a índia até a porta da sala sem dispensar sequer um olhar para Ian. À porta, entretanto, Hermione se virou e, levantando as calças largas, apontou-lhe um dedo fino e longo de acusação.

– Se virarmos prostitutas no fim das contas, seu desgraçado, eu vou caçá-lo, arrancar suas bolas e enfiá-las no seu cu.

Ele se despediu com toda a dignidade que conseguiu reunir, a risada da sra. Sylvie retinindo em seus ouvidos.

18

ARRANCANDO DENTES

New Bern, colônia da Carolina do Norte
Abril de 1777

Eu detestava arrancar dentes. Mesmo na melhor das situações, uma pessoa corpulenta com uma boca grande e um temperamento dócil, o dente afetado, um dos da frente e no maxilar superior (menos problemático em relação a raízes e de acesso muito mais fácil), era uma questão confusa, delicada e difícil. E, sublinhando o caráter desagradável da tarefa, havia uma inevitável sensação de desânimo com o provável resultado.

Era necessário. Além da dor de um dente com abscesso, a inflamação podia liberar bactérias na corrente sanguínea, causando septicemia e até a morte. Só que arrancar um dente sem ter como substituí-lo significava comprometer não só a aparência do paciente como a função e a estrutura da boca. A falta de um dente permitia que os que estavam próximos saíssem do lugar, alterando a mordedura e tornando a mastigação muito menos eficiente. O que, por sua vez, afetava a nutrição do paciente, a saúde como um todo e as perspectivas de uma vida longa e feliz.

Não, refleti com raiva, mudando de posição para obter uma visão melhor do dente que eu procurava, que a remoção de vários dentes fosse danificar muito a dentição da pobre menina em cuja boca eu estava trabalhando.

Ela não podia ter mais do que 8 ou 9 anos, com uma arcada estreita e pronunciadamente dentuça. Os caninos de leite não caíram no devido tempo e os dentes permanentes eclodiram por trás deles, dando-lhe uma sinistra aparência de presas duplas. Isso era agravado pela inusitada estreiteza da arcada superior, que forçara os dois incisivos frontais emergentes a se entortarem para dentro, voltando-se um para o outro de tal forma que as superfícies frontais deles quase se tocavam.

Toquei o molar superior inflamado e ela se remexeu contra as tiras que a mantinham presa à cadeira, emitindo um grito agudo.

– Dê-lhe um pouco mais, Ian, por favor.

Empertiguei-me, sentindo como se a parte inferior de minhas costas tivesse sido apertada com um torniquete. Estava trabalhando havia horas na sala da frente da gráfica de Fergus e tinha uma pequena tigela cheia de dentes sujos de sangue junto a meu cotovelo para provar à multidão fascinada do lado de fora da janela.

Ian fez um ruído escocês de dúvida, mas pegou a garrafa de uísque e estalou a língua para a menina num gesto encorajador. Ela gritou novamente ao ver seu rosto tatuado e trancou a boca. A mãe da menina, já sem paciência, deu-lhe um pequeno tapa, arrancou a garrafa da mão de Ian e, inserindo-a na boca da filha, virou-a, apertando o nariz da menina com a outra mão.

Os olhos da criança se arregalaram e uma explosão de gotículas de uísque jorrou dos cantos de sua boca. Ainda assim, seu pescoço fino se moveu para baixo e para cima enquanto ela engolia.

– Acho que já é mais do que suficiente – falei, um pouco alarmada com a quantidade de uísque que a criança engolia.

Era um uísque muito ruim, comprado no local, e apesar de Jamie e Ian o terem provado e, após alguma discussão, decidido que provavelmente não iria cegar ninguém, eu tinha reservas quanto a usá-lo em grandes quantidades.

– Humm – murmurou a mãe, examinando a filha de modo crítico, mas sem retirar a garrafa. – Acho que agora vai funcionar.

Os olhos da criança haviam rolado para trás e o corpinho tenso relaxou, desfalecendo contra a cadeira. A mãe retirou a garrafa de uísque da boca da filha, limpou o gargalo com cuidado em seu avental e a devolveu a Ian, acenando com a cabeça em agradecimento.

Examinei seu pulso e a respiração, mas ela parecia bem – até agora, ao menos.

– *Carpe diem* – murmurei, pegando meu alicate. – Ou talvez deva dizer *carpe vinorum*? Fique atento para ver se ela continua respirando, Ian.

Ian riu e inclinou a garrafa, molhando um pequeno chumaço de tecido limpo com uísque para a limpeza.

– Acho que você vai ter tempo de arrancar mais de um dente, tia. Provavelmente poderia tirar todos os dentes da garota e ela não iria nem se mexer.

– É uma ideia – disse, virando a cabeça da menina. – Pode trazer o espelho, Ian?

Eu tinha um pequeno espelho quadrado que podia, com sorte, ser usado para direcionar a luz do sol para dentro da boca de um paciente. E havia luz solar jorrando em abundância pela janela, quente e brilhante. Infelizmente, havia também inúmeras cabeças pressionadas contra a janela, que ficavam entrando e saindo do caminho do sol, frustrando as tentativas de Ian de lançar um raio onde eu precisava.

– Marsali! – chamei, um polegar conferindo o pulso da menina, por precaução.

– Sim? – Ela surgiu do aposento dos fundos onde estivera limpando, ou melhor, sujando os tipos, esfregando as mãos pretas de tinta em um trapo. – Precisa de Henri-Christian outra vez?

– Se você... ou ele... não se importar.

– Ele não – garantiu ela. – Ele adora fazer isso, o exibido. Joanie! Félicité! Venham buscar o pequeno, sim? Precisam dele lá na frente.

Félicité e Joanie – vulgo "gatinhas infernais", como Jamie as chamava – vieram prontamente. Elas gostavam das performances de Henri-Christian quase tanto quanto ele mesmo.

– Vamos, Bubbles! – chamou Joanie, mantendo aberta a porta para a cozinha. Henri-Christian veio correndo, bamboleando em suas pernas curtas e arqueadas, o rosto vermelho radiante.

– Uuu-la-lá! Uuu-la-lá! Uuu-la-lá! – gritava, dirigindo-se à porta.

– Coloque o chapéu nele! – berrou Marsali. – Vai pegar friagem nos ouvidos!

Era um dia claro, mas ventava, e Henri-Christian tinha uma tendência a contrair infecção de ouvido. Mas ele tinha um chapéu de lã que amarrava sob o queixo, tricotado em listras azuis e brancas e decorado com uma fileira de bolotas vermelhas. Brianna o fizera para ele e, ao vê-lo, senti um aperto no coração, dor e ternura misturadas.

As meninas o pegaram, cada uma por uma das mãos – Félicité se esticando no último instante para pegar um velho chapéu desabado de seu pai do cabideiro, para estender e receber as moedas –, e saíram, ao encontro de vivas e assobios da multidão. Através da janela, eu podia ver Joanie limpando os livros exibidos em uma mesa do lado de fora e Félicité içando Henri-Christian para sua plataforma. Ele abriu seus braços troncudos e curtos, radiante, e fez uma reverência com elegância para um lado e para outro. Em seguida, curvou-se, colocou as mãos sobre o tampo da mesa e, com um notável grau de graciosidade controlada, ficou de cabeça para baixo, apoiado nas mãos e com as pernas para o ar.

Não esperei para ver o resto de seu espetáculo. Era basicamente de danças e chutes, intercalados com cambalhotas e pequenas acrobacias, mas que encantava por sua estatura anã e sua vívida personalidade.

No entanto, ele havia afastado a multidão da janela, que era o que eu queria.

– Agora, Ian – avisei, voltando ao trabalho.

Com a luz trêmula do espelho, era um pouco mais fácil ver o que estava fazendo, e me atraquei com o dente quase no mesmo instante. Essa era a parte difícil. O dente estava muito quebrado e havia uma grande chance de que pudesse se esfacelar em vez de sair inteiro quando eu o torcesse. E se isso acontecesse...

Mas não aconteceu. Ouviu-se um estalido abafado quando a raiz do dente se separou do osso do maxilar e logo eu segurava o minúsculo objeto branco, intacto.

A mãe da criança suspirou e relaxou um pouco. A menina suspirou também e se ajeitou na cadeira. Verifiquei sua pulsação outra vez. Estava boa, embora a respiração estivesse um pouco fraca. Ela provavelmente iria dormir por...

Um pensamento me ocorreu.

– Sabe – falei à mãe, com certa hesitação –, eu poderia extrair um ou mais dentes sem machucá-la. Veja... – Afastei-me para o lado, chamando-a para ver. – Estes devem ser arrancados imediatamente, para que os de trás assumam seus lugares. E você vê estes da frente, é claro... Bem, eu extraí o pré-molar superior da esquerda. Se eu tirar o mesmo dente da direita, *talvez* seus dentes se desloquem um pouco, para preencher o espaço vazio. E se puder convencê-la a pressionar com a língua estes da frente sempre que se lembrar...

Claramente não era ortodontia, e com certeza carregava um risco maior de infecção, mas eu me sentia tentada. A pobre criança parecia um morcego carnívoro.

– Hummm – murmurou a mãe, olhando dentro da boca da filha com a testa franzida. – Quanto você me dá por eles?

– Quanto... quer que eu pague a *você*?

– São dentes bons, perfeitos – retrucou a mãe. – O arrancador de dentes perto do porto me daria 1 xelim por cada dente. E Glory vai precisar do dinheiro para seu dote.

– Dote? – repeti, surpresa.

A mãe deu de ombros.

– Ninguém deve querê-la pela beleza, não é?

Fui obrigada a admitir que isso era verdade. Fora sua deplorável dentição, chamar a pobre criança de feia seria um elogio.

– Marsali – chamei –, você tem 4 xelins?

O ouro na bainha de meu vestido se balançava ao redor de meus pés, mas eu não podia usá-lo nessa situação.

Marsali, surpresa, se virou da janela, de onde vigiava Henri-Christian e as meninas.

– Dinheiro vivo? Não.

– Tudo bem, tia. Eu economizei um pouco. – Ian largou o espelho e enfiou a mão em seu *sporran*, de onde emergiu com um punhado de moedas. – Veja bem – disse ele, fitando a mulher –, você não conseguiria mais do que 3 *pennies* por cada dente em perfeito estado, e provavelmente não mais do que 1 *penny* por um dente de leite.

A mulher, sem se deixar esmorecer, olhou para ele com o queixo erguido.

– Você fala como um escocês avarento – acusou. – Por mais que esteja tatuado como um selvagem. São 6 *pennies* por cada um então, seu pão-duro desgraçado!

Ian riu para ela, exibindo seus dentes, os quais, se não inteiramente alinhados, estavam em excelentes condições.

– Vai levar sua menina para o cais e deixar aquele açougueiro estraçalhar sua boca? – perguntou ele afavelmente. – Ela estará acordada até lá, sabe? E berrando. Três!

– Ian! – exclamei.

– Bem, não vou deixar que ela a engane, tia. Já é bastante ruim que ela esteja querendo que você arranque os dentes de graça, quanto mais pagar pela honra!

Fortalecida por minha intervenção, a mulher empinou o queixo e repetiu:

– Seis *pennies*!

Marsali, atraída pela discussão, aproximou-se para espreitar dentro da boca da menina.

– Você não vai arranjar um marido para esta aqui por menos de 10 libras – informou à mulher sem rodeios. – Não deste jeito que está. Um homem teria medo de ser mordido ao beijá-la. Ian tem razão. Na verdade, você deveria pagar em dobro pelo serviço.

– Você concordou em pagar quando veio aqui, não foi? – pressionou Ian. – Dois *pennies* para ter o dente arrancado, e foi uma pechincha, porque minha tia ficou com pena da menina.

– Sanguessugas! – exclamou a mulher. – É verdade o que dizem: vocês escoceses são capazes de tirar moedas dos olhos de um morto!

Obviamente, a questão não seria resolvida depressa. Podia sentir Ian e Marsali dispostos a travar um divertido round de luta livre. Suspirei e peguei o espelho da mão de Ian. Eu não iria precisar dele para os caninos e talvez, quando chegasse ao outro pré-molar, ele já estivesse prestando atenção outra vez.

Na verdade, os caninos foram simples. Eram dentes de leite, quase sem raiz e prontos para cair. Provavelmente poderia tê-los arrancado com os dedos. Uma rápida torcida em cada um e eles saíram, as gengivas quase sem sangramento. Satisfeita, limpei o local com uma mecha de algodão embebida em uísque, depois examinei o pré-molar.

Ficava do outro lado da boca, o que significava que, virando um pouco a cabeça da menina, eu poderia obter um pouco de luz sem precisar do espelho. Peguei a mão de Ian - ele estava tão absorto na discussão que mal notou - e a coloquei na cabeça da garota para segurá-la na posição. Depois, com muito cuidado, aproximei meu alicate.

Uma sombra interceptou minha luz. Virei-me, aborrecida, deparando-me com um cavalheiro de aparência elegante espreitando pela janela, um olhar de interesse no rosto.

Olhei severamente para ele e gesticulei para que se afastasse. Ele piscou para mim e assentiu, desculpando-se. Sem esperar por mais alguma interrupção, agachei-me, segurei o dente e o arranquei com uma bem-sucedida torção.

Cantarolando de satisfação, despejei um pouco de uísque no buraco ensanguentado. Em seguida, virei sua cabeça para o outro lado e pressionei um chumaço de gaze delicadamente sobre a gengiva, para ajudar a drenar o abscesso. Senti uma repentina frouxidão extra no pequeno pescoço vacilante e congelei.

Ian também sentiu. Interrompeu-se no meio de uma frase e me lançou um olhar espantado.

– Desamarre-a – ordenei. – Rápido.

Ele a soltou e eu a segurei por baixo dos braços, estendendo-a no chão, a cabeça caída como a de uma boneca de pano. Ignorando as exclamações espantadas de Marsali e da mãe da menina, virei sua cabeça para trás, tirei o chumaço de gaze de sua boca e, apertando seu nariz entre meus dedos, colei minha boca na sua e comecei a ressuscitação.

Era como inflar um balão pequeno e duro: relutância, resistência, depois o peito se enchendo de ar. Só que o peito não é maleável como borracha; não ficou mais fácil soprar.

Eu mantinha os dedos da outra mão em seu pescoço, procurando uma pulsação da carótida. Lá estava... Seria mesmo? Sim, era! Seu coração ainda estava batendo, embora fracamente.

Respirar. Pausa. Respirar. Pausa... Senti o minúsculo fluxo da expiração e, em seguida, o peito estreito se moveu por conta própria. Esperei, o sangue latejando em meus ouvidos, mas o peito voltou à imobilidade. Respirar. Pausa. Respirar...

O peito se moveu novamente e dessa vez continuou a subir e descer por seu próprio esforço. Sentei-me de cócoras, a respiração acelerada e uma película de suor frio cobrindo meu rosto.

A mãe da menina estava boquiaberta. Notei que a dentição dela não era ruim; só Deus sabia como era a de seu marido.

– Ela está... está...? – perguntou a mulher, olhando de mim para a filha e de novo para mim.

– Ela está bem – respondi, sem mais comentários. Levantei-me devagar, sentindo-me zonza. – Mas ela não pode ir embora enquanto o efeito do uísque não passar. Acho que vai ficar bem, mas é possível que pare de respirar outra vez. Alguém precisa vigiá-la até ela acordar. Marsali...?

– Sim, vou colocá-la no leito – disse Marsali, aproximando-se. – Aí está você, Joanie. Pode vir aqui e ficar vigiando esta menina um pouco? Ela precisa se deitar na sua cama.

As crianças haviam entrado, rindo e afogueadas, com o chapéu cheio de moedas e botões, mas, ao notarem a menina no chão, correram para vê-la também.

– Uuu-la-lá! – exclamou Henri-Christian, impressionado.

– Ela morreu? – perguntou Félicité de chofre.

– Se tivesse morrido, *maman* não iria me pedir para tomar conta dela – ressaltou Joanie. – Ela não vai vomitar na minha cama, vai?

– Forrarei com uma toalha – prometeu Marsali, agachando-se para pegar a menina no colo.

Ian se adiantou, erguendo a menina delicadamente nos braços.

– Então, nós só lhe cobraremos 2 *pennies* – disse ele à mãe. – Mas daremos todos os dentes de graça, hein?

Perplexa, ela assentiu. Depois, seguiu os demais para os fundos da casa. Ouvi o barulho de vários pés subindo as escadas, mas não os segui. Minhas pernas estavam fracas e me sentei de pronto.

– A senhora está bem, madame?

Ergui os olhos e vi o estranho elegante dentro da loja, me olhando com curiosidade. Peguei a garrafa de uísque quase vazia e tomei um grande gole. Queimava como enxofre e tinha gosto de ossos carbonizados. Minha respiração assobiou e meus olhos lacrimejaram, mas não cheguei a tossir.

– Muito bem – respondi. – Perfeitamente bem. – Limpei a garganta e enxuguei os olhos na manga do vestido. – Posso ajudá-lo?

Uma expressão divertida atravessou as feições dele.

– Eu não preciso ter um dente arrancado, o que provavelmente é uma sorte para nós dois. Entretanto... posso? – Tirou um fino frasco de prata do bolso e o estendeu a mim, sentando-se em seguida. – Acredito que seja um pouco mais revigorante do que... isso.

Ele torceu um pouco o nariz, indicando a garrafa de uísque aberta. Abri o frasco e o aroma encorpado de um conhaque de excelente qualidade escapou, como o gênio da lâmpada.

– Obrigada – disse rapidamente e bebi, cerrando os olhos. – Muito obrigada – acrescentei um instante depois, abrindo-os.

Realmente revigorante. Um calor se formou no meu estômago e se espalhou como fumaça pelos meus membros.

– É um prazer, madame – disse ele, e sorriu.

Era inegavelmente um almofadinha, e rico também, com uma grande quantidade de renda pelo corpo, botões dourados na cintura, uma peruca empoada e duas pintas artificiais de seda preta no rosto: uma estrelinha ao lado da sobrancelha esquerda e um cavalo empinado na face direita. Não um estilo que se visse com frequência na Carolina do Norte, em especial naquele momento.

Apesar das incrustações, era um homem bonito de 40 e poucos anos, com meigos olhos escuros que brilhavam de humor e um rosto delicado e sensível. Seu inglês era muito bom, embora carregasse um sotaque distintamente parisiense.

– Tenho a honra de falar com a sra. Fraser? – perguntou.

Vi seus olhos passarem pela minha cabeça escandalosamente desprovida de uma touca, mas ele não teceu nenhum comentário.

– Bem, sim – respondi, hesitante. – Mas posso não ser quem o senhor procura. Minha nora também é sra. Fraser. Ela e o marido são os donos desta gráfica. Assim, se está querendo mandar imprimir alguma coisa...

– Sra. Jamie Fraser?

Parei instintivamente, mas não havia alternativa senão responder.

– Sim, sou eu. Está procurando meu marido? – perguntei com cautela.

As pessoas procuravam Jamie por muitas razões e nem sempre era desejável que o encontrassem.

Ele sorriu, os olhos se enrugando amavelmente.

– De fato, estou. O capitão do meu navio disse que o sr. Fraser foi procurá-lo hoje de manhã buscando passagens.

Meu coração deu um salto.

– O senhor tem um navio, senhor...?

– Beauchamp – respondeu e, pegando minha mão, beijou-a elegantemente. – Percival Beauchamp, a seu serviço, madame. Tenho, sim. Chama-se *Huntress*.

Cheguei a pensar que meu coração tivesse realmente parado por um instante, mas, não tinha, e retomou os batimentos com uma forte pancada.

– Beauchamp. Becham? – Ele pronunciara seu nome como os franceses, mas, diante da minha pergunta, balançou a cabeça, o sorriso se ampliando.

– Sim, os ingleses o pronunciam assim. A senhora disse que sua nora... Então, o sr. Fraser que é proprietário desta loja é filho do seu marido?

– Sim – respondi automaticamente.

Não seja tola, censurei-me. *Não é um nome incomum. É provável que ele não tenha nada a ver com sua família!* No entanto... uma conexão franco-inglesa. A família do meu pai migrara da França para a Inglaterra no século XVIII, mas isso era tudo que eu sabia. Fitei-o, fascinada. Haveria algo familiar em seu rosto, algo que eu pudesse comparar com minhas fracas recordações dos meus pais, com as mais fortes do meu tio?

Ele tinha a pele muito clara, como a minha, mas isso era comum na classe alta, que tomava muito cuidado para se proteger do sol. Seus olhos eram muito mais escuros do que os meus, e muito bonitos, mas de formato diferente, mais redondos. As sobrancelhas... as sobrancelhas do meu tio Lamb teriam aquela forma, mais grossas perto do nariz, afinando-se em um arco gracioso...?

Absorta nesse torturante enigma, eu não ouvira o que ele falava.

– Como disse?

– O menino – repetiu ele, acenando com a cabeça para indicar a porta por onde as crianças haviam desaparecido. – Ele gritava "Uuu-la-lá!", como os artistas de rua fazem em Paris. A família tem alguma origem francesa?

Sinais de alarme tardios começaram a soar e uma inquietação fez os pelos dos meus braços se arrepiarem.

– Não – respondi, tentando forjar uma expressão de educada curiosidade. – Deve ter ouvido de algum lugar. Houve uma pequena trupe de acrobatas franceses percorrendo as Carolinas no ano passado.

– Ah, certamente é por isso. – Inclinou-se um pouco para a frente, os olhos escuros atentos. – A senhora mesma os viu?

– Não. Meu marido e eu... não moramos aqui.

Quase contei onde nós *realmente* vivíamos, mas eu não sabia quanto ele sabia, se é que sabia alguma coisa, sobre as circunstâncias envolvendo Fergus. Ele se recostou na cadeira, franzindo um pouco os lábios, desapontado.

– Ah, que pena. Achei que talvez o cavalheiro que estou procurando possa ter pertencido a essa trupe. Embora eu imagine que não soubesse seus nomes, ainda que os tivesse visto.

– Está à procura de alguém? Um francês? – Levantei a tigela de dentes sujos de sangue e comecei a escolhê-los, fingindo indiferença.

– Um homem chamado Claudel. Ele nasceu em Paris, em um bordel – acrescentou, com um leve ar de desculpas por usar um termo tão indelicado em minha presença. – Ele deve ter 40 e poucos anos agora... 41 ou 42, eu creio.

– Paris – repeti, ouvindo os passos de Marsali na escada. – O que o leva a acreditar que ele esteja na Carolina do Norte?

Ele deu de ombros num gesto gracioso.

– Ele pode muito bem não estar. O que eu sei é que há cerca de trinta anos ele foi levado de um bordel por um escocês e que esse homem foi descrito como tendo uma aparência impressionante, muito alto, com brilhantes cabelos ruivos. Fora isso, encontrei um cipoal de possibilidades... – Sorriu ironicamente. – Fraser foi descrito para mim de variadas formas: comerciante de vinhos, jacobita, legalista, traidor, espião, aristocrata, fazendeiro, importador... ou contrabandista. Os termos mudam, com conexões que vão de um convento à corte real.

Era um retrato muito preciso de Jamie. Embora eu pudesse ver por que não fora de muita ajuda encontrá-lo. Por outro lado... ali estava Beauchamp.

– Descobri um comerciante de vinhos chamado Michael Murray. Ao ouvir essa descrição, ele me contou que se parecia com seu tio, James Fraser, que havia emigrado para a América mais de dez anos antes. – Os olhos escuros estavam menos bem-humorados agora. – Mas quando perguntei sobre a criança, Claudel, monsieur Murray manifestou completa ignorância de tal pessoa. Em termos um pouco violentos.

– É mesmo? – indaguei, e peguei um grande molar com sérias cáries, estreitando os olhos para examiná-lo.

Meu Deus. Eu só conhecia Michael de nome. Um dos irmãos mais velhos do Jovem Ian, ele nascera após minha partida e já fora para a França quando retornei a Lallybroch, para ser educado e conduzido ao negócio de vinhos por Jared Fraser, um primo de Jamie, mais velho e sem filhos. Michael havia, é claro, crescido com Fergus em Lallybroch e sabia muito bem qual era seu nome original. E aparentemente suspeitara ou detectara algo no comportamento desse estranho que o assustara.

– Está me dizendo que veio até a América sem saber nada a não ser o nome de um homem e que ele tem cabelos ruivos? – perguntei, tentando parecer incrédula. – Santo Deus, o senhor deve ter um interesse considerável em encontrar esse Claudel!

– Tenho, sim, madame – respondeu ele sorrindo, a cabeça inclinada para o lado. – Diga-me, sra. Fraser... seu marido tem cabelos ruivos?

– Tem – respondi. Não fazia sentido negar, já que qualquer pessoa em New Bern lhe diria isso. E provavelmente já o fizera. – Assim como quase todos os seus parentes e cerca da metade da população das Terras Altas escocesas.

Isso era um exagero, mas eu estava certa de que o sr. Beauchamp não estava muito familiarizado com as Terras Altas. Ouvi vozes em cima. Marsali provavelmente desceria a qualquer instante e eu não queria que ela entrasse no meio dessa conversa em particular.

– Bem... – comecei, levantando-me. – Tenho certeza de que vai querer falar com meu marido, e ele com o senhor. Mas ele saiu para resolver algumas coisas e só voltará amanhã. O senhor está hospedado na cidade?

– Na King's Inn – respondeu, levantando-se também. – Poderia dizer a seu marido para me encontrar lá, madame? Eu agradeço.

Com uma profunda reverência, tomou minha mão e a beijou outra vez, depois sorriu e saiu da loja, deixando um aroma de bergamota e hissopo misturado à leve fragrância de um bom conhaque.

Muitos comerciantes e homens de negócios haviam deixado New Bern devido ao estado caótico da política. Sem nenhuma autoridade civil, a vida pública estacionara, salvo as mais simples transações comerciais, e muitas pessoas – tanto simpatizantes dos legalistas quanto dos rebeldes – tinham deixado a colônia por medo da violência.

Havia apenas duas boas hospedarias em New Bern atualmente. A King's Inn era uma, e a Wilsey Arms, a outra. Felizmente, Jamie e eu tínhamos um quarto nesta última.

– Você vai falar com ele? – Eu acabara de contar a Jamie a visita de monsieur Beauchamp, um relato que o deixara com uma profunda ruga de preocupação entre as sobrancelhas.

– Santo Deus. Como ele descobriu tudo isso?

– Ele deve ter começado com o conhecimento de que Fergus estava naquele bordel e começou sua investigação por lá. Imagino que não tenha sido difícil encontrar alguém que tenha visto você ou que soube do incidente. Afinal, você não é uma pessoa que passe despercebida.

Apesar da minha agitação, sorri à lembrança de Jamie, com 25 anos, se refugiando temporariamente no bordel em questão, armado com uma enorme linguiça. Na ocasião, ele havia fugido por uma janela, acompanhado por um garoto de 10 anos, um batedor de carteiras e às vezes prostituto chamado Claudel.

Ele deu de ombros, parecendo constrangido.

– Bem, sim, talvez. Mas descobrir tanto... – Coçou a cabeça, pensando. – Antes de falar com ele, preciso conversar com Fergus. Creio que vamos querer saber um pouco mais sobre esse monsieur Beauchamp antes de nos entregarmos a ele.

– Também gostaria de saber um pouco mais a respeito dele. Eu me perguntei se... Bem, é uma possibilidade remota, o nome não é incomum, mas realmente me perguntei se ele podia de alguma forma estar ligado a um ramo da minha família. Eles *estavam* na França no século XVIII, isso eu sei.

Ele sorriu para mim.

– E o que você faria, Sassenach, se descobrisse que ele na verdade é seu parente?

– Eu... – Parei subitamente porque não sabia o que faria em tal circunstância. – Bem... talvez nada – admiti. – De qualquer forma, não podemos descobrir isso com certeza, já que não lembro qual era o nome desse meu ancestral. Eu apenas... ficaria interessada em saber mais. Só isso.

– Sim, claro que ficaria – disse ele com simplicidade. – Mas não se isso pudesse colocar Fergus em perigo, não é?

– Não, claro que não. Mas você...

Fui interrompida por uma leve batida à porta. Ergui as sobrancelhas para Jamie, que hesitou por um instante, depois deu de ombros e foi abri-la.

Como era um quarto pequeno, eu podia ver a porta de onde estava sentada. Para minha surpresa, vi uma comitiva de mulheres. O corredor era um mar de toucas brancas flutuando na semiobscuridade como uma medusa.

– Sr. Fraser? – perguntou uma delas. – Eu sou... Meu nome é Abigail Bell. Estas são as minhas filhas – ela se virou e avistei de relance um rosto branco e tenso – Lillian e Miriam. Posso falar com o senhor?

Jamie se inclinou e as convidou a entrar, erguendo as sobrancelhas para mim enquanto as seguia.

– Minha mulher – disse ele, indicando-me com um aceno de cabeça quando me levantei murmurando amabilidades.

Havia apenas a cama e um banquinho, de modo que permanecemos de pé, sorrindo sem jeito e meneando a cabeça uns para os outros.

A sra. Bell era baixa e um pouco robusta, e provavelmente um dia fora tão bonita quanto suas filhas. No entanto, suas faces, que já haviam sido rechonchudas, agora estavam flácidas, como se ela tivesse perdido peso muito rápido, e a pele era enrugada de preocupação. As filhas também pareciam preocupadas; uma retorcia as mãos no avental e a outra lançava olhares rápidos a Jamie por baixo das pálpebras semicerradas, como se temesse que ele pudesse fazer alguma coisa violenta.

– Peço desculpas, senhor, por vir à sua procura com tanta ousadia. – Os lábios da sra. Bell tremiam; ela teve que parar e comprimi-los rapidamente antes de continuar: – Eu... eu soube que o senhor está procurando um navio com destino à Escócia.

Jamie assentiu, mas se perguntou como aquela mulher ficara sabendo disso. Ele tinha dito que todos na cidade saberiam em um ou dois dias – evidentemente, estava certo.

– Conhece alguém com tal viagem em vista? – perguntou ele educadamente.

– Não. Não exatamente. Eu... quer dizer... talvez. É meu marido – respondeu ela, mas a palavra fez sua voz fraquejar e ela cobriu a boca com a mão fechada sobre o avental.

Uma das filhas, uma jovem de cabelos escuros, segurou a mãe com delicadeza pelo cotovelo e a afastou para o lado, empertigando-se com bravura para enfrentar o temível sr. Fraser.

– Meu pai está na Escócia, sr. Fraser. Minha mãe espera que o senhor possa encontrá-lo quando chegar lá, ajudando-o a retornar para nós.

– Ah! – exclamou Jamie. – E seu pai é...?

– Sr. Richard Bell, de Wilmington. – Fez uma mesura apressada, como se mais demonstrações de cortesia fossem facilitar seu caso. – Ele é... *era*...

– Ele *é*! – sibilou sua irmã, a voz baixa mas enfática, e a primeira irmã, a morena, lançou-lhe um olhar furioso.

– Meu pai era negociante em Wilmington, sr. Fraser. Possuía muitos interesses comerciais e, em função dos negócios, ele... tinha necessidade de fazer contato com vários oficiais britânicos, que compravam suprimentos com ele. Era puramente uma questão de negócios!

– Nestes tempos terríveis, negócios nunca são apenas negócios. – A sra. Bell recuperara o autocontrole e veio se postar ao lado da filha. – Eles disseram, os inimigos do meu marido, eles espalharam que ele era um legalista.

– Apenas porque ele era – interpôs a segunda irmã. De cabelos louros e olhos azuis, ela não tremia; encarou Jamie com o queixo erguido e os olhos flamejantes. – Meu pai era leal a seu rei! Não acho que se deva pedir desculpas por isso! Nem acho certo fingir o contrário somente para obter a ajuda de um homem que quebrou todas as promessas...

– Ah, *Miriam*! – exclamou a irmã, exasperada. – Você não pode ficar calada por um *segundo*? Você estragou tudo!

– Não estraguei, não – retrucou ela rispidamente. – Se o fiz, é porque não iria mesmo funcionar! Por que alguém como ele...?

– Funcionaria, sim! O sr. Forbes disse...

– Ah, o sr. Forbes! O que *ele* pode saber?

A sra. Bell gemeu baixinho em seu avental.

– Por que seu pai foi para a Escócia? – perguntou Jamie, cortando a discussão.

Tomada de surpresa, Miriam Bell respondeu:

– Ele não *foi* para a Escócia. Foi raptado na rua e enfiado em um navio com destino a Southampton.

– Por quem? – perguntei, abrindo caminho pela floresta de saias que bloqueava minha passagem até a porta. – E por quê?

Enfiei a cabeça para o corredor e chamei o garoto que limpava botas no patamar, pedindo-lhe que fosse ao salão do bar embaixo e trouxesse uma jarra de vinho. Considerando o estado aparente das Bells, achei que algo que restaurasse as amenidades sociais seria uma boa ideia.

Voltei a tempo de ouvir a srta. Lillian Bell explicar que na verdade não sabiam quem havia sumido com seu pai.

– Não pelo nome, ao menos – disse ela, o rosto vermelho de raiva com a lembrança. – Os desgraçados tinham a cabeça coberta com capuz. Mas tenho certeza de que eram os Filhos da Liberdade!

– Sim, sem dúvida – afirmou a srta. Miriam. – Papai já recebera ameaças deles: bilhetes pregados na porta, um peixe morto embrulhado em um pedaço de flanela vermelha deixado na varanda para causar mau cheiro. Esse tipo de coisa.

A situação foi além das ameaças no final do mês de agosto. O sr. Bell estava a caminho do armazém quando um grupo de homens encapuzados saiu de um beco, agarraram-no e o arrastaram para o cais, depois o atiraram a bordo de um navio que acabara de soltar as amarras, as velas inflando enquanto se afastava lentamente.

Eu ouvira falar de legalistas problemáticos sendo "deportados" dessa forma, mas não tinha me deparado ainda com uma verdadeira ocorrência da prática.

– Se o navio se dirigia à Inglaterra – perguntei –, como ele foi parar na Escócia?

Houve certa confusão enquanto as três Bells tentavam explicar ao mesmo tempo o que acontecera, mas Miriam ganhou outra vez:

– Ele chegou à Inglaterra sem nenhum centavo, é claro, sem mais do que as roupas do corpo e devendo dinheiro pela comida e pela passagem do navio. Mas o capitão se tornou seu amigo e o levou de Southampton para Londres, onde meu pai conhecia alguns homens com quem fizera negócios no passado. Um deles lhe adiantou uma soma de dinheiro para cobrir a dívida com o capitão e lhe prometeu passagem para a Geórgia se ele fiscalizasse a carga em uma viagem de Edimburgo às Antilhas, e daí para a América. Assim, ele viajou para Edimburgo sob os auspícios de seu patrocinador, descobrindo que a carga a ser embarcada nas Antilhas era de escravos.

– Meu marido é abolicionista, sr. Fraser – interpôs a sra. Bell com um tímido orgulho. – Ele mencionou que não podia compactuar com a escravidão nem ajudar sua prática, independentemente do que isso lhe custasse.

– E o sr. Forbes nos contou o que o senhor fez por aquela mulher, a escrava da sra. Cameron – acrescentou Lillian, uma expressão ansiosa no rosto. – Assim, nós pensamos... que ainda que o senhor fosse...

Constrangida, ela não terminou a frase.

– Um rebelde sem palavra, sim – disse Jamie secamente. – Compreendo. O sr. Forbes... seria Neil Forbes, o advogado? – Ele pareceu levemente incrédulo, e com boa razão.

Alguns anos antes, Forbes fora um pretendente à mão de Brianna – encorajado por Jocasta Cameron, tia de Jamie. Bri o rejeitara sem muita delicadeza e ele se vingara algum tempo depois fazendo com que fosse raptada por um notório pirata. Uma situação muito confusa se seguiu, envolvendo o rapto da idosa mãe de Forbes por Jamie e o corte da orelha de Forbes pelo Jovem Ian. O tempo podia ter curado seus ferimentos exteriores, mas eu não conseguiria imaginar ninguém menos provável de andar fazendo elogios a Jamie.

– Sim – falou Miriam, mas não me passou despercebido o olhar dúbio que a sra. Bell e Lillian trocaram.

– O que o sr. Forbes disse a meu respeito? – perguntou Jamie.

As três empalideceram e as sobrancelhas de Jamie se ergueram.

– O que foi? – repetiu ele em tom incisivo.

Fez a pergunta diretamente à sra. Bell, que identificara como o elo mais fraco na cadeia familiar.

– Ele disse que ainda bem que o senhor estava morto – respondeu a senhora.

Com isso, seus olhos rolaram para trás e ela desabou no chão como uma saca de grãos de cevada.

Felizmente, eu tinha uma garrafa de amônia do dr. Fentiman. Isso despertou a sra. Bell instantaneamente para um acesso de espirros. Uma das filhas a ajudou a ir para a cama, arquejante e engasgada. O vinho felizmente chegou nessa hora e servi a bebida a todos, reservando uma boa caneca para mim.

– Bem, então – disse Jamie, lançando às mulheres o tipo de olhar vagaroso e penetrante, destinado a fazer malfeitores sentirem os joelhos enfraquecer e confessarem tudo –, onde você ouviu o sr. Forbes dizer que eu estava morto?

A srta. Lillian, sentada na cama com a mão protetoramente no ombro da mãe, falou:

– Eu o ouvi na pensão do Symond, quando ainda estávamos em Wilmington. Fui comprar um jarro de sidra quente. Era fevereiro, ainda estava muito frio. De qualquer forma, a mulher que trabalhava lá, Faydree, foi aquecer a sidra para mim. O sr. Forbes entrou e falou comigo. Ele soube o que acontecera a meu pai e foi solidário, perguntando como estávamos sobrevivendo... Então Faydree chegou com o jarro e ele a viu.

Forbes, é claro, reconhecera Phaedre, que vira muitas vezes em River Run, a fazenda de Jocasta. Demonstrando grande surpresa com sua presença ali, ele fez perguntas buscando uma explicação e recebeu uma versão modificada da verdade, na qual Phaedre exaltou a magnanimidade de Jamie em assegurar sua liberdade.

Engasguei um pouco na minha caneca ao ouvir isso. Phaedre sabia exatamente o que acontecera com a orelha de Neil Forbes. Ela era uma pessoa muito quieta, de fala mansa, mas não deixava de aproveitar para lançar farpas em pessoas de quem não gostava – e eu sabia que ela não gostava de Neil Forbes.

– O sr. Forbes ficou vermelho, talvez por causa do frio – explicou Lillian de maneira diplomática –, e disse que sim, ele compreendia que o sr. Fraser sempre tivera uma grande consideração pelos negros... Receio que ele tenha dito de uma forma um pouco crítica – acrescentou, com um olhar escusatório para Jamie. – E então ele riu, embora fingisse que estava tossindo, e disse que era uma pena que o senhor e sua família tivessem todos morrido queimados em um incêndio e que sem dúvida haveria muitas lamentações nos alojamentos dos escravos.

Jamie, que estava tomando um gole de vinho, engasgou-se.

– Por que ele achou isso? – perguntei.

– Faydree pensou que ele só estivesse dizendo isso para transtorná-la – respondeu Lillian. – Mas ele nos assegurou que tinha lido nos jornais.

– O *Wilmington Gazette* – interpôs Miriam, obviamente não querendo que sua irmã monopolizasse os holofotes. – Não lemos jornais, é claro, e já que papai... bem, nós raramente recebemos visitas agora.

Ela abaixou os olhos, a mão automaticamente alisando seu primoroso avental, para esconder um grande remendo na saia. As Bells eram asseadas e bem-arrumadas, e suas roupas eram de boa qualidade, mas estavam ficando surradas nas bainhas e nas mangas. Imaginei que os negócios do sr. Bell tivessem ficado enfraquecidos, tanto por sua ausência quanto pela interferência da guerra.

– Minha filha me contou sobre a reunião. – A sra. Bell se recobrara a ponto de se sentar, seu copo de vinho cuidadosamente agarrado com ambas as mãos. – Assim, quando meu vizinho mencionou ontem à noite que o havia encontrado nas docas... bem, eu não soube o que pensar, mas imaginei que tivesse havido algum tipo de erro estúpido. Na verdade, não se pode acreditar em nada que se lê hoje em dia. Os jornais enlouqueceram. E meu vizinho mencionou que o senhor buscava passagens para a Escócia. Assim...

Sua voz definhou e ela mergulhou o rosto na direção do copo, embaraçada.

Jamie passou um dedo pelo cavalete do nariz, pensando.

– Sim – disse, devagar. – É verdade que pretendo ir para a Escócia. E sem dúvida teria prazer em perguntar sobre seu marido e em ajudá-lo se eu puder. Mas não tenho nenhuma perspectiva imediata de conseguir passagens. O bloqueio...

– Podemos lhe conseguir um navio! – interrompeu Lillian ansiosamente. – Essa é a questão!

– Achamos que podemos *colocá-los* em um navio – corrigiu Miriam.

Jamie lançou-lhe um olhar penetrante e avaliador, julgando seu caráter. Ele sorriu para ela, mostrando que percebera o escrutínio. Após um instante, a contragosto, ela retribuiu o sorriso.

– Você me faz lembrar alguém.

Evidentemente, quem quer que fosse, era alguém de quem ela gostava, pois balançou a cabeça para a mãe, dando permissão. A sra. Bell suspirou, um pouco aliviada.

– Eu ainda tenho amigos – disse, em tom de desafio. – Apesar... de tudo.

Entre esses amigos estava um homem chamado Delancey Hall, dono de um barco pesqueiro, que, como metade da cidade, provavelmente aumentava a renda com uma ou outra carga de contrabando.

Hall dissera à sra. Bell que esperava a chegada de um navio da Inglaterra entrando em Wilmington em algum momento da semana seguinte – sempre presumindo que não tivesse naufragado ou sido sequestrado *en route*. Como tanto o navio quanto a carga eram propriedades de um dos membros locais dos Filhos da Liberdade, não podia se aventurar no porto de Wilmington, onde dois navios de guerra britânicos ainda estavam ancorados. Portanto, ele iria ficar à espreita fora do porto e lá várias pequenas embarcações iriam ao seu encontro, desembarcando a carga e a transportando sorrateiramente para terra firme. Depois disso, o navio velejaria para o norte, para New Haven, para pegar uma carga.

– E depois irá para Edimburgo! – interpôs Lillian, o rosto brilhante de esperança.

– O parente de meu pai lá se chama Andrew Bell – disse Miriam, erguendo um pouco o queixo. – Ele é muito conhecido, pelo que sei. É tipógrafo e...

– O pequeno Andy Bell? – O rosto de Jamie se iluminou. – Aquele que imprimiu a grande enciclopédia?

– Ele mesmo – disse a sra. Bell, surpresa. – Está dizendo que o conhece, sr. Fraser?

Jamie chegou a rir, surpreendendo as Bells.

– Passei muitas noites com Andy Bell em uma taverna – declarou. – Na verdade, ele é o sujeito que pretendo procurar na Escócia, pois ele guarda minhas impressoras em segurança em sua loja. Ou ao menos espero que tenha guardado – acrescentou, embora sua animação continuasse inabalada.

Essa notícia, aliada a uma nova rodada de vinho, animou as Bells de uma maneira surpreendente. Quando finalmente nos deixaram, estavam afogueadas de entusiasmo e tagarelando entre si como um bando de gralhas. Olhei pela janela e as vi descendo a rua, aglomeradas com entusiástica esperança, cambaleando para o meio da rua talvez pelos efeitos do vinho e da emoção.

– Não apenas cantamos como dançamos tão bem quanto caminhamos – murmurei, observando-as enquanto se afastavam.

Jamie me lançou um olhar de espanto.

– Archie Bell and the Drells – expliquei. – Deixe pra lá. Acha que é seguro? O navio?

– Santo Deus, não. – Ele beijou minha testa. – Deixando de lado a questão de tempestades, carunchos, má impermeabilização, madeirame entortado e coisas do tipo, há os navios de guerra ingleses no porto, corsários fora do porto...

– Não estava me referindo a isso – interrompi. – Isso é mais ou menos esperado para o trajeto, não? Refiro-me ao proprietário e a esse Delancey Hall. A sra. Bell acha que sabe qual é a política deles, mas...

A ideia de nos colocarmos, e a nosso ouro, nas mãos de pessoas desconhecidas era perturbadora.

– Concordo – disse ele. – Pretendo ir falar com o sr. Hall logo amanhã cedo. E talvez com monsieur Beauchamp também. Por enquanto, no entanto... – Passou a mão de leve pelas minhas costas e segurou meu traseiro. – Ian e o cachorro não vão voltar antes de uma hora, no mínimo. Tem mais um copo de vinho aí?

Ele parece francês, pensou Jamie. O que significava "completamente deslocado" em New Bern. Beauchamp acabava de sair do armazém de Thorogood Northrup e estava parado, conversando descontraidamente com o próprio Northrup, a brisa que vinha do mar fazendo esvoaçar a fita de seda que prendia seus cabelos escuros para trás.

Claire o descrevera como "elegante", e ele era. Não tão almofadinha, mas vestido com bom gosto e dinheiro. *Muito dinheiro*, pensou.

– Ele parece francês – observou Fergus, fazendo eco a seus pensamentos.

Estavam sentados ao lado da janela na Whinbush, uma taverna de segunda classe que atendia pescadores e operários dos armazéns, e cuja atmosfera era composta de cerveja, suor, tabaco, alcatrão e barrigada de peixe estragada.

– Aquele é o navio dele? – perguntou Fergus, uma ruga na testa enquanto indicava com a cabeça a bem aprumada chalupa preta e amarela que oscilava suavemente, ancorada a certa distância.

– É o navio em que ele viaja. Não sei se pertence a ele. Mas você o reconhece?

Fergus se inclinou mais para a janela, quase achatando o rosto contra os painéis tremulantes, em uma tentativa de ver melhor monsieur Beauchamp.

Por sua vez, Jamie, com a cerveja na mão, examinou o rosto de Fergus. Apesar de ter vivido na Escócia desde os 10 anos e na América pela última década ou mais, o próprio Fergus ainda parecia francês. Era mais do que uma questão de feições, algo nos próprios contornos, talvez.

Os ossos do rosto de Fergus eram pronunciados, com um maxilar afiado o suficiente para cortar papel, um nariz arrogantemente adunco e órbitas fundas sob as arestas de uma testa alta. Os cabelos espessos e escuros penteados para trás estavam intercalados de fios grisalhos, e Jamie sentiu uma sensação estranha ao notar isso. Ele carregava dentro de si mesmo uma imagem permanente de Fergus como o órfão batedor de carteiras de 10 anos que ele havia resgatado de um bordel parisiense, e essa imagem se ajustava estranhamente ao rosto bonito e macilento à sua frente.

– Não, eu nunca o vi – disse Fergus, sentando-se de novo no banco e balançando a cabeça. – Seus olhos fundos e escuros estavam animados de interesse e especulação. – Ninguém na cidade o conhece. Embora eu tenha ouvido dizer que ele andou perguntando por esse Claudel Fraser.

Suas narinas se alargaram com um ar divertido, Claudel era seu nome de batismo e o único que possuía, embora Jamie achasse provável que ninguém jamais o tivesse usado fora de Paris ou em nenhum momento nos últimos trinta anos – em Halifax e Edenton também.

Jamie abriu a boca para observar que ele esperava que Fergus tivesse sido cuidadoso em suas investigações, mas achou melhor não dizer nada. Em vez disso, bebeu sua cerveja. Fergus não estava sobrevivendo como tipógrafo nesses tempos difíceis por lhe faltar discrição.

– Ele o faz se lembrar de alguém? – perguntou.

Fergus lhe lançou um olhar de surpresa, mas voltou a esticar o pescoço antes de se sentar direito outra vez, balançando a cabeça.

– Não. Deveria?

– Creio que não.

Ele achava que não, mas ficou satisfeito com a corroboração de Fergus. Claire contara o que pensava, que o sujeito poderia ser um ancestral dela, talvez um antepassado direto. Ela tentara se mostrar indiferente a isso, descartar a ideia enquanto a explicava, mas ele vira a luz ansiosa nos olhos dela e tinha ficado emocionado. O fato de não ter nenhuma família ou parente em sua própria época sempre lhe parecera algo terrível, mesmo compreendendo que isso tinha a ver com sua devoção por ele.

Ele olhara com toda a atenção possível, tendo isso em mente, mas não vira nada no rosto ou no porte de Beauchamp que lembrasse Claire – muito menos Fergus.

Não achava que *essa* ideia – que Beauchamp pudesse na verdade ter algum parentesco com ele – tivesse atravessado a cabeça de Fergus. Jamie tinha quase certeza de que Fergus considerava os Frasers de Lallybroch sua única família, além de Marsali e as crianças, a quem ele amava com todo o fervor de sua natureza apaixonada.

Beauchamp se despedia de Northrup agora, com uma reverência muito parisiense, acompanhada por um gracioso adejar de seu lenço de seda. *Foi por acaso que o sujeito saiu do armazém bem à nossa frente*, pensou Jamie. Haviam planejado dar uma espiada nele mais tarde, mas sua conveniente aparição os poupou de ter que procurá-lo.

– É um bom navio – observou Fergus, a atenção desviada para a chalupa chamada *Huntress*. Olhou de novo para Jamie, considerando. – Tem certeza de que não deseja investigar a possibilidade de conseguir passagens com monsieur Beauchamp?

– Sim, tenho – disse Jamie. – Colocar a mim mesmo e à minha mulher sob o poder de alguém que eu não conheço e cuja motivação é suspeita, em um barquinho no mar imenso? Mesmo um homem que não sofra de enjoos no mar ficaria assombrado com essa perspectiva, não acha?

O rosto de Fergus se abriu em um largo sorriso.

– Milady pretende enchê-lo de agulhas outra vez?

– Pretende – respondeu Jamie, contrariado.

Detestava ser furado repetidas vezes e não gostava de ser obrigado a aparecer em público, ainda que nos limites confinados de um navio, eriçado como um porco-espinho esquisito. A única coisa que o faria se dispor a isso era a certeza de que, se não o fizesse, ficaria vomitando dias a fio.

Mas Fergus não notou seu descontentamento. Estava se esticando para a janela outra vez.

– *Nom d'nom...* – disse baixinho, com tal expressão de inquietação que Jamie se virou imediatamente no banco para olhar.

Beauchamp seguia descendo a rua, mas continuava à vista. No entanto, parara e parecia estar executando uma espécie de dança desajeitada. Isso era bastante estranho, mas o mais perturbador era que o filho de Fergus, Germain, estava agachado na rua em frente ao sujeito e parecia saltar de um lado para outro como um sapo agitado.

Aqueles giros peculiares continuaram por mais alguns segundos e chegaram ao fim. Beauchamp agora parado, mas balançando os braços em protesto, enquanto Germain parecia rastejar em frente ao sujeito. No entanto, o garoto se levantou, enfiando alguma coisa dentro da camisa, e, após alguns instantes de conversa, Beauchamp riu e estendeu a mão. Trocaram uma breve reverência e um aperto de mão. Em seguida, Germain começou a descer a rua em direção à Whinbush, enquanto Beauchamp continuava seu caminho.

Germain entrou e, localizando-os, sentou-se no banco ao lado do pai; parecia satisfeito consigo mesmo.

– Conheci o homem que quer papai – disse sem preâmbulos.

– Sim, nós vimos – respondeu Jamie, com as sobrancelhas levantadas. – O que você estava fazendo com ele?

– Bem, eu o vi se aproximando, mas não achei que fosse falar comigo. Então joguei Simon e Peter em seu caminho.

– Quem...? – começou Jamie, mas Germain já remexia nas profundezas de sua camisa.

Antes que Jamie pudesse terminar a frase, o garoto mostrou dois sapos de bom tamanho – um verde e outro de uma horrível cor amarelada –, que se juntaram sobre as tábuas da mesa, olhando-os nervosamente com os olhos arregalados.

Fergus deu um sopapo na orelha de Germain.

– Tire essas malditas criaturas da mesa antes que nos expulsem daqui. Não é de admirar que esteja cheio de verrugas, convivendo com *les grenouilles*!

– *Grandmère* me falou para fazer isso – protestou Germain, devolvendo seus bichinhos de estimação ao cativeiro.

– Ela falou? – Jamie já não ficava mais espantado com os métodos de cura de sua mulher, mas isso parecia estranho, mesmo para os padrões dela.

– Bem, ela disse que não havia nada a fazer para a verruga em meu cotovelo exceto esfregá-la com um sapo morto e enterrá-lo em uma encruzilhada à meia-noite.

– Acho que ela provavelmente estava brincando. O que o francês disse?

Germain ergueu a cabeça, os olhos arregalados e interessados.

– Ele não é francês, *grandpère*.

Um rápido abalo de surpresa percorreu seu corpo.

– Não é? Tem certeza?

– Sim. Ele xingou muito quando Simon saltou em seu sapato, mas não como papai faz. – Germain lançou um olhar afável ao pai, que pareceu disposto a lhe dar outro sopapo, mas desistiu a um gesto de Jamie. – Ele é inglês. Tenho certeza.

– Ele xingou em inglês? – perguntou Jamie.

Era verdade; os franceses geralmente invocavam legumes quando blasfemavam, com frequência misturados a referências sacras. Blasfêmias inglesas, em geral, nada tinham a ver com santos, sacramentos ou pepinos, mas com Deus, prostitutas ou excremento.

– Foi. Não posso dizer o que ele disse ou papai vai ficar ofendido. Papai tem ouvidos muito puros – acrescentou Germain, com um sorriso afetado para o pai.

– Pare de falar mal de seu pai e conte o que mais o sujeito falou.

– Sim – disse Germain obedientemente. – Quando ele viu que eram apenas dois sapinhos, riu e me perguntou se eu os estava levando para casa para o jantar. Eu disse que não, que eles eram meus animais de estimação. Aproveitei e perguntei se aquele navio lá fora era dele, porque todo mundo estava dizendo isso e era um navio muito bonito. Eu estava fingindo ser um tolo, sabe? – explicou, para o caso de seu avô não ter apreendido o estratagema.

Jamie reprimiu um sorriso.

– Muito inteligente – comentou, sucintamente. – O que mais?

– Ele respondeu que o navio não é dele, mas pertence a um importante nobre na França. E claro que eu perguntei quem. E ele me confidenciou que era o barão Amandine.

Jamie trocou olhares com Fergus, que pareceu surpreso e deu de ombros.

– Então perguntei quanto tempo pretendiam ficar, pois eu queria trazer meu irmão para ver o navio. E ele disse que vai partir amanhã com a maré da noite e me perguntou, mas ele estava brincando, se eu queria ir e ser taifeiro na viagem. Eu falei que não, porque meus sapos sofrem de enjoo no mar, como meu avô.

Virou o sorriso sarcástico para Jamie, que o olhou com severidade.

– Seu pai não ensinou você a "*ne petez pas plus haute que votre cul*"?

– Mamãe vai lavar sua boca com sabão se disser coisas assim – alertou Germain. – Quer que eu bata a carteira dele? Eu o vi entrar na estalagem na Cherry Street. Eu poderia...

– Não poderia, não – cortou Fergus de imediato. – E não fale essas coisas onde as pessoas possam ouvir. Sua mãe vai nos matar.

Jamie sentiu uma pontada fria na nuca e olhou ao redor para se certificar de que ninguém tinha ouvido.

– Andou ensinando o menino a...?

Fergus pareceu um pouco nervoso.

– Achei uma pena que os truques se perdessem. Digamos que é uma herança familiar. Eu não o deixo roubar, é claro. Nós devolvemos.

– Vamos ter uma conversa em particular depois – disse Jamie, lançando aos dois um olhar ameaçador. Santo Deus! Se Germain fosse flagrado... Era melhor ele infundir o temor a Deus nos dois antes que ambos terminassem no pelourinho, se não diretamente enforcados por roubo.

– E quanto ao homem que você foi realmente incumbido de encontrar? – perguntou Fergus ao filho, aproveitando a chance para desviar a ira de Jamie.

– Eu o encontrei – respondeu Germain, apontando para a porta. – Lá está ele.

Delancey Hall era um homem pequeno, bem-arrumado, de modos silenciosos. A julgar pela aparência, ninguém poderia se parecer menos com um contrabandista – o que, Jamie pensou, era sem dúvida um valioso atributo naquele ramo de negócios.

– Um "comerciante de produtos" – foi como Hall discretamente descreveu seu negócio. – Eu facilito a descoberta de navios para cargas específicas. O que não é nada fácil atualmente, cavalheiros, como bem podem imaginar.

– Imagino, sem dúvida. – Jamie sorriu para o sujeito. – Não tenho nenhuma carga para despachar, mas espero que conheça uma situação que me serviria. Eu, minha mulher e meu sobrinho queremos viajar para Edimburgo. – Sua mão estava sob a mesa, no seu *sporran*. Ele havia apanhado algumas bolas de ouro e as achatara com um martelo, transformando-as em discos irregulares. Pegou três dessas e, movendo-se muito devagar, colocou-as no colo de Hall.

O sujeito não alterou nem um traço em sua expressão, mas Jamie viu a mão se mover como uma flecha e se apoderar dos discos, pesá-los por um instante e fazê-los desaparecer em seu bolso logo em seguida.

– Acho que pode ser feito – disse ele suavemente. – Conheço um capitão partindo de Wilmington dentro de duas semanas que pode ser convencido a levar passageiros por um preço.

Algum tempo depois, Jamie e Fergus caminharam de volta para a gráfica, discutindo as probabilidades de Hall ser capaz de arranjar um navio. Germain vagava sonhadoramente adiante deles, ziguezagueando de um lado para outro, em resposta ao que quer que estivesse acontecendo dentro de sua mente fértil.

A própria mente de Jamie estava mais do que ocupada. Barão Amandine. Ele conhecera o nome, mas não se lembrava de seu rosto nem do contexto no qual o conhecera. Somente que o encontrara em algum momento, em Paris. Mas quando? Quando frequentara a *université*? Ou mais tarde, quando Claire e ele... Sim. Era isso! Ele ouvira o nome na corte. Mas, por mais que espremesse seu cérebro, ele não forneceu mais nenhuma informação.

– Quer que eu fale com esse Beauchamp? – perguntou Jamie abruptamente. – Eu poderia talvez descobrir o que ele quer com você.

Fergus abriu um pouco a boca, mas relaxou, enquanto balançava a cabeça.

– Não – respondeu. – Eu contei que esse homem havia feito perguntas a meu respeito em Edenton?

– Tem certeza de que se tratava de você? – Não que a Carolina do Norte estivesse cheia de Claudels. Ainda assim...

– Sim, acho que sim – falou Fergus muito brandamente, os olhos fixos em Germain, que começara a emitir suaves coaxos, evidentemente conversando com os sapos em sua camisa. – A pessoa que me contou isso disse que o sujeito tinha não só um nome, mas uma pequena informação. Que o Claudel Fraser que ele procurava fora levado de Paris por um escocês alto, de cabelos ruivos, chamado James Fraser. De modo que acho que você não pode falar com ele.

– Não sem despertar sua atenção – concordou Jamie. – Mas... não sabemos qual é seu propósito, que pode ser algo muito favorável a você, hein? Quais as probabilidades de alguém na França se dar ao trabalho e às despesas de enviar alguém como ele para lhe causar algum mal, quando podiam simplesmente se contentar em deixá-lo vivendo na América? – Hesitou. – Talvez... o barão Amandine seja um parente seu?

A ideia parecia vinda de um romance e provavelmente puro devaneio. Ao mesmo tempo, Jamie não conseguia encontrar uma razão sensata para um nobre francês estar caçando um bastardo nascido em um bordel por dois continentes.

Fergus balançou a cabeça, mas não respondeu. Usava seu gancho em vez da luva recheada de farelo que reservava para ocasiões formais e delicadamente coçou o nariz com a ponta antes de responder.

– Durante muito tempo – disse ele por fim –, quando era pequeno, eu fingia comigo mesmo que era o filho bastardo de um grande homem. Todos os órfãos fazem isso, eu acho – acrescentou desapaixonadamente. – Torna a vida mais fácil de ser suportada, fingir que nem sempre será como é, que alguém virá e lhe devolverá seu lugar de direito no mundo.

Deu de ombros.

– Então eu cresci e compreendi que isso não era verdade. Ninguém viria me resgatar. Mas depois... – Virou a cabeça e deu um sorriso de transbordante ternura para Jamie. – Então cresci ainda mais e descobri que, afinal de contas, era verdade. Eu *sou* filho de um grande homem.

O gancho tocou a mão de Jamie com força e determinação.
– Não desejo nada mais do que isso.

19

UM BEIJO AFETUOSO

Wilmington, colônia da Carolina do Norte
18 de abril de 1777

As instalações do *Wilmington Gazette* foram facilmente encontradas. As brasas haviam esfriado, mas o cheiro penetrante e familiar de queimado ainda impregnava o ar. Um cavalheiro rusticamente vestido, com um chapéu desabado, vasculhava os restos do incêndio de maneira incerta, mas abandonou o trabalho quando Jamie o chamou. Saiu do meio dos escombros, erguendo bem os pés para evitar cuidadosamente os obstáculos.

– O senhor é o proprietário do jornal? – perguntou Jamie, estendendo a mão para ajudá-lo a saltar a pilha de livros chamuscados que se acumulava na soleira da porta. – Minhas condolências, caso seja.

– Não – respondeu o homem, limpando manchas de fuligem dos dedos em um lenço grande e imundo que depois passou a Jamie. – Amos Crupp era o tipógrafo. Mas ele fugiu quando incendiaram a gráfica. Sou Herbert Longfield, dono do terreno. Também era o dono da loja – acrescentou, com um olhar pesaroso para trás. – O senhor não seria um sucateiro, seria? Tenho um bom pedaço de ferro lá.

A gráfica de Fergus e Marsali era agora a única em operação entre Charleston e Newport. A impressora do *Gazette* se destacava, retorcida e enegrecida, em meio aos escombros: ainda reconhecível, mas inutilizada, não servindo para mais nada além de sucata.

– Quando foi que isso aconteceu? – indaguei.

– Anteontem. Logo depois da meia-noite. Passou-se muito tempo até a brigada contra incêndios poder começar.

– Um acidente com a fornalha? – perguntou Jamie, e se inclinou para pegar um dos folhetos.

Longfield riu cinicamente.

– O senhor não é daqui, é? Disse que procurava por Amos?

Olhou com cautela de Jamie para mim e de novo para Jamie. Não estava disposto a confidenciar nada a estranhos de afiliações políticas desconhecidas.

– James Fraser – respondeu Jamie, estendendo a mão para apertar a dele com firmeza. – Minha mulher, Claire. Quem foi? Os Filhos da Liberdade?

As sobrancelhas de Longfield se levantaram.

– O senhor não é mesmo daqui. – Sorriu, mas sem alegria. – Amos era dos Filhos. Não era um deles de verdade, mas da mesma linha de pensamento. Eu disse para ele tomar cuidado com o que escrevia e com o que publicava no jornal, e ele tentava. Mas ultimamente não é preciso muita coisa. Um boato de traição e um homem é surrado quase até a morte na rua, lambuzado de alcatrão e penas, queimado, morto até.

Ele examinou Jamie.

– Então, o senhor não conheceu Amos. Posso perguntar o que queria com ele?

– Eu tinha uma pergunta sobre uma notícia que foi publicada no *Gazette*. Você falou que Crupp se foi. Sabe onde posso encontrá-lo se ele não estiver doente?

Pensativo, o sr. Longfield olhou para mim, aparentemente avaliando as possibilidades de um homem inclinado à violência política trazer sua mulher com ele. Sorri, tentando parecer tão amável e respeitoso quanto possível, e ele devolveu o sorriso sem muita convicção. Ele tinha o lábio superior longo, o que lhe dava o aspecto de um camelo preocupado, enfatizado por sua excêntrica dentição.

– Não, não sei – disse ele, voltando-se de novo para Jamie com o ar de um homem que tomava uma decisão. – Mas ele tinha um sócio e um aprendiz. Será que um deles saberia o que o senhor está procurando?

Foi a vez de Jamie avaliar Longfield. Chegou a uma conclusão em um instante e me entregou o folheto.

– Pode ser. Uma pequena notícia referente ao incêndio de uma casa nas montanhas foi publicada no ano passado. Queria descobrir quem deu essa informação ao jornal.

Longfield franziu a testa, intrigado, e coçou o longo lábio superior, deixando-o sujo de fuligem.

– Eu não me lembro disso. Mas... vou dizer o que faremos, senhor. Eu estava mesmo indo ver George Humphries, o sócio de Amos, depois de examinar o local... – Olhou por cima do ombro, fazendo uma careta. – Por que não me acompanha e faz sua pergunta?

– É muita gentileza sua, senhor.

Jamie ergueu uma das sobrancelhas para mim, sinalizando que minha presença já não era necessária para dar uma boa impressão e que eu podia cuidar dos meus assuntos. Assim, desejei um bom dia ao sr. Longfield e fui às compras no comércio de Wilmington.

Os negócios ali eram melhores do que em New Bern. Wilmington possuía um porto de águas profundas e, apesar de o bloqueio inglês ter afetado as importações e exportações, os paquetes costeiros e barcos locais ainda entravam no porto. Wilmington também era maior e ainda ostentava um próspero mercado na praça central, onde passei uma hora agradável coletando ervas e ouvindo os boatos locais antes de comprar um pão com queijo para meu almoço, quando então caminhei ociosamente até o porto para comê-lo.

Fiquei passeando ao longo do cais, esperando avistar o navio que nos levaria à Escócia, mas não vi nada ancorado que parecesse grande o suficiente para tal viagem. Mas é claro! Delancey Hall havia comentado que teríamos que embarcar em um pequeno navio, talvez seu próprio brigue de pesca, e nos afastar do porto para encontrar o navio maior no mar.

Sentei-me em um poste de amarração para comer, atraindo um pequeno bando de gaivotas interessadas, que flutuaram para baixo como flocos de neve pesados demais e me cercaram.

– Pense melhor, companheiro – disse, apontando um dedo acusador a um espécime particularmente intransigente que se aproximava de maneira sorrateira de meus pés, de olho em meu cesto. – É o *meu* almoço.

Ainda tinha o folheto chamuscado que Jamie me dera. Sacudi-o vigorosamente para as gaivotas, que se levantaram em revoada com gritos estridentes, mas em seguida se acomodaram de novo à minha volta, a uma distância mais respeitosa, todos os olhos de contas focalizados no pão em minha mão.

– Rá! – disse a elas, passando o cesto para trás dos meus pés, por precaução.

Segurei meu pão com firmeza, mantendo um olho nas gaivotas e o outro no porto. Um navio de guerra britânico estava ancorado ao largo e a visão da bandeira tremulando em seu mastro me deu uma sensação paradoxal de orgulho e inquietação.

O orgulho era um reflexo. Eu fora inglesa toda a minha vida. Servira a Grã-Bretanha em hospitais, em campos de batalha (no dever e com honra) e vira muitos dos meus compatriotas, homens e mulheres, morrerem nesse mesmo serviço. Apesar de a Union Jack que via agora ser um pouco diferente daquela com que eu convivera, era o mesmo pavilhão, e senti o mesmo alento instintivo ao vê-lo.

Ao mesmo tempo, eu tinha plena consciência da ameaça que a bandeira representava agora para mim e para os meus. As portinholas superiores das bocas dos canhões estavam abertas. Aparentemente algum exercício militar estava sendo conduzido, pois eu via os canhões rolarem para dentro e para fora, um após outro: focinhos rombudos bisbilhotando pela abertura, em seguida se recolhendo, como cabeças de roedores belicosos. Havia *dois* navios de guerra no porto no dia anterior; o outro fora para... onde? Em uma missão particular ou meramente navegando a certa distância do porto, pronto para abordar, capturar, alvejar ou afundar qualquer navio que parecesse suspeito?

Eu não podia pensar em nada que parecesse mais suspeito do que o navio do amigo contrabandista do sr. Hal.

Pensei mais uma vez no misterioso sr. Beauchamp. A França continuava neutra; estaríamos bem mais seguros em um navio com bandeira francesa. Ao menos, a salvo de ataques da Marinha Britânica. Quanto às motivações de Beauchamp... Com relutância, aceitei o desejo de Fergus de não ter nada a ver com o sujeito, mas ainda me perguntava qual poderia ser o interesse de Beauchamp em Fergus.

Eu também ainda me perguntava se ele teria alguma ligação com minha família Beauchamp, mas não havia como saber. Sabia que o tio Lamb havia feito uma árvore genealógica rudimentar da família, mas eu não dera muita atenção ao fato. Onde estaria agora? Ele a dera para mim e Frank quando nos casamos, perfeitamente datilografada e guardada em uma pasta de papelão.

Talvez eu mencionasse o sr. Beauchamp em minha próxima carta a Brianna. Ela teria todos os nossos antigos registros de família – as caixas de velhos formulários do imposto de renda, as coleções de seus trabalhos escolares e projetos de arte... Sorri à lembrança do dinossauro de barro que ela fizera aos 8 anos, uma criatura cheia de dentes e tropegamente inclinada para um lado, com um pequeno objeto cilíndrico pendurado nas mandíbulas.

– É um mamífero que ele está comendo.

– O que aconteceu com as pernas do animal?

– Caíram quando o dinossauro pisou nele.

A lembrança me distraiu por alguns minutos e uma gaivota mais ousada fez um voo rasante e atacou minha mão, derrubando no chão o que restava do pão, que foi prontamente engolido por um bando estridente de suas companheiras.

Soltei um palavrão quando constatei que a gaivota havia deixado um arranhão sangrando nas costas da minha mão. Pegando o folheto, atirei-o no meio das aves que se atracavam em uma competição renhida pela comida. Atingi uma delas na cabeça e a ave rolou em uma louca confusão de asas e papel, dispersando o bando, que bateu em retirada, gritando palavrões na linguagem das gaivotas, sem deixar um único farelo para trás.

– Rá! – repeti, com uma cruel satisfação.

Com alguma obscura inibição do século XX contra sujar as ruas – sem dúvida, tais noções não existiam ali –, peguei de volta o folheto, que se despedaçara em várias partes, e as arrumei de volta de forma mais ou menos coerente.

"Uma análise da misericórdia", intitulava-se, e lia-se o seguinte subtítulo: "Pensamentos sobre a natureza da compaixão divina, sua manifestação no seio do ser humano e a instrução de sua inspiração para o aperfeiçoamento do indivíduo e da raça humana."

Não deve ser um dos títulos de maior sucesso do sr. Crupp, pensei, enfiando-o no fundo do meu cesto. O que me levou a outro pensamento. Eu imaginava se Roger o veria em um arquivo público um dia. Achei que provavelmente sim.

Isso significava que nós deveríamos estar fazendo coisas de propósito para assegurar nosso aparecimento nos ditos registros? Considerando que a maior parte das coisas publicadas em qualquer época era sobre guerra, crime, tragédia e outras terríveis desgraças, achei que não. Meus poucos contatos com a notoriedade não haviam sido agradáveis e a última coisa que eu queria era que Roger encontrasse um registro de que eu tivesse sido enforcada por roubo a banco, executada por bruxaria ou bicada até a morte por gaivotas raivosas.

Não, concluí. Seria melhor eu apenas contar a Bri sobre o sr. Beauchamp e a genealogia da família Beauchamp. Se Roger quisesse esquadrinhar *isso*, muito bem. É bem verdade que eu nunca viria a saber se ele encontrou o sr. Percival na lista, mas, se tivesse, Jem e Mandy conheceriam um pouco mais da árvore genealógica de sua família.

Agora, onde estava aquela pasta? A última vez que eu a vira estava no escritório de Frank, no arquivo. Eu me lembrava distintamente dela porque tio Lamb havia desenhado o que eu presumi que fosse o brasão da fa...

– Com licença, madame – disse uma voz grave atrás de mim. – Vejo que está...

Abruptamente arrancada das minhas lembranças, virei-me perplexa para a voz, achando vagamente que eu conhecia...

– Meu Deus! – exclamei, levantando-me com um salto. – Você!

Dei um passo atrás, tropecei no cesto e quase caí nas águas do porto, tendo sido salva apenas pela reação instintiva de Tom Christie, que me agarrou pelo braço.

Puxou-me da beira do cais e caí contra seu peito. Ele recuou como se eu fosse feita de metal fundido, depois me envolveu em seus braços, pressionou-me com força contra ele e me beijou com um abandono apaixonado.

Afastou-se, esquadrinhou meu rosto e exclamou, arfando:

– Você está morta!

– Bem, não – retruquei, atordoada.

– Eu... eu sinto muito – conseguiu dizer, deixando os braços penderem. – Eu... eu... eu...

Estava pálido como um fantasma e achei que *ele* cairia na água. Eu duvidava que minha aparência fosse muito melhor, mas ao menos estava firme sobre meus pés.

– É melhor você se sentar.

– Eu... Não aqui – disse ele abruptamente.

Ele tinha razão. O cais era um lugar muito público e nosso pequeno *rencontre* atraíra bastante atenção. Dois desocupados nos fitavam, cutucando um ao outro. Estávamos atraindo olhares menos óbvios do tráfego de mercadores, marinheiros e estivadores cuidando dos próprios afazeres. Eu começava a me recuperar do choque o suficiente para pensar.

– Tem um quarto? Ah, não. Isso não vai servir, não é?

Eu podia imaginar muito bem todo tipo de história que estaria correndo pela cidade poucos minutos depois de nossa saída das docas; se fôssemos embora e nos encaminhássemos ao quarto do sr. Christie...

– A pensão – respondi com firmeza. – Vamos.

Era uma caminhada de apenas alguns minutos até a hospedaria de Symonds e passamos esses minutos em completo silêncio. Eu lhe lançava um olhar de vez em quando, tanto para me certificar de que ele não era um fantasma quanto para avaliar sua atual situação.

Estava decentemente vestido em um traje cinza-escuro, com camisa limpa. Se não estava elegante – mordi o lábio à ideia de Tom Christie se vestir com elegância –, ao menos não estava malvestido.

Fora isso, parecia igual à última vez que eu o vira. Bem, nem tanto. Na verdade, parecia muito melhor. Na última vez, ele se encontrava num luto extenuante, arrasado pela tragédia da morte de sua filha e das subsequentes complicações. A última visão que tive dele foi a bordo do *Cruizer*, o navio britânico em que o governador Martin se refugiou quando foi expulso da colônia, havia quase dois anos.

Naquela ocasião, o sr. Christie declarara sua intenção de confessar o assassinato de sua filha (do qual eu era acusada) e seu amor por mim. Ele queria ser executado em meu lugar. Tudo isso fez sua repentina ressurreição não apenas surpreendente, porém mais do que ligeiramente embaraçosa.

Acrescente-se a isso a dúvida sobre se ele sabia do destino de seu filho, Allan, que de fato fora o responsável pela morte de Malva Christie. As circunstâncias não eram nada que um pai devesse ouvir e o pânico tomou conta de mim à ideia de que talvez eu tivesse que lhe contar.

Olhei para ele outra vez. Seu rosto estava crivado de rugas profundas, mas ele não estava nem macilento nem transtornado. Não usava peruca, embora seus cabelos grisalhos e ásperos estivessem cortados bem curtos, como sempre, combinando com a barba cuidadosamente aparada. Meu rosto formigava e eu mal conseguia deixar de esfregar a mão pelos lábios para apagar a sensação. Ele estava obviamente perturbado – bem, eu também estava –, mas tinha conseguido recobrar o autocontrole e abriu a porta da pensão para mim com impecável cortesia. Somente a contração de um músculo ao lado de seu olho esquerdo o traía.

Senti como se todo o meu corpo estivesse crispado, mas Phaedre, que servia no salão, olhou para mim com não mais do que um leve interesse e um cumprimento cordial de cabeça. Claro, ela nunca se encontrara com Thomas Christie e, apesar de sem dúvida ter ouvido sobre o escândalo que se seguira à minha prisão, não associaria o cavalheiro que me acompanhava ao episódio.

Encontramos uma mesa junto à janela na sala de refeições e nos sentamos.

– Achei que estivesse morto – falei abruptamente. – Por que você achava que *eu* estava morta?

Ele abriu a boca para responder, mas foi interrompido por Phaedre, que veio nos atender sorrindo amavelmente.

– Posso servir alguma coisa, madame? Senhor? Querem comer? Temos um ótimo presunto hoje, batatas assadas e o molho especial da sra. Symond de mostarda e passas para acompanhar.

– Não – respondeu o sr. Christie. – Eu... Apenas um copo de sidra, por favor.

– Uísque – acrescentei. – Muito uísque.

O sr. Christie pareceu escandalizado, mas Phaedre apenas riu e se afastou, seus movimentos graciosos atraindo a admiração silenciosa da maioria dos clientes masculinos.

– Você não mudou nada – observou ele. Seus olhos me percorreram, intensos, absorvendo cada detalhe de minha aparência. – Eu a teria reconhecido pelos cabelos.

Sua voz tinha um tom de desaprovação, mas também de um humor hesitante.

Ele sempre reprovara categoricamente minha recusa a usar uma touca ou de alguma forma prender meus cabelos. "Indisciplinados", dizia ele.

– Sim, teria – concordei, erguendo a mão para alisar os cabelos em questão, consideravelmente afetados pelos choques recentes. – Mas você só me reconheceu quando me virei, não foi? O que o fez falar comigo?

Ele hesitou, mas depois balançou a cabeça indicando meu cesto, que eu colocara no chão, ao lado de minha cadeira.

– Vi que você tinha um de meus panfletos.

– O quê? – perguntei, perplexa, e olhei para o folheto chamuscado "Uma análise da misericórdia" se projetando de baixo de um repolho.

Inclinei-me e o peguei, somente então notando o autor: *Sr. T. W. Christie, MA, Universidade de Edimburgo.*

– O que é o "W"? – perguntei, colocando o impresso sobre a mesa.

– Warren – respondeu um pouco rispidamente. – De onde, em nome de Deus, você surgiu?

– Meu pai costumava dizer que me encontrou embaixo de uma folha de repolho na horta – respondi com petulância. – Ou você está se referindo a hoje? Se assim for, da King's Inn.

Ele começava a parecer um pouco menos chocado, sua irritação normal com a minha falta de decoro feminino restituindo a seu rosto as linhas severas de costume.

– Não banque a engraçadinha. Falaram que você estava morta – disse ele em tom acusador. – Você e toda a sua família foram consumidos em um incêndio.

Phaedre, servindo as bebidas, olhou para mim, as sobrancelhas erguidas.

– Ela não parece chamuscada nas beiradas, senhor, se me permite observar.

– Muito obrigado pela observação – disse ele entre dentes. Phaedre trocou um olhar bem-humorado comigo e se afastou outra vez.

– Quem disse isso?

– Um homem chamado McCreary.

Minha falta de expressão deve ter revelado que eu não reconhecia o nome, pois ele acrescentou:

– De Brownsville. Eu o conheci aqui, em Wilmington, quero dizer, no final de janeiro. Ele acabara de descer da montanha e me contou sobre o incêndio. *Houve* de fato um incêndio?

– Bem, sim – respondi devagar, me perguntando se devia contar a ele a verdade dos fatos, e quanto.

Muito pouco, decidi.

– Talvez tenha sido o sr. McCreary, então, quem colocara a notícia do incêndio no jornal... mas não é possível.

A notícia original surgira em 1776, explicara Roger, quase um ano antes do incêndio.

– Fui eu que coloquei – respondeu Christie.

– Você o quê? Quando? – Tomei um grande gole de uísque, sentindo que precisava dele mais do que nunca.

– Assim que soube. Ou... bem, não – corrigiu-se. – Alguns dias depois. Eu... estava muito triste com a notícia – acrescentou, abaixando os olhos e os desviando de mim pela primeira vez desde que nos sentamos ali.

– Sinto muito – sussurrei, em tom de desculpa... embora sem saber por que eu deveria me desculpar por não ter morrido no incêndio.

Ele pigarreou.

– Sim. Bem... Pareceu-me que... hã... alguma coisa devia ser feita. Algum registro formal de sua... morte. – Ergueu o olhar então, os olhos cinzentos fixos em mim. – Eu não podia me conformar com o fato de que você... todos vocês – acrescentou, mas evidentemente fora uma correção – pudessem simplesmente desaparecer da face da Terra sem nenhum registro formal do... do acontecimento.

Respirou fundo e tomou um pequeno gole de sidra.

– Ainda que um funeral adequado tivesse sido realizado, não fazia sentido eu retornar à Cordilheira dos Frasers, mesmo que eu... Bem, eu não poderia. Assim, pensei em ao menos fazer um registro do acontecimento aqui. Afinal – acrescentou mais brandamente, desviando o olhar outra vez –, eu não podia colocar flores em seu túmulo.

O uísque me acalmara um pouco, mas também irritara minha garganta, tornando difícil falar. Emocionada, estendi a mão e toquei a dele de leve. Depois limpei a garganta, encontrando momentaneamente um terreno neutro.

– Como está sua mão?

Ele ergueu os olhos, surpreso, mas as rugas tensas de seu rosto relaxaram um pouco.

– Muito bem, obrigado. Está vendo? – Virou a mão direita, exibindo uma cicatriz na forma de um Z na palma, bem curada, mas ainda rosada.

– Deixe-me ver.

Sua mão estava fria. Fingindo descontração, tomei-a na minha, virando-a, dobrando seus dedos para verificar a flexibilidade e o grau de movimento. Ele tinha razão: estava indo muito bem; o movimento era quase normal.

– Eu... fiz os exercícios que você mandou – confessou. – Eu os faço todos os dias.

Ele me olhava com uma espécie de solenidade angustiada, as faces agora ruborizadas acima da barba, e compreendi que esse terreno não era tão neutro quanto eu pensara. Antes que eu pudesse soltar sua mão, ela se virou na minha, cobrindo meus dedos – não com força, mas o suficiente para eu não conseguir me soltar sem algum esforço.

– Seu marido. – Ele parou de repente, obviamente não tendo pensado nem por um instante em Jamie até esse momento. – Ele também está vivo?

– Sim, está.

A bem da verdade, ele não fez uma careta de desgosto diante dessa notícia, mas apenas meneou a cabeça.

– Fico... feliz em saber.

Permaneceu em silêncio por um instante, olhando para sua sidra quase intocada. Ainda segurava minha mão. Sem erguer os olhos, disse em voz baixa:

– Ele... sabe? O que eu... Como eu... Eu não contei a ele a razão da minha confissão. Você contou?

– Quer dizer, sua...? – Hesitei em busca de uma forma adequada de colocar as palavras. – Seus... hum... sentimentos muito galanteadores em relação a mim? Sim, ele sabe. Ele teve muita compaixão por você. Sabe por experiência própria o que é estar apaixonado por mim – acrescentei, com certo azedume.

Tom quase riu, o que me deu a oportunidade de desvencilhar meus dedos. Ele não me informou, mas pude notar que já *não estava* mais apaixonado por mim. Deus!

– Bem, seja como for, não estamos mortos – concluí, limpando a garganta outra vez. – E quanto a você? A última vez que o vi...

– Ah... – Ele pareceu bastante infeliz, mas se recompôs e balançou a cabeça. – Sua partida um tanto apressada do *Cruizer* deixou o governador Martin sem um amanuense. Descobrindo que eu era até certo ponto letrado e tinha boa caligrafia, ele me tirou da prisão.

Não fiquei surpresa. Forçado a deixar sua colônia, o governador Martin foi obrigado a conduzir os negócios da minúscula cabine do comandante do navio britânico onde havia se refugiado. Tais negócios consistiam em cartas – todas as quais tinham que ser não apenas redigidas em rascunho e copiadas, mas depois reproduzidas várias vezes. Uma cópia era exigida para os arquivos de correspondência oficial do governador, outra para cada pessoa ou entidade que tivesse algum interesse no assunto da carta; e, por fim, várias cópias adicionais de qualquer carta enviada para a Inglaterra ou a Europa tinham que ser feitas, porque seriam enviadas por diferentes navios, na esperança de que ao menos uma delas conseguisse chegar ao destino, caso as outras afundassem, caíssem nas mãos de piratas ou de navios particulares ou se perdessem em trânsito.

Minha mão doía à simples lembrança. As exigências da burocracia em uma época anterior à magia da fotocópia haviam me impedido de apodrecer em uma cela. Não era de admirar que também tivessem livrado Tom Christie da detenção.

– Está vendo? – perguntei, satisfeita. – Se eu não tivesse consertado sua mão, ele provavelmente o teria mandado executar ali mesmo ou, no mínimo, o enviado de volta a terra firme e o aprisionado em alguma masmorra.

– Agradeço por isso – retrucou, com extrema frieza. – Não fiquei agradecido na ocasião.

Christie passara vários meses como secretário *de facto* de Martin. No final de novembro, entretanto, um navio chegou da Inglaterra trazendo ordens para o governador – essencialmente mandando que dominasse a colônia, mas sem lhe oferecer tropas, armamento ou sugestões úteis de como conseguir esse feito – e um secretário oficial.

– Nesse ponto, o governador se viu diante da perspectiva de se desfazer de mim. Nós tínhamos... nos aproximado, trabalhando em local tão confinado...

– E, como você já não era um assassino anônimo, ele não queria arrancar a pena de sua mão e enforcá-lo no lais da verga – terminei para ele. – Sim, ele é na verdade um homem bastante bondoso.

– É, sim – disse Christie, pensativo. – O pobre coitado também não tem levado uma vida fácil.

Concordei.

– Ele contou sobre seus filhos pequenos?

– Sim, contou.

Seus lábios se comprimiram, não de raiva, mas para controlar a própria emoção. Martin e sua mulher haviam perdido três filhos pequenos, um depois do outro, para as pragas e as febres da colônia. Não era de admirar que ouvir falar do sofrimento do governador tivesse reaberto as próprias feridas de Tom Christie. Mas ele balançou a cabeça e retornou ao assunto de sua libertação.

– Eu tinha... contado um pouco para você sobre... sobre minha filha. – Pegou a caneca de sidra quase intocada e a esvaziou até a metade de um só gole, como se estivesse morto de sede. – Admiti para ele que minha confissão havia sido falsa, embora houvesse afirmado também que eu estava convicto de sua inocência – assegurou-me. – E, se você um dia fosse presa de novo pelo crime, minha confissão continuaria válida.

– Muito obrigada – falei, perguntando-me, apreensiva, se ele sabia quem havia assassinado Malva.

Ele devia ter suspeitado, pensei, mas isso estava longe de saber, muito menos de saber por quê. E ninguém sabia onde Allan estava agora, além de Jamie, o Jovem Ian e eu.

O governador recebera essa admissão com alívio e decidira que a única coisa a fazer nas circunstâncias era deixar Christie em terra firme, a cargo das autoridades civis.

– Há mais alguma autoridade civil?

Ele balançou a cabeça.

– Nenhuma capaz de lidar com tal questão. Ainda há cárceres e xerifes, mas não tribunais nem magistrados. Nessas circunstâncias – ele quase sorriu, apesar da expressão melancólica –, achei uma perda de tempo tentar encontrar alguém a quem me entregar.

– Mas você contou que havia enviado uma cópia de sua confissão para o jornal. Você não foi... hã... recebido com frieza em New Bern?

– Pela graça da Providência divina, o jornal cessara suas operações antes de receber minha confissão, sendo o tipógrafo um legalista. Creio que o sr. Ashe e seus amigos o visitaram e ele decidiu encontrar outro ramo de negócios.

– Muito sensato – comentei.

John Ashe era amigo de Jamie, um líder da facção local dos Filhos da Liberdade e o homem que instigara o incêndio de Fort Johnston e forçara o governador Martin a se refugiar no mar.

– Houve boatos – disse ele, desviando os olhos outra vez –, mas foram sobrepujados pela precipitação dos acontecimentos públicos.

Ninguém sabia ao certo o que ocorrera na Cordilheira dos Frasers. Depois de algum tempo, ficou na mente de todos que alguma tragédia pessoal havia acontecido comigo. As pessoas passaram a me ver com certa... compaixão.

Ele não era do tipo que recebe compaixão com complacência.

– Você parece estar prosperando – comentei, indicando seus trajes. – Ao menos, não está dormindo na sarjeta e vivendo de cabeças de peixe descartadas nas docas. Eu não fazia a menor ideia de que o negócio de publicar folhetos fosse lucrativo.

Ele voltara à sua cor normal durante a conversa anterior, mas corou outra vez, agora com um ar aborrecido.

– Não é – retrucou. – Eu tenho alunos. E... prego aos domingos.

– Não posso imaginar ninguém melhor para a tarefa – elogiei, achando graça. – Você sempre teve talento para dizer a todo mundo o que havia de errado com eles em termos bíblicos. Tornou-se um pastor, então?

Ele ficou ainda mais ruborizado, mas reprimiu sua cólera e me respondeu com calma:

– Eu estava quase em situação de indigência quando cheguei aqui. Cabeças de peixe, como você diz, e um ou outro pedaço de pão ou sopa doados pela congregação da Nova Luz. Eu vinha para comer, mas ficava para o culto por cortesia. Assim, ouvi um sermão dado pelo reverendo Peterson. Aquilo... calou fundo em mim. Eu o procurei e nós... conversamos. Uma coisa levou à outra. – Ergueu o rosto para mim, os olhos faiscantes. – O Senhor atende mesmo às preces, sabe?

– E pelo que você rezou? – indaguei, intrigada.

Isso o desconcertou um pouco, embora tivesse sido uma pergunta inocente, feita por simples curiosidade.

– Eu... eu... – interrompeu-se e me fitou, a testa franzida. – Você é uma mulher muito desagradável!

– Você não é a primeira pessoa a dizer isso – assegurei-lhe. – E não tenho a intenção de bisbilhotar. Eu só... fiquei pensando.

Pude ver a ânsia de se levantar e ir embora digladiando com a compulsão de dar testemunho do que quer que tivesse lhe acontecido. Mas ele era um homem obstinado e permaneceu onde estava.

– Eu... perguntei por quê – comentou ele serenamente. – Apenas isso.

– Bem, deu certo para Jó – observei.

Ele pareceu surpreso e eu quase ri; ele sempre se surpreendia à revelação de que qualquer outra pessoa além dele tivesse lido a Bíblia. No entanto, controlou-se e olhou furioso para mim de um jeito mais de acordo com sua maneira habitual.

– E agora você está aqui – disse ele, fazendo parecer uma acusação. – Imagino que seu marido tenha formado uma milícia ou se ligado a uma. Eu já estou farto de guerras. Fico surpreso que seu marido não esteja.

– Não creio que seja exatamente um gosto pela guerra – falei de maneira cortante, mas algo nele me fez acrescentar: – É que ele acha que nasceu para isso.

Algo tremulou no fundo dos olhos de Tom Christie... Surpresa? Reconhecimento?

– Sem dúvida nasceu – confirmou, mas não concluiu o pensamento. Em vez disso, perguntou: – Mas o que você está fazendo aqui em Wilmington?

– Procurando um navio. Estamos indo para a Escócia.

Sempre tive talento para surpreendê-lo, mas dessa vez me superei. Ele tinha erguido sua caneca para beber, mas, ao ouvir minha declaração, derramou sidra sobre a mesa. Logo em seguida se engasgou, tossiu e chiou, a respiração difícil, o que atraiu muita atenção. Recostei-me na cadeira, tentando ficar invisível.

– Hã... vamos para Edimburgo, recuperar a gráfica do meu marido. Quer que eu procure alguém para você? Entregar um recado, quero dizer? Você tem um irmão lá, não?

Sua cabeça se levantou e ele me fitou com raiva, os olhos marejados. Senti um espasmo de horror à súbita lembrança e tive vontade de arrancar minha língua. Seu irmão tivera um caso com a mulher de Tom enquanto este estava preso nas Terras Altas depois do levante. Sua mulher, então, envenenara seu irmão e, em consequência, fora executada por bruxaria.

– Desculpe-me. Perdoe-me, por favor. Eu não...

Ele segurou minha mão com tanta força que cheguei a arfar, e algumas cabeças se viraram com curiosidade em nossa direção. Tom não deu nenhuma atenção a isso, mas se inclinou para mim por cima da mesa.

– Ouça – disse ele, sibilando. – Eu amei três mulheres. Uma era bruxa e vagabunda; a segunda, apenas uma vagabunda. Você pode muito bem ser uma bruxa também, mas não faz a menor diferença. Meu amor por você me levou à salvação e ao que eu achei que fosse a minha paz quando acreditei que estivesse morta.

Ele balançou a cabeça devagar, a boca fechada por um momento.

– E aqui está você.

– Hã... sim. – Mais uma vez, senti que devia me desculpar por não estar morta, mas não o fiz.

Ele inspirou fundo e soltou o ar com um suspiro.

– Não terei nenhuma paz enquanto você viver, mulher.

Então ergueu minha mão e a beijou. Levantou-se e foi embora.

– Veja bem – disse ele, após virar-se à porta para olhar para mim por cima do ombro –, eu não lamento ter beijado você.

Peguei o copo de uísque e o esvaziei.

Continuei meus afazeres em uma espécie de atordoamento – não inteiramente induzido pelo uísque. Eu não sabia o que pensar da ressurreição de Tom Christie, mas estava muito transtornada. No entanto, não parecia haver nada a fazer a respeito dele, assim, prossegui na direção da loja de Stephen Moray, um ourives de Fife, para encomendar um par de tesouras cirúrgicas. Felizmente, ele se mostrou um homem inteligente, que parecia compreender tanto minhas especificações quanto o propósito por trás delas, e prometeu ter a tesoura pronta dentro de três dias. Animada com isso, aventurei-me em uma encomenda um pouco mais problemática.

– Agulhas? – Moray franziu as sobrancelhas brancas, intrigado. – Não precisa dos serviços de um ourives para...

– Não são agulhas de costura. São mais longas, muito finas e sem buraco. Têm finalidade médica. E eu gostaria que as fizesse com isto.

Seus olhos se arregalaram quando depositei o que parecia ser uma pepita de ouro do tamanho de uma noz sobre o balcão. Era na verdade um pedacinho de um dos lingotes franceses, arrancado e martelado até formar um torrão e coberto de terra como disfarce.

– Meu marido ganhou isto em um jogo de cartas – expliquei, com um misto de orgulho e desculpas que me pareceu apropriado a tal confissão.

Não queria que ninguém começasse a achar que havia ouro na Cordilheira dos Frasers. Elevar a reputação de Jamie como jogador de cartas provavelmente não faria mal; ele já era conhecido por suas habilidades nesse ramo.

Moray franziu um pouco o cenho diante das especificações escritas para as agulhas de acupuntura, mas concordou em fazê-las. Felizmente, ele parecia nunca ter ouvido falar em bonecas de vodu, senão eu teria tido um pouco mais de dificuldade.

Com a visita ao ourives e uma rápida passagem pelo mercado para comprar cebolinha, queijo, folhas de hortelã-pimenta e qualquer outra coisa disponível em ervas medicinais, já era final de tarde quando voltei à King's Arms.

Jamie jogava cartas no salão do bar, com o Jovem Ian observando por cima do seu ombro, mas ele me viu entrar e, passando suas cartas para Ian, veio pegar meu cesto, seguindo-me pelas escadas para o nosso quarto.

Girei nos calcanhares quando entramos. Antes que eu pudesse falar, ele disse:

– Sei que Tom Christie está vivo. Encontrei-o na rua.

– Ele me beijou – confessei.

– Sim, ouvi dizer – disse ele, esquadrinhando-me com um ar divertido.

Por alguma razão, achei aquilo irritante. Ele notou e pareceu achar ainda mais divertido.

– E você gostou?

– Não tem graça nenhuma!

O humor não desapareceu, mas diminuiu um pouco.

– Você *gostou*? – repetiu, mas agora havia curiosidade em sua voz.

– Não. E não tive tempo para... pensar nisso.

Sem aviso prévio, ele colocou a mão em minha nuca e me beijou. E por simples reflexo eu o esbofeteei. Não com força – tentei retirar a mão no meio do gesto – e obviamente não o machuquei. Fiquei tão surpresa e desconcertada quanto se o tivesse nocauteado.

– Não é preciso pensar muito, não é? – perguntou ele, recuando um passo e me analisando com interesse.

– Desculpe – respondi, sentindo-me ao mesmo tempo mortificada e furiosa, e ainda com mais raiva por não compreender por que eu estava com raiva. – Não tive a intenção... Desculpe.

Ele inclinou a cabeça para o lado, examinando-me.

– É melhor eu matá-lo?

– Não seja ridículo.

Manuseei meus cordões, desatando o bolso interno da saia, sem querer fitá-lo nos olhos. Eu estava irritada, desconcertada, inquieta... e ainda mais desconcertada por não saber *por quê*.

– Foi uma pergunta honesta, Sassenach – comentou ele. – Não séria, talvez... mas honesta. Acho que você me deve uma resposta honesta.

– É claro que não quero que você o mate!

– Quer que eu diga, então, por que você me esbofeteou?

– Porque... – Fiquei parada com a boca aberta por um segundo, depois a fechei. – Sim, quero.

– Eu toquei em você contra a sua vontade – disse ele, os olhos fixos nos meus. – Não foi?

– Sim – respondi, e respirei um pouco mais facilmente. – E Tom Christie também. E não, eu *não* gostei.

– Mas não por causa de Tom – concluiu ele. – Pobre coitado.

– Ele não iria querer a sua compreensão – falei rispidamente, e ele sorriu.

– Não, não iria. Mas ele a tem. Ainda assim, fico contente – acrescentou.

– Contente com o quê? Com o fato de ele estar vivo... ou... certamente não porque ele acha que me ama? – perguntei, incrédula.

– Não subestime os sentimentos dele, Sassenach. Tom ofereceu a vida dele pela sua uma vez. E tenho certeza de que o faria outra vez.

– Eu não quis que ele o fizesse desde a primeira vez!

– Isso a incomoda – disse ele, em um tom de interesse clínico.

– Sim, é claro que me incomoda! E... a você também!

Lembrei-me que ele tinha dito que havia encontrado Tom Christie na rua. O que Tom lhe dissera? Ele inclinou a cabeça para o lado em fraca negação, mas não contestou.

– Não vou dizer que *gosto* de Thomas Christie, mas eu o respeito. E *estou* muito satisfeito de encontrá-lo com vida. Você não errou em chorar sua morte, Sassenach... Eu também chorei.

– Eu não tinha pensado nisso. – Com o choque de vê-lo, eu não me lembrara, mas chorara por ele, e por seus filhos. – Mas não me arrependo.

– Ótimo. O problema de Tom Christie – continuou Jamie – é que ele a deseja. Muito. Só que ele não sabe nada a seu respeito.

– E você sabe.

Deixei a frase entre uma pergunta e um desafio, e ele sorriu. Virou-se e trancou a porta, depois atravessou o quarto e puxou a cortina de chita da única e pequena janela, lançando o quarto em uma agradável penumbra azulada.

– Ah, tenho necessidade e vontade em abundância, mas também tenho conhecimento. – Estava parado muito perto de mim, o suficiente para que tivesse que levantar a cabeça para fitá-lo. – Eu nunca a beijei sem saber quem você era, e isso é algo que o pobre Tom jamais saberá. – Santo Deus, o que Tom lhe havia dito?

Meu pulso, que andara em frenesi, estabilizou-se em uma batida leve e rápida, discernível na ponta de meus dedos.

– Você não sabia nada a meu respeito quando se casou comigo.

Sua mão se fechou em meu traseiro.

– Não?

– Além disso, quero dizer!

Ele fez um pequeno ruído escocês na garganta, quase uma risadinha.

– Sim, bem, sábio é o homem que sabe o que ele não sabe. E eu aprendo rápido, *a nighean.*

Ele me puxou e me beijou, com atenção e ternura, com conhecimento – e com meu total consentimento. Isso não apagou minha lembrança do beijo apaixonado, destemperado, de Tom Christie, e achei que essa não era a intenção; a intenção era me mostrar a diferença.

– Você *não pode* estar com ciúmes – falei pouco depois.

– Posso, sim – respondeu ele, sem gracejo.

– Você não pode pensar...

– Não estou pensando.

– Muito bem, então...

– Muito bem, então. – Seus olhos estavam escuros como a água do mar na penumbra, mas a expressão neles era legível, e meu coração bateu mais rápido. – Eu sei o que você sente por Tom Christie e ele me confessou o que sente por você. Você sabe que o amor nada tem a ver com a lógica, não sabe, Sassenach?

Percebi que era uma pergunta retórica, então não me dei ao trabalho de responder. Em vez disso, comecei a desabotoar sua camisa com todo o cuidado. Não havia nada que eu pudesse dizer sobre os sentimentos de Tom Christie, mas expressava os meus por meio de uma linguagem específica. O coração de Jamie batia acelerado; podia senti-lo como se o segurasse em minha mão. O meu também batia forte, mas respirei fundo e me reconfortei na quente familiaridade de seu corpo, nos caracóis macios dos cabelos cor de canela de seu peito e na pele arrepiada sob meus dedos. Enquanto estava assim absorta, ele deslizou os dedos por dentro de meus cabelos, separando uma mecha que examinou com muita atenção.

– Ainda não começaram a ficar brancos. Creio que ainda tenho algum tempo, então, antes que você fique perigosa demais para eu me deitar com você.

– Perigosa uma ova! – exclamei, começando a trabalhar nos botões de suas calças. Gostaria que ele estivesse vestindo seu kilt. – O que você acha que eu poderia fazer de ruim com você na cama?

Jamie coçou o peito, refletindo, e esfregou distraidamente a pequena protuberância de tecido cicatrizado onde ele cortara a marca de Jack Randall de sua carne.

– Bem, até agora você já me arranhou, me mordeu, me furou mais de uma vez e...

– Eu não o furei!

– Furou, sim – informou ele. – Você me furou no traseiro, com suas malditas agulhinhas, quinze vezes! Eu contei. E depois uma dúzia de vezes ou mais na perna com a presa de uma cascavel.

– Eu estava salvando a sua vida!

– Eu não disse o contrário, disse? Mas não vai negar que você gostou, vai?

– Bem... não tanto a presa da cascavel. Quanto às hipodérmicas... você mereceu.

Ele me lançou um olhar de profundo cinismo.

– "Causar nenhum mal", hein?

– Além do mais, você estava contando o que eu fiz a você na cama – disse, voltando ao ponto. – Não pode contar as injeções.

– Eu estava na cama!

– Eu não estava!

– Sim, você se aproveitou de mim – disse ele, balançando a cabeça. – Mas eu não guardo rancor por isso.

Ele já havia tirado meu casaco e se ocupava em desamarrar meus cadarços, a cabeça abaixada em concentração.

– O que você acharia se *eu* ficasse com ciúmes? – perguntei.

– Gostaria bastante – respondeu ele, o hálito quente na minha pele exposta. – E você ficou. De Laoghaire. – Ergueu os olhos, rindo, uma das sobrancelhas levantada. – Será que ainda está?

Dei-lhe outro tapa, dessa vez com vontade. Ele poderia ter impedido, mas não o fez.

– Sim, foi o que pensei – comentou, limpando um olho lacrimejante. – Quer vir para a cama comigo, então? Só nós dois – acrescentou.

Era tarde quando acordei; o quarto estava escuro, apesar de ainda se ver uma fatia de céu desbotado no alto da cortina. A lareira ainda não fora acesa e o quarto estava frio, mas quente e aconchegante sob as cobertas, já que eu me aninhara contra o corpo de Jamie. Ele tinha virado de lado e eu me enrosquei contra as suas costas e passei o braço por cima dele, sentindo o suave sobe e desce de sua respiração.

Éramos mesmo só nós dois. Fiquei preocupada, no começo, com a possibilidade de a lembrança de Tom Christie e sua estranha paixão se instalar entre a gente. Mas

Jamie, pensando da mesma forma e determinado a evitar qualquer reverberação do beijo de Tom que trouxesse de volta sua lembrança, começara na outra ponta, beijando meus pés.

Considerando o tamanho do quarto e o fato de que a cama estava encaixada sem folga em uma de suas extremidades, ele fora obrigado a se escarranchar sobre mim para fazer isso, e a combinação de ter meus pés mordiscados e a visão por trás e por baixo de um escocês nu foram suficientes para remover qualquer outra coisa da minha cabeça.

Aquecida, segura e calma, eu podia pensar sobre o encontro anterior sem me sentir ameaçada. E eu tinha me sentido ameaçada. Jamie percebera isso. *Quer que eu diga, então, por que você me esbofeteou? Eu toquei em você contra a sua vontade.*

Ele tinha razão; era um dos pequenos efeitos secundários do que acontecera comigo quando fui raptada. Ajuntamentos de homens me deixavam nervosa sem nenhuma razão e ser agarrada inesperadamente me fez recuar e procurar me libertar com um safanão, em pânico. Por que eu não entendera isso?

Porque eu não queria pensar nesse assunto. Ainda não. De que adiantaria? Era melhor deixar que as coisas se curassem por conta própria, se possível.

Só que mesmo feridas que se curam deixam cicatrizes. A prova disso estava diante de mim – pressionada contra meu rosto, na verdade.

As cicatrizes nas costas de Jamie haviam esmaecido em uma pálida teia de aranha, com apenas uma ou outra leve protuberância aqui e ali, perceptível sob meus dedos quando fazíamos amor, como arame farpado sob sua pele. Lembrei-me de Tom Christie escarnecendo delas certa vez e meu maxilar se enrijeceu.

Com delicadeza, coloquei a mão em suas costas, traçando uma curva pálida com o polegar. Ele se remexeu em seu sono e eu parei.

O que nos aguardava?, perguntei-me. Ouvi a voz sarcástica de Tom Christie: *Eu já estou farto de guerras. Fico surpreso que seu marido não esteja.*

– Bem, *você* está farto – murmurei baixinho. – Covarde.

Tom Christie fora encarcerado como um jacobita, o que ele era, mas não um soldado. Ele havia sido o oficial encarregado de suprimentos no exército de Carlos Stuart. Arriscara sua posição e sua fortuna – e perdera ambas –, mas não sua vida ou seu corpo.

Ainda assim, Jamie o respeitava, o que já significava alguma coisa, não sendo Jamie um mau julgador de caráter. E eu sabia o suficiente, observando Roger, para compreender que se tornar um pastor não era um caminho fácil como algumas pessoas pensavam. Roger também não era um covarde e eu me perguntava como ele encontraria seu caminho no futuro.

Virei-me, irrequieta. O jantar estava sendo preparado. Podia sentir o cheiro intenso de água salgada e ostras fritas que vinha da cozinha embaixo, carregado em uma onda de fumaça de lenha e batatas assadas.

Jamie se remexeu um pouco, mas não acordou. Tempo suficiente. Ele estava sonhando; eu podia ver o movimento de seus olhos, revirando-se sob as pálpebras cerradas, e o momentâneo aperto dos lábios.

Seu corpo se retesou também, rígido a meu lado, e saltei para trás, surpresa. Ele resmungou com um som grave no fundo da garganta e seu corpo se arqueou com esforço. Começou a emitir sons estrangulados, se chamando ou gritando em seu sonho eu não sabia, e não esperei para descobrir.

– Jamie, acorde! – gritei.

Não toquei nele; eu sabia que não era uma boa ideia fazer isso enquanto ele estivesse no meio de um sonho violento. Ele quase quebrara meu nariz uma ou duas vezes.

– Acorde!

Ele arquejou, recuperou o fôlego e abriu os olhos desfocados. Obviamente, não sabia onde estava. Com carinho, repeti seu nome, assegurando-lhe que estava tudo bem. Ele piscou, engoliu em seco, depois virou a cabeça e me viu.

– Claire – falei, vendo que ele buscava meu nome.

– Ótimo – disse ele com a voz embargada.

Fechou os olhos, balançou a cabeça. Em seguida, abriu-os outra vez.

– Você está bem, Sassenach?

– Sim. E você?

Voltou a balançar a cabeça, fechando os olhos por um instante.

– Sim, estou bem. Estava sonhando com o incêndio da casa. Lutando. – Fungou, farejando o ar. – Tem alguma coisa queimando?

– O jantar, imagino. – Os aromas deliciosos que vinham do andar térreo haviam sido interrompidos pelo cheiro acre de fumaça e comida queimada. – Acho que o panelão de ensopado derramou.

– Talvez a gente tenha que comer em algum outro lugar esta noite.

– Phaedre disse que a sra. Symonds assara presunto com molho de mostarda e passas no almoço. Ainda deve ter sobrado um pouco. Você está bem? – perguntei outra vez.

O quarto estava frio, mas seu rosto e o peito brilhavam de suor.

– Sim – respondeu, sentando-se e passando as mãos pelos cabelos. – Posso conviver com esse tipo de sonho. – Afastou os cabelos do rosto e sorriu para mim. – Você está parecendo um chumaço de dente-de-leão, Sassenach. Também teve um sono agitado?

– Não – respondi, levantando-me e vestindo minha combinação antes de tatear em busca de minha escova de cabelos. – Foi a parte agitada de *antes* de adormecermos. Ou você não se lembra disso?

Ele riu, passou a mão pelo rosto e se levantou para usar o urinol, depois começou a vestir sua camisa.

– E quanto aos outros sonhos? – perguntei.

– O quê? – Ele emergiu da camisa, com ar interrogador.

– Você disse que pode conviver com esse tipo de sonho. E quanto àqueles, com os quais não pode conviver?

Vi os traços de seu rosto estremecerem como a superfície da água quando atiramos uma pedrinha nela e, num impulso, estendi a mão e agarrei seu pulso.

– Não se esconda – pedi.

Mantive os olhos fixos nos dele, impedindo-o de erguer sua máscara.

– Confie em mim.

Então ele de fato desviou o olhar, mas apenas para se recompor; não se escondeu. Quando olhou de novo para mim, tudo ainda estava lá: confusão, constrangimento, humilhação e os vestígios de uma dor reprimida.

– Sonho... às vezes... – começou, hesitante – ... com coisas que foram feitas comigo contra a minha vontade. – Ele soltou o ar pelo nariz, exasperado. – E acordo com uma ereção e minhas bolas latejando e tenho vontade de sair e matar alguém, começando por mim mesmo – terminou apressadamente, com um esgar. – Não acontece sempre – acrescentou, lançando-me um olhar rápido e direto. – E eu... eu nunca a procuraria no rastro de algo assim. Você deve saber disso.

Apertei seu pulso com mais força. Eu queria dizer "Você poderia, eu não iria me importar", pois seria verdade, e antes eu teria dito isso sem hesitação. Mas agora eu sabia muito mais. Se fosse comigo, se eu tivesse sonhado com Harley Boble ou com o homem pesado, macio e acordado do sonho excitada – e graças a *Deus* isso nunca acontecera –, a última coisa que eu teria feito seria tomar esse sentimento e me voltar para Jamie ou usar seu corpo para purgá-lo.

– Obrigada por me contar – disse baixinho em vez disso. – E pela faca.

Ele meneou a cabeça e se virou para pegar as calças.

– Eu gosto de presunto.

20

LAMENTO...

Long Island, colônia de Nova York
Setembro de 1776

William gostaria de poder falar com o pai. Não que ele quisesse que lorde John usasse de sua influência. Certamente não. Só desejava um pouco de conselho. Mas lorde John retornara para a Inglaterra e William estava por própria conta.

Bem, não estava sozinho. No momento, encontrava-se encarregado de um destacamento de soldados que guardava uma barreira da alfândega em uma das extremidades de Long Island. Deu um tapa violento em um mosquito que pousou em seu pulso e, ao menos dessa vez, destruiu-o. Queria poder fazer o mesmo com Clarewell.

Tenente Edward Markham, marquês de Clarewell. Também conhecido por William e uns dois amigos mais íntimos como Ned Sem Queixo ou Cafetão. William deu um tapa no próprio maxilar proeminente e notou que dois de seus homens haviam desaparecido. Caminhou a passos largos em direção à carroça que eles andaram inspecionando, gritando seus nomes.

O soldado Welch apareceu de trás da carroça como o palhaço de uma caixa de surpresa, com um ar espantado e limpando a boca. William se inclinou para a frente, cheirou seu hálito e disse:

- Taxas. Onde está Launfal?

Na carroça, concluindo uma barganha com o proprietário do veículo por três garrafas de conhaque de contrabando que o cavalheiro buscava importar ilicitamente. Dando tapas nas hordas de mosquitos devoradores que vinham dos pântanos em enxames, William prendeu o dono da carroça, convocou os outros três homens de seu destacamento e os mandou escoltar o contrabandista, Welch e Launfal para o sargento. Em seguida, pegou um mosquete e ficou plantado no meio da estrada, sozinho e com ar feroz, em uma atitude que desafiava qualquer um a tentar passar.

Ironicamente, embora a estrada tivesse estado movimentada toda a manhã, durante algum tempo ninguém tentou passar, dando-lhe oportunidade para redirecionar seu mau humor à lembrança de Clarewell.

Herdeiro de uma família *muito* influente e que tinha ligações íntimas com lorde North, Ned Sem Queixo chegara a Nova York uma semana antes de William e fora colocado no exército de Howe, onde se aninhou confortavelmente, esvoaçando, lisonjeiro e obsequioso, ao redor do general - que, a bem da verdade, costumava pestanejar e fitar o Cafetão com um olhar severo, como se tentasse lembrar quem seria ele - e do capitão Pickering, o ajudante de ordens chefe do general, um homem vaidoso e muito mais suscetível à entusiástica bajulação de Ned.

Em consequência, Sem Queixo ficava com as melhores tarefas, acompanhando o general em curtas expedições exploratórias, comparecendo a reuniões com dignitários indígenas e coisas do tipo, enquanto a William e a vários outros jovens oficiais novatos restava embaralhar papéis e ficar esperando. Má sorte, após a liberdade e as emoções do serviço de inteligência militar.

Ele teria suportado as restrições da vida no quartel e da burocracia do Exército. Seu pai o instruíra muito bem sobre a necessidade de se conter em circunstâncias difíceis, de aguentar o tédio, de lidar com os tolos e sobre a arte de usar a fria cortesia como arma. Alguém sem a força de caráter de William, entretanto, perdera o controle um dia e desenhara uma caricatura do capitão Pickering com as calças arriadas nos tornozelos, empenhado em repreender os novatos e aparentemente alheio ao Cafetão, cuja cabeça emergia, com um sorriso afetado, do traseiro de Pickering.

William não tinha sido o responsável por essa brincadeira, mas foi descoberto rindo dela pelo próprio Ned, o qual, em uma rara demonstração de masculinidade, dera um soco no nariz do lorde. A rixa resultante esvaziou os alojamentos dos jovens oficiais, quebrou alguns itens sem importância do mobiliário e resultou em William, o sangue pingando na camisa, em posição de sentido em frente a um frio capitão Pickering, o obsceno desenho à mostra sobre a escrivaninha.

William negou a autoria do desenho, mas se recusou a identificar o artista. Usou o truque da cortesia fria, que funcionou a ponto de Pickering não precisar de fato enviar William para a detenção. Apenas para Long Island.

– Desgraçado filho da mãe – murmurou, olhando para a mulher do leite com tanta ferocidade que ela chegou a parar.

Depois ela avançou pouco a pouco, de lado, para passar por ele, os olhos tão arregalados que pareciam achar que William poderia explodir a qualquer instante. Ele arreganhou os dentes para ela, que emitiu um guincho agudo e fugiu, entornando um pouco do leite dos baldes que carregava em uma canga sobre os ombros.

Isso o deixou com remorso. William teve vontade de ir atrás dela e pedir desculpas. Mas não podia. Uma dupla de tropeiros descia a estrada em sua direção trazendo uma vara de porcos. William deu uma olhada na multidão de porcos malhados que se aproximava, roncando e guinchando, enlameados e de orelhas rasgadas, e saltou para cima do balde invertido que servia como seu posto de comando. Os tropeiros acenaram e sorriram para ele, gritando o que podiam ser saudações ou insultos – ele não teve certeza se estavam falando inglês e não se importou em descobrir.

Os porcos passaram, deixando-o no meio de um mar de lama remexida pelos cascos dos animais e coberta de fezes frescas. Deu tapas na nuvem de mosquitos que voltara a se reunir ao redor de sua cabeça e achou que já aguentara o suficiente. Estava em Long Island havia duas semanas, treze dias e meio, mas ainda não era tempo suficiente para fazê-lo se desculpar nem ao Sem Queixo nem ao capitão.

– Puxa-saco – murmurou.

Mas William tinha uma alternativa. E quanto mais tempo ele passava ali com os mosquitos, mais atraente ela lhe parecia.

Era uma cavalgada longa demais de seu posto avançado de alfândega até os alojamentos para fazer a viagem duas vezes por dia. Em consequência, ele ficara temporariamente alojado com um homem chamado Culper e suas duas irmãs. Culper não ficou nada satisfeito; seu olho esquerdo começava a tremer sempre que ele via William, mas as duas irmãs mais velhas o tratavam muito bem e ele retribuía o favor sempre que podia, levando para elas um presunto ou uma peça de cambraia confiscada. Quando chegara, na noite anterior, com uma boa manta de toucinho, a srta. Abigail lhe informara que ele tinha uma visita.

– Está no pátio, fumando – comentou ela, inclinando a cabeça coberta pela touca na direção da lateral da casa. – Acho que minha irmã não o deixou fumar lá dentro.

Ele esperara encontrar um de seus amigos, que viera lhe fazer companhia ou talvez com notícias de um perdão oficial que o tiraria do exílio em Long Island. Em vez disso, encontrara um pensativo capitão Richardson, cachimbo na mão, observando o galo dos Culpers em meio ao acasalamento.

– Prazeres da vida bucólica – observou o capitão.

O galo cambaleou e cantou em desgrenhado triunfo, enquanto a galinha continuava a ciscar como se nada tivesse acontecido.

– Muito tranquilo aqui, hein?

– Sim – concordou William. – Às suas ordens, senhor.

Na verdade, não era. A srta. Beulah Culper criava meia dúzia de cabras, que baliam dia e noite, apesar de ela assegurar a William que as cabras serviam para manter os gatunos longe do depósito de milho. Uma das criaturas a essa altura dera um balido selvagem de seu cercado, fazendo o capitão Richardson deixar cair sua bolsa de tabaco.

William se abaixou e pegou a bolsa, mantendo o rosto impassível, apesar de seu coração estar batendo com força. Richardson não viera até Long Island simplesmente para matar o tempo.

– Nossa! – murmurou Richardson, lançando um olhar para as cabras. Balançou a cabeça e indicou a estrada. – Quer caminhar um pouco comigo, tenente?

William queria, com prazer.

– Ouvi falar de sua atual situação. – Richardson sorriu. – Darei uma palavra com o capitão Pickering, se quiser.

– É muita gentileza sua, senhor – respondeu William. – Mas receio que não possa me desculpar por algo que não fiz.

Richardson abanou o cachimbo, descartando o assunto.

– Pickering se irrita à toa, mas não guarda rancor. Cuidarei disso.

– Obrigado, senhor.

E o que deseja em troca?, pensou William.

– Há um capitão Randall-Isaacs – falou Richardson – que está viajando este mês para o Canadá, onde tem assuntos militares a tratar. Enquanto estiver lá, é possível que vá se encontrar com... certa pessoa que pode fornecer informações valiosas ao Exército. No entanto, tenho motivos para acreditar que essa pessoa quase não fala inglês, e o capitão Randall-Isaacs não sabe nada de francês. Um companheiro de viagem fluente nessa língua pode ser... útil.

William assentiu, mas não fez nenhuma pergunta. Haveria tempo suficiente se resolvesse aceitar a incumbência de Richardson.

Trocaram palavras banais durante o restante da caminhada de volta, depois Richardson recusou com educação o convite da srta. Beulah para jantar e partiu com a reiterada promessa de falar com o capitão Pickering.

Devo fazer o que ele pediu?, perguntou-se William mais tarde, ouvindo os roncos de Abel Culper no térreo. Era lua cheia e, apesar de o sótão não ter janelas, podia sentir sua influência. Ele nunca conseguia dormir na lua cheia.

Deveria permanecer em Nova York, na esperança tanto de melhorar sua posição quanto de ao menos finalmente ver alguma ação? Ou reduzir os prejuízos e aceitar a nova missão de Richardson?

Seu pai certamente aconselharia a primeira opção. A melhor chance de um oficial progredir e ser notado era se distinguindo em combate, não no reino sombrio e mal-afamado da espionagem. Ainda assim, a rotina e as restrições do Exército o irritavam um pouco, após suas semanas de liberdade. E ele *fora* útil, sabia disso.

Que diferença um tenente poderia fazer, soterrado sob o peso esmagador das patentes acima dele, talvez tendo o comando de suas companhias, mas ainda obrigado a seguir ordens, sem nunca ter permissão de agir segundo seu discernimento.... Abriu um largo sorriso em direção às vigas do telhado, indistintas uns 30 centímetros acima de seu rosto, pensando no que seu tio Hal teria a dizer em relação ao discernimento de oficiais jovens.

Mas tio Hal era muito mais do que um soldado de carreira. Preocupava-se por seu regimento: seu bem-estar, sua honra, os homens sob seu comando. William, na verdade, não pensara além de seu futuro imediato em termos de sua carreira no Exército. A campanha americana não demoraria muito; o que viria depois?

Ele era rico. Ou, melhor dizendo, se tornaria rico quando atingisse a maioridade, o que não estava longe de acontecer, embora parecesse um daqueles quadros de que seu pai gostava, com uma perspectiva evanescente que conduzia o olhar a um infinito impossível. Quando *de fato* tivesse dinheiro, ele poderia comprar um cargo melhor onde quisesse, talvez um de capitão nos Lanceiros... Não faria diferença se tivesse feito ou não alguma coisa para se destacar em Nova York.

Seu pai – William podia ouvi-lo agora, e colocou o travesseiro sobre o rosto para abafar sua voz – diria que a reputação dependia dos menores atos, das decisões diárias tomadas com honra e responsabilidade, e não do grandioso drama das batalhas heroicas. William não estava interessado em responsabilidade diária.

Entretanto, estava quente demais para ficar sob o travesseiro e ele o jogou no chão com um grunhido irritado.

– Não! – disse em voz alta para lorde John. – Eu estou indo para o Canadá.

E se virou em sua cama úmida e irregular, fechando os olhos e ouvidos para qualquer outro sábio conselho.

Uma semana depois, as noites haviam se tornado suficientemente frias para fazer William apreciar a lareira da srta. Beulah e sua sopa de ostras – graças a Deus, fazia frio suficiente para desencorajar os malditos mosquitos. No entanto, os dias ainda eram bastante quentes e William achou prazeroso quando seu destacamento foi instruído a vasculhar o litoral em busca do esconderijo de víveres de um suposto contrabandista de que o capitão Hanks ouvira falar.

– Um esconderijo de quê? – perguntara Perkins, a boca semiaberta como sempre.

– Lagostas – respondera William de brincadeira, mas abrandou diante do olhar confuso de Perkins. – Não sei, porém você reconhecerá se encontrar. Mas não beba, venha me buscar.

Os barcos dos contrabandistas traziam quase tudo para Long Island, mas as chances de os boatos recentes referentes a uma carga escondida de lençóis e cobertas de cama ou caixas de travessas holandesas serem verdadeiros eram pequenas. Devia ser conhaque, talvez cerveja, mas era quase certo que fosse alguma bebida; as bebidas eram, de longe, o contrabando mais lucrativo. William dividiu os homens em duplas e os despachou, observando-os até estarem a uma distância razoável antes de soltar um profundo suspiro e se recostar em uma árvore.

As árvores que cresciam ali perto da praia eram pinheiros nanicos e retorcidos, mas o vento do mar soprava agradavelmente entre as agulhas, sussurrando em seus ouvidos com um zumbido tranquilizador. Suspirou outra vez, dessa vez de prazer, lembrando-se de quanto gostava da solidão. Não tivera nenhum momento de paz em um mês. Já se aceitasse a oferta de Richardson... Bem, haveria Randall-Isaacs, é claro. Ainda assim... semanas na estrada, livre das restrições do dever e da rotina do Exército. Silêncio para pensar. Nada mais de Perkins!

Imaginou se poderia se infiltrar nos alojamentos dos oficiais novos e socar Sem Queixo até ele se transformar numa polpa ensanguentada, antes de desaparecer no mato como um pele-vermelha. Deveria usar um disfarce? Não se esperasse escurecer... Ned poderia suspeitar, mas não teria como provar nada se não pudesse ver o rosto de William. Seria um ato covarde atacar Ned durante o sono? Tudo bem, então. Iria encharcar Sem Queixo com o conteúdo de seu urinol para acordá-lo, antes de começar a surrá-lo.

Uma andorinha-do-mar fez um voo rasante a poucos centímetros de sua cabeça, arrancando-o dessas agradáveis cogitações. Seu movimento, por sua vez, assustou a ave, que soltou um grasnido indignado ao descobrir que ele, afinal, não era comestível, e disparou em direção ao mar. Ele pegou uma pinha e a atirou no pássaro, errando completamente, mas sem se importar. Enviara um bilhete a Richardson na mesma noite, dizendo sim. A lembrança fez seu coração bater mais rápido e uma sensação de contentamento o dominou, animada como o voo do pássaro cortando o ar.

Limpou a areia dos dedos nas pernas. Em seguida, endireitou-se, vendo movimento na água. Uma chalupa virava de um lado para outro, logo depois da arrebentação. Relaxou ao reconhecê-la: era o bandido do Rogers.

– E o que *você* está fazendo aqui, posso saber? – murmurou ele.

Saiu para a faixa de areia do litoral e ficou parado ali, os punhos sobre os quadris, deixando que seu uniforme fosse visto – para o caso de Rogers ter deixado de ver os homens de William espalhados pela costa arenosa, pontos vermelhos se arrastando pelas dunas como percevejos. Se Rogers também tivesse ouvido falar do esconderijo do contrabandista, William pretendia se certificar de que ele soubesse que os soldados de William tinham direitos sobre a mercadoria.

Robert Rogers era um personagem nebuloso que chegara a Nova York havia alguns meses e de algum modo conseguira uma patente de major do general Howe e uma chalupa de seu irmão, o almirante. Dizia ser um guerreiro indígena e gostava de se vestir de índio. No entanto, era eficaz: recrutara homens suficientes para formar dez companhias de batedores uniformizados, mas continuava a percorrer a esmo o litoral em sua chalupa com uma pequena companhia de homens de aspecto tão infame quanto ele, à procura de recrutas, espiões, contrabandistas e – William estava convencido – qualquer oportunidade de negócio. A chalupa se aproximou um pouco mais e ele viu Rogers no convés: um homem moreno, perto dos 50 anos, enrugado e acabado, com um olhar maligno. Ele avistou William e acenou. William ergueu a mão civilizadamente em resposta. Se seus homens achassem alguma coisa, ele poderia precisar de Rogers para carregar o espólio de volta para o lado de Nova York – acompanhado de um guarda para impedir que desaparecesse no *caminho.*

Havia muitas histórias sobre Rogers – algumas espalhadas pelo próprio. Até onde William sabia, a principal qualificação do sujeito era a de que ele havia, em certo momento, tentado fazer uma visita de cortesia ao general Washington, que não só se recusara a recebê-lo como mandara que ele fosse retirado sem a menor cerimônia do acampamento dos continentais e proibido de entrar outra vez. William considerou isso uma prova de boa capacidade de discernimento por parte do virginiano.

E agora? A chalupa abaixara as velas e descera um pequeno bote. Era Rogers, remando sozinho. A desconfiança de William aumentou. Ainda assim, avançou mar adentro e agarrou a borda da embarcação, ajudando Rogers a arrastar o bote para a areia.

– Prazer em vê-lo, tenente! – Rogers riu para ele, com falhas nos dentes, mas confiante.

William o cumprimentou da maneira mais formal possível:

– Major.

– Por acaso seus homens estão à procura de uma carga contrabandeada de vinho francês?

Droga, ele já a encontrara!

– Tivemos informação de atividades de contrabando ocorrendo nesta região – disse William reservadamente. – Estamos investigando.

– Claro – concordou Rogers. – Quer poupar tempo? Tente para o outro lado... – Virou-se, levantando o queixo na direção de um aglomerado de dilapidadas cabanas de pesca a uns 400 metros de distância. – Está...

– Já fizemos isso – interrompeu William.

– Está enterrada na areia atrás das cabanas – terminou Rogers, ignorando a interrupção.

– Muito obrigado, major – disse William, com tanta cordialidade quanto conseguiu reunir.

– Vi dois sujeitos a enterrando ontem à noite – explicou Rogers. – Não creio que já tenham voltado para pegá-la.

– Vejo que está fiscalizando esta extensão da praia – observou William. – Procura algo em particular, senhor?

Rogers sorriu.

– Já que mencionou isso, procuro. Há um sujeito andando por aí, fazendo perguntas sobre um tipo muito curioso, e eu gostaria muito de falar com ele. Se você ou seus homens detectarem o sujeito...

– Sem dúvida, senhor. Sabe seu nome ou sua aparência?

– Na verdade, ambos – respondeu Rogers. – Um sujeito alto, com cicatrizes no rosto de uma explosão de pólvora. Você o reconheceria se o visse. Um rebelde, de uma família de rebeldes de Connecticut. Seu nome é Hale.

William sentiu um tranco repentino no abdômen.

– Então você o viu? – perguntou Rogers de maneira gentil, mas seus olhos escuros se aguçaram.

William sentiu uma ponta de aborrecimento pelo fato de seu rosto poder ser lido tão facilmente, mas assentiu.

– Ele passou pela alfândega ontem. Um sujeito muito loquaz – acrescentou, tentando se recordar dos detalhes do homem. Ele notara as cicatrizes: vergões desbotados que marcavam suas faces e testa. – Nervoso, ele suava e sua voz tremia. O soldado que o parou pensou que ele tivesse tabaco ou alguma outra coisa escondida e o fez esvaziar os bolsos, mas ele não tinha nenhum contrabando. – William fechou os olhos, franzindo a testa no esforço para se lembrar. – Tinha papéis... eu os vi.

Ele havia realmente visto os papéis, mas não tivera oportunidade de examiná-los, pois estava ocupado com um comerciante que trazia uma carroça de queijos, destinados, segundo dissera, ao comissário britânico. Quando terminou com este, o outro homem já tinha sido dispensado.

– O homem que falou com ele... – Rogers espreitava ao longo da praia, na direção dos investigadores espalhados ao longe. – Qual deles?

– Um soldado chamado Hudson. Eu o chamarei para o senhor se quiser – propôs William. – Mas duvido que ele possa dizer muito sobre os papéis. O pobre rapaz não sabe ler.

Rogers pareceu decepcionado, mas fez sinal para que William chamasse Hudson mesmo assim. Tendo sido convocado, Hudson corroborou o relato de William sobre a questão, mas não conseguiu se lembrar de nada a respeito dos papéis, salvo que uma das folhas tinha alguns números.

– E um desenho, eu acho – acrescentou. – Receio não ter notado o que era, senhor.

– Números, hein? Ótimo, ótimo – disse Rogers, esfregando as mãos. – E ele mencionou para onde estava indo?

– Visitar um amigo, senhor, que vive perto de Flushing. – Hudson se mostrava respeitoso, mas olhava para o batedor com curiosidade; Rogers estava descalço e vestia calças de linho esfarrapadas, com um colete curto, feito de pele de rato-almiscarado. – Não perguntei o nome do amigo, senhor. Não sabia que era importante.

– Duvido que seja, soldado. Duvido até que esse amigo exista.

Rogers deu uma risadinha abafada, parecendo encantado com as notícias. Olhou para o horizonte enevoado, os olhos apertados como se pudesse distinguir o espião entre as dunas, e balançou a cabeça devagar, satisfeito.

– Muito bem – falou consigo mesmo, e já se virava para ir embora quando William o fez parar.

– Muito obrigado pelas informações sobre o esconderijo do contrabando, senhor.

Perkins supervisionara a escavação enquanto William e Rogers falavam com Hudson e agora gritava, incentivando um pequeno grupo de soldados, vários barris cobertos de areia rolando pelas dunas à frente deles. Um dos barris bateu em alguma pedra na areia, ricocheteou no ar e caiu com força, rolando em um ângulo torto e perseguido com gritos pelos soldados.

William se encolheu ao ver o que acontecia. Se o vinho sobrevivesse ao resgate, não seria bebível por quinze dias. Não que isso impedisse alguém de tentar.

– Eu gostaria de solicitar permissão para levar o contrabando apreendido a bordo de sua chalupa para transporte – disse com formalidade a Rogers. – Eu mesmo o acompanharei e entregarei, é claro.

– Claro. – Rogers pareceu achar graça, mas assentiu. Coçou o nariz, pensativo. – Só devemos zarpar de volta amanhã. Quer nos acompanhar esta noite? Você pode ser de muita ajuda, já que de fato viu o sujeito que estamos buscando.

O coração de William deu um salto de empolgação. O ensopado da srta. Beulah perdia o interesse em comparação com a perspectiva de ir atrás de um espião perigoso. E estar presente na captura só poderia fazer bem à sua reputação, mesmo que a maior parte dos créditos fosse de Rogers.

– Teria imenso prazer em ajudá-lo, senhor!

Rogers abriu um largo sorriso, depois o examinou de alto a baixo.

– Ótimo. Mas não pode ir atrás de um espião com estes trajes, tenente. Venha a bordo e nós o vestiremos de maneira adequada.

Como se verificou, William era 15 centímetros mais alto do que o homem mais alto da tripulação de Rogers e, assim, terminou estranhamente vestido com uma camisa de linho grosso com as abas tremulando – as abas deixadas para fora das calças por necessidade, para disfarçar o fato de que os botões superiores de sua braguilha foram deixados desabotoados – e calças de lona que ameaçavam capá-lo a qualquer movimento repentino. Elas não podiam, é claro, ser afiveladas, e William decidiu imitar Rogers e ficar descalço em vez de sofrer a indignidade de meias de listras que deixavam seus joelhos e 10 centímetros de pernas cabeludas expostos.

A chalupa velejou para Flushing, onde Rogers, William e mais quatro homens desembarcaram. Rogers mantinha um posto de recrutamento informal ali, na sala dos fundos da loja de um mercador na rua principal do vilarejo. Ele desapareceu dentro desse estabelecimento, retornando com a notícia animadora de que Hale não fora visto em Flushing e provavelmente estava hospedado em uma das duas tavernas existentes em Elmsford, a uns 4 quilômetros da vila.

Assim, os homens caminharam naquela direção, dividindo-se por cautela em grupos menores, de modo que William se viu caminhando com Rogers, um cachecol esfarrapado em volta dos ombros contra o frio da noite. Ele não havia feito a barba, é claro, e achou que parecia um companheiro adequado para o batedor, que acrescentara ao seu traje um chapéu desabado com um peixe-voador seco enfiado na aba.

– Fingimos ser pescadores de ostras? Ou fundidores, talvez? – perguntou William.

Rogers grunhiu achando graça e balançou a cabeça.

– Você não passaria por nenhum dos dois se fosse o caso. Não, garoto, fique de boca fechada, a não ser para colocar alguma coisa dentro dela. Os meninos e eu trataremos do assunto. Tudo que tem a fazer é indicar com a cabeça se avistar Hale.

O vento viera para terra firme e soprava na direção deles o cheiro de pântanos frios, temperado com uma alusão distante de fumaça de chaminé. Não havia ainda nenhuma moradia à vista e a paisagem evanescente era desolada à sua volta. Mas a terra fria e arenosa da estrada era confortável sob seus pés descalços e ele não achava a desolação do ambiente nem um pouco deprimente; estava ansioso demais pelo que os aguardava.

Rogers permanecia em silêncio a maior parte do tempo, andando com a cabeça abaixada contra a brisa fria. Após algum tempo, entretanto, falou descontraidamente:

– Eu transportei o capitão Richard de Nova York. E de volta.

William pensou em perguntar "Capitão Richardson?" em tom de educada ignorância, mas logo percebeu que isso não daria certo.

– É mesmo? – perguntou.

Rogers riu.

– Dissimulado, você, hein? Talvez ele tenha razão, então, em escolhê-lo.

– Ele me escolheu para... alguma coisa?

– Bom rapaz. Nunca revele nada de graça, mas às vezes vale a pena lubrificar um pouco as rodas. Não, Richardson é ladino, não disse nem uma palavra a seu respeito. Mas eu o conheço e sei o que faz. E sei onde o deixei. Ele não estava fazendo uma visita aos Culpers, posso lhe garantir.

William fez um som indeterminado de interesse na garganta. Obviamente, Rogers pretendia dizer alguma coisa. Que dissesse, então.

– Quantos anos você tem, rapaz?

– Tenho 19 – respondeu William, com certa aspereza. – Por quê?

Rogers deu de ombros, seu perfil pouco mais que uma sombra entre muitas na penumbra cada vez mais densa.

– Com idade suficiente para arriscar o pescoço intencionalmente, então. Mas você pode querer pensar duas vezes antes de dizer sim a qualquer sugestão que Richardson lhe faça.

– Presumindo que ele de fato tenha sugerido alguma coisa... por que ele faria isso?

Rogers tocou nas costas do tenente, instando-o a prosseguir.

– Você está prestes a descobrir isso por conta própria, rapaz. Vamos.

A luz quente e enfumaçada da taverna e o cheiro da comida envolveram William. Ele não estivera consciente do frio, da escuridão ou da fome. Sua mente estava concentrada apenas na aventura prestes a acontecer. Agora, entretanto, inspirou profundamente o ar pleno do aroma de pão fresco e galinha assada, e se sentiu como um cadáver insensível, recém-despertado do túmulo e restaurado à vida no dia da Ressurreição.

A respiração seguinte, entretanto, parou em sua garganta e seu coração ficou apertado de tal forma que lançou uma onda de sangue pelo corpo. Rogers, a seu lado, fez um zumbido grave de alerta e perscrutou com descontração o salão conforme liderava o caminho em direção a uma mesa.

O espião estava sentado junto ao fogo, comendo galinha e conversando com dois fazendeiros. A maioria dos homens na taverna havia olhado para a porta quando os recém-chegados entraram – mais de um deles reconheceu William –, mas o espião estava tão absorto em sua comida e na conversa que nem ergueu os olhos.

William quase não notara o sujeito quando o vira pela primeira vez, mas o teria reconhecido ao vê-lo de novo. Não era tão alto quanto o próprio William, porém vários centímetros mais alto do que a maioria e com uma aparência surpreendente, com cabelos louros e testa alta, assim exibindo as cicatrizes do acidente com pólvora que Rogers mencionara. Usava um chapéu redondo, de abas largas, deixado sobre a mesa ao lado de seu prato, e um traje marrom simples e discreto.

Sem uniforme... William engoliu em seco com força, não por causa de sua fome ou do cheiro de comida.

Rogers se sentou à mesa seguinte, indicando um banquinho à sua frente para que William se acomodasse, e levantou as sobrancelhas em uma pergunta. William aquiesceu, mas não olhou na direção de Hale.

O proprietário da taverna trouxe comida e cerveja, e William se dedicou a comer, satisfeito por não ter que se juntar à conversa. Hale estava relaxado e loquaz, contando a seus companheiros que era um professor holandês de Nova York.

– Mas a situação lá está tão tumultuada – comentou, balançando a cabeça – que a maior parte dos meus alunos foi embora. Fugiram com suas famílias para a casa de parentes em Connecticut ou Nova Jersey. Imagino que as condições aqui sejam similares ou até piores, não?

Um dos homens à sua mesa apenas grunhiu, mas o outro soltou um assobio sarcástico.

– Pode-se dizer que sim. Os malditos casacos vermelhos confiscam tudo que não está enterrado. *Tory, whig* ou rebelde, não faz nenhuma diferença para esses filhos da mãe gananciosos. Uma palavra de protesto e é provável que receba um golpe na cabeça e seja arrastado para a maldita paliçada, para ficar mais fácil para eles. Ora, um brutamontes me parou no posto da alfândega na semana passada e confiscou toda a minha carga de sidra e minha carroça ainda por cima! Ele...

William se engasgou com um pedaço de pão, mas não ousou tossir. Santo Deus, não havia reconhecido o sujeito, que estava de costas para ele, mas se lembrou muito bem da sidra. Brutamontes?

Pegou sua cerveja e bebeu, tentando deslocar o pedaço de pão. Não funcionou e tossiu um pouco, sentindo o rosto ficar roxo e vendo Rogers franzir o cenho, consternado. Ele gesticulou para o fazendeiro da sidra, bateu no próprio peito e, levantando-se, caminhou para fora do salão o mais silenciosamente possível. Seu disfarce, apesar de excelente, não esconderia de modo algum seu tamanho. Se o sujeito o reconhecesse como um soldado britânico, toda a missão iria por água abaixo.

Conseguiu não respirar até estar a salvo do lado de fora, onde tossiu até achar que o fundo do seu estômago iria sair pela boca. Finalmente parou e se recostou na lateral da taverna, respirando em longas arfadas. Lamentou não ter tido a presença de espírito de trazer um pouco de cerveja com ele em vez da coxa de galinha que segurava.

Os últimos homens de Rogers desceram a rua e, com um olhar desconcertado para William, entraram na taverna. Ele limpou a boca com as costas da mão e, endireitando-se, deu a volta pelo lado do prédio até alcançar uma janela.

Os recém-chegados tomavam seus lugares. Ficaram próximo à mesa de Hale. Cuidadosamente de lado para não ser percebido, ele viu que Rogers agora se insinuara na conversa com Hale e os dois fazendeiros e parecia estar contando uma piada. O sujeito da sidra apupou e bateu na mesa ao final. Hale esboçou um sorriso forçado, mas pareceu chocado; o gracejo deve ter sido indelicado.

Rogers se reclinou para trás, incluindo toda a mesa com um amplo gesto da mão, e disse algo que os fez menear a cabeça e murmurar em concordância. Em seguida, ele se inclinou para a frente, decidido, para perguntar alguma coisa a Hale.

William só conseguia captar trechos da conversa, acima do barulho geral da taverna e do zumbido do vento frio pelas suas orelhas. Até onde pôde compreender, Rogers se professava um rebelde, seus homens assentindo em confirmação da mesa onde estavam aproximando-se para formar um grupo reservado ao redor de Hale. Este parecia atento, empolgado e muito convicto. Podia se fazer passar por um professor, pensou William – apesar de Rogers ter dito que ele era um capitão do Exército Continental. William balançou a cabeça; Hale não parecia nada com um soldado.

Ao mesmo tempo, William também não parecia nada com um espião. Ele se fazia notar, com sua boa aparência, seu rosto marcado, sua... altura.

William sentiu um nó na boca do estômago. *Santo Deus.* Foi isso que Rogers quis dizer quando ressaltara que havia algo com que William devia ter cuidado, em relação às missões do capitão Richardson, e que ele veria por si mesmo esta noite?

William estava acostumado tanto com sua altura quanto com as reações automáticas das pessoas a ela. Até gostava que tivessem que erguer os olhos para encará-lo. Mas, em seu primeiro trabalho para o capitão Richardson, nunca lhe ocorrera que as pessoas poderiam se recordar dele por causa disso – ou que pudessem descrevê-lo com grande facilidade. Brutamontes não era nenhum elogio, mas *era* inequívoco.

Com uma sensação de incredulidade, ele ouviu Hale não só revelar o próprio nome e o fato de ser simpatizante dos rebeldes como também confidenciar que estava fazendo observações concernentes à força da presença britânica – isso seguido de uma convicta indagação quanto aos sujeitos com quem falava terem notado algum soldado de casaco vermelho na região.

William ficou tão chocado com essa imprudência que espreitou pela borda da janela, a tempo de ver Rogers olhar ao redor do salão com exagerada cautela antes de se inclinar para a frente confidencialmente, dando um tapinha no braço de Hale e dizendo:

– Ora, senhor, foi o que eu fiz. Realmente fiz. Já o senhor deve tomar mais cuidado com o que diz em locais públicos. Qualquer um pode ouvi-lo!

– Rá! – exclamou Hale, rindo. – Estou entre amigos aqui. Não acabamos de brindar ao general Washington e à confusão do rei? – Sério, mas ainda entusiasmado, ele empurrou o chapéu para o lado e acenou para o taverneiro pedindo mais cerveja. – Venha, senhor, tome mais uma cerveja e me conte o que andou vendo.

William teve um impulso repentino e irresistível de gritar "Cale a boca, seu idiota!" ou atirar alguma coisa em Hale através da janela. Só que era tarde demais, mesmo que de fato pudesse ter feito isso. A coxa que estivera comendo ainda estava em sua mão. Percebendo, jogou-a fora. Seu estômago estava embrulhado e sentia um gosto ruim no fundo da garganta, embora seu sangue ainda fervesse de adrenalina.

Hale fazia confissões ainda mais prejudiciais diante das exclamações de encorajamento e gritos patrióticos dos homens de Rogers, todos os quais representando seus papéis muito bem, ele precisava admitir. Por quanto tempo ainda Rogers deixaria aquilo continuar? Iria prendê-lo ali, na taverna? Provavelmente não. Alguns dos demais presentes eram sem dúvida simpatizantes dos rebeldes e poderiam se sentir motivados a intervir em favor de Hale caso Rogers tentasse algo nesse sentido.

Rogers não parecia ter nenhuma pressa. Quase meia hora de tediosos gracejos se seguiu, Rogers dando o que pareciam ser pequenas confirmações, Hale por sua vez fazendo outras muito maiores, as faces magras e planas brilhando da cerveja e da empolgação com as informações que estava obtendo. Rosto, pernas, pés e mãos de William ficaram dormentes e seus ombros doíam de tensão. Um ruído desviou sua atenta observação da cena que se desenrolava dentro da taverna e ele olhou para baixo, consciente de um cheiro penetrante que de alguma forma havia se insinuado sem que percebesse.

– Meu Deus!

Deu um salto para trás, quase enfiando o cotovelo pela janela, e bateu na parede da taverna com uma forte pancada. O gambá, perturbado no deleite da coxa de galinha descartada, instantaneamente ergueu a cauda, a listra branca tornando o movimento visível. William ficou paralisado.

– O que foi isso? – perguntou alguém lá dentro.

Prendendo a respiração, William deslizou um pé para o lado, apenas para ficar paralisado outra vez pelo som de uma leve batida e o estremecimento da listra branca. Droga, o animal estava batendo os pés. Uma indicação de ataque iminente – algo explicado por pessoas cujo estado lamentável deixava claro que falavam por experiência própria.

Pés se aproximavam da porta, alguém vindo investigar. Santo Deus, se o encontrassem ouvindo às escondidas do lado de fora... Rangeu os dentes, preparando-se para o que o dever lhe dizia que deveria ser um salto de autossacrifício para longe da vista de qualquer um. Se o fizesse, o que aconteceria? Não poderia se reunir a Rogers e os demais fedendo a gambá. Mas se...?

A abertura da porta colocou um ponto final em suas especulações. William se arremessou para a esquina do prédio por simples reflexo. O gambá também agiu por reflexo, mas, espantado com a abertura da porta, reajustou sua pontaria. William tropeçou em um galho e se estatelou em um monte de detritos, ouvindo um berro atrás dele enquanto a noite ficava insuportável.

William tossiu, engasgou e tentou parar de respirar o tempo suficiente para ficar fora de alcance. Mas foi obrigado a arfar e seus pulmões se encheram de uma substância tão além do conceito de fedor que requeria uma descrição sensorial nova. Tossindo e cuspindo, os olhos ardendo e lacrimejando do ataque, entrou aos tropeções na escuridão do outro lado da rua, de cuja posição vantajosa testemunhou o gambá fugindo ofendido e a vítima desmoronada no degrau da taverna, fazendo ruídos de extrema aflição.

William esperava que não fosse Hale. Além das dificuldades práticas envolvidas na prisão e no transporte de um homem que sofrera um ataque de gambá, a simples compaixão humana compelia uma pessoa a pensar que enforcar a vítima seria acrescentar insulto à injúria.

Não era Hale. Ele viu cabelos louros brilhando à luz da tocha entre as cabeças que se projetaram para fora, curiosas.

Vozes chegavam até ele, discutindo a melhor providência a tomar. Vinagre em grande quantidade, concordaram. A vítima agora já havia se recobrado o suficiente para se arrastar para o meio do mato, de onde sons de violentas ânsias de vômito se seguiram. Isso, acrescido ao fedor que ainda pairava no ar, fez com que vários cavalheiros vomitassem também, e o próprio William sentiu ânsia de vômito, que reprimiu apertando o nariz.

Ele estava enregelado, embora ventilado, quando os amigos da vítima o acompanharam para longe dali – conduzindo-o como a uma vaca ao longo da estrada, já que ninguém se dispunha a tocá-lo – e a taverna se esvaziou, ninguém tendo mais apetite para comida nem bebida em tal ambiente. Pôde ouvir o proprietário praguejando consigo mesmo quando se inclinou para fora e retirou a tocha que ardia ao lado do letreiro pendurado e a mergulhou, chiando, no barril de coleta de água da chuva.

Hale se despediu com um boa-noite geral, a voz educada distinta na escuridão, e partiu pela estrada em direção a Flushing, onde sem dúvida pretendia buscar uma cama. Rogers – William o reconheceu pelo colete de pele, identificável até à luz das estrelas – se demorou na margem da estrada, reunindo seus homens enquanto a multidão se dispersava. Somente quando todos já estavam fora de vista é que William se aventurou a se unir a eles.

– Sim? – disse Rogers ao vê-lo. – Todos presentes, então. Vamos.

E partiram, um bando silencioso descendo a estrada, atentos à pista de sua presa desavisada.

Da água, viram as chamas. A cidade ardia, particularmente o bairro perto do East River, mas o vento soprava e o fogo se espalhava. Houve muita especulação agitada entre os homens de Rogers; os simpatizantes dos rebeldes teriam incendiado a cidade?

– Mais provável que tenham sido soldados bêbados – disse Rogers em tom frio.

William se sentiu nauseado ao ver o clarão vermelho no céu. O prisioneiro permaneceu em silêncio.

Por fim encontraram o general Howe em seu quartel-general na Beekman House, fora da cidade, os olhos vermelhos da fumaça, da privação de sono e de uma raiva enterrada fundo em suas entranhas. Entretanto, ela permaneceu lá, por enquanto. Ele convocou Rogers e o prisioneiro à biblioteca onde tinha seu escritório e – após um rápido e espantado olhar aos trajes de William – o mandou ir dormir.

Fortnum estava no sótão, vendo a cidade queimar da janela. Não havia nada a fazer. William se postou a seu lado. Sentia-se vazio, de certo modo fora do mundo real. Enregelado, apesar do assoalho aquecido sob seus pés descalços.

De vez em quando, um ou outro jato de fagulhas se lançava para o alto quando as chamas atingiam algo inflamável, mas de tal distância na verdade pouco podia ser visto, fora o maldito clarão contra o céu.

– Vão nos culpar, sabe – disse Fortnum após algum tempo.

O ar ainda estava carregado de fumaça ao meio-dia da manhã seguinte.

Ele não conseguia tirar os olhos das mãos de Hale. Elas haviam se fechado quando um soldado as amarrou. Agora seus dedos estavam entrelaçados com tanta força que as articulações ficaram brancas.

Certamente a carne protestava, pensou William, mesmo que a mente se resignasse. Sua carne protestava por estar ali, a pele se crispando como a de um cavalo flagelado por moscas, os intestinos se contraindo e relaxando em terrível solidariedade – diziam que os intestinos de um enforcado se soltavam. Aconteceria com os de Hale? O sangue inundou seu rosto diante do pensamento e ele olhou para o chão.

Vozes o fizeram erguer os olhos outra vez. O capitão Moore acabara de perguntar a Hale se ele queria fazer alguma declaração. Hale balançou a cabeça.

William sentiu que ele já devia estar preparado a essa altura; Hale passara as últimas duas horas na barraca do capitão Moore, escrevendo bilhetes a serem entregues à sua família, enquanto os homens reunidos para a apressada execução mudavam o peso de um pé para o outro, aguardando. Ele não estava nem um pouco preparado.

Por que era diferente? Já vira muitos homens morrerem, alguns de forma terrível. Mas essa cortesia preliminar, essa formalidade, essa... *civilidade* obscena, tudo conduzido com a certeza da morte iminente e vergonhosa. Deliberação. A terrível deliberação, era isso.

– Finalmente! – murmurou Clarewell em seu ouvido. – É melhor acabarem logo com isso, estou morrendo de fome.

Mandaram um jovem negro chamado Billy Richmond, um soldado que William conhecia superficialmente, subir em uma escada e amarrar a corda na árvore. Ao descer, ele fez um sinal com a cabeça para o oficial.

Hale começou a subir a escada, o sargento-mor o amparando. O laço estava em volta de seu pescoço, uma corda grossa, nova. Não diziam que cordas novas esticavam? Mas era uma escada alta...

William suava como um porco, apesar da temperatura amena. Ele não devia fechar nem desviar os olhos. Não com Clarewell observando. Contraiu os músculos da garganta e se concentrou outra vez nas mãos de Hale. Os dedos se contorciam, impotentes, embora o rosto do condenado estivesse calmo, e deixavam leves manchas de umidade na aba de seu casaco.

Um grunhido de esforço e um som arranhado; a escada foi retirada e puderam ouvir uma exclamação espantada de Hale ao cair. Quer tenha sido a corda muito nova ou alguma outra coisa, o fato é que seu pescoço não se quebrou de forma precisa.

Ele havia recusado o capuz. Assim, os espectadores foram obrigados a ver seu rosto pelos quinze minutos que ele demorou a morrer. William reprimiu uma terrível necessidade de rir de nervoso, vendo os claros olhos azuis se arregalarem a ponto de parecer que iam saltar, a língua para fora. Tão surpreso. Ele parecia tão surpreso.

Havia apenas um pequeno grupo de homens reunido para a execução. Ele viu Richardson a uma pequena distância, observando a cena com uma expressão de remota abstração. Como se tomasse consciência de seu olhar, Richardson se voltou para ele. William desviou os olhos.

21

O GATO DO MINISTRO

Lallybroch

Outubro de 1980

Ela se levantou antes das crianças, embora soubesse que era tolice. Qualquer que fosse o motivo de Roger para ter ido a Oxford, levaria umas quatro ou cinco horas para chegar e o mesmo para retornar. Ainda que tivesse partido ao amanhecer - e talvez não conseguisse, se não houvesse chegado a tempo para o que quer que tenha ido fazer no dia anterior -, não poderia estar de volta antes do meio-dia, no mínimo. Mas ela dormira mal, com um desses sonhos monótonos e inevitavelmente desagradáveis, apresentando a visão e o som da maré enchendo, uma onda após outra, após outra, após outra... e acordara à primeira luz da manhã, sentindo-se tonta e indisposta.

Ocorreu-lhe por um instante aterrador que pudesse estar grávida. Mas ela se sentou abruptamente na cama e o mundo voltou ao normal. Nada daquela sensação de estar com um dos pés do outro lado do espelho que o começo da gravidez traz. Devagar, colocou um pé para fora da cama e o mundo e seu estômago permaneceram fixos. Ótimo, então.

Ainda assim, a sensação de desconforto - quer por causa do sonho, pela ausência de Roger ou pelo espectro de uma gravidez - permaneceu e ela se ocupou da rotina diária da casa com a mente distraída.

Estava separando meias por volta de meio-dia quando percebeu que tudo estava muito quieto, de uma maneira que fez os cabelos de sua nuca se arrepiarem.

- Jem? - chamou. - Mandy?

Silêncio. Ela saiu da lavanderia, procurando ouvir pancadas, batidas e rangidos no andar de cima, mas não havia o menor som de pés batendo, blocos desmoronando ou as vozes agudas de briga de irmãos.

- Jem! - gritou. - Onde você está?

Nenhuma resposta. Da última vez que isso acontecera, dois dias antes, ela descobrira seu despertador no fundo da banheira, perfeitamente desmontado, e as duas crianças do outro lado do jardim, fingindo ar de inocência.

- Não fui *eu*! - declarou Jem, arrastado para dentro de casa e colocado diante da prova. - E Mandy é muito pequena.

- Muito quena - confirmou Mandy, balançando a cabeleira de cachos negros tão ferozmente que chegou a tampar seu rosto.

- Bem, não acho que papai tenha feito isso - disse Bri, erguendo uma das sobrancelhas com ar severo. - E tenho certeza de que não foi Annie Mac. O que não deixa muitos suspeitos sobrando, não é?

– Chuspetos, chuspetos! – exclamou Mandy alegremente, encantada com a nova palavra.

Jem balançou a cabeça de forma resignada, olhando para as engrenagens espalhadas e o mostrador desmembrado.

– Devem ter sido os *piskies*, mamãe.

– *Pishkies, pishkies* – chilreou Mandy, jogando a saia por cima da cabeça e puxando os babadinhos de suas calcinhas. – Foi *pishkies*, mamãe!

No meio da comoção causada por essa afirmação, Jem desapareceu. Só foi visto de novo na hora do jantar, quando então o caso do despertador já havia sido superado pelos acontecimentos diários, não sendo mais relembrado até a hora de dormir, quando Roger notou a ausência do despertador.

– Jem não costuma mentir – disse Roger, pensativo, depois de ver a pequena vasilha de cerâmica agora contendo os restos do despertador.

Bri, escovando os cabelos para dormir, lançou-lhe um olhar cáustico.

– Também acha que temos *pixies*?

– *Piskies* – corrigiu ele distraído, remexendo na pequena pilha de engrenagens na tigela com o dedo.

– O quê? Está dizendo que os duendes são realmente chamados de *piskies* aqui? Achei que Jem estava apenas pronunciando errado.

– Bem, não. *Pisky* é como se diz na Cornualha. São chamados de *pixies* em outras partes do sudoeste da Inglaterra.

– Como são chamados na Escócia?

– Na verdade, não temos duendes. A Escócia tem muitos personagens do reino das fadas – disse ele, pegando um punhado das peças do relógio e deixando-as tilintar de volta na vasilha. – Mas os escoceses têm uma tendência para as manifestações mais sombrias do sobrenatural: os cavalos das águas, as *ban-sidhe*, as bruxas azuis e o *nuckelavee*. Os *piskies* são um pouco frívolos para a Escócia. Nós temos os *brownies*, veja bem – acrescentou, tirando a escova da mão de Brianna –, mas são mais como elfos e gnomos prestativos no ambiente doméstico, não diabinhos travessos como os *piskies*. Você consegue remontar o relógio?

– Claro, se os *piskies* não perderam nenhuma parte. O que é um *nuckelavee*?

– É uma criatura monstruosa do folclore das ilhas Orkney. Nada que você queira ouvir antes de ir para a cama – assegurou-lhe.

E, inclinando-se, respirou muito de leve em seu pescoço, logo abaixo do lóbulo da orelha. A ligeira cócega provocada pela lembrança do que acontecera depois disso se sobrepôs às suas suspeitas sobre o que as crianças deviam estar tramando, mas a sensação se desfez, sendo substituída por uma crescente apreensão.

Não havia sinal algum de Jemmy ou de Mandy em nenhum lugar da casa. Annie MacDonald não vinha aos sábados e a cozinha... à primeira vista parecia intocada, mas ela estava familiarizada com os métodos de Jem.

De fato, o pacote de biscoitos de chocolate não estava no lugar, assim como faltava uma garrafa de refrigerante de limão, embora tudo mais no armário estivesse em perfeita ordem. E o armário ficava a 1,80 metro do chão. *Jem tem um grande talento para gatuno*, pensou. Ao menos teria uma carreira, se um dia desses fosse expulso da escola de uma vez por todas por contar aos colegas algo especialmente pitoresco que ele observou no século XVIII.

As guloseimas desaparecidas apaziguaram sua preocupação. Se tinham resolvido fazer um piquenique, estariam lá fora. E, embora pudessem estar em qualquer lugar a até 800 metros de casa – Mandy não caminharia mais do que isso –, a probabilidade é de que não teriam ido longe antes de se sentarem para comer biscoitos.

Era um belo dia de outono e, apesar da necessidade de ir atrás de seus rebentos, estava contente de estar ao ar livre, ao sol e à brisa. As meias podiam esperar. Assim como revirar os canteiros da horta. E falar com o encanador sobre o aquecedor no banheiro de cima. E...

Não importa quanto você faça em uma fazenda, sempre há mais que pode fazer. É de admirar que o lugar não me devore, como na história de Jonas e a baleia.

Por um instante, ouviu a voz de seu pai, cheia de exasperada resignação diante de outra tarefa inesperada. Ela se virou para olhar para ele, sorrindo, depois parou, ondas de saudade a dominando.

– Papai – murmurou baixinho.

Continuou a andar, mais devagar, repentinamente vendo não mais o fantasma de uma casa grande parcialmente deteriorada, mas o organismo vivo que era Lallybroch e todos de seu sangue que fizeram parte dela.

Os Frasers e os Murrays, que haviam vertido o próprio suor, sangue e lágrimas em seus prédios e seu solo, urdido suas vidas com a terra. Tio Ian, tia Jenny... o bando de primos que ela conhecera. O Jovem Ian. Todos mortos agora... mas, curiosamente, ainda presentes.

– Ainda presentes – disse em voz alta, e encontrou consolo nas palavras.

Chegou ao portão dos fundos da horta e parou, olhando para o topo da colina, na direção da torre que dava o nome ao lugar. O cemitério ficava ali também, a maior parte de suas lápides tão desgastada que os nomes e as datas eram indecifráveis, as pedras em sua maioria ocultas pelos tojos. E, em meio às manchas salpicadas de cinza, verde-escuro e amarelo brilhante, viam-se dois pequenos borrões de vermelho e azul em movimento.

O caminho estava coberto de mato alto e as sarças raspavam em sua calça jeans. Encontrou as crianças de quatro, analisando uma trilha de formigas que seguia um caminho de farelos de biscoito, cuidadosamente colocados de modo a conduzi-las por uma série de obstáculos na forma de galhinhos e cascalhos.

– Olhe, mamãe!

Jem mal ergueu os olhos para ela, absorto na cena à sua frente. Apontou para o chão, onde enfiara uma xícara velha na terra e a enchera de água. Um montículo preto de formigas, atraídas para o seu fim pelos farelos de biscoito de chocolate, lutava no meio da água.

– Jem! Que maldade! Não afogue as formigas... a menos que estejam na casa – acrescentou ela, com lembranças vívidas de uma recente infestação na despensa.

– Não estão se afogando, mamãe. Olhe, vê o que estão fazendo?

Ela se agachou ao lado dele, observando mais de perto. De fato, as formigas não estavam se afogando. Algumas que haviam caído na água lutavam desesperadamente na direção do centro, onde um grande número delas se aglomerava, formando uma bola que flutuava, mal tocando a superfície.

As formigas na bola se moviam devagar, de modo a mudar de lugar. Enquanto uma ou duas próximas à borda do montículo permaneciam imóveis, provavelmente mortas, a maioria não corria nenhum perigo iminente de se afogar, suportadas pelos corpos de suas companheiras. E a própria massa de formigas gradualmente se aproximava da borda da xícara, impulsionada pelo movimento das outras.

– Que interessante – disse ela, fascinada.

E se sentou ao lado dele por algum tempo, observando as formigas, antes de decretar misericórdia e fazer com que ele retirasse a bola da água com uma folha. Uma vez colocadas em terra firme, as formigas se espalharam e voltaram ao trabalho.

– Você acha que elas fazem isso de propósito? – perguntou ela a Jem. – Aglomerando-se dessa forma, quero dizer. Ou simplesmente procuram alguma coisa à qual se agarrar?

– Não sei – respondeu ele, dando de ombros. – Vou ver se meu livro sobre formigas fala alguma coisa.

Ela recolheu os restos do piquenique, deixando alguns farelos de biscoito para as formigas, que fizeram por merecer. Mandy se afastara enquanto Jem e ela observavam as formigas na xícara e agora estava agachada na sombra de um arbusto um pouco acima da encosta, empenhada em uma animada conversa com um companheiro invisível.

– Mandy queria falar com o vovô – disse Jem de forma pragmática. – Por isso viemos para cá.

– Ah, é? – perguntou ela devagar. – E por que aqui é um bom lugar para falar com ele?

Jem pareceu surpreso e olhou na direção das lápides desgastadas pelo tempo, inclinadas, do cemitério.

– Ele não está aqui?

Algo muito mais poderoso do que um estremecimento percorreu sua espinha. Tanto a simplicidade de Jem quanto a possibilidade de ser verdade tiraram seu fôlego.

– Eu... não sei – respondeu ela. – Imagino que sim.

Apesar de tentar não pensar muito sobre o fato de seus pais estarem mortos agora, ela de alguma forma presumira que teriam sido enterrados na Carolina do Norte ou em algum outro lugar das colônias se a guerra os tivesse tirado da Cordilheira.

Mas se lembrou das cartas. Ele dissera que pretendia voltar à Escócia. E, como Jamie Fraser era um homem obstinado, era mais do que provável que tivesse feito isso. Não teria mais ido embora? E se não tivesse... sua mãe também estaria ali?

Sem ter a intenção, viu-se subindo a encosta, passando pela base da velha torre e pelas lápides do cemitério. Ela havia ido ali uma vez, com sua tia Jenny. Fora no começo da noite, com uma brisa sussurrando em meio ao capim e um ar de paz na colina. Jenny lhe mostrara as sepulturas de seus avós, Brian e Ellen, juntos sob uma lápide de casal. Sim, ela ainda podia divisar a curva da lápide, apesar de estar encoberta de musgo e mato, os nomes apagados pelo tempo. E a criança que morrera com Ellen fora enterrada com ela: seu terceiro filho, Robert. Seu pai, Brian, insistira que ele fosse batizado com o nome de seu pequenino irmão falecido.

Estava entre as lápides agora, muitas e muitas. Várias das mais recentes ainda eram legíveis; as que tinham datas remontavam ao final do século XIX. Na maior parte, dos Murrays, McLachlans e McLeans. Aqui e ali, uma ou outra dos Frasers ou MacKenzies.

As mais antigas, entretanto, estavam desgastadas demais para serem legíveis, não mais do que vestígios de letras surgindo em meio às manchas escuras de líquen e à maciez do musgo. Lá, ao lado do túmulo de Ellen, estava a pequena lápide quadrada de Caitlin Maisri Murray, o sexto filho de Jenny e Ian, que vivera apenas um dia. Jenny a mostrara a Brianna, inclinando-se para passar a mão pelas letras e colocar ao lado uma rosa amarela do caminho. Havia um pequeno montículo de pedras lá também, deixadas por aqueles que visitavam o túmulo. Ele já havia se desfeito havia muito, mas Brianna se abaixou, encontrou uma pedra e a colocou ao lado da pequena lápide.

Ela notou que havia outra lápide de mesmo tamanho. Para uma criança. Não era tão desgastada, mas quase tão antiga. Tinha apenas duas palavras gravadas nela. Fechando os olhos, correu os dedos devagar pela superfície, sentindo as linhas quebradas e superficiais. Havia um "E" na primeira linha. Um "Y", ela achou, na segunda. E talvez um "K".

Que tipo de nome das Terras Altas começa com "Y"?, perguntou-se intrigada. *Há McKay, mas estaria na ordem errada...*

– Você... hã... não sabe qual sepultura seria a do seu avô, sabe? – perguntou a Jem, hesitante. Quase teve medo de ouvir a resposta.

– Não. – Ele pareceu surpreso e olhou na direção de um amontoado de pedras. Obviamente, não havia associado sua presença ao avô. – Vovô disse que gostaria de ser enterrado aqui e que, caso eu viesse, deveria deixar uma pedra para ele. Foi o que fiz.

Seu leve sotaque a fez ouvir a voz do pai novamente, mas dessa vez sorriu.

– Onde?

– Lá em cima. Ele gosta de ficar no alto, de onde pode ver tudo – disse Jem, apontando para o topo da colina.

Logo adiante da sombra da torre, ela pôde ver vestígios de algo que não era propriamente um caminho através do matagal de tojeiras, urzes e pedaços de rocha. E, projetando-se do mato no topo da colina, uma rocha grande, irregular, sobre a qual se erguia uma pequena pirâmide de pedrinhas.

– Você deixou todas essas ali hoje?

– Não, deixo uma toda vez que venho. É assim que se deve fazer, sabe?

Ela sentiu um nó na garganta, mas engoliu e sorriu.

– É, sim. Vou subir e deixar uma também.

Mandy agora estava sentada em uma das lápides caídas, dispondo folhas de bardana como pratos ao redor da xícara suja de terra que ela desenterrara e colocara no meio. Animada, conversava com os convidados invisíveis de sua reunião para o chá. Não havia necessidade de perturbá-la, decidiu Brianna, e seguiu Jem pela escarpa pedregosa. A parte final da subida foi realizada de gatinhas, por ser muito íngreme.

O vento era forte ali perto do topo da colina, onde os mosquitos não os incomodavam. Molhada de suor, ela acrescentou sua pedra cerimoniosamente ao pequeno memorial e se sentou por um instante para apreciar a vista. A maior parte de Lallybroch era visível dali, assim como a estrada que levava à rodovia principal. Olhou naquela direção, mas não havia sinal do Morris Mini cor de laranja de Roger. Ela suspirou e afastou o olhar.

Era agradável ali em cima. Silencioso, apenas com o murmúrio do vento frio e o zumbido de abelhas trabalhando com afinco nas flores amarelas. Não era de admirar que seu pai gostasse...

– Jem. – Ele estava recostado contra uma rocha, olhando as colinas ao redor.

– Sim?

Ela hesitou, mas tinha que perguntar.

– Você... não pode *ver* seu avô, pode?

Jem lhe lançou um olhar espantado.

– Não. Ele está morto.

– Eu sei – disse ela, aliviada e ligeiramente decepcionada. – Eu... só estava pensando.

– Mandy talvez possa – completou Jem, indicando a irmã com a cabeça, um borrão vermelho na paisagem abaixo. – Mas não se pode saber de verdade. Os bebês falam com um monte de gente que você não pode ver – acrescentou indulgentemente. – É o que a vovó diz.

Ela não sabia se queria que ele parasse de se referir aos avós no tempo presente ou não. Era mais do que apenas um pouco inquietante, mas ele tinha dito que não podia ver Jamie. Ela não quis perguntar se ele podia ver Claire. Achava que não, mas sentia seus pais por perto sempre que Jem ou Mandy os mencionava, e ela queria que Jem e Mandy se sentissem próximos deles também.

Roger e ela haviam explicado as coisas para as crianças até onde podiam ser explicadas. E seu pai teve uma conversa particular com Jem, o que foi muito bom. O catolicismo devoto e a aceitação da vida, da morte e do sobrenatural por parte de um escocês das Terras Altas provavelmente eram muito mais adequados para explicar coisas como estar morto de um lado das pedras, mas...

– Vovô falou que cuidaria da gente – acrescentou Jem, voltando-se para ela.

Brianna mordeu a língua. Não, ele não estava lendo seus pensamentos. Apenas haviam conversado sobre Jamie e Jem escolhera aquele lugar para prestar sua homenagem. Assim, era natural que o avô ainda estivesse em sua mente.

– Claro que sim – concordou ela, e colocou a mão em seu ombro reto, massageando os ossos da base do pescoço com o polegar.

Ele deu uma risadinha e se agachou para se livrar de sua mão. Em seguida, começou a descer o morro saltitando, deslizando sobre o traseiro por parte do caminho, sem ligar para sua calça jeans.

Ela parou para um último olhar em volta antes de segui-lo e notou uma confusão de pedras no topo de uma colina a uns 400 metros de distância. Amontoados de pedras eram o que se poderia esperar em qualquer topo de colina nas Terras Altas – mas havia algo um pouco diferente nesse aglomerado em particular. Ela protegeu os olhos com a mão, tentando ver melhor. Devia estar errada, mas ela era engenheira. Conhecia a aparência de algo construído pelo homem.

Uma fortaleza da Idade do Ferro, talvez?, pensou, intrigada. Havia pedras arrumadas em camadas na base daquela pilha, ela podia jurar. Um alicerce, talvez. Teria que subir lá um dia desses para analisar. Faria isso amanhã se Roger... Olhou para a estrada outra vez e a encontrou vazia.

Mandy se cansara de seu chá e já estava querendo voltar para casa. Segurando a filha com firmeza pela mão e com a xícara de chá na outra, Brianna desceu a colina na direção da grande casa branca rebocada de cal e areia, suas janelas recém-lavadas e brilhantes.

Annie fez isso?, perguntou-se. Certamente lavar janelas naquela escala teria causado uma boa dose de confusão e trabalho. Por outro lado, ela andara distraída com as expectativas e apreensões do novo emprego. Seu coração deu um pequeno salto à ideia de que na segunda-feira encaixaria mais uma peça de quem ela fora um dia, mais uma pedra no alicerce de quem era agora.

– Talvez tenham sido os *piskies* – disse em voz alta e riu.

– *Piskies, piskies* – Mandy fez eco alegremente.

Jem já chegara quase ao pé da colina e virou-se, impaciente, esperando pelas duas.

– Jem – disse ela, o pensamento lhe ocorrendo quando o alcançaram. – Você sabe o que é um *nuckelavee*?

Os olhos de Jem se arregalaram e ele tapou os ouvidos de Mandy com as mãos. Algo com uma centena de patinhas frias percorreu as costas de Brianna.

– Sei – disse ele, a voz fraca e arquejante.

– Quem lhe contou sobre isso? – perguntou ela, mantendo a voz calma.

Vou matar Annie MacDonald, pensou.

Os olhos de Jem então resvalaram para o lado e ele olhou involuntariamente, por cima do ombro, para a torre.

– Ele – sussurrou.

– *Ele?* – retrucou ela, agarrando Mandy pelo braço quando a menina se desvencilhou dela e se virou furiosamente para o irmão. – *Não* chute seu irmão, Mandy! De quem você está falando, Jemmy?

– Dele – respondeu sem titubear. – O *nuckelavee.*

"A criatura habitava os mares, mas se aventurava em terra firme para se alimentar de humanos. O nuckelavee *cavalgava em terra e às vezes não havia distinção entre o cavalo e seu corpo, uma espécie de centauro. Sua cabeça era dez vezes maior do que a de um homem e a boca era projetada para fora como a de um porco, com uma boca larga e escancarada. A criatura não tinha pele e suas veias amarelas, a estrutura dos músculos e os tendões podiam ser vistos com clareza, recobertos de uma película vermelha e gosmenta. Era provida de hálito venenoso e grande força. No entanto, tinha um ponto fraco: aversão a água doce. O cavalo no qual montava é descrito como tendo um único olho, vermelho, a boca como a de uma baleia e abas como nadadeiras ao redor das pernas dianteiras."*

– Credo! – Brianna largou o livro da coleção de folclore escocês de Roger e olhou para Jem. – Você viu um desses? Lá em cima perto da torre?

Seu filho se remexeu passando de um pé para outro.

– Bem, ele disse que era. Disse que, se eu não fosse embora imediatamente, ele se transformaria no monstro. Como eu não queria ver isso, fugi.

O coração de Brianna começou a se acalmar um pouco. Tudo bem. Ele encontrara um homem, então, não um monstro. Não que ela tivesse acreditado... mas o fato de que alguém estivesse rondando a torre já era bastante preocupante.

– Como era esse homem?

– Bem... grande – respondeu Jem, em dúvida.

Considerando que Jem ainda não completara 9 anos, a maioria dos homens pareceria grande.

– Do tamanho do papai?

– Talvez.

Novas indagações extraíram poucos detalhes; Jem sabia o que era um *nuckelavee.* Ele havia lido os artigos mais interessantes da coleção de Roger – e ficara tão aterrorizado ao encontrar alguém que podia a qualquer momento despir sua pele e comê-lo que suas impressões sobre o homem eram escassas. Alto, com uma barba curta, cabelos não muito escuros e roupas "como as do sr. MacNeil". Roupas de trabalho, então, como as de um fazendeiro.

– Por que você não contou a mim ou a seu pai sobre ele?

Jem estava a ponto de chorar.

– Ele disse que voltaria e comeria Mandy se eu falasse alguma coisa.

– Compreendo. – Ela o puxou para si. – Não tenha medo, querido. Está tudo bem.

Ele tremia agora, tanto de alívio quanto por causa da lembrança. Ela afagou seus cabelos brilhantes, acalmando-o. Um vagabundo, era o mais provável. Acampando na torre? Provavelmente já teria ido embora, já que, pelo que pôde apreender da história de Jem, fazia mais de uma semana que ele vira o sujeito. Mas...

– Jem – disse ela devagar –, por que você e Mandy foram lá em cima hoje? Não ficaram com medo de que o homem estivesse lá?

Ele olhou para ela, surpreso, e balançou a cabeça, os cabelos ruivos esvoaçando.

– Não, eu fugi, mas me escondi e fiquei observando. Ele foi embora para oeste. É onde ele vive.

– Ele contou isso?

– Não. Mas coisas assim sempre moram no oeste. – Apontou para o livro. – Quando vão para o oeste, não voltam. E eu não o vi mais. Fiquei observando, para ter certeza.

Ela quase riu, mas ainda estava muito preocupada. Era verdade. Muitas das lendas das Terras Altas sempre acabavam com alguma criatura sobrenatural indo para oeste ou entrando nas rochas ou na água onde moravam. E naturalmente não voltavam, já que a história terminava.

– Era apenas um vagabundo malvado – disse ela com firmeza, dando uns tapinhas nas costas de Jem antes de soltá-lo. – Não se preocupe com ele.

– Tem certeza? – perguntou ele, querendo acreditar nela, mas ainda sem se sentir seguro.

– Tenho – respondeu ela, incisiva.

– Certo. – Ele respirou fundo e se afastou dela. – Além disso, vovô não o deixaria comer a mim ou Mandy. Eu devia ter pensado nisso.

Já era quase hora do pôr do sol quando ela ouviu os ruídos da descarga do motor do carro de Roger na estrada da fazenda. Correu para fora e ele mal saíra do carro quando ela se atirou em seus braços.

Ele não perdeu tempo com perguntas. Abraçou-a e a beijou de uma forma que deixou claro que a briga entre eles havia acabado. Os detalhes das desculpas mútuas podiam esperar. Por um instante, ela se abandonou completamente, sentindo-se leve em seus braços, respirando os cheiros de gasolina, poeira e bibliotecas cheias de livros antigos que se sobrepunham ao seu cheiro natural, aquele almíscar indefinível de pele quente do sol, mesmo quando ele não ficara exposto ao sol.

– Dizem que as mulheres não podem identificar seus maridos pelo cheiro – observou ela, voltando à Terra com relutância. – Eu não acredito. Poderia achar você na estação do metrô de King's Cross na mais completa escuridão.

– Mas eu tomei banho hoje de manhã.

– Sim, e ficou na faculdade, porque posso sentir o cheiro do terrível sabonete industrial que eles usam lá – observou ela, torcendo o nariz. – Não sei como não arranca a sua pele. E você comeu chouriço no café da manhã. Com tomates fritos.

– Acertou, Lassie – brincou ele, sorrindo. – Ou devo dizer Rin-Tin-Tin? Salvou alguma criancinha ou farejou algum ladrão até seu esconderijo hoje?

– Bem, sim. De certo modo. – Ela ergueu os olhos para a colina atrás da casa, onde a sombra da torre ficara longa e negra. – Mas achei melhor esperar até o xerife voltar da cidade antes de prosseguir.

Armado com um forte galho de abrunheiro-bravo que usava como bengala e uma lanterna elétrica, Roger se aproximou da torre, furioso, mas com cautela. Se o homem ainda estivesse lá, não era provável que estivesse armado. Mas Brianna estava na porta da cozinha, o telefone – o longo fio esticado ao máximo – a seu lado e dois noves já discados. Ela quis ir com ele, mas o marido a convencera de que um deles tinha que ficar com as crianças. Ainda assim, teria sido um conforto se ela estivesse lhe dando cobertura; era uma mulher alta e forte que não se intimidava com violência física.

A porta da torre estava torta; as antigas dobradiças de couro havia muito tinham apodrecido e desaparecido, substituídas por dobradiças de ferro barato, que por sua vez enferrujaram. A porta ainda estava presa ao batente, porém por um fio. Ele levantou a trava e manobrou a madeira pesada, lascada, para dentro, erguendo-a, de modo que ela se abriu sem raspar o chão.

Ainda havia bastante luz do lado de fora; não ficaria um completo breu ainda por meia hora. Dentro da torre, entretanto, estava escuro como um poço. Iluminou o chão com a lanterna e viu marcas recentes de algo arrastado na crosta de poeira que se acumulara no chão de pedra. Sim, alguém estivera ali, portanto. Jem podia ser capaz de abrir a porta, mas as crianças não tinham permissão de entrar na torre sem um adulto, e Jem jurou que não havia entrado.

– Oláää! – gritou Roger, e foi recebido por um movimento de surpresa em algum lugar acima.

Apertou o galho num reflexo, mas logo reconheceu a causa da agitação: morcegos. Iluminou à volta do andar térreo e viu alguns jornais manchados e amassados junto à parede. Pegou um deles e o cheirou: velho, mas o odor de peixe e vinagre ainda era perceptível.

Não achava que Jem estivesse inventando a história do *nuckelavee*, mas essa nova prova de recente ocupação humana reacendeu sua raiva. Era inconcebível que alguém viesse se esconder em sua propriedade, mas ameaçar seu filho...? Quase desejou que o sujeito ainda estivesse ali. Queria dar uma palavra com ele.

Mas não estava. Ninguém com bom senso iria para os andares superiores da torre; as tábuas estavam apodrecidas e, quando seus olhos se adaptaram, pôde ver os enormes buracos, uma luz fraca, vinda das janelas de fendas no alto, atravessando-os. Roger não ouviu nada, mas a necessidade de se certificar o impulsionou pela estreita escada de pedra que subia em espiral pela parede interna da torre, experimentando cada degrau para ver se não havia pedras soltas antes de confiar seu peso a ele.

No andar mais alto perturbou um bom número de pombos, os quais entraram em pânico e revoaram dentro da torre como um tornado emplumado, lançando fezes e penas para todos os lados antes de encontrarem a saída pelas janelas.

Roger se pressionou contra a parede, o coração batendo com força enquanto eles passavam junto a seu rosto batendo as asas cegamente. Um rato ou camundongo correu por cima de seu pé e ele tremeu, quase perdendo a lanterna.

A torre tinha vida, sem dúvida. Os morcegos no alto se moviam inquietos por causa do tumulto. Mas nenhum sinal de um intruso, humano ou não.

Depois de descer, colocou a cabeça para fora para sinalizar a Bri que tudo estava em ordem, depois fechou a porta e começou a descer em direção à casa, limpando a poeira e as penas de pombos de suas roupas.

– Vou colocar uma nova tranca com cadeado na porta – disse a Brianna, recostando-se na velha pia de pedra enquanto ela começava a preparar o jantar. – Embora eu duvide que ele volte. Provavelmente era apenas um andarilho.

– Das ilhas Orkney, você acha? – Ela estava mais tranquila, porém ainda havia uma ruga de preocupação entre suas sobrancelhas. – Você disse que é de lá que vêm essas histórias de *nuckelavee*.

Ele deu de ombros.

– É possível. Mas você encontra essas histórias em livros; o *nuckelavee* não é tão popular quanto as fadas ou os cavalos das águas, mas qualquer um pode encontrar material impresso sobre ele. O que é isso?

Ela havia aberto a geladeira para tirar a manteiga e ele avistou a garrafa de champanhe na prateleira, o rótulo de alumínio brilhando.

– Isso? – Olhou para ele, pronta para sorrir, mas com certa apreensão nos olhos. – Eu... hum, consegui o emprego. Achei que podíamos... comemorar?

A pergunta hesitante atingiu diretamente seu coração e ele deu um tapa na testa.

– Santo Deus, esqueci de perguntar! Que ótimo, Bri! Eu sabia que você conseguiria – disse, sorrindo com todo o entusiasmo e convicção que conseguiu reunir. – Nunca duvidei disso.

Ele pôde ver a tensão abandonar o corpo dela enquanto o rosto se iluminava e sentiu certa paz inundá-lo também. Essa sensação agradável permaneceu durante o abraço de quebrar costelas que ela lhe deu e o beijo subsequente, mas foi obliterada quando ela recuou e, pegando uma caçarola, perguntou com afetada descontração:

– Então... você encontrou o que procurava em Oxford?

– Sim. – A resposta veio em um grasnido rouco. Ele pigarreou e tentou outra vez. – Sim, mais ou menos. Olhe, o jantar pode esperar um pouco? Primeiro preciso contar o que houve.

– Claro – disse ela, largando a caçarola. Seus olhos se fixaram nele, interessada, talvez um pouco receosa. – Dei jantar às crianças antes de você chegar. Se não estiver morto de fome...

Ele estava. Não havia parado para almoçar na viagem de volta e seu estômago estava vazio, mas não importava. Estendeu a mão para ela.

– Vamos lá fora. A noite está agradável. – E, se ela não aceitasse bem, não havia panelas do lado de fora.

– Fui até a antiga igreja de St. Stephen para falar com o dr. Weatherspoon – contou ele assim que deixaram a casa. – Ele é o reitor da igreja. Ele era amigo do reverendo e me conhece desde garoto.

A mão de Brianna comprimiu seu braço quando ele começou a falar. Roger arriscou uma olhadela e viu que ela parecia ansiosa, mas também esperançosa.

– E...? – perguntou ela, incentivando-o.

– Bem... O desfecho é que eu também consegui um emprego. – Sorriu, acanhado. – Assistente de mestre de coro.

Isso, é claro, não era o que ela esperava. Então seus olhos se dirigiram à sua garganta. Ele sabia muito bem o que ela estava pensando.

"Você vai usar isto?", perguntara ela na primeira vez em que foram fazer compras em Inverness.

"Sim, pretendia. Por quê, está manchada?"

Ele havia esticado o pescoço para olhar por cima do ombro de sua camisa branca. Não era de admirar se estivesse. Mandy entrara correndo para saudá-lo, emplastando suas pernas com abraços cheios de areia. Ele a limpara um pouco antes de erguê-la nos braços para um beijo adequado, mas...

"O problema não é a mancha", dissera Brianna, os lábios se comprimindo um pouco por um instante. "É que... O que vai dizer sobre...?"

Ela fizera um gesto de cortar a garganta. Ele levara a mão ao colarinho aberto da camisa, onde a cicatriz da corda fazia uma linha curva, distinta ao toque, como um cordão de minúsculas pedrinhas sob a pele. Desbotara um pouco, mas ainda era bastante visível.

"Nada."

As sobrancelhas dela se ergueram e ele esboçara um sorriso enviesado.

"O que vão pensar?"

"Imagino que vão presumir que eu sou dado a asfixia erótica e fui longe demais."

Familiarizado como era com a zona rural das Terras Altas, imaginava que seria o mínimo que iriam pensar. Sua suposta congregação poderia ser digna por fora, mas ninguém poderia imaginar uma depravação mais sinistra do que a de um devoto escocês presbiteriano.

– Você... hã... contou ao dr. Weatherspoon...? O que você falou? – perguntou ela após um instante de reflexão. – Quero dizer, ele deve ter notado.

– Sim, ele notou. Mas não comentou nada.

"Olhe, Bri", dissera ele naquele primeiro dia, "só há uma escolha. Nós contamos a todos a verdade ou não contamos nada... ou o mais próximo possível a nada, e deixamos que pensem o que quiserem. Inventar uma história não vai funcionar, não é? Seria muito fácil dar um passo em falso."

Ela não havia gostado da ideia. Ele pudera perceber isso pela maneira como seus olhos se estreitaram. Só que ele tinha razão, e Brianna sabia disso. Uma decisão se espalhara pelo seu rosto e ela assentiu, endireitando os ombros.

Tiveram que admitir certa dose de mentira, é claro, a fim de legalizar a existência de Jem e Mandy. Mas era final dos anos 1970; havia muitas comunidades independentes na América e grupos improvisados de "viajantes", como chamavam a si mesmos, vagando pela Europa em desfiles de ônibus enferrujados e caminhonetes barulhentas.

Eles haviam trazido muito pouco com eles através das pedras, salvo as próprias crianças – mas entre a minúscula reserva que Brianna enfiara em seus bolsos e por dentro do espartilho estavam duas certidões de nascimento manuscritas, atestadas por uma médica chamada Claire Beauchamp Randall, que fizera os partos.

"É o documento apropriado para uma certidão de nascimento", dissera Claire, fazendo os arabescos de sua assinatura com cuidado. "E eu sou, ou era", corrigiu, com um trejeito irônico da boca, "uma médica registrada, licenciada por Massachusetts."

– Assistente de mestre de coro – disse Bri agora, analisando-o.

Ele respirou fundo; o ar da noite estava realmente agradável, límpido e ameno, ainda que começando a se encher de mosquitos. Afastou uma nuvem deles do rosto, lidando com a questão.

– Veja bem, eu não corri atrás de um emprego. Eu fui... clarear a minha mente. A respeito de ser ministro.

Ela parou de repente.

– E...? – instigou-o.

– Vamos. – Ele a puxou delicadamente, fazendo-a se movimentar outra vez. – Seremos comidos vivos se ficarmos parados aqui.

Atravessaram o quintal pela horta e se dirigiram ao estábulo, andando ao longo do caminho que levava ao pasto atrás da casa. Ele já havia ordenhado as duas vacas, Milly e Blossom, e elas já tinham se acomodado para a noite, grandes vultos escuros na grama, ruminando.

– Eu falei da confissão de Westminster, não? – Era o equivalente presbiteriano ao Symbolum Nicaenum dos católicos: sua declaração de doutrina oficialmente aceita.

– Aham.

– Bem, veja, para ser um pastor presbiteriano, eu teria que jurar aceitar tudo da confissão de Westminster. Fiz isso quando eu... Bem, antes.

Estivera prestes a ser ordenado ministro quando o destino interveio, na pessoa de Stephen Bonnet. Roger fora obrigado a largar tudo para encontrar e resgatar Brianna do esconderijo do pirata em Ocracoke. Não que ele lamentasse ter feito isso. Ela caminhava a seu lado, ruiva e longilínea, graciosa como um tigre, e a ideia de que poderia ter desaparecido da vida dele para sempre... e de que nunca teria conhecido sua filha...

Ele tossiu e limpou a garganta, tocando a cicatriz.

– Talvez eu ainda faça, mas não tenho certeza. E preciso ter.

– O que mudou? – perguntou ela com curiosidade. – O que você podia aceitar na época que não pode aceitar agora?

O que mudou?, pensou ele. *Boa pergunta.*

– Predestinação – respondeu. – Por assim dizer.

Ainda havia luz suficiente para ele ver uma expressão zombeteira atravessar o rosto da esposa. Nunca haviam discutido questões de fé, eram mais do que cautelosos um com o outro *nessas* questões, mas ao menos estavam familiarizados com o conceito geral das crenças de cada um.

Ele explicara a ideia de predestinação em termos simples: não algum destino inevitável ordenado por Deus nem a noção de que Deus já havia planejado a vida de cada um detalhadamente antes do seu nascimento – apesar de que não poucos presbiterianos vissem a questão exatamente desse modo. Tinha a ver com salvação e com a ideia de que Deus escolhia um caminho que levava a essa salvação.

– Para algumas pessoas – disse ela. – E então Ele amaldiçoa o resto?

Muita gente também acreditava nisso, e foram necessárias mentes melhores do que a dele para contestar essa impressão.

– Há livros inteiros escritos sobre isso, mas a ideia básica é que a salvação não depende apenas de nossa escolha. Deus age primeiro. Estendendo o convite e nos dando uma oportunidade de aceitar. Mas ainda temos livre-arbítrio. E, de fato, a única coisa que não é opcional para ser um presbiteriano é a crença em Jesus Cristo. Eu ainda tenho isso.

– Ótimo. Mas para ser um ministro...?

– Sim, provavelmente. E... Bem, veja. – Enfiou a mão repentinamente no bolso e lhe entregou uma fotocópia dobrada. – Achei melhor não roubar o livro – disse ele, tentando brincar. – Para o caso de eu *realmente* decidir ser ministro, quero dizer. Mau exemplo para o rebanho.

– Ho-ho – riu ela distraída, lendo.

Ergueu os olhos, uma das sobrancelhas arqueada.

– Está diferente, não está? – perguntou ele, a sensação de falta de ar de volta sob seu diafragma.

– É... – Os olhos dele dardejaram de volta ao documento e ela franziu a testa. Encarou-o um segundo depois, pálida e engolindo em seco. – Diferente. A data é diferente.

Roger sentiu diminuir a tensão que o dominara nas últimas 24 horas. Ele não estava enlouquecendo, então. Estendeu a mão e ela lhe devolveu a cópia do recorte do *Wilmington Gazette* com a notícia da morte dos Frasers.

– É apenas a data – disse ele, correndo o polegar sob as palavras quase indistintas. – O texto... acho que é o mesmo. É o que você se lembra? – Ela encontrara a mesma informação ao procurar por sua família no passado; foi o que a impulsionou a atravessar as pedras, e ele depois dela. *E isso*, pensou ele, *fez toda a diferença. Obrigado, Robert Frost.*

Ela se pressionara contra ele para ler o texto outra vez. Uma vez, duas e uma terceira, para ter certeza, antes de balançar a cabeça.

– Apenas a data – comentou, e ele percebeu a mesma falta de ar em sua voz. – Ela... mudou.

– Ótimo – disse ele, a voz estranha. – Quando comecei a pensar... eu precisava verificar antes de falar com você sobre isso. Só para verificar, porque o recorte de jornal que eu vira em um livro não podia estar certo.

Ela balançou a cabeça, ainda um pouco pálida.

– Se eu... se eu voltasse aos arquivos em Boston onde encontrei esse jornal... você acha que a data teria mudado também?

– Sim, acho.

Ela permaneceu em silêncio por um longo instante, olhando para o papel na mão dele. Em seguida, encarou incisivamente o marido.

– Você disse que foi quando começou a pensar. O que o levou a fazer isso?

– Sua mãe.

Acontecera uns dois meses antes de deixarem a Cordilheira. Certa noite, sem conseguir dormir, ele saíra para a floresta e, andando de um lado para outro, insone, encontrara Claire, de joelhos em uma depressão do terreno cheia de flores brancas parecendo formar uma névoa ao redor dela.

Ele apenas se sentara e ficara observando Claire quebrar as hastes e retirar as folhas, colocando-as em seu cesto. Ela não tocava nas flores, ele percebeu, mas retirava algo que crescia sob elas.

– É preciso colher isto à noite – dissera ela após algum tempo. – De preferência, na lua nova.

– Eu não esperava... – começou ele a dizer, mas interrompeu-se abruptamente.

Claire deu uma risadinha chiada, achando graça.

– Você não esperava que eu desse importância a tais superstições? – perguntou. – Espere, Roger. Quando tiver vivido tanto quanto eu, você mesmo poderá começar a dar importância a superstições. Quanto a esta... – Sua mão se moveu, um borrão esbranquiçado na escuridão, e quebrou uma haste com um estalido suave e suculento. Um aroma penetrante encheu o ar, forte e seco em meio ao perfume mais suave das flores. – Os insetos vêm e depositam seus ovos nas folhas de algumas plantas, sabe? As plantas segregam certas substâncias de odor forte, a fim de repelir os insetos, e a concentração dessas substâncias é mais alta quando a necessidade é maior. Acontece que essas substâncias inseticidas também têm propriedades medicinais muito fortes e o que mais perturba este tipo de planta é a larva das mariposas.

– Consequentemente, ela possui mais dessa substância no meio da noite, porque é quando as larvas se alimentam?

– Isso mesmo. – A haste foi retirada; a planta, atirada em seu cesto com um farfalhar de musselina. Sua cabeça se inclinou enquanto ela tateava em busca de mais. – E algumas plantas são fertilizadas pelas mariposas. Essas, é claro...

– Florescem à noite.

– No entanto, a maioria das plantas é incomodada por insetos diurnos. Por isso, começam a secretar seus úteis componentes ao amanhecer. A concentração aumenta conforme o dia prospera, mas, quando o sol fica quente demais, alguns dos óleos começam a evaporar das folhas e a planta para de produzi-los. Dessa maneira, a maioria das plantas aromáticas deve ser colhida no final da manhã. E assim os xamãs e herbanários dizem a seus aprendizes para pegar uma planta na lua nova e outra ao meio-dia, criando uma superstição.

Sua voz era um pouco seca, mas ainda tingida de humor. Roger se sentou sobre os calcanhares, observando-a tatear ao redor. Agora que seus olhos estavam acostumados, ele podia distinguir sua forma, apesar de os detalhes de seu rosto permanecerem ocultos.

Ela trabalhou durante algum tempo e depois se sentou sobre os calcanhares e se espreguiçou. Ele ouviu sua coluna estalar.

– Eu o vi uma vez, sabe? – Sua voz era abafada. Claire desviara o rosto, vasculhando sobre os galhos arriados de um rododendro.

– Viu? Quem?

– O rei.

Ela encontrou alguma coisa. Roger ouviu o farfalhar de folhas enquanto ela puxava a planta e então o estalo da haste quebrada.

– Ele foi ao Pembroke Hospital visitar os soldados. Conversou em separado conosco, os médicos e as enfermeiras. Era um homem tranquilo, muito digno, mas de maneiras calorosas. Não lembro uma palavra do que ele disse. Mas foi... muito inspirador. Só o fato de ele estar lá, sabe?

– Hummm. – Seria o começo da guerra, ele se perguntou, que a fazia resgatar essas lembranças?

– Um jornalista perguntou à rainha se ela iria pegar os filhos e fugir para o campo. Muita gente estava fazendo isso.

– Sei. – Roger viu mentalmente duas crianças, um menino e uma menina de rostos magros, silenciosas, ao lado de uma lareira familiar. – Nós tivemos duas... em nossa casa em Inverness. Que estranho, eu não me lembrava delas até este momento.

Claire não estava prestando atenção.

– Ela disse, e eu posso não estar citando suas palavras exatas, mas a ideia geral foi: "Bem, as crianças não podem me deixar e eu não posso deixar o rei, e naturalmente o rei não partirá." Quando seu pai foi morto, Roger?

O que quer que estivesse esperando que ela dissesse, não era isso. Por um instante, a pergunta pareceu tão incongruente que se tornou incompreensível.

– O quê? – Só que ele a ouvira e, balançando a cabeça para dispersar uma sensação de irrealidade, respondeu: – Outubro de 1941. Não sei se me lembro da data exata... Não, eu lembro. O reverendo a escreveu na árvore genealógica. Foi em 31 de outubro de 1941. Por quê?

Por quê, em nome de Deus?, ele quis indagar, mas andava tentando controlar o impulso de dizer o nome de Deus em vão.

– O avião dele foi abatido na Alemanha, não foi?

– No canal da Mancha, a caminho da Alemanha. Assim me contaram. – Ele podia apenas divisar suas feições ao luar, mas não conseguia ler sua expressão.

– Quem? Você se lembra?

– O reverendo, eu acho. Ou talvez tenha sido a minha mãe. – A sensação de irrealidade estava passando e ele começava a sentir raiva. – Isso importa?

– Talvez não. Quando nós o conhecemos, Frank e eu, em Inverness, o reverendo disse que seu pai tinha sido morto no canal da Mancha.

– É mesmo? Bem... – Ele não falou "E daí?", mas ela obviamente percebeu, pois a ouviu resfolegar, quase o som de uma risada, do meio dos rododendros.

– Tem razão, não tem importância. Mas... tanto você quanto o reverendo mencionaram que ele era um piloto de Spitfire. É isso mesmo?

– Sim.

Roger não sabia ao certo a razão, mas começava a sentir uma sensação estranha na nuca, como se algo estivesse em pé atrás dele. Ele tossiu, arranjando uma desculpa para virar a cabeça, mas não avistou nada às suas costas, salvo a floresta branca e preta, manchada pelo luar.

– Não tenho tanta certeza disso. Minha mãe tinha uma fotografia dele com seu avião. *Rag Doll* era o nome. Estava pintado no nariz, com um desenho tosco de uma boneca de pano com vestido vermelho e cabelos cacheados escuros.

Ele tinha certeza disso. Dormira com a foto sob o travesseiro durante muito tempo depois que sua mãe foi morta, porque o retrato de estúdio de sua mãe era grande demais e ele temia que alguém desse por sua falta.

– *Rag Doll* – repetiu, como se algo lhe ocorresse.

– O que foi?

– Nada. Eu... eu apenas percebi que "Rag Doll" devia ser como meu pai chamava minha mãe. Um apelido, sabe? Vi algumas das cartas que ele mandou para ela. Em geral, eram endereçadas a *Dolly*, Bonequinha. E agora, lembrando-me dos cachos negros... O retrato de minha mãe... Mandy tem os cabelos de minha mãe.

– Que bom – comentou Claire. – Detestaria achar que eu era a única responsável. Por favor, diga isso a ela quando for mais velha, sim? Meninas geralmente detestam cabelos muito cacheados; ao menos na adolescência, quando querem ser iguais a todo mundo.

Apesar de sua preocupação, ele notou o leve tom de desconsolo em sua voz e pegou sua mão, sem se importar com o fato de que ela ainda segurava uma planta.

– Eu direi a ela – garantiu ele. – Direi tudo a ela. Nunca pense que deixaríamos as crianças esquecê-la.

Claire apertou sua mão com força e as perfumosas flores brancas se derramaram pela escuridão de sua saia.

– Obrigada – sussurrou ela. Fungou um pouco e passou as costas da mão rapidamente pelos olhos. – Obrigada – repetiu com mais força, endireitando-se. – É *muito* importante. Lembrar-se. Se eu não soubesse disso, não lhe diria.

– Diria... O quê?

Suas mãos, pequenas, fortes e cheirando a remédio, envolveram a dele.

– Eu não sei o que aconteceu com seu pai. Mas não foi o que lhe contaram.

– Eu estava *lá*, Roger – repetiu ela, paciente. – Eu li os jornais, cuidei de pilotos-aviadores; conversei com eles. Spitfires eram aviões pequenos, leves, destinados a defesa. Eles nunca atravessavam o canal. Não tinham potência para ir da Inglaterra ao continente e voltar, embora tenham sido usados lá mais tarde.

– Mas... – Qualquer argumento que ele pensara em apresentar, seja desvio de rota ou erro de cálculo, desapareceu. Os pelos de seu braço se eriçaram sem que ele notasse.

– Claro, as coisas acontecem – comentou ela, como se pudesse ler os pensamentos dele. – Os relatos também são truncados, com o tempo e a distância. Quem quer que tenha contado à sua mãe deve ter se enganado. E ela deve ter dito algo que o reverendo compreendeu mal. Tudo isso é possível. Mas durante a Segunda Guerra Mundial eu recebi cartas de Frank; ele escrevia sempre que possível, até o recrutarem para o MI6. Depois, passavam-se meses sem que eu tivesse qualquer notícia. No entanto, pouco antes disso, ele me escreveu e mencionou que deparara com algo estranho nos relatórios que estava lendo. Um Spitfire sofrera um acidente, mas não tinha sido abatido. Achavam que fora uma falha do motor, na Nortúmbria. Apesar de não ter pegado fogo, não havia o menor sinal do piloto. Nada. E ele mencionou o nome do piloto, porque achava que Jeremiah era um nome que carregava a sina da fatalidade.

– Jerry – disse Roger, sentindo os lábios dormentes. – Minha mãe sempre o chamou de Jerry.

– Sim – confirmou ela baixinho. – E há círculos de pedras verticais espalhados por toda a Nortúmbria.

– Perto de onde o avião...

– Não sei. – Ele viu o leve movimento quando ela deu de ombros, impotente.

Ele fechou os olhos e respirou fundo, o ar denso com o aroma dos talos quebrados.

– E você me conta isso agora que estamos voltando – disse ele muito calmamente.

– Venho travando uma batalha comigo mesma há semanas – respondeu ela, como se pedisse desculpas. – Foi somente mais ou menos um mês atrás que me lembrei. Eu não penso muito no meu passado, mas com tudo que vem acontecendo... – Abanou a mão, abrangendo a partida iminente de sua filha, seu genro e seus netos, e as intensas discussões que a cercavam. – Eu só estava pensando na Guerra... e me pergunto se alguém que tenha participado dessa guerra alguma vez pensa nela sem um G maiúsculo. Mas contei a Jamie.

Fora Jamie quem lhe perguntara sobre Frank. Queria saber o papel que ele desempenhara na guerra.

– Ele tem curiosidade sobre Frank.

– Eu também teria, no lugar dele – respondeu Roger. – Frank não tinha curiosidade sobre ele?

Isso pareceu perturbá-la e ela não respondeu de imediato, mas com firmeza conduziu a conversa de volta aos trilhos, se é que poderiam usar tal palavra para essa conversa, ele pensou.

– De qualquer forma, foi isso que me fez lembrar das cartas de Frank. E eu estava tentando lembrar o que ele me escrevia quando, de repente, essa frase me veio à lembrança: de Jeremiah ser um nome que carrega certa fatalidade.

Ele a ouviu suspirar.

– Eu não tinha certeza, mas conversei com Jamie e ele achou que eu devia lhe contar. Falou que você tinha o direito de saber... e que você agiria certo ao saber disso.

– Estou lisonjeado – disse ele. Mais arrasado do que lisonjeado.

– Então é isso.

As estrelas começavam a aparecer acima das montanhas. Não tão brilhantes quanto as estrelas na Cordilheira, onde a noite na montanha caía como um manto de veludo negro. Já tinham voltado para casa, mas se demoravam no pátio de entrada, conversando.

– Eu costumava pensar nisso vez por outra: como a viagem no tempo se encaixa no plano divino? Os fatos podem ser mudados? *Deveriam* ser mudados? Seus pais... eles tentaram mudar a história, tentaram com todos os seus recursos, e não conseguiram. Eu pensei que isso era tudo... e de uma perspectiva presbiteriana. – Deixou certo humor transparecer em sua voz. – Foi quase um alívio pensar que o passado *não podia* ser mudado. Não deveria ser possível mudá-lo. Sabe como é, *Deus no céu, tudo certo no mundo.* Esse tipo de coisa.

– Mas... – Bri segurava a fotocópia dobrada. Sacudiu-a para afastar uma mariposa que passava, uma minúscula mancha branca.

– Mas... – concordou ele – prova de que as coisas *podem* ser mudadas.

– Conversei um pouco sobre isso com mamãe – disse Bri após um momento de reflexão. – Ela riu.

– É mesmo? – perguntou Roger, e ouviu o resfolegar de uma risada de Bri em resposta.

– Não que ela achasse engraçado – assegurou-lhe. – Eu lhe perguntei se achava possível que um viajante mudasse as coisas, mudasse o futuro, e ela me respondeu que sim, porque ela mudava o futuro toda vez que impedia alguém de morrer. Algumas dessas pessoas vieram a ter filhos que não teriam tido, e quem sabia o que esses filhos fariam? Foi então que ela riu e disse que era bom que os católicos acreditassem no Mistério e não insistissem em tentar descobrir *como* Deus agia, como os protestantes.

– Bem, não sei se eu diria... Espere! Ela estava falando de mim?

– Talvez. Não perguntei.

Agora foi a vez dele de rir, embora sua garganta doesse ao fazê-lo.

– Prova – disse ela, pensativa. Estava sentada no banco perto da porta, dobrando a fotocópia nervosamente em pregas longas. – Não sei. Isso *é* prova?

– Talvez não para os seus rígidos padrões de engenharia – respondeu ele. – Mas eu me lembro... e você também. Se tivesse sido apenas eu, então acharia que minha mente havia me enganado. Mas tenho um pouco mais de fé nos *seus* processos mentais. Está fazendo um aviãozinho de papel com a cópia?

– Não, é... Epa. Mandy.

Ela já estava de pé e se afastava antes que ele registrasse o gemido vindo do quarto das crianças em cima. Desapareceu dentro de casa, deixando a seu cargo trancar tudo no térreo. Nem sempre se davam ao trabalho de trancar as portas, ninguém nas Terras Altas o fazia, mas essa noite...

As batidas de seu coração se aceleraram quando uma longa sombra cinza atravessou o caminho como um raio à sua frente. Ele sorriu. Era o pequeno Adso, em busca de uma presa. Um menino da vizinhança viera com um cesto de gatinhos havia alguns meses, tentando arranjar um lar para eles. Bri ficara com o cinza de olhos verdes, que lembrava o gato de sua mãe, e lhe dera o mesmo nome. Se arranjassem um cão de guarda, será que o chamariam de Rollo?

– *Chat a Mhinister...* – disse ele, lembrando-se da brincadeira. *O gato do Ministro é um gato de caça.* – Boa caçada, então – acrescentou para a cauda que desaparecia sob o pé de hortênsia e se abaixou para pegar o papel dobrado onde Brianna o deixara cair.

Não, não era um aviãozinho de papel. O que era? Um chapéu? Não havia como saber. Enfiou o papel no bolso da camisa e entrou em casa.

Encontrou Bri e Mandy na sala da frente, diante da lareira que acabara de ser reanimada. Mandy, reconfortada e já tendo tomado leite, cochilava mais uma vez nos braços de Bri.

Piscou sonolenta para ele, chupando o dedo.

– Sim, qual foi o problema, então, *a leannan*? – perguntou-lhe suavemente, afastando os cachos dos seus olhos.

– Um pesadelo – respondeu Bri com voz despreocupada. – Alguma coisa do lado de fora, tentando entrar pela janela dela.

Brianna e ele tinham se sentado embaixo daquela mesma janela na ocasião, mas ele olhou, por reflexo, para a janela a seu lado, que refletia apenas a cena doméstica da qual ele fazia parte. O homem no reflexo parecia preocupado, os ombros arqueados, pronto para se lançar sobre o inimigo. Levantou-se e fechou as cortinas.

– Venha – disse ele, sentando-se e inclinando-se para pegar Mandy.

Ela veio para os braços dele com a lenta amabilidade de um bicho-preguiça, enfiando o polegar molhado em seu ouvido no processo.

Bri foi buscar chocolate quente para eles, retornando com o chocalhar de louças, o cheiro de leite quente e chocolate, e a expressão de alguém que estivera pensando como começar a falar sobre um assunto difícil.

– Você... Quero dizer, considerando a natureza do... hã... da dificuldade... você, talvez, chegou a perguntar a Deus? – perguntou timidamente.

– Sim, eu pensei nisso – respondeu ele, dividido entre a contrariedade e o humor diante da pergunta. – E perguntei... muitas vezes. Especialmente a caminho de Oxford. Onde encontrei isso. – Balançou a cabeça indicando o pedaço de papel. – O que é isso, afinal? A forma, quero dizer.

Ela pegou a folha e fez as últimas dobras, com habilidade e rapidez, depois a estendeu na palma da mão. Ele franziu a testa por um momento, depois compreendeu o que era. A dobradura chinesa de adivinhação, que as crianças gostavam de fazer. Havia quatro bolsos e você colocava os dedos neles e podia abrir a dobradura em diferentes combinações enquanto as perguntas eram feitas, de modo a mostrar as diferentes respostas (*sim*, *não*, *às vezes* e *sempre*) escritas na parte interna das dobras.

– Muito apropriado – disse ele.

Ficaram quietos por um instante, tomando chocolate quente em um silêncio que se equilibrava precariamente na borda da pergunta.

– A confissão de Westminster também diz: *Somente Deus é o Senhor da consciência*. Eu farei minha paz com isso ou não farei. Falei ao dr. Weatherspoon que parecia um pouco estranho ter um assistente de coro que não podia cantar. Ele apenas sorriu e explicou que queria que eu aceitasse o emprego para me manter no rebanho enquanto estivesse considerando as coisas. Provavelmente com receio que eu fosse pular fora do barco e partir para Roma – acrescentou ele, tentando fazer graça.

– Isso é bom – comentou ela, sem levantar os olhos das profundezas do chocolate que não estava bebendo.

Mais silêncio. E a sombra de Jerry MacKenzie, da Força Aérea Real, veio se sentar à lareira em seu casaco de couro de piloto, observando a luz do fogo brincar nos cabelos negros de sua neta.

– Então, você... – Ele pôde ouvir o estalido de sua língua ao desgrudar da boca seca. – Você vai olhar? Ver se pode descobrir para onde seu pai foi? Onde ele poderia... estar?

Onde ele poderia estar. Aqui, lá, depois, agora? Seu coração deu uma súbita guinada ao pensar no vagabundo que ficara na torre. Meu Deus... não! Não podia ser! Nenhuma razão para pensar desse modo, nenhuma. Apenas a vontade.

Ele pensara muito nisso a caminho de Oxford, entre uma prece e outra. O que diria, o que perguntaria, se tivesse a oportunidade. Queria perguntar tudo, contar tudo. Mas, na verdade, existia apenas uma coisa que gostaria de fazer se encontrasse seu pai: abraçá-lo.

– Não.

Mandy se remexeu em seu sono, emitiu um pequeno arroto e se aconchegou de novo contra seu peito. Ele não levantou a cabeça, mas manteve os olhos fixos no escuro labirinto de seus cachos.

– Eu não poderia arriscar que meus filhos perdessem o pai. – Sua voz quase desaparecera; sentiu as cordas vocais rangerem como engrenagens para forçar as palavras a saírem.

– É importante demais. Você não pode se esquecer de que teve um pai.

Os olhos de Bri se desviaram, o azul não mais do que uma centelha à luz do fogo.

– Eu pensei... Você era tão pequeno. Então você se lembra mesmo de seu pai?

Roger balançou a cabeça, as câmaras de seu coração se contraindo, agarrando o vazio.

– Não – respondeu e abaixou a cabeça, respirando o perfume dos cabelos da filha. – Eu me lembro do seu.

22

BORBOLETA

Wilmington, colônia da Carolina do Norte
3 de maio de 1777

Notei que Jamie andara sonhando outra vez. Seu rosto tinha uma expressão fixa, como se ele visse outra coisa além do chouriço frito em seu prato.

Vê-lo assim me dava uma vontade de perguntar o que vira, vontade imediatamente reprimida por medo de que, se eu perguntasse muito cedo, ele pudesse perder parte do sonho. Também, verdade seja dita, isso me dava uma grande inveja. Eu faria qualquer coisa para ver o que ele via, real ou não. Na verdade, isso não importava. Os terminais nervosos que haviam me ligado à minha família desaparecida se acendiam e queimavam como cabos elétricos em curto-circuito quando eu via aquela expressão em seu rosto.

Eu não podia aguentar ficar sem saber o que ele sonhara, embora, como costuma acontecer com os sonhos, quase sempre fosse complicado.

– Andou sonhando com eles, não foi? – perguntei depois que a criada que servia as mesas se afastou.

Havíamos acordado tarde, cansados da longa viagem para Wilmington no dia anterior, e éramos os únicos na pequena sala de refeições da estalagem.

Ele balançou a cabeça devagar, uma pequena ruga entre as sobrancelhas. *Isso* me deixou inquieta. Os sonhos que ele tinha de vez em quando com Bri ou as crianças normalmente o deixavam feliz e tranquilo.

– O que foi? – perguntei. – O que aconteceu?

Ele deu de ombros, ainda franzindo o cenho.

– Nada, Sassenach. Vi Jem e a menina... – Um sorriso aflorou em seu rosto ao mencioná-los. – Santo Deus, ela é uma garotinha travessa! Me faz lembrar de você, Sassenach.

Era um elogio duvidoso, ainda mais da maneira como foi dito, mas senti um grande contentamento diante da ideia. Eu passara horas olhando para Jem e Mandy, memorizando cada pequeno traço ou gesto, tentando extrapolar, imaginar como seriam ao crescer. Tinha quase certeza de que Mandy tinha a boca igual à minha. Eu sabia com certeza que ela possuía o mesmo formato dos meus olhos. E meus cabelos, coitada, apesar de serem negros como as asas da graúna.

– O que estavam fazendo?

Ele esfregou um dedo entre as sobrancelhas, como se sua testa coçasse.

– Eles estavam do lado de fora – respondeu devagar. – Jem disse para fazer alguma coisa, então ela o chutou na canela e saiu correndo, e ele foi atrás dela. Acho que era primavera. – Sorriu, os olhos fixos no que vira em seu sonho. – Lembro-me das florezinhas presas nos cabelos dela e espalhadas pelas pedras.

– Que pedras? – perguntei incisivamente.

– As lápides – respondeu ele. – Isso mesmo. Elas estavam brincando entre as lápides na colina atrás de Lallybroch.

Suspirei, feliz. Esse era o terceiro sonho em que os via em Lallybroch. Podia ser apenas ilusão, mas eu sabia que isso o deixava tão feliz quanto a mim, sentir que haviam feito de Lallybroch seu lar.

– Eles podem estar. Roger foi lá... quando procurávamos por você. Falou que o lugar estava vazio, à venda. Bri teria dinheiro. Podem ter comprado Lallybroch. Eles *podem* estar lá! – Eu já dissera isso antes, mas ele assentiu, satisfeito.

– Sim, podem estar – concordou, os olhos ainda enternecidos com a lembrança das crianças na colina, correndo entre o capim alto e as lápides cinzentas e antigas que assinalavam o local de repouso de sua família. – Uma borboleta apareceu com eles. Eu havia me esquecido disso. Uma borboleta azul.

– Azul? Há borboletas azuis na Escócia? – Franzi a testa, tentando me lembrar. As borboletas que eu notara costumavam ser brancas ou amarelas, pensei.

Jamie me lançou um olhar de leve exasperação.

– É um sonho, Sassenach. Eu poderia ter borboletas com as asas em xadrez como o meu tartã se quisesse.

Eu ri, mas não me deixei distrair.

– Sim. Então o que o incomodou?

Olhou curioso para mim.

– Como sabe que fiquei perturbado?

Olhei para ele de cima a baixo, ou tanto quanto me era possível, dada a disparidade de alturas.

– Você pode não ter um rosto transparente, mas somos casados faz mais de trinta anos.

Ele deixou passar sem comentários o fato de eu não estar *com* ele por vinte desses anos e apenas sorriu.

– Sim. Bem, na verdade, não foi nada. Só que elas entraram na torre.

– Na torre? – perguntei, sem firmeza.

A antiga torre que dava nome a Lallybroch de fato ficava na colina atrás da casa, sua sombra passando diariamente pelo cemitério como a marcha vagarosa de um gigantesco relógio de sol. Jamie e eu havíamos subido lá várias vezes à noite, em nossos primeiros dias em Lallybroch, para nos sentarmos no banco que ficava junto à parede da torre e ficarmos distantes do burburinho da casa, apreciando a vista tranquila da propriedade e suas terras se espalhando brancas e verdes abaixo de nós, suaves à luz do crepúsculo.

A pequena ruga voltara entre suas sobrancelhas.

– A torre – repetiu ele, olhando para mim, indefeso. – Não sei o que era. Só que eu não queria que elas entrassem. Era como... se tivesse alguma coisa lá dentro. À espera. E não gostei nem um pouco disso.

PARTE III

Corsário de guerra

23

CORRESPONDÊNCIA DO FRONT

3 de outubro de 1776
Ellesmere

Para: Lady Dorothea Grey

Cara prima,

Escrevo às pressas para dar tempo de alcançar o correio. Estou embarcado, em uma rápida viagem em companhia de outro oficial, a serviço do capitão Richardson. Não sei ao certo por onde andarei no futuro próximo. Pode me escrever aos cuidados de seu irmão Adam; farei todo o possível para me manter em contato com ele.

Executei sua solicitação da melhor maneira possível e continuarei a seu serviço. Dê minhas lembranças a meu pai e aos seus, assim como meu permanente afeto, e não deixe de guardar grande parte deste último para si mesma.

Seu mais obediente,
William

3 de outubro de 1776
De Ellesmere para lorde John Grey

Querido pai,

Depois de muito pensar, decidi aceitar a proposta do capitão Richardson para acompanhar um oficial superior a uma missão em Quebec, servindo como intérprete para ele. Meu francês foi considerado adequado para a finalidade. O general Howe concordou.

Ainda não conheci o capitão Randall-Isaacs, mas irei me encontrar com ele em Albany na semana que vem. Não sei quando devemos retornar nem se terei oportunidade de escrever, mas o farei sempre que puder. Enquanto isso, rogo-lhe que pense em mim com afeto.

Seu filho,
William

Final de outubro de 1776
Quebec

William não sabia ao certo o que pensar do capitão Denys Randall-Isaacs.

Aparentemente, ele era apenas o tipo de sujeito afável e comum encontrado em qualquer regimento: com cerca de 30 anos, um razoável jogador de cartas, sempre pronto a contar uma piada, moreno e de boa aparência, com um rosto franco e confiável. Era também um companheiro de viagem muito agradável, sempre com uma história divertida e um vasto conhecimento de canções e poemas obscenos do mais baixo nível.

Porém não falava de si mesmo. Na experiência de William, isso era o que as pessoas sabiam fazer melhor ou ao menos com mais frequência.

Ele tentara uma pequena investigação por conta própria apresentando a história um tanto dramática de seu nascimento e recebendo em troca alguns poucos fatos esparsos: o pai de Randall-Isaac, um oficial dos dragões, havia morrido na campanha das Terras Altas antes do nascimento de Denys e sua mãe tinha se casado de novo um ano depois.

– Meu padrasto é judeu – disse a William. – Muito rico – acrescentou, com um sorriso irônico.

William balançara a cabeça, afavelmente.

– Melhor do que um pobre – comentou, parando por aí.

Não era muito, em termos de fatos, mas explicava em parte por que Randall-Isaacs estava trabalhando para Richardson em vez de estar perseguindo a fama e a glória com os lanceiros ou com os fuzileiros galeses. O dinheiro podia comprar uma patente, mas não garantia uma recepção calorosa em um regimento nem o tipo de oportunidade que as conexões familiares e a influência a que se costumava referir delicadamente como "interesses" fariam.

William começou a se perguntar por que estava dando as costas às próprias conexões e oportunidades substanciais a fim de se engajar nas aventuras sombrias do capitão Richardson, mas descartou esses pensamentos como uma questão a ser considerada posteriormente.

– Espantoso – murmurou Denys, erguendo os olhos.

Haviam freado os cavalos na estrada que levava da margem do St. Lawrence para a cidadela de Quebec; dali podiam ver a encosta íngreme do penhasco que as tropas de Wolfe tinham escalado dezessete anos antes, para tomar a fortaleza (e Quebec) dos franceses.

– Meu pai fez essa escalada – comentou William, tentando soar natural.

Randall-Isaacs virou a cabeça para ele, atônito.

– É mesmo? Quer dizer, lorde John lutou nas planícies de Abraham com Wolfe?

– Sim.

William olhou para o rochedo com respeito. Era coberto de pequenas árvores, mas a rocha sedimentar sob elas era xistosa e friável; ele podia ver as fissuras escuras e pontiagudas e as rachaduras quadrangulares através das folhas. Espantou-se com a ideia de escalar aquela altura na escuridão, e não somente subindo, mas puxando toda a artilharia pelo penhasco acima com eles!

– Ele disse que a batalha terminou quase tão logo começou. Uma única saraivada. Mas a subida para o campo de batalha foi a pior coisa que ele já fizera.

Randall-Isaacs grunhiu respeitosamente e parou por um instante antes de retomar as rédeas.

– Você disse que seu pai conhece sir Guy? – perguntou ele. – Ele vai gostar de ouvir a história.

William olhou para seu companheiro. Na verdade, ele não tinha dito que lorde John conhecia sir Guy Carleton, o comandante em chefe para a América do Norte – embora conhecesse. Seu pai conhecia todo mundo. E com esse pensamento simples percebeu de repente qual era sua verdadeira função naquela expedição. Ele era o cartão de visita de Randall-Isaacs.

Era verdade que ele falava francês muito bem e que o francês de Randall-Isaacs era rudimentar. Richardson estava dizendo a verdade em relação a isso. É sempre melhor ter um intérprete em quem confiar. Mas, apesar de Randall-Isaacs ter demonstrado um lisonjeiro interesse em William, este percebeu *ex post facto* que o companheiro estava muito mais interessado em lorde John: os pontos principais de sua carreira, onde, com quem ou sob o comando de quem ele servira, quem ele conhecia.

Já tinha acontecido duas vezes. Haviam visitado os comandantes de Fort Saint-Jean e Fort Chambly. Em ambas as ocasiões, Randall-Isaacs apresentara suas credenciais, mencionando de maneira casual que William era filho de lorde John Grey. Depois disso, as boas-vindas oficiais se animaram, passando a uma longa noite de conversa e reminiscências, abastecidas por um bom conhaque, durante a qual – William agora percebia – ele e os comandantes mantiveram toda a conversa. E Randall-Isaacs permanecera ouvindo, o rosto bonito e afogueado brilhando com um interesse lisonjeiro.

Hum, pensou William. Tendo descoberto isso, não sabia ao certo como se sentia. Por um lado, estava satisfeito por ter deduzido o que estava acontecendo. Por outro, estava menos satisfeito em pensar que ele era desejável por suas ligações em vez de pelas próprias virtudes.

Bem, ainda que humilhante, era útil saber. O que ele *não* sabia era qual o verdadeiro papel de Randall-Isaacs. Estaria ele apenas coletando informações para Richardson? Ou teria outras incumbências não reveladas? Várias vezes, Randall-Isaacs o deixara por conta própria, dizendo que tinha um assunto particular a resolver e para o qual achava que o próprio francês era suficiente.

Eles estavam, segundo as instruções muito limitadas que o capitão Richardson lhe dera, avaliando os sentimentos dos *habitants* – os colonos franceses – e dos colonos ingleses em Quebec, com um olho em apoio futuro, no caso de incursão dos rebeldes americanos ou tentativas de ameaças e aliciamentos por parte do Congresso Continental.

Tais sentimentos até agora pareciam claros, ainda que não o que ele esperava. Os colonos franceses na região simpatizavam com sir Guy, que, como governador-geral da América do Norte, aprovara a Lei de Quebec, que legalizava o catolicismo e protegia o comércio dos católicos franceses. Por razões óbvias, os ingleses ficaram contrariados com essa lei e se recusaram *en masse* a atender aos apelos de sir Guy pela ajuda de milícias durante o ataque americano à cidade no inverno anterior.

– Deviam estar loucos – observou a Randall-Isaacs quando atravessavam a planície aberta diante da cidadela. – Os americanos que tentaram isso aqui no ano passado, quero dizer.

Haviam atingido o cume do penhasco e a cidadela se erguia da planície diante deles, pacífica e sólida ao sol do outono. O dia estava quente e belo, e o ar, vívido com os aromas intensos, naturais, do rio e da floresta. Ele nunca tinha visto floresta igual. As árvores que debruavam a planície e cresciam ao longo das margens do St. Lawrence formavam uma floresta densa e impenetrável, agora flamejante de ouro e vermelho. Visto contra a escuridão da água e o incrível azul-escuro do vasto céu de outubro, o cenário inteiro lhe dava a sensação irreal de cavalgar por uma pintura medieval, resplandecente de folhas de ouro e ardente com um sentimento de fervor sobrenatural.

Além da beleza, ele sentia a crueza do lugar. Sentia-a com uma clareza que fazia seus ossos parecerem transparentes. Os dias ainda eram quentes, mas o frio do inverno era um dente afiado que mordia com mais força ao crepúsculo de cada dia, e ele não precisava de quase nenhuma imaginação para ver aquela planície dali a algumas semanas, coberta com um manto de gelo, branca e inóspita para qualquer tipo de vida. Com uma viagem de mais de 300 quilômetros atrás dele e uma compreensão imediata dos problemas de suprimentos para dois cavaleiros na acidentada jornada para o norte com tempo *bom*, combinadas com o que sabia dos rigores de suprir um exército no mau tempo...

– Se não fossem loucos, não estariam fazendo o que *estão* fazendo. – Randall-Isaacs interrompeu seus pensamentos, parando por um instante para avaliar a perspectiva com o olhar de um soldado. – Foi o coronel Arnold quem os liderou até aqui. Aquele homem sem dúvida é louco. Mas um excelente soldado. – Sua voz deixou transparecer a admiração que sentia e William olhou para ele com curiosidade.

– Você o conhece? – perguntou, e Randall-Isaacs riu.

– Não de falar com ele – respondeu. – Vamos. – Esporeou o cavalo e se voltaram para o portão da cidadela. No entanto, ele exibia uma expressão um tanto desdenhosa.

Após alguns instantes, falou: – Arnold teria conseguido tomar a cidade. Sir Guy não tinha nenhuma tropa. Se Arnold tivesse chegado aqui quando planejava, e com a pólvora e a munição que precisava... bem, a história teria sido diferente. Só que ele escolheu o homem errado para consultar.

– O que quer dizer com isso?

De repente, Randall-Isaacs pareceu cauteloso e deu de ombros. Ele estava de bom humor, já antevendo uma refeição quente, uma cama macia e lençóis limpos após semanas acampando em florestas escuras.

– Ele não podia vir por terra – respondeu. – Buscando uma forma de transportar um exército e suas necessidades para o norte pela água, Arnold começara a procurar alguém que já tivesse feito a arriscada viagem e conhecesse os rios e os meios de transporte. E encontrou alguém: Samuel Goodwin. Mas nunca lhe ocorreu que Goodwin pudesse ser um legalista. – Randall-Isaacs balançou a cabeça diante de tal ingenuidade. – Goodwin me procurou e perguntou o que deveria fazer. Eu lhe disse, e ele deu seus mapas a Arnold... cuidadosamente refeitos para servirem a seu propósito.

E de fato serviram. Ao adulterar as distâncias, remover pontos de referência, indicar passagens onde não havia nenhuma e fornecer mapas que não passavam de pura imaginação, a orientação do sr. Goodwin conseguiu enganar e atrair as forças de Arnold para dentro da região selvagem, obrigando-as a carregar seus navios e suprimentos por terra dias a fio e, por fim, atrasando-as tanto que o inverno as alcançou bem perto da cidade de Quebec.

Randall-Isaacs riu, embora houvesse um tom de remorso em sua risada.

– Fiquei surpreso quando me disseram que ele tinha conseguido chegar apesar de tudo. Além disso, ele fora enganado pelos carpinteiros que fizeram seus navios. Acredito que isso tenha sido pura incompetência, não política, embora hoje em dia às vezes seja difícil dizer. Feitos com madeira mal-acabada. Mais da metade desmoronou e afundou dias depois de zarpar. Deve ter sido um inferno – disse Randall-Isaacs, como se falasse consigo mesmo. Endireitou-se na sela, balançando a cabeça. – Mas eles o seguiram. Todos os seus homens. Apenas uma companhia deu meia-volta. Famintos, semidespidos, enregelados... e eles o seguiram. – Olhou de soslaio para William, sorrindo. – Acha que seus homens o seguiriam, tenente? Em tais condições?

– Espero ter mais bom senso do que conduzi-los a tais situações – retrucou William secamente. – O que aconteceu a Arnold no final? Foi capturado?

– Não – respondeu Randall-Isaacs, erguendo a mão para cumprimentar os guardas ao portão da cidadela. – Não, não foi. Quanto ao que aconteceu a ele, só Deus sabe. Deus e sir Guy. Espero que este último possa nos dizer.

24
JOYEUX NÖEL

Londres
24 de dezembro de 1776

As madames mais prósperas eram as criaturas mais robustas, refletiu lorde John. Quer fosse apenas a satisfação de apetites negados em seus primeiros anos ou um escudo contra a possibilidade de retornar aos patamares mais baixos de sua ocupação, quase todas eram bem carnudas.

Não Nessie. Ele podia ver o contorno de seu corpo através da musselina fina de sua combinação – ele a havia inadvertidamente tirado da cama – enquanto ela ficava diante do fogo vestindo seu roupão. Não tinha nem 1 grama a mais sobre sua estrutura magra do que tinha quando a vira pela primeira vez, então com 14 anos, embora ele suspeitasse na época que ela devesse ter 11.

Isso lhe daria agora 30 e poucos anos. E ainda parecia ter 14.

Sorriu diante do pensamento e ela retribuiu o sorriso, amarrando o roupão. O sorriso a envelhecia um pouco, pois havia lacunas entre seus dentes e os restantes eram enegrecidos na raiz. Se não era robusta, era porque lhe faltava a capacidade de mastigar. Adorava açúcar e era capaz de comer uma caixa inteira de violetas cristalizadas ou um manjar turco em questão de minutos, compensando a fome de sua juventude nas Terras Altas escocesas. Ele lhe trouxera meio quilo de docinhos de frutas secas.

– Acha que qualquer coisa me compra? – perguntou ela, erguendo uma das sobrancelhas ao receber a caixa embrulhada das mãos dele.

– Nunca – assegurou ele. – Isto é apenas um pedido de desculpas por ter perturbado seu sono.

Mentira. Na verdade, ele havia esperado encontrá-la trabalhando, sendo mais de dez horas da noite.

– Sim. Afinal, é noite de Natal – disse ela, respondendo à pergunta subentendida. – Qualquer homem com uma casa para onde voltar está lá agora.

Ela bocejou, retirou sua touca de dormir e passou os dedos pela desgrenhada cabeleira de cachos negros.

– No entanto, você parece ter uma celebração especial – observou ele.

Uma cantoria distante vinha de dois andares abaixo e a sala de visitas lhe parecera bem cheia quando ele passou por lá.

– Sim. Os desesperados. Eu os deixo a cargo de Maybelle; não gosto de vê-los, as pobres criaturas. Dá pena. Eles não querem uma mulher; os que vêm na noite de Natal querem apenas companhia, ficar sentados junto a uma lareira com outras pessoas – comentou ela e se sentou, desatando a fita de seu presente.

– Então, feliz Natal! – disse ele, observando-a com divertida afeição.

Ela jogou um dos docinhos na boca, fechou os olhos e suspirou em êxtase.

– Huumm – gemeu, sem parar para engolir, antes de inserir na boca e mastigar outro doce.

Pela entonação cordial desse gemido, ele presumiu que ela estivesse retribuindo o sentimento.

Ele sabia que era noite de Natal, é claro, mas de certa forma tirara essa ideia da cabeça durante as longas e frias horas do dia. Chovera torrencialmente o dia inteiro, fustigantes agulhas de uma chuva gélida, de vez em quando intensificada por irritantes rajadas de granizo, e ele ficara enregelado desde antes do amanhecer, quando o criado de Minnie o despertara, convocando-o à Casa Argus.

O quarto de Nessie era pequeno, mas elegante. Cheirava a conforto e sono. Sua cama era imensa, com cortinas de lã no padrão xadrez preto e cor-de-rosa "Rainha Charlotte", muito em voga. Cansado, com frio e faminto, encontrava-se atraído por aquela caverna aconchegante e convidativa, com seus numerosos travesseiros de penas de ganso, colchas e lençóis limpos e macios. O que ela pensaria se ele lhe pedisse para compartilhar sua cama essa noite?

"*Uma lareira junto à qual se sentar e pessoas com as quais se sentar junto a ela.*"

Bem, ele tinha isso, ao menos no momento.

Grey percebeu um zumbido baixo, algo como uma mosca-varejeira se atirando contra uma vidraça. Olhando na direção do ruído, notou que o que ele pensara ser apenas uma pilha de roupas de cama amontoadas na verdade continha um corpo; a borla elaboradamente ornamentada com passamanarias de uma touca de dormir estendia-se pelo travesseiro.

– Ah, é só o Rab – disse uma sorridente voz escocesa e ele se virou, deparando-se com ela rindo para ele. – Gostaria de um *ménage à trois*?

Compreendeu, enquanto enrubescia, que gostava dela não só por ela mesma ou por sua habilidade como espiã, mas porque possuía uma inigualável capacidade de desconcertá-lo. Achava que ela não conhecia os verdadeiros desejos dele, mas era prostituta desde criança e possuía uma compreensão sagaz dos desejos de quase todo mundo, quer conscientes ou não.

– Melhor não – respondeu lorde John educadamente. – Não quero perturbar seu marido.

Tentou não pensar nas mãos brutas e nas coxas duras de Rab MacNab. Rab fora um liteireiro antes de seu casamento com Nessie e o sucesso do bordel que possuíam. Certamente ele não...?

– Você não conseguiria acordar o tolo nem com um tiro de canhão – disse ela, com um olhar afetuoso para a cama. No entanto, levantou-se e fechou as cortinas do dossel, abafando os roncos de Rab. – Por falar em canhão – acrescentou, inclinando-se para espreitar Grey enquanto retornava à sua poltrona –, você parece que esteve na guerra. Vamos, tome uma dose e eu mandarei prepararem um prato.

Indicou com a cabeça a garrafa de bebida e os copos na mesinha de cabeceira e estendeu a mão para a corda da sineta.

– Não, obrigado. Não tenho muito tempo. Mas tomarei uma bebida para espantar o frio, obrigado.

O uísque – ela não tomava nenhuma outra bebida, desdenhando o gim como uma bebida de mendigos e considerando o vinho bom, porém insuficiente para seus propósitos – o aqueceu e seu casaco molhado começou a desprender vapor diante do calor do fogo da lareira.

– Você não tem muito tempo – ecoou ela. – De que se trata, então?

– Estou de partida para a França pela manhã.

As sobrancelhas dela se ergueram e ela colocou outro doce na boca.

– E *ão* vai *assar* o *Naal* com sua *aília*?

– Não fale com a boca cheia, minha cara – disse ele, sorrindo. – Meu irmão sofreu um grave ataque ontem à noite. Foi algo no coração, segundo o médico, mas duvido que ele saiba realmente. Além disso, o tradicional almoço de Natal provavelmente não vai ser grande coisa.

– Lamento saber – comentou Nessie com mais clareza. Limpou o açúcar do canto da boca, o cenho franzido. – Ele é um bom homem.

– Sim, ele... – Parou, fitando-a. – Você *conheceu* meu irmão?

Nessie riu, formando duas covinhas no rosto.

– A discrição de uma madame é seu principal capital no negócio – cantarolou, obviamente imitando a sabedoria de uma antiga patroa.

– Diz a mulher que espiona para mim. – Ele tentava visualizar Hal... ou talvez *não* visualizar Hal... pois certamente ele não... para poupar Minnie de suas necessidades, talvez? Mas ele achava...

– Sim. Espionagem não é bisbilhotice. Eu quero chá, mesmo que você não queira. Conversar dá sede. – Ela tocou a campainha chamando o criado. Em seguida, virou-se, uma das sobrancelhas erguida. – Seu irmão está morrendo e você vai para a França? Deve ser muito urgente, então.

– Ele não está morrendo – disse Grey, um tanto incisivo. A ideia abriu o tapete a seus pés, um grande abismo esperando para puxá-lo para dentro. – Ele... ele teve um choque. Recebeu a notícia de que seu filho mais novo fora ferido e capturado na América.

Ela arregalou os olhos e apertou o roupão com força contra os seios inexistentes.

– O mais novo. Seria... Henry, não?

– Sim. E como você sabe disso? – inquiriu, a agitação alterando sua voz.

Um sorriso cheio de lacunas brilhou para ele, mas logo desapareceu quando ela percebeu a gravidade de sua aflição.

– Um dos criados do lorde é um cliente regular aqui – respondeu ela. – Quinta-feira é seu dia de folga.

– É que... – Ele permaneceu imóvel, as mãos nos joelhos, tentando de algum modo controlar seus pensamentos e seus sentimentos. – Compreendo.

– Já é tarde no ano para receber notícias da América, não? – Ela olhou para a janela, coberta em camadas de renda e veludo vermelho, incapazes de obliterar o som de uma chuva fustigante. – Chegou algum navio atrasado?

– Sim. Desviado da rota pelos ventos e arrastado até Brest com o mastro principal avariado. A mensagem foi trazida por terra.

– E é para Brest que você está indo, então?

– Não, não é.

Uma batida suave veio da porta antes que ela pudesse fazer mais perguntas. Nessie foi atender, deixando entrar o criado, que trazia, sem que lhe pedissem, uma bandeja com xícaras e guloseimas para o chá, inclusive um bolo muito bem confeitado.

Revolveu a ideia mentalmente. Poderia lhe contar? Mas ela não estava brincando quando falara de discrição, ele sabia. A seu modo, guardava tantos segredos quanto ele.

– É por causa de William – disse quando ela fechou a porta.

Pela dor em seus ossos e o leve repique do seu relógio de bolso, ele sabia que a aurora estava próxima. Não havia nenhum sinal disso no céu. Nuvens da cor de fuligem tocavam os telhados de Londres e as ruas estavam mais escuras do que à meia-noite, todas as lanternas já tendo sido apagadas havia muito, o fogo de todas as lareiras se extinguindo.

Ele ficara acordado a noite inteira. Havia muito a fazer. Devia ir para casa e dormir algumas horas antes de pegar a carruagem de Dover. Mas não podia partir sem ver Hal mais uma vez, só para se tranquilizar.

Havia luzes nas janelas da Casa Argus. Mesmo com as cortinas cerradas, uma leve claridade se refletia nas pedras molhadas do pavimento do lado de fora. Nevava muito, mas a neve ainda não se acumulava no chão. Tinha uma boa chance de a carruagem ficar retida – certamente andaria bem devagar, atolada nas ruas lamacentas.

Por falar em carruagens – seu coração deu um salto ao ver parada na *porte-cochère* uma carruagem surrada, que ele achava que pertencia ao médico.

Bateu à porta e foi atendido na hora por um criado parcialmente vestido, a camisa de dormir enfiada às pressas nas calças. O rosto ansioso do sujeito relaxou um pouco quando reconheceu Grey.

– O duque...

– Passou mal à noite, milorde, mas está melhor agora. – Arthur, esse era seu nome, interrompeu-o, recuando para deixá-lo entrar, tirando a capa dos ombros de Grey e sacudindo a neve.

Ele balançou a cabeça e se dirigiu às escadas, sem esperar ser anunciado. Encontrou o médico descendo, um homem magro e grisalho, facilmente identificável pelo casaco preto e malcheiroso e pela valise na mão.

– Como ele está? – perguntou, segurando o sujeito pela manga ao chegar ao patamar.

O médico recuou, ultrajado, mas depois viu a expressão de seu rosto na claridade do candeeiro e, reconhecendo sua semelhança com Hal, apaziguou-se.

– Um pouco melhor, milorde. Eu o sangrei, 85 mililitros, e sua respiração se tornou mais fácil.

Grey soltou a manga e retomou as escadas, o próprio peito apertado. A porta para os aposentos de Hal estava aberta e ele entrou imediatamente, surpreendendo uma criada que levava um urinol para fora, tampado e envolvido em um pano bordado com flores grandes e coloridas. Passou por ela, acenando em um sinal de desculpas, e entrou no quarto de Hal.

Ele estava sentado na cama, recostado em uma larga almofada, travesseiros o escorando. Parecia quase morto. Minnie estava a seu lado, o afável rosto redondo desolado de ansiedade e falta de sono.

– Vejo que Sua Graça até caga com elegância – observou Grey, sentando-se do outro lado da cama.

Hal abriu uma pálpebra cinzenta e o fitou. O rosto podia ser o de um esqueleto, mas o olho penetrante, claro, era do Hal vivo, e Grey sentiu o peito se encher de alívio.

– Ah, o pano? – comentou Hal fracamente, mas com clareza. – É a Dottie. Ela se recusa a sair, mesmo eu tendo lhe assegurado que, se pretendesse morrer, eu certamente esperaria ela voltar para fazer isso. – Parou para respirar, com um ligeiro chiado, depois tossiu e continuou: – Graças a Deus ela não é do tipo de se deixar levar por devoções religiosas. Não possui nenhum talento musical e sua vitalidade é tamanha que chega a ser uma ameaça para o pessoal da cozinha. Assim, Minnie a colocou para bordar, como uma forma de válvula de escape para suas formidáveis energias. Ela puxou a mamãe, você sabe.

– Sinto *muito*, John – disse Minnie, desculpando-se. – Eu a mandei ir dormir, mas vi que sua vela ainda está acesa. Acredito que no momento ela esteja trabalhando em um par de chinelos para você.

Grey achava que chinelos eram provavelmente inofensivos, qualquer que fosse o motivo que ela tivesse escolhido. Além disso, falou:

– Desde que ela não esteja bordando um par de cuecas para mim. Os nós, você sabe...

Hal riu, então começou a tossir, mas pelo menos suas faces ganharam um pouco de cor.

– Então você não está morrendo? – perguntou Grey.

– Não – respondeu Hal laconicamente.

– Ótimo – disse Grey, sorrindo para o seu irmão. – Não morra.

Hal se lembrou da ocasião em que ele dissera exatamente isso para Grey e sorriu também.

– Farei o melhor possível – respondeu e colocou a mão afetuosamente sobre a de Minnie. – Minha querida...

– Vou mandar trazer chá – disse ela, levantando-se. – E um bom café da manhã – acrescentou, após um olhar escrutinador para Grey. Ela fechou a porta delicadamente ao sair.

– Do que se trata? – Hal se ergueu mais nos travesseiros, sem se incomodar com o pano sujo de sangue enrolado em um dos braços. – Alguma notícia?

– Muito poucas. E um grande número de perguntas preocupantes.

A notícia da captura de Henry fora incluída como um bilhete para Hal dentro de uma carta endereçada a ele, de um de seus contatos no mundo da espionagem, e trazia uma resposta às suas indagações relativas às conexões francesas de um tal de Percival Beauchamp. Mas ele não quis discutir isso com Hal enquanto não se encontrasse com Nessie. De qualquer forma, Hal não estava em condições para tais discussões.

– Nenhuma conexão conhecida entre Beauchamp e Vergennes – citou o ministro francês das Relações Exteriores –, mas ele tem sido visto com frequência na companhia de Beaumarchais.

Isso provocou novo acesso de tosse.

– Não é mesmo de admirar – observou Hal ao se recobrar. – Um interesse mútuo em caça, sem dúvida? – Essa última observação era uma referência sarcástica tanto à aversão de Percy a esportes sangrentos quanto ao título de Beaumarchais de "Tenente Geral de Caça", a ele conferido há alguns anos pelo falecido rei.

– *E* – continuou Grey, ignorando o comentário – com um tal de Silas Deane.

Hal franziu a testa.

– Quem?

– Um comerciante americano. Em Paris, em nome do Congresso Americano. Na verdade, ele se esgueira ao redor de Beaumarchais. E *ele* tem sido visto conversando com Vergennes.

– Ouvi falar dele. Vagamente.

– Ouviu falar de uma companhia denominada *Rodrigue Hortalez et Cie*?

– Não. Soa espanhol, não é?

– Ou português. Meu informante tinha apenas o nome e um boato de que Beaumarchais tem algo a ver com isso.

Hal grunhiu e se recostou.

– Beaumarchais está metido em muita coisa. Fabrica relógios. Como se escrever peças teatrais já não fosse suficiente. Beauchamp tem alguma coisa a ver com essa companhia?

– Não se sabe. Tudo não passa de associações vagas nesse ponto. Pedi o que fosse possível obter sobre Beauchamp ou sobre os americanos. Isso foi o que voltou.

Os dedos esbeltos de Hal tamborilavam sem sossego na coberta.

– Seu informante sabe o que essa companhia espanhola faz?

– Comércio, o que mais? – respondeu Grey ironicamente, e Hal bufou com desprezo.

– Se fossem banqueiros também, eu imaginaria que você pudesse ter alguma coisa.

– Aliás, talvez tenha. Mas acho que o único meio de descobrir é cutucar a onça com vara curta. Vou pegar a carruagem para Dover em – estreitou os olhos para o relógio de carrilhão sobre o consolo da lareira, obscurecido pela penumbra – três horas.

– Ah.

A voz soou neutra, mas Grey conhecia seu irmão muito bem.

– Estarei de volta da França no mais tardar no final de março – disse ele, acrescentando afavelmente: – E estarei no primeiro navio que partir para as colônias no ano-novo, Hal. Trarei Henry de volta. – *Vivo ou morto.* Nenhum dos dois pronunciou as palavras. Não era necessário.

– Estarei aqui quando o fizer – avisou Hal com serenidade.

Grey colocou a mão sobre a do irmão, que se virou imediatamente para segurar a dele. Podia parecer frágil, mas se sentiu encorajado pela força e pela determinação do aperto da mão de Hal. Permaneceram em silêncio, as mãos unidas, até a porta se abrir. Arthur, agora completamente vestido, entrou com uma bandeja do tamanho de uma mesa de carteado, abarrotada de bacon, salsichas, rins, peixe frito, ovos mexidos na manteiga, cogumelos grelhados e tomates, torradas, geleia de laranja, um enorme bule de chá fumegante e aromático, tigelas de açúcar e de leite – e uma vasilha coberta que ele colocou cerimoniosamente diante de Hal, a qual, verificou-se depois, continha uma espécie de horrível papa rala.

Arthur fez uma mesura e saiu, deixando Grey se perguntando se ele seria o criado que ia à casa de Nessie às quintas-feiras. Depois, deparou-se com Hal se servindo dos rins de Grey.

– Você não devia estar comendo sua papa? – perguntou Grey.

– Não me diga que *você* também está determinado a me levar mais depressa para o túmulo – respondeu Hal, fechando os olhos em breve êxtase enquanto mastigava. – Como alguém pode esperar que eu me recupere sendo alimentado com coisas como mingau?

Bufando de raiva, espetou outro rim.

– É mesmo o seu coração? – perguntou Grey.

Hal balançou a cabeça.

– Acho que não. Continua batendo como sempre. – Parou para tocar o peito, o garfo suspenso no ar. – Não dói lá. Certamente doeria, não?

Grey deu de ombros.

– Que tipo de ataque foi, então?

Hal engoliu o restante do rim e estendeu a mão para uma torrada amanteigada, pegando a faca da geleia de laranja com a outra.

– Não conseguia respirar – respondeu. – Fui ficando azul, esse tipo de coisa.

– Bem, então.

– Me sinto muito bem agora – disse Hal, parecendo ligeiramente surpreso.

– É mesmo? – perguntou Grey, sorrindo.

Teve um momento de dúvida, mas afinal de contas... estava indo para o exterior e coisas inesperadas não só podiam acontecer como geralmente aconteciam. Era melhor não deixar a questão pendente, para o caso de alguma coisa desagradável ocorrer a um dos dois antes de se encontrarem outra vez.

– Muito bem, então... Se você tem certeza de que um pequeno choque não vai matá-lo, permita-me contar-lhe uma coisa.

Suas novidades com respeito à *tendresse* existente entre Dottie e William fizeram Hal pestanejar e parar de comer por um instante, mas após um momento de reflexão ele balançou a cabeça e retomou a mastigação.

– Está bem.

– Está *bem*? – repetiu Grey. – Você não tem nenhuma objeção?

– Eu iria ficar mal com você se tivesse, não é?

– Se espera que eu acredite que a preocupação com meus sentimentos iria de alguma forma alterar suas próprias ações, sua doença de fato o afetou muito.

Hal esboçou um largo sorriso e tomou chá.

– Não – disse ele, baixando a xícara vazia. – Isso não. É só que – reclinou-se para trás, as mãos entrelaçadas sobre a barriga protuberante, e olhou para Grey – eu *poderia* ter morrido. Não pretendo nem acho que vou. Mas poderia. Eu morreria mais tranquilo se soubesse que ela encontrou alguém que a protegerá e cuidará bem dela.

– Fico lisonjeado que ache que William o faria – disse Grey, embora estivesse imensamente satisfeito.

– Claro que ele o faria – disse Hal, de maneira pragmática. – É seu filho, não é?

Um sino de igreja começou a tocar em algum lugar distante, fazendo Grey se lembrar.

– Ah! – exclamou. – Feliz Natal!

Hal pareceu igualmente surpreso, mas depois sorriu.

– Para você também.

Grey ainda estava repleto de sentimentos natalinos quando partiu para Dover. Os bolsos de seu sobretudo estavam atulhados de doces e pequenos presentes, e ele carregava sob o braço um embrulho contendo o infame par de chinelos, fartamente bordado com ninfeias e sapos verdes em fio de lã. Ele havia abraçado Dottie quando ela lhe dera o presente, conseguindo sussurrar em seu ouvido que sua missão fora cumprida. Ela o beijou com tanto vigor que ele ainda podia sentir o beijo na face e esfregou o local.

Precisava escrever para William imediatamente, embora não houvesse nenhuma pressa em particular, já que uma carta não podia chegar mais rápido do que se ele próprio fosse entregá-la. Tinha sido sincero com Hal. Assim que um navio pudesse içar velas na primavera, ele estaria nele. Só esperava chegar a tempo.

E não apenas por Henry.

As estradas estavam tão precárias quanto ele esperava e a barca de Calais era ainda pior, mas ele estava alheio ao frio e ao desconforto da viagem. Com sua ansiedade em relação a Hal em parte aplacada, estava livre para pensar no que Nessie lhe dissera – uma informação que ele pensara em contar a Hal, mas que omitira, não querendo sobrecarregar a mente do irmão.

– Seu francês não veio *aqui* – dissera Nessie, lambendo o açúcar dos dedos. – Ia ao Jackson's quando estava na cidade. Ele já foi embora; de volta à França, dizem.

– Jackson's – repetira ele devagar, refletindo.

Ele não frequentava prostíbulos, salvo o estabelecimento de Nessie, mas conhecia o Jackson's e estivera lá uma ou duas vezes com amigos. Uma casa de prostituição que oferecia música no térreo, jogo no segundo andar e diversões mais particulares acima. Muito popular entre oficiais militares de médio escalão. Mas não era um lugar que atendesse aos gostos particulares de Percy Beauchamp.

– Compreendo – dissera Grey, tomando chá com calma, sentindo o coração latejar nos ouvidos. – E você já conheceu um oficial chamado Randall-Isaacs?

Essa era a parte da carta que ele não contara a Hal. Denys Randall-Isaacs era um oficial do Exército que costumava frequentar a companhia de Beauchamp, tanto na França quanto em Londres, de acordo com sua informante. O nome tinha perfurado o coração de Grey como um pingente de gelo.

Podia não passar de coincidência que um homem conhecido por sua associação com Percy Beauchamp tivesse levado William em uma expedição de espionagem a Quebec, mas ele não acreditava nisso.

Nessie levantara a cabeça à menção de "Randall-Isaacs", como um cachorro ouvindo barulho no mato.

– Sim, já – respondera ela devagar.

Havia um grumo de açúcar fino em seu lábio inferior. Tivera vontade de limpá-lo para ela. Em outras circunstâncias, o teria feito.

– Ouvi falar dele – acrescentara ela. – Dizem que é judeu.

– Judeu? – Isso o surpreendera. – Claro que não.

Um judeu jamais teria permissão de obter uma patente no Exército ou na Marinha, não mais que um católico.

Nessie arqueara uma sobrancelha escura para ele.

– Talvez ele não queira que as pessoas saibam. – Lambendo os lábios como um gato, ela limpara o açúcar. – Se for esse o caso, ele deve se manter longe das meninas! – Rira, animada, depois ficara séria, puxando o roupão sobre os ombros e o fitando, os olhos escuros à luz do fogo. – Ele também tem alguma coisa a ver com o seu francesinho. Uma garota do Jackson's me contou sobre o sujeito judeu e o choque que foi para ela quando ele tirou as calças. Ela falou que se recusou a se deitar com ele, só que o amigo dele, o francesinho, estava lá também, querendo assistir. Quando o francesinho notou que ela estava se esquivando, ofereceu-lhe o dobro. De acordo com ela, no fim das contas, tinha sido melhor do que muitos.

Nesse ponto ela rira lascivamente, a ponta de sua língua contra os dentes da frente que ainda possuía.

– Melhor do que muitos? – murmurou consigo mesmo, notando apenas o olhar desconfiado que lhe lançou o outro único passageiro da barca com resistência suficiente para se manter no convés superior. – *Maldição!*

A neve caía pesadamente sobre o canal, agora quase horizontal, então o vento uivante mudou de direção e a barca deu uma guinada de causar tontura e enjoo. O outro passageiro desceu, deixando Grey comendo pêssegos ao conhaque que retirava de um vidro em seu bolso e olhando impassível para a costa da França que se aproximava, apenas vislumbrada através das nuvens baixas.

24 de dezembro de 1776
Cidade de Quebec

Querido papai,

Escrevo-lhe de um convento. Apresso-me a explicar. Não é um do tipo de Covent Garden, mas um verdadeiro convento católico, administrado pelas irmãs ursulinas.

O capitão Randall-Isaacs e eu chegamos à cidadela no final de outubro, pretendendo visitar sir Guy e descobrir sua opinião sobre os simpatizantes locais da Insurreição americana, mas fomos informados de que sir Guy marchou para Fort Saint-Jean, para lidar com uma deflagração da referida Insurreição, tratando-se aqui de uma batalha naval (ou assim acho que devo chamá-la) que teve lugar no estreito lago Champlain, o qual se liga ao lago George. Talvez você mesmo tenha conhecido quando aqui esteve.

Fui a favor de nos juntarmos a sir Guy, mas o capitão Randall-Isaacs ficou relutante por causa da distância envolvida e da época do ano. Na verdade, sua decisão se mostrou correta, já que o dia seguinte trouxe uma chuva glacial, que logo deu lugar a uma uivante nevasca, tão severa que escureceu o céu a ponto de não se poder dizer se era noite ou dia e que soterrou o mundo em poucas horas. Vendo esse espetáculo da natureza, admito que minha decepção em perder a oportunidade de me unir a sir Guy foi consideravelmente aliviada.

Na verdade, eu chegaria tarde demais de qualquer modo, já que a batalha ocorreu em 1º de outubro. Somente ficamos sabendo dos detalhes em meados de novembro, quando alguns oficiais alemães do regimento do barão Von Riedesel chegaram à cidadela com notícias. É mais provável que você já tenha ouvido descrições mais oficiais e diretas da batalha quando receber esta carta, mas pode haver alguns pormenores de interesse omitidos nas versões oficiais. Para ser franco, a redação deste relato é o único trabalho disponível para mim no momento, já que recusei um gentil convite da madre superiora para assistir à missa que celebrarão hoje à meia-noite em circunstância do Natal. (Os sinos das igrejas da cidade soam a cada quarto de hora, dia e noite. A capela do convento fica logo depois do muro do albergue em que estou hospedado, no andar mais alto, e o sino fica a uns 6 metros da minha cabeça quando me deito na cama. Assim, posso lhe afirmar com propriedade que agora são 21h15.)

Vamos aos pormenores: sir Guy ficou alarmado com a tentativa de invasão de Quebec no ano anterior, mesmo tendo terminado em total fracasso. Por isso, resolveu aumentar seu controle sobre a nascente do Hudson, sendo essa a única via possível pela qual mais tumulto poderia vir, as dificuldades de viagem por terra sendo tão severas que impedem qualquer forma de vida senão dos mais determinados (tenho um pequeno vidro de álcool de vinho para presenteá-lo, contendo mutucas medindo quase 5 centímetros de comprimento, assim como uma boa quantidade de carrapatos, estes removidos de minha pessoa com a ajuda de mel, que os sufoca se aplicado generosamente).

Apesar de a invasão do inverno anterior não ter sido bem-sucedida, os homens do coronel Arnold resolveram negar a sir Guy acesso aos lagos. Afundaram ou incendiaram todos os navios em Fort Saint-Jean enquanto batiam em retirada, assim como incendiaram a serraria e o próprio forte.

Depois disso, sir Guy requisitou navios desmontáveis, a serem enviados da Inglaterra (gostaria de tê-los visto!). Com a chegada de dez desses navios, desceu a St. John para supervisionar a reunião deles no alto do rio Richelieu. Enquanto isso, o coronel Arnold (que parece um sujeito habilidoso, extraordinário, se metade do que ouço a seu respeito for verdade) ficou construindo sua própria frota de galés caindo aos pedaços.

Não satisfeito com seus prodígios de navios desmontáveis, sir Guy também tinha desmontado a Indefatigable, uma fragata de cerca de 180 toneladas, depois a rebocou para o rio e lá a remontou. (Houve alguma discussão entre meus informantes quanto ao número de canhões que ela carrega; após uma segunda garrafa de clarete do convento [as próprias freiras o fazem e, pela cor do nariz do padre, não é pouco o que é consumido aqui também], chegou-se ao consenso de "um montão, companheiro", sempre levando em conta erros de tradução.)

Aparentemente, o coronel Arnold decidiu que esperar mais tempo era perder *qualquer vantagem de iniciativa que pudesse ter e partiu de seu esconderijo na ilha Valcour em 30 de setembro. Pelos relatos, ele possuía quinze embarcações, comparadas às 25 de sir Guy, todas apressadamente construídas, imprestáveis para o mar e conduzidas por marinheiros inexperientes que não sabiam distinguir uma bitácula de um joanete – a Marinha Americana em toda a sua glória!*

Ainda assim, não devo rir muito. Quanto mais ouço falar do coronel Arnold (e ouço muito sobre ele aqui em Quebec), mais acredito que ele deva ser um cavalheiro de fibra, como o vovô sir George gostava de dizer. Gostaria de conhecê-lo um dia.

Há um coral lá fora; os habitants *estão chegando à catedral próxima. Não conheço a música e estou longe demais para conseguir compreender a letra, mas posso ver o clarão de tochas do meu ninho de águia. Os sinos informam que são dez horas.*

(Aliás, a madre superiora diz que o conhece. Ela se chama Soeur Immaculata. Eu dificilmente deveria ficar surpreso com isso. Contei-lhe que você conhece o arcebispo de Canterbury e o papa, com o que ela se mostrou muito impressionada e rogou que você transmita sua mais humilde obediência à Sua Santidade quando o vir na próxima vez. Ela amavelmente me convidou para jantar e contou histórias da tomada da cidadela, em 1759, e como você alojou vários homens das Terras Altas no convento. Como as freiras ficaram escandalizadas com as pernas nuas dos escoceses e fizeram uma requisição de lona para fazerem calças para eles. Meu uniforme sofreu consideravelmente nas últimas semanas de viagem, mas ainda estou bem coberto da cintura para baixo. E a madre superiora também, sem dúvida!)

*Retorno ao meu relato da batalha: a frota de sir Guy velejou para o sul, pretendendo alcançar e retomar Crown Point, depois Ticonderoga. No entanto, ao passar pela ilha Valcour, dois dos navios de Arnold os surpreenderam. Em seguida, esses mesmos navios tentaram recuar, mas um deles (*Royal Savage, *disseram) não conseguiu avançar contra os ventos de proa e encalhou. Várias canhoneiras britânicas avançaram sobre ele e capturaram alguns homens, mas foram forçadas a bater em retirada sob fogo pesado dos americanos – embora não deixando de atear fogo ao* Royal Savage *ao fazê-lo.*

Seguiu-se muita manobra no estreito e a batalha começou a ficar séria por volta do meio-dia, o Carleton *e o* Inflexible *empreendendo a maior parte da ação, juntamente com as canhoneiras.* O Revenge *e o* Philadelphia *de Arnold foram seriamente atingidos no costado e o* Philadelphia *afundou ao anoitecer.*

O Carleton *continuou a disparar até que um tiro certeiro dos americanos cortou o cabo da âncora, deixando o navio à deriva. Ele foi atacado e muitos de seus homens foram mortos ou feridos, as baixas incluindo o comandante, tenente James Dacres (tenho a inquietante sensação de que o conheci, talvez em um baile na última temporada), e os oficiais superiores. Um dos seus aspirantes assumiu o comando e levou o navio para um local seguro. Disseram que foi Edward Pellew, e tenho certeza de que já o vi uma ou duas vezes, em Boodles, com tio Harry.*

Em resumo, outro tiro certeiro atingiu o arsenal de uma canhoneira e a enviou pelos ares. Enquanto isso, o Inflexible *finalmente entrou em ação e castigou os barcos americanos com suas armas pesadas. A menor embarcação de sir Guy desembarcou índios nas praias da ilha Valcour e nas margens do lago, assim bloqueando essa via de fuga, e o restante da frota de Arnold foi obrigado a recuar pelo lago.*

Eles conseguiram passar por sir Guy, pois a noite estava enevoada, e se refugiaram na ilha Schuyler, algumas milhas ao sul. Entretanto, a frota de sir Guy os perseguiu e conseguiu se aproximar deles no dia seguinte, as embarcações de Arnold estando muito estorvadas por vazamentos, danos e pelas condições do tempo, que passara a uma chuva intensa e ventos fortes. O Washington *foi alcançado, atacado e forçado a se render, a tripulação de mais de cem homens sendo capturada. O resto da esquadra de Arnold, entretanto, conseguiu atravessar para a baía de Buttonmold, onde, pelo que sei, as águas são rasas demais para que os navios de sir Guy pudessem segui-lo.*

Lá, Arnold foi para a praia, esvaziou e ateou fogo à sua embarcação – sua bandeira ainda tremulando, como um sinal de desafio, segundo os alemães. Eles acharam engraçado, mas admiraram o feito. O coronel Arnold pessoalmente ateou fogo ao Congress, *este sendo seu navio capitânia, e partiu por terra, escapando por pouco dos índios que deviam interceptá-los. Suas tropas conseguiram alcançar Crown Point, mas não se demoraram ali, parando apenas para destruir o forte antes de se retirarem para Ticonderoga.*

Sir Guy não conduziu seus prisioneiros de volta a Quebec, mas os devolveu a Ticonderoga sob uma bandeira de trégua – um gesto muito elegante e admirado pelos meus informantes.

10h30. Você viu a aurora borealis quando esteve aqui ou era cedo demais no ano? É uma visão extraordinária. Nevou o dia inteiro, mas parou perto do pôr do sol e o céu ficou limpo. Da minha janela, vejo o lado norte e no momento há uma surpreendente cintilação que toma conta de todo o céu, ondas tremulantes de azul-claro e um pouco de verde, apesar de às vezes eu ver um pouco de vermelho, que giram como gotas de tinta derramadas em água e mexidas.

Não consigo ouvir no momento, por causa dos cânticos – alguém toca violino ao longe; é um som agudo e melodioso –, mas quando vi o fenômeno de fora da cidade, na floresta, há um som muito peculiar que acompanha o espetáculo. Às vezes, uma espécie de leve assobio, como o do vento ao redor de um prédio, apesar de não haver nenhum movimento do ar. Às vezes, um estranho ruído alto e sibilante, interrompido de vez em quando por uma fuzilaria de estalos e cliques, como se uma horda de grilos avançasse sobre o ouvinte através de folhas secas – embora, quando a aurora começa a ser vista, o frio já tenha matado há muito tempo todos os insetos. (E ainda bem! Aplicamos um unguento usado pelos índios locais que ajudava um pouco contra picadas de mosquitos, mas que de nada adiantava para afastar a curiosidade de lacraias, baratas e aranhas.)

Tivemos um guia para nossa viagem entre St. John e Quebec, um mestiço (ele tinha uma notável cabeleira, cheia e encaracolada como lã de carneiro e da cor da casca da canela). Ele contou que alguns dos nativos acham que o céu é uma abóbada, separando a Terra do céu, mas que há buracos nessa cúpula e que as luzes da aurora são as tochas do céu, enviadas para guiar os espíritos dos mortos através dos buracos.

Vejo que ainda tenho que terminar meu relato, embora apenas para acrescentar que, em seguida à batalha, sir Guy se recolheu aos alojamentos de inverno em St. John e provavelmente não voltará a Quebec antes da primavera.

Agora chego ao verdadeiro objetivo da carta. Ontem, quando acordei, descobri que o capitão Randall-Isaacs havia levantado acampamento durante a noite, deixando-me um breve bilhete em que afirmava que tinha negócios urgentes a tratar, apreciara minha companhia e valiosa assistência e que eu deveria permanecer aqui até a volta dele ou a chegada de novas ordens.

A neve aqui é profunda e os negócios têm que ser muito urgentes para compelir um homem a se aventurar a qualquer distância. Estou, é claro, um pouco transtornado com a partida repentina do capitão Randall-Isaacs, curioso quanto ao que possa ter acontecido para causá-la e um pouco ansioso quanto ao seu bem-estar. Entretanto, esta não parece ser uma situação em que eu tenha justificativa para ignorar minhas ordens. Logo... eu espero.

11h30. Parei de escrever por um curto espaço de tempo a fim de observar o céu. As luzes da aurora vêm e vão, mas creio que tenham desaparecido agora. O céu está negro e as estrelas brilhantes, mas minúsculas em contraste com o brilho desaparecido das luzes. Há um grande vazio no céu que raramente se percebe na cidade. Apesar do barulho dos sinos, das fogueiras na praça e dos cânticos das pessoas – há um tipo de procissão em andamento –, posso sentir o grande silêncio mais além.

As freiras estão entrando na capela. Debrucei-me na janela há pouco para vê-las caminhando, de duas em duas, como uma coluna militar em marcha, seus hábitos e mantos escuros as fazendo parecer pequenos pedaços da noite vagando entre as estrelas de suas tochas. (Estou escrevendo há muito tempo, perdoe as fantasias de uma mente exausta.)

Este é o primeiro Natal que passo longe de casa ou da família. O primeiro de muitos, sem dúvida.

Sempre penso em você, papai, e espero que esteja bem e se preparando para

assar um ganso amanhã com vovó e vovô sir George. Dê-lhes meu amor, por favor, assim como a tio Hal e sua família. (E para minha Dottie, em especial.)
Um Natal muito feliz. De seu filho,
William

P.S.: Duas da madrugada. Desci, por fim, e fiquei nos fundos da capela. Foi um pouco papista, e havia uma grande quantidade de incenso, mas fiz uma prece para mamãe Geneva e para mamãe Isobel. Quando saí da capela, vi que as luzes tinham voltado. Agora são azuis.

25

O ÂMAGO DAS PROFUNDEZAS

15 de maio de 1777

Queridos,
Odeio barcos. Eu os detesto com todas as forças do meu ser. No entanto, vejo-me mais uma vez lançado no terrível seio do mar, a bordo de uma embarcação chamada Tranquil Teal, *ou calmo verde-azulado, de onde podem deduzir o humor estranho e sombrio do capitão. Este senhor é um contrabandista mestiço, de aspecto maligno e mal-humorado, que me diz, descaradamente, que seu nome é Trustworthy Roberts. Traduzindo ao pé da letra: Confiável Roberts.*

Jamie parou para mergulhar a pena na tinta, olhou para a costa da Carolina do Norte que se distanciava e, observando-a subir e descer de uma maneira inquietante, fixou os olhos na página que pregara em sua mesinha de colo para impedir que fosse levada pela forte brisa que enfunava as velas acima de sua cabeça.

Estamos bem de saúde, escreveu devagar. Deixou de lado a ideia de enjoo, na qual não queria pensar. Perguntou-se se deveria lhes contar sobre Fergus.

– Está se sentindo bem?

Ele ergueu os olhos e fitou Claire inclinando-se para espreitá-lo com aquela expressão de intensa mas cautelosa curiosidade que ela reservava às pessoas que podiam a qualquer momento vomitar, verter sangue ou morrer. Ele já havia feito os dois primeiros, em consequência de ela ter acidentalmente enfiado uma de suas agulhas em um pequeno vaso sanguíneo em seu couro cabeludo, mas esperava que ela não visse nenhum outro sinal de sua morte iminente.

– Muito bem. – Ele não queria nem pensar em seu estômago, por medo de incitá-lo, e mudou de assunto a fim de evitar mais discussões: – Devo contar a Brianna e Roger a respeito de Fergus?

– Quanto de tinta você tem? – perguntou ela, com um sorriso oblíquo. – Sim, claro que deve. Terão muito interesse em saber. E isso vai distraí-lo – acrescentou. – Você ainda está um pouco verde.

– Sim, obrigado.

Ela riu com a alegre insensibilidade do bom marinheiro e beijou a testa dele – evitando as quatro agulhas que se projetavam dela – e foi se postar junto à balaustrada, observando a terra oscilante desaparecer gradualmente de vista.

Ele desviou o olhar da inquietante paisagem e retornou à carta.

Fergus e sua família também estão bem, mas devo lhes contar uma ocorrência intrigante. Um homem que se denomina Percival Beauchamp...

Ele precisou quase de toda a página para descrever Beauchamp e seu desconcertante interesse. Imaginou se deveria incluir a possibilidade de parentesco de Beauchamp com a família dela, mas resolveu não o fazer. Sua filha certamente conhecia o nome de solteira da mãe e notaria isso na mesma hora. Ele não tinha nenhuma informação útil para lhe dar a esse respeito e sua mão começava a doer.

Claire continuava junto à balaustrada, uma das mãos se apoiando nela para se equilibrar, o rosto sonhador.

Ela havia amarrado os cabelos para trás com uma fita, mas o vento soltava algumas mechas, e com os cabelos, as saias e o xale esvoaçando, o tecido do seu vestido moldando o que ainda eram belos seios, ele achou que ela parecia uma daquelas carrancas de navio, graciosa e feroz, um espírito protetor contra os perigos das profundezas.

Achou esse pensamento reconfortante e retornou mais animado à redação, apesar do conteúdo perturbador que agora precisava confidenciar.

Fergus decidiu não falar com monsieur Beauchamp, o que achei prudente, e assim presumimos que esse seria o fim da questão.

No entanto, enquanto estávamos em Wilmington, fui às docas certa noite, ao encontro do sr. Delancey Hall, nossa conexão com o capitão Roberts. Devido à presença de um navio de guerra inglês no porto, o combinado é que deveríamos subir com discrição a bordo do brigue de pesca do sr. Hall, que nos transportaria para fora do porto, onde então passaríamos ao Teal, *já que o capitão Roberts não gostava da proximidade com o navio britânico. (Essa é uma reação universal por parte dos comandantes de navios mercantes e navios de guerra particulares, devido tanto à prevalência de contrabando a bordo da maioria dos navios quanto à atitude voraz da Marinha em relação às tripulações dos navios, que são sequestradas com frequência – "recrutadas compulsoriamente", como dizem – e para todos os fins escravizadas pelo resto da vida, a não ser que estejam dispostas a ser enforcadas por deserção.)*

Eu havia trazido comigo alguns pequenos itens de bagagem, pretendendo, sob o pretexto de levá-los a bordo, inspecionar tanto o brigue quanto o sr. Hall antes de confiar nossas vidas a ambos. Mas o brigue não estava ancorado e o sr. Hall não apareceu durante algum tempo, de modo que comecei a ficar preocupado, pensando que tinha confundido suas instruções ou que ele tinha fugido da Marinha de Sua Majestade, de algum outro patife ou de um navio corsário.

Esperei até escurecer. Já estava prestes a retornar à nossa hospedaria quando vi um pequeno barco entrar no porto com uma lanterna azul na popa. Era o sinal do sr. Hall e o barco era seu brigue, que eu o ajudei a amarrar no desembarcadouro. Ele me disse que tinha algumas notícias e nós nos dirigimos a uma taverna local. O sr. Hall estivera em New Bern no dia anterior e encontrara a cidade em pandemônio, devido a um deplorável ataque ao tipógrafo, sr. Fraser.

Segundo o relato, Fergus estava fazendo seu percurso de distribuição e havia acabado de descer da carroça puxada por Clarence quando alguém veio de trás e saltou à sua frente, enfiando uma saca em sua cabeça, enquanto outra pessoa agarrava suas mãos, provavelmente com a intenção de amarrá-las. Fergus resistiu ao ataque e, segundo a história do sr. Hall, conseguiu ferir um dos atacantes com seu gancho, havendo certa quantidade de sangue a corroborar essa versão.

O homem ferido caiu para trás com um grito e proferiu muitos insultos (eu gostaria de saber quais foram essas imprecações a fim de descobrir se o sujeito era francês ou inglês, mas essa informação não foi fornecida), quando então Clarence (de quem você provavelmente se lembra) ficou agitado e mordeu o segundo agressor, ele e Fergus tendo caído contra o burro em sua luta. O segundo homem foi desencorajado por essa vigorosa intervenção, mas o primeiro retornou à briga nesse ponto e Fergus – ainda encapuzado, mas pedindo socorro – se atracou com ele, atacando-o mais uma vez com seu gancho. Alguns relatos, segundo o sr. Hall, alegam que o bandido arrancou o gancho do pulso de Fergus, enquanto outros defendem que Fergus conseguiu atingi-lo outra vez, mas que o gancho se prendeu nas roupas do bandido e foi arrancado na luta.

De qualquer modo, as pessoas na pensão de Thompson ouviram o tumulto e saíram correndo, quando então os bandidos fugiram, deixando Fergus um pouco ferido e muito indignado com a perda de seu gancho, mas, fora isso, ileso, graças a Deus e a São Dimas (que é o padroeiro particular de Fergus).

Interroguei o sr. Hall, mas havia pouco mais a dizer. Ele contou que a opinião pública estava dividida, com muitos dizendo que foi uma tentativa de deportação e que os Filhos da Liberdade eram os culpados do ataque, enquanto alguns membros da organização negavam, alegando se tratar de obra dos legalistas, furiosos com a publicação de Fergus de um discurso incitante de

Patrick Henry, e que o rapto era um prelúdio ao alcatrão e penas. Aparentemente, Fergus tem sido tão bem-sucedido em evitar parecer tomar partido no conflito que é provável que ambos os lados tenham igualmente se ofendido e decidido eliminar sua influência.

Isso, é claro, é possível. Mas, com a presença e o comportamento do sr. Beauchamp em mente, creio que uma terceira explicação seja mais provável. Fergus se recusou a falar com ele, mas não teria sido necessária muita investigação para descobrir que, apesar do seu nome e de sua mulher escocesa, Fergus era francês. Sem dúvida, a maioria dos habitantes de New Bern sabe disso e alguém pode facilmente ter dito isso a ele.

Confesso não ter a menor ideia do motivo que Beauchamp poderia ter para querer raptar Fergus em vez de simplesmente confrontá-lo para averiguar se ele poderia ser a pessoa que o cavalheiro alegava estar à procura. Imagino que ele não pretenda causar nenhum mal imediato a Fergus, pois, se quisesse, teria sido simples mandar matá-lo; há muitos homens sem nenhuma filiação e de mau caráter vagando pela colônia ultimamente.

A ocorrência é preocupante, mas pouco posso fazer a respeito em minha precária posição atual. Enviei uma carta a Fergus – com referência às especificações de um trabalho de impressão – lhe informando que depositei com um ourives em Wilmington uma quantia que ele pode sacar em caso de necessidade. Eu havia discutido com ele os perigos de sua atual situação, sem saber na época quanto poderia ser realmente perigoso. Fergus concordou que poderia haver alguma vantagem para a segurança de sua família se ele se mudasse para uma cidade onde a opinião pública fosse mais alinhada com suas inclinações. Esse último incidente pode forçar sua decisão, ainda mais quando a proximidade já não é uma consideração.

Teve que parar outra vez, já que a dor se irradiava pela sua mão e subia pelo pulso. Esticou os dedos, contendo um gemido. Parecia que um fio quente de metal o golpeava de seu quarto dedo até o antebraço em breves choques elétricos.

Ele estava mais do que preocupado com Fergus e sua família. Se Beauchamp tentara uma vez, iria tentar de novo. Mas por quê?

Talvez o fato de ser francês não fosse prova suficiente de que ele era o Claudel Fraser que Beauchamp procurava. Por isso, talvez ele tenha resolvido tirar a dúvida em particular, por quaisquer meios necessários. Era possível, mas isso demonstrava uma frieza de propósito que perturbava Jamie mais do que ele quis dizer na carta.

E, para ser justo, tinha que admitir que a ideia de que o ataque tivesse sido executado por pessoas de sensibilidade política exaltada era uma possibilidade real, e talvez de maior probabilidade do que as sinistras intenções de monsieur Beauchamp, que eram muito românticas e teóricas.

– Não vivi todo esse tempo para não saber reconhecer o cheiro de um rato quando vejo um – murmurou, ainda esfregando a mão.

– Meu Deus! – exclamou Claire, aparecendo repentinamente a seu lado com uma expressão de acentuada preocupação. – Sua mão!

– Sim? – Abaixou os olhos para a mão, o rosto crispado de desconforto. – O que tem de errado? Todos os meus dedos ainda estão no lugar.

– Isso é o máximo que se pode dizer. Parece o nó górdio.

Ela se ajoelhou a seu lado e tomou a mão dele nas suas, massageando-a. Sem dúvida era útil, mas tão doloroso que fez os olhos dele lacrimejarem. Fechou-os, respirando devagar através dos dentes cerrados.

Claire o repreendia por escrever tanto sem descansar. Qual era a pressa, afinal?

– Só chegaremos a Connecticut daqui a dias, e depois levaremos *meses* a caminho da Escócia. Você podia escrever uma frase por dia e citar todo o Livro de Salmos ao longo do caminho.

– Eu quis escrever.

Ela disse algo depreciativo num sussurro em que figuravam as palavras "escocês" e "cabeça-dura", mas ele preferiu não dar atenção. Ele quis mesmo escrever; clareava seus pensamentos colocá-los em preto e branco, e era até certo ponto um alívio expressá-los no papel em vez de ficar com a preocupação entupindo sua cabeça como lama nas raízes do mangue.

Além disso, não que ele precisasse de uma desculpa, ver a costa da Carolina do Norte desaparecer o deixara com saudades de sua filha e Roger Mac, e ele precisara da sensação de conexão que escrever para eles lhe proporcionava.

– Acha que irá vê-los? – perguntara Fergus pouco antes de se despedirem. – Talvez você vá à França.

No que dizia respeito a Fergus, Marsali e aos habitantes da Cordilheira, Brianna e Roger Mac tinham ido para a França, fugindo da guerra iminente.

– Não – dissera ele, esperando que o desalento em seu coração não transparecesse em sua voz. – Duvido que a gente se veja outra vez algum dia.

A forte mão direita de Fergus havia se fechado com força em seu antebraço, depois relaxara.

– A vida é longa – completara ele com serenidade.

– Sim – respondera Jamie, mas pensara: *A vida de ninguém é tão longa assim.*

Sua mão estava mais relaxada agora. Embora ela ainda a massageasse, os movimentos já não doíam tanto.

– Eu também sinto saudade – comentou ela e beijou os nós dos dedos de sua mão. – Me dê a carta, eu a terminarei.

A mão de seu pai não aguenta mais por hoje. Há algo notável a respeito do navio, além do nome do capitão. Eu estava lá embaixo no porão hoje, no começo do dia, e vi um bom número de caixas, todas gravadas com o nome "Arnold" e "New Haven, Connecticut". Eu disse ao taifeiro (cujo nome é o muito corriqueiro "John Smith", embora sem dúvida para compensar essa inquietante falta de distinção ele tenha três brincos de ouro em uma das orelhas e dois na outra. Ele me disse que cada um representa a sobrevivência de um naufrágio. Espero que seu pai não venha a saber disso) que o sr. Arnold devia ser um comerciante muito bem-sucedido. O sr. Smith riu e alegou que o sr. Benedict Arnold é um coronel do Exército Continental e, na verdade, um oficial muito valente. As caixas deverão ser entregues à sua irmã, srta. Hannah Arnold, que cuida dos seus três filhos pequenos e de sua loja de grãos e artigos importados enquanto ele está lidando com a guerra.

Devo dizer que senti um calafrio percorrer minha espinha ao ouvir isso. Conheci homens cujos destinos eu já sabia – e ao menos um desses eu sabia que estava fadado a um terrível fim. Só que você não se acostuma com a sensação. Olhei para aquelas caixas e cogitei escrever para a srta. Hannah. Ou deveria descer do navio em New Haven e ir vê-la? O que eu diria?

Toda a nossa experiência até esta data sugere que não existe nada que eu pudesse fazer para alterar o que vai acontecer. E, olhando a situação de forma objetiva, não vejo como. Entretanto...

Entretanto, estive próxima de tantas pessoas cujas ações têm um efeito perceptível, quer terminem fazendo história ou não. Como poderia não ser assim?, pergunta seu pai. As ações de todo mundo têm algum efeito no futuro. E lógico que ele tem razão. Mas passar tão perto de um nome como Benedict Arnold faz uma pessoa dar uma guinada para a direita, como o capitão Roberts gosta de dizer. (Sem dúvida uma situação que fizesse alguém dar uma guinada para a esquerda seria realmente muito surpreendente.)

Retornando ao assunto original desta carta, o misterioso monsieur Beauchamp. Se você ainda tiver as caixas de documentos e livros do escritório de seu pai – de Frank, quero dizer – em casa e tiver um momento livre, talvez queira examiná-los e ver se encontra uma velha pasta de papelão com um brasão desenhado com lápis de cor. Creio que é em azul e dourado, e me recordo que possui pássaros. Com sorte, deve conter a árvore genealógica da família Beauchamp que meu tio Lamb desenhou para mim tantos e tantos anos atrás.

Você pode dar uma olhada e ver se o nome que consta em 1777 seria de um Percival. Somente por curiosidade.

O vento aumentou um pouco e o mar está ficando revolto. Seu pai ficou um pouco pálido e viscoso, como isca de peixe; vou terminar aqui e levá-lo para baixo para vomitar tranquilamente e tirar um cochilo, creio eu.

Com todo o meu amor,

Mamãe

26
CERVO ACUADO

Com cuidado, Roger soprou a boca de uma garrafa de cerveja vazia, produzindo um gemido grave, gutural. Quase. Talvez um pouco mais profundo... e certamente faltava aquele som nostálgico, aquela inflexão áspera. Mas o tom... Levantou-se e vasculhou a geladeira, encontrando o que procurava atrás de um pedaço de queijo e seis caixas de margarina cheias de só Deus sabia o quê; a probabilidade é que não fosse de margarina.

Não restavam mais do que dois ou três dedos de champanhe no fundo da garrafa – remanescente do jantar comemorativo da semana anterior, em homenagem ao novo emprego de Bri. Alguém havia coberto a boca da garrafa com papel-alumínio, mas a bebida, é claro, tinha ficado choca. Foi esvaziar a garrafa na pia, mas uma vida inteira de parcimônia escocesa não podia ser negligenciada. Sem mais do que um instante de hesitação, tomou o resto do champanhe. Quando baixou a garrafa vazia, deparou-se com Annie MacDonald segurando Amanda pela mão e olhando para ele.

– Bem, ao menos você ainda não está colocando isso nos cereais – disse ela, passando por ele.

Içou Mandy para sua cadeirinha alta e saiu, balançando a cabeça diante do baixo caráter moral de seu patrão.

– Me dá, papai! – Mandy estendeu a mão para a garrafa, atraída pelo rótulo brilhante.

Depois que repassou mentalmente todos os potenciais cenários de destruição, ele decidiu lhe oferecer, em vez disso, seu copo de leite e assobiou pela boca da garrafa de champanhe, produzindo um tom melodioso e grave. Sim, era isso, algo próximo do fá abaixo do dó.

– De novo, papai! – Mandy ficou encantada.

Sentindo-se embaraçado, assobiou outra vez, desencadeando uma cascata de risadinhas de Mandy. Ele pegou a garrafa de cerveja e soprou, depois alternou entre uma e outra, produzindo uma variação de duas notas da canção "Mary tinha um carneirinho".

Atraída pelo assobio e pelos gritinhos arrebatados de Mandy, Brianna apareceu no vão da porta, um brilhante capacete rígido de plástico azul na mão.

– Pretendendo começar uma banda de garrafas? – perguntou ela.

– Já tenho uma – respondeu ele.

Tendo concluído que o pior que Mandy conseguiria fazer com a garrafa de champanhe era deixá-la cair no tapete, entregou-a à filha e se dirigiu ao corredor com Brianna; lá a puxou com força para si e a beijou longamente, a porta de baeta se fechando com um som abafado.

– Champanhe no café da manhã? – Ela interrompeu o beijo apenas o suficiente para perguntar, depois voltou ao beijo, sentindo o gosto dele.

– Precisava da garrafa – murmurou ele.

Ela tinha comido mingau com manteiga e mel no café e sua boca estava doce, acentuando o amargo do champanhe nas bordas de sua língua. O corredor estava frio, mas Brianna estava quente sob o pulôver de lã. Seus dedos se demoraram logo abaixo da barra do pulôver, na pele nua e macia na base de sua coluna.

– Tenha um bom dia – sussurrou ele.

Lutou contra o desejo de deslizar os dedos por baixo de sua calça jeans. Não era respeitoso passar a mão no traseiro da mais nova inspetora da Hidrelétrica do Norte da Escócia.

– Vai trazer o capacete para casa depois?

– Claro. Por quê?

– Achei que talvez pudesse usá-lo na cama. – Pegou-o e o colocou na cabeça da mulher. Isso fez com que seus olhos ficassem azul-marinho. – Use-o e eu lhe direi o que eu queria com a garrafa de champanhe.

– Está aí uma proposta que não posso re...

Os olhos azul-marinho deslizaram para o lado e Roger olhou naquela direção, deparando-se com Annie no final do corredor, vassoura e pano de pó na mão e uma expressão de profundo interesse no rosto fino.

– Sim. Ah... tenha um bom dia – disse Roger, soltando-a.

– Você também.

Contendo uma risada, Brianna o segurou com firmeza pelos ombros e o beijou, antes de atravessar o corredor a passos largos e passar por uma espantada Annie de olhos arregalados, a quem ela irreverentemente desejou um bom dia em gaélico.

Ouviu-se um barulho repentino na cozinha. Ele se virou para a porta de baeta, embora menos da metade de sua atenção estivesse no incipiente desastre. A maior parte estava concentrada na súbita percepção de que sua mulher parecia ter partido para o trabalho sem calcinha.

Mandy conseguira, só Deus saberia como, atirar a garrafa de champanhe pela janela e estava de pé em cima da mesa, tentando alcançar a vidraça estilhaçada, cheia de cacos pontiagudos, quando Roger chegou.

– Mandy! – Ele a agarrou, tirou-a da mesa e lhe deu uma palmada. Ela emitiu um grito lancinante e Roger a levou dali debaixo do braço, passando por Annie Mac, que estava parada à porta com a boca e os olhos bem abertos. – Recolha os cacos, sim?

Sentia-se culpado. O que estava pensando ao lhe dar a garrafa? Pior ainda, deixá-la sozinha com ela!

Também sentia certa irritação com Annie Mac. Afinal, ela havia sido contratada para tomar conta das crianças. Mas a noção de justiça o fez admitir que, antes de sair, ele devia tê-la feito voltar para tomar conta de Mandy. A irritação se estendeu a Bri também, arrogantemente correndo para seu novo emprego, esperando que ele cuidasse da casa.

Por fim reconheceu que sua irritação era apenas uma tentativa de fugir do sentimento de culpa e fez o possível para afastá-la enquanto consolava Mandy, conversando sobre não ficar em pé na mesa, não atirar objetos na casa, não tocar em coisas pontiagudas e chamar um adulto se precisasse de ajuda.

Não vai dar certo, pensou, com um sorriso interior. Mandy era a criança de 3 anos mais independente que ele já vira. O que era dizer muito, considerando que ele também vira Jem nessa idade.

Uma coisa ele podia dizer de Mandy: ela não guardava rancor. Cinco minutos depois de levar uma palmada e ser repreendida, já estava rindo e pedindo que ele brincasse de boneca com ela.

– Papai precisa trabalhar hoje de manhã – respondeu ele, mas se inclinou para que ela pudesse subir em seus ombros. – Venha, vamos procurar Annie Mac. Talvez você e as bonecas possam ajudá-la a arrumar a despensa.

Deixou Mandy e Annie Mac trabalhando na despensa, supervisionadas por uma coleção de bonecas surradas e bichos de pelúcia encardidos, voltou ao seu gabinete e retirou o caderno de notas em que estava transcrevendo as canções que tão diligentemente havia gravado na memória. Tinha uma reunião mais para o fim da semana com Siegfried MacLeod, o diretor do coral na igreja de St. Stephen, e pretendia lhe apresentar uma cópia de algumas das canções mais raras, como forma de criar uma disposição favorável.

Achava que iria precisar. O dr. Weatherspoon tinha se mostrado confiante, dizendo que MacLeod ficaria encantado em ter ajuda, especialmente com o coral de crianças, mas Roger já passara bastante tempo em círculos acadêmicos, lojas maçônicas e tavernas do século XVIII para saber como funcionava a política local. MacLeod podia muito bem se ressentir de lhe impingirem um forasteiro – por assim dizer – sem aviso prévio.

E havia a delicada questão de um mestre do coro que não podia cantar. Ele tocou a garganta, com sua cicatriz áspera.

Roger se consultara com dois especialistas, um em Boston, outro em Londres. Ambos disseram a mesma coisa: havia uma possibilidade de que a cirurgia melhorasse sua voz ao remover algumas das cicatrizes em sua laringe. Havia uma possibilidade igual de que a cirurgia causasse ainda mais danos ou destruísse completamente a sua voz.

– A cirurgia das cordas vocais é muito delicada – explicara um dos médicos, balançando a cabeça. – Normalmente não corremos esse risco a não ser em casos de necessidade extrema, como um tumor cancerígeno, uma malformação congênita que impeça a fala inteligível ou uma forte razão profissional. Um famoso cantor com nódulos, por exemplo. Nesse caso, o desejo de restaurar a voz pode ser motivo suficiente para realizar a cirurgia, embora em tais casos não haja grande risco de deixar a pessoa permanentemente muda. Em seu caso...

Ele pressionou dois dedos contra a garganta e cantarolou com os lábios fechados, sentindo a tranquilizante vibração. Não. Ele se lembrava muito bem de como era se sentir impossibilitado de falar. Estava convencido na época de que nunca mais voltaria a falar, muito menos cantar, outra vez. A lembrança desse desespero o fez suar. Nunca mais falar com seus filhos, com Bri? Não, não iria correr esse risco.

Os olhos do dr. Weatherspoon avaliaram sua garganta com interesse, mas ele não comentou nada. MacLeod poderia ter menos tato.

Aqueles que o Senhor ama, Ele pune. Weatherspoon não dissera isso no decorrer da conversa, no entanto fora essa a citação escolhida para a discussão do grupo de Bíblia naquela semana. Foi impressa em seu boletim, que estava sobre a escrivaninha do reitor. E no estado de espírito hipersensível de Roger na ocasião tudo parecia uma mensagem.

– Bem, se é isso que Você tem em mente, agradeço o elogio – disse em voz alta. – Mas tudo bem se eu não for Seu favorito apenas esta semana.

Isso foi dito de maneira jocosa, mas não havia como negar a raiva por trás de suas palavras. O ressentimento de ter que provar a si mesmo mais uma vez. Tivera que fazê-lo fisicamente da última vez. Fazê-lo de novo, espiritualmente, neste mundo enganoso, mais complicado? Ele estivera disposto, não?

– Você perguntou. Desde quando você não aceita sim como resposta? Estou perdendo alguma coisa aqui?

Bri achara que sim. A intensidade da discussão que tiveram voltou à mente dele, fazendo-o corar de vergonha.

– Você tinha... Eu *achava* que você tinha – corrigira ela – uma vocação. Talvez não seja assim que os protestantes denominam isso, mas é o que *é*, certo? Você me disse que Deus falou com você. – Os olhos de Bri estavam fixos nele, intensos, inabaláveis e tão penetrantes que ele teve vontade de desviar os seus, mas não o fez. – Você acha que Deus muda de opinião? – perguntara ela e colocara a mão em seu braço, apertando-o. – Ou acha que você estava enganado?

– Não – respondera ele, após um instante de reflexão. – Não, quando alguma coisa assim acontece... Bem, quando de fato *aconteceu*, eu não tinha dúvida.

– E tem agora?

– Você fala como sua mãe ao fazer um diagnóstico – falou em tom divertido, mas não era brincadeira.

Bri se parecia fisicamente com o pai, a tal ponto que raramente via nela algo que lembrasse Claire, mas a calma franqueza de suas perguntas era típica de Claire Beauchamp. Assim como o leve arqueamento de uma das sobrancelhas, esperando por uma resposta. Ele respirara fundo.

– Não sei.

– Sabe, sim.

A raiva aflorara, repentina e intensa, e ele libertara o braço de sua mão com um movimento brusco.

– Desde quando você me diz o que eu sei e o que não sei?

Ela arregalara os olhos.

– Eu sou *casada* com você.

– Acha que isso lhe dá o direito de tentar ler meus pensamentos?

– Acho que isso me dá o direito de me preocupar com você!

– Bem, não o faça!

Fizeram as pazes, é claro. Beijaram-se – um pouco mais do que isso, na verdade – e se perdoaram. Perdoar, é claro, não significava esquecer.

"Sabe, sim."

Ele sabia?

– Sim – disse para a torre, visível da janela. – Sim, eu sei muito bem!

O que fazer com isso? Será que ele estaria predestinado a ser um ministro, mas não presbiteriano? Se tornar ministro de uma igreja autônoma, evangélica... *católica*? A ideia era tão perturbadora que se sentiu obrigado a se levantar e caminhar um pouco.

Não que ele tivesse alguma coisa contra católicos – salvo os reflexos inerentes a uma vida como protestante nas Terras Altas –, mas simplesmente não conseguia imaginar isso. "Passando para o lado de Roma", é como a sra. Ogilvy e a sra. MacNeil e todo o resto veriam isso ("Indo direto para o Mau Lugar" sendo a implicação não enunciada); sua deserção seria discutida em tons sussurrados de absoluto horror durante... bem, durante anos. Riu diante do pensamento.

Além disso, não podia ser um padre católico, não é? Não com Bri e as crianças. Isso o deixou um pouco mais calmo e ele se sentou. Não. Ele teria que confiar que Deus – por meio da interferência do dr. Weatherspoon – pretendia lhe mostrar o caminho. E se ele o fizesse... isso já não era por si só uma prova de predestinação?

Roger gemeu, tirou toda essa preocupação da cabeça e se lançou a seu caderno de notas.

Alguns dos poemas e canções que ele registrara eram famosos: seleções de sua vida anterior, canções tradicionais que tinha cantado como artista. Muitas das mais raras ele obtivera durante o século XVIII de imigrantes escoceses, viajantes, caixeiros--viajantes e homens do mar. E algumas ele desencavara da coleção de caixas que o reverendo lhe deixara. A garagem da antiga casa residencial do ministro estava repleta delas. Bri e ele não haviam feito mais do que um pequeno entalhe na coleção. Pura sorte que ele tivesse encontrado a caixa de madeira contendo as cartas tão pouco tempo depois de sua volta.

Ergueu os olhos para elas, tentado. Não podia ler as cartas sem Bri. Não seria correto. Mas os dois livros... Tinham examinado os livros superficialmente quando encontraram a caixa. Estavam mais preocupados com as cartas, a fim de descobrir o que acontecera a Claire e Jamie. Sentindo-se como Jem surrupiando um pacote de biscoitos de chocolate, trouxe a pesada caixa para baixo com cuidado e a colocou sobre a escrivaninha.

Os livros eram pequenos; o maior tinha o que chamavam de formato in-oitavo, com cerca de 18 por 13 centímetros. Era um tamanho comum, de uma época em que o papel era caro e difícil de ser obtido. O menor seria talvez um "*crown sixteenmo*", com aproximadamente 11 por 13 centímetros. Sorriu levemente, pensando em Ian Murray. Brianna lhe contara a reação escandalizada de seu primo à sua descrição de papel higiênico. Talvez nunca mais conseguisse limpar o traseiro sem uma sensação de extravagância.

O pequeno estava encadernado com cuidado em couro de bezerro tingido de azul, com as páginas orladas de dourado; um livro caro, muito bonito. *Princípios básicos de saúde*, intitulava-se, da dra. C. E. B. F. Fraser. Uma edição limitada, produzida por A. Bell, Tipógrafo, Edimburgo.

Isso lhe deu uma pequena sensação de euforia. Então eles haviam conseguido chegar à Escócia, sob os cuidados do capitão Trustworthy Roberts. Ou, ao menos, imaginava que tinham conseguido – embora o estudioso nele o prevenisse de que isso não era prova. Sempre era possível que os originais manuscritos houvessem de algum modo chegado à Escócia sem que tivessem sido levados pela autora.

Eles teriam vindo para Lallybroch?, perguntou-se. Olhou para o aposento gasto, confortável, facilmente visualizando Jamie à grande escrivaninha antiga junto à janela, examinando os livros de contabilidade da fazenda com seu cunhado. Se a cozinha era o coração da casa, este aposento sempre fora seu cérebro.

Movido por um impulso, abriu o livro e quase ficou sem ar. O frontispício, no estilo comum do século XVIII, mostrava uma gravura da autora. Um médico, perfeitamente arrumado em uma peruca amarrada com um laço e casaco preto, com um lenço de pescoço alto da mesma cor. Mas era o rosto de sua sogra que olhava para ele.

Roger riu alto, fazendo Annie Mac espreitar com curiosidade para dentro do gabinete, para o caso de ele estar tendo algum tipo de ataque. Ele a dispensou e fechou a porta antes de retornar ao livro.

Era ela, sem dúvida. Os olhos bem separados sob as sobrancelhas escuras, os ossos graciosos e bem delineados das faces, das têmporas e do maxilar. Quem quer que tivesse feito a gravura não conseguira reproduzir sua boca perfeitamente; aqui tinha uma forma mais severa, o que era bom – nenhum homem tinha lábios como os dela.

De quando seria...? Verificou a data de impressão: MDCCLXXVIII. 1778. Não muito depois de quando ele a vira pela última vez, portanto – e ainda parecendo bem mais jovem do que ele sabia que ela era.

Haveria uma gravura de Jamie no outro? Pegou-o e o abriu. De fato, outra gravura a buril, embora esta fosse um desenho mais simples. Seu sogro, sentado em uma *bergère*, os cabelos amarrados para trás, um xale de xadrez drapejado sobre o encosto da poltrona atrás dele e um livro aberto sobre o joelho. Ele lia para uma criança pequena sentada em seu outro joelho – uma menina de cabelos escuros e encaracolados. O rosto dela estava virado, absorta na história. Claro, o entalhador não podia saber como era o rosto de Mandy.

Histórias do vovô, o livro se intitulava, com o subtítulo: *Histórias das Terras Altas da Escócia e do interior das Carolinas*, de James Alexander Malcolm MacKenzie Fraser. Novamente, impresso por A. Bell, Edimburgo, no mesmo ano. A dedicatória dizia simplesmente: *Aos meus netos.*

O retrato de Claire o fizera rir. Este quase o levara às lágrimas, e ele fechou o livro.

Quanta fé eles tiveram. Para criar, guardar, enviar essas coisas, esses frágeis documentos, através dos anos, apenas com a esperança de que sobreviveriam e alcançariam aqueles a quem se destinavam. Fé de que Mandy estaria ali para lê-lo um dia. Engoliu em seco, um nó dolorido na garganta.

Como conseguiram? Bem, diziam que a fé move montanhas, ainda que a dele no momento não parecesse adequada para esmagar um montículo de toupeira.

– Santo Deus – murmurou, sem saber se era simples frustração ou um pedido de ajuda.

Um rápido movimento além da janela chamou sua atenção e ele viu Jem passando pela porta da cozinha, na outra extremidade da casa. Estava com o rosto vermelho, os ombros arqueados e tinha em uma das mãos uma grande sacola de barbante, através de cuja trama ele pôde ver uma garrafa de refrigerante de limão, um pão inteiro e outros alimentos. Surpreso, Roger olhou para o relógio sobre o console da lareira, achando que havia perdido a noção do tempo. Não era o caso. Era uma hora.

– O quê?

Afastando o livro para o lado, levantou-se e se dirigiu aos fundos da casa, emergindo bem a tempo de ver a pequena figura de Jem, de calça jeans e blusão – ele não podia usar calça jeans na escola –, dirigindo-se ao campo de feno.

Roger poderia tê-lo alcançado com facilidade. Em vez disso, diminuiu o passo, seguindo-o a distância.

Obviamente, Jem não estava doente, então era provável que algo drástico tivesse acontecido. A escola o tinha mandado de volta para casa ou ele simplesmente viera embora por conta própria? Ninguém telefonara, mas a hora do almoço terminara lá; se Jem tivesse aproveitado a oportunidade para fugir, era possível que ainda não tivessem dado por falta dele. Eram quase 3 quilômetros a pé, mas isso não era nada para Jem.

O garoto chegou ao portão giratório que impede a passagem de animais na mureta de pedras que cercava o campo, saltou-o e começou a atravessar com determinação o pasto repleto de ovelhas. Aonde estaria indo?

– E o que será que você fez agora? – murmurou Roger consigo mesmo.

Jem estava na escola do vilarejo de Broch Mordha havia apenas uns dois meses. Era sua primeira experiência com a educação do século XX. Depois que retornaram, Roger ensinara Jem em casa, em Boston, enquanto Bri estava com Mandy durante a recuperação da cirurgia que salvara sua vida. Com Mandy a salvo em casa outra vez, tiveram que decidir o que fazer.

Fora Jem que os fizera decidir ir para a Escócia em vez de permanecer em Boston, embora Bri desejasse isso de qualquer modo. "É o legado deles", argumentara ela. "Jem e Mandy são escoceses dos dois lados. Quero manter a tradição." E a ligação com o avô. Isso nem era preciso dizer.

Roger havia concordado, até porque Jem chamaria menos atenção na Escócia. Apesar da exposição à televisão e meses na América, ele ainda falava com um forte sotaque das Terras Altas que o tornaria uma pessoa marcada na escola primária em Boston. Por outro lado, como Roger observou, Jem era o tipo de pessoa que atraía olhares de qualquer modo.

Ainda assim, não havia dúvida de que as vidas em Lallybroch e numa pequena escola das Terras Altas eram bem mais parecidas com a que Jem estava acostumado na Carolina do Norte – embora, considerando a flexibilidade natural das crianças, ele achasse que Jem se adaptaria muito bem a qualquer lugar em que estivesse.

Quanto às suas perspectivas na Escócia... mantivera-se calado a esse respeito.

Jem chegou ao fim do pasto e expulsou um grupo de ovelhas que bloqueava o portão que levava à estrada. Um carneiro preto abaixou a cabeça e o ameaçou, mas Jem não se preocupou com os animais. Ele gritou e agitou sua sacola. O carneiro, espantado, recuou, o que fez Roger sorrir.

Ele não tinha nenhuma dúvida sobre a inteligência de Jem. Preocupava-se mais com o tipo de problema que essa inteligência traria. A escola não era simples para ninguém, muito menos uma escola nova. E uma escola em que uma pessoa se sobressaía, qualquer que fosse a razão... Roger se lembrou da própria escola em Inverness, onde ele era peculiar primeiro por não ter pais de verdade e depois como o filho adotado do pastor. Após algumas semanas infelizes sendo provocado, insultado e tendo sua merenda roubada, ele começara a revidar. E, embora isso tivesse levado a certa dificuldade com os professores, por fim havia resolvido o problema.

Jem teria andado brigando? Não vira nenhum sangue, mas podia não ter chegado a esse ponto. Ficaria surpreso se fosse esse o problema.

Houve um incidente na semana anterior, quando Jem notara um enorme rato correndo para dentro de um buraco sob o alicerce da escola. Ele levara um pedaço de corda fina no dia seguinte, montara uma armadilha logo antes de entrar para a primeira aula e saíra durante o intervalo para pegar sua presa, da qual então passara a tirar a pele de maneira muito eficiente, para admiração de seus colegas garotos e horror das meninas. Sua professora também não ficara muito satisfeita; a srta. Glendenning era uma mulher urbana de Aberdeen.

Ainda assim, era uma escola interiorana das Terras Altas e a maioria dos alunos vinha das fazendas e dos sítios por perto. Seus pais caçavam e pescavam – e certamente sabiam tudo sobre ratos. O diretor, sr. Menzies, parabenizara Jem por sua habilidade, mas o aconselhara a não fazer isso outra vez. No entanto, ele deixara Jem guardar a pele. Roger a prendera com toda a cerimônia na porta do barracão de ferramentas.

Jem não se deu ao trabalho de abrir o portão do pasto; apenas se agachou pelo meio das barras, arrastando a sacola atrás de si.

Estaria se dirigindo à estrada principal, planejando pedir carona? Roger aumentou um pouco a velocidade, esquivando-se das fezes escuras dos animais e dando joelhadas para passar pelo meio de um bando de ovelhas pastando. Elas abriram caminho com indignação, emitindo balidos agudos.

Não, Jem tomou a direção contrária. Para onde podia estar indo? O caminho de terra que levava à estrada principal em uma das direções não levava a lugar algum na outra. Ele terminava onde a terra se elevava em colinas rochosas e íngremes.

E era para lá que Jem se dirigia: para as colinas. Ele saiu do caminho e começou a subir, sua figura pequena quase oculta pela vegetação luxuriante de samambaias-choronas e os galhos pendentes de tramazeiras nas encostas mais baixas. Evidentemente, ele se dirigia ao urzal, à maneira tradicional dos fora da lei das Terras Altas.

Foi a ideia de marginais das Terras Altas que o fez perceber. Jem se dirigia à caverna de Dunbonnet.

Jamie Fraser havia morado lá por sete anos após a catástrofe de Culloden, quase à vista de sua casa, mas escondido dos soldados de Cumberland – e protegido por seus colonos, que nunca usavam seu nome em voz alta, mas o chamavam de "Dunbonnet", por causa do gorro de lã das Terras Altas que ele usava para esconder os cabelos flamejantes.

Esses mesmos cabelos faiscaram como um farol, no meio da encosta, antes de desaparecerem atrás de uma rocha.

Compreendendo que poderia perder Jem na paisagem acidentada, Roger apertou o passo. Deveria chamá-lo? Ele sabia mais ou menos onde ficava a caverna – Brianna lhe descrevera a localização –, mas ainda não fora lá. Perguntou-se como Jem conhecia o lugar. Talvez não soubesse e estivesse procurando.

Mesmo assim, não chamou Jem, mas começou ele também a subir a colina. Agora que olhava com mais atenção, notou uma trilha estreita de cervos através da vegetação rasteira e a impressão parcial de um pequeno tênis na lama da trilha. Relaxou um pouco à vista da pegada e diminuiu o passo. Agora não perderia Jem.

Era silencioso e tranquilo na encosta da colina, mas o ar se movia, incansável, nas tramazeiras.

As urzes formavam uma névoa de roxo intenso nas cavidades da rocha. Captou um cheiro forte no vento e buscou sua origem, curioso. Outro vislumbre ruivo: um cervo, cheirando a cio, a dez passos abaixo dele na encosta. Ficou paralisado, mas o cervo ergueu a cabeça, as narinas largas e pretas se abrindo para farejar o ar.

Percebeu que levara a mão ao cinto, onde antes carregava uma faca de esfolar, e que seus músculos estavam tensos, pronto para correr e cortar a garganta do cervo depois que o tiro do caçador o abatesse. Podia sentir a pele dura e peluda, o estalo da traqueia e o jato de sangue fétido e quente sobre suas mãos, ver os compridos dentes amarelos expostos, sujos do verde da última refeição do animal.

O animal soltou um bramido gutural, ressonante, seu desafio a qualquer outro cervo ao alcance de seu berro. Por uma fração de segundo, Roger esperou uma das flechas de Ian zunir do meio das tramazeiras atrás do cervo ou o eco do rifle de Jamie espocar no ar. Então voltou à realidade e, abaixando-se, pegou uma pedra para atirar. Só que o cervo o ouvira e fugira, com um ruidoso farfalhar de folhas secas.

Permaneceu imóvel, sentindo o cheiro do próprio suor, ainda deslocado. Não estava nas montanhas da Carolina do Norte e a faca em seu bolso se destinava a cortar barbantes e a abrir garrafas de cerveja.

Seu coração batia com força, mas ele se voltou de novo para a trilha, ainda se adaptando de novo ao tempo e ao espaço. Certamente ficava mais fácil com a prática, não? Já estavam de volta havia bem mais de um ano agora e ele às vezes ainda acordava à noite sem nenhuma noção de quando e onde estava. Pior: com receio de ter atravessado algum buraco para o passado enquanto dormia.

As crianças, sendo crianças, não pareciam sofrer muito com a sensação de estar em... outro lugar. Mandy, é claro, era pequena demais e doente demais na ocasião para se lembrar de alguma coisa, quer de sua vida na Carolina do Norte ou da viagem através das pedras. Jem se lembrava. Mas Jem dera uma olhada nos automóveis na estrada que alcançaram meia hora depois de emergirem das pedras em Ocracoke e ficara transfixado, um enorme sorriso no rosto conforme os carros passavam zunindo por ele.

"Vruuum", dissera consigo mesmo, o trauma da separação e da viagem no tempo – o próprio Roger mal conseguia andar, sentindo que havia deixado uma parte importante e irrecuperável de si mesmo presa nas pedras – aparentemente esquecido.

Um amável motorista tinha parado para lhes dar carona, sensibilizado com a história de um acidente de barco, e os levara até a cidade, onde um telefonema a cobrar para Joe Abernathy resolvera as contingências imediatas de dinheiro, roupas, um quarto e comida. Jem se sentara no joelho de Roger, olhando boquiaberto pela janela enquanto subiam a estrada estreita, o vento da janela aberta agitando seus cabelos macios e brilhantes.

Mal podia esperar para repetir a façanha. E, depois que se estabeleceram em Lallybroch, importunou Roger para que o deixasse dirigir o Morris Mini pelas trilhas da fazenda, sentado no colo de Roger, as mãozinhas agarradas ao volante, exultante.

Roger sorriu consigo mesmo. Imaginava que tinha sorte de Jem ter decidido fugir a pé desta vez. Mais um ou dois anos e ele provavelmente já teria altura suficiente para alcançar os pedais. Era melhor começar a esconder as chaves do carro.

Ele estava bem acima da fazenda agora e diminuiu o passo para olhar para a encosta. Brianna dissera que a caverna ficava na face sul da colina, cerca de 12 metros acima de uma grande rocha esbranquiçada conhecida localmente como Salto do Barril. A rocha era assim denominada porque o criado de Dunbonnet, levando cerveja para seu patrão escondido, deparara-se com um grupo de soldados ingleses e, ao se recusar a entregar o barril que carregava, tivera a mão amputada...

– Santo Deus – murmurou Roger. – Fergus. Meu Deus, Fergus.

Pôde ver imediatamente o rosto de traços finos, risonho, os olhos escuros sorridentes, enquanto levantava um peixe agonizante com o gancho que usava no lugar da mão esquerda decepada – e a visão da mão pequena, flácida, jazendo, ensanguentada, no caminho diante dele.

Porque fora ali. Exatamente ali. Virando-se, viu a rocha, grande e bruta, testemunha, silenciosa e impassível, do horror e do desespero – e a repentina mão do passado que o agarrou pela garganta, violenta como o aperto de um laço de forca.

Tossiu com força e ouviu o assustador bramido de outro cervo no cio logo acima dele na encosta, mas ainda invisível.

Roger se agachou e saiu da trilha, pressionando-se contra a rocha. Seria possível que tivesse soado tão assustadoramente que o cervo o tomara por um rival? Não, o mais provável é que esse estivesse descendo a encosta para enfrentar aquele que ele vira havia poucos instantes.

De fato, um pouco depois, um enorme cervo desceu do alto da colina, escolhendo o caminho através das urzes e das pedras. Era um belo animal, mas já mostrava a tensão da época do cio, as costelas proeminentes sob a pele espessa e o focinho encovado, os olhos vermelhos de privação de sono e desejo sexual.

O cervo o viu. A enorme cabeça girou em sua direção e ele viu os olhos injetados, revirados, fixos nele. Mas não demonstrava medo de Roger; provavelmente não havia espaço em seu cérebro para qualquer outra coisa que não fosse lutar e copular. Esticou o pescoço na direção de Roger e bramiu para ele, os olhos mostrando a parte branca com o esforço.

– Olhe, companheiro, se você a quer, pode ficar com ela.

Ele retrocedeu, mas o cervo o seguiu, ameaçando-o com a galhada abaixada. Assustado, abriu os braços e gritou para o cervo. Normalmente isso o faria debandar. Só que um cervo no cio não era uma criatura normal. O bicho abaixou a cabeça e partiu para o ataque.

Roger se desviou e se atirou no chão, na base da rocha. Espremeu-se o mais que pôde contra a face da rocha, na esperança de impedir que o cervo enlouquecido o pisoteasse. O animal parou a alguns passos dele, batendo com os chifres nas urzes e respirando como um fole. Em seguida, ouviu o bramido do adversário mais embaixo e ergueu a cabeça.

Outro berro lá de baixo. O cervo começou a descer a trilha, o ruído de sua passagem impulsiva pela encosta marcado pela trituração de urzes e pelo chocalhar de pedras levantadas pelos seus cascos.

Atrapalhado, Roger se pôs de pé, a adrenalina correndo por suas veias. Ele não atinara que os cervos estavam no cio ali em cima ou não teria perdido tempo passeando, divagando sobre o passado. Tinha que encontrar Jem *agora*, antes que o garoto se deparasse com um desses animais.

Ele podia ouvir os urros e o choque das galhadas dos dois cervos mais abaixo, lutando pelo controle de um harém de corças, embora estivessem fora do alcance de sua visão.

– Jem! – gritou, sem se importar que soasse como um cervo no cio ou um elefante. – Jem! Onde você está? Responda agora mesmo!

– Estou aqui, papai.

A voz de Jemmy veio de algum ponto acima, um pouco trêmula, e ele girou nos calcanhares, deparando-se com Jem sentado no Salto do Barril, a sacola de barbante agarrada ao peito.

– Desça. *Agora.*

O alívio lutou com o aborrecimento, mas prevaleceu. Estendeu os braços e Jem deslizou pela face da rocha, aterrissando com toda a força nos braços do pai.

Roger emitiu um grunhido pelo esforço e o colocou no chão. Depois, abaixou-se para pegar a sacola, que caíra no solo. Além do refrigerante de limão e do pão, ele viu, continha várias maçãs, um bom pedaço de queijo e um pacote de biscoitos de chocolate.

– Planejando ficar algum tempo? – perguntou.

Jemmy enrubesceu e desviou o olhar. Roger se virou e olhou para alto da encosta.

– Lá em cima? Na caverna do seu avô?

Ele não conseguia ver nada; a encosta era um emaranhado de pedras e urzes, generosamente entremeado de arbustos de tojo atrofiados e um ou outro broto de tramazeira ou amieiro.

– Sim. Bem ali. – Jemmy apontou para a encosta acima. – Veja, é onde está aquela árvore-da-bruxa torcida.

Ele viu a tramazeira torcida – uma árvore adulta, nodosa e retorcida com a idade; não podia estar ali desde a época de Jamie, podia? Ainda assim, não viu nenhum sinal da entrada da caverna. Os sons do embate lá embaixo haviam cessado; olhou ao redor, para o caso de o perdedor estar voltando por aquele caminho, mas não estava.

– Mostre-me.

Jem, que até então parecia constrangido, relaxou um pouco. Começou a subir a encosta, Roger nos seus calcanhares.

Você poderia estar do lado da abertura da caverna e não vê-la. Era encoberta por um afloramento de rocha e um denso aglomerado de tojeiras. Não se podia ver de forma alguma a estreita abertura, a menos que estivesse parado diante dela.

Um ar fresco saía da caverna, úmido em seu rosto. Ele se ajoelhou para espreitar ali dentro. Não podia ver mais do que alguns passos, mas não era convidativa.

– É frio para dormir aqui – disse ele. Olhou para Jem e indicou uma pedra próxima. – Quer se sentar e me contar o que aconteceu na escola?

Jem engoliu em seco e transferiu o peso do corpo de um pé para o outro.

– Não.

– Sente-se.

Não levantou a voz, mas deixou claro que esperava ser obedecido. Jem não se sentou propriamente, mas recuou um pouco, recostando-se no afloramento de rocha que ocultava a entrada da caverna. Não encarou Roger.

– Levei uma surra de cinta – murmurou Jem.

– É? Bem, isso é muito chato. Eu também levei, uma ou duas vezes, quando estava na escola. Não gostei nada.

Jem ergueu a cabeça, os olhos arregalados.

– É mesmo? E por quê?

– Brigas, principalmente – respondeu Roger. Imaginou que não devia estar dizendo isso ao menino, mas era a verdade. E se brigar fosse o problema de Jem... – Foi isso que aconteceu hoje?

Jem não parecia machucado, mas, quando virou o rosto, Roger pôde ver que algo havia acontecido à sua orelha. Estava muito vermelha, o lóbulo quase roxo. Ele reprimiu uma exclamação ao vê-la:

– O que aconteceu?

– Jacky McEnroe disse que, se você soubesse que eu tinha apanhado, me daria outra surra quando eu chegasse em casa. Vai fazer isso?

– Não sei. Espero que não.

Ele havia surrado Jem certa vez. Nenhum dos dois queria repetir a experiência. Estendeu a mão e tocou a orelha de Jem.

– Conte-me o que aconteceu, filho.

Jem respirou fundo, resignado.

– Bem, começou quando Jimmy Glasscock disse que mamãe, Mandy e eu vamos arder no inferno.

– É mesmo?

Roger não ficou nem um pouco surpreso. Os presbiterianos escoceses não eram conhecidos por sua tolerância religiosa e a raça não mudara muito em duzentos anos. Os bons modos podiam impedir a maioria de dizer a seus conhecidos papistas que eles iriam direto para o inferno – mas o provável é que a maioria pensasse assim.

– Bem, você sabe o que fazer nessa situação, não sabe?

Jem ouvira sentimentos semelhantes na Cordilheira, embora em geral mais disfarçadamente, Jamie Fraser sendo quem era.

Ainda assim, haviam conversado sobre isso e Jem estava bem preparado para responder a esse tipo de conversa em particular.

– Sim. – Jem deu de ombros, olhando para os tênis outra vez. – "Apenas diga: Tudo bem, eu o vejo lá, então." Foi o que eu falei.

– E...?

Suspiro profundo.

– Eu falei isso em *gàidhlig*.

Roger coçou atrás da orelha, intrigado. O gaélico estava desaparecendo nas Terras Altas, mas ainda era bastante comum para ser ouvido de vez em quando em um pub ou na agência dos correios. Sem dúvida alguns dos colegas de classe de Jem já o tinham ouvido de seus avós. Mesmo que não entendessem...

– E...? – repetiu.

– E a srta. Glendenning me agarrou pela orelha e quase a arrancou. – O rubor cresceu nas faces de Jemmy à lembrança. – Ela me sacudiu, papai!

– Pela orelha? – Roger sentiu um rubor semelhante inundar suas faces.

– Foi! – Lágrimas de humilhação e raiva assomaram aos olhos de Jem, mas ele as limpou com a manga da camisa e bateu com o punho fechado na perna. – Ela disse: "Nós não falamos ASSIM! Nós falamos INGLÊS!"

Sua voz estava algumas oitavas mais alta do que a da terrível srta. Glendenning, mas sua imitação tornou a ferocidade do ataque mais do que evidente.

– Ela bateu em você com a cinta? – perguntou Roger, incrédulo.

Jem limpou o nariz na manga.

– Não. Foi o sr. Menzies.

– O quê? Por quê? Tome. – Tirou do bolso e estendeu a Jem um lenço de papel amarrotado e esperou enquanto o menino assoava o nariz.

– Bem... eu já estava com raiva por causa de Jimmy. Quando ela me agarrou pela orelha, doeu muito. E... minha raiva aumentou – explicou, lançando a Roger um olhar azul de fervente honradez tão parecido com o de seu avô que Roger quase sorriu, apesar da situação.

– E então você disse algo mais a ela, não foi?

– Sim. – Jem abaixou os olhos, esfregando a ponta do tênis na terra. – A srta. Glendenning não gosta de *gàidhlig*, mas ela não entende nada também. O sr. Menzies sabe.

– Meu Deus!

Atraído pela gritaria, o sr. Menzies surgira no pátio de recreio bem a tempo de ouvir Jem dando à srta. Glendenning o benefício de alguns dos melhores xingamentos em gaélico de seu avô, a plenos pulmões.

– Então ele me obrigou a me inclinar sobre uma cadeira e me deu três cintadas, depois mandou que eu ficasse no vestiário até acabar a aula.

– Só que você não ficou lá.

Jem balançou a cabeça, os cabelos brilhantes esvoaçando.

Roger se inclinou e pegou a sacola de barbante, lutando contra a indignação, a consternação, o riso e a solidariedade que fechavam sua garganta. Pensando melhor, resolveu demonstrar um pouco da solidariedade:

– Então, você estava fugindo de casa?

– Não. – Jem ergueu os olhos para ele, surpreso. – Eu não queria ir à escola amanhã. Não queria que Jimmy risse de mim. Assim, pensei em ficar aqui em cima no fim de semana e talvez na segunda-feira as coisas tivessem se acalmado. A srta. Glendenning podia morrer, sei lá – acrescentou com esperança.

– E talvez sua mãe e eu estivéssemos tão preocupados quando você finalmente descesse que você iria se safar sem uma segunda surra?

Os olhos azul-escuros de Jem se arregalaram.

– Não. Mamãe ficaria brava comigo se eu saísse sem dizer nada. Deixei um bilhete na minha cama. Avisei que ia ficar fora por um ou dois dias. – Meneou os ombros e se levantou, suspirando. – Podemos acabar com isso e voltar para casa? – perguntou, a voz um pouco trêmula. – Estou com fome.

– Não vou bater em você – assegurou Roger. Estendeu o braço e puxou Jem para si. – Venha cá, meu garoto.

A fachada de coragem de Jemmy desabou e ele se deixou afundar nos braços do pai, chorando um pouco de alívio, mas deixando-se consolar, aconchegando-se como um cachorrinho no colo, confiante de que o pai consertaria tudo.

E eu certamente o faria, pensou Roger silenciosamente. Nem que tivesse que estrangular a srta. Glendenning com as próprias mãos.

– Por que é ruim falar *gàidhlig*, papai? – murmurou o garoto, exausto de tantas emoções. – Eu não quis fazer nada de mal.

– Não é – sussurrou Roger, alisando os cabelos macios atrás da orelha de Jem. – Não se preocupe. Mamãe e eu vamos resolver isso. Eu prometo. E você não precisa ir à escola amanhã.

Jem soltou um suspiro de alívio, ficando inerte como uma saca de grãos. Em seguida, levantou a cabeça e deu uma risadinha.

– Acha que mamãe vai ficar brava com o sr. Menzies?

27

OS TIGRES DOS TÚNEIS

O primeiro anúncio de desastre a Brianna foi a faixa de luz na pista, diminuindo até desaparecer na fração de segundo que levou para as enormes portas se fecharem, ecoando atrás dela com um estrondo que pareceu estremecer o ar no túnel.

Ela disse algo que a teria feito lavar a boca de Jem se ele tivesse dito, e o fez com sincera fúria – mas também falara baixinho, percebendo o que estava acontecendo no instante em que as portas se fecharam.

Não conseguia ver nada, salvo os redemoinhos de cor que eram a reação de sua retina à escuridão repentina, mas ela estava a apenas uns dez passos dentro do túnel e ainda podia ouvir o som das travas se encaixando; funcionavam com grandes rodas do lado de fora das portas de aço e faziam um ruído de moagem como ossos sendo triturados. Virou-se cuidadosamente, deu cinco passos e estendeu as mãos. Sim, ali estavam as portas: grandes, sólidas, de aço e agora hermeticamente trancadas. Podia ouvir o som de risos do lado de fora.

Risadinhas, pensou com furioso desdém. *Como moleques!*

Moleques, sem dúvida. Respirou fundo algumas vezes, lutando tanto contra a raiva quanto contra o pânico. Agora que a cegueira da escuridão desaparecera, podia ver a fina linha de luz que separava as duas portas de 4,5 metros. Uma sombra da altura de um homem bloqueou a luz, mas desapareceu bruscamente, acompanhada de sussurros e mais risadinhas. Alguém tentando espionar, o idiota. Boa sorte para ele, conseguir ver alguma coisa *aqui dentro*. Fora o fio de luz entre as portas, o túnel da hidrelétrica sob o lago Errochty estava escuro como as profundezas do inferno.

Ao menos, podia usar o fio de luz para se orientar. Ainda respirando de forma controlada, avançou – pisando com cautela; não queria divertir os babuínos do lado de fora mais do que o necessário tropeçando e caindo espalhafatosamente – na direção da caixa de metal na parede à esquerda onde estavam localizados os interruptores de luz que controlavam a iluminação do túnel.

Achou a caixa e ficou em pânico por um momento ao encontrá-la trancada, antes de se lembrar que possuía a chave; estava no enorme e ruidoso molho sujo que o sr. Campbell lhe dera, cada qual com uma etiqueta de papel pendurada identificando sua função. Claro, ela não podia *ler* as malditas etiquetas – e o desgraçado Andy Davies havia casualmente lhe pedido emprestado a lanterna que deveria estar em sua cintura, com o pretexto de examinar um suposto vazamento de óleo sob o caminhão.

Eles haviam planejado tudo muito bem, pensou ela com raiva, experimentando uma chave, depois a seguinte, tateando e arranhando para inserir a ponta na fenda minúscula e invisível. Todos os três estavam mancomunados: Andy, Craig McCarty e Rob Cameron.

Brianna tinha uma mente metódica e, após ter experimentado cada chave cuidadosamente sem resultado, não tentou outra vez. Sabia que haviam pensado nisso também; Craig pegara as chaves com ela para abrir a caixa de ferramentas no painel do caminhão e as devolvera com uma mesura de exagerado galanteio.

Eles a olharam fixo – é claro – quando a apresentaram como a nova inspetora de segurança, embora imaginasse que já tivessem sido informados de que ela era essa coisa chocante: uma mulher. Rob Cameron, um rapaz bonito que se achava especial, olhara-a descaradamente de cima a baixo antes de estender a mão com um sorriso. Ela devolvera o lento "de cima a baixo" antes de apertá-la e os outros dois riram. E Rob também, verdade seja dita.

Brianna não sentira nenhuma hostilidade da parte deles durante o percurso de caminhão até o lago Errochty e achava que teria percebido se houvesse. Tratava-se apenas de uma pilhéria estúpida. Era bem provável.

E, para falar francamente, as portas fechando-se atrás dela *não* haviam sido seu primeiro indício de que alguma coisa estava sendo tramada, pensou furiosa. Já era mãe havia muito tempo para não perceber o ar de secreta malícia ou de excessiva inocência que marcava o rosto de um homem disposto a fazer alguma maldade, e tal expressão estivera na cara de toda a sua equipe de manutenção e reparos, se ela tivesse se dado ao cuidado de observar. Mas sua cabeça estava apenas parcialmente no trabalho; a outra metade estava no século XVIII, preocupada com Fergus e Marsali, mas encorajada pela visão de seus pais e Ian a salvo, viajando enfim para a Escócia.

O que quer que estivesse acontecendo – tivesse acontecido, corrigiu-se com firmeza – no passado, tinha outras coisas com que se preocupar aqui e agora.

O que esperavam que ela fizesse?, perguntou-se. Gritar? Chorar? Bater às portas e implorar que a deixassem sair?

Caminhou silenciosamente até elas e colou o ouvido na fresta a tempo de ouvir o ronco do motor do caminhão dando partida e o esguicho de cascalhos de suas rodas quando ele virou para subir a estrada de serviço.

– Malditos *filhos da mãe*! – xingou.

O que pretendiam com isso? Já que não os satisfizera gritando e chorando, haviam decidido ir embora para deixá-la sepultada ali por algum tempo? Voltar depois na esperança de encontrá-la alquebrada – ou, melhor ainda, vermelha de raiva? Um pensamento mais sinistro: pretendiam voltar ao escritório da companhia, com um ar inocente no rosto, e dizer ao sr. Campbell que sua nova inspetora simplesmente não aparecera para trabalhar essa manhã?

Expirou lentamente pelo nariz.

Muito bem. Ela os estriparia quando a oportunidade se apresentasse. O que fazer no momento?

Desviou-se da caixa de força, olhando para o breu absoluto. Não estivera naquele túnel em particular antes, embora tivesse visto um semelhante durante a visita às instalações com o sr. Campbell. Era um dos túneis originais do projeto da hidrelétrica, escavado à mão com pás e picaretas pelos "garotos da hidro" na década de 1950. Estendia-se por aproximadamente 1,5 quilômetro através da montanha e sob parte do vale inundado que agora continha o muito expandido lago Errochty, e um trenzinho elétrico parecendo de brinquedo corria em seus trilhos pelo meio do túnel.

Originalmente, o trem servira para carregar os operários, os "tigres dos túneis", para o local da escavação e de volta; agora reduzido a apenas uma máquina, servia a um ou outro operário da hidrelétrica para verificar os enormes cabos que se estendiam ao longo das paredes ou trabalhar nas enormes turbinas ao pé da represa, na outra extremidade do túnel.

Que era, ocorreu-lhe, o que Rob, Andy e Craig deviam estar fazendo, erguendo uma das monstruosas turbinas e substituindo uma das pás danificadas.

Pressionou as costas contra a parede, as mãos espalmadas na rocha áspera, e pensou. É para lá que eles foram, então. Não fazia diferença, mas fechou os olhos para melhorar a concentração e tentou lembrar-se das folhas da volumosa pasta – agora em cima do banco do caminhão desaparecido – que continha os detalhes estruturais e de projeto de todas as usinas hidrelétricas sob sua alçada.

Ela examinara os diagramas mais uma vez na noite anterior e de novo, apressada, enquanto escovava os dentes esta manhã. O túnel levava *para* a represa e obviamente fora usado na construção dos seus níveis inferiores. Qual a profundidade? Se o túnel terminava no nível da câmara de serviços acima – uma enorme sala equipada com potentes gruas rolantes no teto, necessárias para içar as turbinas de seus nichos –, então haveria ainda uma porta; não teria havido necessidade de vedá-la, não havendo água do outro lado.

Por mais que tentasse, não conseguia trazer os diagramas à mente com detalhes suficientes para ter certeza de que havia uma abertura para dentro da barragem na outra extremidade do túnel, mas seria simples descobrir.

Ela vira o trem, naquele breve instante antes de as portas se fecharem; não foi preciso tatear muito para entrar na cabine aberta da minúscula locomotiva. Agora, aqueles palhaços teriam levado a chave da máquina também? Ah. Não havia chave, mas percebeu um interruptor no painel. Acionou-o e um botão vermelho brilhou repentinamente enquanto ela sentia o zumbido da eletricidade correr pelos trilhos embaixo.

O trem não podia ser mais simples de operar. Tinha uma única alavanca, que você empurrava para a frente ou para trás, dependendo da direção em que quisesse ir. Ela acionou-a delicadamente para a frente e sentiu o ar mover-se pelo seu rosto enquanto o trem se movia em silêncio para fora das entranhas da Terra.

Tinha que ir devagar. O minúsculo botão vermelho lançava uma claridade reconfortante sobre suas mãos, mas em nada adiantava para penetrar na escuridão à frente, e ela não fazia a menor ideia de onde ou de quanto os trilhos faziam curvas. Nem queria alcançar o fim da linha a uma velocidade alta e descarrilar a locomotiva. Parecia que avançava centímetro por centímetro na escuridão, mas era muito melhor do que andar tateando por mais de 1,5 quilômetro de um túnel ladeado de cabos de alta voltagem.

Foi atingida no escuro. Por uma fração de segundo, achou que alguém colocara um cabo elétrico na linha. No instante seguinte, um som que não era verdadeiramente um som tamborilou pelo seu corpo, pinçando cada nervo e fazendo sua visão embranquecer. Em seguida, sua mão roçou pela superfície da rocha e ela compreendeu que havia caído por cima do painel, estava pendurada para fora do minúsculo carro e prestes a despencar na escuridão.

Com a cabeça girando, conseguiu agarrar a borda do painel e içar-se de volta para dentro da cabine. Desligou o interruptor com a mão trêmula e praticamente se deixou cair no chão da cabine, onde se encolheu, abraçando os joelhos, a respiração uma lamúria.

– Santo Deus – murmurou. – Ó Santa Mãe de Deus.

Podia senti-lo lá fora. Ainda o sentia. Não fazia nenhum ruído agora, mas ela sentia sua proximidade e não conseguia parar de tremer.

Permaneceu sentada, imóvel, por um longo tempo, a cabeça entre os joelhos, até que o pensamento racional começou a voltar.

Não podia estar enganada. Já atravessara o tempo duas vezes e *conhecia* a sensação. Mas essa não fora nem de longe tão impressionante. Sua pele ainda formigava, seus nervos saltavam e os ouvidos zumbiam como se tivesse enfiado a cabeça em um vespeiro, mas se sentia intacta. Era como se um arame em brasa a tivesse dividido ao meio; só não tivera a terrível sensação de estar sendo desmembrada, fisicamente virada pelo avesso.

Um terrível pensamento a fez ficar de pé com um salto, agarrando-se ao painel. Ela teria saltado? Estaria em outro lugar - em outra época? Mas o painel metálico era frio e sólido sob suas mãos, o cheiro de rocha úmida e isolante de cabos continuava o mesmo.

– Não – sussurrou, e acionou o interruptor outra vez para ter certeza.

Ele acendeu-se e o trem, ainda engatado, deu um salto para a frente. Às pressas, ela reduziu drasticamente a marcha.

Não podia ter saltado para o passado. Parecia que pequenos objetos em contato direto com um viajante do tempo moviam-se com ele, mas um trem e seus trilhos sem dúvida não eram algo viável.

– Além do mais – disse em voz alta –, se você tivesse voltado 25 anos ou mais no passado, o túnel não estaria aqui. Você estaria dentro... da rocha sólida. – Sentiu um súbito enjoo e vomitou.

No entanto, a sensação... aquilo... estava desaparecendo. O que quer que fosse, ficara para trás. Bem, acabara, então, pensou, limpando a boca com as costas da mão. Certamente *tinha* que haver uma porta na outra extremidade, porque nada a faria voltar por onde viera.

Havia uma porta. Uma porta industrial, de metal, simples e comum. E um cadeado, destravado, pendurado da alça aberta. Sentiu o cheiro de WD-40; alguém lubrificara as dobradiças muito recentemente e a porta abriu-se com facilidade quando ela girou a maçaneta. Sentiu-se como Alice depois de cair pelo buraco do Coelho Branco. Uma Alice muito furiosa.

Havia um lance de escadas íngreme do outro lado da porta, fracamente iluminado – e no topo uma outra porta de metal, debruada de luz. Podia ouvir o ronco e o rangido metálico de uma grua de teto em operação.

Sua respiração se acelerou, e não por causa do esforço de subir as escadas. O que encontraria do outro lado? Era a câmara de consertos e reparos do interior da represa, isso ela sabia. Mas encontraria a quinta-feira do outro lado? A *mesma* quinta-feira em que estava quando as portas do túnel se fecharam atrás dela?

Cerrou os dentes e abriu a porta. Rob Cameron aguardava, recostado na parede, um cigarro aceso na mão. Abriu um largo sorriso ao vê-la, largou o toco no chão e apagou-o com o pé.

– Sabia que você conseguiria, benzinho – disse ele.

Do outro lado da sala, Andy e Craig viraram-se de seu trabalho e aplaudiram.

– Pago-lhe uma cerveja depois do trabalho, então, moça! – gritou Andy.

– Duas! – berrou Craig.

Ela ainda sentia gosto de bílis no fundo da garganta. Lançou a Rob Cameron o mesmo tipo de olhar que lançara ao sr. Campbell.

– Não me chame de benzinho – disse sem alterar a voz.

Ele contraiu o belo rosto e tocou o topete com fingida subserviência.

– Como quiser, chefe – retorquiu.

28

TOPOS DE COLINA

Eram quase sete horas quando ele ouviu o carro de Brianna na entrada da garagem. As crianças já haviam jantado, mas correram para ela, agarrando-se às suas pernas como se ela tivesse acabado de voltar dos confins da África ou do Polo Norte.

Demorou algum tempo até aprontar as crianças para dormir e Bri poder lhe dar sua total atenção. Ele não se importou.

– Está com fome? – perguntou ela. – Posso...

Roger a interrompeu, segurando-a pela mão e a arrastando para dentro do seu gabinete. Ela ficou parada ali, os cabelos marcados pelo capacete de obra, suja de passar o dia nas entranhas da Terra. Cheirava a Terra. Também a graxa de motor, fumaça de cigarro, suor e... cerveja?

– Tenho um monte de coisas para contar – disse ele. – E sei que você tem muito a me contar também. Mas primeiro... será que você poderia tirar seu jeans, talvez, sentar-se na escrivaninha e abrir as pernas?

Os olhos dela se arregalaram.

– Sim – respondeu suavemente. – Eu poderia fazer isso.

Roger sempre havia se perguntado se seria verdade o que diziam sobre os ruivos serem pessoas mais voláteis do que o normal – ou se era apenas porque suas emoções transpareciam tão repentina e assustadoramente? *Ambos*, concluiu.

Talvez ele devesse ter esperado até ela acabar de se vestir para falar da srta. Glendenning. Se o tivesse feito, teria perdido a extraordinária visão de sua mulher nua e vermelha de raiva.

– Aquela maldita bruxa! Se ela acha que pode...

– Não pode – interrompeu-a com firmeza. – Claro que não pode.

– Certamente não pode! Amanhã vou lá logo de manhã e...

– Bem, talvez não.

Ela parou e olhou para ele, semicerrando um dos olhos.

– Talvez não *o quê*?

– Talvez não você. – Fechou o próprio jeans e pegou o dela. – Estava pensando que talvez fosse melhor eu ir.

Ela franziu o cenho, refletindo.

– Não que eu ache que você iria perder a paciência e avançar para cima da megera – acrescentou ele, sorrindo –, mas você tem que ir para o trabalho, não?

– Humm – disse ela, parecendo cética quanto à habilidade dele de impressionar a srta. Glendenning ao expor a magnitude de seu crime.

– E, se você de fato perdesse a cabeça e atacasse a mulher, eu detestaria ter que explicar para as crianças por que estamos visitando a mamãe na cadeia.

Isso a fez rir e ele relaxou um pouco. Na verdade, não acreditava que Brianna recorresse à violência física. Por outro lado, ela ainda não tinha visto a orelha de Jem. A vontade dele era de ir à escola naquele instante e mostrar à mulher como aquilo doía, mas agora recuperara o autocontrole.

– Então, o que pretende dizer a ela? – Brianna puxou seu sutiã de baixo da escrivaninha, proporcionando a Roger uma visão suculenta de seu traseiro.

– Nada. Falarei com o diretor. *Ele* pode dar uma palavrinha com a professora.

– Bem, talvez seja melhor – comentou ela. – Não vamos querer que a srta. Glendenning desconte em Jemmy.

– Exato. – O belo rubor se desvanecia. Seu capacete de obra rolara para baixo da cadeira; pegou-o e o colocou em sua cabeça outra vez. – E então? Como foi o trabalho hoje? E por que você não usa calcinha para trabalhar? – perguntou ele, lembrando-se de repente.

Para seu espanto, o rubor retornou com toda a força de um incêndio em mato seco.

– Perdi o hábito no século XVIII – retrucou ela, obviamente irada. – Só uso calcinha em ocasiões cerimoniosas. O que pensou? Que eu planejava seduzir o sr. Campbell?

– Bem, não se ele for como você o descreveu – respondeu Roger. – Só notei quando você saiu hoje de manhã, e fiquei me perguntando.

– Ah. – Ela ainda estava irritada, ele percebia, e se perguntou qual seria o motivo. Estava prestes a indagar outra vez como tinha sido seu dia quando ela tirou o capacete. – Você falou que, se eu usasse o capacete, me diria o que estava fazendo com aquela garrafa de champanhe. Além de dá-la a Mandy para que atirasse pela janela – acrescentou, em tom de censura. – Em que estava *pensando*, Roger?

– Bem, com toda a franqueza, eu estava pensando no seu traseiro – respondeu ele. – Mas nunca me ocorreu que ela atiraria a garrafa daquele modo.

– Perguntou a ela por que fez isso?

Ele parou, perplexo.

– Não me ocorreu que ela pudesse ter uma razão – confessou. – Tirei-a da mesa quando já estava prestes a se lançar de cara na janela quebrada e fiquei com tanto medo que a peguei no colo e lhe dei uma palmada.

– Não creio que ela fosse fazer uma coisa assim sem algum motivo – disse Bri, pensativa.

Deixara de lado o capacete e se ajeitava dentro do sutiã, um espetáculo que Roger achava divertido em quase qualquer situação.

Somente quando voltaram à cozinha para seu jantar tardio é que ele se lembrou de lhe perguntar outra vez como tinha sido seu dia de trabalho.

– Nada mau – comentou ela, fingindo descontração.

Não tão bem a ponto de convencê-lo, mas suficientemente bem para ele achar melhor não insistir e, em vez disso, perguntar:

– Ocasiões cerimoniosas?

Um amplo sorriso se espalhou pelo rosto dela.

– Para você.

– Para mim?

– Sim, você e seu fetiche por calcinhas de renda.

– O que quer dizer? Você só usa calcinhas para...?

– Para você tirar, é claro.

Não há como saber para onde a conversa teria ido nesse ponto, porque foi interrompida por um grito de lamúria vindo de cima. Bri desapareceu na direção das escadas, deixando Roger considerando essa última revelação.

Ele já fritara o bacon e esquentara o feijão em lata quando ela reapareceu, uma pequena ruga entre as sobrancelhas.

– Pesadelo – disse ela em resposta à sobrancelha levantada de Roger. – O mesmo.

– Uma coisa ruim tentando entrar pela janela outra vez?

Ela assentiu e pegou a panela de feijão que ele lhe entregou, embora não começasse a servir a comida imediatamente.

– Perguntei a ela por que tinha atirado a garrafa.

– E aí?

Brianna pegou a colher do feijão, segurando-a como uma arma.

– Ela disse que o viu do lado de fora da janela.

– Viu quem? O...

– O *nuckelavee.*

Pela manhã, a torre estava do mesmo jeito que estivera na última vez que ele olhara. Escura. Silenciosa, a não ser pelos arrulhos dos pombos no alto. Ele retirara o lixo. Nenhum novo jornal de embrulho de peixe havia surgido. *Varrida e arrumada*, pensou. Esperando pela ocupação de qualquer espírito errante que passasse por ali?

Afastou esse pensamento e fechou a porta com firmeza. Compraria novas dobradiças e um cadeado para ela na próxima vez que passasse pela Farm and Household.

Mandy teria realmente visto alguém? E, se tivesse, seria o mesmo vagabundo que assustara Jem? A ideia de alguém rondando por ali, espionando sua família, fez algo ruim invadir seu peito. Ficou parado por alguns instantes, examinando a casa, o terreno, por qualquer vestígio de um intruso. Qualquer lugar onde um homem pudesse se esconder. Já havia revistado o estábulo e os outros anexos.

A caverna de Dunbonnet? A ideia – com sua lembrança de Jem parado junto à entrada – lhe deu um calafrio. Bem, ele logo descobriria, pensou sombriamente e, com um último olhar a Annie MacDonald e Mandy, tranquilamente pendurando a roupa lavada no pátio lá embaixo, ele partiu.

Mantinha os ouvidos atentos hoje. Ouviu o eco dos bramidos dos cervos, ainda no cio, e uma vez viu um pequeno bando de corças ao longe, mas por sorte não se deparou com nenhum macho enlouquecido. Nenhum vagabundo à espreita, tampouco.

Levou algum tempo procurando a entrada da caverna, apesar de ter estado ali no dia anterior. Fez bastante barulho ao se aproximar, mas ficou do lado de fora e gritou, por precaução:

– Olá, alguém na caverna?

Nenhuma resposta.

Aproximou-se da entrada pelo lado, pressionando para trás com o antebraço as tojeiras que a encobriam, pronto para o caso de o vagabundo estar espreitando de dentro da caverna – mas pôde ver assim que o ar úmido tocou seu rosto que o lugar estava vazio.

De qualquer forma, enfiou a cabeça pela abertura, depois se lançou para dentro da caverna. Era seca para uma caverna nas Terras Altas, o que não era pouco, porém fria como um túmulo. Não era de admirar que os habitantes das Terras Altas tivessem fama de resistentes; qualquer um que não fosse teria sucumbido à fome ou à pneumonia em pouco tempo.

Apesar da friagem do lugar, ficou parado por um minuto, imaginando seu sogro ali. Era vazia e fria, mas estranhamente tranquila, pensou. Nenhuma sensação de mau presságio. Na verdade, sentia-se... bem-vindo, e a ideia fez os pelos de seus braços se arrepiarem.

– Fazei, Senhor, com que eles estejam bem – disse, a mão pousada na pedra da entrada. Em seguida, içou-se para fora, para a bênção do calor do sol.

A estranha sensação de boas-vindas, ou de ter sido de alguma forma reconhecido, permaneceu com ele.

– Bem, e agora, *athair-céile*? – perguntou em voz alta, quase de brincadeira. – Algum outro lugar onde eu deva procurar?

Enquanto dizia isso, percebeu que *estava* procurando. No topo da colina ao lado estava o monte de pedras que Brianna mencionara. Ela achava que se tratava de um forte da Idade do Ferro. Não parecia restar muito do que quer que tenha sido para oferecer abrigo a alguém, mas, por pura inquietação, desceu pelo meio do emaranhado de pedras desmoronadas e urzes da encosta, chapinhou por um regato que gorgolejava pela rocha no pé da colina e começou a subir a outra, na direção do monte de escombros antigos.

Era *realmente* antigo, mas não tanto quanto a Idade do Ferro. O que encontrou pareciam as ruínas de uma pequena capela: uma pedra no chão tinha uma cruz entalhada rusticamente. Havia o que pareciam ser os fragmentos desgastados pelo tempo de uma estátua de pedra, espalhados na entrada. Havia mais do que ele imaginara a distância; uma das paredes ainda alcançava a altura de sua cintura. O telhado havia muito tinha desabado e desaparecido, mas um pedaço de uma viga da cumeeira ainda estava lá, a madeira dura como metal.

Enxugando o suor da nuca, agachou-se e pegou a cabeça da estátua. Parecia antiga. Dos celtas? Dos pictos? Não restava o suficiente nem para dizer o gênero.

Passou o polegar sobre os olhos sem vida da escultura, depois colocou a cabeça em cima da meia-parede. Havia uma depressão ali, como se um dia tivesse existido um nicho.

– Ok – disse, sentindo-se estranho. – Até outra hora, então.

E desceu a encosta acidentada da colina na direção da casa, ainda com a estranha sensação de estar sendo acompanhado.

A Bíblia diz "Procura e encontrarás", pensou.

– Mas não há nenhuma garantia sobre *o que* vai encontrar, não é? – disse em voz alta para o ar estimulante.

29

CONVERSA COM UM DIRETOR DE ESCOLA

Depois de um tranquilo almoço com Mandy, que parecia ter se esquecido de seus pesadelos, Roger se vestiu com certo esmero para sua reunião com o diretor da escola de Jem.

O sr. Menzies foi uma surpresa. Roger não havia pensado em perguntar a Bri como era o sujeito e esperava alguém atarracado, de meia-idade e autoritário, mais ou menos como o diretor de sua escola. Em vez disso, Menzies tinha quase a mesma idade de Roger, um homem magro, de pele clara, óculos e o que parecia ser um olhar bem-humorado por trás deles. Mas Roger não deixou de notar a linha firme da boca e achou que fizera bem em não deixar Bri ir falar com ele.

– Lionel Menzies – disse o diretor, sorrindo.

Tinha um aperto de mão firme e um ar amistoso, e Roger começou a refazer a sua estratégia.

– Roger MacKenzie. – Soltou a mão e aceitou a cadeira oferecida, do outro lado da mesa de Menzies. – O pai de Jem… Jeremiah.

– Sim, claro. Imaginei que veria o senhor ou sua esposa quando Jem não apareceu na escola esta manhã. – Menzies se reclinou um pouco, entrelaçando as mãos. – Antes que a gente inicie esta conversa, posso perguntar o que exatamente Jem lhe contou sobre o que aconteceu?

A opinião de Roger sobre o sujeito aumentou um ponto, a contragosto.

– Ele contou que a professora o ouviu dizer alguma coisa a outro menino em gaélico e que ela o agarrou pela orelha. Isso o deixou furioso e ele a xingou, também em gaélico, razão pela qual o senhor bateu nele com uma cinta.

Ele vira a cinta, discretamente pendurada na parede ao lado de um armário de arquivo, mas visível. As sobrancelhas de Menzie se ergueram por trás dos óculos.

– Não foi isso que aconteceu? – perguntou Roger, imaginando pela primeira vez se Jem teria mentido ou omitido alguma coisa ainda mais terrível em seu relato.

– Não. Foi exatamente isso que aconteceu – respondeu Menzies. – É que eu nunca ouvi um pai fazer um relato tão conciso. Em geral eles fazem meia hora de prólogo, com comentários irrelevantes cheios de contradições, isso quando ambos os pais vêm, e ataques pessoais antes que eu possa descobrir qual é o problema. Obrigado. – Sorriu e, involuntariamente, Roger retribuiu o sorriso. – Lamentei muito ter que fazer isso – continuou Menzies, sem esperar resposta. – Gosto de Jem. Ele é inteligente, esforçado... e engraçado.

– É, sim – concordou Roger. – Mas...

– Mas não tive escolha – interrompeu Menzies com firmeza. – Se nenhum dos outros alunos soubesse o que ele estava dizendo, poderíamos resolver tudo com um simples pedido de desculpas. Ele confessou o que falou?

– Não com detalhes.

Roger não perguntara. Ele ouvira Jamie Fraser insultar alguém em gaélico apenas três ou quatro vezes, mas fora uma experiência memorável, e Jem tinha uma excelente memória.

– Bem, não contarei, a menos que insista. O problema é que, apesar de somente algumas das crianças no pátio serem capazes de entender o que ele disse, elas contariam... bem, contaram... a todos os colegas. E eles sabem que eu também entendi. Tenho que apoiar a autoridade de meus professores. Se não houver respeito pela equipe, o lugar inteiro vira um inferno... Sua esposa me falou que o senhor também leciona. Em Oxford, se não me engano. É esplêndido.

– Isso foi há alguns anos e eu era apenas professor assistente. E entendo o que está dizendo, embora eu mantivesse a ordem e o respeito sem a ameaça de força física.

Não que não tivesse adorado poder dar um soco no nariz de um ou dois de seus alunos do segundo ano em Oxford...

Menzies o examinou com uma ligeira piscadela.

– Eu diria que a sua presença foi provavelmente adequada. E, considerando que o senhor tem o dobro do meu tamanho, fico satisfeito em saber que não é inclinado a usar a força.

– Os outros pais são? – perguntou Roger.

– Nenhum pai realmente me agrediu, embora tenha sido ameaçado uma ou duas vezes. Uma das mães chegou a entrar aqui com a espingarda da família.

Menzies inclinou a cabeça indicando a parede atrás dele e, levantando os olhos, Roger viu um leque de pontos pretos no reboco, a maior parte – mas não todos – coberta por um mapa emoldurado da África.

– Disparada acima de sua cabeça, ao menos – disse Roger, e Menzies riu.

– Bem, não. Eu pedi encarecidamente que abaixasse a arma com todo o cuidado e ela o fez, mas esbarrou no gatilho de alguma forma e *bum!* A pobre mulher ficou consternada, mas não tanto quanto eu.

– O senhor é bom nisso – comentou Roger, sorrindo ao reconhecer a habilidade de Menzies em lidar com pais difíceis, inclusive Roger, mas se inclinando para a frente para indicar que pretendia assumir o controle da conversa. – Eu não estou, ao menos ainda não, reclamando por Jem ter apanhado. Mas pelo que o levou a isso.

Menzies inspirou fundo e assentiu, colocando os cotovelos na mesa e unindo as mãos.

– Sim, certo.

– Compreendo que tenha que apoiar seus professores – falou Roger, passando as próprias mãos sobre a escrivaninha. – Só que essa mulher quase arrancou a orelha do meu filho por nenhum crime maior do que dizer algumas palavras, não xingamentos, apenas palavras, em *gàidhlig*.

Os olhos de Menzies se aguçaram, notando o sotaque.

– Ah, o senhor sabe gaélico. Fiquei me perguntando se seria o senhor ou sua esposa que sabia gaélico.

– O senhor faz parecer como se fosse uma doença. Minha mulher é americana, certamente notou, não?

Menzies lhe lançou um olhar divertido – ninguém deixava de notar Brianna.

– Sim, notei. Ela me contou que o pai era escocês, e das Terras Altas. Vocês falam gaélico em casa?

– Não, não muito. Jem aprendeu com o avô. Ele... não está mais conosco – acrescentou.

Menzies assentiu.

– Ah! – exclamou baixinho. – Sim, eu também aprendi com meus avós, a família de minha mãe. Também já falecidos. Eram de Skye.

A pergunta implícita pairou no ar e Roger a respondeu:

– Nasci em Kyle de Lochalsh, mas cresci em Inverness. Aprendi a maior parte do meu gaélico nos barcos de pesca no Minch. E nas montanhas da Carolina do Norte.

Menzies aquiesceu outra vez, pela primeira vez baixando os olhos para as próprias mãos.

– Esteve em um barco de pesca nos últimos vinte anos?

– Não, graças a Deus.

Menzies sorriu, mas não ergueu os olhos.

– Não se encontra muito gaélico lá atualmente. Espanhol, polonês, estoniano...

muito desses, mas não gaélico. Sua esposa disse que o senhor passou muitos anos na América, então talvez não tenha notado, mas não é muito falado hoje em dia.

– Para ser franco, não prestei muita atenção nisso, não até agora.

Menzies tirou os óculos e esfregou as marcas da armação no nariz. Seus olhos eram azul-claros e pareceram vulneráveis sem a proteção das lentes.

– Está em declínio há muito tempo. Principalmente nos últimos dez, quinze anos. As Terras Altas de repente fazem parte do Reino Unido, ou ao menos é o que diz o resto do Reino Unido, de uma maneira como nunca aconteceu antes. Manter uma língua à parte é visto não só como antiquado, mas destrutivo. Não é o que se poderia chamar de uma política oficial para exterminar o gaélico, mas o uso da língua é muito... desencorajado... nas escolas. Veja bem – ergueu a mão para impedir que Roger o interrompesse –, não conseguiriam seu intento se os pais protestassem, mas eles não o fazem. A maioria está ansiosa para que seus filhos façam parte do mundo moderno, falem perfeitamente inglês, consigam bons empregos, adaptem-se em outro lugar, possam deixar as Terras Altas... Não há muita coisa para eles aqui, fora o mar do Norte, não é?

– Os pais...

– Se aprenderam o gaélico com os próprios pais, eles propositalmente não o ensinam a seus filhos. E, se não sabem gaélico, sem dúvida não se esforçam para aprender. É visto como retrógrado, ignorante, sem dúvida uma marca das classes mais baixas.

– Bárbaras, na verdade – disse Roger, incisivo. – O bárbaro *erse*?

Menzies reconheceu a descrição pejorativa de Samuel Johnson da língua falada pelos seus anfitriões das Terras Altas no século XVIII e um sorriso breve e pesaroso iluminou seu rosto outra vez.

– Exatamente. Há muito preconceito, a maior parte declarada, contra...

– *Teuchters*?

"*Teuchter*" era um termo escocês das Terras Baixas para alguém de Gaeltacht, as Terras Altas que falavam gaélico, e em termos culturais o equivalente geral de "caipira" ou "bronco".

– Ah, o senhor sabe, então.

– Alguma coisa.

Era verdade. Mesmo nos recentes anos 1960, os que falavam gaélico eram vistos com certo desdém e menosprezo público, mas isso... Roger limpou a garganta.

– De qualquer forma, sr. Menzies – argumentou, carregando um pouco no "senhor" –, eu me oponho não só a que a professora de meu filho o castigue por falar gaélico, mas também a que o agrida da maneira como fez.

– Compartilho sua preocupação, sr. MacKenzie – falou Menzies, encarando Roger de uma forma que o fazia parecer sincero. – Já tive uma palavrinha com a srta. Glendenning e creio que isso não se repetirá.

Roger enfrentou seu olhar por alguns instantes, querendo dizer todo tipo de coisa, mas compreendendo que Menzies não era responsável por quase nenhum deles.

– Se acontecer – comentou Roger sem se alterar –, não vou voltar com uma espingarda, mas com o xerife. E um fotógrafo de jornal para documentar a srta. Glendenning sendo algemada.

Menzies piscou e recolocou os óculos.

– Tem certeza de que não prefere mandar sua mulher com a espingarda da família? – perguntou.

Roger teve que rir, a contragosto.

– Muito bem, então. – Menzies empurrou a cadeira para trás e se levantou. – Eu o acompanho. Tenho que trancar a escola. Veremos Jem na segunda-feira, certo?

– Ele estará aqui. Com ou sem algemas.

Menzies riu.

– Bem, ele não precisa se preocupar com a recepção que terá. Como as crianças que falam gaélico *contaram* aos amigos o que ele disse e ele apanhou sem dar um pio, acho que a classe inteira agora o encara como um Robin Hood ou um Billy Jack.

– Ó Deus.

30

NAVIOS QUE PASSAM À NOITE

19 de maio de 1777

O tubarão com certeza tinha 4 metros de comprimento. Era uma figura escura, sinuosa, acompanhando o navio, quase invisível em meio às águas cinzentas agitadas pela tormenta. Aparecera de repente um pouco antes do meio-dia. Eu me assustei quando vi sua barbatana cortando a superfície.

– O que há de errado com a cabeça dele? – Jamie, surgindo em resposta ao meu grito de susto, olhou para as águas escuras franzindo o cenho. – Tem uma espécie de protuberância.

– Acho que é o tipo que chamam de tubarão-martelo.

Agarrei-me com força à balaustrada, escorregadia com os respingos da água. A cabeça *realmente* parecia deformada: uma coisa rombuda, desajeitada, estranha na extremidade de um corpo gracioso. No entanto, enquanto observávamos, o tubarão se aproximou da superfície e rolou, trazendo uma projeção carnuda com um olho frio e distante momentaneamente para fora da água.

Jamie emitiu um som de horrorizada repugnância.

– Essa é a aparência normal deles – informei.

– Por quê?

– Acho que Deus estava se sentindo entediado nesse dia.

Isso o fez rir e o encarei com aprovação. Estava corado e bem-disposto, e comera com tal apetite no café da manhã que achei que poderia dispensar as agulhas de acupuntura.

- Qual foi a coisa mais estranha que você já viu? Um animal, quero dizer. Um animal não humano - acrescentei, pensando na medonha coleção de deformidades e "curiosidades naturais" que o dr. Fentiman mantinha em conserva.

- Estranho por si mesmo? Não deformado, quero dizer, mas como Deus quis que fosse? - Estreitou os olhos para o mar, pensando, depois abriu um largo sorriso. - O mandril no zoológico de Luís da França. Ou... Bem, não. Talvez um rinoceronte, embora eu não tenha visto um em carne e osso. Isso conta?

- Digamos alguma coisa que você tenha visto pessoalmente - acrescentei, pensando em algumas gravuras de animais que eu vira nesta época, os quais pareciam ter sido afetados pela imaginação do artista. - Você achou o mandril mais estranho do que o orangotango?

Lembrei-me de seu fascínio pelo orangotango, um jovem animal de expressão solene que parecera fascinado por *ele*, o que levou a uma série de piadas relativas à origem dos cabelos ruivos por parte do duque d'Orleans, presente na ocasião.

- Não, já vi muita gente que parecia mais estranha do que um orangotango - respondeu ele. O vento mudara de direção, arrancando mechas de cabelos ruivos de sua fita. - Eu senti pena da criatura; parecia saber que estava sozinho e talvez jamais visse outro de sua espécie de novo.

- Talvez ele *realmente* achasse que você era um de sua espécie - sugeri. - Ele pareceu gostar de você.

- Era uma criatura meiga- concordou ele. - Quando lhe ofereci uma laranja, ele tomou a fruta da minha mão como um cristão. - Sua voz definhou, os olhos se tornando vagos. - Você acha...?

- Eu acho...?

- Nada. Estava só pensando - olhou por cima do ombro, mas estávamos fora do alcance dos ouvidos dos marinheiros - no que Roger Mac disse sobre a França ser importante para a Revolução. Pensei em fazer umas perguntas quando estivermos em Edimburgo. Ver se alguma das pessoas que conheci tem conexões na França...

- Você não está pensando em *ir* à França, está? - perguntei, desconfiada.

- Não, não - respondeu ele. - Só pensei... se por acaso fôssemos, será que o orangotango ainda estaria lá? Já faz muitos anos, mas não sei quanto tempo eles vivem.

- Não tanto quanto as pessoas, creio que não, mas podem viver bastante se forem bem-cuidados - respondi, sem certeza.

A dúvida não se devia apenas ao orangotango. Voltar à corte francesa? A mera hipótese fez meu estômago dar uma reviravolta.

- Ele está morto, sabe? Luís.

- Está? Eu... Quando?

Ele emitiu um pequeno ruído que podia ser uma risada.

– Morreu há três anos, Sassenach – respondeu. – Saiu nos jornais. Embora, devo admitir, o *Wilmington Gazette* não tenha dado grande importância ao assunto.

– Não notei.

Olhei para o tubarão, ainda pacientemente acompanhando o navio. Meu coração, após o salto inicial de surpresa, relaxara. Minha reação geral era de agradecimento, e isso em si de certa forma me surpreendeu.

Eu já havia feito as pazes com minha lembrança de ter compartilhado a cama de Luís – pelos dez minutos que foram necessários – muito tempo antes e Jamie e eu tínhamos feito as pazes, voltando-nos um para o outro no rastro da perda de nossa primeira filha, Faith, e de todos os terríveis acontecimentos que tiveram lugar na França antes do Levante.

Não que saber da morte de Luís fizesse qualquer diferença real. Ainda assim, tive uma sensação de alívio, como se uma música enervante que vinha tocando ao longe tivesse terminado, de forma graciosa, e agora o silêncio da paz cantasse para mim no vento.

– Que Deus guarde sua alma.

Jamie sorriu e colocou a mão sobre a minha.

– *Fois shìorruidh thoir dha* – ecoou ele. – Faz a gente pensar, não? Como será para um rei ficar diante de Deus e responder por sua vida? Deve ser muito pior, quero dizer, ter que responder por todas as pessoas sob seus cuidados.

– Acha que ele teria? – perguntei, intrigada e um pouco desconfortável com a ideia.

Eu não tinha conhecido Luís de nenhuma maneira mais íntima, salvo o óbvio, e isso pareceu menos íntimo do que um aperto de mão. Nunca sequer me olhou nos olhos, mas não parecera um homem consumido de preocupação com seus súditos.

– Uma pessoa pode realmente ter que responder pelo bem-estar de todo um reino? – indaguei. – Não seriam apenas seus pecados?

Ele considerou a pergunta com seriedade, os dedos rígidos da mão direita tamborilando devagar na amurada escorregadia.

– Acho que sim. Você responderia pelo que fez à sua família, não? Digamos que você tivesse cuidado mal de seus filhos, os tivesse abandonado ou deixado que passassem fome. Certamente isso iria pesar contra a sua alma, pois você é responsável por eles. Se você nasce rei, recebe responsabilidade pelos seus súditos. Se você os trata mal, então...

– Bem, onde isso termina? – protestei. – Suponha que você aja bem com uma pessoa e mal com outra? Suponha que você tenha pessoas sob seus cuidados, por assim dizer, e suas necessidades sejam contrárias umas às outras? O que me diz disso?

Ele abriu um sorriso.

– Eu diria que fico muito feliz por não ser Deus e não ter que tentar decifrar coisas desse tipo.

Fiquei em silêncio por um instante, imaginando Luís diante de Deus, tentando explicar aqueles dez minutos comigo. Tenho certeza de que ele achava que tinha o direito. Os reis, afinal, eram reis. Por outro lado, tanto o sétimo quanto o nono mandamento eram bastante explícitos e não pareciam ter nenhuma cláusula eximindo a realeza.

– Se você estivesse lá – falei impulsivamente –, no céu, observando esse julgamento... você o perdoaria? Eu perdoaria.

– Quem? Luís?

Assenti e ele franziu a testa. Em seguida, suspirou.

– Sim, perdoaria. Mas não me incomodaria de vê-lo se contorcer um pouco antes. Uma fisgada com o garfo no traseiro seria boa.

Ri diante disso, mas antes que pudesse acrescentar qualquer coisa fomos interrompidos por um grito de "Vela à vista!" vindo de cima. Se no instante anterior estávamos sozinhos, esse aviso fez marinheiros surgirem de escotilhas e escadas de tombadilho como gorgulhos de biscoitos de navio, invadindo o cordame como um enxame para ver o que estava acontecendo.

Estreitei os olhos, mas não havia nada visível. O Jovem Ian, entretanto, havia subido com os outros e agora aterrissava no convés com uma pancada. Estava corado pelo vento e pela empolgação.

– Um navio pequeno, mas com canhões – disse a Jamie. – E a Union Jack desfraldada.

– É um cúter naval – revelou o capitão Roberts, que surgira no meu outro lado e espreitava com uma carranca através do telescópio. – Merda.

A mão de Jamie se dirigiu à adaga, uma verificação inconsciente, e ele olhou por cima do ombro do capitão. Eu podia divisar a vela agora, aproximando-se a estibordo.

– Podemos correr mais rápido do que ele, capitão?

O imediato havia se juntado ao grupo na amurada, observando o navio que se aproximava. De fato, possuía canhões – seis, que eu pudesse ver – e havia homens por trás deles.

O capitão ponderou, abrindo e fechando sua lente com uma série de cliques, depois levantou os olhos para o cordame, avaliando as chances de inflar bastante as velas para deixar o perseguidor para trás. O mastro principal estava rachado; ele pretendia substituí-lo em New Haven.

– Não – respondeu. – O mastro principal vai ceder se for colocada muita pressão sobre ele. – Fechou o telescópio com um clique decisivo e guardou-o no bolso. – Temos que enfrentá-lo da melhor forma possível.

Perguntei-me quanto da carga do capitão Roberts seria contrabando. Seu rosto taciturno não revelava nada, mas havia um nítido ar de nervosismo em suas mãos, que aumentou notoriamente quando o cúter se alinhou com o navio, saudando-o.

Roberts deu a ordem sucinta para parar e as velas se afrouxaram, o navio diminuindo imediatamente a velocidade. Eu podia ver marinheiros junto aos canhões e à balaustrada do cúter; olhando de lado para Jamie, vi que ele os contava e olhei de volta.

– Contei dezesseis – falou Ian num sussurro.

– Com poucos homens, droga – disse o capitão. Olhou para Ian, estimando seu tamanho, e balançou a cabeça. – Provavelmente vão recrutar à força, tentar levar o máximo que puderem. Sinto muito, rapaz.

A sensação um pouco indefinida de perigo que senti à aproximação do cúter se intensificou diante das palavras do capitão e aumentou ainda mais quando vi Roberts olhar para Jamie de forma avaliadora.

– Você não acha que eles...? – comecei a dizer.

– Uma pena que tenha feito a barba esta manhã, sr. Fraser – comentou Roberts para Jamie, me ignorando. – Parece ter vinte anos a menos... e bem mais saudável do que outros homens com a metade de sua idade.

– Agradeço o elogio, senhor – retrucou Jamie, um dos olhos na balaustrada, onde o chapéu bicorne do capitão do cúter surgira repentinamente como um cogumelo agourento.

Ele desafivelou seu cinto, soltou a bainha da adaga e a entregou a mim.

– Segure isso para mim, Sassenach – pediu baixinho, afivelando o cinto outra vez.

O capitão do cúter, um homem atarracado de meia-idade com uma carranca mal-humorada e um par de calças muito remendadas, lançou um olhar incisivo ao redor do convés quando subiu a bordo. Balançou a cabeça para si mesmo, como se suas piores suspeitas tivessem sido confirmadas, depois gritou por cima do ombro para que seis homens o acompanhassem.

– Revistem o porão – disse a seus subordinados. – Sabem o que procurar.

– Que modos são esses? – indagou o capitão Roberts com raiva. – Não tem nenhum direito de revistar meu navio! O que acham que são? Um bando de malditos piratas?

– Eu pareço um pirata? – O capitão do cúter ficou mais satisfeito do que insultado com a ideia.

– Bem, certamente você não pode ser um capitão naval – concluiu Roberts. – Sempre achei a Marinha de Sua Majestade um amável e educado grupo de indivíduos. Não do tipo que aborda um negociante respeitável sem permissão, muito menos sem a devida apresentação.

O capitão do cúter pareceu achar aquilo engraçado. Tirou o chapéu e fez uma mesura para mim.

– Permita-me, madame. Capitão Worth Stebbings, seu humilde criado. – Endireitou-se, recolocando o chapéu, e acenou com a cabeça para seu tenente. – Vasculhem o porão. E você – cutucou o peito de Roberts com o dedo indicador – coloque todos os seus homens no convés, na frente e no centro, idiota. *Todos* eles, veja bem. Se eu tiver que arrastá-los aqui para cima, não vou ficar nem um pouco satisfeito, estou avisando.

Seguiram-se tremendas batidas e pancadas embaixo, com marinheiros surgindo de vez em quando para informar o capitão Stebbings de suas descobertas. O capitão, reclinado contra a amurada, observava enquanto os homens do *Teal* eram recolhidos e amontoados no convés – Ian e Jamie entre eles.

– Ora, vamos! – O capitão Roberts era corajoso, justiça seja feita. – O sr. Fraser e seu sobrinho não fazem parte da tripulação; são passageiros pagantes! Não tem o direito de molestar cidadãos livres cuidando de seus negócios legítimos. Tampouco o direito de raptar minha tripulação!

– São súditos ingleses – informou Stebbings. – Tenho todo o direito. Ou todos vocês se consideram *americanos*?

Fitou-os com um olhar malicioso ao dizer isso. Se o navio fosse considerado uma embarcação rebelde, podia simplesmente se apoderar de tudo como prêmio, despojos de guerra: tripulação, carga e tudo mais.

Um murmúrio percorreu os homens no convés e vi os olhos de mais de um dos marujos dardejarem para as malaguetas ao longo da balaustrada. Stebbings também viu e gritou por cima da amurada para que mais quatro homens fossem trazidos a bordo – com armas.

Dezesseis menos seis menos quatro são seis, pensei, aproximando-me sorrateiramente da balaustrada para espreitar dentro do cúter balançando nas ondas um pouco abaixo e amarrado ao *Teal* por um cabo. *Se os dezesseis não incluírem o capitão Stebbings. Se incluem...*

Havia um único homem no leme, este não uma roda, mas uma espécie de arranjo de alavancas se projetando do assoalho do convés. Mais dois manipulavam um canhão, uma arma longa, de bronze, na proa, apontando para a lateral do *Teal*. Onde estavam os outros? Dois no convés. Os outros talvez embaixo.

O capitão Roberts continuava reclamando com Stebbings atrás de mim, mas a tripulação do cúter estava rolando barris e pacotes pelo convés, pedindo uma corda para abaixar o espólio para o cúter. Notei que Stebbings andava ao longo da fileira de tripulantes, indicando suas escolhas para quatro homens musculosos que o seguiam. Estes retiravam os escolhidos da fileira e os amarravam juntos, uma corda indo de tornozelo em tornozelo. Três homens já haviam sido escolhidos, John Smith entre eles, pálido e tenso. Meu coração deu um salto ao vê-lo, depois quase parou por completo quando Stebbings se aproximou de Ian.

– Apto, apto – falou Stebbings com aprovação. – Um filho da mãe petulante, ao que parece, mas logo o amansaremos. Levem-no!

Vi os músculos dos antebraços de Ian se avolumarem enquanto seus punhos se cerravam, mas o bando a cargo do recrutamento forçado estava armado, dois com as pistolas engatilhadas, e ele deu um passo à frente, embora com um olhar maligno que teria feito um homem mais sensato pensar duas vezes. Eu já observara que o capitão Stebbings não era um homem sensato.

Stebbings recrutou mais dois, depois parou diante de Jamie, olhando-o de cima a baixo. O rosto de Jamie se mantinha inescrutável. E ligeiramente esverdeado; o vento ainda soprava e, sem nenhum movimento para a frente no navio, ele subia e descia, com um balanço que teria desconcertado mesmo um marinheiro muito melhor que ele.

– Este é forte, senhor – disse um do bando, com aprovação.

– Um pouco velho – retrucou Stebbings, em dúvida. – E não gosto muito da cara dele.

– Eu também não gosto da sua – falou Jamie, sem se alterar. Empertigou-se, endireitando os ombros, e olhou para baixo, para Stebbings, pela linha longa e reta de seu nariz. – Se eu já não soubesse que é um grande covarde pelos seus atos, senhor, o tomaria por um lambe-botas e um retardado pela sua cara de idiota.

O rosto maligno de Stebbings ficou lívido de espanto, depois roxo de raiva. Um ou dois dos recrutadores riu pelas suas costas, embora apressadamente disfarçando quando ele se virou.

– Levem-no – rosnou para os recrutadores, abrindo caminho na direção do fruto da pilhagem reunido junto à amurada. – E não deixem de derrubá-lo algumas vezes no caminho.

Fiquei paralisada de choque. Obviamente, Jamie não podia deixar que levassem Ian, mas sem dúvida também não pretendia me abandonar no meio do oceano Atlântico.

Nem mesmo com sua adaga no bolso amarrado sob a minha saia e minha faca na bainha, presa na coxa.

O capitão Roberts observara esse pequeno desempenho boquiaberto, se por respeito ou assombro. Era um homem baixo e um pouco rechonchudo. Não possuía a constituição adequada para o confronto físico, mas trancou o maxilar e avançou pesadamente na direção de Stebbings, agarrando-o pela manga.

A tripulação do cúter empurrou os prisioneiros por cima da amurada.

Não havia tempo para pensar em nada melhor.

Agarrei a balaustrada e mais ou menos rolei por cima dela, a saia voando. Fiquei pendurada pelas mãos por um instante aterrador, sentindo meus dedos deslizarem pela madeira molhada, buscando com as pontas dos pés a escada de corda que a tripulação do cúter havia atirado. Um balanço do navio atirou-me com força contra o costado, minhas mãos se soltaram, mergulhei no ar por um terrível momento e agarrei a escada de corda logo acima do convés do cúter.

A corda esfolou minha mão direita e pareceu arrancar toda a pele da sua palma, mas não havia tempo para pensar nisso agora. A qualquer momento, um dos homens me veria e…

Calculando meu salto para a próxima subida do convés do cúter, soltei a escada e aterrissei como um saco de pedras. Uma dor aguda subiu pelo meu joelho direito, mas levantei-me atabalhoadamente, sendo lançada de um lado para outro pela oscilação do convés, e me arremessei na direção da escada do tombadilho.

– Ei! Você! O que está fazendo?

Um dos canhoneiros ficou boquiaberto ao me descobrir, obviamente incapaz de decidir se deveria descer e lidar comigo ou permanecer com seu canhão. Seu parceiro berrou para que o primeiro permanecesse parado em seu lugar. Aquilo não passava de um truque para desviar a atenção.

– *Pare aí onde está, desgraçada!*

Ignorei-os, o coração batendo com tanta força que eu mal conseguia respirar. E agora? O que aconteceria? Jamie e Ian haviam desaparecido.

– Jamie! – gritei a plenos pulmões. – Estou aqui!

Em seguida, corri na direção da corda que prendia o cúter ao *Teal*, suspendendo minha saia enquanto corria. Só fiz isso porque ela havia se embolado durante minha humilhante descida e eu não conseguia encontrar a abertura por onde enfiar a mão e pegar a faca embainhada, mas o ato em si pareceu desconcertar o timoneiro, que se virara ao meu grito.

Ele abria e fechava a boca como um peixinho dourado, mas teve presença de espírito suficiente para manter a mão na cana do leme. Agarrei a corda e enfiei minha faca no nó, usando-a para soltar o laço apertado.

Roberts e sua tripulação, que Deus os abençoe, faziam um tremendo tumulto no *Teal* acima, abafando os gritos do timoneiro e dos canhoneiros. Um desses, com um olhar desesperado para o convés, se decidiu e veio na minha direção, pulando da proa para baixo.

O que eu não daria por uma pistola neste momento?, pensei com raiva. Mas o que eu tinha era uma faca. Com ela, arranquei o nó parcialmente afrouxado e a enfiei no peito do meu atacante com todas as forças que consegui reunir. Seus olhos se arregalaram e senti a faca bater no osso e girar na minha mão, deslizando pela carne. Ele deu um grito agudo e caiu para trás, aterrissando no convés com um baque surdo e por pouco não levando minha faca com ele.

– Sinto muito – disse e, arfando, retomei meu trabalho no nó, a corda esgarçada agora suja de sangue.

Havia barulho vindo das escadas agora. Jamie e Ian podiam não estar armados, mas meu palpite é que isso não faria muita diferença em um lugar confinado.

A corda se soltou. Desfiz o último laço e ela caiu, batendo contra o costado do *Teal*. Imediatamente, a corrente começou a distanciar as embarcações, o cúter, menor, deslizando pela grande chalupa. Não estávamos indo rápido, mas a ilusão de ótica da velocidade me fez cambalear e me agarrei à balaustrada para me equilibrar.

O canhoneiro ferido ficara de pé e avançava para mim, cambaleando, mas furioso. Sangrava, mas não profusamente, e não estava de modo algum incapacitado. Afastei-me para o lado e, olhando para a escada do tombadilho, fiquei aliviada ao ver Jamie saindo dela.

Ele me alcançou com três passos largos.

– Rápido, minha faca!

Fitei-o estupidificada por um instante, mas depois me lembrei. Tateando, consegui acessar meu bolso. Agarrei o cabo da adaga de Jamie, mas ela estava presa no tecido. Jamie agarrou e puxou a faca com um safanão, rasgando tanto o meu bolso quanto o cós da minha saia no processo, e arremeteu de volta para as entranhas do navio. Deixou-me para enfrentar um canhoneiro ferido, um canhoneiro não ferido agora descendo com cautela do seu posto e o timoneiro, que gritava histericamente para alguém fazer alguma coisa com algum tipo de vela.

Engoli em seco e segurei a faca com todas as forças.

– Para trás! – gritei, no tom mais autoritário que consegui.

Considerando minha falta de ar, o vento e a algazarra reinante, duvido que me ouvissem. Por outro lado, não creio que faria alguma diferença se me ouvissem. Arranquei minha saia pendurada com uma das mãos, agachei-me e ergui a faca de uma determinada maneira, pretendendo indicar que sabia o que fazer com ela. E sabia.

Ondas de calor percorriam minha pele e eu sentia o suor formigar em meu couro cabeludo, secando em seguida no vento frio. No entanto, o pânico havia passado. Minha mente estava muito clara e muito distante.

Você não vai me tocar, pensava sem parar. O homem que eu tinha ferido se mostrava cauteloso, demorando-se para trás. O outro canhoneiro não via nada além de uma mulher e não se deu ao trabalho de se armar, simplesmente estendendo a mão para mim com um desdém furioso. Vi a faca traçar um arco como se tivesse vontade própria, o brilho da lâmina embaçado de sangue quando talhou sua testa.

O sangue escorreu pelo seu rosto, cegando-o. Ele deu um berro estrangulado de dor e perplexidade e recuou, as duas mãos pressionadas contra o rosto.

Hesitei por um instante, sem saber o que devia fazer. O sangue ainda latejava em minhas têmporas. O navio seguia à deriva, subindo e descendo nas ondas; senti a bainha pesada de ouro da minha saia se arrastar pelas tábuas e puxei o cós rasgado para cima outra vez, irritada.

Então vi uma malagueta enfiada em seu buraco na balaustrada, uma corda enrolada ao redor. Andei até lá, metendo a faca pela barbatana do meu espartilho por falta de um lugar melhor, segurei a malagueta com as duas mãos e a soltei com um puxão. Segurando-a como um pequeno bastão de beisebol, inclinei-me para trás sobre um dos calcanhares e desferi um golpe com todas as minhas forças na cabeça do homem cujo rosto eu havia cortado. O pino de madeira ricocheteou em seu crânio com um barulho oco e ressonante, e ele saiu cambaleando, chocando-se contra o mastro como uma bola de bilhar.

O timoneiro, a essa altura, já estava farto. Abandonando o leme à própria sorte, largou seu posto e veio na minha direção como um macaco enfurecido, os dentes arreganhados, os braços para a frente para me alcançar. Tentei atingi-lo com a malagueta, mas ela se deslocara em minha mão quando atingi o canhoneiro e agora escorregou, rolando para longe pelo convés que subia e descia, enquanto o timoneiro se atirava sobre mim.

Ele era pequeno e magro, mas seu peso me jogou para trás e fomos arremessados contra a balaustrada. Minhas costas bateram com força contra ela, expulsando todo o ar dos pulmões. Em segundos aquilo se transformou em uma vívida agonia e eu me contorci sob ele, deslizando para o chão. Ele veio comigo, lutando para me agarrar pela garganta com um único propósito. Eu me debatia, braços e mãos golpeando sua cabeça, os ossos de seu crânio me machucando.

O vento rugia em meus ouvidos; eu não ouvia nada além de imprecações ofegantes, arfadas ásperas que podiam ser minhas ou dele, e então ele afastou minhas mãos e me agarrou pelo pescoço com apenas uma das mãos, o polegar pressionando com força sob meu maxilar.

Doía insuportavelmente e tentei golpeá-lo com o joelho, mas minhas pernas estavam enroscadas na saia e presas sob o peso do sujeito. Minha vista escureceu, com pequenas explosões de luz dourada disparando no meio da escuridão, minúsculos fogos de artifício anunciando minha morte. Alguém choramingava como um bebê e percebi turvamente que devia ser eu. A mão apertou ainda mais meu pescoço e as luzes piscantes se desfizeram no breu.

Acordei com a sensação confusa de estar simultaneamente aterrorizada e sendo embalada em um berço. Minha garganta doía e, quando tentei engolir, a dor resultante me fez engasgar.

– Você está bem, Sassenach. – A voz suave de Jamie veio das trevas a meu redor.

Onde eu estava? Sua mão apertou meu braço, acalmando-me.

– Eu... vou... acreditar em você – falei em voz rouca, o esforço fazendo meus olhos lacrimejarem.

Tossi. Doeu, mas pareceu ajudar um pouco.

– O que...?

– Tome um pouco de água, *a nighean*.

Sua mão enorme segurou minha cabeça, levantando-a um pouco, e a boca de um cantil foi pressionada contra meus lábios. Engolir a água doía também, mas não me importei; os lábios e a garganta estavam ressecados e pareciam salgados.

Meus olhos começavam a se acostumar com a escuridão. Eu podia ver o vulto de Jamie, encurvado sob o teto baixo, e o formato dos caibros do telhado – não, das vigas – acima. Um cheiro forte de alcatrão e águas servidas. Navio. Claro, estávamos em um navio. Mas *qual* navio?

– Onde...? – sussurrei, abanando a mão.

– Não faço a menor ideia – respondeu, parecendo um pouco irritado. – O pessoal do *Teal* está manejando as velas, eu espero, e Ian está apontando uma pistola para um dos sujeitos da Marinha para fazê-lo pilotar, mas, até onde sei, o desgraçado está nos levando direto para alto-mar.

– Eu quis dizer... qual... navio. – No entanto, suas observações já haviam deixado isso muito claro; devíamos estar no cúter da Marinha.

– Disseram que o nome é *Pitt*.

– Muito apropriado, parece mesmo o inferno, como o nome faz lembrar.

Observei o ambiente sujo e escuro, o olhar desfocado, e minha sensação de realidade sofreu novo abalo quando vi uma enorme e mosqueada espécie de trouxa, aparentemente dependurada do ar turvo alguns passos atrás de Jamie.

Tentei me sentar de súbito, só então percebendo que estava em uma rede.

Jamie me agarrou pela cintura com um grito alarmado a tempo de me salvar de cair de cabeça e, enquanto eu me firmava, agarrando-me a ele, percebi que aquilo que eu tomara por um enorme casulo era na verdade um homem, deitado em outra rede suspensa das vigas, mas amarrado dentro dela como o jantar de uma aranha, e amordaçado. Seu rosto estava pressionado contra a trama da rede, fuzilando-me com os olhos.

– Meu Deus... – murmurei com voz rouca e deitei-me, respirando pesadamente.

– Quer descansar um pouco, Sassenach, ou devo colocá-la de pé? – perguntou Jamie, tenso. – Não quero deixar Ian sozinho muito tempo.

– Não – respondi, esforçando-me para me levantar. – Ajude-me a sair daqui, por favor. – O cômodo, cabine ou o que quer que fosse girou a meu redor e fui obrigada a me agarrar a Jamie com os olhos fechados por um instante, até meu giroscópio interior se estabilizar. – E o capitão Roberts? E o *Teal*?

– Só Deus sabe – respondeu Jamie. – Nós o procuramos assim que consegui fazer os homens manobrarem o barco. Pelo que sei, eles estão no nosso rastro, mas não consegui ver nada.

Eu começava a me sentir mais estável, embora o sangue ainda latejasse na garganta e nas têmporas a cada batimento cardíaco, e podia sentir os lugares machucados nos cotovelos e ombros e uma faixa atravessando minhas costas no ponto em que eu me chocara contra a balaustrada.

– Prendemos a maior parte da tripulação no porão – falou Jamie, indicando com a cabeça o homem na rede –, exceto por esse sujeito. Não sabia se você ia querer dar uma olhada nele primeiro. Como médica, quero dizer. Embora eu não ache que esteja gravemente ferido.

Aproximei-me do sujeito na rede e vi que era o timoneiro que havia tentado me estrangular. Via-se um grande calombo em sua testa e ele tinha o começo de um monstruoso olho roxo, mas até onde eu podia ver, inclinando-me para perto na luz turva, suas pupilas estavam do mesmo tamanho e, descontando o pano enfiado em sua boca, sua respiração parecia bem regular. Provavelmente sem ferimentos graves, portanto. Fiquei parada por um instante, fitando-o. Era difícil dizer – a única luz na coberta vinha de um prisma embutido no convés acima –, mas achei que talvez o que eu julgara ser um olhar de ódio fosse na verdade apenas desespero.

– Você precisa fazer xixi? – perguntei educadamente.

O homem e Jamie fizeram ruídos quase idênticos, apesar de no primeiro caso ser um gemido de necessidade e, no caso de Jamie, de exasperação.

– Pelo amor de Deus! – disse ele, agarrando meu braço quando comecei a estender a mão para o sujeito. – Eu me encarrego dele. Vá para cima.

Ficou claro pelo tom exasperado de sua voz que ele atingira o estágio da última gota d'água e não adiantaria discutir com ele. Saí, subindo com cautela a escada, acompanhada de uma enxurrada de murmúrios em gaélico que não tentei traduzir.

O vento fustigante foi suficiente para me fazer cambalear quando agitou a minha saia, mas me agarrei a uma corda, deixando o ar fresco clarear minha cabeça antes de me sentir em condições de me dirigir à popa do navio. Lá, encontrei Ian, como anunciado, sentado em um barril, uma pistola carregada mantida em cima de um joelho, entabulando uma conversa amigável com o marujo ao leme.

– Tia Claire! Você está bem? – perguntou, ficando de pé num salto e gesticulando para que eu me sentasse no barril.

– Estou bem. – Eu não achava que tinha torcido o joelho, mas o sentia um pouco vacilante. – Claire Fraser – disse, acenando para o homem ao leme, um negro com tatuagens elaboradas no rosto, apesar de estar vestido com roupas baratas de marinheiro comum do pescoço para baixo.

– Guiné Dick – apresentou-se ele, com um largo sorriso que exibiu dentes lixados. – Seu criado, madame – acrescentou, com forte sotaque.

Fitei-o de boca aberta por um instante, mas depois recobrei um arremedo de compostura e sorri para ele.

– Vejo que Sua Majestade pega seus marinheiros em qualquer lugar – disse a Ian.

– É verdade. O sr. Dick aqui foi tirado de um navio pirata da Guiné, que o raptou de um navio negreiro, que por sua vez o pegou em um armazém de escravos na costa da Guiné. Não tenho muita certeza se ele acha que as acomodações de Sua Majestade são uma melhoria, mas ele diz que não faz nenhuma objeção a ir conosco.

– Você confia nele? – perguntei, em um gaélico claudicante.

Ian me lançou um olhar um tanto escandalizado.

– Claro que não – respondeu na mesma língua. – E, por favor, não se aproxime muito dele. Ele me assegurou que não come carne humana, mas isso não é garantia de que seja confiável.

– Sei – disse, retornando ao inglês. – O que aconteceu a...?

Antes que eu pudesse terminar a frase, uma forte pancada no convés me fez virar e deparei-me com John Smith, aquele dos cinco brincos de ouro, que saltara do cordame. Ele também sorriu ao me ver, embora seu rosto estivesse tenso.

– Tudo bem até agora – disse a Ian, tocando em seu topete num cumprimento. – Tudo bem com a senhora?

– Sim. – Olhei para ré, mas não vi nada além de vagalhões. O mesmo em todas as outras direções também. – Hã... sabe para onde estamos indo, sr. Smith?

Ele pareceu um pouco surpreso.

– Bem, não, senhora. O capitão não falou.

– O capi...?

– É tio Jamie – respondeu Ian, achando graça. – Está lá embaixo botando os bofes para fora?

– Não na última vez que o vi. – Comecei a sentir uma sensação estranha na base da espinha dorsal. – Está me dizendo que *ninguém* a bordo deste navio tem nenhuma ideia de para onde, ou ao menos em que direção, estamos indo?

A pergunta foi recebida com um silêncio eloquente. Tossi.

– O canhoneiro. Não aquele com um corte na testa, o outro. Onde ele está, vocês sabem?

Ian olhou para a água.

– Ah! – Havia uma grande mancha de sangue no convés, no local em que o homem que esfaqueei havia caído.

– O que me faz lembrar, tia... Encontrei isto aqui no convés. – Ian tirou minha faca de seu cinto e a entregou para mim. Tinha sido limpa, percebi.

– Obrigada.

Enfiei-a pela abertura em minhas anáguas e encontrei a bainha ainda ao redor de minha coxa, embora alguém tivesse removido minha saia rasgada e o bolso. Pensando no ouro na bainha, esperava que tivesse sido Jamie. Sentia-me estranha, como se meus ossos estivessem cheios de ar. Tossi e engoli em seco outra vez, massageando a garganta dolorida, depois retornei à questão anterior:

– Então *ninguém* sabe para onde estamos indo?

John Smith abriu um leve sorriso.

– Bem, não estamos indo na direção do mar aberto, se é isso que a senhora temia.

– Sim, era exatamente isso que eu temia. Como você sabia?

Os três sorriram diante da pergunta.

– "Sol estar lá" – respondeu o sr. Dick, sacudindo o ombro na direção do objeto em questão. Acenou a cabeça na mesma direção. – "Então, ele descer lá também."

– Ah. – Bem, isso era tranquilizador, sem dúvida. E de fato, já que o "sol" *estar* lá, isto é, descendo depressa no oeste, isso significava que estávamos indo para o norte.

Nesse momento, Jamie se uniu ao grupo, muito pálido.

– Capitão Fraser – cumprimentou Smith respeitosamente.

– Sr. Smith.

– Ordens, capitão?

Desolado, Jamie olhou para ele.

– Ficarei satisfeito se não afundarmos. Pode conseguir isso?

O sr. Smith não se deu ao trabalho de disfarçar o sorriso.

– Se não batermos em outro navio ou em uma baleia, acho que continuaremos à tona, senhor.

– Ótimo. Por gentileza, não bata. – Jamie passou as costas da mão pela boca e se empertigou. – Há algum porto que possamos alcançar em um dia mais ou menos? O timoneiro disse que há comida e água suficientes para três dias, mas quanto menos precisarmos, melhor me sentirei.

Smith estreitou os olhos para a terra invisível, o sol poente reluzindo em seus brincos de ouro.

– Bem, já passamos de Norfolk – informou, pensativo. – O porto seguinte seria Nova York.

Jamie lançou um olhar intrigado para Smith.

– A Marinha Britânica não está fundeada em Nova York?

O sr. Smith tossiu.

– Acho que estava, da última vez que ouvi. Claro, eles podem ter se mudado.

– Eu estava pensando em um porto menor – comentou Jamie. – Bem pequeno.

– Onde a chegada de um cúter da Marinha Real poderá impressionar a população? – perguntei.

Eu simpatizava com a ideia de colocar o pé em terra firme o mais cedo possível, mas a questão era: e depois?

A enormidade de nossa situação só agora começava a se abater sobre mim. Havíamos passado, no intervalo de uma hora, de passageiros com destino à Escócia a fugitivos, a caminho de só Deus sabia onde.

Jamie fechou os olhos e respirou profundamente. A embarcação oscilava sobre as ondas e vi que ele estava ficando verde outra vez. E, com uma pontada de aflição, percebi que havia perdido minhas agulhas de acupuntura, deixadas para trás no meu êxodo apressado do *Teal*.

– E quanto a Rhode Island ou New Haven, Connecticut? – perguntei. – Era para New Haven que o *Teal* estava indo, de qualquer modo. Creio que é muito menos provável que a gente se depare com legalistas ou tropas inglesas em um desses portos.

Jamie assentiu, os olhos ainda fechados, fazendo uma careta em resposta ao balanço da embarcação.

– Sim, talvez.

– Rhode Island, não – protestou Smith. – Os ingleses entraram em Newport em dezembro e a Marinha Americana, ou o que existe dela, está bloqueada em Providence. Eles podem não atirar se entrarmos em Newport com a bandeira britânica – gesticulou, indicando o mastro, onde a Union Jack ainda tremulava –, mas a recepção quando aportássemos seria mais calorosa do que desejaríamos.

Jamie abrira uma fenda em um dos olhos e olhava para Smith, pensativo.

– Parece que o senhor mesmo não tem nenhuma tendência legalista, não é? Se tivesse, nada mais simples do que me dizer para aportar em Newport. Eu não faria objeção.

– Não, não tenho, senhor. – Smith remexeu um de seus brincos. – Veja bem, também não sou um separatista. Só que não estou nem um pouco inclinado a ser afundado outra vez. Acho que já usei todo o meu quinhão de sorte nesse sentido.

Jamie balançou a cabeça, parecendo enjoado.

– New Haven, então – disse, e senti um pequeno baque de nervosa empolgação. Será que eu me encontraria com Hannah Arnold afinal? Ou, e essa era uma ideia ainda mais perturbadora, com o próprio coronel Arnold? Imaginava que ele devia visitar a família de vez em quando.

Seguiu-se certa dose de discussões técnicas, envolvendo muitos gritos entre o convés e o cordame, com respeito à navegação: Jamie sabia como usar tanto um sextante quanto um astrolábio – o primeiro estava, na verdade, disponível –, mas não sabia como aplicar os resultados às velas de um navio. Os marujos recrutados do *Teal* estavam mais ou menos em concordância quanto a conduzir o navio aonde quer que quiséssemos levá-lo, uma vez que a única alternativa era serem presos, julgados e executados por pirataria, mas, embora todos fossem marinheiros capazes, nenhum deles possuía conhecimentos de navegação.

Isso nos deixava com as estratégias alternativas de interrogar os marinheiros capturados e presos no porão – tentando descobrir se algum deles sabia velejar e, se assim fosse, oferecendo incentivos no que diz respeito a violência ou ouro que os compelissem a fazê-lo – ou navegar até avistar terra firme e nos mantermos perto da costa, o que seria mais lento, muito mais perigoso, em termos de deparar tanto com bancos de areia quanto com a Marinha Britânica, e incerto, na medida em que nenhum dos marujos do *Teal* atualmente conosco jamais vira o porto de New Haven antes.

Não tendo nada de útil a contribuir para essa discussão, fui me postar à balaustrada, observando o sol descer no céu e imaginando quais seriam nossas probabilidades de encalhar em um banco de areia na escuridão, sem o sol para nos guiar.

O pensamento era frio, mas o vento era ainda mais. Eu usava apenas um casaco leve quando saí abrupta e dramaticamente do *Teal*, e, sem a minha sobressaia de lã, o vento do mar atravessava minhas roupas como uma faca. Essa lastimável imagem me fez lembrar do canhoneiro morto e, revestindo-me de coragem, olhei por cima do ombro para a mancha escura de sangue no convés.

Ao fazê-lo, meus olhos captaram um breve movimento no leme, e abri a boca para gritar. Eu não conseguira emitir nenhum som, mas Jamie por acaso estava olhando para mim e o que quer que tenha visto na expressão do meu rosto foi o suficiente. Virou-se com uma guinada e se atirou sem nenhuma hesitação sobre Guiné Dick, que tirara uma faca de algum lugar e se preparava para enterrá-la nas costas de Ian.

Ian girou nos calcanhares com o barulho, viu o que estava acontecendo e, enfiando a pistola nas mãos surpresas do sr. Smith, atirou-se sobre a bola humana que rolava sob o oscilante leme. Perdendo a direção, a embarcação diminuiu a marcha, as velas se afrouxaram e o cúter começou a jogar de modo assustador.

Dei dois passos pelo convés inclinado e arranquei habilmente a pistola da mão do sr. Smith. Ele olhou para mim, piscando, assombrado.

– Não é que eu não confie no senhor – disse, como forma de desculpa. – É que não posso correr o risco, considerando tudo que está acontecendo.

Calmamente, verifiquei a pistola; estava armada e engatilhada. Era de admirar que não tivesse disparado sozinha, com todo aquele manuseio intempestivo. Apontei-a para o centro da peleja, esperando para ver quem emergiria dali.

O sr. Smith olhou de um lado para outro, de mim para a briga, e começou a recuar devagar, as mãos erguidas.

– Eu... estarei... lá em cima. Se precisarem.

O resultado fora o esperado, mas o sr. Dick havia se conduzido nobremente, como um marinheiro britânico. Ian se levantou devagar, praguejando e pressionando o braço contra a camisa, onde um ferimento irregular deixara manchas vermelhas.

– O desgraçado traiçoeiro me *mordeu*! – disse, furioso. – Maldito canibal!

Chutou seu ex-adversário, que grunhiu com o impacto, mas permaneceu inerte. Em seguida, apoderou-se do leme com uma furiosa imprecação. Moveu-o devagar para a frente e para trás, buscando direção, e o navio se estabilizou, a proa se virando para o vento, enquanto as velas se inflavam outra vez.

Jamie rolou de cima do corpo caído de costas do sr. Dick e se sentou no convés ao lado dele, a cabeça baixa, arquejante. Abaixei e desengatilhei a arma.

– Tudo bem? – perguntei-lhe, por mera formalidade. Sentia-me muito calma, de uma maneira remota e estranha.

– Estou tentando lembrar quantas vidas ainda me restam – respondeu ele, entre uma arfada e outra.

– Quatro, eu acho. Ou cinco. Certamente, você não acha que escapou desta por pouco, não é?

Olhei para o sr. Dick, cujo rosto estava em péssimo estado. Jamie tinha uma grande mancha vermelha na lateral do rosto que certamente estaria preta e azulada em poucas horas, e segurava a região da cintura, mas fora isso parecia incólume.

– Quase morrer de enjoo conta?

– Não.

Com um olhar cauteloso para o piloto caído, agachei-me ao lado de Jamie e examinei-o. A luz vermelha do sol poente banhava o convés, tornando impossível avaliar sua palidez, ainda que a cor de sua pele tornasse a tarefa fácil. Jamie estendeu a mão e eu lhe entreguei a pistola, que ele enfiou no cinto. Onde, eu vi, ele havia recolocado sua adaga na respectiva bainha.

– Não teve tempo de puxar isso? – perguntei, indicando-a com a cabeça.

– Não queria matá-lo. Ele não está morto, está?

Com um esforço perceptível, rolou sobre as mãos e os joelhos e respirou por um instante antes de se pôr de pé com um impulso.

– Não. Vai acordar em um ou dois minutos.

Olhei para Ian, que estava com o rosto virado, mas cuja linguagem corporal era eloquente. Seus ombros rígidos, a vermelhidão na nuca e os músculos dos braços contraídos demonstravam raiva e vergonha, o que era compreensível, mas havia uma inclinação da espinha dorsal que falava de desolação. Fiquei refletindo sobre isso, até que um pensamento me ocorreu e subitamente aquela estranha sensação de calma desapareceu em uma explosão de horror quando percebi o que devia ter feito Ian baixar a guarda.

– Rollo! – sussurrei, agarrando com força o braço de Jamie. Ele ergueu os olhos, espantado, observou Ian e trocou um olhar consternado comigo.

– Meu Deus! – exclamou baixinho.

As agulhas de acupuntura não eram as únicas coisas de valor deixadas para trás a bordo do *Teal*.

Rollo era o maior companheiro de Ian havia anos. O imenso subproduto de um encontro casual entre um enorme cão irlandês e um lobo, ele aterrorizava os marujos no *Teal* a ponto de Ian o ter prendido na cabine. Caso contrário, ele teria avançado no pescoço do capitão Stebbings quando os marinheiros prenderam Ian. O que ele iria fazer quando percebesse que Ian desaparecera? E o que o capitão Stebbings, seus homens ou a tripulação do *Teal* fariam com ele?

– Santo Deus. Vão dar um tiro no cachorro e atirá-lo ao mar – disse Jamie, expressando meu pensamento, e fez o sinal da cruz.

Pensei no tubarão-martelo outra vez e um tremor violento percorreu meu corpo. Jamie apertou minha mão com força.

– Meu Deus – sussurrou. Ficou parado, refletindo por um instante, depois soltou minha mão. – Tenho que falar com a tripulação e temos que alimentá-los... e os marinheiros no porão. Pode ir lá embaixo, Sassenach, e ver o que consegue fazer na cozinha? Eu só vou... dar uma palavrinha com Ian primeiro. – Vi sua garganta se mover ao olhar para Ian, parado como um índio de madeira ao leme, a luz evanescente implacável em seu rosto sem lágrimas.

Balancei a cabeça e comecei a caminhar, de maneira instável, para o buraco negro, aberto, da escada que levava à escuridão.

A cozinha do navio não passava de um cubículo na coberta, no final do refeitório, com uma espécie de altar baixo, de tijolos, contendo o fogo, vários armários no tabique e uma prateleira pendurada de onde pendiam vasilhas de cobre, pegadores de panela, panos de prato e outros itens de cozinha. Nenhum problema em localizar os utensílios; ainda havia uma luminosidade avermelhada do fogo da cozinha, onde – graças a Deus! – algumas brasas sobreviviam.

Havia uma caixa de areia, uma de carvão e um cesto de gravetos para acender o fogão arrumados sob o balcão minúsculo, e comecei imediatamente a reavivar o fogo.

Um caldeirão se dependurava sobre o fogo; um pouco do conteúdo havia derramado pelos lados em consequência do balanço do navio, extinguindo parcialmente o fogo e deixando listras grudentas pelas bordas do caldeirão. Sorte outra vez, pensei. Se o líquido derramado não tivesse quase extinguido o fogo, o conteúdo da panela havia muito teria secado e queimado, deixando-me o trabalho de começar algum tipo de jantar a partir do zero.

Talvez eu tivesse realmente que começar do zero. Havia vários engradados com frangos empilhados perto da cozinha; estavam cochilando na escuridão quente, mas despertaram com meus movimentos, adejando, cacarejando e empinando suas cabeças tolas de um lado para outro em agitada investigação, os olhos de conta pestanejando, vermelhos, para mim através das treliças de madeira.

Imaginei se haveria outros tipos de animal doméstico a bordo, mas, se havia, não estavam na cozinha, graças a Deus. Agitei o caldeirão, que parecia conter uma espécie de ensopado grudento, e então comecei a procurar pão. Eu sabia que devia haver algum tipo de substância farinhenta; os marujos viviam de bolacha dura - uma bolacha d'água, sem sal ou fermento, sempre servida nos navios - ou bolacha macia, esta um tipo de pão com fermento, embora o termo "macio" sempre fosse relativo. De qualquer forma, teriam algum tipo de pão. Onde...?

Encontrei-o finalmente: pães escuros, duros e redondos em um saco de barbante trançado pendurado de um gancho em um canto escuro. Para mantê-los fora do alcance de ratos, eu imaginava, e olhei atentamente para o assoalho ao redor, por precaução. Devia haver farinha também, pensei - ah, claro. Estaria no porão, juntamente com as demais provisões do navio. E os descontentes remanescentes da tripulação original. Bem, nos preocuparíamos com eles mais tarde. Ali havia o suficiente para o jantar de todos a bordo. Também me preocuparia com o café da manhã mais tarde.

O esforço de reavivar o fogo e vasculhar a cozinha e o refeitório me aqueceu e me fez esquecer os machucados. A sensação de fria perplexidade que sentia desde que me joguei por cima da amurada do *Teal* começou a se dissipar.

Isso não era muito bom. Conforme eu emergia do meu estado de estupefação, também comecei a assimilar as verdadeiras dimensões daquela situação. Já não estávamos a caminho da Escócia e dos perigos do Atlântico, e sim de um destino desconhecido em uma embarcação estranha, com uma tripulação inexperiente e apavorada. E tínhamos, na verdade, acabado de cometer um ato de pirataria em alto-mar, assim como todos os crimes envolvidos em resistir ao recrutamento forçado e atacar a Marinha de Sua Majestade. E assassinato. Engoli em seco, a garganta ainda dolorida, e minha pele ficou arrepiada apesar do calor do fogo.

O choque da faca atingindo o osso ainda reverberava nos ossos da minha mão e do meu braço. Como podia tê-lo matado? Eu sabia que não havia penetrado na cavidade do peito, não podia ter atingido os vasos importantes do pescoço... Choque, é claro... mas poderia apenas o choque...?

Eu não podia pensar no canhoneiro morto agora e afastei o pensamento com firmeza. Mais tarde, falei a mim mesma, eu faria as pazes com isso – afinal, fora legítima defesa – e rezaria por sua alma, porém mais tarde. Não agora.

Não que as outras coisas que apareciam enquanto eu trabalhava fossem muito mais atraentes. Ian e Rollo – não, também não podia pensar nisso.

Raspei o fundo da panela energicamente com uma grande colher de pau. O ensopado estava um pouco queimado no fundo, mas ainda podia ser comido. Havia ossos nele e era espesso e grudento, com grumos. Um pouco enjoada, enchi uma panela menor com água de uma barrica e a pendurei no fogo para ferver.

Navegação. Fixei-me nisso como um tópico para inquietação, com base no fato de, apesar de ser profundamente preocupante, não possuir os aspectos emocionais de alguns dos outros tópicos em minha agenda mental. Em que lua estávamos? Tentei me lembrar da noite anterior, do convés do *Teal*. Eu não havia notado a lua, portanto não estava quase cheia; a lua cheia se erguendo do mar é um espetáculo extraordinário, com aquele caminho brilhante pela água que nos faz sentir como seria simples pular por cima da amurada e caminhar em frente, por aquele tranquilo esplendor.

Não, nenhum tranquilo esplendor na noite anterior. Mas eu fora à proa do navio, bem tarde, em vez de usar o urinol, porque queria um pouco de ar fresco. Estava escuro no convés e parei por um instante junto à balaustrada, porque havia fosforescência nas ondas longas, contínuas, uma bela e estranha luminosidade verde sob a água, e o rastro do navio lavrava um sulco brilhante pelo mar.

Lua nova, então, concluí, ou uma lâmina fina, o que dava no mesmo. Não podíamos nos aproximar muito do litoral à noite, então. Eu não sabia a que distância ao norte estávamos – será que John Smith sabia? –, mas tinha noção de que a linha costeira de Chesapeake envolvia todo tipo de canal, banco de areia, baixio das marés e tráfego de navios. Espere, Smith dissera que havíamos passado de Norfolk...

– Ora, droga! – exclamei, exasperada. – Onde *fica* Norfolk?

Eu sabia onde era em relação à rodovia I-64, mas não fazia a menor ideia de como era o maldito lugar visto do oceano.

E, se fôssemos obrigados a nos manter distantes de terra firme durante a noite, o que nos impediria de ir à deriva para alto-mar?

– Bem, do lado positivo, não precisamos nos preocupar em ficar sem combustível – falei de modo encorajador para mim mesma.

Comida e água... bem, ainda não, ao menos.

Eu parecia estar ficando sem material de preocupação impessoal. E que tal o enjoo de Jamie? Ou qualquer outra catástrofe médica que pudesse ocorrer a bordo? Sim, esse era um bom tema. Eu não tinha nenhuma erva, agulhas, suturas, ataduras ou instrumentos. No momento, estava absolutamente sem nenhum remédio prático, a não ser água fervente e qualquer habilidade manual que eu pudesse ter.

– Creio que conseguiria reduzir uma fratura ou colocar o polegar em uma artéria esguichando – disse em voz alta –, mas talvez isso fosse tudo.

– Hã... – murmurou uma voz hesitante atrás de mim e girei nos calcanhares, inadvertidamente respingando ensopado da minha concha.

– Sr. Smith.

– Não quis assustá-la, madame. – Deslizou sorrateiramente para a luz como uma aranha desconfiada, mantendo uma distância cautelosa de mim. – Ainda mais depois que vi seu sobrinho lhe devolver aquela sua faca. – Sorriu de leve, para indicar que era uma piada, mas estava nervoso. – A senhora... hum... sabe lidar muito bem com ela, devo dizer.

– Sim – confirmei de forma sucinta, pegando um pano para limpar os respingos. – Tenho prática.

Isso levou a um profundo silêncio. Após alguns instantes, ele tossiu.

– O sr. Fraser mandou perguntar, com muito cuidado, se logo haverá alguma coisa para comer.

Dei uma risada debochada.

– O "muito cuidado" foi ideia sua ou dele?

– Dele – respondeu prontamente.

– Pode dizer a ele que a comida está pronta, a qualquer hora que alguém queira vir comer. Ah, sr. Smith?

Ele virou-se de imediato, os brincos balançando.

– Eu só estava pensando... O que os homens... Bem, eles devem estar muito contrariados, é claro, mas como os marinheiros do *Teal* se sentem sobre... hã... os últimos acontecimentos? Quer dizer, se o senhor souber...

– Eu sei. O sr. Fraser também me perguntou isso não faz dez minutos – comentou ele, parecendo achar um pouco engraçado. – Andamos conversando lá em cima, como pode imaginar, madame.

– Sim.

– Bem, estamos muito aliviados de não termos sido recrutados à força, é claro. Se isso acontecesse, o mais provável é que ninguém veria casa ou família de novo por anos. Sem dizer nada sobre ser forçado talvez a lutar contra nossos compatriotas. – Ele coçou o queixo. Como todos os homens, estava ficando barbado e com um ar de pirata. – Por outro lado, entretanto... Bem, deve compreender que a situação atual não é a que nossos amigos gostariam que fosse. Perigosa, quero dizer, e agora sem nosso pagamento e nossas roupas...

– Compreendo. Do seu ponto de vista, qual seria o fim mais desejável de nossa situação?

– Aportar o mais perto possível de New Haven, mas não no porto. Levar a embarcação para um banco de cascalhos e incendiá-la – respondeu. – Levar o bote até terra firme e depois correr em disparada.

– O senhor incendiaria o navio com os prisioneiros no porão? – perguntei, por curiosidade.

Para meu alívio, ele pareceu chocado com a ideia.

– Ah, não, madame! Talvez o sr. Fraser prefira entregá-los aos continentais como moeda de troca, mas também não nos importaríamos se fossem soltos.

– É muito magnânimo de sua parte – assegurei-lhe com ar grave. – E tenho certeza de que o sr. Fraser ficou muito agradecido por suas recomendações. O senhor, hã, sabe onde o Exército Continental está no momento?

– Em algum lugar de Nova Jersey, foi o que ouvi dizer – respondeu, com um breve sorriso. – Não creio que seja muito difícil encontrá-los, se quiserem.

Fora a Marinha Real, a última coisa que eu queria ver era o Exército Continental, mesmo a distância. No entanto, Nova Jersey parecia a uma distância segura.

Eu o mandei vasculhar os alojamentos da tripulação à procura de utensílios – cada homem devia ter talheres para as refeições – e começar a complicada tarefa de acender os dois lampiões pendurados acima da mesa do refeitório, na esperança de que pudéssemos ver o que estávamos comendo.

Depois, examinando mais atentamente o ensopado, mudei de ideia quanto à conveniência de mais iluminação, mas, considerando o trabalho que dera acender os lampiões, também não estava disposta a apagá-los.

No cômputo geral, a refeição não foi ruim. Embora não fizesse nenhuma diferença para eles se eu tivesse servido aveia crua e cabeças de peixe, os homens estavam famintos. Devoraram a comida como uma horda de alegres gafanhotos, notavelmente bem-humorados, considerando nossa situação. Não pela primeira vez, admirei a capacidade dos homens de trabalhar de forma competente em meio à incerteza e ao perigo.

Isso, em parte, se devia a Jamie. Ninguém podia deixar de notar a ironia de alguém que detestava o mar e navios como ele se tornar de repente o capitão *de facto* de um cúter da Marinha. No entanto, apesar de detestar navios, ele sabia conduzi-los – e possuía o talento especial de se manter calmo diante do caos, além de uma liderança natural.

Se você puder manter a cabeça no lugar quando todos a seu redor estão perdendo a deles e o culpando por isso..., pensei, observando-o conversar com os homens.

Somente a pura adrenalina me mantivera de pé até então, mas agora, fora de perigo imediato, ela desaparecia. Entre fadiga, preocupação e garganta dolorida, só consegui comer uma ou duas colheres do ensopado. Os outros machucados em meu corpo haviam começado a latejar e meu joelho ainda doía. Eu fazia um mórbido inventário dos danos físicos quando notei os olhos de Jamie fixos em mim.

– Você precisa se alimentar, Sassenach. Coma.

Abri a boca para dizer que não estava com fome, mas pensei melhor. A última coisa de que ele precisava era se preocupar comigo.

– Sim, sim, capitão – disse, e peguei a colher, resignada.

31

UMA VISITA GUIADA PELAS CÂMARAS DO CORAÇÃO

Eu devia estar me preparando para dormir. Deus sabia quanto eu precisava de sono. E haveria bem pouca oportunidade de dormir até chegarmos a New Haven. *Se chegarmos*, comentou o fundo da minha mente com ceticismo, mas ignorei a observação.

Eu ansiava por adormecer, tanto para fugir dos medos e incertezas da minha mente quanto para restaurar meu corpo muito machucado. Estava tão esgotada que a mente e o corpo haviam começado a se separar.

Era um fenômeno conhecido. Médicos, soldados e mães às vezes se deparam com isso. Incapaz de reagir a uma emergência enquanto entorpecida pela fadiga, a mente simplesmente se retrai um pouco, separando-se das prementes necessidades egocêntricas do corpo. Desse distanciamento impessoal, ela pode comandar, contornando emoções, dor e cansaço, tomando decisões necessárias, friamente dominando as estúpidas necessidades corporais de comida, água, sono, amor, pesar, superando seus pontos à prova de falhas.

Por que emoções?, perguntei-me. Sem dúvida, a emoção era uma função da mente. No entanto, parecia tão arraigada na carne que essa abdicação da mente sempre suprimia a emoção também.

Acho que o corpo se ressente dessa abdicação. Ignorado e maltratado, não permite que a mente retorne. Em geral, a separação persiste até que a pessoa consiga dormir. Com o corpo absorto em suas tranquilas intensidades de regeneração, a mente se instala com cautela na carne turbulenta, tateando delicadamente para encontrar seu caminho através das passagens sinuosas dos sonhos, fazendo as pazes. E você acorda inteiro outra vez.

Mas ainda não. Eu tinha a sensação de que restava alguma coisa a fazer, mas não sabia o quê. Eu alimentara os homens, enviara comida aos prisioneiros, examinara os feridos, recarregara todas as pistolas, limpara o caldeirão da comida...

Coloquei as mãos na mesa, a ponta dos dedos sentindo a textura da madeira, como se os minúsculos veios, alisados por anos de serviço, pudessem ser o mapa que me permitiria encontrar meu caminho para o sono.

Eu podia me ver sentada ali. Magra, quase esquelética. Havia ficado mais magra do que gostaria nas últimas semanas de viagem. Os ombros arqueados de cansaço. Uma cabeleira emaranhada, embaraçada, de mechas retorcidas, listradas de branco e prateado, uma dúzia de tons claros e escuros. Isso me fez lembrar algo que Jamie dissera, uma expressão cherokee: "penteando cobras dos cabelos". A expressão significava o ato de aliviar a cabeça de preocupações, raiva, medo, possessão de demônios etc. Muito apropriada.

Eu não possuía, é claro, um pente no momento. Tinha um no bolso, mas o perdera na luta.

Meu cérebro parecia um balão puxando teimosamente a linha que o prendia. Só que eu não o soltava. Temia que não voltasse.

Em vez disso, concentrei a atenção em pequenos detalhes físicos: o peso do ensopado de frango e do pão na barriga; o cheiro quente e de peixe do óleo nos lampiões; a batida de pés no convés acima e a canção do vento; o silvo da água escorrendo pelos costados do navio.

A sensação de uma lâmina na carne. Não a força da determinação, a destruição dirigida da cirurgia, dano causado com o propósito de curar. Uma estocada em pânico, o salto e a vibração de uma lâmina atingindo um osso inesperado, o deslizar violento de uma faca descontrolada. E a grande mancha escura no convés, úmida e cheirando a ferro.

– Eu não pretendia – sussurrei em voz alta. – Meu Deus, eu não pretendia.

Sem nenhum aviso prévio, comecei a chorar. Sem soluços, sem espasmos fechando a garganta. As lágrimas simplesmente afloravam a meus olhos e fluíam por minhas faces, lentas como mel frio. Um reconhecimento silencioso do desespero conforme os acontecimentos entravam em uma lenta espiral fora de controle.

– O que foi, Sassenach? – a voz de Jamie, suave e baixa, veio da porta.

– Estou tão cansada... – respondi, com a voz embargada. – Tão cansada...

O banco rangeu sob seu peso quando ele se sentou a meu lado e um lenço imundo enxugou minhas bochechas. Ele passou o braço pelos meus ombros e sussurrou para mim em gaélico, as palavras carinhosas e tranquilizadoras que se diz a um animal assustado. Afundei o rosto em sua camisa e fechei os olhos. As lágrimas ainda rolavam por meu rosto, mas eu começava a me sentir melhor; ainda cansada, mas não destruída.

– Eu não queria matar aquele homem – murmurei.

Seus dedos alisavam meus cabelos. Pararam por um instante, depois recomeçaram.

– Você não matou ninguém – retrucou, parecendo surpreso. – Era isso que a estava perturbando, Sassenach?

– Entre outras coisas, sim. – Sentei-me direito, limpando o nariz na minha manga, e o fitei. – Eu não matei o canhoneiro? Tem certeza?

Ele quase deu um sorriso, mas a situação era séria.

– Tenho certeza. Eu o matei, *a nighean*.

– Você... – Funguei e o fitei atentamente. – Está dizendo isso para me fazer sentir melhor?

– Não, não estou. Eu também gostaria de não ter matado o sujeito. Mas não tive escolha. – Estendeu a mão e empurrou um cacho de meus cabelos para trás da orelha com o dedo indicador. – Não se preocupe, Sassenach. Eu posso suportar isso.

Eu continuava chorando, mas dessa vez com sentimento. Chorava de dor e tristeza, certamente de medo. Só que a dor e a tristeza eram por Jamie e pelo homem que ele não tivera escolha senão matar, e isso fez toda a diferença.

Após algum tempo, a tempestade amainou, deixando-me exausta, mas inteira. A incômoda sensação de distanciamento passara. Jamie se virara no banco, as costas contra a mesa enquanto me segurava em seu colo, e permanecemos sentados em um silêncio tranquilizador, observando o clarão das brasas enfraquecidas no fogo da cozinha e os fiapos de vapor se elevando do caldeirão de água quente. *Eu devia colocar alguma coisa para cozinhar durante a noite*, pensei sonolenta. Olhei para os engradados, onde as galinhas haviam se acomodado para dormir, sem mais que um breve cacarejo ocasional de surpresa quando alguma acordava de qualquer que fosse o sonho que sonhavam as galinhas.

Não, eu não conseguiria matar uma galinha essa noite. Os homens teriam que se satisfazer com o que estivesse à mão pela manhã.

Jamie também havia notado as galinhas, embora com um efeito diferente.

– Você se lembra das galinhas da sra. Bug? – perguntou, com um humor pesaroso. – O pequeno Jem e Roger Mac?

– Meu Deus. Pobre sra. Bug.

Jem, com uns 5 anos, recebera a incumbência de contar as galinhas para se certificar de que todas houvessem retornado ao galinheiro à noite. Depois disso, é claro, a porta era bem trancada, para impedir a entrada de raposas, texugos e outros predadores que adoram galinhas. Só que Jem se esquecera. Apenas uma vez, mas uma vez fora o suficiente. Uma raposa entrara no galinheiro e a carnificina fora terrível.

É tolice dizer que só o homem mata por prazer. É possível que tenham aprendido com os homens, mas todos os animais da família do cachorro também o fazem: raposas, lobos e mesmo cães domesticados. As paredes do galinheiro ficaram emplastadas de sangue e penas.

– Minhas filhinhas! – não parava de repetir a sra. Bug, as lágrimas rolando pelo rosto como contas de vidro. – Minhas pobres filhinhas!

Jem, chamado à cozinha, não conseguia erguer a cabeça.

– Sinto muito – murmurou ele, com os olhos voltados ao chão. – Sinto muito mesmo.

– Deve mesmo – disse Roger. – Mas isso não vai adiantar muito, não é?

Jemmy balançou a cabeça, mudo, as lágrimas assomando aos olhos.

Roger limpou a garganta com um ruído rouco e ameaçador.

– Bem, é o seguinte: se você já tem idade para lhe confiarem um trabalho, também já tem idade para assumir as consequências de quebrar essa confiança. Está me compreendendo?

Era óbvio que não, mas o garoto assentiu, fungando.

Roger respirou fundo.

– Quero dizer que vou bater em você.

O rosto pequeno e redondo de Jem ficou pálido. Ele piscou algumas vezes e olhou para a mãe, boquiaberto.

Brianna fez um pequeno movimento na direção dele, mas a mão de Jamie se fechou em seu braço, impedindo-a.

Sem olhar para Bri, Roger colocou a mão no ombro de Jem e o virou com firmeza.

– Tudo bem, garoto. Para fora. – Apontou para a porta. – Vá para o estábulo e espere por mim lá.

Jemmy engoliu em seco. Ele empalidecera quando a sra. Bug trouxera o primeiro corpo coberto de penas, e os acontecimentos subsequentes não melhoraram sua cor. Pensei que ele fosse vomitar, mas não o fez. Parara de chorar e não recomeçara, mas pareceu se encolher dentro de si mesmo, os ombros arriados.

– Vá – ordenou Roger, e ele obedeceu.

Enquanto Jemmy se arrastava para fora, com a cabeça baixa, parecia tanto um prisioneiro a caminho da execução que eu não sabia se ria ou chorava. Meus olhos encontraram os de Brianna e vi que ela lutava com um sentimento semelhante. Parecia aflita, mas logo desviou o olhar.

Roger soltou um profundo suspiro e se preparou para segui-lo, endireitando os ombros.

– Santo Deus – murmurou.

Jamie permanecera calado, no canto, observando a conversa, embora não sem compaixão. Moveu-se apenas ligeiramente e Roger olhou para ele, que tossiu.

– Hummm... Sei que é a primeira vez, mas acho que é melhor bater com força – sugeriu. – O pobrezinho se sente muito mal.

Brianna se voltou para ele, surpresa, mas Roger assentiu, a linha implacável de sua boca relaxando um pouco. Seguiu Jem para fora, desafivelando o cinto enquanto saía.

Nós três permanecemos na cozinha, constrangidos, sem saber ao certo o que fazer. Brianna se endireitou com um suspiro, mais ou menos como Roger, e pegou uma das galinhas mortas.

– Podemos comê-las?

Toquei uma das galinhas; a carne se moveu, flácida e trêmula, mas a pele ainda não começara a se separar. Levantei o galo e o cheirei. Havia um odor forte de sangue seco e o odor bolorento de fezes expelidas, mas nada parecia apodrecido.

– Creio que sim, se forem bem cozidas. As penas não servem mais, mas podemos fazer ensopado com algumas delas e cozinhar o resto para caldos e fricassê.

Jamie foi buscar cebolas, alho e cenouras no porão, enquanto a sra. Bug se retirava para repousar um pouco. Brianna e eu começamos o trabalho sujo de depenar e eviscerar as vítimas. Não dissemos muita coisa, além de breves perguntas e respostas murmuradas sobre o serviço. No entanto, quando Jamie voltou, colocando a cesta com os legumes na mesa ao lado de Bri, ela ergueu os olhos e perguntou, séria:

– Vai ajudar? Realmente?

Ele balançou a cabeça.

– Você se sente mal quando fez alguma coisa errada e quer consertar, certo? O problema é que não há como consertar uma coisa como esta. – Indicou a pilha de galinhas mortas. Moscas começavam a aparecer, rastejando sobre as penas macias. – O melhor que você pode fazer é sentir que pagou por isso.

Um som fraco e agudo chegou até eles através da janela. Brianna fez menção de correr, mas balançou a cabeça levemente e pegou uma das aves, afastando as moscas.

– Eu me lembro – disse baixinho. – E Jemmy também, tenho certeza.

Jamie emitiu um pequeno ruído, achando graça, depois recaiu no silêncio. Eu podia sentir seu coração batendo contra as minhas costas, lento e compassado.

Fizemos vigília a intervalos de duas horas durante a noite inteira, nos certificando de que Jamie, Ian ou eu estivéssemos acordados. John Smith parecia confiável, mas havia sempre a chance de alguém do *Teal* cismar de soltar os marinheiros no porão, achando que isso pudesse salvá-los de serem enforcados como piratas mais tarde.

Consegui fazer a vigia da meia-noite sem grandes dificuldades, mas despertar ao amanhecer foi difícil. Lutei para sair de um poço profundo, forrado de lã preta e macia, um dolorido cansaço se agarrando aos meus membros machucados e emperrados.

Assim que saí dele, Jamie se deixara afundar na rede forrada com um cobertor. Sorri, apesar do desejo urgente de tirá-lo dali e voltar para dentro da rede. Ou ele tinha absoluta confiança em minha capacidade de ficar de guarda, ou estava prestes a morrer de cansaço e enjoo. Ou ambos, refleti, pegando a capa de oficial da Marinha que ele acabara de tirar. Isso fora uma vantagem da presente situação: eu deixara a terrível capa de leproso morto a bordo do *Teal*. Essa era muito superior, feita de lã grossa azul-marinho, forrada de seda vermelha e ainda guardando uma boa parte do calor do corpo de Jamie.

Apertei-a bem ao meu redor, acariciei sua cabeça para ver se ele iria sorrir em seu sono – ele o fez, apenas um ligeiro movimento no canto da boca – e me dirigi à cozinha bocejando.

Outro pequeno benefício: uma lata de um bom chá Darjeeling no armário. Eu havia reanimado o fogo sob o caldeirão de água quando fora dormir. Estava muito quente agora, então peguei uma xícara, usando o que obviamente era a louça particular do comandante, pintada com violetas.

Levei a xícara de chá para cima e, após um passeio oficial pelos conveses, de olho nos dois marujos de serviço – o sr. Smith estava ao leme –, parei junto à balaustrada para tomar o aromático fruto da minha pilhagem observando o sol nascer do mar.

Se alguém estivesse disposto a contar suas bênçãos, ali estava mais uma. Eu já vira auroras em mares tropicais que surgiam como o desabrochar de uma enorme flor, um lento e grandioso desenrolar de calor e luz. Esse era um nascer do sol do norte, como o lento abrir de uma concha bivalve – frio e delicado, o céu brilhando em madrepérola sobre um mar cinza-claro. Havia algo íntimo a respeito desse amanhecer, pensei, como se pressagiasse um dia de segredos.

Exatamente quando me aprofundava em pensamentos poéticos, fui interrompida por um grito de "Vela à vista!" acima de mim. A xícara de porcelana pintada de violetas do capitão Stebbings se espatifou no assoalho do convés e girei nos calcanhares, deparando-me no horizonte atrás de nós com a ponta de um triângulo branco aumentando a cada segundo.

Os instantes seguintes foram dignos de uma comédia pastelão, conforme eu corria para a cabine do capitão tão sem fôlego que era incapaz de dizer alguma coisa coerente, apenas repetindo ofegante: "Ve... ve... vista!"

Jamie, capaz de passar de um sono profundo para um estado de completa prontidão, assim o fez. Ele também tentou saltar para fora da cama, esquecendo-se no afã do momento de que estava em uma rede. Quando finalmente conseguiu se erguer do chão, praguejando, ouviam-se pancadas de pés no convés conforme o resto dos marinheiros do *Teal* saía mais agilmente de suas redes e corria para ver o que estava acontecendo.

– É o *Teal*? – perguntei a John Smith, estreitando os olhos para ver melhor. – Consegue ver?

– Sim – respondeu ele, esforçando-se para enxergar. – Ou melhor, não. Eu saberia, não é o *Teal*. Ele tem três mastros.

– Vou acreditar em você.

A essa distância, o navio que se aproximava parecia uma nuvem vacilante movendo-se rapidamente em nossa direção. Ainda não conseguia distinguir nada de seu casco.

– Não temos que fugir dele, temos? – perguntei a Jamie, que desencavava um pequeno telescópio da escrivaninha de Stebbings e examinava nosso perseguidor com o cenho franzido.

Ele abaixou o telescópio, balançando a cabeça.

– Não importa se temos ou não. Não teríamos a menor chance.

Passou o telescópio para Smith, que murmurou:

– Não tem nenhuma bandeira hasteada...

A cabeça de Jamie se virou para cima e percebi de repente que o *Pitt* ainda portava a Union Jack desfraldada.

– Isso é bom, não acha? – perguntei. – Certamente não vão querer perturbar um navio da Marinha.

Jamie e John Smith pareceram em dúvida quanto a essa lógica.

– Se chegarem perto, provavelmente notarão que alguma coisa não cheira bem. E não estou falando de uma baleia – comentou Smith e olhou de viés para Jamie. – Ainda assim, você não poderia vestir a capa do capitão? De longe, pode ajudar.

– Se chegarem perto o suficiente para isso fazer diferença, não vai adiantar mais, de qualquer modo – respondeu Jamie, com ar soturno.

Ainda assim, ele desapareceu, parando rapidamente para vomitar por cima da balaustrada, retornando instantes depois com uma aparência esplêndida no uniforme do capitão Stebbings. Isto é, se você ficasse a uma boa distância e estreitasse os olhos. Como Stebbings era provavelmente 30 centímetros mais baixo do que Jamie e bem mais avantajado na circunferência, o casaco apertava nos ombros e sobrava na cintura, e tanto as mangas quanto a calça exibiam um pedaço bem maior da camisa e das meias do que deveriam; a calça foi franzida com o cinto da espada de Jamie para não cair. Ele agora portava a espada do capitão, percebi, e um par de pistolas carregadas, assim como sua adaga.

As sobrancelhas de Ian se levantaram ao ver o tio assim trajado, mas Jamie o fulminou com o olhar e Ian não fez nenhum comentário, embora sua expressão se desanuviasse pela primeira vez desde que nos deparamos com o *Pitt*.

– Nada mau – disse o sr. Smith de forma encorajadora. – Talvez se faça passar pelo capitão, certo? Nada a perder, afinal de contas.

– Hummm.

– "*O menino ficou parado no convés em chamas, de onde todos haviam fugido, exceto ele*" – citei, fazendo Jamie transferir o olhar fulminante para mim.

Tendo visto Guiné Dick, eu não estava preocupada com o fato de Ian não passar em uma revista por um marujo da Marinha Real, com suas tatuagens e tudo o mais. O restante dos marujos do *Teal* era razoavelmente comum. Éramos convincentes.

O navio que se aproximava estava bem perto agora para eu ver sua figura de proa, uma mulher de cabelos negros que parecia segurar uma...

– Ela está segurando uma cobra? – perguntei, em dúvida.

Ian se inclinou para a frente, estreitando os olhos por cima do meu ombro.

– Tem presas.

– O navio também, garoto.

John Smith balançou a cabeça indicando a embarcação e, nesse momento, vi que de fato tinha: os longos canos de dois pequenos canhões de bronze projetando-se da proa e, como o vento empurrava o navio para nós em um ligeiro ângulo, pude ver também que ele possuía portinholas para as bocas de canhões. Podiam ou não ser reais. Navios mercantes às vezes pintavam falsas portinholas nos costados, para desencorajar interferências.

As peças de artilharia da proa, entretanto, eram de verdade. Uma delas detonou, expelindo uma baforada de fumaça branca e uma pequena bola que bateu na água perto do *Pitt*.

– Isso é uma saudação? – indagou Jamie, em dúvida. – Eles pretendem sinalizar para nós?

Não, não era. Os dois canhões da proa dispararam simultaneamente e uma das balas atravessou uma vela acima de nós, deixando um grande buraco com as bordas chamuscadas. Ficamos boquiabertos.

– O que ele acha que está fazendo ao atirar em um navio do rei? – perguntou Smith, indignado.

– Ele acha que é um maldito navio corsário e pretende nos tomar – respondeu Jamie, recobrando-se do choque e tirando o uniforme. – Vamos nos render, pelo amor de Deus!

Smith olhava nervoso de Jamie para o navio que se aproximava. Viam-se homens nas balaustradas. Homens armados.

– Eles têm canhões e mosquetes, sr. Smith – informou Jamie, atirando seu casaco pela amurada com um arremesso que o fez ir girando em direção às ondas. – Eu não vou tentar enfrentá-los pelo navio de Sua Majestade. Abaixe aquela bandeira!

O sr. Smith deu um salto e começou a escarafunchar entre as miríades de cordas aquela que se ligava à Union Jack. Outro estrondo veio dos canhões de proa, só que dessa vez um feliz balanço nos jogou para dentro de um cavado entre duas ondas e as duas balas passaram por cima de nós.

A bandeira desceu farfalhando, para aterrissar em um montículo humilhante no convés. Tive um momentâneo e escandalizado impulso de correr e pegá-la, mas me contive.

– E agora? – perguntei, de olho no navio.

Já estava tão perto que eu podia divisar as figuras dos canhoneiros, que definitivamente estavam recarregando os canhões de bronze da proa. E os homens nas balaustradas atrás deles estavam de fato carregados de armas. Achei ter visto espadas e sabres, assim como mosquetes e pistolas.

Os canhoneiros haviam parado. Alguém apontava por cima da balaustrada, virando-se para falar com uma pessoa atrás dele. Protegendo os olhos com a mão, vi o casaco do capitão flutuando na crista da onda. Aquilo parecia ter intrigado o corsário. Vi um homem saltar para a proa e ficar olhando para nós.

E agora? Corsários podiam ser qualquer coisa, desde capitães profissionais de navios particulares, contratados por um ou outro governo, até verdadeiros piratas. Se aquele navio fosse da primeira opção, as chances eram de que passaríamos bem por passageiros. Se fosse da última, poderiam facilmente cortar nossas gargantas e nos atirar ao mar.

O homem na proa gritou alguma coisa para seus marujos e saltou para baixo. O navio mudou de direção por um momento; a proa virou e as velas se encheram com uma audível pancada do vento.

– Vai bater na gente! – exclamou Smith, em um tom de voz de absoluta incredulidade.

Eu tinha certeza de que ele estava certo. A figura de proa estava tão perto que eu podia ver a cobra na mão da mulher, pressionada contra seu seio nu. Tal foi a natureza do choque que conscientemente considerei se era mais provável que o navio se chamasse *Cleópatra* ou *Áspide* quando passou por nós em uma precipitação de espuma e o ar se estilhaçou com um estrondo de metal abrasador.

O mundo se dissolveu e eu estava estatelada no chão, o rosto pressionado contra uma superfície que cheirava a carnificina, surda e me esforçando para ouvir o grito da bala de morteiro seguinte, a que iria nos atingir bem no centro.

Algo pesado caíra em cima de mim e lutei para sair de baixo do que quer que fosse, ficar de pé e correr, correr para qualquer lugar, qualquer lugar longe dali... longe...

Percebi que eu estava fazendo pequenos ruídos lamurientos e que a superfície sob minha face era tábua pegajosa de sal, e não lama encharcada de sangue. O peso em minhas costas se moveu repentinamente por vontade própria quando Jamie rolou de cima de mim, ficando de joelhos.

– Santo *Deus*! – gritou, furioso. – Qual é o seu problema?!

A resposta foi um único estrondo, vindo de um canhão na popa do outro navio, que nos ultrapassara.

Levantei-me, tremendo, mas já tendo ultrapassado o puro terror a ponto de notar, com uma espécie de interesse puramente distanciado, que havia uma perna no convés a alguns passos de distância. Estava descalça e vestida com uma calça de lona. Havia muito sangue respingado aqui e ali.

– Santo Deus, Santo DEUS! – repetia alguém sem parar.

Virei apaticamente para o lado e vi o sr. Smith olhando horrorizado para cima.

O topo do único mastro havia desaparecido e o que sobrara das velas e do cordame pendia em frangalhos num amontoado fumegante por cima de metade do convés. Pelo jeito, as portinholas de canhões do navio corsário *não* eram de mentira.

Zonza como estava, nem havia começado a me perguntar por que fizeram aquilo. Jamie também não tinha tempo para perguntas. Ele agarrou o sr. Smith pelo braço.

– Maldição! Os desgraçados *nàmhaid* estão voltando!

Estavam. O outro navio se movia muito depressa. Passara a toda velocidade por nós quando atirara do costado, mas o provável era que apenas uma das pesadas balas de canhão houvesse realmente nos atingido, arrancando o mastro e o infeliz que estava no cordame.

O resto dos marujos estava agora no convés, berrando perguntas. A única resposta vinha do corsário, que agora descrevia um amplo círculo, pretendendo voltar e terminar o que começara.

Vi Ian analisando o canhão do *Pitt*, mas ele era claramente inútil. Ainda que entre os homens do *Teal* houvesse alguns com experiência em artilharia, não havia possibilidade de serem capazes de manejar os canhões de repente, sem nenhuma preparação prévia.

O corsário completara o círculo. Estava retornando. Em todo o convés do *Pitt* os homens gritavam, abanando os braços, colidindo uns com os outros, conforme corriam aos trambolhões para a balaustrada.

– Nós nos rendemos, malditos desgraçados! – gritou um deles. – Vocês são *surdos*?!

Um desgarrado bafejo de vento trouxe consigo um cheiro sulfuroso de estopim. Pude ver mosquetes sendo direcionados para nós. Alguns dos homens perto de mim perderam a cabeça e correram para as cobertas inferiores. Eu me vi pensando que talvez essa não fosse uma má ideia.

Jamie andara acenando e gritando a meu lado. No entanto, desapareceu de repente. Virei-me, notando que ele corria pelo convés. Arrancou a camisa pela cabeça e pulou em cima de nosso canhão de proa, uma peça de artilharia de bronze brilhante e cano longo.

Ele agitou a camisa em um grande e esvoaçante arco branco, a mão livre agarrada no ombro de Ian para se equilibrar. Isso causou certa confusão por um instante. O crepitar dos disparos cessou, apesar de a embarcação atacante continuar seu círculo mortal. Jamie acenou com a camisa outra vez, de um lado para outro. Sem dúvida, tinham que tê-lo visto!

O vento soprava em nossa direção. Eu podia ouvir o barulho surdo e retumbante dos canhões sendo rolados para fora outra vez e o sangue congelou em meu peito.

– Eles vão nos afundar! – berrou o sr. Smith, seguido por gritos de terror de alguns dos outros homens.

O cheiro de pólvora chegou até nós pelo vento, pungente e cáustico. Houve gritos dos homens no cordame, metade deles agora sacudindo as camisas, em desespero. Vi Jamie parar por um instante, engolir em seco, depois se inclinar para baixo e dizer algo a Ian. Apertou o ombro de Ian com força, depois se agachou em cima do canhão, sobre as mãos e os joelhos.

Ian passou por mim a toda velocidade, quase me derrubando em sua pressa.

– Aonde vai? – gritei.

– Soltar os prisioneiros! Vão se afogar se naufragarmos! – gritou por cima do ombro, desaparecendo pela escada do tombadilho.

Jamie não havia descido do canhão como eu imaginara. Em vez disso, tinha se virado, de modo a ficar de costas para o navio que se aproximava.

Com o corpo retesado para enfrentar o vento, os braços abertos para manter o equilíbrio e os joelhos agarrados com todas as forças ao metal do canhão, esticou-se em toda a sua altura, os braços estendidos, exibindo suas costas nuas e a malha de cicatrizes que ostentava, agora vermelha com o embranquecimento de sua pele no vento frio.

O navio corsário diminuíra a marcha, manobrando para deslizar ao longo do *Pitt* e nos mandar pelos ares com um último disparo lateral. Eu podia ver as cabeças dos homens espreitando acima da amurada, inclinando-se do cordame, todos esticando o pescoço de curiosidade. Mas não atirando.

De repente, senti meu coração batendo forte e dolorosamente, como se na verdade houvesse parado por um minuto e agora, lembrando-se de seu dever, tentasse compensar o tempo perdido.

O costado da chalupa assomou acima de nós e o convés mergulhou em uma fria e profunda escuridão. Tão perto, eu podia ouvir a conversa dos canhoneiros, intrigados, fazendo perguntas; os tinidos e estrépitos da munição em seus suportes; o rangido das carretas dos canhões. Não conseguia erguer os olhos, não ousava me mover.

– Quem é você? – perguntou uma voz nasalada, muito americana, do alto. Parecia desconfiado e muito aborrecido.

– Se fala do navio, chama-se *Pitt*.

Jamie descera do canhão e se postara a meu lado, seminu e com a pele arrepiada. Ele tremia – se de terror, raiva ou simplesmente de frio, eu não sabia. Mas sua voz não falseou; estava furioso:

– Caso se refira a mim, sou o coronel James Fraser, da milícia da Carolina do Norte.

Um silêncio momentâneo, enquanto o comandante do corsário digeria essa informação.

– Onde está o capitão Stebbings? – indagou a voz.

A desconfiança não diminuíra, mas a contrariedade amainara um pouco.

– É uma longa história – respondeu Jamie, irritado. – Ele não está a bordo. Se quiser vir e procurá-lo, vá em frente. Importa-se se eu vestir minha camisa?

Uma pausa, um murmúrio e os cliques das armas sendo desengatilhadas. Nesse ponto, consegui sair um pouco da minha paralisia e levantar os olhos. A balaustrada estava apinhada de canos de mosquetes e pistolas, mas a maior parte das armas fora recolhida e agora apontava para cima, enquanto seus proprietários se empurravam para a frente a fim de observar, boquiabertos, por cima da balaustrada.

– Só um minuto. Vire-se.

Jamie inspirou fundo, mas atendeu. Ele me encarou rapidamente, depois ficou parado com a cabeça erguida, o maxilar trincado e os olhos fixos no mastro, em torno do qual os prisioneiros do porão estavam agora reunidos, sob os olhos de Ian. Pareciam desnorteados, olhando boquiabertos para o navio corsário. Se eu não tivesse começado a me preocupar com um possível ataque cardíaco, teria achado a cena engraçada.

– Desertor do Exército Britânico? – disse a voz vinda da chalupa, parecendo interessada. Jamie lhe endereçou um olhar fulminante de basilisco.

– Não – respondeu. – Sou um homem livre. Sempre fui.

– É mesmo? – A voz começava a soar divertida. – Muito bem. Vista sua camisa e venha a bordo.

Eu mal conseguia respirar. Estava banhada em um suor frio, mas meu coração começou a bater mais calmamente.

Agora vestido, Jamie segurou o meu braço.

– Minha mulher e meu sobrinho vão comigo – disse e, sem esperar permissão da chalupa, pegou-me pela cintura e me levantou, colocando-me em pé na balaustrada do *Pitt*, de onde eu podia alcançar a escada de corda que a tripulação da chalupa atirara. Ele não iria correr o risco de ser separado de mim ou de Ian outra vez.

O navio balançava nas ondas e tive que me agarrar com força à escada com os olhos fechados por alguns instantes, quando uma tontura tomou conta de mim. Senti-me nauseada, mas era apenas uma reação ao choque. Com os olhos fechados, meu estômago se acomodou um pouco e pude colocar o pé no degrau seguinte.

– Vela à vista!

Inclinando a cabeça bem para trás, pude ver apenas o braço agitado do homem acima. Virei-me e fitei a vela se aproximando. No convés, a voz nasalada gritava ordens e pés descalços tamborilavam nas tábuas enquanto a tripulação corria para retomar seus postos.

Jamie estava de pé na balaustrada do *Pitt*, segurando-me pela cintura para eu não cair.

– Meu Deus! – exclamou, em tom de absoluto assombro. – É o maldito *Teal*.

Um homem alto, muito magro, de cabelos grisalhos, um pomo de adão proeminente e olhos azuis frios e penetrantes nos recebeu no alto da escada.

– Capitão Asa Hickman! – gritou para mim e, instantaneamente, voltou sua atenção para Jamie. – Que navio é esse? E onde está Stebbings?

Ian passou por cima da balaustrada atrás de mim, olhando por cima do ombro.

– Eu recolheria essa escada se fosse você – disse para um dos marinheiros.

Olhei para baixo, para o convés do *Pitt*, onde uma confusão de homens se dirigia aos empurrões para a amurada. Houve muitos gritos e braços agitados, os homens da Marinha Britânica e os marinheiros recrutados à força tentando apresentar seu caso, mas o capitão Hickman não estava disposto a ouvir.

– Recolha a escada – ordenou ao marinheiro. – Venha comigo – disse, voltando-se para Jamie.

Demonstrando extrema arrogância, começou a sair do convés, sem esperar resposta e sem se virar para ver se estava sendo seguido. Jamie olhou para os marinheiros que nos cercavam, mas decidiu que eram bastante seguros e saiu atrás de Hickman, com uma recomendação sucinta para Ian:

– Cuide de sua tia.

Ian não prestava atenção em nada, salvo ao *Teal*, cada vez mais perto.

– Nossa – sussurrou, os olhos fixos na vela. – Acha que ele está bem?

– Rollo? Ah, espero que sim. – Meu rosto estava frio, e não apenas por causa dos respingos do mar. Meus lábios haviam ficado dormentes. E havia pequenos lampejos de luz nas bordas da minha visão. – Ian, acho que vou desmaiar.

A pressão no meu peito pareceu aumentar, sufocando-me. Forcei uma tosse e senti um alívio momentâneo. Santo Deus, eu estava mesmo tendo um ataque do coração? Dor no braço esquerdo? Não. Dor no maxilar? Sim, mas não era de admirar. Eu estava com os dentes trincados... Não senti quando caí, mas senti o toque de mãos quando alguém me amparou e me deitou no piso do convés. Meus olhos estavam abertos, mas eu não conseguia ver nada. Ocorreu-me que poderia estar morrendo, mas rejeitei a ideia. Não podia estar. Mas havia uma estranha espécie de névoa cinzenta em redemoinho se aproximando de mim.

– Ian – disse, ou achei ter dito. Sentia-me muito calma. – Ian, por via das dúvidas, diga a Jamie que eu o amo.

Para minha surpresa, não ficou tudo escuro. Mas a névoa me alcançou e me senti envolta em uma serena nuvem cinzenta. Toda a tensão, o sufocamento e a dor se aplacaram. Eu poderia ter flutuado, alegremente despreocupada, naquela névoa, não fosse o fato de não ter certeza se tinha realmente conseguido falar, e a necessidade de mandar o recado incomodava como um carrapicho na sola do pé.

– Diga a Jamie – continuava a repetir a um Ian imerso em neblina. – Diga a Jamie que eu o amo.

– Abra os olhos e diga você mesma, Sassenach – respondeu uma voz grave, ansiosa, em algum lugar perto do meu ouvido.

Tentei abrir os olhos e vi que conseguia. Aparentemente eu não havia morrido. Ensaiei uma cautelosa respiração e descobri que meu peito se movia com facilidade. Meus cabelos estavam úmidos e haviam me deitado em alguma coisa dura e me coberto. O rosto de Jamie oscilou acima de mim, depois se estabilizou, à medida que eu piscava.

– Diga – pediu ele, sorrindo, embora a ansiedade enrugasse a pele entre seus olhos.

– Dizer o quê? Ah! Eu amo você. Onde...? – A lembrança dos acontecimentos recentes me inundou e me sentei. – O *Teal*? O que...?

– Não faço a menor ideia. Quando você comeu alguma coisa pela última vez, Sassenach?

– Não me lembro. Ontem à noite. O que quer dizer com "não faço a menor ideia"? Ele ainda está *lá*?

– Sim – respondeu ele, de forma assustadora. – Está. Disparou dois tiros em nós há alguns minutos, embora eu imagine que não tenha ouvido.

– Disparou? – Passei a mão pelo rosto, satisfeita em perceber que agora eu podia sentir meus lábios e que o calor normal retornara à minha pele. – Pareço pálida e suada? – perguntei a Jamie. – Meus lábios estão azulados?

Ele pareceu espantado, mas se inclinou para olhar minha boca mais de perto.

– Não – respondeu, endireitando-se após uma minuciosa inspeção.

Em seguida, beijou-me rapidamente.

– Eu também amo você – sussurrou. – Estou feliz que não esteja morta. No entanto...

– acrescentou em um tom de voz normal, endireitando-se quando um inequívoco tiro de canhão veio de algum lugar distante.

– Presumo que o capitão Stebbings tenha tomado o *Teal*, não? – indaguei. – Acho que o capitão Roberts não andaria por aí atirando em navios desconhecidos. Mas por que será que Stebbings está nos atacando? Por que não está tentando abordar o *Pitt* e tomá-lo de volta? Está disponível para ele agora.

Meus sintomas haviam desaparecido a essa altura e eu me sentia perfeitamente lúcida. Sentando-me, descobri que fora colocada sobre um par de baús grandes, de tampa plana, no que parecia ser um pequeno porão; a escotilha no alto tinha uma tampa de treliça por onde avistei as sombras agitadas de velas em movimento. Um variado sortimento de barris, pacotes e caixas se encontrava empilhado junto às paredes. O ar era denso dos cheiros de alcatrão, cobre, tecidos, pólvora e... café? Inspirei mais profundamente, sentindo-me mais forte por um instante. Sim, café!

O barulho de outro tiro de canhão atravessou as paredes, abafado pela distância, e um estremecimento visceral me percorreu. A ideia de estar presa no porão de um navio que podia a qualquer momento ser afundado era suficiente para sobrepujar até mesmo o aroma de café.

Jamie também se virara em reação ao tiro, levantando-se parcialmente. Antes que eu pudesse ficar de pé e sugerir que subíssemos, e depressa, houve uma mudança na luz e uma cabeça redonda, de cabelos espetados, surgiu na escotilha.

– A senhora está melhor? – perguntou um garoto. – O capitão disse que, se ela estiver morta, o senhor não é mais necessário aqui. Ele gostaria que subisse e fosse falar com ele imediatamente.

– E se eu não estiver morta? – retruquei, tentando alisar minhas anáguas, molhadas na barra, úmidas e amarrotadas.

Droga! Agora, eu havia deixado meu bolso e minha saia pesados de ouro a bordo do *Pitt*. Nesse ritmo, estaria com sorte se chegasse a terra firme de espartilho e combinação.

O garoto – olhando melhor, ele devia ter uns 12 anos, embora parecesse ainda mais jovem – sorriu.

– Nesse caso, ele se ofereceu para vir e atirá-la pela amurada, madame, na esperança de fazer a mente de seu marido se concentrar. O capitão Hickman é um pouco afobado para falar – acrescentou, com uma careta de desculpas. – Geralmente não se pode levá-lo ao pé da letra. *Geralmente*.

– Vou com você. – Levantei-me sem perder o equilíbrio, mas aceitei o braço de Jamie.

Atravessamos o navio conduzidos pelo nosso novo conhecido, que se apresentou como Abram Zenn – "Meu pai, um homem dado a leituras e grande admirador do dicionário do sr. Johnson, cismou com a ideia de eu ser de A a Z, veja só" – e informou que era o taifeiro do navio (o nome de fato era *Áspide*, o que me deixou satisfeita) e que o motivo da atual agitação do capitão Hickman era um antigo ressentimento contra o capitão Stebbings da Marinha. Pelo jeito, houve mais de um confronto entre os dois e o capitão Hickman jurara que só haveria mais um.

– Imagino que o capitão Stebbings seja da mesma opinião, não é? – perguntou Jamie.

Abram concordou com um vigoroso aceno da cabeça.

– Um sujeito em uma taverna em Roanoke me contou que o capitão Stebbings estava bebendo por lá e disse que pretendia enforcar o capitão Hickman no próprio lais de verga e abandoná-lo ali para que as gaivotas comessem seus olhos. E elas fariam isso mesmo – completou com uma olhadela para as aves marinhas girando no alto a distância. – São aves malvadas, as gaivotas.

Outras pequenas bisbilhotices interessantes foram restringidas pela nossa chegada ao refúgio sagrado do capitão Hickman, uma apertada cabine na popa, tão lotada de carga quanto o porão. Ian estava lá, parecendo um mohawk prestes a ser queimado na fogueira, por isso deduzi que ele não simpatizara com o capitão Hickman. O sentimento parecia mútuo, a julgar pelas manchas vermelhas febris ardendo nas faces magras deste.

– Ah! – exclamou Hickman ao nos ver. – Fico feliz que ainda não tenha partido desta vida, madame. Seria uma triste perda para seu marido, uma mulher tão dedicada. – Havia um tom sarcástico nessas últimas palavras que me fez imaginar desconfortavelmente quantas vezes eu tinha dito a Ian para transmitir meu amor a Jamie e quantas pessoas me ouviram fazer isso, mas Jamie simplesmente ignorou o comentário, indicando a cama desfeita do capitão para que eu me sentasse antes de se virar para lidar com o próprio sujeito.

– Soube que o *Teal* está atirando em nós – observou. – Isso não o preocupa, senhor?

– Não, ainda não. – Hickman dispensou uma olhadela negligente às suas vigias de popa, metade delas coberta com persianas por causa de vidros quebrados. A maioria das vidraças estava estilhaçada. – Ele só está atirando na esperança de dar sorte e um tiro nos atingir. O vento está a nosso favor e vai permanecer assim pelas próximas horas.

– Compreendo – comentou Jamie, com uma atitude convincente de quem sabe o que está dizendo.

– O sr. Hickman está decidindo se trava uma batalha com o *Teal*, tio – informou Ian de maneira diplomática –, ou se foge. Ter o vento a favor é uma questão de manobra, o que lhe dá mais latitude na situação do que o *Teal* tem no momento, eu acho.

– Já ouviu a máxima "Quem luta e foge fica vivo para lutar outro dia"? – perguntou Hickman, lançando um olhar fulminante a Ian. – Se puder afundá-lo, eu o farei. Se puder atingi-lo em seu tombadilho e tomar o navio, vou preferir. Mas já fico satisfeito em mandá-lo para o fundo se for preciso. Só não vou deixar que ele *me* afunde, não hoje.

– Por que "não hoje"? – indaguei.

Hickman pareceu surpreso. Ele havia presumido que a minha presença era apenas decorativa.

– Porque tenho uma carga importante a entregar, madame. Uma carga que não ouso pôr em risco. A menos que eu possa colocar as mãos naquele rato Stebbings sem me arriscar muito.

– A suposição de que o capitão Stebbings estava a bordo foi o motivo para sua tentativa determinada de afundar o *Pitt*? – perguntou Jamie.

O teto da cabine era tão baixo que Ian, Hickman e ele eram obrigados a conversar encurvados, como uma convenção de chimpanzés. Não havia nenhum outro lugar para se sentar além da cama, e se ajoelhar no chão sem dúvida não teria a dignidade necessária a uma reunião de cavalheiros.

– Sim, e agradeço por me impedir a tempo. Talvez possamos compartilhar uma bebida quando houver mais tempo e você possa me contar o que aconteceu às suas costas.

– Talvez não – comentou Jamie. – Vejo também que estamos de velas estendidas. Onde está o *Pitt* no momento?

– À deriva, cerca de 2 milhas a bombordo. Se eu *puder* acabar com Stebbings – e os olhos de Hickman faiscaram, vermelhos, diante da perspectiva –, volto e tomo o *Pitt* também.

– Se restar alguém vivo a bordo capaz de navegá-lo – falou Ian. – Havia um grande tumulto no convés na última vez que vi o *Pitt*. O que pode predispô-lo a tomar o *Teal*, senhor? – perguntou, erguendo a voz. – Meu tio e eu podemos lhe dar informações a respeito dos canhões e da tripulação. E, mesmo que Stebbings tenha tomado o navio, duvido que consiga levá-lo a travar uma batalha. Ele não tem mais do que dez homens seus e o capitão Roberts e sua tripulação não vão querer tomar parte nesse combate, tenho certeza.

Jamie lançou um olhar incisivo a Ian.

– Você sabe que eles provavelmente já o mataram.

Ian não se parecia nem um pouco com Jamie, mas a expressão de implacável obstinação em seu rosto eu conhecia muito bem.

– Sim, talvez. Você *me* deixaria para trás se achasse que eu *podia* estar morto?

Pude ver Jamie abrir a boca para dizer: "Ele é um cachorro." Mas não o fez. Fechou os olhos e suspirou, antevendo a perspectiva de instigar uma batalha naval e arriscar as nossas vidas, sem falar nas vidas dos homens a bordo do *Teal*, por causa de um cachorro velho que já podia estar morto.

– Sim, está certo. – Empertigou-se quanto possível na cabine acanhada e se virou para Hickman. – Um grande amigo do meu sobrinho está a bordo do *Teal* e em perigo. Sei que isso não é problema seu, mas explica nosso interesse. Quanto ao seu... Além do capitão Stebbings, há uma carga a bordo do *Teal* que talvez lhe interesse também: seis caixas de rifles.

Tanto Ian quanto eu sufocamos uma exclamação de surpresa. Hickman se endireitou, batendo a cabeça em uma viga.

– Minha nossa! Tem certeza disso?

– Tenho. E imagino que o Exército Continental poderia achá-los muito úteis, não?

Isso era pisar em terreno perigoso. Afinal, o fato de que Hickman tivesse um forte rancor em relação ao capitão Stebbings não significava que ele fosse um patriota americano. Do pouco que eu pude observar, o capitão Stebbings parecia capaz de inspirar a mais pura animosidade pessoal, inteiramente à parte de quaisquer considerações políticas.

Mas Hickman não fez nenhum comentário. Na verdade, ele mal notou a observação de Jamie, empolgado com a menção dos rifles. *Seria verdade?*, perguntei-me. Mas Jamie falara com absoluta certeza. Retrocedi minha mente para o conteúdo do porão de carga do *Teal*, procurando alguma coisa que...

– Meu Deus! As caixas destinadas a New Haven?

Mal me contive a tempo de deixar escapar o nome de Hannah Arnold, percebendo a tempo que, fosse Hickman um patriota ou simplesmente um comerciante, ele poderia muito bem reconhecer o nome e ver que esses rifles já se destinavam aos continentais, via coronel Arnold.

Jamie balançou a cabeça, observando Hickman, que fitava um pequeno barômetro na parede como se fosse uma bola de cristal. O que quer que ele tivesse visto, pareceu ser favorável, pois balançou a cabeça uma vez e em seguida se arremessou para fora da cabine como se suas calças estivessem pegando fogo.

– Aonde ele foi? – indagou Ian, vendo-o sair.

– Verificar o vento, imagino – respondi, orgulhosa de saber alguma coisa. – Certificar-se de que o vento ainda está a seu favor.

Jamie vasculhava freneticamente a escrivaninha de Hickman e, súbito, emergiu com uma maçã um pouco murcha, que atirou no meu colo.

– Coma isso, Sassenach. O que significa quando o vento está a favor?

– Ah. Agora você me pegou – admiti. – Mas parece ser importante.

Cheirei a maçã. A fruta já tinha visto dias melhores, mas ainda exalava um aroma fraco e adocicado que reanimou o fantasma do meu desaparecido apetite. Dei uma mordida cautelosa e senti a boca se encher de saliva. Comi a maçã em mais dois grandes bocados, vorazmente.

A voz alta e nasalada do capitão Hickman veio do convés, de forma penetrante. Eu não conseguia ouvir o que ele dizia, mas a reação foi imediata: pés corriam de um lado para outro ali e o navio deu uma guinada repentina, virando enquanto as velas eram ajustadas. O ruído de balas de canhão sendo erguidas e o troar das carretas ecoavam pelo navio. Aparentemente, o vento ainda estava a nosso favor.

Pude ver uma empolgação febril iluminar o rosto de Ian e me alegrei por ele, mas não deixei de expressar meus receios.

– Não tem nenhuma dúvida a respeito disso? – perguntei a Jamie. – Quero dizer, afinal, ele *é* um cachorro.

Ele me lançou um olhar de viés e deu de ombros, mal-humorado.

– Sim, bem, já vi batalhas serem travadas por razões piores do que essa. E desde ontem já cometi atos de pirataria, motim e assassinato. Posso muito bem acrescentar traição para completar a lista.

– Além disso, tia – comentou Ian com ar de reprovação –, ele é um *bom* cachorro.

Com vento a favor ou não, foi preciso um tempo infindável de manobras cautelosas antes que os navios se colocassem no que parecia uma perigosa distância um do outro. Agora, o sol parecia ao alcance da mão acima do horizonte, as velas começavam a brilhar com um vermelho sinistro e minha aurora virtuosamente pura parecia terminar em um lamacento mar de sangue.

O *Teal* cruzava suavemente, apenas com metade das velas enfunadas, a menos de 800 metros de distância. O capitão Hickman estava postado no convés do *Áspide*, as mãos agarradas à balaustrada como se fosse o pescoço de Stebbings, com a expressão de um cão de caça antes de soltarem o coelho.

– Hora de ir para baixo, madame – recomendou. – O clima vai esquentar aqui em cima.

Ele flexionou as mãos uma vez, na expectativa. Não discuti. A tensão no convés era tão densa que eu podia sentir seu cheiro, testosterona temperada com enxofre e pólvora. Os homens, sendo as notáveis criaturas que são, pareciam alegres.

Parei para dar um beijo em Jamie – um gesto a que ele correspondeu com tanto entusiasmo que deixou meu lábio inferior latejando –, ignorando a possibilidade de que na próxima vez em que o visse pudesse ser aos pedaços. Eu já enfrentara essa possibilidade inúmeras vezes e, embora não ficasse menos assustada com a prática, melhorara em ignorá-la.

Ou ao menos assim acreditava. Sentada no porão principal em quase absoluta escuridão, sentindo o mau cheiro das águas servidas e ouvindo o que eu tinha certeza serem ratos se movimentando nas correntes, achei mais difícil ignorar os sons que vinham de cima: o ronco surdo de carretas de canhão. O *Áspide* tinha apenas quatro canhões em cada costado, mas era armamento pesado para uma escuna costeira. O *Teal*, equipado como um navio mercante próprio para navegar no oceano e que poderia ter que rechaçar todo tipo de ameaça, tinha oito, com duas caronadas no convés superior, mais dois canhões de proa e um de popa.

– Ele fugiria de um navio de guerra – explicou Abram, depois de me pedir para descrever o armamento do *Teal*. – E provavelmente não tentaria afundar ou tomar outro navio, portanto não iria transportar uma enorme quantidade de armas pesadas, mesmo que tivesse uma construção que aguentasse, e duvido que tenha. Também duvido que o capitão Stebbings possa manejar um costado inteiro com eficácia, portanto não devemos ficar desanimados – falou com grande confiança, o que achei engraçado e tranquilizador. Ele pareceu perceber isso, pois se inclinou para a frente e deu umas palmadinhas na minha mão. – Ora, não precisa ter medo, senhora. O sr. Fraser pediu que eu não deixasse nenhum mal lhe acontecer, e não deixarei, pode ter certeza disso.

– Obrigada – respondi, com ar solene. Sem querer rir ou chorar, limpei a garganta e perguntei: – Você sabe o que causou o problema entre Hickman e Stebbings?

– Sim – respondeu ele. – O capitão Stebbings tem sido uma praga na região há alguns anos, detendo navios que não tem nenhum direito de revistar e apreendendo mercadorias legais que ele diz ser contrabando. E duvido que alguma delas jamais veja o interior de um armazém da alfândega! – acrescentou, citando algo que ouvira mais de uma vez. – Na verdade, foi o que aconteceu com o *Annabelle*.

"O *Annabelle* era um grande brigue, de propriedade do irmão do capitão Hickman. O *Pitt* o parou e tentou recrutar à força alguns homens da tripulação. Theo Hickman protestou, houve resistência e Stebbings ordenou a seus homens que bombardeassem o *Annabelle*, matando três membros da tripulação, Theo Hickman entre eles.

"Houve um considerável clamor público sobre o fato e foi feito um esforço para levar Stebbings à justiça por seus atos. Mas o capitão insistira que nenhum tribunal local tinha o direito de julgá-lo. Se alguém quisesse processá-lo, isso tinha que ser feito na corte britânica. E a justiça local concordara com isso."

– Isso foi antes de a guerra ser declarada no ano passado? – perguntei, curiosa. – Porque se foi depois...

– Bem antes – admitiu o jovem Zenn. – Ainda assim, eles são covardes e deviam ser castigados com alcatrão e penas, todos eles, inclusive Stebbings!

– Sem dúvida. Você acha...?

Mas não tive oportunidade de explorar melhor a opinião do rapaz, pois nesse momento o navio deu uma violenta guinada, atirando nós dois nas tábuas úmidas do assoalho, e o som de uma explosão violenta e prolongada preencheu o ar à nossa volta.

A princípio, eu não soube dizer qual navio havia atirado, mas, um instante depois, os canhões do *Áspide* rugiram acima de nós e compreendi que o primeiro ataque tinha sido do *Teal*.

A resposta do *Áspide* foi fragmentada, os canhões a estibordo disparando a intervalos mais ou menos aleatórios acima de nossas cabeças, pontuados pelos estampidos secos de armas leves.

Resisti às nobres tentativas de Abram de atirar seu corpo magro protetoramente sobre o meu e, rolando no chão, levantei-me sobre as mãos e os joelhos, ouvindo com atenção. Havia muita gritaria incompreensível, embora os disparos tivessem cessado. Não parecia que estivéssemos fazendo água, até onde eu podia dizer, portanto presumivelmente não tínhamos sido atingidos abaixo da linha-d'água.

– Eles não desistiram, não é? – perguntou Abram, levantando-se. Ele parecia desapontado.

– Duvido.

Fiquei de pé também, apoiando-me em um grande barril. O porão principal estava tão abarrotado quanto o de vante, embora com mercadorias mais volumosas; mal havia espaço para Abram e eu encontrarmos um caminho entre engradados dentro de redes e fileiras de barris, alguns dos quais cheiravam fortemente a cerveja. O navio adernava agora. Devíamos estar dando a volta, provavelmente para tentar outra vez. As rodas das carretas dos canhões rangeram no convés acima; sim, estavam recarregando. Alguém já teria sido ferido? E o que eu iria fazer a respeito?

O barulho de um único tiro de canhão veio de cima.

– O covarde deve estar fugindo – murmurou Abram. – Nós o estamos perseguindo.

Houve um longo período de relativo silêncio, durante o qual achei que o navio estivesse mudando de direção, mas não podia saber ao certo. Talvez Hickman *estivesse* perseguindo o *Teal*.

Uma gritaria repentina mesclada a um som de susto e surpresa, e o navio balançou de maneira violenta, atirando-nos no chão de novo. Dessa vez, aterrissei em cima de Abram. Delicadamente, removi meu joelho da barriga do rapaz e o ajudei a se sentar, arquejando como um peixe fora d'água.

– O que... – começou ele, respirando com dificuldade, mas não conseguiu ir adiante.

Um terrível solavanco nos arremessou no assoalho outra vez, imediatamente seguido de um barulho esgarçado, rangente, de vigas guinchando. Soou como se o navio estivesse desmoronando ao nosso redor, e não tive a menor dúvida de que estava.

Berros agudos como os de banshees e um estrondo retumbante de pés no convés.

– Estamos sendo abordados!

Ouvi Abram engolir em seco e minha mão deslizou para a fenda em minha anágua, tocando a faca em busca de coragem. Se...

– Não – sussurrei, estreitando os olhos para a escuridão acima, como se isso fosse me ajudar a ouvir melhor. – Não. *Nós* é que estamos abordando! – As batidas de pés no convés haviam cessado.

Mesmo abafada pela distância, eu podia ouvir a insanidade, a pura alegria do guerreiro no furor da batalha. Achei ter distinguido o grito de guerra das Terras Altas de Jamie, mas só podia ser imaginação; todos pareciam igualmente frenéticos.

– "Pai nosso que estais no céu... Pai nosso que estais no céu..." – sussurrava Abram para si mesmo na escuridão, mas não conseguia sair da primeira frase.

Cerrei os punhos e fechei os olhos numa reação automática, contraindo o rosto como se pudesse ajudar pela simples força de vontade.

Nenhum de nós dois podia.

Por um momento ouvi apenas ruídos abafados, tiros esporádicos, estrépitos e baques surdos, gritos e grunhidos. E depois, silêncio.

Pude ver apenas a cabeça de Abram se virar para mim com ar interrogativo. Apertei sua mão com força.

Então um canhão disparou com um estrondo que ecoou pelo convés acima e uma onda de choque ribombou pelo ar do porão com tal força que meus ouvidos estalaram. Outro disparo se seguiu. Eu senti, mais do que ouvi, um baque surdo. O chão se ergueu e se inclinou, e as vigas do navio reverberaram com um barulho rouco e estranho. Balancei a cabeça com força, engolindo em seco, tentando forçar o ar através das minhas trompas de Eustáquio. Meus ouvidos estouraram outra vez finalmente e ouvi pés no costado do navio. Mais de um par. Movendo-se devagar.

Levantei-me num salto, agarrei Abram e o icei, empurrando-o na direção da escada. Eu podia ouvir água. Não correndo pelos costados do navio; água jorrando, água gorgolejando para dentro do porão.

A escotilha em cima fora fechada, mas não travada, e eu a soltei com uma pancada desesperada, quase perdendo o equilíbrio e caindo no escuro, mas fui amparada por Abram Zenn, que plantou um ombro pequeno, mas sólido, sob o meu traseiro para dar suporte.

– Obrigada, sr. Zenn – falei e, estendendo a mão para trás, puxei-o para cima da escada e para a luz.

A primeira coisa que vi foi o sangue no convés. Pessoas feridas também, mas não Jamie. Ele foi a segunda coisa que vi, inclinando-se por cima do que havia sobrado de uma balaustrada estraçalhada, junto com vários outros homens. Corri para olhar o que estavam observando e vi o *Teal* a algumas centenas de metros.

Suas velas tremulavam e seus mastros pareciam inclinados. Não. O próprio navio estava inclinado, a proa erguida para fora da água.

– Minha nossa! – exclamou Abram, estupefato. – Ele bateu nos recifes.

– Nós também, filho, mas não foi tão ruim – respondeu Hickman, olhando para o lado ao ouvir a voz do taifeiro. – Entrou água no porão, Abram?

– Sim – falei antes que Abram, perdido na contemplação do destroçado *Teal*, conseguisse se recobrar. – Tem algum material médico a bordo, capitão Hickman?

– Se eu tenho o quê? Isso não é hora para... Por quê?

– Sou médica. E o senhor precisa de mim.

Em quinze minutos, eu me vi de volta ao pequeno porão de carga da proa onde havia despertado do desmaio algumas horas antes, agora designado como enfermaria.

O *Áspide* não viajava com um médico, mas possuía uma pequena reserva de medicamentos: meia garrafa de láudano, uma vasilha e uma lanceta para sangria, uma tesoura cirúrgica grande, uma jarra de sanguessugas mortas e desidratadas, duas serras de amputação enferrujadas, um tenáculo quebrado, um saco de algodão para curativos e uma enorme botija de gordura canforada.

Fiquei muito inclinada a beber o láudano, mas o dever chamava. Amarrei os cabelos e comecei a tatear pela carga, à cata de qualquer coisa útil. O sr. Smith e Ian haviam remado para o *Teal*, na esperança de recuperar meu estojo médico. Considerando os danos que podia ver na área onde era a cabine, eu não tinha muita esperança. Um tiro certeiro do *Áspide* perfurara o *Teal* abaixo da linha-d'água; se não tivesse encalhado nas pedras, provavelmente afundaria mais cedo ou mais tarde.

Eu fizera uma rápida triagem no convés: um homem morto na hora, vários ferimentos de menor monta, três graves, mas que não ofereciam risco de morte iminente. Provavelmente havia mais feridos no *Teal*. Pelo que os homens disseram, os navios haviam trocado disparos laterais a uma distância de poucos metros. Uma ação rápida e sangrenta.

Alguns minutos após o término do confronto, o *Pitt* surgiu à vista, avançando com dificuldade, a tripulação mista e beligerante tendo chegado a alguma espécie de acomodação que lhe permitiu velejar. Agora, ocupavam-se em transportar os feridos. Ouvi o grito fraco da saudação de seu contramestre acima dos lamentos do vento.

– Estão chegando – murmurei e, pegando a menor das serras de amputação, me preparei para minha ação sangrenta.

– Vocês possuem canhões – ressaltei para Abram Zenn, que pendurava duas lanternas para mim; o sol já tinha quase sumido agora. – Presumivelmente, isso significa que o capitão Hickman estava preparado para usá-los. Ele não pensou que haveria vítimas?

Abram deu de ombros, como forma de desculpa.

– É nossa primeira viagem com a "carta de corso", madame. Tenho certeza de que faremos melhor da próxima vez.

– Primeira? Que tipo de... Há quanto tempo o capitão Hickman navega? – perguntei.

A essa altura, eu vasculhava a carga e fiquei satisfeita de encontrar um baú com peças de morim estampado. Abram franziu a testa para o pavio que estava aparando.

– Bem, ele teve um barco de pesca por algum tempo, em Marblehead. Ele e o irmão eram os proprietários. Depois que seu irmão entrou em conflito com o capitão Stebbings, ele foi trabalhar como imediato em um dos navios de Emmanuel Bailey. O sr. Bailey é judeu – explicou, vendo minha sobrancelha arqueada. – É dono de um banco na Filadélfia e de três navios que viajam regularmente para as Antilhas. É dono deste navio também e foi ele quem conseguiu a "carta de corso" do Congresso para o capitão Hickman quando a guerra foi declarada.

– Compreendo – comentei, surpresa. – Então esta é a primeira viagem do capitão Hickman como comandante de uma chalupa?

– Sim, senhora. Mas os navios corsários nem sempre têm um oficial encarregado da carga, sabe – disse ele gravemente. – Seria tarefa do oficial de carga abastecer o navio e providenciar coisas como suprimentos médicos.

– E como você sabe disso? Há quanto tempo *você* navega? – perguntei curiosa, liberando uma garrafa do que parecia ser um conhaque muito caro para usar como antisséptico.

– Desde os 8 anos, madame – respondeu. Ficou na ponta dos pés para pendurar a lanterna, que lançou uma claridade acolhedora, tranquilizadora, sobre meu cenário de operação improvisado. – Tenho seis irmãos mais velhos e o mais velho administra uma fazenda com os filhos. Os outros... Bem, um é construtor naval em Newport News. Certo dia, ele conversava com um capitão e falou sobre mim. Quando me dei conta, era taifeiro no *Antioch*, um grande navio que fazia comércio com as Índias Orientais. Voltei com o capitão para Londres e viajamos para Calcutá no dia seguinte. – Ele sorriu para mim. – Estou no mar desde então, madame. E estou satisfeito.

– Isso é muito bom. Seus pais... ainda são vivos?

– Não, senhora. Minha mãe morreu quando me deu à luz, e meu pai, quando eu tinha 7 anos. – Ele não parecia perturbado com isso. Afinal, passara metade de sua vida rasgando o morim em tiras de ataduras.

– Bem, espero que continue satisfeito com o mar. Tem alguma dúvida depois de hoje?

Abram ficou pensativo, seu rosto jovem e franco crispado nas sombras lançadas pelas lanternas.

– Não – respondeu com a expressão grave, e não tão jovem quanto algumas horas antes. – Eu sabia quando assinei o contrato com o capitão Hickman que poderia haver batalhas. – Seus lábios se comprimiram, talvez para impedir que tremessem. – Não me importo de matar um homem se for necessário.

– Agora não... não precisa – disse baixinho um dos feridos. Estava estendido nas sombras, sobre dois engradados de porcelana chinesa, respirando devagar.

– Não, agora não – concordei. – Mas talvez você deva conversar com meu sobrinho ou meu marido sobre isso quando as coisas tiverem se acalmado um pouco.

Pensei que isso encerraria a conversa, mas Abram me seguiu enquanto eu arrumava meus instrumentos rudimentares e começava o processo de esterilização da melhor forma possível, banhando tudo com conhaque, até o porão ficar cheirando a destilaria. O ferido fez um escândalo, já que achava um desperdício usar uma boa bebida dessa forma. No entanto, o fogo da cozinha fora extinto durante a batalha. Iria demorar até eu ter água quente de novo.

– A senhora é patriota, madame? Se não se importa que eu pergunte – acrescentou Abram, sem jeito.

A pergunta me desconcertou um pouco. A resposta direta seria "Sim, claro". Afinal, Jamie era um rebelde, assim declarado pelo próprio. E, apesar de ele ter feito a declaração original por simples necessidade, eu achava que a necessidade agora se tornara convicção. Mas e eu? Sem dúvida eu fora, um dia.

– Sim – respondi, sem conseguir me explicar mais. – Obviamente você também é, Abram. Por quê?

– Por quê? – Ele pareceu chocado com a pergunta e ficou parado, piscando para mim, por cima da lanterna que segurava.

– Diga-me mais tarde – sugeri, pegando a lanterna.

Eu fizera o possível no convés; os feridos que precisavam de mais cuidados estavam sendo trazidos para baixo. Não era hora para discussões políticas. Ou assim eu achava.

Abram se dispôs a me ajudar e se saiu bastante bem, embora tivesse que parar de vez em quando para vomitar em um balde. Após a segunda ocorrência, começou a fazer perguntas aos feridos que tinham condições de responder. Eu não sabia se era simples curiosidade ou uma tentativa de se distrair.

– O que acha da Revolução, senhor? – perguntou a um marinheiro grisalho do *Pitt* com um pé esmagado.

O homem lhe lançou um olhar desconfiado, mas respondeu:

– Uma grande perda de tempo. Melhor lutar contra os franceses do que contra os ingleses. O que se ganha com isso? Santo Deus! – exclamou, prendendo a respiração e ficando pálido.

– Dê alguma coisa para ele morder, sim? – sugeri a Abram, ocupada em recolher pequenos estilhaços de osso do pé destroçado e me perguntando se uma rápida amputação não seria melhor para ele. Talvez menos risco de infecção e, de qualquer maneira, ele iria sempre mancar dolorosamente. Ainda assim, eu detestava...

– Não, tudo bem, madame – disse ele, prendendo a respiração. – O que *você* acha disso, então, garoto?

– Acho que é certo e necessário, senhor – respondeu Abram. – O rei é um tirano e a tirania tem que ser combatida por todos os homens de bem.

– O quê? – disse o marinheiro, chocado. – O rei é um tirano? Quem falou algo tão absurdo?

– Ora... O sr. Jefferson. E... todos nós! Todos nós pensamos assim – retrucou Abram, desconcertado diante de uma discordância tão veemente.

– Bem, então vocês são um bando de idiotas. Salvo sua presença, madame – acrescentou o homem, acenando para mim com a cabeça. Olhou para o próprio pé e oscilou um pouco, fechando os olhos. – A senhora não tem uma opinião tão tola, não é, madame? Devia colocar juízo na cabeça do garoto aqui.

– Juízo? – repetiu Abram, alterado. – Acha que ter juízo é não poder falar ou escrever o que quiser?

O marinheiro abriu um único olho.

– Claro que isso é juízo – respondeu, com evidente esforço para ser razoável. – Vagabundos dizem todo tipo de asneira, incitam as pessoas, e aonde isso leva? Revolta, e o que se pode chamar de desordem, caos, casas incendiadas e pessoas atacadas. Já ouviu falar das badernas promovidas pelos tecelões de seda, garoto?

Era evidente que Abram não ouvira falar, mas revidou com uma enérgica denúncia dos Atos Intoleráveis, o que fez o sr. Ormiston – já havíamos entrado em termos pessoais a essa altura – escarnecer sonoramente e relatar as privações que os londrinos suportavam em comparação com o luxo desfrutado por colonos ingratos.

– Ingratos! – protestou Abram, contrariado. – E por que deveríamos ser gratos? Por ter soldados impingidos sobre nós?

– Impingidos!? – gritou o sr. Ormiston. – Que palavra, hein? E se significa o que eu acho que significa, meu rapaz, devia ficar de joelhos e agradecer a Deus por essa "impingência". Quem você acha que salvou vocês de serem escalpelados pelos peles-vermelhas ou conquistados pelos franceses? E quem você acha que pagou por tudo isso?

Essa resposta perspicaz arrancou vivas, e não poucas zombarias, dos feridos que aguardavam a vez e que a essa altura já haviam sido atraídos para a discussão.

– Isso é uma absoluta... completa... *baboseira* – começou Abram, estufando o peito como um pombo mirrado, mas foi interrompido pela chegada do sr. Smith, com um saco de lona na mão e uma expressão pesarosa no rosto.

– Receio que sua cabine tenha sido destruída, madame – anunciou. – Peguei o que estava espalhado pelo chão, caso...

– Jonah Marsden! – O sr. Ormiston, prestes a se levantar, deixou-se cair de novo no baú, boquiaberto. – Ora vejam se não é!

– Quem? – perguntei, espantada.

– Jonah. Bem, esse não é seu nome de verdade, qual era mesmo...? Acho que era Bill, mas passamos a chamá-lo de Jonah, por ter naufragado tantas vezes.

– Ora, Joe. – O sr. Smith, ou sr. Marsden, recuava em direção à porta, sorrindo nervoso. – Isso já foi há muito tempo e...

– Nem tanto assim. – O sr. Ormiston se pôs de pé de modo desajeitado, apoiando uma das mãos em uma pilha de barris de arenque para não colocar peso no pé enfaixado. – Não o suficiente para a Marinha se esquecer de você, desertor desgraçado!

O sr. Smith desapareceu pela escada, empurrando dois marujos que tentavam descer carregando um terceiro como se fosse um pedaço de carne. Murmurando imprecações, largaram-no com um baque surdo no chão à minha frente e recuaram um passo, arfando. Era o capitão Stebbings.

– Ele não está morto – informou um deles, prestativo.

– Ótimo – falei. Meu tom de voz deve ter deixado uma interrogação no ar, pois o capitão abriu um olho e me fitou com raiva.

– Está me deixando aqui para ser assassinado... por esta megera? – indagou com a voz embargada, respirando com dificuldade. – Prefiro morrer hon-honrosa...

O sentimento foi expelido com um barulho gorgolejante que me fez rasgar sua camisa e seu casaco chamuscados e encharcados de sangue. De fato, havia uma perfuração no lado direito do peito e o abominável ruído vinha dele.

Eu disse um palavrão e os dois homens que o haviam trazido arrastaram os pés e resmungaram. Repeti o palavrão mais alto e, agarrando a mão de Stebbings, plantei-a sobre o ferimento.

– Aperte com firmeza se quiser ter a chance de uma morte honrosa – disse a ele. – Você! – gritei para um dos homens que tentava escapulir. – Traga um pouco de óleo da cozinha. Agora! E *você*. – Minha voz alcançou o outro, que parou com um ar de culpa. – Lona de vela e alcatrão. O mais rápido possível! – ordenei. – Não fale – adverti Stebbings, que parecia inclinado a fazer observações. – Seu pulmão sofreu um colapso. Ou consigo fazê-lo funcionar outra vez, ou você morre como um cachorro aqui mesmo.

Ele murmurou alguma coisa, que tomei como assentimento. Sua mão era bem gorda e fazia um bom trabalho em fechar o buraco por enquanto. O problema é que ele tinha não apenas um buraco no peito, mas no pulmão também. Tive que providenciar um tampão para o buraco externo, de modo que o ar não pudesse entrar no peito e manter o pulmão comprimido, mas ao mesmo tempo precisei me certificar de que o ar do espaço pleural ao redor do pulmão pudesse sair. Do jeito que estava, toda vez que ele expirava, o ar do pulmão ferido entrava direto nesse espaço, piorando o problema.

Ele podia também estar se afogando no próprio sangue, mas não havia muito que eu pudesse fazer a respeito, de modo que resolvi não me preocupar com isso.

– Pelo lado bom – disse a ele –, foi uma bala, e não um estilhaço ou uma farpa. Uma coisa se pode dizer a respeito de ferro em brasa: esteriliza o ferimento. Levante a mão por um instante, por favor. Expire.

Agarrei sua mão e a levantei, contando até dois, enquanto ele expirava, depois a plantei de novo sobre o ferimento. Fez um som chapinhado devido ao sangue. Era muito sangue para um furo daquele tamanho, mas ele não estava tossindo ou cuspindo sangue... Onde...? Ah.

– Este sangue é seu ou de outra pessoa? – perguntei, apontando.

Os olhos dele estavam semicerrados, mas ainda assim ele virou a cabeça e exibiu seus dentes podres para mim, em um sorriso de lobo.

– Do... seu marido – respondeu num sussurro rouco.

– Imbecil – disse, irritada, erguendo sua mão outra vez. – Expire.

Os homens tinham me visto lidar com Stebbings; havia outras baixas do *Teal*, mas a maioria parecia ambulatorial. Dei instruções apressadas aos fisicamente aptos para lidar com esses, concernentes à aplicação de pressão em ferimentos ou redução de fraturas em pernas ou braços, de modo a evitar novos ferimentos.

Passara uma eternidade até o óleo e o pano chegarem, e eu tive tempo suficiente para imaginar onde Jamie e Ian estavam. Quando os suprimentos de primeiros socorros foram trazidos, cortei um pedaço de lona com minha faca, rasguei uma longa tira de morim para usar como bandagem temporária, depois afastei a mão de Stebbings com um empurrão, limpei o sangue com uma dobra da minha anágua, borrifei óleo de lampião em seu peito, então pressionei o pano para baixo para formar um tampão rudimentar, colocando sua mão mais uma vez em cima de tal modo que uma ponta da lona permanecesse livre, enquanto eu enrolava a atadura improvisada ao redor de seu torso.

– Muito bem! Vou ter que colar o tampão de lona com alcatrão para selar melhor, mas vai levar algum tempo para aquecê-lo. Você pode ir fazer isso agora – falei ao marinheiro que trouxera o óleo e que tentava escapulir de novo. Apressei-me para ver os feridos agachados ou estendidos no convés.

– Certo. Quem está morrendo?

Apenas dois dos homens trazidos do *Teal* estavam mortos: um com terríveis ferimentos na cabeça provocados por estilhaços, o outro com hemorragia em consequência de ter perdido metade da perna esquerda, provavelmente com um tiro de canhão.

Poderia ter salvo este, pensei, mas o sentimento de pesar do momento foi incorporado nas necessidades do momento seguinte.

Não tão mau assim, pensei, avançando pela fileira de joelhos, fazendo uma rápida triagem e dando instruções a meus contrariados assistentes. Ferimentos de estilhaços, dois com raspão de bala de mosquete, um com metade da orelha arrancada, outro com uma bala alojada na perna, mas bem longe da artéria femoral, graças a Deus...

Pancadas e arrastamentos vinham do porão inferior, onde consertos estavam sendo feitos. Enquanto trabalhava, juntei as peças dos atos da batalha pelas observações passadas pelos feridos que aguardavam meus cuidados.

Em seguida a uma troca irregular de ataques laterais, que derrubara o mastro principal já rachado do *Teal* e fizera um buraco no casco do *Áspide* acima da linha-d'água, o *Teal* – as opiniões diferiam: se o capitão Roberts tinha feito de propósito ou não – mudou subitamente de direção, virando-se para o *Áspide*, raspando o costado do navio e fazendo as balaustradas dos dois ficarem emparelhadas.

Era inconcebível que Stebbings tivesse tido a intenção de subir a bordo do *Áspide* com tão poucos homens confiáveis. Se tivesse sido deliberado, ele teria pretendido se chocar conosco. Os olhos do capitão estavam fechados e ele, muito pálido. Levantei sua mão e ouvi um pequeno assobio de ar. Coloquei-a de volta em seu peito e continuei meu trabalho. Obviamente, ele não estava em condições de dar um depoimento sobre suas intenções.

Quaisquer que tenham sido, o capitão Hickman as frustrou, saltando a balaustrada do *Teal* com um grito agudo, seguido por um enxame de áspides. Atravessaram o convés sem muita resistência, embora os homens do *Pitt* tivessem se reunido ao redor de Stebbings perto do leme e lutado ferozmente. Mas estava claro que os áspides venceriam. O *Teal* se chocou violentamente contra recifes e encalhou, atirando todo mundo no assoalho do convés.

Convencidos de que o navio estava prestes a afundar, todos que podiam se mover o fizeram, atacantes e defensores igualmente voltando por cima da balaustrada para bordo do *Áspide*, que se afastou com uma guinada brusca – ainda com algum defensor ignorante do que se passava disparando os últimos tiros em sua direção – e acabou raspando o fundo no banco de cascalhos.

– Não precisa se preocupar, madame – assegurou um dos homens. – Assim que a maré subir, ele vai flutuar.

Os barulhos embaixo começaram a diminuir e eu olhava por cima do ombro a cada intervalo de alguns minutos, na esperança de ver Jamie ou Ian.

Eu examinava um pobre sujeito com um estilhaço no olho quando seu outro olho repentinamente se arregalou de terror. Deparei-me com Rollo, arquejante e encharcado, a meu lado, os dentes enormes expostos em um sorriso que envergonhava a fraca tentativa de Stebbings.

– Cachorro! – gritei, encantada.

Eu não podia abraçá-lo, mas olhei ao redor à procura de Ian, que vinha mancando em minha direção, molhado também, mas com um largo sorriso.

– Caímos na água – informou com voz grave, agachando-se no convés a meu lado. Uma pequena poça se formou sob ele.

– Estou vendo. Respire fundo para mim – pedi ao homem com o estilhaço no olho. – Um... sim, isso mesmo... dois... sim... – Quando ele expirou, segurei o estilhaço e puxei com força. Ele se soltou, seguido de um jato de sangue que me fez ranger os dentes e Ian ter ânsias de vômito. Mas não muito. *Se não tiver atravessado a órbita, talvez eu possa evitar uma infecção removendo o globo ocular e preenchendo a cavidade com um curativo. Só que isso vai ter que esperar.* Cortei uma tira de pano da fralda da camisa do sujeito, dobrei-a em uma bucha, impregnei-a de conhaque e a pressionei contra o olho arruinado. Mandei que ele a segurasse com firmeza no lugar. Foi o que ele fez, embora gemesse e oscilasse. Temi que fosse emborcar para a frente.

Então perguntei a Ian, com a sensação torturante de que eu não queria ouvir a resposta:

– Onde está seu tio?

– Bem ali – respondeu ele, apontando.

Girei nos calcanhares, uma das mãos ainda segurando o ombro do homem de um olho só, e vi Jamie descendo a escada enquanto discutia acaloradamente com o capitão Hickman. A camisa de Jamie estava ensopada de sangue e ele segurava um chumaço de alguma coisa contra o ombro. Era possível que Stebbings não estivesse apenas tentando me irritar. Entretanto, Jamie não cambaleava e, apesar de pálido, também estava furioso. Eu tinha quase certeza de que ele não morreria enquanto sentisse raiva. Portanto, peguei outra faixa de lona para estabilizar a fratura múltipla do braço de outro paciente.

– Cachorro! – exclamou Hickman, parando ao lado de Stebbings, deitado de costas.

No entanto, não falou com a mesma entonação que eu e Stebbings abriu um olho.

– Cachorro é você – retrucou, com voz pastosa.

– Cachorro, cachorro, cachorro! Maldito cachorro! – acrescentou Hickman e mirou um chute no flanco de Stebbings.

Agarrei seu pé e consegui desequilibrá-lo, de modo que ele caiu para o lado. Jamie o segurou, grunhindo de dor, mas Hickman se endireitou e empurrou Jamie para trás.

– Não pode matar o sujeito a sangue-frio!

– Posso, sim – retrucou Hickman. – Veja!

Tirou uma enorme pistola de um surrado coldre de couro e a engatilhou. Jamie segurou a arma pelo cano e a tirou da mão do capitão, deixando-o flexionando os dedos com um ar de surpresa.

– Vamos lá – disse Jamie, tentando ser sensato –, certamente não pretende matar um inimigo ferido, um inimigo de uniforme, preso sob a própria bandeira! Um homem que se rendeu. Nenhum homem honrado compactuaria com isso.

Hickman se empertigou, ficando vermelho.

– Está contestando a minha honra, senhor?

Vi os músculos no pescoço e nos ombros de Jamie se retesarem, mas, antes que pudesse falar, Ian surgiu ao lado dele, ombro a ombro.

– Sim, está. E eu também.

Rollo, os pelos ainda eriçados em espetos molhados, rosnou e arreganhou os lábios pretos, exibindo a maioria dos dentes como sinal de apoio a essa opinião.

Hickman olhou do rosto ameaçador, tatuado, de Ian para os impressionantes dentes carniceiros de Rollo e de novo para Jamie, que havia desengatilhado a pistola e a colocado no próprio cinto. Respirou pesadamente.

– Que seja, então – disse e se afastou.

O capitão Stebbings também respirava pesadamente, um som molhado, aflitivo. A pele estava branca ao redor dos lábios, que tinham se tornado azuis. Ainda assim, permanecia consciente. Seus olhos se mantiveram fixos em Hickman durante a conversa e o seguiram agora, quando ele deixou a cabine. Quando a porta se fechou atrás de Hickman, Stebbings relaxou um pouco, transferindo o olhar para Jamie.

– Podia... ter... poupado... o trabalho – disse, ofegante. – Mas... obrigado. O que quer... – tossiu, engasgado, pressionou a mão com força contra o peito e balançou a cabeça – ... que possa valer.

Fechou os olhos, respirando devagar, mas respirando. Levantei-me, os membros dormentes, e finalmente tive um instante para examinar meu marido.

– Foi só um pequeno corte – assegurou-me, em resposta a meu olhar de desconfiança. – Estou bem agora.

– Todo esse sangue é seu?

Ele olhou para baixo, para a camisa emplastrada contra as costelas, e ergueu o ombro são desdenhosamente.

– Sobrou bastante para continuar vivo. – Sorriu para mim, em seguida olhou ao redor do convés. – Vejo que você tem tudo sob controle aqui. Vou pedir a Smith que lhe traga algo para comer, hein? Vai chover daqui a pouco.

De fato, o cheiro da tormenta que se avizinhava varreu o porão, fresco e tinindo de ozônio, remexendo os cachos da minha nuca suada.

– Provavelmente não Smith. E aonde você vai? – perguntei, vendo-o se afastar.

– Preciso falar com Hickman e Roberts – respondeu com ar grave. Os cabelos emaranhados atrás de suas orelhas esvoaçaram na brisa. – Não creio que vamos para a Escócia no *Teal*, mas não faço a menor ideia de para onde *estamos* indo.

Por fim, o navio ficou silencioso – ou tão silencioso quanto pode ficar um grande objeto composto de tábuas rangentes, lonas ondulando e aquele zumbido assustador feito pelo cordame esticado. A maré subiu e o navio de fato flutuou. Estávamos navegando para o norte outra vez. Eu já havia despachado o último ferido. Apenas o capitão Stebbings permaneceu, deitado em um estrado rústico atrás de um baú de chá contrabandeado. Ele ainda respirava, e não com terrível desconforto, mas sua condição era precária demais para eu o deixar fora da minha vista.

Por algum milagre, a bala parecia ter cauterizado seu caminho até o pulmão em vez de simplesmente perfurar vasos sanguíneos. Isso não significava que ele não estivesse tendo uma hemorragia. Se assim fosse, era um vazamento pequeno e lento. Caso contrário, havia muito eu já saberia. *Ele deve ter sido baleado à queima-roupa*, pensei. A bala ainda estava em brasa quando o atingiu.

Eu mandara Abram ir dormir. Eu mesma deveria me deitar, pois a fadiga havia se assentado na base da minha espinha. Mas ainda não.

Jamie não voltara. Sabia que ele voltaria quando tivesse terminado sua reunião com Hickman e Roberts. E ainda havia alguns preparativos a serem feitos, por precaução.

Anteriormente, quando Jamie vasculhara a escrivaninha de Hickman em busca de comida, eu notara um punhado de penas novas. Mandei Abram pedir algumas para mim e trazer a maior agulha de consertar velas que pudesse encontrar – e alguns ossos de asa jogados fora do ensopado de frango a bordo do *Pitt*.

Cortei as pontas de um osso bem fino e me assegurei de que a medula tinha sido removida pelo cozimento. Em seguida, afinei uma das pontas com cuidado, usando a pequena pedra de amolar do carpinteiro do navio para esse fim. A pena de ganso foi mais fácil – a ponta já havia sido aguçada para escrever. Tudo que precisei fazer foi cortar as farpas, depois submergir a pena, o osso e a agulha em uma pequena vasilha rasa de conhaque. Isso me serviria.

O aroma do conhaque se ergueu doce e pesado no ar, competindo com alcatrão, terebintina, tabaco e as velhas ripas impregnadas de sal do navio. Ao menos obliterava parcialmente os cheiros de sangue e matéria fecal deixados por meus pacientes.

Eu descobrira uma caixa de vinho Meursault na carga e retirei dali uma garrafa, acrescentando-a à meia garrafa de conhaque e a uma pilha de curativos e ataduras de morim limpo. Sentando-me em uma barrica de alcatrão, recostei-me contra um grande barril, de meia pipa, de tabaco, bocejando e me perguntando a quem se destinava tudo aquilo.

Descartei o pensamento e fechei os olhos. Podia sentir a pulsação latejando na ponta dos dedos e nas pálpebras. Não dormi, mas cheguei a uma espécie de semiconsciência, vagamente ciente do murmúrio da água deslizando pelos costados do navio, do sopro mais alto da respiração de Stebbings, das vagarosas expansões dos meus pulmões e das lentas e tranquilas batidas do meu coração.

Parecia que haviam se passado anos desde o tumulto e os terrores da tarde, e da distância imposta pela fadiga e intensidade dos acontecimentos. Minha preocupação de que pudesse ter sofrido um ataque cardíaco parecia ridícula. Mas não era impossível. Sem dúvida, não fora mais do que pânico e hiperventilação. Ainda assim...

Coloquei dois dedos no peito e esperei que a pulsação na ponta deles se igualasse à do coração. Devagar, quase sonhando, comecei a percorrer o meu corpo, do topo da cabeça à ponta dos pés, sentindo meu percurso pelas longas e serenas passagens de veias, da cor violeta-escura do céu pouco antes de anoitecer. Perto, vi o brilho das artérias, largas e ativas, cheias de vida carmesim. Entrei nas câmaras do coração e me senti encerrada lá dentro, as paredes espessas se movendo em um ritmo ininterrupto, reconfortante e firme. Não, nenhum dano, nem ao coração, nem às suas válvulas.

Senti meu trato digestivo, contraído durante horas sob o diafragma, relaxar e se assentar com uma delicada golfada, e uma sensação de bem-estar fluiu como mel morno pelos membros e a coluna vertebral.

– Não sei o que você está fazendo, Sassenach – disse uma voz suave perto de mim –, mas parece bem satisfeita.

Abri os olhos e me sentei direito. Jamie desceu as escadas movendo-se com cuidado e se aproximou.

Ele estava muito pálido e parecia exausto. No entanto, sorriu para mim e seus olhos estavam límpidos. Meu coração, forte e confiável como eu acabara de verificar, se enterneceu e derreteu como se fosse de manteiga.

– Como você... – comecei a dizer, mas ele ergueu a mão, me detendo.

– Vou ficar bem – afirmou, olhando para onde Stebbings estava deitado, respirando superficialmente. – Ele está dormindo?

– Espero que sim. E você *também deveria* – observei. – Deixe-me cuidar de você para que possa se deitar.

– Não é nada grave – retrucou, tirando o chumaço de tecido endurecido enfiado por dentro da camisa. – Mas deve precisar de um ou dois pontos, eu acho.

– Também acho – concordei, examinando as manchas marrons no lado direito de sua camisa.

Pelo jeito como ele alegou que "não era nada grave", devia ser um corte aberto e enorme no peito. Ao menos o acesso ao corte seria fácil, ao contrário do estranho ferimento sofrido por um dos marinheiros do *Pitt*, que de algum modo fora atingido bem atrás do escroto por um projétil de metralha. Eu achava que a bala devia ter atingido alguma outra coisa primeiro e ricocheteado para cima, pois felizmente não penetrara profundamente, mas estava achatada como uma moeda quando a retirei. Dei-lhe a bala como lembrança.

Abram havia trazido uma lata de água quente pouco antes de sair. Coloquei o dedo na água e fiquei satisfeita ao ver que ainda estava morna.

– Certo – disse, indicando com a cabeça as garrafas em cima do baú. – Antes de começarmos, quer conhaque ou vinho?

O canto de sua boca se torceu e ele estendeu a mão para a garrafa de vinho.

– Deixe-me manter a ilusão de civilidade por um pouco mais de tempo.

– Acho que é algo bastante civilizado. Mas eu não tenho um saca-rolhas.

Ele leu o rótulo e suas sobrancelhas se ergueram.

– Não tem importância. Sabe onde posso servi-lo?

– Tome.

Retirei uma pequena e elegante caixa de madeira de um ninho de palha dentro de uma embalagem e a abri triunfalmente, exibindo um aparelho de chá de porcelana chinesa, de bordas douradas e decorado com minúsculas tartarugas vermelhas e azuis, todas parecendo misteriosamente asiáticas, nadando através de uma floresta de crisântemos dourados.

Jamie riu – não mais do que uma exalação, mas com certeza uma risada. Cortando um sulco no gargalo da garrafa com a ponta de sua adaga, arrancou-a com precisão contra a borda de um barril de tabaco. Serviu o vinho nas duas xícaras que separei, balançando a cabeça para as vívidas tartarugas.

– Aquela azul pequena me faz lembrar o sr. Willoughby, hein?

Ri também, depois olhei com culpa para os pés de Stebbings – tudo que se podia ver dele no momento. Eu havia tirado suas botas e as pontas soltas das meias imundas pendiam comicamente sobre seus pés. Estes, entretanto, não se mexiam e a respiração lenta e difícil continuava como antes.

– Há anos não penso no sr. Willoughby – observei, erguendo a minha xícara em um brinde. – Aos amigos ausentes.

Jamie respondeu em chinês e tocou a borda da própria xícara na minha com um débil tinido.

– Você ainda consegue falar chinês? – perguntei, intrigada, mas ele balançou a cabeça.

– Não muito. Não tive oportunidade de falar chinês desde que o vi pela última vez. – Ele inspirou o buquê do vinho, fechando os olhos. – Isso parece ter sido há muito tempo.

– Há muito tempo e muito longe. – O vinho tinha um aroma reconfortante de amêndoas e maçãs, era seco mas encorpado, aderindo suntuosamente ao céu da boca. Jamaica, para ser precisa, e havia mais de dez anos. – O tempo voa quando você está se divertindo. Acha que ele ainda está vivo, o sr. Willoughby?

Ele ficou pensativo, bebericando o vinho.

– Sim, acho. Um homem que escapou de um imperador chinês e viajou por meio mundo para conservar suas bolas é uma pessoa com muita determinação.

Jamie pareceu desinteressado em desencavar novas reminiscências de antigos conhecidos, então deixei-o beber seu vinho em silêncio, sentindo a noite se acomodar confortavelmente ao nosso redor com o suave balanço do navio. Após sua segunda xícara de vinho, tirei sua camisa coberta de sangue seco e levantei o lenço também endurecido de sangue que ele tinha usado como tampão para estancar o ferimento.

Um pouco para minha surpresa, ele tinha razão. O ferimento era pequeno e não precisaria de mais do que dois ou três pontos. Uma lâmina cortara fundo, logo abaixo da clavícula, e rasgara uma aba triangular da carne ao sair.

– Esse sangue todo é seu? – perguntei, intrigada, erguendo a camisa descartada.

– Ainda sobrou um pouco – respondeu ele. – Não muito.

– Você sabe muito bem o que quero dizer.

– Sim, é todo meu. – Esvaziou a xícara e estendeu a mão para a garrafa.

– De um corte tão pequeno... Meu Deus. – Senti-me ligeiramente tonta. Eu podia ver a frágil linha azul de sua veia passando logo abaixo da clavícula e correndo acima da abertura coagulada do corte.

– Sim, fiquei surpreso – comentou Jamie, envolvendo a delicada xícara de porcelana com as duas mãos enormes. – Quando ele arrancou a lâmina, o sangue jorrou como uma fonte e encharcou nós dois. Nunca vi isso antes.

– Provavelmente ninguém nunca acertou sua artéria subclavicular antes – expliquei, com todo o esforço para manter a calma.

Lancei um olhar de viés ao ferimento. *Havia* coagulado; as bordas da aba tinham ficado azuis e a carne talhada embaixo estava quase preta de sangue seco. Nenhuma exsudação, muito menos um jorro arterial. A lâmina se lançara de baixo para cima, perdendo a veia e apenas dando um pique na artéria por trás.

Soltei um suspiro longo e profundo, tentando sem sucesso não imaginar o que teria acontecido se a lâmina tivesse alcançado 1 milímetro mais fundo ou se Jamie não tivesse um lenço, o conhecimento e a oportunidade de pressionar o ferimento.

Mais tarde é que compreendi o que ele dissera: "O sangue jorrou como uma fonte e encharcou nós dois." E, quando eu perguntara a Stebbings se era o próprio sangue que encharcava sua camisa, ele me olhara maliciosamente e respondera: "Do seu marido." Eu achara que ele só estava sendo desagradável, mas...

– Foi o capitão Stebbings que o esfaqueou?

– Uhum. – Jamie mudou de posição, recostando-se para que eu tivesse melhor acesso ao corte. Esvaziou a xícara outra vez e a depositou no chão, com um ar resignado. – Fiquei surpreso de ele ter conseguido. Achei que o tinha derrubado, mas o desgraçado se levantou com uma faca na mão.

– Foi *você* que atirou nele?

Ele piscou ante o tom de minha voz.

– Sim, claro.

Não consegui pensar em nenhum palavrão capaz de abranger a situação. Murmurando "Meu Deus", comecei a limpar e suturar.

– Agora escute – falei, em minha melhor voz de cirurgiã militar. – Até onde eu saiba, foi apenas um corte pequenino e você conseguiu estancar o sangramento durante tempo suficiente para se formar um coágulo. É esse coágulo que está impedindo você de sangrar até a morte. Entendeu? – Isso não era bem verdade, principalmente depois que eu tivesse costurado a pele solta de volta no lugar; mas agora não era hora de lhe dar uma brecha.

Ele olhou para mim por um longo instante, impassível.

– Entendi.

– Isso significa – enfatizei, enfiando a agulha em sua carne com força suficiente para fazê-lo soltar um pequeno grito – que você *não* pode usar o braço direito ao menos pelas próximas 48 horas. Não pode se dependurar em cordas, escalar o cordame, não pode dar socos, não pode nem coçar o traseiro com a mão direita. Está me ouvindo?

– Acho que o navio inteiro está ouvindo – respondeu ele, tentando avaliar a clavícula. – De qualquer modo, eu sempre coço meu traseiro com a mão esquerda.

O capitão Stebbings com certeza nos ouvira. Uma risadinha quase inaudível veio de trás do baú de chá, seguida de uma tosse surda e um leve chiado.

– E – continuei, puxando o fio pela pele – você *não* pode se enfurecer.

Ele inspirou, sibilando.

– Por que não?

– Porque vai fazer seu coração bater com mais força, elevando sua pressão, que por sua vez vai...

– Me fazer explodir como uma garrafa de cerveja fechada há muito tempo?

– Exatamente. Agora...

O que quer que eu fosse dizer desapareceu de minha mente no instante seguinte, quando a respiração de Stebbings mudou. Deixei a agulha cair e, virando-me, peguei a vasilha. Afastei o baú de chá com um empurrão, colocando a vasilha em cima, e caí de joelhos ao lado do corpo de Stebbings.

Os lábios e as pálpebras estavam azuis, e o restante do rosto parecia da cor de massa de vidraceiro. Ele fazia um horrível barulho arquejante, a boca aberta, tentando sorver ar.

Felizmente, havia bastantes palavrões conhecidos para *essa* situação. E eu usei alguns deles enquanto enfiava os dedos na lateral gorducha de seu corpo, procurando as costelas. Ele se contorceu e emitiu uma sonora, ridícula risadinha, que fez Jamie – a agulha ainda balançando de sua clavícula pelo fio de sutura – reagir com uma risada nervosa.

– Não é hora de sentir cócegas – falei, irritada. – Jamie, pegue uma daquelas penas e enfie a agulha dentro.

Enquanto ele fazia isso, limpei a pele de Stebbings com um chumaço de pano embebido em conhaque. Depois, peguei a pena com agulha em uma das mãos, a garrafa de conhaque na outra e enfiei a pena no segundo espaço intercostal, como se enfiasse um prego. Senti o estalido subcutâneo quando a pena furou a cartilagem e penetrou no espaço pleural.

Ele soltou um som agudo e estridente, mas não era uma risada. Eu havia cortado a pena um pouco mais curta do que a agulha, mas a agulha afundara para dentro da pena com o impacto. Tive um momento de pânico, tentando puxar a agulha com as unhas, mas consegui. Sangue com mau cheiro de estagnado e fluidos saíram num jato pela pena oca, mas apenas por um instante, depois o fluxo diminuiu apenas para um silvo de ar.

– Respirem devagar – avisei, mais calma. – *Os dois.*

Eu observava a pena, procurando qualquer outra drenagem de sangue. Se ele estivesse sangrando muito dentro do pulmão, não haveria nada que eu pudesse fazer. Mas eu via apenas a leve exsudação do ferimento da perfuração, um borrão vermelho na parte externa da pena.

– Sente-se – disse a Jamie, que obedeceu, ficando com as pernas cruzadas no chão, a meu lado.

Stebbings parecia melhor; o pulmão havia inflado ao menos em parte. Ele estava branco agora, os lábios pálidos. O assobio da pena oca se tornou quase inaudível e coloquei o dedo na extremidade aberta.

– O ideal – disse em tom de conversa – seria eu passar um tubo do seu peito a uma jarra de água. Dessa forma, o ar ao redor de seu pulmão poderia escapar, mas não entrar de volta. Como não tenho nada que se assemelhe a um tubo mais longo do que alguns centímetros, isso não vai funcionar. – Fiquei de joelhos, fazendo sinal para

Jamie. – Venha cá e coloque o dedo na ponta desta pena. Se ele começar a sufocar outra vez, tire-a por um instante, até o ar parar de sair como um assobio.

Ele não podia alcançar Stebbings de forma apropriada com a mão esquerda; com um olhar de esguelha para mim, estendeu a direita bem devagar e tampou a pena com o polegar.

Levantei-me com um gemido e fui vasculhar a carga outra vez. Teria que ser alcatrão. Eu havia aplicado a compressa de pano oleado ao seu peito em três lados com alcatrão morno e ainda restava bastante. Não era o ideal. Provavelmente, eu não poderia extrair mais outra vez com pressa. Não seria melhor um pequeno tampão de tecido úmido?

No entanto, em um dos baús de Hannah Arnold encontrei um tesouro: uma pequena coleção de ervas secas em botijas – inclusive uma com goma arábica em pó. As ervas eram interessantes e úteis por si mesmas, sendo obviamente importadas: casca de cinchona – eu devia tentar enviá-la de volta à Carolina do Norte, para Lizzie, se conseguíssemos sair dessa horrível banheira –, mandrágora e gengibre, plantas que nunca cresciam nas colônias. Tê-las à mão me fez sentir repentinamente rica. Stebbings gemeu atrás de mim e ouvi a fricção de tecido e um leve assobio quando Jamie tirou o polegar por um instante.

Nem mesmo as riquezas do lendário Oriente poderiam fazer muita coisa pelo capitão. Abri a botija de goma arábica e, pondo um pouco na palma da mão, gotejei água sobre ela e comecei a moldar a bola grudenta resultante em uma rolha mais ou menos cilíndrica, que enrolei em um recorte de morim amarelo estampado com abelhas, terminando com uma torcida perfeita em cima. Satisfeita com o resultado, voltei e, sem comentários, retirei a pena oca – já mostrando sinais de rachadura por causa dos movimentos dos músculos das costelas de Stebbings – de sua perfuração e introduzi o osso de galinha oco, mais resistente e maior, em seu lugar.

Ele também não riu dessa vez. Tampei com perfeição a ponta do osso e, ajoelhando-me diante de Jamie, retomei a sutura em sua clavícula.

Eu me sentia perfeitamente lúcida, mas daquele jeito estranhamente sobrenatural que é uma indicação de total esgotamento. Eu fiz o que tinha que ser feito, porém sabia que não conseguiria me manter em pé muito mais tempo.

– O que o capitão Hickman tem a dizer? – perguntei, muito mais como forma de nos distrair do que por real interesse.

– Inúmeras coisas, como pode imaginar. – Jamie respirou fundo e fixou os olhos em um enorme casco de tartaruga enfiado entre as caixas. – Deixando de lado as opiniões puramente pessoais e certa dose de excesso de linguagem, entretanto... vamos subir o rio Hudson. Para Fort Ticonderoga.

– Vamos... o quê? – Franzi a testa para a metade da agulha enfiada na pele. – Por quê?

As mãos dele estavam apoiadas nas tábuas do convés, os dedos pressionando-as com tanta força que as unhas ficaram brancas.

– Era para lá que ele estava indo quando as complicações começaram e é para lá que pretende ir. É um homem de opiniões muito determinadas, pelo que vi.

Um sonoro ruído de desdém veio de trás do baú de chá.

– Eu realmente notei algo assim. – Arrematei a última sutura e cortei a linha habilmente com minha faca. – Falou alguma coisa, sr. Stebbings?

O muxoxo se repetiu, mais alto ainda, porém nada além disso.

– Não pode convencê-lo a nos deixar no litoral?

Os dedos de Jamie pairaram acima do ferimento recém-suturado, obviamente querendo coçar o local, mas eu os afastei.

– Sim, bem... há mais complicações, Sassenach.

– Conte-me – murmurei, levantando-me e alongando-me. – Ó Deus, minhas costas. Que tipo de complicações? Quer chá?

– Só se vier com uma boa dose de uísque.

Inclinou a cabeça para trás, contra o tabique, fechando os olhos. Havia um leve rosado em suas faces, apesar de a testa brilhar de suor.

– Conhaque serve?

Eu precisava muito de chá, sem álcool, e me dirigi para a escada sem esperar pelo seu assentimento. Eu o vi estender a mão para a garrafa de vinho quando coloquei o pé no primeiro degrau.

Um vento refrescante soprava em cima; fez a longa capa girar ao meu redor quando emergi das profundezas e enfunou minhas anáguas de uma maneira revigorante. Ele também revigorara o sr. Smith – ou melhor, o sr. Marsden –, que pestanejou e desviou o olhar apressadamente.

– Boa noite, madame – disse ele educadamente depois que consegui controlar minhas vestimentas. – Espero que o coronel esteja passando bem.

– Sim, está. – Estaquei e lhe lancei um olhar incisivo. – O coronel? – Tive uma leve sensação de desfalecimento.

– Sim, senhora. Ele é um coronel de milícia, não é?

– Ele *foi* – falei, com ênfase.

A boca de Smith abriu-se em um sorriso.

– Nada de "foi", madame. Ele nos deu a honra de aceitar o comando de uma companhia: os Irregulares de Fraser é como seremos chamados.

– Um nome muito apropriado. Mas o quê...? Como isso aconteceu?

Ele puxou nervosamente um de seus brincos, vendo que talvez eu não estivesse tão satisfeita com a notícia quanto esperava.

– Ah. Bem, para dizer a verdade, madame, receio que a culpa tenha sido minha. – Abaixou a cabeça, envergonhado. – Um dos marujos a bordo do *Pitt* me reconheceu e quando ele contou ao capitão quem eu era...

A revelação do verdadeiro nome do sr. Marsden – em combinação com seus adornos – havia causado um considerável rebuliço entre a tripulação variada atualmente a bordo do *Áspide*. Tanto que ele correu o risco de ser atirado pela amurada ou deixado à deriva em um barco. Após algum tempo de áspera discussão, Jamie sugerira que talvez o sr. Marsden pudesse ser persuadido a mudar de profissão e se tornar um soldado, pois um grande número de marinheiros a bordo do *Áspide* já havia proposto deixá-lo e se juntar às forças continentais em Ticonderoga, transportando as mercadorias e as armas através do lago Champlain e depois permanecendo como voluntários de milícias.

Isso teve aprovação geral – apesar de algumas pessoas insatisfeitas ainda serem ouvidas dizendo que um Jonah era um Jonah, quer ele fosse um marinheiro ou não.

– Foi por isso que achei melhor não aparecer muito lá embaixo, se entende o que quero dizer, madame – concluiu o sr. Marsden.

Isso também solucionou o que fazer com os marujos prisioneiros do *Pitt* e os marinheiros desalojados do *Teal*; os que preferiam unir-se à milícia americana poderiam fazê-lo, enquanto os britânicos que preferissem a perspectiva de vida como prisioneiros de guerra podiam ser atendidos e acomodados em Fort Ticonderoga. Cerca de metade dos homens do *Teal* expressou um desejo inequívoco de emprego em terra firme, após suas recentes aventuras marítimas, e também iriam se unir aos Irregulares.

– Compreendo – falei, esfregando dois dedos entre as sobrancelhas. – Bem, com licença, senhor... Marsden, preciso preparar uma xícara de chá. Com muito conhaque.

O chá me reanimou o suficiente para pedir a Abram – encontrado cochilando junto ao fogo da cozinha apesar de ter sido mandado para a cama – que levasse um pouco para Jamie e o capitão Stebbings enquanto eu passava meus outros pacientes em revista. Estavam quase tão confortáveis quanto se podia esperar, ou seja, não muito, mas estoicos a respeito e sem nenhuma necessidade de intervenção médica premente.

Entretanto, o ânimo temporário que o chá com conhaque me emprestara já havia se dissipado quase inteiramente quando refiz o caminho de volta pela escada para o porão e meu pé escorregou no último degrau, fazendo-me cair pesadamente no piso, com uma pancada que provocou um grito assustado de Stebbings, seguido de um gemido. Abanando a mão para a sobrancelha erguida de Jamie, apressei-me a ir ver o paciente.

Ele estava com muita febre, o rosto gordo afogueado, e uma xícara de chá quase cheia fora posta de lado junto a ele.

– Eu tentei fazê-lo beber, mas ele disse que não conseguia beber mais do que um gole – falou Jamie suavemente às minhas costas.

Inclinei-me e coloquei o ouvido perto do peito de Stebbings, auscultando da melhor maneira possível através da camada de gordura que o cobria. O tubo de osso de galinha, momentaneamente destampado, soltou apenas um modesto assobio de ar e não mais do que um vestígio de sangue.

– Até onde eu saiba, o pulmão se expandiu ao menos em parte – comentei com Stebbings, por formalidade, embora ele tenha meramente me dirigido um olhar fixo, vidrado. – E a bala deve ter cauterizado grande parte dos danos causados; caso contrário, creio que estaríamos vendo sintomas muito mais alarmantes.

Na verdade, ele já estaria morto, porém achei mais diplomático não dizer isso. Ele poderia facilmente morrer em pouco tempo, de qualquer modo, de febre, mas resolvi não dizer isso também.

Consegui persuadi-lo a beber um pouco de água e passei uma esponja úmida em sua cabeça e no torso. A tampa da escotilha fora retirada e estava razoavelmente fresco no porão, embora o ar não circulasse muito embaixo. De qualquer forma, eu não via nenhum benefício em levá-lo para o vento no convés superior e quanto menos ele fosse movido de lugar, melhor.

– Essa é... minha... capa? – perguntou ele, abrindo um único olho.

– Hã... provavelmente – respondi, desconcertada. – Você a quer de volta?

Ele fez uma leve careta e depois relaxou. Jamie estava recostado contra o baú de chá, a cabeça para trás, os olhos fechados e respirando pesadamente. No entanto, ao me sentir sentar a seu lado, levantou a cabeça e abriu os olhos.

– Você parece que está a ponto de desmoronar, Sassenach – disse suavemente. – Deite-se. Eu vigiarei o capitão.

Vi aonde ele queria chegar. Na verdade, eu estava vendo dois Jamies. Pisquei e balancei a cabeça, momentaneamente unificando ambos os Jamies, mas não havia como negar que ele tinha razão. Eu perdera o contato com meu corpo outra vez, mas minha mente, em vez de se restringir à sua função, simplesmente começara a vagar sem direção, em uma espécie de estupor. Esfreguei o rosto com força, só que não ajudou muito.

– Preciso dormir – expliquei aos homens, os quatro agora me observando com a perfeita atenção de olhos arregalados de corujas em um celeiro. – Se sentir a pressão aumentar outra vez, e acho que vai sentir – falei a Stebbings –, tire a tampa do tubo até melhorar, depois a recoloque. Se algum de vocês achar que está morrendo, me acorde.

Sem maiores confusões, e me sentindo fora do meu corpo, estendi-me nas tábuas, coloquei a cabeça em uma dobra da capa de Stebbings e adormeci.

Acordei muito tempo depois e fiquei deitada por alguns minutos sem conseguir pensar de forma coerente; minha mente subia e descia com o movimento da embarcação. Em determinando momento, comecei a distinguir o murmúrio de vozes masculinas dos sussurros e batidas que fazem parte da rotina de um navio.

Eu caíra em um estado de esquecimento tão profundo que levei algum tempo para me lembrar dos acontecimentos anteriores a meu sono, mas as vozes os trouxeram de volta. Ferimentos, os vapores de conhaque, a lona de velas, áspera, rasgando-se em minhas mãos e o cheiro de tintura no morim molhado, de cores vivas. A camisa ensanguentada de Jamie. O som aspirado do buraco no peito de Stebbings. Apenas a lembrança disso teria sido suficiente para me fazer sentar num salto, mas meu corpo se enrijecera por ficar deitado nas tábuas. Uma aguda pontada de agonia lancetou do meu joelho à virilha, e os músculos das costas e dos braços doeram de forma insuportável. Antes que eu pudesse esticá-los o suficiente para conseguir me levantar, ouvi a voz do capitão, rouca e baixa, mas decidida:

– Chame Hickman. Prefiro levar um tiro a continuar com isso.

Eu não achei que ele estivesse brincando. Nem Jamie.

– Não o culpo – disse ele. Sua voz era suave mas séria, tão decidida quanto a de Stebbings.

Meus olhos começavam a ganhar foco outra vez, conforme a dor paralisante em meus músculos diminuía um pouco. De onde eu estava, podia ver Stebbings dos joelhos para baixo e a maior parte de Jamie, sentado ao lado dele, a cabeça abaixada nos próprios joelhos, a figura alta curvada contra o baú de chá.

Houve uma pausa. Logo depois, Stebbings disse:

– Não, hein? Ótimo. Vá chamar Hickman.

– Por quê? – perguntou Jamie após o que pareceu uma hesitação, ou talvez apenas estivesse reunindo forças para responder. Ele não levantou a cabeça; parecia quase drogado de fadiga. – Não há necessidade de tirar o homem da cama, há? Se quer morrer, basta arrancar esse negócio do seu peito.

Stebbings fez um ruído ininteligível. Pode ter começado como uma risada, um gemido ou uma resposta irritada, mas terminou em um sibilo de ar entre dentes. Meu corpo se retesou. Ele estaria tentando retirar o tubo?

Não. Ouvi o movimento pesado de seu corpo e vi seus pés se curvarem quando ele procurou uma posição mais confortável. Jamie grunhiu quando se inclinou para ajudá-lo.

– Alguém... pode obter... satisfação... com a minha morte – comentou ele com um som sibilante.

– Eu fiz um buraco em você – ressaltou Jamie. – Não ficaria muito satisfeito em vê-lo morrer disso.

Ele já devia ter passado havia muito do ponto de exaustão e obviamente estava tão dolorido quanto eu. Eu tinha que me levantar, fazê-lo ir dormir. Mas Jamie ainda conversava com Stebbings, parecendo despreocupado, como um homem que discutisse uma questão obscura de filosofia natural.

– Quanto a satisfazer o capitão Hickman... sente algum tipo de obrigação em relação a ele?

– Não. – A resposta veio breve e precisa, apesar de seguida de uma profunda arfada. – É uma morte limpa – Stebbings conseguiu dizer após mais algumas arfadas. – Rápida.

Ele emitiu um ruído que poderia ser interrogativo. Jamie suspirou. Após um instante, ouvi o farfalhar de tecidos e o vi mover a perna esquerda, gemendo ao fazê-lo, e levantar seu kilt.

– Está vendo isto? – Seu dedo correu devagar por toda a extensão de sua coxa, começando logo acima do joelho e indo até quase a virilha.

Stebbings deu um grunhido um pouco mais interessado. As pontas pendentes de suas meias se moviam conforme ele movimentava os pés.

– Baioneta – disse Jamie, cobrindo de novo a cicatriz retorcida e falhada com o kilt. – Fiquei deitado por dois dias depois disso, a febre me devorando vivo. Minha perna inchou e começou a feder. E, quando o oficial inglês chegou para estourar nossos miolos, eu fiquei muito satisfeito.

Um breve silêncio.

– Culloden? – perguntou Stebbings. Ele ainda estava rouco e eu podia ouvir a febre em sua voz, mas agora havia interesse também. – Ouvi... falar.

Jamie não disse nada em resposta, mas bocejou de repente, sem se preocupar em reprimir o bocejo, e esfregou as mãos devagar pelo rosto. Pude ouvir o som áspero provocado pela barba por fazer.

Silêncio, só que a qualidade do silêncio tinha mudado. Eu podia sentir a raiva de Stebbings, sua dor e seu medo – mas havia uma leve sensação de humor em sua respiração difícil.

– Vai me... fazer.... perguntar?

Jamie balançou a cabeça.

– É uma história longa demais e que não gosto de contar. Basta saber que eu queria que ele me desse um tiro, queria muito, mas o filho da mãe não deu.

O ar no pequeno porão estava estagnado, embora inquieto, pleno dos cheiros alternados de sangue e luxo, de mercadorias e doença. Inspirei devagar e pude sentir o cheiro acre dos corpos dos homens, um odor penetrante e selvagem de cobre, amargo de esforço e exaustão. As mulheres nunca exalavam esse cheiro, mesmo em circunstâncias extremas.

– Vingança, então, não é? – perguntou Stebbings após um tempo. Seus pés irrequietos haviam sossegado. Suas meias imundas estavam arriadas, e sua voz, cansada.

Jamie deu de ombros devagar, enquanto ele suspirava. Sua voz estava quase tão cansada quanto a de Stebbings:

– Não. Pagamento de uma dívida.

Uma dívida?, pensei. Com quem? Com lorde Melton, que se recusara a matá-lo, por questão de honra? E que, em vez disso, o enviara para casa depois de Culloden, escondido em uma carroça cheia de feno? Com sua irmã, que se recusara a deixá-lo morrer, que o arrastara de volta à vida por pura força de vontade? Ou com aqueles que haviam morrido, enquanto ele não?

Eu tinha me esticado o suficiente agora para poder me levantar, mas não o fiz.

Ainda não. Não havia urgência. Os homens estavam silenciosos, sua respiração parte da respiração do navio, o suspiro do mar lá fora.

Aos poucos, concluí que eu sabia a resposta. Eu havia vislumbrado o abismo muitas vezes, por cima do ombro de alguém, quando estavam na borda. Mas vira por mim mesma também. Eu conhecia sua vastidão e sua atração, a possibilidade de pôr tudo a termo.

Eu sabia que estavam de pé agora, lado a lado, e cada qual sozinho, olhando para baixo.

PARTE IV

Conjunção

32

UMA LEVE SUSPEITA

De lorde John Grey
Para sr. Arthur Norrington
4 de fevereiro de 1777
(Código 158)

Caro Norrington,

De acordo com a nossa conversa, fiz certas descobertas que acho prudente lhe confidenciar.

Fui à França no final do ano e, enquanto estava lá, visitei o barão Amandine. Na verdade, hospedei-me na residência dele por vários dias e conversei com ele em diversas ocasiões. Tenho motivos para acreditar que Beauchamp está de fato ligado à questão que discutimos e se juntou com Beaumarchais, que deve estar igualmente envolvido. Creio que Amandine não sabe de nada, mas que Beauchamp pode usá-lo como uma espécie de fachada.

Solicitei uma reunião com Beaumarchais, mas foi recusada. Como ele normalmente teria me recebido, acho que cutuquei algum ninho de vespas. Seria útil observar esse lado.

Fique alerta também a qualquer menção na correspondência francesa a uma companhia chamada Rodrigue Hortalez et Cie (rogo que fale com a pessoa que lida com a correspondência espanhola também). Não descobri nada irregular, mas também não consigo descobrir nada sólido em relação a eles, como o nome dos diretores, e isso por si só me parece suspeito.

Se o seu dever assim o permitir, gostaria de ser informado de qualquer coisa que venha a descobrir com relação a essas questões.

Seu criado,
Lorde John Grey

P.S.: Pode me dizer quem é o atual encarregado do Departamento Americano em relação à correspondência?

...

De lorde John Grey
Para Harold, duque de Pardloe
4 de fevereiro de 1777
(código de família)

Hal...

Encontrei-me com Amandine. Wainwright de fato vive na mansão senhorial, chamada Trois Flèches, e assim mantém uma relação doentia com o barão. Conheci a irmã dele, a mulher de Wainwright. Ela sem dúvida tem conhecimento da ligação entre o irmão e o marido, mas não o admite. Fora isso, não parece saber de mais nada. Poucas vezes conheci uma mulher mais estúpida. Ela é libertina nos modos e uma péssima jogadora de cartas. O barão também não é muito inteligente. Fiquei convencido de que ele sabe alguma coisa sobre as maquinações políticas de Wainwright. Ele se comportou evasivamente quando desviei a conversa nessa direção e tenho certeza de que não é versado na arte de disfarçar. Mas não é bobo. Ainda que fosse, certamente terá contado a Wainwright a respeito da minha visita. Alertei Norrington para observar qualquer atividade nessa frente.

Sabendo o que eu sei sobre as habilidades e conexões de Wainwright (ou melhor, a falta de), não consigo compreender seu envolvimento. É bem verdade que, se o governo francês tiver tais planos em mente, dificilmente os comunicará. E enviar alguém como Wainwright para falar com alguém como eu pode ser considerado secreto. Sem dúvida, tal abordagem tem o benefício de ser contestada. Ainda assim, parece haver algo errado nisso tudo, de uma forma que ainda não consigo definir.

Logo estarei com você, e espero estar de posse de algumas informações claras referentes a certo capitão Ezekiel Richardson, bem como ao chamado capitão Denys Randall-Isaacs. Caso seja possível investigar esses nomes por meio de suas conexões, eu ficaria muito agradecido.

Com todo o afeto de seu irmão,
John

P.S.: Espero que esteja bem de saúde.

...

De Harold, duque de Pardloe
Para lorde John Grey
6 de março de 1777
Bath
(código de família)

Não estou morto. Quisera estar. Bath é horrível. Sou enrolado todos os dias em uma lona e carregado como um embrulho a ser imerso em água fervente que cheira a ovo podre, depois tirado e forçado a bebê-la, mas Minnie diz que vai apresentar uma petição à Câmara dos Lordes para se divorciar de mim, com base em insanidade causada por atos imorais, caso eu não obedeça. Eu duvido, mas aqui estou.

Denys Randall-Isaacs é filho de uma inglesa chamada Mary Hawkins e um oficial do Exército Britânico, Jonathan Wolverton Randall, capitão dos dragões, morto em Culloden. A mãe ainda é viva e casada com um judeu chamado Robert Isaacs, um comerciante de Bristol. Ele também está vivo e é sócio em um armazém em Brest. Denys é um dos seus malditos políticos, tem ligações com os alemães, mas não posso descobrir mais do que isso sem ser evidente demais para o seu gosto. Não consigo descobrir nada na maldita Bath.

Não sei muito a respeito de Richardson, mas vou averiguar. Enviei cartas para algumas pessoas na América. Sim, sou discreto. E elas também.

John Burgoyne está aqui, se curando. Muito pretensioso, já que os alemães aprovaram seu plano de invadir a partir do Canadá. Eu mencionei William para ele, já que seu francês e seu alemão são bons e Burgoyne deverá ter muitos soldados alemães. Ainda assim, diga a William para ter cuidado; Burgoyne parece achar que ele será o comandante em chefe das Forças Armadas da América – uma ideia que, ouso dizer, será uma surpresa tanto para Guy Carleton quanto para Dick Howe.

Trois Flèches. Três flechas. Quem será a terceira?

...

Londres
26 de março de 1777
The Society for the Appreciation of the English Beefsteak,
um Clube de Cavalheiros

– Quem será a terceira? – repetiu Grey, espantado, fitando a carta que acabara de abrir.

– A terceira o quê? – Harry Quarry entregou sua capa encharcada para o gerente e afundou na poltrona ao lado de Grey, suspirando de alívio enquanto estendia as mãos para o fogo da lareira. – Santo Deus, estou congelado. Vai para Southampton *neste* tempo?

Lançou uma das mãos brancas de frio para a janela, que emoldurava uma desalentadora perspectiva de chuva com neve.

– Somente amanhã. O tempo já deve ter melhorado até lá.

Harry lançou um olhar de profunda suspeita para a janela.

– Não há a menor chance. Sr. Bodley!

O gerente já vinha oscilando na direção deles sob o peso de uma bandeja de chá carregada de broinhas, pão de ló, geleia de morango, geleia de laranja, pãezinhos quentes amanteigados em uma cesta coberta com linho branco, bolinhos, creme azedo, biscoitos de amêndoas, sardinhas em torradas, uma travessa de feijão cozido com bacon e cebola, um prato de presunto fatiado com pepinos em conserva, uma garrafa de conhaque com dois copos e, talvez uma lembrança de última hora, um bule fumegante com duas xícaras de porcelana.

– Ah! – exclamou Harry, parecendo mais feliz. – Vejo que já me esperava.

Grey sorriu. Se não estivesse em campanha ou viajando a serviço, Harry Quarry entrava no Beefsteak às quatro e meia de quarta-feira.

– Achei que você iria precisar de sustância, com Hal na lista de doentes.

Harry era um de dois coronéis regimentais. Diferentemente de Hal, que era coronel do regimento – de um regimento próprio. Nem todos os coronéis tinham uma participação ativa nas operações de seus regimentos, mas Hal fazia questão.

– Desgraçado, ele está se fingindo de doente – disse Harry, estendendo a mão para o conhaque. – Como ele está?

– A mesma coisa de sempre, a julgar pela correspondência. – Grey entregou a carta a Quarry, que a leu com um grande sorriso estampado no rosto.

– Sim, Minnie vai dar um jeito nele. – Deixou a carta na mesa, indicando-a com a cabeça enquanto levantava seu copo. – Quem é Richardson e por que você quer saber dele?

– Ezekiel Richardson, capitão. Lanceiro, mas requisitado para serviço de inteligência.

– Um rapaz da inteligência, hein? Um do seu grupo da Black Chamber? – Quarry torceu o nariz, embora não fosse claro se era uma reação à ideia de rapazes no serviço secreto ou à presença de uma tigelinha de raiz-forte ralada acompanhando as sardinhas.

– Não, eu não o conheço bem pessoalmente – admitiu Grey, sentindo a mesma pontada de profunda inquietação que o afligia com crescente frequência desde que recebera a carta de William de Quebec uma semana antes. – Fui apresentado a ele por sir George, que conhecia seu pai, mas não conversamos muito na ocasião. Ouvi algumas coisas a seu favor, de uma maneira discreta.

– Isso sendo, imagino, a única maneira que se quer ouvir alguma coisa sobre um homem nessa área. – Harry inspirou profundamente pela boca aberta. Em seguida, tossiu uma ou duas vezes, os olhos lacrimejando, e balançou a cabeça, admirado. – Raiz-forte fresca – grasnou, pegando outra colher cheia. – Muito... hã... fresca.

– Muito. De qualquer forma, encontrei-o outra vez na Carolina do Norte, conversamos mais um pouco e ele pediu minha permissão para se aproximar de William com uma proposta para o serviço de inteligência.

Quarry parou, uma fatia de torrada cheia de sardinha a meio caminho da boca.

– Não está me dizendo que você o deixou fisgar Willie!

– Essa, sem dúvida, não era a minha intenção – disse Grey, aborrecido. – Eu tinha alguma razão para acreditar que a sugestão poderia ser boa para Willie. Para começar, o tiraria da Carolina do Norte e terminaria com ele no exército de Howe.

Quarry assentiu, mastigando com cuidado, e engoliu com esforço.

– Sim, sei. Mas agora você tem dúvidas?

– Tenho. Ainda mais porque não encontro ninguém que conheça Richardson muito bem. Todos que o recomendaram o fizeram em função da recomendação de outra pessoa, ao que parece. Exceto por sir George Stanley, que está agora na Espanha com minha mãe, e o velho Nigel Bruce, que inconvenientemente morreu nesse meio-tempo.

– Que falta de consideração.

– Sim. Imagino que eu conseguiria extrair mais informações se tivesse tempo, mas não tenho. Dottie e eu partimos depois de amanhã. Se as condições climáticas permitirem – acrescentou, com um olhar na direção da janela.

– Ah, e seria aí que eu entraria – observou Harry, sem ânimo. – O que devo fazer com as informações que conseguir? Contar a Hal ou enviá-las para você?

– Conte a Hal – disse Grey com um suspiro. – Só Deus sabe como deve estar o correio na América, mesmo com o Congresso na Filadélfia. Se alguma coisa parecer urgente, Hal pode agilizar as providências por aqui com muito mais facilidade do que eu por lá.

Quarry balançou a cabeça e encheu de novo o copo de Grey.

– Você não está comendo – comentou após servi-lo.

– Almocei tarde.

Na verdade, ele ainda não havia almoçado. Pegou um pãozinho e o besuntou de geleia.

– E esse tal de Denys? – perguntou Quarry, empurrando a carta com um garfinho. – Devo investigá-lo também?

– Sim, por favor. Embora eu possa fazer mais progresso com ele no lado americano da questão. Ao menos, é onde foi visto pela última vez.

Ele deu uma mordida no pãozinho, observando que a massa havia alcançado aquele delicado equilíbrio ideal entre firme e esfarelada, e sentiu o apetite retornar. Perguntou-se se deveria colocar Harry no encalço do ilustre judeu com o armazém em Brest, mas resolveu não o fazer. A questão das conexões francesas era mais do que delicada e, embora fosse competente, Harry não era sutil.

– Está certo, então.

Harry selecionou um pedaço de pão de ló, dispôs dois biscoitos de amêndoas e uma colherada de creme azedo em cima, enfiando tudo dentro da boca. *Onde ele o colocou?*, perguntou-se Grey. Harry era sólido e musculoso, mas nunca obeso. Sem dúvida, ele suava todas as calorias durante os exercícios puxados nos bordéis, sendo este seu esporte favorito, apesar da idade.

Que idade Harry terá?, perguntou-se.

Alguns anos mais velho do que Grey, alguns anos mais novo do que Hal. Nunca havia pensado nisso, não mais do que o fazia em relação a Hal. Os dois sempre lhe pareceram imortais. Nunca contemplara um futuro sem um deles. Mas o crânio sob a peruca de Harry já estava quase careca – ele a havia retirado para coçar a cabeça em determinado momento e a colocara de volta, sem se preocupar com a posição certa – e as juntas dos dedos estavam inchadas, apesar de segurar sua xícara com a delicadeza de costume.

Grey sentiu, de repente, sua mortalidade na rigidez de um polegar, na dor aguda de um joelho. Acima de tudo, no medo de não estar lá para proteger William enquanto ainda fosse necessário.

– Hein? – perguntou Harry, erguendo uma das sobrancelhas para o que quer que se revelava no rosto de Grey. – O que foi?

Grey sorriu, pegando seu copo de conhaque outra vez.

– *Timor mortis conturbat me.*

– Ah – disse Quarry pensativo. – Vou beber a isso.

33

A TRAMA SE COMPLICA

28 de fevereiro de 1777
Londres

General de divisão John Burgoyne
Para sir George Germain
Não concebo que nenhuma expedição a partir do mar possa ser tão terrível para o inimigo ou tão eficaz para o término da guerra quanto uma invasão a partir do Canadá, por Ticonderoga.

4 de abril de 1777
A bordo do HMS Tartar

Ele tinha dito a Dottie que o *Tartar* era apenas uma fragata de 28 canhões e que, portanto, devia ser modesta em sua bagagem. Mesmo assim, ficou surpreso ao ver o único baú – é bem verdade que era um baú bem grande –, duas valises e uma bolsa com material de bordado que compreendia toda a sua bagagem.

– Não vai levar nem um único manto florido? – caçoou ele. – William não vai reconhecê-la.

– Bobagem – retrucou ela com o mesmo talento de seu pai para a clareza sucinta. Mas sorriu. Estava muito pálida, e ele esperava que não fosse um incipiente enjoo do mar. Ele apertou sua mão com força e continuou a segurá-la até a última lasca escura da Inglaterra desaparecer no horizonte.

Ainda estava admirado de ela ter conseguido. Hal devia estar mais debilitado do que deixava transparecer para ser convencido a deixar sua filha pegar um navio para a América, ainda que sob a proteção de Grey e para o louvável propósito de cuidar do irmão ferido. Minnie, é claro, não saía do lado de Hal nem por um instante, apesar de estar morta de preocupação com seu filho. Já não ter emitido nem uma palavra de protesto contra essa aventura...

– Sua mãe está de acordo com isso? – perguntou ele de forma descontraída, provocando um olhar espantado através de um véu de cabelos agitados pelo vento.

– Com o quê? – Dottie passava a mão pelos cabelos louros, escapados *en masse* da inconsequente rede em que os prendera e dançando acima de sua cabeça como chamas. – Socorro!

Ele ajeitou os cabelos dela, puxando-os e os alisando com as duas mãos. Juntou-os na nuca, onde os trançou com habilidade, para admiração de um marinheiro que passava, e amarrou a trança com uma fita de veludo, que foi tudo que restou da rede desfeita.

– Com o quê? – repetiu ele enquanto terminava o trabalho. – Com este empreendimento temerário em que você embarcou.

Ela se virou e o fitou.

– Concordo que resgatar Henry é um empreendimento temerário – disse ela com dignidade. – Mas minha mãe faria qualquer coisa que pudesse para tê-lo de volta. Assim como você, creio eu, ou não estaria aqui.

Sem esperar uma resposta, ela girou nos calcanhares e se dirigiu à escada do tombadilho, deixando-o sem fala.

Um dos primeiros navios da primavera trouxera uma carta com mais notícias de Henry. Ele estava vivo, graças a Deus, mas fora gravemente ferido: levou um tiro no abdômen e ficou muito doente por conta disso durante todo o rigoroso inverno. Mas havia sobrevivido e fora removido para a Filadélfia com vários outros prisioneiros britânicos. A carta fora escrita por um colega oficial, também prisioneiro, mas Henry conseguira rabiscar algumas palavras de amor à sua família no final e assinar seu nome; a lembrança daquele rabisco desordenado devorava o coração de John.

No entanto, sentiu-se um pouco encorajado pelo fato de ser a Filadélfia. Ele havia conhecido um proeminente cidadão de lá quando estava na França e estabelecera uma ligação com ele que achava ser correspondida. Poderia ser um contato útil, riu involuntariamente, lembrando-se do instante de seu encontro com o americano.

Ele não tinha permanecido muito tempo em Paris, apenas o suficiente para investigar Percival Beauchamp, que não estava lá. Havia se retirado para sua casa de campo para passar o inverno, disseram-lhe. A principal propriedade da família Beauchamp, chamada Trois Flèches, situava-se perto de Compiègne. E assim ele comprara um chapéu forrado de pele e um par de botas, enrolara-se em sua capa mais quente, alugara um cavalo e partira implacavelmente para as garras de uma tempestade inclemente.

Coberto de lama seca e congelado, foi recebido com desconfiança, mas a qualidade de sua indumentária e seu título lhe garantiram a entrada. Foi conduzido a uma sala de estar bem mobiliada e com uma excelente lareira, graças a Deus, para aguardar o barão.

Ele criara expectativa em relação ao barão Amandine com base nas observações de Percy, embora achasse que este andara inventando algumas coisas. Também sabia como era inútil teorizar antes de observar, mas fazia parte da condição humana imaginar.

Fizera um bom trabalho em não pensar em Percy durante os últimos... dezoito, dezenove anos? Mas desde que ficou evidente que pensar nele era agora uma necessidade profissional, assim como pessoal, estava tanto surpreso quanto desconcertado em descobrir quanto se lembrava dele. Ele sabia do que Percy gostava e, portanto, havia desenvolvido uma imagem de Amandine de acordo com isso.

A realidade era diferente. O barão era um homem mais velho, talvez alguns anos a mais do que Grey, baixo e um pouco gordo, com um rosto franco e agradável. Bem-vestido, mas sem ostentação. Cumprimentou Grey com muita cortesia. Em seguida, tomou a mão de Grey e um pequeno choque elétrico percorreu o inglês. A expressão do barão era gentil, nada além disso, mas os olhos exibiam uma expressão de interesse e avidez e, apesar da aparência pouco atraente do barão, a carne de Grey respondeu ao olhar.

Claro, Percy havia contado a Amandine sobre ele.

Surpreso e desconfiado, deu a sucinta explicação que havia preparado, apenas para ser informado de que, *hélas*, monsieur Beauchamp não estava em casa, mas fora com monsieur Beaumarchais caçar lobos na Alsácia. Bem, uma suposição tinha sido confirmada, pensou Grey. "Mas Vossa Senhoria se dignaria a aceitar a hospitalidade de Trois Flèches ao menos por uma noite?"

Aceitou o convite com muitas expressões de agradecimentos indevidos e, depois de remover as roupas exteriores e substituir as botas pelas espalhafatosas chinelas de Dottie – que surpreenderam Amandine, embora ele as tenha elogiado de maneira exagerada –, foi conduzido por um longo corredor decorado com retratos.

– Vamos fazer um lanche na biblioteca – informou Amandine. – Obviamente, você está perecendo de frio e fome. Se não se importar, permita-me apresentá-lo ao meu outro hóspede. Vamos convidá-lo a se unir a nós.

Grey murmurou sua concordância, distraído pela leve pressão da mão de Amandine, pousada em suas costas – um pouco mais abaixo do que o habitual.

– Ele é americano – comentou o barão quando alcançaram a porta quase no fim do corredor, e sua voz deixou transparecer certa ironia na palavra.

Amandine tinha uma voz incomum: suave, cordial e um pouco adocicada, como alguns chás oolong com muito açúcar.

– Ele gosta de passar algum tempo no solário todos os dias – continuou o barão, empurrando a porta e gesticulando para que Grey entrasse à sua frente. – Diz que o mantém em excelente estado de saúde.

Grey estivera olhando para o barão durante essa apresentação, mas agora se voltava para falar com o hóspede americano. Assim, foi apresentado ao dr. Franklin, reclinado em uma espreguiçadeira acolchoada, submerso em um dilúvio de luz solar, completamente nu.

Na conversa subsequente – conduzida com o maior aprumo por todos os envolvidos –, o lorde ficou sabendo que era uma prática constante do dr. Franklin tomar um pouco de ar todos os dias em que fosse possível, já que a pele respirava tanto quanto os pulmões, absorvendo ar e liberando impurezas. Dessa forma, a capacidade do corpo de se defender de infecções era prejudicada se a pele ficasse sufocada em roupas insalubres.

Durante todas as apresentações e conversas, Grey estava intensamente cônscio dos olhos de Amandine sobre ele, cheio de especulação e humor, e da sensação incômoda das próprias roupas insalubres sobre a pele sufocante.

Era uma sensação singular: conhecer um estranho e saber que esse estranho já tinha conhecimento de seu mais profundo segredo, que ele na realidade – se Percy não estivesse mentindo – compartilhava. Isso lhe dava uma sensação de perigo e vertigem, como quando se debruça de um íngreme precipício. E também o excitava, e *isso* o alarmava muito.

O americano (agora falando cordialmente sobre uma formação geológica incomum que vira em sua viagem de Paris) era um homem mais velho e seu corpo, apesar de em bom estado, à exceção de algumas manchas arroxeadas na parte inferior das pernas, não era um objeto de consideração sexual. No entanto, a carne de Grey estava tensa e faltava sangue em sua cabeça. Podia sentir os olhos de Amandine sobre ele, avaliando-o, e se lembrou com absoluta clareza da conversa com Percy referente à mulher deste e seu cunhado barão. *Ambos, de vez em quando. Juntos?* Teria a irmã do barão acompanhado o marido ou estava em casa? Por uma das poucas vezes em sua vida, Grey considerou se ele seria um pervertido.

– Vamos nos juntar ao caro doutor em sua benéfica prática, milorde?

Grey desviou o olhar bruscamente de Franklin, vendo o barão começar a tirar o casaco. Felizmente, antes que pudesse pensar em alguma coisa a dizer, Franklin se levantou, achando que já se beneficiara do ar livre o suficiente para o dia.

– Embora, é claro – disse ele, fitando Grey nos olhos com uma expressão de profundo interesse e não pouco humor –, não devam deixar que minha partida os impeça de sua satisfação, *messieurs*.

O educado barão imediatamente recolocou o casaco e, afirmando que se uniria a eles para *un apéritif* na biblioteca, desapareceu no corredor.

Franklin tinha um roupão de seda. Grey o segurou para ele, observando as nádegas brancas, ligeiramente caídas – mas notavelmente firmes e lisas –, desaparecerem conforme o americano enfiava os braços nas mangas devagar, comentando enquanto o fazia sobre uma leve artrite nos ombros.

Virando-se e amarrando a faixa, fixou um olhar franco em Grey.

– Obrigado, milorde – disse. – Pelo que entendi, o senhor não conhecia Amandine?

– Não. Eu conheci seu... cunhado, monsieur Beauchamp, há alguns anos. Na Inglaterra – acrescentou, sem nenhum motivo em particular.

Algo estremeceu nos olhos de Franklin à menção de Beauchamp, fazendo Grey perguntar:

– Conhece-o?

– De nome – respondeu Franklin sem se alterar. – Então Beauchamp é inglês?

Várias possibilidades surpreendentes passaram pela mente de Grey à simples observação "De nome", mas uma avaliação rápida o fez se decidir pela verdade como a mais segura. Dessa forma, respondeu apenas "Sim", em um tom que indicava que isso era apenas um simples fato, nada mais.

Durante os dias seguintes, Franklin e ele tiveram conversas interessantes, nas quais o nome de Percy Beauchamp era notável pela ausência. Quando Franklin retornou a Paris, Grey sentiu genuíno apreço pelo idoso cavalheiro – que, ao saber que Grey estava indo para as colônias na primavera, fizera questão de lhe dar cartas de apresentação a diversos amigos lá – e teve a convicção de que o doutor sabia o que Percy Beauchamp era e já fora.

– Desculpe-me, senhor – disse um dos marinheiros do *Tartar*, afastando Grey do caminho.

Ele saiu de seu devaneio, só então percebendo que suas mãos sem luvas haviam congelado ao vento e que suas faces estavam dormentes. Deixando os marinheiros entregues a suas tarefas, desceu ao convés inferior, sentindo um calorzinho estranho e indecoroso à lembrança de sua visita a Trois Flèches.

3 de maio de 1777
Nova York

Querido pai,

Acabo de receber sua carta sobre o primo Henry e espero que o senhor consiga descobrir onde ele está e obter sua soltura. Se eu puder saber alguma coisa sobre ele, farei o possível para informá-lo. Há alguém a quem eu possa lhe endereçar cartas nas colônias? (Se eu não souber de nenhuma alternativa, as enviarei aos cuidados do sr. Sanders, na Filadélfia, com uma cópia, por segurança, ao juiz O'Keefe, em Richmond.)

Espero que perdoe minha triste preguiça em escrever. Isso não ocorre por nenhuma urgência de minha parte, mas por tédio e falta de assuntos interessantes. Após um maçante inverno confinado em Quebec (embora eu tenha caçado bastante e até abatido um animal muito feroz chamado glutão), recebi novas incumbências do ajudante de ordens do general Howe no final de março, quando alguns homens de sir Guy voltaram para a cidadela, e, em consequência, voltei para Nova York.

Nunca mais tive notícias do capitão Randall-Isaacs, nem consegui saber nada a seu respeito desde a minha volta. Receio que ele tenha se perdido na nevasca. Se conhece sua família, poderia enviar um bilhete a eles com minhas esperanças de sua sobrevivência? Eu mesmo o faria, mas não sei bem onde encontrá-los nem como expressar meus sentimentos da maneira apropriada, caso já estejam em dúvida quanto à sua sorte, ou pior, não tenham nenhuma dúvida. Mas o senhor saberá o que dizer; sempre sabe.

Eu tive um pouco mais de sorte em minhas viagens, tendo sofrido apenas um naufrágio de menor importância quando descia o rio. O desastre ocorreu quando aportávamos em Ticonderoga em pequenos barcos. Um grupo de franco-atiradores americanos disparou contra nós do forte. Ninguém foi ferido, mas as canoas ficaram crivadas de balas e alguns buracos infelizmente só foram descobertos quando as embarcações retornaram à água, após o que duas delas afundaram rapidamente. Então segui o rio com lama até a cintura e sofri com o reaparecimento de insetos carnívoros quando peguei a estrada. No entanto, desde a minha volta não temos feito quase nada de interesse, embora haja rumores constantes do que poderemos fazer. Considerando que essa inatividade irrita mais no que se pode chamar de ambiente civilizado (embora nenhuma jovem em Nova York saiba dançar), ofereci-me para levar despachos e tenho encontrado algum alívio nisso.

Ontem, entretanto, recebi ordens para voltar ao Canadá e me juntar ao exército do general Burgoyne. Estou detectando a sua mão nisso, papai? Se assim for, obrigado!

Além disso, vi o capitão Richardson outra vez. Ele veio aos meus aposentos ontem à noite. Eu não o via havia quase um ano e fiquei muito surpreso. Não pediu um relatório de nossa viagem a Quebec (o que não é surpreendente, já que as informações estariam ultrapassadas a esta altura) e, quando perguntei a respeito de Randall-Isaacs, ele apenas respondeu que não sabia.

Ele soube que eu tinha a missão de levar despachos especiais à Virgínia antes de ir para o Canadá. Apesar de saber que nada devia me fazer demorar nessa missão, havia planejado me pedir para lhe fazer um pequeno serviço quando eu retornasse para o norte. Um pouco cauteloso em consequência de minha longa permanência no gélido norte, perguntei do que se tratava e ele me explicou que não era nada além da entrega de uma mensagem cifrada a um grupo de legalistas na Virgínia, algo que seria simples, devido à minha familiaridade com o terreno; a tarefa não me atrasaria mais do que um ou dois dias, assegurou-me.

Respondi que o faria, mais porque eu gostaria de ver algumas partes da Virgínia de que eu me lembrava com carinho do que para fazer um favor ao capitão Richardson. Ele me inspira certa desconfiança.

Que Deus proteja suas viagens, papai, e por favor dê meu amor à minha preciosa Dottie, a quem anseio rever. (Diga-lhe que abati 42 arminhos no Canadá; mandarei fazer um manto de suas peles!)

Seu filho amoroso,
William

34

SALMOS, 30

6 de outubro de 1980
Lallybroch

O contrato de Brianna com a Hidrelétrica do Norte da Escócia estipulava três dias de inspeções em campo, supervisionando manutenção e reparos conforme necessários, mas lhe permitia ficar em casa elaborando relatórios, preenchendo formulários e outras papeladas nos outros dois dias.

Ela estava tentando decifrar as anotações de Rob Cameron sobre a produção de energia da segunda turbina no lago Errochty, que pareciam ter sido escritas com lápis litográfico no que restara de um saco de papel, quando percebeu sons vindos do gabinete do outro lado do corredor.

Por algum tempo ela ouvira um zumbido baixo, que interpretou como uma mosca presa pela vidraça. Mas agora ele se transformara em palavras e uma mosca não estaria cantando "O Rei do Amor é meu Pastor" com a melodia de "St. Columba".

Ficou paralisada, percebendo que *reconhecera* a melodia. A voz era áspera como uma lixa grossa e falhava de vez em quando... mas era *realmente* uma canção.

A música parou em um acesso de tosse, mas, após alguns sérios esforços para limpar a garganta e cantarolar, a voz retornou, dessa vez usando uma antiga canção escocesa que ela achava se chamar "Crimond":

O Senhor é meu pastor, nada me faltará.
Deitar-me faz em verdes pastos; guia-me
Mansamente a águas tranquilas.

"Mansamente a águas tranquilas" foi repetido uma ou duas vezes em tons diferentes e, em seguida, com crescente vigor, o hino continuou:

Refrigera a minha alma
E me faz caminhar
Pelas veredas da justiça,
Por amor do seu nome.

Ela permaneceu sentada à sua escrivaninha, trêmula, as lágrimas escorrendo pela face e um lenço pressionado contra a boca para que ele não a ouvisse chorar.

– Obrigada – sussurrou dentro do lenço. – Obrigada!

A cantoria parou, mas o zumbido foi retomado, grave e satisfeito. Ela recuperou o autocontrole e limpou as lágrimas. Era quase meio-dia e ele entraria ali a qualquer momento perguntando se ela já estava pronta para almoçar.

Roger tivera muitas dúvidas sobre o cargo de assistente do mestre do coro – dúvidas que ele não queria que Brianna percebesse. Ela também estava receosa, até ele chegar em casa e contar que o haviam designado para o coro infantil. As crianças eram, ao mesmo tempo, desinibidas em expressar opiniões sobre esquisitices sociais e prontas a aceitar tais esquisitices, quando se acostumavam com elas.

– Quanto tempo levaram para perguntar sobre sua cicatriz? – perguntara ela quando Roger chegara em casa sorrindo depois de sua primeira sessão com as crianças.

– Eu não marquei o tempo, mas talvez trinta segundos. – Ele passara dois dedos de leve pela marca irregular em seu pescoço, mas não parara de sorrir. – "Sr. MacKenzie, o que aconteceu? O senhor foi enforcado?"

– E o que você respondeu?

– Falei que sim, que fui enforcado na América, mas que tinha sobrevivido, graças a Deus. Duas crianças tinham irmãos mais velhos que haviam visto *O estranho sem nome*, de modo que isso aumentou um pouco meu prestígio. O problema é que, agora que o segredo foi revelado, elas esperam que eu leve minhas seis armas para a próxima sessão.

Naquele dia, ele piscara para ela à Clint Eastwood, o que a fizera desatar em uma risada.

– Quantas versões musicadas diferentes do Salmo 23 você diria que existem? – perguntou Roger, enfiando a cabeça pela porta.

– Vinte e três? – respondeu ela, tentando adivinhar.

– Apenas seis, nos hinos presbiterianos – admitiu ele –, mas há arranjos métricos em inglês que datam de 1546. Há um no *Livro de salmos da baía* e outro no *Livro de salmos escocês*, e muitos espalhados aqui e ali. Vi a versão em hebraico também, mas acho melhor não tentar essa na congregação de St. Stephen. Os católicos têm arranjos musicais?

– Os católicos têm um arranjo musical para tudo – comentou ela, empinando o nariz para farejar alguma indicação do almoço da cozinha. – Mas os salmos geralmente são cantados com um arranjo de cânticos. Conheço quatro tipos de canto gregoriano, mas há muito mais – informou, orgulhosa.

– Conhece quatro tipos? É mesmo? Cante para mim – pediu ele, e parou de repente no corredor, enquanto ela tentava se lembrar da letra do Salmo 23.

O mais simples dos cânticos voltou automaticamente; ela o cantara tantas vezes quando era criança que já estava entranhado nos seus ossos.

– É mesmo extraordinário – disse ele, agradecido, quando ela terminou. – Pode repassá-lo uma ou duas vezes comigo mais tarde? Gostaria de passá-lo às crianças, só para elas ouvirem. Acho que elas poderiam entoar cânticos gregorianos muito bem.

A porta da cozinha se abriu de supetão e Mandy surgiu correndo, segurando com força o sr. Polly, uma criatura de pelúcia que começara a vida como um tipo de pássaro, mas agora se parecia com um saco de tecido peludo e sujo com asas.

– Sopa, mamãe! – gritou ela. – Vem tomar sopa!

E tomaram sopa de frango e macarrão, de uma lata Campbell, e comeram sanduíches de queijo e picles para complementar. Annie MacDonald não era uma cozinheira sofisticada, mas tudo que fazia era comível, e isso já era bastante. Brianna se lembrou de outras refeições feitas ao redor de fogueiras mortiças. Lançou um olhar de profundo afeto ao fogão Aga, a gás, que fazia da cozinha o aposento mais aconchegante da casa.

– Cante pra mim, papai! – Mandy, os dentes cobertos de queijo e com mostarda ao redor da boca, lançou um sorriso suplicante a Roger.

Roger tossiu, engasgando-se com farelo de pão, e limpou a garganta.

– Cantar o quê?

– *"Tês ratinho cego!"*

– Está bem. Mas você tem que cantar comigo, para eu não me perder. – Ele sorriu para Mandy e marcou o compasso na mesa com o cabo de sua colher. – "Três ratinhos cegos..." – cantou, e apontou o cabo da colher para Mandy, que fez eco – *"Tês ratinho CEGO!"* – a plenos pulmões, mas com ritmo perfeito.

Roger ergueu as sobrancelhas para Bri e continuou a canção, com o mesmo contraponto. Após cinco ou seis animadas repetições, Mandy se cansou, levantou-se da mesa e partiu como uma abelha voando baixo, ricocheteando no batente da porta na saída.

– Bem, ela sem dúvida tem uma excelente noção de ritmo – observou Roger, encolhendo-se quando uma forte batida ecoou do corredor –, ainda que não de coordenação. Mas ainda vai levar tempo até sabermos se tem alcance de voz. Seu pai tinha um grande senso de ritmo, mas não conseguia alcançar a mesma nota duas vezes.

– Isso me lembra o que você fazia na Cordilheira – disse ela num impulso. – Cantar um verso de um salmo e fazer as pessoas repetirem.

Seu rosto mudou um pouco à lembrança dessa época. Ele acabara de descobrir sua vocação e a certeza de seus sentimentos o transformara. Ela nunca o vira tão feliz antes, ou desde então, e seu coração se apertou ao relance de nostalgia que viu em seus olhos.

Mas ele sorriu e, estendendo o guardanapo, limpou um pouco de mostarda do canto de sua boca.

– É antiquado – disse Roger. – Embora ainda o façam desse modo, cantando verso por verso na igreja, nas Ilhas, e talvez também nas regiões mais remotas do Gaeltacht. Mas os presbiterianos americanos não aceitam isso.

– Não?

– "O certo é cantar sem separar verso por verso do salmo" – citou ele. – "O costume de ler o salmo verso por verso foi introduzido em uma época de ignorância, quando grande parte da congregação não sabia ler. Portanto, recomenda-se que a prática seja posta de lado, sempre que conveniente." Isso é da Constituição da Igreja Presbiteriana Americana.

Então você cogitou mesmo ser ordenado enquanto estivemos em Boston, hein?, pensou ela, mas não falou.

– "Época de ignorância" – repetiu Bri. – Gostaria de saber o que Hiram Crombie teria a dizer sobre isso!

Ele riu.

– Bem, é verdade. A maioria das pessoas na Cordilheira não sabia ler. Mas discordo da ideia de que cantavam os salmos dessa forma por causa de ignorância ou falta de instrução. – Parou para pensar, distraidamente pegando um macarrão desgarrado e o comendo. – Cantar todos juntos é grandioso, não resta dúvida. Mas dessa forma para a frente e para trás... acho que é uma maneira que aproxima as pessoas, faz com que sintam o que estão cantando, o que está acontecendo. Talvez seja apenas porque elas têm que se concentrar mais para se lembrar de cada verso.

Ele sorriu e desviou o olhar.

Por favor!, rogou ela com fervor, para Deus, para a Virgem Maria, para o anjo da guarda de Roger ou para os três. *Façam com que ele encontre um caminho!*

– Eu... queria perguntar uma coisa – disse ele de repente.

– Sim?

– Bem... Jemmy *sabe* cantar. Você... Claro que ele continuaria a ir à missa com você... mas se importaria se ele fosse comigo também? Só se ele quiser – acrescentou apressadamente. – Acho que ele iria gostar de participar do coro. E... acho que gostaria que ele visse que eu também tenho um emprego – concluiu, com um sorriso melancólico.

– Ele vai adorar – disse Brianna, respondendo aos céus: *Puxa, essa foi rápida!*

Assim, Mandy e ela poderiam frequentar os cultos presbiterianos sem nenhum conflito aberto entre as duas religiões.

– Você viria conosco à primeira missa na St. Mary? – perguntou ela. – Porque então todos nós poderíamos atravessar para a St. Stephen juntos e ver você e Jem cantarem.

– Sim, claro.

Ele parou, o sanduíche a caminho da boca, e sorriu para ela, os olhos verdes como musgo.

– Assim é melhor, não é? – perguntou ele.

– Muito – respondeu ela.

Mais tarde naquele mesmo dia, Roger pediu que ela fosse a seu gabinete. Havia um mapa da Escócia sobre sua escrivaninha, ao lado do caderno de notas aberto onde ele compilava o que haviam passado a chamar – com uma zombaria que mal encobria a aversão que sentiam até mesmo a falar sobre isso – "O guia do mochileiro das galáxias", em homenagem à comédia da rádio BBC.

– Desculpe interromper você. É que achei melhor fazermos isso antes que Jem volte para casa. Se você vai ao lago Errochty amanhã – colocou a ponta do lápis na mancha azul designada *L. Errochty* –, poderia talvez obter uma orientação precisa para o túnel, se não tiver bem certeza de onde está. Ou você tem?

Ela engoliu em seco, sentindo os remanescentes de seu sanduíche de queijo se revirarem à lembrança do túnel escuro, o balanço do pequeno trem, de passar através... daquilo.

– Não, não tenho. Mas tenho algo melhor. Espere. – Ela atravessou o corredor até seu escritório e trouxe de volta o fichário das especificações do lago Errochty. – Aqui estão os desenhos para a construção do túnel – disse Brianna, abrindo o fichário e o colocando sobre a escrivaninha. – Tenho as plantas também, mas ficam no escritório central.

– Não, isto está ótimo – garantiu-lhe, debruçando-se sobre o desenho. – Tudo que eu queria era a orientação do túnel em relação à represa. – Ergueu os olhos para ela. – Por falar nisso, você já atravessou toda a represa?

– Não de ponta a ponta – respondeu ela devagar. – Apenas no lado leste da área de reparos e manutenção. Mas não acho... Quero dizer, olhe. – Colocou o dedo no desenho. – Eu bati naquilo em algum lugar no meio do túnel, e o túnel segue quase alinhado com a represa. Se ele corre alinhado... é isso que você acha? – acrescentou, encarando-o com curiosidade. Ele deu de ombros.

– É um lugar para começar. Embora eu imagine que engenheiros teriam uma palavra mais categórica do que "acho".

– Hipótese de trabalho – respondeu ela. – De qualquer forma, se *de fato* corre alinhado em vez de apenas existir em pontos aleatórios, eu provavelmente o teria sentido na represa se estivesse lá. Mas eu poderia voltar e verificar.

Até ela pôde sentir a relutância em sua voz; ele sem dúvida sentiu e passou a mão de leve pelas costas de Brianna para tranquilizá-la.

– Não. Eu farei isso.

– O quê?

– Eu farei isso – repetiu ele. – Vamos ver se sentirei também.

– Não! – Ela se retesou abruptamente. – Não pode. Você não... Quero dizer, e se alguma coisa... acontecer? Não pode correr esse tipo de risco!

Ele olhou para ela por um instante e balançou a cabeça.

– Sim, imagino que haja um risco... pequeno. Já estive por toda a região das Terras Altas quando era mais novo. E, de vez em quando, eu sentia algo estranho me percorrer. Assim como muita gente que mora por aqui – acrescentou com um sorriso. – Essa esquisitice faz parte do lugar, hein?

– Sim – disse ela, com um breve estremecimento à lembrança de cavalos-d'água, *bansidhe* e *nuckelavees*. – Mas você não tem ideia de que tipo de esquisitice é essa, e sabe muito bem que ela pode matá-lo, Roger!

– Não matou você – ressaltou ele. – Não nos matou em Ocracoke.

Ele falou tranquilamente, mas ela pôde ver a sombra dessa jornada atravessar seu rosto ao mencioná-la. Não os matara, mas chegara perto.

– Não. Mas... – Olhou para ele e por um instante intenso e doloroso experimentou ao mesmo tempo a sensação do corpo longilíneo dele, quente, ao seu lado na cama, o som de sua voz grave e rouca... e o silêncio frio de sua ausência. – Não – repetiu ela, e deixou claro pelo tom de voz que estava preparada para ser tão teimosa a respeito disso quanto fosse necessário. Ele percebeu e deu uma pequena risada.

– Está bem – disse ele. – Deixe-me apenas anotar isso, então.

Comparando mapa e desenho, escolheu um ponto no mapa que correspondia aproximadamente ao centro do túnel e ergueu uma sobrancelha escura interrogativa. Ela balançou a cabeça e ele fez uma leve marca a lápis na forma de uma estrela.

Havia uma estrela grande, bem delineada, em tinta preta, no local do círculo de pedras em Craigh na Dun. Outras menores a lápis nos locais de outros círculos de pedras. Algum dia eles teriam que visitar esses monumentos de pedras. Só que ainda não. Não agora.

– Já esteve em Lewis? – perguntou Roger, descontraído, mas não como se fosse irrelevante.

– Não, por quê? – retrucou, cautelosa.

– As Hébridas Exteriores fazem parte da Gaeltacht – disse ele. – Eles entoam o cântico verso por verso em *gàidhlig* em Lewis, e em Harris também. Não sei em Uist e Barra, cuja maioria é católica, mas talvez. Estou pensando em ir ver como é hoje em dia.

Ela podia identificar a ilha de Lewis no mapa, no formato de um pâncreas, ao largo da costa oeste da Escócia. Era um mapa grande. O suficiente para ela ver a pequena legenda *Pedras Callanish* na ilha.

Brianna soltou o ar lentamente.

– Ótimo. Eu vou com você.

– Você tem que trabalhar, não é?

– Vou tirar uns dias de folga.

Entreolharam-se por um instante. Brianna quebrou o silêncio primeiro, olhando para o relógio na prateleira.

– Jem vai chegar em casa daqui a pouco – disse, a natureza prosaica da vida diária prevalecendo. – É melhor eu começar a preparar algo para o jantar. Annie trouxe um belo salmão que o marido pescou. Será que eu o tempero e asso no forno ou você prefere grelhado?

Ele balançou a cabeça e, levantando-se, começou a dobrar o mapa para guardá-lo.

– Não vou ficar para o jantar hoje. É noite da loja maçônica.

A grandiosa loja maçônica do distrito de Inverness incluía várias lojas locais, duas delas em Inverness. Roger se unira à número 6, a Antiga Loja de Inverness, aos 20 e poucos anos, mas não colocava o pé no prédio havia quinze e agora o fazia com um sentimento misto de desconfiança e expectativa.

Entretanto, eram as Terras Altas... e seu lar. A primeira pessoa que viu ao entrar foi Barney Gaugh, que era o sorridente e robusto chefe da estação quando Roger viera de trem para Inverness, com 5 anos, para viver com o tio-avô. O sr. Gaugh tinha minguado bastante e seus dentes manchados de fumo havia muito foram substituídos por dentaduras, agora igualmente manchadas de fumo. Ele reconheceu Roger na hora e abriu um grande sorriso de satisfação, segurando-o pelo braço e o puxando para um grupo de outros homens idosos, metade dos quais saudou sua volta com o mesmo entusiasmo.

Era estranho, ele pensou um pouco depois, quando iniciaram os trabalhos da loja, fazendo os rituais de rotina do Rito Escocês, *como uma dobra do tempo*, e quase riu em voz alta.

Havia diferenças, sim, mas eram pequenas. E a *sensação*... Ele podia fechar os olhos e, se imaginasse a névoa dos cigarros apagados como a fumaça da lareira, conseguia ver a cabana dos Crombies na Cordilheira, onde a loja de lá se reunia. O murmúrio de vozes, verso e resposta, e depois o relaxamento, corpos se remexendo, buscando chá e café, conforme a noite se tornava estritamente social.

Havia um bom número presente, muito mais do que ele estava acostumado, e no começo não notou a presença de Lionel Menzies. O diretor da escola estava do outro lado da sala, com a testa franzida, ouvindo alguma coisa que um sujeito alto em mangas de camisa lhe dizia, inclinando-se para perto. Roger hesitou, não querendo interromper a conversa, mas o homem que falava com Menzies ergueu os olhos, viu Roger e retornou à conversa. Em seguida, parou de súbito, o olhar saltando de novo para Roger. Mais especificamente para seu pescoço.

Todos na loja haviam notado a cicatriz, quer aberta ou disfarçadamente. Ele usava uma camisa aberta no colarinho por baixo do casaco. Não fazia sentido tentar escondê-la. Melhor acabar logo com isso. Mas o estranho fitou a cicatriz de forma tão descarada que quase foi grosseiro.

Menzies notou a indelicadeza do companheiro – dificilmente poderia deixar de notar – e, virando-se, viu Roger e abriu um sorriso.

– Sr. MacKenzie.

– Roger – corrigiu Roger, sorrindo.

O primeiro nome era comum nas lojas, quando não estavam sendo formais e dizendo "irmão fulano de tal". Menzies assentiu, em seguida inclinou a cabeça para atrair o companheiro para uma apresentação.

– Rob Cameron, Roger MacKenzie. Rob é meu primo, Roger é um dos pais da escola.

– Foi o que pensei – disse Cameron, apertando sua mão. – Quero dizer, achei que devia ser o novo mestre do coro. Meu sobrinho, Bobby Hurragh, está no seu coro infantil. Ele nos contou tudo sobre você durante o jantar no fim de semana.

Roger notara os olhares trocados entre os homens quando Menzies o apresentou e achou que o diretor da escola devia também tê-lo mencionado a Cameron, provavelmente contando sua visita à escola por causa do incidente com o gaélico de Jem. Mas isso não o preocupava no momento.

– Rob Cameron – repetiu ele, apertando sua mão com um pouco mais de força do que de costume antes de soltá-la, o que o fez parecer espantado. – Você trabalha na hidrelétrica, não é?

– Sim. O que...?

– Conhece minha esposa, eu acho. – Roger mostrou os dentes no que podia ou não ser tomado como um sorriso cordial. – Brianna MacKenzie?

A boca de Cameron se abriu, mas ele não emitiu nenhum som. Ele percebeu isso e a fechou, pigarreando.

– Eu... Sim, claro.

Roger examinara o sujeito quando segurou sua mão e compreendeu que, se chegassem às vias de fato, seria uma briga curta. Evidentemente, Cameron notou isso também.

– Ela...

– Sim, ela me contou.

– Ei, foi só uma pequena brincadeira, ok? – Cameron o examinou com cautela, para o caso de Roger convidá-lo a ir lá fora.

– Rob? – perguntou Menzies, curioso. – O que...?

– O que é isso, o que é isso? – gritou o velho Barney, aproximando-se. – Nada de política na loja, rapaz! Se quiser falar sua baboseira do PNE com o irmão Roger, deixe para o pub mais tarde.

Segurando Cameron pelo braço, Barney o puxou para um grupo do outro lado da sala, onde Cameron se integrou na conversa, sem mais do que um olhar de relance para trás.

– Baboseira do PNE? – perguntou Roger, as sobrancelhas erguidas para Menzies.

O diretor da escola ergueu um dos ombros, sorrindo.

– Ouviu o que o velho Barney disse. Nada de política na loja!

Era uma regra maçônica, uma das mais básicas – nenhuma discussão de religião ou de política na loja –, e provavelmente a razão para a maçonaria ter durado tanto tempo. Ele não ligava muito para o Partido Nacional Escocês, mas queria saber mais sobre Cameron.

– Eu nem sonharia – retrucou Roger. – Nosso Rob, no entanto, é um político, certo?

– Minhas desculpas, irmão Roger – disse Menzies. A expressão benévola e bem-humorada não o havia abandonado, mas ele parecia um pouco constrangido. – Não tive a intenção de expor os assuntos de sua família, mas de fato contei à minha mulher sobre Jem e a sra. Glendenning, e sendo as mulheres como são, e a irmã de minha mulher morando ao lado de Rob, ele ficou sabendo da história. Ele ficou interessado por causa do *gàidhlig*, hein? E, é verdade, ele se deixa entusiasmar de vez em quando. Mas tenho certeza de que não pretendia parecer familiarizado demais com sua mulher.

Roger compreendeu que Menzies interpretara da maneira errada a situação entre Rob Cameron e Brianna, mas não pretendia esclarecê-lo. Não eram apenas as mulheres; os mexericos eram um modo de vida nas Terras Altas, e, se a notícia da peça que Rob e seus colegas pregaram em Brianna se espalhasse, poderia causar mais problemas para ela no trabalho.

– Ah! – exclamou, buscando uma maneira de desviar a conversa de Brianna. – Claro. O PNE é a favor da ressurreição do *gàidhlig*, não? O próprio Cameron o domina?

Menzies assentiu.

– Seus pais estavam entre aqueles que não queriam que os filhos falassem *gàidhlig*. Agora, é claro, ele está interessado em aprender. Por falar nisso... – Parou abruptamente, examinando Roger com a cabeça inclinada para o lado. – Tive uma ideia. Depois do que conversamos no outro dia.

– Sim?

– Eu fiquei pensando. Será que você talvez consideraria a possibilidade de dar uma aula de vez em quando? Talvez apenas por Jem, talvez uma palestra para a escola toda se você se sentisse confortável com isso.

– Uma aula? De *gàidhlig*?

– Sim. Você sabe, somente o básico, mas talvez com uma palavra ou outra sobre história, talvez uma canção... Rob disse que você é mestre de coro na St. Stephen...

– Assistente – corrigiu Roger. – E não sei sobre canções. Mas *gàidhlig*... Sim, talvez. Vou pensar nisso.

• • •

Encontrou Brianna esperando acordada, em seu escritório, uma carta da caixa de seus pais na mão, fechada.

– Não temos que lê-la esta noite – disse ela, colocando a carta sobre a mesa, levantando-se e indo a seu encontro para beijá-lo. – Só senti vontade de estar próxima deles. Como foi a loja?

– Estranha.

Os assuntos da loja eram secretos, é claro, mas ele podia contar sobre Menzies e Cameron, e o fez.

– O que é PNE? – perguntou ela, franzindo a testa.

– Partido Nacional Escocês. – Ele tirou o casaco e estremeceu. Estava frio e não havia nenhum fogo aceso ali. – Surgiu no final dos anos 1930, mas só ganhou força recentemente. Elegeu onze membros do Parlamento até 1974. Respeitável. Como você pode imaginar pelo nome, o objetivo deles é a independência escocesa.

– Respeitável – repetiu ela, parecendo em dúvida.

– Moderadamente. Como qualquer partido, tem seus lunáticos. Ao que parece, Rob Cameron não é um deles. É apenas um idiota comum.

Isso a fez rir e o som de sua risada o aqueceu. Assim como seu corpo, quando a abraçou.

– Rob é isso mesmo.

– Menzies diz que ele está interessado em gaélico. Se eu der um curso, espero que não apareça na primeira fila.

– Espere. O quê? Agora está dando aulas de gaélico?

– Bem, talvez. Veremos. – Sentia-se relutante em pensar muito sobre a sugestão de Menzies. Talvez fosse apenas a menção a cantar. Entoar uma canção com voz rouca para guiar as crianças era uma coisa. Cantar sozinho em público, ainda que fossem alunos da escola, era bem diferente. – Isso pode esperar – disse ele e a beijou. – Vamos ler sua carta.

2 de junho de 1777
Fort Ticonderoga

– Fort Ticonderoga? – A voz de Bri se ergueu de espanto. Ela simplesmente arrancou a carta das mãos de Roger. – O que estão fazendo em Fort Ticonderoga?

– Não sei, mas, se você se acalmar, talvez a gente descubra.

Ela não respondeu, mas deu a volta na escrivaninha e se inclinou sobre ele, o queixo apoiado em seu ombro, os cabelos roçando a face dele enquanto ela se concentrava na folha.

– Tudo bem – disse ele, virando-se para beijar seu rosto. – É sua mãe e está inclinada a usar parênteses. Ela não costuma fazer isso, a não ser que esteja se sentindo feliz.

– Bem, sim – murmurou Bri, franzindo o cenho para a folha –, mas... Fort Ticonderoga?

Querida Bri et al.

Como sem dúvida perceberam pelo cabeçalho desta carta, nós (ainda) não estamos na Escócia. Tivemos certa dificuldade em nossa viagem, envolvendo: a) a Marinha Britânica, na pessoa do capitão Stebbings, que tentou recrutar seu pai e seu primo Ian à força (não funcionou); b) um corsário americano (embora o capitão, um tal de Asa Hickman, insista em uma "carta de corso" como a designação mais digna da missão de seu navio, que é essencialmente pirataria, mas realizada sob o aval do Congresso americano); c) Rollo; e d) o cavalheiro que mencionei antes, chamado (eu acreditava) John Smith, mas que veio a ser um desertor da Marinha Real chamado Bill Marsden (vulgo "Jonah", e começo a achar que eles têm razão).

Sem entrar em detalhes de toda a sanguinária farsa, vou apenas relatar que Jamie, Ian, o maldito cachorro e eu estamos bem. Até agora. Espero que assim continue pelos próximos 42 dias, quando então o contrato de curto prazo de comandante de milícia de seu pai expira. (Não pergunte. Essencialmente, ele estava salvando o pescoço do sr. Marsden, bem como garantindo o bem-estar de algumas dezenas de marinheiros forçados à pirataria.) Quando isso acontecer, pretendemos partir em qualquer embarcação que possa estar se dirigindo à Europa, desde que esse transporte não seja comandando por Asa Hickman. Talvez tenhamos que viajar por terra até Boston para isso, mas que assim seja. (Creio que seria interessante ver como Boston está atualmente. A Back Bay ainda sendo de água e tudo mais, quero dizer. Ao menos o parque Common ainda estará lá, apesar de ter mais vacas do que estávamos acostumados.)

O forte está sob o comando de certo general Anthony Wayne e tenho a desconfortável sensação de ter ouvido Roger mencionar esse homem usando o apelido de "Anthony Maluco". Espero que essa designação se refira ou vá se referir à sua conduta em batalha, e não na administração. Até agora, ele parece racional, ainda que atormentado.

Estar atormentado é racional, já que ele espera a chegada mais ou menos iminente do Exército Britânico. Enquanto isso, seu engenheiro-chefe, sr. Jeduthan Baldwin (você iria gostar dele, eu acho; um sujeito muito ativo!), está construindo uma enorme ponte ligando o forte à colina que chamam de Independence. Seu pai comanda uma equipe de operários em serviço nessa ponte. Posso vê-lo agora mesmo, do alto de minha posição em uma das baterias do forte. Ele se destaca, não só pelo dobro do tamanho da maioria dos homens, mas por ser um dos poucos usando camisa. A maioria deles trabalha nu ou usando apenas uma tanga, por causa do calor e da umidade. Considerando os mosquitos, acho que isso é um erro.

Ninguém pediu minha opinião sobre os protocolos de higiene envolvidos em manter uma adequada enfermaria de doentes e acomodações de prisioneiros (trouxemos vários prisioneiros ingleses conosco, inclusive o mencionado capitão Stebbings, que deveria com justiça estar morto, mas por alguma razão não está), mas eu reclamei mesmo assim. Por isso, sou persona non grata para o tenente Stactoe, que acha que é médico mas não é, e estou proibida de tratar dos homens sob seus cuidados, cuja maioria estará morta dentro de um mês. Felizmente, ninguém se importa se eu tratar mulheres, crianças ou prisioneiros. Assim, estou utilmente ocupada, já que há muitos deles.

Tenho a impressão de que Ticonderoga trocou de mãos em algum momento, provavelmente mais de uma vez, mas não tenho ideia de quem tomou o forte de quem, nem quando. Esta última questão não sai do meu pensamento.

O general Wayne quase não possui tropas regulares. Jamie diz que o forte está com séria falta de homens, e até eu posso ver isso. Metade do quartel está vazio – apesar de uma ou outra companhia de milícia chegar de New Hampshire ou Connecticut, elas se alistam por apenas dois ou três meses. Mesmo assim, os homens geralmente não cumprem todo o prazo; há uma constante dispersão e o general Wayne se queixa de que está reduzido a "negros, índios e mulheres". Eu disse a ele que podia ser pior.

Jamie também argumenta que o forte não conta com metade de seus canhões, roubados por um livreiro gordo chamado Henry Fox, que os pegou há dois anos e conseguiu por um milagre de persistência e engenharia levá-los até Boston (o sr. Fox, pesando mais de 150 quilos, teve que ser transportado em uma carroça juntamente com os canhões. Um dos oficiais aqui, que acompanhou essa expedição, descreveu-a, para hilaridade geral), onde se mostraram úteis para se livrarem dos ingleses.

O que é um pouco mais preocupante do que tudo isso é a existência de uma pequena colina diretamente à nossa frente do outro lado da água e não muito distante. Os americanos a chamavam de monte Defiance quando tomaram Ticonderoga dos ingleses em 1775 (lembra-se de Ethan Allen? "Rendam-se em nome do grande Jeová e do Congresso Continental!" Soube que o pobre sr. Allen está atualmente na Inglaterra, sendo julgado por traição, após tentar tomar Montreal nos mesmos termos), e ela é bastante adequada – ou seria, se o forte fosse capaz de colocar homens e artilharia no seu cume. Mas não é. E acho que o fato de que a colina domina o forte ao alcance de um tiro de canhão provavelmente não passará despercebido pelo Exército Britânico, se e quando chegarem aqui.

Pelo lado bom, já é quase verão. Os peixes estão saltando e, se houvesse algodão, provavelmente estaria na altura da minha cintura. Chove com frequência e nunca vi tanta vegetação em um único lugar. (O ar é tão rico em oxigênio que às vezes acho que vou desmaiar e sou obrigada a dar uma volta pelas barracas para um sopro restaurador de roupas sujas e urinóis. Seu primo Ian leva grupos para caçar e procurar alimentos de vez em quando. Jamie e diversos outros homens são exímios pescadores e, em consequência, nós comemos muito bem.

Não vou me estender muito, já que não sei ao certo quando ou onde poderei despachar esta carta via uma ou mais das diversas rotas de Jamie (nós copiamos cada carta, quando dá tempo, e enviamos múltiplas cópias, já que até mesmo a correspondência normal é incerta). Com sorte, ela irá conosco para Edimburgo. Enquanto isso, enviamos a todos vocês o nosso amor. Jamie sonha com as crianças de vez em quando. Eu queria sonhar também.

Mamãe

Roger permaneceu sentado por um instante, para ter certeza de que Bri tivera tempo de terminar de ler a carta. Como ela lia muito mais depressa do que ele, achou que a mulher estava lendo a carta pela segunda vez. Após um momento, ela suspirou, aflita. Ele ergueu o braço e colocou a mão em sua cintura, e ela a cobriu com a própria mão – não de forma mecânica; agarrou seus dedos com força. Ela olhava para a estante de livros.

– Aqueles são novos, não são? – perguntou, erguendo o queixo na direção das prateleiras à direita.

– Sim. Mandei vir de Boston. Chegaram há uns dois dias.

As lombadas eram novas e brilhantes, textos históricos sobre a Revolução Americana: *Enciclopédia da Revolução Americana*, de Mark M. Boatner III; *Relato de um soldado revolucionário*, de Joseph Plumb Martin.

– Quer saber? – perguntou ele.

Com a cabeça, indicou a caixa aberta na mesa à sua frente, onde um grosso maço de cartas ainda permanecia fechado em cima dos livros. Ele ainda não conseguira admitir a Bri que dera uma olhada nos livros.

– Quero dizer, sabemos que conseguiram sair de Ticonderoga sem maiores problemas. Há muito mais cartas.

– Sabemos que um deles provavelmente o fez – disse Bri, olhando para as cartas. – A menos que... Ian sabe, quero dizer. Ele poderia...

Roger retirou a mão da cintura dela e pegou a caixa com determinação. Bri inspirou com sofreguidão, mas ele a ignorou, pegando um punhado de cartas da caixa e as repassando rapidamente.

– Claire, Claire, Claire, Jamie, Claire, Jamie, Jamie, Claire, Jamie. – Ele parou diante de uma carta com caligrafia diferente. – Talvez você tenha razão a respeito de Ian. Você conhece a letra dele?

– Não. Acho que nunca o vi escrever nada, embora imagine que *saiba* escrever – acrescentou, em dúvida.

– Bem... – Roger colocou a carta dobrada sobre a mesa e olhou das cartas espalha-

das para a estante de livros e depois para ela. Brianna estava ligeiramente afogueada.
– O que quer fazer?

Ela refletiu, os olhos indo e vindo da estante para a caixa de madeira.

– Os livros – disse, decidida, e se dirigiu à estante a passos largos. – Qual desses nos dirá quando Ticonderoga caiu?

Jorge III, Rex Britannia

Para lorde George Germain,

Burgoyne pode comandar a unidade a ser enviada do Canadá para Albany...

Como doenças e outras contingências devem ser esperadas, creio que não mais do que um efetivo de sete mil deva ser usado no lago Champlain, pois seria altamente imprudente correr qualquer risco no Canadá... Índios devem ser empregados.

35

TICONDEROGA

12 de junho de 1777
Fort Ticonderoga

Encontrei Jamie dormindo, estendido nu no catre no minúsculo quarto que nos destinaram. Ficava no alto de um dos prédios de pedra do quartel e, portanto, era quente como o inferno no meio da tarde. No entanto, raramente estávamos ali durante o dia: Jamie ficava no lago com os construtores da ponte, e eu, no prédio do hospital ou nos alojamentos das famílias – todos esses locais sendo igualmente quentes, é claro.

No entanto, as pedras retinham calor suficiente para nos manter aquecidos nas noites frias – não existiam lareiras – e ainda havia uma pequena janela.

Uma boa brisa soprava da água na hora do pôr do sol e por algumas horas, digamos, entre dez da noite e duas da madrugada, era bastante agradável. Eram cerca de oito da noite agora – ainda claro lá fora e ainda tórrido ali dentro. O suor brilhava nos ombros de Jamie e escurecia os cabelos nas têmporas, deixando-os de um tom escuro de bronze.

Pelo lado bom, nosso minúsculo sótão era o único aposento no topo do prédio e, assim, desfrutava de um pouco de privacidade. Por outro lado, havia 48 degraus de pedra até nosso ninho de águia e a água limpa tinha que ser levada para cima e as águas servidas carregadas para baixo. Eu acabara de trazer um balde grande de água. A metade que não derramara pela frente do meu vestido pesava 1 tonelada. Coloquei o balde no chão com um baque metálico que fez Jamie se sentar na cama no mesmo instante, piscando na penumbra.

– Desculpe. Não pretendia acordá-lo.

– Não tem importância, Sassenach – disse ele, bocejando. Espreguiçou-se, depois passou as mãos pelos cabelos soltos e úmidos. – Já jantou?

– Sim, comi com as mulheres. E você?

Ele normalmente fazia as refeições com sua equipe de operários quando paravam de trabalhar, mas às vezes era chamado para jantar com o general St. Clair ou com os outros oficiais de milícias, e essas ocasiões quase formais ocorriam bem mais tarde.

– Hum-hum.

Ele se estendeu de novo na cama e ficou observando enquanto eu despejava água em uma bacia e pegava um pequeno pedaço de sabão de lixívia. Fiquei apenas com a roupa de baixo e comecei a me esfregar, apesar de o sabão forte fazer arder minha pele já sensível e seus vapores fazerem meus olhos lacrimejarem.

Enxaguei as mãos e os braços, joguei a água pela janela, parando antes para gritar "Olha a água!", e recomecei.

– Por que está fazendo isso? – perguntou Jamie com curiosidade.

– Estou quase certa de que o menino da sra. Wellman tem caxumba. Ou será *está* com caxumba? Nunca soube ao certo. De qualquer modo, não vou correr o risco de transmitir a doença para você.

– Caxumba é uma doença tão terrível assim? Pensei que só crianças pegavam.

– Bem, normalmente é uma doença infantil – respondi, encolhendo-me ao toque do sabão. – Mas quando um adulto pega caxumba, especialmente um homem, é uma questão mais grave. Pode se instalar nos testículos. E a menos que você *queira* ter bolas do tamanho de melões...

– Tem certeza de que esse sabão aí é suficiente, Sassenach? Posso ir buscar mais. – Ele riu e se sentou de novo, estendendo a mão para a tira de linho que nos servia de toalha. – Vem cá, *a nighean*, deixe-me enxugar suas mãos.

– Em um minuto.

Contorci-me para fora do espartilho, deixei cair a combinação e os pendurei no gancho perto da porta, em seguida vesti pela cabeça minha combinação "de casa". Não era tão higiênico quanto vestir jalecos cirúrgicos para trabalhar, mas o forte pululava de doenças e eu faria todo o possível para evitar levá-las para Jamie. Ele já se deparava com muitas delas ao ar livre.

Joguei o restante da água do balde no rosto e nos braços, depois me sentei no catre ao lado de Jamie, dando um pequeno grito quando meu joelho estalou dolorosamente.

– Meu Deus, suas pobres mãos – murmurou ele, enxugando-as com delicadeza com a toalha, em seguida passando a toalha pelo meu rosto. – E seu pobre nariz também está queimado de sol.

– E suas mãos?

Calosas como eram, as mãos dele ainda eram uma concentração de cortes, juntas raladas, farpas e bolhas, mas ele descartou a questão e se deitou com um gemido de prazer.

– Seu joelho ainda dói, Sassenach? – perguntou, vendo-me friccioná-lo.

Não tinha me recuperado inteiramente da entorse durante nossas aventuras no *Pitt* e subir escadas o forçava.

– Faz parte do declínio geral – respondi, tentando fazer uma piada. Flexionei o braço direito com cautela, sentindo uma pontada no cotovelo. – As coisas já não se flexionam com a mesma facilidade de antes. E tudo dói. Às vezes, acho que estou desmoronando.

Jamie fechou um dos olhos, avaliando-me.

– Eu me sinto assim desde que tinha uns 20 anos – observou. – Você se acostuma. – Espreguiçou-se, fazendo sua espinha dorsal emitir uma série de estalidos abafados, e estendeu a mão. – Venha para a cama, *a nighean*. Nada dói quando você me ama.

Ele tinha razão; nada doeu.

Adormeci rapidamente, mas acordei umas duas horas mais tarde para verificar os poucos pacientes que precisavam ser vigiados. Estes incluíam o capitão Stebbings, que, para minha surpresa, havia se recusado a morrer ou a ser tratado por qualquer outra pessoa senão eu. Isso não fora bem recebido pelo tenente Stactoe nem pelos outros médicos, mas, como a exigência do capitão Stebbings era respaldada pela intimidante presença de Guiné Dick – dentes pontiagudos, tatuagens e tudo mais –, continuei sendo sua médica particular.

Encontrei o capitão um pouco febril e chiando audivelmente, mas dormindo. Guiné Dick se levantou de seu catre ao ruído dos meus passos, parecendo a assustadora manifestação do pesadelo de alguém.

– Ele comeu? – perguntei em voz baixa, pousando a mão de leve no pulso de Stebbings.

A figura rechonchuda do capitão havia emagrecido consideravelmente. Mesmo na penumbra, eu podia ver as costelas que antes tinha que tatear para achar.

– Um pouco de sopa, madame – sussurrou o africano e moveu a mão na direção de uma tigela no chão, coberta com um lenço para evitar as baratas. – Como a senhora disse. Eu lhe dou mais quando ele acordar para urinar.

– Ótimo.

O pulso de Stebbings estava um pouco acelerado, mas nada alarmante. Quando me inclinei sobre ele, não detectei nenhum vestígio de gangrena. Pude retirar o tubo de seu peito dois dias antes e, apesar de haver uma pequena exsudação de pus no local, achei que se tratava de uma infecção localizada que provavelmente desapareceria sem ajuda. Teria que desaparecer; eu não tinha nada com que tratá-la.

Não havia quase nenhuma luz no prédio do hospital, apenas uma vela de junco e sebo perto da porta e a fraca iluminação que vinha das fogueiras no pátio. Eu não podia avaliar a cor de Stebbings, mas vi o lampejo branco quando ele abriu um pouco os olhos. Resmungou quando me viu e os fechou outra vez.

– Ótimo – repeti, deixando-o sob os cuidados do sr. Dick.

Foi oferecida ao homem da Guiné a chance de se alistar no Exército Continental, mas ele tinha recusado, preferindo se tornar um prisioneiro de guerra com o capitão Stebbings, o ferido sr. Ormiston e alguns outros marinheiros do *Pitt*.

– Sou inglês, homem livre – disse ele com simplicidade. – Prisioneiro talvez por algum tempo, mas homem livre. Marinheiro, mas homem livre. Americano, talvez não homem livre.

Talvez não.

Deixei o prédio do hospital, visitei os aposentos dos Wellmans para verificar meu paciente de caxumba – desconfortável, mas não perigosa – e, em seguida, caminhei devagar pelo pátio sob a lua nascente. A brisa da noite arrefecera, mas o ar noturno tinha certa friagem e, movida por um impulso, subi à bateria da fortificação que dava para o monte Defiance, do outro lado da ponta estreita do lago Champlain.

Havia dois sentinelas, mas ambos dormiam, cheirando a bebida. Não era incomum. O moral no forte não era elevado e bebidas alcoólicas estavam disponíveis com facilidade.

Fiquei parada junto à muralha, a mão pousada em um dos canhões, o metal ainda levemente morno do calor do dia. Conseguiríamos ir embora, eu me perguntei, antes de ele estar quente por ter sido disparado? Faltavam 32 dias e não passavam rápido o suficiente para mim. Fora a ameaça dos ingleses, o forte fedia a doenças. Era como viver em uma fossa, e eu só podia esperar que Jamie, Ian e eu pudéssemos ir embora sem contrair alguma doença maligna ou ser atacados por algum idiota bêbado.

Ouvi um passo leve atrás de mim e voltei-me, deparando-me com o próprio Ian, alto e magro sob a claridade das fogueiras lá embaixo.

– Posso falar com você, tia?

– Claro – respondi, estranhando a formalidade.

Afastei-me um pouco e ele veio se postar a meu lado, olhando para baixo.

– A prima Brianna teria uma ou duas coisas para dizer a respeito disto – comentou, indicando com a cabeça a ponte em construção abaixo. – Tio Jamie também.

– Eu sei.

Jamie vinha repetindo isso nas últimas duas semanas, para o novo comandante do forte, Arthur St. Clair, para os outros coronéis de milícia, para os engenheiros, para quem quisesse ouvir e os não poucos que não queriam. A loucura de gastar grandes quantidades de força de trabalho e material na construção de uma ponte que poderia ser destruída com facilidade por artilharia no alto da colina era evidente a qualquer um, exceto aos que estavam no comando.

Suspirei. Não era a primeira vez que eu via cegueira militar e receava que não seria a última.

– Bem, deixando isso de lado... sobre o que você queria falar comigo, Ian?

Ele respirou fundo e se voltou para a paisagem iluminada pelo luar do outro lado do lago.

– Sabe os huronianos que vieram ao forte há pouco tempo?

Eu sabia. Duas semanas antes, um grupo de índios huronianos visitara o forte e Ian passara uma noite fumando com eles, ouvindo suas histórias. Algumas delas diziam respeito ao general inglês Burgoyne, de cuja hospitalidade haviam desfrutado anteriormente.

Burgoyne estava aliciando os índios da Liga Iroquesa, disseram, gastando muito tempo e dinheiro para atraí-los.

– Ele diz que seus índios são sua arma secreta – dissera um dos huronianos, rindo. – Vai soltá-los contra os americanos, como um raio, e exterminá-los.

Sabendo o que eu sabia sobre índios, achei que Burgoyne estava sendo um pouco otimista demais. Ainda assim, eu preferia não pensar no que poderia acontecer se ele *realmente* conseguisse persuadir os índios a lutar por ele.

Ian ainda fitava a distante elevação do monte Defiance, perdido em seus pensamentos.

– Seja como for – falei, colocando ordem na conversa –, por que está me contando isso, Ian? Devia dizer a Jamie e St. Clair.

– Eu disse.

O grito de um pato selvagem veio do outro lado do lago, alto e sinistro. Soavam como fantasmas cantando à tirolesa.

– Muito bem, então – concordei, ligeiramente impaciente. – Sobre o que você queria conversar comigo?

– Bebês – respondeu ele, olhando diretamente para mim.

– O quê? – perguntei, espantada.

Ele andava quieto e melancólico desde a visita dos huronianos e eu presumia que a causa fora alguma coisa que disseram, mas não conseguia imaginar o que podiam ter falado para ele com relação a bebês.

– Como eles são feitos – explicou Ian, apesar de seus olhos se desviarem dos meus. Se houvesse mais luz, tenho certeza de que o veria enrubescer.

– Ian, eu me recuso a acreditar que você não saiba como os bebês são feitos. O que você *realmente* quer saber?

Ele suspirou. Seus lábios se comprimiram por um instante, depois ele falou de uma só vez:

– Eu queria saber por que eu não posso fazer um.

Passei o nó de um dedo pelos lábios, desconcertada. Eu sabia – Bri me contara – que ele tivera uma filha natimorta com sua mulher mohawk, Emily, e que depois ela abortara ao menos duas vezes. E ainda que fora esse fracasso que levara Ian a deixar os mohawks em Snaketown e retornar para nós.

– Por que acha que o problema é seu? – perguntei sem rodeios. – A maioria dos homens culpa a mulher quando uma criança nasce morta ou acontece um aborto. A maioria das mulheres também, aliás.

Eu culpara tanto a mim mesma quanto a Jamie. Ian emitiu um pequeno ruído escocês gutural, impaciente.

– Os mohawks não. Eles dizem que quando um homem se deita com uma mulher seu espírito luta contra o dela. Se ele a domina, a criança é plantada. Se não, nada acontece.

– Humm. Bem, é uma forma de colocar a questão. E eu também não diria que estejam errados. *Pode* ser alguma coisa tanto com o homem quanto com a mulher, ou algo a respeito dos dois juntos.

– Sim. – Eu o ouvi engolir em seco antes de continuar: – Uma das mulheres no grupo dos huronianos era kahnyen'kehaka, de Snaketown. Ela me conhecia, de quando eu vivia lá. E me contou que Emily tem um filho. Um filho vivo.

Ele se remexia, irrequieto, estalando os nós dos dedos. De repente parou. A lua estava alta no céu e iluminava seu rosto, tornando seus olhos fundos.

– Andei pensando, tia – disse ele baixinho. – Andei pensando durante muito tempo. Sobre ela. Emily. Sobre Yeksa'a, a... minha filhinha. – Parou, os nós dos dedos pressionados com força contra as coxas, mas recuperou o autocontrole e continuou, com mais firmeza na voz: – E andei pensando em outra coisa. Se... *Quando* – corrigiu-se, com um rápido olhar por cima do ombro, como se esperasse que Jamie saltasse de um alçapão, furioso – formos para a Escócia, não sei como serão as coisas. Mas se eu... se eu me casar outra vez...

Ergueu os olhos para mim, o rosto amadurecido de sofrimento, mas jovem de esperança e dúvida.

– Eu não poderia me casar com uma moça se soubesse que jamais poderia lhe dar filhos.

Ele engoliu em seco outra vez, abaixando os olhos.

– Você poderia talvez... dar uma olhada nas minhas partes, tia? Para ver se talvez há alguma coisa errada?

Sua mão se dirigiu à braguilha e eu o interrompi com um gesto apressado.

– Isso pode esperar um pouco, Ian. Deixe-me fazer algumas perguntas primeiro, então veremos se um exame será necessário.

– Tem certeza? – Ele pareceu surpreso. – Tio Jamie me contou sobre o esperma que você lhe mostrou. Achei que de repente o meu não fosse bom de alguma forma.

– Bem, eu precisaria de um microscópio para ver, de qualquer modo. E, embora existam espermas anormais, nesse caso geralmente a concepção não ocorre de jeito nenhum. E, pelo que compreendi, não era essa a dificuldade. Diga-me... você chegou a ver sua filha?

– Pode-se dizer que não. Quero dizer... vi a trouxinha que fizeram com ela, enrolada em pele de coelho. Colocaram-na no alto, na forquilha de um cedro-vermelho. Eu ia lá à noite, durante algum tempo, só para... Pensei em trazer a trouxinha para baixo, desembrulhá-la, só para ver seu rosto. Mas isso teria perturbado Emily, então não fiz.

– Você tem razão. Droga, Ian, sinto muito... Sua mulher ou qualquer uma das outras mulheres disse que havia alguma coisa visivelmente errada com a criança? Ela era... deformada?

Ele me encarou, os olhos arregalados de choque, e seus lábios se moveram sem emitir som.

– Não – respondeu ele por fim, e havia tanto dor quanto alívio em sua voz. – Não. Eu perguntei. Emily não queria conversar sobre ela, sobre Iseabaìl, é como eu iria chamá-la, Iseabaìl. Eu insisti até ela me contar como era a bebê. Ela era perfeita – murmurou, os olhos baixos, fixos na ponte, onde uma fileira de lanternas brilhava, refletidas na água. – Perfeita.

Faith também. Perfeita.

Pousei a mão em seu braço, sentindo seus músculos rígidos.

– Isso é bom, muito bom. Conte-me o máximo que puder sobre o que aconteceu durante a gravidez. Sua mulher teve algum sangramento entre o momento em que você soube que ela estava grávida e quando ela deu à luz?

Devagar, eu o conduzi através da esperança e do medo, da desolação de cada perda, os sintomas que ele conseguia lembrar e o que ele sabia da família de Emily. Houve casos de natimortos entre os parentes dela? Abortos?

A lua passou pelo ápice e começou a descer no céu. Finalmente, espreguicei-me.

– Não posso ter certeza, mas acho que é ao menos possível que talvez seja o que chamamos de problema de Rh.

– O quê? – Ele estava recostado em um dos canhões de grande porte e, ao ouvir isso, levantou a cabeça.

Não fazia sentido tentar explicar grupos sanguíneos, antígenos e anticorpos. E não era, na verdade, tão diferente da explicação dos mohawks para o problema.

– Se o sangue de uma mulher for Rh negativo e o sangue de seu marido for Rh positivo – expliquei –, a criança será Rh positivo, porque ele é dominante. Não importa o que isso signifique, mas a criança será positiva como o pai. Às vezes, a primeira gravidez corre bem e você não detecta nenhum problema até a segunda gravidez. Às vezes, acontece com a primeira. Essencialmente, o corpo da mãe produz uma substância que mata a criança. *Mas*, se uma mulher Rh negativo tiver um filho de um homem Rh negativo, então o feto sempre será Rh negativo também e não há problema. Como você diz que Emily teve um filho vivo, então é possível que seu novo marido seja Rh negativo também.

Eu não sabia nada sobre a prevalência do tipo de sangue Rh negativo nos índios nativos americanos, mas a teoria se adequava à evidência.

– Se assim for – terminei –, você não deverá ter esse problema com outra mulher. A maioria das mulheres europeias é Rh positivo, embora não todas.

Ele me fitou durante tanto tempo que eu me perguntei se ele havia entendido minha explicação.

– Chame de destino – falei amavelmente – ou de azar. Não foi culpa sua nem dela.

Nem minha. Nem de Jamie.

Ele assentiu devagar. Inclinando-se para a frente, descansou a cabeça em meu ombro por um instante.

– Obrigado, tia – sussurrou e, erguendo a cabeça, beijou meu rosto.

No dia seguinte, Ian havia desaparecido.

36

O GREAT DISMAL

21 de junho de 1777

William estava extasiado com a estrada. É verdade que eram apenas uns poucos quilômetros, mas o milagre de ser capaz de cavalgar direto até o imenso pantanal chamado Great Dismal através de uma região em que ele se recordava de ter sido obrigado a fazer seu cavalo nadar em uma visita anterior, o tempo inteiro se desviando de tartarugas e cobras venenosas... A facilidade com que seguia era extraordinária. O cavalo parecia concordar, erguendo as patas descontraidamente, ultrapassando as nuvens de minúsculas mutucas amarelas que tentavam enxameá-los, os olhos dos insetos brilhando como pequenos arco-íris quando se aproximavam.

– Aproveite enquanto pode – avisou William ao cavalo, com um breve afago em sua crina. – O lamaçal está mais à frente.

Na verdade, a própria estrada, apesar de livre das mudas de árvores-do-âmbar e pinheiros desgarrados que entulhavam as margens, era bastante enlameada. Nada como os traiçoeiros lodaçais e as poças inesperadas que se escondiam do outro lado da cortina de árvores. Ergueu-se um pouco nos estribos, espreitando o terreno à frente.

Qual a distância?, perguntou-se. Dismal Town ficava na margem do lago Drummond, que por sua vez ficava no meio do pântano. No entanto, ele nunca tinha penetrado tanto no Great Dismal quanto agora e não fazia ideia de seu tamanho real.

A estrada não ia até o lago, isso ele sabia, mas certamente haveria uma trilha a seguir; os habitantes de Dismal Town deviam ir e vir de vez em quando.

– Washington – repetiu baixinho. – Washington, Cartwright, Harrington, Carver.

Esses foram os nomes que ele recebera do capitão Richardson dos cavalheiros legalistas de Dismal Town. Ele os gravara na memória e depois queimara a folha de papel que os continha. No entanto, foi tomado por um pânico irracional de esquecer os nomes e os vinha repetindo para si mesmo a intervalos durante toda a manhã.

Já passava bastante do meio-dia e as nuvens diáfanas matutinas haviam se enredado em um céu baixo da cor de lã suja. Ele inspirou devagar, mas o ar não tinha aquele cheiro incômodo de aguaceiro iminente. Não ainda. Além do odor adocicado do pântano, pleno de lama e plantas apodrecidas, ele podia sentir o cheiro da própria pele. Ele lavara as mãos e a cabeça como pudera, mas não trocara nem lavara as roupas nas duas semanas anteriores, e a rústica camisa de caça e as calças de tecido grosseiro começavam a dar coceira em sua pele.

Embora talvez não fosse apenas suor seco e poeira. Coçou furiosamente dentro das calças, numa região que formigava. Podia jurar que tinha pegado piolhos na última estalagem em que dormira.

Os piolhos, se havia um, sabiamente desistiram e a coceira passou. Aliviado, William respirou fundo e notou que os cheiros do charco tinham se tornado mais penetrantes, a resina de certas árvores se erguendo em resposta à chuva que se aproximava. O ar adquirira uma qualidade abafada que amortecia o som. Nenhum pássaro cantava; era como se ele e o cavalo seguissem sozinhos por um mundo envolto em algodão.

William não se importava de ficar sozinho. Crescera sem irmãos ou irmãs e ficava satisfeito na própria companhia. Além do mais, a solidão, disse a si mesmo, era boa para pensar.

– Washington, Cartwright, Harrington e Carver – cantarolou baixinho.

Afora os nomes, pouco havia a pensar com relação à missão atual e viu seus pensamentos se voltarem para uma direção mais familiar.

O principal objeto de seus pensamentos quando estava na estrada eram as mulheres, e ele tocou no bolso sob a aba de seu casaco, pensativo. O bolso podia guardar até um livro pequeno; teve que escolher para essa viagem entre o Novo Testamento que sua avó lhe dera ou seu valioso exemplar da *Lista das damas de Covent Garden*, de Harris. Não foi difícil.

Quando William tinha 16 anos, seu pai o flagrou absorto nas páginas do exemplar, pertencente ao pai de um amigo, do famoso guia do sr. Harris dos esplendores das mulheres do prazer de Londres. Lorde John ergueu uma das sobrancelhas e folheou o livro devagar, parando de vez em quando para levantar a outra sobrancelha. Em seguida, fechou o livro, respirou fundo, administrou um breve sermão sobre a importância de respeitar o gênero feminino, depois mandou os garotos buscarem seus chapéus.

Em uma casa discreta e elegante no final da Brydges Street, tomaram chá com uma mulher escocesa maravilhosamente bem-vestida, a sra. McNab, que parecia grande amiga de seu pai. Ao final, ela tocou uma sineta de bronze e...

William se remexeu na sela, suspirando. Seu nome era Margery, e ele escrevera um fervoroso panegírico para ela. Ficara apaixonado.

Ele retornara, após uma semana febril avaliando suas contas, com a firme intenção de lhe propor casamento. A sra. McNab o recebeu com gentileza e ouviu suas declarações gaguejadas com a mais solidária atenção. Em seguida, garantiu que Margery ficaria muito satisfeita com sua boa opinião sobre ela, mas infelizmente estava ocupada no momento. No entanto, havia uma jovem muito meiga chamada Peggy, que acabara de chegar de Devonshire e parecia solitária. Sem dúvida ela ficaria satisfeita em conversar um pouco com ele enquanto William esperava para falar com Margery...

A compreensão de que Margery estava naquele exato momento fazendo com outra pessoa o que fizera com *ele* foi um choque tão tremendo que William tinha ficado sentado, fitando boquiaberto a sra. McNab, levantando-se apenas quando Peggy entrou, um rosto doce e inexperiente, loura, sorridente e com o mais notável...

– Ah! – William deu um tapa na nuca, picada por uma mutuca, e praguejou.

O cavalo diminuíra a marcha sem que ele notasse e agora que ele *realmente* notava...

Praguejou outra vez, mais alto. A estrada desaparecera.

– Como isso foi acontecer? – falou em voz alta, mas sua voz pareceu fraca, abafada pelas árvores espalhadas. As mutucas o haviam seguido; uma delas picou o cavalo, que relinchou e balançou a cabeça violentamente. – Vamos, calma. Não pode estar muito longe, não é? Nós acharemos.

Fez o cavalo dar meia-volta, cavalgando devagar no que ele esperava que fosse um amplo semicírculo que deveria cortar a estrada. O solo estava úmido ali, enrugado com tufos de capim longo e emaranhado, mas não estava um lodaçal. As patas do animal deixavam curvas fundas onde pisavam e grossos respingos de lama e capim emaranhados voavam, agarrando-se nos jarretes e flancos do cavalo e nas botas de William.

Antes, ele vinha seguindo na direção norte-noroeste... Olhou para o céu, mas não encontrou nenhuma ajuda lá. O cinza-claro e uniforme se alterava, aqui e ali uma nuvem carregada se encorpando através da camada amortecedora, soturna e roncante. Um ribombo fraco e surdo de trovão chegou até ele e William praguejou outra vez.

Seu relógio tocou baixinho, um som reconfortante. Freou o cavalo por um instante, não querendo se arriscar a deixá-lo cair na lama, e atrapalhadamente retirou o relógio do bolso. Três horas.

– Não é muito ruim – disse ao cavalo, encorajado. – Ainda resta muita luz do dia.

Claro, isso não passava de mero tecnicismo, considerando as condições atmosféricas. Podia muito bem ser o prenúncio do crepúsculo.

Ergueu os olhos para as nuvens concentradas, calculando. Não havia dúvida: iria chover, e logo. Bem, não seria a primeira vez que o cavalo e ele se molhavam. Suspirou, desmontou e desenrolou o saco de dormir de lona, parte de seu equipamento de Exército. Montou de novo e, com a lona dobrada ao redor dos ombros, o chapéu desamarrado e bem enfiado na cabeça, retomou a obstinada procura da estrada.

As primeiras gotas começaram a tamborilar e um aroma extraordinário se ergueu do pântano em resposta. Cheiro de terra e plantas, penetrante e... fecundo, de certo modo, como se o pântano se espreguiçasse, abrindo seu corpo para o céu em preguiçoso prazer, liberando seu odor como o perfume que bafeja dos cabelos soltos de uma prostituta de luxo.

William estendeu a mão num reflexo para o livro em seu bolso, pretendendo anotar o pensamento poético nas margens, mas depois balançou a cabeça, murmurando "idiota" para si mesmo.

Não estava muito preocupado. Ele já havia, como dissera ao capitão Richardson, entrado e saído inúmeras vezes do Great Dismal. É bem verdade que nunca estivera ali sozinho. Seu pai e ele iam de vez em quando com um grupo de caça ou com alguns dos amigos índios do pai. E alguns anos antes. Mas...

– Droga! – exclamou.

Ele havia forçado o cavalo a entrar no que esperava que fosse o matagal que ladeava a estrada, mas continuou encontrando apenas mais matagal: moitas sombrias de zimbro de casca escura, aromático como um copo de gim holandês na chuva. Não havia espaço para virar. Murmurando consigo mesmo, incitou o cavalo com os joelhos e recuou, estalando a língua.

Inquieto, viu que as pegadas dos cascos do cavalo se enchiam de água devagar. Não da chuva, mas do solo encharcado. Muito encharcado. Ouviu o barulho de sucção quando os cascos traseiros atingiram terreno de charco e, num reflexo, inclinou-se para a frente, batendo os joelhos com premência nas costelas do animal.

Pisando em falso, o cavalo cambaleou e se reequilibrou. Mas suas pernas traseiras cederam de repente, escorregando na lama, e ele lançou a cabeça para cima, relinchando, espantado. William, também pego de surpresa, embaralhou-se na lona do saco de dormir e caiu, aterrissando com uma pancada na água.

Levantou-se como um gato escaldado, em pânico com a ideia de ser tragado para dentro de uma daquelas poças de areia movediça que se escondiam no Great Dismal. Certa vez, vira o esqueleto de um cervo apanhado em uma delas, nada visível além do crânio com a galhada, semienterrado e virado para o lado, os longos dentes amarelos à mostra, no que ele imaginara ser um grito.

Chapinhou na mesma hora em direção a uma moita, saltou para cima dela e ficou agachado ali, como um sapo-rei, o coração disparado. Seu cavalo teria ficado preso? O pântano o tragara?

O cavalo estava caído, debatendo-se na lama, relinchando em pânico, leques de água lamacenta voando de seus esforços.

– Santo Deus. – Agarrava punhados de capim áspero, equilibrando-se precariamente. – Seria areia movediça? Ou apenas um atoleiro?

Rangendo os dentes, esticou uma perna ao comprido, colocando o pé na superfície agitada. Sua bota pressionou para baixo... mais para baixo... Retirou o pé e ele se soltou com facilidade, com um estalido de lama e água. Outra vez... Sim! Havia um fundo firme! Muito bem, agora o outro... Levantou-se, os braços se agitando para manter o equilíbrio, e...

– Muito bem! – exclamou, sem fôlego. – Nada além de um atoleiro, graças a Deus!

Chapinhou na direção do cavalo e agarrou o saco de dormir de lona que se soltara na queda. Atirando-o sobre a cabeça do animal, envolveu-a ao redor dos olhos dele. Era o que se devia fazer com um cavalo apavorado demais para fugir de um celeiro em chamas. Seu pai lhe mostrara isso quando o celeiro no monte Josiah fora atingido por um raio certa vez.

Um pouco para seu assombro, a medida pareceu funcionar. O cavalo sacudia a cabeça de um lado para outro, mas parara de agitar as pernas. Ele agarrou as rédeas e soprou dentro das narinas do bicho, dizendo palavras tranquilizadoras.

O cavalo resfolegou, lançando um jato de respingos sobre ele, mas pareceu se acalmar. William puxou a cabeça do animal para cima e ele rolou sobre o peito, espadanando água lamacenta para todos os lados, e quase no mesmo movimento se ergueu sobre as patas. Mais uma vez, o cavalo se sacudiu da cabeça ao rabo, soltando a lona e espalhando lama num raio de 3 metros ao redor.

William estava feliz demais para se importar. Pegou a ponta da lona e a tirou da lama, em seguida segurou as rédeas.

- Muito bem - disse, sem fôlego. - Vamos sair daqui.

O cavalo não prestou atenção. Sua cabeça se levantou com uma guinada, virada para o lado.

- O quê?

As enormes narinas se alargaram, vermelhas, e com um grunhido explosivo o cavalo partiu em disparada, arrancando as rédeas de suas mãos e o fazendo se estatelar na água outra vez.

- Seu desgraçado filho da mãe! - William parou de repente, agachado na lama. Algo comprido, pardacento e veloz passou a menos de dois passos dele. Algo grande. Ele girou a cabeça, mas o que quer que fosse já desaparecera, silencioso, em perseguição ao cavalo disparado, cuja fuga em pânico ele podia ouvir desaparecendo ao longe, pontuada pelos estalidos de galhos se quebrando e um ou outro barulho metálico de itens do equipamento caindo.

Engoliu em seco. Onças-pardas costumavam caçar juntas de vez em quando. Os cabelos de sua nuca se arrepiaram e ele virou a cabeça até onde foi possível, com medo de se mover muito e chamar a atenção de qualquer coisa que pudesse estar espreitando no escuro emaranhado de árvores-de-âmbar e mato rasteiro. Nenhum som, exceto o crescente tamborilar de gotas de chuva no pântano.

Uma garça levantou voo, branca, das árvores do outro lado do atoleiro, quase fazendo seu coração parar. Ele ficou paralisado, a respiração suspensa até achar que iria sufocar no esforço para ouvir, mas nada aconteceu. Finalmente respirou e se levantou, as abas de seu casaco emplastadas em suas coxas, pingando.

Estava de pé em uma turfeira; havia uma vegetação esponjosa sob seus pés, mas o nível da água ultrapassava os canos das botas. Ele não estava afundando, mas não conseguia puxar as botas para fora com seus pés ainda dentro e foi obrigado a retirar os pés um de cada vez, depois arrancar as botas com força e sair chapinhando de meias para o terreno mais alto, as botas nas mãos.

Tendo alcançado o santuário de um tronco caído, sentou-se para tirar a água das botas, avaliando sua situação enquanto as calçava outra vez.

Estava perdido. Em um pantanal conhecido por ter devorado inúmeras pessoas, tanto índios quanto brancos. A pé, sem comida, fogo ou qualquer abrigo além da frágil proteção oferecida pelo saco de dormir de lona - um produto padrão do Exército, literalmente um saco feito de lona com uma fenda, para ser enchido com palha ou capim seco. Fora isso, tudo que ele possuía era o conteúdo de seus bolsos: uma navalha, um lápis, um pedaço encharcado de pão com queijo, um lenço imundo, algumas moedas, seu relógio e seu livro, igualmente encharcado. Verificou os bolsos e constatou que o relógio havia parado e que o livro sumira. Xingou em voz alta.

Isso pareceu ajudar um pouco, então xingou alto de novo. A chuva caía forte agora - não que isso fizesse a menor diferença, considerando seu estado. Os piolhos em suas calças, evidentemente acordando e descobrindo que seu habitat estava alagado, partiram em marcha determinada para descobrir alojamentos mais secos.

Murmurando blasfêmias, ele se levantou, enrolou a lona vazia em volta da cabeça e saiu claudicando na direção em que o cavalo partira, coçando-se.

Nunca encontrou o cavalo. Ou a onça-parda o matara, em algum lugar fora do alcance de sua vista, ou o quadrúpede conseguira fugir e vagava sozinho pelo pântano. Na verdade, encontrou dois itens que caíram da sela: um pequeno pacote encerado contendo tabaco e uma frigideira. Nenhum dos dois era muito útil, mas ele estava pouco inclinado a se desfazer de qualquer vestígio de civilização.

Encharcado até a alma e tremendo sob a reduzida proteção da lona, agachou-se entre as raízes de uma árvore, observando um relâmpago cortar o céu noturno. Cada clarão branco-azulado era ofuscante, mesmo através das pálpebras cerradas, cada trovão sacudindo o ar causticante com o cheiro de raios e coisas queimadas.

Ele quase já se acostumara com o canhoneio quando uma tremenda explosão o atirou ao chão. Sufocado e arquejando, sentou-se, limpando a lama do rosto. O que havia acontecido? Uma dor forte no braço se destacava em sua confusão. Olhando para baixo, viu à luz do clarão de um raio que uma farpa de madeira de uns 15 centímetros estava engastada na carne do braço direito.

Observando à sua volta, desesperado, viu que o charco ao redor ficara cravejado de lascas e pedaços de madeira fresca, e o cheiro de resina e cerne se elevava, penetrante, em meio ao odor ardente, flutuante de eletricidade.

Lá. Outro clarão, e ele viu. A uns 100 metros, notou um imenso cipreste sem folhas, pensando em usá-lo como um marco para quando o dia amanhecesse. Era de longe a árvore mais alta das redondezas. Não mais: o relâmpago lhe mostrou o ar vazio onde o tronco altaneiro estivera; outro clarão, as lanças pontiagudas do que restara.

Tremendo e parcialmente surdo pelo trovão, retirou a farpa do braço e pressionou o tecido da camisa no ferimento para interromper o sangramento. Não era profundo, mas o choque da explosão fazia sua mão tremer. Puxou a lona ao redor dos ombros contra a chuva fustigante e se enroscou outra vez entre as raízes da árvore.

Em algum momento durante a noite, a tempestade se dissipou e, com o fim do barulho, ele resvalou em uma sonolência inquieta, da qual acordou se deparando com um nevoeiro.

Um frio maior do que a friagem do amanhecer o percorreu de cima a baixo. Passara sua infância em Lake District, na Inglaterra, e sabia, de suas lembranças mais antigas, que a chegada do nevoeiro nas charnecas elevadas era um perigo. Ovelhas frequentemente se perdiam na névoa, encontrando a morte, separadas do rebanho e mortas por cachorros ou raposas, congeladas ou simplesmente desaparecendo. Homens às vezes se perdiam no nevoeiro também.

Os mortos descem com o nevoeiro, dissera a babá Elspeth. Podia vê-la agora, uma mulher magra e idosa, empinada e destemida, parada à janela do seu quarto de criança, observando a névoa branca em movimento. Ela comentara isso em voz baixa, como se falasse consigo mesma. Não percebera que ele estava ali. Quando percebeu, fechou a cortina com um movimento brusco e foi preparar seu chá, sem dizer mais nada.

Ele gostaria de uma xícara de chá agora, de preferência com uma boa dose de uísque. Chá quente, torradas com manteiga, sanduíches de geleia e bolo...

A ideia dos chás quando era criança o fez se lembrar de seu naco de pão com queijo molhado. Retirou-o com cuidado do bolso, reconfortado com a sua presença. Comeu devagar, saboreando a massa sem gosto como se fosse um pêssego em conserva de conhaque, e se sentiu muito melhor, apesar do toque pegajoso do nevoeiro em seu rosto, da água gotejando das pontas de seus cabelos e do fato de que ainda estava molhado até os ossos. Seus músculos doíam de tanto tremer.

Ele *tivera* a presença de espírito de colocar sua frigideira na chuva na noite anterior e, assim, tinha água limpa para beber, com um sabor delicioso de gordura de bacon.

– Nada mau – disse em voz alta, limpando a boca.

Sua voz soou estranha. As vozes sempre soavam estranhas em um nevoeiro. Ele já estivera perdido em um por duas vezes e não tinha a menor vontade de repetir a experiência, embora a revivesse, de vez em quando, em pesadelos. Tropeçando por uma cortina branca tão densa que não lhe permitia ver os próprios pés, ouvindo as vozes dos mortos.

William fechou os olhos, preferindo a escuridão aos redemoinhos brancos, mas ainda podia sentir seus dedos frios no rosto.

Ele ouvira as vozes naquela ocasião. Tentou não ouvi-las agora.

Levantou-se, determinado. Tinha que se mover. Ao mesmo tempo, seria loucura sair vagando às cegas pelos charcos e pela vegetação cerrada.

Amarrou a frigideira ao cinto e, atirando a lona molhada sobre os ombros, estendeu a mão e começou a tatear. O zimbro não serviria. A madeira se esfrangalhava sob uma faca e as árvores cresciam de tal maneira que nenhum galho seguia reto mais do que alguns centímetros. Árvore-de-âmbar ou nissa seria melhor, mas um amieiro seria ótimo.

Encontrou um bosque de amieiros novos após um longo tempo avançando com cautela pela névoa, plantando um pé de cada vez e esperando para ver o efeito, parando sempre que encontrava uma árvore para pressionar suas folhas contra a boca e o nariz, a fim de identificá-la.

Tateando entre os troncos finos, escolheu um de mais ou menos 3 centímetros de diâmetro e, plantando os pés com firmeza, agarrou a muda de árvore com as duas mãos e a arrancou. Ela saiu, com um gemido de terra dilacerada e uma chuva de folhas – e um corpo pesado deslizou pela sua bota. Soltou um grito e bateu com a ponta das raízes de sua muda, mas a cobra já tinha fugido havia muito tempo.

Suando apesar do frio, desamarrou a frigideira e a usou para explorar o chão invisível. Não evocando nenhum movimento, e achando a superfície firme o suficiente, virou a frigideira e a usou para se sentar em cima.

Ao trazer a madeira para perto do rosto, podia divisar os movimentos de suas mãos o suficiente para não se cortar. Conseguiu limpar a muda e apará-la para um comprimento de 1,80 metro aproximadamente, de fácil manejo. Então começou a desbastar a ponta para aguçá-la.

O Great Dismal era perigoso, mas pululava de caça. Esse era o chamariz que atraía os caçadores para suas misteriosas profundezas. William não pretendia matar um urso ou um veado com uma lança artesanal. No entanto, podia arpoar rãs. Um cavalariço da propriedade de seu avô lhe ensinara havia muito tempo, ele o fizera com seu pai na Virgínia muitas vezes, e apesar de não ser uma habilidade que tivesse oportunidade de praticar nos últimos anos em Londres, tinha certeza de que não esquecera.

Podia ouvir as rãs por toda parte, alegremente alheias ao nevoeiro.

Murmurou alguns sons, chamando as rãs, mas não pareciam impressionadas com suas citações de Aristófanes.

– Certo. Mas esperem – disse a elas, experimentando a ponta com o polegar.

Bastante boa. Idealmente, um arpão deveria ser tridente... Bem, por que não? Ele tinha tempo.

Mordendo a língua em concentração, começou a esculpir dois outros galhinhos, depois os entalhou na lança principal. Considerou rapidamente arrancar tiras da casca do zimbro para amarrar as pontas, mas rejeitou a ideia em favor de desembaraçar um fio da barra de sua camisa.

O pantanal estava encharcado depois de uma tempestade. Perdera sua caixa de pederneira, mas duvidava que até mesmo um dos raios de Jeová, como aquele que testemunhara na noite anterior, pudesse acender um fogo ali. Por outro lado, quando o sol saísse e ele conseguisse pegar uma rã, já estaria bastante desesperado para comê-la crua.

Paradoxalmente, o pensamento o reconfortou. Não iria morrer de fome nem de sede – estar naquele pântano era como viver em uma esponja.

Ele não tinha nenhum plano definido, apenas o conhecimento de que o pântano era grande e finito. Assim, quando tivesse o sol para guiá-lo e pudesse ter certeza de que não estaria andando em círculos, pretendia seguir em linha reta até atingir terreno firme ou o lago. Se encontrasse o lago... Bem, Dismal Town ficava à sua margem. Só precisaria caminhar pelo perímetro e a encontraria.

Então, desde que tomasse cuidado com as areias movediças, não fosse pego por algum animal, não fosse mordido por uma cobra venenosa ou não pegasse uma febre da água suja ou o miasma do pântano, tudo daria certo.

Testou a amarração, dando leves estocadas com a lança na lama, e a considerou firme. Nada a fazer senão esperar, portanto, que o nevoeiro se dissipasse.

O nevoeiro não mostrava nenhum sinal de que iria se dissipar. Na verdade, parecia mais denso. Ele mal conseguia ver os próprios dedos erguidos a alguns centímetros dos olhos. Suspirando, apertou o casaco úmido ao redor do corpo, colocou o "tridente" a seu lado e acomodou as costas contra os amieiros restantes. Abraçou os joelhos para armazenar o pouco calor que seu corpo ainda reservava e fechou os olhos para bloquear a brancura.

As rãs continuavam a coaxar. No entanto, agora sem distração, ele começou a ouvir as outras vozes do pântano. A maioria dos pássaros fazia silêncio, à espera de que, assim como ele, o nevoeiro passasse, mas de vez em quando o grito repentino, grave, de um abetouro ecoava. Às vezes, ouviam-se ruídos de patas correndo e chapinhando na água – um rato-almiscarado?

Uma pancada surda denunciou uma tartaruga caindo de um tronco dentro da água. Ele preferia esses sons, porque sabia o que eram. Mais assustadores eram o som do farfalhar de galhos, o movimento de algo caçando, o berro agudo de um animal pequeno sendo interrompido. E os estalidos e rangidos do próprio pântano.

Ele ouvira as rochas falando umas com as outras nas colinas elevadas em Helwater. O Lake District, terra dos seus avós maternos. No nevoeiro. William nunca havia contado isso a ninguém.

Moveu-se um pouco e sentiu algo logo abaixo do seu maxilar. Batendo a mão espalmada no lugar, descobriu uma sanguessuga que grudara em seu pescoço. Enojado, arrancou-a e a atirou com toda a força dentro do nevoeiro. Tateou por todo o corpo com mãos trêmulas e acomodou-se novamente, encolhido, tentando afastar as lembranças que o inundavam com as espirais de névoa. Ele ouvira sua mãe, sua verdadeira mãe, sussurrar para ele também. Foi por isso que entrara no nevoeiro. Estavam fazendo um piquenique nas colinas elevadas da charneca, seus avós, mamãe Isobel e uns amigos, com alguns criados. Quando o nevoeiro caiu, repentinamente, houve uma corrida geral para guardar os apetrechos do piquenique e ele fora deixado sozinho, observando a muralha branca inexorável girando em sua direção.

Podia jurar que ouvira o sussurro de uma mulher, baixo demais para distinguir as palavras, mas de algum modo com um tom nostálgico, e William soube que ela falava com ele.

E fora assim que entrara no nevoeiro. Por alguns instantes, ficou fascinado com o movimento do vapor d'água perto do solo, pelo modo como bruxuleava e tremeluzia e parecia vivo. Logo o nevoeiro ficou mais denso e, em questão de instantes, William compreendeu que estava perdido.

Ele gritara. Primeiro para a mulher que achava que era sua mãe. *Os mortos descem no nevoeiro.* A mãe morrera com a idade que ele tinha agora. Vira três retratos dela. Diziam que ele tinha seus cabelos e seu jeito para lidar com cavalos.

Ela respondera, podia jurar que ela respondera a seu chamado, mas com uma voz sem palavras. Sentira a carícia de dedos frios em seu rosto e continuara a vagar, extasiado.

Então caíra, um tombo feio, rolando pelas pedras até uma pequena depressão do terreno, machucando-se e perdendo o fôlego. O nevoeiro se encapelara acima dele, passando veloz, em sua pressa de engolfar tudo, enquanto William jazia, atordoado e arquejante no fundo do pequeno declive. Começou a ouvir as pedras murmurarem à sua volta e a se arrastar, depois a correr, o mais rápido que podia, gritando. Caiu de novo, levantou-se e continuou correndo.

Incapaz de prosseguir, agarrou-se ao mato áspero, cercado por uma imensa vastidão deserta. Então ouviu-os chamando por ele, vozes que conhecia. Tentou gritar em resposta, mas sua garganta estava ferida de tanto berrar. Não conseguia emitir mais do que ruídos roucos, desesperados, correndo na direção de onde achava que vinham as vozes. Só que o som vagueia em um nevoeiro e nada é o que parece: nem o som, nem o tempo, nem o espaço.

Inúmeras vezes correu na direção das vozes, mas caiu sobre alguma coisa, tropeçou e rolou por um declive, esbarrou contra afloramentos rochosos, viu-se agarrado à borda de uma escarpa, as vozes agora atrás dele, desaparecendo no nevoeiro, abandonando-o.

Mac o encontrara. A enorme mão repentinamente se estendera e o agarrara. No instante seguinte, foi levantado – machucado, esfolado e sangrando, mas agarrado com força à camisa rústica do cavalariço escocês –, braços fortes o segurando como se nunca mais o fossem soltar.

Engoliu em seco. Quando tinha pesadelos, às vezes despertava abraçado por Mac. Às vezes, não. E acordava suando frio, incapaz de voltar a dormir por medo do nevoeiro e das vozes.

Completamente imóvel, ouviu passos. Respirou com cautela – e sentiu o cheiro inconfundível de fezes de porco. Não se moveu. Porcos selvagens eram perigosos se você os assustasse.

Ruídos do animal fungando, farejando. Mais passos. O farfalhar de galhos e a chuva de gotas de água quando corpos pesados roçaram as moitas de azevinho e chá-dos-apalaches. Vários deles, movendo-se devagar. Sentou-se ereto, virando a cabeça de um lado para outro, tentando localizar o som. Nada podia se mover com determinação naquele nevoeiro, a menos que estivessem seguindo uma trilha.

O pântano era cruzado por trilhas de animais, feitas pelos cervos e usadas por todos, de gambás a ursos-negros. Essas trilhas davam voltas sem direção, havendo apenas duas coisas certas a respeito delas: a primeira, que de fato levavam a água potável; e a segunda, que não levavam a uma poça de areia movediça. O que, nas circunstâncias atuais, era o suficiente para William.

Haviam dito outra coisa a respeito de sua mãe. "Imprudente", comentara sua avó tristemente, balançando a cabeça. "Ela era sempre tão imprudente, tão impulsiva." E, então, seus olhos pousaram nele, apreensiva.

E você é exatamente como ela, diziam aqueles olhos ansiosos. *Que Deus nos ajude.*

– Talvez eu seja – falou em voz alta e, agarrando a lança, levantou-se, desafiador. – Mas não estou morto. Ainda não.

Isso ele sabia. E que permanecer parado quando perdido era uma boa ideia somente se alguém estivesse à sua procura.

37

PURGATÓRIO

Ao meio-dia do terceiro dia, ele encontrou o lago.

Chegara lá através de imponentes ciprestes desfolhados, seus enormes troncos de onde se projetavam raízes aéreas como pilares do solo alagado. Faminto, um pouco zonzo de uma febre leve, caminhou devagar com água até as panturrilhas.

O ar estava parado, assim como a água. O único movimento era o lento arrastar de seus pés e o zumbido dos insetos que o atormentavam. Seus olhos estavam inchados das picadas de mosquitos e os piolhos agora tinham companhia: ácaros e pulgas-do-mar. As libélulas que dardejavam de um lado para outro não picavam como as centenas de minúsculas moscas e mosquitos, mas tinham uma forma própria de tormento: faziam-no olhar para elas, a luz do sol refletindo dourada, azul e vermelha de suas asas diáfanas e seus corpos brilhantes, ofuscantes na luz.

A superfície lisa da água refletia as árvores tão perfeitamente que ele não conseguia saber ao certo onde estava, equilibrado entre dois mundos espelhados. Continuava perdendo a noção do que era para cima e do que era para baixo. As árvores tinham mais de 25 metros e a vista de nuvens deslizantes através dos galhos lhe dava a permanente sensação de que estava prestes a cair. Se para cima ou para baixo, não sabia dizer.

William tinha arrancado a farpa de cipreste do braço e feito o melhor possível para estancar o sangramento, mas haviam ficado pequenas lascas de madeira presas sob a pele. Seu braço estava quente e latejando. Assim como sua cabeça. O frio e o nevoeiro haviam desaparecido como se nunca tivessem existido e ele caminhava através de um mundo de calor e imobilidade que bruxuleava nas bordas. Seus olhos queimavam.

Se mantivesse os olhos fixos no movimento da água que se afastava de suas botas, as pequenas ondas em forma de V quebravam o reflexo perturbador e o mantinham em pé. Mas observar as libélulas... isso o fazia cambalear e perder o equilíbrio, já que não pareciam voar nem na água nem no ar, mas em ambos.

Uma estranha depressão surgiu na água, a um passo de sua panturrilha direita. Ele tropeçou, viu uma sombra e sentiu algo ondulando pela água. Uma cabeça maligna, pontuda e triangular.

Engoliu em seco e estacou. A serpente do pântano, para sua sorte, não.

Observou-a se afastar na água e se perguntou se ela seria comestível. Não importava. Ele quebrara seu tridente, embora tivesse caçado três rãs antes de a frágil amarração se desfazer. Pequenas. Não tinham gosto ruim, apesar da textura borrachuda da carne crua. Seu estômago se contraiu, roncando, e ele lutou contra o impulso de mergulhar atrás da serpente, agarrá-la e arrancar a carne dos ossos com os dentes.

Talvez conseguisse pegar um peixe.

Permaneceu parado por vários minutos, para ter certeza de que a cobra tinha ido embora. Em seguida, engoliu em seco e deu mais um passo. E continuou andando, os olhos fixos nas pequenas ondas que seus pés faziam, quebrando o espelho d'água em fragmentos ao redor.

Pouco tempo depois, no entanto, a superfície começou a se mover, centenas de minúsculas ondulações batendo contra a madeira marrom-acinzentada dos ciprestes, cintilando tanto que o estonteante redemoinho de árvores e nuvens desapareceu. Ele levantou a cabeça e viu o lago à sua frente.

Era grande. Muito maior do que imaginara. Ciprestes desfolhados e gigantescos se erguiam da água, antigos tocos e carcaças embranquecendo ao sol entre eles. A margem distante estava escura, densa de nissas, amieiros e viburnos. A própria água parecia se estender por quilômetros diante dele, marrom da cor de chá com as infusões das árvores que cresciam nele.

Umedecendo os lábios, abaixou-se e, com as mãos em concha, bebeu a água marrom. Era potável, um pouco amarga.

Passou a mão molhada pelo rosto, A água fria o fez estremecer com um repentino calafrio.

– Muito bem – disse, sentindo-se sem fôlego.

Continuou avançando até estacar na água livre, o denso matagal do pântano atrás dele. Calafrios ainda o percorriam, mas ele os ignorou.

O lago Drummond recebera o nome de um antigo governador da Carolina do Norte. A história conta que um grupo de caça, que incluía o governador William Drummond, tinha entrado no pantanal. Uma semana depois, Drummond, o único sobrevivente, saíra dele cambaleando, semimorto de fome e de febre, mas com a notícia de um lago imenso e desconhecido no meio do Great Dismal.

William respirou fundo, estremecendo. Bem, nada o devorara ainda. E ele alcançara o lago. Para que lado ficaria Dismal Town?

Examinou as margens devagar, procurando qualquer traço de fumaça de chaminé, qualquer invasão no matagal denso que poderia indicar uma vila. Nada. Com um suspiro, enfiou a mão no bolso e encontrou uma moeda. Atirou-a no ar e quase a deixou escapar, manuseando-a com grande nervosismo quando ela saltou de seus dedos emperrados.

Coroa. Portanto, esquerda. Virou-se e partiu, decidido.

Sua perna bateu contra alguma coisa na água. Ele olhou para baixo bem a tempo de ver o lampejo branco da boca de uma cobra quando ela se ergueu e deu um bote em sua perna. Por puro reflexo, ele lançou o pé para cima e as presas da cobra se agarraram por um breve instante no couro de sua bota.

Ele gritou e sacudiu a perna violentamente, expulsando o réptil, que saiu voando e aterrissou com uma pancada na água. Nem um pouco desanimada, a serpente se virou sobre si mesma e partiu como uma flecha pela água em sua direção.

William arrancou a frigideira do cinto e a girou com toda a força, tirando a cobra da água e a erguendo no ar. Não esperou para ver onde ela caíra. Saiu correndo, lançando água para todos os lados, em direção à margem.

Subiu correndo pelo aglomerado de zimbros e árvores-de-âmbar e parou, arquejando, aliviado. O alívio durou pouco. A cobra, com sua pele marrom brilhando como cobre, deslizava com determinação para a margem, em seu encalço.

William soltou um ganido e fugiu em disparada.

Correu cegamente, os pés chafurdando a cada passo, ricocheteando em árvores e se chocando contra galhos de azevinhos e viburnos, através dos quais ele abria caminho sob uma chuva de folhas e galhinhos arrancados. Não olhou para trás, mas também não prestava muita atenção à sua frente. Assim, colidiu em cheio com um homem parado em seu caminho.

O homem soltou um grito e caiu de costas, William sobre ele. Levantou-se e se viu encarando um índio atônito. Antes que pudesse pedir desculpas, outra pessoa o agarrou pelo braço e o puxou rispidamente, colocando-o de pé.

Era outro índio, que falou alguma coisa com raiva. Ele sondou a mente em busca de alguma palavra que pudesse servir à ocasião, mas não encontrou nenhuma. Apontando na direção do lago, exclamou, arquejante:

– Cobra!

Os índios evidentemente compreenderam a palavra, pois seus rostos adquiriram um ar de cautela e olharam na direção em que ele apontava. Para corroborar sua história, a enfurecida cobra surgiu, contorcendo-se pelas raízes de uma árvore-de-âmbar.

Os dois índios soltaram exclamações e um deles agarrou um tacape de uma funda às suas costas e golpeou a cobra. Ele errou e o animal se enrolou e o atacou. A serpente errou também, mas não muito, e o índio deu um salto para trás, largando o tacape.

O outro índio exclamou alguma coisa, desgostoso. Segurando seu tacape, começou a rodear a serpente com cuidado. O animal, ainda mais furioso com a perseguição, girou e silvou alto, lançando-se como uma flecha e atacando o pé do segundo índio. O homem gritou e deu um salto para trás, embora sem soltar seu tacape.

Encantado de não ser mais o foco do aborrecimento da cobra, William havia se afastado da cena. No entanto, vendo o réptil momentaneamente desequilibrado – se é que as cobras tinham equilíbrio –, agarrou sua frigideira, girou-a e desfechou um poderoso golpe com a borda do utensílio.

Golpeou-a várias vezes, suas forças alimentadas pelo pânico. Finalmente parou, o suor escorrendo pelo rosto e pelo corpo. Engolindo em seco, ergueu a frigideira, esperando ver a cobra transformada em uma massa ensanguentada no solo revolvido.

Nada. Podia sentir o cheiro do réptil – um odor abjeto, como o de pepinos podres –, mas não via nada. Estreitou os olhos, tentando distinguir alguma coisa na massa de folhas esmigalhadas e lama, depois ergueu os olhos para os índios.

Um deles deu de ombros. O outro apontou para o lago e disse alguma coisa. A cobra tinha concluído que estava em desvantagem e se recolheu.

William se levantou, constrangido, com a frigideira na mão. Os homens trocaram sorrisos nervosos.

Em geral, ele se sentia confortável em meio a índios. Muitos deles cruzavam suas terras e seu pai sempre lhes dava boas-vindas, fumando com eles na varanda, jantando com eles. Não sabia dizer a qual tribo esses dois pertenciam – pareciam ser de alguma das tribos algonquinas, de traços fortes e audazes, mas não estariam muito mais ao sul de suas costumeiras regiões de caça?

Os índios, por sua vez, o examinavam de tal maneira que um calafrio percorreu a espinha de William. Um deles falou alguma coisa ao outro, observando-o de esguelha para ver se ele entendia. O outro sorriu, exibindo dentes manchados e escuros.

– Tabaco? – perguntou o índio, estendendo a mão.

William assentiu, tentando reduzir o ritmo de sua respiração, e enfiou a mão direita devagar dentro do casaco, para não ter que largar a frigideira.

Era provável que aqueles dois soubessem o caminho de saída do pântano. Ele devia estabelecer relações amistosas e depois... Tentava pensar logicamente, mas parte dele achava que devia sair correndo dali.

Retirando o embrulho de tabaco do casaco, atirou-o com todas as forças que conseguiu reunir no índio mais próximo, que começara a vir em sua direção, e saiu correndo.

Uma exclamação de surpresa ecoou atrás dele. Em seguida, o som de grunhidos e passadas. Seu corpo o instigou a correr mais rápido, mas ele sabia que não conseguiria manter a velocidade por muito tempo; ser perseguido pela cobra consumira a maior parte da pouca energia que lhe restava. Além disso, ser obrigado a correr enquanto segurava uma frigideira de ferro não estava ajudando.

Sua melhor chance seria se distanciar deles o suficiente para encontrar um esconderijo. Com essa ideia em mente, fez um esforço sobre-humano, arremetendo pelo terreno livre, depois se desviando para dentro de um bosque de zimbros, emergindo em uma trilha de animais de caça. Hesitou por um instante – se esconder no mato? –, mas a ânsia de continuar correndo era avassaladora, então ele seguiu pela trilha estreita, trepadeiras e galhos açoitando suas roupas.

Ouviu os porcos a tempo, graças a Deus. Grunhidos e fungadas de surpresa e um grande farfalhar de moitas e barulho de patas chafurdando na lama, conforme um bando de corpos pesados se colocava atabalhoadamente de pé. Ele sentiu o cheiro de lama morna e o fedor de porcos; devia haver um lamaçal depois da curva da trilha.

– Droga – disse baixinho, e saltou da trilha para dentro do mato.

Santo Deus, e agora? Subir em uma árvore? Respirava pesadamente, o suor escorrendo para dentro de seus olhos.

Todas as árvores próximas eram zimbros, algumas bastante grandes, mas densas e retorcidas, impossíveis de escalar. Circundou uma delas e se agachou atrás, tentando acalmar a respiração.

O coração martelava nos ouvidos; nunca ouviria quem o estivesse perseguindo. Algo tocou em sua mão e ele girou a frigideira com força em reflexo, ficando de pé num salto.

O cachorro soltou um ganido de surpresa quando a panela passou de raspão em seu flanco, depois arreganhou os dentes e rosnou para ele.

– O que está fazendo aqui? – sibilou William.

Maldição, o bicho era do tamanho de um pônei!

Os pelos do pescoço do animal se eriçaram, fazendo-o se parecer com um lobo. *Meu Deus, não podia ser um lobo, podia?*

– Cale-se, pelo amor de Deus! – Tarde demais. Podia ouvir vozes de índios, agitadas e muito próximas. – Caladinho – sussurrou, estendendo a palma da mão para o cachorro enquanto recuava devagar. – Bom garoto.

O cachorro o seguiu, continuando a rosnar e latir. O barulho perturbou ainda mais os porcos; ouviu-se uma trovoada de cascos ao longo do caminho e uma exclamação de surpresa de um dos índios.

William vislumbrou um lampejo de movimento pelo canto do olho e girou nos calcanhares, a arma na mão. Um índio muito alto o avistou. Droga, mais índios.

– Quieto, cachorro – disse o índio, com um claro sotaque escocês.

O animal parou de latir, embora continuasse a cercá-lo, assustadoramente por perto e rosnando o tempo todo.

– O quê? – perguntou William, mas foi interrompido pelos dois primeiros índios, que nesse momento surgiram do mato.

Pararam ao verem o recém-chegado e lançaram um olhar cauteloso para o cachorro, que voltou sua atenção para eles, franzindo o focinho e exibindo uma impressionante fileira de dentes brilhantes.

Um dos primeiros índios rispidamente comentou algo para o recém-chegado. Graças a Deus, não estavam juntos. O índio alto retrucou, em um tom de voz pouco amistoso. William não fazia a menor ideia do que ele tinha dito, mas os outros dois não gostaram. Seus rostos se anuviaram e um deles levou a mão ao tacape. O cachorro emitiu uma espécie de ruído gutural e a mão se abaixou imediatamente.

Os dois índios que primeiro o encontraram pareciam dispostos a argumentar, mas o índio alto os calou, dizendo alguma coisa em tom de ordem e fazendo um gesto que claramente significava: "Saiam daqui!" Os outros dois trocaram um olhar e William se postou ao lado do índio alto, fitando-os furiosamente. Um deles lhe devolveu o olhar maligno, mas seu amigo balançou a cabeça, um movimento quase imperceptível. Sem mais palavra, os dois foram embora.

As pernas de William tremiam, ondas de calor da febre percorrendo seu corpo. Apesar da relutância em se aproximar do cachorro, sentou-se no chão. Seus dedos haviam se enrijecido depois de apertar com tanta força o cabo da frigideira. Com certa dificuldade, abriu-os e colocou o utensílio no chão a seu lado.

– Obrigado – disse, passando a manga do casaco pelo rosto suado. – Você... fala inglês?

– Já conheci ingleses que diriam que não, mas acho que talvez me compreenda. – O índio se sentou a seu lado, olhando-o com curiosidade.

– Santo Deus! Você não é um índio!

Aquele sem dúvida não era um rosto algonquino. Vendo com clareza agora, o sujeito era muito mais jovem do que ele pensara, talvez apenas um pouco mais velho do que William, e obviamente um homem branco, apesar de sua pele ser bronzeada e ter tatuagens, uma linha dupla de pontos que faziam um semicírculo nas maçãs do rosto. Vestia perneiras e camisa de couro e usava um incongruente xale escocês de xadrez vermelho e preto sobre um dos ombros.

– Sou, sim – retrucou o sujeito. Ergueu o queixo, indicando a direção tomada pelos índios. – Onde você encontrou aqueles dois?

– Na margem do lago. Eles pediram tabaco e eu... dei. Só que eles vieram atrás de mim, não sei por quê.

O sujeito deu de ombros.

– Pensaram em levá-lo para oeste e vendê-lo como escravo nas terras dos shawnees. – Sorriu ligeiramente. – Ofereceram-me metade do seu preço.

William respirou fundo.

– Muito obrigado, então. Quero dizer, suponho que não tenha intenção de fazer a mesma coisa, não é?

O sujeito não riu, mas emitiu um ruído bem-humorado.

– Não. Eu não vou para oeste.

William começou a se sentir um pouco melhor, apesar de o calor de seus esforços começar a dar lugar a calafrios outra vez. Abraçou os joelhos com força. Seu braço direito começara a doer novamente.

– Você não... Acha que eles podem voltar?

– Não – respondeu o sujeito em tom descontraído. – Eu lhes disse para irem embora.

– E por que acha que eles farão o que você mandou?

– Porque eles são mingos – respondeu o sujeito com paciência – e eu sou kahnyen'kehaka, um mohawk. Eles têm medo de mim.

William lhe lançou um olhar desconfiado, mas o sujeito não parecia estar mentindo. Era quase tão alto quanto William, mas magro como uma vara, os cabelos castanho-escuros alisados para trás com gordura de urso. Parecia competente, não alguém que inspirasse medo.

O sujeito o analisava com igual interesse. William tossiu e limpou a garganta, em seguida estendeu a mão.

– Seu criado, senhor. Sou William Ransom.

– Eu o conheço muito bem – retrucou o sujeito com um tom estranho na voz. Ele estendeu a mão e apertou a de William com firmeza. – Ian Murray. Já nos encontramos. – Seus olhos viajaram pelas roupas sujas e estraçalhadas de William, seu rosto suado e arranhado e suas botas cobertas de lama. – Parece um pouco melhor do que da última vez que o vi, mas não muito.

Murray tirou a chaleira de acampamento do fogo e a colocou no chão. Enfiou a faca nas brasas por um instante, em seguida mergulhou a lâmina quente na frigideira, agora cheia de água. O metal chiou e liberou nuvens de vapor.

– Pronto? – perguntou.

– Sim.

William se ajoelhou junto a um grande tronco de choupo caído e estendeu o braço por cima da madeira. Estava visivelmente inchado, uma grande farpa remanescente sob a pele formando uma saliência escura, a pele ao redor distendida e transparente de pus.

O mohawk – não conseguia ainda pensar nele de nenhuma outra forma, apesar do nome e do sotaque – olhou para ele do outro lado do tronco, as sobrancelhas erguidas interrogativamente.

– Foi você gritando o que ouvi naquela hora? – Ele segurou o pulso de William.

– Eu gritei, sim – confirmou William, tenso. – Uma cobra me atacou.

Murray deu um leve sorriso.

– Você berra como uma menina – comentou, os olhos retornando ao trabalho.

A faca foi pressionada para baixo.

William soltou um ruído visceral.

– Sim, melhor agora – disse Murray.

Segurando com firmeza o pulso de William, fez uma incisão precisa na pele ao lado da farpa, abrindo-a por cerca de 15 centímetros. Virou a pele para trás com a ponta da faca, lançou a lasca grande para fora e em seguida retirou as farpas menores que o estilhaço de cipreste havia deixado.

Uma vez removido o máximo possível, ele enrolou a ponta de seu xale esfarrapado ao redor do cabo da chaleira, pegou-a e despejou a água fervente no ferimento aberto.

William emitiu um som muito mais visceral, dessa vez acompanhado de palavrões.

Murray estalou a língua em reprovação.

– Imagino que vou ter que impedir que você morra, porque, se morrer, provavelmente vai para o inferno, usando uma linguagem assim.

– Não pretendo morrer – disse William laconicamente.

Respirava com força e enxugou a testa com o braço livre. Ergueu o outro e sacudiu a água tingida de sangue das pontas dos dedos, embora a sensação resultante o tenha deixado zonzo. Sentou-se no tronco um pouco abruptamente.

– Coloque a cabeça entre os joelhos se estiver tonto – sugeriu Murray.

– Não estou tonto.

Não houve resposta a isso, salvo o som de mascar. Enquanto esperava a chaleira ferver, Murray vadeou pela água e arrancou vários punhados de uma erva de cheiro forte que crescia perto da margem. Agora estava no processo de mastigar as folhas, cuspindo a massa verde em um pedaço de pano. Extraindo uma cebola um pouco murcha do bornal que carregava, cortou uma fatia generosa e a examinou, mas achou que poderia ser usada sem mastigação. Acrescentou-a a seu emplastro, dobrando o pano com cuidado sobre o conteúdo.

Colocou a compressa sobre o ferimento e a amarrou no lugar com tiras de pano rasgadas da camisa de William.

Pensativo, Murray ergueu os olhos para ele.

– Imagino que você seja muito teimoso, não?

William encarou o escocês, desconcertado com a observação, embora tenha ouvido repetidamente de amigos, parentes e superiores militares que sua intransigência um dia iria matá-lo. Sem dúvida isso não transparecia em seu rosto!

– O que quer dizer com isso?

– Não tive intenção de insultá-lo – respondeu Murray, inclinando-se para apertar o nó da atadura improvisada com os dentes. Virou-se e cuspiu alguns fiapos. – Espero que seja, porque vai ser uma boa distância até encontrarmos ajuda para você e, se for bastante teimoso para não morrer comigo, seria bom.

– Eu disse que não pretendo morrer – assegurou William. – E não preciso de ajuda. Onde... Estamos perto de Dismal Town?

Murray franziu os lábios.

– Não. Estava indo para lá?

William pensou por um instante e assentiu. Não havia nenhum mal em revelar isso.

Murray ergueu uma das sobrancelhas.

– Por quê?

– Eu... tenho uns negócios com alguns senhores de lá.

Enquanto dizia isso, o coração de William deu um salto. Santo Deus, o livro! Ficara tão atarantado com suas diversas experiências e aventuras que a verdadeira importância dessa perda nem sequer lhe ocorrera.

Além do seu valor geral como entretenimento e sua utilidade como palimpsesto para as próprias meditações, o livro era vital para sua missão. Continha várias passagens assinaladas cujo código lhe dava os nomes e endereços dos homens que ele devia visitar – e, mais importante ainda, o que deveria lhes dizer. Podia se lembrar de muitos nomes, pensou, mas quanto ao resto...

Sua consternação foi tão grande que ofuscou o latejar no braço e ele se levantou abruptamente, dominado pela ânsia de correr de volta para dentro do pântano e começar a vasculhá-lo, centímetro por centímetro, até recuperar o livro.

– Você está bem, rapaz?

Murray olhava para ele com uma combinação de curiosidade e preocupação.

– Eu... Sim. É que... me lembrei de uma coisa, só isso.

– Bem, pense nisso sentado. Você está quase caindo dentro da fogueira.

De fato, a visão de William havia se iluminado e pontos pulsantes obscureciam a maior parte do rosto de Murray, embora o ar de preocupação ainda fosse visível.

– Eu... Tudo bem.

Sentou-se ainda mais rapidamente do que se levantara, um suor frio e repentino cobrindo seu rosto. A mão de Murray em seu braço bom o forçou a se deitar e ele o fez, achando que isso era preferível a desmaiar.

Murray fez um ruído escocês de consternação e murmurou alguma coisa incompreensível. William podia sentir o sujeito pairando acima dele, em dúvida.

– Estou bem – falou, sem abrir os olhos. – Eu... só... preciso descansar um pouco.

– Mmmmhum.

William não sabia dizer se esse ruído em particular significava resignação ou temor, mas Murray se afastou, voltando instantes depois com um cobertor, com o qual cobriu William sem comentários. William fez um gesto débil de agradecimento, incapaz de falar, já que seus dentes haviam começado a bater com um frio repentino.

Seus músculos já doíam havia algum tempo, mas ele tinha ignorado o problema diante da necessidade de continuar avançando. Agora, o peso da exaustão se abatia em cheio sobre ele, uma dor que atingia os ossos e o fazia querer gemer alto. Para não fazer isso, esperou até os calafrios diminuírem o suficiente para ele conseguir falar e, então, chamou Murray.

– O senhor conhece Dismal Town? Já esteve lá?

– Uma vez ou outra, sim. – Ele podia ver Murray, uma silhueta escura agachada junto à fogueira, e ouvir os tinidos de metal sobre pedra. – É um lugar triste e funesto, como o nome quer dizer. Bem apropriado.

– Ah! – exclamou William. – Imagino que sim. E co-conheceu um sr. Washington, por acaso?

– Uns cinco ou seis. O general tem muitos primos, sabe?

– O ge-ge…

– General Washington. Ouviu falar dele? – Havia um nítido tom bem-humorado na voz do escocês-mohawk.

– Já, sim. Mas… isso… – Não fazia sentido. Sua voz morreu e ele se esforçou para que seus pensamentos desconexos voltassem à coerência. – É um sr. Henry Washington. Ele também é parente do general?

– Até onde eu saiba, qualquer um chamado Washington num raio de 500 quilômetros é parente do general. – Murray se inclinou para sua sacola, tirando dali um grande volume peludo, uma cauda longa e pelada pendurada. – Por quê?

– Eu… Nada. – Os calafrios haviam amainado e William respirou fundo, os músculos contraídos de sua barriga se relaxando. Mas a fadiga estava se fazendo sentir através do atordoamento e do nevoeiro cada vez mais denso da febre. – Alguém me disse que o sr. Henry Washington era um eminente legalista.

Murray se virou para ele, atônito.

– Quem, em nome de Brígida, lhe diria isso?

– Obviamente, alguém muito enganado. – William pressionou os punhos contra os olhos. O braço ferido doía. – O que é isso? Gambá?

– Rato-almiscarado. Não se preocupe. Está fresco. Eu o matei pouco antes de encontrar você.

– Ótimo.

Sentiu-se reconfortado e não conseguiu saber por quê. Não por causa da comida; ele já comera rato-almiscarado várias vezes e achava a carne saborosa, apesar de a febre ter tirado seu apetite. Sentia-se fraco, mas sem nenhuma vontade de comer. Não, foi o "Não se preocupe". Com aquele mesmo tom prático e gentil, o cavalariço Mac costumava dizer isso para ele, quer o problema fosse ele cair para fora da sela do seu pônei ou não ter permissão para acompanhar seu avô à cidade. *Não se preocupe; vai ficar tudo bem.*

O som de pele arrancada dos músculos subjacentes o deixou um pouco zonzo e ele fechou os olhos.

– Você tem barba ruiva – a voz de Murray chegou até ele, cheia de surpresa.

– Só agora você notou? – perguntou William, contrariado, e abriu os olhos.

A cor de sua barba era um constrangimento para ele; enquanto os outros pelos, na cabeça, no peito e nos membros, eram de um decente tom castanho-escuro, no seu queixo e em suas partes íntimas era de um tom vívido que o mortificava. Ele se barbeava meticulosamente, mesmo a bordo de um navio ou na estrada, mas sua navalha, é claro, fora embora com o cavalo.

– Bem, sim – respondeu Murray. – Acho que eu estava distraído antes.

Calou-se, concentrando-se em seu trabalho, e William tentou relaxar e dormir um pouco. Estava muito cansado. Porém imagens recorrentes do pântano brincavam diante de seus olhos fechados, cansando-o com visões que ele não podia ignorar nem repudiar.

Raízes como laços de armadilhas, lama, fétidas massas marrons de fezes de porco frias, estranhamente semelhantes a fezes humanas... folhas mortas amassadas...

Folhas mortas flutuando na água como vidro marrom, reflexos se estilhaçando ao redor de suas pernas... palavras na água, as páginas de seu livro, quase apagadas, zombando dele enquanto afundavam...

Erguendo os olhos, o céu tão vertiginoso quanto o lago, sentindo que poderia cair para cima tão facilmente quanto para baixo e se afogar no ar encharcado de água... se afogando em seu suor... Uma jovem lambia o suor de seu rosto, fazendo cócegas, seu corpo pesado, quente e farto, de modo que ele se contorcia, mas não conseguia escapar das atenções opressivas...

O suor se acumulando atrás de suas orelhas, espesso e gorduroso em seus cabelos... crescendo como pérolas lentas e gordas nos pelos espetados de sua barba... esfriando sobre sua pele, suas roupas uma mortalha encharcada... A mulher continuava lá, morta agora, um peso morto sobre seu peito, prendendo-o no chão gelado...

Névoa e frio insinuante... dedos brancos espionando dentro de seus olhos, de suas orelhas. Precisava manter a boca fechada ou ela entraria nele... Tudo branco.

Curvou-se em uma bola, tremendo.

William, por fim, caiu mais fundo em um sono agitado, do qual acordou algum tempo mais tarde com o cheiro delicioso de rato-almiscarado assado e se deparou com o enorme cachorro deitado, pressionado contra ele, roncando.

– Santo Deus! – exclamou, com desconcertantes lembranças da jovem em seus sonhos. Empurrou o cachorro devagar. – De onde veio *isso*?

– Este é Rollo – respondeu Murray com reprovação. – Eu o fiz se deitar com você para lhe dar um pouco de calor; você está com uma tremedeira de febre, caso não tenha notado.

– Sim, notei.

William se esforçou para se sentar e comer, mas ficou feliz quando se deitou outra vez, a uma distância segura do cachorro, que agora estava de costas, as patas caídas para os lados, parecendo apenas um inseto gigantesco, peludo e morto. William passou a mão pelo rosto pegajoso, tentando remover *aquela* imagem perturbadora de sua mente antes que ela se infiltrasse em seus sonhos febris.

A noite caíra e o céu estava límpido e vazio, sem lua, mas brilhante com as estrelas distantes. Pensou no pai de seu pai, morto muito antes de seu nascimento, mas um famoso astrônomo amador. Seu pai muitas vezes o levara – e às vezes sua mãe – para se deitarem no gramado de Helwater e ficar olhando as estrelas, nomeando as constelações. Era uma visão fria, aquela vastidão negro-azulada, e fazia seu sangue febril tremer, mas ainda assim as estrelas eram um consolo.

Murray também olhava para cima, um ar distante no rosto tatuado.

William se recostou contra o tronco de árvore, tentando pensar. O que deveria fazer? Ainda estava tentando absorver a notícia de que Henry Washington e, portanto, presumivelmente, o resto de seus contatos em Dismal Town eram rebeldes. Aquele estranho escocês mohawk estaria certo no que dissera? Ou pretendia confundi-lo, por alguma razão própria?

E qual seria ela? Murray não podia fazer a menor ideia de quem William era, além de seu nome e do nome de seu pai. E lorde John fora um cidadão civil quando se encontraram anos antes, na Cordilheira dos Frasers. Murray não podia saber, sem dúvida, que William era um soldado, muito menos um homem da inteligência militar, e certamente não podia conhecer sua missão.

E se ele não queria enganá-lo e estivesse certo no que dizia... William engoliu em seco, a boca pegajosa. Depois, ele escapara por pouco. O que poderia ter acontecido se tivesse se deparado com um ninho de rebeldes, em um lugar remoto como Dismal Town, e se revelado e à sua missão? *Eles o enforcariam na árvore mais próxima*, respondeu seu cérebro, *e atirariam seu corpo no pântano. O que mais?*

Tudo isso levou a um pensamento ainda mais desconfortável: como o capitão Richardson podia estar tão enganado em suas informações?

Tentou ordenar a mente, mas o único resultado foi deixá-lo tonto outra vez. O movimento atraiu a atenção de Murray.

– Você disse que é um mohawk – comentou William.

– Sou.

Com aquele rosto tatuado e os olhos escuros nas órbitas, William não duvidou.

– Como isso aconteceu? – perguntou, com receio de que Murray pensasse que ele estava lançando dúvidas sobre a verdade do outro.

Murray hesitou mas respondeu:

– Casei-me com uma mulher dos kahnyen'kehaka. Fui adotado no clã do Lobo do povo de Snaketown.

– Ah. Sua mulher está...?

– Não sou mais casado. – Não havia nenhuma hostilidade, mas o tom fora tão conclusivo que não dava margem a mais nenhuma conversa.

– Sinto muito – disse William e se calou.

Os calafrios começavam a voltar. Apesar de sua relutância, deitou-se outra vez, puxou o cobertor até as orelhas e se aconchegou ao cachorro, que suspirou e soltou uma sonora flatulência, mas não se mexeu.

Quando a febre finalmente arrefeceu, ele resvalou outra vez para os sonhos, agora violentos e terríveis. Sua mente de algum modo se voltara para os índios e ele era perseguido por selvagens que se transformavam em cobras, cobras que se transformavam em raízes de árvores, que se contorciam pelas fissuras de seu cérebro, fazendo seu crânio rachar, liberando novos ninhos de cobras, que se enroscavam como laços de armadilhas...

Acordou novamente, banhado de suor e dolorido até os ossos. Tentou se levantar, mas verificou que os braços não iriam aguentar seu peso. Alguém se ajoelhou a seu lado – era o escocês, o mohawk... Murray. Localizou o nome com certo alívio e, com mais alívio ainda, percebeu que Murray pressionava um cantil em seus lábios.

Era água do lago. Reconheceu seu gosto estranho e amargo, mas fresco, e bebeu avidamente.

– Obrigado – disse com voz rouca, devolvendo o cantil vazio.

A água lhe dera forças suficientes para se sentar. Sua cabeça ainda estava zonza de febre, mas os sonhos haviam cessado, ao menos por enquanto. Imaginava que espreitassem logo depois do pequeno círculo de luz lançado pelo fogo, à espera, e resolveram não deixá-lo dormir outra vez – não imediatamente.

A dor no braço tinha piorado. Havia também uma sensação ardente, acompanhada de um latejar que se estendia da ponta dos dedos ao meio do braço. Ansioso para manter tanto a dor quanto a noite a distância, fez nova tentativa de entabular conversa:

– Ouvi dizer que os mohawks acham efeminado demonstrar medo; que, se capturados e torturados por um inimigo, não demonstram nenhum sinal de angústia. É verdade?

– Você tenta não se colocar nessa posição – respondeu Murray. – Mas se acontecer... você tem que mostrar coragem, só isso. Você canta a sua canção da morte e espera morrer bem. E é diferente para um soldado inglês? Você não quer morrer como um covarde, não é?

William observou os desenhos bruxuleantes por trás de suas pálpebras cerradas, quentes e sempre mudando de forma, de acordo com o fogo.

– Não – admitiu. – E não é muito diferente, a esperança de morrer bem, se for inevitável, quero dizer. É mais uma questão de levar um tiro ou uma pancada na cabeça, sabe, se você é um soldado. Em vez de ser torturado até a morte, pouco a pouco. A não ser que você se meta em problemas com um selvagem, creio. O que... Você já viu alguém morrer assim? – perguntou com curiosidade, abrindo os olhos.

Murray estendeu um braço comprido para virar o espeto, sem responder. A luz do fogo mostrou seu rosto, indecifrável.

– Sim, já – respondeu por fim.

– O que fizeram? – Não sabia ao certo por que perguntara; talvez apenas como forma de distração da dor.

– Você não vai querer saber – retrucou ele, de forma muito decisiva.

Murray não estava de forma alguma incitando-o a fazer mais perguntas. No entanto, teve o efeito contrário e o vago interesse de William se aguçou.

– Quero, sim.

Murray apertou os lábios, mas, a essa altura, William sabia algumas maneiras de extrair informações e foi bastante inteligente para se manter em silêncio, os olhos fixos no homem à sua frente.

– Tiraram sua pele – disse Murray e remexeu as brasas com uma vareta. – Um deles. Pedacinho por pedacinho. Atiraram lascas incandescentes de pinheiro na carne viva. Deceparam suas partes íntimas. Depois, armaram uma fogueira ao redor de seus pés, para queimá-lo vivo antes que morresse de choque. Isso... levou algum tempo.

– Imagino. – William tentou evocar uma cena dos procedimentos e teve tanto sucesso que desviou os olhos da carne enegrecida, descarnada até os ossos.

Fechou os olhos. Seu braço continuava a latejar a cada batida do coração e ele tentou não imaginar a sensação de lascas incandescentes enfiadas em sua carne.

Murray ficou em silêncio; William não conseguia nem ouvir sua respiração. Mas ele sabia, com tanta certeza como se estivesse dentro da cabeça do outro, que ele imaginava a cena – embora no caso dele não fosse necessário imaginação. Estaria revivendo a cena.

William se remexeu um pouco, provocando uma dor abrasadora em seu braço, e cerrou os dentes, para não fazer nenhum ruído.

– Os homens... *você* mesmo, eu deveria dizer, pensou como se sairia nessa situação? – perguntou serenamente. – Se conseguiria aguentar?

– Todo homem pensa nisso.

Murray se dirigiu ao outro lado da clareira. William o ouviu urinar, mas ele ainda se demorou mais alguns minutos antes de voltar.

O cachorro acordou de repente, levantando a cabeça, e balançou devagar sua enorme cauda de um lado para outro ao ver o dono. Murray riu baixinho e falou alguma coisa em uma língua estranha – mohawk? gaélico? – para o cão, depois se abaixou e arrancou um quarto traseiro dos restos do rato-almiscarado, atirando-o para o animal. Os dentes do cachorro se fecharam sobre a carcaça e ele saiu trotando alegremente para o outro lado do fogo a fim de lamber sua presa.

Despojado de seu companheiro de cama, William se esticou, a cabeça apoiada sobre o braço bom, e observou enquanto Murray limpava sua faca, tirando o sangue e a gordura com tufos de capim.

– Você disse que canta sua canção da morte. Que tipo de canção é essa?

Murray pareceu desconcertado.

– Quero dizer – William procurou ser mais claro –, que tipo de coisa você... alguém... diria em uma canção da morte?

O escocês baixou os olhos para as mãos, os dedos longos e nodosos deslizando devagar pela lâmina.

– Só a ouvi uma vez, sabe? Os outros dois que eu vi morrer dessa forma... eram homens brancos e não tinham canções da morte. O índio, ele era um onondaga... Bem, havia muita coisa no começo da música sobre quem era ele: seu povo, seu clã, sua família. Depois, bastante sobre quanto ele desprezava o povo que estava prestes a matá-lo. – Murray limpou a garganta. – Um pouco sobre o que ele fizera: suas vitórias, os guerreiros valorosos que matara e como o receberiam bem na morte. Então... como ele pretendia atravessar o... – tateou em busca de uma palavra – ... o caminho entre aqui e o que existe depois da morte. A divisa, imagino que você diria, mas a palavra significa algo mais como um abismo.

Ele ficou em silêncio por um instante, mas não como se tivesse terminado – mais como se tentasse se lembrar de algo específico. Empertigou-se repentinamente, respirou fundo e, com os olhos cerrados, começou a recitar algo que William achou ser na língua mohawk. Era fascinante – toques ritmados de enes, enes e três, como batidas de tambor.

– Depois, vinha uma parte que falava sobre as terríveis criaturas que ele encontraria a caminho do paraíso – disse Murray num rompante. – Coisas como cabeças voadoras, com dentes.

– Cruzes! – exclamou William, e Murray riu, tomado de surpresa.

– Sim. Eu mesmo não gostaria de ver uma dessas.

William pensou nisso por alguns instantes.

– Você compõe sua canção da morte com antecedência, para o caso de ser necessária, quero dizer? Ou apenas confia na, hum, inspiração do momento?

Murray pareceu um pouco desconcertado. Pestanejou e olhou para o lado.

– Eu... bem... não se fala muito sobre isso, sabe? Mas, sim, tive um ou dois amigos que me disseram um pouco sobre o que haviam pensado, no caso de a oportunidade surgir.

– Hum. – William se virou, olhando para as estrelas. – Você só canta uma canção da morte se estiver sendo torturado até a morte? E se você estiver apenas doente, mas achar que vai morrer?

Murray parou o que estava fazendo e o espreitou, desconfiado.

– Você não está morrendo, está?

– Não, só pensando – assegurou William. Não achava que estivesse morrendo.

– Mmmmhum – murmurou o escocês, em dúvida. – Sim, você canta sua canção da morte se tiver certeza de que está prestes a morrer, não importa como.

– Ganha mais crédito, entretanto – sugeriu William –, se o fizer enquanto estiverem enfiando farpas em brasa em você, não é?

O escocês riu alto e de repente se pareceu bem menos com um índio. Passou os nós dos dedos pela boca.

– Para ser franco... o onondaga... Não sei se ele fez isso muito bem – disse Murray repentinamente. – Mas não parece direito criticar. Quero dizer, não posso garantir que eu faria melhor... nas circunstâncias.

William riu também, mas, logo em seguida, ambos silenciaram. William achou que Murray estivesse se imaginando nessa situação, amarrado a uma estaca, prestes a sentir uma terrível tortura. Ergueu os olhos para a vastidão do céu, tentando compor alguns versos: *Sou William Clarence Henry George Ransom, conde de...* Não, ele nunca gostara de sua fileira de nomes. *Sou William...* pensou, indistintamente. *William... James...* James era seu nome secreto; havia anos não pensava nele. Mas era melhor do que Clarence. *Eu sou William.* O que mais havia a dizer? Não muito, ainda. Não, era melhor ele não morrer, não até que tivesse feito alguma coisa que valesse uma canção da morte adequada.

Murray permaneceu em silêncio, o fogo refletido em seus olhos sombrios. Observando-o, William pensou que o escocês mohawk devia ter a própria canção da morte pronta havia algum tempo. Logo adormeceu ao som dos estalidos da fogueira e da tranquila mastigação de ossos, ardendo em febre, mas corajoso.

Ele vagava através de uma névoa de sonhos torturantes envolvendo ser perseguido por serpentes por uma ponte oscilante e infindável sobre um abismo sem fundo. Cabeças voadoras amarelas, com olhos nas cores do arco-íris, atacavam-no em bandos, seus dentes minúsculos, afiados como os de um rato, perfurando sua carne. Agitou um braço para afastá-las e a dor que dardejou por seu braço com o movimento o acordou.

Ainda estava escuro, embora o ar límpido e frio lhe dissesse que o amanhecer não estava distante. O toque em seu rosto o fez estremecer, provocando um calafrio.

Alguém disse uma coisa que ele não entendeu e, ainda emaranhado no miasma dos delírios febris, achou que devia ser uma das serpentes com que estivera falando antes de começarem a persegui-lo.

A mão de alguém tocou sua testa e um polegar grande levantou uma de suas pálpebras. Um rosto indígena flutuou em sua visão turva de sono, com um ar interrogativo.

Ele fez um ruído irritado e desviou a cabeça com um safanão. O índio falou alguma coisa, perguntando, e uma voz familiar respondeu. Quem...? Murray. O nome pareceu flutuar e ele se lembrou de que Murray o acompanhara em seu sonho, repreendendo as serpentes com um forte sotaque escocês.

Mas ele não estava falando inglês agora, nem mesmo a peculiar língua escocesa das Terras Altas. William forçou sua cabeça a se virar, apesar de seu corpo ainda estremecer de frio.

Havia vários índios agachados ao redor da fogueira, sem se sentar no chão para manter o traseiro longe do capim molhado de sereno. Um, dois, três... seis ao todo. Murray estava sentado no tronco com um deles, conversando.

Não, sete. Outro homem, o que havia tocado nele, espreitava seu rosto.

– Acha que vai morrer? – perguntou o homem, com um leve ar de curiosidade.

– Não – respondeu William entre dentes. – Quem é você?

O índio pareceu achar a pergunta engraçada e gritou para seus amigos, repetindo-a. Todos riram e Murray olhou em sua direção, levantando-se quando viu que William estava acordado.

– Kahnyen'kehaka – disse o homem que assomava sobre ele, rindo. – Quem é *você*?

– Ele é meu parente – respondeu Murray antes que William pudesse fazê-lo. Empurrou levemente o índio para o lado e se agachou ao lado de William. – Ainda está vivo, hein?

– Evidentemente. – Lançou um olhar mal-humorado para Murray. – Não vai me apresentar aos seus... amigos?

O primeiro índio desatou a rir e pareceu traduzir o que ele acabara de dizer para os outros dois ou três que haviam se aproximado para espreitá-lo com interesse. Também acharam engraçado.

Murray não pareceu se divertir.

– Meus parentes. Alguns deles. Quer água?

– Você tem muitos parentes... primo. Sim, por favor.

Esforçou-se para se levantar, com a ajuda de um só braço, relutante em deixar o conforto pegajoso de seu cobertor úmido de sereno, mas obedecendo a uma necessidade inata de ficar em pé. Murray parecia conhecer bem esses índios, mas, parentes ou não, havia certa tensão na boca e nos ombros do escocês. E era bastante evidente que Murray lhes dissera que William era seu parente porque se não dissesse...

Kahnyen'kehaka. Foi o que o índio disse quando perguntado quem ele era. Não era seu nome, William compreendeu de repente. Era o que ele era. Murray usara a palavra no dia anterior, quando mandou os dois mingos embora.

Sou kahnyen'kehaka. Um mohawk. Eles têm medo de mim. Ele tinha dito isso como afirmação de um simples fato e William preferiu não insistir no assunto, as circunstâncias sendo as que eram. Vendo o que era um grupo de mohawks, pôde compreender a prudência dos mingos. Os mohawks tinham um ar de cordial ferocidade sobre uma camada de confiança descontraída, inteiramente apropriada a alguém que estava preparado para cantar, ainda que mal, enquanto era emasculado e queimado vivo.

Murray lhe entregou um cantil e ele bebeu sofregamente, depois despejou um pouco de água no rosto. Sentindo-se um pouco melhor, afastou-se para urinar, depois voltou e se agachou junto à fogueira, entre dois dos selvagens, que o examinaram com franca curiosidade.

Somente o homem que levantara sua pálpebra parecia falar inglês; os outros assentiram para ele, reservados, mas bastante amistosos. William olhou para o outro lado do fogo e começou a recuar, quase perdendo o equilíbrio. Uma figura comprida, castanho-amarelada, jazia no capim, a luz brilhando em seus flancos.

– Está morto – esclareceu Murray, vendo seu espanto. Todos os mohawks riram.

– Percebi – retrucou William, embora seu coração ainda martelasse com o choque. – Bem feito, se for o que pegou meu cavalo.

Agora que observava melhor, percebia mais formas do outro lado da fogueira. Um pequeno veado, um porco, uma onça-pintada e duas ou três garças, montículos brancos na grama escura. Bem, isso explicava a presença dos mohawks no pântano: tinham vindo caçar, como todo mundo.

Amanhecia. O vento fraco agitava os cabelos úmidos em sua nuca e trazia até ele o cheiro acre de sangue e almíscar dos animais. Tanto sua mente quanto sua língua pareciam espessas e lentas, mas ele conseguiu dizer algumas palavras elogiosas pelo sucesso dos caçadores; ele sabia ser gentil. Murray, servindo de intérprete, pareceu surpreso, embora satisfeito, em descobrir que William tinha boas maneiras. William não se sentia bem o suficiente para se ofender.

A partir daí a conversa se generalizou, realizada em sua maior parte em mohawk. Os índios não demonstravam nenhum interesse particular em William, embora o índio a seu lado lhe passasse um pedaço de carne fria com camaradagem. Ele acenou com a cabeça em agradecimento e se forçou a comer, embora tivesse preferido engolir a sola de seu sapato. Sentia-se mal e pegajoso e, ao terminar de comer a carne, assentiu para o índio a seu lado e foi se deitar outra vez, esperando não vomitar.

Vendo isso, Murray ergueu o queixo na direção de William e comentou alguma coisa a seus amigos em mohawk, terminando com uma espécie de pergunta.

O índio que falava inglês, um sujeito baixo e troncudo, com uma camisa de lã xadrez e calças de camurça, deu de ombros em resposta. Em seguida levantou-se e se inclinou sobre ele outra vez.

– Mostre-me o braço – disse e, sem esperar a permissão de William, pegou seu pulso e levantou a manga de sua camisa. William quase desmaiou.

Quando os pontos negros pararam de girar diante de seus olhos, viu que Murray e mais dois índios haviam se juntado ao primeiro. Todos eles olhavam para seu braço exposto, consternados. Ele não queria ver, mas arriscou uma olhadela. Seu antebraço estava inchado, quase duas vezes o tamanho normal, e veios escuros, avermelhados, corriam de baixo do curativo atado até o pulso.

O índio que falava inglês – como Murray o chamara? *Glutão*, pensou, mas por quê?

– tirou sua faca e cortou a bandagem. Somente com a remoção da constrição da atadura é que William percebeu quanto era desconfortável. Reprimiu a vontade urgente de coçar o braço, sentindo o formigamento da circulação que retornava. Formigamento, maldição. Parecia que seu braço estava envolvido por formigas-lava-pés, todas o picando.

– Merda! – exclamou entre dentes.

Todos os índios conheciam a palavra, pois gargalharam, exceto Glutão e Murray, que inspecionavam seu braço.

Glutão – ele não parecia gordo, por que esse apelido? – cutucou seu braço com extremo cuidado e disse algo a Murray, depois apontou na direção oeste.

Murray passou a mão pelo rosto, depois balançou a cabeça, como uma pessoa que tenta afastar a fadiga ou a preocupação. Em seguida, deu de ombros e perguntou alguma coisa ao grupo mais afastado. Uns balançaram a cabeça, outros deram de ombros e vários homens se levantaram e se embrenharam na mata.

Uma série de perguntas girou devagar pelo cérebro de William, redondas e brilhantes como os globos de metal do planetário de seu avô na biblioteca da casa de Londres.

O que estão fazendo?

O que está acontecendo?

Estou morrendo?

Estou morrendo como um soldado inglês?

Por que ele, soldado inglês...

Sua mente parou na frase, retendo-a para examiná-la melhor. "Soldado inglês". Quem tinha dito isso mesmo? A resposta girou devagar até se colocar diante de seus olhos. Murray. Quando conversaram à noite... O que Murray havia dito?

"E é diferente para um soldado inglês? Você não quer morrer como um covarde, não é?"

– Não vou morrer de jeito nenhum – murmurou ele, mas sua mente o ignorou, determinada a averiguar esse pequeno mistério.

O que Murray quisera dizer com isso? Ele reconhecera William como um soldado inglês? Sem dúvida, não era possível.

E o que ele respondera? O sol começava a surgir, a luz da aurora suficientemente brilhante para ferir seus olhos, apesar de branda como era. Cerrou os olhos, concentrando-se.

"Não é muito diferente, a esperança de morrer bem, se for inevitável." Então ele respondera como sendo um soldado inglês, droga.

No momento, não se importava se morresse bem ou como um cachorro.... Onde estava o... Ali. Rollo cheirou seu braço, emitindo um pequeno ganido no fundo da garganta, depois encostou o focinho no ferimento e começou a lambê-lo. Foi uma sensação muito peculiar, mas calmante, e ele não fez nenhum movimento para afastar o animal.

O que... Sim. Ele havia apenas respondido, sem notar o que Murray dissera. Mas e se Murray realmente soubesse quem ele era? Uma pequena pontada de sobressalto penetrou na confusão de seus pensamentos arrastados. Murray já o estaria seguindo antes de ele entrar no pântano? Talvez o tivesse visto falando com o homem da fazenda perto da borda do pantanal e o tivesse seguido, pronto a interceptá-lo quando a oportunidade se oferecesse? Mas se isso fosse verdade...

O que Murray falara sobre Henry Washington, sobre Dismal Town, seria mentira?

O índio atarracado se ajoelhou a seu lado, afastando o cachorro. William não podia fazer nenhuma das perguntas que entupiam seu cérebro.

– Por que o chamam de Glutão? – perguntou em vez disso, em meio a uma neblina de dor e febre.

O índio exibiu um largo sorriso e abriu a gola da camisa, revelando uma rede de cicatrizes altas que cobriam pescoço e peito.

– Matei um com as mãos. Meu espírito animal de proteção agora. Você tem um?

– Não.

O índio o olhou com reprovação.

– Você precisa de um, se vai sobreviver a isso. Escolha um. Um bastante forte.

Confusamente obediente, William navegou através de imagens aleatórias de animais: porco... cobra... veado... rato-almiscarado... Não, fedidos demais.

– Urso – falou, escolhendo com determinação. – Nenhum mais forte do que um urso, não é mesmo?

– Urso – repetiu o índio. – Sim, este é bom.

Ele cortou a manga da camisa de William com a faca; o tecido já não se ajustava facilmente sobre o braço inchado. A luz do sol o inundou, refletindo-se na lâmina. Ele olhou para William então e riu.

– Você tem uma barba muito ruiva, pequeno urso, sabe disso?

– Sim, sei – respondeu William, e fechou os olhos contra os raios da luz da manhã.

Glutão queria a pele do rato-almiscarado, mas Murray, alarmado com as condições de William, recusou-se a esperar que ele a preparasse. O resultado da discussão foi que William se viu ocupando um *travois* apressadamente construído, lado a lado com o animal morto, sendo arrastado pelo terreno irregular atrás do cavalo de Murray. Seu destino, pelo que pôde perceber, era um vilarejo a uns 15 quilômetros de distância que tinha um médico.

Glutão e dois dos outros mohawks os acompanhavam para mostrar o caminho, deixando os demais companheiros continuar a caçada.

O rato fora estripado, o que William imaginava que era melhor do que se não tivesse sido – o dia estava cada vez mais quente –, mas o cheiro de sangue atraía enxames de moscas, que se banqueteavam sem nenhuma pressa, uma vez que o cavalo, sobrecarregado com o *travois*, não conseguia deixá-las para trás. As moscas zumbiam e zuniam, um som agudo junto aos ouvidos, deixando seus nervos à flor da pele, e, embora muitas estivessem interessadas no animal, tantas resolveram experimentar o sabor de William que ele até se esquecia do braço.

Quando os índios paravam para urinar e beber água, eles içavam William, colocando-o de pé – um alívio, mesmo vacilante como estava. Murray olhou para suas feições mordidas de mosquitos e queimadas do sol, e enfiou a mão na bolsa de pele pendurada na cintura. Retirou dali uma latinha amassada contendo um unguento malcheiroso com o qual untou William.

– Só faltam 8 ou 9 quilômetros – assegurou a William, que não havia perguntado.

– Ótimo – respondeu o soldado, com todo o vigor que conseguiu reunir. – Não é o inferno, então, afinal de contas. Apenas o purgatório. O que são mais mil anos?

Isso fez Murray rir, apesar de Glutão o ter olhado com perplexidade.

– Você vai conseguir – disse Murray, dando um tapinha em seu ombro. – Quer caminhar um pouco?

– Por Deus, quero.

Sua cabeça girava, os pés e joelhos haviam perdido a firmeza, mas qualquer coisa era melhor do que mais uma hora de convivência com as moscas que cobriam os olhos vidrados e a língua seca do animal morto a seu lado. Apoiando-se em um vigoroso galho cortado de uma muda de carvalho, avançava penosa e obstinadamente atrás do cavalo, ao mesmo tempo banhado de suor e tremendo com calafrios viscosos, mas determinado a se manter de pé.

O unguento manteve as moscas a distância – todos os índios estavam igualmente untados – e, quando não estava lutando com os tremores, ele caía em uma espécie de transe, preocupado apenas em colocar um pé adiante do outro.

Os índios e Murray ficaram de olho nele durante algum tempo. Depois, satisfeitos de ver que William conseguia se manter de pé, retornaram às suas conversas. Ele não conseguia entender os dois índios que falavam em mohawk, mas Glutão parecia interrogar Murray em relação à natureza do purgatório.

Murray tinha alguma dificuldade em explicar o conceito, devido ao fato de o mohawk não ter nenhuma noção de pecado ou de um Deus preocupado com as fraquezas do homem.

– Você tem sorte de ter se tornado um kahnyen'kehaka – disse Glutão por fim. – Um espírito que não está satisfeito com o fato de um homem mau estar morto, mas ainda quer torturá-lo após a morte? E os cristãos acham que somos cruéis!

– Sim, mas pense bem. Digamos que um homem seja covarde e não tenha morrido dignamente. O purgatório lhe dá uma oportunidade de provar sua coragem, não acha? E, quando ele provar que é um homem bom, então a ponte é aberta e ele poderá atravessar sem problemas as nuvens de coisas terríveis até o paraíso.

– Hum! – murmurou Glutão, embora ainda parecesse em dúvida. – Imagino que se um homem pode aguentar ser torturado por centenas de anos... Mas como ele faz isso, sem corpo?

– Acha que um homem precisa de um corpo para ser torturado? – Murray fez a pergunta com certa aridez e Glutão deu um resmungo que tanto poderia ser de concordância quanto uma risadinha e não insistiu no assunto.

Todos continuaram avançando em silêncio por algum tempo, cercados por gritos de pássaros e pelo zumbido alto das moscas. Preocupado com o esforço de se manter de pé, William fixara sua atenção na nuca de Murray como um meio de não sair da trilha e assim notou quando o escocês, que conduzia o cavalo, diminuiu um pouco a marcha.

Pensou, a princípio, que fosse por causa dele e estava prestes a protestar, afirmando que podia acompanhar o passo – por um breve período, ao menos –, mas viu, então, que Murray olhou de relance para o outro mohawk, que se adiantara, depois se virou para Glutão e lhe perguntou alguma coisa, em uma voz baixa demais para que William pudesse decifrar as palavras.

Glutão deu de ombros, relutante, depois relaxou, resignado.

– Compreendo – disse ele. – Ela é seu purgatório, hein?

Murray fez um som hesitante, achando graça.

– E isso importa? Perguntei se ela está bem.

Glutão suspirou, dando de ombros.

– Sim, bem. Ela tem um filho. Uma filha também, eu acho. Seu marido...

– Sim? – A voz de Murray endurecera repentinamente.

– Conhece Thayendanegea?

– Conheço.

Agora Murray parecia curioso. William também estava, de uma maneira vaga, desfocada, e esperou para ouvir quem seria Thayendanegea e o que ele tinha a ver com a mulher que havia sido amante de Murray. Oh, não.

"Não sou mais casado." Sua mulher, então. William sentiu uma leve pontada de compaixão pensando em Margery. Pensara nela apenas ocasionalmente nos últimos quatro anos, mas de repente sua traição lhe pareceu uma tragédia. Sua imagem girou ao redor, fragmentada por um sentimento de pesar. Sentiu gotas escorrendo pelas faces, não sabia se lágrimas ou suor. Ocorreu-lhe que devia estar delirando, mas não tinha a menor ideia do que deveria fazer a respeito.

As moscas não o atacavam, mas ainda zumbiam em seus ouvidos. Concentrou-se para ouvir as vozes em volta, convencido de que estavam dizendo alguma coisa importante. Ouviu com atenção, mas só conseguiu discernir sílabas sem sentido. "Shosha." "Nik." "Osonni." Não, essa era uma palavra que ele conhecia! Homem branco, significava "homem branco". Estariam falando dele?

Abanou a mão desajeitadamente junto à orelha, afastando as moscas, e discerniu aquela palavra outra vez: "purgatório".

Durante algum tempo, não conseguiu identificar o significado. Ela pairou diante de si, coberta de moscas. Obscuramente, percebeu os flancos do cavalo, brilhando ao sol, as linhas gêmeas feitas na terra pelo – como se chamava mesmo? Uma coisa feita de... cama? Não, lona. Era seu saco de dormir, enrolado em dois paus compridos, se arrastando, arrastando... "*Travois*", essa era a palavra. E o animal, havia um animal ali, a cabeça virada sobre o ombro, a boca aberta.

Agora, o bicho falava com ele também:

– Você está maluco, sabe?

– Sei – murmurou ele.

Não apreendeu a resposta do rato, um resmungo com sotaque escocês. Inclinou-se mais para perto, para ouvir melhor. Sentiu como se flutuasse para baixo, através do ar denso como água, na direção daquela boca aberta. Repentinamente, toda a sensação de esforço desapareceu. Ele não se movia, mas de algum modo era amparado. Não conseguia ver o animal... Estava estendido no chão, capim e terra sob seu focinho.

A voz do rato flutuou até ele de novo, com raiva, mas resignada:

– Este é o seu purgatório? Acha que pode sair dele recuando?

Não, pensou William, sentindo-se em paz. *Isso não faz o menor sentido.*

38

LUCIDEZ

A jovem deu um pique cuidadosamente com as lâminas de sua tesoura.

– Tem certeza? – perguntou ela. – Que pena, amigo William. Uma cor tão brilhante!

– Imagino que não a consideraria apropriada, srta. Hunter – disse William, sorrindo. – Sempre ouvi dizer que os quacres consideram mundanas as cores berrantes.

A única cor no vestido dela era um pequeno broche cor de bronze que prendia o lenço em seu colo. Tudo mais era em tons de bege, apesar de ele achar que lhe caíam bem.

Ela o olhou com ar de reprovação.

– Enfeites vistosos nas roupas não são o mesmo que a aceitação agradecida dos dons que Deus lhe deu. Por acaso os pássaros arrancam suas penas coloridas ou as rosas atiram fora suas pétalas?

– Duvido que as rosas sintam comichão – respondeu ele, coçando o queixo.

A ideia de sua barba como um dom de Deus era novidade, mas não persuasiva a ponto de convencê-lo a andar por aí como um barba-ruiva. Além de sua cor infeliz, ela crescia com vigor, apesar de rala. Ele olhou com desaprovação para o modesto espelhinho quadrado em sua mão. Não havia nada que pudesse fazer com aquela pele queimada de sol que estava descascando no nariz e nas bochechas, nem com as esfoladuras e os arranhões adquiridos durante suas aventuras no pântano. Mas os odiosos caracóis cor de cobre que brotavam de seu queixo e se espalhavam como um musgo desfigurante ao longo do maxilar? Isso, ao menos, podia ser resolvido.

– Por favor, sim?

Ela sorriu e se ajoelhou ao lado do banquinho em que ele estava sentado, virando a cabeça de William com uma das mãos sob seu queixo, de modo a aproveitar melhor a luz da janela.

– Muito bem, então – disse ela, encostando a tesoura fria contra seu rosto. – Pedirei a Denny que venha barbeá-lo. Atrevo-me a dizer que posso cortar sua barba sem feri-lo, mas... – os olhos dela se estreitaram, cortando um pouco dos pelos ao redor de seu queixo – ... nunca raspei a pele de nada além de um porco morto.

– *Barbeiro, barbeiro* – cantarolou ele a música infantil, tentando não mover os lábios –, *barbeie um porco. Como...*

Os dedos da jovem fecharam sua boca com firmeza, mas ela fez o pequeno som resfolegado que, para ela, passava por uma risadinha. *Plique, plique, plique.* As lâminas faziam cócegas em seu rosto e os pelos crespos roçavam em suas mãos conforme caíam na velha toalha de linho que ela estendera em seu colo.

Ele não tivera oportunidade de estudar o rosto dela tão de perto e aproveitou a breve oportunidade. Seus olhos eram quase castanhos, não inteiramente verdes. Teve uma vontade súbita de beijar a ponta de seu nariz. Em vez disso, fechou os olhos e respirou fundo. Ela andara ordenhando uma cabra, ele podia sentir.

– Eu mesmo posso me barbear – disse quando ela abaixou a tesoura.

Ela ergueu as sobrancelhas e lançou um olhar a seu braço.

– Eu ficaria admirada se você já conseguisse comer, quanto mais se barbear.

Na verdade, William mal conseguia levantar o braço direito e ela vinha lhe dando de comer nos últimos dois dias. Assim, achou melhor não contar que, na verdade, era canhoto.

– Está sarando bem – comentou, virando o braço na direção da luz.

O dr. Hunter havia removido o curativo naquela manhã, expressando satisfação com o resultado. A ferida ainda estava vermelha e enrugada, a pele ao redor, branca e úmida. Entretanto, estava sarando. O braço já não se encontrava inchado e os nefastos veios vermelhos tinham desaparecido.

– Bem – disse ela –, é uma bela cicatriz. Bem costurada e, de certa forma, até bonita.

– Bonita? – replicou William, olhando para o braço.

Já ouvira homens de vez em quando descreverem uma cicatriz como "bonita", mas se referiam a uma que tivesse cicatrizado diretamente, sem desfigurar o ferido. Essa era irregular e espalhada, com uma longa cauda se estendendo na direção do pulso. Ele quase perdera o braço! O dr. Hunter o segurara e colocara a serra de amputação logo acima do ferimento, quando então o abscesso que se formara sob a ferida explodiu em sua mão. Vendo isso, o médico drenou a secreção, aplicou uma compressa de alho e confrei e rezou – com ótimo resultado.

– Parece uma enorme estrela – disse Rachel Hunter, com aprovação. – Uma de significado. Um grande cometa, talvez. Ou a estrela de Belém, que conduziu os sábios à manjedoura de Cristo.

William girou o braço. Achou que se parecia mais com uma bala de morteiro explodindo, mas exclamou apenas “Hum!” de maneira encorajadora. Queria continuar a conversa – ela quase não se demorava quando vinha lhe dar comida, tendo muitas outras tarefas a cumprir – e assim levantou seu queixo recém-tosqueado e indicou o broche que ela usava.

– É bonito – comentou. – Não é muito mundano?

– Não – respondeu ela, colocando a mão no broche. – É feito do cabelo de minha mãe. Ela morreu quando eu nasci.

– Ah. Sinto muito – disse William e, após um instante de hesitação, acrescentou: – A minha também.

Ela parou e olhou para ele. Por um instante, ele viu o lampejo de algo em seus olhos que era mais do que a atenção prática que ela daria a uma vaca prenha ou a um cachorro que houvesse comido alguma coisa estragada.

– Sinto por você também – afirmou ela, depois se virou com determinação. – Vou chamar meu irmão.

Seus passos ecoaram pela escada, rápidos e leves. Ele pegou a toalha pelas pontas e a sacudiu pela janela, espalhando as aparas de pelos ruivos aos quatro ventos. Já iam tarde. Ele deixaria a barba crescer como um disfarce rudimentar se ela fosse de um castanho-escuro decente. No entanto, sendo como era, uma barba naquela cor espalhafatosa atrairia os olhares de quem quer que o visse.

O que fazer agora?, perguntou-se. Sem dúvida, estaria em condições de partir no dia seguinte.

Ainda dava para usar suas roupas, apesar de estarem em péssimo estado. A srta. Hunter havia remendado os rasgos em suas calças e no casaco. Mas ele não tinha cavalo nem dinheiro, salvo duas moedas de 6 *pennies* que estavam em seu bolso. Também havia perdido o livro com a lista de seus contatos e suas mensagens. Podia se lembrar de alguns dos nomes, mas sem o código de palavras e sinais adequados...

Pensou repentinamente em Henry Washington e naquela conversa enevoada, lembrada apenas em parte, que tivera com Ian Murray junto à fogueira antes de começarem a conversar sobre canções da morte. Washington, Cartwright, Harrington e Carver. A lista cantarolada voltou à sua mente, junto com a intrigada resposta de Murray à sua menção de Washington e Dismal Town.

Não conseguia imaginar nenhuma razão para Murray tentar enganá-lo sobre o assunto. Mas, se ele estivesse certo, o capitão Richardson estaria muito equivocado em seu trabalho de inteligência? Era possível, sem dúvida. Apesar do pouco tempo em que estava nas colônias, ele aprendera que as lealdades podiam mudar muito rápido, com a mudança das notícias de ameaça ou oportunidade.

Mas..., disse a vozinha fria da razão, e ele sentiu seu toque gelado na nuca, *se o capitão Richardson não estava errado... então ele pretendia enviá-lo para a morte ou para a prisão.*

A gravidade da ideia deixou sua boca seca e ele estendeu a mão para a xícara de chá de ervas que a srta. Hunter lhe trouxera. Tinha um gosto horrível, mas ele mal notou, agarrando a xícara como se fosse um talismã contra a perspectiva que imaginava.

Não, garantiu a si mesmo. Não era possível. Seu pai conhecia Richardson. Certamente, se o capitão fosse um traidor... O que estava pensando? Tomou um grande gole do chá, fazendo uma careta enquanto engolia.

– Não – disse em voz alta –, não é possível. Ou não é provável. A navalha de Occam.

O pensamento o acalmou um pouco. Aprendera os princípios básicos da lógica quando ainda era muito jovem e já tivera a oportunidade de encontrar em Guilherme de Occam um guia confiável. Seria mais provável que o capitão Richardson fosse um traidor secreto que enviara de propósito William para o perigo ou que o capitão estivesse mal informado ou tivesse cometido um erro?

Pensando bem, por quê? William não tinha ilusões em relação a sua importância no esquema geral. Onde estaria o benefício para Richardson – ou qualquer outra pessoa – em destruir um oficial novato encarregado de uma tarefa menor da inteligência?

Muito bem, então. Relaxou um pouco e, tomando um inadvertido gole do horrível chá, engasgou-se e tossiu, respingando a bebida para todos os lados. Ainda limpava a sujeira com a toalha quando o dr. Hunter subiu as escadas rapidamente. Denzell Hunter deveria ser uma década mais velho do que a irmã, perto dos 30 anos, de ossatura miúda e alegre como um galo de briga. Sorriu, radiante, ao vê-lo, tão encantado com a recuperação de seu paciente que William retribuiu o sorriso.

– Sissy me disse que você quer se barbear – comentou o médico, colocando sobre a mesa a caneca e o pincel que trouxera. – Pelo visto, deve estar se sentindo bem para querer voltar à sociedade, pois a primeira coisa que um homem faz quando está livre das restrições sociais é deixar a barba crescer. Seus intestinos já se movimentaram?

– Não, mas pretendo fazer isso em breve – assegurou William. – Não pretendo, entretanto, andar por aí parecendo um bandido, nem mesmo para ir à latrina. Não gostaria de escandalizar seus vizinhos.

O dr. Hunter riu e, retirando uma navalha de um dos bolsos e os óculos de armação prateada do outro, encaixou estes com firmeza no nariz e apanhou o pincel de barba.

– Sissy e eu já somos alvo de comentários e bisbilhotices – contou a William, inclinando-se para perto dele para aplicar a espuma. – Ver bandidos saindo de nossa latrina apenas confirmaria as opiniões dos vizinhos.

– É mesmo? – perguntou William com cautela, torcendo a boca para evitar que a espuma entrasse. – Por quê?

Ficou surpreso de ouvir isso. Quando recobrara a consciência, perguntara onde estava e soubera que Oak Grove era um pequeno assentamento quacre. Ele achava que os quacres eram muito unidos em seus sentimentos religiosos. Por outro lado, não conhecia de fato nenhum quacre.

Hunter suspirou fundo e, deixando de lado o pincel, pegou a navalha.

– Política – respondeu em um tom de voz descontraído, como alguém que desejasse descartar um assunto trivial, mas cansativo. – Diga-me, amigo Ransom, há alguém a quem gostaria que eu notificasse o que lhe aconteceu e onde veio parar?

Ele parou de barbear e William pôde responder, sorrindo:

– Não, obrigado. Eu mesmo lhes contarei. Tenho certeza de que conseguirei partir amanhã, embora lhe assegure que não me esquecerei de sua bondade e hospitalidade quando encontrar meus... amigos.

A fronte de Denzell se franziu um pouco e seus lábios se comprimiram enquanto retomava o trabalho com a navalha, mas não argumentou.

– Peço que perdoe minha curiosidade – disse após um instante –, mas para onde pretende ir daqui?

William hesitou, sem saber o que responder. Na verdade, não havia decidido para onde ir diante do estado lamentável de suas finanças. A melhor ideia que lhe ocorrera fora se dirigir a Mount Josiah, sua fazenda. Não tinha certeza, mas achava que devia ficar a uns 70, 80 quilômetros dali. Se os Hunters lhe dessem um pouco de comida, achava que poderia chegar lá em poucos dias, uma semana no máximo. E, uma vez lá, poderia pegar roupas, um cavalo decente, armas e dinheiro, e assim retomar a jornada.

Era uma perspectiva tentadora. Fazer isso, entretanto, significava revelar sua presença na Virgínia, causando muitos comentários, já que todos no condado não só o conheciam como sabiam que era um militar. Aparecer na vizinhança vestido desse jeito...

– Há alguns católicos em Rosemount – observou o dr. Hunter timidamente, limpando a navalha na velha toalha.

William olhou para ele, surpreso.

– É? – exclamou, cauteloso. Por que Hunter estava lhe falando de católicos?

– Desculpe-me, amigo – disse o médico ao ver sua reação. – Você mencionou seus amigos... Pensei...

– Você achou que eu era...?

À perplexidade se seguiu um solavanco diante da compreensão do que havia acontecido. William bateu a mão espalmada no peito num reflexo, não encontrando nada além da muito usada camisa de dormir que vestia.

– Tome. – O médico abriu a arca de cobertores ao pé da cama e pegou um rosário de madeira. – Nós tivemos que tirá-lo, é claro, quando o despimos, mas Sissy o guardou para você.

– Nós? – perguntou William, agarrando-se a isso como forma de adiar perguntas. – Você... e a srta. Hunter... me despiram?

– Bem, não havia mais ninguém. Fomos obrigados a colocá-lo nu no riacho, na esperança de baixar sua febre... Não se recorda disso?

Lembrava-se vagamente, mas presumira que a memória de um frio extremo e uma sensação de estar se afogando fossem os remanescentes de seus delírios de febre. A presença da srta. Hunter felizmente – ou talvez infelizmente – não fazia parte dessas recordações.

– Eu não podia carregá-lo sozinho – explicou-se o médico. – Os vizinhos... Mas eu arranjei uma toalha para preservar seu recato.

– Que divergências seus vizinhos têm com você? – perguntou William com curiosidade, estendendo o braço para pegar o rosário da mão de Hunter. – Eu mesmo não sou papista – acrescentou descontraidamente. – É uma... lembrança, presente de um amigo.

O médico esfregou um dedo pelo lábio, obviamente desconcertado.

– Compreendo. Pensei...

– Os vizinhos...? – insistiu William e, dissimulando seu embaraço, pendurou o rosário no pescoço outra vez. Talvez o engano acerca de sua religião tenha sido o motivo da animosidade dos vizinhos?

– Bem, eu diria que eles teriam ajudado a carregá-lo – admitiu o dr. Hunter – se tivesse havido tempo para ir buscar alguém. Só que o problema era urgente e a casa mais próxima fica a uma boa distância.

Isso deixou a pergunta sobre a atitude dos vizinhos em relação aos Hunters sem resposta, mas não lhe pareceu educado insistir. William assentiu e se levantou.

O chão pareceu se mover de repente e uma luz branca tremeluziu no canto de seus olhos. Agarrou-se ao parapeito da janela para não cair e recobrou os sentidos um instante depois, banhado de suor, com a mão surpreendentemente forte do dr. Hunter segurando seu braço e o impedindo de cair de cabeça no pátio abaixo.

– Não tão rápido, amigo Ransom – disse o médico e, puxando-o para dentro, conduziu-o de volta para a cama. – Mais um dia, talvez, antes de poder ficar em pé sozinho. Receio que seja muito arriscado.

Nauseado, William se sentou na cama e deixou que o dr. Hunter enxugasse seu rosto com a toalha. Por certo, ele dispunha de mais algum tempo para decidir aonde ir.

– Quanto tempo acha que ainda vai levar até eu poder caminhar um dia inteiro?

Denzell Hunter lhe lançou um olhar avaliador.

– Cinco dias, talvez... quatro, no mínimo. Você é forte e resistente. Caso contrário, diria uma semana.

William, sentindo-se fraco e zonzo, assentiu e se deitou. O médico o analisou com a testa franzida por alguns instantes, embora não parecesse que o ar de preocupação tivesse a ver com William. Parecia uma questão de foro íntimo.

– A que... distância sua viagem o levará? – perguntou o médico, parecendo escolher as palavras com cuidado.

– Uma boa distância – respondeu William, com igual cautela. – Estou indo... na direção do Canadá – disse, percebendo que falar demais poderia implicar revelar os motivos de sua viagem.

Na verdade, um homem podia ter assuntos a tratar no Canadá sem necessariamente ter a ver com o Exército Britânico que ocupava Quebec, mas como o médico mencionara política... o melhor era ser diplomático. E certamente ele não mencionaria Mount Josiah. Quaisquer que fossem as relações tensas dos Hunters com os vizinhos, as notícias sobre seu hóspede poderiam se espalhar.

– Canadá – repetiu o médico, como se falasse consigo mesmo. – Sim, é uma distância considerável. Felizmente matei um bode hoje de manhã, portanto teremos carne. Isso o ajudará a recuperar as forças. Eu o sangrarei amanhã, para restaurar um pouco de equilíbrio a seus humores, então veremos. Por enquanto.... – Ele sorriu e estendeu a mão. – Venha. Eu o ajudarei a chegar à latrina.

39

UMA QUESTÃO DE CONSCIÊNCIA

Uma tempestade estava a caminho. William podia senti-la na mudança do ar e vê-la nas sombras céleres das nuvens que passavam pelas desgastadas tábuas do assoalho. O calor e a opressão úmida do dia de verão haviam se dissipado e o desassossego do ar parecia agitá-lo também. Embora ainda fraco, não podia continuar de cama. Conseguiu se levantar, agarrando-se ao lavatório até que a tontura inicial passasse.

Sozinho, passou algum tempo andando de um lado para outro no aposento, uma extensão de aproximadamente 3 metros, uma das mãos pressionada contra a parede para se equilibrar. O esforço esgotou suas forças e o deixou tonto. De vez em quando, era obrigado a se sentar no chão, a cabeça entre os joelhos, até que os pontos parassem de girar diante dos olhos.

Foi em uma dessas ocasiões que ouviu vozes no pátio abaixo. A voz da srta. Rachel Hunter, surpresa e indagadora, e a resposta de um homem, em voz baixa e rouca. Uma voz familiar: Ian Murray!

Pôs-se de pé num salto e com a mesma velocidade se deixou cair no chão, a visão escurecida e a cabeça girando. Cerrou os punhos e respirou com força, tentando fazer o sangue voltar à cabeça.

– Ele vai viver, então?

As vozes eram distantes, abafadas pelo murmúrio das castanheiras próximas à casa, mas ele conseguiu ouvir isso. Ergueu-se com esforço sobre os joelhos e se apoiou no parapeito, piscando para a luminosidade do dia fragmentada pelas nuvens.

A figura alta de Murray era visível na borda do pátio, esquelética em seus trajes de camurça, o cachorro enorme a seu lado. Não havia sinal de Glutão nem dos outros índios, mas dois cavalos pastavam no caminho atrás de Murray, as rédeas soltas. Rachel Hunter gesticulava em direção à casa, obviamente convidando Murray a entrar, mas ele fez que não. Enfiou a mão na bolsa à sua cintura e retirou dali um pequeno embrulho, que entregou à jovem.

– Ei! – gritou William, ou melhor, tentou gritar.

Não tinha muito fôlego, então agitou os braços. O vento se intensificava com uma corrida trêmula pelas folhas das castanheiras, mas o movimento deve ter atraído a atenção de Murray, pois ele ergueu os olhos e, vendo William à janela, sorriu e levantou a própria mão em saudação.

No entanto, não fez qualquer menção de entrar na casa. Em vez disso, pegou as rédeas de um dos cavalos e as colocou na mão de Rachel Hunter. Em seguida, com um aceno de despedida para a janela de William, montou no outro cavalo com um volteio simples e elegante e partiu.

As mãos de William apertaram o parapeito, a decepção o dominando ao ver Murray desaparecer no meio das árvores. Espere... Murray deixara um cavalo. Rachel Hunter o conduzia ao redor da casa, seu avental e as anáguas agitados pelo vento, uma das mãos na touca para mantê-la no lugar.

Sem dúvida deveria ser para ele! Então Murray pretendia voltar para buscá-lo? Ou ele deveria segui-lo? Com o coração martelando nos ouvidos, William vestiu as calças remendadas e as meias novas que Rachel tricotara para ele. Após um pequeno esforço, conseguiu calçar as botas endurecidas pela água. A batalha travada para se vestir o deixou trêmulo, mas, aos trancos, suando e escorregando, desceu as escadas e chegou inteiro à cozinha.

A porta dos fundos se abriu com um pé de vento e uma explosão de luz, depois bateu abruptamente, arrancada das mãos de Rachel. Ela o viu e deu um gritinho de espanto.

– Deus nos acuda! O que está fazendo aqui embaixo?

Ela ofegava do esforço e do susto, fitando-o com os olhos arregalados e enfiando os cabelos escuros para dentro da touca outra vez.

– Não quis assustá-la – desculpou-se William. – Vi o sr. Murray indo embora. Pensei que devia alcançá-lo. Ele mencionou onde eu deveria encontrá-lo?

– Não. Sente-se, pelo amor de Deus, antes que caia.

Ele não queria. A vontade de estar lá fora, de ir embora, era mais forte. Mas seus joelhos tremiam. Se ele não se sentasse logo... Relutante, obedeceu.

– O que ele falou? – indagou e, percebendo de repente que estava sentado na presença de uma dama, indicou o outro banco. – Acomode-se, por favor. Conte-me o que ele disse.

Rachel se sentou, alisando suas roupas agitadas pelo vento. A tempestade se aproximava; sombras de nuvens corriam pelo chão, pelo seu rosto, e o ar parecia tremular, como se o aposento estivesse submerso em água.

– Ele perguntou sobre sua saúde e, quando expliquei que o senhor estava melhorando, me deu o cavalo e disse que era para o senhor.

Ela hesitou por um instante e William insistiu:

– Ele deu mais alguma coisa, não foi? Eu o vi lhe entregar um pequeno embrulho.

Rachel comprimiu os lábios por um instante, mas assentiu. Enfiando a mão no bolso, entregou o pacotinho envolto em um pedaço de pano.

William estava ansioso para ver o que o embrulho continha, mas não ao ponto de não notar as marcas no tecido, linhas fundas onde antes havia um barbante amarrado. E amarrado bem recentemente. Olhou para Rachel Hunter, que desviou o olhar, com o queixo erguido, mas ruborizada. Ele ergueu uma sobrancelha para ela, depois voltou sua atenção para o pacote.

Aberto, continha um pequeno maço de notas de "continentais", o papel-moeda das colônias; uma bolsinha usada contendo a soma de 1 guinéu, 3 xelins e 2 *pennies* em moedas; uma carta dobrada – dobrada várias vezes, pelo que pôde notar – e outro pacotinho, menor, este ainda amarrado. Deixando este e o dinheiro de lado, abriu a carta.

Primo,

Espero encontrá-lo com mais saúde do que a última vez que o vi. Se assim for, deixarei um cavalo e algum dinheiro para ajudá-lo em sua jornada. Se não, deixarei dinheiro para pagar remédios ou seu enterro. O outro é um presente de um amigo a quem os índios chamam de Matador de Urso. Ele espera que você o use em boa saúde. Desejo-lhe sorte em suas aventuras.

Seu criado,

Ian Murray

– Hum! – William ficou desconcertado.

Evidentemente, Murray tinha negócios próprios e não podia ou não queria esperar até William estar em condições de viajar. Apesar de um pouco decepcionado, pois gostaria de conversar mais com Murray agora que sua mente estava lúcida outra vez, viu que era melhor que Murray não quisesse que viajassem juntos.

Compreendeu que seu problema imediato estava resolvido. Agora possuía os meios para retomar sua missão, ou quanto pudesse retomar. Poderia ao menos alcançar o quartel-general do general Howe, fazer um relatório e obter novas instruções.

Era muito generoso da parte de Murray. O cavalo parecia robusto e o dinheiro era mais do que suficiente para ele viajar bem alimentado e bem hospedado por todo o trajeto até Nova York. Perguntou-se onde Murray teria obtido tudo aquilo. Pela sua aparência, o sujeito não tinha nem um urinol para suas necessidades – embora possuísse um bom rifle e fosse instruído, pois escrevia bem. Mas o que poderia ter feito o estranho escocês-índio se interessar tanto por ele?

Confuso, pegou o embrulho menor e desamarrou o barbante. Percebeu que era a pata de um urso grande, furada e amarrada em um cordão de couro. Era antigo. As bordas da tira de couro estavam desgastadas e o nó havia endurecido tanto que jamais poderia ser desatado.

Acariciou a pata com o polegar, experimentou a ponta. Bem, o espírito do urso o havia ajudado até agora. Sorrindo consigo mesmo, passou o cordão por cima da cabeça, deixando a pata pendurada sobre o peito da camisa. Rachel Hunter a fitou, o rosto inextricável.

– Leu a minha carta, srta. Hunter – disse William com reprovação. – Isso não se faz!

O rubor subiu às suas faces com mais intensidade, mas ela o encarou com uma franqueza que ele não estava acostumado a ver em uma mulher – com a notável exceção de sua avó paterna.

– Sua conversa é muito superior às suas roupas, amigo William, ainda que fossem novas. E, apesar de já estar consciente há vários dias, não quis nos contar o que o trouxe ao Great Dismal. Não é um lugar frequentado por cavalheiros.

– É, sim, srta. Hunter. Muitos homens de bem do meu círculo vão lá para caçar. Naturalmente ninguém caça javalis e gatos-do-mato em seus melhores trajes.

– Ninguém vai caçar armado apenas com uma frigideira, amigo William – retrucou ela. – E, se é realmente um cavalheiro, diga-me, de onde vem?

Ele hesitou por um instante, incapaz de se lembrar de imediato das particularidades de seu alter ego. Agarrou-se à primeira cidade que lhe veio à mente.

– Ah... Savannah. Nas Carolinas – acrescentou.

– Sei onde fica – retrucou ela. – E já ouvi o modo de falar de homens que vêm de lá. Você não é de lá.

– Está me chamando de mentiroso? – perguntou William, surpreso.

– Estou.

Permaneceram quietos, fitando-se à luz mortiça da tempestade em formação, cada qual absorto em pensamentos. Por um instante, ele teve a impressão de estar jogando xadrez com sua avó Benedicta.

– Desculpe-me por ter lido a sua carta – disse ela. – Não foi por curiosidade vulgar, acredite.

– Por quê, então?

Ele sorriu, para indicar que não alimentava nenhuma animosidade por sua indiscrição. Ela não retribuiu o sorriso, mas o fitou estreitando os olhos – não com desconfiança, mas como se o avaliasse de alguma forma. Por fim, suspirou.

– Gostaria de saber um pouco sobre você e seu caráter. Os companheiros que o trouxeram parecem homens perigosos. E seu primo? Se você for um deles, então... Não. Devemos partir daqui dentro de alguns dias, meu irmão e eu. Você disse a Denny que viaja para o norte. Gostaria que fizéssemos com você ao menos parte da viagem.

O que quer que ele estivesse esperando, não era isso.

- Sair daqui? Por quê? Por causa de seus... hã... vizinhos?

Ela pareceu surpresa.

- Como?

- Desculpe-me, senhora. Seu irmão deu a entender que as relações entre sua família e os que moram aqui perto eram... um pouco tensas.

Rachel abriu um leve sorriso brevemente. Ele não sabia dizer se em sinal de aflição ou de humor, mas concluiu que se tratava do último.

- Sei - disse ela, pensativa, tamborilando na mesa. - Sim, é verdade, embora não o que eu... Bem, mesmo assim tem a ver com a questão. Vejo que preciso lhe contar tudo, então. O que você sabe sobre a Sociedade dos Amigos?

Ele conhecia apenas uma família de quacres, os Unwins. O sr. Unwin era um rico negociante que conhecia seu pai e ele havia conhecido suas duas filhas em um sarau em certa ocasião, mas a conversa não girara em torno de filosofia ou religião.

- Eles... hã, você... não gosta de conflitos, não é? - indagou William.

Para sua surpresa, a pergunta a fez rir e ele ficou satisfeito em conseguir remover a pequena ruga entre suas sobrancelhas, ainda que temporariamente.

- Violência - corrigiu ela. - Vivemos em conflito, ainda que verbal. Considerando nossa forma de devoção... Denny diz que você não é um papista afinal, no entanto suponho que nunca tenha assistido a uma reunião quacre, não é?

- Não, a oportunidade ainda não se apresentou.

- Achei que não. Muito bem. Temos pregadores que vão falar nesses encontros, mas qualquer pessoa pode falar em uma reunião, sobre qualquer assunto, se o espírito dele ou dela assim o desejar.

- Dela? As mulheres falam em público também?

Rachel lhe lançou um olhar fulminante.

- Tenho língua, assim como você.

- Notei. Continue, por favor.

Ela se inclinou um pouco para a frente para continuar, mas foi interrompida pelo barulho de uma persiana batendo com o vento, seguido por uma saraivada de pingos de chuva contra a janela. Rachel se levantou num salto com uma pequena exclamação.

- Tenho que colocar as galinhas para dentro! Feche as persianas - ordenou-lhe, arremetendo para fora.

Um pouco desconcertado, mas achando graça, William obedeceu. Subir para fechar as persianas de cima o deixou tonto outra vez e ele parou na entrada do quarto, segurando o batente da porta até recuperar o equilíbrio. Havia dois cômodos no andar de cima: o quarto de dormir na frente da casa, onde o tinham instalado, e um menor nos fundos.

Os Hunters agora dividiam esse aposento; havia uma cama baixa, de rodinhas, um lavatório com um candelabro de prata sobre um móvel e pouco mais, salvo uma fileira de ganchos nos quais se penduravam uma camisa e um par de calças sobressalentes do médico, um xale de lã e o que deveria ser o vestido de sair de Rachel Hunter, uma vestimenta sóbria, tingida de índigo.

Com a chuva e o vento abafado pelas persianas fechadas, o quarto às escuras parecia silencioso e tranquilo, um porto seguro da tormenta. Seu coração diminuíra o ritmo pelo esforço de subir as escadas e ele ficou parado por um instante, apreciando a sensação ligeiramente ilícita de estar invadindo. Nenhum som vindo lá de baixo. Rachel ainda devia estar perseguindo as galinhas.

Havia algo estranho a respeito do quarto e ele levou apenas um instante para descobrir o que era. O desgaste e a escassez dos pertences pessoais dos Hunters indicavam pobreza. No entanto, contrastavam com os pequenos sinais de prosperidade evidentes nos utensílios: o candelabro de prata, não de estanho ou laminado, e a bacia e a jarra não eram de cerâmica, mas de fina porcelana, decorada com pinturas de crisântemos azuis.

Ele levantou a saia do vestido azul pendurado no gancho, examinando-o com curiosidade. Recatado era uma coisa; esfarrapado era outra. A bainha estava desgastada a ponto de já estar quase branca, o índigo tão desbotado que as dobras da saia apresentavam um padrão em forma de leque de partes claras e escuras. As senhoritas Unwin se vestiam discretamente, mas suas roupas eram da melhor qualidade.

Em um impulso repentino, levou o tecido ao rosto, inspirando. Ainda cheirava a índigo, bem como a capim e coisas vivas – e muito distintamente a um corpo de mulher. O aroma almiscarado o percorreu como o prazer de um bom vinho.

O barulho da porta se fechando embaixo o fez largar o vestido como se ele estivesse em chamas e se dirigir às escadas, o coração batendo com força.

Rachel Hunter se sacudia junto à lareira, lançando respingos de água de seu avental, a touca murcha e ensopada na cabeça. Sem vê-lo, torceu-a com um murmúrio de impaciência e a pendurou em um prego no consolo da lareira.

Os cabelos caíam pelas costas, molhados e brilhantes, escuros contra o tecido claro de seu casaco.

– Então, as galinhas estão a salvo? – perguntou William, porque observá-la sem o seu conhecimento, com os cabelos soltos, seu cheiro ainda em suas narinas, pareceu-lhe uma injustificável familiaridade.

Ela se virou, os olhos cautelosos, mas não fez nenhum movimento imediato para cobrir os cabelos.

– Todas, menos uma que meu irmão chama de a Grande Prostituta da Babilônia. Nenhuma galinha possui nada que se assemelhe a inteligência, mas essa é mais perversa do que o normal.

– Perversa?

Evidentemente, ela percebeu que ele estava contemplando as possibilidades inerentes a essa descrição e as achando engraçadas, pois resfolegou e se abaixou para abrir o baú de cobertores.

– A criatura está empoleirada a uns 6 metros no alto de um pinheiro, no meio de uma tempestade. Perversa.

Retirou uma toalha de linho da arca e começou a secar os cabelos. O barulho da chuva mudou de repente, o granizo batendo como cascalhos arremessados contra as persianas.

– Humm – murmurou Rachel, com um olhar sombrio para a janela. – Espero que ela seja derrubada pelo granizo e devorada pela primeira raposa que passar. Seria bem feito. – Continuou a enxugar os cabelos. – Não tem importância. Ficarei feliz de nunca mais ver essas galinhas outra vez.

Vendo-o ainda de pé, ela lhe indicou um banquinho.

– Você falou que pretendia deixar este lugar com seu irmão e ir para o norte. Devo supor que as galinhas não seguirão viagem com vocês.

– Não, graças a Deus. Já foram vendidas, juntamente com a casa. – Deixando a toalha amarrotada de lado, tateou no bolso e retirou um pequeno pente de chifre. – Eu disse que ia contar o motivo.

– Creio que havíamos chegado ao ponto em que você me dizia que tinha algo a ver com a reunião de vocês, não foi?

Ela inspirou fundo pelo nariz e balançou a cabeça.

– Eu contei que uma pessoa fala em uma reunião quando se sente guiada pelo espírito? Bem, o espírito guiou meu irmão. Foi assim que deixamos a Filadélfia.

Uma reunião de culto podia ser realizada, explicou ela, sempre que houvesse Amigos suficientes com a mesma opinião. Além dessas pequenas reuniões locais, havia organismos maiores: as reuniões trimestrais e anuais, onde as questões de princípios mais importantes eram discutidas e as ações que afetavam os quacres em geral eram resolvidas.

– A Reunião Anual da Filadélfia é a maior e mais influente. Você tem razão: os Amigos repudiam a violência e buscam tanto evitá-la quanto extingui-la. E quanto à rebelião, a Reunião Anual da Filadélfia meditou e rezou sobre o assunto, e aconselhou que o caminho da sabedoria e da paz obviamente estava na reconciliação com a pátria-mãe.

– Entendo. – William estava interessado. – Então todos os quacres das colônias agora são legalistas, é o que quer dizer?

Os lábios dela se comprimiram por um instante.

– Esse é o conselho da Reunião Anual. No entanto, como expliquei, os Amigos são guiados pelo espírito e uma pessoa deve agir seguindo sua orientação.

– E seu irmão foi levado a falar a favor da rebelião? – William achava graça, mas estava cauteloso. O dr. Hunter parecia um improvável ativista.

Ela baixou a cabeça, não exatamente confirmando.

– A favor da independência – corrigiu Rachel.

– Certamente falta alguma coisa na lógica dessa distinção – observou William, erguendo uma das sobrancelhas. – Como a independência pode ser alcançada sem o exercício da violência?

– Se você acha que o espírito de Deus é lógico, você deve conhecê-Lo melhor do que eu. – Ela passou a mão pelos cabelos úmidos, agitando-os sobre os ombros com impaciência. – Denny disse que ficou claro para ele que a liberdade, de um indivíduo ou de uma nação, é um dom de Deus e que ele foi instruído a se unir à luta para conquistar e preservar a liberdade. Assim, fomos excluídos da reunião – concluiu ela.

Estava escuro no aposento de persianas fechadas, mas ele podia ver o rosto dela à claridade turva do fogo abafado da lareira. Aquela última declaração a emocionara. Havia um brilho em seus olhos que sugeria que as lágrimas poderiam aflorar, se ela não estivesse tão determinada a contê-las.

– Imagino que ser excluído de um culto é grave, não? – perguntou ele com cautela.

Ela assentiu, desviando os olhos. Pegou a toalha descartada, alisou-a devagar e a dobrou.

– Eu contei que minha mãe morreu quando nasci. Meu pai morreu três anos depois, afogado em uma inundação. Meu irmão e eu ficamos sem nada. Mas os Amigos cuidaram para que não passássemos fome, que houvesse um teto, ainda que com buracos, sobre nossas cabeças. Havia uma questão na reunião sobre como Denny deveria ser ensinado. Eu sei que ele temia ter que se tornar um vaqueiro ou um sapateiro... Ele não tem capacidade para ser ferreiro – acrescentou, sorrindo levemente, apesar da seriedade. – Mas ele o teria feito, para me manter alimentada.

No entanto, a sorte interviera. Um dos Amigos assumira por conta própria a incumbência de rastrear algum parente dos órfãos Hunter. Depois de muitas idas e vindas de cartas, descobrira um primo distante, originariamente escocês, mas atualmente em Londres.

– John Hunter, Deus o abençoe. Ele é um médico famoso, ele e seu irmão mais velho, que é *accoucheur* da própria rainha. – Apesar de seus princípios igualitários, a srta. Hunter parecia um pouco reverente e ele assentiu. – Ele perguntou sobre as habilidades de Denny e, ouvindo boas referências, providenciou para que fosse levado para a Filadélfia, para se hospedar com uma família quacre e frequentar a nova faculdade de medicina. E chegou a mandar Denny para Londres, para estudar com ele próprio!

– De fato, foi muita sorte – observou William. – Mas e você?

– Eu... fiquei com uma mulher da vila – disse ela com uma rápida descontração que não o enganou. – Quando Denzell voltou, é claro que fui tomar conta de sua casa até ele se casar.

Ela franzia a toalha entre os dedos, com os olhos abaixados para o colo. Pequenas luzes dançavam em seus cabelos onde o fogo refletia, um tom de bronze nas mechas castanho-escuras.

– A mulher da vila... era uma boa pessoa. Fez questão de me ensinar a cuidar de uma casa, cozinhar, costurar. Que eu soubesse... o que era útil para uma mulher saber. – Olhou para ele com aquela estranha franqueza, a expressão grave. – Acho que você não pode compreender o que significa ser excluído de uma reunião.

– Algo como ser expulso de um regimento ao toque de tambores, imagino. Vergonhoso e doloroso.

Seus olhos se estreitaram por um instante, mas ele falara com seriedade e ela percebeu isso.

– Uma Reunião de Amigos não é apenas uma irmandade de devoção. É... uma comunidade da mente, do coração. Uma grande família, de certo modo.

Uma jovem ser privada da própria família...

– E ser excluído, então... Sim, eu compreendo – disse ele.

Seguiu-se um breve instante de silêncio, quebrado apenas pelo barulho da chuva. Ele achou ter ouvido um galo cantar ao longe.

– Você disse que sua mãe também morreu. – Rachel olhou para ele, os olhos escuros e meigos. – Seu pai é vivo?

– Vai achar que sou dramático demais. Mas é a verdade. Meu pai também morreu no dia em que nasci.

Os olhos dela se arregalaram.

– É verdade. Ele era uns cinquenta anos mais velho do que minha mãe. Quando soube que ela tinha falecido no par... parto, teve uma apoplexia e morreu na hora.

Ele ficou aborrecido; muito raramente gaguejava agora. Mas ela não notou.

– Então você também é órfão. Lamento.

William deu de ombros, embaraçado.

– Bem, eu não conheci meu pai nem minha mãe. Mas, na verdade, tive pais. A irmã de minha mãe se tornou minha mãe, em todos os aspectos. Ela já morreu também e seu marido... sempre o considerei um pai, embora não tenha nenhum parentesco de sangue com ele.

Ocorreu-lhe que estava pisando em terreno perigoso ali, falando demais sobre si mesmo. Limpou a garganta e procurou direcionar a conversa de volta a assuntos menos pessoais:

– Seu irmão. Como ele pretende implementar... hã... essa sua revelação?

Ela suspirou.

– Esta casa pertencia a um primo de nossa mãe. Ele era viúvo, sem filhos. Deixou a casa para Denzell, apesar de que, quando soube que havíamos sido excluídos da reunião, escreveu dizendo que pretendia alterar o testamento. No entanto, por acaso, ele teve uma febre forte e morreu antes que pudesse fazer isso. Mas todos os seus vizinhos sabiam sobre Denny, é claro. E é por isso que...

– Compreendo.

Pareceu a William que, embora Deus pudesse não ser lógico, Ele parecia estar demonstrando um interesse muito particular em Denzell Hunter. Achou que não seria educado dizer isso e desviou a conversa para outro assunto:

– Você falou que a casa foi vendida. Então seu irmão...

– Ele foi à cidade, ao tribunal, para assinar os documentos da venda da casa e se desfazer de cabras, porcos e galinhas. Assim que isso for feito, nós... partiremos. – Ela engoliu em seco. – Denny pretende se alistar no Exército Continental como médico.

– E você vai com ele? Como acompanhante? – perguntou William com certo ar de reprovação.

Muitas mulheres de soldados, ou concubinas, alistavam-se no Exército com seus maridos. Ele ainda não vira muitas delas, já que não havia nenhuma na campanha de Long Island, mas tinha ouvido seu pai falar dessas mulheres de vez em quando, geralmente com pena. Não era vida para uma mulher refinada.

Ela ergueu o queixo ao perceber a desaprovação dele.

– Sem dúvida.

Havia um longo palito de cabelo sobre a mesa. Ela deve tê-lo tirado ao remover a touca. Agora ela enrolou os cabelos úmidos em um coque e enfiou o palito por ele com determinação.

– Bem, vai viajar conosco? Somente caso se sinta confortável em fazê-lo – acrescentou rapidamente.

Durante todo o tempo em que conversava, ele ficara remoendo a ideia no fundo da mente. Obviamente, tal arranjo seria vantajoso para os Hunters, um grupo maior sempre era mais seguro, e era evidente para William que, apesar de sua revelação, o médico não era um guerreiro inato. Também haveria alguma vantagem para ele. Os Hunters conheciam um pouco da região próxima, ao passo que ele não. E um homem viajando em grupo, especialmente em um grupo que incluía uma mulher, chamava bem menos atenção e levantava ainda menos suspeitas do que um homem sozinho.

Compreendeu de repente que, se Hunter pretendesse se unir ao Exército Continental de imediato, poderia haver uma excelente oportunidade de se aproximar o suficiente das tropas de Washington para obter informações valiosas sobre elas – algo que compensaria com folga a perda do livro de contatos.

– Sim, claro – respondeu William, sorrindo para a srta. Hunter. – Uma excelente sugestão!

O clarão de um relâmpago atingiu as frestas das persianas e o estrondo de um trovão irrompeu no alto quase simultaneamente. Ambos se sobressaltaram com o barulho.

William engoliu em seco, sentindo os ouvidos ainda retinindo. O cheiro penetrante de um raio ardeu no ar.

– Faço votos de que isso seja um sinal de aprovação divina.

Ela não riu.

40

A BÊNÇÃO DE SANTA BRÍGIDA E SÃO MIGUEL ARCANJO

Os mohawks o conheciam como Thayendanegea. *Duas apostas*. Para os ingleses, ele era Joseph Brant. Ian ouvira falar muito do sujeito quando vivia entre os mohawks e se perguntara mais de uma vez como Thayendanegea conseguia sobreviver no terreno traiçoeiro entre os dois mundos. *Seria como a ponte?*, pensou. A ponte delgada entre este mundo e o próximo, o ar à sua volta assaltado por cabeças voadoras com dentes afiados? Um dia gostaria de se sentar a uma fogueira com Joseph Brant e perguntar a ele.

Dirigia-se à casa de Brant agora, mas não para conversar com ele. Glutão dissera que Alce do Sol deixara Snaketown para se unir a Brant e que sua mulher fora com ele.

– Estão em Unadilla – contou Glutão. – Provavelmente ainda. Thayendanegea luta com os ingleses, você sabe. Está conversando com os legalistas de lá, tentando convencê-los a se unir a ele e seus homens. Chama-os de "Voluntários de Brant".

Glutão não se interessava por política, apesar de lutar de vez em quando, quando o espírito o guiava.

– É mesmo? – perguntou Ian no mesmo modo casual.

Não sabia onde ficava Unadilla, salvo de que era na colônia de Nova York, mas isso não era uma grande dificuldade. Partiu ao amanhecer do dia seguinte, para o norte.

Não tinha nenhuma companhia, salvo o cachorro e seus pensamentos, na maior parte do tempo. Em certo momento, entretanto, chegou a um acampamento de verão dos mohawks e foi alegremente recebido.

Sentou-se com eles e conversou um pouco. Após algum tempo, uma jovem lhe trouxe uma tigela de ensopado. Ele comeu, mal notando o que havia na comida, embora sua barriga parecesse grata pelo calor do alimento e tivesse parado de roncar.

Não sabia dizer o que atraíra sua atenção, mas ergueu os olhos da conversa dos homens e viu a jovem que lhe trouxera a comida sentada nas sombras, logo depois da claridade da fogueira, prestando atenção nele. Ela sorriu, muito discretamente.

Ele mastigou mais devagar, saboreando o ensopado. Carne de urso, gorda e saborosa. Milho e feijões, temperados com cebolas e alho. Delicioso. Ela inclinou a cabeça para o lado; uma sobrancelha escura se ergueu, elegante, depois também se levantou, como se içada por sua pergunta.

Ian deixou a tigela e arrotou por educação. Em seguida, levantou-se e saiu, sem dar nenhuma atenção aos olhares intencionais dos homens com quem estivera comendo.

Ela o esperava, uma mancha clara na sombra de um vidoeiro. Conversaram – ele sentia sua boca formar as palavras, a cócega das palavras dela em seus ouvidos, mas não tinha plena consciência do que diziam. Ian conservava o ardor de sua raiva como um carvão incandescente na palma de sua mão, uma brasa fumegante em seu coração. Não pensava nela como água para esse sentimento abrasador nem pensou em atiçá-la. Havia chamas por trás dos olhos dele e era descuidado como o próprio fogo, devorando tudo onde houvesse combustível, morrendo onde não houvesse.

Ele a beijou. Ela cheirava a comida, peles de animais curtidas e terra aquecida pelo sol. Nenhuma sugestão de madeira, nenhum vestígio de sangue. Era alta; sentiu a maciez de seus seios, pressionados contra ele, abaixou as mãos para a curva dos seus quadris.

Ela se encostou nele, firme e receptiva. Depois recuou, deixando o ar fresco tocar a pele dele onde ela estivera, e o tomou pela mão para conduzi-lo à sua cabana. Ninguém olhou para eles quando ela o levou para sua cama e, no calor da penumbra, voltou-se para ele, nua.

Ian achou que seria melhor se não pudesse ver seu rosto. Anônimo, rápido. Um pouco de prazer para ela. Catarse para ele. Ao menos pelos poucos instantes em que ele se deixou perder.

No escuro ela era Emily, e ele fugiu de sua cama envergonhado e furioso, deixando a perplexidade atrás de si.

Pelos doze dias seguintes, ele caminhou com o cachorro a seu lado, sem falar com ninguém.

A casa de Thayendanegea se erguia solitária em um amplo terreno, mas ainda bem próxima da vila para fazer parte dela. A vila era como qualquer outra, a não ser pelo fato de que muitas das casas tinham duas ou três mós de pedra na entrada. Toda mulher moía farinha para sua família em vez de levar os grãos a um moinho.

Havia cachorros na rua, cochilando nas sombras das carroças e dos muros. Todos eles ficaram espantados quando Rollo chegou ao alcance de seus faros. Alguns rosnavam ou latiam, mas nenhum se apresentou para brigar.

Os homens já eram outra questão. Havia vários deles apoiados em uma cerca e todos lhe lançaram olhares, em parte curiosos, em parte cautelosos. Não conhecia a maioria. Um deles, entretanto, era um sujeito chamado Come Tartarugas, que ele conhecera em Snaketown. Outro era Alce do Sol.

Alce do Sol parecia tão espantado quanto qualquer um dos cachorros, depois se aproximou dele na estrada.

– O que está fazendo aqui?

Ele considerou, por uma fração de segundo, dizer a verdade. Mas não era uma verdade que pudesse ser dita rapidamente, se é que poderia, e não diante de estranhos.

– Não é da sua conta – respondeu.

Alce do Sol havia falado com ele em mohawk e ele respondera na mesma língua. Notou algumas sobrancelhas se erguendo. Tartaruga fez menção de cumprimentá-lo, esperando dissipar qualquer tormenta que estivesse se formando e deixando claro que o próprio Ian era kahnyen'kehaka. Ele retribuiu a saudação de Tartaruga e os demais recuaram um pouco, intrigados e interessados, mas não hostis.

Alce do Sol, por outro lado... Bem, Ian não esperava que o sujeito fosse se atirar sobre ele. Esperara - até onde ele pensara em Alce do Sol, o que foi bem pouco - que ele estivesse em outro lugar. Mas ali estava ele, e Ian sorriu amargamente para si mesmo, pensando na velha vovó Wilson, que uma vez descrevera seu genro, Hiram, como parecendo alguém "que não daria a estrada a um urso".

Era uma boa descrição e o humor de Alce do Sol não melhorou com a resposta de Ian nem com o sorriso subsequente.

– O que você quer? – indagou Alce do Sol.

– Nada que lhe pertença – retrucou Ian.

Os olhos de Alce do Sol se estreitaram. Antes que ele pudesse dizer mais alguma coisa, Tartaruga interveio, convidando Ian a entrar na casa, para comer e beber.

Devia aceitar. Seria uma ofensa recusar. E ele poderia perguntar mais tarde, em particular, onde Emily estava. Mas a necessidade que o trouxera por quase 500 quilômetros de vastidões inóspitas não reconhecia nenhuma exigência de civilidade. Nem iria tolerar demora.

Além do mais, refletiu, ele sabia que iria chegar a isso. Não fazia sentido adiar.

– Quero falar com aquela que foi minha mulher. Onde ela está?

Vários homens piscaram ao ouvi-lo, interessados ou desconcertados. Ele viu os olhos de Tartaruga dardejarem na direção dos portões de uma casa grande no final da rua.

Alce do Sol, verdade seja dita, meramente se empertigou e se plantou com mais firmeza no chão, pronto a desafiar *dois* ursos, se necessário. Rollo não se preocupou e deu um rosnado que fez um ou dois homens recuarem. Alce do Sol, que tinha mais razões do que qualquer outro para saber do que Rollo era capaz, não se moveu nem 1 centímetro.

– Pretende lançar seu demônio sobre mim? – perguntou ele.

– Claro que não. *Sheas, a cù* – disse calmamente a Rollo.

O cachorro defendeu sua posição por mais um instante, apenas o suficiente para deixar claro que isso era ideia de seu dono, e depois virou para o lado e se sentou, mantendo, mesmo assim, um rosnado surdo, como um trovão distante.

– Não vim tirá-la de você – disse Ian a Alce do Sol. Tinha a intenção de ser conciliatório, mas não esperara realmente que funcionasse, e não funcionou.

– Acha que *poderia*?

– Se eu não quero, que diferença faz? – perguntou Ian com irritação, voltando ao inglês.

– Ela não iria com você, ainda que você me matasse!

– Quantas vezes preciso dizer que não quero tirá-la de você?

Alce do Sol o encarou por um instante, os olhos sombrios.

– O bastante para seu rosto dizer o mesmo – sussurrou ele, cerrando os punhos.

Um murmúrio de interesse nasceu entre os outros homens, mas houve um intangível afastamento. Não iriam interferir em uma briga por causa de mulher. Isso era uma bênção, pensou Ian, observando as mãos de Alce do Sol. O sujeito era destro. Havia uma faca em seu cinto, mas sua mão não pairava perto dela.

Ian espalmou as próprias mãos pacificamente.

– Só quero falar com ela.

– Por quê? – bradou Alce do Sol.

Ele estava bastante perto para Ian sentir o borrifo de saliva em seu rosto, mas não o limpou. Também não recuou, mas abaixou as mãos.

– Isso é entre mim e ela – respondeu tranquilamente. – Acredito que ela contará a você depois.

Esse pensamento lhe deu uma pontada no peito. Suas palavras não pareceram convencer Alce do Sol, que sem aviso prévio desfechou um soco em seu nariz.

O golpe reverberou pelos seus dentes superiores e o outro punho de Alce do Sol o atingiu na maçã do rosto de raspão. Ele viu o borrão de movimento através dos olhos lacrimejantes e, mais por sorte do que intenção, chutou Alce do Sol com força entre as pernas.

Ficou parado, ofegante, pingando sangue na estrada. Seis pares de olhos foram dele para Alce do Sol, enroscado no chão de terra, fazendo pequenos ruídos de dor. Rollo se levantou, aproximou-se do homem caído e o cheirou com interesse. Todos os olhos voltaram a Ian.

Ele fez um pequeno gesto que trouxe Rollo para perto de si e caminhou pela estrada na direção da casa de Brant, seis pares de olhos fixos em suas costas.

Quando a porta se abriu, a jovem mulher branca ali parada o fitou de boca aberta. Ele limpava o nariz ensanguentado com a barra da camisa. Completou sua ação e inclinou a cabeça de forma civilizada.

– Poderia fazer a gentileza de perguntar a Wakyo'teyehsnonhsa se ela gostaria de falar com Ian Murray?

A jovem piscou duas vezes. Em seguida, assentiu e começou a fechar a porta, parando a meio caminho a fim de olhar para ele outra vez e se certificar de que realmente o vira.

Com uma sensação estranha, ele desceu para o jardim. Era um jardim inglês tradicional, com roseiras, lavanda e caminhos delineados com pedras. Seu perfume o fez se lembrar da tia Claire. Perguntou-se por um segundo se Thayendanegea havia trazido um jardineiro inglês de Londres.

Duas mulheres trabalhavam no jardim, a certa distância. Uma era branca, pela cor dos cabelos sob a touca, e de meia-idade. *Seria a esposa de Brant?*, perguntou-se. A jovem que atendeu à porta seria a filha? A outra era uma índia, os cabelos em uma trança caindo pelas costas, porém grisalhos. Nenhuma das duas se virou para ele.

Quando ouviu o clique do ferrolho da porta atrás dele, esperou um instante. Preparou-se para a decepção de ouvir que ela não estava ou, pior ainda, que se recusava a vê-lo.

Mas lá estava ela. Emily. Pequena e empertigada, com os seios à mostra, redondos, no decote de um vestido de morim azul, os cabelos compridos presos na nuca, descobertos. E seu rosto amedrontado, mas ansioso. Seus olhos se iluminaram de alegria ao vê-lo e ela deu um passo em sua direção.

Ele a teria esmagado contra o peito se ela tivesse vindo até ele, feito qualquer gesto o convidando a isso. *E depois?*, perguntou-se. Não importava.

Após aquele primeiro impulso em sua direção, ela parou, as mãos adejando por um instante como se moldassem o ar entre eles, mas a seguir se entrelaçando com força à sua frente, escondidas nas pregas da saia.

– Irmão do Lobo – disse ela em mohawk –, meu coração se alegra em vê-lo.

– O meu também – respondeu ele na mesma língua.

– Veio falar com Thayendanegea? – perguntou ela, inclinando a cabeça para trás na direção da casa.

– Talvez mais tarde. – Nenhum dos dois mencionou seu nariz, apesar de provavelmente estar com o dobro do tamanho normal e haver sangue por toda a frente de sua camisa. Olhou ao redor. Havia uma trilha que se afastava da casa e ele a indicou com a cabeça. – Quer caminhar comigo?

Ela hesitou por um instante. A chama em seus olhos não tinha se extinguido, mas ardia brandamente agora. Havia outros sentimentos ali: cautela, uma leve inquietação e o que ele achava que era orgulho. Surpreendeu-se que pudesse ler esses sentimentos com tanta clareza. Era como se ela fosse feita de vidro.

– Eu... As crianças – disse de repente, virando-se para a casa.

– Não tem importância. Eu só...

O sangue escorrendo de uma das narinas o impediu de continuar e ele parou para passar as costas da mão pelo lábio superior. Ian deu os dois passos necessários para ficarem a uma distância em que poderiam se tocar, embora tivesse o cuidado de não tocá-la.

– Eu só queria dizer que lamento. Não ter podido lhe dar filhos. E que fico feliz por você os ter.

Um rubor adorável aflorou a suas faces e ele viu o orgulho sobrepujar a aflição.

– Posso conhecê-los? – perguntou ele, surpreendendo tanto a ela quanto a si próprio.

Emily hesitou por um instante, depois se virou e entrou na casa. Ele se sentou em um muro de pedra, esperando. Instantes depois, ela retornou com um menino de uns 5 anos e uma menina de mais ou menos 3, de tranças curtas, que olhou gravemente para ele e enfiou a mãozinha fechada na boca.

O sangue escorrera pelo fundo de sua garganta. Era ácido e tinha gosto de ferro.

De vez em quando, em sua viagem, ele repassara a explicação que sua tia Claire lhe dera. Não pensava em contá-la a Emily; poderia não significar nada para ela. Ele mesmo mal a compreendia. Apenas, talvez, como uma espécie de escudo contra o momento, ao vê-la com os filhos que ele não pôde lhe dar.

"Chame de destino", dissera Claire, com olhos de falcão, aquele que vê lá de cima, tão de cima, talvez, que o que parece falta de misericórdia é na verdade compaixão. "Ou de azar. Mas não foi culpa sua nem dela."

– Venha cá – disse ele em mohawk, estendendo a mão para o menino, que se aproximou dele, os olhos erguidos para seu rosto com curiosidade. – Vejo você no rosto dele – falou Ian para ela, em inglês. – E nas mãos – acrescentou em mohawk, tomando as mãos da criança, tão pequenas, nas suas.

Era verdade: o menino tinha as mãos da mãe, delgadas e flexíveis; fecharam-se como camundongos adormecidos em suas palmas, depois os dedos se abriram como as pernas de uma aranha e o menino deu uma risadinha. Ele riu também, fechou as próprias mãos rapidamente sobre as do menino, como um urso engolindo um par de trutas, fazendo a criança dar um gritinho.

– Você está feliz? – perguntou a ela.

– Sim – respondeu Emily.

E baixou os olhos, sem encará-lo. Ele compreendeu que ela lhe respondia honestamente, mas não queria ver se sua resposta o iria magoar. Ian colocou a mão sob seu queixo – sua pele era tão macia! – e ergueu seu rosto.

– Você está feliz? – indagou outra vez, e sorriu de leve.

– Sim – respondeu ela.

Depois deu um pequeno suspiro e sua mão tocou o rosto dele, leve como a asa de uma mariposa.

– Mas às vezes sinto sua falta, Ian. – Não havia nada de errado com o sotaque dela, mas o nome escocês dele soou exótico em sua língua. Sempre fora assim.

Ele sentiu um nó na garganta, mas manteve o leve sorriso no rosto.

– Vejo que não pergunta se *eu* estou feliz – disse ele, e teve vontade de dar um chute em si mesmo.

Ela lhe lançou um rápido olhar, penetrante como a ponta de uma faca.

– Eu tenho olhos – retrucou ela com simplicidade.

Fez-se silêncio entre ambos. Ian desviou o olhar, mas podia senti-la ali, respirando. Madura. Terna. Sentiu-a se enternecer ainda mais. Ela havia sido sensata em não ter entrado com ele no jardim. Ali, com seu filho brincando na terra junto aos seus pés, era seguro. Para ela, ao menos.

– Pretende ficar? – perguntou Emily por fim.

– Não. Estou de partida para a Escócia.

– Terá uma mulher de seu povo. – Havia alívio, mas também pesar, nas palavras dela.

– O seu povo não é mais o meu? – perguntou ele, com um lampejo feroz. – Eles lavaram o sangue branco do meu corpo no rio; você estava lá.

– Eu estava lá.

Ela o encarou por um longo tempo, analisando seu rosto. Era muito provável que jamais o visse outra vez. Será que tentava gravá-lo na memória ou estaria procurando alguma coisa em suas feições?

A última hipótese. Ela ergueu a mão para que ele esperasse e desapareceu dentro da casa.

A menina correu atrás dela, não querendo ficar com o estranho, mas o menino continuou ali, interessado.

– Você é Irmão do Lobo?

– Sim, sou. E você?

– Me chamam de Digger.

Era uma espécie de nome infantil, usado por conveniência até que o verdadeiro nome da pessoa se apresentasse de alguma forma. Ian assentiu e permaneceram em silêncio por alguns instantes, olhando com interesse um para o outro, mas sem nenhum constrangimento entre eles.

– Aquela que é a mãe da mãe para a minha mãe... – disse Digger inesperadamente. – Ela falou de você para mim.

– É mesmo? – perguntou Ian, surpreso.

Tratava-se de Tewaktenyonh. Uma grande mulher, chefe do Conselho de Mulheres em Snaketown e a pessoa que o mandara embora.

– Tewaktenyonh ainda vive? – perguntou, curioso.

– Sim. É mais velha do que as montanhas – respondeu o menino. – Só lhe restam dois dentes, mas ela ainda come.

Ian sorriu.

– Ótimo. O que ela contou sobre mim?

O menino contraiu o rosto, tentando se lembrar.

– Ela disse que eu era filho do seu espírito, mas que eu não devia dizer isso a meu pai.

Ian sentiu o impacto, mais forte do que o soco que o pai dele tinha dado, e ficou sem palavras por um momento.

– Sim, também acho que você não deveria contar – disse, quando conseguiu falar.

Ian repetiu em mohawk, caso ele pudesse não ter entendido em inglês, e o menino assentiu, tranquilo.

– Vou ficar com você alguma vez? – perguntou ele, apenas vagamente interessado na resposta. Um lagarto aparecera sobre o muro de pedra para tomar sol e seus olhos estavam fixos nele.

Ian forçou as próprias palavras a parecerem descontraídas:

– Se eu estiver vivo.

Os olhos do menino estavam semicerrados, observando o lagarto, e a pequena mão direita se mexeu, apenas um pouco. Mas a distância era grande demais. Ele sabia disso, então olhou para Ian, que estava mais perto. Ian lançou o olhar para o lagarto sem se mover, depois olhou de novo para o menino e um acordo tácito surgiu entre eles.

Não se mexa. E o menino pareceu prender a respiração.

Não adiantava pensar em tais situações. Sem parar para inspirar, ele lançou o braço e o lagarto já estava em sua mão, atônito e se debatendo. O menino deu uma gargalhada e ficou pulando, batendo palmas de alegria. Em seguida, estendeu as mãos e recebeu o lagarto com cuidado, envolvendo-o com as mãos para que não escapasse.

– E o que pretende fazer com ele? – perguntou Ian, sorrindo.

O menino levou o lagarto até junto ao rosto, espreitando-o com muita atenção. Sua testa se franziu de leve enquanto pensava.

– Vou dar um nome a ele – respondeu o garoto. – Então ele será meu e me abençoará quando eu o vir outra vez. – Levantou o lagarto, olhos nos olhos, e um encarou o outro sem piscar. – Seu nome é Bob – declarou o menino em inglês e, com grande cerimônia, colocou o lagarto no chão.

Bob saltou de suas mãos e desapareceu sob um tronco caído.

– Um nome muito bom – analisou Ian com seriedade.

Suas costelas machucadas doeram com a necessidade de não rir, mas a vontade desapareceu no momento seguinte, quando a porta distante se abriu e Emily saiu, uma trouxinha nos braços.

Aproximou-se dele e lhe mostrou um bebê, enrolado e preso a uma espécie de berço portátil para recém-nascidos, bem semelhante à maneira como ele apresentara o lagarto a Digger.

– Esta é minha segunda filha – disse, tímida e orgulhosa. – Gostaria de escolher o nome dela?

Ele ficou emocionado e tocou a mão de Emily muito de leve antes de colocar o minúsculo berço sobre o joelho e perscrutar atentamente o rostinho. Ela não poderia ter lhe dado maior honra, essa marca permanente do sentimento que um dia nutrira por ele – que ainda podia nutrir.

Só que, ao olhar para a garotinha – ela o fitava com olhos redondos e sérios, assimilando aquela nova manifestação de sua paisagem pessoal –, uma convicção o dominou. Ele não a questionou. Ela simplesmente estava lá, inegável.

– Obrigado – agradeceu, sorrindo para Emily com grande afeto. Colocou a mão, enorme e áspera de calos e de marcas da vida, na cabecinha perfeita, de cabelos finos e macios. – Abençoo todos os seus filhos com as bênçãos de Santa Brígida e de São Miguel Arcanjo. – Ergueu a mão e, estendendo o braço, puxou Digger para ele. – Mas é este aqui a quem eu devo dar um nome.

O rosto de Emily ficou lívido de espanto e ela olhou rapidamente dele para o filho e de volta para ele. Ela engoliu em seco, em dúvida. Não importava; *ele* tinha certeza.

– Seu nome é O Mais Rápido dos Lagartos – disse Ian em mohawk.

O Mais Rápido dos Lagartos pensou por um instante, depois assentiu, contente, e com uma risada de puro prazer correu em disparada.

41

ABRIGO CONTRA A TORMENTA

Não pela primeira vez, William se surpreendeu com a quantidade de conhecidos de seu pai. Em uma conversa casual enquanto cavalgavam, ele mencionara a Denzell Hunter que seu pai certa vez conhecera um dr. John Hunter. Na realidade, a associação, envolvendo uma enguia elétrica, um duelo improvisado e as implicações de roubo de cadáveres, fazia parte da situação que enviara lorde John para o Canadá e as Planícies de Abraão. Seria esse John Hunter talvez o parente caridoso que a srta. Rachel havia mencionado?

Denny Hunter sorriu.

– Que extraordinário! Sim, deve ser o mesmo. Particularmente se houver roubo de corpos associado a ele. – Tossiu, parecendo um pouco embaraçado. – Foi uma ligação... muito educativa, embora às vezes perturbadora.

Olhou para trás, para a irmã, mas Rachel estava longe, o burro trotando devagar e ela meio adormecida na sela, a cabeça oscilando.

– Você compreende, amigo William – disse Hunter, baixando a voz –, que, a fim de se tornar hábil na arte da cirurgia, é necessário aprender como o corpo humano é constituído e entender seu funcionamento. Somente assim é possível aprender com os textos, e os textos nos quais a maioria dos médicos confia são... bem, para ser franco, são errados.

– É mesmo?

William só dedicava metade de sua atenção à conversa. A outra metade se dividia entre sua avaliação da estrada, a esperança de que chegassem a algum lugar habitável a tempo de arranjar um local para jantar e a apreciação da finura do pescoço de Rachel Hunter nas raras ocasiões em que ela seguia à sua frente. Teve vontade de espiá-la outra vez, mas não podia fazê-lo já, em nome do decoro. Mais alguns minutos...

– ... Galeno e Esculápio. A crença comum é, e tem sido por muito tempo, de que os antigos gregos tinham registrado tudo que se conhece em relação ao corpo humano. Não havia nenhuma necessidade de duvidar desses textos ou de criar mistério onde não existia.

William grunhiu.

– Você devia ouvir meu tio falar sobre textos militares antigos. Ele é a favor de

César e diz que era um general muito honrado, mas se permite duvidar que Heródoto algum dia tenha visto um campo de batalha.

Hunter olhou para ele com surpreso interesse.

– Exatamente o que John Hunter dizia, em termos diferentes, com relação a Avicena! "O sujeito nunca viu um útero grávido na vida." – Ele bateu com o punho contra o cabeçote de sua sela para enfatizar a ideia e seu cavalo ergueu a cabeça com um safanão, assustado. – Ôa, ôa.

Alarmado, Hunter puxou e soltou as rédeas de uma forma que logo faria o cavalo dar ré e escavar o solo com as patas. William se inclinou para a frente e tomou as rédeas das mãos de Denzell, deixando-as frouxas.

Ficou satisfeito com a breve distração, já que impediu que Hunter continuasse a discorrer sobre úteros. William não sabia bem o que era um útero, mas, se ficava grávido, devia ter a ver com as partes íntimas de uma mulher, e isso não era algo que desejasse discutir ao alcance dos ouvidos da srta. Hunter.

– Você comentou que sua ligação com o dr. Hunter foi perturbadora – disse ele, entregando as rédeas de volta a Hunter e se apressando a mudar de assunto antes que o médico pudesse pensar em algo mais embaraçoso para mencionar. – Como foi isso?

– Bem… nós, seus alunos, aprendemos os mistérios do corpo humano com… o corpo humano.

William sentiu um leve aperto na barriga.

– Dissecação, você quer dizer?

– Sim. – Hunter lhe lançou um olhar preocupado. – É uma perspectiva desagradável, eu sei. No entanto, veja o modo maravilhoso como Deus arrumou as coisas! As complexidades de um rim, o surpreendente interior de um pulmão… William, não tenho como explicar que revelação isso é!

– Bem… imagino que deva ser – disse William. Agora ele já podia, de forma razoável, olhar para trás, e foi o que fez. Rachel endireitava as costas, a cabeça inclinada de tal modo que seu chapéu de palha caiu para trás. Ele sorriu. – Você… hã…. Onde conseguia os corpos para dissecar?

O dr. Hunter suspirou.

– Esse era o aspecto perturbador. Muitos eram de mendigos das ruas ou dos asilos, e suas mortes eram dignas de pena. Outros eram de criminosos executados. E, apesar de dever ficar satisfeito que algum bem tenha vindo disso, eu não podia deixar de me horrorizar com essas execuções.

– Por quê? – perguntou William, interessado.

– Por quê? Eu me esqueço de que você não é um dos nossos. Perdão. Não toleramos violência, amigo William, e certamente tampouco matar alguém.

– Nem mesmo criminosos? Assassinos?

Os lábios de Denzell se comprimiram e ele pareceu infeliz.

– Não. Que sejam encarcerados ou condenados a trabalhos forçados. Mas o próprio

Estado cometer assassinato é uma terrível violação dos mandamentos de Deus. Implica todos nós no cometimento desse pecado. Não vê isso?

– Vejo que o Estado, como você diz, tem responsabilidade para com seus cidadãos – comentou William, um pouco irritado. – Você espera que policiais e juízes cuidem para que você e sua propriedade tenham segurança, não é? Se o Estado tem essa responsabilidade, certamente deve ter os meios de cumpri-la.

– Não contesto isso. Prendam-se os criminosos, se necessário. Só que o Estado não tem o direito de matar pessoas em meu nome!

– Não tem? – retrucou William. – Você tem alguma ideia da natureza de alguns desses criminosos que são executados? Ou de seus crimes?

– E você tem? – Hunter ergueu a sobrancelha para ele.

– Tenho, sim. O diretor da penitenciária de Newgate é outro conhecido do meu pai; já me sentei à mesa com ele e ouvi histórias que deixariam os cachos de sua peruca em pé, dr. Hunter. Se usasse uma – acrescentou.

Hunter respondeu ao gracejo com um sorriso fugaz.

– Chame-me pelo primeiro nome. Sabe que não nos apegamos a títulos. E admito a verdade do que você diz. Ouvi e vi coisas mais terríveis que o que você provavelmente ouviu à mesa do seu pai. Mas a justiça está nas mãos de Deus. Cometer violência, tirar a vida de alguém, é violar a lei de Deus e cometer um grave pecado.

– E se você for atacado ou ferido, não vai revidar? – perguntou William. – Não podem se defender nem defender suas famílias?

– Confiamos na bondade e na misericórdia divinas – disse Denzell com firmeza. – E, se somos mortos, morremos na firme expectativa da vida e da ressurreição de Deus.

Cavalgaram em silêncio por alguns instantes antes de William dizer de forma coloquial:

– Ou você confia na disposição de outra pessoa para cometer violência por você.

Denzel inspirou fundo, mas achou melhor não retrucar. Continuaram em silêncio por algum tempo e, quando falaram outra vez, foi a respeito de pássaros.

Chovia quando acordaram na manhã seguinte. Não uma chuvarada rápida, que cai e logo desaparece, mas um tipo de chuva implacável, pesada, disposta a cair sem parar pelo resto do dia. Não adiantava permanecer onde estavam. O afloramento de rocha sob o qual haviam se abrigado para passar a noite ficava diretamente exposto ao vento e a chuva já umedecera a lenha o bastante para fazer com que a fogueira do café da manhã liberasse muito mais fumaça do que calor.

Ainda com acessos de tosse intermitentes, William e Denny carregavam a burra enquanto Rachel enrolava em lona um feixe de galhos e gravetos menos úmidos. Se encontrassem abrigo ao cair da noite, poderiam ao menos ser capazes de acender uma fogueira para preparar o jantar, ainda que a chuva continuasse.

Havia pouca conversa. Ainda que estivessem inclinados a isso, o barulho da chuva pesada sobre as árvores e o solo e sobre seus chapéus era tão forte que qualquer coisa dita tinha que ser quase gritada para ser ouvida.

Em um estado de determinação encharcada mas obstinada, cavalgaram devagar para o norte pelo nordeste, Denny ansiosamente consultando sua bússola quando chegaram a uma encruzilhada.

– O que acha, amigo William? – Denny tirou os óculos e os limpou, sem grande sucesso, na barra do casaco. – Nenhuma das estradas segue como gostaríamos e o amigo Lockett não mencionou esta encruzilhada em suas instruções. Aquela estrada parece ir para o norte, enquanto esta deve ir para leste. No momento.

Ele olhou para William, o rosto estranhamente despido sem os óculos. Um fazendeiro chamado Lockett e sua mulher tinham sido seu último contato com a raça humana, três dias antes. Ela lhes dera uma refeição, vendera-lhes pão, ovos e queijo, e o marido os colocara na estrada – para Albany, ele dissera. Encontrariam uma indicação do Exército Continental em algum lugar entre a fazenda e Albany. Mas ele *não* mencionara uma encruzilhada.

William olhou para o chão lamacento, mas a encruzilhada propriamente dita ficava em um terreno baixo e agora não passava de um pequeno lago. Nenhuma pista quanto ao movimento de tráfego, mas a estrada em que estavam era bem mais larga do que a estrada que a cruzava.

– Esta – disse ele com firmeza e fez o cavalo avançar chapinhando pelo lago até o outro lado.

Agora já era final de tarde e ele começava a ficar preocupado com sua decisão. Se estivessem na estrada certa, deveriam, segundo o sr. Lockett, encontrar um vilarejo chamado Johnson's Ford ao final do dia. Claro, a chuva os atrasara. E, apesar de o campo parecer vazio e verde como sempre, vilarejos e casas de fazenda surgiam tão repentinamente quanto cogumelos após um dia chuvoso. Nesse caso, deveriam encontrar Johnson's Ford a qualquer momento.

– Talvez o lugar tenha se dissolvido! – gritou Rachel, inclinando-se para o lado em sua sela.

A própria Rachel já quase se dissolvera, e ele riu, apesar de sua preocupação. A chuva havia estragado um pouco a aba de seu chapéu de palha, de modo que ele pendia flácido como um espanador ao redor de sua cabeça. Ela era obrigada a levantar a frente da aba a fim de espreitar para fora, como um sapo desconfiado embaixo de um restelo. Suas roupas também estavam encharcadas e, como ela usava três camadas de tudo, não parecia mais do que uma trouxa grande e desfeita de roupa lavada que acabava de ser tirada, fumegante, da tina.

Antes que pudesse responder a seu irmão, empertigou-se na sela, espalhando água em todas as direções, e apontou dramaticamente para um ponto mais abaixo na estrada.

– Vejam!

William virou a cabeça, presumindo que seu destino estava à vista. Não estava. No entanto, a estrada já não se encontrava vazia. Um homem caminhava energicamente na direção deles pela lama, um saco de aniagem aberto protegendo a cabeça e os ombros da chuva. No atual estado de desolação, qualquer figura humana era uma visão de alegrar os olhos e William esporeou um pouco o cavalo para saudar o sujeito.

– Olá, rapaz – disse o homem, espreitando William de seu refúgio de aniagem. – Para onde vão neste dia horrível?

Ergueu o lábio numa tentativa de parecer simpático, exibindo um canino quebrado manchado de tabaco.

– Johnson's Ford. Estamos na direção certa?

O homem recuou um passo, como se estivesse perplexo.

– Johnson's Ford?

– Sim – confirmou William, com certa dose de impaciência. Ele compreendia a solidão da vida no interior e o impulso subsequente dos habitantes de deter os viajantes o maior tempo possível, mas aquele não era o dia para isso. – Onde fica?

– Receio que tenha perdido o lugar onde devia virar, senhor. Devia ter pego à esquerda na encruzilhada.

Rachel emitiu um pequeno som de pesar. A luz já começava a enfraquecer, sombras principiando a se formar ao redor das patas dos cavalos. Eram várias horas de cavalgada de volta à encruzilhada. Não podiam esperar chegar lá antes do cair da noite, muito menos alcançar Johnson's Ford.

O homem também percebeu isso. Sorriu alegremente para William, revelando uma ampla extensão de gengiva marrom.

– Se os cavalheiros me ajudarem a pegar minha vaca e levá-la para casa, minha mulher terá prazer em lhes oferecer cama e comida.

Sem alternativa, William aceitou a sugestão com toda a elegância possível e, deixando Rachel abrigada sob uma árvore com os animais, Denny Hunter e ele foram ajudar a pegar a vaca.

A vaca em questão, um animal peludo e descarnado com um olhar maligno, mostrou ser tanto intratável quanto teimosa. Foi necessária a combinação dos talentos dos três homens para capturá-la e arrastá-la para a estrada. Encharcado até os ossos e coberto de lama, o grupo estropiado seguiu o sr. Antioch Johnson – assim seu anfitrião se apresentara – através das crescentes sombras da noite até uma pequena casa caindo aos pedaços.

A chuva, entretanto, continuava a cair torrencialmente e qualquer teto era bem-vindo, vazando ou não.

Verificou-se que a sra. Johnson era uma mulher desleixada e maltrapilha de idade incerta, com menos dentes ainda do que o marido e um temperamento ainda mais mal-humorado. Ela fitou os hóspedes encharcados com raiva e lhes deu as costas. Mas trouxe tigelas de madeira com um infame ensopado solidificado, e havia leite fresco da vaca. William notou que Rachel deu apenas uma única mordida na comida, empalideceu, tirou alguma coisa da boca e largou a colher. Decidiu, por fim, restringir-se ao leite.

Ele estava faminto demais tanto para sentir o gosto do ensopado quanto para se importar com o que havia dentro dele. Felizmente, estava muito escuro para examinar o conteúdo da tigela.

Denny se esforçava para ser sociável, embora oscilasse de cansaço, respondendo às infindáveis perguntas sobre suas origens, jornada, destino, conexões, notícias da estrada, opiniões e novidades relativas à guerra. Rachel tentava um sorriso de vez em quando, mas seus olhos não paravam de percorrer o ambiente, retornando invariavelmente para a anfitriã, sentada em um canto, os olhos encobertos, cismando sobre um fumegante cachimbo de barro pendurado sobre um flácido lábio inferior.

Com a barriga cheia e meias secas, William começou a sentir o peso dos extenuantes esforços do dia. Havia um bom fogo na lareira e o movimento das chamas o embalou em uma espécie de transe, as vozes de Denny e do sr. Johnson desaparecendo em um murmúrio agradável. Ele teria adormecido ali mesmo se o ruído de Rachel se levantando para ir à latrina não tivesse quebrado o transe, fazendo-o lembrar que deveria ir verificar os cavalos e burros. William os tinha enxugado da melhor forma possível e pago ao sr. Johnson por feno, mas não havia nenhum estábulo verdadeiro para abrigá-los, apenas um rústico teto de galhos assentados sobre estacas finas. Ele não queria que ficassem a noite inteira de pé na lama caso o abrigo se inundasse.

Ainda chovia, mas o ar do lado de fora estava límpido e fresco, repleto do cheiro noturno de árvores, mato e água em precipitação. Após o ar abafado de dentro da casa, William se sentiu quase zonzo com a fragrância. Encolheu-se e atravessou a chuva até o abrigo, fazendo o melhor possível para manter acesa a pequena tocha que levara, desfrutando de cada respiração.

A tocha bruxuleava, mas continuou queimando, e ele ficou satisfeito ao ver que o abrigo não se inundara. Os cavalos e burros, além da vaca de olhos arregalados, estavam todos em pé sobre palha úmida, mas não enfiados na lama até o jarrete. A porta da latrina rangeu e ele viu a figura escura e delgada de Rachel emergir. Ela viu a tocha e foi até ele, enrolando o xale ao redor do corpo para se proteger da chuva.

– Os animais estão bem? – Gotas de chuva cintilavam em seus cabelos e ela sorriu para ele.

– Espero que a comida deles tenha sido melhor do que a nossa.

Ela estremeceu à lembrança.

– Eu teria preferido comer feno. Você *viu* o que havia...?

– Não – interrompeu ele – e ficarei muito mais feliz se você não me contar.

Rachel bufou, mas desistiu. Ele não tinha a menor vontade de voltar para dentro da fétida casa de novo e ela parecia com igual disposição, adiantando-se para afagar as orelhas arriadas de sua burra.

– Não gosto da maneira como aquela mulher olha para nós – comentou Rachel após um instante, sem encará-lo. – Ela não tira os olhos dos meus sapatos. Como se imaginasse se caberiam nela.

William fitou os pés de Rachel. Seus sapatos não eram elegantes, mas eram resistentes e de boa qualidade, apesar de gastos e sujos de lama seca.

Rachel olhou com inquietação para a casa.

– Vou ficar contente de ir embora daqui, ainda que continue a chover pela manhã.

– Nós iremos – assegurou-lhe. – Sem esperar pelo café da manhã, se preferir.

Recostou-se contra uma das estacas que suportavam o abrigo, sentindo a névoa fria da chuva em seu pescoço. A sensação de tontura o deixara, embora o cansaço não, e ele percebeu que compartilhava sua sensação de mal-estar.

O sr. Johnson parecia amável, apesar de estranho, mas havia algo quase ansioso demais em seus modos. Ele se inclinava demais para a frente na conversa, os olhos brilhantes, e as mãos encardidas não sossegavam nos joelhos.

Podia ser apenas reflexo da solidão natural de um homem sem companhia – certamente a presença da emburrada sra. Johnson seria de pouco consolo –, mas o pai de William lhe havia ensinado a prestar atenção em seus instintos. Sem comentários ou pedidos de licença, ele remexeu no alforje pendurado na estaca e encontrou a pequena adaga que carregava na bota quando cavalgava.

Os olhos de Rachel seguiram seus movimentos quando ele enfiou a adaga no cós das calças e soltou mais a camisa para escondê-la. Ela contraiu o queixo, mas não protestou.

A tocha começava a falhar, quase extinta. Ele estendeu o braço e Rachel o tomou sem protestar, aconchegando-se contra ele. Teve vontade de passar o braço ao seu redor, mas se contentou em aproximar o cotovelo do próprio corpo, trazendo-a junto, achando conforto no calor dela.

O vulto da casa da fazenda era mais escuro do que a noite, não tendo porta nem janela nos fundos. Deram a volta em silêncio, a chuva batendo em suas cabeças, os pés chapinhando no chão encharcado. Somente uma luz trêmula aparecia por baixo das persianas, uma indicação mínima da presença de ocupantes. Ouviu Rachel engolir em seco e tocou sua mão de leve ao abrir a porta para ela.

– Durma bem – sussurrou-lhe. – O dia vai amanhecer antes que você se dê conta.

Foi o ensopado que salvou sua vida. Ele adormeceu na mesma hora, dominado pelo cansaço, mas seu sono foi perturbado por sonhos abomináveis. Caminhava por um corredor com um tapete turco decorado com figuras, mas percebeu após algum tempo que aquilo que ele tomava por arabescos no tapete eram de fato cobras, que erguiam as cabeças à sua aproximação. Os répteis se moviam devagar e ele conseguia passar por cima deles, mas, em consequência, se lançava de um lado para outro, batendo nas paredes do corredor, que pareciam se fechar sobre ele, estreitando o caminho.

Então ficou tão enclausurado que teve que continuar avançando de lado, a parede atrás dele roçando suas costas, a superfície de argamassa à frente tão próxima que ele não podia abaixar a cabeça para olhar para baixo. Estava preocupado com as cobras no tapete, mas não podia vê-las, e chutava para os lados, de vez em quando atingindo algo pesado. Em pânico, sentiu uma delas se enroscar em sua perna, depois deslizar para cima, enrolando-se ao redor de seu corpo e enfiando a cabeça pela frente de sua camisa, sondando-o com força no abdômen, procurando um lugar para morder.

Acordou repentinamente, ofegante e suado, consciente de que a dor em suas entranhas era real. Sua barriga se contraiu com um espasmo agudo. Ele ergueu as pernas e rolou de lado um segundo antes de o machado atingir as tábuas do assoalho onde sua cabeça acabara de estar.

Soltou um ruidoso peido e rolou em um pânico cego na direção da figura escura que lutava para arrancar o machado da madeira. Atingiu as pernas de Johnson, agarrou-as e deu um puxão. O sujeito caiu sobre ele com uma imprecação e tentou estrangulá-lo. William socava e chutava seu adversário, mas as mãos em sua garganta o agarravam com toda a força e sua visão escurecia e lampejava com luzes multicoloridas.

Havia uma gritaria em algum lugar por perto. Mais por instinto do que planejamento, William se lançou para a frente, dando uma cabeçada no rosto de Johnson. Doeu, mas o aperto em sua garganta afrouxou. Contorceu-se para se livrar de seu atacante e rolou sobre o corpo, pondo-se de pé atabalhoadamente.

O fogo tinha se reduzido a brasas quase extintas e não havia mais do que uma leve claridade no aposento. Um aglomerado de corpos arfantes no canto era a fonte da gritaria, mas não havia nada que pudesse fazer a respeito.

Johnson conseguiu soltar o machado com um chute. William viu o brilho opaco da lâmina na fração de segundo antes que ele o brandisse e desfechasse um golpe procurando atingir sua cabeça. Ele se agachou e conseguiu agarrar o pulso de Johnson, puxando-o com força. Ao cair, o lado da lâmina do machado bateu em seu joelho com uma pancada paralisante. William desmoronou, levando Johnson com ele, mas levantou o outro joelho a tempo de não ficar esmagado embaixo do corpo do adversário.

Deu um safanão para o lado, sentiu um calor repentino nas costas e o estalido de fagulhas; haviam rolado para a borda da lareira. Ele estendeu o braço para trás e agarrou um punhado de carvão em brasa, que passou no rosto de Johnson, ignorando a dor lancinante na palma de sua mão.

Johnson caiu para trás, esfregando o rosto e fazendo ruídos curtos, como se não tivesse fôlego para gritar. O machado pendia de uma de suas mãos. Ele percebeu que William se levantava e o girou.

William agarrou o cabo do machado, arrancou-o da mão do outro, segurou-o firmemente e o lançou para baixo, atingindo a cabeça de Johnson com um barulho oco como o de uma abóbora chutada. O impacto vibrou através de seus braços; soltou o machado e cambaleou para trás.

Sua boca estava cheia de bílis; a saliva escorreu e ele limpou a boca na manga da camisa. Respirava com dificuldade. Parecia não conseguir levar nenhum ar aos pulmões.

Johnson girou em sua direção, os braços estendidos, o machado cravado em sua cabeça. O cabo tremia, balançando de um lado para outro como uma antena de inseto. Devagar, horrendamente, as mãos de Johnson tentaram segurá-lo.

William sentiu vontade de gritar, mas não tinha fôlego para isso. Recuando em pânico, roçou a mão pelas calças e sentiu o lugar úmido. Olhou para baixo, temendo o pior, mas viu o tecido escuro de sangue e, ao mesmo tempo, percebeu que havia uma sensação ardente no alto de sua coxa.

– Maldição – murmurou, tateando na cintura.

Ele conseguira se ferir com a própria adaga, mas ela ainda estava lá, graças a Deus. A sensação do cabo em sua mão o reequilibrou e ele sacou a adaga, ainda recuando, enquanto Johnson vinha em sua direção, emitindo uma espécie de uivo e puxando o cabo.

O machado se soltou, liberando um jato de sangue que escorreu pelo rosto de Johnson e se espalhou no rosto, nos braços e no peito de William. Johnson brandiu o machado com um acesso de fúria e esforço, mas seus movimentos eram lentos e descoordenados. William se desvencilhou, soltando gases com o movimento, mas recobrando o sangue-frio.

Agarrou com mais força o cabo da adaga e buscou um lugar onde enfiá-la. Nas costas, sua mente sugeriu. Johnson passava o braço inutilmente pelo rosto, tentando limpar os olhos, o machado na outra mão, balançando de um lado para outro em amplos e trêmulos movimentos.

– William! – Surpreso com a voz, olhou para o lado e quase foi atingido pela lâmina vacilante.

– Cale-se – disse ele, irritado. – Estou ocupado.

– Sim, posso ver – disse Denny Hunter. – Deixe-me ajudá-lo.

Ele estava quase tão lívido e trêmulo quanto Johnson, mas deu um passo à frente. Com uma investida repentina, apoderou-se do cabo do machado e arrancou o instrumento da mão do homem. Recuou e o soltou no chão com uma pancada surda, parecendo que iria vomitar a qualquer instante.

– Obrigado – agradeceu William.

Ele enfiou a adaga para cima, sob as costelas de Johnson, em seu coração. Os olhos do outro se arregalaram com o choque. Eram azul-acinzentados, com partículas douradas e amarelas espalhadas ao redor das íris escuras. William nunca vira nada tão bonito e ficou paralisado por um instante, até que a sensação do sangue jorrando sobre sua mão o fez voltar a si.

Soltou a adaga com um puxão e recuou, deixando o corpo cair. Tremia de cima a baixo e estava prestes a defecar. Arremeteu para a porta, trombando em Denny ao passar, e este disse alguma coisa que ele não entendeu bem.

No entanto, tremendo e arquejando na latrina, achou que o médico dissera: "Você não precisava ter feito isso."

Sim, pensou, *precisava*. E baixou a cabeça sobre os joelhos, esperando que tudo se acalmasse.

William saiu da latrina sentindo-se suado e pegajoso, as pernas trôpegas, porém menos volátil internamente. Denny Hunter passou correndo por ele e entrou na casinhola, de onde se ouviram barulhos explosivos e gemidos altos. Afastando-se depressa, andou pela chuva intermitente na direção da casa.

A aurora ainda estava distante, mas o ar começava a se agitar. Negra e esquelética, a casa se destacava contra o céu que empalidecia. Entrou, sentindo-se muito inseguro, e encontrou Rachel, branca como um osso, vigiando com uma vassoura a sra. Johnson, firmemente enrolada em um lençol imundo, debatendo-se um pouco e fazendo estranhos ruídos sibilantes e de escarro.

O cadáver de seu marido jazia de barriga para baixo junto à lareira em uma poça de sangue coagulado. Ele não queria olhar o corpo, mas sentiu que de certo modo seria errado não o fazer e foi se postar ao lado dele por um instante, olhando para baixo. Um dos Hunters tinha atiçado o fogo e acrescentado lenha. Havia calor no aposento, mas ele não conseguia senti-lo.

– Está morto – constatou Rachel, a voz monótona.

– Sim.

Ele não sabia como deveria se sentir em tal situação e não tinha nenhuma ideia real de como na verdade se sentia. No entanto, com uma leve sensação de alívio, olhou para a prisioneira.

– Ela...?

– Ela tentou cortar a garganta de Denny, mas pisou na minha mão e me acordou. Vi a faca e gritei. Ele a agarrou e... – Rachel passou a mão na cabeça e William notou que ela havia perdido a touca e que seus cabelos estavam soltos e emaranhados. – Eu sentei em cima dela e Denny a enrolou no lençol. Acho que ela não consegue falar. Sua língua é fendida.

A sra. Johnson colocou a língua para fora e sacudiu as duas metades independentes para ele. Com a lembrança das cobras de seus sonhos vívida na mente, ele se encolheu de repugnância, mas viu o ar de satisfação que cruzou o rosto da mulher.

– Se ela consegue fazer isso com sua língua repulsiva, também pode falar – disse ele e, estendendo a mão, agarrou o pescoço magro da mulher. – Diga-me por que eu não deveria matá-la também.

– Não tenho culpa! – respondeu ela, com um silvo tão áspero que ele quase a soltou com o choque. – Ele me fazzz ajudar.

William olhou por cima do ombro para o corpo junto à lareira.

– Não mais. – Apertou mais o pescoço da sra. Johnson, as batidas da pulsação dela contra seu polegar. – Quantos viajantes vocês mataram, os dois juntos?

Ela não respondeu, mas tocou o lábio superior lascivamente com a língua, primeiro uma das metades, depois a outra. Ele soltou seu pescoço e a esbofeteou com força. Rachel soltou uma arfada.

– Você não deve...

– Sim, devo.

Ele esfregou a mão pela lateral da calça, tentando se livrar do suor da mulher, de sua pele flácida, seu pescoço ossudo. Sua outra mão começava a latejar. Teve a súbita vontade de pegar o machado e golpeá-la sucessivas vezes, esmagar sua cabeça, cortá-la em pedacinhos. Seu corpo tremia com o impulso. Ela notou isso nos olhos dele, negros e brilhantes.

– Não quer que eu a mate? – perguntou a Rachel.

– Você não deve fazer isso – sussurrou ela.

Muito devagar, estendeu o braço para a mão queimada de William. Vendo que ele não se retraiu, tomou-a na sua.

– Você está ferido – disse ela suavemente. – Vamos lá fora. Vou lavar o ferimento.

Conduziu-o para fora, quase cego e tropeçando, e o fez se sentar no tronco de cortar lenha enquanto trazia um balde de água da tina. Parara de chover, embora o mundo inteiro gotejasse e o ar do amanhecer fosse úmido e fresco em seu peito.

Rachel lavou sua mão na água fria e a sensação de ardência diminuiu um pouco. Ela tocou sua coxa, onde o sangue secara em uma longa mancha pela sua calça, mas não fez nada quando ele abanou a cabeça.

– Vou lhe trazer uísque. Temos um pouco na sacola de Denny.

Levantou-se, mas ele agarrou seu pulso com a outra mão, segurando-a com força.

– Rachel – sua voz soou estranha para ele, remota, como se outra pessoa estivesse falando –, nunca matei ninguém antes. Eu não... sei o que fazer a respeito disso. – Ergueu os olhos para ela, buscando compreensão em seu rosto. – Se tivesse sido... Eu esperava que isso acontecesse numa batalha. Isso... eu acho que saberia como. Como me sentir, quero dizer. Se tivesse sido assim.

Ela o encarou, o rosto tenso, perturbado. A luz clareou suas feições, um tom rosado mais suave do que o lustre de pérolas. Após um longo tempo, ela pôs a mão na bochecha de William muito delicadamente.

– Não, não saberia.

PARTE V

Rumo ao precipício

42

ENCRUZILHADA

William se despediu dos Hunters em uma encruzilhada de Nova Jersey. Não era sensato para ele continuar. As perguntas que tinha feito referentes à posição do Exército Continental vinham sendo recebidas com crescente hostilidade, indicando que estavam chegando perto. Nem simpatizantes rebeldes nem legalistas que temiam represálias de um exército à sua porta queriam dizer nada aos misteriosos viajantes que poderiam ser espiões ou pior.

Os quacres teriam mais facilidade sem ele. Estava claro o que eles eram e a intenção de Denzell de se alistar como médico se mostrava ao mesmo tempo tão simples e tão admirável que, se estivessem sozinhos, as pessoas os ajudariam. Ou ao menos receberiam suas indagações com mais boa vontade. Mas com William...

No começo da viagem, dizer que era amigo dos Hunters tinha sido suficiente. As pessoas ficavam curiosas com o pequeno grupo, mas não desconfiadas. No entanto, conforme se aproximavam de Nova Jersey, a agitação do campo aumentava bastante. Fazendas haviam sido saqueadas por grupos em busca de alimentos, tanto pelos mercenários alemães do exército de Howe, tentando atrair Washington para um confronto aberto, tirando-o de seu esconderijo nas montanhas Watchung, quanto pelo Exército Continental, desesperado por suprimentos.

Fazendas que teriam recebido estranhos com prazer por causa das notícias que traziam agora os repeliam com mosquetes e palavras ásperas. Estava cada vez mais difícil encontrar comida. A presença de Rachel às vezes os ajudava a se aproximar o suficiente para lhes oferecer dinheiro – e a pequena reserva de ouro e prata de William sem dúvida era um grande auxílio. Denzell depositara a maior parte do dinheiro da venda da casa em um banco na Filadélfia para garantir a futura segurança financeira de Rachel e o papel-moeda emitido pelo Congresso era quase sempre rejeitado.

Entretanto, não havia como William se fazer passar por um quacre. Além de sua incapacidade de dominar a linguagem simples e o modo de falar deles, sua altura e seu porte deixavam as pessoas nervosas – ainda mais quando ele, com as lembranças do capitão Nathan Hale ainda vívidas, não dizia que pretendia se alistar no Exército Continental nem fazia nenhuma pergunta que pudesse mais tarde ser apresentada como prova de espionagem. Seu silêncio, considerado ameaçador, também deixava as pessoas nervosas.

Ele não falara com os Hunters sobre sua partida. Tanto Denzell quanto Rachel haviam tomado o cuidado de não lhe perguntar sobre seus planos. No entanto, todos sabiam que chegara a hora. Ele pôde sentir isso no ar quando acordou naquela manhã. Quando Rachel lhe entregou um pedaço de pão para o café da manhã, sua mão roçou na dele e William quase segurou seus dedos. Ela sentiu a força de seu impulso reprimido e ergueu a cabeça, espantada, fitando-o nos olhos então mais verdes do que castanhos. Ele teria mandado a discrição para o inferno e a beijado - achava que ela não se oporia - se seu irmão não tivesse surgido do mato naquele momento, abotoando a braguilha.

Não havia nada a ganhar com a demora e talvez fosse melhor fazer logo isso sem pensar muito. Parou o cavalo no meio da encruzilhada, surpreendendo Denzell, cuja égua empinou a cabeça e se agitou com o puxão em suas rédeas.

- Deixo-os aqui - disse William, mais seco do que pretendera. - Meu caminho é para o norte - meneou a cabeça naquela direção. Ainda bem que o sol estava brilhando e ele podia dizer para onde era o norte. - Se vocês continuarem para leste encontrarão alguns representantes do exército do sr. Washington. Se... - Hesitou, mas eles tinham que ser avisados. Pelo que os fazendeiros haviam informado, era evidente que Howe enviara tropas para a região. - Se encontrarem tropas britânicas ou mercenários hessianos... Por acaso vocês falam alemão?

Denzell balançou a cabeça, os olhos arregalados por trás dos óculos.

- Só um pouco de francês.

- Isso é bom. A maioria dos oficiais hessianos fala bem francês. Se encontrarem hessianos que não falem francês e eles quiserem molestá-los, diga-lhes: *Ich verlange Euren Vorgesetzten zu sehen; ich bin mit seinem Freund bekannt.* Significa: "Eu exijo falar com seu oficial; conheço um amigo dele." Diga a mesma coisa se encontrar tropas britânicas. Em inglês, é claro - acrescentou, sem jeito.

Um débil sorriso atravessou o rosto de Denzell.

- Eu agradeço - falou ele. - E se eles nos levarem a um oficial e este quiser saber o nome desse amigo hipotético?

William retribuiu o sorriso.

- Na verdade, não importa. Uma vez diante de um oficial, estarão seguros. Já quanto a um nome... Harold Grey, duque de Pardloe, coronel da 46ª Infantaria.

Tio Hal não conhecia todo mundo como seu pai, mas qualquer um do círculo militar o conheceria ou pelo menos já teria ouvido falar dele.

Pôde ver os lábios de Denzel moverem-se silenciosamente, gravando o nome na memória.

- E quem é o amigo Harold para você, William? - Rachel o observava por baixo da aba caída de seu chapéu e nesse momento o empurrou para trás para encará-lo.

Ele hesitou outra vez, mas afinal o que isso importava agora? Jamais veria os Hunters novamente. E, embora soubesse que os quacres não se deixavam impressionar por demonstrações mundanas de posição social e família, empertigou-se em sua sela.

- Um parente meu - comentou de forma descontraída e, enfiando a mão no bolso, retirou a bolsinha que o escocês Murray lhe dera. - Tomem. Vão precisar disso.

– Podemos nos arranjar sem isso – retrucou Denzell, recusando.

– Eu também – respondeu William, e atirou a bolsinha para Rachel, que a pegou num reflexo, parecendo tão surpresa com o fato de que o fizera quanto pela própria ação de William.

Ele também sorriu para ela, o coração enternecido.

– Boa sorte – disse William com a voz embargada, depois fez o cavalo dar meia-volta e partiu sem olhar para trás.

– Sabia que ele é um soldado inglês? – perguntou Denny Hunter à irmã, observando William se afastar. – Provavelmente um desertor.

– E se for?

– A violência segue um homem assim. Você sabe disso. É um perigo permanecer muito tempo com esse homem, e não só para o corpo. Para a alma também.

Rachel se manteve em silêncio por um instante, observando a estrada vazia. Os insetos zumbiam nas árvores.

– Você é um hipócrita, Denzell Hunter – disse ela sem se alterar, e fez a burra dar meia-volta. – Ele salvou a minha vida *e* a sua. Preferia que ele tivesse se contido e me ver assassinada naquele lugar medonho?

Ela estremeceu ligeiramente apesar, do calor do dia.

– Não – respondeu o irmão. – E agradeço a Deus por ele ter estado lá para salvá-la. Sou pecador o suficiente para preferir sua vida ao bem-estar da alma de um rapaz, mas não hipócrita o suficiente para negar isso, não.

Ela riu com desdém e, tirando o chapéu, afastou alguns mosquitos.

– Fico honrada. Quanto ao que você falava sobre homens violentos e o perigo de ter a companhia deles... você não está me levando para me juntar a um exército?

Denzell riu.

– Estou. Talvez você tenha razão e eu seja um hipócrita. Rachel... – Ele se inclinou e segurou a brida da burra, impedindo-a de se virar. – Você sabe que eu não deixaria nada de mau acontecer a você. Diga e eu encontrarei um lugar para você entre amigos quacres, onde ficará em segurança. Tenho certeza de que Deus falou comigo e preciso seguir minha consciência. Mas não há nenhuma necessidade de você segui-la também.

A irmã lhe lançou um olhar longo e direto.

– E como você sabe se Deus também não falou comigo?

Os olhos dele piscaram por trás dos óculos.

– Fico feliz por você. O que Ele disse?

– "Impeça seu irmão cabeçudo de cometer suicídio porque vou precisar do sangue dele em suas mãos" – rebateu ela, afastando a mão dele da brida de sua burra. – Se vamos nos juntar ao Exército, Denny, devemos encontrá-lo logo.

Ela cutucou com força as costelas da burrinha. As orelhas do animal se empinaram e, com uma exclamação de surpresa de sua dona, partiu pela estrada como um tiro de canhão.

William cavalgou por algum tempo, as costas eretas, demonstrando excelente perícia de ginete. Depois que a estrada fez uma curva e a encruzilhada ficou fora de vista, ele diminuiu a marcha e relaxou um pouco. Lamentava deixar os Hunters, mas precisava voltar seus pensamentos para o futuro.

Conhecera o general Burgoyne certa vez, em uma peça de teatro. Uma peça escrita por ninguém menos que o próprio general. Não se lembrava de nada em relação à peça, já que flertava com uma jovem no camarote ao lado, mas depois descera com seu pai para parabenizar o bem-sucedido dramaturgo, que estava afogueado e empolgado com o triunfo e o champanhe.

"Cavalheiro Johnny", era como o chamavam em Londres. Uma luz no firmamento da sociedade londrina, apesar de que ele e sua mulher tivessem sido obrigados alguns anos antes a fugir da França para escapar da prisão por dívidas. No entanto, ninguém cobra dívidas de um homem. Era demasiado comum.

William estava mais intrigado com o fato de que seu tio Hal parecia gostar de John Burgoyne. Tio Hal não tinha tempo para peças de teatro nem para aqueles que as escreviam – embora, pensando bem, ele possuísse a obra completa de Aphra Behn em suas estantes e o pai de William lhe houvesse dito certa vez, em segredo, que seu irmão Hal tivera uma ligação apaixonada com a sra. Behn depois da morte de sua primeira esposa e antes de seu casamento com tia Minnie.

– A sra. Behn morreu, sabe – explicara o pai. – A salvo.

William assentira, querendo parecer conhecedor das coisas do mundo, embora não fizesse ideia do que seu pai quis dizer com isso. "A salvo"? Como assim, "a salvo"?

Não esperava compreender tio Hal e provavelmente isso era o melhor para ambos. Sua avó Benedicta talvez fosse a única pessoa que o compreendia. A lembrança de seu tio, entretanto, levou-o a pensar em seu primo Henry.

A notícia teria chegado a Adam, é claro, mas ele não podia fazer nada pelo irmão. Nem William, cujo dever o mandava para o norte. Mas tanto seu pai quanto tio Hal, sem dúvida...

O cavalo empinou a cabeça, resfolegando, e William olhou para a frente, avistando um homem parado à beira da estrada, um dos braços erguidos, saudando-o.

Ele avançou devagar, um olhar atento à floresta, para o caso de o sujeito ter aliados escondidos para emboscar viajantes desavisados. As margens da estrada, entretanto, eram bem abertas naquele trecho, com um mato denso, mas de galhos altos e finos mais além; ninguém poderia se esconder ali.

– Bom dia, senhor – disse ele, parando a uma distância segura do velho.

Velho porque seu rosto era coberto de rugas, como um monte de escória de uma mina de estanho. Ele se apoiava num cajado e seus cabelos eram brancos como neve, amarrados para trás em uma trança.

– Prazer – respondeu o cavalheiro idoso.

Cavalheiro porque ele tinha uma postura altiva e suas roupas eram de boa qualidade e, agora que William notava, havia um bom cavalo também, amarrado e pastando a certa distância. William relaxou um pouco.

– Para onde vai, senhor? – perguntou educadamente.

O idoso deu de ombros, à vontade.

– Depende do que você me disser, meu jovem. – O velho era escocês, embora seu inglês fosse muito bom. – Estou à procura de um homem chamado Ian Murray. Acho que você o conhece, não é?

William ficou desconcertado. Como o velho sabia disso? Mas ele conhecia Murray; talvez Murray tivesse mencionado William para ele.

– Eu o conheço. Receio não ter a menor ideia de onde ele esteja.

– Não? – O velho lhe lançou um olhar penetrante.

Como se ele achasse que eu fosse mentir para ele, pensou William. *Velho desconfiado!*

– Não – repetiu com firmeza. – Eu o encontrei no Great Dismal há algumas semanas, na companhia de mohawks. Não sei para onde ele pode ter ido depois disso.

– Mohawk – murmurou o velho, e viu os olhos fundos se fixarem em seu peito, onde a grande pata de urso era vista sobre a camisa. – Você arranjou esse *bawbee* com os mohawks, então?

– Não – respondeu William, sem saber o que era um *bawbee*, mas achando que de certo modo soava depreciativo. – O sr. Murray me deu, de um... amigo.

– Um amigo. – O velho estudava seu rosto ostensivamente, de uma forma que deixava William desconfortável e, portanto, furioso. – Como se chama, rapaz?

– Não é da sua conta, senhor – falou William da maneira mais educada possível, juntando as rédeas. – Tenha um bom dia!

A expressão do sujeito endureceu e sua mão apertou o cajado. William se virou, com receio de que o homem pretendesse atacá-lo. Ele não o fez, mas William notou, um pouco chocado, que lhe faltavam dois dedos da mão que segurava o cajado.

Achou por um instante que o sujeito fosse montar e segui-lo, porém, quando olhou para trás, ele ainda estava de pé à beira da estrada, vendo-o se afastar.

Não fazia nenhuma diferença, mas, motivado por alguma obscura ideia de evitar chamar atenção, William colocou a pata de urso para dentro da camisa, onde ficou escondida, pendurada ao lado de seu rosário.

43
CONTAGEM REGRESSIVA

Fort Ticonderoga
18 de junho de 1777

Queridos Bri e Roger,

Vinte e três dias até aqui. Espero que possamos partir na data planejada. Seu primo Ian deixou o forte há um mês, dizendo que tinha uma pequena questão a resolver mas que estaria de volta ao término do prazo de alistamento da milícia de Jamie. O próprio Ian não quis se alistar, tornando-se um explorador voluntário, de modo que tecnicamente ele não é um desertor. Não que o comandante do forte esteja em posição de castigar desertores, salvo enforcá-los se forem tolos o suficiente para voltar – e nenhum deles volta. Não sei ao certo o que Ian está fazendo, apenas espero que possa ser bom para ele.

Por falar no comandante do forte, temos um novo. Quanta agitação! O coronel Wayne partiu há algumas semanas – sem dúvida suando tanto de alívio quanto da umidade –, mas subimos de status no mundo. O novo comandante é nada menos do que um general de divisão: Arthur St. Clair, um escocês alegre e bonitão que fica ainda mais atraente quando usa sua faixa cor-de-rosa para ocasiões formais. (A vantagem de pertencer a um exército ad hoc *é que aparentemente a pessoa pode desenhar o próprio uniforme. Nada dessas velhas e conservadoras convenções britânicas sobre uniformes militares.)*

O general St. Clair veio com batedores: três generais de posto inferior, um deles francês (seu pai diz que o general Fermoy é um pouco estranho, militarmente falando), e cerca de três mil novos recrutas. Isso deu uma animada em todos aqui (apesar de colocar uma enorme pressão na demanda por latrinas. Formam-se filas de até quinze pessoas pela manhã nas covas e há uma grave escassez de urinóis). St. Clair fez um belo discurso, garantindo que o forte não pode ser tomado agora. Seu pai, que estava ao lado do general na ocasião, disse algo baixinho, em gaélico, nesse momento, mas não tão baixo assim. Embora eu tenha certeza de que o general nasceu em Thurso, ele fingiu não entender.

A construção da ponte entre o forte e o monte Independence continua a passos largos... e o monte Defiance continua lá do outro lado da água. Uma pequena colina inofensiva, quando se olha, porém bem mais alta do que o forte. Jamie fez o sr. Marsden remar até lá com um alvo – um quadrado de madeira de 1,20 metro de lado, pintado de branco – e colocá-lo perto do topo da colina, onde era perfeitamente visível pelas baterias do forte. Ele convidou o general Fermoy (que não tem uma faixa cor-de-rosa, apesar de ser francês) para testar um dos novos rifles (Jamie retirou vários deles da carga do Teal *antes de patrioticamente doar o restante para a causa americana). Eles destroçaram o alvo, um ato cujo significado não passou despercebido ao general St. Clair, que os acompanhara para observar. Creio que St. Clair ficará quase tão satisfeito quanto eu quando o período de alistamento de seu pai acabar.*

O novo influxo tornou as coisas mais movimentadas, é claro. A maioria dos novos recrutas é saudável, o que é de admirar, mas há os pequenos acidentes de costume: doenças venéreas e febre malária – o suficiente para o major Thacher, o médico-chefe, fingir que não vê quando eu faço curativo em um ferimento, apesar de eu impor um limite. Não posso ter acesso aos instrumentos afiados. Felizmente, tenho uma pequena faca com a qual posso lancetar furúnculos.

Também estou ficando quase sem ervas medicinais, desde a deserção de Ian. Ele costumava trazer de suas expedições muitas plantas úteis. Não é seguro se aventurar fora do forte, a não ser em grandes grupos. Dois homens que saíram para caçar alguns dias atrás foram encontrados mortos e escalpelados.

Apesar de meu estojo médico permanecer um tanto escasso, em compensação arranjei uma ajudante com tendências necrófilas. É a sra. Raven, de New Hampshire, cujo marido é um oficial de milícia. Ela é jovem, com 30 e poucos anos, e nunca teve filhos, por isso tem muita energia emocional para gastar. Ela viceja diante dos doentes e moribundos, embora eu tenha certeza de que se considera extremamente piedosa e solidária. Delicia-se com os detalhes mórbidos, o que a torna uma auxiliar estranha, mas competente. Enfim, posso contar com a sra. Raven sabendo que não vai desmaiar enquanto conserto uma fratura múltipla ou tenho que amputar (rapidamente, antes que o major Thacher ou seu fiel escudeiro percebam) um dedo gangrenado, por medo de perder algum detalhe. É bem verdade que ela choraminga e faz um pouco de cena, além de agarrar o peito achatado e arregalar os olhos, ao descrever essas aventuras a outras pessoas depois (quase desmaiou de hiperventilação quando trouxeram os homens escalpelados), mas em questão de ajuda é preciso aceitar o que vier.

No entanto, na outra ponta da escala em termos de competência médica, o novo influxo de recrutas trouxe um jovem médico quacre chamado Denzell Hunter e sua irmã, Rachel. Eu ainda não falei com ele, mas, pelo que vejo, o dr. Hunter parece ter uma vaga noção da teoria dos germes, pois foi orientado por John Hunter, um dos grandes homens da medicina. Para o caso de Roger estar lendo esta carta, vou me abster de contar a maneira pela qual John Hunter descobriu como a gonorreia é transmitida. Bem, na verdade, não vou: ele se cortou no pênis com uma lanceta coberta de pus de um paciente infectado e ficou satisfeito com os resultados, segundo Denny Hunter, que falou sobre esse interessante incidente ao seu pai enquanto fazia um curativo no polegar dele, que fora imprensado entre duas toras (não se preocupe, não está quebrado; apenas bastante machucado). Adoraria ver como a sra. Raven reagiria a essa história, mas imagino que a decência impediria o jovem dr. Hunter de lhe contar.

Vocês estão, é claro, cuidando da programação de vacinas das crianças.

Com todo o meu amor,

Mamãe

Brianna tinha fechado o livro, mas sua mão continuava a retornar para a capa, como se desejasse abri-lo outra vez, para o caso de dizer algo diferente.

– Vinte e três dias depois de 18 de junho é...? – Ela deveria ser capaz de calcular isso de cabeça, mas o nervosismo a privara da habilidade de computar.

– Setembro tem trinta dias – disse Roger em voz baixa, erguendo os olhos para o teto. – Abril, junho... certo, junho tem trinta, portanto doze dias de 18 até 30 e mais dez vai dar em 10 de julho.

– Meu Deus.

Ela havia lido três vezes, então olhar outra vez não iria fazer diferença. Mesmo assim, abriu o livro de novo, na página com o retrato de John Burgoyne. Um homem bonito – "E ele bem sabe disso!", disse em voz alta, fazendo Roger franzir a testa à sua consternação –, conforme pintado por sir Joshua Reynolds, de uniforme, a mão pousada no cabo da espada, de pé contra um dramático cenário de fundo de nuvens escuras e tempestuosas. E lá estava na página seguinte, em preto e branco.

No dia 6 de julho, o general Burgoyne atacou Fort Ticonderoga com uma tropa de oito mil soldados alistados, mais vários regimentos alemães comandados pelo barão Von Riedesel e um grupo de índios.

William encontrou o general Burgoyne e seu exército com um pouco mais de facilidade do que os Hunters haviam descoberto o paradeiro do general Washington. Por outro lado, Burgoyne não estava tentando se esconder.

Era um acampamento opulento, de acordo com os padrões do Exército. Fileiras de barracas de lona branca alinhadas cobriam três campos e adentravam a floresta. Dirigindo-se à barraca do comandante para se apresentar, ele avistou uma pilha de garrafas de vinho vazias perto da tenda do general, chegando quase à altura dos seus joelhos. Como ele não sabia que o general era um notável beberrão, presumiu que essa benesse seria resultado de uma generosa hospitalidade e do gosto por companhia. Um bom sinal em um comandante, pensou.

Um criado bocejante catava os restos das tampas de chumbo, jogando o metal em uma lata, provavelmente para ser derretido para balas. Lançou um olhar sonolento e inquiridor a William.

– Vim me apresentar ao general Burgoyne – disse este.

O criado o avaliou dos pés à cabeça, demorando-se com vaga curiosidade em seu rosto e o levando a duvidar da perfeição com que fizera a barba de manhã.

– Ele foi jantar com o general de brigada e o coronel St. Leger ontem à noite – anunciou o criado finalmente, com um ligeiro arroto. – Volte à tarde. Enquanto isso – levantou-se devagar, como se o movimento fizesse sua cabeça doer, e apontou –, a barraca da bagunça é aquela lá.

44

AMIGOS

Fort Ticonderoga
22 de junho de 1777

Para minha grande surpresa, encontrei o capitão Stebbings sentado. Pálido, banhado em suor e oscilando como um pêndulo. O sr. Dick pairava acima dele, cacarejando com a amorosa ansiedade de uma galinha com seu pintinho.

– Vejo que está se sentindo melhor, capitão – comentei, sorrindo para ele. – Vai estar de pé qualquer dia desses, não é?

– Estive... de pé – respondeu ele com a respiração ruidosa. – Achei que ia morrer.

– O quê? Ele estar *andando* – assegurou-me o sr. Dick, dividido entre o orgulho e o assombro. – Agarrado ao meu braço, mas ele andar!

Eu estava de joelhos, ouvindo os pulmões e o coração através do estetoscópio de madeira que Jamie fizera para mim. Uma pulsação digna de um carro de corrida de oito cilindros e um bocado de gorgolejo e assobio, mas nada alarmante.

– Parabéns, capitão Stebbings! – falei, baixando o estetoscópio e sorrindo. Ele ainda tinha uma aparência horrível, mas sua respiração começava a melhorar. – Provavelmente não vai morrer hoje. O que provocou toda essa ambição?

– Meu... contramestre – conseguiu dizer, antes que um acesso de tosse o interrompesse.

– Joe Ormiston – esclareceu o sr. Dick, acenando a cabeça em minha direção. – Pé dele fede. Capitão ir ver ele.

– Sr. Ormiston. O pé dele está fedendo?

Isso disparou todo tipo de alarme. Para um ferimento nesse ambiente em particular, ter um cheiro tão acentuado a ponto de chamar a atenção era um indício muito ruim. Levantei-me, mas fui detida por Stebbings, que segurou minha saia com força.

– Você – disse ele, esforçando-se para respirar. – Cuide dele.

Ele exibiu os dentes manchados em um largo sorriso.

– É uma ordem – completou com um assovio –, madame.

– Sim, sim, capitão – respondi irritada e corri para o prédio do hospital, onde ficava a maioria dos doentes e feridos.

– Sra. Fraser! O que foi?

O grito ansioso veio da sra. Raven, que saía da loja de provisões quando passei. Ela era alta e magra, com cabelos escuros que sempre se soltavam de baixo da touca, como acontecia agora.

– Ainda não sei – respondi rapidamente, sem parar. – Mas deve ser grave.

– Ah! – exclamou ela, mal se contendo para não falar "Ótimo!". Enfiando seu cesto embaixo do braço, passou a me acompanhar, determinada a fazer o bem.

Prisioneiros ingleses inválidos haviam sido alojados ao lado de pacientes americanos em um longo edifício de pedras, iluminado por janelas estreitas e sem vidro, morrendo de calor ou de frio, dependendo das condições do tempo. No momento, estava quente e úmido do lado de fora – era meio da tarde – e entrar no prédio foi como ser atingida no rosto com uma toalha úmida e quente. Uma toalha *suja*, úmida e quente.

Não foi difícil encontrar o sr. Ormiston; havia um grupo de homens de pé em volta de seu catre. O tenente Stactoe estava entre eles (isso era ruim), discutindo com o dr. Hunter (isso era bom), enquanto dois outros cirurgiões tentavam apresentar suas opiniões.

Eu soube sem olhar o motivo da discussão: o pé do sr. Ormiston piorara e eles pretendiam amputá-lo. Muito provavelmente tinham razão. Deviam estar debatendo sobre *onde* amputar ou quem o faria.

A sra. Raven se deixou ficar para trás, nervosa à vista dos médicos.

– Você realmente acha...? – Ela começou a dizer, mas não prestei atenção.

Há momentos em que se deve parar para pensar, mas esse não era um deles. Somente a ação, rápida e decisiva, serviria. Inspirei fundo o ar denso e dei um passo à frente.

– Boa tarde, dr. Hunter – disse, abrindo caminho entre os dois cirurgiões de milícia e sorrindo para o jovem médico quacre. – Tenente Stractoe – acrescentei, para não ser rude.

Ajoelhei-me ao lado do catre do paciente, limpei a mão suada em minha saia e segurei a dele.

– Como vai, sr. Ormiston? O capitão Stebbings me mandou para cuidar de seu pé.

– Ele o *quê*? – começou o tenente Stactoe, irritado. – Francamente, o que a senhora pode...?

– Isso é bom, madame – interrompeu o sr. Ormiston. – O capitão avisou que ia enviá-la. Eu estava dizendo a esses cavalheiros que eles não precisam se preocupar, pois eu tinha certeza de que a *senhora* saberia o melhor modo de fazer isso.

E tenho certeza de que ficaram muito satisfeitos em ouvir isso, pensei, mas sorri para ele e apertei sua mão. Seu pulso parecia acelerado e um pouco fraco, mas regular. Sua mão, no entanto, estava muito quente e não fiquei nem um pouco surpresa ao ver os veios vermelhos da septicemia subindo pela perna do pé mutilado.

Eles haviam tirado as bandagens do pé. O sr. Dick estava certo: fedia.

– Meu *Deus*! – exclamou a sra. Raven atrás de mim, com absoluta sinceridade.

A gangrena já tinha se estabelecido. Se o cheiro e a crepitação do tecido não fossem suficientes para confirmar, os dedos já começavam a enegrecer. Não perdi tempo em ficar com raiva de Stactoe; considerando o estado inicial do pé e o tratamento disponível, talvez eu também não tivesse conseguido salvá-lo. O fato de a gangrena estar tão evidente até que era uma ajuda. Não havia a menor dúvida de que a amputação era necessária. Nesse caso, me perguntei, por que eles estavam discutindo?

– Entendo que concorda com a amputação, não é, sra. Fraser? – indagou o tenente, com sarcástica cortesia. – Como *médica* do paciente?

Vi que ele já tinha seus instrumentos enfileirados sobre uma toalha. Decentemente conservados, mas esterilizados.

– Com certeza – respondi. – Sinto muito, sr. Ormiston, mas ele tem razão. E vai se sentir muito melhor depois. Sra. Raven, poderia me trazer uma panela de água fervente? – Virei-me para Denzell Hunter, que segurava a outra mão do sr. Ormiston, aferindo seus batimentos cardíacos. – Não concorda, dr. Hunter?

– Sim, concordo – assentiu ele. – Estamos em desacordo com relação ao grau de amputação necessária, não a sua necessidade. Para que é a água fervente, amiga... Fraser?

– Claire. Esterilização dos instrumentos. Para evitar infecção pós-operatória. O máximo possível. – Stactoe fez um ruído muito desrespeitoso, mas eu o ignorei. – O que recomenda, dr. Hunter?

– Denzell – disse ele, com um breve sorriso. – O amigo Stactoe deseja amputar abaixo do joelho...

– Claro que sim! – exclamou Stactoe, furioso. – Quero preservar o joelho e não há nenhuma necessidade de ir mais alto!

– Por mais estranho que pareça, estou inclinada a concordar – respondi, mas me voltei outra vez para Denzell Hunter. – Você não?

Ele balançou a cabeça e empurrou os óculos para cima.

– Devemos amputar no meio do fêmur. O paciente tem um aneurisma poplíteo. Isso significa...

– Sei o que significa. – Eu sabia e já estava apalpando atrás do joelho do sr. Ormiston. Ele emitiu uma risadinha aguda, parou e ficou vermelho, embaraçado. Sorri para ele. – Desculpe-me, sr. Ormiston. Não farei mais cócegas.

Não seria necessário. Eu podia sentir o aneurisma. Latejava contra meus dedos, um inchaço grande, duro, bem na cavidade da junta. Já devia ter isso havia algum tempo. Era de admirar que não tivesse explodido durante a batalha no mar ou no árduo transporte até Ticonderoga. Em uma moderna sala de cirurgia, talvez fosse possível fazer uma amputação menor e consertar o aneurisma, não ali.

– Tem razão, amigo Denzell. Assim que a sra. Raven trouxer a água fervente, nós...

Os homens não estavam me ouvindo. Olhavam para algo atrás de mim. Eu me virei e vi Guiné Dick, vestido só com uma tanga por causa do calor e brilhando de suor, *todas* as suas tatuagens à mostra, avançando em nossa direção com uma garrafa preta levada cerimoniosamente entre as mãos.

– Ele capitão mandar grogue pra você, Joe – disse ao sr. Ormiston.

– Bem, que Deus abençoe o capitão por um bom rum! – comentou o sr. Ormiston com um sincero agradecimento.

Ele pegou a garrafa de rum, arrancou a rolha com os dentes e começou a beber com concentrada determinação. O barulho de água se derramando e espalhando no chão anunciou a volta da sra. Raven. Quase toda lareira tinha uma chaleira no fogo; encontrar água fervente não era nenhuma dificuldade. Ela havia, bendita seja, trazido também um balde de água fria para que eu pudesse lavar minhas mãos sem me queimar.

Peguei uma das facas de amputação de lâmina curta, preparando-me para mergulhá-la na água fervente, apenas para tê-la arrancada da minha mão por um enfurecido tenente Stactoe.

– O que está fazendo, madame? – exclamou ele. – Esta é a minha melhor lâmina!

– Sim, e é por isso que pretendo usá-la – falei. – *Depois* de lavá-la.

Stactoe era um sujeito baixo, de cabelo grisalho e cortado à escovinha; era também 6 ou 7 centímetros mais baixo do que eu, como descobri ao me levantar e encará-lo, olhos nos olhos. Seu rosto ficou um pouco mais vermelho.

– Vai arruinar a têmpera do metal submetendo-o à água quente!

– Não – retruquei. – Água quente não vai fazer nada senão limpá-la. E eu não vou usar uma lâmina suja neste homem.

– Não? – Algo como satisfação brilhou em seus olhos e ele apertou a lâmina junto ao peito. – Muito bem, então. Suponho que, nesse caso, terá que deixar o trabalho para os que podem realizá-lo, não é?

Guiné Dick, que permanecera na sala para observar depois de entregar a garrafa, acompanhara o progresso da discussão com interesse e, nesse ponto, inclinou-se para a frente e tirou a faca da mão de Stactoe.

– Ele capitão diz ela fazer para Joe – disse calmamente. – Ela fazer.

A boca de Stactoe se abriu de indignação a esse pavoroso insulto ao seu posto. Ele se arremessou sobre Dick, agarrando a lâmina. Dick, com reflexos aguçados por guerras tribais e anos no mar a serviço da Marinha Britânica, girou a lâmina para Stactoe com a óbvia intenção de decapitá-lo. Provavelmente teria conseguido se não fosse pelos reflexos de Denzell Hunter, que o fizeram saltar para pegar o braço de Dick. Ele errou o alvo, mas conseguiu derrubar o enorme guineense contra Stactoe. Eles se atracaram – Dick deixou cair a faca – e cambalearam para a frente e para trás por um instante, antes que ambos se desequilibrassem e caíssem no catre de Ormiston, lançando paciente, garrafa de rum, água quente, Denzell Hunter e o resto dos instrumentos espalhados ao chão de lajes de pedra com um estardalhaço que fez parar toda a conversa no prédio.

– Ooooh! – exclamou a sra. Raven, deliciosamente chocada. Aquilo estava ficando ainda melhor do que ela esperava.

– Denny! – gritou uma voz atrás de mim. – O que acha que está fazendo?

– Estou... ajudando a amiga Claire em sua cirurgia – respondeu Denzell com certa dignidade, sentando-se e tateando pelo chão em busca de seus óculos.

Rachel Hunt se abaixou e pegou os óculos extraviados, que haviam deslizado pelas pedras, e recolocou-os com firmeza no rosto do irmão, enquanto mantinha um olho atento no tenente Stactoe, que se levantava do chão, visivelmente inflando de raiva.

– Você – disse ele em voz rouca, apontando um dedo pequeno e trêmulo para Dick. – Vou mandar enforcá-lo por atacar um oficial. E vou fazer *você* – girando o dedo acusador na direção de Denzell Hunter – ir a corte marcial e ser condenado! Quanto a você, madame... – cuspiu a palavra, mas depois estacou, incapaz de pensar em algo terrível para me ameaçar. – Vou mandar seu marido lhe dar uma surra!

– Venha me fazer cócegas, querida! – disse uma voz arrastada do chão.

Olhei para baixo e vi um vesgo sr. Ormiston. Ele não se separara da garrafa de rum durante a confusão, continuara a beber e, com o rosto banhado de álcool, agora fazia movimentos aleatórios com a mão perto do meu joelho.

O tenente Stactoe emitiu um ruído indicando que havia chegado ao seu limite. Reunindo apressadamente seus instrumentos, marchou para fora do aposento, coberto de facas e serras, de vez em quando deixando cair pequenos objetos em seu rastro.

– Está precisando de mim, Sissy? – Denzell Hunter já se levantara a essa altura e ajeitava o catre caído.

– Não tanto quanto a sra. Brown – disse a irmã, um tom seco na voz. – Ela diz que chegou a hora dela e quer vê-lo. Já. Agora.

Ele bufou ligeiramente e olhou de relance para mim.

– A sra. Brown é uma histérica – disse ele, como se pedisse desculpas. – Acho que ela não deve dar à luz ainda por um mês, mas sofre de falsas contrações regularmente.

– Eu a conheço – falei, reprimindo um sorriso. – Antes você do que eu, companheiro.

A sra. Brown *era* histérica. Era também a mulher de um coronel de milícia. Portanto, ela achava que precisava de muito mais do que os serviços de uma mera parteira. Tendo ouvido dizer que o dr. Denzell Hunter trabalhara com o dr. John Hunter, que era *accoucheur* da *Rainha*!, dispensara meus serviços.

– Ela não está sangrando nem a bolsa d'água estourou? – perguntou Denzell à irmã, a voz denotando resignação.

Guiné Dick, nem um pouco perturbado pelo recente conflito, já arrumara os lençóis da cama. Depois se agachou, levantou o pesado sr. Ormiston como se fosse um colchão de penas e o depositou, com sua garrafa, na cama.

– Achar ele pronto – anunciou, após escrutinar o paciente, que agora estava deitado, os olhos fechados, murmurando alegremente: "Só um pouco mais baixo, querida, sim, isso, isso..."

Denzell olhava do sr. Ormiston para a irmã e para mim.

– Tenho que ir ver a sra. Brown, embora não ache que seja urgente. Pode esperar um pouco e eu faço isso para você?

– Ela fazer isso – falou Dick, com um ar furioso.

– Sim, ela faz – assegurei-lhe, prendendo meus cabelos para trás. – Mas com *que* ela vai fazer isso é outra questão. Tem alguns instrumentos que possa me emprestar, doutor... hã, amigo Denzell?

Ele esfregou a testa, pensando.

– Eu tenho uma boa serra. – Sorriu ligeiramente. – E não me importo se quiser fervê-la. Mas nenhuma lâmina pesada. Quer que eu peça à Rachel para perguntar a um dos outros médicos?

O rosto de Rachel se fechou um pouco diante dessa sugestão e eu achei que talvez o dr. Hunter não fosse muito popular com os outros cirurgiões.

Analisei a perna muito sólida do sr. Ormiston, estimando a grossura de carne a ser cortada, e enfiei a mão na fenda da saia até o cabo da minha faca. Era uma faca boa, robusta, e Jamie acabara de amolá-la para mim. Uma lâmina curva seria melhor, mas achei que o comprimento seria suficiente...

– Não, não se preocupe. Acho que isto vai funcionar. Poderia trazer a serra do seu irmão, senhorita... hã, Rachel? – Sorri para ela. – E, sra. Raven, receio que a água tenha esfriado, poderia...

– Sim! – gritou ela e, agarrando a vasilha, saiu com grande alarido, chutando um dos objetos remanescentes do tenente Stactoe pelo caminho.

Diversas pessoas observavam o drama do pé do sr. Ormiston, fascinadas. Agora que o tenente fora embora, começaram a se aproximar, olhando para Guiné Dick, que ria para elas.

– Será que a sra. Brown pode esperar um quarto de hora? – perguntei a Denzell. – Será mais fácil se eu tiver alguém que sabe o que está fazendo para segurar a perna enquanto eu corto.

– Um quarto de hora?

– Bem, a verdadeira amputação vai levar menos de um minuto, se eu não encontrar nenhuma dificuldade. Mas vou precisar de um pouco de tempo para os preparativos e gostaria de ter a sua ajuda para ligar os vasos sanguíneos depois. Onde foi parar a garrafa de rum, aliás?

Os olhos escuros de Denzell estavam arregalados, mas ele gesticulou para o sr. Ormiston, que adormecera e agora roncava, abraçado à garrafa de rum.

– Não pretendo bebê-lo – afirmei, em resposta a sua expressão.

Peguei a garrafa e despejei um pouco em um pano limpo, com o qual comecei a limpar a perna cabeluda do sr. Ormiston. Felizmente, o tenente havia deixado seu frasco de suturas e o instrumento que a sra. Raven chutara era um tenáculo. Eu iria precisar dele para prender as pontas das artérias cortadas, que tinham a irritante tendência de saltar de novo para dentro da carne e se esconder, lançando esguichos de sangue enquanto isso.

– Ah! – exclamou Denzell, ainda desnorteado, mas disposto a colaborar. – Compreendo. Posso... ajudar?

– Posso usar seu cinto para a ligadura?

– Claro – murmurou ele, desafivelando-o sem hesitação e parecendo interessado. – Estou vendo que já fez isso antes.

– Muitas vezes, infelizmente.

Inclinei-me para verificar a respiração do sr. Ormiston, que era ruidosa, mas não difícil. Ele havia tomado quase metade da garrafa em cinco minutos. Era uma dose que mataria alguém menos acostumado a rum do que um marinheiro britânico, mas seus sinais vitais eram razoavelmente bons, apesar da febre. A embriaguez não era de forma alguma equivalente a anestesia. O paciente estava atordoado, não inconsciente. Certamente despertaria quando eu começasse a cortar. No entanto, o álcool de fato aliviava o medo e poderia amortecer um pouco a dor inicial. Eu me perguntava se, e quando, conseguiria fazer éter outra vez.

Havia duas ou três mesas pequenas no longo salão, repletas de ataduras, algodão e outros materiais de curativo. Escolhi um bom suprimento de materiais limpos e voltei com eles para o lado da cama exatamente quando a sra. Raven – arquejante e afogueada, ansiosa e com receio de perder alguma coisa – chegou, a água do balde respingando pelo chão. No instante seguinte, Rachel Hunter retornou com a serra do irmão.

– Poderia mergulhar a serra na água, amigo Denzell? – perguntei, amarrando um saco de aniagem na cintura para servir de avental.

O suor escorria pelas minhas costas, fazendo cócegas entre as nádegas, e amarrei um pedaço de atadura ao redor de minha cabeça como uma bandana, para impedir que o suor escorresse para dentro dos olhos enquanto eu trabalhava.

– E esfregue essas manchas perto do cabo, sim? Depois, minha faca e aquele tenáculo, por favor.

Parecendo confuso, ele obedeceu, sob os murmúrios interessados dos espectadores, que obviamente nunca haviam presenciado um procedimento tão estranho, apesar de a presença selvagem do sr. Dick mantê-los a uma distância segura.

– Acha que o tenente iria mandar enforcar o nosso amigo aqui? – sussurrou Denzell para mim, indicando Dick com um aceno da cabeça. – Ou poderia, de fato?

– Tenho certeza que ele adoraria, mas não creio que possa. O sr. Dick é um prisioneiro inglês. Você acha que ele pode mandá-lo para corte marcial?

– Acho que ele pode tentar – disse Denzell, não parecendo preocupado com a possibilidade. – Afinal, eu me alistei.

– É mesmo? – Isso parecia estranho, mas ele não era o único quacre que eu conhecera em um campo de batalha, por assim dizer.

– Sim. Mas acho que o Exército não tem tantos médicos para que possa se dar ao luxo de enforcar um. E duvido que ser rebaixado de posto iria afetar minha especialidade. – Ele sorriu para mim.

– Afinal, você não tem nenhuma patente, se não estou enganada. No entanto, acho que vai conseguir.

– Deus queira – disse ele e assentiu. – Deus queira. – E me entregou a faca, ainda quente da água fervente. – É melhor vocês recuarem um pouco – avisou aos espectadores. – Vai haver muito sangue.

– Meu Deus, meu Deus! – exclamava a sra. Raven, com a respiração entrecortada, trêmula de expectativa. – Que coisa medonha!

45

TRÊS FLECHAS

Mottville, Pensilvânia
10 de junho de 1777

Grey se sentou ereto, por pouco não batendo a cabeça na viga baixa que passava acima da cama. Seu coração martelava, a nuca e as têmporas molhadas de suor, e por um instante não conseguiu ter a menor noção de onde estava.

– A terceira flecha – disse ele em voz alta, tentando combinar as palavras ao sonho vívido do qual emergira.

Teria sido um sonho, uma lembrança ou algo que compartilhasse a natureza de ambos? Estava de pé no salão principal de Trois Flèches, olhando para o belíssimo Stubbs pendurado à direita do console barroco da lareira. As paredes estavam cobertas de quadros – pendurados em cima e embaixo, amontoados sem nenhuma preocupação com tema ou mérito.

Fora assim mesmo? Lembrava-se de uma sensação de opressão pelo excesso de decoração, mas os quadros teriam realmente se amontoado sobre ele, retratos olhando de cima, de baixo, rostos em todas as direções?

No sonho, o barão Amandine estava postado a seu lado, o ombro tocando o dele. Eram quase da mesma altura. O barão falava de uma das pinturas, mas Grey não se lembrava do que ele dizia – algo sobre a técnica empregada pelo pintor, talvez.

Do outro lado estava Cecile Beauchamp, a irmã do barão, seu ombro nu roçando o de Grey. Ela usava talco nos cabelos e perfume de jasmim; o barão, uma colônia selvagem de bergamota e almíscar. Ele se lembrava da mistura das fortes fragrâncias com o amargor das cinzas da madeira no calor sufocante do aposento, e da leve sensação de náusea que essa mistura causava. A mão de alguém segurara uma de suas nádegas, apertara-a com familiaridade e depois começara a acariciá-la de modo insinuante. Ele não sabia de quem era a mão.

Isso não fora parte do sonho.

Deitou-se devagar nos travesseiros, os olhos fechados, tentando recapturar as imagens da mente sonolenta. O sonho se modificara para algo erótico, a boca de alguém em sua carne receptiva. Foram as sensações associadas a isso, na verdade, que o acordaram. Ele também não sabia de quem era a boca. O dr. Franklin também participara de seu sonho. Grey se lembrou das nádegas brancas, ligeiramente flácidas mas ainda firmes, enquanto o sujeito descia o corredor à sua frente, os longos cabelos grisalhos dispersos pelas costas ossudas, dobras de pele flácida ao redor da cintura, falando sem a menor preocupação sobre os quadros, que cobriam as paredes do corredor também. Era uma recordação vívida, carregada de sentimentos. Certamente ele não... não com Franklin, mesmo em sonho. Mas tinha alguma coisa a ver com os quadros...

Tentou se lembrar de algumas das pinturas, mas já não tinha certeza do que era real e do que emergia dos sonhos. Havia paisagens... algo que pretendia ser um cenário egípcio, embora ele tenha se permitido duvidar que o pintor houvesse algum dia colocado o pé ao sul da costa bretã. Os tradicionais retratos de famílias...

– Sim!

Sentou-se, e dessa vez realmente bateu o topo da cabeça na viga com tanta força que viu estrelas e emitiu um grunhido de dor.

– Tio John? – a voz de Dottie veio com clareza da outra cama, surpresa, e um ruído de lençóis vindo do chão indicou que sua camareira também acordara. – O que aconteceu?

– Nada, nada. Volte a dormir. – Ele atirou as pernas para fora da cama. – Só... vou à latrina.

– Certo.

Resmungos e movimentos no chão, um severo *shhh!* em reprimenda de Dottie. Ele encontrou a porta do quarto tateando as paredes, pois as persianas haviam sido cerradas e o aposento estava escuro como breu, depois desceu as escadas à luz turva de um fogo abafado no salão principal da hospedaria.

O ar do lado de fora estava fresco, perfumado com alguma coisa que ele não reconhecia, mas que estava gravada em sua memória. Foi um alívio se livrar da luta com seu sonho obstinado e se deixar submergir naquela lembrança puramente sensorial. Trazia de volta longas cavalgadas na Virgínia, estradas lamacentas, folhas novas, a sensação de um cavalo sob ele, caçadas com William, o recuo de uma arma, o sangue de um veado jorrando quente em sua mão...

Sentiu a proximidade das regiões selvagens dominá-lo, aquela sensação estranha, forte, tão característica da América: a sensação de alguma coisa à espera entre as árvores – não inimiga, mas também não acolhedora. Ele adorara aqueles poucos anos na Virgínia, longe das intrigas da Europa, da permanente sociabilidade de Londres. Mas os valorizava muito, pela intimidade que havia crescido entre ele e seu filho naqueles anos na floresta.

Ele ainda não vira vaga-lumes nessa viagem. Examinava o capim denso enquanto andava, mas era tarde demais. Os vaga-lumes saíam no começo da noite. Ansiava por mostrá-los a Dottie. William ficara encantado ao vê-los pela primeira vez quando foram morar na Virgínia. Pegara-os nas mãos em concha, exclamando extasiado quando iluminavam a cavidade escura de suas palmas. Recebera a volta deles a cada verão com alegria.

Fisicamente aliviado e com a mente ao menos um pouco aplacada, sentou-se devagar na tora de cortar lenha no pátio da estalagem, ainda sem vontade de retornar para a escuridão sufocante do quarto no andar de cima.

Onde Henry está?, perguntou-se. *Onde ele dorme esta noite? Em alguma masmorra?* Não, as colônias não tinham nada assim. Mesmo as casas comuns eram muito confortáveis e arejadas. Talvez seu sobrinho estivesse detido em uma prisão, um celeiro, um porão. No entanto, ele tinha, até onde sabiam, sobrevivido ao inverno, apesar do que devia ser um ferimento sério. Mas podia ter dinheiro; talvez tivesse conseguido pagar por um alojamento melhor ou pelos cuidados de um médico.

Se Deus permitisse, logo iriam encontrá-lo. Não estavam a mais de dois dias de viagem da Filadélfia. E ele tinha as cartas de apresentação que Franklin lhe dera.

Franklin outra vez! Diabo de homem e seu banho de ar. Apesar de Grey ter se unido a ele no processo uma vez, por curiosidade, e ter achado a experiência agradável, ainda que um pouco intimidante, estar sentado nu em um aposento elegantemente mobiliado, com jarros de plantas nos cantos, quadros de...

Não. Não, não havia nenhum quadro no solário de Trois Flèches, claro que não.

Lá estava. O rastro de seu sonho elusivo, contorcendo-se e o tentando, saindo de baixo de uma pedra. Fechou os olhos, encheu os pulmões com o aroma da noite de verão e forçou a mente a se esvaziar.

Trois Flèches. *Três Flechas... Quem é a terceira?* As palavras da carta de Hal surgiram diante de seus olhos de forma tão surpreendente que ele os abriu. Apesar de acostumado como estava aos processos oblíquos de pensamento de Hal, não dera muita importância às palavras na ocasião. Entretanto, elas haviam lançado raízes em seu subconsciente, somente para emergir, no meio da noite no meio do nada, das entranhas de um sonho absurdo. Por quê?

Esfregou a cabeça, dolorida depois da colisão com a viga, mas não quebrada. Seus dedos se moveram para baixo, tateando o local em que a mulher de Jamie Fraser havia coberto o buraco aberto com o perfurador de ossos em seu crânio com uma moeda de prata de 6 *pennies*, achatada a marteladas. Ela costurara a pele sobre a moeda de maneira muito engenhosa e os cabelos haviam crescido outra vez, mas era fácil sentir a pequena curva rígida por baixo. Ele raramente a notava ou pensava nisso, a não ser no clima frio, quando o metal esfriava acentuadamente e às vezes causava dor de cabeça e fazia seu nariz escorrer.

Fazia frio, muito frio, quando ele visitou Trois Flèches. O pensamento flutuou pela sua mente como uma mariposa.

Havia ruídos atrás da estalagem. Sons de cascos na terra batida, murmúrio de vozes. Permaneceu sentado, imóvel.

A lua já estava a meio caminho no céu. Era tarde, mas ainda faltavam horas para o amanhecer. Ninguém devia ter assuntos a tratar a essa hora, a não ser negócios escusos. O tipo de negócio que ele não tinha nenhuma vontade de testemunhar – muito menos de ser visto testemunhando.

Mas eles estavam vindo. Ele não podia se mover sem ser visto. Assim, reduziu sua respiração a um filete mínimo de ar.

Três homens, silenciosos e decididos, a cavalo, um deles conduzindo uma burra carregada. Passaram a não mais de dois passos dele, mas ele não se mexeu, e os cavalos, se pressentiram sua presença, não o consideraram uma ameaça. Os homens se dirigiram à estrada que levava à Filadélfia. *Por que todo aquele sigilo?* Ele notara, assim que retornara à Carolina do Norte no ano anterior, uma animação mórbida, uma inquietação no próprio ar. Era mais pronunciada ali; ele percebera isso assim que aportaram.

As pessoas estavam cautelosas de um jeito que não costumavam ser. *Não sabem em quem confiar*, pensou. *E assim não confiam em ninguém.*

A ideia de confiança evocou uma lembrança vívida e imediata de Percy Wainwright. *Se houver alguém no mundo em quem eu confie menos...*

De imediato, lembrou-se. A imagem de Percy, sorridente, os olhos escuros, o polegar deslizando pela borda da taça de vinho como se acariciasse o pênis de Grey, dizendo de maneira descontraída: "Casei-me com uma das irmãs do barão Amandine..."

– *Uma* das irmãs – sussurrou Grey em voz alta, e o sonho se cristalizou em sua mente.

A sensação do frio das pedras de Trois Flèches era tão vívida que ele estremeceu, embora a noite não estivesse nem um pouco fria. Sentiu o calor daqueles dois corpos lascivos, depravados, pressionando-o, um de cada lado. Em uma das paredes, negligenciada entre a profusão desordenada, uma pequena pintura de três crianças, duas meninas, um menino, posando com um cachorro, e o muro externo de Trois Flèches reconhecível atrás deles.

A segunda irmã. A terceira flecha, que Hal, com sua infalível noção de peculiaridade, nunca vira, mas ainda assim notara.

Os Beauchamps eram uma família nobre e antiga. Como a maioria, frequentemente se referiam a si próprios. Durante sua visita, ele ouvira sobre os feitos de primos, tios, tias, parentes distantes... mas nunca da segunda irmã.

Ela deve ter morrido na infância, é claro; coisas assim eram comuns. Nesse caso, por que Percy teria dito...?

Agora sua cabeça começava a doer. Com um suspiro, levantou-se e entrou. Não fazia a menor ideia de onde ou quando, mas teria que falar com Percy outra vez. Ficou chocado ao ver que a perspectiva não o assustava.

46

LINHAS DE LEY

Brianna parou junto à câmara de observação de peixes. Ainda não era época de acasalamento, quando cardumes inteiros de salmões migravam pelas cascatas que permitiam que galgassem a barragem de Pitlochry, mas de vez em quando um lampejo prateado se projetava no ar, lutando contra a corrente por um instante, antes de se lançar dentro do tubo que levava ao estágio seguinte. A câmara em si era um pequeno compartimento branco com uma janela embaçada por algas. Ela parara ali para ordenar seus pensamentos – ou melhor, para eliminar alguns deles – antes de entrar na represa.

Era tolice se preocupar com algo que já havia acontecido. E ela sabia que seus pais estavam bem. Ou ao menos, corrigiu-se, sabia que tinham saído de Fort Ticonderoga. Ainda restavam muitas cartas.

Além disso, ela podia ler essas cartas a qualquer momento e descobrir. Era isso que tornava sua preocupação ridícula. Não estava preocupada *de verdade*. Apenas... curiosa. As cartas eram maravilhosas. Ao mesmo tempo, ela sabia muito bem quanto até mesmo a carta mais completa poderia deixar de fora. E, segundo o livro de Roger, o general Burgoyne deixara o Canadá no começo de junho, seu plano sendo marchar para o sul e se juntar às tropas do general Howe, cortando as colônias essencialmente ao meio. E, em 6 de julho de 1777, ele parara para atacar Fort Ticonderoga. O que...

– *Coimhead air sin!* – ouviu uma voz atrás dela.

Espantada, Brianna viu Rob Cameron parado ali, gesticulando para a janela de observação dos peixes. Ela se virou bem a tempo de ver um enorme peixe dourado, com manchas escuras no dorso, dar um grande salto contra a corrente antes de desaparecer no tubo.

– *Nach e sin an rud as brèagha a chunnaic thu riamh?* – perguntou ele, a expressão ainda maravilhada. *Não é a coisa mais bonita que você já viu?*

– *Cha mhór!* – respondeu ela, cautelosa, mas sem poder evitar um sorriso. *Quase.*

O sorriso dele permaneceu, mas se tornou mais íntimo quando voltou sua atenção para ela.

– Ah, você realmente fala *gàidhlig*! Meu primo me contou, mas não acreditei. Você com seu sotaque de *Bah-ston*... – comentou ele, arrastando as sílabas no que obviamente achava que *era* um sotaque de Boston.

– Sim, "pahk yah cah in Hah-vahd Yahd" – disse Brianna, usando a frase "Park your car in Harvard Yard" para exemplificar o verdadeiro, porém exagerado, sotaque bostoniano.

Ele deu uma gargalhada.

– Como você consegue? Você não fala *gàidhlig* com esse sotaque. Quero dizer, você tem sotaque, mas é... diferente. Mais parecido com o que se ouviria nas ilhas Barra, talvez, ou Uist.

– Meu pai era escocês – disse ela. – Aprendi com ele.

Isso o fez encará-la com novos olhos, como se ela fosse um novo tipo de peixe que ele acabara de fisgar em seu anzol.

– É mesmo? Daqui de perto? Qual é o nome dele?

– James Fraser – respondeu ela. Era seguro; havia dezenas. – Era. Ele já... se foi.

– Ah, que pena – disse Rob, solidário, tocando de leve em seu braço. – Perdi meu pai no ano passado. É difícil, hein?

– Sim – respondeu ela e fez menção de passar por ele.

Cameron começou a caminhar a seu lado.

– Você também tem filhos pequenos, não é? Roger me contou. – Ele notou sua surpresa e sorriu de viés para ela. – Eu o conheci na loja. Bom sujeito.

– Sim – assentiu ela, na defensiva.

Roger não mencionara ter conhecido Rob e ela se perguntou por quê. Obviamente, ele havia conversado com Rob durante tempo suficiente para ele saber que Roger era seu marido e que tinham filhos. Mas Rob não insistiu no assunto. Em vez disso, espreguiçou-se.

– Aahhh... um dia bonito demais para passar na represa. Gostaria de estar na água. – Meneou a cabeça indicando o rio, onde meia dúzia de pretensos pescadores estavam entre as ondas, com a atenção predatória de garças. – Vocês gostam de pescar?

– Eu gosto – respondeu ela, e sentiu a lembrança do arremesso de uma vara de pescar nas mãos, enviando uma pequena sensação eletrizante pelas extremidades de seus nervos. – Você pesca, então?

– Sim, tenho licença para Rothiemurchus. – Pareceu orgulhoso, como se fosse algo especial, de modo que ela emitiu ruídos de aprovação. Ele olhou para ela de esguelha, os olhos cor de caramelo sorridentes. – Se um dia quiser ir até lá, é só dizer... chefe.

Sorriu para ela, descontraído e sedutor, passando à sua frente e entrando no escritório da represa, assoviando.

Uma linha de ley é um alinhamento hipotético observado entre dois pontos de interesse geográfico, em geral locais antigos ou sagrados como os círculos de pedra e outros monumentos pré-históricos. Existem inúmeras teorias sobre essas linhas e bastante controvérsia quanto ao fato de realmente existirem como fenômeno.

Com isso quero dizer que, se quisermos escolher dois pontos de interesse para o ser humano, é muito provável que haja um caminho que leve de um a outro, quaisquer que sejam esses pontos. Existe uma estrada principal entre Londres e Edimburgo, por exemplo, porque as pessoas querem ir de uma cidade a outra, mas isso normalmente não é chamado de linha de ley. O que as pessoas têm em mente ao usar essa expressão é uma trilha antiga que vai, digamos, de um monumento monolítico a uma abadia antiga, a qual por sua vez deve ter sido construída em um local de adoração muito mais antigo.

Uma vez que não há evidências objetivas além da existência óbvia de tais linhas, muita bobagem é dita. Algumas pessoas acreditam que as linhas possuem um significado mágico ou místico. Eu mesmo não vejo nenhum fundamento para isso, nem sua mãe, que é uma cientista. Por outro lado, a ciência muda de opinião de vez em quando e o que parece mágica pode, na verdade, ter uma explicação científica (N.B. – inserir nota de rodapé sobre Claire e a colheita de plantas).

Por outro lado, entre as teorias referentes às linhas de ley, há uma que parece ter ao menos uma base física possível. Talvez você já saiba o que são rabdomantes quando vier a ler esta carta. Eu apresentarei você a um assim que houver oportunidade. Em todo caso, um rabdomante é uma pessoa capaz de detectar a presença de água ou às vezes de corpos de metal no subsolo, como o minério em minas. Alguns usam um galho com uma forquilha, uma vara de metal ou outra espécie de "varinha mágica" para "revelar" a água. Alguns meramente pressentem. Ninguém sabe direito como isso ocorre. Sua mãe diz que, segundo a navalha de Occam, tais pessoas apenas reconhecem o tipo de geologia que é mais provável de armazenar água no subsolo. Mas eu já vi rabdomantes em ação e tenho certeza de que é mais do que isso – especialmente em vista das teorias às quais me refiro aqui.

Uma das teorias sobre como a rabdoscopia funciona é que a água ou o metal possui uma corrente magnética, à qual o rabdomante é sensível. Sua mãe afirma que a primeira parte é verdade e que há largas faixas de força geomagnética na crosta terrestre, que correm em direções opostas por todo o globo. E mais: essas faixas são detectáveis por medições objetivas, mas não são permanentes. De fato, a Terra sofre reversões ocasionais (a intervalos de alguns milhões de anos, eu acho; ela não sabe a frequência exata) de sua força geomagnética. Ninguém sabe por quê, mas suspeita-se que tenha relação com manchas solares – com os polos trocando de lugar.

Outra informação interessante é que pombos-correio (e muito outros tipos de pássaro) sentem essas linhas geomagnéticas e as usam para navegar, embora ninguém tenha descoberto exatamente como fazem isso.

O que suspeitamos (sua mãe e eu), e devo ressaltar que podemos estar enganados nessa suposição, é que as linhas de ley de fato existem, que são (ou se correlacionam com) linhas de força geomagnética e que onde elas se cruzam ou convergem temos um ponto onde essa força magnética é... diferente, por falta de uma palavra melhor.

Acreditamos que nessas confluências é possível para as pessoas sensíveis a tais forças (como os pombos, imagino) viajar de uma época a outra (sua mãe e eu, e você, Jem e Mandy). Se a pessoa que estiver lendo isto for um filho (ou neto) ainda não nascido, então não sei dizer se você terá essa sensibilidade, dom ou o que seja, mas eu lhe asseguro que é real. Sua avó especulou que se trata de um traço genético, mais ou menos como a capacidade de dobrar a língua. Se você a tiver, não sei se devo pedir desculpas ou parabenizá-la, embora suponha que não seja pior do que outras coisas que os pais podem transmitir aos filhos, como dentes tortos ou miopia. De um jeito ou de outro, acredite: não o fizemos de propósito.

Desculpe, acho que fugi do assunto. O ponto principal é que a capacidade de viajar no tempo pode ser dependente de uma sensibilidade genética a essas... convergências? Vórtices... de linhas de ley?

*Por causa da história geológica peculiar das Ilhas Britânicas, encontramos muitas linhas de ley aqui e, da mesma forma, um grande número de sítios arqueológicos que parecem ligados por essas linhas. Sua mãe e eu pretendemos registrar, até onde for possível fazê-lo sem perigo – e não se engane: é muito perigoso –, a ocorrência de tais sítios que possam ser portais. Obviamente, não há como ter absoluta certeza se um determinado local é um portal ou não.**

A observação de que sítios parecem estar "abertos" nas datas que correspondem às festas do Sol e às festas do fogo dos povos antigos (ou ao menos mais abertos do que em outras épocas) pode ter a ver com a atração gravitacional do Sol e da Lua. Isso parece fazer sentido. Se tais corpos afetam o comportamento da Terra com relação a marés, tempo etc., por que não vórtices de tempo, afinal de contas?

**Nota: Sua mãe diz... Bem, ela disse muita coisa, da qual eu pincei as palavras "Teoria do Campo Unificado", que, pelo que entendi, ainda não existe, mas que se existisse explicaria muitas coisas, e entre elas poderia estar a resposta para o motivo de uma convergência de linhas geomagnéticas afetar o tempo no local onde a convergência ocorre. Tudo que eu obtive dessa explicação é a ideia de que o espaço e o tempo ocasionalmente são a mesma coisa e a gravidade está de certa forma envolvida. Isso faz tanto sentido para mim quanto qualquer outra coisa relativa a esse fenômeno.*

Nota 2:

– Isso faz sentido? – perguntou Roger. – Até aqui, pelo menos?

– Até onde qualquer coisa sobre isso faz sentido, sim.

Apesar da inquietação que se apoderava dela toda vez que discutiam o assunto, não pôde deixar de sorrir. Ele parecia tão ansioso. Havia uma mancha de tinta em sua face e seus cabelos pretos estavam despenteados de um lado.

– A vontade de ensinar deve estar no sangue – disse ela, retirando um lenço de papel do bolso, lambendo-o à maneira de uma gata com seu filhote e o aplicando à face dele. – Sabe, existe essa maravilhosa invenção moderna chamada esferográfica...

– Detesto-as – disse ele, fechando os olhos. – Além do mais, uma caneta-tinteiro é um luxo se comparada a uma pena de escrever.

– Bem, isso é verdade. Papai sempre parecia ter saído de uma explosão numa fábrica de tinta quando escrevia cartas.

Seus olhos retornaram à página e ela riu diante da primeira nota de rodapé.

– É uma explicação razoável? – perguntou ele, sorrindo.

– Considerando que se destina às crianças, mais do que adequada – assegurou ela, abaixando a folha. – O que haverá na segunda nota?

– Ah... – Ele se reclinou para trás na cadeira, as mãos entrelaçadas, parecendo nervoso. – Aquilo.

– Sim, aquilo – disse ela, alerta. – Existe algo como uma Prova A que deverá entrar ali?

– Bem, sim – respondeu ele, com relutância. – Os cadernos de anotações de Geillis Duncan. O caderno da sra. Graham seria a Prova B. As explicações de sua mãe sobre superstições em relação a plantas estão a quarta nota.

Brianna pôde sentir o sangue se esvaindo de sua cabeça e se sentou, por precaução.

– Tem certeza de que é uma boa ideia? – perguntou ela, hesitante.

Ela não sabia onde os cadernos de notas de Geillis Duncan estavam e não queria saber. O caderninho que Fiona Graham, a neta da sra. Graham, lhes dera estava a salvo dentro de um cofre de segurança no RBS, o Banco Real da Escócia, em Edimburgo.

Roger suspirou.

– Não, não tenho – respondeu com franqueza. – Mas, veja bem, não sabemos que idade as crianças terão quando lerem isto. O que me faz lembrar que precisamos tomar algumas medidas para garantir isso. Para o caso de alguma coisa nos acontecer antes que tenham idade suficiente para saberem de... tudo.

Ela sentiu como se um cubo de gelo estivesse se derretendo nas suas costas. Mas ele tinha razão. Poderiam ambos ser mortos em um acidente de carro, como os pais de sua mãe. Ou a casa poderia pegar fogo...

– Bem, não – disse ela em voz alta, olhando para a janela atrás de Roger, embutida em uma parede de pedra de uns 50 centímetros de espessura. – Acho que *esta* casa não vai pegar fogo.

Ele sorriu.

– Não, não estou muito preocupado com isso. Mas os cadernos de notas... sim, sei o que quer dizer. E pensei em talvez examiná-los e fazer uma espécie de filtragem das informações. Ela falava sobre quais círculos de pedras pareciam estar ativos, e isso é útil. Porque ler o restante é...

– Arrepiante – completou ela.

– Eu ia dizer que é como observar alguém enlouquecer aos poucos, mas "arrepiante" serve. – Ele pegou as folhas da mão de Brianna e as arrumou. – Acho que é um hábito acadêmico. Não é certo suprimir uma fonte original.

Ela bufou de um modo diferente, de forma a indicar o que achava de Geillis Duncan como fonte original de qualquer coisa que não fosse problemática. Ainda assim...

– Creio que tem razão – disse Bri com relutância. – Mas talvez você possa fazer um resumo e apenas mencionar onde estão os cadernos originais, para o caso de mais alguém no futuro ficar *realmente* curioso.

– Não é má ideia. – Ele colocou os papéis dentro do seu caderno de notas, fechou-o e se levantou. – Vou descer e pegá-los, então, talvez depois da escola. Eu poderia levar Jem e lhe mostrar a cidade. Ele já tem idade suficiente para percorrer a Royal Mile e iria adorar o castelo.

– *Não* o leve à Masmorra de Edimburgo – proibiu ela, e ele abriu um largo sorriso.

– Não acha que bonecos de cera sendo torturados sejam educativos? É tudo histórico.

– Seria bem menos terrível se não fosse – disse ela e voltou-se para o relógio de parede. – Roger! Você não tem que dar aulas de gaélico na escola às duas horas?

Ele olhou incrédulo para o relógio, agarrou a pilha de livros e papéis em cima da mesa e saiu em disparada com uma enxurrada muito eloquente de expressões em gaélico.

Ela saiu para o corredor a tempo de vê-lo beijar Mandy e arremeter para a porta. Mandy ficou parada no vão, acenando.

– *Té* logo, papai! – gritou ela. – *Taz* sorvete *pa* mim!

– Se ele esquecer, iremos à cidade depois do jantar para tomar sorvete – prometeu Brianna, abaixando-se para pegar a filha no colo.

Ficou ali, segurando Mandy e observando o antigo Morris laranja de Roger cuspir, engasgar, estremecer e finalmente pegar com um breve arroto de fumaça azul. Ela franziu a testa diante da cena, pensando que deveria comprar um novo par de velas de ignição para ele, mas acenou quando Roger se inclinou para fora na curva do caminho, sorrindo para elas.

Mandy se aconchegou em seu colo, murmurando uma das frases em gaélico mais pitorescas de Roger, que ela obviamente estava tentando gravar. Bri inclinou a cabeça, inalando o perfume doce de xampu de bebê misturado ao suor da filha. Sem dúvida, foi a menção de Geillis Duncan que a fez se sentir inquieta. A mulher estava morta, mas afinal... ela era avó distante de Roger. E talvez a capacidade de viajar através dos círculos de pedras não fosse o único traço genético.

Embora, é claro, algumas coisas fossem esquecidas com o tempo. Roger, por exemplo, não tinha nada em comum com William Buccleigh MacKenzie, o filho de Geillis com Dougal MacKenzie – e o homem responsável pelo enforcamento de Roger.

– Filho da mãe – disse ela baixinho. – Espero que apodreça no inferno.
– Isso é feio, mamãe – comentou Mandy em tom de reprovação.

Foi melhor do que Roger esperava. A sala estava cheia de crianças, pais e até mesmo alguns avós amontoados ao longo das paredes. Ele sentiu uma leve tontura – não exatamente pânico ou medo de falar em público, mas a sensação de olhar para um extenso desfiladeiro do qual não conseguia ver o fundo. Algo tão familiar, dos tempos em que se apresentava tocando e cantando. Respirou fundo e colocou sua pilha de livros e papéis sobre a mesa.

– *Feasgar math!* – disse, sorrindo.

Bastava dizer isso. Após falar (ou cantar) as primeiras palavras, era como segurar um fio desencapado. Uma corrente surgiu entre ele e a plateia e as palavras seguintes pareceram vir do nada, fluindo através dele como a água fluía de uma das turbinas gigantes de Bri.

Após uma ou duas palavras de introdução, começou com a noção de xingamentos em gaélico, sabendo o motivo da presença da maioria das crianças ali. As sobrancelhas de alguns dos pais se levantaram, mas sorrisinhos compreensivos apareceram no rosto dos avós.

– Não temos palavrões em *gàidhlig* como temos no inglês – disse ele, e riu para o menino de cabelo cor de palha, com ar agressivo, na segunda fileira, que só podia ser o pequeno Glasscock que dissera a Jemmy que ele iria para o inferno. – Sinto muito, Jimmy. O que não quer dizer que você não possa dar uma boa e forte opinião sobre alguém – continuou, assim que as risadas pararam. – Mas xingar em *gàidhlig* é uma questão de arte, não de grosseria. – Isso provocou uma onda de risadas dos mais velhos e várias crianças voltaram a cabeça para os avós, surpresas. – Por exemplo, certa vez ouvi um fazendeiro, cuja porca havia entrado no meio do monte de grãos moídos, dizer a ela que esperava que "seus intestinos explodissem e fossem devorados pelos abutres".

Um impressionado "Oh!" das crianças soou. Ele sorriu e continuou, apresentando versões editadas de algumas das coisas mais criativas que já ouvira seu sogro dizer vez ou outra. Não é necessário acrescentar que, apesar da falta de palavrões, na verdade é possível chamar uma pessoa de "filha de uma cadela" quando alguém está querendo ser maldoso. Se as crianças quisessem saber o que Jem de fato dissera à srta. Glendenning, teriam que perguntar a ele. Se já não o tivessem feito.

Dali, ele passou a uma descrição mais séria, embora rápida, da Gaeltacht, a área da Escócia onde o gaélico era tradicionalmente falado, e contou algumas anedotas sobre aprender gaélico em barcos de pesca de arenque no Minch quando era adolescente – inclusive todo o discurso feito por um capitão Taylor quando uma tempestade varreu suas lagostas e todas as suas armadilhas (essa peça de eloquência fora dirigida, com o punho cerrado, ao mar, aos céus, à tripulação e às lagostas). Isso fez todos rirem outra vez e alguns garotos mais velhos no fundo da sala riam e cochichavam, já tendo reconhecido tais situações.

– Mas o *gàidhlig* é uma língua – disse ele, depois que as risadas arrefeceram. – Por isso, sua função primária é a comunicação, pessoas falando umas com as outras. Quantos de vocês já ouviram cantos corais? E canções de trabalho das mulheres que preparavam lã?

Ouviu murmúrios de interesse. Então explicou o que eram as "canções de pisar".

– Todas as mulheres cantavam e trabalhavam juntas, empurrando, puxando e pisando o tecido de lã molhado para que ficasse bem grosso e impermeável. Antigamente as pessoas não tinham capas de chuva e precisavam ficar do lado de fora dia e noite, sob sol ou chuva, cuidando dos animais ou da lavoura.

Sua voz já estava bem aquecida agora. Achou que poderia exemplificar com uma pequena canção de trabalho. Assim, abrindo sua pasta, cantou o primeiro verso e o refrão, depois pediu que todos o acompanhassem. Cantaram quatro versos e então sentiu que o esforço já começava a dar sinais e encerrou a demonstração.

– Minha avó já costumava cantar essa – disse uma das mães, depois ficou vermelha como um tomate quando todos olharam para ela.

– Sua avó ainda é viva? – perguntou Roger e, diante do envergonhado sinal positivo com a cabeça dela, disse: – Bem, então, peça a ela que lhe ensine, e você poderá ensiná-la a seus filhos. Não devemos perder esse tipo de coisa, não é?

Ouviu-se um murmúrio coletivo de concordância. Ele sorriu outra vez e ergueu o surrado livro de hinos que trouxera.

– Muito bem. Eu também mencionei os cantos corais. Vocês ainda conseguem ouvi-los aos domingos nas igrejas das Ilhas. Se forem a Stornway, por exemplo. É uma maneira de cantar os salmos que data da época em que as pessoas não tinham muitos livros ou talvez não muitos membros da congregação soubessem ler. Assim, havia um precentor, cuja função era cantar o salmo, um verso de cada vez, e então a congregação repetia o verso. Este livro – Roger ergueu o livro de salmos – pertenceu a meu pai, o reverendo Wakefield; alguns de vocês devem se lembrar dele. Originalmente pertencera a outro clérigo, o reverendo Alexander Carmichael. Ele...

Roger continuou contando sobre o reverendo Carmichael, que percorrera as Terras Altas e as Ilhas no século XIX, conversando com as pessoas, instando-as a cantar suas canções para ele e a lhe contar seus modos e costumes, colecionando "hinos, feitiços e encantamentos" da tradição oral sempre que os encontrava. Ele publicara em vários volumes essa grande obra de erudição, chamada *Carmina Gadelica.*

Ele havia trazido um volume da *Gadelica* consigo. Enquanto passava a antiga obra pela sala, juntamente com o livro de canções de trabalho que ele tinha compilado, leu para eles um dos feitiços da lua nova, um encantamento para um animal que fica ruminando, sofrendo de empanzinamento, uma simpatia para indigestão, o poema do besouro e alguns trechos de "A linguagem dos pássaros".

Columba saiu bem cedo
Em uma manhã de sol;
Ele viu um cisne branco,
"Guile, guile",
Na margem do lago,
"Guile, guile".

Era um canto fúnebre
"Guile, guile",
Um cisne branco ferido,
Um cisne branco machucado,
O cisne branco das duas visões,
"Guile, guile".
O cisne branco dos dois augúrios,
"Guile, guile",
Vida e morte,
"Guile, guile",
"Guile, guile".

Quando será sua jornada,
Cisne do luto?
Disse Columba do amor,
"Guile, guile",
De Erin vim nadando,
"Guile, guile",
Dos Fiann é meu ferimento,
"Guile, guile",
A profunda ferida da minha morte,
"Guile, guile",
"Guile, guile".

Cisne branco de Erin,
Sou amigo dos necessitados;
Que o olhar de Cristo esteja em seu ferimento,
"Guile, guile",
O olhar de afeto e de misericórdia,
"Guile, guile",

O olhar da bondade e do amor,
"Guile, guile",
Para curar,
"Guile, guile",
"Guile, guile".

Cisne de Erin,
"Guile, guile",
Nenhum mal o atingirá,
"Guile, guile",
Que suas feridas se curem,
"Guile, guile".

Senhora das ondas,
"Guile, guile",
Senhora dos réquiens,
"Guile, guile",
Senhora das melodias,
"Guile, guile".

A Cristo a glória,
"Guile, guile",
Ao Filho da Virgem,
"Guile, guile",
Ao grandioso Rei dos Reis,
"Guile, guile",
Para Ele seja o seu canto,
"Guile, guile",
Para Ele seja o seu canto,
"Guile, guile",
"Guile, guile".

Sua garganta doía de uma maneira quase insuportável depois de fazer o canto do cisne, do brando gemido do cisne ferido ao grito triunfante das palavras finais. Na conclusão, sua voz já fraquejava, mas foi magnífico e a plateia irrompeu em aplausos.

Entre a dor e a emoção, não conseguiu continuar a falar. Em vez disso, inclinou-se e sorriu e inclinou-se outra vez, calado, entregando a pilha de livros e pastas a Jimmy Glasscock para ser passada adiante, enquanto a plateia se aglomerava a sua volta para felicitá-lo.

– Rapaz, isso foi *fantástico*! – disse uma voz mais ou menos familiar.

Ele ergueu os olhos e viu que se tratava de Rob Cameron, os olhos brilhantes de entusiasmo. A surpresa de Roger deve ter transparecido em seu rosto, pois Rob indicou o menino ao seu lado: Bobby Hurragh, que Roger conhecia bem do coro. Um admirável soprano puro, e um diabinho se não fosse vigiado de perto.

– Eu trouxe o pequeno Bobby – comentou Rob, segurando com firmeza a mão do menino. – Minha irmã teve que trabalhar hoje e não podia tirar folga. Ela é viúva – acrescentou, como explicação tanto da ausência da mãe quanto de sua presença.

– Obrigado – Roger conseguiu dizer com um grasnido, e Cameron deu lugar ao próximo na fila para parabenizá-lo.

No meio da aglomeração estava uma mulher de meia-idade que ele não conhecia, mas que o reconheceu.

– Meu marido e eu vimos você cantar uma vez, nos Jogos de Inverness – afirmou ela, com um sotaque bem-educado –, embora você usasse o sobrenome de seu falecido pai na ocasião, não é?

– É verdade – respondeu ele, com o coaxar de um sapo que era até onde sua voz conseguia ir no momento. – Seu... Vocês têm... um neto?

Acenou vagamente na direção do enxame alvoroçado de crianças girando ao redor de uma senhora idosa que, afogueada de satisfação, explicava a pronúncia de algumas palavras em gaélico de aparência estranha no livro de contos.

– Sim – confirmou a mulher, sem desviar os olhos da cicatriz no pescoço de Roger. – O que aconteceu? – indagou ela, com compaixão. – É permanente?

– Acidente – esclareceu ele. – Receio que sim.

A aflição enrugou os cantos de seus olhos.

– Que pena – disse ela. – Sua voz era maravilhosa.

– Obrigado – disse ele, porque era tudo que podia dizer.

Ela o deixou, então, para receber os elogios de pessoas que nunca o tinham ouvido cantar antes. Mais tarde, ele agradeceu a Lionel Menzies, parado junto à porta para se despedir de quem saía, radiante como o diretor de um circo bem-sucedido.

– Foi maravilhoso – comentou Menzies, apertando sua mão com entusiasmo. – Melhor ainda do que eu esperava. Escute, consideraria a possibilidade de fazer isso de novo?

– De novo? – Ele riu, mas logo desatou a tossir. – Eu mal consegui terminar essa.

– Nah! – Menzies abanou a mão, descartando o argumento. – Um trago vai consertar sua garganta. Vamos tomar alguma coisa no pub?

Roger já ia recusar, mas o rosto de Menzies reluzia de tanta satisfação que ele mudou de ideia. O fato de estar banhado de suor – apresentar-se em público sempre elevava sua temperatura corporal – e com uma sede à altura do deserto de Gobi nada tinha a ver com isso, é claro.

– Apenas uma dose, então – disse ele e sorriu.

Quando atravessavam o estacionamento, um pequeno e surrado caminhão azul freou e Rob Cameron se inclinou para fora da janela, chamando-os.

– Gostou, Rob? – perguntou Menzies, ainda radiante.

– Adorei – respondeu Cameron, com sinceridade. – Duas coisas rápidas, Rog. Primeiro, eu queria perguntar se você me deixaria ver algumas das canções antigas que você tem. Siegfried MacLeod me mostrou as que você fez para ele.

Roger ficou um pouco desconcertado, mas satisfeito.

– Sim, claro – concordou. – Não sabia que você era fã – brincou.

– Gosto de tudo que é antigo – comentou Cameron, sério dessa vez. – Realmente, eu ficaria muito agradecido.

– Está bem, então. Vá até lá em casa, talvez no próximo fim de semana.

Rob abriu um largo sorriso e deu um leve aceno de despedida.

– Espere. Você não falou que eram "duas coisas"? – perguntou Menzies.

– Verdade. – Cameron estendeu o braço e pegou algo no banco entre ele e Bobby. – Isto estava dentro dos papéis de gaélico que você fez circular na sala. Parecia estar lá por engano, então eu retirei. Está escrevendo um romance?

Ele entregou o caderno de notas preto, "O Guia do Mochileiro das Galáxias", e a garganta de Roger se fechou como se ele tivesse sido garroteado. Pegou o caderno, aquiescendo, sem fala.

– Talvez me deixe ler quando tiver terminado – disse Cameron em tom descontraído, engatando a marcha no caminhão. – Adoro ficção científica.

O veículo se afastou, depois parou repentinamente e começou a dar marcha a ré. Roger segurou o caderno preto com mais força, mas Rob não olhou para ele.

– Ei – disse. – Esqueci. Brianna comentou que vocês têm um antigo forte de pedra ou algo assim em sua propriedade.

Roger assentiu, limpando a garganta.

– Tenho um amigo que é arqueólogo. Se importaria se ele desse uma olhada lá alguma hora dessas? – disse Rob.

– Não, tudo bem – respondeu Roger, rouco, depois pigarreou mais uma vez e disse com mais firmeza: – Seria ótimo. Obrigado.

Rob sorriu para ele e partiu.

– Não há de quê, amigo.

47

SEMPRE NO ALTO

O amigo arqueólogo de Rob, Michael Callahan, era um sujeito alegre de uns 50 anos, com cabelos louros ralos e tão queimado de sol que seu rosto parecia uma colcha de retalhos, com sardas escuras dispersas entre áreas de pele rosa vívido. Ele esquadrinhou as pedras caídas da velha igreja com grande interesse, pedindo permissão a Roger para cavar uma trincheira ao longo de uma parede externa.

Rob, Brianna e as crianças subiram até lá para observar, mas o trabalho arqueológico não é um espetáculo muito interessante. Quando Jem e Mandy se entediaram, o grupo desceu para casa a fim de preparar o almoço, deixando Roger e Mike em suas escavações.

– Pode voltar aos seus afazeres – disse Callahan, erguendo os olhos para Roger, após certo tempo. – Se preferir.

Sempre havia coisas a fazer – afinal, era uma fazenda, ainda que pequena –, mas Roger balançou a cabeça.

– Estou interessado – retrucou. – Se não estiver atrapalhando...

– Nem um pouco – respondeu Callahan. – Ajude-me a levantar isto, então.

Callahan assobiava entre os dentes enquanto trabalhava, de vez em quando murmurando consigo mesmo, mas na maior parte do tempo não tecia nenhum comentário sobre o que estivesse examinando. Roger às vezes era requisitado para ajudar a retirar algum entulho ou segurar uma pedra instável enquanto Callahan espreitava sob ela com uma pequena lanterna. Porém, no geral, Roger permaneceu sentado no pedaço de parede que não desmoronara, ouvindo o vento.

Era silencioso ali no alto da colina, da maneira como lugares desertos são silenciosos, com uma sensação constante de movimento não manifesto, e lhe pareceu estranho que devesse ser assim. Normalmente, não se tem essa sensação em locais onde pessoas viveram, e estava claro que pessoas andaram por aquela colina por um longo tempo, a julgar pela profundidade da trincheira de Callahan e pelos pequenos assovios de interesse que ele soltava de vez em quando, como uma marmota.

Brianna levou sanduíches e limonada, depois se sentou ao lado de Roger na parede para comer.

– Rob já se foi, então? – perguntou Roger, vendo que o caminhão não estava mais no pátio da frente da casa.

– Só para resolver umas coisas, segundo ele. Falou que parecia que Mike não iria terminar tão cedo – comentou ela, olhando o traseiro de Callahan, que se projetava de um arbusto enquanto ele escavava alegremente.

– Talvez não – disse Roger, sorrindo, e, inclinando-se para a frente, beijou-a de leve.

Ela emitiu um ruído baixo de contentamento e se afastou, mas continuou segurando a mão dele por um instante.

– Rob perguntou sobre as canções antigas que você arranjou para Sandy MacLeod – disse ela, com um olhar de viés para baixo da colina, na direção da casa. – Você falou para ele que podia vê-las?

– Ah, sim, eu me esqueci. Claro. Se eu não tiver descido quando ele voltar, pode mostrá-las a ele. Os originais estão na última gaveta do meu arquivo, em uma pasta intitulada *Cèolas*.

Ela assentiu e desceu com cuidado, com seus pés longos, calçados de tênis, o caminho pedregoso. Seus cabelos presos na nuca desciam pelas costas como uma cauda da mesma cor do pelo da corça.

Conforme a tarde definhava, ele se viu mergulhando em um estado não muito distante do transe. A mente se movia devagar, e o corpo, não muito mais depressa, dando uma ajuda onde necessário, mal trocando uma palavra com Callahan, que também parecia perdido em seus pensamentos. A névoa inconstante da manhã tinha se adensado e as sombras frescas entre as pedras desapareceram junto com a luz. O ar estava frio e carregado de umidade, mas não havia nenhum indício de chuva. Quase podia sentir as pedras se erguendo ao seu redor, pensou, voltando ao lugar onde estiveram um dia.

Havia idas e vindas na casa lá embaixo: portas batendo, Brianna pendurando as roupas lavadas, as crianças e dois meninos da fazenda vizinha que tinham vindo passar a noite com Jem, todos correndo pela horta e pelas construções externas, uma brincadeira de pique que envolvia um grande alarido, os gritos altos e estridentes semelhantes aos guinchos de águias-pescadoras. Em certo momento, ele olhou para baixo e viu o caminhão da Farm & Household provavelmente vindo entregar a bomba para o separador de nata, pois Brianna conduziu o motorista na direção do estábulo, o pobre coitado impossibilitado de ver por causa da enorme caixa de papelão que carregava.

Por volta das cinco horas, uma nova brisa forte surgiu e a névoa começou a se dissipar. Como um alarme para acordar Callahan de seu sonho, o arqueólogo se endireitou, ficou parado por um instante olhando para alguma coisa lá embaixo, depois balançou a cabeça.

– Bem, pode ser um sítio antigo – disse ele, saltando para fora de sua trincheira e gemendo enquanto se inclinava para a frente e para trás, esticando as costas. – Mas a estrutura não é. Provavelmente foi construída nos últimos séculos, embora seu construtor sem dúvida tenha usado pedras muito mais antigas. Certamente as trouxe de outro lugar ou são parte de uma estrutura ainda mais antiga. – Sorriu para Roger. – As pessoas poupam demais nas Terras Altas. Na semana passada, vi um celeiro com uma antiga pedra dos pictos usada no alicerce e um chão feito com tijolos da demolição de um banheiro público em Dornoch.

Callahan, protegendo os olhos, olhou para oeste, onde a névoa agora pairava bem baixa sobre a costa distante.

– Sempre no alto – disse ele, de modo casual. – Os antigos sempre escolhiam lugares altos. Fosse um forte ou um local de culto, eles sempre subiam.

– Os antigos? – perguntou Roger, e sentiu um breve arrepio na nuca. – Que antigos?

Callahan riu, balançando a cabeça.

– Não sei. Pictos, talvez. Tudo que conhecemos deles são os poucos trabalhos em pedra aqui e ali. Ou o povo que veio antes deles. Às vezes você vê alguma coisa que sabe que foi feita ou colocada pelo homem, mas não consegue encaixá-la em nenhuma cultura conhecida. Os monumentos megalíticos, por exemplo, as pedras verticais. Ninguém sabe quem as colocou em pé ou para quê.

– Pois é – murmurou Roger. – Sabe dizer que tipo de sítio antigo foi este? Para a guerra ou para o culto, quero dizer?

Callahan balançou a cabeça.

– Não pelo que está aparente na superfície. Talvez se escavássemos o sítio que está por baixo deste... Para ser franco, não vejo nada que motivasse alguém a fazer isto. Há centenas de sítios como este em colinas por todas as Ilhas Britânicas e a Bretanha também. De antigos celtas, muitos deles da Idade do Ferro ou bem mais antigos.

Ele pegou a danificada cabeça de santo, afagando-a com uma espécie de afeição.

– Esta senhora é muito mais recente, talvez do século XIII, XIV. Pode ser a santa padroeira da família, legada à geração seguinte ao longo dos anos. – Deu um beijo de leve, sem inibição, e a entregou a Roger. – Vale dizer, no entanto, e isso não é uma conclusão científica, apenas o que eu mesmo penso por já ter visto tantos lugares como este, que, se a estrutura moderna era uma capela, então o sítio antigo sob ela provavelmente também era um local de culto. As pessoas das Terras Altas são conservadoras em seus hábitos. Elas podem construir um novo celeiro a cada duzentos ou trezentos anos, mas será no mesmo local onde estava o último.

Roger riu.

– É verdade. Nosso celeiro ainda é o original, construído no começo do século XVIII, juntamente com a casa. Mas eu encontrei as pedras de uma fazenda mais antiga quando escavei o chão do estábulo para colocar um cano novo.

– Século XVIII? Bem, você não vai precisar de um telhado novo por pelo menos mais cem anos, então.

Eram quase seis horas, mas o céu ainda estava claro. A névoa havia se dissipado de um modo misterioso, como às vezes acontecia, e um sol pálido aparecera. Roger traçou uma pequena cruz com o polegar na testa da estátua e depositou a cabeça delicadamente no nicho que parecia ter sido feito para isso. Tinham terminado, mas nenhum dos dois fez menção de ir embora. Sentiam-se confortáveis na companhia um do outro, compartilhando a magia do lugar.

Lá embaixo, viu o caminhão velho de Rob Cameron estacionado no pátio da frente e o próprio Rob sentado no alpendre dos fundos, Mandy, Jem e os amigos dele aglomerados de cada lado, evidentemente absortos nas páginas que ele segurava. O que ele estava fazendo?

– Alguém está cantando? – perguntou Callahan, virando-se.

Roger também ouviu. Fraco e suave, não mais do que um fio de som, mas suficiente para captar a melodia de "Crimond".

A força da pontada de inveja que o percorreu tirou seu fôlego e ele sentiu a garganta se fechar como se a mão forte de alguém o estrangulasse.

A inveja é dura como a sepultura: suas brasas são brasas de fogo.

Ele fechou os olhos por um instante, respirando devagar, e com um pouco de esforço trouxe à memória a primeira parte dessa citação: *O amor é forte como a morte.*

Roger sentiu a sensação de estrangulamento diminuir e a razão retornar. É claro que Rob Cameron sabia cantar, ele fazia parte do coro masculino. Fazia sentido que, se visse as anotações musicais rudimentares que Roger fizera para algumas canções antigas, ele tentasse cantá-las. E as crianças, especialmente seus filhos, eram atraídas pela música.

– Conhece Rob há muito tempo? – perguntou ele, e ficou satisfeito ao ouvir sua voz soar normal.

– Rob? – refletiu Callahan. – Quinze anos, talvez... Não, mentira, uns vinte anos. Ele apareceu como voluntário em uma escavação que eu tinha em Shapinsay. É uma das Orkneys, e ele era apenas um rapaz na época, 17 ou 18 anos, talvez. – Lançou um olhar suave e contundente a Roger. – Por quê?

Roger deu de ombros.

– Ele trabalha com minha mulher na hidrelétrica. Eu não o conheço bem. Só o encontrei recentemente, na loja.

– Ah. – Callahan observou a cena lá embaixo por um instante, em silêncio, depois disse, sem olhar para Roger: – Ele era casado com uma jovem francesa. Eles se divorciaram há uns dois anos e ela voltou para a França levando o filho deles. Ele não anda muito feliz.

Isso explicava o apego de Rob à família de sua irmã viúva e o prazer que tinha na companhia de Jem e Mandy. Respirou outra vez e a pequena chama de inveja se apagou.

Como se essa breve conversa tivesse colocado um ponto final no dia, pegaram os restos de seus lanches, a mochila de Callahan e desceram a colina em silêncio amistoso.

– O que é isto? – Havia duas taças de vinho sobre a bancada. – Estamos comemorando alguma coisa?

– Estamos – respondeu Bri com convicção. – Para começar, o fato de as crianças já terem ido dormir.

– Elas são muito levadas, não são?

Sentiu uma pontada de culpa, não muito severa, por ter passado toda a tarde no local alto e fresco das ruínas da capela com Callahan em vez de perseguir criaturinhas endiabradas para fora da horta.

– Não, apenas têm excesso de energia. – Ela lançou um olhar desconfiado para a porta que dava para o corredor, através da qual o ruído de uma televisão vinha da grande sala de estar da frente. – *Espero* que estejam cansados demais para passar a noite pulando nas camas. Comeram pizza suficiente para deixar seis homens em coma por uma semana.

Ele riu – comera a maior parte de uma grande de pepperoni e começava a se sentir confortavelmente letárgico.

– O que mais?

– O que mais estamos comemorando? – Ela lhe lançou um olhar de satisfação. – Bem, quanto a mim...

– Sim?

– Passei pelo período probatório no trabalho. Fui efetivada e não podem se livrar de mim, ainda que eu use perfume. E *você* – acrescentou ela, enfiando a mão na gaveta e colocando um envelope à sua frente – foi formalmente convidado pelo conselho de educação a fazer uma reprise de seu triunfo *gàidhlig* em cinco escolas diferentes no mês que vem!

Ele sentiu um choque momentâneo, depois uma quentura que não conseguiu identificar, e percebeu com um choque ainda maior que estava ruborizado.

– Verdade?

– Não acha que eu iria fazer uma brincadeira dessas com você, não é? – Sem esperar por uma resposta, ela serviu o vinho, aromático e encorpado, e lhe entregou uma taça. Cerimoniosamente, ele brindou, tocando-a na dela.

– A nós. Quem é como nós?

– Bem poucos – respondeu ela com forte sotaque escocês –, e estão todos mortos.

Houve certo rebuliço no andar de cima depois que as crianças foram mandadas para a cama, mas uma rápida aparição de Roger na figura do arquétipo *Senex Iratus* colocou um ponto final nisso e o grupo sonolento reduziu a euforia para fogo brando, contando histórias e dando risadinhas abafadas.

– Será que estão contando piadas indecentes? – perguntou Bri quando ele voltou.

– Provavelmente. Devo fazer Mandy descer?

– Ela já deve estar dormindo. E, se não estiver, piadas de meninos de 9 anos não vão prejudicá-la. Ela não tem idade suficiente para entender.

– É verdade. – Roger pegou sua taça reabastecida e tomou um pequeno gole, o vinho suave em sua língua e denso dos aromas de chá preto e groselhas pretas. – Que idade Jem tinha quando realmente aprendeu a contar piadas? Lembra como ele aprendeu a contar, mas na verdade não entendia o conteúdo?

– Qual a diferença entre a... a... vaca e a raposa? – imitou ela, captando com perfeição a empolgação ofegante de Jem. – Um... VÁCUO! HAHAHAHAHA!

Roger desatou a rir.

– Por que está rindo? – quis saber. Seus olhos estavam ficando pesados, e os lábios escuros, manchados pelo vinho.

– Deve ser da forma como você conta – disse ele, erguendo a taça para ela. – Saúde!

– *Slàinte!*

Ele fechou os olhos, sentindo o aroma do vinho enquanto o bebia. Estava começando a ter a agradável ilusão de que podia sentir o calor do corpo de sua mulher, embora ela estivesse a alguns passos de distância. Bri parecia emanar calor em ondas lentas e pulsantes.

– Como é que chamam aquilo que se usa para encontrar estrelas distantes?

– Um telescópio – respondeu ela. – Você não pode estar bêbado com meia garrafa de vinho, ainda mais um tão bom.

– Não, não foi isso que eu quis dizer. Há um termo para isso... assinatura de calor?

Ela fechou um olho, refletindo, depois deu de ombros.

– Talvez. Por quê?

– Você tem uma.

Brianna baixou os olhos para si mesma, estreitando-os.

– Não. Duas. Definitivamente duas.

Ele *não* estava bêbado, nem ela, mas estavam se divertindo.

– Uma assinatura de calor – disse ele e, estendendo o braço, tomou sua mão. Estava bem mais quente do que a dele e Roger tinha certeza de que podia sentir a ponta de seus dedos latejar devagar, aumentando e diminuindo com sua pulsação. – Eu seria capaz de encontrá-la no meio de uma multidão, de olhos vendados. Você brilha no escuro.

Brianna largou sua taça e deslizou da poltrona, parando e se ajoelhando entre as pernas dele, sem tocá-lo com o corpo. Ela *de fato* brilhava. Se ele fechasse os olhos, quase podia ver isso através da blusa branca que ela usava.

Ele terminou de tomar sua bebida.

– Excelente vinho. Onde o comprou?

– Não comprei. Rob trouxe como agradecimento por deixá-lo copiar as músicas.

– Bom sujeito – disse ele. No momento, ele pensava assim.

Brianna pegou a garrafa e a esvaziou na taça de Roger. Em seguida, reclinou-se para trás, sobre os calcanhares, e o encarou com olhos de coruja, a garrafa vazia junto ao peito.

– Ei. Você está me devendo.

– Em grande escala – concordou ele, fazendo-a rir.

– Não – disse ela, recuperando-se. – Você falou que, se eu trouxesse meu capacete para casa, você me contaria o que estava fazendo com aquela garrafa de champanhe. Todo aquele assobio, quero dizer.

– Ah...

Ele ficou pensativo por um instante. Havia a real possibilidade de ela atingi-lo com aquela garrafa de vinho se ele lhe contasse a verdade. Mas trato é trato, afinal, e a visão dela nua, só de capacete, irradiando calor em todas as direções, era suficiente para fazer um homem lançar a cautela aos quatro ventos.

– Eu estava tentando ver se conseguia reproduzir o tom exato dos sons que você faz quando estamos fazendo amor e você está prestes a... hã... a... É algo entre um rosnado e um zumbido grave.

A boca de Brianna se abriu um pouco e seus olhos um pouco mais. A ponta de sua língua era de um vermelho escuro, muito escuro.

– Acho que é fá abaixo de dó – concluiu ele.

– Está brincando.

– Não, não estou.

Ele pegou sua taça meio cheia e a inclinou, de modo que a borda tocasse nos lábios dela. Ela fechou os olhos e sorveu, devagar. Roger alisou seus cabelos para trás, o dedo deslizando devagar pelo pescoço, observando sua garganta se mover enquanto ela bebia o vinho, e passou a ponta do dedo pelo arco forte de sua clavícula.

– Você está ficando mais quente – sussurrou ela, sem abrir os olhos. – A segunda lei da termodinâmica.

– O que é isso? – disse ele, a voz mais baixa também.

– A entropia de um sistema isolado que não está em equilíbrio tende a aumentar, atingindo o máximo no equilíbrio.

– É mesmo?

– Aham. É por isso que um corpo aquecido perde calor para outro mais frio, até ficarem na mesma temperatura.

– Eu sabia que tinha que haver uma razão para isso acontecer. – Todos os ruídos do andar de cima haviam cessado e sua voz soou alta, apesar de estar sussurrando.

Os olhos dela se abriram de repente, a 2 centímetros dos dele, e seu hálito de groselhas pretas estava tão quente quanto sua pele. A garrafa caiu no tapete da sala com um baque surdo.

– Quer tentar um mi bemol?

48

HENRY

14 de junho de 1777

Ele havia proibido Dottie de acompanhá-lo. Não tinha certeza do que poderia encontrar. No final, entretanto, ficou surpreso. O endereço que lhe indicaram ficava em uma rua modesta em Germantown, mas a casa era espaçosa e bem conservada, embora não fosse grande.

Bateu à porta e foi recebido por uma jovem africana de expressão amável, em roupas de chita asseadas e bem-feitas, cujos olhos se arregalaram ao vê-lo. Ele achara melhor não usar o uniforme, embora houvesse homens com uniforme britânico aqui e ali nas ruas - prisioneiros em liberdade condicional ou soldados levando comunicações oficiais. Em vez disso, vestira um elegante traje verde-garrafa, com seu melhor colete, de seda chinesa dourada, bordado com inúmeras borboletas extravagantes. Sorriu e a mulher retribuiu o sorriso, tampando a boca para escondê-lo.

- Em que posso ajudá-lo, senhor?

- Seu patrão está em casa?

Ela achou graça.

- Valha-me Deus, não tenho patrão. A casa é minha.

Ele piscou, desconcertado.

- Talvez tenham me dado o endereço errado. Estou procurando um soldado inglês, capitão visconde Asher... Henry Grey é seu nome. Um prisioneiro de guerra britânico?

Ela baixou a mão e o encarou com os olhos arregalados. Em seguida, seu sorriso retornou, bastante amplo para mostrar dois dentes obturados a ouro na parte de trás da boca.

- Henry! Por que não disse logo, senhor? Entre, entre!

Antes que ele pudesse arriar sua bengala, foi conduzido para dentro, por uma escada estreita, até um quarto pequeno e bem-arrumado, onde encontrou seu sobrinho Henry, estatelado de costas e nu da cintura para cima. Um homem pequeno, de nariz adunco, vestido de preto, cutucava sua barriga, entrecruzada por inúmeras cicatrizes de aparência assustadora.

- Com licença. - Ele espreitou por cima do ombro do homem narigudo e acenou com cautela. - Como vai, Henry?

Henry, que fixava os olhos no teto de maneira tensa, o encarou, desviou o olhar, fitou-o de novo, em seguida se sentou, o movimento resultando em uma exclamação de protesto do homenzinho narigudo e em um grito de dor de Henry:

- Meu Deus, meu Deus, meu Deus.

Henry se dobrou sobre si mesmo, abraçando a barriga e contraindo o rosto de dor. Grey o agarrou pelos ombros, tentando ajudá-lo a se recostar outra vez.

- Henry, meu caro, perdoe-me. Não quis...

- E quem é o senhor? - gritou o narigudo, endireitando-se com um salto e encarando Grey com os punhos cerrados.

- Sou tio dele - informou Grey. - Quem é o senhor? Um médico?

O homenzinho se empertigou com dignidade.

- Ora, não, senhor. Sou um rabdomante. Joseph Hunnicutt, rabdomante profissional.

Henry ainda estava dobrado ao meio, ofegante, mas parecia recuperar um pouco o fôlego. Grey tocou em suas costas nuas. A pele estava quente, um pouco suada, mas não parecia com febre.

– Desculpe, Henry – disse ele. – Acha que vai sobreviver?

Henry conseguiu emitir um grunhido ofegante à guisa de risada.

– Já vai passar – esforçou-se para dizer. – Só... um... minuto.

A mulher negra de rosto amável pairava junto à porta, o olhar penetrante em Grey.

– Este homem diz que é seu tio, Henry. É isso mesmo?

Henry assentiu ofegante:

– Lorde John... Grey. Esta é... a sra. Mercy... Wood...cock.

Grey fez uma mesura meticulosa, sentindo-se um pouco ridículo.

– Seu criado, madame. E seu, sr. Hunnicutt – acrescentou com educação, inclinando-se outra vez. – Posso perguntar – começou ele, endireitando-se – *por que* um rabdomante está cutucando seu abdômen, Henry?

– Ora, para encontrar o metal que está perturbando o pobre rapaz, é claro – respondeu o sr. Hunnicutt, empinando o nariz e olhando para cima, pois era muitos centímetros mais baixo do que Grey.

– Eu mandei chamá-lo, senhor, quero dizer, milorde. – A sra. Woodcock o encarava com um leve ar de desculpas. – É que os médicos não encontraram nada e eu tive medo de que o matassem da próxima vez.

Henry conseguira se desdobrar. Grey o ajudou a se recostar devagar, até ele se deitar no travesseiro, pálido e suando.

– Eu não aguentaria outra vez – confessou ele, fechando os olhos. – Não aguento.

Com o abdômen de Henry à mostra e uma oportunidade de examiná-lo com calma, Grey pôde ver as cicatrizes enrugadas de dois ferimentos de bala e as mais longas, de bordas regulares, feitas por um cirurgião à cata de metal. Três. O próprio Grey tinha cinco cicatrizes dessas, cruzando o lado esquerdo de seu peito, por isso tocou a mão do sobrinho com compaixão.

– É realmente necessário remover a bala, ou balas? – perguntou ele, erguendo os olhos para a sra. Woodcock. – Se ele sobreviveu até agora, talvez a bala esteja alojada em um lugar que...

A sra. Woodcock assentiu com determinação.

– Ele não consegue comer – explicou sem rodeios. – Não consegue engolir nada além de sopa, e mesmo assim bem pouco. Estava pele e osso quando o trouxeram para cá – disse ela, gesticulando na direção de Henry. – E, como pode ver, não está muito melhor agora.

Não estava. Henry se parecia mais com sua mãe do que com Hal, normalmente de faces rosadas e compleição robusta. Não havia nenhuma evidência de tais traços no momento. Cada costela era visível e sua barriga estava tão funda que os ossos dos quadris apareciam, pontiagudos, através do lençol de linho. Seu rosto tinha o mesmo tom do lençol, salvo pelos círculos roxos em volta dos olhos.

– Compreendo – afirmou Grey, e olhou para o sr. Hunnicutt. – Conseguiu localizar alguma coisa?

– Bem, consegui – respondeu o rabdomante e, inclinando-se sobre o corpo de Henry, colocou um dedo longo e fino na barriga do jovem. – Ao menos uma. A outra, eu ainda não tenho certeza.

– Eu já disse, Mercy, não adianta. – Os olhos de Henry ainda estavam fechados, mas sua mão se levantou um pouco e a sra. Woodcock a segurou, com uma naturalidade que fez Grey pestanejar. – Ainda que ele tivesse certeza... eu não poderia fazer isso outra vez. Prefiro morrer. – Apesar de fraco, falou com absoluta convicção, e Grey reconheceu a teimosia comum à família.

O rosto bonito da sra. Woodcock se contraiu de preocupação. Parecia sentir os olhos de Grey sobre ela, pois logo se aproximou. Grey não mudou de expressão e ela ergueu um pouco o queixo, fitando-o nos olhos quase com ferocidade, ainda segurando a mão de Henry.

Então é assim, hein?, pensou Grey. *Bem, bem.*

Ele pigarreou e Henry abriu os olhos.

– Seja como for, Henry – comentou ele –, você vai me fazer o favor de não morrer antes que eu possa trazer sua irmã para se despedir de você.

49

RESERVAS

1º de julho de 1777

Os índios o preocupavam. O general Burgoyne os achava encantadores. Mas o general Burgoyne escrevia peças teatrais.

Não é que eu o ache fantasioso ou suspeite que ele não aprecie a natureza dos índios, escreveu William na carta ao seu pai, lutando para encontrar as palavras certas para as suas reservas. *Ele a aprecia muito. Mas eu me lembro de uma conversa com o sr. Garrick certa vez, em Londres, e sua referência à figura do dramaturgo como um pequeno deus que dirige os atos de suas criaturas, exercendo absoluto controle sobre elas. A sra. Cowley argumentou em contrário, defendendo que é ilusório presumir que o criador controla suas criaturas e que uma tentativa de tentar exercer tal controle enquanto ignora a verdadeira natureza dessas criaturas está fadada ao fracasso.*

Parou, mordendo a pena, sentindo que chegara perto do âmago da questão, mas talvez não o tivesse alcançado.

Creio que o general Burgoyne não compreende muito bem a independência da mente e de propósitos que... Não, não era bem isso. Riscou a frase e mergulhou a ponta da pena na tinta para uma nova tentativa. Repassou uma frase mentalmente e a descartou. Por fim, abandonou a busca da eloquência em prol de um simples desabafo. Já era tarde, ele havia caminhado mais de 30 quilômetros durante o dia e estava com sono.

Ele acredita que pode usar os índios como instrumento e eu acho que está errado. Olhou para a frase por um instante, mas não conseguia pensar em nada melhor e não podia desperdiçar mais tempo com o esforço. Sua vela já estava quase no fim. Confortando-se com a ideia de que, afinal, seu pai conhecia os índios – e o general Burgoyne – muito melhor do que ele, assinou energicamente, secou a tinta e selou a carta, depois se deixou cair na cama e adormeceu em um sono sem sonhos.

Mas a inquietação com relação aos índios permaneceu. Ele não tinha nenhuma aversão a eles. Na verdade, gostava da companhia deles e às vezes caçava com alguns ou compartilhava uma noite de camaradagem bebendo cerveja e contando histórias ao redor da fogueira.

– O problema – disse a Balcarres certa noite, quando voltavam de um jantar regado a bebida alcoólica que o general havia oferecido aos seus oficiais – é que eles não leem a Bíblia.

– Quem não lê? Espere aí. – O major Alexander Lindsay, sexto conde de Balcarres, estendeu o braço para evitar uma árvore e, agarrando-a com uma das mãos para manter o equilíbrio, tateou a braguilha com a outra.

– Índios.

Estava escuro, mas Sandy virou a cabeça e William vislumbrou um único olho se fechar no esforço de fixar o outro nele. Ele não economizara vinho durante o jantar, e havia várias damas presentes, o que contribuíra para o clima festivo.

Balcarres se concentrou na ação de urinar, depois soltou um suspiro de alívio e fechou os olhos.

– Não – concordou ele. – A maioria, não.

Pareceu satisfeito em deixar a questão nesse ponto, mas ocorrera a William, seu pensamento um pouco menos organizado do que o normal, que talvez não tivesse se expressado bem.

– Quero dizer – continuou William, cambaleando um pouco quando uma rajada de vento arremeteu pelo meio das árvores –, o centurião. Sabe, ele diz "Vá" e o sujeito vai. Você diz a um índio "Vá" e talvez ele vá, talvez não, dependendo de como recebe a ideia.

Balcarres agora se concentrava no esforço de fechar a braguilha e não respondeu.

– Quero dizer – explicou melhor –, eles não aceitam ordens.

– Não, não aceitam.

– Você dá ordens aos seus índios?

Ele pretendera fazer uma afirmação, mas não saiu exatamente assim. Balcarres comandava um regimento de infantaria leve, mas também dirigia um grande grupo de batedores, muitos deles índios; em geral, ele se vestia como um deles.

– Por outro lado, você é escocês.

Balcarres finalmente conseguira fechar a braguilha e agora se postava, parado, no meio do caminho, estreitando os olhos para William.

– Você está bêbado, Willie. – Isso não foi dito em tom de acusação, e sim com o ar satisfeito de quem fez uma útil dedução.

– Sim. Só que estarei sóbrio pela manhã e você *ainda* será um escocês.

Isso lhes pareceu hilário e eles cambalearam juntos por certa distância, repetindo a piada de vez em quando e colidindo um com outro. Por mero acaso, encontraram a barraca de William primeiro e ele convidou Balcarres para beber com ele um copo de *negus* antes de dormir.

– Acal... ma o estômago – comentou, por pouco não caindo de cabeça dentro de seu baú de campanha enquanto procurava canecas e garrafas. – Faz você dormir melhor.

Balcarres havia conseguido acender a vela e tinha se sentado, segurando-a, piscando com olhos de coruja à sua luz. Tomou um pequeno gole da bebida e fechou os olhos, como se quisesse saboreá-la, depois os abriu.

– O que ser escocês tem a ver com ler a Bíblia? – perguntou. – Está me chamando de ateu? Minha avó é escocesa e lê a Bíblia o tempo todo. Eu mesmo já li. Partes – acrescentou, sorvendo o resto da bebida de um só gole.

William franziu o cenho, tentando se lembrar do que...

– Ah! – exclamou. – Não estava falando sobre a Bíblia. Índios e escoceses são malditos cabeças-duras. Escoceses também não atendem ordens, ao menos nem sempre. Achei que talvez fosse por isso. Porque eles o ouvem – acrescentou como um pensamento tardio. – Seus índios.

Balcarres também achou isso engraçado.

– É que... Já viu um cavalo?

– Já. Vários.

Balcarres babou uma pequena quantidade de *negus* pelo queixo e a limpou.

– Um cavalo – repetiu, enxugando a mão nas calças. – Você não consegue obrigar um cavalo a nada. Você vê o que ele vai fazer e então diz a ele para fazer aquilo, e ele acha que foi ideia dele, de modo que da próxima vez que lhe disser alguma coisa é provável que ele faça o que você diz.

– Hum. – William refletiu sobre isso. – Sim.

Beberam em silêncio por algum tempo, meditando sobre esse pensamento profundo. Por fim, Balcarres ergueu os olhos depois de contemplar seu copo longamente.

– Quem você acha que tem peitos mais bonitos? – perguntou com seriedade. – A sra. Lind ou a baronesa?

50

ÊXODO

Fort Ticonderoga
7 de junho de 1777

A sra. Raven começava a me preocupar. Eu a encontrava aguardando do lado de fora do alojamento ao nascer do dia, parecendo ter dormido com aquelas mesmas roupas, os olhos fundos, mas brilhantes e intensos. Agarrava-se a mim, o dia todo nos meus calcanhares, falando sem parar. Sua conversa, geralmente concentrada nos pacientes que estávamos visitando e na inevitável logística da vida diária em um forte, começou a se desviar dos estreitos confinamentos do presente.

No início, não passava de uma reminiscência ocasional do início de sua vida de casada em Boston. Seu primeiro marido era um pescador e ela criava duas cabras, cujo leite vendia nas ruas. Não me incomodava ouvir a respeito das cabras (Patsy e Petúnia). Eu havia conhecido algumas cabras memoráveis, além de um bode chamado Hiram, de cuja perna quebrada eu tinha cuidado.

Não que eu não estivesse interessada em seus comentários aleatórios sobre o primeiro marido. Eram, no mínimo, muito interessantes. O falecido sr. Evans parecia ter sido um bêbado violento quando em terra firme – o que estava longe de ser um fato extraordinário –, com uma queda para cortar orelhas e narizes das pessoas que o contrariavam, o que era uma característica um pouco mais individualizada.

– Ele pregava as orelhas na verga da porta do barracão das minhas cabras – disse ela, no tom que uma pessoa usaria para descrever seu café da manhã. – No alto, para que as cabras não pudessem pegá-las. Elas murchavam ao sol, sabe, como cogumelos secos.

– Ah...

Pensei em comentar que defumar uma orelha cortada evitava esse pequeno problema, mas desisti. Não sabia se Ian ainda carregava a orelha de um advogado em seu *sporran*, mas tinha quase certeza de que ele não iria gostar do ávido interesse da sra. Raven nela, se assim fosse. Tanto ele quanto Jamie se afastavam quando a viam se aproximar, como se ela tivesse a peste.

– Dizem que os índios cortam partes de seus prisioneiros – disse ela, abaixando a voz, como alguém revelando um segredo. – Os dedos primeiro, uma junta de cada vez.

– Que repugnante. Por favor, vá ao dispensário e traga um novo pacote de algodão para mim, sim?

Obediente, ela partiu. Mas achei tê-la ouvido falando baixinho consigo mesma enquanto caminhava. Conforme os dias se arrastavam e a tensão aumentava no forte, fiquei convencida disso.

As oscilações de suas conversas ficavam cada vez mais extravagantes. Agora, iam do passado distante de sua infância idealizada em Maryland a um futuro igualmente distante – um futuro um tanto espantoso, no qual tínhamos todos sido assassinados pelo Exército Britânico ou capturados pelos índios, com consequências que iam do estupro ao esquartejamento, tais procedimentos em geral realizados ao mesmo tempo, apesar de eu lhe dizer que a maioria dos homens não tinha a concentração nem a coordenação necessárias para isso. Ela ainda era capaz de se concentrar em alguma coisa à sua frente, mas não por muito tempo.

– Será que pode falar com o marido dela? – pedi a Jamie, que acabara de chegar, ao pôr do sol, para me contar que ele a vira andando em círculos ao redor da grande cisterna perto da praça de armas, contando baixinho.

– Será que ele não notou que sua mulher está ficando louca? – retrucou ele. – Se não notou, acho que não vai gostar que lhe informem isso. Se notou, o que espera que ele faça a respeito?

Não havia, de fato, muito a fazer, salvo ficar de olho nela e tentar acalmar suas fantasias mais vívidas – ou ao menos impedi-la de falar sobre elas aos pacientes mais impressionáveis.

No entanto, conforme os dias se passavam, as excentricidades da sra. Raven não pareciam muito mais pronunciadas do que as ansiedades da maioria dos habitantes do forte, em particular as mulheres, que não podiam fazer nada além de cuidar dos filhos, lavar roupa – sob escolta pesada à beira do lago ou em pequenos grupos ao redor de caldeirões fumegantes – e esperar.

Os bosques não eram seguros. Alguns dias antes, dois guardas haviam sido encontrados a não mais de 1,5 quilômetro do forte, mortos e escalpelados. Essa horrenda descoberta teve o pior efeito possível sobre a sra. Raven, mas não posso dizer que não tenha contribuído para abalar minha força moral. Eu não conseguia olhar das baterias para a infindável extensão de floresta fechada com a mesma sensação de prazer de antes. O vigor da floresta parecia uma ameaça agora. Eu ainda queria roupas limpas, mas minha pele pinicava sempre que eu saía do forte.

– Treze dias – disse, correndo o polegar pelo batente da porta de nosso santuário. Jamie havia, sem comentar nada, feito um talhe para cada dia do período de alistamento, dando um corte atravessado quando vinha para a cama à noite. – Você marcava os batentes quando estava na prisão?

– Não em Fort William nem na Bastilha – falou ele, refletindo. – Ardsmuir... sim, fazíamos isso. Não havia nenhuma sentença para não perder de vista, mas... você perde tanto, tão rápido. Parecia importante manter um vínculo, ainda que fosse apenas o dia da semana.

Ele veio para o meu lado, olhando o batente da porta e sua longa linha de talhes perfeitos.

– Eu teria me sentido tentado a fugir – disse ele – se não fosse pela ausência de Ian.

Eu não havia pensado nisso nem percebido que ele tinha. Estava ficando mais óbvio a cada segundo que o forte não aguentaria um ataque, pelo tamanho da força que estava a caminho. Os patrulheiros vinham cada vez com mais frequência trazendo relatórios sobre o exército de Burgoyne. Embora fossem conduzidos ao escritório do comandante e levados para fora outra vez, todos ficavam sabendo no prazo de uma hora as notícias que haviam trazido – bem poucas até agora, mas todas alarmantes. No entanto, Arthur St. Clair se recusava a ordenar a evacuação do forte.

– Uma mancha em sua carreira – disse Jamie, com uma serenidade que revelava sua raiva. – Ele não suporta admitir que perdeu Ticonderoga.

– Mas perderá – completei. – Não é mesmo?

– Sim. Mas, se ele luta e perde, é uma coisa. Lutar e perder o forte para forças superiores é honroso. Abandoná-lo para o inimigo sem luta? Ele não pode aceitar isso. Apesar de não ser um homem perverso – acrescentou, pensativamente. – Vou falar com ele outra vez. Todos nós vamos.

"Todos" eram os oficiais da milícia, que podiam se dar ao luxo de falar sem rodeios. Muitos oficiais do Exército regular compartilhavam os sentimentos da milícia, mas a disciplina impedia a maioria de falar com St. Clair.

Eu também não achava que Arthur St. Clair fosse um homem perverso nem burro. Ele sabia qual seria o custo da batalha. Ou o custo da rendição.

– Ele está à espera de Whitcomb – comentou Jamie de maneira descontraída. – Esperando que lhe diga que Burgoyne não dispõe de artilharia.

O forte podia, na verdade, resistir a uma tática de cerco padrão. Alimentos e provisões vinham sendo trazidos das regiões adjacentes em abundância. Ticonderoga ainda possuía algumas defesas de artilharia e o pequeno forte de madeira no monte Independence, além de uma guarnição substancial muito bem provida de mosquetes e pólvora. Entretanto, não conseguiria resistir a artilharia pesada instalada no monte Defiance. Jamie estivera lá e dissera que todo o interior do forte era visível daquele ponto. Portanto, estava sujeito ao ataque do inimigo.

– Não é possível que ele pense assim, é?

– Não, mas enquanto não tiver certeza também não vai tomar uma decisão. E nenhum dos batedores lhe trouxe qualquer informação precisa.

Suspirei e pressionei a mão no peito, enxugando um fio de suor.

– Não posso dormir ali dentro – disse. – É como dormir no inferno.

Isso o pegou de surpresa e o fez rir.

– Tudo bem para você – falei, um pouco irritada. – Vai dormir embaixo de lona amanhã.

Metade da guarnição estava sendo removida para barracas fora do forte, sendo melhor estar fora e em condições de manobra, de prontidão para o caso da abordagem de Burgoyne. Os ingleses estavam chegando; a que distância estavam, quantos homens tinham e quanto estavam armados, não se sabia.

Benjamin Whitcomb fora descobrir. Whitcomb era um homem magro, de 30 e poucos anos, um dos conhecidos caçadores aventureiros, homens que passavam semanas nas regiões selvagens, vivendo da terra. Esses homens não eram sociáveis, não tinham nenhuma utilidade para a civilização, mas eram valiosos. Whitcomb era o melhor dos batedores de St. Clair. Levara cinco homens para ir ao encontro das tropas principais de Burgoyne. Eu esperava que retornassem antes que o período de alistamento terminasse. Jamie queria ir embora – assim como eu –, mas não podíamos ir sem Ian.

De repente, Jamie voltou para nosso quarto.

– O que você procura? – Ele vasculhava o pequeno baú de cobertores que continha nossas poucas peças de roupa sobressalentes e outros apetrechos que havíamos adquirido desde a vinda para o forte.

– Meu kilt. Se vou me apresentar diante de St. Clair, é melhor ser bem formal.

Ajudei-o a se vestir e escovei e trancei seus cabelos para ele. Ele não tinha um bom casaco, mas ao menos tinha camisas limpas e sua adaga, e mesmo em mangas de camisa era uma figura impressionante.

– Há semanas não o vejo de kilt – disse, admirando-o. – Tenho certeza de que vai causar uma forte impressão no general, mesmo sem uma faixa cor-de-rosa.

Ele sorriu e me beijou.

– Não vai adiantar nada, mas não seria direito não tentar.

Eu o acompanhei, atravessando a praça de armas até a casa de St. Clair. Nuvens tempestuosas surgiam ao longe, acima do lago, negras como carvão contra o céu ensolarado, e eu podia sentir o cheiro de ozônio no ar. Pareceu-me um presságio adequado.

Os boatos e relatórios fragmentados que voavam como pombos pelo forte, o ar opressivo, o estrondo ocasional de um canhão a distância, deflagrado para praticar. Esperávamos que fosse apenas exercício, na posição avançada chamada de Antigas Linhas Francesas.

Todos estavam inquietos, incapazes de dormir no calor, a menos que estivessem bêbados. Eu não estava bêbada. Na verdade, estava inquieta. Já fazia mais de duas horas que Jamie se fora e eu o queria de volta. Não porque eu me importasse com o que St. Clair tivesse para dizer à milícia. Mas, entre o calor e a exaustão, não fazíamos amor havia mais de uma semana e eu estava começando a suspeitar que o tempo estava cada vez mais curto. Se fôssemos obrigados a lutar ou fugir nos próximos dias, só Deus sabia quanto tempo se passaria até termos um momento de privacidade outra vez.

Eu estivera andando pela praça de armas, de olho na casa de St. Clair, e quando finalmente o vi sair comecei a andar em sua direção, caminhando devagar para que ele tivesse tempo de se despedir dos outros oficiais que haviam saído com ele. Ficaram parados juntos por um instante. Seu semblante me dizia que o efeito de seus protestos tinha sido exatamente o que Jamie previra.

Ele se afastou devagar, pensativo. Aproximei-me dele e enfiei a mão na curva de seu braço. Ele olhou para mim, surpreso, mas sorridente.

– Ainda está aqui fora tão tarde, Sassenach. Alguma coisa errada?

– Não – respondi. – Apenas me pareceu uma bela noite para um passeio pelo jardim.

– Pelo jardim – repetiu ele, lançando-me um olhar de viés.

– O jardim do comandante, para ser exata – disse, e toquei o bolso do meu avental. – Eu tenho a chave.

Havia vários jardins pequenos dentro do forte, a maioria canteiros práticos destinados à produção de legumes e verduras. Entretanto, o jardim formal atrás das instalações do comandante tinha sido desenhado pelos franceses há muitos anos e, embora tivesse sido negligenciado e dominado pelas sementes de ervas daninhas trazidas pelo vento, tinha um aspecto bastante interessante – era rodeado por um muro alto, com um portão a chave. Eu havia pegado a chave pela manhã do cozinheiro do general St. Clair, que me procurara para uma ablução da garganta. Eu a devolveria quando fosse visitá-lo na manhã do dia seguinte.

– Ah! – exclamou Jamie, virando-se para a casa do comandante.

O portão ficava nos fundos, fora de vista. Passamos pela viela que ladeava o muro do jardim enquanto o guarda do lado de fora da casa de St. Clair conversava com um transeunte. Fechei o portão atrás de nós, tranquei-o e guardei a chave no bolso, depois caí nos braços de Jamie.

Ele me beijou sem pressa, depois ergueu a cabeça, fitando-me.

– Acho que vou precisar de um pouco de ajuda.

– Isso pode ser arranjado – assegurei-lhe. Coloquei a mão em seu joelho, onde o kilt havia se dobrado, expondo a carne. Deslizei o polegar, apreciando a sensação macia, rija, dos pelos de sua perna. – Hum... você tinha algum tipo de ajuda em mente?

Eu podia sentir seu cheiro apesar de seu banho meticuloso, o suor seco de sua labuta na pele temperado com poeira e cavacos de madeira. Esse seria seu sabor também, adocicado, salgado e almiscarado.

Deslizei a mão por baixo do kilt, pela coxa, sentindo-o se remexer e se flexionar, o repentino sulco do músculo liso sob meus dedos. Para minha surpresa, no entanto, ele me deteve.

– Pensei que queria ajuda.

– Toque-se, *a nighean* – disse ele brandamente.

Isso foi um pouco desconcertante, considerando que estávamos em pé em um jardim coberto de ervas daninhas a não mais do que 6 metros de uma viela muito procurada por homens da milícia em busca de um lugar sossegado para se embebedarem.

Ainda assim, recostei-me no muro e levantei minha combinação acima do joelho. Mantive-a ali, afagando a pele do interior de minha coxa – que era muito macia. Levei a outra mão para cima, para o decote do meu espartilho, onde meus seios se avolumavam contra o algodão fino e úmido.

Seus olhos ficaram pesados. Ele ainda estava meio tonto de cansaço, mas ficando mais alerta a cada instante. Emitiu um pequeno som interrogativo.

– Já ouviu aquela sobre o que é bom para um é bom para o outro? – perguntei, brincando com o cordão que amarrava o decote de minha combinação.

– O quê? – Isso o tirou de seu estado de torpor. Estava inteiramente desperto agora, os olhos injetados completamente arregalados.

– Você me ouviu.

– Você quer que eu... eu...?

– Quero.

– Eu não poderia! Na sua frente?

– Se eu posso na *sua* frente, certamente você pode retribuir o favor. Mas se prefere que eu pare...

Deixei minha mão cair, bem devagar, do cordão. Parei, o polegar tocando bem de leve, de um lado para outro, de um lado para outro, pelo meu seio, como o ponteiro de um metrônomo. Eu podia sentir meu mamilo, redondo e duro. Devia ser visível através do tecido, mesmo àquela luz.

Ele engoliu em seco. Sorri e deixei minha mão cair ainda mais, segurando a bainha da saia. E parei, uma das sobrancelhas levantada.

Como se hipnotizado, ele abaixou o braço e segurou a barra do kilt.

– Este é meu rapaz – murmurei, inclinando-me para trás.

Ergui um dos joelhos e coloquei o pé no muro, deixando a saia cair e desnudando minha coxa.

Ele disse alguma coisa baixinho, em gaélico. Não consegui saber se era uma observação sobre a iminente perspectiva à sua frente ou se estava encomendando a alma a Deus. Em qualquer dos casos, ele ergueu o *kilt.*

– O que quer dizer com precisar de ajuda? – perguntei, fitando-o.

Ele fez um ruído baixo, urgente, indicando que eu deveria continuar, e assim o fiz.

– O que está pensando? – perguntei após um instante, fascinada.

– Não estou pensando.

– Está, sim. Posso ver em seu rosto.

– Não vai querer saber. – O suor começava a brilhar em suas faces e seus olhos se transformaram em duas fendas.

– Ah, vou, sim! Não, espere. Se está pensando em outra pessoa, eu *não quero* saber.

Ele abriu os olhos diante disso e fixou o olhar entre minhas pernas trêmulas. Mas não parou.

– Ah – suspirei, um pouco sem ar. – Bem... quando puder falar outra vez, eu quero mesmo saber.

Ele continuou olhando para mim, um olhar fixo e intenso, semelhante ao de um lobo vigiando uma ovelha. Remexi-me um pouco junto ao muro. Ele respirava rápido e eu podia sentir o cheiro de seu suor, almiscarado e acre.

– Você – falou, e eu vi sua garganta se mover enquanto ele engolia em seco. Ele fez sinal para mim com o dedo indicador dobrado.

– Venha cá.

– Eu...

– Agora.

Fascinada, dei dois passos em sua direção. Antes que eu pudesse dizer ou fazer qualquer coisa, houve uma agitação do kilt e sua mão grande e quente me agarrou pela nuca. Logo eu estava deitada de costas sobre o capim alto e pés de tabaco selvagem, Jamie dentro de mim, a mão sobre a minha boca – ainda bem, já que havia vozes vindo em nossa direção pela viela do outro lado do muro do jardim.

– Brinque com fogo e pode se queimar, Sassenach – sussurrou ele em meu ouvido.

Jamie me mantinha pregada ao chão como uma borboleta em um quadro. Prendia-me com firmeza pelos pulsos, apesar de eu me contorcer sob ele. Muito devagar, ele colocou todo o seu peso sobre mim.

– Quer saber o que eu estava pensando, hein? – murmurou em meu ouvido.

– *Mmp!*

– Bem, vou contar, *a nighean*, mas... – Parou, a fim de lamber o lóbulo da minha orelha.

– *NNG!*

A mão se apertou ainda mais sobre a minha boca, em advertência. As vozes estavam perto o suficiente para decifrarmos as palavras agora: um pequeno grupo de milicianos, meio bêbados e à procura de prostitutas. Os dentes de Jamie se fecharam em minha orelha e ele começou a mordiscá-la, fazendo cócegas, o hálito quente. Eu me contorcia, mas ele nem se importava.

Deu o mesmo tratamento meticuloso à outra orelha antes de os homens saírem do alcance de nossos ouvidos. Em seguida, beijou a ponta do meu nariz, finalmente tirando a mão da minha boca.

– Ah. Bem, onde é que eu estava? Ah, sim, você queria saber o que eu estava pensando.

– Mudei de ideia. – Eu ofegava, a respiração curta e superficial, tanto por causa do peso sobre meu peito quanto de desejo. Ambos eram consideráveis.

Ele emitiu um ruído escocês indicando profunda diversão e apertou meus pulsos com mais força.

– Foi você quem começou, Sassenach, mas eu vou terminar.

Com isso, colocou os lábios em minha orelha molhada e me disse em um lento sussurro *exatamente* o que ele tinha pensado. Sem se mover 1 centímetro enquanto o fazia, a não ser para colocar a mão de novo sobre minha boca quando eu comecei a xingá-lo.

Cada músculo em meu corpo saltava quando ele finalmente se moveu. Com um movimento repentino, ele se levantou e deslizou para trás, depois para a frente, com força.

Quando eu pude ver e ouvir outra vez, percebi que ele ria.

– Eu a tirei do seu sofrimento, não foi, Sassenach?

– Você... – comecei, com a voz embargada.

As palavras me faltavam, mas dois poderiam fazer aquele jogo. Ele não se movera, em parte para me torturar e também porque não podia; não sem terminar tudo. Flexionei meus músculos macios, escorregadios, em volta dele, devagar. Depois fiz isso três vezes, rapidamente. Ele emitiu um ruído de satisfação e se perdeu, gemendo e se contraindo, a pulsação de seus movimentos excitando um eco em minha carne. Muito devagar, ele abaixou o corpo, suspirando como uma bexiga esvaziada, e ficou estendido ao meu lado, respirando devagar, os olhos fechados.

– *Agora* você pode dormir – falei, afagando seus cabelos. Ele sorriu sem abrir os olhos, respirou fundo e seu corpo relaxou, acomodando-se no solo. – E da próxima vez, maldito escocês, eu lhe direi o que *eu* estava pensando.

– Meu Deus – disse ele, e riu sem fazer nenhum som. – Lembra da primeira vez em que a beijei, Sassenach?

Fiquei ali deitada por algum tempo, sentindo o suor em minha pele e seu peso reconfortante, enroscado, adormecido, no capim ao meu lado, antes de finalmente me lembrar.

Eu disse que era virgem, não um monge. Se eu achar que preciso de orientação, pedirei.

Ian Murray acordou de um sono profundo e sem sonhos ao som de uma corneta. Rollo, deitado ao seu lado, pôs-se de pé num salto, com um *UUUF!* surpreso, e olhou ao redor em busca da ameaça, os pelos do pescoço eriçados.

Ian também se levantou, uma das mãos na faca, a outra no cachorro.

– Quieto – disse baixinho, e o cachorro relaxou um pouco, embora mantivesse um rosnado surdo no fundo da garganta, logo abaixo do alcance do ouvido humano.

Ian o sentia, uma vibração constante no corpo enorme sob sua mão.

Agora que estava acordado, ouvia-os com facilidade. Uma movimentação subterrânea através da floresta, tão submersa – mas igualmente vibrante – quanto o rosnado de Rollo. Um grande grupo de homens, um acampamento, começando a acordar a uma distância não muito grande dali. Como não os percebera na noite anterior? Inspirou o ar, mas o vento soprava na direção errada. Não sentiu cheiro de fumaça – apesar de que agora ele *via* fumaça, filetes finos se elevando no pálido céu do amanhecer. Muitas fogueiras de acampamento. Um acampamento muito grande.

Enrolou o cobertor enquanto ouvia. Não havia mais nada em seu acampamento. Em poucos segundos, desapareceu no meio do mato, o cobertor amarrado às costas e o rifle na mão, o cachorro enorme e silencioso em seus calcanhares.

51

OS INGLESES ESTÃO CHEGANDO

Three Mile Point, colônia de Nova York
3 de julho de 1777

A mancha escura de suor entre os ombros largos do general de brigada Fraser tinha o formato da ilha de Man no mapa na velha sala de aula da escola em casa. O casaco do tenente Greenleaf estava molhado de suor, o corpo quase preto e apenas as mangas desbotadas ainda vermelhas.

O casaco de William estava menos desbotado. Era vergonhosamente novo e chamativo, mas igualmente colado às costas e aos ombros, pesado com as exalações úmidas de seu corpo. Sua camisa o atormentava. Estava dura de sal quando ele a vestira algumas horas antes, o suor permanente dos esforços dos dias anteriores cristalizado no linho, mas a rigidez se desfizera quando o sol se levantou, em decorrência de uma nova inundação de suor.

Erguendo os olhos para a colina que o general de brigada propôs que escalassem, ele tivera alguma esperança de ar fresco, mas o esforço da subida acabara com qualquer benefício da altitude. Haviam deixado o acampamento logo depois do amanhecer, o ar tão delicioso em seu frescor que ele teve vontade de correr nu pelos bosques como um índio, fisgar peixes no lago e comer uma dúzia deles como café da manhã, fritos em farinha de milho, frescos e quentes.

Ali era Three Mile Point, assim chamado porque ficava 3 milhas ao sul de Fort Ticonderoga. O general de brigada, liderando a força avançada, havia estacionado suas tropas ali e proposto escalar até certa altura com o tenente Greenleaf, um engenheiro, para inspecionar o terreno antes de prosseguirem.

Para sua satisfação, William fora designado para as tropas do general de brigada na semana anterior. O general Fraser era um homem amável, sociável, mas não da mesma maneira que o general Burgoyne. Apesar de que William não teria se importado, ainda que o sujeito fosse um bárbaro violento – ele estaria nas linhas de frente; isso era tudo que importava.

Ele carregava uma parte do equipamento do engenheiro, assim como alguns cantis de água e a caixa de documentos oficiais do general. Ajudou a montar o teodolito e segurou varetas de medição a intervalos, mas enfim terminou o trabalho. Tudo foi registrado e o general, tendo confabulado com Greenleaf por um longo tempo, enviou o engenheiro de volta ao acampamento.

Uma vez concluída a tarefa, o general se mostrou avesso a descer logo em seguida. Em vez disso, passou a caminhar pelo local, parecendo apreciar a leve brisa. Ele se sentou em uma pedra e destampou seu cantil com um suspiro de prazer.

– Sente-se, William – disse ele, indicando uma pedra a este. Permaneceram sentados em silêncio por algum tempo, ouvindo os sons da floresta. – Conheço seu pai. Imagino que todo mundo lhe diga isso.

– Bem, sim, dizem – admitiu William. – Se não ele, meu tio.

O general Fraser riu.

– Um fardo considerável de história familiar a ser carregado. Mas tenho certeza de que você o suporta com nobreza.

William não sabia o que dizer e, educadamente, fez um ruído indeterminado em resposta. O general riu outra vez e lhe passou o cantil. A água estava tão morna que ele mal a sentiu descer pela garganta, mas tinha um cheiro de frescor e ele pôde sentir sua sede saciada.

– Seu pai e eu estivemos juntos nas planícies de Abraão. Ele já contou para você sobre aquela noite?

– Não muito – respondeu William, imaginando se estaria fadado a conhecer todo soldado que havia lutado naquele campo com James Wolfe.

– Descemos o rio à noite, sabe. Todos nós morrendo de frio. – O general olhou para longe, por cima do lago, balançando um pouco a cabeça à lembrança. – Que rio, o St. Lawrence! O general Burgoyne mencionou que você esteve no Canadá. Você o viu?

– Não muito, senhor. Viajei por terra a maior parte do trajeto para Quebec e depois desci o Richelieu. Mas meu pai me falou do St. Lawrence. – Ele se sentiu obrigado a acrescentar: – Falou que era um rio nobre.

– Ele contou que eu quase quebrei a mão dele? Estava ao meu lado no barco quando me inclinei para chamar a sentinela francesa, esperando que minha voz não falseasse. Agarrou minha mão para me firmar. Senti seus ossos rangerem, mas nas circunstâncias não notei até eu soltar sua mão e ouvi-lo dar uma arfada.

William viu os olhos do general se desviarem para as mãos dele. A pequena ruga que atravessou sua fronte larga lhe dava não um ar intrigado, mas o de alguém tentando ajustar a lembrança à presente circunstância. Seu pai possuía mãos elegantes, longas e delgadas, de bela ossatura. Os dedos de William eram longos, mas suas mãos eram grandes, de palma larga e juntas brutas.

– Ele... lorde John... é meu padrasto – falou William subitamente, depois corou, envergonhado tanto pela confissão quanto por qualquer capricho mental que o fizera dizer isso.

– É mesmo? – disse o general. – Sim, claro.

O general teria pensado que ele falara por orgulho, ressaltando a antiguidade de sua linhagem?

O único consolo era que seu rosto – assim como o do general – estava tão vermelho do esforço que não se poderia ver que ele estava ruborizado. O general, como se reagindo à ideia do calor, tirou o casaco e desabotoou seu colete, balançando a cabeça para William para que fizesse o mesmo.

A conversa se voltou para outras campanhas: aquelas em que o general de brigada havia lutado, aquelas de que William tinha (em grande parte) ouvido falar. Gradativamente, compreendeu que o general o sondava, analisando sua experiência e seus modos. Tinha consciência de que a primeira era inglória; o general Fraser estaria ciente do que acontecera durante a Batalha de Long Island? As notícias viajavam rápido no Exército.

Por fim, houve uma pausa na conversa e ficaram sentados por algum tempo, ouvindo o murmúrio das árvores acima. William quis dizer alguma coisa em sua defesa, mas não conseguia pensar em nenhum modo de abordar a questão. No entanto, se não falasse, se não explicasse o que tinha acontecido... Bem, não havia uma boa explicação. Ele fora um idiota, isso era tudo.

– Howe elogia sua inteligência e coragem, William – comentou o general, como se continuassem a conversa anterior –, embora tenha mencionado que achava que você não tinha tido ainda a oportunidade de mostrar seu talento para o comando.

– Ah... não, senhor – respondeu William, suando.

O general sorriu.

– Bem, precisamos remediar essa falta, não? – Ele se levantou, espreguiçou-se e voltou a se enfiar no casaco. – Venha jantar comigo mais tarde. Vamos discutir isso com sir Francis.

52

CONFLAGRAÇÃO

Fort Ticonderoga
1º de julho de 1777

Whitcomb estava de volta. Com vários escalpos de ingleses, segundo os boatos correntes. Tendo conhecido Benjamin Whitcomb e um ou dois dos outros exploradores, eu estava preparada para acreditar nisso. Eles falavam com bastante civilidade e estavam longe de ser os únicos homens no forte que se vestiam em couro cru e tecidos rústicos e esfarrapados ou cuja pele se encarquilhava sobre os ossos descarnados. Mas eram os únicos homens com olhos de animais.

No dia seguinte, Jamie foi chamado à casa do comandante e só voltou tarde da noite. Um homem cantava junto a uma das fogueiras do pátio, perto das instalações de St. Clair, e eu estava sentada em um barril de carne de porco salgada vazio quando vi Jamie passar do outro lado da fogueira, na direção de nosso alojamento. Levantei-me rapidamente e o alcancei.

– Venha comigo – disse ele em voz baixa, conduzindo-me na direção do jardim do comandante.

Não havia nenhuma reverberação de nosso último encontro no jardim, embora eu estivesse extremamente consciente de seu corpo, da tensão que se percebia nele e do batimento de seu coração. Más notícias, portanto.

– O que aconteceu? – perguntei também em voz baixa.

– Whitcomb prendeu um soldado inglês e o trouxe para cá. Ele não falou nada, é claro, mas St. Clair foi bastante inteligente para colocar Andy Tracy em uma cela com o sujeito, dizendo que era acusado de ser um espião, quero dizer, que Tracy era um espião.

– Foi brilhante – declarei com aprovação.

O tenente Andrew Hodges Tracy era um irlandês fanfarrão e sedutor, um mentiroso nato. Se alguém podia arrancar informações de outro sem o uso da força, Tracy seria minha primeira escolha.

– Imagino que ele tenha descoberto alguma coisa, não? – acrescentei.

– Descobriu. Também recebemos três desertores do Exército Britânico... alemães. St. Clair quis que eu falasse com eles.

O que ele fez. As informações trazidas pelos desertores podiam ser suspeitas, salvo que se correlacionavam com as informações tiradas do soldado inglês capturado. As informações concretas pelas quais St. Clair estivera esperando nas últimas três semanas.

O general Carleton permanecera no Canadá com uma pequena tropa. Era, na verdade, o general Burgoyne, à frente de um grande exército invasor, que estava se dirigindo para o forte. Seu exército era reforçado pelas tropas do general Von Riedesel, que comandava sete regimentos de Brunswick, *mais* um batalhão de infantaria leve e quatro companhias de dragões. E sua vanguarda estava a menos de quatro dias de marcha.

– Isso não é nada bom – observei, respirando fundo.

– Não, não é – concordou ele. – Pior: Burgoyne tem Simon Fraser como general de brigada sob seu comando. É dele o comando da tropa avançada.

– Um parente seu? – Era uma pergunta retórica. Ninguém com esse nome poderia ser outra coisa, e eu vi a sombra de um sorriso atravessar o rosto de Jamie.

– Sim – disse ele secamente. – Primo em segundo grau, eu acho. E um excelente soldado.

– Bem, não seria de outra forma, não é mesmo? Essa é a última das notícias ruins?

– Não. Os desertores disseram que o exército de Burgoyne está sem suprimentos.

Os dragões estão a pé, porque não conseguem novos cavalos. Embora eu não saiba se eles os comeram ou não.

Era uma noite quente e úmida, mas um calafrio arrepiou os pelos dos meus braços. Toquei o pulso de Jamie e notei que os pelos dele também estavam assim. *Ele vai sonhar com Culloden esta noite*, pensei. Mas afastei o pensamento por enquanto.

– Eu imaginaria que essa notícia seria boa. Por que não é?

Jamie tomou minha mão, entrelaçando nossos dedos com força.

– Porque eles não têm suprimentos suficientes para montar um cerco. Terão que invadir o forte e nos tomar à força. E é bem provável que isso aconteça.

Três dias depois, os primeiros batedores ingleses surgiram no monte Defiance.

No quarto dia, qualquer um podia ver o início da construção de uma plataforma de artilharia no Defiance. Arthur St. Clair, curvando-se ao inevitável, deu ordem para começarem a evacuação de Ticonderoga.

A maior parte da guarnição deveria se transferir para o monte Independence, levando consigo todos os suprimentos e armas mais valiosos. Parte das ovelhas e do gado deveria ser abatida, o resto conduzido para dentro da floresta. Algumas unidades de milícia deveriam partir pela floresta e encontrar a estrada para Hubbardton, onde aguardariam como reforço. Mulheres, crianças e inválidos seriam despachados de barco pelo lago, com uma guarda ligeira. A evacuação começou de maneira ordenada, com instruções para levarem tudo que flutuasse para a margem do lago após o anoitecer, os homens reunindo e verificando seus equipamentos, e ordens sendo enviadas para a destruição sistemática de tudo que não pudesse ser levado.

Esse era o procedimento padrão, para negar ao inimigo qualquer uso dos suprimentos. No caso, a questão era um pouco mais angustiante: os desertores haviam dito que o exército de Burgoyne já estava com escassez de suprimentos. Negar-lhe os recursos de Ticonderoga podia fazê-lo parar – ou ao menos fazê-lo reduzir a marcha, já que seus homens seriam obrigados a sair em busca de alimento e viver da terra enquanto esperavam que provisões chegassem do Canadá em sua ajuda.

Tudo isso – o empacotamento, o carregamento, o abate e a condução dos animais, a destruição – tinha que ser realizado de forma clandestina, bem embaixo do nariz dos ingleses. Pois, se vissem que haveria uma retirada iminente, iriam cair sobre nós como lobos, destruindo a guarnição quando deixássemos a segurança do forte.

Assustadoras nuvens tempestuosas se agitavam acima do lago às tardes, enormes torres negras que se elevavam a quilômetros de altura, carregadas de relâmpagos. Às vezes, a trovoada irrompia depois do cair da noite, a chuva martelando o lago, os montes, as linhas de piquete e o forte. Outras vezes, apenas prosseguiam viagem, trovejando ameaçadoramente.

Esta noite as nuvens estavam baixas e violentas, cortadas por veios de descargas elétricas e cobrindo todo o céu como um manto. Clarões no horizonte pulsavam através dos nossos corpos e estalavam entre eles em explosões de conversa repentina e silenciosa. De vez em quando, um súbito forcado disparava, branco-azulado e brilhante, para o solo com um estrondo de trovão que fazia todos darem um salto.

Havia bem pouco a empacotar. Ainda bem, pois não tinha muito tempo para isso. Eu podia ouvir o alvoroço por todo o quartel enquanto trabalhava: pessoas gritando, à cata de objetos perdidos, mães gritando por filhos desaparecidos e o barulho de pés, contínuo como eco da chuva nos vãos das escadas de madeira.

Do lado de fora, eu podia ouvir o balido agitado de carneiros e ovelhas, perturbados por terem sido forçados a sair de seus cercados, e um alvoroço repentino de gritos e mugidos, quando uma vaca em pânico fugia em disparada. Não era de admirar. Havia um forte cheiro de sangue fresco no ar, da matança dos animais.

Eu já tinha visto a guarnição em desfile, é claro. Sabia quantos homens havia. Mas ver três ou quatro mil pessoas se empurrando e esbarrando, tentando realizar tarefas a que não estavam acostumadas com uma pressa enlouquecedora, era como observar um formigueiro destruído. Abri caminho pela multidão fervilhante, agarrando um saco de farinha com nossas roupas sobressalentes, meus parcos suprimentos médicos e um grande pedaço de presunto, que eu ganhara de um paciente agradecido, enrolado em minha anágua extra.

Eu iria sair com a brigada dos barcos, tomando conta de um grupo de inválidos, mas não sem antes ver Jamie.

Meu coração estava na boca havia tanto tempo que eu mal conseguia falar. Não pela primeira vez, pensei em como era conveniente ter me casado com um homem alto. Era sempre fácil distinguir Jamie no meio de uma multidão. Estava parado em uma das baterias do forte. Alguns de seus milicianos o acompanhavam, todos olhando para baixo. Presumi que a brigada dos barcos devia estar se formando embaixo; isso era encorajador.

A perspectiva se mostrou menos encorajadora quando alcancei a borda da bateria e pude ver. A margem do lago abaixo do forte parecia o retorno desastroso de uma frota de pesca. Havia muitos barcos. Todos os tipos de barco, de canoas a barcos a remo, barcas leves e balsas toscas. Alguns tinham sido arrastados para a margem, outros flutuavam sem rumo, não tripulados. Avistei durante o breve clarão de um relâmpago algumas cabeças de gado oscilando na água enquanto homens e meninos nadavam atrás delas para trazê-las de volta.

Havia poucas luzes na margem, por medo de revelar o plano de retirada, mas aqui e ali uma tocha ardia, mostrando discussões e escaramuças. Além do alcance da luz das tochas, o terreno parecia pulular na escuridão, como uma carcaça fervilhando de vermes.

Jamie apertava a mão do sr. Anderson, um dos marujos originais do *Teal*, que havia se tornado um cabo *de facto*.

– Vá com Deus – disse ele.

O sr. Anderson assentiu e se virou, liderando o pequeno grupo de milicianos. Passaram por mim enquanto eu subia e alguns me cumprimentaram com um aceno de cabeça, os rostos invisíveis na sombra de seus chapéus.

– Aonde estão indo? – perguntei a Jamie.

– Na direção de Hubbardton – respondeu ele, os olhos ainda fixos nas margens do lago embaixo. – Avisei que a escolha era deles, mas achei melhor que fossem logo em vez de esperar mais tempo. – Ele ergueu o queixo na direção da corcova escura do monte, onde as centelhas de fogueiras de acampamento brilhavam perto do topo. – Se não souberem o que está acontecendo, é uma incompetência total. Se eu fosse Simon Fraser, já estaria em marcha antes da primeira luz do dia.

– Não pretende ir com seus homens? – Um lampejo de esperança saltou em meu coração.

Havia pouca luz na bateria, apenas a claridade refletida das tochas nas escadas e das grandes fogueiras dentro do forte. Mas era o suficiente para eu ver seu rosto com clareza. Estava sombrio, mas existia uma ânsia no desenho de seus lábios, e eu reconheci a expressão de um soldado pronto para entrar em ação.

– Não – respondeu ele. – Pretendo ir com você. – Sorriu repentinamente e eu agarrei sua mão. – Acha mesmo que vou deixá-la vagando sozinha por este ermo com um bando de doentes malucos, é? Ainda que isso signifique entrar em um barco – acrescentou com aversão.

Ri contra a vontade.

– Não é muito gentil de sua parte. Também não é incorreto, se estiver se referindo à sra. Raven. Você não a viu por aí, viu?

Ele balançou a cabeça. O vento havia soltado a maior parte de seus cabelos da tira de couro que os amarrava. Ele a retirou e a segurou entre os dentes, juntando os cabelos em um grosso rabo de cavalo para prendê-los de novo.

Alguém na bateria comentou alguma coisa, parecendo surpreso. Tanto Jamie quanto eu viramos abruptamente para olhar. O Independence estava pegando fogo.

– Fogo! Fogo!

Os gritos atraíram pessoas agitadas e aflitas, que saíam correndo das casernas como bandos de codornas alvoroçadas. O fogo estava logo abaixo do topo do monte, onde o general Fermoy havia estabelecido um posto avançado com seus homens. Uma língua de fogo rugia morro acima, firme como uma vela tomando alento. Uma rajada de vento fez a chama baixar por um instante, como se alguém tivesse diminuído a chama do gás no fogão, para logo em seguida explodir de novo em uma conflagração muito mais violenta, que iluminou o monte e revelou minúsculas figuras - centenas de pessoas em pleno ato de derrubar tendas e carregar bagagens, todas recortadas em silhueta contra o fogo.

– É o alojamento de Fermoy pegando fogo – disse um soldado ao meu lado, sem conseguir acreditar, – não é?

– É – confirmou Jamie do meu outro lado. – Se podemos ver a evacuação daqui, os observadores de Burgoyne certamente também veem.

E, assim, a debandada teve início.

Se algum dia eu tivesse duvidado de algo como telepatia, isso teria sido suficiente para aplacar quaisquer reservas. Os soldados já estavam a ponto de explodir com a demora de St. Clair e com os constantes rumores. Conforme o incêndio do Independence se espalhava, a convicção de que os casacos-vermelhos e os índios logo estariam nos atacando se espalhou, sem necessidade de fala. O pânico grassava, abarcando o forte com suas enormes asas negras, e a confusão na beira da água se desintegrava em caos bem diante de nossos olhos.

– Vamos – disse Jamie.

E, antes que eu percebesse, estava sendo conduzida escada abaixo pelos estreitos degraus da bateria. Algumas pequenas cabanas de madeira haviam sido incendiadas – de propósito, para privar os invasores de material ou equipamentos úteis – e a luz das chamas iluminava uma cena de inferno. Mulheres arrastando crianças seminuas, gritando e puxando cobertas de cama, homens atirando móveis pela janela. Uma caneca se espatifou nas pedras, lançando estilhaços de cerâmica e cortando as pessoas próximas.

Uma voz surgiu, ofegante, atrás de mim:

– Um passarinho me disse que o francês idiota ateou fogo à própria casa.

– Não vou dar palpite sobre isso – respondeu Jamie. – Só espero que ele tenha se consumido nas chamas.

Um tremendo clarão de relâmpago iluminou o forte como se fosse dia. Gritos podiam ser ouvidos de todos os cantos, quase instantaneamente sufocados pela explosão do trovão. Como era esperado, metade das pessoas pensou que a ira de Deus estava prestes a cair sobre nós – apesar de estarmos tendo trovoadas violentas havia dias –, enquanto aqueles de mente secular estavam ainda mais apavorados porque as unidades de milícia nas linhas externas estavam sendo iluminadas conforme batiam em retirada, à plena vista dos ingleses no monte Defiance. De qualquer modo, a situação era crítica.

– Tenho que buscar meus inválidos! – gritei no ouvido de Jamie. – Pegue nossas coisas no alojamento.

Ele assentiu. Seus cabelos soltos e esvoaçantes foram iluminados por outro raio e ele próprio pareceu um dos demônios principais.

– Não vou deixá-la – disse ele, segurando meu braço com força.

– Mas...

Ele tinha razão. Havia milhares de pessoas correndo, empurrando ou simplesmente paradas, aturdidas demais para pensar no que fazer. Se nos separássemos, talvez Jamie não conseguisse mais me encontrar – e a ideia de ficar sozinha na floresta embaixo do forte, infestada de índios e de casacos-vermelhos sanguinários, não era algo que eu conseguisse contemplar por mais de dez segundos.

– Está bem. Venha, então.

A cena dentro do hospital era menos caótica apenas porque a maioria dos pacientes não era capaz de se movimentar. Mas estavam, na verdade, mais agitados do que as pessoas lá fora, já que haviam coletado apenas informações fragmentadas dos que entravam e saíam. Os que tinham família estavam sendo arrastados do prédio quase sem tempo suficiente para pegar suas roupas. Aqueles sem família ocupavam os espaços entre os catres, saltando em um pé só para entrar em suas calças ou cambaleando na direção da porta.

O capitão Stebbings, é claro, não fazia nada disso. Permanecia deitado em seu catre, as mãos cruzadas sobre o peito, observando o caos com interesse. Sua vela de sebo e junco queimava serenamente na prateleira acima de sua cabeceira.

– Sra. Fraser! – saudou-me com alegria. – Creio que logo serei um homem livre outra vez. Espero que o Exército me traga um pouco de comida. Não há muita chance de conseguir um jantar aqui hoje.

– Creio que não – falei, sem conseguir deixar de retribuir o sorriso. – Você tomará conta dos outros prisioneiros ingleses, não é? O general St. Clair os está deixando para trás.

Ele pareceu um pouco ofendido.

– São meus homens – respondeu.

– É verdade.

Na realidade, Guiné Dick, quase invisível contra a parede de pedras na luz turva, estava agachado ao lado da cama do capitão, uma robusta bengala na mão, a fim de afastar possíveis saqueadores, imaginei. O sr. Ormiston estava sentado em seu catre, pálido, mas entusiasmado, remexendo na atadura do seu toco de perna.

– Eles estão mesmo chegando, madame? O Exército?

– Sim. Agora o senhor tem que cuidar muito bem do seu ferimento, mantendo-o sempre limpo. Está sarando bem, mas não deve colocar nenhum esforço sobre ele por mais um mês ainda. E espere ao menos dois antes de mandar afixar um pino. *Não deixe* os cirurgiões do Exército sangrá-lo. Vai precisar de todas as suas forças.

Ele assentiu, embora eu soubesse que, tão logo um cirurgião inglês aparecesse, ele se apresentaria para ser lancetado e sangrado. Acreditava nas virtudes da sangria e ficara tranquilizado só com o fato de eu aplicar sanguessugas no toco de sua perna de vez em quando.

Apertei sua mão em despedida. Já estava me virando para ir embora quando ele segurou minha mão com mais força.

– Um momento, madame. – Ele soltou minha mão, tateando em seu pescoço, e retirou algo. Eu mal podia ver o que era na luz turva, mas ele o colocou em minha mão e eu senti um disco de metal, quente do contato com seu corpo. – Se por acaso a senhora vir esse rapaz Abram de novo, madame, agradeceria se lhe desse isso. É meu amuleto, que eu carrego há 32 anos. Diga a ele que isso o manterá a salvo em tempos difíceis.

Jamie assomou no escuro ao meu lado, irradiando impaciência e agitação. Ele rebocava um grupo de inválidos, todos agarrando seus poucos e aleatórios pertences. Eu podia ouvir a voz estridente da sra. Raven a distância, lamuriando-se. Achei que chamava meu nome. Abaixei a cabeça e coloquei o amuleto do sr. Ormiston ao redor do meu pescoço.

– Eu direi a ele, sr. Ormiston. Obrigada.

Alguém havia ateado fogo à elegante ponte de Jeduthan Baldwin. Uma pilha de entulho ardia devagar perto de uma das extremidades e eu vi figuras negras diabólicas correndo de um lado para outro ao longo da extensão da ponte com pés de cabra e alavancas, arrancando as tábuas e as atirando na água.

Jamie abriu caminho pela multidão. Eu o seguia. Nosso pequeno bando de mulheres, crianças e inválidos corria nos meus calcanhares.

– Fraser! Coronel Fraser! – Jonah, ou melhor, Bill Marsden corria pela margem em nossa direção. – Vou com vocês! Vão precisar de alguém para remar.

Jamie não hesitou mais do que uma fração de segundo. Assentiu, indicando a beira d'água com um aceno da cabeça.

– Sim, corra. Eu os levarei o mais rápido possível até lá.

O sr. Marsden desapareceu na escuridão.

– E o resto dos seus homens? – perguntei, tossindo com a fumaça.

Ele deu de ombros, uma silhueta portentosa contra o tremeluzir das águas.

– Foram embora.

Gritos histéricos vieram da direção das Antigas Linhas Francesas. Espalhavam-se pelas florestas e ao longo das margens, pessoas gritando que os ingleses estavam chegando. O pânico se alastrava. Era algo tão forte que senti um grito subir por minha garganta. Sufoquei-o e senti uma raiva irracional em seu lugar, deslocada de mim mesma para os tolos que gritavam e que teriam se dispersado se pudessem. Estávamos perto da água agora e as pessoas se arremessavam para os barcos em tal quantidade que emborcavam algumas das embarcações ao se empilharem dentro delas.

Eu não achava que os ingleses estivessem perto, mas não tinha certeza. Sabia que havia acontecido mais de uma batalha em Fort Ticonderoga... mas quando? Uma delas seria esta noite? Eu não sabia, e a sensação de urgência me empurrava para a beira do lago, ajudando a apoiar o sr. Wellman, que contraíra caxumba de seu filho. Pobre homem, estava passando muito mal!

O sr. Marsden havia se apropriado de uma grande canoa, que levara um pouco para fora da margem, a fim de evitar que fosse invadida e emborcada. Quando viu Jamie se aproximando, ele veio e conseguimos colocar dentro dela dezoito pessoas, incluindo os Wellmans e a sra. Raven, pálida e com um olhar fixo de Ofélia.

Jamie olhou para trás, para o forte. Os portões principais estavam escancarados e luz de fogo se lançava por eles. Então, ergueu o olhar para a bateria onde estivéramos pouco antes.

– Há quatro homens junto ao canhão, apontado para a ponte – afirmou ele, os olhos voltados para rolos de fumaça que se erguiam do interior do forte. – Voluntários. Vão ficar para trás. Os ingleses, ou alguns deles, atravessarão a ponte. Eles podem destruir quase todo mundo no disparo e depois fugir... se conseguirem.

Virou-se, então, e seus músculos se mexeram conforme mergulhava o remo com força.

53

MONTE INDEPENDENCE

Meio da tarde, 6 de julho de 1777

Os homens do general de brigada Fraser avançaram sobre o forte de piquete no alto do monte, aquele que os americanos ironicamente chamavam de "Independence". William comandava um dos grupos dianteiros e fez seus homens fixarem as baionetas quando se aproximaram. Fazia um profundo silêncio, quebrado somente pelo estalo de galhos e pelo arrastar de botas na espessa camada de folhas mortas, o estrépito casual de uma caixa de cartuchos contra a coronha de um mosquete. Seria um silêncio de espera?

Os americanos não podiam ignorar que estavam a caminho. Os rebeldes estariam emboscados, prontos para atirar neles da fortificação rústica mas sólida que ele podia ver através das árvores?

Ele fez sinal para seus homens pararem a uns 200 metros do topo do monte, na esperança de captar alguma indicação dos defensores, se é que assim se podia chamá-los. Obediente, sua companhia parou. Mas havia homens atrás e eles começaram a se misturar e atravessá-la sem nenhuma consideração, ávidos por invadir o forte.

– Parem! – gritou, ciente de que o som de sua voz proporcionava um alvo quase tão bom para o rifle de um soldado americano quanto a visão de seu casaco vermelho.

Alguns dos homens obedeceram, mas logo foram atropelados por outros que vinham atrás deles. Em poucos segundos, toda a encosta era um enxame vermelho. Não podiam continuar parados; seriam pisoteados. E, se os defensores tivessem a intenção de atirar, não poderiam pedir uma oportunidade melhor, mas o forte continuou em silêncio.

– Avante! – rugiu William, erguendo o braço, e os homens avançaram do meio das árvores em uma arrancada esplêndida, as baionetas em posição.

Os portões estavam abertos de par em par e os homens se arremessaram para dentro do forte, desatentos ao perigo. Só que não havia perigo. William entrou com seus homens e encontrou o lugar deserto. Não apenas abandonado, mas abandonado com imensa pressa.

Os pertences pessoais dos defensores se espalhavam por toda parte, como se tivessem caído durante a fuga: utensílios de cozinha, roupas, sapatos, livros, cobertores... até mesmo dinheiro. Muito mais revelador era o fato de os defensores não terem feito nenhum esforço para explodir a munição ou a pólvora que não pudesse ser levada. Devia haver uns 100 quilos, empilhados em barris! Provisões também haviam sido deixadas para trás, uma constatação alentadora.

– Por que eles não atearam fogo ao lugar? – perguntou o tenente Hammond, olhando ao redor, para os alojamentos, ainda mobiliados com camas, urinóis, lençóis e outros objetos.

– Só Deus sabe – respondeu William, caminhando ao ver um soldado sair de um dos quartos enfeitado com um xale de rendas e com os braços cheios de sapatos. – Você aí! Não vai haver nenhum saque, ouviu?

O soldado atendeu, largando a braçada de sapatos, e se afastou. Mas havia muitos outros iniciando a pilhagem e ficou claro para William que Hammond e ele não conseguiriam impedi-los. Ele gritou acima do crescente barulho convocando um mensageiro e, agarrando a caixa de despachos oficiais das mãos do sujeito, rabiscou um bilhete.

– Leve isso ao general Fraser – disse, enfiando a caixa de volta nas mãos do mensageiro – o mais rápido que puder!

Aurora, 7 de julho de 1777

– Não vou tolerar essas irregularidades!

O rosto do general Fraser estava enrugado, tanto de raiva quanto de fadiga. O pequeno relógio de viagem em sua tenda mostrava que faltava pouco para as cinco da manhã e William tinha a nebulosa sensação de que sua cabeça flutuava em algum lugar sobre seu ombro esquerdo.

– Saque, roubo, indisciplina desenfreada: não vou aturar isso, estou dizendo. Fui claro?

O pequeno e exausto grupo de oficiais assentiu com um coro de grunhidos. Passaram a noite toda acordados, importunando suas tropas sem trégua para colocar um pouco de ordem, refreando os soldados rasos dos piores excessos do saque, supervisionando os postos avançados abandonados nas Antigas Linhas Francesas e fazendo um levantamento do inesperado prêmio de provisões e munição deixadas para eles pelos defensores do forte - quatro dos quais tinham sido encontrados quando o forte foi invadido, inconscientes de tão bêbados ao lado de um canhão preparado para ser deflagrado, apontado para a ponte.

- Esses homens, os que foram aprisionados. Alguém já conseguiu falar com eles?

- Não, senhor - respondeu o capitão Hayes, reprimindo um bocejo. - Ainda inconscientes, quase mortos, segundo o médico, embora ele ache que sobreviverão.

- Borraram-se de medo - disse Hammond a William em voz baixa - esperando esse tempo todo pela nossa chegada.

- É mais provável que tenha sido de tédio - murmurou William em resposta, sem mover os lábios.

Mesmo assim, seus olhos encontraram os olhos injetados do general e ele se empertigou.

- Bem, na verdade não precisamos deles para nos dizer alguma coisa.

O general Fraser abanou a mão para dissipar uma nuvem de fumaça que entrara no aposento e tossiu. William inalou um pouco da fumaça. Havia um aroma suculento impregnado na fumaça e seu estômago roncou de expectativa. Presunto? Salsichas?

- Já enviei mensagem ao general Burgoyne dizendo que o Ticonderoga é nosso... outra vez - acrescentou o general de brigada, abrindo um largo sorriso diante dos gritos de regozijo dos oficiais. - E ao coronel St. Leger. Devemos deixar uma pequena guarnição para fazer um inventário e arrumar um pouco as coisas aqui, mas o resto de nós... Bem, há rebeldes a serem capturados, senhores. Não posso lhes oferecer muito descanso, mas sem dúvida há tempo para um farto café da manhã. *Bon appetit!*

54

O RETORNO DOS NATIVOS

Noite
7 de julho de 1777

Ian Murray entrou no forte sem dificuldade. Havia exploradores e índios em abundância, a maioria descansando contra os prédios, muitos bêbados, outros investigando os alojamentos desertos, às vezes expulsos por soldados com ar perturbado, designados para montar guarda à inesperada abastança que o forte proporcionara.

Não havia sinal de massacre e ele respirou com mais facilidade. Esse fora seu primeiro temor. Apesar de estar uma grande bagunça, não viu sangue nem sentiu cheiro de pólvora. Nenhum tiro fora disparado ali nas últimas 24 horas.

Teve uma ideia e se dirigiu às instalações do hospital, amplamente ignorado, já que não tinha nada que alguém pudesse querer. Os odores de urina, fezes e sangue seco haviam diminuído; a maioria dos pacientes deve ter batido em retirada com as tropas.

Havia algumas pessoas ali, uma delas, com um casaco verde, que ele achou que devia ser um médico, outros eram os enfermeiros do hospital. Enquanto observava, uma dupla de carregadores de maca atravessou a porta, as botas raspando o chão conforme tentavam transpor os degraus de pedra baixos. Ele se inclinou para trás, ocultando-se no vão. Seguindo a maca estava a figura alta de Guiné Dick, o rosto aberto em um sorriso de canibal.

O próprio Ian sorriu ao vê-lo. O capitão Stebbings estava vivo, então, e Guiné Dick era um homem livre. Atrás dele, graças a Jesus, Maria e Santa Brígida, vinha o sr. Ormiston em um par de muletas, apoiado de cada lado por uma dupla de enfermeiros, pequenas criaturas comparadas ao corpanzil do marujo. Tia Claire ficaria satisfeita em saber que eles estavam bem.

Se encontrasse tia Claire de novo. Na verdade, não estava muito preocupado. Tio Jamie a manteria a salvo, contra o inferno, incêndios florestais ou o Exército Britânico inteiro. Quando ou onde ele os veria outra vez era outra questão, mas Rollo e ele se moviam muito mais rápido do que qualquer exército; ele os alcançaria em pouco tempo.

Esperou, curioso para ver se restava mais alguém no hospital. Os Hunters teriam ido com as tropas de St. Clair? De certa forma, esperava que sim – mesmo sabendo que eles ficariam melhor com os ingleses do que correndo pelo vale do Hudson com os refugiados do Ticonderoga. Como quacres, achava que eles se sairiam bem; os ingleses provavelmente não os molestariam. Mas pensou que gostaria de ver Rachel Hunter de novo algum dia e sua chance era muito maior se ela e o irmão estivessem com os rebeldes.

Um pouco mais de investigação pelos arredores o convenceu de duas coisas: que os Hunters tinham partido com os rebeldes e que a evacuação do Ticonderoga fora conseguida em meio ao pânico e à desordem. Alguém incendiara a ponte embaixo, mas ela só fora parcialmente destruída, tendo o fogo talvez sido extinto por uma pancada de chuva.

Havia uma grande quantidade de entulho na margem do lago, sugerindo um embarque maciço. Automaticamente, ele olhou na direção do lago. Dois grandes navios podiam ser vistos, ambos ostentando a bandeira do Reino Unido. De sua atual posição na bateria, podia ver casacos-vermelhos cobrindo o Defiance e o Independence, e sentiu uma chama pequena e surpreendente de ressentimento contra eles.

– Bem, não vão dominá-los por muito tempo – disse baixinho.

Falou em gaélico e ainda bem, pois um soldado que passava olhou casualmente para ele, como se sentisse a tensão em seu olhar. Ian desviou o olhar e deu as costas para o forte.

Não havia nada a fazer ali, ninguém por quem esperar. Iria comer e pegar algumas provisões, depois partiria com Rollo. Ele poderia...

Um barulho estrondoso o afastou de seu planejamento. À sua direita, um dos canhões estava apontado para baixo, na direção da ponte. Logo atrás dele, boquiaberto de choque, estava um huroniano, cambaleando de bêbado.

Ouviu-se uma gritaria vinda de baixo. As tropas acharam que estavam sendo bombardeadas do forte, apesar de a bala ter passado bem alto, espatifando-se inofensivamente nas águas do lago.

O huroniano gargalhava.

– O que você fez? – perguntou Ian, em uma língua algonquina que achou que o sujeito compreenderia.

Quer tenha entendido ou não, o homem continuou rindo, as lágrimas começando a escorrer pelo seu rosto. Indicou uma tina fumegante ali perto. Santo Deus, os defensores haviam partido com tanta pressa que tinham deixado um pavio de queima lenta aceso.

– Buum! – exclamou o huroniano, e indicou um pedaço do pavio, puxado da tina e deixado solto sobre as lajes de pedra como uma cobra incandescente. – Buum! – repetiu, balançando a cabeça para o canhão.

Soldados corriam para a bateria e a gritaria do lado de fora igualou-se aos gritos de dentro do forte. Provavelmente, era uma boa hora para ir embora.

55

RETIRADA

... estamos perseguindo os rebeldes. Um grande número deles desceu o lago em barcos. As duas corvetas no lago os estão seguindo, mas estou enviando quatro companhias para o ponto onde terão que rebocar os barcos por terra para evitar obstáculos; creio que a chance de os capturar ali é grande.

De General de brigada Simon Fraser
Para General J. Burgoyne

8 de julho de 1777

William gostaria de não ter aceito o convite do general Fraser para o café da manhã. Se tivesse se contentado com a magra ração de um tenente, estaria com fome mas feliz. Encontrava-se presente – felizmente cheio até a alma de salsichas fritas, torradas com manteiga e bolinhos com mel – quando chegou a mensagem do general Burgoyne. Ele não sabia o que dizia; o general Fraser a lera enquanto bebericava seu café. Franziu o cenho, depois suspirou e pediu pena e tinta.

– Quer dar uma cavalgada esta manhã, William? – perguntara ele, sorrindo do outro lado da mesa.

E foi assim que ele acabou no quartel-general de campo do general Burgoyne quando os índios chegaram. Huronianos, de acordo com um dos soldados. Não os conhecia, embora tivesse ouvido falar que tinham um chefe chamado Lábios de Couro, e ele se perguntara qual seria a razão. Será que o sujeito era tagarela?

Eram cinco índios, magros, com uma aparência maligna de lobos. Não saberia dizer o que usavam ou como estavam armados; toda a sua atenção se concentrava na estaca que um deles portava – decorada com escalpos. Frescos. De brancos. Um odor almiscarado de sangue pairou no ar e um enxame de moscas acompanhava os índios. Os remanescentes do farto café da manhã de William se coagularam em uma bola dura logo abaixo de suas costelas.

Os índios procuravam o tesoureiro; um deles perguntava, em um inglês surpreendentemente melódico, onde estava o "pagador de salários". Então era verdade. O general Burgoyne havia soltado as rédeas dos índios, enviando-os pelas florestas como cães de caça para atacarem os rebeldes e espalharem o terror entre eles.

Ele *não queria* olhar para os escalpos, mas não pôde evitar. A estaca balançava entre a multidão crescente de soldados curiosos – alguns ligeiramente horrorizados, outros aclamando os recém-chegados. *Santo Deus! Aquele seria o escalpo de uma mulher?* Tinha que ser. Era uma cabeleira esvoaçante, cor de mel e brilhante, como se a dona desse cem escovadas todas as noites, como sua prima Dottie fazia. Não eram muito diferentes dos cabelos de Dottie, apenas um pouco mais escuros...

Virou-se na esperança de não vomitar e se assustou quando ouviu o grito – um berro estridente de horror e desespero que quase fez seu coração parar:

– Jane! Jane!

David Jones, um tenente irlandês que ele conhecia de vista, abria caminho na multidão, socando os homens com punhos e cotovelos, na direção dos índios surpresos, o rosto contorcido de emoção.

– Meu Deus! – exclamou, arfando, um soldado ao seu lado. – Sua noiva se chama Jane. Não pode ser...

Jones se atirou contra a estaca, agarrando a cabeleira cor de mel, gritando "JANE!" a plenos pulmões. Os índios, desconcertados, puxaram a estaca com um safanão. Jones se atirou sobre um deles, derrubando o índio atônito no chão e o socando com a força da insanidade.

Homens tentavam abrir caminho e agarrar Jones, mas sem muito empenho. Olhares horrorizados eram dirigidos aos índios, que se agruparam, os olhos semicerrados e as mãos em seus tacapes. Todo o espírito do ajuntamento mudara da aprovação à indignação, e os índios perceberam isso.

Um oficial que William não conhecia se adiantou com determinação, desafiando os índios com um olhar fulminante, e arrancou o escalpo louro da estaca. Depois segurou-o, desconcertado, a cabeleira parecendo viva em suas mãos, as longas mechas esvoaçando, enrolando-se em seus dedos.

Finalmente haviam conseguido arrancar Jones de cima do índio. Seus amigos davam tapinhas em seu ombro, tentando afastá-lo dali, mas ele permaneceu imóvel, as lágrimas rolando pelo rosto. "Jane", repetia ele.

Ele estendeu as mãos, suplicantes, e o oficial que segurava o escalpo o colocou delicadamente nelas.

56

ENQUANTO AINDA VIVOS

O tenente Stactoe estava junto a um corpo, imobilizado. Muito devagar, ele se agachou, seus olhos fixos em alguma coisa. Como por reflexo, cobriu a boca com uma das mãos.

Eu não queria olhar. Ele ouvira meus passos e retirou a mão da boca. Pude ver o suor escorrendo pelo seu pescoço, a faixa de sua camisa emplastada na pele, escura da transpiração.

– Acha que isso foi feito enquanto ele ainda estava vivo? – perguntou, em um tom de voz normal.

Com relutância, olhei por cima de seu ombro.

– Sim – respondi, a voz tão impassível quanto a dele. – Foi.

– Ah! – exclamou, levantando-se.

Ele contemplou o cadáver por um instante, depois se afastou alguns passos e vomitou.

– Não tem importância – falei gentilmente, e o segurei pela manga. – Está morto agora. Venha ajudar.

Muitos dos barcos haviam se extraviado, sendo capturados antes que alcançassem a extremidade do lago. Muitos mais tinham sido capturados pelas tropas britânicas que os aguardavam no trecho não navegável. Nossa canoa e várias outras escaparam e avançamos pela floresta durante um dia e uma noite e a maior parte do dia seguinte antes de encontrar o grosso das tropas que fugiam do forte por terra. Eu começava a achar que os que foram capturados é que tiveram sorte.

Não sabia quanto tempo se passara desde que o pequeno grupo que acabávamos de descobrir fora atacado por índios. Os corpos não eram recentes.

Sentinelas foram colocadas à noite. Os que não estavam montando guarda dormiam como se tivessem sido nocauteados, exaustos pelo dia de fuga – se algo tão desordenado e difícil pudesse ser assim chamado. Acordei logo após o alvorecer com pesadelos com as árvores da Branca de Neve, a boca aberta e ávida, e encontrei Jamie agachado ao meu lado, a mão em meu braço.

– É melhor você vir, *a nighean* – disse ele suavemente.

A sra. Raven havia cortado o próprio pescoço com um canivete.

Não havia tempo de cavar uma sepultura. Endireitei seu corpo e fechei seus olhos, depois empilhamos pedras e galhos sobre ela antes de nos arrastarmos de volta para o sulco que fazia as vezes de estrada pela amplidão selvagem.

Quando a escuridão se infiltrou pelas árvores, começamos a ouvi-los. Uivos estridentes. Lobos caçando.

– Continuem andando! Continuem andando! Índios! – gritou um dos milicianos.

Como se evocado pelo grito, um berro aterrorizante ressoou pela escuridão próxima e a vacilante retirada se tornou uma precipitação em pânico, homens largando suas trouxas e se empurrando para fora do caminho em sua pressa de fugir.

Houve gritos dos refugiados também, embora esses tenham sido emudecidos.

– Saiam da estrada – disse Jamie, em voz baixa e feroz, e começou a empurrar os mais lentos e confusos para dentro do mato. – Talvez não saibam onde estamos. Ainda.

Ou talvez soubessem.

– Tem a sua canção da morte pronta, tio? – sussurrou Ian.

Ele nos alcançara no dia anterior e agora Jamie e ele me protegiam, um de cada lado, onde havíamos nos refugiado.

– Cantarei para eles uma canção da morte, se chegarmos a isso – murmurou Jamie, e tirou uma das pistolas do cinto.

– Você não sabe cantar – argumentei.

Não pretendi fazer graça. Estava tão assustada que falei a primeira coisa que me veio à mente. E ele não riu.

– É verdade – disse ele. – Muito bem, então.

Ele preparou a pistola e a enfiou na cintura.

– Não tenha medo, *a nighean* – comentou Jamie baixinho. – Não deixarei que a levem. Não viva.

Ele tocou a pistola em seu cinto. Olhei para ele, depois para a pistola. Não pensei que fosse possível ficar ainda mais amedrontada.

De repente, senti como se minha espinha dorsal tivesse sido quebrada com um estalo. Minhas pernas se recusavam a se mover e meus intestinos estavam virando água. Entendi, naquele momento, o que levara a sra. Raven a se matar.

Ian sussurrou alguma coisa para Jamie e se afastou, silencioso como uma sombra.

Ocorreu-me que, ao gastar tempo atirando em mim se fôssemos alcançados, Jamie provavelmente cairia vivo nas mãos dos índios. E eu estava tão aterrorizada que não conseguia lhe dizer para não fazer isso.

Reuni toda a minha coragem e engoli em seco.

– Vá! Eles não vão... provavelmente não vão ferir as mulheres.

Minha saia estava em farrapos, assim como meu casaco, e todo o traje estava coberto de lama, folhas e de pequenos pontos de sangue provocados por mosquitos, mas ainda podia ser identificada como uma mulher.

– De jeito nenhum – retrucou ele.

– Tio. – A voz de Ian veio num sussurro de dentro da escuridão. – Não são índios.

– O quê? – Não consegui dar sentido às palavras de Ian, mas Jamie se endireitou.

– É um casaco-vermelho, correndo e berrando como um índio. Está nos conduzindo.

Jamie praguejou baixinho. Já estava quase escuro agora; eu podia ver apenas alguns vultos, provavelmente daqueles que estavam conosco. Ouvi um lamento muito baixo, mas não consegui reconhecer de quem.

Os gritos retornaram, agora do outro lado. Se o sujeito estava nos conduzindo... Ele sabia que estávamos ali? Se assim fosse, para onde pretendia nos levar? Eu podia sentir a indecisão de Jamie: para que lado? Um segundo, talvez dois, e ele me segurou pelo braço, puxando-me mais para dentro da floresta.

Em poucos minutos, deparamo-nos com um grande número de refugiados. Estavam paralisados, aterrorizados demais para se mover em qualquer direção. Mantinham-se unidos, as mulheres agarrando seus filhos, as mãos tampando com força a boca das crianças, sussurrando "Shhh!".

– Deixe-os – disse Jamie em meu ouvido, apertando meu braço.

De repente, senti que alguém havia segurado meu outro braço. Gritei e todos que estavam perto irromperam em gritos por puro reflexo. Do nada, a floresta à nossa volta ganhou vida com vultos em movimento e gritos.

O soldado – era um soldado britânico; podia ver os botões de seu uniforme e sentir o baque surdo de sua caixa de cartuchos conforme ela balançava, batendo em meu quadril – se inclinou para baixo para me ver melhor e riu, o hálito fétido de dentes cariados.

– Fique quieta, benzinho – ordenou ele. – Você não vai a lugar nenhum.

Meu coração batia com tanta força nos meus ouvidos que foi necessário um minuto inteiro para eu perceber que já não havia ninguém segurando meu outro braço. Jamie desaparecera.

Fomos conduzidos de volta à estrada em um grupo compacto, que se movia devagar pela noite. Eles nos deixaram beber água em um riacho ao amanhecer, mas nos mantiveram andando até o começo da tarde, quando até mesmo os mais aptos fisicamente estavam prestes a desmoronar.

Fomos levados como um rebanho até uma lavoura. Sendo mulher de fazendeiro, contraí-me ao ver os talos – a apenas algumas semanas da colheita – sendo pisoteados, o frágil ouro do trigo cortado e esmagado em lama preta. Havia uma cabana entre as árvores na outra extremidade da plantação. Vi uma menina sair correndo para a varanda, horrorizada, tampar a boca com a mão e desaparecer de novo dentro da casa.

Três oficiais britânicos atravessavam a plantação em direção à cabana, ignorando a fervilhante massa de inválidos, mulheres e crianças, todos os quais andavam de um lado para outro, sem saber o que fazer. Limpei o suor dos olhos com a ponta do meu lenço, enfiando-a de novo em meu corpete, e busquei alguém que pudesse estar no comando.

Nenhum dos nossos oficiais ou homens em boas condições físicas parecia ter sido capturado; apenas dois médicos supervisionavam a remoção dos inválidos e havia dois dias que eu não via nenhum deles. Nenhum estava ali. *Muito bem, então,* pensei e me dirigi para o soldado britânico mais próximo, que inspecionava o caos com o mosquete na mão.

– Precisamos de água – disse sem preâmbulos. – Há um riacho logo atrás daquelas árvores. Posso levar três ou quatro mulheres para pegar água para os doentes e feridos?

Ele também suava. A lã vermelha desbotada de seu casaco estava escura embaixo dos braços e o pó de arroz derretido de seus cabelos secara nas rugas de sua testa. Ele fez uma careta, indicando que não queria lidar comigo, mas eu continuei a encará-lo. Como os três oficiais haviam desaparecido dentro da cabana, ele ergueu um dos ombros em capitulação e desviou o olhar.

– Vá, então – murmurou, virando-se de costas, resolutamente guardando a estrada, pela qual novos prisioneiros ainda eram conduzidos.

Uma rápida volta pelo campo produziu três baldes e o mesmo número de mulheres sensatas, preocupadas, mas não histéricas. Eu as mandei para o riacho e comecei a avaliar a área, fazendo um rápido levantamento da situação – tanto para manter minha preocupação sob controle quanto porque não havia mais ninguém para fazer isso.

Seríamos mantidos ali por muito tempo? Se fôssemos ficar por mais do que algumas horas, trincheiras sanitárias tinham que ser cavadas. Como os soldados teriam a mesma necessidade, eu iria deixar isso a cargo do Exército. A água estava a caminho. Iríamos nos revezar até o riacho sem parar durante algum tempo. Quanto a um abrigo... Avaliei o céu; estava nublado, mas claro. Os que podiam se locomover sozinhos já estavam ajudando a arrastar os doentes ou feridos para a sombra das árvores em um dos lados do campo.

Onde estava Jamie? Teria conseguido escapar?

Acima das chamadas e conversas ansiosas, eu ouvia de vez em quando o murmúrio de trovões distantes. O ar estava carregado de umidade. Iriam ter que nos levar para algum lugar – para o povoado mais próximo, onde quer que pudesse ser –, mas isso poderia demorar vários dias. Eu não tinha a menor ideia de onde estávamos.

Teria ele sido capturado? Se assim fosse, iriam levá-lo para o mesmo lugar para onde levariam os inválidos?

Era provável que libertassem as mulheres, para não ter que alimentá-las. As mulheres, entretanto, permaneceriam ao lado de seus maridos doentes, compartilhando qualquer alimento disponível.

Eu atravessava o campo devagar, fazendo uma triagem mental – o homem na maca lá adiante iria morrer, talvez antes do anoitecer (eu podia ouvir os estertores de sua respiração a 2 metros de distância) –, quando notei um movimento na varanda da cabana.

A família – duas mulheres adultas, dois adolescentes, três crianças e um bebê de colo – partia, levando cestos, cobertores e os poucos utensílios domésticos que conseguiam carregar. Um dos oficiais os acompanhava. Conduziu-os através da plantação e falou com um dos guardas, instruindo-o a deixar as mulheres passarem. Uma delas parou na beira da estrada e olhou para trás – apenas uma vez. Os demais seguiram em frente. Onde estavam os homens da família?

Onde estão os meus?

– Olá – disse, sorrindo para um homem com uma perna recentemente amputada. Eu não sabia seu nome, mas reconheci seu rosto. Era um dos poucos negros do Ticonderoga, um carpinteiro. Ajoelhei-me ao seu lado. Suas ataduras estavam torcidas e o toco de sua perna exsudava intensamente.

– Fora a perna, como se sente? – Sua pele estava cinzenta e pegajosa, mas ele me deu um leve sorriso em resposta.

– Minha mão esquerda não está doendo muito agora. – Ergueu-a para ilustrar, mas a deixou cair como um pedaço de chumbo, sem forças para mantê-la erguida.

– Isso é bom – falei, deslizando meus dedos por baixo de sua coxa para levantá-la. – Deixe-me ajeitar isso para você. Vamos lhe trazer um pouco de água em um minuto.

– Seria muito bom – murmurou, e fechou os olhos contra a claridade do sol.

A ponta solta da bandagem desfeita estava torcida para cima como a língua de uma cobra, dura de sangue seco, e o curativo fora de lugar. O curativo em si, uma cataplasma de sementes de linho e terebintina, estava encharcado, cor-de-rosa com o vazamento de sangue e linfa. Mas não havia outra escolha senão reutilizá-lo.

– Qual é o seu nome?

– Walter. – Seus olhos ainda estavam fechados, a respiração curta e superficial. A minha também. O ar denso e quente era como uma atadura de pressão em volta do meu peito. – Walter... Woodcock.

– Prazer em conhecê-lo, Walter. Meu nome é Claire Fraser.

– Conheço a senhora – murmurou ele. – É a mulher do Ruivo Grandão. Ele conseguiu deixar o forte?

– Sim – respondi, e enxuguei o rosto no ombro para manter o suor fora dos meus olhos. – Ele está bem.

Meu Deus, que ele esteja bem.

O oficial inglês estava voltando na direção da cabana e passou perto de mim. Ele era alto, esbelto, de ombros largos. Eu teria reconhecido aquele modo de andar em largas passadas, aquela graciosidade inconsciente e aquela inclinação arrogante da cabeça em qualquer lugar. Ele franziu a testa e virou a cabeça para inspecionar o campo revirado e coberto de lixo. Seu nariz era reto como a lâmina de uma faca, apenas um pouquinho longo demais. Fechei os olhos por um instante, zonza, certa de que estava tendo alucinações.

– William Ransom? – perguntei num impulso.

Seus olhos azul-escuros, os olhos de gato dos Frasers, se estreitaram de curiosidade.

– Hã... como?

Santo Deus, por que você foi falar com ele? Não pude me conter. Meus dedos apertaram com força a perna de Walter, segurando a bandagem. Podia sentir seu pulso femoral contra a ponta dos meus dedos, batendo tão erraticamente quanto o meu.

– Eu a conheço, madame? – perguntou William, com uma leve mesura.

– Bem, sim – respondi, quase em tom de desculpas. – Você ficou algum tempo com minha família, há alguns anos. Um lugar chamado Cordilheira dos Frasers.

Seu rosto mudou imediatamente diante do nome e seu olhar se aguçou.

– Ora, sim – disse ele, devagar. – É a sra. Fraser, não?

Eu podia ver sua mente raciocinando e fiquei fascinada; ele não possuía a mesma habilidade de Jamie de ocultar o que se passava em sua cabeça. Se tinha, não a estava usando. Eu podia vê-lo se perguntando qual seria a reação social adequada a essa estranha situação e – um rápido olhar por cima do ombro para a cabana – como as exigências de seu dever poderiam entrar em conflito com isso.

Seus ombros se empertigaram com uma decisão. Antes que ele pudesse dizer alguma coisa, eu me adiantei:

– Acha que é possível encontrar alguns baldes para água? E ataduras?

A maioria das mulheres já havia rasgado tiras de suas anáguas para essa função. Se a situação se prolongasse por muito mais tempo, ficaríamos todas seminuas.

– Sim – respondeu ele e abaixou os olhos para Walter, depois olhou para a estrada. – Baldes, sim. Há um médico com a divisão atrás de nós. Quando eu tiver uma oportunidade, enviarei alguém de volta com um pedido de ataduras.

– E comida? – perguntei, esperançosa.

Em quase dois dias eu não havia comido mais do que um punhado de frutinhas silvestres ainda um pouco verdes. Não estava sofrendo dores de fome, mas tinha acessos de tontura, pontos negros passando diante dos meus olhos. Ninguém estava muito melhor. Iríamos perder vários inválidos por calor e fraqueza se não nos dessem logo abrigo e comida.

Ele hesitou e vi seus olhos relancearem pelo campo, calculando.

– Devem ser... Nossa caravana de suprimentos... – Seus lábios se firmaram. – Verei o que pode ser feito. Seu criado, madame. – Ele se inclinou com educação e se afastou a passos largos na direção da estrada. Observei-o ir, fascinada, o curativo encharcado pendendo de minha mão.

Ele possuía cabelos escuros, apesar de o sol acender um reflexo ruivo no alto de sua cabeça; não empoava os cabelos. Sua voz se tornara mais grave – bem, ele não tinha mais 12 anos – e a absoluta estranheza de ouvir Jamie falando um inglês culto me deu vontade de rir, apesar de nossa precária situação e de minha preocupação por Jamie e Ian. Balancei a cabeça e retornei à minha tarefa.

Um soldado inglês chegou uma hora depois de minha conversa com o tenente Ransom carregando quatro baldes, que largou ao meu lado sem a menor cerimônia e sem nenhum comentário antes de se dirigir outra vez para a estrada. Duas horas depois, um enfermeiro de hospital, suando em bicas, veio caminhando pelo trigo pisoteado com duas grandes sacas cheias de bandagens. O mais interessante é que veio diretamente a mim, o que me fez imaginar como William havia me descrito para ele.

– Obrigada. – Peguei as sacas de bandagens com gratidão. – Acha... acha que logo teremos alguma coisa para comer?

O enfermeiro olhava por cima do campo, com uma careta. Afinal de contas, os inválidos estavam prestes a se tornar sua responsabilidade.

– Duvido, madame. A caravana de suprimentos está dois dias atrás de nós e as tropas estão vivendo do que carregam ou do que encontram no caminho. – Acenou com a cabeça indicando a estrada; do outro lado, eu podia ver vários soldados ingleses montando acampamento. – Sinto muito.

Ele parou e, removendo a tira de seu cantil, entregou-o a mim. Estava pesado e borbulhava tentadoramente.

– O tenente Ellesmere disse que eu deveria lhe dar isso. – Sorriu brevemente, as rugas de cansaço se abrandando. – Falou que a senhora parecia com sede.

– Tenente Ellesmere. – Devia ser o título de William, percebi. – Obrigada. Agradeça ao tenente, se o vir. – Ele estava prestes a ir embora, mas não pude deixar de perguntar: – Como você soube quem eu era?

O sorriso do rapaz se aprofundou enquanto ele olhava para a minha cabeça.

– O tenente contou que a senhora seria a de cabeleira encaracolada dando ordens como um sargento. – Ele olhou ao redor do campo mais uma vez. – Boa sorte, madame.

Três homens morreram antes do pôr do sol. Walter Woodcock ainda estava vivo, porém muito mal. Havíamos removido o maior número possível de inválidos para a sombra das árvores ao longo da beira da plantação e eu havia dividido os gravemente feridos em pequenos grupos, cada qual com um balde e duas ou três mulheres ou inválidos em condições de andar os acompanhando.

Também designei uma área de latrina e fiz o melhor possível para separar os casos contagiosos daqueles que tinham febre por causa de ferimentos ou malária. Havia três sofrendo do que eu esperava que fosse apenas "febre de verão" e um que eu temia que fosse um caso de difteria. Sentei-me a seu lado – um jovem consertador de rodas de carroça de Nova Jersey – verificando as membranas de sua garganta e lhe dando tanta água quanto ele conseguia tomar. Mas não do meu cantil.

William Ransom, que Deus o abençoe, enchera o cantil com conhaque.

Destampei-o e tomei um pequeno gole. Eu havia enchido pequenas canecas para cada grupo, acrescentando cada caneca a um balde de água, mas guardara um pouco para meu uso. Não por egoísmo; para melhor ou para pior, eu era a encarregada dos prisioneiros por enquanto. Precisava permanecer de pé.

Meus pés doíam, a dor subindo até os joelhos. As costas e as costelas davam fisgadas de dor a cada respiração e eu tinha que fechar os olhos de vez em quando para controlar a tontura. Mas estava sentada, pelo que parecia a primeira vez em vários dias.

Os soldados do outro lado da estrada cozinhavam suas parcas rações. Minha boca se encheu de água e meu estômago se contraiu ao cheiro de carne assada e farinha. O menino da sra. Wellman choramingava de fome, a cabeça no colo da mãe. Ela afagava seus cabelos, os olhos fixos no corpo do marido, estendido ali perto. Não tínhamos nenhum lençol ou cobertor para servir de mortalha, mas alguém lhe dera um lenço para cobrir o rosto do falecido. Havia muitas moscas.

O ar refrescara, graças a Deus, mas ainda estava pesado, ameaçando chover. Os trovões eram um ronco débil e constante no horizonte, e provavelmente teríamos um aguaceiro em algum momento durante a noite. Puxei o tecido empapado de suor que grudava em meu peito. Duvidava que eu tivesse tempo de me secar antes de ficarmos encharcados com a chuva. Olhei com inveja o acampamento do outro lado da estrada, com suas fileiras de pequenas barracas e abrigos de galhos e folhagens. Havia também uma barraca ligeiramente maior, dos oficiais, embora vários deles tivessem se aquartelado na cabana confiscada.

Eu devia ir lá. Ver o oficial mais graduado presente e suplicar por comida, ao menos para as crianças. Quando a sombra daquele pinheiro alto tocasse meu pé, decidi. Enquanto isso, destampei o cantil e tomei mais um pequeno gole.

Um movimento atraiu minha atenção. A figura inconfundível do tenente Ransom saiu do meio das barracas e atravessou a estrada. Senti um pequeno alento em meu coração ao vê-lo, embora renovasse minha preocupação com Jamie – e me fizesse lembrar, com uma pontada no peito, de Brianna. Ao menos *ela* estava a salvo. Roger, Jemmy e Amanda também. Repeti seus nomes para mim mesma como um pequeno refrão de consolo, contando-os como moedas. Quatro deles a salvo.

William desfizera o laço de seu pescoço e os cabelos estavam despenteados. Seu casaco se encontrava manchado de suor e terra. Evidentemente, a perseguição também estava esgotando o Exército Britânico.

Ele olhou ao redor do campo e me avistou. Puxei meus pés para mim, lutando para me erguer contra a pressão da gravidade como um hipopótamo se erguendo de um pântano.

Mal havia conseguido me colocar de pé e levantado a mão para alisar os cabelos quando a mão de outra pessoa cutucou minhas costas. Sobressaltei-me, mas por sorte não gritei.

– Sou eu, tia – sussurrou o Jovem Ian das sombras atrás de mim. – Venha... Minha Nossa!

William estava a dez passos de mim e, erguendo a cabeça, enxergou Ian. Ele deu um salto para a frente e me agarrou pelo braço, puxando-me com um safanão do meio das árvores. Dei um pequeno ganido, já que Ian segurava meu outro braço com igual força e me puxava naquela direção.

– Solte-a! – gritou William.

– De jeito nenhum – retrucou Ian. – Solte-a *você*!

O menino da sra. Wellman estava de pé, com os olhos esbugalhados e a boca aberta, o rosto voltado para dentro da floresta.

– Mamãe, mamãe! *Índios!*

As mulheres deram gritos estridentes e todos nós começamos a nos afastar da floresta, deixando os feridos entregues à própria sorte.

– Ah, moleque! – disse Ian, soltando-me contra a vontade.

William não me soltou. Em vez disso, puxou-me com tanta força que colidi com ele, que prontamente passou os braços ao redor de minha cintura e me arrastou um pouco para dentro do campo.

– Quer fazer o favor de soltar a minha tia? – disse Ian, enfurecido, emergindo do meio das árvores.

– Você! – disse William. – O que está... Bem, não importa. Sua tia? – Olhou para mim. – Você é tia dele? Espere... Não, claro que é.

– Sou – confirmei, empurrando seus braços. – Solte-me.

Ele afrouxou um pouco, mas não me soltou.

– Quantos outros há por aí? – perguntou, erguendo o queixo na direção da floresta.

– Se houvesse outros, você estaria morto – informou Ian. – Sou apenas eu. Entregue-a para mim.

– Não posso fazer isso.

Mas havia um tom de incerteza na voz de William. Até agora, ninguém tinha saído, mas eu podia ver algumas das sentinelas próximas à estrada andando de um lado para outro, perguntando-se o que estaria acontecendo. Os outros prisioneiros pararam de correr, mas tremiam com um começo de pânico, os olhos vasculhando freneticamente as sombras entre as árvores.

Bati no pulso de William e ele me soltou, dando um passo para trás. Minha cabeça girava outra vez – no mínimo, pela sensação muito peculiar de estar sendo abraçada por um completo estranho cujo corpo me parecia tão familiar. Ele era mais magro do que Jamie, mas...

– Você me deve uma vida ou não? – Sem esperar por uma resposta, Ian ergueu o polegar para mim. – Sim, deve. A dela.

– Não se trata da vida dela – disse William, um pouco irritado, com um estranho aceno de cabeça em minha direção, reconhecendo que eu deveria ter um possível interesse na discussão. – Certamente não acha que nós matamos mulheres, não é?

– Não – respondeu Ian, sem se alterar. – De modo algum. Eu sei muito bem que o fazem.

– Fazemos? – replicou William.

Parecia surpreso, mas um rubor repentino ardeu em suas faces.

– Fazem – assegurei-lhe. – O general Howe enforcou três mulheres diante de seu exército em Nova Jersey, para servir de exemplo.

Ele pareceu perplexo com isso.

– Elas eram espiãs!

– Acha que eu não pareço uma espiã? – perguntei. – Agradeço muito a boa opinião que tem a meu respeito, mas não creio que o general Burgoyne iria compartilhá-la.

Havia, é claro, muitas outras mulheres que haviam morrido nas mãos do Exército Britânico, ainda que menos oficialmente, mas aquele não parecia o momento de fazer um levantamento dos casos.

– O general Burgoyne é um cavalheiro – disse William. – E eu também.

– Ótimo – retrucou Ian. – Vire-se de costas por trinta segundos e nós não o importunaremos mais.

Eu não sei se ele teria feito isso ou não, mas nesse instante gritos de índios rasgaram o ar, vindos da extremidade oposta da estrada. Ouviram-se novos e frenéticos berros dos prisioneiros e eu mordi a língua para não gritar também. Uma labareda se ergueu do topo da tenda dos oficiais para o alto do céu cor de lavanda. Enquanto eu olhava boquiaberta, mais dois cometas flamejantes atravessaram o céu. Parecia a descida do Espírito Santo, mas, antes que eu pudesse mencionar essa interessante observação, Ian já agarrara meu braço e me puxara com força, quase me arrancando do chão.

Consegui pegar o cantil ao passar, em uma louca corrida para a floresta. Ian o segurou para mim, quase me arrastando em sua pressa. Tiros e gritos espocavam às nossas costas e a pele ao longo de minha espinha dorsal se contraiu de medo.

– Por aqui. – Eu o segui alheia a qualquer coisa no chão, tropeçando e torcendo os tornozelos na luz do crepúsculo, conforme nos atirávamos de cabeça no mato, esperando a cada momento levar um tiro nas costas.

Tal é a capacidade do cérebro para se divertir que eu era capaz de imaginar com detalhes vívidos meu ferimento, minha captura, o declínio para a infecção e a septicemia e por fim a morte lenta, mas não antes de ser obrigada a presenciar a captura e execução tanto de Jamie – eu havia reconhecido a origem dos gritos indígenas e das flechas de fogo sem dificuldade – quanto de Ian.

Foi somente quando reduzimos a marcha que pensei em outras coisas. Os doentes e feridos que eu tinha deixado para trás. O jovem consertador de rodas de carroça com a garganta vermelha. Walter Woodcock, equilibrando-se à beira do abismo.

Você não poderia lhes dar mais do que a mão para segurar, disse a mim mesma, mancando enquanto seguia Ian aos tropeções. Era verdade. Mas também sabia que de vez em quando a mão de alguém no escuro dava ao doente algo a que se agarrar, contra a força do vento do anjo negro. Às vezes, era o suficiente; outras, não. Mas a dor daqueles deixados para trás me segurava como a âncora de um navio e eu não sabia ao certo se o que escorria pelo meu rosto era suor ou lágrimas.

Anoitecera e as nuvens em ebulição cobriam a lua, permitindo apenas rápidos vislumbres de sua claridade brilhante. Ian diminuíra ainda mais a marcha, para que eu pudesse acompanhá-lo. De vez em quando, segurava meu braço para ajudar a transpor pedras ou a atravessar arroios.

– Quanto... falta? – perguntei, parando mais uma vez para recobrar o fôlego.

– Não muito – respondeu a voz de Jamie ao meu lado. – Você está bem, Sassenach?

Meu coração deu um tremendo salto, em seguida se aninhou outra vez em meu peito quando ele tateou buscando minha mão, depois me apertou contra si. Tive um momento de alívio tão profundo que achei que meus ossos haviam se dissolvido.

– Sim – disse, falando para dentro de seu peito, e com grande esforço levantei a cabeça. – E você?

– Bem, agora – disse ele, passando a mão pela minha cabeça e tocando meu rosto. – Consegue andar mais um pouco?

Empertiguei-me, cambaleando. Começara a chover; gotas grandes caíam em meus cabelos, frias e surpreendentes em meu couro cabeludo.

– Ian... está com aquele cantil?

Houve um suave estalido e Ian colocou o cantil em minha mão. Muito cuidadosamente, virei-o na boca.

– É conhaque? – perguntou Jamie, atônito.

– Aham. – Engoli o mais devagar possível e passei o cantil para ele. Ainda havia alguns goles.

– Onde conseguiu isso?

– Seu filho me deu. Aonde estamos indo?

Houve uma longa pausa na escuridão e, em seguida, o som do conhaque sendo bebido.

– Sul – respondeu ele por fim e, segurando minha mão, conduziu-me para dentro da floresta, a chuva sussurrando nas folhas à nossa volta.

Encharcados e trêmulos, alcançamos uma unidade de milícia pouco antes do amanhecer e quase levamos um tiro por engano de um sentinela nervoso. A essa altura, eu não me importava. Era preferível morrer a ter que dar mais um passo.

Confirmadas nossas credenciais, Jamie desapareceu por um tempo e voltou com um cobertor e três broas de milho frescas. Consumi minha porção desse manjar dos deuses em exatos quatro segundos, enrolei-me no cobertor e me deitei embaixo de uma árvore onde o solo era úmido, mas não encharcado, e com uma camada tão espessa de folhas mortas que cedia como uma esponja sob meu peso.

– Volto em um instante, Sassenach – sussurrou Jamie, agachando-se ao meu lado. – Não vá a lugar algum, hein?

– Não se preocupe, estarei aqui. Não vou mover um músculo até o Natal.

Um leve calor já retornava aos meus músculos trêmulos e o sono me puxava com a inexorabilidade da areia movediça.

Ele esboçou uma risada e estendeu a mão, ajeitando o cobertor ao redor dos meus ombros. A luz da aurora mostrava as rugas profundas que a noite esculpira em seu rosto, a terra e a exaustão que manchavam seus ossos fortes. A boca larga, comprimida por tanto tempo, relaxara agora no alívio da segurança momentânea, dando-lhe uma aparência estranhamente jovem e vulnerável.

– Ele se parece com você – murmurei.

Sua mão parou de se mover, ainda em meu ombro, e ele olhou para baixo, as pestanas longas encobrindo seus olhos.

– Eu sei – disse ele muito suavemente. – Fale-me dele mais tarde, quando houver tempo.

Ouvi seus passos, o farfalhar nas folhas úmidas, e adormeci, uma prece por Walter Woodcock pela metade em minha mente.

57

O JOGO DO DESERTOR

A prostituta grunhiu através do trapo nos dentes.

– Quase terminado – murmurei e corri as costas da minha mão pela sua panturrilha a fim de tranquilizá-la, antes de retornar ao feio ferimento em seu pé.

O cavalo de um oficial a havia pisoteado durante a retirada. Eu podia ver com clareza a marca da ferradura do cavalo, negra na carne vermelha e inchada do peito de seu pé. A borda da ferradura, desgastada e afiada como a lâmina de uma navalha, fizera um corte curvo e profundo que atravessava os metatarsos, desaparecendo entre o quarto e o quinto dedos.

Meu receio era ter que amputar o dedo mínimo – parecia pendurado apenas por um fio de pele. No entanto, após examinar o pé mais detalhadamente, descobri que todos os ossos estavam intactos – até onde eu podia constatar, sem acesso a um aparelho de raios X.

O casco do cavalo havia enterrado seu pé na lama da margem do riacho. Isso tinha salvado os ossos de serem esmagados. Agora, se eu pudesse conter a infecção e não tivesse que amputar o pé, talvez ela pudesse voltar a andar. Talvez.

Com certo grau de cautelosa esperança, larguei o bisturi e peguei uma garrafa do que eu esperava que fosse um líquido contendo penicilina. Eu salvara o tubo da ocular do microscópio do dr. Rawlings do incêndio da casa e o achei muito útil para iniciar fogueiras – mas, sem os outros componentes, seu uso para determinar o tipo dos microrganismos era limitado. Eu podia ter certeza de que o que eu cultivara e filtrara era mofo de pão, sem dúvida, mas além disso...

Reprimindo um suspiro, despejei um bocado do líquido sobre a carne viva que eu acabara de expor. Não era alcoólico, mas a carne *era* viva. A prostituta emitiu um ruído agudo através do pano e respirou pelo nariz como uma máquina a vapor, mas, depois que terminei a compressa de lavanda e confrei e enfaixei seu pé, ela ficou calma, ainda que afogueada.

– Pronto – falei, com um tapinha em sua perna. – Acho que vai ficar bom. Mantenha o ferimento limpo.

Mordi a língua. Ela não tinha sapatos nem meias. Caminhava todos os dias por uma região deserta, de pedras, terra e riachos, ou vivia em um acampamento imundo, emporcalhado de pilhas de fezes, tanto humanas quanto de animais. As solas de seus pés eram duras como cascos e negras como o diabo.

– Se puder, venha me ver em um ou dois dias. Eu verificarei e trocarei o curativo.

Se eu puder, pensei, com um olhar para a mochila no canto, onde eu mantinha meu parco estoque de medicamentos.

– Muito obrigada – respondeu a prostituta, sentando-se e colocando o pé cuidadosamente no chão.

A julgar por seus pés e pernas, ela era jovem, embora não se pudesse dizer pelo seu rosto. Sua pele era castigada pelas intempéries, sulcada de rugas de fome e tensão. As maçãs do rosto estavam salientes por causa da desnutrição e a boca era murcha e sem boa parte dos dentes, perdidos para a cárie ou derrubados por um cliente ou outra prostituta.

– Vai ficar aqui um pouco? – perguntou ela. – Tenho uma amiga que pegou coceira, sabe?

– Ficarei aqui pelo menos esta noite – assegurei-lhe, reprimindo um gemido ao me levantar. – Mande sua amiga vir. Verei o que posso fazer.

Nosso bando de milicianos havia se encontrado com outros, formando um grande grupo. Poucos dias depois, começamos a cruzar com outros grupos rebeldes. Estávamos encontrando fragmentos dos exércitos do general Schuyler e do general Arnold, esses também se movendo para o sul pelo vale do Hudson.

Ainda nos movíamos sem parar, mas começamos a nos sentir seguros o suficiente para dormir à noite. O Exército fornecia alimentação – irregularmente, mas fornecia. Dessa forma, minhas forças começaram a retornar. A chuva chegava à noite, mas hoje chovia desde o amanhecer e nos arrastamos pesadamente pela lama durante horas antes de surgir algum abrigo.

As tropas do general Arnold haviam saqueado e incendiado a casa da fazenda. O celeiro estava bastante chamuscado em um dos lados, mas o fogo se apagara antes de consumir o prédio.

Uma rajada de vento atravessou o celeiro, levantando pequenos redemoinhos de palha estragada e poeira, e agitando nossas anáguas. O celeiro possuíra assoalho de tábuas; eu podia ver as linhas das pranchas, marcadas na terra. Os exploradores as arrancaram para servir de lenha, mas felizmente não se deram ao trabalho de demolir o prédio.

Alguns dos refugiados do Ticonderoga haviam buscado abrigo ali; outros chegariam antes do anoitecer. Uma mulher e seus dois filhos pequenos, exaustos, dormiam encolhidos junto à parede ao fundo; seu marido os instalara ali e saíra em busca de comida.

Orai para que a vossa fuga não aconteça no inverno, nem no sábado...

Segui a prostituta até a porta e fiquei parada, vendo-a se afastar. O sol tocava o horizonte agora; talvez restasse uma hora de luz, mas a brisa do pôr do sol já agitava a copa das árvores, as saias da noite farfalhando com a sua chegada. Apesar de o dia ainda estar ameno, estremeci. O velho celeiro estava frio e as noites começavam a gelar. Qualquer dia desses iríamos acordar diante de um campo coberto de geada.

E então, o quê?, disse a vozinha apreensiva que morava na boca do meu estômago.

– Então calçarei outro par de meias – murmurei para ela. – Cale-se!

Uma pessoa verdadeiramente cristã sem dúvida teria dado o par de meias extra à prostituta descalça, observou a vozinha hipócrita da minha consciência.

– E você, cale-se também! Haverá muitas oportunidades de ser cristã mais tarde, se eu tiver necessidade. – Metade das pessoas em fuga precisava de meias.

Eu me perguntei o que poderia fazer pela amiga da prostituta, caso ela realmente viesse. A "coceira" poderia ser qualquer coisa: eczema, varíola bovina ou gonorreia. Bem, considerando a profissão da mulher, a melhor aposta era alguma doença venérea. Em Boston, não passaria de uma simples candidíase – estranhamente, eu quase nunca via casos dessa infecção por aqui e especulei que isso se devia ao fato da quase universal falta de roupas de baixo. Ponto negativo para os avanços da modernidade!

Olhei para minha mochila outra vez, calculando o que ainda me restava e como poderia usá-lo. Uma boa quantidade de ataduras e algodão. Um pote de unguento de genciana, bom para arranhões e pequenos ferimentos, que ocorriam em abundância. Um pequeno estoque das ervas mais úteis para tintura e compressa: lavanda, confrei, hortelã, semente de mostarda. Por milagre, ainda tinha a caixa de casca de cinchona que adquiri em New Bern. Isso me fez pensar em Tom Christie e me benzi. Não havia nada que eu pudesse fazer por ele. Dois bisturis que eu pegara no corpo do tenente Stactoe – ele sucumbira a uma febre na estrada – e minha tesoura cirúrgica de prata. As agulhas de acupuntura de ouro de Jamie poderiam ser usadas para tratar outras pessoas, mas eu não fazia a menor ideia de onde aplicá-las para qualquer outra doença que não enjoo do mar.

Eu podia ouvir vozes, grupos de exploradores se movendo pelas árvores, aqui e ali alguém chamando um nome, procurando um amigo ou um membro da família perdido no caminho. Os refugiados começavam a se instalar para a noite.

Gravetos estalaram perto de mim e um homem saiu de dentro do mato. Eu não o reconheci. Sem dúvida, um dos chamados "meias sujas" de uma das milícias. Tinha um mosquete em uma das mãos e um chifre de pólvora na cintura. Quase nada mais. Estava descalço, apesar de seus pés serem grandes demais para usar minhas meias – um fato que ressaltei para a minha consciência, caso ela se sentisse tentada a me compelir a outro comportamento caridoso.

Ele me viu na entrada do celeiro e levantou uma das mãos.

– Você é a curandeira? – perguntou ele.

– Sim. – Eu desistira de fazer as pessoas me chamarem de doutora.

– Encontrei uma prostituta com um bonito curativo no pé – comentou o homem, com um sorriso. – Ela me informou que havia uma curandeira aqui no celeiro com alguns remédios.

– Sim.

Não vi nenhum ferimento óbvio e ele não estava doente. Eu podia saber pela sua cor e pela maneira firme como caminhava. Talvez tivesse uma esposa, um filho ou um companheiro doente.

– Entregue tudo para mim agora – disse ele, ainda sorrindo, e apontou o cano do mosquete para mim.

– O quê? – exclamei, surpresa.

– Me dê os remédios que tem. – Fez um pequeno movimento de ataque com a arma. – Eu poderia atirar em você e pegá-los, mas não quero desperdiçar pólvora.

Permaneci imóvel e o fitei por um instante.

– Para que você precisa deles?

Eu já havia sido assaltada por causa de remédios uma vez, em uma sala de emergência em Boston. Um jovem viciado, suando e com os olhos vidrados, com uma arma. Eu entreguei as drogas na mesma hora. No momento, não estava disposta a isso.

Ele bufou e engatilhou a arma. Antes que eu pudesse pensar em sentir medo, ouviu-se um estrépito e senti o cheiro de fumaça de pólvora. O sujeito pareceu surpreso, o mosquete pendurado em suas mãos. Em seguida, caiu aos meus pés.

– Segure isso, Sassenach.

Jamie enfiou a pistola que acabara de ser disparada em minha mão, abaixou-se e segurou o corpo pelos pés. Arrastou-o para fora do celeiro, para a chuva. Engoli em seco, enfiei a mão em minha sacola e retirei o par de meias extra. Larguei as meias no colo da mulher e fui guardar a pistola e a mochila junto à parede. Estava consciente dos olhos da mãe e das crianças em mim – e os vi se voltarem para a porta aberta. Virei-me e vi Jamie entrando, encharcado até os ossos, o rosto abatido e macilento de fadiga.

Ele atravessou o celeiro e se sentou ao meu lado. Colocou a cabeça sobre os joelhos e fechou os olhos.

– Obrigada, senhor – disse a mulher, muito suavemente. – Senhora.

Achei, por um instante, que ele havia adormecido. Após um monumento, entretanto, ele respondeu, em uma voz igualmente suave:

– De nada, madame.

Fiquei mais do que contente ao encontrar os Hunters quando chegamos à vila seguinte. Eles estavam em uma das balsas que foram capturadas no começo, mas haviam conseguido escapar pela simples estratégia de entrar na floresta depois de anoitecer. Como os soldados que os haviam capturado não se deram ao trabalho de contar os prisioneiros, ninguém notou que tinham partido.

De um modo geral, as coisas estavam melhorando. A comida começava a aparecer com mais abundância e nos achávamos entre membros oficiais do Exército Continental. No entanto, ainda estávamos apenas alguns quilômetros à frente do exército de Burgoyne e o desgaste da longa retirada começava a se fazer sentir. Deserções eram frequentes, embora ninguém soubesse com que frequência. Organização, disciplina e estrutura militar começaram a se restaurar quando entramos nos domínios do Exército Continental, mas ainda havia homens que podiam simplesmente desaparecer sem serem notados.

Foi Jamie quem pensou no jogo dos desertores. Eles seriam acolhidos nos acampamentos britânicos, alimentados, vestidos e interrogados para dar informações.

– Então, vamos dar isso a eles, hein? – disse ele. – E é justo que façamos o mesmo em troca, não?

Sorrisos começaram a surgir nos semblantes dos oficiais a quem ele estava propondo a ideia. Dentro de poucos dias, "desertores" cuidadosamente escolhidos se dirigiam aos acampamentos dos inimigos e eram levados à presença de oficiais britânicos, onde despejavam as histórias que tinham sido preparadas. Após uma boa refeição, na primeira oportunidade "desertavam" outra vez, de volta para o lado americano, trazendo com eles informações úteis sobre as forças britânicas.

Se parecessem seguros, Ian visitava acampamentos indígenas. No entanto, não fazia o mesmo jogo; ele era facilmente lembrado. Achei que Jamie iria gostar de se fazer passar por desertor – isso o atrairia por sua noção de drama, bem como a de aventura, que eram extremas. Seu tamanho e sua aparência formidáveis, entretanto, colocavam a ideia fora de cogitação. Os desertores tinham que ser homens de aparência comum, improváveis de serem reconhecidos depois.

– Mais cedo ou mais tarde os ingleses vão perceber o que está acontecendo. Não são bobos. E não vão ser gentis quando perceberem.

Havíamos encontrado abrigo em outro celeiro para passar a noite – esse não tinha sido incendiado e ainda estava provido de alguns montículos de feno mofado, apesar de os animais domésticos já terem desaparecido. Estávamos sozinhos, mas não por muito tempo. O interlúdio no jardim do comandante parecia ter ocorrido na vida de outra pessoa, mas eu descansei a cabeça no ombro de Jamie, relaxando contra o calor de seu corpo sólido.

– Você acha que talvez...?

Jamie parou abruptamente, a mão apertando minha perna. Um instante depois, ouvi o ruído furtivo que o alertara e minha boca ficou seca. Podia ser qualquer coisa, desde um lobo rondando até uma emboscada indígena, mas o que quer que fosse era de grande vulto e tateei – o mais silenciosamente possível – o bolso onde guardara a faca que ele me dera.

Não era um lobo; algo passara diante do vão da porta aberta, uma sombra da altura de um homem, e desaparecera. Jamie apertou minha coxa e se afastou, movendo-se agachado pelo celeiro vazio silenciosamente. Por um instante, não consegui vê-lo no escuro, mas meus olhos estavam bem adaptados e eu o encontrei alguns segundos depois, uma longa sombra escura pressionada contra a parede, perto da porta.

A sombra do lado de fora voltara; vi a breve silhueta de uma cabeça contra a escuridão mais clara da noite lá fora. Puxei os pés para mim, de prontidão para levantar, a pele pinicando de medo. A porta era a única saída; talvez eu devesse me atirar no chão e rolar para junto da base da parede. Talvez assim não fosse detectada – ou, com sorte, pudesse agarrar os tornozelos de um intruso ou apunhalar seu pé.

Eu estava prestes a implementar essa estratégia quando um sussurro trêmulo veio da escuridão.

– Amigo... amigo James? – disse a voz, e eu soltei de repente a respiração que estivera prendendo.

– É você, Denzell? – indaguei, tentando fazer minha voz soar normal.

– Claire! – Ele lançou-se repentinamente pela porta, aliviado, prontamente tropeçou em alguma coisa e estatelou-se no chão com uma pancada.

– Bem-vindo de volta, amigo Hunter – saudou Jamie, a necessidade nervosa de rir evidente em sua voz. – Machucou-se? – A longa sombra destacou-se da parede e abaixou-se para ajudar nosso visitante a se levantar.

– Não. Não, acho que não. Embora eu mal saiba... James, eu consegui!

Houve um silêncio momentâneo.

– A que distância, *a charaid*? – perguntou Jamie de forma serena. – E estão se movendo?

– Não, graças a Deus. – Denzell sentou-se abruptamente ao meu lado e pude sentir que tremia. – Estão esperando que suas carroças os alcancem. Eles não ousam se distanciar muito de sua linha de suprimentos e estão tendo dificuldades terríveis. Acabamos com as estradas – o orgulho em sua voz era palpável – e a chuva ajudou muito também.

– Sabe quanto tempo ainda?

Vi Denzell balançar a cabeça, ansioso.

– Um dos sargentos disse que ainda deve levar dois, até mesmo três dias. Ele dizia a um de seus soldados para ser cauteloso com a farinha e a cerveja, já que não teriam mais até as carroças de suprimento chegarem.

Jamie expirou e senti um pouco da tensão abandoná-lo. A minha também, e veio uma apaixonada onda de gratidão. Haveria tempo para dormir. Eu apenas começara a relaxar um pouco; agora a tensão fluía para fora de mim como água, a tal ponto que mal notei o que mais Denzell tinha a confidenciar. Ouvi a voz de Jamie murmurando congratulações. Ele deu um tapa no ombro de Denzell e deslizou para fora do celeiro, sem dúvida para passar adiante as informações.

Denzell permaneceu sentado, imóvel, respirando ruidosamente. Reuni o que restara de minha concentração e fiz um esforço para ser amável.

– Eles lhe deram de comer, Denzell?

– Tome. – A voz de Denzell mudou e ele começou a tatear no bolso. – Trouxe isto para você.

Enfiou alguma coisa em minhas mãos: um pequeno pão amassado, um pouco queimado nas bordas. Pude notar pela crosta dura e pelo cheiro de cinzas. Minha boca começou a salivar.

– Não – consegui dizer, tentando lhe devolver o presente. – Você devia...

– Eles me alimentaram – garantiu. – Uma espécie de ensopado. Comi tudo que pude. E tenho outro pão no bolso para minha irmã. Eles me deram a comida. Não roubei.

– Obrigada – consegui dizer, e com todo o autocontrole possível cortei o pão ao meio e guardei metade em meu bolso para Jamie.

Em seguida, enfiei o restante na boca e arranquei pedaços como um lobo rasgando bocados sangrentos de uma presa.

O estômago de Denny fazia eco ao meu, roncando.

– Achei que você tinha dito que comeu! – exclamei, acusando-o.

– E comi. Mas parece que o ensopado não quer parar quieto – disse ele, com uma leve risada. Inclinou-se para a frente, os braços cruzados sobre o estômago. – Eu... hum, você teria um pouco de água de cevada ou hortelã à mão, amiga Claire?

– Tenho – respondi, aliviada por ainda ter um pouco de remédio em minha mochila.

Não havia muita coisa, mas eu tinha hortelã. Só não havia água quente. Dei-lhe um punhado para mascar, engolido com água do cantil. Ele bebeu avidamente, arrotou e depois parou, respirando de tal forma que me revelou o que estava acontecendo. Eu o conduzi para o lado e segurei sua cabeça enquanto ele vomitava, perdendo tanto a hortelã quanto o ensopado.

– Comida estragada? – perguntei, tentando sentir sua testa, mas ele se afastou de mim, desmoronando em um monte de palha, a cabeça entre os joelhos.

– Ele disse que me enforcaria – sussurrou.

– Quem?

– O oficial inglês. Um tal de capitão Bradbury. Ele achou que eu estava brincando de espião e iria me enforcar se eu não confessasse.

– Mas não o fez – emendei, colocando a mão em seu braço.

Todo o seu corpo tremia e vi uma gota de suor pingando da ponta de seu queixo, translúcida na penumbra.

– Eu falei que ele podia me matar se quisesse. Até achei que ele fosse mesmo. Mas não. – Ele respirava pesadamente e percebi que estava chorando.

Abracei-o, procurando tranquilizá-lo. Após alguns instantes, ele parou. Ficou em silêncio por alguns minutos.

– Eu pensei... que estava preparado para morrer – comentou suavemente. – Que eu iria feliz para o Senhor, a qualquer momento que Ele me chamasse. Estou envergonhado de descobrir que não era verdade. Tive tanto medo.

Respirei profundamente e me sentei ao seu lado.

– Ninguém nunca afirmou que mártires não sentem medo. Só que eles estavam dispostos a fazer o que tinham que fazer *apesar* do medo.

– Eu não tinha intenção de ser um mártir – disse ele após um instante. Soou tão inocente que tive vontade de rir.

– Duvido muito que alguém tenha. Se tivesse, seria arrogante. Já é tarde, Denzell, e sua irmã deve estar preocupada. E com fome.

Passou-se uma hora ou mais antes de Jamie retornar. Eu estava deitada no feno, coberta com meu xale, mas não estava dormindo. Ele se arrastou para o meu lado e se deitou, suspirando, colocando um braço sobre mim.

– Por que ele? – perguntei após um instante, tentando manter a voz calma.

Não funcionou. Jamie era sensível a tonalidades de voz de qualquer pessoa, mas particularmente da minha. Vi sua cabeça se virar para mim, mas ele parou um instante antes de responder.

– Ele quis ir. E eu achei que ele se sairia bem.

– Sair-se *bem*? Ele não é nenhum ator! Sabe que não pode mentir! Deve ter gaguejado e tropeçado nas palavras! Estou abismada que tenham acreditado nele... se é que acreditaram – acrescentei.

– Eles acreditaram, sim. Acha que um verdadeiro desertor não ficaria aterrorizado, Sassenach? – disse ele, parecendo achar graça. – Eu queria que ele entrasse lá suando e gaguejando. Se eu tivesse tentado lhe dar falas para decorar, eles o teriam fuzilado na hora.

A ideia fez o bolo de pão subir à minha garganta.

– Sim – concordei, e respirei fundo algumas vezes, imaginando o pequeno Denny Hunter suando e gaguejando diante dos olhos frios de um oficial britânico. – Mas... outra pessoa não poderia ter feito isso? Não se trata apenas do fato de Denny Hunter ser um amigo. Ele é médico. É necessário.

O céu lá fora começava a clarear; eu podia ver o contorno do rosto de Jamie.

– Não me ouviu dizer que ele queria fazer isso, Sassenach? – perguntou. – Eu não pedi a ele. Na verdade, tentei dissuadi-lo. Mas ele não quis saber disso e só me pediu que tomasse conta de sua irmã caso não voltasse.

Rachel. Meu estômago se apertou de novo à menção da irmã.

– O que ele podia estar *pensando*?

Jamie suspirou e se virou de costas.

– Ele é um quacre, Sassenach. Mas é um homem. Se fosse o tipo de homem que não luta por suas crenças, teria permanecido em seu vilarejo, fazendo curativos em cavalos e cuidando da irmã. Só que não é. Teria preferido que eu ficasse em casa, Sassenach? Que eu desse as costas à luta?

– Teria – respondi, a agitação transformando-se em exasperação. – Num piscar de olhos. Mas sei que você não faria isso. Então, de que adianta?

Isso o fez rir.

– Então você compreende – disse ele, segurando minha mão. – Acontece a mesma coisa com Denzell Hunter. Se ele está decidido a arriscar a vida, então é meu dever assegurar que obtenha o máximo de sucesso.

– Não se esqueça de que o sucesso nesse caso é um grandessíssimo nada – observei, tentando soltar minha mão. – Nunca ninguém lhe disse que a casa sempre ganha?

Ele não me soltava, mas começara a correr o polegar para a frente e para trás sobre as pontas dos meus dedos.

– Sim. Você avalia as chances e corta as cartas, Sassenach. E nem *tudo* é sorte, hein?

A luz aumentara, daquele jeito imperceptível que precede a aurora. Nada tão flagrante quanto um raio de sol, apenas um emergir gradual de objetos conforme as sombras à volta passavam do negro ao cinza e ao azul.

Seu polegar deslizou pela palma da minha mão e eu dobrei meus dedos involuntariamente sobre ele.

– Por que não há uma palavra que signifique o contrário de "esvanecer"? – perguntei, observando as linhas de seu rosto emergirem das sombras da noite.

Tracei a forma de uma fronte áspera com meu polegar e senti sua barba contra a palma da minha mão, mudando conforme eu observava de uma mancha amorfa a anéis distintos, minúsculos e crespos, um aglomerado brilhante de castanho-avermelhado, ouro e prata, vigoroso contra a pele castigada pelas intempéries.

– Acho que não é necessário... se estiver falando da luz – disse ele e sorriu quando eu vi seus olhos traçarem os contornos do meu rosto. – Quando a luz está esvanecendo, a noite está chegando. Quando a luz retorna, é a noite que está esvanecendo. Certo?

Certo. Deveríamos dormir, mas o exército estaria ativo ao nosso redor em pouco tempo.

– Por que será que as mulheres não fazem a guerra?

– Não foram feitas para isso, Sassenach. – Sua mão, forte e áspera, segurou meu rosto. – E não seria certo. Vocês levam muitas coisas quando viajam.

– O que quer dizer com isso?

Fez um pequeno movimento com os ombros que significava que estava procurando a palavra ou a ideia certa, um movimento inconsciente, como se seu casaco estivesse apertado demais, apesar de não estar usando um no momento.

– Quando um homem morre, é apenas ele. Sim, uma família precisa de um homem, para alimentá-la, protegê-la. Mas qualquer homem decente pode fazer isso. Uma mulher... – Seus lábios se moveram contra as pontas dos meus dedos, com um leve sorriso. – Uma mulher leva a vida com ela quando morre. Uma mulher é... possibilidade infinita.

– Idiota – disse, brandamente. – Se acha que um homem é igual a qualquer outro.

Ficamos em silêncio por um instante, observando a luz aumentar.

– Quantas vezes você fez isso, Sassenach? – perguntou ele. – Ficou entre a escuridão e o alvorecer, segurando o medo de um homem nas palmas de suas mãos?

– Muitas – respondi, o que não era verdade, e ele sabia disso.

Ouvi sua respiração, um humor muito leve, e ele virou a palma de minha mão para cima, o enorme polegar traçando colinas e vales, juntas e calos, a linha da vida e a linha do coração, e a elevação lisa e macia do monte de Vênus, onde a cicatriz fraca da letra "J" era quase invisível. Eu o segurava a maior parte da minha vida.

– Faz parte do trabalho – acrescentei, sem querer soar petulante, e ele não tomou como tal.

– Acha que não tenho medo? – indagou. – Quando faço o meu trabalho?

– Sei que tem medo, mas o faz mesmo assim. Você é um maldito jogador, e o maior jogo de todos é a vida, certo? Talvez a sua, talvez a de outra pessoa.

– Sim – concordou ele suavemente. – Você deve saber isso melhor do que ninguém. Não estou tão preocupado por mim mesmo – comentou pensativo. – Considerando tudo, fiz algumas coisas úteis aqui e ali. Meus filhos estão crescidos; meus netos prosperam. Isso é o mais importante, não é?

– É, sim – respondi.

O sol havia nascido. Ouvi um galo cantar ao longe.

– Bem, não posso dizer que tenho tanto medo quanto costumava ter. Não gostaria de morrer, é claro, mas haveria menos pesar nisso. Por outro lado – sorriu com um canto da boca –, embora eu possa estar com menos medo por mim mesmo, estou um pouco mais relutante em matar jovens que ainda não viveram suas vidas.

E isso, pensei, *era o mais perto que eu conseguiria chegar de um pedido de desculpas por Denny Hunter.*

– Vai começar a calcular a idade das pessoas que atiram em você? – perguntei, pondo-me a tirar o feno dos meus cabelos.

– É difícil – admitiu ele.

– E eu sinceramente espero que não se disponha a deixar algum presunçoso matá-lo apenas porque ainda não teve uma vida tão completa quanto a sua.

Com um semblante sério, ele se sentou, pontas de feno despontando de seus cabelos e roupas.

– Não – disse ele. – Eu o matarei. Só vou lamentar mais.

58

DIA DA INDEPENDÊNCIA

Filadélfia

4 de julho de 1777

Grey nunca havia estado na Filadélfia. Fora as ruas execráveis, parecia uma cidade agradável. O verão adornara as árvores com enormes copas verdejantes e um passeio a pé o deixou polvilhado de fragmentos de folhas. As solas de suas botas estavam grudentas da resina caída. Talvez a responsável pelo evidente estado de espírito de Henry fosse a temperatura febril do ar, pensou Grey.

Não que culpasse seu sobrinho. A sra. Woodcock era graciosa, mas meio roliça, com um lindo rosto e uma personalidade afetuosa. E ela havia cuidado dele, arrancando-o das portas da morte quando o oficial da prisão local o levara para ela, preocupado de que um prisioneiro potencialmente lucrativo morresse antes de proporcionar uma boa colheita. Ele sabia que esse tipo de coisa criava um laço – embora nunca, graças a Deus, tivesse sentido algum tipo de *tendresse* por qualquer uma das mulheres que cuidaram dele na doença. Exceto...

– Merda! – exclamou, fazendo um senhor com aparência de sacerdote lhe lançar um olhar arregalado ao passar.

Ele colocou uma xícara imaginária sobre o pensamento, que zumbiu pela sua mente como uma mosca intrometida. Porém, incapaz de ignorá-lo, Grey ergueu a xícara com cautela e encontrou Claire Fraser sob ela. Relaxou um pouco.

Certamente não uma *tendresse*. Por outro lado, não saberia dizer do que se tratava. Uma espécie de intimidade perturbadora muito peculiar, ao menos – sem dúvida por ela ser a mulher de Jamie Fraser e saber dos sentimentos dele em relação a Jamie. Descartou Claire Fraser e voltou a se preocupar com o sobrinho.

A sra. Woodcock era muito agradável, e também interessada demais em Henry para uma mulher casada – embora seu marido fosse um rebelde, Henry lhe contara, e só Deus soubesse quando ou se voltaria. Muito bem, não havia perigo de Henry perder a cabeça e se casar com ela. Não por enquanto. Podia imaginar o escândalo se Henry levasse para casa a viúva de um carpinteiro, ainda por cima sendo uma feiticeira. Riu com a ideia e se sentiu mais caridoso em relação a Mercy Woodcock. Afinal, ela havia salvado a vida do sobrinho.

Por enquanto. O pensamento indesejado penetrou zumbindo em sua mente antes que ele pudesse virar a xícara sobre ele. Não conseguiu evitá-lo por muito tempo. Ele continuava voltando.

Ele compreendia a relutância de Henry a se submeter a uma nova cirurgia. E havia o persistente temor de que pudesse estar fraco demais para suportá-la. Ao mesmo tempo, ele não podia permanecer no estado atual. Iria apenas definhar e morrer, depois que a doença e a dor tivessem exaurido o pouco que restava de sua vitalidade. Nem mesmo os corpulentos atributos da sra. Woodcock o manteriam vivo nessas condições.

Não, a cirurgia tinha que ser feita, e logo. Nas conversas de Grey com o dr. Franklin, ele havia mencionado um amigo, o dr. Benjamin Rush, que alegava ser um médico prodigioso. O dr. Franklin insistiu com Grey para que fosse visitá-lo se um dia estivesse na cidade. Na verdade, dera uma carta de apresentação a Grey. Estava a caminho de apresentá-la, na esperança de que o dr. Rush fosse um cirurgião experiente ou capaz de lhe indicar alguém que fosse. Porque, quer Henry quisesse ou não, tinha que ser feito. Grey não podia levar Henry de volta para casa na Inglaterra no estado em que se encontrava, e ele prometera tanto a Minnie quanto a seu irmão que traria seu filho mais novo de volta se ainda estivesse vivo.

Seu pé escorregou em uma pedra do calçamento enlameado. Ele soltou uma exclamação e se lançou para o lado, os braços girando em busca de equilíbrio. Conseguiu se equilibrar e ajeitou as roupas com dignidade, ignorando as risadinhas de duas jovens vendedoras de leite que observaram a cena.

Droga, ela estava de volta. Claire Fraser. *Por quê?* Claro. O éter, como ela chamava aquilo. Ela lhe pedira um garrafão de uma espécie de ácido e dissera que precisava para fazer éter. Não no reino do etéreo, mas uma substância química que deixava as pessoas inconscientes para que a cirurgia pudesse ser feita... sem dor.

Parou no meio da rua. Jamie havia lhe contado sobre as experiências de sua mulher com a substância, com um relato completo da extraordinária operação que realizara em um garoto, que ficara inconsciente enquanto ela abria sua barriga, removia o órgão infeccionado e o costurava de novo. Aparentemente, o menino acabou ficando bom, alegre e cheio de energia.

Continuou a andar, mais devagar, pensando sem parar. Ela viria? Era uma jornada penosa da Cordilheira dos Frasers para praticamente qualquer lugar, mas não uma viagem terrível da montanha para o litoral. Era verão, o tempo estava bom. A viagem poderia ser feita em menos de duas semanas. E, se ela viesse a Wilmington, ele poderia providenciar para que fosse levada à Filadélfia em qualquer embarcação naval disponível – ele conhecia muita gente na Marinha.

Quanto tempo? Quanto tempo ela levaria? Um pensamento mais sombrio: quanto tempo Henry tinha?

Foi arrancado dessas reflexões perturbadoras pelo que parecia ser uma pequena baderna descendo a rua em sua direção. Várias pessoas, a maioria bêbadas a julgar pelo comportamento, envolvendo muita gritaria e empurrões e acenos com lenços. Um rapaz tocava um tambor com muito entusiasmo e nenhuma habilidade, e duas crianças seguravam um estranho estandarte, com listras vermelhas e brancas, mas sem nenhuma inscrição.

Ele encostou numa parede, abrindo caminho para a passagem da turba. No entanto, eles não passaram. Pararam diante de uma casa do outro lado da rua e ficaram lá, gritando palavras em inglês e alemão. Ele ouviu um grito de "Liberdade!" e alguém fez soar o toque de ataque da cavalaria em uma corneta. Em seguida, ouviu os gritos: "Rush! Rush! Rush!"

Santo Deus, devia ser a casa que ele estava procurando, a do dr. Rush. A turba parecia bem-humorada. Imaginava que não pretendessem arrastar o médico para fora para uma dose de alcatrão e penas, que era uma forma notável de entretenimento público, ou assim ele fora informado. Com cautela, aproximou-se e bateu de leve no ombro de uma mulher.

– Desculpe. – Tinha que se inclinar para perto e gritar em seu ouvido para ser escutado. Ela girou nos calcanhares, surpresa, depois notou seu colete de borboletas e abriu um largo sorriso. Ele retribuiu o sorriso. – Estou procurando o dr. Benjamin Rush. Esta é a casa dele?

– Sim, é. – Um jovem ao lado da mulher o ouviu, as sobrancelhas se levantando ao ver Grey. – Tem negócios a tratar com o dr. Rush?

– Tenho uma carta de apresentação de um cavalheiro chamado dr. Franklin, um amigo em comum...

O rosto do rapaz se abriu em um largo sorriso. No entanto, antes que ele pudesse dizer alguma coisa, a porta da casa se abriu e um homem esbelto, muito bem-vestido, de 30 e poucos anos, surgiu na entrada. Ouviu-se um rugido da multidão e o sujeito, que devia ser o dr. Rush, estendeu as mãos para eles, rindo. A algazarra se aquietou por um instante, o sujeito se inclinando para falar com alguém. Em seguida, entrou na casa, saiu outra vez já de casaco, desceu os degraus da varanda debaixo de fragorosos aplausos e todo mundo se moveu outra vez, o som do tambor e da corneta com renovado fervor.

– Venha! – gritou o jovem. – Cerveja de graça!

E foi assim que lorde John Grey se viu no salão de uma próspera taverna, comemorando o primeiro aniversário da publicação da Declaração da Independência. Houve discursos políticos inflamados, ainda que não muito eloquentes, e foi no decurso dessa celebração que Grey ficou sabendo que o dr. Rush não só era um simpatizante rico e influente dos rebeldes como também um importante rebelde. Na verdade, como ficou sabendo através de seus novos amigos, tanto Rush *quanto* o dr. Franklin haviam assinado o documento.

A notícia de que Grey era amigo de Franklin se espalhou. Ele foi muito saudado, sendo por fim levado através da multidão até se ver cara a cara com Benjamin Rush.

Não era a primeira vez que Grey se via muito próximo a um criminoso, e ele manteve a compostura. Aquela não era a hora de falar da situação de seu sobrinho a Rush, e Grey se contentou em apertar a mão do jovem médico e mencionar sua ligação com Franklin. Rush foi muito cordial e gritou acima do barulho que Grey deveria ir visitá-lo em sua casa quando ambos estivessem livres, talvez de manhã.

Grey expressou sua grata aceitação do convite e se retirou educadamente através da multidão, esperando que a Coroa não conseguisse enforcar Rush antes de ele ter a chance de examinar Henry.

Um alarido na rua causou uma pausa nas festividades. Ouviam-se uma gritaria e o som de projéteis atingindo a fachada do prédio. Uma pedra grande e enlameada atingiu e estilhaçou uma vidraça fachada estabelecimento, permitindo que os berros de "Traidores!" e "Renegados!" fossem ouvidos com mais clareza.

– Cale a boca, puxa-saco! – gritou alguém de dentro da taverna.

Bolas de lama e mais pedras foram arremessadas, algumas através da porta aberta e da janela quebrada, juntamente com gritos patrióticos de "Deus salve o Rei!".

– Castrem o desgraçado legalista! – berrou em resposta o rapaz que Grey conhecera anteriormente, e metade da taverna correu para a rua, alguns parando para quebrar pernas de bancos, como auxílio para a discussão política que se seguiu.

Grey ficou um pouco preocupado de que Rush fosse abordado pelos legalistas na rua e atacado antes que pudesse ser útil a Henry, mas Rush e alguns outros, que ele imaginou serem rebeldes proeminentes, mantiveram-se afastados da rixa e, depois de confabularem, decidiram ir embora pela cozinha da taverna.

Grey se viu na companhia de um homem de Norfolk chamado Paine, um miserável malnutrido, malvestido, com um nariz proeminente e uma personalidade esfuziante, possuidor de opiniões fortes sobre questões de liberdade e democracia, e de um extraordinário domínio de epítetos referentes ao rei. Achando a conversa difícil, já que não podia expressar nenhuma de suas opiniões contrárias sobre esses assuntos, Grey pediu licença com a intenção de seguir Rush e seus amigos pelos fundos.

O motim lá fora, tendo atingido um breve crescendo, prosseguiu até sua conclusão natural com a fuga dos legalistas. As pessoas começavam a fluir para dentro da taverna outra vez, levadas em uma onda de virtuosa indignação e autocongratulação. Entre elas, estava um homem alto, magro e moreno, que fitou Grey nos olhos e estacou.

Grey se aproximou dele, esperando que os batimentos de seu coração não pudessem ser ouvidos acima do barulho enfraquecido da rua.

– Sr. Beauchamp – disse ele, tomando Perseverance Wainwright pela mão e pelo pulso, no que podia ser considerado um cumprimento cordial, mas que na verdade era uma firme detenção. – Posso dar uma palavra em particular com o senhor?

Não iria levar Percy à casa que ele havia alugado para si e Dottie. Ela não o reconheceria, pois não era nascida quando Percy desapareceu da vida de Grey. Tratava-se de obra do instinto que o impedia de dar uma cobra venenosa para uma criança brincar.

Percy, qualquer que fosse seu motivo, não sugeriu levar Grey para *seu* alojamento. Não queria que o lorde soubesse onde ele estava hospedado, caso resolvesse se esquivar. Após um instante de indecisão – pois Grey ainda não conhecia a cidade –, este concordou com a sugestão de Percy de que fossem para um parque chamado Southeast Square.

– É uma vala comum – explicou Percy, liderando o caminho – onde enterram os estranhos à cidade.

– Muito apropriado – observou Grey, mas Percy ou não ouviu, ou fingiu não ter ouvido.

Era um pouco distante e, como as ruas estavam lotadas, eles não conversaram muito. Apesar do clima de festa e das bandeiras listradas penduradas aqui e ali – todas pareciam ter um campo de estrelas, embora ele não tivesse visto o mesmo arranjo duas vezes seguidas, e as listras variavam de tamanho e de cor –, havia certo frenesi na alegria geral e uma aguçada sensação de perigo nas ruas. A Filadélfia podia ser a capital dos rebeldes, mas estava longe de ser um baluarte.

O parque público estava mais tranquilo, como seria de esperar de um cemitério. Na verdade, estava até agradável. Havia apenas alguns marcadores de sepultura em madeira aqui e ali, dando os detalhes conhecidos sobre a pessoa enterrada. Ninguém iria se dar ao trabalho de colocar lápides, embora alguma alma caridosa tivesse erigido uma grande cruz de pedra sobre uma base no meio do campo. Sem dizer nada, ambos se dirigiram a esse monumento, seguindo o curso de um riacho que atravessava o parque.

Ocorreu a Grey que Percy devia ter sugerido esse destino a fim de dar tempo a si mesmo de pensar no caminho. Muito bem. Quando Percy se sentou na base do monumento e se virou para ele com um ar de expectativa, não perdeu tempo com amenidades.

– Fale-me a respeito da segunda irmã do barão Amandine – disse ele, em pé diante de Percy.

Percy ficou surpreso, mas sorriu.

– Realmente, John, você me surpreende. Claude não lhe contou sobre Amelie, tenho certeza.

Grey não respondeu, mas cruzou as mãos às costas, sob as abas do casaco, e aguardou. Percy refletiu por um instante, depois deu de ombros.

– Muito bem. Ela era a irmã mais velha de Claude. Minha mulher, Cecile, é a mais nova.

– "Era" – repetiu Grey. – Então, ela está morta.

– Está morta há uns quarenta anos. Por que esse interesse? – Percy retirou um lenço da manga para enxugar a testa. O dia estava quente e fora uma longa caminhada. A camisa de Grey estava úmida.

– Onde ela morreu?

– Em um bordel em Paris. – Isso fez Grey estancar seus pensamentos. Percy notou e deu um sorriso irônico. – Se quer saber, John, estou procurando o filho dela.

Grey o fitou por um instante, depois se sentou ao lado dele. A pedra cinzenta da base da cruz estava quente sob suas nádegas.

– Muito bem – disse após alguns instantes. – Conte-me, por gentileza.

Percy lhe lançou um olhar de esguelha, achando graça. Muito cauteloso, mas achando graça mesmo assim.

– Há coisas que não posso contar, John. A propósito, ouvi dizer que há uma discussão bastante acalorada ocorrendo entre os secretários de Estado britânicos quanto a qual deles deve fazer uma abordagem em relação à minha oferta anterior… e a quem fazê-la. Imagino que isso seja obra sua, não? Obrigado.

– Não mude de assunto. Não estou perguntando sobre sua proposta anterior. – *Pelo menos, ainda não.* – Estou perguntando sobre Amelie Beauchamp e seu filho. Não vejo como possam estar ligados à outra questão, portanto presumo que tenham alguma importância para você. Naturalmente, há coisas que não pode me contar a respeito da questão maior, mas esse mistério sobre a irmã do barão parece um pouco mais pessoal.

– E é. – Percy revirava alguma coisa em sua mente.

Grey podia ver isso por trás de seus olhos. Os olhos de Percy estavam enrugados e um pouco empapuçados, mas eram os mesmos de sempre: um castanho cálido e vivaz, da cor do xerez. Seus dedos tamborilaram de leve sobre a pedra, em seguida pararam. Ele se virou para Grey um ar decidido.

– Muito bem. Teimoso como você é, se eu *não* lhe contar, vai ficar me seguindo por toda a Filadélfia, no esforço de descobrir meu propósito de estar aqui.

Isso era o que Grey pretendia fazer de qualquer modo, mas emitiu um ruído indeterminado que podia ser tomado como encorajamento. Então indagou:

– E qual é o seu propósito?

– Estou à procura de um tipógrafo chamado Fergus Fraser.

Grey não esperava uma resposta concreta.

– Quem é...?

Percy ergueu a mão, dobrando os dedos enquanto falava.

– Ele é o filho de um tal de James Fraser, um famoso ex-jacobita e rebelde. É tipógrafo e... creio eu... um rebelde como o pai. E, mais importante, tenho fortes suspeitas de que ele seja o filho de Amelie Beauchamp.

Libélulas azuis e vermelhas pairavam acima do riacho; Grey sentiu como se um desses insetos tivesse entrado por suas narinas.

– Está me dizendo que James Fraser teve um filho ilegítimo com uma prostituta francesa? Que, por acaso, era a filha de uma família nobre e antiga? – Choque não era a palavra exata para descrever seus sentimentos, mas ele manteve o tom de voz descontraído e Percy riu.

– Não. O tipógrafo é de fato filho de Fraser, mas adotado. Ele tirou o garoto de um bordel em Paris há mais de trinta anos. – Um fio de suor escorreu pelo lado do pescoço de Percy e ele o enxugou. O calor do dia fizera sua colônia exalar. Grey apreendeu um traço de âmbar cinza e de cravos, especiarias e almíscar juntos.

– Amelie era, como eu disse, a irmã mais velha de Claude. Na adolescência, foi seduzida por um homem muito mais velho, um nobre casado, e ficou grávida. O normal teria sido ela ser apressadamente casada com um marido complacente, mas a mulher do nobre morreu de repente e Amelie criou uma grande confusão, insistindo que, já que ele ficara livre, deveria se casar com ela.

– Só que ele não se dispôs?

– Não. Mas o pai de Claude, sim. Imagino que ele tenha pensado que tal casamento iria aumentar a fortuna da família; o conde era um homem muito rico e, embora não fosse um político, na verdade tinha certa... posição.

O velho barão Amandine estava inclinado a manter as coisas em surdina no começo, mas, quando começou a ver as possibilidades da situação, ficou mais valente e fez todo tipo de ameaça, desde uma queixa ao rei, pois o velho Amandine era um homem ativo na corte, ao contrário do filho, até um processo por danos e uma solicitação de excomunhão à Igreja.

– Ele poderia realmente ter feito isso? – perguntou Grey, fascinado, apesar de suas reservas quanto à veracidade da história.

Percy sorriu ligeiramente.

– Ele podia ter se queixado ao rei. De qualquer modo, não teve oportunidade. Amelie desapareceu.

A jovem sumiu de casa no meio da noite, levando suas joias. Pensou-se que talvez ela tivesse pretendido fugir para seu amante, na esperança de que ele cedesse e se casasse com ela, mas o conde afirmou absoluta ignorância do ocorrido e ninguém se apresentou para dizer que a tinha visto, ou deixando Trois Flèches, ou entrando na mansão do conde St. Germain em Paris.

– E você acha que de algum modo ela terminou em um bordel? – perguntou Grey, incrédulo. – Como? E, se assim for, como descobriu isso?

– Encontrei seus papéis de casamento.

– O quê?

– Uma certidão de casamento de Amelie Elise LeVigne Beauchamp com Robert François Quesnay de St. Germain. Assinada por ambas as partes. E um padre. Estava na biblioteca de Trois Flèches, dentro da Bíblia da família. Receio que Claude e Cecile não sejam muito religiosos – disse Percy, balançando a cabeça.

– E você é? – Isso fez Percy rir. Ele sabia que Grey conhecia sua opinião em relação à religião.

– Eu estava entediado – disse ele, sem se desculpar.

– A vida em Trois Flèches devia ser mesmo maçante, se o obrigou a ler a Bíblia. O ajudante de jardineiro foi embora?

– Emile... – Percy riu. – Não, mas teve um terrível acesso de *la grippe* naquele mês. O pobre homem não conseguia respirar pelo nariz de jeito nenhum.

Grey sentiu outro impulso de riso, mas se conteve, e Percy continuou sem hesitar:

– Eu não estava realmente *lendo* a Bíblia. Afinal de contas, sei de cor a maior parte dos pecados capitais. Eu estava interessado na capa.

– Coberta de pedras preciosas, não é? – perguntou Grey, e Percy lhe lançou um olhar ofendido.

– *Nem sempre* tem a ver com dinheiro, John, mesmo para quem não é tão abençoado com tal substância como você.

– Minhas desculpas – disse Grey. – Por que a Bíblia, então?

– Eu sou um encadernador de reputação nada insignificante – informou Percy, com certa vaidade. – Exerci esse ofício na Itália como meio de subsistência. Depois que você tão nobremente salvou minha vida. Aliás, obrigado por isso – comentou, com um olhar incisivo, cuja seriedade repentina fez Grey baixar os olhos para evitar os dele.

– Não há de quê – respondeu o lorde com voz rouca e, inclinando-se, induziu uma pequena lagarta verde que lentamente avançava pela ponta muito bem polida de sua bota a subir em seu dedo.

– De qualquer forma – continuou Percy, sem perder o ritmo –, descobri esse curioso documento. Eu já ouvira falar do escândalo da família, é claro, então reconheci os nomes.

– Perguntou ao barão atual sobre isso?

– Perguntei. O que achou de Claude, por falar nisso?

Percy sempre fora como mercúrio, pensou Grey, e não perdera nada de sua mutabilidade com a idade.

– Mau jogador de cartas. Mas uma voz maravilhosa. Ele canta?

– Na verdade, sim. E você tem razão com relação às cartas. Ele sabe guardar um segredo se quiser, mas não consegue mentir. Você ficaria surpreso de ver como a honestidade perfeita é poderosa, em algumas circunstâncias. Quase me faz pensar que deve haver alguma coisa no Oitavo Mandamento.

Grey murmurou uma citação de Shakespeare sobre "mais honrado na violação", mas depois tossiu e pediu a Percy que continuasse.

– Ele não sabia sobre a certidão de casamento, tenho certeza. Ficou perplexo. Após certa hesitação, ele me deu seu consentimento para investigar o assunto. "Sanguinário, valente e resoluto" pode ser o seu lema shakespeariano, John, não o dele.

Grey ignorou a lisonja implícita – se é que foi, e achava que sim – e depositou a lagarta sobre a folha de um arbusto comestível.

– Você procurou o padre – comentou, com segurança.

Percy riu com o que parecia ser um prazer genuíno e ocorreu a Grey que ele conhecia bem a mente de Percy, e Percy a dele. Conversaram através dos véus da política e do sigilo durante muitos anos. Claro, Percy provavelmente sabia com quem estava conversando, mas Grey não.

– Sim, procurei. Ele morreu. Assassinado. Na rua, à noite, quando corria para dar a extrema-unção a um paroquiano à beira da morte, uma coisa horrível. Uma semana após o desaparecimento de Amelie Beauchamp.

Aquilo começava a despertar o interesse profissional de Grey, embora continuasse mais do que cauteloso.

– O passo seguinte teria sido o conde, mas, se ele foi capaz de matar um padre para guardar seus segredos, teria sido perigoso abordá-lo – disse Grey. – Os criados dele, então?

Percy balançou a cabeça, o canto da boca se torcendo repentinamente, em reconhecimento à acuidade mental de Grey.

– O conde também estava morto... ou desaparecido, ao menos. Pode ser estranho, mas ele tinha a reputação de ser um bruxo... e morreu uns dez anos depois de Amelie. Eu procurei seus antigos criados, sim. Encontrei alguns. Para algumas pessoas, é sempre uma questão de dinheiro, e o ajudante do cocheiro era uma delas. Dois dias após o desaparecimento de Amelie, ele entregou um tapete a um bordel perto da rue Fauborg. Um tapete muito pesado que tinha cheiro de ópio. Ele reconheceu o odor, pois, em dado momento, transportara uma trupe de acrobatas chineses contratada para divertir os convidados em uma festa na mansão.

– E assim você foi ao bordel. Onde o dinheiro...?

– Dizem que a água é o solvente universal – interveio Percy, balançando a cabeça –, mas não é. Você pode mergulhar um homem em um barril de água gelada e deixá-lo ali por uma semana que conseguiria muito menos do que poderia com uma modesta quantidade de ouro.

Grey silenciosamente notou o adjetivo "gelada" e pediu que Percy continuasse.

– Levou algum tempo, várias visitas, diferentes tentativas. A madame era uma verdadeira profissional, querendo dizer que quem quer que tivesse pago sua predecessora o fizera em uma escala espantosa, e sua recepcionista, apesar de muito velha, tivera a língua cortada quando jovem. E nenhuma das prostitutas estava lá quando o infame tapete foi entregue, já que aconteceu há tanto tempo.

No entanto, ele havia rastreado as famílias das atuais prostitutas – algumas ocupações são de família – e conseguira, após meses de trabalho, descobrir uma senhora já idosa que trabalhara no bordel e que reconheceu o pequeno retrato de Amelie que ele levara consigo de Trois Flèches.

A jovem tinha de fato sido levada ao bordel no meio da gravidez. Isso não importara muito; havia clientes com tais preferências. Alguns meses depois, ela deu à luz um filho. Sobreviveu ao parto, mas morreu um ano depois durante uma epidemia de gripe.

– E não dá nem para *começar* a lhe contar as dificuldades de descobrir alguma coisa sobre uma criança nascida em um bordel de Paris há mais de quarenta anos, meu caro.

Percy suspirou, usando seu lenço outra vez.

– Mas seu nome é Perseverance – observou Grey, e Percy lhe lançou um olhar penetrante.

– Tem ideia – disse ele de forma amena – de que você talvez seja a única pessoa no mundo que sabe disso? – E, pela expressão em seus olhos, um já era demais.

– Seu segredo está a salvo comigo – garantiu Grey. – Esse, pelo menos. E quanto a Denys Randall-Isaacs?

Funcionou. O rosto de Percy tremeluziu como uma poça de mercúrio ao sol. Em menos de um segundo, ele já recuperara aquele perfeito ar impassível. Mas era tarde demais.

Grey riu, embora sem humor, e se levantou.

– Obrigado, Perseverance – disse, e se afastou pelo meio das sepulturas cobertas de capim dos pobres anônimos.

Naquela noite, quando todos na casa dormiam, ele pegou pena e tinta para escrever a Arthur Norrington, a Harry Quarry e a seu irmão. Quase ao amanhecer, pela primeira vez em dois anos, começou a escrever para Jamie Fraser.

59

BATALHA DE BENNINGTON

Acampamento do general Burgoyne
11 de setembro de 1777

A fumaça de campos ainda em chamas pairava sobre o acampamento. Estava assim havia dias. Os americanos ainda se retiravam, destruindo as lavouras em seu rastro.

William estava com Sandy Lindsay, conversando sobre a melhor forma de assar um peru – um dos batedores de Lindsay acabara de lhe trazer um –, quando a carta chegou. Provavelmente foi imaginação de William o silêncio mortal que se abateu sobre o acampamento, o tremor da terra e o véu do templo sendo rasgado ao meio. Mesmo assim, logo ficou claro que algo havia acontecido.

Houve uma mudança definitiva no ar, algo errado no ritmo das conversas e do movimento entre os homens que o cercavam. Balcarres sentiu isso também e parou de examinar a asa aberta do peru, olhando para William com as sobrancelhas erguidas.

– O que foi? – perguntou William.

– Não sei, mas não é bom. – Balcarres jogou a ave morta nas mãos de seu ordenança e, agarrando o chapéu, partiu na direção da barraca de Burgoyne com William em seu encalço.

Encontraram Burgoyne branco de raiva, seus oficiais superiores reunidos ao redor, conversando em voz baixa e chocada.

O capitão sir Francis Clerke, ajudante de ordens do general, emergiu do grupo de cabeça baixa e rosto sombrio. Balcarres segurou seu cotovelo quando ele passou.

– Francis, o que aconteceu?

O capitão Clerke estava agitado. Olhou para trás, para dentro da barraca, depois se afastou para o lado, longe do alcance de ouvidos, levando Balcarres e William.

– Howe – disse ele. – Ele não vem.

– Não vem? – repetiu William. – Mas... ele não está saindo de Nova York?

– Ele está saindo, sim – respondeu Clerke, os lábios tão comprimidos que era de admirar que conseguisse falar. – Para invadir a Pensilvânia.

– Mas... – Balcarres lançou um olhar perplexo na direção da porta da barraca, depois de novo para Clerke.

– Exatamente.

As verdadeiras proporções do desastre se revelavam para William. O general Howe estava não só menosprezando o general Burgoyne como ignorando seu plano, o que seria bastante ruim do ponto de vista deste. Ao preferir marchar sobre a Filadélfia a subir o Hudson para se juntar às tropas de Burgoyne, Howe deixava Burgoyne entregue à própria sorte, sem suprimentos e sem reforços.

Em outras palavras, estavam por conta própria, separados de suas caravanas de suprimentos, com a desagradável opção de continuar perseguindo os americanos em retirada, através de uma região inóspita de onde qualquer possibilidade de sustento havia sido removida, ou dar meia-volta e marchar sem honra retornando ao Canadá, também através de uma região inóspita onde não havia qualquer possibilidade de sustento.

Balcarres estivera argumentando nesse sentido com sir Francis, que passou a mão pelo rosto, frustrado.

– Eu sei – disse ele. – Se me dão licença, milordes...

– Aonde você vai? – perguntou William, e Clerke olhou para ele.

– Contar à sra. Lind – respondeu Clerke. – Acho melhor avisá-la.

A sra. Lind era a esposa do oficial encarregado dos suprimentos. Era também amante do general Burgoyne.

Quer a sra. Lind tenha exercido seus inegáveis dotes com eficácia, quer a natural capacidade de adaptação do general tenha prevalecido, o golpe da carta de Howe foi contido. *O que quer que possam dizer sobre ele,* escreveu William em sua carta semanal a lorde John, *ele sabe o valor de uma decisão firme e da ação rápida. Retomamos nossa perseguição do corpo principal das tropas americanas com esforço redobrado. A maior parte de nossos cavalos foi abandonada, roubada ou comida. As solas do meu único par de botas estão completamente gastas.*

Nesse meio-tempo, recebemos informações de um dos batedores de que a cidade de Bennington, que não fica muito distante, está sendo usada como posto de abastecimento dos americanos. Segundo o relatório, a cidade é pouco vigiada. Assim, o general está enviando o coronel Baum, um dos hessianos, com quinhentos homens, para confiscar suprimentos essenciais para nós. Partimos pela manhã.

William nunca soube se a conversa de bêbado com Balcarres foi em parte responsável por isso, mas descobrira que agora se referiam a ele como "bom de lidar com os índios". E, fosse por sua duvidosa capacidade ou pelo fato de que sabia falar o básico de alemão, ele se viu na manhã de 12 de agosto designado para acompanhar a expedição por suprimentos do coronel Baum, que incluía um bom número da cavalaria desmontada de Brunswick, três peças de artilharia e cem índios.

Segundo relatórios, os americanos estavam recebendo gado, enviado aos poucos da Nova Inglaterra e concentrado em grande quantidade em Bennington, bem como um número considerável de carroças cheias de milho, farinha e outros gêneros de primeira necessidade.

Surpreendentemente, não estava chovendo quando partiram. E isso incutiu um pouco de otimismo na expedição. A perspectiva de obter alimentos aumentava essa sensação. Parecia que já fazia muito tempo que as rações estavam reduzidas, embora na verdade não tivesse se passado mais do que uma semana. Ainda assim, mais de um dia avançando a pé sem alimentação adequada parece um longo tempo, como William tinha motivos para saber.

Grande parte dos índios ainda estava montada. Eles rodeavam o grupo principal de soldados, cavalgando um pouco à frente para patrulhar a estrada e voltando para dar orientação para atravessarem ou se desviarem de trechos onde a estrada – não mais do que uma trilha na maior parte – se dera por vencida e fora absorvida pela floresta ou inundada por um dos rios avolumados pelas chuvas, os quais surgiam inesperadamente do alto das colinas. Bennington se situava perto de um rio chamado Walloomsac e, conforme caminhavam, William começou a discutir de maneira digressiva com um dos tenentes hessianos se era possível carregar as provisões em barcaças até um ponto de encontro rio abaixo.

Essa discussão era inteiramente teórica, já que nenhum dos dois sabia para onde o Walloomsac corria nem até que ponto seria navegável, mas deu aos dois a oportunidade de praticar o idioma um do outro e assim passar o tempo em uma longa e extenuante marcha.

– Meu pai viveu muito tempo na Alemanha – disse William ao *Oberleutnant* Gruenwald em seu alemão lento e cuidadoso. – Ele gosta muito da comida de Hanover.

Gruenwald, de Hesse-Kassel, permitiu-se uma torcidinha desdenhosa do bigode à menção de Hanover, mas se contentou com a observação de que até mesmo um habitante de Hanover podia assar uma vaca e talvez cozinhar algumas batatas para acompanhar. Sua mãe fazia um prato com carne de porco e maçãs nadando em vinho tinto e temperado com noz-moscada e canela que fazia sua boca se encher de água só de lembrar.

Água escorria pelo rosto de Gruenwald, o suor fazendo trilhas na poeira da pele e molhando a gola de seu casaco azul-claro. Ele tirou da cabeça o ornato de granadeiro e enxugou-a com um enorme lenço manchado, já saturado de muitos usos anteriores.

– Acho que não encontraremos canela hoje – disse Willie. – Talvez um porco.

– Se encontrarmos, vou assá-lo para você – assegurou Gruenwald. – Quanto a maçãs… – Enfiou a mão dentro da túnica e retirou um punhado de maçãs silvestres, pequenas e vermelhas, que repartiu com William. – Tenho algumas delas. Tenho…

Gritos agudos e nervosos de um índio que cavalgava de volta pela coluna o interromperam. William ergueu os olhos e viu o índio atirar um braço para trás, gesticulando e gritando: "Rio!"

A palavra despertou as colunas desfeitas e William viu a cavalaria – que insistira em usar suas botas altas e suas espadas largas, apesar da falta de cavalos – se empertigar de expectativa, com estrépitos metálicos.

Outro grito veio da linha de frente:

– Bosta de vaca!

Isso causou uma euforia geral e muitas risadas entre os homens, que apertaram o passo. William viu o coronel Baum, que ainda tinha um cavalo, sair da coluna e aguardar na beira da estrada, inclinando-se para baixo para falar com os oficiais conforme eles passavam. William viu seu ajudante de ordens apontar para uma pequena colina em frente.

– O que você acha? – perguntou, virando-se para Gruenwald, e ficou surpreso de ver o *Oberleutnant* boquiaberto.

Sua mão caiu ao lado do corpo e o capacete mitrado tombou e rolou na terra. William piscou e viu um grosso fio vermelho descer como uma cobra, lentamente, de baixo dos cabelos escuros de Gruenwald.

Gruenwald se sentou e caiu para trás na estrada, o rosto pálido e anuviado.

– Droga! – exclamou William, acordando com um salto repentino para o que acabara de acontecer. – *Emboscada!* – berrou a plenos pulmões. – *Das ist ein Überfall!!*

Gritos de alarme se ergueram da coluna e se ouviu o estrépito de disparos esporádicos vindos da floresta. William segurou Gruenwald por baixo dos braços e o arrastou para o refúgio de um grupo de pinheiros. O *Oberleutnant* ainda estava vivo, apesar de seu casaco estar empapado de suor e sangue.

William se certificou de que a pistola do alemão estivesse carregada e em sua mão antes de pegar a própria arma e correr na direção de Baum, que se encontrava em pé nos estribos, gritando ordens em alemão alto e estridente.

Ele só compreendia uma ou outra palavra e olhava ao redor, para ver se adivinhava quais eram as ordens do coronel pelas ações dos hessianos. Avistou um pequeno grupo de batedores correndo pela estrada em sua direção e também correu ao encontro deles.

– Malditos rebeldes – disse um dos batedores, ofegante, apontando para trás. – Estão vindo.

– Onde? A que distância? – Sentiu como se estivesse prestes a arremeter em disparada, mas se forçou a permanecer parado, a falar com calma, a respirar.

Dois quilômetros, talvez 3. Respirou e conseguiu perguntar quantos eram. Duzentos, talvez mais. Armados com mosquetes, mas sem artilharia.

– Certo. Voltem e fiquem de olho neles. – Virou-se na direção do coronel Baum, sentindo a superfície da estrada estranha sob seus pés, como se não estivesse onde ele esperava que estivesse.

Eles cavaram, com pressa mas eficientemente, abrigando-se atrás de trincheiras rasas e barricadas improvisadas de árvores caídas. Os canhões de campanha foram arrastados para cima do morro e apontados para cobrir a estrada. Os rebeldes, é claro, ignoraram-na e avançaram como um enxame pelos flancos.

Devia haver uns duzentos homens na primeira leva; era impossível contá-los, conforme arremetiam pela floresta densa. William vislumbrou um movimento e disparou, sem esperanças de atingir alguém. A leva hesitou, mas apenas por um instante.

Então uma voz forte berrou, em algum lugar atrás do *front* dos rebeldes:

– Nós os tomamos agora ou Molly Stark será uma viúva esta noite!

– O quê? – perguntou William, sem acreditar.

O que quer que o homem que gritara queria dizer, seu incentivo teve um efeito marcante, pois um enorme número de rebeldes saiu fervilhando do meio das árvores, em uma corrida louca na direção dos canhões. Os soldados encarregados dos canhões fugiram de imediato, assim como muitos dos outros.

Os rebeldes estavam dando conta do resto e William apenas fazia o que podia antes que o pegassem até que dois índios vieram saltando pelo terreno sinuoso, agarraram-no por baixo dos braços e, colocando-o de pé, o empurraram para longe dali.

E foi assim que o tenente Ellesmere se viu mais uma vez lançado no papel de Cassandra, relatando o fiasco em Bennington ao general Burgoyne. Homens mortos e feridos, armas perdidas – e nem uma única vaca como recompensa.

E eu ainda não matei um único rebelde, pensou, esgotado, voltando para sua barraca mais tarde. Achava que devia lamentar isso, mas não tinha certeza se o faria.

60

O JOGO DO DESERTOR II

Jamie tomava banho no rio quando ouviu estranhas imprecações em francês. As palavras eram na língua francesa, mas os sentimentos expressos, não. Curioso, saiu da água, vestiu-se e caminhou um pouco ao longo da margem, até descobrir um jovem que sacudia os braços e gesticulava em uma tentativa de se fazer compreender por um grupo de perplexos trabalhadores. Como metade deles eram alemães e o resto americanos da Virgínia, seus esforços para se comunicar em francês só conseguira diverti-los até o momento.

Jamie se apresentou e ofereceu seus serviços como intérprete. E foi assim que ele veio a passar uma boa parte de cada dia com Kościuszko, um jovem engenheiro polonês cujo sobrenome impronunciável fora rapidamente reduzido a "Kos".

Jamie achava Kos inteligente e até um pouco comovente em seu entusiasmo. Além disso, queria saber mais sobre as fortificações que estavam sendo construídas por Kościuszko (e se orgulhava de ser capaz de pronunciar seu nome de forma correta). De sua parte, Kos estava tanto agradecido pela assistência linguística quanto interessado nas observações e sugestões ocasionais que Jamie era capaz de fazer, em consequência de suas conversas com Brianna.

Conversar sobre vetores e tensões trazia uma saudade quase insuportável da filha.

Ao mesmo tempo, trazia-a para mais perto dele, e Jamie se viu passando cada vez mais tempo com o jovem polonês, aprendendo um pouco de sua língua e permitindo que Kos praticasse o que ele acreditava ser inglês.

– O que o trouxe aqui? – perguntou Jamie um dia.

Apesar da falta de pagamento, um extraordinário número de oficiais europeus viera se unir, ou tentar se unir, ao Exército Continental. Ainda que as perspectivas de pilhagem fossem limitadas, achavam que conseguiriam enganar o Congresso e fazer com que lhes concedesse a patente de general. Então eles poderiam aproveitá-la em outras ocupações de volta à Europa. Alguns desses duvidosos voluntários eram úteis, mas ouvira muitas lamúrias sobre os que não eram. Pensando em Matthias Fermoy, até ele tinha vontade de se lamuriar um pouco.

Kos não era um desses.

– Bem, primeiro, dinheiro – respondeu ele com franqueza quando perguntado sobre como fora parar na América. – Meu irmão mansão em Polônia tem, mas família não ter nenhum dinheiro, nada para mim. Nenhuma garota olhar para mim sem dinheiro. – Deu de ombros. – Nenhum lugar no Exército polonês, mas sei construir coisas, vir aonde tem coisas para construir. – Abriu um largo sorriso. – Talvez garotas também. Garotas com boa família, bom dinheiro.

– Se veio por dinheiro e garotas, rapaz, você se alistou no Exército errado – comentou Jamie, e Kościuszko riu.

– Eu dizer *primeiro* dinheiro. Eu vir para Filadélfia, lá eu li *La Déclaration*. – Pronunciou-a em francês e tirou o chapéu manchado de suor em reverência, apertando-o contra o peito. – Esse documento, o texto... ficar extasiado.

Tão extasiado ficou com os sentimentos expressos naquele nobre documento que, na mesma hora, procurou seu autor. Apesar de surpreso pelo súbito aparecimento de um apaixonado jovem polonês em seu meio, Thomas Jefferson lhe deu as boas-vindas e os dois homens passaram boa parte do dia envolvidos na discussão de filosofia (em francês), tornando-se grandes amigos.

– Um bom homem – assegurou Kos a Jamie, fazendo o sinal da cruz antes de recolocar o chapéu. – Que Deus o mantenha são e salvo.

– *Dieu accorde-lui la sagesse* – retrucou Jamie. *Que Deus lhe dê sabedoria.*

Ele achava que Jefferson estaria seguro, já que não era um soldado. O que o fez recordar desconfortavelmente de Benedict Arnold, mas esse problema ele não poderia resolver.

Kos afastou um cacho de cabelos escuros da boca e balançou a cabeça.

– Talvez uma esposa, um dia, se Deus quiser. Isso... o que fazemos aqui... mais importante do que esposa.

Retornaram ao trabalho, mas Jamie se viu repassando a conversa com interesse. Concordava com a ideia de que era melhor passar a vida atrás de um propósito nobre do que buscando segurança. Mas sem dúvida tal pureza de propósito era o reino de homens sem família? Havia um paradoxo ali: um homem que buscava a própria segurança era um covarde; um homem que arriscava a segurança de sua família era um medroso, se não pior.

Isso levou a mais divagações e a paradoxos mais interessantes: as mulheres atrasam a evolução de coisas como liberdade e outros ideais sociais por sentirem medo em relação a elas mesmas e a seus filhos? Ou inspiram tais coisas – e os riscos exigidos para alcançá-las – ao prover aquilo pelo qual vale a pena lutar? Não apenas lutar para defender, mas para impulsionar, impelir, pois um homem quer mais para seus filhos do que ele teve.

Teria que perguntar a Claire o que ela achava disso, embora tenha sorrido ao pensar em algumas das coisas que ela *poderia* dizer... particularmente a parte sobre se a mulher atrasava a evolução social por natureza. Ela tinha mencionado sua experiência na Grande Guerra – não conseguia pensar nesse conflito mundial por nenhum outro nome, embora ela tenha explicado que houvera outra, antes, com esse nome. Falava coisas depreciativas sobre heróis de vez em quando, mas somente quando ele se feria. Sabia muito bem para que serviam os homens.

Ele estaria ali se não fosse por ela? Faria somente pelos ideais da Revolução Americana se não tivesse certeza da vitória? Tinha que admitir que somente um idealista, um louco ou um homem desesperado estaria ali agora. Qualquer pessoa sã que soubesse qualquer coisa sobre exércitos teria dado as costas, estarrecida. Ele mesmo se sentia estarrecido, às vezes.

Na verdade, ele faria isso... se estivesse sozinho. A vida de um homem tinha que ter mais propósito do que apenas se alimentar a cada dia. E este era um grandioso propósito – maior, talvez, do que qualquer pessoa que lutasse por ele agora poderia saber. E se perdesse a vida nesta ação... não iria ficar satisfeito, mas teria consolo na morte, sabendo que dera a sua contribuição. Afinal, não iria deixar sua mulher desamparada. Ao contrário da maioria, Claire teria um lugar aonde ir caso alguma coisa lhe acontecesse.

Estava no rio mais uma vez, boiando na água e entretendo tais pensamentos, quando ouviu um grito sufocado. Era um grito feminino e ele se levantou imediatamente, os cabelos molhados escorrendo sobre o rosto. Afastou-os para trás e viu Rachel Hunter parada na margem, as duas mãos cobrindo os olhos e cada linha de seu corpo tensa em uma demonstração eloquente de aflição.

– Estava me procurando, Rachel? – perguntou, tentando enxugar os olhos no esforço de localizar onde afinal deixara suas roupas.

Ela soltou outro grito baixo e virou o rosto na direção dele, as mãos ainda sobre os olhos.

– Amigo James! Sua mulher falou que eu o encontraria aqui. Desculpe-me... por favor! Saia daí imediatamente! – Não conteve a angústia e deixou as mãos caírem, apesar de manter os olhos fechados com força enquanto estendia as mãos para ele, suplicante.

– O que...?

– Denny! Os ingleses o pegaram!

Um frio intenso se projetou pelas suas veias, muito mais frio do que o vento em sua pele molhada e exposta.

– Onde? Como? Pode olhar agora – acrescentou, abotoando as calças.

– Ele foi com outro homem, fingindo se passar por desertores. – Jamie já estava no alto da margem, ao lado de Rachel, a camisa pendurada no braço, e viu que ela carregava os óculos de seu irmão no bolso do avental. Sua mão invariavelmente os buscava, agarrando-os. – Eu disse a ele para não ir!

– Eu também – mencionou Jamie, taciturno. – Tem certeza, menina?

Ela assentiu, branca como um fantasma e com os olhos arregalados, mas sem chorar.

– O outro homem voltou agora mesmo e veio me procurar. De acordo com ele, foi azar. Foram levados diante de um major, e era o mesmo homem que ameaçara enforcar Denny da última vez! O outro correu e conseguiu escapar, mas eles pegaram Denny, e desta vez, desta vez...

Rachel arquejava e mal conseguia falar, de terror. Ele colocou a mão em seu braço.

– Encontre o outro homem e o envie à minha barraca para que me diga onde seu irmão está. Vou buscar Ian e nós o traremos de volta. – Apertou seu braço delicadamente para fazê-la encará-lo, o que ela fez, mas seu rosto parecia transtornado. – Não se preocupe. Nós o traremos de volta para você. Juro por Cristo e pela Virgem Maria.

– Não deve jurar... Ah, para o diabo com isso! – exclamou ela, depois tampou a boca. Fechou os olhos, engoliu em seco e retirou a mão. – Obrigada.

– Não há de quê – disse ele, olhando para o sol poente. Os ingleses preferiam enforcar pessoas ao pôr do sol ou na aurora? – Nós o traremos de volta – repetiu com firmeza. *Vivo ou morto.*

O comandante do acampamento tinha construído um cadafalso no centro do pátio. Era uma construção grosseira de troncos não descascados e toras de madeira bruta, e pelos buracos e entalhes ao redor dos pregos já fora desmontada e remontada várias vezes. Mas parecia eficaz e o laço de corda pendente deu a Jamie a sensação de gelar seu sangue.

– Já fizemos esse jogo do desertor vezes demais – sussurrou Jamie a seu sobrinho.

– Acha que usaram essa forca? – murmurou Ian, espreitando a construção sinistra através da cortina de folhagem de pequenos carvalhos.

– Não iriam se dar a tanto trabalho só para assustar alguém.

Só que aquilo o assustava, e muito. Ele não mostrou a Ian o local perto da base da estaca principal, onde alguém havia arrancado lascas da casca da madeira. O cadafalso improvisado não era alto o suficiente para que a queda quebrasse o pescoço do enforcado. Um homem pendurado ali seria estrangulado lentamente.

Ele tocou o próprio pescoço em um reflexo de aversão, o pescoço desfigurado de Roger Mac e sua feia cicatriz em carne viva bem claros em sua mente. Mais clara ainda era a lembrança da dor que se apoderara dele indo retirar Roger Mac da árvore em que o haviam enforcado, sabendo que ele estava morto e o mundo, para sempre mudado. Realmente mudara, embora ele não tivesse morrido.

Bem, não iria fazer diferença para Rachel Hunter. Não era tarde demais, isso é que era importante. Comentou isso com Ian, que não respondeu, mas lhe lançou um rápido olhar de surpresa.

Como você sabe?, dizia o olhar, claro como palavras.

Ele ergueu um dos ombros e indicou com a cabeça um ponto um pouco mais distante na descida da colina, onde uma saliência da rocha coberta de musgo e de uva-ursina lhes daria proteção. Moveram-se devagar, mantendo-se abaixados, os movimentos no mesmo ritmo lento em que a floresta se movia. Era hora do crepúsculo e o mundo estava repleto de sombras; não era difícil se passarem por mais duas.

Jamie sabia que ainda não haviam enforcado Denny Hunter porque ele já vira homens serem enforcados. A execução deixava uma mancha no ar e marcava as almas dos que a viam.

O acampamento estava silencioso. Não literalmente – os soldados faziam uma algazarra considerável, o que era bom –, mas em termos de espírito. Não havia nem uma sensação de aterrorizada opressão nem a empolgação doentia que vinha da mesma fonte; essas coisas podiam ser sentidas. Portanto, ou Denny Hunter estava ali, vivo, ou fora levado para outro lugar. Se estivesse ali, onde estaria?

Com certeza confinado, e sob guarda. Esse não era um acampamento permanente. Não havia paliçada de proteção. Mas era um acampamento grande e demoraram algum tempo para rodeá-lo, verificando se Hunter estaria ao ar livre, amarrado a uma árvore ou acorrentado a uma carroça. Só que ele não estava em nenhum lugar à vista. Sobravam as barracas.

Havia quatro grandes e uma delas abrigava o oficial encarregado das provisões; era afastada das outras e tinha um pequeno agrupamento de carroças ao lado. Também tinha um fluxo constante de homens entrando e saindo, emergindo com sacas de farinha ou ervilhas secas. Nenhuma carne, embora ele pudesse sentir o cheiro de coelhos e esquilos assados em uma das fogueiras. Os desertores alemães tinham razão. O Exército Britânico estava vivendo da terra da melhor maneira possível.

– A barraca do comandante? – sussurrou Ian.

Era bem visível, com seus estandartes e o aglomerado de homens que pairavam por ali, perto da entrada.

– Espero que não. – Certamente teriam levado Denny à presença do comandante para ser interrogado. Se ele ainda estivesse em dúvida quanto à *bonna fides* de Hunter, poderia ter mantido o sujeito por perto para novos interrogatórios.

Por outro lado, se já tivesse tomado uma decisão quanto ao assunto – e Rachel estava convencida disso –, não ficaria com ele. Teria sido enviado a outro lugar para aguardar o acerto de contas. Sob guarda e fora do alcance da vista, embora Jamie duvidasse de que o comandante britânico temesse uma tentativa de resgate.

– Uni-duni-tê – murmurou, balançando o dedo para a frente e para trás entre as duas barracas restantes.

Um vigia com um mosquete montava guarda mais ou menos entre as duas; não dava para saber qual exatamente ele estava guardando.

– Aquela. – Ergueu o queixo indicando a da direita. Enquanto o fazia, sentiu Ian incomodado ao seu lado.

– Não – disse Ian baixinho, o olhar fixo. – A outra.

Havia algo estranho na voz de Ian, e Jamie olhou para ele, surpreso, depois para a tenda. No começo, seu único pensamento era uma sensação fugaz de confusão. Então o mundo mudou.

Estava anoitecendo, mas agora se encontravam a não mais de 50 metros de distância. Era difícil não perceber. Ele não via o garoto desde que tinha 12 anos, mas memorizara cada instante que haviam passado na companhia um do outro: sua postura, os movimentos rápidos, graciosos – *Isso é da mãe dele*, pensou, confuso com o choque, vendo o oficial jovem e alto fazer um gesto que era idêntico ao de Geneva Dunsany. Já o formato de suas costas, cabeça e orelhas... *Meus*, pensou, com uma onda de orgulho que o chocou quase tanto quanto o surgimento de William. *São meus.*

Apesar de perturbadores, esses pensamentos levaram menos de meio segundo para passar pela cabeça dele. Inspirou fundo, bem devagar, e expirou. Ian teria se lembrado de William, de seu encontro sete anos antes? Ou a semelhança era visível a um olhar casual?

Não importava agora. O acampamento começava a se preparar para o jantar. Dentro de alguns instantes, todos estariam absortos na refeição. Era melhor agir então, mesmo sem a proteção da noite.

– Tem que ser eu, hein? – Ian agarrou seu pulso, exigindo sua atenção. – Quer dar cobertura antes ou depois?

– Depois. – Estivera pensando durante todo o tempo em que rastejavam na direção do acampamento e agora a decisão estava pronta, como se outra pessoa a tivesse tomado. – Melhor se pudéssemos tirá-lo de lá em silêncio. Tente. Se as coisas derem errado, grite.

Ian assentiu e, sem mais conversa, deixou-se cair de barriga e começou a rastejar pelo mato. O fim de tarde estava fresco e agradável após o calor do dia, mas as mãos de Jamie estavam frias e ele envolveu o bojo do pequeno fogareiro de barro. Ele o trouxera de seu acampamento, enchendo-o de pedacinhos de gravetos secos ao longo do caminho. Estava sibilando baixinho consigo mesmo enquanto se alimentava de um pedaço de nogueira seca, tanto a visão quanto o cheiro do fogo seguramente ocultos na névoa da fumaça das fogueiras do acampamento, que se embrenhava entre as árvores, afastando os mosquitinhos e os mosquitos maiores e mais sanguinários, graças a Deus e à Virgem Maria.

Admirado com a própria inquietação, tocou o *sporran*, verificando mais uma vez se a rolha não tinha se soltado do frasco de terebintina, embora soubesse muito bem que não. Ele sentiria o cheiro.

As flechas em seu estojo chacoalharam quando ele se mexeu, as penas roçando umas nas outras. A barraca do comandante estava ao alcance de uma flecha, em questão de segundos ele poderia incendiar a lona...

Começou a se mover outra vez, os olhos dardejando pelo terreno, buscando uma área apropriada. Capim seco havia em abundância, mas arderia rápido demais. Ele queria uma chama rápida mas forte.

Os soldados já teriam limpado a floresta à cata de lenha, mas ele avistou um tronco de abeto caído, pesado demais para ser carregado. Os exploradores haviam arrancado os galhos mais baixos, mas ainda restavam muitos, cobertos de agulhas secas que o vento não levara ainda. Moveu-se um pouco para trás, a uma boa distância e fora de vista para poder se movimentar rapidamente, apanhando braçadas de capim seco, casca arrancada de um tronco caído, qualquer coisa que pegasse fogo.

Flechas flamejantes na barraca do comandante iriam atrair muita atenção, mas também causariam um alerta geral. Os soldados sairiam do acampamento como marimbondos, em busca dos atacantes. Um fogo no mato, não. Isso era comum e, enquanto sem dúvida criava uma distração capaz de desviar a atenção do inimigo, ninguém iria investigar mais a fundo quando vissem que não se tratava de nenhum ataque.

Em poucos minutos ele já tinha sua distração preparada. Estivera tão ocupado que nem pensara em olhar de novo para seu filho.

– Maldito seja por ser um mentiroso, Jamie Fraser – disse baixinho e olhou.

William desaparecera.

Os soldados estavam jantando. Uma conversação alegre e os sons da refeição encobriam quaisquer ruídos que Ian fizesse enquanto dava a volta pelo lado da barraca da esquerda. Se alguém o visse, ele falaria em mohawk, alegaria ser um batedor do acampamento de Burgoyne trazendo informações. Quando o tivessem levado à presença do comandante, ele já teria pensado em alguma boa e pitoresca informação ou fugiria enquanto estivessem distraídos por flechas flamejantes.

Só que isso não ajudaria Denny Hunter, e ele procurava ser cauteloso. Havia sentinelas a postos, mas seu tio Jamie e ele haviam observado bastante tempo para saber qual era o padrão de seu posicionamento e identificar o ponto morto onde a visão de um sentinela era obstruída pelas árvores. Ele sabia que não podia ser visto atrás de uma barraca, a não ser por alguém que estivesse se dirigindo à floresta para urinar e deparasse com ele.

Havia uma fenda na base da barraca e uma vela acesa no interior. Um ponto na lona brilhava turvamente à luz do anoitecer. Ele observou e não viu nenhuma sombra se movendo. Tudo bem, então.

Estendeu-se no chão e enfiou a mão com cautela, tateando a terra, esperando que ninguém lá dentro pisasse em sua mão. Se conseguisse achar um catre, poderia se esgueirar para dentro e se esconder sob ele. *Se.*

Algo tocou sua mão e ele mordeu a língua com força.

– É um amigo? – sussurrou a voz de Denny.

Ian pôde ver a sombra do quacre na lona, uma mancha agachada, e a mão de Denny segurou a dele com força.

– Sim, sou eu – respondeu. – Fique quieto. Recue.

Denny se moveu e Ian ouviu o barulho de metal. Droga, os desgraçados o mantinham acorrentado. Comprimiu os lábios e deslizou por baixo da lona da barraca.

Denny o saudou, o rosto iluminado de esperança e ansiedade. O pequeno quacre ergueu as mãos e indicou os pés com um movimento da cabeça. Completamente acorrentado. Santo Deus, eles pretendiam enforcá-lo.

Ian se inclinou mais para perto para sussurrar no ouvido de Denny:

– Vou sair antes de você. Deite-se lá da melhor forma que puder, o mais perto que puder. – Indicou com o queixo os fundos da barraca. – Não se mexa; eu o puxarei para fora.

Em seguida, colocaria Denny nas costas, como um pequeno cervo morto, e partiria para a floresta, piando como uma coruja, para avisar seu tio que era hora de atear fogo ao mato.

Não era possível remover um homem preso com correntes em absoluto silêncio, mas com sorte o barulho de colheres nos utensílios da comida de rancho e a conversa dos soldados encobririam qualquer estalido metálico isolado. Puxou a lona para fora o máximo possível e segurou Denny com firmeza pelos ombros. O danado era mais pesado do que parecia, mas Ian conseguiu tirar a parte de cima do corpo dele para fora da barraca sem muito problema. Suando, arrastou-se para o lado e enfiou a mão para dentro da barraca para lhe segurar os tornozelos, enrolando a corrente ao redor do pulso para levantar a parte inferior do corpo.

Não houve barulho, mas a cabeça de Ian se ergueu de supetão ao perceber que havia alguém de pé ali.

– Quieto! – disse ele num reflexo, sem saber se falava com Denny ou com o soldado alto que saíra da floresta atrás dele.

– O que foi? – exclamou o soldado, alarmado.

Não terminou a pergunta, mas deu três passos rápidos e agarrou Ian pelo pulso.

– Quem é você e o que está... Santo Deus, de onde *você* veio?

William olhava para o rosto de Ian, que agradeceu a Deus pelo fato de seu outro pulso estar imobilizado pela corrente de Denny, pois de outra forma William já estaria morto. E ele não queria ter que contar *isso* ao seu tio Jamie.

– Ele veio me ajudar a fugir, amigo William – disse Denny Hunter das sombras no chão atrás de Ian. – Agradeceria muito se você não tentasse impedi-lo, embora eu compreenda se o dever obrigá-lo a isso.

William olhou ao redor, depois para baixo. Se as circunstâncias fossem menos assustadoras, Ian teria rido das expressões que passaram pelo seu rosto em uma fração de segundo. William cerrou os olhos por um instante, depois os abriu outra vez.

– Não me conte – disse ele. – Eu não quero saber.

Agachou-se ao lado de Ian e, juntos, tiraram Denny num piscar de olhos. Ian respirou fundo, colocou as mãos na boca e gritou como uma coruja. Em seguida, fez uma pausa e gritou outra vez. William o fitou com um ar ao mesmo tempo intrigado e furioso.

Com a ajuda do tenente, ajeitou o médico sobre os ombros com não mais do que um pequeno grunhido e um leve ruído de correntes. A mão de William se fechou no braço de Ian. Na penumbra, sua cabeça fez um movimento brusco, indicando a floresta.

– Para a esquerda – sussurrou. – Há trincheiras de latrina à direita. Dois guardas avançados, a uns 100 metros. – Apertou com força e soltou o braço de Ian.

– Que a luz de Deus o ilumine, amigo William. – O sussurro de Denny chegou sem fôlego aos ouvidos de Ian, mas este já estava a caminho e não sabia se William ouvira. Imaginou que não fazia diferença.

Alguns instantes depois, no acampamento, ouviu os primeiros gritos de "Fogo!".

61

NÃO HÁ AMIGO MELHOR DO QUE O RIFLE

15 de setembro de 1777

No começo de setembro, já tínhamos alcançado o exército principal, acampado junto ao Hudson, perto da cidade de Saratoga. O general Horatio Gates estava no comando e recebeu os refugiados maltrapilhos e milícias aleatórias com prazer. Ao menos dessa vez, o exército estava bem abastecido e recebemos roupas, comida decente – e a notável extravagância de uma pequena barraca, em honra ao status de Jamie de coronel de milícia, apesar do fato de não ter nenhum homem.

Conhecendo Jamie, estava certa de que essa seria uma situação temporária. De minha parte, estava encantada em ter um verdadeiro catre para dormir, uma pequena mesa onde fazer as refeições – e comida para colocar sobre ela.

– Trouxe-lhe um presente, Sassenach.

Jamie jogou a sacola sobre a mesa com uma pancada suculenta e um bafo de sangue fresco. Minha boca se encheu de água. Não eram patos ou gansos. Aquilo tinha um cheiro distinto, um odor penetrante de óleos corporais, penas e plantas aquáticas em decomposição. Talvez perdizes?

– Não é o que pensa, mas um livro. – Retirou um pequeno pacote embrulhado em um oleado esfarrapado da sacola volumosa e o entregou para mim.

– Um livro? – exclamei, sem entender.

Ele assentiu de forma encorajadora.

– Sim. Palavras impressas em papel, lembra? Sei que faz muito tempo.

Lancei-lhe um olhar significativo e, tentando ignorar o ronco no meu estômago, abri o pacote. Era um exemplar de bolso, muito desgastado, de *A vida e as opiniões de Tristam Shandy, Cavalheiro - Vol. I*. Apesar do meu desgosto por ser presenteada com literatura em vez de comida, fiquei interessada. De fato, fazia muito tempo desde que eu tivera um bom livro nas mãos, e essa era uma história da qual eu já ouvira falar, mas que nunca lera.

– O dono devia gostar muito deste livro – falei, revirando o volume com cuidado.

A lombada estava bem gasta e as bordas da capa de couro, brilhantes de uso. Um pensamento desagradável me ocorreu.

– Jamie... você não... tirou isto de um *corpo*, tirou?

Ficar com armas, equipamentos e roupas úteis de inimigos mortos não era considerado saque; era uma necessidade desagradável. Mesmo assim...

Ele balançou a cabeça, continuando a remexer na sacola.

– Não, encontrei isso na margem de um arroio. Abandonado na fuga, imagino.

– Que bom, embora eu tenha certeza de que o homem que o deixou cair lamentaria a perda de seu valioso companheiro.

Abri o livro e semicerrei os olhos para a letra miúda.

– Sassenach...

– Hum? – perguntei.

Jamie me olhava com uma mistura de compaixão e humor.

– Você precisa de óculos, não é? – perguntou ele. – Eu não tinha percebido.

– Bobagem! – exclamei, embora meu coração tenha dado um pequeno salto. – Posso enxergar perfeitamente bem.

– É mesmo? – Ele se pôs a meu lado e pegou o livro da minha mão. Abrindo-o no meio, segurou-o diante de mim. – Leia.

Inclinei-me para trás e ele avançou à minha frente.

– Pare com isso! – pedi. – Como espera que eu leia alguma coisa tão de perto?

– Fique parada, então – disse ele, e afastou o livro do meu rosto. – Já pode ver as letras com clareza?

– Não – respondi, irritada. – Mais para trás. Mais para trás. Não, mais, mais para trás!

E finalmente fui obrigada a admitir que não conseguia colocar as letras em foco a uma distância menor que meio metro.

– Bem, o tamanho da letra *é muito pequeno*! – confessei, aborrecida e frustrada.

Eu já havia, é claro, percebido que minha visão não era tão aguçada quanto antes, mas ser confrontada com a prova de que estava, se não cega como um morcego, definitivamente competindo com toupeiras era um pouco perturbador.

– Caslon, corpo doze – disse Jamie, lançando um olhar profissional ao texto. – Eu diria que o chumbo é horrível. E as calhas são metade do que deveriam ser. Ainda assim... – Fechou o livro com um movimento rápido e olhou para mim, uma das sobrancelhas erguidas. – Você precisa de óculos, *a nighean* – repetiu.

– Humm! – resmunguei e, num impulso, peguei o livro, abri e entreguei a ele. – Bom... leia você mesmo, por que não?

Parecendo surpreso e meio desconfiado, ele pegou o livro e olhou para a página. Então estendeu um pouco o braço. E mais um pouco. Fiquei observando, experimentando aquela mesma mistura de humor e compaixão, quando ele segurou o livro quase com o braço esticado e leu:

– *De modo que a vida de um escritor, por mais que possa pensar o contrário, não era tanto uma condição de redação, mas uma condição de guerra. E sua provação em vida é exatamente a mesma de qualquer outro homem militante na face da Terra... ambos dependendo tanto do grau de sua INTELIGÊNCIA quanto de sua RESISTÊNCIA.*

Fechou o livro e olhou para mim, o canto da boca torcido.

– Sim – comentou –, ainda posso atirar, ao menos.

– E eu posso diferenciar uma erva de outra pelo cheiro – retruquei, e ri. – Não tem importância. Não creio que haja um oculista deste lado da Filadélfia.

– Não, creio que não – disse ele com pesar. – Mas, quando chegarmos a Edimburgo, eu conheço o homem certo. Comprarei para você óculos de aro de tartaruga para o dia a dia, Sassenach, e um par de ouro para os domingos.

– Espera que eu leia a Bíblia com eles? – perguntei.

– Ah, não. É só para exibir. Afinal – tomou minha mão, que cheirava a endro e coentro, e, levando-a à boca, passou a ponta da língua delicadamente ao longo da linha da vida em minha palma –, as coisas importantes se fazem pelo tato.

Fomos interrompidos por uma tosse vinda da porta da barraca e eu me voltei, vendo um homem grande, parecendo um urso, com cabelos longos e grisalhos soltos nos ombros. Tinha um rosto amável com uma cicatriz no lábio superior e um olhar meigo, mas penetrante, que se dirigiu para a sacola sobre a mesa.

Havia proibições estritas sobre o saque de fazendas e, embora Jamie tivesse pegado aquelas galinhas em lugares remotos, não havia como provar isso. E aquele cavalheiro, embora vestido com tecido rústico e camisa de caça, portava-se com a inconfundível autoridade de um oficial.

– É o coronel Fraser? – indagou, acenando com a cabeça na direção de Jamie, e estendeu a mão. – Daniel Morgan.

Reconheci o nome, apesar de que a única coisa que eu sabia a respeito de Daniel

Morgan – uma nota de rodapé no livro de história do oitavo ano de Brianna – é que ele fora um famoso carabineiro do Exército. Isso não era muito útil. Todos sabiam disso e o acampamento comentara com interesse quando ele chegara com vários homens no final de agosto.

Em seguida, olhou com interesse para mim e depois para a sacola de galinhas, enfeitada com incriminadores tufos de penas.

– Com sua licença, madame – disse ele e, sem esperar pela minha permissão, pegou a sacola e retirou dali uma galinha morta.

O pescoço se prostrou, flácido, exibindo o buraco grande e sangrento através de sua cabeça onde antes havia dois olhos. Sua boca marcada pela cicatriz se enrugou em um assovio sem som e ele olhou para Jamie.

– Fez isso de propósito? – perguntou.

– Eu sempre atiro nos olhos delas – respondeu Jamie. – Não quero estragar a carne.

Um lento e largo sorriso se espalhou pelo rosto do coronel Morgan.

– Venha comigo, sr. Fraser. Traga seu rifle.

Naquela noite, comemos na fogueira de Daniel Morgan. A companhia, saciada com ensopado de galinha, ergueu canecas de cerveja e assoviou, brindando à adição de um novo membro à unidade de elite. Eu não tivera chance de conversar em particular com Jamie desde que Morgan o sequestrara naquela tarde e me perguntava o que ele estaria achando de sua apoteose. Mas Jamie parecia à vontade com os atiradores, embora olhasse para Morgan de vez em quando, com a expressão de quem ainda estava tomando uma decisão.

De minha parte, estava satisfeita. Pela sua natureza, os carabineiros lutavam a distância – e, em geral, a uma distância muito maior do que o alcance de um mosquete. Também eram valiosos e os comandantes não costumavam arriscá-los em combate corpo a corpo. Nenhum soldado estava a salvo, mas algumas ocupações possuíam uma taxa de mortalidade muito maior – e, apesar de Jamie ser um jogador nato, eu gostava que ele tivesse as melhores chances possíveis.

Muitos dos carabineiros eram exploradores pioneiros ou o que chamavam de "homens das montanhas", desbravadores que ajudaram a transpor a fronteira natural dos montes Apalaches e a conquistar os territórios a oeste das Colônias. Esses homens não tinham suas mulheres ali. Alguns, no entanto, tinham, e logo fiz amizade com elas pelo simples expediente de admirar o bebê de uma jovem.

– Sra. Fraser? – perguntou uma mulher mais velha, vindo se sentar no tronco ao meu lado. – A senhora é a curandeira?

– Sou – respondi. – Me chamam de Feiticeira Branca.

Isso as deixou um pouco ressabiadas, mas o proibido tem seu poder de atração e, afinal, o que eu poderia fazer no meio de um acampamento militar, cercada por seus maridos e filhos, todos armados até os dentes?

Em poucos minutos, eu distribuía conselhos sobre tudo, desde cólicas menstruais a dores de barriga. Vi Jamie de soslaio, rindo diante da minha popularidade, e fiz um aceno discreto para ele antes de voltar para a minha plateia.

Os homens, é claro, continuaram bebendo, com rompantes de risadas ruidosas, seguidos pela redução das vozes quando outro homem iniciava uma história, repetindo o ciclo. Em certo momento, entretanto, o ambiente mudou. Interrompi uma intensa discussão sobre assadura de fraldas e olhei na direção da fogueira.

Daniel Morgan se levantava com dificuldade e houve um ar inconfundível de expectativa. Estaria prestes a fazer um discurso, dando as boas-vindas a Jamie?

– Santo Deus – disse a sra. Graham baixinho ao meu lado. – Lá vai ele de novo.

Não tive tempo de perguntar *o que* ele estava prestes a fazer.

Ele se arrastou para o centro do grupo, onde ficou oscilando como um velho urso, os longos cabelos grisalhos esvoaçando ao vento do fogo e os olhos enrugados de amabilidade. Mas eu vi. Estavam focalizados em Jamie.

– Tenho algo a lhe mostrar, sr. Fraser – disse ele, bem alto para que as mulheres que ainda conversavam parassem, todos os olhares voltados para ele.

Segurou a bainha de sua longa camisa de lã e a puxou por cima da cabeça. Largou-a no chão, abriu os braços como um dançarino e deu uma volta batendo os pés.

Todos arfaram, apesar de que, pelo comentário da sra. Graham, a maioria já devia ter visto isso antes. Suas costas eram um emaranhado de cicatrizes, do pescoço à cintura. Cicatrizes antigas, sem dúvida. Não havia 1 centímetro quadrado de pele sem marca em suas costas, apesar de largas. Até eu fiquei chocada.

– Os ingleses fizeram isso – disse ele, deixando os braços penderem. – Me deram 499 chibatadas. Eu contei. – O amontoado de homens irrompeu numa risada e ele riu. – Deveriam ser quinhentas, mas ele falhou uma. Não quis chamar sua atenção para isso.

Mais risadas. Obviamente, aquela era uma performance frequente e sua plateia adorava. Houve aclamações e brindes quando ele terminou e foi se sentar ao lado de Jamie, ainda nu da cintura para cima, a camisa embolada na mão.

O rosto de Jamie permanecia impassível, mas eu vi que seus ombros haviam relaxado. Evidentemente, ele tinha chegado a uma conclusão a respeito de Dan Morgan.

Jamie levantou a tampa da minha pequena panela de ferro com uma expressão entre cautela e esperança.

– Não é comida – informei-o, desnecessariamente, já que ele estava respirando como alguém que sem querer inalou raiz-forte até o cérebro.

– Imagino que não – disse ele, tossindo e enxugando os olhos. – Santo Deus, Sassenach, isto está pior do que de costume. Pretende envenenar alguém?

– Sim, *Plasmodium vivax*. Coloque a tampa de novo. – Eu estava fazendo uma decocção de casca de cinchona e fitolaca, para tratamento dos casos de malária.

– E temos *alguma* comida? – perguntou ele em tom de súplica, recolocando a tampa na panela.

– Na verdade, temos. – Enfiei a mão na vasilha coberta com um pano e, triunfalmente, retirei dali uma torta de carne, a crosta dourada e cintilante da gordura.

Seu rosto assumiu a expressão de um israelita contemplando a Terra Prometida. Ele estendeu as mãos, recebendo a torta com a reverência devida a um objeto precioso, embora essa impressão tenha se dissipado no instante seguinte, quando deu uma grande mordida na torta.

– Onde você conseguiu isto? – perguntou, após alguns instantes de mastigação enlevada. – Tem mais?

– Tem, sim. Uma amável prostituta chamada Daisy as trouxe para mim.

Ele parou, examinou a torta com ar crítico em busca de sinais de sua proveniência, depois deu de ombros e a mordeu.

– Vou querer saber o que foi que você fez para ela, Sassenach.

– Bem, não enquanto estiver comendo. Você viu Ian?

– Não. – A resposta pode ter sido abreviada pelas exigências de estar comendo, mas percebi uma leve mudança em seu jeito e parei, encarando-o.

– Você *sabe* onde Ian está?

– Mais ou menos. – Ele mantinha os olhos na torta de carne, confirmando as minhas suspeitas.

– Vou querer saber o que ele está fazendo?

– Não, não vai – disse ele, com firmeza.

– Meu Deus.

Ian Murray, depois de arrumar os cabelos com gordura de urso e um par de penas de peru, retirou a camisa, deixando-a enrolada com seu xale esfarrapado sob um tronco e pedindo a Rollo que tomasse conta. Em seguida, atravessou uma pequena extensão de terreno aberto na direção do acampamento britânico.

– Pare!

Ele virou um rosto impassível e desinteressado para a sentinela que o mandara parar. A sentinela, um garoto de uns 15 anos, segurava um mosquete cujo cano tremia visivelmente. Ian esperava que o idiota não atirasse nele por acidente.

– Batedor – disse ele, e passou pela sentinela sem olhar para trás, embora tenha sentido uma aranha passeando de um lado para outro entre suas omoplatas.

Batedor, pensou, e sentiu uma repentina vontade de rir. Bem, era verdade, afinal de contas.

Ele deu um giro pelo acampamento no mesmo passo, ignorando olhares interessados – embora a maior parte dos que notavam sua presença olhasse para ele e logo em seguida desviasse o olhar.

Foi fácil identificar o quartel-general de Burgoyne, uma barraca grande de lona verde que brotava como um cogumelo entre as fileiras perfeitas de pequenas barracas brancas que abrigavam os soldados. Ficava um pouco distante – e ele não pretendia chegar muito perto no momento –, mas podia vislumbrar as idas e vindas de oficiais, mensageiros... e um ou outro batedor, embora nenhum deles fosse índio.

Os acampamentos indígenas estavam na extremidade oposta do acampamento do Exército, dispersado pela floresta, fora do arranjo militar. Ele não tinha certeza se encontraria algum dos thayendanegeas, que, por sua vez, podiam reconhecê-lo. Isso não seria um problema, já que não falara nada concernente a política durante sua malfadada visita à casa de Joseph Brant. Provavelmente o aceitariam assim que o vissem, sem nenhuma pergunta embaraçosa.

Caso ele encontrasse alguns dos huronianos ou oneidas que Burgoyne empregava para acossar os continentais, a situação poderia ficar um pouco mais sensível. Ele confiava em sua capacidade de impressioná-los com sua identidade como mohawk, mas, se ficassem muito desconfiados ou muito impressionados, ele não ficaria sabendo de muita coisa.

Constatara alguns fatos simplesmente caminhando pelo acampamento. O moral não estava alto: havia lixo entre algumas das barracas e a maioria das lavadeiras estava sentada na grama tomando gim, seus caldeirões frios e vazios. Ainda assim, a atmosfera, de modo geral, parecia subjugada mas decidida. Alguns homens jogavam dados e bebiam, porém a maioria derretia chumbo e fazia balas de mosquete, consertando ou limpando suas armas.

A comida era racionada. Podia sentir a fome no ar, mesmo sem ver a fileira de homens aguardando do lado de fora da barraca do padeiro. Nenhum deles olhou para ele. Estavam concentrados nos pães que emergiam da barraca, rasgados ao meio antes de serem entregues. Meia ração, portanto; isso era bom.

No entanto, nada disso importava e, quanto à quantidade de tropas e armamentos, já estava bem estabelecida agora. Tio Jamie, o coronel Morgan e o general Gates queriam saber sobre as provisões de pólvora e munição, mas o parque de artilharia e o arsenal de pólvora estariam bem guardados, sem nenhuma razão concebível para um batedor indígena estar bisbilhotando por perto.

Alguma coisa chamou sua atenção pelo canto do olho e ele olhou ao redor, em seguida para a frente, forçando-se a caminhar um pouco mais rápido. Santo Deus, era o inglês que ele havia salvado do pântano, o homem que o ajudara a resgatar o pequeno Denny. E...

Reprimiu aquele pensamento. Sabia muito bem. Ninguém poderia ter aquela aparência e *não* ser. Mas achou perigoso até mesmo *reconhecer* a ideia, com receio de que isso transparecesse no seu rosto.

Forçou-se a respirar e a caminhar despreocupadamente, como um verdadeiro batedor indígena faria. Droga. Pretendera passar as horas restantes do dia com alguns dos índios, recolhendo toda a informação que pudesse e, depois que escurecesse, voltar ao acampamento, esgueirando-se até onde desse para ouvir o que se passava na barraca de Burgoyne. Mas, se aquele tenentezinho estivesse rondando por ali, poderia ser perigoso demais tentar. A última coisa que ele queria era encontrar o sujeito cara a cara.

– Ei! – O grito penetrou em sua carne como uma farpa aguda. Ele reconheceu a voz, sabia que estava se dirigindo a ele, mas não se virou. Seis passos, cinco, quatro, três... Alcançou o final de uma passagem entre duas fileiras de barracas e foi para a direita, fora do alcance da vista. – Ei! – A voz estava mais próxima, quase atrás dele, e ele começou a correr na direção do abrigo das árvores. Somente um ou dois soldados o viram; um deles se levantou, mas parou, em dúvida sobre o que fazer, e ele passou pelo sujeito e mergulhou no meio das árvores.

– Bem, isso estragou tudo – murmurou, agachado atrás de um abrigo de moitas.

O tenente alto fazia perguntas ao homem pelo qual ele passara. Ambos olhavam na direção da floresta, o soldado balançando a cabeça e dando de ombros, sem poder ajudar.

Santo Deus, o maluco estava vindo em seu encalço! Andando com cuidado por entre as árvores, foi mais fundo na floresta. Podia ouvir o inglês atrás dele, pisando em gravetos e sacudindo a folhagem como um urso que acabava de sair da toca na primavera.

– Murray! – gritava ele. – Murray, é você? Espere!

– Irmão do Lobo! É você?

Ian disse uma blasfêmia em gaélico e se virou para ver quem o chamara em mohawk.

– É mesmo você! Onde está seu lobo demoníaco? Alguma coisa o devorou? – Seu velho amigo Glutão ria para ele, ajeitando a braguilha da calça depois de ter urinado.

– Espero que alguma coisa devore *você* – disse Ian a seu amigo, mantendo a voz baixa. – Preciso fugir. Tem um inglês me seguindo.

O rosto de Glutão mudou no mesmo instante, embora não perdesse o sorriso nem a expressão entusiástica. O largo sorriso se ampliou e ele fez um movimento brusco para trás com a cabeça, indicando a passagem para uma trilha. Em seguida, seu rosto ficou frouxo e ele cambaleou de um lado para outro, lançando-se na direção de onde Ian viera.

Ian mal conseguiu ficar fora do campo de visão quando o inglês chamado William entrou correndo na clareira, deparando com Glutão, que o agarrou pelas lapelas de seu casaco, ergueu os olhos esperançosamente para William e perguntou:

– Uísque?

– Não tenho nenhum uísque – disse William, brusco, porém não descortês.

E tentou se desvencilhar de Glutão.

Isso mostrou ser uma proposição difícil. Glutão era muito mais ágil do que sua aparência atarracada sugeria. No instante em que uma das mãos era removida de um lugar, agarrava-se molemente em outra. Para melhorar sua exibição, Glutão começou a contar ao tenente – em mohawk – a história da famosa caçada que o tinha batizado, parando periodicamente para gritar "UÍSQUIII!" e atirar os braços ao redor do corpo do inglês.

Ian não perdeu tempo admirando a habilidade do inglês com línguas, que era considerável. Evadiu-se o mais depressa possível, dando a volta pelo oeste. Não podia atravessar o acampamento outra vez. Poderia se refugiar em um dos acampamentos indígenas, mas era possível que William fosse procurar por ele lá quando conseguisse escapar de Glutão.

– O que ele quer comigo? – murmurou, sem se importar mais com o silêncio, mas abrindo caminho pelo mato com o mínimo de barulho possível.

William, o tenente, tinha que saber que ele era um Continental, por causa de Denny Hunter e do jogo do desertor. Entretanto, não deu um alerta geral ao vê-lo. Apenas o chamou, surpreso e como alguém que quisesse conversar.

Bem, talvez isso fosse um truque. O pequeno William podia ser jovem, mas não era bobo. Não podia ser, considerando quem era seu pai... e o sujeito o estava *perseguindo*.

Podia ouvir vozes desaparecendo atrás dele. Achou que William talvez tivesse reconhecido Glutão, apesar de estar meio morto de febre quando se conheceram. Se assim fosse, saberia que Glutão era seu amigo e detectaria a farsa na hora. Mas não importava. Ele já estava bem fundo na floresta. William jamais o alcançaria.

O cheiro de fumaça e carne fresca chegou ao seu nariz e ele se virou, descendo a colina na direção da margem de um riacho. Havia um acampamento mohawk ali, percebeu de imediato.

No entanto, parou. O cheiro, o reconhecimento, o havia atraído como uma mariposa, mas ele não devia entrar. Não agora. Se William tivesse reconhecido Glutão, o primeiro lugar onde procuraria Ian seria o acampamento mohawk. E se ele estivesse lá...

– Você *de novo*? – disse uma desagradável voz mohawk. – Você não aprende, não é?

Na verdade, aprendia, sim. Aprendera o suficiente para atacar primeiro. Virou-se e se preparou para dar um *uppercut*. "Atinja em cheio o rosto do inimigo", instruíra-o tio Jamie quando ele começara a circular em Edimburgo sozinho. Era, como sempre, um bom conselho.

As juntas de seus dedos estalaram com um impacto que enviou um relâmpago azul direto pelo seu braço até o pescoço e o maxilar. Mas Alce do Sol voou dois passos para trás e se chocou contra o tronco de uma árvore.

Ian ficou parado, arquejante e massageando os nós dos dedos, lembrando-se tarde demais de que o conselho de seu tio Jamie começara com: "Se puder, atinja as partes macias." Não tinha importância. Valeu a pena. Alce do Sol gemia baixinho, as pálpebras adejando. Ian ponderava os méritos de dizer alguma coisa de natureza desdenhosa e se afastar altivamente ou lhe dar um chute nos testículos, antes que ele pudesse se levantar, quando William, o inglês, saiu do meio das árvores.

Ele olhou de Ian, ainda respirando como se tivesse corrido 2 quilômetros, para

Alce do Sol, que havia rolado sobre as mãos e os joelhos, mas não parecia querer se levantar. Sangue escorria de seu rosto, pingando sobre as folhas mortas.

– Não quero de forma alguma me meter em um assunto particular – comentou William educadamente. – Mas gostaria de dar uma palavra com você, sr. Murray. – Virou-se, sem esperar para ver se Ian o seguiria, e voltou para o meio das árvores.

Ian assentiu, sem saber o que dizer, e seguiu o inglês, guardando com carinho o último som do sangue pingando de Alce do Sol.

O inglês estava recostado contra uma árvore, observando o acampamento mohawk junto ao riacho abaixo. Uma mulher descarnava a carcaça fresca de um cervo, pendurando-a para secar. Não era Trabalha com as Mãos.

William voltou os olhos azul-escuros para Ian, fazendo-o se sentir estranho. Na verdade, Ian já se sentia assim, de maneira que não teve importância.

– Não vou perguntar o que você estava fazendo no acampamento.

– Não vai?

– Não. Queria agradecer pelo cavalo e pelo dinheiro e perguntar se tem visto a srta. Hunter desde que me deixou entregue aos cuidados dela e de seu irmão.

– Sim, tenho.

Os nós dos dedos de sua mão direita já haviam dobrado de tamanho e começado a latejar. Iria ver Rachel. Ela enfaixaria sua mão para ele. A ideia era tão inebriante que no começo ele não percebeu que William estava esperando – não muito pacientemente – que ele comentasse sua declaração.

– Ah. Sim, a... hã... os Hunters estão com o Exército. O... hã... *outro* Exército – disse ele, um pouco constrangido. – O irmão dela é médico.

A expressão de William não se alterou, mas pareceu, de certo modo, endurecer-se. Ian o observou, fascinado. Já vira o rosto de seu tio Jamie fazer exatamente a mesma coisa, muitas vezes, e sabia o que significava.

– Aqui? – perguntou William.

– Sim, aqui. – Ele inclinou a cabeça na direção do acampamento americano. – Lá, quero dizer.

– Compreendo – disse William, com calma. – Quando a vir outra vez, poderia lhe dar lembranças minhas, então? E a seu irmão também, é claro.

– Ah... sim – respondeu Ian.

Então é assim, hein? Bem, você não irá vê-la pessoalmente, e ela não iria querer nada com um soldado inglês, de qualquer modo, portanto pense melhor!

– Claro – acrescentou, consciente de que seu único valor para William nesse momento estava em seu suposto papel de mensageiro para Rachel Hunter, e se perguntou quanto isso valia.

– Obrigado.

O rosto de William perdera aquela expressão dura. Examinava Ian com cuidado. Por fim, assentiu.

– Uma vida por outra, sr. Murray. Estamos quites. Não deixe que eu o veja da próxima vez. Posso não ter escolha.

Virou-se e foi embora, o vermelho de seu uniforme visível por algum tempo em meio às árvores.

62

UM ÚNICO HOMEM JUSTO

19 de setembro de 1777

O sol se ergueu invisível, ao som dos tambores. Tambores dos dois lados. Podíamos ouvir o toque de alvorada inglês e, da mesma forma, eles conseguiam ouvir o nosso. Os carabineiros haviam tido uma pequena escaramuça com as tropas britânicas dois dias antes e, graças ao trabalho de Ian e dos outros batedores, o general Gates sabia muito bem o tamanho e a disposição do exército de Burgoyne.

Kościuszko escolhera as Bemis Heights como posto defensivo. Era uma escarpa íngreme, com vários barrancos pequenos que desciam até o rio, e seus homens haviam trabalhado como loucos na última semana com pás e machados. Os americanos estavam prontos. Mais ou menos.

As mulheres não eram, é claro, admitidas nos conselhos dos generais. Mas Jamie era e assim eu soube de tudo sobre a discussão entre o general Gates, que tinha o comando, e o general Arnold, que achava que ele é quem deveria ter. O general Gates queria se postar nas Bemis Heights e esperar pelo ataque britânico. Por outro lado, o general Arnold defendia que os americanos deviam dar o primeiro passo, forçando o Exército Britânico a lutar nas ravinas densamente cobertas de floresta, arruinando sua formação e os deixando vulneráveis ao fogo dos franco-atiradores, recuando, se necessário, para as barricadas e trincheiras nas Heights.

– Arnold venceu – informou Ian, surgindo do meio da neblina para pegar um pedaço de pão torrado. – Tio Jamie já partiu com os carabineiros. Falou que vê você à noite e enquanto isso… – Inclinou-se e me beijou no rosto, depois riu e desapareceu.

Meu estômago parecia dar nós, tanto pela empolgação quanto pelo medo. Os americanos eram um bando diversificado, maltrapilho, mas tiveram tempo para se preparar, sabiam o que vinha pela frente e entendiam o que estava em risco. Essa batalha decidiria a campanha no Norte. Ou Burgoyne iria dominar e seguir em frente, prendendo o exército de George Washington em uma armadilha perto da Filadélfia, entre suas tropas e as do general Howe, ou seu exército de invasão seria detido e tirado da guerra, e então o exército de Gates poderia se mover para o sul e reforçar Washington. Todos os homens sabiam disso e o nevoeiro parecia elétrico com a expectativa.

Pelo sol, deviam ser quase dez horas quando o nevoeiro se dissipou. Os tiros já tinham começado havia algum tempo: disparos de rifle, breves e distantes. Os homens de Daniel Morgan estavam eliminando as sentinelas avançadas e eu sabia, pelo que Jamie dissera na noite anterior, que deviam ter em mira os oficiais, matar os soldados que usavam gorjal de prata. Eu não dormira na noite anterior, imaginando o tenente Ransom e o gorjal de prata em seu pescoço. No nevoeiro, na poeira da batalha, a distância... engoli em seco, mas minha garganta continuou fechada. Não conseguia sequer beber água.

Jamie havia dormido com a concentração determinada de um soldado, mas acordara altas horas da noite, a camisa ensopada de suor, apesar do frio, e tremendo. Não perguntei o que tinha sonhado. Eu sabia. Dei-lhe uma camisa limpa e o fiz se deitar outra vez com a cabeça em meu colo, depois afaguei sua cabeça até ele fechar os olhos, mas achava que ele não tinha voltado a dormir.

Não estava frio agora. O nevoeiro se fora e ouvíamos estrépitos constantes de disparos, saraivadas irregulares mas repetidas. Gritos ao longe. Era impossível discernir quem estava gritando o que com quem. Em seguida, o estrondo repentino de um canhão de campanha britânico, uma explosão ressonante que silenciou o acampamento. Um intervalo e então a batalha eclodiu com toda a intensidade: tiroteio, gritaria e o baque intermitente de canhões. As mulheres se ajuntavam ou começavam a empacotar seus pertences, caso tivéssemos que fugir.

Por volta de meio-dia, houve um relativo silêncio. Tinha terminado? Esperamos. Após certo tempo, as crianças começaram a choramingar para serem alimentadas e uma espécie de normalidade tensa se abateu sobre nós, mas nada aconteceu. Podíamos ouvir gemidos e pedidos de ajuda dos homens feridos, mas nenhum foi trazido.

Eu estava preparada. Tinha uma pequena carroça puxada a burro, equipada com ataduras e equipamentos médicos, bem como uma tenda, que eu poderia armar caso precisasse realizar uma cirurgia na chuva. A burra estava amarrada perto dali, pastando. Ignorava tanto a tensão quanto os tiros esporádicos de mosquete.

No meio da tarde, as hostilidades recomeçaram. Dessa vez os seguidores do acampamento e as carroças de mantimentos de fato começaram a recuar. Havia artilharia dos dois lados, o suficiente para que os ribombos contínuos parecessem trovoada. Vi uma enorme nuvem negra de fumaça se elevar do penhasco. Não tinha a forma de cogumelo, mas ainda assim me fez pensar em Nagasaki e Hiroshima. Amolei a faca e os bisturis pela duodécima vez.

Era quase noite. O sol manchava a névoa com uma cor de laranja embotada e tristonha. O vento da noite que vinha do rio começava a soprar, levantando a névoa do chão e a fazendo girar em ondas e redemoinhos.

Nuvens de fumaça preta de pólvora se assentavam nas pequenas depressões, erguendo-se mais devagar do que os fragmentos mais leves de névoa e emprestando um odor adequado de enxofre a um cenário que era, se não infernal, ao menos desgraçadamente assustador.

Aqui e ali, um espaço clareava de repente, como uma cortina puxada para mostrar as consequências da batalha. Pequenas figuras escuras se moviam ao longe, correndo e se abaixando, parando repentinamente, as cabeças erguidas como babuínos alertas à presença de um leopardo. Seguidores de acampamento, esposas e prostitutas dos soldados vindo como abutres para pilhar os mortos.

Crianças também. Embaixo de um arbusto, um menino de 9 ou 10 anos montou no corpo de um soldado de casaco vermelho, batendo em seu rosto com uma pedra pesada. Parei diante da cena e vi o menino enfiar a mão dentro da boca aberta e ensanguentada e arrancar um dente. Enfiou o prêmio ensanguentado do saque em uma sacola pendurada a seu lado e tateou mais fundo, puxando. Não encontrando mais dentes soltos, pegou sua pedra de maneira prática e voltou ao trabalho.

Senti a bile subir à garganta e apertei o passo. Não era estranha a guerra: mortes e ferimentos. Mas nunca vira uma batalha tão de perto. Nunca estivera em um campo de batalha onde os mortos e feridos ainda estavam espalhados, antes da administração dos primeiros socorros e dos detalhes do sepultamento.

Havia pedidos de socorro e gemidos ou gritos soando desencarnados do meio do nevoeiro, fazendo-me lembrar desconfortavelmente de histórias das Terras Altas sobre os *urisge*, os espíritos condenados dos vales. Como os heróis dessas histórias, não parei para ouvir seus chamados, mas continuei andando, tropeçando em pequenas elevações e escorregando no capim úmido.

Eu vira fotografias dos grandes campos de batalha, da Guerra Civil Americana às praias da Normandia. Não eram nada parecidos com aquilo. Nenhuma terra revirada, nenhuma pilha de pernas e braços embaralhados. Tudo estava em silêncio, salvo pelos ruídos dos feridos espalhados e as vozes dos que chamavam, como eu, por um amigo ou marido desaparecido.

Árvores estilhaçadas se espalhavam por toda parte, derrubadas pela artilharia. Àquela luz, parecia que os corpos haviam se transformado em troncos caídos, formas escuras estendidas no capim – salvo pelo fato de que alguns deles ainda se moviam. Aqui e ali, uma forma se remexia debilmente, vítima da bruxaria da guerra, lutando contra o feitiço da morte.

Parei e gritei para o meio da neblina, chamando seu nome. Ouvi gritos em resposta, mas nenhum com a sua voz. À minha frente, jazia um rapaz, os braços atirados para fora, uma expressão de perplexidade e susto no rosto, o sangue formando uma poça em volta da parte superior do tronco, como uma grande auréola. A parte de baixo estava a uns 2 metros de distância. Passei entre as metades, segurando minhas saias junto ao corpo, as narinas apertadas contra o forte cheiro de ferro do sangue.

A luz se esvanecia agora. Avistei Jamie assim que atravessei o topo da elevação seguinte. Estava estendido de rosto para baixo no fundo do barranco, um dos braços atirado para o lado, o outro dobrado sob o corpo. Os ombros de seu casaco azul-marinho estavam quase pretos de umidade e suas pernas, abertas, os saltos das botas entortados.

Minha respiração ficou presa na garganta. Desci a ribanceira correndo em sua direção, indiferente a tufos de capim, lama e arbustos espinhosos. Entretanto, quando cheguei perto, vi uma figura sair correndo de trás de uma moita próxima e se arremessar na direção de Jamie. Ela caiu de joelhos ao seu lado e, sem hesitação, agarrou-o pelos cabelos e puxou sua cabeça com um safanão. Algo brilhou na mão da mulher, cintilante mesmo à luz turva.

– Pare! – gritei. – Largue isso, desgraçada!

Espantada, a mulher ergueu os olhos, enquanto eu me atirava pelos últimos metros que nos separavam. Olhos apertados, vermelhos, fitaram-me com raiva de um rosto redondo, marcado de fuligem e sujeira.

– Afaste-se! – rosnou ela. – Eu o encontrei primeiro!

Era uma faca em sua mão. Ela fazia pequenos movimentos de estocadas para mim, no esforço de me fazer ir embora.

Eu estava furiosa e preocupada demais para temer por mim mesma.

– Solte-o! Toque nele e eu mato você! – ameacei.

Meus punhos estavam cerrados e eu devia parecer mesmo que cumpriria a ameaça, pois a mulher se encolheu, soltando os cabelos de Jamie.

– Ele é meu – declarou, lançando o queixo ameaçadoramente para mim. – Vá achar outro.

Outra forma saiu do meio da névoa e se materializou ao lado dela. Era o menino que eu vira antes, imundo e esfarrapado como a mulher. Não tinha uma faca, mas segurava uma lâmina bruta de metal, cortada de um cantil. A borda era escura, de ferrugem ou sangue.

Fitou-me com ódio.

– Ele é nosso. Não ouviu minha mamãe? Vá embora daqui! Desapareça!

Sem esperar para ver se eu iria ou não, lançou uma perna sobre as costas de Jamie, sentou-se sobre ele e começou a tatear nos bolsos laterais de seu casaco.

– Ele está vivo, mamãe – avisou. – Posso sentir seu coração batendo. É melhor cortar sua garganta logo. Acho que não está muito ferido.

Agarrei o menino pela gola e o arranquei de cima de Jamie, fazendo-o largar a arma. Ele soltou um guincho agudo e começou a agitar braços e cotovelos tentando me atingir, mas eu o golpeei com o joelho nas nádegas, com força suficiente para abalar sua coluna vertebral. Em seguida, segurei-o pelo pescoço com uma gravata, seu pulso magricela preso em minha outra mão.

– Solte-o! – Os olhos da mulher se estreitaram como os de uma doninha e seus dentes caninos se exibiram num esgar.

Eu não ousava tirar os olhos da mulher por tempo suficiente para olhar para Jamie. Podia vê-lo pelo canto do olho, a cabeça virada para o lado, o pescoço branco e brilhante, exposto e vulnerável.

– Levante-se e recue ou eu o estrangulo até morrer, juro!

Ela se agachou sobre o corpo de Jamie, a faca na mão, enquanto me avaliava, tentando decidir se eu falava a sério. Eu falava.

O menino se debatia e remexia sob meus braços, os pés martelando minhas pernas. Era pequeno para a idade e magro como uma vara, mas forte. Era como lutar com uma enguia. Apertei a mão em seu pescoço. Ele gorgolejou e parou de se debater. Seus cabelos eram grossos de gordura rançosa e sujeira, o fedor ardendo em minhas narinas.

Devagar, a mulher se levantou. Era bem menor do que eu, e esquelética, os pulsos ossudos se projetando das mangas esfarrapadas. Era difícil calcular sua idade. Sob a imundície e o inchaço da desnutrição, ela podia ter de 20 a 50 anos.

– Meu homem está estirado lá, morto – disse ela, acenando com a cabeça para o nevoeiro atrás dela. – Ele só tinha seu mosquete, e isso o sargento vai tomar de volta. – Seus olhos deslizaram na direção da floresta distante, para onde as tropas britânicas haviam se retirado. – Logo encontrarei outro homem, mas tenho filhos para alimentar enquanto isso, dois além desse menino. – Ela umedeceu os lábios e um tom persuasivo surgiu em sua voz: – Você está sozinha. Pode se arranjar melhor do que nós. Deixe-me ficar com este, há mais lá.

Ela apontou com o queixo na direção da encosta atrás de mim, onde estavam os rebeldes mortos e feridos. Meu braço deve ter afrouxado um pouco enquanto ouvia, pois o garoto, que havia ficado quieto, deu um salto repentino e se libertou de mim, mergulhando por cima do corpo de Jamie para rolar aos pés da mãe.

Levantou-se ao lado dela, fitando-me com olhos de rato, duas contas brilhantes e alertas. Abaixou-se e tateou pelo capim, erguendo a adaga improvisada.

– Não deixe que ela se aproxime, mamãe – disse ele, a voz áspera do estrangulamento. – Eu cuido dele.

– Espere! – exclamei, dando um passo para trás. – Não o mate, não. – Um passo para o lado, outro para trás. – Vou embora, eu o deixarei para vocês, mas...

Lancei-me para o lado e agarrei o cabo frio de metal. Eu já havia pegado a espada de Jamie antes. Era uma espada da cavalaria, maior e mais pesada do que o normal, mas não notei na hora.

Ergui a espada com as duas mãos e desfechei um golpe em arco que rasgou o ar e deixou o metal retinindo em minhas mãos.

Mãe e filho deram um salto para trás, olhares idênticos de ridícula surpresa nos rostos redondos e encardidos.

– Vão embora! – gritei.

Ela ficou boquiaberta, mas não falou nada.

– Lamento pelo seu homem – comentei. – Mas o meu está deitado aqui. Vão embora, já disse!

Ergui a espada e a mulher recuou alguns passos, puxando o menino pelo braço. Ela se foi, praguejando em voz baixa e me olhando por cima do ombro, mas não prestei atenção no que dizia. Os olhos do menino continuaram fixos em mim enquanto se afastava, escuros como carvão na luz mortiça. Ele não se esqueceria de mim – nem eu dele.

Eles desapareceram no nevoeiro e eu abaixei a espada, que de repente me pareceu pesada demais para segurar. Larguei-a no chão e caí de joelhos ao lado de Jamie.

Meu coração latejava em meus ouvidos e minhas mãos tremiam em reação enquanto eu buscava sentir o pulso em seu pescoço. Virei sua cabeça e pude vê-lo, latejando regularmente abaixo da mandíbula.

– Graças a Deus! – sussurrei a mim mesma. – Ah, graças a Deus!

Corri as mãos pelo seu corpo, buscando ferimentos, antes de mudá-lo de posição. Eu não achava que os abutres iriam voltar. Podia ouvir as vozes de um grupo de homens, distantes no topo da elevação atrás de mim – um destacamento rebelde que vinha recolher os feridos.

Havia um enorme calombo em sua testa, já ficando roxo. Nada mais que eu pudesse ver. O menino tinha razão, pensei, com gratidão. Não estava gravemente ferido. Em seguida, virei-o para cima e vi sua mão.

Os guerreiros das Terras Altas estavam acostumados a lutar com a espada em uma das mãos e o escudo na outra, o pequeno escudo de couro usado para aparar os golpes do inimigo. Ele não tinha um.

A lâmina o atingira entre o terceiro e o quarto dedo da mão direita e a atravessara, abrindo um corte fundo que dividia a palma a meio caminho do pulso.

Apesar da terrível aparência do ferimento, não havia muito sangue. A mão tinha ficado dobrada sob seu corpo, o peso agindo como a pressão de uma atadura. Sua camisa estava suja de sangue na frente e sobre o coração. Rasguei-a, abri-a, e examinei seu peito para me certificar se o sangue era da mão. Era. Seu peito estava fresco e úmido do capim, mas ileso, os mamilos contraídos e rígidos de frio.

– Isso... faz cócegas – disse ele com voz arrastada.

Tocou o peito desajeitadamente com a mão esquerda, tentando afastar a minha.

– Desculpe – falei, reprimindo a vontade de rir de alegria ao vê-lo vivo e consciente.

Passei um braço por baixo de seus ombros e o ajudei a se sentar. Ele parecia bêbado, com um dos olhos inchado e semicerrado, e tinha capim nos cabelos. Agia como um bêbado também, oscilando assustadoramente de um lado para outro.

– Como se sente? – perguntei.

– Enjoado – respondeu, virou-se para o lado e vomitou.

Ajudei-o a se deitar no chão outra vez e limpei sua boca, depois comecei a enfaixar sua mão.

– Logo vai chegar alguém – afirmei. – Nós o levaremos para a carroça e eu poderei cuidar disto.

– Mmmmhum – resmungou quando apertei a atadura. – O que aconteceu?

– O que aconteceu? – Parei o que estava fazendo e olhei para ele. – *Você* está perguntando a *mim*?

– O que aconteceu na batalha, quero dizer. Sei o que aconteceu comigo... mais ou menos – acrescentou, encolhendo-se ao tocar a testa.

– Sim, mais ou menos – retruquei, um tanto rude. – Você foi cortado como um porco abatido e teve metade de sua cabeça afundada. Estava bancando o herói outra vez, foi isso que lhe aconteceu!

– Eu não estava... – começou a falar, mas eu o interrompi, meu alívio ao vê-lo vivo rapidamente substituído pela raiva.

– Você não tinha que ir para Ticonderoga! Não *devia* ter ido! Ficar com a imprensa, escrever e imprimir, você disse. Não iria lutar, a menos que fosse obrigado, foi o que prometeu. Bem, você *não foi* obrigado, mas lutou de qualquer modo, seu escocês convencido, teimoso, exibido!

– Exibido? – indagou.

– Sabe muito bem o que quero dizer, porque foi exatamente o que você fez! Podia ter morrido!

– Sim – concordou ele. – Achei que tivesse sido, quando o dragão me atacou. Mas eu berrei e assustei seu cavalo – acrescentou, mais animado. – Ele empinou e me atingiu no rosto com o joelho.

– Não mude de assunto! – retruquei.

– O assunto não é que eu não fui morto? – perguntou, tentando levantar uma das sobrancelhas e, fracassando, contraiu-se outra vez.

– Não! O assunto é a sua estupidez, sua maldita e egoísta teimosia!

– Ah, isso.

– Sim, isso! Seu... seu... imbecil! Como ousa me meter nisto? Acha que não tenho nada melhor a fazer com a minha vida do que andar por aí atrás de você, juntando os pedaços? – A essa altura, eu já gritava histericamente com ele.

Para aumentar ainda mais minha fúria, ele riu para mim, a expressão petulante mesmo com os olhos semicerrados.

– Você teria dado uma boa vendedora de peixe, Sassenach – observou. – Tem garganta para isso.

– Ah, cale-se, seu maldito...

– Eles vão ouvi-la – disse ele, com um aceno da mão na direção do grupo de soldados Continentais que descia a encosta em nossa direção.

– Não me importo! Se já não estivesse ferido, eu... eu...

– Cuidado, Sassenach – avisou ele, ainda rindo. – Não vai querer espalhar mais pedaços. Vai ter que costurar todos eles de volta no lugar, hein?

– Não me tente – ameacei entre dentes, com um olhar de relance para a espada que eu soltara.

Ele viu e tentou pegá-la, mas não conseguiu. Com um explosivo riso de desdém, inclinei-me por cima dele e agarrei o cabo, colocando-o em sua mão. Ouvi um grito dos homens que desciam a encosta e me virei para acenar para eles.

– Qualquer um que tivesse ouvido você agora, Sassenach, ia achar que não gosta muito de mim – comentou ele pelas minhas costas.

Virei-me para olhar para ele. O sorriso insolente desaparecera, mas ele ainda sorria.

– Você tem a língua de uma megera venenosa, mas é uma ótima espadachim.

Minha boca se abriu, mas as palavras, que eram tão abundantes um momento antes, haviam todas se evaporado como a névoa evanescente.

Ele colocou a mão boa em meu braço.

– Por ora, *a nighean donn*... obrigado por me salvar a vida.

Fechei a boca. Os homens já estavam quase nos alcançando, farfalhando pelo mato rasteiro, suas exclamações e tagarelice abafando os gemidos cada vez mais fracos dos feridos.

– De nada – falei.

– Hambúrguer – falei baixinho, mas não o suficiente. Ele ergueu uma das sobrancelhas para mim. – Arrancou um bife – elaborei, e a sobrancelha desceu.

– Ah, sim. Aparei um golpe de espada com a mão. Pena que eu não tinha um escudo. Teria evitado o golpe facilmente.

– Sei. – Engoli em seco. Não era o pior ferimento que eu já vira, de modo algum, mas ainda assim me deixava um pouco nauseada. A ponta de seu dedo anelar fora removida, em um ângulo logo abaixo da unha. O golpe talhara uma tira de carne da parte interna do dedo e descera entre os dedos médio e anelar. – Você deve tê-la aparado perto do cabo – falei, tentando demonstrar calma. – Ou a metade de fora de sua mão teria sido arrancada.

– Mmmmhum. – A mão não se movia enquanto eu trabalhava nela, mas havia suor em seu lábio superior e ele não conseguiu conter um pequeno grunhido de dor.

– Desculpe – murmurei.

– Tudo bem – disse ele, da mesma forma automática. Cerrou os olhos, depois os abriu. – Remova-o.

– O quê? – Recuei e olhei para ele, espantada.

Ele assentiu, indicando a mão.

– O dedo. Tire-o, Sassenach.

– Não posso fazer isso! – No entanto, mesmo enquanto falava, eu sabia que ele tinha razão.

Além dos ferimentos, o tendão estava muito danificado. As chances de ele mover o dedo outra vez, sem falar em movê-lo sem dor, eram mínimas.

– Pouco tem me servido nos últimos vinte anos – disse ele, olhando para o toco desfigurado do dedo. – Provavelmente não vai ser melhor agora. Já quebrei o maldito meia dúzia de vezes, por ele ficar rígido como fica. Se amputá-lo, ao menos não vai mais me atrapalhar.

Eu queria argumentar, mas não havia tempo. Homens feridos começavam a subir a encosta em direção à carroça. Eram milicianos, não soldados regulares. Se um regimento estivesse perto, devia haver um médico com eles, mas eu estava mais.

– Uma vez herói, sempre herói – murmurei baixinho.

Enfiei um chumaço de algodão na palma ensanguentada de Jamie e enrolei uma tira de atadura apressadamente em volta de sua mão.

– Sim, vou ter que amputá-lo, porém mais tarde. Fique quieto.

– Ai! – exclamou ele. – Eu falei que não era um herói.

– Se não é, não foi por falta de tentativa – argumentei, apertando o nó da atadura com os dentes. – Pronto, vai ter que servir por enquanto. Cuidarei disso quando tiver tempo. – Agarrei a mão enfaixada e a mergulhei na pequena bacia de álcool com água.

Ele ficou branco quando o álcool penetrou no tecido e atingiu a carne. Inalou com força através dos dentes, mas não disse mais nada. Apontei para o cobertor que eu estendera no chão e ele se deitou, obediente, acomodando-se sob a proteção da carroça, o punho enfaixado cuidadosamente mantido junto ao peito.

Levantei-me, mas hesitei por um instante. Em seguida, ajoelhei-me outra vez e beijei sua nuca, afastando o rabo de cavalo, emaranhado com folhas mortas e lama seca. Podia ver apenas a curva de sua face. Ela se contraiu quando sorriu, depois relaxou.

A notícia de que a carroça do hospital estava lá se espalhou. Já havia um grupo desordenado de feridos que conseguia caminhar aguardando atendimento e eu podia ver homens carregando ou arrastando seus companheiros feridos na direção da luz da minha lanterna. Ia ser uma noite atarefada.

O coronel Everett havia me prometido dois assistentes, mas só Deus sabia onde ele estaria no momento. Fiz uma pausa para inspecionar a multidão crescente e escolhi um rapaz que acabara de depositar um amigo ferido embaixo de uma árvore.

– Você – disse, puxando-o pela manga. – Tem medo de sangue?

Ele pareceu estarrecido por um momento, depois riu para mim através de uma máscara de lama e fumaça de pólvora. Era mais ou menos da minha altura, de ombros largos, atarracado e com um rosto que se podia chamar de angelical se não estivesse tão imundo.

– Só se for meu, madame, e até agora não foi, graças a Deus.

– Então venha comigo – ordenei, retribuindo o sorriso. – Você agora é um assistente de triagem.

– O quê? Ei, Harry! – gritou para seu amigo. – Fui promovido. Conte à sua mãe da próxima vez que escrever: Lester conseguiu ser alguém na vida! – Veio gingando atrás de mim, ainda sorrindo.

O sorriso rapidamente se transformou em uma expressão de preocupada concentração quando o conduzi pelo meio dos feridos, indicando graus de gravidade.

– Homens sangrando muito são prioridade. – Enfiei uma braçada de ataduras de linho e um saco de algodão em suas mãos. – Dê isso a eles. Diga a seus amigos para pressionar o algodão com força nos ferimentos ou colocar um torniquete ao redor do membro, acima do ferimento. Sabe o que é um torniquete?

– Sim, madame – garantiu. – Eu mesmo fiz um quando uma pantera atacou meu primo Jess, no condado da Carolina.

– Ótimo. Mas não desperdice tempo fazendo isso você mesmo, a menos que seja imprescindível. Deixe que seus amigos façam. Agora, ossos quebrados podem esperar um pouco. Coloque-os lá, embaixo daquela faia grande. Ferimentos na cabeça e internos que não estão sangrando, lá atrás, perto da castanheira, se puderem ser removidos. Se não, eu irei até eles. – Apontei para trás dele, depois dei meia-volta, inspecionando o terreno.

– Se você vir uns dois homens sãos, mande-os para mim para erguer a barraca do hospital; deve ficar lá, naquele lugar plano. E depois mais uns dois para cavar uma trincheira de latrina... lá, eu acho.

– Sim, senhor! Senhora, quero dizer! – Lester assentiu várias vezes e segurou com força o saco de algodão. – Vou providenciar agora mesmo, madame. Embora eu não me preocupe com as latrinas por enquanto. A maioria dos homens já se esvaziou de tanto medo. – Riu e assentiu outra vez. Em seguida, partiu em sua missão.

Ele tinha razão: o cheiro de fezes pairava no ar como sempre acontecia em campos de batalha, um leve odor entre os cheiros pungentes de sangue e fumaça.

Com Lester fazendo a triagem dos feridos, instalei-me para o trabalho de reparação, com meu estojo médico, saco de suturas, uma tigela de álcool apoiada na extremidade traseira da carroça e um barril pequeno de álcool para os pacientes se sentarem – desde que pudessem se sentar.

As piores baixas eram por ferimento de baioneta. Felizmente não tinha havido nenhuma metralha e os homens feridos por tiro de canhão já tinham passado havia muito do ponto em que eu podia ser de alguma ajuda para eles. Enquanto trabalhava, ouvia com um dos ouvidos a conversa dos homens que aguardavam atendimento.

– Não foi a pior coisa que você já viu na vida? Quantos desgraçados havia? – perguntava um homem a seu vizinho.

– Não faço a menor ideia – respondeu o outro, balançando a cabeça. – Teve uma hora lá em que eu só via casacos-vermelhos, nada mais. Então um canhão disparou e atingiu bem perto de mim; depois disso eu não vi mais nada além de fumaça por muito tempo. – Ele esfregou o rosto. Lágrimas de ardência traçaram longas listras na fuligem negra que o cobria do peito à testa.

Olhei para trás, para a carroça, mas não conseguia ver embaixo dela. Esperava que o choque e a fadiga tivessem feito Jamie conseguir dormir, apesar da mão, mas eu duvidava.

Apesar de praticamente todo mundo perto de mim estar ferido de alguma maneira, o estado de espírito geral era de júbilo e alívio. Mais abaixo da colina, na névoa perto do rio, eu podia ouvir aclamações e gritos de vitória e a algazarra indisciplinada de tambores e flautas, numa euforia desordenada.

Em meio ao barulho, uma voz mais próxima gritou, um oficial de uniforme, em um cavalo baio:

– Alguém viu aquele desgraçado ruivo grandão que interrompeu o ataque?

Houve um murmúrio e olhares à volta, mas ninguém respondeu. O cavaleiro desmontou e, enrolando as rédeas em um galho, abriu caminho entre a multidão de feridos em minha direção.

– Seja quem for, ele tem colhões do tamanho de uma bala de canhão – observou o sujeito cuja face eu estava costurando.

– E uma cabeça da mesma consistência – murmurei.

– Hein? – Ele olhou de esguelha para mim, perplexo.

– Nada – respondi. – Fique quieto mais um instante, já estou quase terminando.

Foi uma noite infernal. Alguns dos feridos ainda jaziam nos barrancos e depressões, assim como todos os mortos. Os lobos que saíam silenciosamente da floresta não distinguiam entre eles, a julgar pelos gritos distantes.

O dia já estava quase amanhecendo quando voltei para a barraca onde instalara Jamie. Levantei a aba da entrada em silêncio, para não o perturbar, mas ele já havia acordado e estava deitado de lado, enroscado, de frente para a porta da barraca, a cabeça descansando em um cobertor dobrado.

Sorriu debilmente ao me ver.

– Noite difícil, Sassenach? – perguntou, a voz afetada pelo ar frio e pela falta de uso.

A névoa se infiltrava pela abertura da barraca, tingida de amarelo pela luz da lanterna.

– Já tive piores. – Alisei seus cabelos, afastando-os do rosto, examinando-o com cuidado. Estava pálido, mas não suado. Seu rosto estava abatido de dor, mas sua pele, fresca ao toque. Sem febre. – Você não dormiu, não é? Como se sente?

– Um pouco assustado – respondeu ele. – E um pouco enjoado. Mas estou melhor agora que você está aqui. – Fez um esgar enviesado que era quase um sorriso.

Coloquei a mão sob seu maxilar, os dedos pressionados contra o pulso em seu pescoço. Seu coração batia regularmente. Senti um calafrio ao me lembrar da mulher no campo de batalha.

– Você está fria, Sassenach – disse ele, sentindo. – E cansada também. Vá dormir, hein? Posso aguentar mais um pouco.

Eu *estava* cansada. A adrenalina da batalha e do trabalho da noite estava desaparecendo. A fadiga se insinuava pela minha coluna e relaxava minhas juntas. Mas eu tinha uma boa ideia do que as horas de espera já haviam custado a ele.

– Não levará muito tempo – afirmei. – E é melhor acabar logo com isso. Assim, poderá dormir melhor.

Ele assentiu, embora não parecesse muito confiante. Montei a pequena mesa dobrável que eu trouxera da barraca do hospital. Em seguida, retirei a preciosa garrafa de láudano e despejei uma dose do líquido escuro e fragrante em uma caneca.

– Tome bem devagar – avisei, colocando a caneca em sua mão esquerda.

Comecei a ordenar os instrumentos de que iria precisar, certificando-me de que tudo estivesse à mão e arrumado.

Eu havia pensado em pedir a Lester que viesse me auxiliar, mas ele estava dormindo em pé, cambaleando como um bêbado sob as lanternas de luz turva da barraca do hospital, e eu o mandei buscar um cobertor e arranjar um lugar para dormir junto à fogueira.

Um pequeno bisturi, recentemente amolado. A jarra de álcool, com as ligaduras molhadas enroladas dentro como um ninho de minúsculas víboras, cada qual exibindo como presa uma pequena agulha curva. Outra com ligaduras enceradas e secas, para compressão arterial. Um ramalhete de instrumentos de sondagem, as pontas mergulhadas em álcool. Fórceps. Retratores de cabo longo. O tenáculo curvo, para pegar as pontas das artérias cortadas.

A tesoura cirúrgica, com suas lâminas curvas e curtas e o cabo modelado para se encaixar na mão, feita para mim sob medida pelo prateiro Stephen Moray. Ou quase sob medida. Eu insistira para que a tesoura fosse o mais simples possível, para facilitar a limpeza e desinfecção. Stephen obedecera com um modelo singelo e elegante, mas não conseguiu resistir a um pequeno floreio: um dos cabos exibia uma extensão em forma de gancho, contra o qual eu podia apoiar meu dedo mínimo a fim de exercer mais força, e essa extrusão formava uma curva lisa, flexionada, abrindo-se na ponta como um pequeno botão de rosa contra um arranjo de folhinhas. O contraste entre as lâminas pesadas e malévolas em uma das extremidades e essa delicada extravagância na outra sempre me fazia sorrir quando eu tirava a tesoura de seu estojo.

Tiras de gaze de algodão e de linho grosso, chumaços de algodão, emplastros adesivos manchados de vermelho com a seiva de sangue-de-dragão, que os tornava grudentos. Uma tigela aberta de álcool para desinfecção conforme eu trabalhava e os frascos de casca de cinchona, pasta de alho e milefólio para curativos.

– Pronto – disse com satisfação, verificando o arranjo pela última vez.

Tudo devia estar preparado, já que estava trabalhando sozinha; se eu me esquecesse de alguma coisa, não haveria ninguém disponível para ir buscar.

– Parece um bocado de preparativos para um mísero dedo – observou Jamie atrás de mim.

Virei-me e o encontrei apoiado em um dos cotovelos, observando, a xícara de láudano intacta em sua mão.

– Você não podia arrancá-lo com uma faquinha e selar a ferida com ferro em brasa, como os cirurgiões militares?

– Poderia, sim. Só que não é necessário. Temos tempo suficiente para fazer o trabalho direito. Foi por isso que eu o fiz esperar.

– Mmmmhum. – Ele examinou a fileira de instrumentos brilhantes sem entusiasmo e era evidente que preferia acabar com aquilo o mais rápido possível. Percebi que para ele aquilo parecia uma tortura lenta e ritualizada em vez de uma cirurgia sofisticada.

– Pretendo deixá-lo com a mão funcional – expliquei com firmeza. – Sem infecção, sem um toco supurando, sem uma mutilação malfeita e, se Deus quiser, sem dor, depois que sarar.

Suas sobrancelhas se ergueram diante disso. Ele nunca mencionara o fato, mas eu sabia muito bem que sua mão direita e o incômodo dedo anelar haviam lhe causado dores intermitentes durante anos, desde que fora esmagada na prisão de Wentworth, quando fora mantido prisioneiro lá nos dias que antecederam o Levante dos Stuarts.

– Trato é trato – falei, indicando a caneca em sua mão. – Beba.

Ele ergueu a caneca e a levou ao nariz longo e reto, as narinas se dilatando com o cheiro doce. Deixou que o líquido escuro tocasse a ponta da língua e fez uma careta.

– Vai me deixar enjoado.

– Vai fazer você dormir.

– Vai me dar pesadelos terríveis.

– Desde que você não resolva caçar coelhos dormindo, não tem importância – assegurei-lhe.

Ele riu contra a vontade, mas fez uma tentativa final:

– Tem gosto daquilo que você raspa dos cascos dos cavalos.

– E quando foi a última vez que você lambeu o casco de um cavalo? – perguntei, com as mãos nos quadris.

Lancei um olhar furioso de nível médio para ele, adequado para a intimidação de burocratas mesquinhos e oficiais subalternos do Exército.

Ele suspirou.

– Você está falando sério, não é?

– Estou.

– Está bem, então. – Com um olhar acusatório de paciente resignação, atirou a cabeça para trás e sorveu o conteúdo da caneca de um único gole.

Um tremor convulsivo o percorreu e ele fez pequenos ruídos gorgolejantes.

– Eu avisei para beber em pequenos goles – observei brandamente. – Vomite e eu farei você lamber tudo do chão.

Considerando a terra revirada e o capim pisoteado sob os pés, era uma ameaça infundada, mas ele comprimiu os lábios, apertou os olhos com força e se deitou no travesseiro outra vez, respirando pesadamente. Peguei um banquinho baixo e me sentei junto à cama de campanha para esperar.

– Como se sente? – perguntei, alguns minutos mais tarde.

– Zonzo – respondeu ele. Abriu um dos olhos azuis, depois gemeu e o fechou. – Como se estivesse caindo de um penhasco. É uma sensação muito desagradável, Sassenach.

– Tente pensar em outra coisa por um instante – sugeri. – Algo agradável, para distrair a mente.

Franziu as sobrancelhas por um momento, depois relaxou.

– Fique de pé por um segundo, sim? – pediu ele.

Levantei-me, imaginando o que ele queria. Ele abriu os olhos, estendeu o braço da mão sã e segurou minha nádega com força.

– Pronto. É a melhor coisa em que posso pensar. Segurar seu traseiro sempre me faz sentir bem.

Eu ri e me aproximei dele, de modo que sua testa se pressionou contra as minhas coxas.

– Bem, pelo menos é um remédio fácil de conseguir.

Ele fechou os olhos e continuou me apertando com firmeza, respirando devagar e profundamente. As linhas duras de dor e exaustão em seu rosto começaram a relaxar conforme a droga surtia efeito.

– Jamie – sussurrei após um minuto –, sinto muito.

Ele abriu os olhos, olhou para cima e sorriu, dando-me um leve apertão.

– Tudo bem – falou. Suas pupilas haviam começado a se contrair. Seus olhos estavam insondáveis, profundos, como se ele olhasse a uma grande distância. – Diga-me, Sassenach – falou, um momento depois –, se alguém colocasse um homem à sua frente e lhe dissesse que, se você amputasse um dedo seu, o homem viveria e, se não o fizesse, ele morreria, você faria isso?

– Não sei – respondi, surpresa. – Se não houvesse escolha e ele fosse um bom homem... sim, imagino que faria. Mas não ia gostar nem um pouco – acrescentei de modo sincero.

– Não – disse ele, sorrindo um pouco. Sua expressão estava se tornando suave e sonhadora. – Sabe – começou ele após um instante –, um coronel veio me ver quando você estava tratando os feridos. Coronel Johnson Micah Johnson, era o nome dele.

– E o que ele disse?

A mão em minha nádega começava a afrouxar. Coloquei minha mão sobre a dele, para mantê-la no lugar.

– Era a companhia dele… na batalha. Parte de Morgan e o resto do regimento logo depois da colina, no caminho dos ingleses. Se o ataque tivesse ido adiante, eles certamente teriam perdido a companhia, de acordo com ele, e só Deus sabe o que aconteceria com o resto. – Seu sotaque das Terras Altas estava ficando cada vez mais pronunciado, os olhos fixos em minha saia.

– Então, você os salvou. Quantos homens há em uma companhia?

– Cinquenta – respondeu ele. – Embora eu ache que nem todos seriam mortos. – Sua mão escorregou. Levantou-a e me segurou de novo, com uma risadinha. Eu podia sentir seu hálito através da minha saia, quente em minhas coxas. – Andei pensando que foi como na Bíblia, não é?

– Sim? – Pressionei sua mão contra a curva do meu quadril, mantendo-a no lugar.

– Aquela parte em que Abraão negocia com o Senhor pelas cidades da Planície. "Não destruirás a cidade" – citou ele – "por causa de cinquenta homens justos?" E então Abraão começa a negociar, um pouco de cada vez, de cinquenta para quarenta, depois para trinta, vinte e dez.

Seus olhos estavam semicerrados e a voz, tranquila e despreocupada.

– Eu não tive tempo de averiguar a condição moral de nenhum daqueles homens da companhia. Você acha que poderia haver dez homens justos entre eles? Homens bons?

– Tenho certeza que sim. – Sua mão estava pesada, o braço frouxo.

– Ou cinco. Ou mesmo apenas um. Um já bastaria.

– Estou certo de que havia um.

– O rapaz de rosto redondo que a ajudou com os feridos… é um deles?

– Sim, é.

Ele suspirou, os olhos quase fechados.

– Diga a ele, então, que não lamento pelo meu dedo – comentou Jamie.

Segurei sua mão sã com força por um minuto. Ele respirava devagar e profundamente, a boca relaxada. Virei-o de costas e coloquei a mão sobre seu peito.

– Desgraçado – sussurrei. – Eu sabia que você ia me fazer chorar.

O acampamento lá fora estava em silêncio, nos últimos instantes de repouso antes que o nascer do sol fizesse os homens se movimentarem. Eu podia ouvir o chamado esporádico de uma sentinela avançada e o murmúrio de conversas quando dois exploradores passaram perto de minha barraca, na direção da floresta para caçar. As fogueiras do acampamento haviam se transformado em cinzas, mas eu tinha três lanternas, arrumadas de modo a lançar luz sem sombras.

Coloquei uma tábua fina e quadrada de pinho macio no colo para servir de superfície de trabalho. Jamie estava deitado de barriga para baixo na cama de campanha, a cabeça virada para mim para que eu pudesse monitorar a cor de seu rosto. Estava adormecido. Sua respiração vinha lenta e ele não se contraiu quando pressionei a ponta afiada de um instrumento de exame contra o dorso de sua mão. Tudo pronto.

A mão estava inchada, intumescida e pálida, o ferimento de espada era uma linha grossa e preta contra a pele dourada de sol. Fechei os olhos por um instante, segurando seu pulso, contando os batimentos cardíacos. *Um, dois, três, quatro...*

Eu raramente rezava ao me preparar para cirurgia, mas sempre buscava algo que não sabia descrever mas sempre reconhecia: certa quietude da alma, o distanciamento da mente no qual eu pudesse me equilibrar naquele fio de navalha entre a impiedade e a compaixão, ao mesmo tempo envolvida na mais completa intimidade com o corpo sob minhas mãos e capaz de destruir o que eu tocava em nome da cura.

Um, dois, três, quatro... Percebi com um sobressalto que os batimentos do meu coração haviam se reduzido. O pulso na ponta do meu dedo combinava com o pulso de Jamie, batimento por batimento, forte e lento. Se eu estivesse esperando por um sinal, imagino que aquele serviria. *Um, dois, três e já*, pensei, pegando o bisturi.

Uma pequena incisão horizontal sobre as juntas dos dedos anelar e mínimo, depois para baixo, cortando a pele até quase o pulso. Soltei a pele com cuidado com a ponta da tesoura, depois prendi para trás a aba solta com um dos longos instrumentos de exame, enfiando-o na madeira macia da tábua.

Eu tinha um pequeno atomizador cheio de uma solução de água destilada e álcool; a esterilização sendo impossível, eu o usava para borrifar uma fina camada de umidade sobre a área da operação e lavar o primeiro afluxo de sangue. Não muito. O vasoconstritor que eu lhe dera estava funcionando, mas o efeito não duraria muito.

Delicadamente, afastei as fibras musculares – as que ainda estavam intactas – para expor o osso e o tendão que o cobria, brilhando, prateado, entre as cores vívidas do corpo. A espada quase atravessara o tendão, 1 centímetro acima dos ossos do carpo. Cortei as poucas fibras restantes e a mão se torceu de forma desconcertante em reflexo.

Mordi o lábio, mas estava tudo bem. Fora a mão, ele não se movera. Jamie parecia diferente ao tato. Sua carne tinha mais vida do que a de um homem sob o efeito de éter ou pentotal. Não estava anestesiado, apenas drogado, em estupor. A sensação de sua carne era flexível, não a flacidez maleável a que eu estava acostumada no hospital na minha época. Ainda assim, era um grande contraste – e um incomensurável alívio – com as convulsões vívidas e aterrorizadas que eu senti sob minhas mãos na barraca do hospital.

Afastei o tendão cortado com o fórceps. Havia a ramificação profunda do nervo ulnal, uma trama delicada de mielina branca, com seus minúsculos ramos se espalhando até se tornarem invisíveis dentro dos tecidos. Ótimo, avançava na direção do dedo mínimo, de modo que eu podia trabalhar sem danificar o tronco principal do nervo.

Nunca se sabia. As ilustrações dos livros de medicina eram uma coisa, mas a primeira lição que um cirurgião aprendia era que os corpos eram únicos. Um estômago estaria mais ou menos onde você esperava que estivesse, ainda que os nervos e os vasos sanguíneos que o supriam pudessem estar em qualquer parte das vizinhanças, e muito provavelmente variando na forma e na quantidade também.

Agora eu conhecia os segredos dessa mão. Podia ver sua engenharia, as estruturas que lhe davam forma e movimento. Havia o arco belo e forte do terceiro osso metacarpiano e a delicadeza da teia de vasos sanguíneos que o supriam. O sangue aflorava, lento e vívido, um vermelho-escuro na minúscula poça da região aberta; um escarlate brilhante onde manchava o osso talhado; um azul-escuro na minúscula veia que pulsava abaixo da junta; uma crosta negra na borda do ferimento original, onde havia coagulado.

Eu já sabia, sem me perguntar como, que o quarto metacarpiano estava estilhaçado. A lâmina atingira perto da base do osso, lascando a pequena cabeça próxima ao centro da mão.

Iria tirá-lo também, portanto; os pedaços de ossos livres teriam que ser removidos, de qualquer modo, para impedir que irrigassem os tecidos. Remover o osso metacarpiano iria deixar os dedos médio e mínimo se juntarem, na verdade estreitando a mão e eliminando a estranha lacuna que o dedo faltante deixaria.

Puxei o dedo mutilado com força, para abrir o espaço articular entre as juntas, depois usei a ponta do bisturi para cortar o ligamento. As cartilagens se separaram com um minúsculo mas audível estalo. Jamie teve um sobressalto e gemeu, a mão se entrelaçando na minha.

– Calma – sussurrei para ele, segurando sua mão com firmeza. – Calma, está tudo bem. Eu estou aqui, está tudo bem.

Não podia fazer nada pelos rapazes que morriam no campo de batalha, mas ali eu podia oferecer magia e saber que o feitiço daria certo. Ele me ouviu, no fundo de seus sonhos perturbados pelo ópio. Franziu a testa e murmurou alguma coisa ininteligível, depois suspirou profundamente e relaxou, o pulso frouxo outra vez sob minha mão.

Em algum lugar nas proximidades, um galo cantou. Olhei para a parede da barraca. Estava bem mais claro agora e a brisa fraca do alvorecer se infiltrava pela abertura atrás de mim, fresca em minha nuca.

Destacar o músculo subjacente com o menor dano possível. Amarrar a pequena artéria digital e dois outros vasos sanguíneos que pareciam grandes o suficiente para atrapalhar, cortar as últimas fibras e fragmentos de pele que seguravam o dedo. Em seguida, tirá-lo, o osso metacarpiano pendurado, surpreendentemente branco e despido, como um rabo de rato.

Foi um trabalho limpo, perfeito, mas senti uma ligeira sensação de tristeza ao dispor do pedaço de carne mutilada. Tive uma visão momentânea de Jamie segurando o recém-nascido Jemmy, contando os dedinhos das mãos e dos pés, a admiração e o prazer estampados em seu rosto. Seu pai também contara seus dedos.

– Tudo bem – sussurrei, tanto para mim mesma quanto para ele. – Tudo bem. Vai sarar.

O resto foi rápido. Fórceps para pinçar os minúsculos fragmentos de osso estilhaçado. Limpei o ferimento da melhor forma possível, removendo vestígios de grama e terra, até mesmo um fiapo de pano que se enfiara na carne. Depois, nada mais além de limpar as bordas irregulares do ferimento, aparando um pequeno excesso de pele e suturando as incisões. Uma pasta de alho e folhas de carvalho-branco, misturada com álcool e espalhada na mão em uma grossa camada, um curativo de algodão e gaze, e uma bandagem apertada de linho e emplastro adesivo, para reduzir o inchaço e estimular os dedos médio e mínimo a se aproximarem.

O sol já estava quase surgindo no horizonte. Meus olhos ardiam do trabalho meticuloso e da fumaça das fogueiras. Ouviam-se vozes do lado de fora, vozes de oficiais dando ordens aos soldados, acordando-os para encararem o dia... e o inimigo?

Coloquei a mão de Jamie sobre o catre, perto do rosto. Ele estava pálido, mas não muito. Seus lábios estavam levemente rosados, não azulados. Deixei os instrumentos cirúrgicos em um balde de água e álcool, cansada demais para limpá-los da maneira adequada. Enrolei o dedo amputado em uma atadura de linho, sem saber ao certo o que fazer com ele, e o deixei sobre a mesa.

– É hora de acordar! É hora de acordar! – vinham lá de fora os gritos ritmados dos sargentos, pontuados por variações espirituosas e respostas ásperas dos relutantes madrugadores.

Não me dei ao trabalho de me despir; se houvesse luta hoje, logo eu seria acordada. Mas não Jamie. Eu não tinha nada a temer; independentemente do que acontecesse, ele não iria lutar hoje.

Soltei meus cabelos e os sacudi por cima dos ombros, suspirando de alívio. Em seguida, deitei-me ao seu lado no catre, bem junto dele. Ele estava de barriga para baixo. Podia ver a elevação musculosa de suas nádegas, lisa sob o cobertor que o cobria. Movida por um impulso, coloquei a mão em seu traseiro e o apertei.

– Bons sonhos – disse, deixando o cansaço tomar conta de mim.

63

SEPARADO PARA SEMPRE DE AMIGOS E PARENTES

O tenente lorde Ellesmere finalmente havia matado um rebelde. Vários, ele achava, apesar de não ter certeza. Alguns deles caíram, mas podiam estar apenas feridos. Ele tinha certeza sobre o homem que atacara um dos canhões ingleses com outros rebeldes.

Cortara o sujeito ao meio com um sabre de cavalaria e sentiu uma estranha dormência no braço da espada durante vários dias, fazendo-o flexionar a mão esquerda a intervalos regulares para se certificar de que ainda conseguia usá-la.

A dormência não se limitava ao braço.

No acampamento britânico, os dias que se seguiram à batalha eram passados em parte na retirada ordenada dos feridos, no enterro dos mortos e na reorganização das tropas. Ou do que restara das tropas para ser reorganizado. A deserção prevalecia. Havia um fluxo constante de partidas furtivas. Certo dia, uma companhia inteira dos homens de Brunswick desertou.

Ele supervisionou mais de um destacamento para enterrar os mortos, observando com o rosto constrito enquanto os homens – e garotos – que conhecera eram consignados à terra. Nos dois primeiros dias, não haviam enterrado os corpos fundo o bastante e foram obrigados a ouvir durante toda a noite os uivos e rosnados de lobos lutando pelos cadáveres que desenterraram de suas sepulturas rasas. Enterraram o que sobrara no dia seguinte, mais fundo.

Havia fogueiras acesas a cada 100 metros ao redor do acampamento à noite, pois os atiradores de elite americanos se aproximavam na escuridão, matando as sentinelas avançadas.

Os dias eram escaldantes, as noites, desgraçadamente frias... e ninguém descansava. Burgoyne emitira uma ordem de que *nenhum oficial ou soldado deveria dormir nu*, e William não trocava suas roupas de baixo havia mais de uma semana. Não importava como ele cheirava. Seu fedor era indetectável. Os homens eram obrigados a estar em suas fileiras, com suas armas, uma hora antes do amanhecer e permanecer ali até o sol ter dissipado a neblina, para ter certeza de que a névoa não escondia americanos prontos para atacar.

A ração diária de pão foi cortada. Carne de porco salgada e farinha estavam acabando e os mascates que acompanhavam os acampamentos militares já não tinham tabaco e conhaque, para descontentamento das tropas alemãs. Pelo lado bom, as defesas britânicas estavam em esplêndida ordem, com duas largas fortificações construídas e mil homens enviados para cortar árvores, a fim de abrir campos de tiro para a artilharia. E Burgoyne anunciara que o general Clinton era esperado em dez dias, com uma tropa de apoio... e comida, esperava-se. Tudo que tinham a fazer era esperar.

– Os judeus esperam o Messias, assim como nós esperamos o general Clinton – brincou o *Oberleutnant* Gruenwald, que por algum milagre sobrevivera a seu ferimento em Bennington.

– Rá-rá – riu William.

O acampamento americano estava animado, mais do que pronto para terminar o que haviam começado. Infelizmente, enquanto o acampamento britânico se encontrava com falta de alimentos, os americanos não tinham munição e pólvora. O resultado foi um período de nervosa estagnação, durante o qual os americanos realizavam incursões na periferia do acampamento britânico, mas não podiam fazer nenhum progresso verdadeiro.

Ian Murray achava a situação maçante. Depois que uma investida no nevoeiro resultou em um companheiro descuidado pisando em uma escápula de canhão, perfurando-lhe o pé, decidiu que isso era uma desculpa aceitável para fazer uma visita à barraca do hospital onde Rachel Hunter ajudava seu irmão.

A perspectiva do encontro o deixou tão animado que ele não prestou a devida atenção em onde pisava na névoa e mergulhou em uma ribanceira, batendo com a cabeça de raspão em uma pedra. E foi assim que os dois homens voltaram ao acampamento mancando, um apoiando o outro, e se arrastaram até a barraca do hospital.

Estava movimentado lá dentro. Não era ali que ficavam os feridos na batalha, e sim os que tinham aflições triviais e iam para tratamento. Ian não quebrara a cabeça, mas estava vendo tudo em dobro. Fechou um dos olhos na esperança de que isso o ajudasse a localizar Rachel.

– *Ho ro* – disse alguém atrás dele com grande aprovação –, *mo nighean donn boidheach!*

Por um instante de tontura, achou que era seu tio. Por um instante, perguntou-se por que seu tio Jamie estaria flertando com sua tia enquanto ela trabalhava. Mas tia Claire não estava ali, seu raciocínio lento o relembrou, portanto o que...

Com uma das mãos sobre o olho para impedir que ele caísse de sua cabeça, virou-se com cuidado e viu um homem na porta da barraca.

O sol da manhã acendia fagulhas dos cabelos do sujeito e Ian ficou boquiaberto, sentindo como se tivesse levado um soco na boca do estômago.

Não era tio Jamie. Isso ficou claro quando o homem entrou, também ajudando um companheiro que mancava. O rosto estava errado: vermelho e castigado pelo tempo, com feições bem-humoradas e nariz arrebitado. Os cabelos eram cor de gengibre, não ruivos, e recuavam acentuadamente nas têmporas. Tinha uma constituição sólida, não era muito alto, mas a maneira como se movia... como um lince, mesmo sobrecarregado com o peso do amigo... e por alguma razão Ian não conseguia se livrar da persistente impressão de Jamie Fraser.

O homem de cabelos cor de gengibre vestia um kilt, ambos vestiam. *Escoceses das Terras Altas*, pensou, completamente zonzo. Ele soubera disso no instante em que o sujeito falou.

– *Có thu?* – perguntou Ian. *Quem é você?*

Ouvindo o gaélico, o homem olhou para ele, surpreso. Examinou Ian de cima a baixo, observando seu traje mohawk, antes de responder educadamente:

– *Is mise Seaumais Mac Choinnich à Boisdale. – Có tha faighneachd? – Sou Hamish MacKenzie, de Boisdale. Quem pergunta?*

– Ian Murray – respondeu ele, tentando clarear as ideias.

Por que o nome lhe parecia familiar? Ele conhecia centenas de MacKenzies.

– Minha mãe era MacKenzie – acrescentou, em um tom usual para estabelecer relações com estranhos. – Ellen MacKenzie, de Leoch.

Os olhos do sujeito se arregalaram.

– Ellen, de Leoch?! – exclamou o homem, empolgado. – Filha daquele que chamavam Jacob Ruaidh?

Em sua empolgação, Hamish apertou seu amigo com força e o homem deu um breve grito. Isso atraiu a atenção da jovem – aquela que Hamish saudara como "bela senhorita cor da noz" –, que veio correndo ver do que se tratava.

Ela *estava* da cor da noz. Rachel Hunter, bronzeada de sol até o tom suave de uma noz, o que aparecia de seus cabelos por baixo do lenço da cor da casca de uma noz, e ele sorriu diante do pensamento. Ela o viu e estreitou os olhos.

– Bem, se consegue rir como um macaco, então não está tão ferido. Por que...? – Parou, perplexa de ver Ian Murray abraçado a um escocês das Terras Altas em seu kilt e que chorava de alegria. Ian não estava chorando, mas parecia inegavelmente contente.

– Vai querer conhecer meu tio Jamie – disse ele, desvencilhando-se do abraço. – *Seaumais Ruaidh*, acho que era assim que o chamava.

Jamie Fraser estava de olhos fechados, avaliando a dor em sua mão. Era forte o suficiente para deixá-lo nauseado. Uma dor profunda, opressiva, comum a ossos quebrados. Ainda assim, era uma dor de cura. Claire costumava falar de ossos como se tecessem uma malha, e ele sempre achara que isso era mais do que uma simples metáfora. Às vezes, sentia como se alguém estivesse de fato enfiando agulhas de aço no osso e forçando as pontas estilhaçadas a se refazer em algum formato, independentemente de como a carne ao redor se comportasse.

Devia olhar para sua mão, ele sabia disso. Tinha que se acostumar com ela. Ele dera uma rápida olhada e isso o tinha deixado tonto e a ponto de vomitar por puro atordoamento. Não conseguia reconciliar a visão, a sensação, com a forte lembrança de como sua mão *deveria* ser.

Mas ele já havia feito isso antes, lembrou a si mesmo. Ele se acostumara com as cicatrizes e a rigidez. No entanto... lembrava-se de como era sua mão jovem, de como a sentia, tão cômoda, flexível e sem dor, fechada em torno do cabo de uma enxada, do punho de uma espada. Segurando uma pena de escrever... Bem, não. Isso não fora fácil, mesmo quando seus dedos estavam na melhor forma.

Vou ser capaz de escrever com esta mão agora?, perguntou-se e, por curiosidade, flexionou-a um pouco. A dor o fez arfar, mas... seus olhos estavam abertos, fixos na mão. A visão desconcertante de seu dedo mínimo pressionado junto ao médio de fato dava um aperto em seu estômago, mas... seus dedos se curvaram. Era uma dor terrível, mas era apenas dor. Não havia resistência, nenhum impedimento persistente causado pelo dedo rígido. Sua mão... funcionava.

"Pretendo deixá-lo com a mão funcional." Podia ouvir a voz de Claire, ansiosa, mas segura.

Sorriu. Não adiantava argumentar com a mulher sobre questões médicas.

Entrei na barraca para pegar meu pequeno instrumento de cauterização e encontrei Jamie sentado no catre, flexionando a mão ferida e contemplando o dedo amputado em uma caixa ao seu lado. Eu o havia embrulhado em um emplastro e agora parecia um verme mumificado.

– Ei. Eu vou, hum, jogar isso fora, está bem?

– Como?

Ele estendeu o indicador, tocou o dedo, depois retirou a mão, como se o dedo amputado tivesse se movido de repente. Emitiu um pequeno som nervoso, que não chegava a ser uma risadinha.

– Queimá-lo? – sugeri.

Esse era o método usual para dispor de membros amputados em campos de batalha, embora eu nunca tivesse feito isso. A ideia de fazer uma pira funerária para cremação de um único dedo me pareceu absurda – apesar de não mais do que simplesmente atirá-lo em uma das fogueiras em que se preparava comida e esperar que ninguém notasse.

Jamie fez um ruído de dúvida na garganta, indicando que não gostava da ideia.

– Bem... – disse, também em dúvida. – Imagino que você pode querer guardá-lo no seu *sporran* como suvenir. Como o Jovem Ian fez com a orelha de Neil Forbes. Sabe se ele ainda a tem?

– Sim, tem. – A cor de Jamie começou a voltar, à medida que recuperava o autocontrole. – Mas não, não acho que eu possa fazer isso.

– Eu podia conservá-lo em álcool de vinho – propus.

Isso o fez sorrir um pouco.

– Aposto dez a um que alguém iria bebê-lo antes do final do dia, Sassenach. – Eu mesma achei que essa era uma aposta generosa. Mil a um seria mais provável. Eu só conseguia manter meu álcool medicinal intacto fazendo um dos mais ferozes amigos índios de Ian guardá-lo quando não o estava usando – e dormindo com o barril perto de mim à noite.

– Bem, acho que isso deixa o enterro como única opção.

– Mmmhum. – Esse som indicava concordância, mas com reservas, e eu ergui os olhos para ele.

– O que foi?

– Bem... – começou ele, um pouco tímido. – Quando Fergus perdeu a mão, nós... Bem, foi ideia de Jenny. Fizemos uma espécie de funeral, sabe?

Mordi o lábio.

– Bem, por que não? Vai ser um acontecimento em família ou devemos convidar todo mundo?

Antes que ele pudesse responder, ouvi a voz de Ian do lado de fora, conversando com alguém. Um instante depois, sua cabeça desgrenhada surgiu através da porta da barraca. Um dos olhos estava roxo e inchado, e havia um galo considerável em sua testa, mas ele ria de orelha a orelha.

– Tio Jamie? – disse ele. – Tem uma pessoa aqui para vê-lo.

– Como você veio parar aqui, *a charaid*? – perguntou Jamie em algum momento depois da terceira garrafa.

Tínhamos jantado havia muito tempo e a fogueira do acampamento queimava fracamente. Hamish limpou a boca e devolveu a nova garrafa.

– Neste fim de mundo, você quer dizer? Ou aqui, lutando contra o rei? – Lançou um olhar direto e azul a Jamie, tão parecido com o de Jamie que ele sorriu ao perceber.

– A segunda pergunta é uma resposta à primeira? – disse ele, e Hamish esboçou um sorriso em resposta.

– Sim, isso mesmo. Você sempre foi rápido como um beija-flor, *a Sheaumais*. Tanto física quanto mentalmente. – Vendo pela minha expressão que eu talvez não fosse tão rápida em minhas percepções, explicou: – Foram as tropas do rei que mataram meu tio, os soldados do rei que mataram os guerreiros do clã, que destruíram a terra, que deixaram mulheres e crianças desamparadas, que destruíram minha casa e me exilaram, que mataram metade das pessoas que me restaram de frio e de fome e das doenças das terras inóspitas – falou, com uma paixão que ardia em seus olhos. – Eu tinha 11 anos quando vieram ao castelo e nos exilaram. Fiz 12 anos no dia em que me obrigaram a fazer meu juramento ao rei; disseram que eu era um homem. E quando finalmente chegamos à Nova Escócia... eu era.

Virou-se para Jamie.

– Também o fizeram prestar juramento, *a Sheaumais*?

– Sim – respondeu Jamie. – Mas um juramento sob coação não obriga um homem nem o afasta do conhecimento do que é certo.

Hamish estendeu a mão e Jamie a apertou, embora não olhassem um para o outro.

– Não – disse ele, com determinação e certeza. – Isso não faz.

Talvez não. Mas eu sabia que ambos estavam pensando, como eu, nas palavras daquele juramento: "Que eu repouse em uma sepultura não consagrada, separado para sempre de amigos e parentes." E cogitavam, como eu, quais eram as chances de que esse fosse o destino que teriam.

E eu também.

Limpei a garganta.

– Mas e os outros? – perguntei, impelida pela lembrança de tantos que eu conhecera na Carolina do Norte e sabendo que o mesmo era verdade para muitos no Canadá. – Os escoceses das Terras Altas que são legalistas?

– Sim – respondeu Hamish e olhou para o fogo, as linhas do rosto esculpidas pela claridade. – Lutaram com coragem, mas seus corações estavam mortos. Só querem sossego agora e que os deixem em paz. Só que a guerra não deixa ninguém em paz, não é?

Ele me encarou de repente e, por um surpreendente momento, vi Dougal MacKenzie, aquele homem violento, impaciente, que tinha fome de guerra. Sem esperar uma resposta, deu de ombros e continuou:

– A guerra os encontrou outra vez; não têm escolha senão lutar. Qualquer um pode ver que bando patético o Exército Continental é... ou era.

Hamish ergueu a cabeça, balançando-a um pouco, como se o fizesse para si mesmo, à visão das fogueiras do acampamento, das barracas, da imensidão de névoa cravejada de estrelas que se estendia acima de nós, cheia de fumaça e poeira, e do cheiro de armas e fezes.

– Achavam que os rebeldes seriam exterminados, e rápido. Independentemente de qualquer juramento, quem senão um tolo iria se unir a uma empreitada tão arriscada?

Um homem que não tivesse tido chance de lutar antes, pensei.

Ele sorriu de viés para Jamie.

– Fiquei surpreso de não termos sido exterminados – declarou, soando de fato um pouco admirado. – Você também não ficou surpreso, *a Sheaumais*?

– Estupefato – respondeu Jamie, um leve sorriso no rosto. – Mas fiquei contente. E contente por você também... *a Sheaumais.*

Conversaram quase a noite inteira. Quando resvalaram para o gaélico, levantei-me, coloquei a mão no ombro de Jamie, como sinal de boa-noite, e entrei embaixo de meus cobertores. Exausta com o trabalho do dia, peguei logo no sono, embalada pelo som de sua conversa tranquila, como o som de abelhas nas urzes. A última coisa que vi antes de o sono me dominar foi o rosto do Jovem Ian do outro lado da fogueira, extasiado em ouvir o escocês que desaparecera exatamente quando ele nascia.

64

UM VISITANTE CAVALHEIRO

– Sra. Fraser? – falou uma agradável voz masculina atrás de mim.

Deparei-me com um oficial troncudo, de ombros largos, na porta da minha barraca, em mangas de camisa e colete, segurando uma caixa.

– Sim, sou eu. Em que posso ajudá-lo?

Ele não parecia doente. Na verdade, tinha uma aparência mais saudável do que a maior parte do exército, o rosto muito castigado pelas intempéries, mas cheio e rosado. Ele sorriu, um sorriso repentino, encantador, que transformou seu nariz grande e adunco e as grossas sobrancelhas.

– Eu espero que possamos fazer um pequeno negócio, sra. Fraser.

Ergueu uma das sobrancelhas peludas e, quando o convidei a entrar, agachou-se apenas um pouco e entrou na barraca.

– Suponho que isso dependa do que esteja procurando – respondi, com um olhar de curiosidade para a sua caixa. – Se for uísque, receio que não possa dar.

Havia de fato um pequeno barril dessa preciosa substância escondido sob a mesa no momento, junto com um barril um pouco maior do meu álcool medicinal bruto. O cheiro deste último era forte, já que eu estava colocando ervas em infusão. Aquele cavalheiro não era o primeiro a ser seduzido pelo aroma – soldados de todos os níveis eram atraídos como moscas.

– Não – garantiu, apesar de lançar um olhar interessado à mesa atrás de mim, onde eu tinha vários jarros em que produzia o que esperava que fosse penicilina. – Soube, no entanto, que a senhora possui um estoque de casca de cinchona. É verdade?

– Bem, sim. Por favor, sente-se. – Indiquei-lhe o banquinho de meus pacientes e me sentei. – Você sofre de malária?

Eu achava que não. Seus olhos não estavam amarelados.

– Não, graças a Deus. Mas tenho um cavalheiro sob meu comando, um amigo particular, que sofre muito. Nosso médico não tem nenhuma casca de quina. Esperava que a senhora pudesse ser convencida a fazer uma troca...

Ele colocou a caixa na mesa ao nosso lado e a abriu com um piparote. Era dividida em pequenos compartimentos e continha um extraordinário sortimento de coisas: galões, fitas de seda, um par de travessas de tartaruga, uma sacolinha de sal, uma caixa de pimenta, uma caixa esmaltada de rapé, um broche de estanho no formato de um lírio, várias meadas de fios de seda coloridos para bordar, canela em pau e uma série de pequenos frascos cheios de ervas. E uma garrafa de vidro, cujo rótulo dizia...

– Láudano! – exclamei, estendendo a mão.

Parei, mas o oficial gesticulou, indicando-me que prosseguisse. Retirei o frasco de seu lugar, destampei-o e passei o gargalo com cautela pelo nariz. O cheiro pungente e doce do ópio flutuou, como um gênio saindo da garrafa. Limpei a garganta e recoloquei a rolha.

Ele me observava com interesse.

– Eu não tinha certeza do que lhe agradaria mais – falou, apontando para o conteúdo da caixa. – Eu tinha uma loja, sabe? A maior parte dos produtos era farmacêutica, mas havia artigos de luxo também. Aprendi no decorrer dos negócios que é sempre melhor dar às senhoras uma boa escolha. Elas tendem a ser muito mais exigentes do que os homens.

Lancei-lhe um olhar incisivo, mas era verdade. Ele sorriu para mim outra vez e achei que era um desses homens incomuns, como Jamie, que gostava das mulheres além do óbvio.

– Acho que podemos ajudar um ao outro, então – sugeri, devolvendo o sorriso. – Eu não deveria perguntar. Não quero atrasá-lo. Darei o que precisa para seu amigo, mas, pensando em um possível negócio futuro, o senhor teria mais láudano?

Ele continuou a sorrir, mas seu olhar se aguçou. Possuía olhos incomuns, de um cinza-claro.

– Ora, sim – respondeu ele devagar. – Tenho bastante. A senhora... o usa?

Ocorreu-me que ele estava se perguntando se eu era viciada. Não era incomum em círculos onde o láudano podia ser obtido com facilidade.

– Eu mesma, não – respondi sem me alterar. – Mas o administro aos que precisam com considerável cautela. Alívio da dor é uma das coisas mais importantes que eu posso oferecer a quem me procura... Deus sabe que muitas vezes não posso oferecer a cura.

Suas sobrancelhas se ergueram.

– É uma afirmação bastante inusitada. A maioria das pessoas em sua profissão parece prometer a cura a todo mundo.

– Como é mesmo aquele ditado? "De boas intenções o inferno está cheio"? – Sorri, mas sem muito humor. – Todo mundo quer a cura e não há nenhum médico que não queira proporcioná-la. Só que muitas coisas estão além do poder de um médico e, embora você possa não dizer isso a um paciente, é bom conhecer seus limites.

– Acha mesmo? – Ele inclinou a cabeça para o lado, olhando para mim com curiosidade. – Não acha que a admissão de tais limites, e eu não falo apenas no sentido médico, mas em qualquer área da atividade humana, *estabelece* os limites? Isto é, essa expectativa pode impedir uma pessoa de realizar tudo que for possível, pois ela presume que algo *não* é possível, portanto não dedica todas as suas forças a realizá-lo?

– Bem... sim – respondi, surpresa. – Se coloca dessa forma, acho que concordo com você. Afinal – apontei na direção da aba de entrada da barraca, indicando o exército ao redor –, se não acreditássemos que uma pessoa pode realizar coisas além de toda expectativa razoável, eu e meu marido estaríamos *aqui*?

Ele riu.

– Muito bem. Um observador imparcial chamaria, eu acho, esta aventura de pura loucura. E poderia estar certo – acrescentou, com um meneio irônico da cabeça. – Mas vão ter que nos derrotar, de qualquer forma. Não vamos desistir.

Ouvi vozes do lado de fora. Jamie conversava informalmente com alguém. No instante seguinte, enfiou a cabeça pela abertura da barraca.

– Sassenach – começou a dizer –, você poderia…? – estacou de repente ao ver meu visitante e se endireitou com um cumprimento formal. – Senhor.

Olhei de novo para o visitante, surpresa; a atitude de Jamie deixava claro que aquele era algum tipo de oficial superior. Tinha achado que ele devia ser talvez um capitão ou um major. Quanto ao oficial, ele fez um cumprimento amistoso, mas reservado.

– Coronel, sua esposa e eu estávamos discutindo a filosofia do empreendimento. O que me diz: um homem sábio conhece seus limites ou um homem corajoso os nega? E de que forma o senhor se declara?

Jamie pareceu surpreso e olhou para mim. Ergui um dos ombros quase imperceptivelmente.

– Ah, bem – disse ele, voltando a atenção de novo para meu visitante. – Ouvi dizer que o alcance de um homem deve exceder o que ele pode agarrar, ou para que serviria o céu?

O oficial o encarou por um instante, boquiaberto, depois riu com prazer, dando um tapa no joelho.

– O senhor e sua esposa são únicos! São meu tipo de gente. Isso é esplêndido. Lembra-se de onde ouviu isso?

Jamie se lembrava. Tinha ouvido de mim, mais de uma vez ao longo dos anos. Ele apenas sorriu e deu de ombros.

– Um poeta, eu creio, mas esqueci o nome.

– Bem, um sentimento muito bem expresso. Pretendo experimentá-lo em Granny, embora imagine que ele apenas piscará estupidamente para mim por trás de seus óculos e reclamará da falta de suprimentos. *Esse* é um homem que conhece seus limites – observou para mim, ainda de bom humor, mas com um tom cortante na voz. – Conhece seus limites e não deixa ninguém excedê-los. O céu não é para alguém como ele.

Essa última frase saiu mais do que irritada. O sorriso havia desaparecido de seu rosto e eu vislumbrei uma raiva ardente no fundo de seus olhos pálidos. Tive um momento de inquietação. "Granny" só podia ser o general Gates e esse homem era evidentemente um membro descontente do alto-comando. Esperava que Robert Browning e eu não tivéssemos colocado Jamie em alguma enrascada.

– Bem – falei, tentando minimizar a questão –, não podem derrotá-lo se você não desistir.

A sombra que anuviara sua fronte clareou e ele sorriu para mim, com uma expressão alegre outra vez.

– Eles nunca me derrotarão, sra. Fraser. Acredite!

– Acredito – afirmei, virando-me para abrir uma de minhas caixas. – Deixe-me encontrar a casca de cinchona para o senhor… hã… – hesitei, sem saber sua patente, e ele notou, batendo a mão na testa como um pedido de desculpas.

– Perdoe-me, sra. Fraser! O que vai pensar de um homem que surge de repente pedindo medicamentos e se esquece até mesmo de se apresentar da maneira adequada?

Ele pegou o pequeno pacote de casca triturada de minha mão, reteve-o e se inclinou numa pronunciada mesura, delicadamente beijando os nós dos meus dedos.

– General de divisão Benedict Arnold. Seu criado, madame.

Jamie ficou olhando o general se afastar, com a testa franzida. Em seguida, olhou para mim e relaxou.

– Você está bem, Sassenach? Parece que está prestes a desmaiar.

– Na verdade, é bem provável – falei, um pouco zonza, buscando meu banquinho.

Sentei-me e descobri o novo frasco de láudano na mesa a meu lado. Peguei-o, achando em seu peso sólido a tranquilidade que precisava depois do choque da descoberta de quem era o homem que acabava de nos deixar.

– Estava preparada para me deparar com George Washington ou Benjamin Franklin em pessoa em algum momento. Até mesmo John Adams. Mas não esperava *ele*... e eu *gostei* dele.

As sobrancelhas de Jamie ainda estavam erguidas e ele olhou para a garrafa em meu colo como se imaginasse se eu andara tomando um gole.

– Por que você não deveria gostar?... – Seu rosto mudou. – Sabe alguma coisa sobre ele?

– Sei, sim. E não é algo que eu quisesse saber. – Engoli em seco, sentindo-me um pouco nauseada. – Ele ainda não é um traidor, mas vai ser.

Jamie olhou para trás por cima do ombro, para ter certeza de que não fôssemos ouvidos, depois voltou e se sentou no banquinho do paciente, prendendo minhas mãos nas suas.

– Conte-me – disse ele, a voz baixa.

Havia limites para o que eu *podia* lhe contar. Não pela primeira vez lamentei não ter prestado mais atenção no dever de casa de história de Brianna, já que isso formava o núcleo do meu conhecimento específico sobre a Revolução Americana.

– Ele lutou em nosso... do lado americano por algum tempo, e era um soldado brilhante, embora eu não saiba os detalhes. Em determinado momento ficou desiludido, decidiu mudar de lado e começou a tentar dialogar com os ingleses, usando um homem chamado John André como seu mensageiro. André foi capturado e enforcado, isso eu sei. Acho que Arnold conseguiu fugir para a Inglaterra. Para um general americano virar a casaca... foi um ato de traição tão espetacular que o nome "Benedict Arnold" se tornou sinônimo de traidor. *Irá* se tornar, quero dizer. Se alguém comete um terrível ato de traição, você o chama de "Benedict Arnold".

A sensação de enjoo não passara. Em algum lugar, um major John André estava cuidando de sua missão, provavelmente sem saber do que o aguardava no futuro.

– Quando?

Os dedos de Jamie pressionando os meus tiraram minha atenção do iminente destino do major André e trouxeram de volta para a questão mais urgente.

– Este é o problema – disse, sentindo-me impotente. – Não sei. Ainda não. Eu *acho* que ainda não.

Jamie pensou por um instante, as sobrancelhas baixas.

– Ficarei de olho nele, então – avisou serenamente.

– Não – retruquei num reflexo.

Fitamo-nos por um longo instante, lembrando-nos de Carlos Stuart. Já sabíamos por experiência que tentar interferir na história podia acarretar graves consequências inesperadas – se é que isso podia ser feito. Não tínhamos a menor ideia do que poderia transformar Arnold de patriota – o que ele sem dúvida era no momento – no traidor que ele viria a ser. Seria sua briga com Gates o pequenino grão de areia que iria formar o núcleo de uma pérola traiçoeira?

– Não se sabe que detalhe pode afetar a mente de uma pessoa – ressaltei. – Veja Robert Bruce e aquela aranha.

Isso o fez sorrir.

– Serei cauteloso, Sassenach – declarou. – Mas vou observá-lo.

65

O TRUQUE DO CHAPÉU

7 de outubro de 1777

"Bem, então ordene a Morgan que inicie o jogo."
General Horatio Gates

Em uma tranquila manhã de outono, revigorante e dourada, um desertor inglês entrou no acampamento americano. De acordo com ele, Burgoyne estava enviando uma tropa de reconhecimento. Dois mil homens, para testar a força da ala direita americana.

– Os olhos de Granny Gates quase saltaram através dos óculos – contou Jamie, recarregando sua caixa de cartuchos. – E não é para menos.

O general Arnold, presente quando a notícia chegou, insistiu com Gates para enviar uma tropa contra esse ataque. Gates, de forma típica, se mostrou cauteloso. Quando Arnold pediu permissão para sair e ver o que os ingleses estavam fazendo, Gates lançou um olhar frio ao seu subordinado e disse: "Tenho medo de confiar em você, Arnold."

– As coisas degringolaram a partir daí – disse Jamie. – O fim de tudo isso foi que Gates disse a Arnold, e cito exatamente suas palavras, Sassenach: "General Arnold, não é nada que você possa fazer. Isso não é assunto seu."

Senti um calafrio que nada tinha a ver com a temperatura do ar matinal. Teria sido esse o momento? Aquilo que faria Benedict Arnold se voltar contra a causa pela qual lutava? Jamie percebeu o que eu estava pensando, pois levantou um dos ombros e disse simplesmente:

– Ao menos, não tem nada a ver conosco desta vez.

– Isso *é* reconfortante – falei, sincera. – Cuide-se, hein?

– Sim – disse ele, pegando seu rifle.

Dessa vez, ele pôde me dar um beijo de despedida.

O reconhecimento inglês tinha dois propósitos: ver onde os americanos estavam – pois o general Burgoyne não fazia ideia; os desertores americanos havia muito tinham parado de procurá-los – e obter forragem muito necessária para os animais restantes. Consequentemente, as companhias de vanguarda pararam em um promissor campo de trigo.

William enviou seus homens da infantaria para se sentarem em fileiras duplas entre os pés de trigo, enquanto os exploradores encarregados de obter provisões começavam a cortar os grãos e a carregar os cavalos. Um tenente dos dragões, um irlandês de cabelos escuros chamado Absolute, acenou do outro lado da plantação, chamando-o para um jogo de azar em sua barraca naquela noite. Ele se preparava para responder quando o homem ao seu lado deixou escapar um grito abafado e desmoronou no chão. Ele nunca ouviu a bala, mas se agachou automaticamente, gritando para seus homens.

No entanto, nada mais aconteceu e, após alguns instantes, eles se levantaram com cautela e continuaram seu trabalho. Entretanto, começaram a ver pequenos grupos de rebeldes se deslocando furtivamente por entre as árvores. William não teve dúvida de que estavam sendo cercados. Mas, quando avisou isso a outro oficial, o sujeito lhe assegurou que os rebeldes tinham decidido ficar atrás de suas defesas para serem atacados.

Logo perceberam seu erro quando, no meio da tarde, um grande grupo de americanos apareceu na floresta pela esquerda e tiros de canhão foram deflagrados, lançando balas de 6 e 12 libras, que teriam feito um grande estrago não fosse pelas árvores no caminho.

Os soldados da infantaria se dispersaram, apesar das chamadas de seus oficiais. William viu Absolute arremetendo pelo meio do trigal atrás de um grupo de seus homens e, virando-se, segurou um cabo de uma de suas companhias.

– Reúna os homens! – gritou.

E, sem esperar resposta, agarrou as rédeas de um dos cavalos dos exploradores, um cavalo baio assustado. Sua intenção era cavalgar até o acampamento principal e pedir reforços, pois era evidente que os americanos estavam atacando em peso.

Nunca chegou lá, pois, ao virar a cabeça do cavalo, o general de brigada entrou no campo.

Jamie Fraser se agachou no pequeno bosque na orla do campo de trigo com um grupo dos homens de Morgan, escolhendo seus alvos como podia. Era uma das mais ferozes batalhas que ele já vira e a fumaça dos canhões na floresta flutuava pelo campo em nuvens grossas e sufocantes. Ele viu o homem a cavalo. A julgar pelos galões no uniforme, era um oficial inglês de alto escalão. Dois ou três outros, menos graduados, estavam perto dele, também a cavalo, mas Jamie só tinha olhos para aquele.

Gafanhotos saltavam do campo como pedras de granizo, em pânico diante das botas que os pisoteavam e atropelavam; um se chocou diretamente contra sua face, zumbindo, e ele o afastou com um tapa, o coração martelando como se tivesse sido uma bala de mosquete.

Ele reconheceu o sujeito, embora apenas pelo uniforme de general. Já havia encontrado Simon Fraser de Balnain duas ou três vezes, quando ambos eram garotos nas Terras Altas. Simon era alguns anos mais novo e suas vagas lembranças do menino alegre, rechonchudo e pequeno que vinha correndo atrás dos garotos mais velhos, agitando um galho maior do que ele quando jogavam *shinty*, nada tinham a ver com o homem vigoroso e corpulento que se erguia agora nos estribos, gritando e brandindo a espada, tentando reunir suas tropas apavoradas com simples força de sua personalidade.

Os ajudantes de ordens movimentavam suas montarias ao redor do cavalo do general, tentando formar um escudo, instando-o a se afastar dali, mas ele os ignorava. Jamie captou uma olhadela de relance de um rosto que se voltou para a floresta. Sem dúvida, eles sabiam que as árvores estavam cheias de atiradores com seus rifles, ou podiam estar, e tentavam se manter fora de alcance.

– Lá está ele! – Era Arnold, arremetendo sua pequena égua marrom através do mato cerrado, o rosto iluminado com uma euforia selvagem. – O general! – gritou, erguendo-se nos estribos e estendendo um braço. – Acertem o general, rapazes! Cinco dólares para o soldado que tirar o gordo filho da mãe da sela!

Estampidos aleatórios de tiros de rifle responderam no mesmo segundo. Jamie viu a cabeça de Daniel Morgan se virar, os olhos ferozes à voz de Arnold, e o atirador começou a correr em sua direção, com toda a rapidez que suas pernas emperradas pelo reumatismo lhe permitiam.

– Outra vez! Tentem outra vez! – Arnold bateu o punho cerrado na coxa e viu que Jamie o observava. – Você. Atire nele! Não pode?

Jamie deu de ombros e, levando o rifle ao ombro, mirou para o alto e para fora. O vento virara e a fumaça do tiro fez seus olhos arderem, mas ele viu um dos suboficiais perto de Simon dar um salto e colocar a mão na cabeça, torcendo-se na sela e vendo seu chapéu rolar para dentro do trigal.

Ele teve vontade de rir, embora sua barriga tenha se contraído um pouco ao perceber que quase atingira a cabeça do sujeito, inteiramente por acidente. O rapaz, alto e magro, ergueu-se nos estribos e sacudiu o punho cerrado para a floresta.

– Me deve um chapéu, senhor!

A risada alta e penetrante de Arnold ecoou pela floresta, nítida acima da gritaria, e os homens que o acompanhavam assoviaram e vaiaram como gralhas.

– Venha aqui, rapaz, e eu lhe compro dois! – gritou Arnold de volta, depois conduziu seu cavalo em um círculo nervoso, gritando com os atiradores: – Desgraçados, vocês são cegos? Será que ninguém consegue matar aquele maldito general para mim?

Ouviram-se alguns tiros através dos galhos das árvores, mas a maioria dos homens tinha visto Daniel Morgan correndo na direção de Arnold e parou de atirar.

Arnold devia tê-lo visto também, mas o ignorou. Arrancou a pistola do cinto e atirou em Fraser, disparando pela lateral do corpo. Mas ele não podia esperar atingir qualquer coisa daquela distância. Seu cavalo se assustou com o barulho e disparou, as orelhas para trás, coladas na cabeça. Morgan, que quase já o havia alcançado, foi obrigado a dar um salto para trás para evitar ser pisoteado; ele tropeçou e se estatelou no chão.

Sem um instante de hesitação, Arnold saltou de seu cavalo e se abaixou para ajudar o homem mais velho a se levantar, desculpando-se com uma solicitude sincera, a qual, Jamie notou, não foi muito bem recebida por Morgan. Ele achou que o velho Dan iria simplesmente dar um golpe nos colhões de Arnold, independentemente de reumatismo ou patente.

A égua do general era treinada para ficar parada, mas o tiro inesperado logo acima de suas orelhas a havia assustado. Ela se remexia nervosamente, arrastando as patas pela camada de folhas mortas e revirando os olhos.

Jamie agarrou as rédeas e puxou o focinho da égua para baixo, soprando em suas narinas para distraí-la. Ela resfolegou, mas parou de dançar. Ele afagou seu pescoço, estalando a língua, e suas orelhas se levantaram um pouco; ele viu que sua mão estava sangrando de novo, mas era uma lenta infiltração através da bandagem, sem importância. Por cima da curva sólida do pescoço da égua, ele pôde ver Morgan, aprumado e rejeitando os esforços de Arnold para limpar o mofo das folhas mortas de suas roupas.

– O senhor está destituído do comando! Como ousa dar ordens aos meus homens?

– Vamos parar com esse jogo de soldados! – disse Arnold, impaciente. – Eu sou um general. Ele é um general e eu o quero morto. Vai haver muito tempo para política quando terminar. Isto é uma batalha, droga!

Jamie captou um repentino e forte bafo de rum, doce e feroz sob o cheiro de fumaça e trigo pisoteado. Bem, talvez isso tivesse algo a ver com o caso, apesar de que, do pouco que sabia de Arnold, não havia muita diferença entre o homem sóbrio e o outro tresloucado de bebida.

O vento vinha em rajadas quentes, denso de fumaça e sons aleatórios: o crepitar de mosquetes pontuado pelo estrondo da artilharia à esquerda e, através de tudo isso, os gritos de Simon Fraser e seus oficiais procurando reunir hessianos e ingleses, os grunhidos do impacto e os gritos agudos de dor de longe, onde os hessianos lutavam para abrir caminho por entre os homens do general Enoch Poor que avançavam.

A coluna do general Ebenezer Learned pressionava os hessianos de cima; Jamie podia ver o ajuntamento de uniformes verdes dos alemães, lutando em meio a uma onda de continentais, mas sendo forçados a recuar da orla do campo. Alguns tentavam escapar, descer o campo em direção ao general Fraser. O vislumbre de um movimento chamou sua atenção: o jovem que ele privara do chapéu galopava campo acima, abaixado sobre o pescoço do cavalo, o sabre em punho.

O general se movera um pouco, afastando-se da floresta. Estava quase fora de alcance para a maior parte dos homens de Morgan, mas Jamie tinha uma boa localização. Estava bem no alvo. Olhou para baixo. Largara o rifle quando pegou o cavalo, mas a arma estava carregada. Ele a havia recarregado logo após o primeiro tiro. O cartucho parcialmente vazio ainda estava dobrado na mão que segurava as rédeas; levaria apenas um instante para preparar a arma.

– *Sheas, a nighean* – murmurou para o cavalo e respirou fundo, tentando se acalmar, incutir calma na égua, apesar de sua mão latejar com a precipitação do sangue. – *Cha chluinn thu an córr a chuireas eagal ort* – disse ele baixinho. *Pronto. Nenhum outro tiro irá assustá-la.*

Ele não tinha pensado nisso ao atirar em Fraser para errar. Ele mataria qualquer outro homem no campo, não aquele. Então avistou o jovem oficial no cavalo, o casaco vermelho-vivo entre o agitado mar de verde, azul e tecidos rústicos, golpeando à volta com seu sabre, e sentiu sua boca se torcer. Nem aquele, tampouco.

Tudo indicava que o jovem vivia um dia de sorte. Ele atravessara a coluna de Learned a galope, pegando a maioria dos continentais de surpresa, e os que o viam estavam ocupados demais na luta ou impossibilitados de atirar nele porque haviam descarregado suas armas e fixavam baionetas.

Distraído, Jamie afagou o animal, assoviando e observando. O jovem oficial alcançara os hessianos, despertara a atenção de alguns e agora abria caminho de volta pelo campo, uma torrente de casacos verde-escuros em seu rastro, hessianos a toda brida, ajudando a fechar a passagem cada vez mais estreita conforme os homens de Poor avançavam pela esquerda.

Jamie estava tão absorto nesse espetáculo que ignorara a discussão que ocorria entre Dan Morgan e o general Arnold. Uma exclamação vinda de cima interrompeu ambos:

– Peguei-o, por Deus!

Jamie ergueu os olhos, espantado, e viu Tim Murphy empoleirado nos galhos de um carvalho, gargalhando, o cano de seu rifle apoiado em uma forquilha. Jamie virou a cabeça bruscamente e viu Simon Fraser caindo e sacolejando na sela, os braços cruzados sobre o corpo.

Arnold emitiu uma exclamação de júbilo semelhante e Morgan ergueu os olhos para Murphy, balançando a cabeça em aprovação, embora a contragosto.

– Belo tiro! – gritou ele.

Simon Fraser oscilava, prestes a cair. Um dos ajudantes de ordens estendeu os braços para ampará-lo, gritando desesperadamente por socorro; outro segurou as rédeas de seu cavalo, virando o animal de um lado para outro, sem saber para onde ir ou o que fazer. Jamie cerrou o punho, sentiu uma dor lancinante na mão ferida e parou, a mão espalmada sobre a sela. Simon estaria morto?

Não sabia dizer. Os ajudantes de ordens haviam dominado seu pânico; dois deles cavalgaram bem perto, um de cada lado, amparando a figura caída, buscando mantê-lo na sela, alheios aos gritos de júbilo vindos da floresta.

Jamie olhou para o outro lado do campo, procurando o jovem com o sabre. Localizou-o empenhado em um combate corpo a corpo com um capitão de milícia montado. Não havia nenhum tipo de elegância nesse tipo de luta. Dependia tanto do homem quanto do cavalo e, enquanto observava, os cavalos foram forçados a se afastar um do outro pelo aglomerado de corpos ao redor deles. O oficial inglês não tentou forçar seu cavalo a voltar à posição anterior. Tinha um objetivo em mente. Gritou e gesticulou, incitando a pequena companhia de hessianos que extraíra da confusão lá em cima. Então virou-se para trás na direção da floresta e viu o que estava acontecendo: o cavalo de Fraser sendo levado às pressas, o corpo oscilante do general uma mancha vermelha contra o trigo pisoteado.

O jovem ficou de pé nos estribos por um instante, sentou-se de novo e esporeou seu cavalo na direção do general, deixando que seus hessianos o seguissem como quisessem.

Jamie estava bastante perto para ver o vermelho-escuro do sangue que ensopava o tronco de Simon Fraser. Se Simon já não estivesse morto, pensou, não demoraria muito. Fúria e pesar com o desperdício arderam em sua garganta. Lágrimas sujas, devido à fumaça, escorriam por suas faces. Sacudiu a cabeça para clarear a visão.

A mão de alguém arrancou as rédeas de seus dedos sem nenhuma cerimônia e o corpo troncudo de Arnold o afastou da égua com uma baforada de rum. Arnold subiu na sela, o rosto vermelho como as folhas do bordo, de empolgação e vitória.

– Sigam-me, rapazes! – gritou ele, e Jamie viu que a floresta fervilhava de milicianos, companhias que Arnold reunira em sua louca investida para o campo de batalha. – Para a fortificação!

Os homens deram vivas e, em seu entusiasmo, correram atrás dele, quebrando galhos e tropeçando.

– Sigam o maldito idiota – disse Morgan, e Jamie olhou para ele, surpreso.

Morgan lançou um olhar severo às costas de Arnold.

– Ele vai ser levado a corte marcial, escreva o que estou dizendo – falou o velho atirador. – É melhor que ele tenha uma boa testemunha. Essa testemunha é você, James. Vá!

Sem uma palavra, Jamie pegou seu rifle do chão e partiu em disparada, deixando a floresta com sua chuva delicada de ouro e marrom. Seguindo a figura entusiástica, de ombros largos, de Arnold. Para dentro do trigal.

Eles, de fato, o seguiram. Uma horda aos berros, uma multidão armada. Arnold estava montado, mas seu cavalo achava difícil avançar e os homens não tinham dificuldade em acompanhá-lo. Jamie viu as costas do casaco azul de Arnold com uma mancha negra de suor, moldada como uma casca nos ombros musculosos. Um tiro da retaguarda, na confusão da batalha... Mas não passou de um pensamento fugaz, logo desaparecido.

Arnold desaparecera também, com um grito entusiástico, esporeando sua égua para a frente e em círculos, ultrapassando a fortificação. Jamie deduziu que ele pretendia invadir pela retaguarda, o que seria suicídio, já que o lugar fervilhava de granadeiros alemães. Podia ver seus chapéus mitrados despontando acima dos muros da fortificação. Talvez Arnold pretendesse cometer suicídio, talvez apenas criar uma distração para os homens que atacavam a fortificação pela frente – e sua morte seria um preço aceitável a ser pago.

A fortificação se erguia a uma altura de 5 metros, uma muralha de taipa de barro com uma paliçada de troncos de madeira construída em cima – e entre o barro e o tapume havia um abatis, galhos entrançados e com as pontas aguçadas apontando para fora.

Balas começaram a salpicar o campo diante da fortificação e Jamie correu, desviando-se de projéteis que não podia ver.

Escalou o obstáculo, fincando os pés e procurando se agarrar aos galhos do abatis, enfiou a mão por uma brecha e agarrou uma tora, mas escorregou na casca lascada e caiu de costas, aterrissando dolorosamente sobre seu rifle e perdendo o ar. O homem ao seu lado atirou através da brecha e a fumaça branca se espalhou sobre ele, ocultando-o por um momento do hessiano que tinha avistado acima. Rolou sobre o corpo e rastejou para longe, antes que a fumaça se dispersasse ou o sujeito resolvesse jogar uma granada pelo vão.

– Afaste-se! – gritou por cima do ombro, mas o homem que havia atirado estava tentando a sorte com uma corrida e um salto.

A granada atravessou a fenda no mesmo instante em que o sujeito saltava. Ela o atingiu no peito e detonou.

Jamie esfregou a mão na camisa, engolindo bile. A pele da palma de sua mão ardia, esfolada e cheia de farpas de casca de galhos. Estilhaços de metal e lascas de madeira haviam explodido em todas as direções. Algo atingira Jamie no rosto e ele sentiu a ardência do suor e o calor do seu sangue escorrendo pela face. Antes que desaparecesse, pôde ver o granadeiro, o vislumbre de um casaco verde pelo vão no abatis.

Retirou um cartucho de sua bolsa e o abriu com os dentes, contando. Ele podia carregar um rifle em vinte segundos, sabia, havia marcado o tempo. *Nove... oito...* Como Bri ensinara as crianças a contar os segundos? Hipopótamos, sim. *Seis hipopótamos...* Sentiu uma vontade insana de rir, imaginando um grupo de vários hipopótamos fazendo observações críticas quanto ao seu progresso. *Dois hipopótamos...* Não estava morto ainda, então pressionou o corpo contra a base do abatis, enfiou o cano do rifle pela fenda e disparou em uma mancha verde que podia ser um abeto, mas não era, já que gritou.

Lançou o rifle nas costas e saltou mais uma vez, os dedos se cravando nas cascas ásperas das toras. Eles escorregaram, farpas se entranhando sob as unhas, e a dor disparou pela sua mão como um raio. Agora ele já tinha erguido a outra mão. Prendeu o pulso direito com a mão esquerda sã e se agarrou com força à tora. Seus pés escorregaram na terra mal compactada e, por um instante, ele se balançou como um esquilo pendurado de um galho de árvore. Impulsionou seu peso para cima e sentiu algo penetrar em seu ombro, mas não podia parar para dar atenção a isso. Conseguira fincar um pé sob uma tora. Um balanço violento com a perna livre e ele se viu agarrado como um bicho-preguiça. Algo tirou um naco da tora à qual estava agarrado; sentiu a madeira estremecer.

– Cuidado, Vermelho! – gritou alguém abaixo dele, e ele ficou paralisado.

Sentiu outro golpe na madeira, a 2 centímetros de seus dedos. Seria um machado? Não tinha tempo de sentir medo. O homem embaixo disparou acima de seu ombro. Ele ouviu a bala passar zumbindo como um vespão furioso e avançou contra a base da tora, sobrepondo as mãos o mais rápido possível, contorcendo-se entre as toras, as roupas se dilacerando e suas juntas também.

Havia dois hessianos caídos logo acima da fenda onde estava, mortos ou feridos. Outro, a 3 metros de distância. Viu sua cabeça despontar pela fresta e enfiou a mão na bolsa, dentes arreganhados sob um bigode encerado. Um grito de enregelar o sangue veio de trás do hessiano e um dos homens de Morgan cravou um tacape em seu crânio.

Ele ouviu um barulho e se virou a tempo de ver um soldado pisar no corpo de um dos hessianos, que abruptamente voltou à vida, rolando sobre o corpo e se levantando, com um mosquete na mão. O hessiano golpeou com todas as forças, a lâmina de sua baioneta rasgando as calças do soldado quando ele tropeçou e se liberando em um jorro de sangue.

Jamie, num reflexo, agarrou seu rifle pelo cano e o girou, o movimento repercutindo pelos seus ombros, braços e pulsos, enquanto tentava atingir a cabeça do sujeito com a coronha. O solavanco da colisão torceu seus braços violentamente e ele sentiu os ossos de seu pescoço estalarem e sua visão embranquecer. Limpou o suor e o sangue de suas órbitas com a base da mão. Droga, ele tinha entortado o rifle.

O hessiano estava morto. Havia um ar de surpresa no que restava de seu rosto. O soldado ferido se arrastava para longe dali, uma das pernas das calças encharcada de sangue, o mosquete pendurado nas costas, a lâmina de sua baioneta na mão. Ele olhou por cima do ombro e, vendo Jamie, gritou:

– Carabineiro! Atrás de você!

Ele não se virou para ver o que era. Em vez disso, mergulhou de cabeça para o lado, rolando sobre folhas e terra pisoteada. Vários corpos rolaram por cima dele em um emaranhado gemente e colidiram contra as paliçadas. Levantou-se devagar, tirou uma das pistolas da cintura, engatilhou-a e explodiu os miolos de um granadeiro preparado para atirar uma de suas granadas por cima da borda.

Mais alguns tiros, grunhidos e pancadas surdas e, tão rapidamente quanto começara, a luta esmoreceu. A fortificação estava coberta de corpos – a maior parte vestida de verde. Avistou de relance a pequena égua de Arnold, os olhos arregalados e mancando, sem cavaleiro. Arnold estava no solo, esforçando-se para levantar.

Jamie se sentia quase incapaz de ficar de pé. Seus joelhos estavam fracos e sua mão direita, paralisada, mas cambaleou até Arnold e caiu ao seu lado. O general fora atingido por um tiro. Sua perna estava coberta de sangue e seu rosto, lívido e suado, os olhos semicerrados com o choque. Jamie estendeu o braço e agarrou a mão de Arnold, chamando seu nome para trazê-lo de volta, pensando, enquanto o fazia, que aquilo era loucura; devia enfiar sua adaga entre as costelas do sujeito e poupar tanto ele quanto as vítimas de sua traição. Mas a escolha estava feita antes que ele tivesse tempo de pensar. A mão de Arnold se fechou com força sobre a sua.

– Onde? – sussurrou Arnold. – Onde fui atingido?

– Na perna, senhor – respondeu Jamie. – A mesma em que foi ferido antes.

Os olhos de Arnold se abriram e se fixaram em seu rosto.

– Queria que tivesse sido em meu coração – murmurou, e os fechou de novo.

66

LEITO DE MORTE

Um jovem oficial inglês chegou logo após o anoitecer, sob uma bandeira de trégua. O general Gates o enviou à nossa barraca; o general Simon Fraser soubera da presença de Jamie e queria vê-lo.

– Antes que seja tarde demais, senhor – disse o enviado, a voz baixa.

Era muito jovem e parecia destruído.

– O senhor virá?

Jamie já se levantava, embora tenha precisado tentar duas vezes. Não estava ferido, à exceção de inúmeros machucados e um ombro deslocado, mas não tivera forças nem para comer quando se arrastara de volta ao acampamento após a batalha. Eu lavara seu rosto e lhe dera um copo de cerveja. Ele ainda o segurava, intacto, e então o deixou de lado.

– Minha mulher e eu iremos – disse com voz rouca.

Peguei minha capa e, só por garantia, meu estojo médico.

Não precisava ter me preocupado com o estojo. O general Fraser se estendia em uma longa mesa de jantar no aposento principal de uma grande cabana de toras de madeira – a casa da baronesa Von Riedesel, o pequeno oficial sussurrara. Era evidente que ele já tinha ultrapassado qualquer ajuda que eu pudesse oferecer. Seu rosto largo estava quase exangue à luz de velas e seu corpo, envolto em ataduras, encharcadas de sangue. Sangue fresco. Vi as manchas úmidas se ampliando, mais escuras do que as manchas de sangue seco que já havia ali.

Absorta com o moribundo, eu apenas havia registrado a presença de duas pessoas: os médicos à cabeceira do leito de morte, sujos de sangue e pálidos de cansaço. Um deles lançou um olhar para mim e se empertigou um pouco. Seus olhos se estreitaram e ele cutucou seu colega, que ergueu os olhos que contemplavam o general Fraser, franzindo a testa. Olhou para mim sem nenhum sinal de reconhecimento e voltou a sua meditação infrutífera.

Encarei o primeiro médico, sem nenhuma animosidade. Não pretendia invadir seu território. Não havia nada que eu pudesse fazer ali, nada que alguém pudesse fazer, como evidenciava a atitude exausta dos médicos. O segundo cirurgião não havia desistido e eu o admirei por isso, mas a putrefação no ar era inconfundível e eu podia ouvir a respiração do general – estertores longos, com um silêncio excruciante entre eles.

Não havia nada que eu pudesse fazer pelo general Fraser como médica e havia pessoas que podiam oferecer mais consolo do que eu. Jamie, talvez.

– Ele não tem muito tempo – sussurrei para Jamie. – Se houver alguma coisa que queira dizer a ele...

Ele assentiu, engolindo em seco, e se adiantou.

Um coronel inglês ao lado do leito de morte improvisado estreitou os olhos, mas, diante do murmúrio de outro oficial, recuou para que Jamie pudesse se aproximar. O aposento era pequeno e estava lotado. Permaneci no canto, tentando não estorvar.

Jamie e o oficial inglês sussurraram entre si por um instante. Um jovem oficial, sem dúvida ajudante de ordens do general, ajoelhou-se na sombra da extremidade oposta da mesa, segurando a mão dele, a cabeça inclinada em evidente agonia. Empurrei minha capa para trás, por cima dos ombros.

Apesar de fazer muito frio do lado de fora, o ar no interior da casa estava quente, sufocante e insalubre, como se a febre que devorava o general Fraser diante de nossos olhos tivesse se erguido da cama e se espalhado pelo aposento, insatisfeita com a presa escassa. Era um miasma, denso de vísceras deterioradas, suor rançoso e do cheiro de pólvora que pairava nas roupas dos homens.

Jamie se ajoelhou, a fim de se aproximar do ouvido de Fraser. O general mantinha os olhos cerrados, mas estava consciente. Vi seu rosto se contrair ao som da voz de Jamie. Ele virou a cabeça e seus olhos se abriram, o embotamento que havia neles se iluminando momentaneamente ao reconhecê-lo.

– *Ciamar atha thu, a charaid?* – perguntou Jamie. *Como vai, primo?*

O general sorriu.

– *Tha ana-cnàmhadh an Diabhail orm* – respondeu ele. – *Feumaidh gun do dh'ìth mi rudegin nach robh dol leam.* – *Estou com uma maldita indigestão. Devo ter comido alguma coisa que não me fez bem.*

Os oficiais ingleses se remexeram um pouco ao ouvir o gaélico e o jovem oficial na extremidade oposta do leito ergueu os olhos, surpreso.

Não tanto quanto eu.

O aposento obscurecido pareceu se mover ao meu redor e quase caí contra a parede, pressionando as mãos na madeira, na esperança de encontrar algo sólido que me servisse de apoio.

A privação de sono e o sofrimento marcavam seu rosto cheio de rugas, ainda sujo de fumaça e sangue, espalhados como listras pela testa e os ossos da face pela passagem descuidada da manga do casaco. Nada disso fazia a menor diferença. Seus cabelos eram escuros, o rosto estava mais fino, mas eu teria reconhecido em qualquer lugar aquele nariz longo e reto e aqueles olhos azuis rasgados como os de um gato. Jamie e ele se ajoelharam de cada lado do leito de morte do general, a não mais do que 1,5 metro de distância. Certamente ninguém deixaria de notar a semelhança se...

– Ellesmere.

Um capitão de infantaria deu um passo à frente e tocou o ombro do jovem oficial com uma palavra sussurrada e um pequeno aceno de cabeça, obviamente lhe dizendo para deixar a cabeceira a fim de dar ao general Fraser um momento de privacidade, se ele quisesse.

Não levante os olhos!, pensei com todas as forças que pude reunir na direção de Jamie. *Pelo amor de Deus, não levante os olhos!*

Ele não levantou. Quer tenha reconhecido o nome ou visto de relance aquele rosto sujo de fuligem do outro lado da cama improvisada, manteve a cabeça baixa, as feições ocultas nas sombras, e se inclinou para mais perto, falando muito baixo com seu primo Simon.

O jovem se ergueu devagar, como Dan Morgan em uma manhã fria. Sua sombra oscilou nas toras atrás dele. Ele não prestava nenhuma atenção em Jamie. Cada fibra de seu ser estava concentrada no general moribundo.

– É uma alegria vê-lo mais uma vez na Terra, *Seaumais mac Brian* – sussurrou Fraser, estendendo ambas as mãos com esforço para segurar as mãos de Jamie. – Estou contente de morrer entre meus camaradas, que eu amo. Mas pode dizer isso aos do nosso sangue na Escócia? Diga-lhes...

Um dos outros oficiais falou com William e ele se afastou da cama, respondendo em voz baixa. Meus dedos estavam úmidos de transpiração e eu podia sentir gotas de suor escorrendo pelo meu pescoço. Queria tirar a capa, mas receava fazer qualquer movimento que pudesse chamar a atenção de William para mim e, assim, para Jamie.

Jamie estava imóvel como um coelho atrás de um arbusto. Eu podia ver seus ombros tensos sob o casaco molhado de suor, as mãos segurando com força as do general, e apenas o brilho trêmulo da luz do fogo no topo ruivo de sua cabeça dava alguma ilusão de movimento.

– Sua vontade será feita, *Shimi mac Shimi.*

Eu mal conseguia ouvir o murmúrio de sua voz.

– Eu cumprirei seu desejo.

Ouvi um soluço alto ao meu lado e desviei o olhar para ver uma mulher pequena, primorosa como uma boneca de porcelana apesar da hora e da circunstância. Seus olhos brilhavam com lágrimas não derramadas. Ela virou a cabeça para enxugá-las, viu que eu a observava e me dirigiu a trêmula tentativa de um sorriso.

– Estou muito contente por seu marido ter vindo, senhora – sussurrou com um leve sotaque alemão. – É... é um alívio, talvez, que nosso querido amigo tenha o consolo de um parente ao seu lado.

Dois deles, pensei, mordendo a língua, e por absoluta força de vontade não olhei na direção de William. De repente, tive o terrível pensamento de que William pudesse *me* reconhecer e procurar vir falar comigo. O que poderia significar um desastre se...

A baronesa – ela devia ser a mulher de Von Riedesel – pareceu oscilar um pouco, embora pudesse ser apenas o efeito da luz cambiante e da pressão dos corpos. Toquei seu braço.

– Preciso de ar – disse a ela. – Venha comigo lá para fora.

Os médicos se aproximavam da cama outra vez, atentos como abutres, e os murmúrios em gaélico foram repentinamente interrompidos por um terrível gemido de Simon Fraser.

– Tragam uma vela! – pediu um dos médicos, aproximando-se da cama.

Os olhos da baronesa se fecharam com força e eu vi sua garganta se mover enquanto ela engolia em seco. Tomei sua mão e a conduzi para fora.

Não demorou muito, mas pareceu uma eternidade até os homens saírem, de cabeça baixa.

Houve uma discussão curta, áspera, do lado de fora da cabana, conduzida em vozes abafadas em respeito ao morto, mas ainda assim acalorada. Jamie se manteve afastado, com o chapéu bem enfiado na cabeça, mas um dos oficiais ingleses se virava para ele de vez em quando, obviamente solicitando sua opinião.

O tenente William Ransom, também conhecido como lorde Ellesmere, mantinha-se reservado, como convinha ao seu posto inferior naquela companhia. Não tomou parte na discussão, parecendo contrito demais com a morte. Perguntei-me se ele já teria visto algum conhecido morrer. Em seguida, percebi quanto esse pensamento era idiota.

As mortes em campo de batalha, por mais violentas que sejam, não são iguais à morte de um amigo. E, pela aparência do jovem William, Simon Fraser fora seu amigo, além de seu comandante.

Absorta nessas observações furtivas, eu não prestava mais do que uma atenção superficial no principal tema da discussão - a disposição imediata do corpo do general Fraser - e nenhuma nos dois médicos, que tinham saído da cabana e agora permaneciam um pouco afastados, conversando em voz baixa. Pelo canto do olho, vi um deles enfiar a mão no bolso e entregar um pedaço de tabaco ao outro. O que ele falou, entretanto, atraiu minha atenção com a mesma eficácia que teria se sua cabeça tivesse explodido em chamas.

- Até logo, então, dr. Rawlings - disse ele.

- Dr. Rawlings? - exclamei, num reflexo.

- Sim, madame? - atendeu ele, gentil, apesar da expressão de um homem exausto lutando contra um desejo intenso de mandar o mundo para o inferno.

Reconheci o impulso e me compadeci, mas, já que o chamara, não tinha escolha senão continuar.

- Com licença - comecei, corando um pouco. - Ouvi seu nome por acaso e fiquei surpresa. Eu conheci um dr. Rawlings.

Essa observação casual teve um efeito inesperado. Seus ombros se empertigaram e seu olhar embotado se aguçou com ansiedade.

- É mesmo? Onde?

- Hã... - Hesitei por um instante. Eu nunca tinha me encontrado com o dr. Rawlings, apesar de realmente sentir que o conhecia, então contemporizei dizendo: - Seu nome era Daniel Rawlings. Seria talvez um parente seu?

Seu rosto se iluminou e ele me segurou pelo braço.

- Sim! Sim, é meu irmão. Por favor, madame, sabe onde ele está?

Senti um terrível aperto no estômago. Eu sabia onde Daniel Rawlings estava, mas a notícia não seria agradável. Entretanto, não havia escolha. Precisava lhe contar.

- Sinto muito, mas ele está morto.

Coloquei a mão sobre a dele e a apertei, minha garganta se contraindo de novo enquanto a luz em seus olhos esmorecia.

Ele permaneceu imóvel durante várias respirações, os olhos fixos em algum lugar além de mim. Lentamente, o homem se concentrou em mim outra vez, respirou fundo e firmou os lábios.

– Compreendo. Eu... temia isso. Como ele... Como isso aconteceu, a senhora sabe?

– Sei – respondi, vendo o coronel Grant se remexer de um modo que indicava partida iminente. – Mas é... uma longa história.

– Ah. – Ele detectou a direção do meu olhar e virou a cabeça. Todos os homens se moviam agora, ajeitando os casacos, colocando os chapéus, enquanto trocavam algumas palavras finais. – Eu irei ao seu encontro – disse ele, me encarando de volta. – Seu marido... O rebelde escocês alto, acho que disseram que ele é parente do general?

Vi seu olhar se mover para um ponto além de mim e o susto fez minha pele se arrepiar. As sobrancelhas de Rawlings estavam enrugadas e eu compreendi, tão claramente quanto se ele tivesse falado, que a palavra "parente" desencadeara alguma ligação em sua mente... e que ele olhava para William.

– Sim. Coronel Fraser – informei, segurando-o pela manga antes que ele pudesse olhar para Jamie e completar o raciocínio.

Eu estivera remexendo em meu estojo e, nesse ponto, encontrei o pedaço de papel dobrado que procurava. Tirei-o e, após desdobrá-lo, estendi-o a ele. Ainda havia espaço para dúvidas, afinal.

– Esta é a caligrafia de seu irmão?

Ele agarrou o papel e examinou apreensivamente a caligrafia miúda e nítida com uma expressão em que se misturavam ansiedade, desespero e esperança. Fechou os olhos por um instante, abriu-os mais uma vez, lendo e relendo a receita para diarreia como se fosse a Escritura Sagrada.

– A folha está queimada – observou, tocando as bordas chamuscadas.

Sua voz estava rouca.

– Daniel... morreu num incêndio?

– Não – respondi.

Não havia tempo. Um dos oficiais ingleses se postava impacientemente atrás dele, aguardando. Toquei a mão que segurava a folha.

– Guarde isso, por favor. E se puder atravessar as linhas, e imagino que agora possa, me encontrará em minha barraca, próxima ao parque de artilharia. Eles... hã... eles me chamam de Feiticeira Branca – acrescentei timidamente. – Pergunte a qualquer um.

Seus olhos injetados se arregalaram diante disso, depois se estreitaram, enquanto ele me examinava. Não havia tempo para novas perguntas. O oficial deu um passo à frente e murmurou alguma coisa no ouvido de Rawlings, com apenas um olhar fugaz em minha direção.

– Sim – concordou Rawlings. – Sim, sem dúvida. – Fez uma profunda mesura para mim. – Seu criado, madame. Agradeço muito. Posso...? – Ergueu o papel e eu assenti.

– Sim, claro, por favor, fique com ele.

O oficial tinha se virado, empenhado em importunar outro membro errante de seu grupo, e, com um rápido olhar às suas costas, o dr. Rawlings deu um passo em minha direção e tocou minha mão.

– Eu irei procurá-la – afirmou, a voz baixa – assim que puder. Obrigado.

Ergueu os olhos então para alguém atrás de mim e percebi que Jamie terminara o que tinha que fazer e vinha me buscar. Jamie deu um passo à frente e, com um breve aceno de cabeça para o médico, tomou minha mão.

– Onde está seu chapéu, tenente Ransom? – falou o coronel atrás de mim, com um ligeiro tom de reprovação.

Pela segunda vez em cinco minutos, senti os pelos da minha nuca se arrepiarem. Não com as palavras do coronel, mas com a resposta sussurrada.

– ... o rebelde filho da mãe o arrancou da minha cabeça com um tiro – disse uma voz.

A voz tinha sotaque inglês, era jovem, rouca com a dor reprimida e com um toque de raiva. Fora isso... era a voz de Jamie, e a mão de Jamie apertou a minha tão bruscamente que quase esmagou meus dedos.

Estávamos na cabeceira da trilha que vinha do rio; mais dois passos e estaríamos em segurança ao abrigo das árvores envoltas em neblina. Em vez de dar esses dois passos, Jamie ficou paralisado durante um batimento cardíaco, depois largou minha mão, girou nos calcanhares e, tirando o chapéu da cabeça, avançou em largas passadas e o enfiou nas mãos do tenente Ransom.

– Creio que lhe devo um chapéu, senhor – disse ele, deixando o jovem oficial atônito diante do surrado tricórnio em suas mãos.

Olhando para trás, vislumbrei a expressão desconcertada de William olhando Jamie se afastar, mas Jamie me empurrava pela trilha como se houvesse peles-vermelhas em nosso encalço, e um agrupamento de abetos novos ocultou o tenente do nosso campo de visão em poucos segundos.

Eu podia sentir o corpo de Jamie vibrar como uma corda de violino, a respiração acelerada.

– Você ficou louco? – perguntei sem me alterar.

– É muito provável.

– Que diabo! – comecei a dizer, mas ele apenas continuou me puxando, até estarmos bem longe, fora do alcance da vista ou dos ouvidos da cabana.

Um tronco caído que até então escapara dos lenhadores se atravessava no caminho e Jamie se sentou nele, cobrindo o rosto com a mão trêmula.

– Você está bem? O que foi? – perguntei.

Sentei-me ao seu lado e coloquei a mão em suas costas, começando a ficar preocupada.

– Não sei se rio ou se choro, Sassenach – disse ele.

Tirou a mão do rosto e vi que parecia estar fazendo ambos. Suas pestanas estavam úmidas, mas os cantos da boca esboçavam um sorriso.

– Perdi um parente e encontrei outro, tudo ao mesmo tempo. E, um instante depois, percebi que, pela segunda vez na vida, por um fio não atirei em meu filho. – Olhou para mim e balançou a cabeça, entre o riso e o espanto. – Sei que não devia ter feito isso. É que... pensei de repente: "E se eu acertasse em uma terceira vez?" E... e eu achei que devia... falar com ele. Como um homem. Caso fosse a única vez, sabe?

O coronel Grant lançou um olhar curioso para a cabeceira da trilha, onde um galho trêmulo assinalava a passagem do rebelde e de sua mulher, depois se voltou para o chapéu nas mãos de William.

– O que foi isso?

William pigarreou.

– Evidentemente, o coronel Fraser foi o, hã, rebelde filho da mãe que me privou do meu chapéu durante a batalha ontem – disse ele, esperando ter imprimido um tom seco e distanciado à voz. – Ele... me recompensou.

Uma expressão de humor se insinuou no rosto extenuado de Grant.

– É mesmo? Muito honrado da parte dele. – Ele espreitou o objeto em questão com ar de dúvida. – Acha que tem piolhos?

Com outro homem, em outro momento, isso poderia ser interpretado como calúnia. Só que Grant, apesar de estar disposto a denegrir a coragem, as aptidões e as soluções dos rebeldes, claramente queria descobrir um fato com a pergunta; a maior parte das tropas hessianas e inglesas estava infestada de piolhos, assim como os oficiais.

William inclinou o chapéu, examinando-o tanto quanto a luz turva permitia. O objeto estava quente em suas mãos, mas nada se movia ao longo das costuras.

– Acho que não.

– Use-o, capitão Ransom. Temos que dar um bom exemplo aos homens.

William havia de fato adotado o chapéu, sentindo-se estranho com o calor do objeto em sua cabeça, antes de perceber o que Grant dissera.

– Capitão...?

– Parabéns – disse Grant, o esboço de um sorriso iluminando o rosto exausto. – O general... – Olhou para trás, para a cabana fétida e silenciosa, e o sorriso desapareceu. – Ele queria que você fosse promovido a capitão depois de Ticonderoga. Deveria ter sido feito na ocasião, mas... – Seus lábios se comprimiram e então relaxaram. – O general Burgoyne assinou a ordem ontem à noite, após ouvir vários relatos da batalha. Pelo que pude entender, você se destacou.

William abaixou a cabeça timidamente. Havia um nó em sua garganta e seus olhos ardiam. Não conseguia se lembrar do que fizera... apenas que não conseguira salvar o general.

– Obrigado – conseguiu dizer, e não deixou de olhar para trás, para a cabana. Haviam deixado a porta aberta.

– Você sabe... Ele... Não, não importa.

– Se ele sabia? – perguntou Grant. – Eu contei a ele. Eu trouxe a ordem.

Impossibilitado de falar, William apenas assentiu. O chapéu se encaixou com perfeição e permaneceu no lugar.

– Meu Deus, como está frio – disse Grant baixinho.

Apertou o casaco em volta do corpo, olhando ao redor para as árvores gotejantes e para a densa neblina entre elas.

– Que lugar desolador. Péssima hora do dia, também.

– Sim. – William ficou momentaneamente aliviado ao admitir sua sensação de desolação, embora a hora e o lugar pouco tivessem a ver com isso. Engoliu em seco, olhando de novo para a cabana. A porta aberta o incomodava; enquanto a neblina se assentava como um colchão de penas sobre a floresta, a névoa perto da cabana subia, volteando as janelas, e ele teve a sensação desconfortável de que ela de certa forma... *ia pegar* o general.

– Eu só vou... fechar a porta, está bem? – Começara a se dirigir à cabana, mas foi detido por um gesto de Grant.

– Não, não o faça.

William olhou para ele com surpresa e o coronel deu de ombros, tentando minimizar a questão.

– O homem que doou seu chapéu disse que devemos deixá-la aberta. Uma superstição das Terras Altas, algo sobre a alma precisar de uma saída. Além disso, está frio demais para as moscas – acrescentou, sem nenhuma delicadeza.

William sentiu um aperto no estômago já atrofiado e engoliu o amargor que subiu pela sua garganta diante da visão de larvas se multiplicando.

– Mas não podemos... Quanto tempo? – perguntou.

– Não muito – assegurou Grant. – Só estamos esperando por um destacamento especial para realizar o funeral.

William reprimiu o protesto que veio aos seus lábios. Claro. O que mais poderia ser feito? No entanto, a lembrança das trincheiras que haviam cavado junto às Heights, a terra salpicando as faces rechonchudas e frias de seu cabo... Após os últimos dez dias, imaginava que já estivesse além da sensibilidade a tais coisas. Mas o barulho dos lobos que vinham comer os moribundos e os mortos ecoou repentinamente no fundo vazio de seu estômago.

Murmurando um pedido de licença, afastou-se para o lado, entrando no meio dos arbustos molhados, e vomitou, o mais silenciosamente possível. Chorou um pouco, baixinho, depois limpou o rosto com um punhado de folhas úmidas e voltou.

Grant fingiu acreditar que William tinha ido mesmo urinar e não comentou nada.

– Um notável cavalheiro – observou. – O parente do general, quero dizer. Não daria para imaginar que eram parentes só de olhar, não é?

Dividido entre a esperança agonizante e o luto dilacerante, William mal havia notado o coronel Fraser antes de este lhe dar o chapéu – e ficara espantado demais para perceber qualquer coisa a respeito dele. Assentiu, tendo a vaga lembrança de uma figura alta ajoelhada junto ao leito, a luz do fogo reluzindo no topo de sua cabeça vermelha.

– Ele se parece mais com você do que com o general – acrescentou Grant casualmente, depois riu, um riso áspero. – Tem certeza de que você não tem um ramo escocês na família?

– Não, povo de Yorkshire desde o Dilúvio, exceto por uma bisavó francesa – respondeu William, grato pela conversa descontraída. – A mãe do meu padrasto é parcialmente escocesa. Acha que isso conta?

O que quer que Grant pudesse ter respondido se perdeu, já que o som de uma alma penada chegou até eles através da bruma. Os dois homens ficaram paralisados, atentos. O gaiteiro do general de brigada se aproximava, com Balcarres e alguns de seus batedores. O destacamento encarregado do funeral.

O sol se levantara, mas estava bloqueado pelas nuvens e pelo dossel de árvores. O rosto de Grant tinha a mesma cor da névoa, pálido, com um lustro de umidade.

O som parecia vir de longe. No entanto, vinha da própria floresta. Em seguida, lamentos e gritos uivantes de pesar se uniram ao canto fúnebre do gaiteiro – Balcarres e seus índios. Apesar do som aterrador, William se sentiu um pouco reconfortado. Não seria apenas um apressado enterro no campo de batalha, realizado sem consideração ou respeito.

– Soam como lobos uivando, não? – murmurou Grant.

Ele passou a mão pelo rosto, depois enxugou a palma molhada na coxa.

– Sim, é verdade – concordou William.

Assumiu uma postura de prontidão e aguardou os pranteadores, o tempo todo consciente da cabana às suas costas, a porta silenciosa, aberta à neblina.

67

MAIS GORDUROSO DO QUE A GORDURA

Sempre presumi que a rendição fosse algo simples. Entregar sua espada, apertar as mãos e marchar em retirada – para a liberdade condicional, a prisão ou a batalha seguinte. Essa presunção simplista foi desmistificada pelo dr. Rawlings, que conseguiu atravessar as linhas dois dias depois para conversar comigo sobre seu irmão.

Contei-lhe tudo que pude, expressando minha ligação sentimental com o livro de registros de casos de seu irmão, através do qual eu sentia que tinha conhecido Daniel

Rawlings. O segundo dr. Rawlings – seu nome era David – era uma pessoa de conversa fácil e se demorou por algum tempo, a conversa passando a outros assuntos.

– Não – disse ele quando mencionei minha surpresa de que a cerimônia de rendição não tivesse ocorrido imediatamente. – Os termos da rendição têm que ser negociados primeiro, e essa é uma questão espinhosa.

– Negociados? – indaguei. – O general Burgoyne tem *escolha* no assunto?

Ele pareceu achar graça.

– Tem, sim – assegurou-me. – Por acaso, eu vi as propostas que o major Kingston trouxe hoje de manhã para uma leitura cuidadosa do general Gates. Começam com a firme declaração de que, tendo lutado contra Gates duas vezes, o general Burgoyne está preparado para fazê-lo uma terceira. Não está, é claro, mas salva sua honra lhe permitindo observar que ele notou a superioridade dos rebeldes em número e assim se sente justificado em aceitar a rendição, a fim de salvar a vida de homens corajosos em termos honrosos. Aliás, a batalha ainda não está oficialmente encerrada – acrescentou, com um débil ar de desculpas. – O general Burgoyne propõe a cessação das hostilidades enquanto as negociações estiverem em andamento.

– É mesmo? – falei, achando graça. – Eu me pergunto se o general Gates está disposto a aceitar isso ao pé da letra.

– Não, não está – respondeu uma seca voz escocesa.

Jamie abaixou a cabeça e entrou na barraca, seguido de seu primo Hamish.

– Ele leu a proposta de Burgoyne, em seguida enfiou a mão no bolso e arrancou a própria versão. Gates exige uma rendição incondicional e requer que tanto as tropas britânicas quanto as alemãs larguem suas armas no acampamento e saiam como prisioneiras. A trégua durará até o pôr do sol, quando então Burgoyne deverá dar sua resposta. Achei que o major Kingston ia ter um ataque apoplético ali mesmo.

– Você acha que ele está blefando? – perguntei.

Jamie fez um ruído gutural escocês e lançou um olhar ao dr. Rawlings, indicando que achava impróprio discutir o assunto diante do inimigo. E, considerando o evidente acesso do dr. Rawlings ao alto-comando inglês, talvez ele tivesse razão.

Diplomaticamente, David Rawlings mudou de assunto, abrindo a tampa do estojo que trouxera com ele.

– Este estojo é igual ao que a senhora tinha, sra. Fraser?

– Sim, é.

Eu notara o fato, mas não quis ficar olhando para o estojo. Estava mais surrado do que o meu e possuía uma pequena placa de bronze, mas, fora isso, era igual.

– Bem, eu não tinha dúvidas sobre o destino do meu irmão – disse ele, com um suspiro –, mas isso põe um ponto final na questão. Os estojos nos foram dados pelo nosso pai, ele mesmo um médico, quando começamos a exercer a profissão.

Olhei para ele, surpresa.

– Não está me dizendo... Vocês eram gêmeos?

– Sim, éramos. – Ele pareceu surpreso que eu não soubesse disso.

– Idênticos?

Ele sorriu.

– Nossa mãe sempre diferenciava um do outro, o que poucas pessoas conseguiam.

Encarei-o, sentindo uma ternura incomum, quase um constrangimento. Eu havia, é claro, criado uma imagem de Daniel Rawlings conforme lia seu livro de casos. Encontrá-lo cara a cara, de certa forma, abalava-me um pouco.

Jamie me fitava estarrecido, as sobrancelhas erguidas. Tossi, corando. Com outro ruído escocês, ele pegou o baralho que viera buscar e conduziu Hamish para fora.

– Eu me pergunto... se a senhora teria necessidade de alguma coisa em particular na área médica – disse David Rawlings, corando por sua vez. – Tenho bem poucos remédios, mas possuo duplicata de alguns instrumentos. E uma boa coleção de bisturis. Ficaria muito honrado se a senhora...

– Ah. – Era uma oferta galanteadora e meu constrangimento logo foi engolido por uma onda de consumismo. – O senhor por acaso teria um par extra de pinças? Fórceps pequenos, quero dizer.

– Sim, claro. – Ele puxou a gaveta inferior, empurrando um amontoado de instrumentos para o lado, à procura de pinças. Ao fazê-lo, avistei algo incomum e o indiquei.

– O que é isso?

– Chama-se *jugum penis* – explicou o dr. Rawlings, o rubor aumentando.

– Parece uma armadilha de urso. O que é...? Não pode ser um instrumento para realizar circuncisão... – Peguei o objeto, o que fez o dr. Rawlings soltar uma arfada de ansiedade. Eu o olhei com curiosidade.

– Isso... hã... minha cara senhora... – Ele quase arrancou o aparelho das minhas mãos, enfiando-o de volta no estojo.

– Para que serve? – perguntei, mais divertida do que ofendida por sua reação. – Considerando o nome...

– Previne... hã... intumescência noturna. – Seu rosto, a essa altura, tinha um aspecto roxo pouco salutar e ele se recusava a me encarar.

– Sim, imagino que faça isso.

O objeto em questão consistia em dois círculos concêntricos de metal, o círculo externo flexível, com pontas sobrepostas, e uma espécie de mecanismo que permitia apertá-lo. O círculo interno era denteado, muito semelhante a uma armadilha de urso, como eu mencionara. Destinava-se a ser preso ao redor de um pênis flácido, o qual permaneceria nesse estado, sabendo o que o esperava se não o fizesse.

Pigarreei.

– Hã... *Por que* isso é necessário?

Seu constrangimento se transformou lentamente em choque.

– Ora... é que... a perda da essência masculina é muito debilitante. Drena a vitalidade do homem e o expõe a todo tipo de doença, além de prejudicar suas faculdades mentais e espirituais.

– Ainda bem que ninguém pensou em mencionar isso ao meu marido.

Rawlings me lançou um olhar escandalizado, mas, antes que a discussão pudesse assumir proporções ainda mais impróprias, fomos interrompidos por uma movimentação do lado de fora e ele aproveitou a oportunidade para fechar seu estojo e enfiá-lo apressadamente debaixo do braço, antes de se juntar a mim na entrada da barraca.

Uma pequena parada atravessava o acampamento, a uns 100 metros de distância. Um major inglês em uniforme de gala, vendado, e tão ruborizado que eu pensei que ele poderia explodir, estava sendo conduzido por dois soldados continentais e um flautista os seguia a uma distância discreta, tocando "Yankee Doodle". Pensando no que Jamie dissera sobre apoplexia, eu não tinha a menor dúvida de que aquele era o infeliz major Kingston, escolhido para entregar a proposta de rendição de Burgoyne.

– Santo Deus – murmurou o dr. Rawlings, balançando a cabeça diante da cena. – Receio que este processo vá levar algum tempo.

Levou. Uma semana mais tarde todos nós ainda estávamos parados no mesmo lugar, enquanto cartas eram trocadas uma ou duas vezes por dia entre os dois acampamentos. Havia um ar de relaxamento generalizado no acampamento americano. Achei que as coisas ainda deviam estar um pouco tensas do outro lado, mas o dr. Rawlings não voltara, de modo que os boatos eram a única maneira de julgar o progresso – ou a falta dele – das negociações de capitulação. Evidentemente, o general Gates estivera blefando, e Burgoyne fora bastante astuto para perceber.

Eu estava satisfeita de permanecer em um lugar por tempo suficiente para lavar minhas roupas sem o risco de levar um tiro, ser escalpelada ou molestada de alguma forma. Fora isso, havia muitas vítimas das duas batalhas que ainda requeriam cuidados.

Eu percebera, de um modo vago, a presença de um homem espreitando nos limites do acampamento. Eu o avistara várias vezes, mas ele nunca tinha se aproximado o suficiente para falar comigo. Concluí que sofria de alguma doença embaraçosa como gonorreia ou hemorroidas. Geralmente, esses homens demoravam algum tempo para reunir a coragem ou o desespero para pedir ajuda, e, quando o faziam, ainda assim esperavam para falar comigo em particular.

Da terceira ou quarta vez em que o notei, tentei induzi-lo a se aproximar de forma que eu pudesse examiná-lo com privacidade, mas ele se esquivou, os olhos baixos, e desapareceu no formigueiro efervescente de milicianos, continentais e seguidores de acampamento.

Ele reapareceu ao final da tarde do dia seguinte, enquanto eu preparava uma espécie de sopa usando um osso – impossível identificar a que animal pertencia, mas fresco o suficiente e ainda com lascas de carne agarradas a ele – que me fora dado por um paciente, duas batatas-doces ressecadas, um punhado de cereais, outro punhado de feijão e um pouco de pão dormido.

– É a sra. Fraser? – perguntou ele, com um sotaque educado das Terras Baixas escocesas.

Senti uma leve pontada à lembrança do tom semelhante de Tom Christie. Ele sempre fizera questão de me chamar de sra. Fraser, dito exatamente daquela forma concisa, formal.

Mas os pensamentos sobre Tom Christie desapareceram no instante seguinte.

– Eles a chamam de Feiticeira Branca, não é? – perguntou o homem, e sorriu.

Não era de forma alguma uma expressão agradável.

– Algumas pessoas, sim. Por quê? – indaguei em tom de desafio, segurando com força meu socador.

Ele era alto e magro, o rosto fino e moreno, trajando um uniforme continental. Por que não procurara o médico de seu regimento em vez de uma curandeira? Será que queria um feitiço de amor? Não parecia o tipo.

O homem riu um pouco e fez uma mesura.

– Eu só queria ter certeza de que tinha vindo ao lugar certo, senhora – comentou. – Não tive intenção de ofendê-la.

– Não precisa se desculpar. – Ele não era nenhuma ameaça, além, talvez, de ficar parado perto demais de mim, mas não gostei dele. E meu coração batia mais rápido do que deveria. – Evidentemente, você sabe meu nome – falei, esforçando-me para manter a calma. – Qual é o seu?

Ele sorriu de novo, examinando-me tão acintosamente que beirava as raias da insolência.

– Meu nome não importa. Seu marido é James Fraser?

Senti uma vontade enorme de acertá-lo com o socador, mas não o fiz. Poderia aborrecê-lo, só que não iria me livrar dele. Não queria admitir o nome de Jamie e não me dei ao trabalho de refletir sobre isso. Pedi licença e, tirando o caldeirão do fogo, coloquei-o no chão e fui embora.

Ele não esperava isso e não me seguiu de imediato. Afastei-me depressa, dei a volta por trás de uma pequena barraca pertencente à milícia de New Hampshire e me misturei a um grupo de pessoas reunido ao redor de outra fogueira – milicianos, alguns com as esposas. Alguns pareceram surpresos com a minha aparição repentina, mas todos me conheciam e abriram espaço, murmurando cumprimentos.

Olhei para trás, do meio do refúgio, e pude ver o sujeito, em silhueta contra o sol poente, de pé junto à minha fogueira abandonada, a brisa da tarde soprando mechas dos seus cabelos. Sem dúvida era minha imaginação que me fazia achá-lo sinistro.

– Quem é, tia? Um de seus admiradores rejeitados? – perguntou o Jovem Ian em meu ouvido, com um tom de voz divertido.

– Certamente rejeitado – respondi, de olho no sujeito.

Eu tinha imaginado que ele fosse me seguir, mas o homem permaneceu onde estava, o rosto virado em minha direção. Seu rosto oval era escuro, mas eu sabia que estava de olho em mim.

– Onde está seu tio, você sabe?

– Sim. O primo Hamish e ele estão esvaziando os bolsos do coronel Martin com as cartas, lá.

Indicou com o queixo o acampamento da milícia de Vermont, onde se erguia a barraca do coronel Martin, reconhecível por um rasgão no topo, remendado com um pedaço de tecido de algodão amarelo.

– Hamish é bom nas cartas? – perguntei, curiosa, olhando na direção da barraca.

– Não, mas tio Jamie é. E ele sabe quando Hamish fará a jogada errada, o que é quase tão bom quanto ele fazer a jogada certa.

– Acredito em você. Sabe quem é aquele homem? Aquele que está de pé perto da minha fogueira?

Ian estreitou os olhos contra o sol poente, depois franziu o cenho.

– Não, mas ele acabou de cuspir na sua sopa.

– Ele *o quê*? – exclamei e girei nos calcanhares, a tempo de ver o sujeito se afastar a passos largos, as costas eretas. – Ora, aquele maldito, nojento, *idiota*!

Ian limpou a garganta e me cutucou, indicando a mulher de um miliciano, que me olhava com evidente desaprovação. Limpei minha garganta, engoli outros comentários sobre o assunto e lhe lancei o que esperava que fosse um sorriso de desculpas. Afinal, agora seríamos obrigados a pedir sua hospitalidade se quiséssemos comer alguma coisa no jantar.

Quando voltei a olhar para a nossa fogueira, o sujeito havia desaparecido.

– Sabe de uma coisa, tia? – comentou Ian, franzindo o cenho em direção às sombras vazias que se estendiam sob as árvores. – Acho que ele vai voltar.

Jamie e Hamish não voltaram para o jantar, levando-me a imaginar que o jogo estava indo bem para eles. As coisas também iam razoavelmente bem para mim. A sra. Kebbits, mulher de um miliciano, ofereceu o jantar para mim e Ian, e de uma maneira muito hospitaleira, com broas de milho frescas e ensopado de coelho com cebolas. Melhor ainda, meu visitante sinistro não retornou.

Acompanhado de Rollo, Ian fora cuidar de seus assuntos, de modo que eu abafei o fogo e me preparei para fazer a ronda noturna nas barracas do hospital. A maioria dos gravemente feridos morrera dois ou três dias após a batalha. O restante, os que tinham esposas, amigos ou parentes para cuidar deles, fora levado para seus acampamentos. Restavam mais ou menos três dúzias de pacientes, homens solitários, com ferimentos ou doenças persistentes, mas sem risco de morte iminente.

Calcei um segundo par de meias, enrolei-me na minha grossa capa de lã e agradeci a Deus pelo tempo frio. Uma friagem tinha surgido no final de setembro, acendendo as fogueiras com uma glória de vermelho e dourado, além de matar insetos. O alívio da vida no acampamento sem moscas era em si mesmo maravilhoso. Não era de admirar que as moscas tenham sido uma das dez pragas do Egito. Os piolhos, por sua vez, ainda estavam conosco, mas, sem moscas, pulgas e mosquitos, a ameaça de uma epidemia se reduzia.

Ainda assim, toda vez que me aproximava das barracas do hospital, me via cheirando o ar, alerta para o fedor de fezes, que poderia anunciar uma erupção repentina de cólera, tifo ou os males menores de um surto de salmonela. Esta noite, entretanto, não senti nenhum fedor além do costumeiro odor de fossa das latrinas, sobrepujado pelo ranço de corpos não lavados, roupas de cama sujas e um cheiro penetrante e forte de sangue seco. Reconfortantemente familiar.

Três enfermeiros jogavam cartas sob uma meia-água de lona montada ao lado da tenda maior, o jogo iluminado por uma vela de pavio de junco, cuja chama se erguia e tremulava com o vento da noite. Suas sombras cresciam e encolhiam, e ouvi o som de suas risadas ao passar. Isso significava que nenhum dos médicos do regimento estava por perto; tanto melhor.

A maioria era grata por qualquer ajuda que lhes fosse oferecida. Assim, deixavam que eu fizesse o que achasse adequado. No entanto, sempre havia um ou dois que queriam afirmar sua autoridade. Em geral, nada além de uma amolação, mas muito perigoso em caso de emergência.

Nenhuma emergência esta noite, graças a Deus. Havia várias velas em latinhas e tocos de tamanhos variados em uma bacia do lado de fora da barraca. Acendi uma na fogueira e, abaixando a cabeça, entrei e percorri as duas barracas grandes, conversando com os homens que estavam acordados e avaliando suas condições e os sinais vitais.

Nada muito ruim, mas eu tinha certa preocupação com o cabo Jebediah Shoreditch, que tinha sofrido três ferimentos por baioneta durante a invasão da Grande Fortificação. Por algum milagre, nenhum atingira um órgão vital e, embora o cabo estivesse se sentindo desconfortável – uma estocada atravessara de baixo para cima sua nádega esquerda –, não parecia ter febre. Mas havia indícios de infecção no ferimento da nádega.

– Vou desinfetar isso aqui – avisei a ele, examinado minha garrafa pela metade de tintura de genciana.

Era tudo que restava, mas com sorte não deveria haver grande necessidade da tintura até eu conseguir preparar mais.

– Quero dizer, vou lavá-la, para tirar o pus. Como aconteceu?

A irrigação não ia ser confortável. Melhor se ele pudesse ser distraído um pouco, contando-me os detalhes.

– Não foi fugindo, senhora. Não pense isso – assegurou, agarrando com força a borda de seu catre quando eu virei para trás o cobertor e retirei os pedaços ressequidos de um curativo de alcatrão e terebintina. – Um daqueles malditos hessianos traiçoeiros se fingiu de morto e, quando passei por cima dele, ele voltou à vida e se ergueu como uma víbora, a baioneta na mão.

– Baioneta na *sua* mão, é o que você quer dizer, Jeb – brincou um amigo deitado ali perto.

– Não, esse foi outro.

Shoreditch deu de ombros, descartando a piada com um olhar despreocupado à sua mão direita, envolta em ataduras. Um dos hessianos havia pregado sua mão no chão com a lâmina da baioneta. Shoreditch agarrou a faca do inimigo com a mão esquerda e desfechou um golpe furioso nas panturrilhas do hessiano, derrubando-o. Em seguida, cortou a garganta do hessiano, descuidando-se, entretanto, de um terceiro atacante, cujo golpe decepou a parte de cima de sua orelha esquerda.

– Alguém deu um tiro nesse sujeito, graças a Deus, antes que ele pudesse melhorar a sua mira. Por falar em mãos, senhora, a mão do coronel está sarando bem?

Sua testa brilhava de suor à luz da vela e os tendões se destacavam em seus antebraços, mas ele falou educadamente.

– Creio que sim – respondi, pressionando devagar o êmbolo de minha seringa de irrigação. – Está jogando cartas com o coronel Martin desde a tarde. Se sua mão estivesse incomodando, ele já teria voltado.

Shoreditch e seu amigo deram uma risadinha, mas ele soltou um longo suspiro quando retirei minhas mãos do novo curativo e recostou a testa no catre por um instante, antes de rolar dolorosamente sobre o lado bom.

– Muito obrigado, senhora – disse ele.

Seus olhos percorreram com aparente casualidade as figuras que se moviam de um lado para outro na escuridão.

– Se a senhora vir o amigo Hunter ou o dr. Tolliver, poderia pedir a eles que venham aqui um instante?

Ergui uma das sobrancelhas diante desse pedido, mas assenti e lhe servi um copo de cerveja; havia cerveja em abundância agora que as linhas de suprimento do sul tinham nos alcançado, e não lhe faria mal algum.

Fiz o mesmo para seu amigo, um homem da Pensilvânia chamado Neph Brewster, que sofria de uma disenteria, mas acrescentei uma pequena porção da mistura do dr. Rawlings para prender intestinos antes de lhe entregar a caneca.

– Jeb não pretende desrespeitá-la, senhora – sussurrou Neph, inclinando-se para perto de mim enquanto pegava a bebida. – É que ele não consegue evacuar sem ajuda e não quer pedir isso a uma dama. Se o sr. Denzell ou o doutor não vierem logo, eu o ajudarei.

– Quer que eu chame um dos enfermeiros? – perguntei, surpresa. – Estão logo ali fora.

– Não, senhora. Depois que o sol se põe, eles acham que estão dispensados do serviço. Não entram aqui, a não ser que haja uma briga ou a barraca pegue fogo.

– Hum – murmurei.

Obviamente, as atitudes dos enfermeiros de hospital de campanha não diferiam muito de uma época para outra.

– Encontrarei um dos médicos – afirmei.

O sr. Brewster era magro e amarelado, e sua mão tremia tanto que eu tive que ajudá-lo a beber. Duvidava que ele conseguisse ficar de pé por tempo bastante para resolver suas necessidades, quanto mais ajudar o cabo Shoreditch com as dele. O sr. Brewster, entretanto, era bem-disposto.

– Defecar é algo em que já adquiri alguma habilidade a esta altura – disse ele, rindo para mim. Limpou o rosto com a mão trêmula e parou entre cada gole para respirar pesadamente. – Ah... teria um pouco de gordura de cozinha à mão, madame? Meu rabo está em carne viva, como um coelho que acabou de ser esfolado. Eu posso aplicar em mim mesmo, a menos que a senhora *queira* ajudar, é claro.

– Mencionarei isso ao dr. Hunter – respondi. – Tenho certeza de que ele ficará encantado.

Terminei minha ronda bem rápido – a maioria dos homens dormia – e fui procurar Denny Hunter, que encontrei do lado de fora de sua barraca, encolhido contra o frio, com um cachecol ao redor do pescoço, ouvindo uma balada cantada ao redor de uma fogueira próxima.

– Quem? – Ele saiu do transe quando apareci, embora tivesse levado alguns instantes para retornar à Terra. – Ah, amigo Jebediah, claro. Sem dúvida, irei imediatamente.

– Tem um pouco de gordura de urso ou de ganso?

Denny ajeitou os óculos com mais firmeza no nariz, dirigindo-me um olhar inquiridor.

– O amigo Jebediah não está com prisão de ventre, está? Achei que sua dificuldade fosse mais de engenharia do que de fisiologia.

Eu ri e expliquei.

– Bem, eu tenho mesmo um pouco de unguento – disse ele, em dúvida. – Mas é mentolado, para o tratamento de gripe e pleurite. Acho que não fará nenhum bem ao traseiro do amigo Brewster.

– Receio que não – concordei. – Por que não vai ajudar o sr. Shoreditch enquanto vou buscar um pouco de gordura simples e levo até lá?

Gordura, qualquer tipo de gordura, era um ingrediente essencial da cozinha e foram necessárias apenas duas consultas junto a fogueiras do acampamento para conseguir uma xícara. Era, a doadora me informou, sebo de gambá processado.

– Mais gorduroso do que a gordura – informou a mulher. – E saboroso também.

Essa última característica provavelmente não era de grande interesse para o sr. Brewster, ou ao menos assim eu esperava, mas agradeci e parti na escuridão, de volta à barraca pequena do hospital.

Ao menos, eu *tinha a intenção* de partir naquela direção. Só que a lua ainda não havia surgido e, em poucos instantes, eu me vi em uma encosta arborizada da qual não me lembrava, tropeçando em raízes e galhos caídos.

Murmurando comigo mesma, virei para a esquerda... Certamente, era este... não, não era. Parei, praguejando. Não podia estar perdida. Estava no meio de um acampamento contendo ao menos metade do Exército Continental, sem falar nas dezenas de milícias. No entanto, exatamente onde eu estava no dito acampamento... Podia ver o clarão de diversas fogueiras através das árvores, mas a configuração delas me parecia estranha. Desorientada, virei-me na outra direção, estreitando os olhos, em busca do teto remendado da grande barraca do coronel Martin, sendo esse o maior marco capaz de ser visível na escuridão.

Algo correu por cima do meu pé e eu dei um salto, num reflexo, derramando a gordura líquida de gambá sobre a minha mão. Cerrei os dentes e limpei-a no meu avental. O líquido era realmente gorduroso, a principal desvantagem como lubrificante de uso geral, sendo que cheirava a gambá morto.

Meu coração batia acelerado com o choque e deu um salto convulsivo quando uma coruja saiu do bosque à minha direita, um pedaço da noite dando uma revoada súbita e silenciosa a poucos centímetros do meu rosto. Então um galho estalou e ouvi os movimentos de vários homens, murmurando ao mesmo tempo conforme abriam caminho pela vegetação próxima.

Permaneci imóvel, mordendo o lábio inferior, e senti uma onda de terror repentina e irracional.

Está tudo bem!, disse a mim mesma, furiosa. *São apenas soldados procurando um atalho. Nenhuma ameaça, absolutamente nenhuma ameaça!*

Conte outra. Meu sistema nervoso replicou, ao som de uma imprecação abafada, o farfalhar de folhas secas e gravetos quebrados e o baque repentino de um objeto sólido contra a cabeça de alguém. Um grito, a pancada da queda de um corpo e os ruídos apressados de ladrões vasculhando os bolsos da vítima.

Não consegui me mover. Queria correr, mas não conseguia. Minhas pernas não me obedeciam. Era como um pesadelo, algo terrível prestes a me acontecer, sem que eu conseguisse sair do lugar.

Minha boca estava aberta e eu tentava com todas as minhas forças não gritar. Ao mesmo tempo, encontrava-me aterrorizada por não *poder* gritar. Minha respiração era ruidosa, ecoando dentro de minha cabeça. De repente, senti minha garganta arder com o sangue engolido, a respiração difícil, as narinas entupidas. E o peso sobre mim, amorfo, esmagando-me no solo áspero de cascalhos e pinhas caídas. Senti um hálito quente em meu ouvido.

Pronto. Sinto muito, Martha, mas você tem que aceitar. Tenho que lhe dar isso. Sim, agora... Meu Deus, agora... agora....

Não me lembrava de ter caído no chão. Estava encolhida em uma bola, o rosto pressionado contra os joelhos, tremendo de ódio e terror. Farfalhando nos arbustos, vários homens passaram a poucos metros de mim, rindo e pilheriando.

E então algum pequeno fragmento de sanidade ergueu a voz nos recessos de meu cérebro, observando fria e desapaixonadamente: *Então* isto *é um flashback. Que interessante.*

– Vai ver o que é interessante – sussurrei, ou achei que havia sussurrado.

Não acredito que tenha emitido algum som. Estava completamente vestida, enrolada em muitas roupas contra o frio; podia sentir o ar frio em meu rosto, mas não fazia nenhuma diferença. Eu estava nua, sentia o ar frio em meus seios, minhas coxas, entre minhas coxas...

Fechei as pernas com todas as forças que pude reunir e mordi o lábio. Agora eu sentia gosto de sangue. Só que o fato seguinte não aconteceu. Eu me lembrava vividamente. Mas *era* uma lembrança. Não aconteceu outra vez.

Muito lentamente, retornei à realidade. Meu lábio doía e sangrava. Eu podia sentir o corte, uma pele solta na parte interna do lábio, e sentir o gosto de metal, como se minha boca estivesse cheia de moedas.

Respirava como se tivesse corrido 2 quilômetros, mas *podia* respirar. Meu nariz estava desobstruído, minha garganta não estava machucada nem esfolada. Eu estava banhada de suor e meus músculos doíam por terem ficado contraídos durante tanto tempo.

Ouvi gemidos nos arbustos à minha esquerda. *Não o mataram, então*, pensei. Imaginei que devia ir vê-lo, ajudá-lo. Eu não queria, não queria tocar em um homem, ver um homem, estar perto de um homem. Mas não importava. Não conseguia me mover.

Eu já não estava paralisada de terror. Sabia onde estava, que estava segura, suficientemente segura. Apenas não conseguia me mover. Permaneci agachada, suando e tremendo, e ouvindo.

O homem gemeu algumas vezes, depois rolou devagar, agitando a folhagem.

– Merda – murmurou. Permaneceu imóvel, respirando com dificuldade, depois se sentou abruptamente, exclamando, não sei se por causa da dor do movimento ou da lembrança do roubo: – *Merda!*

Ouviu-se uma imprecação sussurrada, um suspiro, silêncio... Em seguida, um grito agudo de puro terror que atingiu minha espinha dorsal como uma onda elétrica.

Sons farfalhantes agitados conforme o sujeito tentava ficar de pé – ora, ora, o que estava acontecendo? Estrépitos e ruídos de fuga. O terror era contagiante; eu também quis correr, me levantei, o coração na boca, mas não sabia para onde ir. Eu não conseguia ouvir nada acima da barulhada daquele idiota. O que haveria ali?

Um suave farfalhar de folhas secas me fez virar a cabeça – e me salvou pela fração de um segundo de ter um ataque do coração quando Rollo enfiou o focinho úmido em minha mão.

– Meu Deus! – exclamei, aliviada com o som de minha voz.

O farfalhar de passos nas folhas chegou até mim.

– Aí está você, tia. – Uma figura alta assomou à minha frente, não mais do que uma sombra no escuro, e o Jovem Ian tocou meu braço. – Você está bem, tia? – Havia um tom de ansiedade em sua voz, que Deus o abençoe.

– Sim – respondi debilmente, depois com mais convicção: – Sim. Estou. Eu me perdi, no escuro.

– Ah. – A figura alta relaxou. – Imaginei que tivesse se perdido. Denny Hunter veio e disse que você tinha ido pegar um pouco de gordura, mas não voltara. Ele estava preocupado. Assim, Rollo e eu viemos procurá-la. Quem era o sujeito que Rollo botou para correr?

– Não sei.

A menção à gordura me fez procurar a vasilha com gordura de gambá. Estava no chão, vazia e limpa. Pelos ruídos suculentos, deduzi que Rollo, tendo terminado com o que restara na vasilha, agora lambia as folhas mortas em que a gordura se espalhara quando a deixei cair. Nas circunstâncias atuais, não achava que podia realmente reclamar.

Ian se abaixou e pegou a xícara.

– Volte para a fogueira, tia. Vou procurar mais gordura.

Não fiz nenhuma objeção e o segui para longe da encosta da colina, sem prestar verdadeira atenção nos arredores. Estava ocupada demais em reorganizar meu estado mental, acalmar meus sentimentos e tentar recuperar alguma espécie de equilíbrio.

Eu ouvira a palavra "flashback" apenas de passagem, em Boston, nos anos 1960. Não chamávamos de flashback antes, mas eu já ouvira falar. E já vira. Neurose de guerra, diziam na Primeira Guerra Mundial. Trauma de guerra, na Segunda. É o que acontece quando alguém sofre certas experiências que não deveria vivenciar e não consegue conciliar esse conhecimento com o fato de tê-las vivenciado.

Bem, eu vivenciei, disse a mim mesma. *Então pode ir se acostumando com isso.* Perguntei-me por um instante com quem eu estava falando e – muito seriamente – se eu estaria enlouquecendo.

Eu me lembrava do que havia me acontecido quando fora raptada anos antes. Preferia não lembrar, mas sabia o suficiente de psicologia para não tentar reprimir as lembranças. Quando elas se apresentavam, eu as enfrentava com cautela, fazendo exercícios respiratórios, depois as armazenava de novo no lugar de onde tinham vindo e ia procurar Jamie. Após algum tempo, descobri que apenas certos detalhes surgiam vividamente; uma orelha morta, roxa à luz do amanhecer, parecendo um fungo exótico; a brilhante explosão de luz que eu vira quando Harley Boble quebrou meu nariz;

o cheiro de milho no hálito do adolescente que havia tentado me violentar. O volume pesado e macio do homem que o fez. O resto era uma misericordiosa mancha turva.

Eu também tinha pesadelos, embora Jamie acordasse imediatamente quando eu começava a choramingar e me agarrasse com força suficiente para estraçalhar o sonho, segurando-me contra ele e afagando meus cabelos, minhas costas, murmurando docemente para mim, ele mesmo sonolento, até eu afundar de novo em sua paz e voltar a dormir.

Isso foi diferente.

Ian foi de fogueira em fogueira em busca de gordura, até conseguir uma latinha contendo uns 2 centímetros de gordura de ganso misturada com confrei. Era mais do que um pouco rançosa, mas Denny Hunter lhe contara para que serviria e achou que o estado do unguento não fazia diferença.

Já o estado de sua tia o preocupava um pouco mais. Ele sabia muito bem por que ela às vezes se contorcia ou se lamuriava em seu sono. Vira o estado em que ela estava quando a resgataram das mãos daqueles miseráveis e sabia o que haviam feito com ela. O sangue subiu ao seu rosto e os vasos sanguíneos em suas têmporas se intumesceram à lembrança do combate quando a tomaram de volta.

Ela não quis cobrar sua vingança quando a resgataram. Achava que talvez tivesse sido um erro, embora compreendesse a parte de ela ser uma curandeira e ter jurado não matar. A questão é que alguns homens precisavam morrer. A Igreja não admitia isso, a não ser em guerra. Os mohawks entendiam isso muito bem. Assim como tio Jamie.

E os quacres...

Ele suspirou.

De mau a pior. No instante em que conseguiu a gordura, mudou de direção: em vez de ir para a barraca do hospital onde Denny deveria estar, foi até a barraca dos Hunters. Podia fingir que estava indo para a barraca do hospital; as duas ficavam próximas uma da outra. Mas ele nunca vira necessidade de mentir para si mesmo.

Não pela primeira vez, sentia falta de Brianna. Podia conversar qualquer coisa com ela – mais, ele achava, do que ela podia conversar com Roger Mac.

Mecanicamente, fez o sinal da cruz, murmurando:

– *Gum biodh iad sabhhailte, a Dhìa.* – *Que estejam a salvo, Senhor.*

Quanto a isso, perguntou-se o que Roger Mac teria aconselhado se estivesse ali. Ele era um homem calado e religioso, ainda que presbiteriano. Mas tinha participado daquela cavalgada noturna e da ação empreendida, e nunca dissera uma palavra sobre o assunto depois.

Ian contemplou por um instante a futura congregação de Roger Mac e o que eles pensariam daquela descrição de seu ministro, mas balançou a cabeça e seguiu em frente. Todas essas ponderações eram apenas meios de impedi-lo de pensar no que diria quando a visse, e isso era inútil. Ele só queria dizer uma coisa para ela, e essa era a única coisa que não podia dizer. Nunca.

A porta da barraca estava fechada, mas havia uma vela acesa lá dentro. Pigarreou educadamente do lado de fora e Rollo, vendo onde estavam, abanou o rabo e emitiu um latido cordial!

A porta se abriu no mesmo instante e Rachel ficou ali parada, a costura em uma das mãos, estreitando os olhos para a escuridão, mas já sorrindo. Ela ouvira o cachorro. Tirara a touca e seus cabelos estavam despenteados, desprendendo-se dos grampos.

– Rollo! – disse ela, abaixando-se para afagar suas orelhas. – E vejo que trouxe seu amigo com você.

Ian sorriu, erguendo a latinha.

– Trouxe um pouco de gordura. Minha tia disse que seu irmão precisava para o seu traseiro. – Logo em seguida, ele se recompôs: – Quero dizer, para o traseiro *dele.*

A mortificação queimou em seu peito, mas ele estava falando com a única mulher no acampamento que podia considerar traseiros um tema comum de conversa. Bem, a única salvo sua tia, corrigiu-se. Ou as prostitutas, talvez.

– Ele vai ficar satisfeito. Muito obrigada.

Rachel estendeu o braço para pegar a latinha de sua mão e seus dedos roçaram os dele. A latinha estava lambuzada de gordura e escorregadia. Ela caiu e ambos se abaixaram para pegá-la. Ela se endireitou primeiro; seus cabelos roçaram o rosto dele, quentes, com seu cheiro.

Sem sequer pensar, ele colocou as duas mãos em seu rosto e se inclinou para ela. Viu o brilho e o escurecimento de seus olhos e teve um ou dois batimentos cardíacos de perfeita e cálida felicidade quando seus lábios pousaram sobre os dela e seu coração descansou em suas mãos.

Então uma dessas mãos estalou em seu rosto e ele cambaleou para trás como um bêbado acordado de repente.

– O que está fazendo? – sussurrou ela.

Com os olhos arregalados, ela havia recuado e se comprimira contra a lona da barraca como se fosse atravessá-la.

– Não pode fazer isso!

Ele não conseguiu encontrar as palavras certas para dizer. Seus idiomas ferviam em sua mente como um ensopado e ele emudeceu. Mas as primeiras palavras a virem à tona através da confusão foram em gaélico.

– *Mo chridhe* – disse ele, e respirou pela primeira vez desde que a tocara.

A língua mohawk veio em seguida, profunda e visceral. *Eu preciso de você.* E por último o inglês, a mais apropriada para um pedido de desculpas:

– Sin... sinto muito.

Ela assentiu.

– Sim. Eu... sim.

Ele devia ir embora. Ela estava com medo. Ele sabia disso. Mas sabia de outra coisa também. Não era dele que tinha medo. Devagar, bem devagar, estendeu a mão para ela, os dedos se movendo contra a sua vontade, devagar, como se fosse pescar uma truta com as mãos.

E por um milagre inesperado, mas ainda assim um milagre, a mão dela se estendeu para a dele, trêmula. Ele tocou a ponta de seus dedos, achou-os frios. Os seus estavam quentes, ele a aqueceria... Mentalmente, sentiu a friagem da pele dela contra a sua, notou os mamilos duros contra o tecido de seu vestido e sentiu o peso pequeno e redondo de seus seios, frios em suas mãos, a pressão de suas coxas, frias e rígidas contra o calor de seu corpo.

Ele segurava sua mão, puxando-a para si. E ela estava vindo, desarmada, indefesa, atraída para o seu calor.

– Você não deve fazer isso – sussurrou ela, de forma quase inaudível. – Não devemos.

Ian não podia simplesmente atraí-la para si, deixar-se cair no chão, livrar-se de suas roupas e possuí-la, embora cada fibra de seu corpo estivesse exigindo. No entanto, alguma vaga lembrança da civilização se impôs e ele a agarrou. Ao mesmo tempo, com terrível relutância, soltou sua mão.

– Não, claro que não – disse ele, em perfeito inglês. – Claro que não devemos.

– Eu... Você... – Ela engoliu em seco e passou as costas da mão pelos lábios. Não para limpar o beijo dele, mas de perplexidade. – Você sabe...?

Ela parou de repente, impotente, fitando-o.

– Não estou preocupado se você me ama – disse ele, e sentiu que falava a verdade. – Não agora. Estou preocupado que você possa morrer porque ama.

– Como você é atrevido! Nunca falei que o amava.

Ele olhou para ela e algo se moveu em seu peito. Podia ser uma risada. Podia não ser.

– É melhor que não ame mesmo – disse ele suavemente. – Não sou nenhum tolo, nem você.

Ela fez um gesto impulsivo na direção dele e ele recuou, apenas uma fração de centímetro.

– Acho melhor você não me tocar, garota – disse ele, ainda a fitando nos olhos, da cor de agrião sob água corrente. – Porque, se o fizer, vou possuí-la, aqui e agora. E então será tarde demais para nós dois, não é?

A mão da jovem parou no ar e, apesar de ele ver que ela queria retirá-la, não conseguia.

Ele saiu noite adentro, a pele tão quente que o ar noturno virava vapor ao tocá-lo.

Rachel permaneceu paralisada por um instante, ouvindo as batidas do seu coração. Outro som regular começou a se interpor, um ruído suave de lambidas. Ela olhou para baixo, deparando-se com Rollo, que havia limpado o que restara da gordura de ganso na lata que ela havia deixado cair e agora lambia a lata vazia.

– Meu Deus! – exclamou ela, colocando a mão sobre a boca, com receio de que, se risse, teria um ataque histérico.

O cachorro ergueu os olhos para ela, amarelos à luz da vela. Lambeu os beiços, a cauda comprida balançando.

– O que vou fazer agora? – perguntou a ele. – Tudo bem para você. Pode andar atrás dele o dia inteiro e compartilhar sua cama à noite, sem precisar dizer nada.

Ela se sentou no banquinho, sentindo os joelhos fraquejarem, e segurou com força a pelagem espessa do pescoço de Rollo.

– O que ele pensa? – perguntou-lhe. – Será que me acha uma dessas tontas que definham, desfalecem e adoecem por amor, como Abigail Miller? Não que ela fosse pensar em morrer por causa de alguém, muito menos por causa de seu pobre marido. – Abaixou os olhos para o cachorro e afagou seu pescoço. – E o que ele pretende, beijando aquela assanhada... Perdoe minha falta de caridade, Senhor, mas de nada adianta ignorar a verdade... e menos de três horas depois me beijando? Diga-me! O que ele *pretende* com isso?

Soltou o cachorro. Ele lambeu sua mão, depois desapareceu pela abertura da barraca, sem dúvida para levar sua pergunta a seu impertinente dono.

Ela devia estar esquentando a água do café e preparando alguma coisa para o jantar; logo Denny estaria de volta da barraca do hospital, com fome e com frio. Mas ela continuou sentada, encarando a chama da vela, imaginando se sentiria alguma coisa caso passasse a mão por ela.

Duvidava. Todo o seu corpo se incendiara quando ele a tocou, como uma tocha embebida em terebintina. Ela ainda ardia. Era de admirar que sua roupa não tivesse irrompido em chamas.

Ela sabia o que ele era. Ele não fizera nenhum segredo disso. Um homem que vivia por meio da violência, que a carregava consigo.

– E eu usei isso quando me foi conveniente, não é? – perguntou à vela.

Não era um ato de um amigo. Ela não se contentara em confiar na graça divina, não estivera disposta a aceitar Sua vontade. Ela não só fora conivente e encorajara a violência, mas havia colocado Ian Murray em grande perigo tanto de corpo quanto de alma. Não, não adiantava ignorar a verdade.

– Embora, se for verdade o que estamos falando aqui – disse ela à vela, ainda se sentindo rebelde –, sou testemunha que ele o fez por Denny, tanto quanto por mim.

– Quem fez o quê? – A cabeça abaixada de seu irmão se enfiou pela porta da barraca e ele se endireitou, piscando para ela.

– Pode rezar por mim? – pediu ela. – Estou correndo perigo.

Seu irmão a fitou espantado, os olhos arregalados atrás dos óculos.

– De fato, está – disse ele devagar. – Embora eu tenha minhas dúvidas se a prece a ajudará muito.

– O quê? Não lhe resta nenhuma fé em Deus?

Ela falou com rispidez, ainda mais ansiosa com a ideia de que seu irmão pudesse ter sido vencido pelas coisas que vira no último mês. Ela temia que houvessem abalado sua fé, mas dependia da fé dele como escudo e broquel. Se ela tivesse desaparecido...

– Fé infinita em Deus – disse ele, e sorriu. – E você? Nem tanto.

Ele tirou o chapéu, pendurou-o no prego que enfiara na estaca da barraca e verificou se a porta estava fechada e bem amarrada atrás dele.

– Ouvi lobos uivando em meu caminho de volta – observou ele. – Mais perto do que o normal. O que a incomoda? Ian Murray? – perguntou sem rodeios.

– Como soube disso? – Suas mãos tremiam e ela as limpou no avental.

– Acabo de ver o cachorro dele. – Olhou-a com interesse. – O que ele disse?

– Eu... nada.

Denny ergueu uma das sobrancelhas com ceticismo e ela se acalmou.

– Não muito. Ele disse... que eu o amava.

– E ama? – perguntou Denny, não parecendo nem um pouco surpreso.

– Como posso estar apaixonada por um homem como ele?

– Se não estivesse, acho que não estaria me pedindo para rezar por você – ressaltou ele. – Você simplesmente o mandaria embora. "Como" não é uma pergunta que eu esteja qualificado para responder, embora imagine que fale retoricamente, de qualquer forma.

Ela riu, apesar de sua agitação.

– Não – disse ela, alisando o avental sobre os joelhos. – Não, eu *não* falo retoricamente. Mais... Bem, você diria que Jó falava retoricamente quando perguntou ao Senhor o que Ele estava pensando? É dessa forma que eu falo.

– Questionar Deus é um assunto estranho – disse seu irmão. – Você obtém respostas, mas elas tendem a levá-lo a lugares estranhos.

Sorriu para ela outra vez, mas amavelmente e com tanta compreensão nos olhos que ela teve que desviar os seus.

Ela continuou sentada fazendo pregas com o tecido do avental entre os dedos, ouvindo os gritos e a cantoria bêbada que caracterizava todas as noites no acampamento. Ela tinha vontade de dizer que os lugares não podiam ser muito mais estranhos do que ali – dois amigos no meio de um exército, e fazendo parte dele –, mas foi na verdade o questionamento de Deus por Denny que os levara até ali, e ela não queria que ele achasse que o culpava por isso.

Em vez disso, Rachel ergueu os olhos.

– Você já esteve apaixonado, Denny?

– Ah! – exclamou ele, e olhou para as mãos, espalmadas sobre os joelhos. Continuou sorrindo, mas sua expressão se alterara, tornara-se introspectiva, como se visse algo dentro de sua cabeça. – Sim. Creio que sim.

– Na Inglaterra?

Ele assentiu.

– Sim. Mas... não seria possível.

– Ela... não era uma Amiga?

– Não – respondeu ele suavemente. – Não era.

De certa forma, isso foi um alívio; ela temia que ele tivesse se apaixonado por uma mulher que se recusava a deixar a Inglaterra, mas se sentira obrigado a retornar à América, por ela. Até onde isso dizia respeito a seus sentimentos por Ian Murray, entretanto, não era um bom augúrio.

– Sinto muito pela gordura – disse ela repentinamente.

– Gordura?

– Para o traseiro de alguém. O cachorro a comeu.

– O cachorro comeu... o cachorro comeu a gordura. – Ele sorriu e passou o polegar da mão direita devagar por cima dos dedos. – Tudo bem; consegui um pouco.

– Você está com fome – disse ela, levantando-se. – Lave as mãos enquanto eu preparo o café.

– Seria ótimo. Obrigado, Rachel. Rachel... – Ele hesitou, mas não era homem de evitar os problemas. – O amigo Murray disse a você que você o ama... mas não que ele ama você? Isso parece... uma forma peculiar de expressão, não é?

– Sim, é – disse ela, em um tom de voz que indicava que não queria discutir as peculiaridades de Ian Murray.

Não estava disposta a tentar explicar a Denny que Ian Murray não se declarara a ela em palavras porque não fora preciso. O ar ao seu redor ainda tremeluzia com o calor de sua declaração. Embora...

– Talvez ele o tenha feito – disse ela devagar. – Ele disse *alguma coisa* para mim, mas não foi em inglês e eu não compreendi. Você sabe o que "mo-cri-ga" significa?

Denny franziu o cenho por um instante, depois sua testa se desanuviou.

– Essa é a língua das Terras Altas, o que eles chamam de *gàidhlig*, eu acho. Não, não sei o que significa, mas já ouvi o amigo Jamie dizer isso à sua mulher, em tais circunstâncias que deixavam evidente se tratar de um termo de profundo... afeto. – Ele tossiu. – Rachel... você quer que eu fale com ele?

Sua pele ainda queimava e seu rosto parecia arder em febre, mas diante disso um estilhaço de gelo pareceu penetrar fundo em seu coração.

– Falar com ele – repetiu ela, engolindo em seco. – E dizer... o quê?

Encontrara o bule de café e a bolsa de bolotas e chicória tostadas. Ela despejou um punhado da mistura escura em seu pilão e começou a socá-la como se a vasilha estivesse cheia de cobras.

Denny deu de ombros, observando-a com interesse.

– Você vai quebrar esse pilão – observou ele. – Quanto ao que eu deveria dizer... ora, você tem que me dizer, Rachel. – Seus olhos ainda estavam fixos nela, mas agora sérios, sem nenhum vestígio de humor. – Eu direi a ele para ficar afastado e nunca mais falar com você de novo, se você quiser. Ou, se preferir, posso lhe assegurar que seu afeto por ele é só o de uma amiga e que ele deve se abster de novas declarações constrangedoras.

Ela despejou o pó no bule e acrescentou água do cantil que mantinha pendurado na estaca da barraca.

– Essas são as duas únicas alternativas que você vê? – perguntou ela, tentando manter a voz firme.

– Maninha – disse ele, gentilmente –, você não pode se casar com um homem assim e continuar a ser uma amiga. Nenhuma comunidade quacre aceitaria tal união. Você sabe disso. – Esperou um instante e acrescentou: – Você me pediu para rezar por você.

Ela não respondeu nem olhou para ele, mas desamarrou a porta da barraca e saiu para colocar o bule de café entre as brasas, parando para atiçar o fogo e acrescentar mais lenha. O ar brilhava perto do chão, iluminado pela fumaça e pela névoa avermelhada dos milhares de pequenas fogueiras como a dela. Mas a noite no alto se estendia negra, límpida e infinita, as estrelas cintilando com seu fogo frio.

Quando ela entrou na barraca outra vez, ele estava parcialmente embaixo da cama, murmurando consigo mesmo.

– O que foi? – perguntou ela.

E ele se arrastou para fora, trazendo consigo o pequeno caixote que guardava suas provisões – exceto que não havia nenhuma. Restavam apenas algumas bolotas e uma maçã, roída por ratos.

– *O que foi?* – repetiu ela, chocada. – O que aconteceu com a comida?

Denny estava afogueado e com raiva. Ele passou os nós dos dedos com força pelos lábios antes de responder.

– Algum miserável filho da... do Mal... cortou a barraca e a levou.

A consequente onda de fúria diante da notícia foi quase bem-vinda, pela distração que oferecia do problema principal.

– Ora, que... que...

– Sem dúvida – disse Denny, respirando fundo e procurando recuperar o autocontrole – ele estava com fome. Pobre coitado – acrescentou, com uma notável falta de entonação caridosa.

– Se assim fosse, devia ter pedido que lhe dessem comida – retrucou ela. – É um ladrão, pura e simplesmente. – Batia o pé, furiosa. – Bem... Eu mesma vou pedir um pouco de comida. Tome conta do café.

– Não precisa ir por minha causa – protestou ele, mas foi um protesto desanimado.

Ela sabia que ele não havia comido desde a manhã e estava faminto; disse-lhe isso com os olhos arregalados em sua direção.

– Os lobos... – advertiu ele, mas ela já vestia sua capa e enfiava a touca na cabeça.

– Levarei uma tocha – assegurou-lhe. – E seria um lobo muito azarado se cometesse o erro de cruzar meu caminho no meu atual estado de espírito, posso lhe garantir!

Pegou sua bolsa e saiu rapidamente, antes que Denny pudesse lhe perguntar aonde ela pretendia ir.

Rachel podia ter ido a uma dezena de barracas próximas. A perplexidade e a desconfiança com os Hunters desapareceram depois das aventuras de Denny como desertor. Ela própria mantinha relações cordiais com várias mulheres das milícias acampadas perto deles.

Ela podia ter dito a si mesma que não queria perturbar essas mulheres tão tarde da noite. Ou que queria saber as últimas notícias referentes à rendição. O amigo Jamie estava sempre a par das negociações e lhe contava tudo que podia. Ou que pensou em consultar Claire Fraser com relação a uma pequena, mas dolorosa, verruga em seu dedo do pé, e podia fazer isso enquanto procurava comida, em prol da conveniência.

Mas ela era uma mulher honesta e não disse nada disso. Dirigiu-se ao acampamento dos Frasers como se atraída por um ímã, e o nome do ímã era Ian Murray. Era claro para ela. Achava seu comportamento insano, e não podia fazer nada para mudá-lo, como não podia mudar a cor de seus olhos.

O que pretendia fazer, dizer ou mesmo pensar se o visse era inimaginável, mas continuou andando mesmo assim, com firmeza, como se estivesse indo ao mercado, a luz de sua tocha um farol na terra pisoteada do caminho, sua sombra a seguindo, enorme e estranha sobre a lona clara das barracas pelas quais passava.

68

CAOS

Eu cuidava do fogo quando ouvi o som de passos lentos se aproximando. Vi um vulto enorme entre mim e a lua, aproximando-se rapidamente. Tentei correr, mas não conseguia fazer minhas pernas obedecerem. Como em todos os melhores pesadelos, tentei gritar, mas o grito ficou preso na garganta.

A figura monstruosa – corcunda e sem cabeça, grunhindo – parou diante de mim. Houve um curto sussurro e um baque forte de algo batendo no chão que lançou um deslocamento de ar frio por baixo de minha saia.

– Trouxe-lhe um presente, Sassenach – disse Jamie, rindo e enxugando o suor do queixo.

– Um… presente – ecoei, olhando para a enorme pilha de… O que… ele tinha deixado cair no chão aos meus pés? Então o cheiro me alcançou. – Uma manta de búfalo! – exclamei. – Jamie! Uma verdadeira manta de búfalo?

Não havia dúvida a respeito. Não era – graças a Deus – uma pele fresca, mas o cheiro de seu dono original ainda era perceptível, mesmo no frio. Caí de joelhos, passando as mãos sobre ela. Era bem curada, flexível e relativamente limpa a pelagem áspera sob minhas mãos, mas livre de lama, carrapichos, esterco seco e dos demais defeitos que normalmente acompanham o búfalo vivo. Era enorme. E quente. Maravilhosamente quente.

Enfiei as mãos geladas em suas profundezas, que ainda retinham o calor do corpo de Jamie.

– Ah – exclamei. – Você a ganhou no jogo?

– Ganhei – disse ele, orgulhoso. – De um dos oficiais ingleses. Um bom jogador de cartas – acrescentou ele com justiça –, mas sem sorte.

– Andou jogando com oficiais ingleses? – Lancei um olhar de inquietação na direção do acampamento inglês, embora não fosse visível dali.

– Apenas um. Um capitão Mansel. Ele veio com a última resposta de Burgoyne e foi obrigado a esperar enquanto Granny digeria o recado. Terá sorte se não for completamente depenado antes de ir embora – acrescentou impiedosamente. – Nunca vi tanto azar com as cartas.

Eu não prestava atenção, absorta em examinar a manta.

– É maravilhosa, Jamie! E enorme!

Realmente era. Uns 2,5 metros de comprimento e larga o suficiente para duas pessoas se aconchegarem em seu calor – desde que não se importassem de dormir juntinhas. A ideia de me meter embaixo daquele abrigo envolvente, quente e confortável, após tantas noites tremendo de frio sob cobertores puídos...

Jamie parecia estar entretendo os mesmos pensamentos.

– Grande o suficiente para nós dois – disse ele, e tocou meus seios delicadamente.

– É mesmo?

Inclinou-se para mais perto e senti seu cheiro acima da catinga da manta de búfalo – folhas secas, o amargor do café de bolotas batizado com conhaque doce, aromas acrescentados ao profundo cheiro masculino de sua pele.

– Eu poderia identificá-lo no meio de uma dúzia de homens em um quarto escuro – disse, fechando os olhos e inalando deliciosamente.

– Acredito que sim; faz uma semana que não tomo banho.

Ele colocou a mão em meus ombros e inclinou a cabeça até nossas testas se tocarem.

– Quero desfazer o laço do pescoço de sua combinação – sussurrou– e sugar seus seios até você se dobrar como um pequeno camarão, com os joelhos nas minhas bolas. Depois, possuí-la rápido e com força, e adormecer com a cabeça recostada em seus seios nus. É verdade – disse ele, endireitando-se.

– Que excelente ideia.

Por mais favorável que eu fosse à ideia, podia ver que Jamie necessitava de nutrição antes de executar qualquer coisa de natureza extenuante; eu podia ouvir seu estômago roncando a 1 metro de distância.

– Jogar cartas o deixa exausto, não é? – observei, vendo-o exterminar três maçãs com seis mordidas.

– Sim, é verdade – respondeu. – Temos pão?

– Não, mas temos cerveja.

Como se a palavra o tivesse evocado, o Jovem Ian se materializou da escuridão.

– Cerveja? – perguntou ele, animado.

– Pão? – repetimos Jamie e eu juntos, farejando o ar como cachorros.

Desprendendo-se das roupas de Ian, havia uma fragrância tostada, de farinha, a qual, constatou-se, vinha de dois pães pequenos em seus bolsos.

– Onde os conseguiu, Ian? – perguntei, entregando-lhe um cantil de cerveja.

Ele tomou um grande gole, depois abaixou o cantil e me fitou distraidamente por um instante.

– Hã?

– Você está bem, Ian?

Espreitei-o com certa preocupação, mas ele piscou e a inteligência retornou momentaneamente ao seu rosto.

– Sim, tia, estou. Só que... ah... Obrigado pela cerveja.

Devolveu-me o cantil vazio, sorriu para mim como se eu fosse uma estranha e saiu, hesitante, perdendo-se na escuridão.

– Você viu isso? – Virei-me e me deparei com Jamie absorto em limpar farelos de pão do colo com um dedo úmido.

– Não, o quê? Tome, Sassenach. – Entregou-me o segundo pãozinho.

– Ian está agindo como um retardado. Tome, coma a metade; precisa mais do que eu.

Ele não argumentou.

– Ele não estava sangrando ou cambaleando, estava? Bem, então acho que está apaixonado por alguma pobre garota.

– Isso condiz com os sintomas. Mas...

Mordisquei o pão devagar, para fazê-lo durar. Estava fresco e crocante, porque tinha acabado de sair das brasas. Eu já vira rapazes apaixonados, sem dúvida, e o comportamento de Ian *realmente* combinava com a sintomatologia. Só que eu não via isso em Ian desde...

– Quem seria?

– Só Deus sabe. Espero que não seja uma das prostitutas. – Jamie suspirou e passou a mão pelo rosto. – Embora talvez seja melhor isso do que uma mulher casada.

– Ele não... – comecei a dizer, mas vi o olhar irônico em seu rosto. – Ele *não fez* isso, fez?

– Não, mas por pouco, e nenhum crédito para a senhora envolvida.

– Quem?

– A mulher do coronel Miller.

– Santo Deus! – Abigail Miller era uma jovem loura e alegre de 20 e poucos anos, e vinte e poucos anos mais nova que seu corpulento e rabugento marido. – Eles...?

– Quase – respondeu Jamie. – Ela o encostou em uma árvore e ficou se esfregando nele como uma gata no cio. Embora eu imagine que seu marido já tenha colocado um ponto final em suas travessuras a esta altura.

– Ele os *viu*?

– Sim. Estávamos caminhando juntos, demos a volta em uma moita e lá estavam eles. Ficou claro que aquilo não tinha partido de Ian, mas ele também não estava resistindo muito.

O coronel Miller ficara paralisado por um instante, depois dera um passo à frente, agarrara sua espantada mulher pelo braço e, com um "Bom dia, senhor" murmurado para Jamie, arrastara-a dali, guinchando, na direção de seu acampamento.

– Meu Deus... Quando isso aconteceu? – perguntei.

Jamie olhou para a lua nascente, estimando.

– Umas cinco ou seis horas atrás.

– E ele já conseguiu se apaixonar por *outra* pessoa?

Ele sorriu para mim.

– Já ouviu falar em *coup de foudre,* Sassenach? Não precisei de mais do que uma boa olhada em você.

– Hum – murmurei, satisfeita.

Com algum esforço, levantei a pesada manta de búfalo para cima da pilha de galhos de abeto que formavam a base de nossa cama. Estendi nossos dois cobertores por cima da manta, em seguida dobrei tudo como uma panqueca, criando um bolso grande, aconchegante e à prova d'água, no qual me enfiei, tremendo em minha combinação.

Deixei a porta da barraca aberta, observando Jamie enquanto ele bebia café e conversava com dois milicianos que haviam se aproximado para mexericar.

Conforme meus pés descongelavam pela primeira vez em um mês, relaxei em um estado de graça sem entraves. Como a maioria das pessoas obrigadas a viver ao ar livre no outono, eu dormia com todas as roupas que possuía. De vez em quando, as mulheres que acompanhavam o exército removiam seus espartilhos – se não estivesse chovendo, às vezes era possível vê-los pendurados nos galhos de árvores de manhã para arejar, como pássaros imensos, fedidos, prontos para voar. No entanto, o mais comum era afrouxarem os cadarços e dormirem com eles. Os espartilhos são muito confortáveis de usar quando se está de pé, mas deixam muito a desejar como roupa de dormir.

Esta noite, com a perspectiva de abrigo quente e à prova d'água, eu havia chegado ao ponto de tirar não só meu espartilho – enrolado sob minha cabeça como travesseiro – como também saia, blusa, casaco e lenço, enfiando-me na cama apenas de combinação e meias. Sentia-me absolutamente depravada.

Espreguicei-me e percorri meu corpo com as mãos, em seguida segurei meus seios com cuidado, contemplando o plano de ação proposto por Jamie.

O calor da manta de búfalo estava me deixando sonolenta. Achei que não precisava me esforçar para me manter acordada. Sabia que Jamie não estava com nenhuma disposição de se abster de me acordar por cavalheiresca consideração pelo meu repouso.

A fortuita aquisição da manta o teria inspirado?, perguntei-me, o polegar girando em torno de um mamilo. Ou o desespero sexual o teria inspirado a apostar na manta? Com sua mão ferida, fazia... quantos dias? Eu estava contando os dias mentalmente quando ouvi o murmúrio baixo de uma nova voz junto ao fogo, e suspirei.

Ian. Não que não ficasse contente em vê-lo, mas... bem... Ao menos ele não aparecera exatamente quando estávamos...

Ele se sentara em uma das pedras junto à fogueira, a cabeça abaixada. Havia tirado alguma coisa do seu *sporran* e a esfregava entre os dedos enquanto falava. Seu rosto comprido parecia preocupado, mas exibia uma espécie estranha de luminosidade.

Que estranho, pensei. Eu já vira aquela expressão antes. Uma espécie de decidida concentração em algo maravilhoso, um segredo assombroso guardado para si mesmo.

Era uma moça. Ele havia olhado daquela forma para Mary, a jovem prostituta que fora sua primeira. E Emily?

Bem, sim... creio que sim, apesar de que naquele momento sua alegria por ela fora obscurecida pelo conhecimento de sua iminente separação de tudo e de todos que ele amava.

Cruimnich, dissera Jamie, colocando seu xale escocês nos ombros de Ian em despedida. *Lembre-se*. Eu achara que meu coração iria se partir ao deixá-lo – sabia que o de Jamie se partira.

Ele ainda usava o mesmo xale esfarrapado, preso com um broche no ombro de sua camisa de camurça.

– Rachel Hunter? – exclamou Jamie, alto o suficiente para eu ouvir, e me sentei na cama com um salto, estupefata.

– Rachel Hunter? – repeti como um eco. – Você está apaixonado por Rachel?

Ian olhou para mim, surpreso com minha presença, como se tivesse saído de uma caixa de surpresa.

– Você está aí, tia? Estava pensando aonde você teria ido – disse ele.

– Rachel Hunter? – repeti, não deixando que ele se esquivasse da pergunta.

– Bem... sim. Ao menos eu... Bem, sim. Estou.

A confirmação fez o sangue subir às suas faces; era visível mesmo à luz da fogueira.

– O garoto está achando que talvez pudéssemos dar uma palavra com Denzell, Sassenach – explicou Jamie.

Parecia estar achando divertido, mas também parecia um pouco preocupado.

– Uma palavra? Para quê?

Ian ergueu a cabeça, olhando de Jamie para mim.

– É só que... Denny Hunter não vai gostar disso. Mas ele tem grande admiração por tia Claire e respeita tio Jamie.

– Por que ele não iria gostar? – perguntei.

A essa altura, eu já havia conseguido sair de dentro da manta e, enrolando meu xale ao redor dos ombros, sentei-me em uma pedra ao seu lado. Minha mente corria acelerada. Eu gostava muito de Rachel Hunter. E ficaria *muito* satisfeita, para não dizer aliviada, se Ian tivesse encontrado uma jovem decente para amar. Mas...

Ian olhou para mim.

– Certamente você sabe que eles são quacres, tia.

– Sim, claro – confirmei, devolvendo o olhar. – Mas...

– E eu não sou.

– Sim, eu sei disso também. Mas...

– Ela seria expulsa das comunidades quacres se casasse comigo. É provável que ambos fossem. Já foram expulsos uma vez por Denny se juntar ao Exército, e isso foi muito difícil para ela.

– Ah – murmurou Jamie, parando no ato de rasgar um pedaço de pão. Continuou a segurá-lo por um instante, o cenho franzido. – Sim, imagino que seriam.

Colocou o pão na boca e mastigou devagar, refletindo.

– Acha que ela também o ama, Ian? – perguntei, o mais delicadamente possível.

O rosto de Ian se dilacerava entre preocupação, susto e aquele brilho interior que cismava em atravessar as nuvens de aflição.

– Eu... Bem, acho que sim. Espero que sim.

– Você não *perguntou* a ela?

– Eu... Não exatamente. Quero dizer... Nós não *conversamos* realmente, sabe?

Jamie engoliu o pão e pigarreou.

– Ian – disse ele –, diga-me que você não se deitou com Rachel Hunter.

Ian lhe lançou um olhar indignado. Jamie estava com as sobrancelhas erguidas. Ian baixou os olhos para o objeto em suas mãos, rolando-o entre as duas como uma bola de massa de pão.

– Não – respondeu. – Mas desejei ter feito isso.

– *O quê?*

– Bem... se tivesse, ela teria que se casar comigo, não é? Quisera ter pensado nisso, mas não pude. Ela falou para eu parar e eu parei.

Ele engoliu em seco, com força.

– Muito honrado de sua parte – murmurei, embora na verdade eu compreendesse seu ponto de vista. – E muito inteligente da parte dela.

Ele suspirou.

– O que devo fazer, tio Jamie?

– Acho que você mesmo não poderia se tornar um quacre, não é? – perguntei, hesitante.

Tanto Jamie quanto Ian olharam para mim. Não se pareciam nem um pouco, mas a expressão irônica e divertida em ambos os rostos era idêntica.

– Não me conheço muito bem, tia – disse Ian –, mas acho que não nasci para ser um quacre.

– E imagino que não pudesse... Não, claro que não.

A ideia de realizar uma conversão que ele não pretendia nunca passara por sua cabeça.

Percebi repentinamente que, mais do que qualquer outra pessoa, Ian compreenderia exatamente qual seria o custo para Rachel se seu amor por ele a separasse de seu povo. Não era de admirar que ele hesitasse ante a ideia de fazê-la pagar tal preço.

Isto é, se ela *realmente* o amasse. Era melhor eu ter uma conversa com Rachel primeiro.

Ian continuava revirando algo nas mãos. Olhando com mais atenção, vi se tratar de um objeto pequeno, escuro, de couro. Certamente não era...

– Isso não é a orelha de Neil Forbes, é? – exclamei.

– Sr. Fraser?

A voz me fez levantar com um salto, arrepiando os cabelos da minha nuca. Maldição, *ele* outra vez? De fato, era o soldado Continental, o que estragara a minha sopa. Entrou devagar no círculo de luz da fogueira, os olhos fundos fixos em Jamie.

– Sou James Fraser, sim – respondeu Jamie, abaixando a caneca e indicando educadamente uma pedra vazia para que o estranho se sentasse. – Aceita uma xícara de café, senhor? Ou o que faz as vezes de café?

O homem não falou nada. Ele examinava Jamie de cima a baixo, como alguém prestes a comprar um cavalo, mas em dúvida quanto ao seu temperamento.

– Talvez prefira uma boa xícara de cuspe? – perguntou Ian, em um tom nada amistoso.

Jamie olhou para ele, espantado.

– *Seo mac na muice a thàinig na bu thràithe gad shiubhal* – acrescentou Ian. Ele não tirou os olhos do estranho.

– *Chan eil e ag iarraidh math dhut idir, "tio". – Este é o maldito filho de uma porca que esteve aqui antes à sua procura. Ele não tem boas intenções, tio.*

– *Tapadh leat Iain. Cha robh fios air a bhith agam* – respondeu Jamie na mesma língua, mantendo a voz relaxada. *Obrigado, Ian. Eu jamais imaginaria.* – Tem alguma coisa a me dizer, senhor? – perguntou, mudando para inglês.

– Sim, quero falar com o senhor. Em particular – acrescentou o sujeito, com um olhar de desprezo para Ian.

– Este é meu sobrinho – apresentou Jamie ainda amável, mas cauteloso. – Pode falar diante dele.

– Receio que possa pensar de modo diferente, sr. Fraser, quando ouvir o que tenho a dizer. E, uma vez ditas, tais coisas não podem ser apagadas. Vá embora, rapaz – disse ele, sem se importar em olhar para Ian. – Ou vocês dois vão se arrepender.

Tanto Jamie quanto Ian se empertigaram. Então se moveram, quase ao mesmo tempo, os pés se posicionando sob o corpo, os ombros se endireitando. Jamie olhou pensativamente para o homem por um instante, depois inclinou a cabeça quase imperceptivelmente para Ian. Seu sobrinho se levantou sem uma palavra e desapareceu na escuridão.

O sujeito ficou parado, esperando, até que o som dos passos de Ian desaparecesse e a noite silenciasse ao redor da pequena fogueira. Em seguida, deu volta à fogueira e se sentou devagar, de frente para Jamie, ainda mantendo aquele enervante ar de escrutínio. Bem, ele enervava a *mim*; Jamie apenas levantou sua caneca e a esvaziou, calmo como se estivesse sentado à sua mesa de cozinha.

– Se tem alguma coisa a me dizer, senhor, diga. É tarde e já estou indo para a cama.

– Uma cama com sua adorável mulher, eu diria. Homem de sorte.

Eu começava a detestar aquele homem. Jamie ignorou tanto o comentário quanto o tom de troça com que foi feito, inclinando-se para a frente para servir o restante do café em sua caneca. Eu podia sentir o cheiro amargo da bebida, acima até mesmo do cheiro que a manta de búfalo deixara em minha combinação.

– O nome Willie Coulter o faz se lembrar de alguém? – perguntou o sujeito.

– Conheci vários homens com esse nome e essa laia – respondeu Jamie. – A maioria na Escócia.

– Sim, foi na Escócia. Um dia antes do grande massacre em Culloden. Só que o senhor teve um massacre particular nesse dia, não?

Eu estivera vasculhando a mente por alguma lembrança de Willie Coulter. A menção a Culloden me atingiu como um soco no estômago.

Jamie fora obrigado a matar seu tio Dougal MacKenzie naquele dia. E havia uma testemunha além de mim: um membro do clã MacKenzie chamado Willie Coulter. Eu presumira que ele já morrera havia muito tempo, em Culloden ou nas agruras que se seguiram, e tinha certeza de que Jamie pensara o mesmo.

Nosso visitante se balançou um pouco para trás em sua pedra, sorrindo sarcasticamente.

– Certa época, fui capataz em uma plantação de cana-de-açúcar de bom tamanho, sabe, na ilha da Jamaica. Tínhamos doze escravos negros da África, mas negros de boa qualidade ficavam cada vez mais caros. E assim o patrão me mandou ao mercado um dia com uma bolsa de prata, para examinar uma nova leva de degredados – criminosos expatriados para trabalho forçado, a maior parte da Escócia.

E entre as duas dúzias de homens que o capataz havia selecionado das fileiras de degredados maltrapilhos, infestados de piolhos, esqueléticos, estava Willie Coulter. Capturado após a batalha, julgado, condenado e embarcado em um navio para as Antilhas, tudo no período de um mês, para nunca mais voltar à Escócia.

Eu podia ver apenas o lado do rosto de Jamie e notei um músculo saltar em seu maxilar. A maioria dos seus homens em Ardsmuir fora exilada do mesmo modo. Somente o interesse de John Grey o salvara do mesmo destino e ele alimentava sentimentos contraditórios a esse respeito, mesmo muitos anos após o fato. No entanto, ele apenas balançou a cabeça, vagamente interessado, como se ouvisse a história de um viajante em uma hospedaria.

– Todos eles morreram em duas semanas – disse o estranho. – Assim como os negros. Uns desgraçados trouxeram uma febre devastadora com eles do navio. Perdi meu emprego. Mas consegui uma coisa de valor para levar comigo. As últimas palavras de Willie Coulter.

Jamie não se movera muito desde que o sr. X se sentara, mas pude sentir a tensão percorrer seu corpo. Estava esticado como um arco com a flecha engatada.

– O que você quer? – perguntou ele com muita calma, inclinando-se para a frente para pegar a caneca de café, de lata, envolta em um trapo.

– Mmmmhum. – O sujeito fez um ruído de satisfação e se inclinou um pouco para trás, balançando a cabeça.

– Sabia que era um homem educado e sensato. Sou um homem simples, senhor... Digamos uns 100 dólares? Para mostrar sua boa vontade – acrescentou, com um esgar que exibia dentes tortos, manchados de rapé. – E, para lhe poupar o trabalho de protestar, mencionarei apenas que sei que tem isso no bolso. Acabo de conversar com o cavalheiro derrotado pelo senhor no jogo esta tarde.

Evidentemente Jamie tivera uma sorte extraordinária. Nas cartas, ao menos.

– Para mostrar minha boa vontade? – perguntou Jamie.

Olhou para a caneca em sua mão, em seguida para o rosto sorridente do escocês das Terras Baixas, mas evidentemente concluiu que a distância era grande demais para atirá-la nele.

– E para continuar com...?

– Ah, bem... Podemos discutir isso mais tarde. Ouvi dizer que é um homem de muitos recursos, coronel Fraser.

– E você pretende engordar se agarrando a mim como uma sanguessuga, é isso?

– Ora, o uso de sanguessugas faz bem a uma pessoa, coronel. Mantém os humores em equilíbrio. – Olhou maliciosamente para mim. – Tenho certeza de que sua mulher conhece os benefícios disso.

– E o que você quer dizer com isso, verme nojento? – indaguei, ficando de pé.

Jamie podia ter resolvido não atirar a caneca de café nele, mas eu estava disposta a tentar com o bule.

– Modos, mulher – disse ele, lançando-me um olhar de reprovação antes de voltar os olhos para Jamie. – Você não bate nela, homem?

Pude ver o corpo retesado de Jamie mudando sutilmente; o arco estava sendo puxado.

– Não – comecei a dizer, virando-me para Jamie, mas nunca cheguei a terminar.

Vi a expressão do rosto de Jamie mudar e o vi saltar sobre o sujeito. Girei nos calcanhares bem a tempo de ver Ian se materializar da escuridão atrás do chantagista e colocar um braço vigoroso ao redor de sua garganta.

Não vi a faca. Não precisei. Vi o rosto de Ian, tão decidido a ponto de se tornar quase sem expressão, e o rosto do ex-capataz. Seu maxilar caiu e os olhos se esbugalharam, as costas se arqueando em uma tentativa vã de escapar.

Então Ian o soltou e Jamie segurou o sujeito quando ele começou a cair, o corpo mole.

– Santo Deus!

A exclamação veio de trás de mim. Deparei-me com o coronel Martin e dois de seus ajudantes de ordens, tão boquiabertos quanto o sr. X estivera momentos antes.

Jamie ergueu os olhos para eles, surpreso. No instante seguinte, disse em voz baixa por cima do ombro:

– *Ruith.* – Corra.

– Alto aí! Assassinato! – gritou um dos ajudantes de ordens, saltando para a frente. – Pare, assassino!

Ian não perdera tempo para aceitar o conselho de Jamie. Pude vê-lo correndo em disparada na direção da borda da floresta distante, mas havia bastante luz das fogueiras para revelar sua fuga e os gritos de Martin e seus asseclas despertavam todos ao alcance de suas vozes. As pessoas saltavam de perto de suas fogueiras, espreitando na escuridão, gritando perguntas. Jamie largou o corpo do capataz junto à fogueira e correu atrás de Ian.

O mais jovem dos ajudantes de ordens passou correndo por mim, em furiosa perseguição. O coronel Martin foi atrás dele e eu consegui estender o pé e fazê-lo tropeçar. Ele se estatelou por cima da fogueira, lançando uma chuva de fagulhas e cinzas na noite.

Deixando o segundo ajudante de ordens tentar apagar as chamas, levantei a barra de minha combinação e corri o mais rápido que podia na direção que Jamie e Ian haviam tomado.

O acampamento parecia o *Inferno* de Dante, vultos negros gritando contra o clarão das chamas, empurrando-se uns aos outros em meio à fumaça e à confusão, gritos de "Assassino! Assassino!" vindos de diferentes direções, enquanto mais pessoas ouviam e se uniam ao coro.

Senti uma pontada na lateral do corpo, mas continuei correndo, tropeçando em pedras, buracos e galhos. Gritos mais altos da esquerda – parei, arquejando, a mão sobre o flanco, e vi a figura alta de Jamie se libertando de dois perseguidores. Ele devia estar tentando desviar a perseguição de Ian – o que significava... Virei-me e corri na direção contrária.

De fato, avistei Ian, que havia parado de correr assim que viu Jamie partir em disparada, agora caminhando a passos largos na direção da floresta.

– Assassino! – gritou uma voz atrás de mim.

Era Martin, o desgraçado, um pouco chamuscado, sem se dar por vencido.

– Pare, Murray! Pare, já disse!

Ouvindo gritarem seu nome, Ian recomeçou a correr, ziguezagueando por uma fogueira de acampamento. Ao passar diante dela, vi uma sombra em seus calcanhares – Rollo estava com ele.

O coronel Martin me alcançara e vi, alarmada, que ele empunhava sua pistola.

– Pa... – comecei a dizer, mas, antes que pudesse terminar a palavra, colidi com alguém e fomos todos ao chão.

Era Rachel Hunter, boquiaberta. Levantou-se apressadamente e correu para Ian, que ficara paralisado ao vê-la. O coronel Martin engatilhou a pistola e a apontou para Ian. Um segundo depois, Rollo saltou no ar e prendeu o braço do coronel com suas mandíbulas.

O pandemônio piorou. Ouviram-se os estrépitos de dois ou três tiros e Rollo caiu no chão com um ganido, contorcendo-se. O coronel Martin deu um salto para trás, praguejando e segurando o pulso ferido, e Jamie recuou e desfechou um soco em sua barriga. Ian já corria em direção a Rollo. Jamie segurou o cachorro por duas pernas e, os dois juntos, desapareceram na escuridão, seguidos por mim e Rachel.

Conseguimos chegar à orla da floresta, arquejando, e caí de joelhos ao lado de Rollo, tateando seu corpo enorme e peludo, procurando o ferimento.

– Ele não está morto – diagnostiquei, arfando. – Ombro... quebrado.

– Meu Deus – disse Ian, e senti que ele se virava para olhar na direção de onde vinham os perseguidores. – Meu Deus.

Ouvi o temor em sua voz. Ele levou a mão ao cinto para pegar sua faca.

– O que está *fazendo*? – exclamei. – Ele pode se curar!

– Eles vão matá-lo – disse ele, desvairado. – Se eu não estiver lá para impedir, eles o matarão! É melhor que eu faça isso.

– Eu... – Jamie começou a dizer, mas Rachel Hunter o interrompeu, caindo de joelhos e agarrando Rollo pelo pescoço.

– Protegerei seu cachorro por você – garantiu ela, sem fôlego, mas decidida. – Fuja!

Ele deu um último olhar desesperado para ela, depois para Rollo. E correu.

69

TERMOS DE CAPITULAÇÃO

Quando chegou a mensagem do general Gates pela manhã, Jamie já sabia do que se tratava. Ian havia conseguido escapar, o que não era de admirar. Ele devia estar na floresta ou talvez em um acampamento indígena. De qualquer forma, ninguém o encontraria enquanto ele não quisesse ser encontrado.

E Ian tinha razão: eles queriam matar o cachorro, particularmente o coronel Martin, e foram necessários não só todos os recursos de Jamie como também a jovem quacre se prostrar sobre o corpo peludo do animal e declarar que teriam que matá-la primeiro.

Isso desconcertou Martin um pouco, mas ainda havia uma considerável parte da opinião pública a favor de arrancá-la dali e matar o cachorro. Jamie se preparou para interferir, mas nesse momento o irmão de Rachel surgiu do meio da escuridão como um anjo vingador. Denny parou na frente dela e denunciou a multidão como covardes, traidores e monstros desumanos, que queriam se vingar em um animal inocente, para não falar de sua maldita injustiça – sim, ele realmente disse "maldita", com grande fervor, e a lembrança da cena fez Jamie sorrir, mesmo diante da entrevista que teria em seguida – em escorraçar e condenar um rapaz com base em sua suspeita e iniquidade, e não poderiam eles buscar em suas entranhas a menor centelha de compaixão divina que era a vida dada por Deus a cada homem...

A chegada de Jamie ao quartel-general de Gates interrompeu essas divertidas reminiscências e ele se empertigou, adotando a expressão grave adequada às ocasiões penosas.

Gates parecia ter passado por grandes provações – o que de fato ocorrera, com toda a justiça. O rosto redondo e brando tinha se alterado. Agora seus olhos pequenos por trás dos óculos de aro de metal estavam imensos e injetados quando olharam para Jamie.

– Sente-se, coronel – disse Gates, empurrando uma garrafa de bebida e um copo para Jamie.

Jamie ficou estupefato. Ele já tivera muitas entrevistas severas com oficiais de alto escalão para saber que não começavam com uma dose de licor. No entanto, aceitou a bebida e tomou um pequeno gole.

Gates esvaziou seu copo de uma só vez, com muito menos cautela, depositou-o na mesa e suspirou ruidosamente.

– Preciso de um favor seu, coronel.

– Terei prazer em atendê-lo, senhor – respondeu Jamie, com ainda mais cautela.

O que o maldito gorducho podia querer com ele? Se era saber o paradeiro de Ian ou uma explicação para o assassinato, podia ficar querendo em vão e devia saber disso. Se não...

– As negociações da rendição estão quase encerradas.

Gates lançou um olhar pouco amistoso para uma grossa pilha de documentos manuscritos, talvez rascunhos do acordo.

– As tropas de Burgoyne deverão marchar do acampamento com honras de guerra e depositar as armas na margem do Hudson ao comando de seus oficiais. Todos os oficiais conservarão suas espadas e seu equipamento, os soldados, suas mochilas. O exército deverá marchar para Boston, onde será alimentado e terá abrigo, antes de embarcar para a Inglaterra. A única condição imposta é que não sirvam na América do Norte outra vez durante a guerra atual. Termos generosos, não acha, coronel?

– Muito generosos, senhor.

E surpreendentes. O que teria feito um general que dominava a situação como Gates oferecer termos de capitulação tão extraordinários?

Gates sorriu amargamente.

– Vejo que está surpreso, coronel. Talvez fique menos surpreso se eu lhe disser que sir Henry Clinton se dirige para o norte.

E Gates estava com pressa de concluir a rendição e se livrar de Burgoyne a fim de ter tempo de se preparar para um ataque a partir do sul.

– Sim, senhor, compreendo.

– Sim. – Gates fechou os olhos por um instante e suspirou outra vez, parecendo exausto. – Há um pedido adicional de Burgoyne antes de aceitar o acordo.

– Sim?

Os olhos de Gates estavam abertos outra vez e o perscrutaram devagar.

– Fui informado de que o senhor é primo do general de brigada Simon Fraser.

– Sou.

– Ótimo. Então, tenho certeza de que não terá nenhuma objeção a realizar um pequeno serviço pelo seu país.

Um pequeno serviço relativo a Simon? Certamente...

– Certa ocasião, ele havia expressado a vários de seus ajudantes de ordens seu desejo de que, se viesse a morrer no estrangeiro, deveriam enterrá-lo imediatamente, o que fizeram. Na verdade, eles o enterraram na Grande Fortificação. Mas que, quando fosse conveniente, ele queria ser levado de volta para a Escócia, para descansar em paz em sua terra.

– Quer que eu leve seu corpo para a Escócia? – exclamou Jamie.

Não poderia ter ficado mais surpreso, nem mesmo se Gates tivesse se levantado e dançado em cima da mesa. O general balançou a cabeça, com crescente amabilidade.

– O senhor é muito perspicaz, coronel. Sim. É a última solicitação de Burgoyne. Ele disse que o general de brigada era muito amado por seus homens e que, sabendo que seu desejo fora cumprido, iria fazê-los aceitar a retirada, já que não estariam abandonando sua sepultura.

Aquilo soou romântico demais, e muito próprio de Burgoyne, refletiu Jamie. Ele tinha reputação por seus gestos dramáticos. E não estava errado em sua avaliação dos sentimentos dos homens que haviam servido sob o comando de Simon. O primo era um bom sujeito.

Somente depois é que percebeu que o resultado desse pedido...

– Há... alguma providência a ser tomada para que eu chegue à Escócia com o corpo, senhor? – perguntou com cautela. – Existe um bloqueio.

– Você será transportado, com sua mulher e seus criados, se desejar, em um dos navios de Sua Majestade, e uma quantia em dinheiro será fornecida para transportar o caixão depois de descarregado na Escócia. Tenho a sua concordância, coronel Fraser?

Ele estava tão estupefato que mal se lembrava do que dissera em resposta, mas fora suficiente, pois Gates sorriu e o dispensou. Voltou para sua barraca com a cabeça girando, imaginando se poderia disfarçar o Jovem Ian de criada de sua mulher, como fizera Carlos Stuart.

O dia 17 de outubro, como todos os dias anteriores, amanheceu escuro e enevoado. Em sua barraca, o general Burgoyne se vestiu com particular esmero, envergando um estupendo casaco vermelho com galões dourados e um chapéu decorado com plumas. William o viu quando foi com os demais oficiais à barraca dele para sua última e angustiada reunião.

O barão Von Riedesel também falou com eles e guardou todos os estandartes dos regimentos. Iria dá-los à sua mulher para serem costurados, segundo ele, dentro de um travesseiro e secretamente levados de volta a Brunswick.

William não se importava com nada disso. Percebeu uma grande tristeza, pois nunca havia deixado companheiros em um campo de batalha e se retirara. Também um pouco de vergonha, mas não muita. O general tinha razão em dizer que eles não poderiam desfechar novo ataque sem perder a maior parte do exército, tão precárias eram suas condições.

Pareciam muito infelizes agora, enfileirados em silêncio. Entretanto, quando os pífanos e tambores começaram a soar, cada regimento seguiu as bandeiras desfraldadas, as cabeças erguidas em seus uniformes esfarrapados – ou qualquer roupa que puderam encontrar. De acordo com o general, o inimigo havia se retirado por ordem de Gates. Isso foi cavalheiresco, pensou William. Os americanos não estariam presentes para testemunhar a humilhação deles.

Casacos-vermelhos primeiro, depois os regimentos alemães: dragões e granadeiros de azul, a infantaria e a artilharia com o verde de Hesse-Kassel.

Nos baixios do rio, dezenas de cavalos jaziam mortos, o fedor aumentando o sombrio horror da ocasião. A artilharia estacionou os canhões ali e a infantaria, fileira por fileira, despejou suas caixas de munição e empilhou seus mosquetes. Alguns homens estavam furiosos o bastante para estraçalhar a coronha de suas armas antes de atirá-las nas pilhas. William viu um tocador de tambor destruir seu instrumento antes de se virar e ir embora. Ele não estava furioso nem horrorizado.

Tudo que queria agora era ver seu pai outra vez.

As tropas e as milícias continentais marcharam até a casa designada como ponto de encontro em Saratoga e, a partir dali, enfileiraram-se ao longo dos dois lados da estrada do rio. Algumas mulheres se aproximaram, observando de longe. Eu poderia ter permanecido no acampamento, para ver a histórica cerimônia de rendição entre os dois generais. Em vez disso, segui as tropas.

O sol se levantara e a neblina desaparecera, exatamente como vinha acontecendo naquelas semanas. Havia um cheiro de fumaça no ar e o céu tinha aquele azul profundo, infinito, de outubro.

Os homens da artilharia e da infantaria se enfileiravam ao longo da estrada, regularmente espaçados, mas esse espaçamento era a única coisa uniforme a respeito deles. Não havia trajes comuns e o equipamento dos homens era de sua propriedade, mas cada um segurava seu mosquete, ou seu rifle, ou se postava junto a seu canhão. Formavam um grupo variegado em todo o sentido da palavra, ornamentados com chifres de pólvora e sacolas de munição, alguns usando perucas esquisitas e antiquadas. E se mantinham em circunspecto silêncio, cada homem com o pé direito à frente, a mão direita na arma, para ver o inimigo se retirar com honras de guerra.

Permaneci dentro do bosque, a certa distância atrás de Jamie, e vi seus ombros se empertigarem um pouco. William passou por ele, alto e ereto, o rosto de um homem que parecia não estar ali. Jamie não abaixou a cabeça nem fez qualquer esforço para não ser visto – mas vi sua cabeça se virar, muito ligeiramente, seguindo William até ele ficar fora de vista, na companhia de seus homens. Seus ombros se abaixaram um pouco, como se um peso tivesse sido retirado de cima deles.

A salvo, dizia o gesto, apesar de ainda permanecer ereto como o rifle ao seu lado. *Graças a Deus. Ele está a salvo.*

70

SANTUÁRIO

Lallybroch

Roger não sabia dizer o que o impelia a fazer isso, além do senso de paz que pairava naquele lugar, mas ele tinha começado a reconstruir a velha capela. Com as próprias mãos e sozinho, uma pedra depois da outra.

Tentara explicar a Bri.

– São *eles* – disse, desamparado. – É uma espécie de... Sinto como se precisasse me conectar com eles, lá atrás.

Ela tomou uma de suas mãos, abrindo seus dedos, e deslizou a ponta de seu polegar delicadamente sobre os nós de seus dedos, ao longo de seus dedos, tocando os arranhões e cascas de feridas, a unha enegrecida onde uma pedra havia batido ao escorregar.

– Eles – repetiu ela. – Quer dizer, meus pais?

– Sim, entre outras coisas.

Não apenas com Jamie e Claire, mas com a vida que sua família havia construído. Com a noção de si mesmo como homem, protetor, provedor. No entanto, fora sua necessidade premente de proteger que o levara a abandonar seus princípios cristãos – nada menos do que às vésperas da ordenação – e sair em perseguição a Stephen Bonnet.

– Imagino que eu esteja esperando dar sentido às... coisas – disse ele, com um sorriso irônico. – Como conciliar o que eu achava que sabia na época com o que eu acho que sou agora.

– Não é cristão querer salvar sua mulher de ser estuprada e vendida como escrava? – perguntou ela, um perceptível tom cortante na voz. – Se não for, vou pegar as crianças e me converter ao judaísmo, ao xintoísmo, a alguma outra religião.

Seu sorriso se tornou mais genuíno.

– Eu encontrei alguma coisa lá. – Ele procurava as palavras certas.

– Perdeu algumas coisas também – sussurrou ela.

Sem despregar os olhos dele, ela estendeu a mão, as pontas de seus dedos frios no pescoço de Roger. A cicatriz havia desbotado um pouco, mas ainda era visível. Ele não fazia nenhum esforço para escondê-la. Às vezes, quando conversava com outras pessoas, podia ver seus olhos fixos na cicatriz; considerando sua altura, não era incomum que os homens parecessem estar falando *para* a cicatriz em vez de se dirigirem ao rosto dele.

Encontrara um sentido de si mesmo como homem, encontrara o que achava que era sua vocação. E isso, imaginava, era o que procurava sob aquelas pilhas de pedras tombadas, sob os olhos de um santo cego.

Deus estaria lhe abrindo uma porta, mostrando que deveria ser um professor agora? Seria isso, o ensino do gaélico, o que ele estava destinado a fazer? Tinha muito espaço para fazer perguntas – espaço, tempo e silêncio. As respostas eram raras. Trabalhara a maior parte da tarde; estava com calor, exausto e pronto para uma cerveja.

Seus olhos captaram a ponta de uma sombra na entrada – Jem ou talvez Brianna, vindo chamá-lo para tomar chá. Não era nenhum dos dois.

Por um instante, fitou o recém-chegado, esquadrinhando a memória. Calças jeans rasgadas e camiseta, cabelos louros e sujos, repicados e despenteados. Sem dúvida, conhecia o sujeito. O rosto bonito, de ossos largos, era familiar, mesmo sob uma espessa camada de pelos de barba castanho-claros.

– Posso ajudá-lo? – perguntou Roger, agarrando a pá que estivera usando.

O homem não parecia ameaçador, mas estava malvestido e sujo. Um vagabundo, talvez? E havia algo indefinível a seu respeito que deixava Roger desconfortável.

– É uma igreja, hein? – perguntou o homem, e riu, embora nenhum vestígio de calor humano transparecesse em seus olhos. – Então, acho que vim pedir santuário.

Entrou repentinamente na claridade e Roger viu seus olhos com mais nitidez. Frios, de um verde-escuro surpreendente.

– Santuário – repetiu William Buccleigh MacKenzie. – E depois, meu caro ministro, quero que me diga quem você é, quem *eu* sou e o que, em nome de Deus Todo-Poderoso, *nós* somos.

PARTE VI

De volta para casa

71
UM ESTADO DE CONFLITO

10 de setembro de 1777

John Grey se viu imaginando quantas alternativas um dilema podia ter. Duas, ele achava. Era o número padrão. Supondo que fosse possível encontrar uma forma mais exótica de dilema...

A alternativa mais premente diante dele no momento dizia respeito a Henry.

Ele havia escrito a Jamie Fraser explicando o estado de Henry e perguntando se a sra. Fraser poderia considerar sua vinda. Com educação, tinha lhe assegurado sua disposição de pagar todas as despesas da jornada, providenciar sua viagem em ambas as direções de navio (com proteção contra as emergências de guerra, até onde a Marinha Real pudesse proporcioná-la) e lhe fornecer qualquer material e instrumento de que ela visse a precisar. Ele até chegara a encomendar uma quantidade de vitríolo, que se lembrava de ela precisar para a produção de seu éter.

Passou um bom tempo com a pena suspensa sobre a página, imaginando se deveria acrescentar alguma coisa referente a Fergus Fraser, o tipógrafo, e a incrível história que Percy lhe contara. Por um lado, isso poderia trazer Jamie Fraser correndo da Carolina do Norte para investigar o assunto, aumentando, assim, as chances de a sra. Fraser vir também. Por outro... tinha muita relutância em expor qualquer assunto que tivesse a ver com Percy Beauchamp para Jamie Fraser, por diversas razões, tanto pessoais quanto profissionais. No final, ele não mencionou nada sobre isso e fez seu apelo somente em nome de Henry.

Grey esperara ansiosamente um mês inteiro, observando seu sobrinho sofrer de calor e inanição. No final desse período, o mensageiro pelo qual enviara sua carta à Carolina do Norte retornou, banhado de suor, coberto de lama seca e com dois buracos de bala no casaco, para informar que os Frasers haviam deixado a Cordilheira com a intenção declarada de viajar para a Escócia, acrescentando ainda assim que essa viagem teria apenas o caráter de uma visita, não de uma emigração definitiva.

Ele havia arranjado um médico para visitar Henry, é claro, sem esperar pela resposta da sra. Fraser. Conseguira se apresentar a Benjamin Rush e fazer com que o médico examinasse seu sobrinho. O dr. Rush se mostrou muito circunspecto, mas animador, dizendo que acreditava que uma das balas de mosquete, pelo menos, havia criado uma cicatriz, obstruindo parcialmente os intestinos de Henry e propiciando a formação de um foco localizado de sepse, causando infecção e febre permanentes. Ele sangrou Henry e prescreveu um febrífugo, mas advertiu Grey de que o quadro era delicado e poderia piorar. Somente uma intervenção cirúrgica o curaria.

Ao mesmo tempo, afirmou que Henry era bastante forte para sobreviver a tal cirurgia – apesar de não haver nenhuma garantia de um resultado feliz. Grey agradeceu ao dr. Rush, mas resolveu esperar mais um pouco, na esperança de ter notícias da sra. Fraser.

Olhou pela janela da casa que alugara na Chestnut Street, observando folhas marrons e amarelas cruzando a rua de um lado para outro entre as pedras do calçamento, levadas por um vento aleatório.

Era meado de setembro. Os últimos navios partiriam para a Inglaterra no final de outubro, logo à frente das tormentas do Atlântico. Deveria tentar embarcar Henry em um deles?

Ele travara conhecimento com o oficial americano local encarregado dos prisioneiros de guerra alojados na Filadélfia e fez uma solicitação de livramento condicional. O pedido foi atendido sem dificuldade. Oficiais capturados obtinham liberdade condicional, a não ser que houvesse algo extraordinário ou perigoso a respeito deles. Era improvável que Henry tentasse fugir, fomentar rebelião ou apoiar manifestações rebeldes em seu estado atual.

Só que ele ainda não tinha conseguido uma troca para Henry. A condição de troca permitiria que Grey o transportasse de volta à Inglaterra. Sempre presumindo que a saúde de Henry aguentaria a viagem e que ele quereria ir. Provavelmente não aguentaria, nem Henry iria querer, estando tão ligado à sra. Woodcock. Grey estava disposto a levá-la para a Inglaterra também, mas ela não pensaria em ir embora, já que ouvira dizer que seu marido fora feito prisioneiro em Nova York.

Grey suspirou. Poderia forçar Henry a subir a bordo de um navio da Marinha contra a sua vontade – drogado, talvez? –, assim infringindo sua liberdade condicional, arruinando sua carreira e colocando sua vida em perigo, na suposição de que Grey pudesse encontrar um cirurgião na Inglaterra mais capaz do que o dr. Rush de lidar com a situação? O melhor que se podia esperar de tal linha de ação era que Henry sobrevivesse à viagem o tempo suficiente para se despedir de seus pais.

Por outro lado, se ele *não desse* esse passo drástico, restaria apenas a opção de forçar Henry a se submeter a uma cirurgia que provavelmente o mataria – ou ficar vendo o rapaz morrer aos poucos. Porque ele *estava* morrendo. Absoluta teimosia e os cuidados da sra. Woodcock eram tudo que o mantinha vivo.

A ideia de ter que escrever a Hal e Minnie e lhes contar... Não. Levantou-se, incapaz de suportar mais indecisão. Iria visitar o dr. Rush e tomar providências...

A porta da frente se abriu com estrondo, deixando entrar uma rajada de vento, folhas mortas e sua sobrinha, pálida e assustada.

– Dottie! – Seu primeiro e excruciante temor foi de que ela viesse correndo para casa para lhe dizer que Henry havia morrido, pois fora visitar o irmão como fazia toda tarde.

– Soldados! – exclamou, arfando, agarrando-o pelo braço. – Há soldados na rua. Batedores. Alguém disse que o exército de Howe está a caminho! Avançando para a Filadélfia!

Howe encontrou o exército de Washington em 11 de setembro em Brandywine Creek, um pouco ao sul da cidade. As tropas de Washington tiveram que retroceder, mas conseguiram se reorganizar e fincar posição alguns dias mais tarde. Entretanto, uma tempestade terrível irrompeu no meio da batalha, colocando um ponto final nas hostilidades e permitindo que o exército de Washington fugisse para Reading Furnace, deixando uma pequena tropa para trás sob o comando do general Anthony Wayne em Paoli.

Um dos comandantes de Howe, o general de divisão lorde Charles Grey – um primo distante de Grey –, atacou os americanos em Paoli à noite, com ordens às suas tropas de retirar as pederneiras de seus mosquetes. Isso evitava que fossem descobertos por causa do disparo acidental de uma arma, mas também obrigava os homens a usar baionetas. Inúmeros americanos foram mortos a baioneta em suas camas, suas barracas incendiadas, cerca de cem homens foram feitos prisioneiros – e Howe avançou sobre a cidade da Filadélfia, triunfante, em 21 de setembro.

Da varanda da casa da sra. Woodcock, Grey observou fileiras e fileiras de casacos-vermelhos marchando ao som de tambores. Dottie temia que os rebeldes, forçados a abandonar a cidade, incendiassem as casas ou matassem seus prisioneiros ingleses de uma só vez.

– Bobagem – dissera Grey. – São ingleses rebeldes, não bárbaros.

Ainda assim, ele vestiu seu uniforme com sua espada, enfiou duas pistolas no cinto e passou 24 horas sentado na varanda da casa da sra. Woodcock – com um lampião à noite –, descendo de vez em quando para falar com qualquer oficial que conhecesse que passasse por ali, tanto para obter notícias da situação quanto para assegurar que a casa não fosse molestada.

No dia seguinte ele retornou à sua casa, passando por ruas de janelas fechadas. A Filadélfia era hostil, assim como a região rural ao redor. Ainda assim, a ocupação da cidade foi pacífica – ou tão pacífica quanto uma ocupação militar possa ser. Os congressistas fugiram enquanto Howe avançava, assim como muitos dos rebeldes mais proeminentes, inclusive o dr. Benjamin Rush.

O mesmo fez Percy Beauchamp.

72

O DIA DE TODOS OS SANTOS

Lallybroch
20 de outubro de 1980

Brianna aproximou a carta do nariz e a cheirou profundamente. Tanto tempo depois, ainda sentia o suave aroma de fumaça nas folhas. Talvez fosse imaginação; ela sabia como era o ar no restaurante de uma estalagem, repleto dos odores da lareira, de carne assada e tabaco, com um cheiro adocicado de cerveja sublinhando tudo.

Sentiu-se tola ao cheirar as cartas na frente de Roger, mas desenvolvera o hábito de cheirá-las em particular, quando as relia sozinha. Haviam aberto as cartas na noite anterior e as leram várias vezes juntos, discutindo-as. Mas a retirara da caixa outra vez agora, querendo apenas segurá-la e ficar sozinha com seus pais por alguns instantes.

Talvez o cheiro estivesse realmente ali. Ela percebeu que, na verdade, uma pessoa não se lembra de cheiros, não da mesma forma que se lembra de algo que viu. É que, quando se sente um cheiro de novo, sabemos o que é – e em geral ele traz de volta consigo uma série de outras lembranças. Ela estava sentada ali em um dia de outono, cercada de maçãs maduras e urzais, da poeira de antigos lambris de madeira e do cheiro abafado de pedra molhada – Annie MacDonald tinha acabado de passar um pano no corredor –, mas via o salão da frente de uma hospedaria do século XVIII e sentia cheiro de fumaça.

1º de novembro de 1777, Nova York

Querida Bri et al.

Lembra-se daquela excursão do colégio quando sua turma de economia foi a Wall Street? Estou neste momento sentada no restaurante de uma estalagem ao pé da Wall Street e não se vê nenhum touro ou urso, muito menos uma teleimpressora da Bolsa de Valores. Entretanto, há cabras e um pequeno aglomerado de homens sob um plátano gigante e desfolhado, fumando cachimbo e conferenciando com as cabeças unidas.

Não sei dizer se são legalistas se queixando, rebeldes conspirando em público (o que é, aliás, muito mais seguro do que fazê-lo a portas fechadas, embora eu espere que você não vá precisar fazer uso desse conhecimento especial) ou apenas comerciantes – os negócios estão sendo realizados, posso garantir. Mãos são apertadas, pedaços de papel rabiscados e trocados. É surpreendente como os negócios prosperam em tempos de guerra. Creio que isso se dá porque as regras normais – sejam quais forem – estão suspensas.

Aliás, isso também se aplica à maioria das atividades humanas. Daí o desabrochar de romances de guerra e a construção de grandes fortunas no rastro das guerras. Parece um pouco paradoxal – embora talvez seja apenas lógico (pergunte a Roger se existe isso de paradoxo lógico, sim?) – que um processo tão destrutivo de vidas e substância possa depois resultar em uma explosão de bebês e negócios.

Já que falo de guerra, estamos todos vivos. Seu pai foi levemente ferido durante a primeira batalha de Saratoga (houve duas, ambas muito sangrentas) e fui obrigada a remover o dedo anelar de sua mão direita – aquele rígido, sem movimentos, você deve se lembrar. Naturalmente, isso foi traumático (tanto para mim quanto para ele), mas não um desastre completo. O ferimento sarou muito bem e, apesar de a mão ainda lhe causar muita dor, acho que, de modo geral, lhe será mais útil agora.

Estamos – tardiamente – prestes a tomar um navio para a Escócia, em circunstâncias um tanto peculiares. Devemos partir amanhã, no HMS Ariadne, *acompanhando o corpo do general de brigada Simon Fraser. Conheci o general muito rapidamente – ele estava à morte na ocasião –, mas era um soldado extraordinário e muito querido por seus homens. O comandante inglês em Saratoga, John Burgoyne, pediu, como uma espécie de nota de rodapé ao acordo de rendição, que seu pai (por ser parente do general e saber onde fica a propriedade de sua família nas Terras Altas) leve o corpo para a Escócia, de acordo com o desejo do general. Isso foi inesperado e um pouco inusitado, para dizer o mínimo. Não consigo imaginar como conseguiríamos ir para a Escócia se não fosse por isso, embora seu pai diga que ele teria pensado em alguma coisa.*

A logística desta expedição é um pouco delicada, como pode imaginar. O sr. Kościuszko ("Kos" para os íntimos, o que inclui seu pai – bem, na verdade ele é conhecido como Kos por todo mundo, porque ninguém [além do seu pai] consegue pronunciar seu nome ou se dá ao trabalho de tentar. Seu pai gosta muito dele e a recíproca é verdadeira) ofereceu seus serviços e com a ajuda do mordomo do general Burgoyne (e todo mundo não leva seu mordomo consigo para a guerra?), que lhe forneceu uma boa quantidade de lâmina de chumbo de garrafas de vinho (bem, não se pode culpar o general Burgoyne se ele deu para beber, nas circunstâncias, embora minha impressão geral seja de que todo mundo, dos dois lados, bebe como peixe o tempo todo, independentemente da situação militar do momento), produziu um milagre de engenharia: um caixão forrado de chumbo (muito necessário) sobre rodinhas removíveis (também muito necessárias; o caixão deve pesar quase uma tonelada. Seu pai diz que não, somente uns 30 ou 40 quilos, mas, como ele não tentou levantá-lo, não vejo como possa saber).

O general Fraser estava enterrado havia mais ou menos uma semana e teve que ser exumado para o transporte. Não foi agradável, mas podia ter sido pior. Ele tinha inúmeros batedores indígenas, muitos dos quais também o estimavam.

Alguns deles compareceram à exumação com um curandeiro (acho que era um homem, mas não tenho certeza; era baixo e gordo e usava uma máscara de pássaro) que incensou fortemente os restos mortais queimando sálvia e mogno da montanha (não uma grande ajuda em termos de olfato, mas a fumaça realmente lançava um véu delicado sobre os aspectos mais horrendos da situação) e cantaram sobre seu corpo durante um bom tempo. Eu gostaria de ter perguntado a Ian o que estava sendo dito, mas, devido a um desagradável conjunto de circunstâncias que não vou explicar aqui, ele não estava presente.

Explicarei tudo em uma carta posterior. É muito complicado e eu devo terminar esta antes de subirmos a bordo. A respeito de Ian: ele está apaixonado por Rachel Hunter (uma jovem adorável, e quacre, o que traz algumas dificuldades), é tecnicamente um assassino, portanto encontra-se impossibilitado de aparecer em público nas proximidades do Exército Continental. Como dano colateral do assassinato técnico (uma pessoa muito desagradável e nenhuma perda para a humanidade, garanto), Rollo levou um tiro e ficou ferido (além do ferimento superficial de bala, o pobre animal está com a escápula quebrada). Ele deve se recuperar, Rachel está cuidando dele para Ian enquanto vamos para a Escócia.

Como era notório que o general era reverenciado por seus aliados índios, o capitão do Ariadne *ficou espantado, mas não desconcertado, ao ser informado que o corpo estava sendo acompanhado não somente pelo seu parente próximo (e esposa), mas por um mohawk que fala um pouco de inglês (aliás, eu ficaria mais do que surpresa se alguém na Marinha Real soubesse a diferença entre gaélico e mohawk).*

Espero que esta viagem seja menos acidentada do que a primeira. Se assim for, a próxima carta deverá ser escrita na Escócia. Mantenha os dedos cruzados.

Com todo o meu amor,

Mamãe

P.S.: Seu pai insiste em acrescentar algumas palavras. Esta será sua primeira tentativa de escrever com a mão operada e eu gostaria de observar para ver como está funcionando, mas ele afirma que precisa de privacidade. Não sei se isso tem a ver com o assunto ou simplesmente com o fato de que ele não quer que ninguém veja o seu esforço. Ambos, provavelmente.

A terceira página da carta era notoriamente diferente. A caligrafia era muito maior do que o normal e mais espalhada. Ainda assim, era identificável como a escrita de seu pai. As letras pareciam mais soltas, menos pontudas, de certa forma. Sentiu seu coração se apertar, não só à ideia da mão mutilada do pai, desenhando devagar cada letra, mas pelo que ele achou que valia a pena tanto esforço para escrever:

Minha querida

Seu irmão está vivo e incólume. Eu o vi marchando em retirada de Saratoga com suas tropas, dirigindo-se a Boston e finalmente à Inglaterra. Ele não lutará outra vez nesta guerra. Deo gratias.

Seu pai amoroso,

JF

P.S.: É o Dia de Todos os Santos. Reze por mim.

As freiras sempre lhes disseram – e ela dissera a ele –: rezando um pai-nosso, uma ave-maria e uma salve-rainha no Dia de Todos os Santos, você pode obter a libertação de uma alma do purgatório.

– Maldito – murmurou ela, fungando e tateando em sua escrivaninha em busca de um lenço de papel. – Eu sabia que você ia me fazer chorar. *Outra vez.*

– Brianna?

A voz de Roger veio da cozinha, surpreendendo-a. Não esperava que ele descesse das ruínas da capela por mais uma ou duas horas, e ela assoou o nariz com pressa, respondendo: "Estou indo!" Esperava que suas lágrimas recentes não transparecessem em sua voz. Somente quando alcançou o corredor e o viu segurando a porta verde de baeta que dava para a cozinha parcialmente aberta é que lhe ocorreu que havia algo estranho em sua voz também.

– O que foi? – perguntou, apressando o passo. – As crianças...?

– Estão bem – interrompeu ele. – Pedi a Annie que as levasse ao correio na cidade para tomar um sorvete. – Ele se afastou um passo da porta e fez sinal para ela entrar.

Ela estacou assim que entrou. Um homem estava encostado na velha pia de pedra, os braços cruzados. Ele se endireitou ao vê-la e fez uma mesura, de uma forma que lhe pareceu estranha e, ao mesmo tempo, familiar. Antes que pudesse descobrir por quê, ele disse, com uma suave voz escocesa:

– Seu criado, madame.

Ela olhou dentro daqueles olhos que eram iguais aos de Roger, depois olhou para Roger, só para se certificar. Sim, eram.

– Quem...?

– Permita que eu apresente William Buccleigh MacKenzie – disse Roger, um tom cortante distinto na voz –, também conhecido como Nuckelavee.

Por um instante nada daquilo fez sentido. Em seguida, tudo – perplexidade, fúria, incredulidade inundaram sua mente em tal turbilhão que nenhuma reação chegava à sua boca e ela simplesmente ficou olhando boquiaberta para o homem.

– Peço desculpas, madame, por assustar suas crianças. Não sabia que eram seus filhos, para começar. Sei como são as crianças e não queria ser descoberto antes de conseguir entender tudo.

– Tudo... *o quê?*

Brianna finalmente encontrara algumas palavras. O homem sorriu.

– Sim, bem, quanto a isso, acho que a senhora e seu marido sabem mais do que eu.

Brianna puxou uma cadeira e se sentou, indicando com um gesto que ele fizesse o mesmo. Quando ele se afastou da janela, se expondo à luz, ela notou que seu rosto estava esfolado – um rosto de ossos proeminentes que, juntamente com a forma da testa e das órbitas, lhe pareceu terrivelmente familiar. Claro que era!

– Ele sabe quem é? – perguntou Brianna a Roger, o qual, agora ela percebia, afagava a mão direita, que parecia ter sangue nas juntas.

Ele assentiu.

– Eu disse a ele. Mas não sei se acreditou em mim.

A cozinha continuava sendo aquele local familiar, tranquilo, com o sol de outono entrando e os panos de prato de xadrez azul pendurados no Aga. Mas agora parecia o lado de trás de Júpiter e, quando ela estendeu a mão para o açucareiro, não teria ficado surpresa se visse sua mão atravessá-lo.

– Estou muito mais disposto a acreditar hoje do que estaria há três meses – disse o homem, com uma entonação seca que guardava uma leve ressonância da voz de seu pai.

Ela balançou a cabeça, na esperança de desanuviá-la, e, num tom educado que poderia ter sido a de uma dona de casa em uma comédia de televisão, disse:

– Aceita uma xícara de café?

Seu rosto se iluminou e ele sorriu. Seus dentes eram manchados e um pouco tortos. *Bem, claro que são*, pensou ela com extraordinária lucidez. *Não havia dentistas no século XVIII.* A lembrança do século XVIII a fez se levantar.

– Você! – exclamou ela. – *Você* fez Roger ser enforcado!

– É verdade – concordou ele, sem parecer muito perturbado. – Não que eu tivesse tido a intenção. E, se ele quiser me bater outra vez por causa disso, eu deixo. Mas...

– Isso foi por assustar as crianças – explicou Roger com igual frieza. – O enforcamento... vamos conversar sobre isso mais tarde.

– Bela conversa para um ministro – observou o sujeito, parecendo achar tudo aquilo muito divertido. – Não que a maioria dos ministros saia por aí interferindo com a mulher dos outros.

– Eu... – começou Roger, mas ela o interrompeu.

– *Eu* é que vou lhe dar um soco – disse Brianna, fitando-o com raiva.

William, para seu aborrecimento, fechou os olhos com força e se inclinou para a frente, as feições contraídas.

– Tudo bem – disse ele, através dos lábios comprimidos. – Vá em frente.

– No rosto, não – aconselhou Roger, examinando a mão machucada. – Faça-o ficar de pé e chute suas bolas.

Os olhos de William Buccleigh se arregalaram e ele encarou Roger com ar de censura.

– Acha que ela precisa de conselho?

– Acho que *você* precisa de um lábio inchado – retrucou ela, mas voltou a se sentar, examinando-o, e respirou fundo. – Certo – disse ela, mais calma. – Comece a falar.

Com cautela, ele balançou a cabeça e tocou na contusão em seu rosto, contraindo-se um pouco.

Filho da mãe, pensou ela repentinamente. *Ele sabe?*

– A senhora não falou em café? – perguntou ele, soando um pouco esperançoso. – Há anos que não tomo café de verdade.

Ele ficou fascinado com o Aga e encostou as costas no fogão, estremecendo de prazer.

– Virgem Maria – disse com um suspiro, os olhos fechados, enquanto se deleitava com o calor. – Isso é maravilhoso.

Ele considerou o café bom, mas um pouco fraco. *Compreensível*, pensou Brianna, sabendo que o café a que ele estava acostumado era fervido sobre uma fogueira por várias horas em vez de coado na máquina. Ele pediu desculpas pelos seus modos, que na verdade eram educados, dizendo que não comia havia algum tempo.

– Como tem se alimentado? – perguntou Roger, observando a pilha cada vez menor de sanduíches de geleia e manteiga de amendoim.

– Roubando das cabanas, para começar – admitiu Buccleigh com franqueza. – Após algum tempo, descobri o caminho para Inverness e estava sentado no meio-fio, completamente aturdido pelas enormes e barulhentas máquinas que passavam por mim. Já vira carros na estrada para o norte, é claro, mas é diferente quando estão passando velozmente perto de você. De qualquer modo, eu havia me sentado na frente da High Street Church, pois conhecia aquele lugar, ao menos, e pensei em ir pedir ao ministro um pedaço de pão assim que estivesse em condições. Eu estava um pouco abalado, sabe?

– Imagino – murmurou ela, erguendo uma das sobrancelhas para Roger. – A igreja é a Old High de St. Stephen?

– Sim, era High Church, significando que ficava na High Street, e não Anglicana, antes de ser chamada de Old, ou juntar congregações com a igreja de St. Stephen. – Roger voltou sua atenção para William Buccleigh. – E então? Falou com o ministro? Dr. Weatherspoon?

Buccleigh confirmou com um aceno de cabeça, a boca cheia.

– O bom ministro me viu sentado lá e veio até mim. Perguntou se eu estava passando necessidade e, quando lhe assegurei que estava, indicou-me onde conseguir comida e uma cama, e eu fui lá. Assistência social, eles chamavam, uma instituição de caridade.

As pessoas que administravam a instituição lhe deram roupas, pois estava em andrajos, e o ajudaram a encontrar um trabalho, fazendo o serviço pesado para uma fazenda de gado leiteiro fora da cidade.

– Então, por que você não está nessa fazenda? – perguntou Roger.

Simultaneamente, Brianna inquiriu:

– Como você veio para a Escócia?

Com suas perguntas colidindo, eles pararam, gesticulando um para o outro para que continuasse, mas William Buccleigh abanou a mão para ambos. Mastigou rapidamente por um instante, engoliu e tomou outro grande gole de café.

– Mãe de Deus, este negócio é gostoso, mas gruda na garganta. Sim, vocês querem saber por que estou aqui em sua cozinha comendo a sua comida, e não morto em um riacho na Carolina do Norte.

– Já que mencionou, sim – confirmou Roger, inclinando-se para trás em sua cadeira. – Por que não começa pela Carolina do Norte?

Buccleigh assentiu novamente, inclinando-se para trás por sua vez, com as mãos cruzadas confortavelmente sobre o estômago, e começou.

Ele fora expulso da Escócia, como tantos outros, pela fome que se seguiu a Culloden, e juntou todo o pouco dinheiro que conseguiu para emigrar com a mulher e o filho recém-nascido.

– Eu sei – disse Roger. – Foi a mim que você pediu para salvá-los, no navio. Na noite em que o capitão jogou os doentes ao mar.

Buccleigh ergueu a cabeça, espantado, os olhos verdes arregalados.

– Era o senhor, então? Eu não o vi, estava muito escuro e eu estava desesperado. Se eu soubesse disso... – Sua voz definhou. – Bem, o que está feito está feito.

– De fato – disse Roger. – Eu também não consegui vê-lo na escuridão. Só o conheci mais tarde, por causa de sua mulher e seu filho, quando os encontrei outra vez em Alaman... – Para seu grande aborrecimento, o último som se prendeu em sua garganta com um estalido glótico. Limpou a garganta e repetiu: – Em Alamance.

Buccleigh assentiu devagar, os olhos fixos com interesse na garganta de Roger. Seria arrependimento em seus olhos? *Provavelmente não*, pensou Roger. Ele também não lhe agradeceu por ter salvado sua mulher e seu filho.

– Sim. Bem, eu tinha pensado em arranjar uma terra e administrar uma pequena fazenda, mas... bem, em resumo, eu não era um fazendeiro nem um construtor. Não sabia nada a respeito de terras incultas, nem muito mais sobre lavoura. Não era um caçador, tampouco. Teríamos passado fome se eu não tivesse levado Morag e Jem, esse é o nome do meu filho também, não é estranho?, de volta ao piemonte e arranjado alguns serviços em uma pequena fazenda de terebintina lá.

– Mais estranho do que possa imaginar – disse Brianna a meia-voz. E um pouco mais alto: – E depois?

– Depois, o sujeito para quem eu trabalhava se uniu à Regulação, e os que trabalhavam para ele também. Eu deveria ter deixado Morag para trás, mas havia um sujeito no lugar que estava de olho nela. Era o ferreiro, e tinha apenas uma perna, de modo que não podia nos acompanhar para lutar na rebelião. Não podia deixá-la. Assim, o bebê e ela vieram comigo. E o próximo sujeito que ela encontra é *o senhor* – disse, enfaticamente.

– Ela não revelou quem eu era? – perguntou Roger, irritado.

– Bem, sim – admitiu Buccleigh. – Ela falou do navio e tudo mais e que aquele era o senhor. Ainda assim – acrescentou, lançando um olhar duro a Roger –, o senhor sai por aí namorando as mulheres de outros homens. Ou foi apenas Morag que atraiu sua atenção?

– Morag é minha tataravó ou mais ainda – respondeu Roger sem se alterar. Devolveu a Buccleigh o mesmo olhar fixo. – E já que me perguntou quem você é... Você é meu avô, cinco ou seis vezes para trás. Meu filho recebeu o nome de Jeremiah do meu pai, que o recebeu de seu avô, que foi chamado assim pelo *seu* filho. – E acrescentou: – Eu acho. Posso estar errado em um ou dois Jeremiahs pelo caminho.

Buccleigh o fitava, perplexo, o rosto atônito. Piscou uma ou duas vezes, olhou para Brianna, que assentiu, depois voltou a olhar para Roger.

– Já analisou o rosto de Roger? – perguntou Brianna. – Devo lhe trazer um espelho?

A boca de Buccleigh se abriu como se fosse responder, mas ele não encontrou palavras. Pegou sua xícara, ficou olhando para dentro dela por um instante como se admirado por vê-la vazia e a recolocou sobre a mesa. Em seguida, olhou para Brianna.

– A senhora não teria nada em casa mais forte do que café, teria, *a bhana-mhaighstir*?

Roger precisou vasculhar um pouco seu gabinete para encontrar a árvore genealógica que o reverendo tinha desenhado anos antes. Enquanto estava ausente, Bri encontrou a garrafa de Oban e serviu um generoso copo a William Buccleigh. Sem nenhuma hesitação, serviu a bebida para si mesma e Roger também e colocou uma jarra de água sobre a mesa.

– Toma com um pouco de água? – perguntou. – Ou prefere puro?

Para sua surpresa, ele pegou a água e despejou um pouco no seu uísque. Ele viu a expressão de seu rosto e sorriu.

– Se fosse uma bebida ordinária, eu engoliria de uma vez só. Um bom uísque vale a pena ser bebido devagar e um pouco de água abre o sabor. A madame sabe disso, não? Entretanto, não é escocesa.

– Sou, sim – disse ela. – Pelo lado do meu pai. Seu nome é... era... James Fraser, de Lallybroch. Chamavam-no de Dunbonnet.

Ele olhou ao redor da cozinha, depois para ela.

– A senhora é... mais uma, então? Como seu marido e eu. Outra dos... seja lá o que for?

– Seja lá o que for – concordou ela. – E sim. Conheceu meu pai?

Ele fechou os olhos ao tomar um pequeno gole do uísque e levou um instante para responder, enquanto o uísque descia pela garganta.

– Santo Deus, como isto é bom. – Respirou fundo e abriu os olhos. – Não, eu nasci apenas um ano aproximadamente antes de Culloden. Ouvi falar do Dunbonnet quando era garoto.

– Você disse que não era um bom fazendeiro – disse Bri com curiosidade. – O que fazia na Escócia antes de partir?

Ele respirou fundo e soltou o ar pelo nariz, exatamente como seu pai costumava fazer. *Uma característica dos MacKenzies*, pensou ela, achando graça.

– Eu era advogado – respondeu ele bruscamente, e pegou o copo.

– Bem, é uma profissão muito útil – disse Roger, entrando a tempo de ouvi-lo.

Olhou pensativo para Buccleigh, depois abriu a árvore genealógica da família MacKenzie em cima da mesa.

– Aqui está você – disse, colocando o dedo na anotação e, em seguida, arrastando-o pela folha. – E aqui estou eu.

Buccleigh se aproximou para examinar a árvore genealógica em silêncio. Brianna o viu engolir em seco uma ou duas vezes. Seu rosto estava pálido sob a barba por fazer.

– Sim, estes são meus pais, meus avós. E lá está o pequeno Jem, meu Jem, exatamente onde deveria estar. Tenho outro filho – informou ele. – Ou acho que tenho. Morag estava grávida quando eu... quando eu... viajei.

Roger se sentou. Seu rosto havia perdido um pouco da desconfiança e da raiva, e ele olhou para William Buccleigh com o que poderia ser compaixão.

– Conte-nos sobre isso. Como você viajou?

Buccleigh empurrou seu copo de uísque vazio sobre a mesa, mas não esperou até ele ser reabastecido.

O proprietário da plantação na qual ele trabalhara ficara arruinado nas águas de Alamance, foi preso por ter tomado parte na Regulação e sua propriedade foi confiscada. Os MacKenzies perambularam por algum tempo, sem casa ou dinheiro, sem nenhum parente próximo que pudesse ajudá-los.

Brianna trocou um rápido olhar com Roger. Se Buccleigh soubesse, estava bem perto de um parente próximo, e, ainda por cima, rico. Jocasta Cameron era irmã de Dougal MacKenzie e tia desse homem. Se ele soubesse.

Ela ergueu as sobrancelhas em uma pergunta silenciosa a Roger, mas ele balançou a cabeça. Isso devia esperar.

Finalmente, tomaram a decisão de voltar para a Escócia. Morag tinha família ali, um irmão em Inverness que estava bem de vida, um próspero comerciante de grãos.

Ela escrevera para ele, e ele os convidara a voltar, dizendo que encontraria um lugar para William em seu negócio.

– Nesse ponto, eu ficaria satisfeito com um emprego de tirar com pá o esterco dos porões de navios de gado – admitiu Buccleigh com um suspiro. – Entretanto, Ephraim Gunn, o irmão de Morag, disse que ele teria lugar para um funcionário no escritório. E eu sei escrever bem e fazer contas.

A sedução do trabalho – para o qual era bem qualificado – e de um lugar para morar foi forte o suficiente para fazer a pequena família se aventurar outra vez na perigosa travessia do Atlântico. Ephraim enviou uma ordem de pagamento através do seu banco para as passagens e, assim, eles retornaram, aportando em Edimburgo e de lá empreendendo a lenta viagem para o norte.

– De carroça, na maior parte.

Buccleigh estava no terceiro copo de uísque, Brianna e Roger não muito atrás. Ele despejou um pouco de água em seu copo vazio e bochechou-a antes de engolir, para limpar a garganta, depois tossiu e continuou:

– A carroça quebrou de novo, perto do lugar que chamam de Craigh na Dun. Imagino que vocês dois o conheçam, não? – Olhou de um para outro e assentiu. – Sim. Bem, Morag estava meio indisposta e a criança também estava agitada. Assim, deitaram-se na grama para dormir um pouco enquanto a roda era consertada. O cocheiro tinha um ajudante e não precisava da minha ajuda, então fui dar uma volta para esticar as pernas.

– E subiu a colina, até as pedras – disse Brianna, sentindo um aperto no peito só de pensar.

– Sabe qual era a data? – perguntou Roger.

– Foi no verão – respondeu William Buccleigh. – Perto do Midsummer Day, mas não sei exatamente o dia. Por quê?

– O Solstício de Verão – informou Brianna, com um breve soluço. – É que... achamos que está aberto. O "seja lá o que for" abre nas festas do sol e nas festas do fogo.

O som de um carro se aproximando pelo caminho da casa chegou até eles e os três ergueram os olhos, como se tivessem sido flagrados em algum negócio escuso.

– Annie e as crianças. O que vamos fazer com ele? – perguntou ela a Roger.

Ele fitou Buccleigh com os olhos semicerrados por um instante, depois tomou uma decisão.

– Vamos precisar de um plano para explicá-lo – disse Roger, levantando-se. – Por enquanto apenas me acompanhe, sim?

Buccleigh se levantou e seguiu Roger para dentro da copa. Ela ouviu a voz de Buccleigh se erguer momentaneamente de espanto, um breve murmúrio de explicação de Roger, em seguida o barulho áspero, conforme moviam o banco que escondia o painel de acesso que encobria o buraco do padre.

Movendo-se como se estivesse em transe, Brianna tirou a mesa e lavou os três copos, depois guardou a água e o uísque. Ouvindo a aldrava bater na porta da frente, sobressaltou-se. Não eram as crianças. Quem poderia ser?

Retirou a árvore genealógica da família de cima da mesa e saiu às pressas pelo corredor, parando para atirar o mapa na mesa de Roger enquanto se dirigia à porta.

Que idade ele teria?, pensou ela enquanto levava a mão à maçaneta. *Ele parece estar perto dos 40 anos, talvez, mas...*

– Olá – disse Rob Cameron, parecendo alarmado com a expressão de seu rosto. – Cheguei em má hora?

Rob viera devolver um livro que Roger havia lhe emprestado e fazer um convite: Jem gostaria de ir ao cinema com Bobby na sexta-feira, depois uma boa ceia de peixe e passar a noite?

– Tenho certeza que ele vai gostar – disse Brianna. – Mas ele não está... Ah, lá está ele.

Annie acabara de surgir no caminho de casa, com uns estrépitos das engrenagens que fizeram o motor morrer. Brianna estremeceu ligeiramente, satisfeita por Annie não ter levado *seu* carro.

Quando finalmente as crianças foram retiradas do carro, limpas com um lenço e levadas a apertar a mão do sr. Cameron educadamente, Roger saiu dos fundos da casa e foi envolvido em uma conversa sobre seus esforços na capela, que chegaram a um ponto em que se tornou óbvio que era hora do jantar e seria indelicado não convidá-lo a ficar...

Assim, Brianna se viu fazendo ovos mexidos, esquentando feijão e fritando batatas em uma espécie de torpor, pensando em seu hóspede inesperado sob o chão da copa, que devia estar sentindo o cheiro da comida e morrendo de fome – e em *que* iriam fazer com ele?

Durante todo o tempo em que jantavam, conversando em um clima agradável, depois levando as crianças para a cama enquanto Roger e Rob falavam de pedras dos pictos e escavações arqueológicas nas Orkneys, ela viu seu pensamento se voltar para William Buccleigh MacKenzie.

As Orkneys, pensou ela. *Roger explicou que o Nuckelavee é um monstro das Orkneys. Ele teria estado nas Orkneys? Quando? E por que esteve rondando nossa casa durante todo esse tempo? Quando descobriu o que aconteceu, por que não voltou imediatamente? O que está* fazendo *aqui?*

Quando Rob se despediu – levando outro livro – com profusos agradecimentos pela comida e um lembrete do encontro para o cinema na sexta-feira, ela estava prestes a arrancar William Buccleigh do buraco do padre pela gola, levá-lo para Craigh na Dun e enfiá-lo em um dos monólitos.

Quando ele se arrastou para fora do esconderijo, movendo-se devagar, lívido e faminto, ela sentiu sua agitação se abrandar. Apenas um pouco. Preparou-lhe ovos e se sentou com ele, enquanto Roger dava a volta na casa, verificando portas e janelas.

– Embora ache que não precisamos nos preocupar muito com isso – observou ela –, já que agora você está *dentro* da casa.

Ele ergueu os olhos, cansado mas alerta.

– Eu pedi desculpas – disse ele brandamente. – Quer que eu vá embora?

– E para onde iria se eu dissesse que sim? – perguntou ela sem piedade.

Ele virou o rosto na direção da janela que ficava acima da pia da cozinha. À luz do dia, dava para uma paisagem de paz, a horta com seu velho portão de madeira e, além dele, o pasto. Agora, não se via nada ali, senão a escuridão de uma noite sem lua nas Terras Altas. O tipo de noite em que cristãos permaneciam dentro de casa e colocavam água benta na soleira da porta, porque os entes que perambulavam pelas charnecas e pelos lugares altos nem sempre eram sagrados.

Ele não respondeu, mas engoliu em seco. Ela notou os cabelos louros de seus braços se arrepiarem.

– Não precisa ir – avisou ela. – Arranjaremos uma cama para você. Mas amanhã...

Ele assentiu e fez menção de se levantar. Ela o impediu colocando a mão em seu braço e William a encarou, surpreso.

– Apenas me diga uma coisa – disse ela. – Você quer voltar?

– Meu Deus, sim – confirmou ele, e desviou o rosto, mas sua voz estava embargada. – Quero Morag de volta. Quero meu filho pequeno.

Ela largou seu pulso e se levantou, mas outro pensamento lhe ocorreu.

– Quantos anos você tem? – perguntou, e ele deu de ombros, passando as costas da mão pelos olhos.

– Tenho 38 – respondeu. – Por quê?

– Apenas... curiosidade – disse ela, virando-se para ajustar o calor do fogão Aga para a noite. – Venha comigo; farei uma cama para você na sala de estar. Amanhã... amanhã veremos.

Ela o conduziu pelo corredor, passando pelo gabinete de Roger, sentindo um frio invadir seu estômago. A luz estava acesa e o mapa genealógico que Roger havia pegado para mostrar a William Buccleigh ainda estava onde ela o atirara, sobre a escrivaninha. Ele teria visto a data? Achava que não ou, se tivesse, não notara. As datas de nascimento e morte não estavam anotadas para todos naquele mapa – mas estavam para ele. William Buccleigh MacKenzie havia morrido, segundo aquele mapa, aos 38 anos.

Ele não vai voltar, pensou ela, e o frio tomou conta de seu coração.

O lago Errochty se estendia escuro como estanho sob o céu nublado. Estavam de pé na ponte para pedestres que se estendia sobre Alt Ruighe nan Saorach, o rio que alimentava o lago, olhando para baixo para onde o lago feito pelo homem se espalhava por entre as suaves colinas. Buck – ele dissera que era assim que as pessoas o chamavam na América e que se acostumara a isso – olhava e olhava, o rosto um esboço de assombro e desalento.

– Lá embaixo – disse em voz baixa, apontando. – Está vendo onde aquele riacho desemboca no lago? Era lá que ficava a casa de minha tia Ross. Uns 30 metros abaixo do riacho.

Cerca de 30 metros abaixo da superfície do lago agora.

– Imagino que seja um golpe doloroso – comentou Brianna, não sem compaixão. – Ver tudo tão mudado...

– É, sim. – Ele olhou para ela, aqueles olhos, tão perturbadores quanto os de Roger, perspicazes no semblante. – Talvez seja mais o fato de que tanta coisa *não tenha* mudado. Lá em cima, hein? – Ergueu o queixo na direção das montanhas distantes. – Exatamente como sempre foram. E os pequenos pássaros na grama e os salmões saltando no rio. Eu podia pisar naquela margem – indicou com a cabeça a extremidade da ponte de pedestres – e sentir como se tivesse caminhado ali ontem. Eu *realmente* caminhei lá ontem! No entanto... todos se foram. Todos eles. Morag. Meus filhos. Estão todos mortos. A menos que eu consiga voltar.

Ela não planejara lhe perguntar nada. Melhor esperar até que Roger e ela pudessem falar com ele juntos, à noite, depois que as crianças tivessem dormido. Só que a oportunidade se apresentou. Roger levara Buck para um passeio pelas Terras Altas – nas vizinhanças de Lallybroch, pelo Great Glen ao longo do lago Ness, e finalmente o deixara na represa do lago Errochty, onde ela estava trabalhando hoje; ela o levaria de volta para o jantar.

Na noite anterior, em sussurros, eles haviam discutido o assunto. Não sobre o que dizer a respeito dele. Ele seria um parente do papai, vindo para uma visita rápida. Era verdade, afinal de contas. Mas sobre se deveriam levá-lo para dentro do túnel. Roger fora a favor disso, ela, muito contrária, lembrando-se do choque da... linha do tempo?... atravessando-a como um arame farpado. Ela ainda não havia decidido.

Agora ele havia levantado o assunto da sua volta, por conta própria.

– Quando você recuperou os sentidos depois que... atravessou, e percebeu o que tinha acontecido – perguntou ela com curiosidade –, por que não voltou para dentro do círculo no mesmo instante?

Ele deu de ombros.

– Eu fiz isso. Embora não possa dizer que tenha percebido de imediato o que acontecera. Só cheguei a essa conclusão depois de alguns dias. Sabia que algo terrível ocorrera e que as pedras tinham a ver com isso. Assim, fiquei com medo delas, como bem pode compreender.

Ela *podia* compreender. Não se aproximaria nem 1 quilômetro de um monólito, a menos que fosse para salvar algum membro da família de um terrível destino. E ainda assim pensaria duas vezes. Mas descartou a ideia e retornou ao seu interrogatório:

– Mas você voltou, como contou. O que aconteceu?

Olhou desamparado para ela, espalmando as mãos.

– Não sei como descrever isso. Nada parecido me acontecera antes.

– Tente – sugeriu ela, endurecendo a voz, e ele suspirou.

– Sim. Bem, caminhei até o círculo de pedras e dessa vez eu podia ouvi-las... as pedras. Como se falassem com elas mesmas, zumbindo como uma colmeia e com um som que fazia os cabelos da minha nuca ficarem em pé.

Teve vontade de se virar e sair correndo, mas, pensando em Morag e Jemmy, resolveu continuar. Caminhou até o centro do círculo, onde o barulho o atacava de todos os lados.

– Achei que ia enlouquecer com aquele ruído – explicou, com franqueza. – Colocar o dedo nos ouvidos de nada adiantava. Estava dentro de mim, como se viesse dos meus ossos. Foi assim com você? – perguntou de repente, espreitando-a com curiosidade.

– Sim, foi – respondeu ela sucintamente. – Ou quase. Continue. O que fez, então?

Ele vira a fenda na pedra maior por onde havia atravessado na primeira vez e, prendendo a respiração ao máximo, arremessara-se por ela.

– E pode me matar por me achar um mentiroso se quiser. Não sei o que aconteceu em seguida, eu juro, mas depois disso eu me vi deitado na grama no meio das pedras, e estava em chamas.

Ela olhou para ele, surpresa.

– Literalmente? Quero dizer, suas roupas queimavam ou foi apenas...?

– Eu sei o que "literalmente" significa – replicou ele, com um laivo de irritação na voz. – Eu posso não ser o que você é, mas *tive* educação.

– Desculpe. – Ela fez um pequeno aceno de desculpas com a cabeça e gesticulou, indicando-lhe que continuasse.

– De qualquer modo, sim, eu estava *literalmente* em chamas. Minha camisa estava em chamas. Olhe.

Ele abriu o zíper do casaco e tateou os botões da camisa de cambraia azul de Roger, abrindo-a para mostrar a marca espalhada e avermelhada de uma queimadura curada no peito. Ele teria abotoado a camisa outra vez imediatamente, mas ela fez sinal para que não o fizesse e se inclinou para olhar mais de perto. Parecia centralizada em seu coração. *Teria algum significado?*, pensou.

– Obrigada – disse Brianna, endireitando-se. – O que... O que estava pensando quando atravessou a fenda?

Ele a fitou, espantado.

– Estava pensando que queria voltar, o que mais?

– Sim, claro. Mas estava pensando em alguém em particular? Em Morag, quero dizer, ou no seu filho?

A expressão mais extraordinária – vergonha?, constrangimento? – atravessou seu rosto e ele desviou o olhar.

– Estava – respondeu ele.

E ela percebeu que ele mentia, mas não conseguia imaginar por quê. Ele pigarreou e continuou a falar:

– Bem... Rolei pela grama para apagar o fogo e depois vomitei. Fiquei lá por um bom tempo, sem forças para me levantar. Não sei por quanto tempo, mas não foi pouco. Sabe como é aqui, perto do Solstício do Verão? Aquela luz esbranquiçada quando a gente não consegue ver o sol, mas na verdade ele ainda não se pôs?

– Sim, a claridade pálida do verão – murmurou Brianna. – Sim... quero dizer, sim, eu sei. Então você tentou outra vez?

Agora, *era* vergonha. O sol estava baixo e as nuvens irradiavam uma cor laranja opaca que banhava o lago, as colinas e a ponte com um rubor soturno, mas ainda era possível divisar o rubor mais intenso que se espalhou pelas proeminentes maçãs do rosto de Buccleigh.

– Não – murmurou ele. – Tive medo.

Apesar da falta de confiança nele, e da raiva persistente que sentia pelo que ele havia feito a Roger, Brianna sentiu compaixão diante daquela resposta sincera. Afinal, tanto ela quanto Roger *sabiam*, mais ou menos, o que estavam fazendo. Ele não esperava de modo algum o que acontecera e ainda não sabia praticamente nada.

– Eu também teria. Você...

Um grito vindo de trás a interrompeu. Rob Cameron se aproximava pela margem do rio. Ele acenou e subiu na ponte, arquejando um pouco com a corrida.

– Olá, chefe – saudou, rindo para ela. – Eu a vi quando saía. Se já estiver livre, imaginei se gostaria de tomar um drinque no caminho de casa. E seu amigo também, é claro – acrescentou, cumprimentando William Buccleigh com um aceno de cabeça.

Com isso, é claro, ela não teve alternativa senão apresentá-los, fazendo Buck passar por um parente de Roger, hospedado com eles, de passagem pela cidade, de acordo com a história que haviam combinado. Gentilmente, ela recusou a proposta de um drinque, dizendo que precisava preparar o jantar das crianças.

– Fica para outra vez, então – disse Rob com descontração. – Prazer em conhecê-lo, amigo.

E se afastou, saltitante como uma gazela, enquanto William Buccleigh o observava com os olhos semicerrados.

– O que foi? – perguntou ela.

– Esse homem está de olho em você – disse, virando-se para ela. – Seu marido sabe?

– Não seja ridículo – retrucou ela no mesmo tom. Seu coração se acelerara com as palavras dele e ela não gostou. – Eu trabalho com ele. Ele pertence à mesma loja de Roger e eles conversam sobre canções antigas. Só isso.

Ele fez um daqueles ruídos escoceses que podem carregar todo tipo de significado e balançou a cabeça.

– Posso não ser o que você é – repetiu ele, sorrindo –, mas não sou nenhum tolo.

73

UM CORDEIRO RETORNA AO REBANHO

24 de novembro de 1777
Filadélfia

Lorde John Grey precisava de um criado pessoal. Havia empregado uma pessoa nessa função, mas achou o sujeito pior do que inútil, e um ladrão ainda por cima. Descobrira o antigo criado escondendo colherinhas de chá nas calças e o havia demitido – depois de retirar as colheres à força. Deveria ter mandado prender o sujeito, mas na verdade não sabia ao certo o que a polícia local faria se convocada por um oficial inglês.

A maioria dos prisioneiros de guerra ingleses tinha sido levada para fora da cidade enquanto o exército de Howe avançava, os americanos querendo guardá-los para troca. Henry não fora.

Escovou o uniforme, refletindo. Usava-o todos os dias agora, como proteção para Dottie e Henry. Havia anos ele não era um oficial da ativa, mas, ao contrário da maioria dos homens nessa posição, tampouco renunciara à sua patente de tenente-coronel. Não sabia ao certo o que Hal teria feito caso ele tivesse tentado renunciar, mas, como era um encargo no regimento de Hal e Grey não precisar abrir mão dele, o caso era discutível.

Um dos botões estava solto. Tirou seu estojo de costura, enfiou linha em uma agulha sem estreitar os olhos e prendeu o botão no casaco. O feito lhe deu uma pequena sensação de satisfação, apesar de que o reconhecimento disso o obrigasse a admitir como era pouco o que podia controlar – tão pouco que pregar um botão podia ser motivo de satisfação.

Franziu o cenho para si mesmo no espelho e se crispou irritado diante do galão dourado em seu casaco, que estava manchado em alguns pontos. Sabia o que fazer em relação a isso, mas certamente não iria ficar sentado polindo-o com um pedaço de pão embebido em urina. Conhecendo o general sir William Howe como conhecia, duvidava que sua aparência afetasse sua recepção, ainda que ele se dirigisse ao quartel-general de Howe em uma liteira com a cabeça envolvida em um turbante turco. Howe geralmente não tomava banho nem trocava de roupa por um mês ou mais – e não apenas quando estava em campanha.

Ainda assim... Teria que ser um cirurgião do Exército e Grey queria fazer sua escolha. Fez uma careta diante do pensamento. Conhecera muitos médicos militares, alguns deles mais do que gostaria. Mas o exército de Howe entrara na cidade no final de setembro. Era meado de novembro agora, a ocupação estava bem estabelecida e, com isso, o ânimo geral entre os cidadãos mudara.

Os médicos de inclinação rebelde ou haviam deixado a cidade, ou não queriam ter nada a ver com um oficial inglês. Os simpatizantes dos legalistas ficariam mais do que satisfeitos em prestar seus serviços.

Ele tinha sido convidado a muitas festas oferecidas pelos legalistas ricos da cidade e fora apresentado a dois ou três médicos. Não encontrara nenhum com reputação em cirurgia. Um deles lidava com casos de doenças venéreas, outro era um *accoucheur* e o terceiro, um charlatão da pior espécie.

Assim, estava se dirigindo ao quartel-general de Howe para pedir ajuda. Não podia esperar mais. Henry aguentara firme e até parecia ter ganho um pouco de forças com a chegada da temperatura mais amena. Era melhor que fosse feito agora, para lhe dar a oportunidade de se curar um pouco antes da chegada do inverno, com sua friagem e a esqualidez fétida de casas fechadas.

Pronto, afivelou sua espada e saiu para a rua. Havia um soldado, um pouco encurvado sob uma pesada mochila, andando devagar pela rua em sua direção, olhando para as casas. Ele mal fitou o sujeito enquanto descia as escadas, mas um olhar de relance foi suficiente. Olhou novamente, incrédulo, e começou a correr pela rua, sem se incomodar com chapéu, galões dourados, espada ou dignidade, e tomou o jovem e alto soldado nos braços.

– Willie!

– Papai!

Seu coração transbordava de felicidade. Não se lembrava de se sentir assim tão feliz, mas fez o melhor para se conter, não querendo constranger Willie com excessos de emoção impróprios a um homem. Não soltou o filho, mas recuou um pouco, examinando-o de cima a baixo.

– Você está... sujo – comentou, incapaz de conter um sorriso largo e tolo. – Muito sujo mesmo.

Estava. Também maltrapilho e surrado. Ainda usava seu gorjal de oficial, mas faltava o lenço de pescoço, assim como vários botões, e um dos punhos de seu casaco fora arrancado.

– Também tenho piolhos – afirmou William, coçando a cabeça. – Tem comida aí?

– Sim, claro. Entre, entre. – Tirou a mochila do ombro de Willie e gesticulou para que ele o seguisse. – Dottie! – gritou para cima das escadas ao abrir a porta. – Dottie! Desça, por favor!

– *Eu já estou aqui* – respondeu a sobrinha atrás dele, saindo da saleta onde costumava tomar o café da manhã. Segurava um pedaço de torrada com manteiga. – O que você...? *Willie*!

Desdenhando questões de imundície e piolhos, William a tomou nos braços e ela deixou a torrada cair no tapete e o abraçou apertado, rindo e chorando, até ele protestar que ela estava quebrando suas costelas e que nunca mais iria poder respirar direito.

Grey ficou observando a cena com extrema benevolência, apesar de terem pisoteado a torrada amanteigada no tapete alugado. Eles *realmente* pareciam se amar, refletiu. Talvez ele estivesse errado. Tossiu educadamente, o que não desvencilhou os dois corpos, mas ao menos fez Dottie olhar para ele por cima do ombro.

– Vou pedir um café da manhã para William, está bem? Por que não o leva para a sala, querida, e lhe oferece uma xícara de chá?

– Chá! – exclamou Willie com um suspiro, o rosto assumindo a expressão beatífica de alguém que presencia algum milagre prodigioso. – Há semanas não tomo chá. Meses!

Grey saiu para o prédio da cozinha, que ficava a uma pequena distância atrás da casa, de modo que esta não fosse incendiada quando – não *se* – algo pegasse fogo e destruísse a cozinha. Aromas apetitosos de carne assada, doces de frutas e pão fresco flutuavam daquela estrutura precária.

Ele havia contratado a sra. Figg, uma negra quase esférica, como cozinheira, na suposição de que ela não podia ter adquirido aquela silhueta sem ter tanto o gosto pela boa comida quanto a habilidade de prepará-la. Essa suposição se confirmou, e nem o temperamento instável dessa senhora, nem a inclinação para dizer palavrões o fizeram lamentar sua decisão, apesar de fazer com que ele sempre a abordasse com cautela. No entanto, ouvindo suas novidades, ela prestativamente deixou de lado a torta de carne de caça que estava fazendo a fim de preparar uma bandeja com um café da manhã completo.

Grey esperou para ele mesmo levar a bandeja, pretendendo dar a William e Dottie um pouco mais de privacidade. Ele queria ouvir tudo, pois evidentemente todo mundo na Filadélfia sabia sobre o encontro desastroso de Burgoyne em Saratoga, mas queria descobrir através de William o que John Burgoyne soubera ou concluíra de antemão. Segundo alguns de seus conhecidos militares, sir George Germain assegurara a Burgoyne que seu plano fora aceito e que Howe marcharia para o norte ao seu encontro, cortando as Colônias americanas ao meio. Segundo outros – vários do exército de Howe inclusive –, Howe nunca fora informado desse plano, para começar, quanto mais teria concordado com ele.

Seria isso arrogância e presunção da parte de Burgoyne, obstinação e orgulho de Howe, idiotice e incompetência de Germain – ou uma combinação dos três fatores? Se pressionado, apostaria nessa última hipótese, mas estava curioso para saber até onde o gabinete de Germain estava implicado. Com Percy Beauchamp desaparecido da Filadélfia sem deixar rastro, seus movimentos teriam que ser observados por outra pessoa, e era provável que Arthur Norrington informasse suas descobertas a Germain em vez de Grey.

Voltou carregando a pesada bandeja, encontrando William no sofá em mangas de camisa, tomando seu chá, os cabelos soltos e espalhados pelos ombros.

Dottie estava sentada na *bergère* em frente à lareira, segurando seu pente de prata sobre o joelho e com uma expressão no rosto que quase fez Grey deixar cair a bandeja. Ela lhe virou um rosto espantado quando ele entrou, tão pasmo que era evidente que mal o enxergava. Então algo mudou e seu rosto se alterou, como alguém voltando num piscar de olhos de algum lugar a léguas de distância.

– Ah! – exclamou, levantando-se e estendendo os braços para pegar a bandeja. – Deixe que eu seguro.

Ele deixou, disfarçadamente olhando de um jovem para outro. Sem dúvida, Willie também parecia estranho. *Por quê?*, perguntou-se. Haviam ficado exultantes, amorosos um com o outro, havia apenas alguns instantes. Agora ela estava pálida, mas trêmula com uma emoção interior que fez as xícaras chocalharem nos pires quando começou a servir o chá. *Ele* estava ruborizado, enquanto ela estava pálida, mas não com qualquer tipo de excitação sexual. William tinha a expressão de um homem que... Bem, não. *Era* excitação sexual, pensou, intrigado. Havia, afinal, visto isso muitas vezes e era um perspicaz observador disso em um homem. Mas não estava concentrado em Dottie. De modo algum.

O que eles estão aprontando?, pensou. Entretanto, fingiu ignorar a perturbação de ambos e se sentou para tomar seu chá e ouvir as experiências de Willie.

O relato acalmou William um pouco. Grey observou a expressão do rosto do enteado mudar conforme ele falava, às vezes com hesitação, e sentiu uma pontada aguda de dor. Orgulho, sim, grande orgulho; William era um homem agora, um soldado, e um bom soldado. Mas Grey sentia também um furtivo pesar pelo desaparecimento dos últimos traços de inocência de Willie; um breve olhar dentro de seus olhos provava essa ausência.

Os relatos de batalhas, política, índios, tudo tinha o efeito oposto em Dottie. Longe de ficar mais calma ou mais feliz, ela foi ficando mais agitada a cada instante.

– Estava indo visitar sir William, mas acho que vou ver Henry primeiro – comentou Grey por fim, levantando-se e limpando farelos de torrada das abas do casaco. – Quer vir comigo, Willie? Ou vocês dois, se quiserem. Ou prefere descansar?

Trocaram um olhar onde cumplicidade e conspiração eram tão evidentes que ele piscou. Willie tossiu e se levantou também.

– Sim, papai. Eu quero muito ver Henry, é claro. Só que Dottie acaba de me contar como o estado dele é grave... e sobre sua intenção de conseguir um cirurgião do Exército para operá-lo. Eu estava... pensando... Eu conheço um médico do Exército. Um sujeito extraordinário. Muito experiente e de maneiras gentis, mas rápido como uma cobra com seu bisturi – apressou-se a acrescentar.

Suas cores melhoraram consideravelmente ao dizer isso e Grey o observou, fascinado.

– É mesmo? – perguntou Grey. – Ele parece uma resposta às minhas preces. Qual é o nome dele? Eu poderia perguntar a sir William...

– Ele não está com sir William – apressou-se Willie a informar.

– É um dos homens de Burgoyne?

Os soldados em liberdade condicional do derrotado exército de Burgoyne haviam, com exceções como a de William, marchado para Boston, para de lá embarcarem de volta à Inglaterra.

– Bem, eu obviamente gostaria de tê-lo aqui, mas duvido que possamos mandar buscá-lo em Boston e fazer com que chegue a tempo, considerando a época do ano e a probabilidade...

– Não, ele não está em Boston. – Willie trocou outro daqueles olhares com Dottie. Dessa vez, ela viu Grey observá-los, ficou vermelha como as rosas nas xícaras de chá e olhou diligentemente para as pontas de seus sapatos. Willie limpou a garganta. – Na verdade, ele é um médico do Exército Continental. O exército de Washington se aquartelou para o inverno em Valley Forge, a menos de um dia a cavalo. Ele virá se eu for lhe pedir pessoalmente, tenho certeza.

– Compreendo – disse Grey, pensando rapidamente.

Tinha certeza de que não estava vendo metade do que se passava – o que quer que fosse –, mas diante das circunstâncias isso realmente parecia uma resposta às suas preces. Seria uma questão simples pedir a Howe para arranjar uma escolta e uma bandeira de trégua para Willie, assim como um salvo-conduto para o médico.

– Está bem – disse, tomando uma decisão na hora. – Falarei com sir William sobre isso esta tarde.

Dottie e Willie deram sinais idênticos de... alívio? *O que está acontecendo?*, perguntou-se outra vez.

– Muito bem, então – falou energicamente. – Pensando melhor, você vai querer tomar um banho e mudar de roupa, Willie. Vou ao quartel-general de Howe agora e iremos ver Henry esta tarde. Qual é o nome desse famoso médico continental para que sir William mande preparar um salvo-conduto para ele?

– Hunter – respondeu Willie, e seu rosto queimado de sol pareceu se iluminar. – Denzell Hunter. Não se esqueça de dizer a sir William para emitir salvo-conduto para dois; a irmã do dr. Hunter é sua enfermeira, ele vai precisar que ela também venha para ajudar.

74

ENXERGANDO BEM

20 de dezembro de 1777
Edimburgo

O texto impresso na página entrou em foco de repente, nítido e preto, e soltei uma exclamação de surpresa.

– Ah, perto, então? – O sr. Lewis, o optometrista, piscou para mim por cima de seus óculos. – Tente estes. – Removeu os óculos experimentais do meu nariz e me entregou um outro par. Coloquei-os, examinei a página do livro diante de mim, em seguida ergui os olhos.

– Eu não fazia a menor ideia – disse, perplexa e encantada.

Era como nascer de novo. Tudo estava nítido, vívido, novo. Eu reingressara no mundo quase esquecido da boa impressão.

Jamie estava parado junto à vitrine da loja, livro na mão e um belo par de óculos quadrados, de aro de metal, em seu longo nariz. Eles lhe emprestavam um ar erudito incomum e por um momento ele pareceu um distinto estranho, até se virar para olhar para mim, os olhos ligeiramente grandes por trás das lentes. Olhou por cima dos óculos e sorriu ao me ver.

– Gosto desses – disse com aprovação. – Os redondos caem bem em seu rosto, Sassenach.

Eu ficara tão entusiasmada com os novos detalhes do mundo ao meu redor que nem me ocorreu imaginar como *eu* ficara. Curiosa, levantei-me e fui me olhar no pequeno espelho pendurado na parede.

– Santo Deus! – exclamei, contraindo-me.

Jamie riu e o sr. Lewis sorriu indulgentemente.

– Assentam-lhe muito bem, madame – comentou.

– Bem, pode ser – retruquei, examinando o reflexo da estranha no espelho. – É que é um choque.

Não é que eu me esquecera da minha aparência. Apenas não pensava nela havia meses, além de vestir uma roupa limpa e não usar cinza, que me fazia parecer ter sido embalsamada.

Vestia marrom hoje, um casaco aberto de veludo castanho, no tom de taboa madura, com uma fita estreita de gorgorão, dourada, nas bordas, sobre meu vestido novo – este de pesada seda cor de café com um corpete bem ajustado e três anáguas com renda na barra, aparecendo nos tornozelos. Não nos demoraríamos em Edimburgo, devido às exigências de levar o general de brigada ao seu lugar de repouso final e à ansiedade de Jamie de partir para as Terras Altas, mas tínhamos negócios a resolver ali. Jamie tinha deixado claro que não podíamos parecer mendigos maltrapilhos e mandara vir uma costureira e um alfaiate assim que chegamos a nossos aposentos.

Recuei um pouco, vaidosa. Estava surpresa de ver quanto estava bem. Durante os longos meses de viagem, de retirada e de luta com o Exército Continental, eu havia ficado reduzida à minha essência: sobrevivência e função. Minha aparência era irrelevante, ainda que eu tivesse um espelho.

Na verdade, subconscientemente eu esperava ver uma bruxa no espelho, uma mulher acabada, de cabelos grisalhos desgrenhados e expressão feroz. Talvez um ou dois pelos longos brotando do queixo.

Em vez disso... Bem, eu ainda podia me reconhecer. Meus cabelos – sem touca, mas cobertos com um pequeno e reto chapéu de palha enfeitado com um caprichoso buquê de margaridas de pano – estavam presos em um coque atrás da cabeça. Alguns fios soltos se encaracolavam nas têmporas e meus olhos eram de um âmbar límpido e brilhante por trás dos novos óculos, com um surpreendente ar de franca expectativa.

Eu tinha rugas e sulcos da idade, é claro, mas no geral meu rosto se assentara bem nos meus ossos em vez de despencar em queixadas e papadas. E o colo, com apenas uma sombra discreta mostrando o volume dos seios – a Marinha Real havia nos alimentado durante a viagem marítima e eu havia recuperado um pouco do peso que perdera durante a longa marcha de retirada de Ticonderoga.

– Bem, nada mau, na verdade – concluí, parecendo tão surpresa que Jamie e o sr. Lewis desataram a rir.

Tirei os óculos com grande pesar – os de Jamie eram simples óculos de leitura com aro de metal, de modo que ele podia levá-los agora mesmo. Os meus, com o aro de ouro, somente estariam prontos na tarde seguinte. Assim, deixamos a loja para nossa missão seguinte: a tipografia de Jamie.

– Onde está Ian esta manhã? – perguntei enquanto nos dirigíamos à Princes Street.

Ele já havia saído quando acordei, sem deixar nenhuma pista, quanto mais algum recado sobre seu paradeiro.

– Você não acha que ele resolveu fugir em vez de ir para casa, não é?

– Se fugiu, eu o encontrarei e lhe darei uma surra – respondeu Jamie, distraído.

Ele olhava para o outro lado do parque, para o enorme vulto do castelo em sua rocha. Colocou os óculos – desnecessariamente – para ver se faziam alguma diferença.

– Não, deve ter ido a um bordel.

– Às onze da manhã?! – exclamei.

– Bem, não há regras sobre isso – retrucou Jamie, tirando os óculos, envolvendo-os em seu lenço e os guardando no *sporran*. – Eu fazia isso de manhã de vez em quando. Embora duvide que ele esteja empenhado em conhecimento carnal neste momento – acrescentou. – Pedi fosse ver se madame Jeanne ainda é dona do lugar, porque, se for, ela será capaz de me fornecer mais informações do que qualquer outra pessoa em Edimburgo. Se ela estiver lá, irei vê-la à tarde.

– Ah – disse, não gostando muito da ideia de ele sair para um aconchegante *tête-à-tête* com a elegante francesa que um dia fora sua sócia nos negócios de contrabando de uísque, mas admitindo a conveniência da proposta. – E onde você acha que Andy Bell estaria às dez da manhã?

– Na cama – respondeu Jamie. – Dormindo – acrescentou com um sorriso, vendo a expressão em meu rosto. – Tipógrafos são criaturas sociáveis, de modo geral, e se reúnem à noite nas tavernas. Nunca conheci nenhum que madrugasse, a não ser que tivessem filhos pequenos com cólica.

– Está pensando em tirá-lo da cama? – perguntei, esticando o passo para acompanhá-lo.

– Não, nós o encontraremos no Mowbray's na hora do almoço. Ele é gravador. Precisa de *alguma* luz para trabalhar, de modo que acorda ao meio-dia. E come no Mowbray's quase todo dia. Só quero ver se seu estabelecimento foi incendiado ou não. E se o patife está usando minha prensa.

– Você fala como se ele estivesse usando sua mulher – comentei, achando graça do tom soturno de sua fala.

Ele fez um pequeno ruído escocês, reconhecendo o suposto humor dessa observação, mas se recusando a sorrir. Não sabia que ele tinha sentimentos tão fortes em relação ao seu maquinário de imprensa. Afinal, estava longe dele havia quase doze anos. Não era de admirar que seu coração apaixonado estivesse começando a bater com a ideia de se reencontrar com o objeto de seu amor, pensei, secretamente achando graça.

Por outro lado, talvez ele *estivesse* com medo de que a gráfica de Andy Bell tivesse sido destruída em um incêndio. Não era um temor vão. Sua gráfica fora destruída por um incêndio doze anos antes; tais estabelecimentos eram vulneráveis ao fogo, tanto devido à presença de uma pequena forja aberta para derreter e moldar tipos quanto à quantidade de papel, tinta e substâncias inflamáveis semelhantes guardadas no local.

Meu estômago roncou um pouco à ideia de um almoço no Mowbray's. Tinha lembranças muito agradáveis de nossa última – e única – visita ao local, que envolvera um excelente ensopado de ostras e um vinho branco resfriado ainda melhor, entre outros prazeres da carne.

Mas ainda faltava algum tempo até o almoço; os trabalhadores deveriam abrir suas marmitas ao meio-dia, mas os elegantes de Edimburgo comiam à hora civilizada das três da tarde. Poderíamos comprar um pastel fresco em um vendedor ambulante, pensei, apertando o passo no rastro de Jamie. Só para aguentar até a hora do almoço.

Felizmente, a gráfica de Andrew Bell ainda se encontrava de pé. A porta estava fechada por causa do vento, mas uma sineta soou acima do barulho do vento e anunciou nossa presença. Um senhor de meia-idade em mangas de camisa e avental ergueu os olhos de um cesto de lingotes que separava.

– Bom dia, senhor. Madame – disse ele cordialmente.

Notei de imediato que não era escocês. Ou melhor, não era nascido na Escócia, pois seu sotaque era um inglês suave, um pouco arrastado, das Colônias do Sul. Jamie ouviu e sorriu.

– Sr. Richard Bell? – perguntou.

– Sim, sou eu – respondeu o homem, parecendo surpreso.

– James Fraser, seu criado, senhor – disse Jamie com educação, inclinando-se em um cumprimento. – Permita-me apresentar minha mulher, Claire.

– Seu criado, senhor. – O sr. Bell se inclinou também, parecendo um pouco aturdido, mas mantendo as boas maneiras.

Jamie enfiou a mão no bolso do peito do casaco e retirou um pequeno maço de cartas, amarrado com uma fita cor-de-rosa.

– Trouxe notícias de sua mulher e suas filhas – disse ele, entregando as cartas. – E vim ver se posso mandá-lo de volta para casa para ficar com elas.

O rosto do sr. Bell perdeu toda a expressão e, em seguida, todo o sangue. Por um instante, pensei que ele fosse desmaiar, mas não desmaiou, apenas se agarrando na borda do balcão para se apoiar.

– O senhor... Para casa? – indagou, com a voz entrecortada. Agarrara o maço de cartas junto ao peito e agora o fitava, os olhos rasos de lágrimas. – Como... como foi que ela...? Minha mulher está bem? – perguntou, com um súbito temor nos olhos. – Elas estão bem?

– Estavam bem quando as vi em Wilmington – assegurou Jamie. – Muito desoladas com sua ausência, mas passando bem.

O sr. Bell tentava controlar a reação e a voz, e o esforço o deixou sem fala. Jamie se inclinou por cima do balcão e tocou em seu braço.

– Vá ler suas cartas, meu caro – sugeriu. – Nossos outros negócios podem esperar.

A boca do sr. Bell se abriu uma ou duas vezes, sem nenhum som, em seguida ele assentiu. Atravessou a porta que levava à sala dos fundos.

Suspirei e Jamie olhou para mim, sorrindo.

– É bom quando alguma coisa dá certo, não é? – perguntei.

– Ainda não está tudo certo, mas vai ficar. – Ele então tirou seus óculos novos do *sporran* e, colocando-o no nariz, levantou o tampo do balcão e entrou com passos decididos. – Esta é a minha prensa! – exclamou ele acusadoramente, dando a volta na enorme máquina como um falcão pairando sobre a presa.

– Acredito em você, mas como pode saber? – Eu o segui com cautela, afastando minhas saias da prensa suja de tinta.

– Bem, para começar, tem meu nome estampado nela – disse ele, apontando para algo embaixo. – Alguns deles, pelo menos.

Estreitando os olhos, consegui decifrar *Alex. Malcolm* esculpido na parte de baixo de uma trave pequena.

– Aparentemente, ainda funciona – observei, endireitando-me e olhando ao redor do aposento, para os cartazes, as letras de baladas e outros exemplos das artes da gravação e impressão exibidos ali.

– Mmmmhum.

Experimentou as partes móveis e examinou a prensa minuciosamente antes de admitir com relutância que, de fato, parecia em boas condições. Ainda assim, parecia furioso.

– E eu *paguei* o patife durante todos esses anos para conservá-la para mim! – murmurou.

Nesse meio-tempo, eu andara bisbilhotando as gôndolas perto da parede da frente, que exibia livros e folhetos à venda, e peguei um desses últimos, intitulado *Encyclopedia Britannica* e, embaixo, "Láudano".

A tintura de ópio, ou láudano líquido, também chamada de extrato tebaico, é feita da seguinte forma: tome 2 onças de ópio preparado, canela e cravo, 1 dracma de cada um, um quartilho de vinho branco, faça uma infusão durante uma semana sem calor e, em seguida, filtre-a em papel.

O ópio é muito apreciado e considerado um dos mais valiosos de todos os remédios simples. Aplicado externamente, é emoliente, relaxante e carminativo, além de grande promotor de supuração. Se mantido por bastante tempo sobre a pele, remove os pelos e sempre provoca coceira. Às vezes, causa úlceras e cria pequenas bolhas, se aplicado a uma parte sensível. Às vezes, em aplicações externas, mitiga a dor e até promove o sono.

Não deve de forma alguma ser aplicado à cabeça, especialmente às suturas do crânio, pois se sabe que pode ter os mais terríveis efeitos em sua aplicação e até causar a morte. O ópio usado internamente elimina a melancolia, diminui a dor e predispõe ao sono; em muitos casos, elimina hemorroidas e tem efeito sudorífero.

Uma dose moderada em geral tem peso inferior a um grão...

– Sabe o que "carminativo" significa? – perguntei a Jamie, que lia os tipos montados na fôrma na prensa, franzindo a testa ao fazê-lo.

– Sei. Significa que pode dissolver alguma coisa. Por quê?

– Ah. Talvez seja por isso que aplicar láudano às suturas do crânio seja má ideia.

Ele me lançou um olhar perplexo.

– Por que alguém faria isso?

– Não sei.

Retornei aos folhetos, fascinada. Um deles, intitulado "O Útero", tinha algumas gravuras muito boas de uma pélvis feminina dissecada, com os órgãos internos, feitas de diversos ângulos, assim como desenhos do feto em vários estágios de desenvolvimento. Se era trabalho do sr. Bell, ele era não só um magnífico artesão, mas também um observador muito diligente.

– Tem 1 *penny*? Gostaria de comprar isto.

Jamie enfiou a mão no *sporran* e colocou 1 *penny* no balcão, olhou para o folheto em minha mão e se contraiu.

– Santa Mãe de Deus – disse ele, fazendo o sinal da cruz.

– Bem, não acho que seja ela – retruquei brandamente. – Sem dúvida, é *uma* mãe.

Antes que ele pudesse responder a isso, Richard Bell saiu da sala dos fundos, os olhos vermelhos, mas sereno, e tomou a mão de Jamie.

– Não sabe o que fez por mim, sr. Fraser – declarou, comovido. – Se o senhor pode me ajudar a retornar para a minha família, eu... eu... bem, na verdade, não sei o que poderia fazer para demonstrar minha gratidão, mas pode ter certeza de que abençoarei sua alma para sempre!

– Fico muito agradecido por sua consideração, senhor – disse Jamie, sorrindo. – Talvez o senhor possa me fazer um pequeno serviço, mas, se não puder, ainda assim ficarei muito agradecido por suas bênçãos.

– Se houver alguma coisa que eu possa fazer, senhor! Qualquer coisa! – assegurou Bell.

Em seguida, uma leve hesitação sobreveio a seu rosto – provavelmente uma lembrança de alguma coisa que sua mulher dissera sobre Jamie na carta.

– Qualquer coisa que não seja... traição.

– Não. Muito longe de traição – garantiu Jamie, e nos despedimos.

Comi uma colherada do ensopado de ostras e fechei os olhos em êxtase. Havíamos chegado um pouco cedo, a fim de conseguir um lugar junto à janela que dava para a rua, mas o Mowbray's se encheu rapidamente e a barulheira dos talheres e das conversas era quase ensurdecedora.

– Tem certeza que ele não está aqui? – perguntei, inclinando-me sobre a mesa para ser ouvida.

Jamie balançou a cabeça, bochechando um gole do Moselle resfriado na boca com uma expressão de bem-aventurança.

– Você vai saber quando ele estiver, não tenha dúvida – disse ele, após engolir.

– Tudo bem. Que tipo de serviço "muito longe de traição" você pretende fazer o pobre sr. Bell executar em troca de sua passagem para casa?

– Pretendo enviá-lo para casa como responsável pela minha prensa – respondeu ele.

– O quê? Confiar sua preciosa queridinha a praticamente um estranho? – perguntei, achando graça.

Ele me lançou um olhar maligno em troca, mas terminou seu bocado de pãozinho amanteigado antes de responder.

– Não espero que vá maltratá-la. Afinal, ele não vai imprimir uma tiragem de mil exemplares de *Clarissa* a bordo do navio.

– Ah! – exclamei, achando muita graça. – E qual é o nome dela, se me permite perguntar?

Ele corou um pouco e desviou o olhar, cuidadosamente empurrando uma ostra suculenta para sua colher. Por fim, murmurou, antes de engoli-la:

– Bonnie.

Eu ri, mas, antes que pudesse fazer mais perguntas, um novo barulho surgiu no meio da algazarra e as pessoas começaram a largar suas colheres e se levantar, esticando o pescoço para ver pela janela.

– *Esse* deve ser Andy – comentou Jamie comigo.

Olhei para a rua e vi um pequeno agrupamento de garotos e ociosos batendo palmas e dando vivas. Olhando para o começo da rua para ver o que se aproximava, avistei um dos maiores cavalos que já vira. Não era um cavalo de tração, mas um animal alto, com cerca de 1,70 metro, até onde meu olhar inexperiente podia dizer.

Montado no cavalo, estava um homem muito pequeno, ereto, que ignorava os aplausos da multidão. Parou logo abaixo de nossa janela e retirou um quadrado de madeira da sela atrás dele. Sacudiu-o, revelando uma escada dobrável de madeira, e uma das crianças da rua correu para segurar o pé da escada enquanto o sr. Bell – não poderia ser outro – descia sob os aplausos dos transeuntes. Ele atirou uma moeda para o menino que tinha segurado a escada, outra para um rapaz que tomara as rédeas de seu cavalo e sumiu de vista.

Alguns instantes depois, atravessou a porta, entrando no salão de jantar principal, tirando seu chapéu de bicos e fazendo uma mesura graciosa às saudações dos comensais. Jamie ergueu a mão, chamando "Andy Bell!" com uma voz retumbante que atravessou o zumbido das conversas, e o homenzinho se virou em nossa direção, surpreso. Observei-o fascinada enquanto se aproximava, um sorriso lento se espraiando em seu rosto.

Não sabia se ele tinha alguma forma de nanismo ou se apenas sofrera de grave subnutrição e escoliose na juventude, mas suas pernas eram curtas em proporção ao tronco e os ombros eram arqueados. Ele mal alcançava 1,20 metro e somente se via o topo de sua cabeça, coberta por uma peruca muito elegante, no momento em que passava por entre as mesas.

Mas esses aspectos de aparência se desfizeram em insignificância quando ele se aproximou e notei seu atributo mais extraordinário. Andrew Bell tinha o maior nariz que eu já tinha visto, e no curso de uma vida memorável eu vira alguns espécimes notáveis. Começava entre as sobrancelhas e se curvava delicadamente para baixo por uma curta distância, como se a natureza tivesse tido a intenção de lhe dar o perfil de um imperador romano. No entanto, alguma coisa dera errado na execução e algo como uma pequena batata fora afixado a esse começo promissor. Protuberante e vermelho, atraía o olhar.

Aliás, atraiu muitos olhares. Quando se aproximava de nossa mesa, uma jovem nas proximidades o viu, soltou o ar com uma arfada e cobriu a boca com a mão, essa precaução sendo totalmente insuficiente para sufocar suas risadinhas.

O sr. Bell a ouviu e, sem diminuir o passo, enfiou a mão no bolso e retirou dali um enorme nariz de *papier-mâché* decorado com estrelas roxas, que colocou sobre o nariz e, fixando um olhar glacial na jovem, passou por ela e continuou andando.

– Querida – Jamie me disse, rindo enquanto se levantava e estendia a mão para o pequeno gravador –, deixe-me lhe apresentar meu amigo, o sr. Andrew Bell. Andy, esta é minha mulher, Claire.

– Encantado, madame – respondeu ele, retirando o falso nariz e fazendo uma pronunciada mesura sobre minha mão. – Quando adquiriu esta rara criatura, Jamie? E o que uma senhora tão adorável pode querer com um brutamonte vulgar como você?

– Eu a convenci a se casar comigo com descrições das belezas de minha máquina impressora – respondeu Jamie, sentando-se e fazendo sinal a Andy Bell para que se juntasse a nós.

– Ah! – exclamou Andy, com um olhar penetrante para Jamie, que ergueu as sobrancelhas e arregalou os olhos. – Humm. Estou vendo que já estiveram na gráfica. – Fez um aceno com a cabeça indicando minha bolsinha, de onde se projetava a ponta do folheto.

– Estivemos – confirmei apressadamente, retirando o folheto.

Eu *não achava* que Jamie pretendia esmagar Andy Bell como um inseto por ter usado sua prensa tipográfica livremente, mas seu relacionamento com "Bonnie" era novidade para mim e eu não sabia a extensão do seu sentimento de proprietário indignado.

– É um belíssimo trabalho – elogiou ao sr. Bell, com absoluta sinceridade.

– Diga-me, quantos espécimes diferentes o senhor usou?

Ele piscou um pouco, mas respondeu prontamente, e tivemos uma agradável, ainda que um pouco horripilante, conversa sobre as dificuldades da dissecação no clima quente e o efeito de solução salina versus álcool para preservação. Isso fez com que as pessoas na mesa próxima terminassem sua refeição apressadamente, lançando-nos olhares velados de horror enquanto saíam. Jamie se reclinou para trás em sua cadeira, parecendo amável, mas mantendo o olhar fixo em Andy Bell.

O pequeno gravador não deixou transparecer nenhum desconforto em particular sob aquele olhar de basilisco e continuou me contando sobre a reação quando ele publicou a edição encadernada da *Encyclopedia* – o rei de algum modo vira os clichês da seção "Útero" e ordenara que aquelas páginas fossem arrancadas do livro, o idiota alemão ignorante! –, mas, quando o garçom veio anotar seu pedido, ele pediu um vinho caro e uma garrafa grande de uísque de qualidade.

– Uísque com ensopado? – exclamou o garçom, perplexo.

– Não – disse ele com um suspiro, empurrando a peruca para trás. – Concubinagem. Se é assim que você chama quando aluga os serviços da amada de um homem.

O garçom voltou seu olhar de espanto para mim, depois ficou vermelho e, engasgando um pouco, se afastou. Jamie fixou os olhos semicerrados em seu amigo, agora passando manteiga em um pãozinho com grande desenvoltura.

– Quero mais do que uísque, Andy.

Andy Bell suspirou e coçou o nariz.

– Sim. Diga.

Encontramos Ian esperando no pequeno hotel, conversando com dois carroceiros na rua. Ao nos ver, se despediu, enfiando sorrateiramente um pequeno pacote sob o casaco, e entrou conosco. Era hora do chá e Jamie pediu que fosse servido em nossos aposentos, por discrição.

De certa forma, havíamos feito uma extravagância em termos de acomodações, pois ocupamos um conjunto de aposentos. O chá foi servido na sala de estar: um apetitoso arranjo de hadoque defumado grelhado, ovos à escocesa, torradas com geleia de laranja e pãezinhos com queijo branco e geleia de frutas acompanhando um enorme bule de chá-preto forte. Inalei o vapor aromático e suspirei de prazer.

– Vai ser um sofrimento voltar a não ter chá – observei, servindo-o a todos. – Não creio que possamos conseguir algum na América pelos próximos... o quê? Três ou quatro anos?

– Eu não diria isso – contrapôs Jamie. – Depende do lugar para onde vamos, não é? Você pode muito bem obter chá em lugares como Filadélfia ou Charleston. Só precisa conhecer um ou dois bons contrabandistas, e se o capitão Hickman não tiver naufragado ou sido enforcado quando estivermos de volta...

Coloquei a xícara de volta na mesa e olhei para ele, espantada.

– Não está dizendo que não planeja voltar para a Cordilheira, não é?

Senti um vazio repentino na boca do estômago, lembrando-me de nossos planos para a Casa Nova, o perfume dos abetos balsâmicos e a quietude das montanhas. Jamie realmente pretendia se mudar para Boston ou Filadélfia?

– Não – respondeu ele, surpreso. – Claro que devemos voltar para lá. Mas se eu pretendo entrar no negócio de impressão, Sassenach, teremos que ficar algum tempo em uma cidade, não? Somente até a guerra terminar – explicou, animado.

– Ah! – exclamei baixinho em um fio de voz. – Sim. Claro.

Tomei o chá sem sentir o gosto. Como pude ser tão tola? Não me passara pela cabeça que uma prensa seria inútil na Cordilheira dos Frasers. Em parte, supunha, eu não havia realmente acreditado que ele *iria* recuperar seu maquinário de impressão, muito menos saltar para a conclusão lógica, caso conseguisse.

Agora que ele tinha sua Bonnie de volta, o futuro adquiria uma solidez desagradável. Não que as cidades não tivessem consideráveis vantagens, disse a mim mesma. Eu poderia enfim adquirir um conjunto decente de instrumentos médicos, refazer meu estoque de remédios – ora, poderia até mesmo fazer penicilina e éter outra vez! Com um pouco mais de apetite, peguei um ovo escocês.

– Por falar em contrabandistas – comentou Jamie com Ian –, o que você tem aí dentro do casaco? Um presente para uma das damas da casa de madame Jeanne?

Ian lançou um olhar frio ao tio e retirou o pequeno pacote do bolso.

– Um pedaço de renda francesa. Para minha mãe.

– Bom garoto – disse Jamie com aprovação.

– Que lembrança amável, Ian – falei. – Você... Quero dizer, madame Jeanne ainda está *in situ*?

Ele assentiu, colocando o pequeno embrulho de volta no bolso do casaco.

– Está. E muito ansiosa para renovar seu contato com *você*, tio – acrescentou, com um sorriso ligeiramente malicioso. – Perguntou se você poderia ir lá esta noite para se divertir um pouco.

Jamie olhou para mim e torceu o nariz.

– Acho que não, Ian. Enviarei um bilhete dizendo que esperaremos por ela amanhã às onze horas. Fique à vontade para aceitar o convite você mesmo, é claro.

Era óbvio que ele estava apenas caçoando.

– Não, eu não iria com uma prostituta. Não até estar tudo resolvido entre mim e Rachel – disse Ian, sério. – De um modo ou de outro. Não levarei outra mulher para a cama enquanto ela não me der uma palavra final.

Nós dois olhamos para ele por cima de nossas xícaras de chá, um pouco surpresos.

– Você, então, está falando sério – comentei. – Você se sente... hã... comprometido com ela?

– Bem, é claro que sim, Sassenach – respondeu Jamie, estendendo a mão para pegar outra torrada. – Ele deixou o cachorro com ela.

Com muita preguiça, acordei tarde na manhã seguinte. Como Jamie e Ian iriam demorar em seus negócios, eu me vesti e fui fazer compras. Sendo Edimburgo uma cidade de comércio, Jamie pôde converter nosso estoque de ouro em dinheiro vivo e créditos bancários, bem como providenciar o depósito em cofre do banco do maço de cartas que havíamos acumulado desde Fort Ticonderoga. Ele deixara uma gorda quantia para meu uso pessoal e resolvi passar o dia fazendo compras, bem como pegar meus óculos novos.

Foi com eles orgulhosamente plantados no nariz e uma sacola com uma seleção das melhores ervas e remédios disponíveis no boticário Haugh's que retornei ao hotel Howard na hora do chá, com grande apetite.

Meu apetite, no entanto, recebeu um pequeno revés quando o gerente do hotel saiu de seu santuário com uma expressão humilde e pediu uma palavrinha comigo.

– Apreciamos a honra da... presença do general Fraser – disse, conduzindo-me a um vão de escada pequeno e confinado que levava ao porão. – Um grande homem, um grande guerreiro, e obviamente estamos cientes da natureza heroica das... hã... circunstâncias de sua morte. É só que... bem, eu hesitei em mencionar isto, madame, mas um entregador de carvão mencionou hoje de manhã que havia um... *cheiro*.

Essa última palavra foi dita tão discretamente que ele quase a sussurrou em meu ouvido enquanto me levava para dentro do depósito de carvão do Howard, onde providenciáramos para que o general pudesse repousar com dignidade até que partíssemos para as Terras Altas. O cheiro não era tão controlado e eu retirei um lenço do bolso e tampei meu nariz. Havia uma pequena janela no alto da parede e uma luz turva e suja penetrava no porão. Abaixo dela, havia uma larga calha, sob a qual se erguia um pequeno monte de carvão.

Bem afastado dali, em solitária dignidade e envolto em lona, repousava o caixão do general, iluminado por um solene facho de luz da minúscula janela. Uma luz que se refletia de uma pequena poça sob o caixão. O general estava vazando.

- "E via o crânio por debaixo da pele" - citei, amarrando um pano embebido em terebintina ao redor da cabeça, bem embaixo do meu nariz. - "E criaturas sem torso torcidas sobre a terra a sorrir escarninhas sem os lábios."

– Apropriado – comentou Andy Bell, lançando-me um olhar de esguelha. – Palavras suas?

– Não, de um cavalheiro chamado Eliot - respondi. - Como diz... apropriado.

Considerando a agitação do pessoal do hotel, achei melhor tomar providências sem esperar que Jamie e Ian retornassem, e após um momento de reflexão enviei um mensageiro às pressas para perguntar ao sr. Bell se ele gostaria de vir observar algo interessante no aspecto médico.

– A luz está deplorável – disse Bell, ficando na ponta dos pés para espreitar dentro do caixão.

– Solicitei dois lampiões - assegurei-lhe. - E baldes.

– Sim, baldes - concordou ele, pensativo. - E se pensarmos no que se pode chamar de longo prazo? Serão necessários alguns dias até ele chegar às Terras Altas, talvez semanas, nesta época do ano.

– Se arrumarmos um pouco as coisas, achei que talvez você conhecesse um ferreiro discreto que pudesse reforçar o forro.

Uma soldadura nas folhas de chumbo do forro havia se soltado, provavelmente devido ao balanço na hora de retirar o caixão do navio, mas parecia um conserto bastante simples, desde que tivéssemos um ferreiro de estômago forte e com um nível baixo de superstição com relação a cadáveres.

– Humm...

Ele retirara um bloco de desenho e fazia esboços preliminares, apesar da precariedade da luz. Coçou o nariz de batata com a ponta de seu lápis de prata, pensando.

– Poderia fazer isso, sim. Mas há outras maneiras.

– Sim, poderíamos fervê-lo até sobrarem apenas os ossos, claro. Embora não queira nem pensar no que o hotel diria se eu pedisse emprestados seus caldeirões de ferver roupas.

Ele riu, para o indisfarçável horror do criado que aparecera na escada segurando dois lampiões.

– Ah, não se preocupe, rapaz – disse Andy Bell, pegando os lampiões. – Não tem ninguém aqui além de nós, espíritos necrófilos.

Abriu um sorriso largo ao som do criado subindo os degraus de três em três, mas depois me olhou.

– É uma ideia, hein? Eu poderia levá-lo para a minha loja. Tirá-lo de suas mãos, e ninguém ficaria sabendo, tão pesado é o caixão. Quero dizer, ninguém vai querer ver o rosto do caro falecido quando você o levar ao lugar para onde vai, não é?

Não fiquei ofendida com a sugestão, mas assenti.

– Deixando de lado a possibilidade de um de nós, ou ambos, ser preso como sequestrador de cadáver, o pobre homem, afinal, é parente do meu marido. E, para começar, ele não queria estar aqui.

– Bem, ninguém quer, não é? – perguntou Bell. – Só que não há muito que se possa fazer. "O crânio por debaixo da pele", como esse Eliot coloca de forma tão comovente.

– Eu quis dizer Edimburgo, não um caixão – esclareci.

Felizmente, minhas compras no Haugh's haviam incluído uma garrafa grande de álcool desnaturado, que eu trouxera para baixo, discretamente embrulhada em um avental rústico que consegui de uma das camareiras.

– Ele queria ser enterrado na América.

– É mesmo? – murmurou Bell. – Ideia singular. Bem, então posso sugerir duas coisas? Consertar o vazamento e encher o caixão com um galão ou dois de gim barato... É mais barato do que o que você tem aí – disse ele, vendo minha expressão. – Ou... quanto tempo você acha que pode permanecer em Edimburgo?

– Não pretendíamos ficar mais do que uma semana, mas podemos prolongar por mais um ou dois dias – respondi com cautela, desfazendo o fardo de trapos que o gerente me dera. – Por quê?

Ele meneou a cabeça para a frente e para trás, contemplando os restos mortais à luz do lampião. Uma palavra apropriada: "restos".

– Larvas – disse ele. – Elas podem fazer um belo trabalho, mas levam algum tempo. Ainda assim, se pudermos remover a maior parte da carne... humm... Tem algum tipo de faca aí? – perguntou.

Assenti, enfiando a mão no bolso. Afinal, Jamie me dera a faca porque achara que eu poderia precisar.

– Tem larvas? – indaguei.

Larguei a bala de chumbo deformada em um pires. Ela tilintou e rolou até parar e todos nós olhamos para ela em silêncio.

– Foi isso que o matou – falei finalmente. Jamie fez o sinal da cruz e murmurou algo em gaélico. Ian balançou a cabeça com ar circunspecto. – Que Deus o tenha – murmurei.

Eu não comera muito dos excelentes acompanhamentos do chá; o cheiro de decomposição se demorava no fundo de minha garganta, apesar da terebintina e do banho de álcool que eu tomara, seguido de um banho verdadeiro na banheira do hotel, com sabão e água tão quente quanto eu pude suportar.

– Então, como estava madame Jeanne?

Jamie ergueu os olhos da bala, o rosto se iluminando.

– Muito bonita – comentou, rindo. – Ela tinha muito a dizer sobre a situação na França. E um bocado sobre certo Percival Beauchamp.

Empertiguei-me um pouco mais.

– Ela o *conhece*?

– Sim, conhece. Ele comparece ao seu estabelecimento de vez em quando, mas não a negócios. Ou melhor – acrescentou, com um olhar de viés para Ian –, não em função dos negócios dela.

– Contrabando? – perguntei. – Ou espionagem?

– É provável que ambos, mas, se for esta última, ela não iria me dizer. No entanto, ele traz muita coisa da França. Estive pensando que talvez eu e Ian pudéssemos ir até lá, enquanto o general faz o que quer que esteja fazendo... Quanto tempo o pequeno Andy acha que vai levar para ele ficar apresentável?

– De três ou quatro dias a uma semana, dependendo de quanto as larvas estejam... hã... ativas. – Tanto Ian quanto Jamie estremeceram em reação. – É o mesmo que acontece embaixo da terra – ressaltei. – Vai acontecer com *todos nós*, mais cedo ou mais tarde.

– Bem, sim, é – admitiu Jamie, pegando outro pãozinho e o cobrindo com creme. – Só que isso é feito com privacidade, de maneira decente, de modo que não se tenha que pensar nisso.

– O general tem absoluta privacidade – assegurei-lhe, com certo azedume. – Está coberto com uma boa camada de farelo. Ninguém verá nada, a não ser que comecem a bisbilhotar.

– Bem, isso é possível, hein? – disse Ian jovialmente, enfiando um dedo na geleia. – Isto aqui é Edimburgo. O lugar tem uma terrível reputação por roubo de cadáveres, por causa de todos os médicos que querem dissecá-los para estudo. Não seria melhor colocar um guarda junto ao general, só para garantir que ele chegue às Terras Altas com todas as suas partes?

E enfiou o dedo na boca.

– Bem, na verdade, ele tem um guarda – admiti.

Foi Andy Bell quem sugeriu, exatamente por esse motivo. Não mencionei que Andy fizera um lance pelo corpo do general, nem que eu dissera ao sr. Bell, com todas as letras, o que lhe aconteceria se o general desaparecesse.

– Você disse que Andy a ajudou com o serviço? – perguntou Jamie, curioso.

– Ajudou. Nós nos demos muito bem. Na realidade... – Eu não ia mencionar o assunto de nossa conversa até que Jamie tivesse bebido uma ou duas doses de uísque, mas o momento me pareceu oportuno, de modo que falei francamente: – Eu descrevi a ele várias coisas enquanto trabalhávamos: cirurgias interessantes e ocorrências médicas comuns, esse tipo de coisa.

Ian murmurou algo baixinho a respeito de "farinha do mesmo saco", mas eu o ignorei.

– Ah, é mesmo?

Jamie parecia desconfiado. Sabia que havia mais nessa história, mas não conseguia atinar o que era.

– Bem... – falei, respirando fundo. – Em resumo, ele sugeriu que eu escrevesse um livro. Um livro de medicina.

As sobrancelhas de Jamie se ergueram, mas ele fez um aceno com a cabeça para que eu continuasse.

– Uma espécie de manual para pessoas comuns, não para médicos. Com princípios de higiene adequada e nutrição, e orientação para os tipos comuns de doença, como preparar remédios simples, o que fazer com ferimentos e dentes em mau estado, esse tipo de coisa.

Ele ainda franzia as sobrancelhas, mas continuava a assentir, terminando o último bocado do pãozinho. Então engoliu.

– Sim, parece um bom tipo de livro, e sem dúvida você seria a pessoa certa para escrevê-lo. Por acaso ele "sugeriu" quanto achava que custaria imprimir e encaderná-lo?

– Ah. – Soltei a respiração que andara prendendo. – Ele fará trezentos exemplares, com o máximo de 150 páginas, encadernados com entretela, *e* os distribuirá em sua loja, em troca dos doze anos de aluguel que lhe deve por sua prensa.

Os olhos de Jamie se arregalaram e seu rosto ficou vermelho.

– E ele adicionou as larvas de graça. *E* o guarda – acrescentei depressa, empurrando o vinho do Porto para ele antes que pudesse falar.

Ele agarrou o copo e o esvaziou de uma só vez.

– Aquele aproveitador barato! – disse ele quando conseguiu falar. – Você não assinou nada, não é? – perguntou, ansioso.

– Eu comentei que achava que você iria querer barganhar com ele – propus timidamente.

– Ah... – Sua cor começou a voltar ao normal.

– Eu realmente gostaria de fazer isso – falei, baixando os olhos para as mãos, entrelaçadas no colo.

– Você nunca falou nada sobre querer escrever um livro antes, tia – comentou Ian, curioso.

– Bem, eu nunca pensei nisso – respondi, na defensiva. – E teria sido difícil e caro enquanto estivéssemos vivendo na Cordilheira.

Jamie se serviu outro copo de Porto, que bebeu mais devagar, fazendo uma careta de vez em quando enquanto pensava.

– Caro – murmurou. – Você quer mesmo isso, Sassenach? – perguntou e, diante da minha confirmação, recolocou o copo sobre a mesa com um suspiro. – Está bem –

concordou, resignado. – Mas você vai ter uma edição especial encadernada em couro também, com as margens das páginas douradas. E quinhentos exemplares. Quero dizer, deve levar alguns de volta para a América, certo? – acrescentou, ao ver meu olhar de estupefação.

– Sim, eu gostaria disso.

– Muito bem, então. – Pegou a sineta e chamou a criada. – Diga à jovem para levar esta bebida horrível e trazer um uísque decente. Vamos brindar ao seu livro. E depois irei falar com o patife sem-vergonha.

Eu tinha um novo caderno de boa qualidade. E tinha uma dúzia de resistentes penas de ganso, um canivete de prata com o qual afiá-las e um tinteiro fornecido pelo hotel – um pouco surrado, mas cheio, o gerente me garantira, com a melhor tinta ferrogálica. Jamie e Ian partiram para a França por uma semana, para averiguar várias pistas interessantes que madame Jeanne lhes dera, deixando-me a cargo do general e livre para começar meu livro. Eu tinha todo o tempo e condições necessários.

Peguei uma folha de papel, imaculada e cor de creme, coloquei-a à minha frente e mergulhei a pena na tinta, a empolgação latejando em meus dedos.

Fechei os olhos em reflexo, depois os abri novamente. Por onde deveria começar?

Comece do começo e continue até chegar ao fim. Então pare. A frase de *Alice no País das Maravilhas* atravessou minha mente e eu sorri. Bom conselho, suponho – mas somente se você souber onde fica o começo, e eu não sabia.

Brinquei um pouco com a pena, pensando.

Talvez eu devesse ter um esboço? Fazia sentido – e era um pouco menos assustador do que começar a escrever diretamente. Abaixei a pena e a segurei acima do papel por um instante. Um esboço também tinha que ter um começo, não é?

A tinta começava a secar na ponta. Um pouco irritada, limpei-a e estava prestes a mergulhá-la na tinta outra vez quando a criada bateu discretamente à porta.

– Sra. Fraser? Um cavalheiro lá embaixo quer falar com a senhora – informou.

Pelo ar de respeito, imaginei que não podia ser Andy Bell. Além disso, ela teria dito isso se fosse; todos em Edimburgo conheciam Andy Bell.

– Vou descer – retruquei, me levantando.

Talvez meu subconsciente chegasse a algum tipo de conclusão com relação ao começo enquanto eu lidava com esse cavalheiro, quem quer que ele fosse.

Quem quer que ele fosse, *era* um cavalheiro, percebi imediatamente. Era também Percival Beauchamp.

– Sra. Fraser – saudou ele, o rosto se iluminando com um sorriso ao ouvir meus passos. – Seu criado, madame.

– Sr. Beauchamp – falei, permitindo que tomasse minha mão e a levasse aos lábios.

Uma pessoa elegante da época teria sem dúvida dito algo do tipo "Receio que me encontre em desvantagem, senhor", entre coquete e insolente. Como não era uma pessoa elegante da época, apenas indaguei:

– O que está fazendo aqui?

O sr. Beauchamp, por outro lado, era muito elegante.

– Procurando pela senhora, minha cara – respondeu, apertando de leve a minha mão antes de soltá-la.

Contive o ímpeto de esfregá-la em meu vestido e indiquei com a cabeça duas poltronas próximas à janela.

– Não que eu não fique lisonjeada – comentei, ajeitando minhas saias –, mas não é com meu marido que deseja falar? – perguntei, outro pensamento me ocorrendo. – Ou queria me consultar como médica?

Seus lábios se contraíram, como se ele achasse graça da ideia, mas balançou a cabeça respeitosamente.

– Seu marido está na França, ou assim me contou Jeanne LeGrand. Vim falar com a senhora.

– Por quê?

Ele ergueu as sobrancelhas escuras, mas não respondeu. Em vez disso, levantou um dedo, em um gesto para o funcionário do hotel, a fim de pedir bebidas. Não sabia se ele estava apenas sendo gentil ou precisava de tempo para formular seu discurso, agora que me vira outra vez. De qualquer modo, não parecia ter pressa.

– Tenho uma proposta para seu marido, madame. Eu teria conversado com ele – disse, antecipando minha pergunta –, mas ele já havia partido para a França quando eu soube que estava em Edimburgo, e eu mesmo terei que partir antes do retorno dele. Achei melhor falar diretamente com a senhora em vez de me explicar em uma carta. Há coisas que é melhor não pôr por escrito, sabe – acrescentou, com um sorriso repentino que o tornava muito atraente.

– Está bem – concordei, acomodando-me. – Fale.

Peguei o copo de conhaque e tomei um gole, depois o ergui e olhei através do líquido com ar crítico.

– Não, é apenas conhaque. Não é ópio.

– Como assim?

Eu ri.

– Quero dizer que, por melhor que seja, não é tão bom a ponto de me fazer acreditar em uma história como essa.

Ele não se ofendeu, mas inclinou a cabeça para o lado.

– Pode me dizer por que eu inventaria essa história?

– Não, mas isso não significa que não haja uma, não é?

– O que eu contei não é impossível, é?

Considerei a pergunta por um instante.

– Não *tecnicamente* impossível – admiti. – Sem dúvida implausível.

– Já viu um avestruz? – indagou e, sem perguntar, serviu mais conhaque em meu copo.

– Sim. Por quê?

– Deve admitir que avestruzes são francamente implausíveis – disse ele. – Mas obviamente não impossíveis.

– Ponto para o senhor – concordei. – Mas eu realmente penso que Fergus ser o herdeiro perdido da fortuna do conde St. Germain é ligeiramente mais implausível do que um avestruz. Particularmente se considerar a parte sobre a certidão de casamento. Quero dizer... um herdeiro perdido *legítimo*? É da França que estamos falando, certo?

Ele riu. Seu rosto se ruborizara de conhaque e humor, e pude ver quanto ele devia ter sido atraente na juventude. Aliás, não tinha uma aparência nada má agora.

– Posso lhe perguntar como ganha a vida? – indaguei, curiosa.

Ele ficou desconcertado e passou a mão pelo queixo antes de responder, mas me encarou.

– Durmo com mulheres ricas – disse ele, e sua voz carregava um traço leve mas perturbador de amargura.

– Bem, espero que não esteja achando que há uma oportunidade de negócios aqui. Apesar dos óculos de aro de ouro, eu na verdade não tenho um tostão.

Ele sorriu e disfarçou o sorriso no copo de conhaque.

– Não, mas seria muito mais divertida do que as outras mulheres.

– Estou lisonjeada – comentei educadamente.

Tomamos o conhaque em silêncio por alguns instantes, ambos pensando como prosseguir dali. Chovia, naturalmente, e o tamborilar da chuva lá fora e o zumbido do fogo ao nosso lado eram muito relaxantes. Sentia-me estranhamente à vontade com ele, mas não podia passar o dia todo ali, afinal tinha um livro a escrever.

– Muito bem – falei. – *Por que* me contou essa história? Espere. Há duas partes nessa pergunta: primeira, por que contar a mim e não diretamente a Fergus? E segunda, qual o seu interesse pessoal na questão, presumindo que seja verdadeira?

– Eu tentei dizer ao sr. Fraser... Quero dizer, Fergus Fraser – disse ele devagar. – Ele se recusou a falar comigo.

– Ah! – exclamei, lembrando-me de um fato. – Foi o senhor que tentou raptá-lo, na Carolina do Norte?

– Não, não fui eu – respondeu ele, com toda a evidência de sinceridade. – Ouvi falar do incidente, mas não sei quem o cometeu. Possivelmente, alguém incomodado com o trabalho dele. – Deu de ombros e continuou: – Quanto ao meu interesse pessoal… tem a ver com a razão de eu estar contando isso a seu marido, já que eu estou contando à *senhora* porque seu marido não está disponível.

– E qual seria?

Ele olhou rapidamente ao redor para se certificar de que não estivéssemos sendo ouvidos. Não havia ninguém perto de nós, mas ainda assim ele abaixou a voz.

– Eu… e os interesses que represento na França… queremos que a rebelião na América seja bem-sucedida.

Não sei o que esperava, mas não era isso.

– Quer que eu acredite que é um patriota americano?

– De modo algum – disse ele. – Não ligo a mínima para política. Sou um homem de negócios. – Olhou-me especulativamente. – Já ouviu falar de uma companhia chamada Hortalez et Cie?

– Não.

– É uma firma de importação e exportação, administrada da Espanha. O que, na verdade, é uma fachada com a finalidade de encaminhar dinheiro para os americanos sem visivelmente envolver o governo francês. Até agora, já conseguimos repassar muitos milhares através dela, a maior parte para comprar armas e munição. Madame LeGrand mencionou a companhia a seu marido, mas sem contar do que se tratava. Deixou a meu encargo decidir se deveria revelar a verdadeira natureza da Hortalez para ele.

– O senhor é um agente da inteligência francesa, é isso que está me dizendo? – indaguei, finalmente compreendendo.

Ele fez uma mesura.

– Mas não é francês, eu acho – acrescentei, olhando-o com frieza. – O senhor é inglês.

– Era. – Desviou o olhar. – Sou um cidadão francês agora.

Ele silenciou e eu me inclinei um pouco para trás na poltrona, observando-o e refletindo. Imaginando até que ponto aquilo tudo era verdade e se, de uma maneira mais distante, seria possível que ele fosse um ancestral meu. Beauchamp não era um nome incomum e não havia nenhuma grande semelhança física entre nós. Os dedos de suas mãos eram longos e graciosos, como os meus, mas tinham um formato diferente. As orelhas? As dele eram um pouco grandes, embora delicadamente torneadas. Eu não tinha ideia de como eram minhas orelhas, mas presumia que, se fossem notoriamente grandes, Jamie teria mencionado isso em algum momento.

– O que o senhor quer? – perguntei por fim, e ele ergueu os olhos.

– Conte a seu marido o que eu lhe contei, por favor, madame – pediu, muito sério dessa vez. – Não é apenas no interesse de seu filho adotivo perseguir este assunto, mas muito no interesse da América.

– Como assim?

Ele ergueu um dos ombros, esbelto e elegante.

– O conde St. Germain tinha extensas concessões de terras em uma parte da América atualmente ocupada pela Grã-Bretanha. A parte francesa de sua propriedade, hoje reivindicada por vários pretendentes, é extremamente valiosa. Se for provado que Fergus Fraser é Claudel Rakoczy, sendo Rakoczy o nome de família, e herdeiro desta fortuna, ele poderia usá-la para ajudar a financiar a revolução. Pelo que eu sei dele e de suas atividades, e a esta altura sei o bastante, acho que ele seria receptivo a esses objetivos. Se a revolução for bem-sucedida, aqueles que a apoiaram teriam grande influência sobre qualquer governo que se formar.

– E o senhor poderia parar de dormir com mulheres ricas?

Um sorriso irônico se espalhou em seu rosto.

– Exatamente. – Levantou-se e fez uma profunda reverência. – Foi um grande prazer falar com a senhora.

Ele já havia quase alcançado a porta quando o chamei:

– Monsieur Beauchamp!

– Sim?

Ele se virou e olhou para trás, um homem esbelto e moreno, cujo rosto era marcado pelo humor... e pela dor.

– O senhor tem filhos?

Ele pareceu completamente surpreso.

– Acho que não.

– Ah, é só uma curiosidade. Tenha um bom dia.

75

SIC TRANSIT GLORIA MUNDI

As Terras Altas escocesas

Era uma longa caminhada da casa da fazenda em Balnain. Como era começo de janeiro na Escócia, também estava frio e úmido. Muito úmido e *muito* frio, mas nenhuma neve. Em parte, desejava que houvesse chovido, já que podia desencorajar a ideia insana de Hugh Fraser. Chovia havia dias, daquele modo lúgubre que faz a lareira enfumaçar e até mesmo roupas que não estiveram expostas ao tempo ficarem úmidas. O frio penetra tão fundo nos ossos que você acha que jamais se sentirá aquecido de novo.

Eu mesma chegara a essa convicção algumas horas antes, mas a única alternativa a continuar se arrastando pela chuva e pela lama era se deitar e morrer, e eu não havia chegado a esse extremo. Ainda.

O rangido das rodas parou de repente, com aquele barulho chapinhado que indicava que haviam atolado mais uma vez na lama. Sussurrando, Jamie disse alguma coisa inadequada a um funeral e Ian abafou uma risada com uma tossida – que se tornou real e continuou sem parar, parecendo o latido de um cachorro grande e cansado.

Tirei o frasco de uísque de baixo da minha capa e o entreguei a Ian. Não acreditava que algo com aquele teor alcoólico pudesse congelar, mas não queria correr risco. Ele deu um grande gole, chiou como se tivesse sido atingido por um caminhão, tossiu mais um pouco, em seguida devolveu o frasco, respirando com força, e agradeceu. Seu nariz escorria, vermelho.

Assim como todos os narizes à minha volta. Alguns deles por causa do choro, embora eu suspeitasse que o tempo ou a gripe fosse responsável pela maioria. Os homens haviam se reunido sem comentários ao redor do caixão e, com um esforço coordenado, conseguiram tirá-lo dos sulcos para uma parte mais firme da estrada, esta em grande parte coberta de pedras.

– Há quanto tempo você acha que Simon Fraser veio para casa pela última vez? – sussurrei para Jamie quando ele voltou para assumir seu lugar ao meu lado, quase no fim da procissão fúnebre.

Ele deu de ombros e limpou o nariz com um lenço encharcado.

– Anos. Ele não teria motivo, não é mesmo?

Eu imaginava que não. Em consequência do velório realizado na noite anterior na casa da fazenda – um lugar um pouco menor do que Lallybroch, mas construído com as mesmas características –, eu agora sabia muito mais sobre a carreira e as façanhas militares de Simon Fraser do que antes, mas o discurso fúnebre não incluíra um cronograma.

Se ele tivesse lutado em todos os lugares que narraram, dificilmente teria tido tempo de trocar as meias entre uma campanha e outra, quanto mais voltar à sua casa na Escócia. E a propriedade não lhe pertencia, afinal. Ele era o segundo mais novo de nove filhos. Sua mulher, a minúscula *bainisq* caminhando com pesar na frente da procissão no braço de seu cunhado Hugh, não tinha uma casa própria, pelo que compreendi, e vivia com a família de Hugh, não tendo nenhum filho vivo para cuidar dela.

Eu me perguntei se ela estava satisfeita que o tivéssemos trazido para casa. Não seria melhor que o corpo de seu marido tivesse permanecido no estrangeiro, depois de ele ter morrido cumprindo seu dever, com honras, do que ela ter que encarar os resquícios melancólicos dele, por mais profissionalmente embalados que estivessem?

Só que ela parecera, se não feliz, ao menos um pouco gratificada por ser o centro de tanta azáfama. Seu rosto enrugado havia ficado corado e pareceu se abrir um pouco durante as festividades da noite, e agora ela caminhava sem nenhum sinal de esmorecimento, prosseguindo pelos sulcos lamacentos deixados pelo caixão de seu marido.

Era culpa de Hugh. O irmão bem mais velho de Simon e dono de Balnain era um velhinho mirrado e esturricado, pouco mais alto do que sua cunhada viúva, e com ideias românticas. Foi decisão sua que, em vez de ser enterrado no cemitério da família, o mais nobre guerreiro da família deveria ser enterrado em um lugar mais adequado à sua honra e à reverência que lhe era devida.

Bainisq, pronunciado "ban-iishg", significava "velhinha". *Um "velhinho" seria apenas "iishg"?*, perguntei-me, olhando para as costas de Hugh. Achei melhor só tirar a dúvida quando estivéssemos de volta à casa – presumindo que conseguíssemos chegar lá antes do cair da noite.

Finalmente Corrimony surgiu no horizonte. Segundo Jamie, o nome significava "um vão na charneca", e era. Dentro da cavidade em forma de xícara, no capim e no urzal, erguia-se uma cúpula baixa. Conforme nos aproximávamos, vi que era feita de milhares e milhares de pequenas pedras de rio, a maioria do tamanho de um punho fechado, outras do tamanho de uma cabeça. Ao redor desse monumento de pedras cinza-escuro, liso e brilhante da chuva, havia um círculo de pedras verticais.

Agarrei o braço de Jamie. Ele olhou para mim com surpresa, depois percebeu o que chamava minha atenção e franziu o cenho.

– Está ouvindo alguma coisa, Sassenach? – murmurou.

– Somente o vento.

Este andara gemendo durante toda a procissão fúnebre, abafando a voz do velho que entoava um cântico funerário à frente do caixão. Quando saímos para a charneca aberta, ele ganhou força e se elevou em vários tons, fazendo capas, casacos e saias baterem como asas de corvos.

Mantive um olhar vigilante nas pedras, mas não pressenti nada quando paramos diante do monumento. Era um túmulo megalítico, uma tumba de corredor, do tipo geral que chamavam de *clava*. Não fazia a menor ideia do que isso significava, mas tio Lamb tinha fotografias de muitos sítios arqueológicos como esse. A passagem, ou corredor, destinava-se a orientar com algum objeto astronômico de alguma data significativa. Ergui os olhos para o céu gotejante, plúmbeo, e concluí que esse não era o dia, de qualquer forma.

– Não sabemos quem foi enterrado lá – explicara Hugh no dia anterior. – Mas obviamente algum grande líder. Deve ter sido, o grande problema é construir um monumento mortuário como esse!

– Sem dúvida – concordara Jamie. – O grande líder, ele não está mais enterrado lá?

– Ah, não – assegurou Hugh. – A terra o tragou muito tempo atrás. Não há mais do que uma pequena mancha de seus ossos lá agora. E também não precisa se preocupar com haver alguma maldição sobre o lugar.

– Ah, ótimo – murmurei, mas ele não prestou atenção.

– Algum intrometido abriu o túmulo há uns cem anos ou mais, de modo que, se *havia* uma maldição, certamente se foi com ele.

Isso era reconfortante e de fato nenhuma das pessoas agora em volta do túmulo parecia desconcertada ou preocupada com sua proximidade. Embora pudesse ser apenas o fato de que viviam fazia tanto tempo próximos a ele que se tornara não mais do que parte da paisagem.

Houve uma pequena discussão prática, os homens olhando para o túmulo de pedras e balançando a cabeça em dúvida, gesticulando para a passagem aberta que levava à câmara mortuária, depois na direção do topo do monumento, de onde as pedras ou haviam sido removidas, ou simplesmente caído para dentro e retiradas embaixo.

As mulheres gravitavam umas perto das outras, aguardando. Nós havíamos chegado zonzos de cansaço no dia anterior e, apesar de ter sido apresentada a todas elas, tinha dificuldade em relacionar o nome certo à pessoa certa. Na verdade, todos os rostos pareciam semelhantes: finos, desgastados e pálidos, com uma aparência de exaustão crônica, um cansaço muito mais profundo do que velar um morto podia explicar.

Lembrei-me do funeral da sra. Bug. Improvisado e apressado. No entanto, realizado com dignidade e tristeza sincera por parte dos pranteadores. Eu achava que essas pessoas mal haviam conhecido Simon Fraser.

Teria sido muito melhor considerar seu último pedido declarado e deixar seu corpo no campo de batalha com seus companheiros mortos, pensei. Quem quer que tenha dito que os funerais são para os vivos tinha razão.

A sensação de fracasso e inutilidade que se seguiu à derrota em Saratoga deixou seus oficiais determinados a realizar *alguma coisa*, fazer um gesto apropriado para um homem que tinham amado e um guerreiro que admiravam. Talvez tivessem desejado enviá-lo para casa por causa de seu desejo de ir para suas casas também.

A mesma sensação de fracasso, acrescida de um veio mortal de romantismo, fizera o general Burgoyne insistir no gesto. Ele devia achar que sua honra o exigia. E depois Hugh Fraser, reduzido a uma existência de mera sobrevivência no rastro de Culloden e confrontado com a inesperada volta para casa de seu irmão mais novo, incapaz de fazer um grande funeral... Por fim, essa estranha procissão, levando Simon Fraser para uma casa que não era mais sua e uma mulher que era uma estranha para ele.

E sua casa não mais o reconhecerá. A frase me veio à mente quando os homens tomaram uma decisão e começaram a tirar o caixão de cima da carreta. Eu havia me aproximado, juntamente com as outras mulheres. E vi que agora estava a cerca de dois passos de uma das pedras verticais que cercavam o túmulo. Eram menores do que os monólitos de Craigh na Dun, não mais do que 70 a 90 centímetros. Movida por um súbito impulso, estendi o braço e a toquei.

Eu não esperava que alguma coisa acontecesse e, por sorte, nada aconteceu. Apesar de que, se eu tivesse desaparecido no meio do funeral, isso sem dúvida animaria o evento.

Nenhum zumbido, nenhum grito, nenhuma sensação. Era apenas uma pedra. Afinal, pensei, não havia razão para supor que *todas* as pedras verticais fossem portais do tempo. Aparentemente, os construtores antigos usavam pedras para marcar qualquer lugar significativo, e sem dúvida um marco de pedras como esse devia ser importante. Perguntei-me que espécie de pessoa havia jazido ali, deixando não mais do que um eco de seus ossos, tão mais frágil do que as rochas duradouras que os abrigavam.

O caixão foi colocado no chão e empurrado pela passagem para dentro da câmara mortuária no centro da tumba. Havia uma grande e plana laje de pedra encostada nas pedras do monumento, com estranhas incisões cônicas, feitas pelos construtores originais. Quatro dos homens mais fortes seguraram a laje e a manobraram devagar para o alto do monte de pedras, vedando o buraco acima da câmara.

Ela caiu com uma pancada surda que lançou algumas pedras pequenas para baixo, pelas laterais do monumento. Os homens desceram, então, e todos nós ficamos parados, constrangidos, ao redor do túmulo de pedras.

Não havia um sacerdote ali. A missa fúnebre por Simon fora realizada antes, em uma pequena e desguarnecida igreja de pedra, antes da procissão para aquele enterro pagão. Evidentemente, as pesquisas de Hugh não haviam descoberto nada com relação aos ritos para tal ocasião.

Quando parecia que seríamos obrigados a dar meia-volta e nos arrastar pela lama de volta à casa da fazenda, Ian tossiu e deu um passo à frente.

A procissão fúnebre tinha um aspecto monótono e insípido, sem nenhum dos tartãs coloridos que enfeitaram as cerimônias das Terras Altas no passado. Até a aparência de Jamie era apagada, enrolado na capa e com os cabelos cobertos com um chapéu preto de abas arriadas. A única exceção à sobriedade geral era Ian.

Ele tinha provocado olhares admirados quando descera do quarto naquela manhã, e não deixaram mais de fixar os olhos nele. E com toda a razão. Ele havia raspado a maior parte da cabeça e untara a tira de cabelos que restara, fazendo uma crista rígida pelo meio da cabeça, à qual pendurara um enfeite de penas de peru com uma moeda de prata perfurada. Ele *estava* usando uma capa, mas por baixo vestira sua surrada camisa de camurça, com o amuleto de contas azuis e brancas que sua mulher, Emily, fizera para ele.

Jamie o analisou devagar de cima a baixo quando ele apareceu e balançou a cabeça, um dos cantos da boca se torcendo para cima.

– Não vai fazer diferença, hein? – dissera a Ian quando nos dirigíamos à porta. – Para eles, você continuará sendo quem é.

– É mesmo? – perguntara Ian, mas, em seguida, saíra para o aguaceiro sem esperar resposta.

Jamie tinha razão. Os ornamentos indígenas eram um figurino de ensaio, em preparação para sua chegada a Lallybroch, pois iríamos para lá assim que tivéssemos acabado de resolver a questão da entrega do corpo de Simon e o uísque de despedida tivesse sido bebido.

Entretanto, teve sua utilidade agora. Ian retirou sua capa devagar e a entregou a Jamie, depois caminhou para a entrada da passagem e se virou de frente para os espectadores – que observavam essa aparição com os olhos esbugalhados. Ele abriu as mãos, as palmas para cima, fechou os olhos, virou a cabeça para trás, de modo que a chuva escorresse pelo seu rosto, e começou a entoar alguma coisa em mohawk.

Ele não era um bom cantor, e sua voz estava tão alterada pelo frio que muitas palavras ficavam entrecortadas ou desapareciam, mas captei o nome de Simon no começo. A canção da morte do general. Não durou muito tempo, mas, quando deixou cair as mãos, a congregação emitiu um profundo suspiro coletivo.

Ian se afastou, sem olhar para trás e, sem dizer nada, os acompanhantes do enterro o seguiram. Estava terminado.

76

VENTO FÚNEBRE

O tempo continuou horrível, com nevascas intermitentes agora acrescidas à chuva, e Hugh insistiu para que ficássemos ao menos mais alguns dias, até o céu clarear.

– Pode ficar assim até o dia do Arcanjo Miguel antes que isso aconteça – disse Jamie, sorrindo. – Não, primo, temos que partir.

E assim partimos, enrolados em todas as roupas que possuíamos. Levamos mais de dois dias para chegar a Lallybroch e fomos obrigados a pernoitar em uma fazendinha abandonada, colocando os cavalos ao nosso lado no curral das vacas. Não havia nenhuma mobília ou turfa para a lareira e metade do telhado já desaparecera, mas as paredes de pedra quebravam o vento.

– Sinto falta do meu cachorro – resmungou Ian, encolhendo-se sob a capa e puxando um cobertor sobre a cabeça repleta de pontinhos vermelhos arrepiados.

– Ele sentaria em sua cabeça? – indagou Jamie, segurando-se em mim com mais força quando uma rajada de vento passou uivando pelo nosso abrigo, ameaçando arrancar o resto da estropiada cobertura de sapê acima de nossas cabeças. – Antes de raspar a cabeça, você devia ter se lembrado de que estamos em janeiro.

– Tudo bem para você – retrucou Ian, espreitando de baixo do cobertor. – Você tem tia Claire para mantê-lo quente.

– Bem, você vai arranjar uma mulher um dia desses. Rollo vai dormir com vocês dois quando se casar? – perguntou Jamie.

– Mmmmhum – resmungou Ian, puxando o cobertor por cima do rosto, tremendo.

Tremi também, apesar do calor de Jamie, de nossas duas capas, três anáguas de lã e dois pares de meias. Eu já estivera em muitos lugares frios em minha vida, mas havia algo de *penetrante* no frio na Escócia. No entanto, apesar do meu anseio por uma lareira acolhedora e o inesquecível aconchego de Lallybroch, eu estava quase tão ansiosa por nossa iminente volta para casa quanto Ian – e quanto mais nos embrenhávamos nas Terras Altas, mais Ian se comportava como um gato pisando em tijolos quentes.

Agora, ele se contorcia e resmungava consigo mesmo, remexendo-se sob seus cobertores nos confins de nosso abrigo. Eu havia me perguntado, quando aportamos em Edimburgo, se devíamos mandar anunciar nossa chegada a Lallybroch. No entanto, quando sugeri isso, Jamie riu.

– Você acha que existe chance de chegarmos a 20 quilômetros do lugar sem que todos já saibam? Não tenha medo, Sassenach – assegurou-me. – No instante em que pusermos o pé nas Terras Altas, todo mundo, de Loch Lemond a Inverness, saberá que Jamie Fraser está voltando para casa com sua bruxa inglesa, e ainda por cima com um pele-vermelha também.

– Bruxa inglesa? – perguntei, sem saber se devia achar graça ou ficar ofendida. – Eles me chamavam assim? Quando estávamos em Lallybroch?

– Geralmente na sua presença, Sassenach – respondeu ele. – Na época você não sabia gaélico suficiente para entender. Não fazem isso por mal, *a nighean*. É que os escoceses das Terras Altas dão o nome de acordo com o que estão vendo.

– Humm – murmurei, um pouco desconcertada.

– E não estarão errados, não é? – acrescentou ele, rindo.

– Está querendo dizer que eu *pareço* uma bruxa?

– Bem, não tanto neste momento – disse ele, fechando um dos olhos. – Logo de manhã, talvez... Sim, essa é uma perspectiva mais assustadora.

Eu não tinha um espelho, e não pensara em comprar um em Edimburgo. Mas ainda tinha um pente e, aconchegando-me agora com a cabeça embaixo do queixo de Jamie, decidi parar perto de Lallybroch e usá-lo com cuidado, com ou sem chuva. Não, refleti, que fosse fazer muita diferença se eu chegasse parecendo a rainha da Inglaterra ou um dente-de-leão murcho. O importante era a volta de Ian.

Por outro lado, eu não sabia ao certo como me receberiam. Havia assuntos em aberto, para dizer o mínimo, entre mim e Jenny Murray.

Tínhamos sido boas amigas em certa época. Esperava que pudéssemos ser outra vez. Só que ela fora a principal arquiteta do casamento de Jamie com Laoghaire MacKenzie. Pelo melhor dos motivos, sem dúvida. Ela havia se preocupado com ele, com a solidão e a ausência de raízes em sua volta do cativeiro na Inglaterra. E, com toda a justiça, ela me considerava morta.

O que ela teria pensado quando reapareci? Que eu abandonara Jamie antes de Culloden e depois me arrependera? Não tivemos tempo para explicações e reaproximações – e houve aquele momento embaraçoso quando Laoghaire, convocada por Jenny, apareceu em Lallybroch, acompanhada das filhas, pegando a mim e a Jamie de surpresa.

Uma risada subiu em meu peito à lembrança daquele encontro, embora eu não tenha achado graça na ocasião. Bem, talvez houvesse tempo de conversar agora, depois que Jenny e Ian tivessem se recuperado do choque da volta ao lar de seu filho mais novo.

Percebi, pelas sutis mudanças de posição atrás de mim, que enquanto os cavalos respiravam pesada e pacificamente em seu curral e Ian não houvesse se acalmado em roncos ruidosos, eu não era a única ainda acordada, pensando no que estaria à nossa espera.

– Você também não está dormindo, não é? – sussurrei para Jamie.

– Não – disse ele baixinho, mudando de posição outra vez, puxando-me para mais junto de si. – Estava pensando na última vez em que voltei para casa. Tinha tanto medo... e uma pequena esperança. Imagino que seja assim agora para o garoto.

– E para você agora? – perguntei, fechando minhas mãos sobre o braço que me envolvia, sentindo os ossos sólidos, elegantes, do pulso e do antebraço, tocando em sua mão direita mutilada. Ele suspirou.

– Não sei, mas vai dar tudo certo. Desta vez, você está comigo.

O vento perdeu força em algum momento durante a noite. O dia, por algum milagre, amanheceu límpido e luminoso. Ainda frio como o traseiro de um urso polar, mas sem chuva. Considerei aquilo um bom presságio.

Ninguém falou quando deixamos o último desfiladeiro alto que levava a Lallybroch e vimos a casa lá embaixo. Senti um relaxamento no peito e só então percebi por quanto tempo andara prendendo a respiração.

– Não mudou nada, não é mesmo? – comentei, o hálito branco no ar frio.

– O pombal tem um teto novo – retrucou Ian. – E o cercado de ovelhas da mamãe está maior.

Ele estava fazendo o melhor possível para parecer descontraído, mas a ansiedade em sua voz era indisfarçável. Cutucou seu cavalo e parou um pouco à nossa frente, as penas de peru em seus cabelos se erguendo na brisa.

Era início da tarde e o lugar estava calmo. As tarefas matinais haviam sido feitas, a ordenha da noite e a preparação do jantar ainda não tinham sido iniciadas. Não vi ninguém do lado de fora, a não ser algumas vacas das Terras Altas, grandes e peludas, ruminando feno no pasto, mas havia fumaça nas chaminés e a casa grande e caiada tinha sua costumeira aparência hospitaleira e sólida.

Será que Bri e Roger algum dia voltariam ali?, perguntei-me. Ela mencionara isso quando a ideia de partirem se tornou um fato e eles começaram a planejar.

– Está vazia – disse ela, os olhos fixos na camisa ao estilo do século XX que estava fazendo. – À venda. Ou estava, quando Roger foi lá há alguns anos... – Ela erguera os olhos com um sorriso melancólico. Não era possível discutir o tempo de nenhuma maneira habitual. – Gostaria que as crianças crescessem lá, talvez. Apenas teremos que ver como... as coisas vão funcionar.

Ela tinha olhado para Mandy, dormindo no berço, um pouco azulada ao redor dos lábios.

– Vai dar certo – dissera com firmeza. – Vai dar tudo certo.

Meu Deus, rezei, *que eles estejam sãos e salvos!*

Ian descera de seu cavalo e esperava por nós. Quando desmontamos, ele se dirigiu à porta, mas nossa chegada fora percebida e ela se abriu de par em par antes que ele pudesse tocá-la.

Jenny estacou, paralisada, no vão da porta. Sua cabeça se inclinou devagar para trás conforme seus olhos percorriam para cima o longo corpo vestido em camurça, com seus músculos bem delineados e pequenas cicatrizes, até a cabeça com a crista de cabelos em pé, enfeitada de penas, e seu rosto tatuado, sem expressão – a não ser pelos olhos, cuja esperança e temor ele não conseguia esconder, mohawk ou não.

Jenny deu um leve sorriso. Uma... duas vezes... Em seguida, sua expressão se desfez e ela começou a emitir pequenos e histéricos gritinhos de surpresa que se transformaram em uma risada indisfarçável.

Ela engoliu, engasgou e riu com tanta força que cambaleou para trás, para dentro de casa, e teve que se sentar no banco do vestíbulo, onde se dobrou ao meio, com os braços apertando o estômago, e riu até o som se esgotar e sua respiração vir em arfadas chiadas e fracas.

– Ian – falou ela por fim. – Meu Deus, Ian. Meu garotinho.

Ian parecia desconcertado. Olhou para Jamie, que deu de ombros, a boca se torcendo nos cantos, depois de novo para a mãe.

Ela procurou recuperar o fôlego, o peito arfando, depois se levantou, dirigiu-se a ele e o envolveu em seus braços, o rosto banhado em lágrimas pressionado contra o flanco do filho. Devagar, os braços de Ian a abraçaram, como se ela fosse algo frágil e de imenso valor.

– Ian – disse ela outra vez, triste.

Ela era menor do que eu me lembrava, e estava mais magra, os cabelos mais brancos, embora ainda escuros e lustrosos. No entanto, os olhos de gato azul-escuros continuavam iguais, assim como o ar natural de comando que compartilhava com seu irmão.

– Deixem os cavalos – ordenou, enxugando os olhos na ponta do avental. – Mandarei um dos rapazes cuidar deles. Devem estar congelados e morrendo de fome. Peguem suas coisas e venham para a sala.

Ela me lançou um breve olhar de curiosidade e algo mais que não consegui interpretar, mas não me fitou nos olhos nem disse mais do que "Venham" enquanto liderava o caminho até a sala de estar.

A casa tinha um cheiro familiar, porém estranho, impregnado de fumaça de turfa e do cheiro de comida. Alguém tinha acabado de assar pão e o aroma flutuava pelo corredor, vindo da cozinha. O corredor estava quase tão frio quanto lá fora; todos os aposentos tinham as portas bem fechadas para guardar o calor de suas lareiras e uma onda de calor aconchegante girou como um redemoinho quando ela abriu a porta da sala, virando-se para puxar Ian para dentro primeiro.

– Ian – disse ela, em um tom de voz que eu nunca a ouvira usar. – Ian, eles chegaram, seu filho voltou para casa.

Ian, o pai, estava sentado em uma grande poltrona junto à lareira, um cobertor grosso sobre as pernas. Ele se pôs de pé com dificuldade, um pouco instável sobre a perna de pau que usava desde que perdera o membro na guerra, e deu alguns passos em nossa direção.

– Ian – disse Jamie, a voz baixa com o choque. – Santo Deus, Ian.

– Sim – confirmou Ian, a voz amarga. – Não se preocupe; ainda sou eu mesmo.

Tísica, era como chamavam. Significava "definhamento" em grego. A doença consumia suas vítimas, as devorava vivas. Uma doença devastadora. Assolava a carne e debilitava a vida, como um canibal.

Eu vira a tuberculose muitas vezes na Inglaterra dos anos 1930 e 1940, muito mais aqui no passado. Mas nunca a vira trinchar a carne viva dos ossos de alguém que eu amava, e meu coração se desfez no peito.

Ian sempre fora magro como um cordel de chicote, mesmo em tempos de fartura. Rijo e vigoroso, os ossos sempre na superfície da pele, assim como o Jovem Ian. Agora...

– Posso tossir, mas não vou me partir ao meio – assegurou e, dando um passo à frente, colocou os braços ao redor do pescoço de Jamie, que o abraçou.

A cautela do abraço se tornava mais firme enquanto descobria que Ian não iria se quebrar, então Jamie fechou os olhos para conter as lágrimas. Seus braços se enrijeceram, tentando salvar Ian do abismo que se abria a seus pés.

"Posso contar todos os meus ossos." A citação bíblica veio à minha mente. Eu *podia*. O tecido de sua camisa caía sobre costelas tão visíveis que eu conseguia perceber onde cada articulação se unia aos nós protuberantes de sua coluna vertebral.

– Quanto tempo? – falei de repente, voltando-me para Jenny, que observava os homens, os olhos marejados. – Há quanto tempo ele está assim?

Ela piscou e engoliu em seco.

– Há anos – disse ela, com bastante firmeza. – Ele voltou do Tolbooth em Edimburgo com uma tosse e nunca mais ficou bom. Piorou no último ano.

Assenti. Um caso crônico, portanto. Já era alguma coisa. A "tuberculose galopante", como a chamavam, o teria levado em questão de meses.

Jenny me devolveu a pergunta, com um significado diferente.

– Quanto tempo? – indagou ela, tão baixinho que quase não a ouvi.

– Não sei – respondi da mesma forma. – Mas... não muito.

Ela assentiu; já sabia disso.

– Ainda bem que vocês chegaram a tempo, então – disse ela.

Os olhos do Jovem Ian estavam fixos em seu pai desde o momento em que ele entrara na sala. O choque era evidente em seu rosto, mas ele mantinha o autocontrole.

– Papai – disse ele, e sua voz era tão rouca que a palavra emergiu como um grasnido engasgado. Limpou a garganta e repetiu: – Papai.

O Ian mais velho olhou para o filho e seu rosto se iluminou com uma alegria tão profunda que eclipsou as marcas da doença e do sofrimento.

– Ian – disse ele, estendendo os braços. – Meu garotinho!

Eram as Terras Altas. E eram Ian e Jenny. O que significava que as questões que podiam ser evitadas por constrangimento ou delicadeza eram, em vez disso, tratadas com toda a franqueza.

– Posso morrer amanhã ou daqui a um ano – disse Ian durante o chá com pão e geleia, saídos da cozinha como num passe de mágica para tapear o estômago dos viajantes exaustos até que o jantar ficasse pronto. – Estou apostando em três meses, caso alguém deseje apostar comigo.

Ele riu, o Ian de outrora surgindo atrás da máscara mortuária.

Houve um murmúrio entre os adultos que não se traduziu em risos. Muita gente estava amontoada na sala de estar, pois a notícia que fizera aparecer pão e geleia também fizera com que muitos moradores de Lallybroch saíssem de suas casas a fim de saudar e reclamar seu filho pródigo. O Jovem Ian quase foi derrubado e pisoteado pelo carinho de sua família, e isso, logo depois do choque de ver seu pai, o deixara mudo, embora não parasse de sorrir, indefeso diante de mil perguntas e exclamações.

Jenny o havia resgatado do turbilhão, pegando-o pela mão e o empurrando com firmeza para a sala de estar com o pai. Depois, saiu para acalmar a algazarra, com um olhar fulminante e uma palavra decisiva, antes de conduzir o resto para dentro de casa de maneira ordenada.

O Jovem Jamie, o filho mais velho de Ian e Jenny, agora vivia em Lallybroch com a mulher e os filhos, assim como sua irmã, Maggie, e seus dois filhos, seu marido sendo um soldado. O Jovem Jamie estava fora, na propriedade, mas as mulheres vieram se sentar em minha companhia. Todas as crianças se aglomeravam ao redor do Jovem Ian, olhando-o com espanto e fazendo tantas perguntas que elas se empurravam e colidiam, discutindo sobre quem havia perguntado e quem deveria receber uma resposta primeiro.

As crianças não haviam prestado nenhuma atenção no comentário de Ian. Elas já sabiam que o avô estava morrendo e o fato não era de nenhum interesse em comparação com a presença fascinante de seu novo tio. Uma garotinha com tranças curtas se sentava no colo do Jovem Ian, traçando as linhas de suas tatuagens com os dedos, de vez em quando enfiando um deles em sua boca, enquanto ele sorria e dava respostas hesitantes a seus curiosos sobrinhos e sobrinhas.

– Você podia ter escrito – disse Jamie a Jenny, com reprovação na voz.

– Eu escrevi – disse ela, com seu tom cortante. – Há um ano, quando ele começou a ficar descarnado e soubemos que era mais do que uma tosse. Eu pedia que você enviasse o Jovem Ian, se possível.

– Ah – murmurou Jamie, embaraçado. Provavelmente já havíamos deixado a Cordilheira quando a carta chegou. – Mas eu lhe escrevi no final de abril, dizendo que estávamos a caminho. Enviei a carta de New Bern.

– Se o fez, eu nunca recebi. Com o bloqueio, não é de admirar. Não recebemos mais do que a metade do que costumávamos receber da América. E, se você partiu em março, foi uma longa viagem, não?

– Sim, um pouco mais longa do que eu esperava – respondeu Jamie. – Muita coisa aconteceu ao longo do caminho.

– Entendo.

Sem a menor hesitação, ela pegou sua mão direita e examinou a cicatriz e os dedos unidos com interesse. Olhou para mim, uma das sobrancelhas erguidas, e confirmei com um aceno de cabeça.

– Ele... foi ferido em Saratoga – informei, na defensiva. – Eu tive que operar.

– Um bom trabalho – disse ela, flexionando os dedos. – Dói muito, Jamie?

– Dói no frio. Fora isso, não me incomoda.

– Uísque! – exclamou ela, empertigando-se de repente. – Aqui está você, enregelado até os ossos, e eu não pensei em... Robbie! Vá buscar a garrafa de uísque especial da prateleira acima das panelas. – Um garoto desengonçado que andara pairando na borda do agrupamento ao redor do Jovem Ian lançou um olhar relutante à avó, mas depois, percebendo a intensidade da expressão dela, saiu correndo da sala para atender sua ordem.

O aposento estava mais do que aquecido. Com um fogo de turfa queimando na lareira e tanta gente rindo, conversando e exalando calor corporal, estava mais parecido com os trópicos. Mas havia um frio profundo ao redor do meu coração sempre que eu olhava para Ian.

Ele se recostava em sua cadeira agora, sempre sorrindo. A exaustão era evidente na forma como seus ombros ossudos estavam arriados, na queda das pálpebras, no esforço evidente para continuar sorrindo.

Notei Jenny me encarando. Ela desviou os olhos no mesmo instante, mas eu vira especulação em seus olhos, e dúvida. Sim, teríamos que conversar.

Dormiram com conforto naquela primeira noite, cansados ao ponto do colapso, juntos e envolvidos por Lallybroch. Jamie ouviu o vento quase ao acordar. Ele voltara durante a noite, um lamento frio ao redor dos beirais da casa.

Ele se sentou na cama no escuro, as mãos entrelaçadas ao redor dos joelhos, ouvindo. A tempestade de neve estava a caminho; podia ouvi-la no vento.

Claire dormia ao seu lado, um pouco encolhida, os cabelos uma mancha escura sobre o travesseiro branco. Ouviu sua respiração, agradecendo a Deus pelo som, sentindo-se culpado ao seu fluxo suave, imperturbado. Ele ouvira a tosse de Ian a noite inteira e fora dormir com o som daquela respiração difícil em sua mente, se não em seus ouvidos.

Conseguira, por força de pura exaustão, se esquecer da doença de Ian, mas pairava lá ao acordar, pesada como uma pedra em seu peito.

Claire se remexeu em seu sono, virando-se um pouco de costas, e o desejo por ela se avolumou nele como água. Hesitou, padecendo por Ian, sentindo-se culpado pelo que Ian já perdera e ele ainda tinha, relutante em acordá-la.

– Sinto-me talvez como você se sentiu – sussurrou para ela, baixo demais para acordá-la. – Quando você atravessou as pedras. Como se o mundo ainda estivesse lá, mas não o mundo que você conhecia.

Podia jurar que ela não tinha acordado, mas sua mão saiu do meio das cobertas. Ele a tomou na sua. Claire suspirou, um suspiro longo e pesado de sono, e o puxou para baixo, ao seu lado. Tomou-o nos braços e o embalou, aquecido em seus seios macios.

– Você é o mundo que eu tenho – murmurou ela, e então sua respiração mudou e ela o levou para a segurança.

77

MÊMORE

Estavam tomando o café da manhã na cozinha, só os dois Ians, pois seu pai levantara tossindo antes do amanhecer e depois tinha adormecido tão profundamente que sua mãe não quis acordá-lo. Ele estivera caçando nas colinas com seu irmão e os sobrinhos a noite toda. Na volta, haviam parado na casa de Kitty e o Jovem Ian declarou que iriam ficar ali para comer e dormir um pouco, mas Ian se afligira, querendo voltar para casa, embora não soubesse dizer por quê.

Talvez por causa disso, pensou ele, observando o pai sacudir sal sobre o mingau da mesma maneira que o vira fazer durante quinze anos, antes de deixar a Escócia. Nunca voltara a pensar nisso durante todo o tempo em que esteve longe, mas agora que via a mesma cena outra vez era como se nunca tivesse ido embora, como se houvesse passado cada manhã de sua vida ali naquela mesa, observando o pai comer mingau.

Foi possuído por um enorme desejo de memorizar o momento, ver e sentir cada detalhe: desde a madeira lisa e lustrosa pelo uso até o granito manchado da bancada e o modo como a luz incidia através das cortinas surradas na janela, iluminando o músculo no canto do maxilar do pai enquanto ele mastigava um pedaço de linguiça.

O Ian mais velho ergueu os olhos, como se pressentisse os olhos do filho fixos nele.

– Devemos sair para a charneca? Tenho vontade de ver se os cervos vermelhos já estão dando cria.

Ficou surpreso com a resistência do pai. Caminharam por vários quilômetros, conversando sobre nada e sobre tudo. Ele sabia que era para que pudessem se sentir à vontade um com o outro de novo, mas temia a conversa.

Pararam no alto de uma extensão elevada da charneca, de onde podiam ver o desdobramento das belas montanhas ondeadas e alguns pequenos lagos, brilhando como peixes sob um sol alto e pálido. Encontraram uma fonte de santo, um pequeno lago com uma antiga cruz de pedra, e beberam a água, rezando a prece de respeito pelo santo. Em seguida, sentaram-se para descansar um pouco adiante.

– Foi num lugar assim que morri pela primeira vez – disse o pai, descontraído, passando a mão molhada pelo rosto suado.

Parecia rosado e saudável, apesar de tão magro. Isso incomodou o Jovem Ian, sabendo que ele estava morrendo e, ainda assim, vendo-o com essa aparência.

– É mesmo? E quando foi isso?

– Na França. Quando perdi a perna. – O Ian mais velho olhou para baixo, para sua perna de pau, indiferente. – Em um minuto, eu estava de pé para disparar meu mosquete; no seguinte, estava deitado de costas. Nem sabia que tinha sido atingido. Você imagina que sentiria se fosse atingido por uma bola de ferro de 3 quilos, não é?

O pai riu para ele, que devolveu o sorriso.

– Sim, imagino. Você deve ter sentido que *alguma coisa* tinha acontecido, não?

– Sim, senti. E após alguns instantes compreendi que devia ter sido atingido. Mas não havia nenhuma dor.

– Bem, isso foi bom – disse o Jovem Ian, de forma encorajadora.

– Eu percebi que estava morrendo, sabe? – Os olhos do pai estavam fixos nele, mas olhavam além, para um distante campo de batalha. – Não me importava. E não estava sozinho. – Seu olhar se voltou para o filho e ele sorriu. Estendendo a mão, segurou a mão de Ian, a sua descarnada até os ossos, as juntas inchadas e salientes, mas a abrangência de seu palmo ainda tão grande quanto a do filho. – Ian – disse ele, e parou, os olhos se franzindo. – Sabe como é estranho dizer o nome de alguém quando é o mesmo que o seu? Ian – repetiu –, não se preocupe. Eu não tive medo na época. E não tenho agora.

Eu tenho, pensou o jovem Ian, mas não podia dizer isso.

– Conte-me a respeito do cachorro – pediu o pai, sorrindo.

E assim ele contou a seu pai sobre Rollo. Sobre a batalha naval em que achou que Rollo tinha sido morto ou se afogado, como eles acabaram indo para Ticonderoga e participando das terríveis batalhas de Saratoga.

E contou, sem pensar muito, pois se pensasse as palavras ficariam entaladas em sua garganta, sobre Emily. Sobre Iseabaìl. E sobre O Mais Rápido dos Lagartos.

– Eu... nunca contei a ninguém sobre isso – disse ele, tímido. – Sobre o menino, quero dizer.

Seu pai respirou fundo, parecendo feliz. Depois tossiu, tirou um lenço do bolso e tossiu mais um pouco. Ian tentou não olhar para o lenço, para o caso de estar sujo de sangue.

– Você devia – começou o Ian mais velho com a voz embargada, depois limpou a garganta e cuspiu no lenço com um grunhido abafado. – Devia contar para sua mãe – disse ele, a voz clara outra vez. – Ela ficaria feliz de saber que você tem um filho, independentemente das circunstâncias.

– Sim. Talvez eu conte.

Ainda era cedo para insetos, mas os pássaros da charneca já revoavam, explorando aqui e ali, fazendo voos rasantes sobre suas cabeças e gritando alarmados. Ouviu os sons de sua terra natal por uns instantes e depois disse:

– Pai, preciso contar uma coisa ruim.

E sentado junto a uma fonte de santo, na paz de um dia do começo da primavera, Ian lhe contou o que acontecera com Murdina Bug.

O pai ouviu com grave atenção, a cabeça baixa. O Jovem Ian podia ver as mechas grisalhas em seus cabelos e achou a visão, ao mesmo tempo, emocionante e reconfortante. *Ao menos ele viveu uma boa vida*, pensou. *Talvez a sra. Bug também tenha vivido. Eu me sentiria pior se ela fosse jovem?* Achou que sim, mas se sentia mal de qualquer modo. Melhorou um pouco depois de desabafar.

O Ian mais velho se balançou para trás em seus quadris, os braços entrelaçados ao redor do joelho bom, pensando.

– Não foi culpa sua, é claro – disse ele, com um olhar de viés para o filho. – Sabe disso, no fundo do seu coração?

– Não – admitiu Ian. – Estou tentando.

O pai sorriu diante de sua resposta, mas logo ficou sério outra vez.

– Você vai conseguir. Se já viveu com isso até aqui, ficará bem no final. Mas essa questão com o velho Arch Bug... Ele deve ser tão velho quanto as montanhas, se for o mesmo que eu conheci; era um arrendatário de Malcolm Grant.

– Esse mesmo. Eu fico pensando que... ele é velho e vai morrer... mas se ele morrer e eu não ficar sabendo? – Fez um gesto de frustração. – Não quero matar o sujeito, mas como posso não fazer isso e ele ficar andando por aí, decidido a causar algum mal a Ra... à minha... bem, se eu um dia tiver uma mulher... – Ele se atrapalhava e tropeçava nas palavras, e o pai colocou um fim nisso, segurando seu braço.

– Quem é ela? – perguntou, o interesse iluminando seu rosto. – Fale-me dela.

Assim, ele contou sobre Rachel. Ficou surpreso, na verdade, que houvesse tanto a dizer, considerando que a conhecera apenas por algumas semanas e a beijara apenas uma vez.

O pai suspirou. Ele suspirava o tempo todo, era a única maneira de obter bastante ar, mas esse foi um suspiro de felicidade.

– Ah, Ian. Estou feliz por você. Nem sei dizer quanto estou feliz. É o que sua mãe e eu temos pedido a Deus, todos esses anos, que você tenha uma boa mulher para amar e com quem construir uma família.

– Bem, é cedo para falar de minha família – ressaltou o Jovem Ian. – Considerando que ela é uma quacre e não se casará comigo. E considerando que estou na Escócia e ela está com o Exército Continental na América, provavelmente levando um tiro ou sendo infectada com uma peste neste exato momento.

Ele falara a sério e ficou um pouco ofendido quando o pai riu. Depois o Ian mais velho se inclinou para a frente e disse com absoluta gravidade:

– Você não precisa esperar que eu morra. Tem que ir e encontrar a sua jovem.

– Eu não posso...

– Pode, sim. O Jovem Jamie tem Lallybroch, as meninas estão bem casadas e Michael... – Riu à menção de Michael. – Acho que Michael se sairá muito bem. Um homem precisa de uma mulher, e uma boa mulher é a maior dádiva de Deus para um homem. Eu partiria mais tranquilo, *a bhailach*, sabendo que você estava bem encaminhado nesse aspecto.

– Sim – murmurou o Jovem Ian. – Talvez. Mas não partirei já.

78

DÚVIDAS ANTIGAS

Jamie engoliu a última colherada de mingau e respirou fundo, largando a colher.

– Jenny?

– Claro que há mais – disse ela, estendendo a mão para a tigela dele. Então ela viu seu rosto e parou, semicerrando os olhos. – Ou não é disso que você precisa?

– Eu não diria que é uma necessidade. Mas... – Ergueu os olhos para o teto para evitar o olhar de Jenny e encomendou a alma a Deus. – O que você sabe sobre Laoghaire MacKenzie?

Arriscou um rápido olhar para a irmã e viu que seus olhos haviam se arregalado, brilhantes de interesse.

– Laoghaire, hein?

Pensativa, ela voltou a se sentar e começou a tamborilar no tampo da mesa. Suas mãos eram bem conservadas para a idade. Desgastadas pelo trabalho, mas os dedos ainda esbeltos e ágeis.

– Ela não está casada – disse Jenny. – Mas você sabe disso, imagino. O que quer saber sobre ela?

– Bem... como está indo, eu acho. E...

– E quem está dividindo sua cama?

Ele lançou um olhar para a irmã.

– Você é uma mulher obscena, Janet Murray.

– É mesmo? Você não me engana.

Os olhos azuis iguais aos seus cintilaram para ele por um instante e a covinha em seu rosto surgiu. Ele conhecia aquele olhar e se rendeu com a dignidade possível.

– Você sabe?

– Não – respondeu ela.

Ele ergueu uma das sobrancelhas, incrédulo.

– Até parece.

Ela correu o dedo pela borda da jarra de mel, limpando uma gota dourada.

– Juro pelos dedos dos pés de são Fouthad.

Ele não ouvia essa desde que tinha 10 anos e deu uma risada, apesar da situação.

– Bem, então não há nada mais a ser dito, não é?

Ele se inclinou para trás na cadeira, fingindo indiferença. Ela fez um pequeno ruído ofendido, levantou-se e começou a tirar a mesa com pressa. Ele a observou com os olhos semicerrados, sem saber ao certo se Jenny tentava confundi-lo apenas para se divertir. Se assim fosse, cederia em um minuto.

– Por que você quer saber? – perguntou ela de repente, os olhos na pilha de tigelas sujas.

Isso o fez despertar de suas divagações.

– Eu não disse que quero saber – ressaltou. – Mas já que mencionou... qualquer um teria curiosidade, não?

– É verdade – concordou ela e olhou para ele, um olhar longo e perscrutador que o fez imaginar se tinha lavado atrás das orelhas. – Eu *não sei* – concluiu ela. – E é a verdade. Só tive notícias dela daquela vez que escrevi para você.

Sim, e por que me escreveu sobre isso?, pensou Ian, mas não indagou em voz alta.

– Humm – murmurou. – E espera que eu acredite que você parou por aí?

Ele se lembrava, ali parado em seu antigo quarto em Lallybroch, que fora dele quando criança, na manhã de seu casamento com Laoghaire.

Vestia uma camisa nova para a ocasião. Não havia dinheiro para muita coisa além do necessário e às vezes nem isso, mas Jenny havia lhe conseguido uma camisa nova. Ele suspeitava que ela havia sacrificado suas duas melhores combinações para isso. Lembrava-se de ter se barbeado no reflexo da bacia de água, vendo o rosto macilento e severo de um estranho emergir de baixo da lâmina, pensando que deveria se lembrar de sorrir ao se encontrar com Laoghaire. Não queria assustá-la, e o que ele via na água era bastante assustador.

De repente, pensou em compartilhar sua cama. Afastou a ideia do corpo de Claire –

tinha muita prática nisso –, o que o fez pensar que fazia anos desde que se deitara com uma mulher. Isso acontecera apenas duas vezes nos últimos quinze anos, e a última fora há cinco, seis, talvez sete anos...

Teve um momento de pânico à ideia de que poderia não conseguir e tocou seu membro por cima do kilt, só para descobrir que já começava a endurecer à mera ideia de ir para a cama com uma mulher.

Respirou fundo, um pouco aliviado. Menos uma coisa com que se preocupar.

Um breve som da porta o fez olhar para trás. Deparou-se com Jenny ali, uma expressão indecifrável no semblante. Tossiu e tirou a mão do pênis.

– Você não é obrigado a fazer isso, Jamie – disse ela, os olhos fixos nos dele. – Se pensou melhor, pode falar.

Ele quase aceitou a sugestão. Mas podia ouvir os sons da casa. Havia uma agitação no ar, uma determinação de propósito e uma felicidade que havia muito não se via ali. Não era apenas a sua felicidade que estava em risco ali – nunca fora.

– Não. Estou bem. – E sorriu para ela de forma tranquilizadora.

No entanto, quando desceu para se encontrar com Ian ao pé da escada, ouviu a chuva nas janelas e sentiu uma súbita sensação de estar se afogando – uma indesejável lembrança do dia de seu primeiro casamento e como um apoiara o outro, Claire e ele, ambos sofrendo, ambos aterrorizados.

– Tudo bem, então? – indagou Ian, inclinando-se para ele em voz baixa.

– Sim, tudo bem – respondeu, satisfeito com a calma que transparecia em sua voz.

O rosto de Jenny apareceu por um breve instante pela porta da sala de estar. Parecia preocupada, mas relaxou ao vê-lo.

– Está tudo bem, *mo nighean* – Ian a tranquilizou com um largo sorriso. – Já o agarrei. Não vai fugir.

Ian de fato segurava seu braço, para surpresa de Jamie, que não protestou.

– Bem, traga-o para dentro, então – ordenou a irmã. – O padre já chegou.

Ele entrou com Ian e assumiu seu lugar ao lado de Laoghaire, diante do velho padre McCarthy. Ela ergueu os olhos para ele, depois desviou o olhar. Estaria com medo? Sua mão estava fria na dele, mas não tremia. Jamie apertou seus dedos e ela virou a cabeça, erguendo os olhos para ele. Não, não era medo, ternura ou deslumbramento. Havia gratidão em seu olhar... e confiança.

Aquela confiança penetrou em seu coração, um peso pequeno que mantinha seu equilíbrio, restaurava ao menos um pouco das raízes cortadas que o haviam mantido no lugar. Ele também se sentiu grato.

Virou-se ao som de passos e viu Claire se aproximando pelo corredor. Sorriu – observando que o fizera sem pensar – e ela veio até ele, tomando sua mão enquanto espreitava dentro do quarto.

– Seu, não foi? Quando você era pequeno, quero dizer.

– Sim, foi.

– Acho que Jenny me contou... quando viemos aqui a primeira vez, quero dizer.

Claire sorriu. Jenny e ela se falavam agora, é claro, mas era uma conversa afetada, ambas muito cautelosas, com medo de revelar muito ou dizer a coisa errada. Sim, ele tinha medo de falar demais ou dizer a coisa errada, mas não iria agir como uma mulher a respeito disso.

– Preciso ver Laoghaire. Vai me matar se eu for?

Ela pareceu surpresa. Depois, contra a vontade, achou graça.

– Está pedindo minha permissão?

– Não, não estou – disse ele, sentindo-se tenso e constrangido. – É só que... Bem, achei que devia lhe contar, só isso.

– Muita consideração sua. – Ela ainda sorria, mas o sorriso adquirira certo ar de cautela. – Você se importaria... de me dizer *por que* quer ir vê-la?

– Eu não disse que *quero* vê-la – retrucou ele, um tom cortante evidente na voz. – Disse que preciso.

– Seria presunção de minha parte perguntar por que você *precisa* vê-la?

Seus olhos estavam apenas um pouco mais abertos e mais amarelos do que de costume. Ele havia despertado o falcão nela. Não tivera a intenção, de forma alguma, mas hesitou por um instante, com vontade de se refugiar em uma boa briga. Mas não podia fazer isso em sã consciência. Menos ainda poderia explicar a lembrança do rosto de Laoghaire no dia de seu casamento, o ar de confiança em seus olhos e a sensação incômoda de que ele traíra essa confiança.

– Você pode me perguntar qualquer coisa, Sassenach. E perguntou. Eu responderia se achasse que poderia dar uma resposta sensata.

Ela fungou com um pequeno ruído de desdém, que ele entendeu muito bem.

– Se você só quer saber com quem ela está dormindo, há maneiras menos diretas de descobrir – disse ela.

A voz dele saiu equilibrada, mas suas pupilas haviam se dilatado:

– Não me importo com quem ela esteja dormindo!

– Você se importa, sim! – retrucou ela.

– Não, não me importo!

– "Mentiroso, mentiroso, de calça pegando fogo" – disse ela e, em vez de explodir, ele deu uma gargalhada.

Ela pareceu um pouco desconcertada, mas depois riu também, ficando com o nariz vermelho. Pararam em questão de segundos, envergonhados por estar gargalhando em uma casa que havia muito não sabia o que era uma risada, mas ainda sorriam um para o outro.

– Venha cá – chamou Jamie, estendendo a mão para ela.

Ela a tomou no mesmo instante, seus dedos quentes e fortes sobre os dele, e veio enlaçá-lo com seus braços.

Seus cabelos tinham um cheiro diferente. Ainda fresco e repleto dos aromas de plantas vivas, mas diferente. Como as Terras Altas. Como urzes, talvez.

– Quer mesmo saber quem é, você sabe disso – acusou ela, a voz quente e fazendo cócegas através do tecido de sua camisa. – Quer que eu diga por quê?

– Sim, quero, e não, não quero – disse ele, apertando sua mão com mais força. – Sei muito bem por quê, e tenho certeza que você, Jenny e qualquer outra mulher num raio de 50 quilômetros acham que sabem também. Mas não é por isso que eu preciso vê-la.

Ela o empurrou e afastou os cachos soltos dos olhos para encará-lo. Pensativo, ele examinou seu rosto e balançou a cabeça.

– Bem, não deixe de dar minhas mais sinceras lembranças, sim?

– Ora, você, criaturinha vingativa! Nunca pensei que fosse capaz disso!

– Não mesmo? – indagou ela, seca como uma torrada.

Ele sorriu para ela e passou o polegar por sua face.

– Não. Você não é de guardar rancor, Sassenach. Nunca foi.

– Bem, não sou escocesa – observou ela, alisando os cabelos para trás. – Não é uma questão de honra nacional, quero dizer. – Ela colocou a mão em seu peito antes que ele pudesse responder e disse, com ar muito sério: – Ela nunca o fez rir, fez?

– Posso ter sorrido uma ou duas vezes – comentou ele, também sério. – Mas não.

– Bem, não se esqueça disso – retrucou ela e, com um rodopio das saias, saiu.

Ele riu como um tolo e a seguiu.

Quando ele chegou às escadas, ela o esperava a meio caminho.

– Outra coisa – disse ela, erguendo um dedo para ele.

– O quê?

– Se descobrir com quem ela está dormindo e não me contar, eu o matarei de verdade.

Balriggan era um lugar pequeno, pouco mais de 5 hectares de terra além da casa principal e das construções anexas. Ainda assim, era bonito, uma grande cabana de pedra cinzenta aninhada na curva de uma colina, um laguinho brilhando como um espelho ao pé da encosta. Os ingleses haviam ateado fogo às plantações e ao celeiro durante o Levante, mas as plantações retornam. Muito mais facilmente do que os homens que as lavraram.

Ele passou devagar pelo lago em seu cavalo, pensando que aquela visita era um erro. Era possível deixar as coisas para trás: lugares, pessoas e lembranças. Ao menos por algum tempo. Só que os lugares se apegavam aos acontecimentos, e voltar a um lugar onde você viveu um dia era ser colocado frente a frente com quem você era e o que fizera lá.

Balriggan no entanto... não fora um mau lugar. Ele adorava o laguinho e como ele espelhava o céu, tão plácido em certas manhãs que parecia ser possível entrar nas nuvens refletidas em sua superfície, sentindo sua névoa fria se elevar ao redor, envolvê-lo em sua paz etérea. Ou nas noites de verão, quando a superfície brilhava em centenas de círculos sobrepostos criados pelo aparecimento de insetos, o ritmo quebrado somente de vez em quando pela súbita pancada na água de um salmão que saltava.

A estrada o levou mais perto e ele viu os baixios de leito de pedra onde ele mostrara à pequena Joan e a Marsali como pegar peixes com as mãos, os três tão atentos no que faziam que não prestaram atenção nas picadas dos mosquitos e voltaram para casa molhados até a cintura e vermelhos das picadas e do sol, as meninas saltitando e se balançando de suas mãos, alegres ao pôr do sol. Sorriu ligeiramente – depois fez o cavalo mudar de direção e começou a subir a encosta para a casa.

O lugar estava em mau estado, mas consertado. Uma burrinha velha, mas de aparência saudável, pastava no curral atrás da casa. Muito bem. Pelo menos Laoghaire não estava gastando o dinheiro dele em extravagâncias ou em uma carruagem.

Colocou a mão no portão e sentiu um nó na barriga. A sensação da madeira sob sua mão era familiar. Ele tinha levantado o portão sem pensar, no lugar onde ele sempre raspava no chão. O nó subiu à boca quando ele se lembrou de seu último encontro com Ned Gowan, o advogado de Laoghaire. "O que a maldita mulher quer, então?", perguntara ele, exasperado. Ao que Ned respondera: "Sua cabeça, espetada no portão dela."

Com um breve ruído de desdém, ele atravessou o portão, fechando-o com um pouco mais de força do que o necessário. Um movimento chamou sua atenção. Um homem estava sentado no banco do lado de fora da casa, fitando-o por cima de uma peça de arreios quebrada em seu joelho.

Um sujeitinho feio, magricela e de rosto fino como um fuinha, com um olho opaco e a boca sempre aberta, como se estivesse apalermado. Ainda assim, Jamie cumprimentou o sujeito, perguntando se sua patroa estava em casa.

O rapaz parecia ter 30 e poucos anos e virou a cabeça para fixar em Jamie o olho bom.

– Quem é você? – perguntou, parecendo hostil.

– Fraser de Broch Tuarach – respondeu Jamie. Era uma ocasião formal, afinal. – A senhora... – Hesitou, sem saber como se referir a Laoghaire. Sua irmã dissera que ela insistia em ser chamada de "sra. Fraser", apesar do escândalo. Não achara que podia se opor – a culpa sendo dele e estando ele na América, de qualquer modo –, mas certamente ele não a chamaria assim, nem mesmo para seu criado. – Vá chamar sua patroa, por favor.

– O que quer com ela? – O olho bom se estreitou, desconfiado.

Ele não esperava nenhum impedimento e estava inclinado a responder de maneira áspera, mas se conteve. O sujeito sabia alguma coisa a respeito dele e era certo que o criado de Laoghaire se preocupasse com seu bem-estar, ainda que os modos do sujeito fossem rudes.

– Quero falar com ela, se não tiver objeção – disse ele, com extrema educação. – Acha que pode lhe dizer isso?

O sujeito emitiu um som malcriado gutural, mas colocou os arreios de lado e se levantou. Tarde demais, Jamie viu que sua espinha era muito torta e uma perna, mais curta que a outra. Só que não havia nenhum modo de pedir desculpas que não piorasse as coisas. Assim, apenas assentiu e deixou o sujeito se arrastar para dentro de casa, pensando que era bem próprio de Laoghaire manter um empregado aleijado com a finalidade expressa de constrangê-lo.

Em seguida, balançou a cabeça com irritação, envergonhado de seu pensamento. Por que uma mulher infeliz como Laoghaire MacKenzie trazia à tona o mais vil e vergonhoso traço dele? Não que sua irmã não fizesse isso também, refletiu com pesar. Jenny evocava seu mau gênio ou sua linguagem ferina, botava lenha na fogueira até ele ficar roxo de raiva e depois extinguia o fogo com uma única palavra, como se o tivesse mergulhado em água fria. "Vá vê-la", dissera Jenny.

– Está bem, então – disse ele, beligerante. – Aqui estou eu.

– Estou vendo – retrucou uma voz seca, clara. – Por quê?

Girou nos calcanhares e deu de cara com Laoghaire, parada no vão da porta, vassoura na mão, lançando-lhe um olhar frio.

Ele tirou o chapéu e a cumprimentou.

– Bom dia. Espero que esteja gozando de plena saúde.

Aparentemente, estava. Seu rosto estava um pouco corado por baixo de um lenço branco engomado, os olhos azuis muito límpidos. Ela o examinou, o rosto sem expressão, a não ser pelas sobrancelhas louras arqueadas no alto.

– Soube que estava vindo para casa. Por que está aqui?

– Para ver como você está passando.

Suas sobrancelhas se ergueram um pouco mais.

– Bastante bem. O que quer?

Ele havia ensaiado isso mais de cem vezes em sua mente, embora devesse saber que era esforço perdido. Algumas coisas podiam ser planejadas, mas nada que envolvesse uma mulher.

– Eu vim lhe pedir desculpas – disse ele sem rodeios. – Já pedi antes, e você me deu um tiro. Quer ouvir desta vez?

As sobrancelhas se abaixaram. Olhou dele para a vassoura em sua mão, como se avaliasse sua utilidade como arma, depois deu de ombros.

– Como quiser. Quer entrar, então? – Ele acenou com a cabeça na direção da casa.

– É um belo dia. Vamos caminhar pelo jardim? – Ele não tinha vontade de entrar na casa, com suas lembranças de lágrimas e silêncios.

Ela assentiu e se virou para o jardim, deixando que ele a seguisse se quisesse. Jamie notou, no entanto, que ela continuava segurando a vassoura e não sabia ao certo se achava graça ou se ficava ofendido.

Caminharam em silêncio e atravessaram um portão, entrando no jardim. Era, na verdade, uma horta, feita por sua utilidade, mas tinha um pequeno pomar no final e havia flores entre os pés de ervilha e os canteiros de cebolas. Ela sempre gostara de flores. Lembrou-se disso com um leve aperto no coração.

Ela havia colocado a vassoura sobre o ombro, como um soldado carregando um rifle, e seguiu a seu lado – sem pressa, mas também sem lhe oferecer uma abertura. Jamie limpou a garganta.

– Eu falei que vim pedir desculpas.

– Sim, falou.

Ela não se virou para encará-lo, mas parou e enfiou a ponta do pé em uma enroscada trepadeira de batata.

– Quando nos... casamos – disse ele, tentando recuperar o discurso cuidadoso que ensaiara. – Eu não devia ter pedido você em casamento. Meu coração estava frio. Não tinha o direito de lhe oferecer um coração morto.

As narinas de Laoghaire se abriram um pouco, mas ela não ergueu os olhos. Continuou com o cenho franzido para o pé de batata, como se suspeitasse de que estivesse bichado.

– Eu já sabia – comentou ela por fim. – Mas esperava – interrompeu-se, os lábios pressionados com força enquanto engolia em seco. – Esperava poder ajudá-lo. Todo mundo via que você precisava de uma mulher. Não de *mim*, imagino – acrescentou.

Ofendido, ele disse a primeira coisa que lhe veio à mente:

– Pensei que *você* precisasse *de mim*.

Laoghaire ergueu os olhos, agora brilhantes. Santo Deus, ela ia chorar.

Mas não chorou.

– Eu tinha filhas pequenas para alimentar. – Sua voz era ríspida e sem entonação, e o atingiu como um tapa no rosto.

– É verdade – concordou ele, controlando a raiva.

Ao menos isso era verdade.

– Mas elas já cresceram. – E ele havia arranjado dotes tanto para Marsali quanto para Joan, mas achava que não recebera nenhum crédito por isso.

– Então é isso – retrucou ela, a voz mais fria. – Você acha que pode deixar de me pagar agora, não é?

– Não, não é isso, pelo amor de Deus!

– Porque – prosseguiu ela, ignorando sua negativa e girando nos calcanhares para encará-lo, os olhos cintilando – não pode. Você me envergonhou diante de toda a paróquia, Jamie Fraser, atraindo-me para um casamento pecaminoso e depois me traindo, rindo de mim pelas minhas costas com sua prostituta Sassenach!

– Eu não...

– E agora você volta da América, todo arrumado e cheio de lábia, parecendo um almofadinha inglês – seu lábio se curvou em desdém diante da camisa boa e de babados, que ele usara em sinal de respeito a ela, droga! –, pavoneando sua riqueza e bancando o todo-poderoso com sua antiga sirigaita, toda espevitada em suas sedas e cetins, agarrada ao seu braço, não é? Bem, vou lhe dizer uma coisa. – Tirou a vassoura de cima do ombro e enfiou o cabo no chão. – Você não me conhece e acha que pode me impressionar e me fazer rastejar para longe como um cachorro moribundo e não incomodá-lo mais! Pense melhor, é tudo que tenho a lhe dizer. Pense melhor!

Ele arrancou a bolsinha de dentro do bolso e a atirou na porta do barracão da horta, onde bateu com uma pancada ruidosa e quicou. Só teve um instante para lamentar ter trazido um pedaço de ouro, e não moedas que tilintassem, antes de perder as estribeiras.

– Sim, tem razão a respeito *disso*, ao menos! Eu não a conheço! Nunca a conheci, por mais que tentasse!

– Por mais que tentasse, hein? – gritou ela, ignorando a bolsa. – Você nunca tentou, nem por um instante, Jamie Fraser! Na verdade... – seu rosto se contraiu enquanto ela lutava para manter a voz sob controle – você nunca *olhou* de verdade para mim. Nunca... Bem, não, acho que olhou uma vez. Quando eu tinha 16 anos.

Sua voz tremeu e ela desviou o olhar, o maxilar cerrado com força.

– Você levou uma surra por mim. Em Leoch. Lembra-se disso?

Por um instante, ele não se lembrou. Depois parou, a mão se dirigiu ao queixo e, contra sua vontade, sentiu o esboço de um sorriso surgir acima da raiva.

– Sim. Sim, eu me lembro. – Angus Mhor lhe dera um castigo mais suave do que devia, mas foi uma boa surra. Suas costelas doeram por dias.

Ela assentiu, observando-o. Suas faces estavam cobertas de manchas vermelhas, mas ela havia se acalmado.

– Achei que você tinha feito aquilo porque me amava. Continuei pensando assim, sabe, até bem depois de termos nos casado. Mas eu estava enganada, não é?

A perplexidade deve ter transparecido em seu rosto, pois ela emitiu um leve som pelo nariz, que significava que estava exasperada. Pelo menos, conhecia-a o suficiente para saber *isso*.

– Você teve pena de mim – disse ela, sem inflexão na voz. – Não consegui enxergar isso na época. Você teve pena de mim em Leoch, não só depois, quando se casou comigo. Achei que você me amava – repetiu, espaçando as palavras como se falasse com um retardado. – Quando Dougal fez você se casar com a prostituta Sassenach, achei que iria morrer. Pensei que talvez *você* também tivesse vontade de morrer... mas não era nada disso, não é?

– Ah... não – disse ele, sentindo-se tolo e constrangido.

Ele não percebera que ela se sentia assim na ocasião. Não vira nada a não ser Claire.

Claro que Laoghaire achara que ele a amava. Era uma menina de 16 anos. E deve ter sabido que seu casamento com Claire fora forçado, sem nunca saber que ele o desejara. Claro que ela pensou que estavam destinados um ao outro. Exceto que ele nunca mais olhara para ela. Passou a mão pelo rosto, sentindo-se desamparado.

– Você nunca me contou isso – disse ele, deixando a mão cair.

– De que teria adiantado?

Então, era isso. Quando se casaram, ela deve ter compreendido qual era a verdade da situação. Ainda assim tivera esperança... Incapaz de encontrar uma resposta, sua mente se refugiou no irrelevante.

– Quem era? – indagou.

– Quem era o quê? – Ela franziu a testa, confusa.

– O rapaz. Seu pai queria castigá-la por libertinagem, não? Com quem você andava se agarrando quando eu levei uma surra por você? Nunca perguntei.

As manchas vermelhas em suas faces se intensificaram.

– Não, você nunca perguntaria, não é?

Um silêncio mordaz de acusação recaiu entre os dois. Ele não perguntara, na época; não se importara em saber.

– Sinto muito – respondeu ele. – Quem era?

Ele não se importara nem um pouco na época, mas estava curioso agora, ao menos como uma maneira de não pensar em outras coisas – ou de não dizê-las. Não tiveram o passado que ela havia imaginado, mas o passado ainda estava entre eles, formando uma tênue ligação.

Os lábios de Laoghaire se comprimiram.

– John Robert MacLeod.

Ele franziu a testa por um instante, desconcertado, mas logo o nome caiu no lugar certo na memória.

– John Robert? Aquele de Killiecrankie?

– É, ele mesmo.

Ele não conhecera bem o sujeito, mas a reputação de John Robert MacLeod entre as jovens fora assunto frequente entre os soldados em Leoch durante o breve período que passara ali. Um sujeito de boa aparência, manhoso e sedutor, as feições bonitas e bem delineadas... O fato de que tinha mulher e filhos pequenos em casa, em Killiecrankie, não fora um obstáculo.

– Santo Deus! – exclamou ele, incapaz de se conter. – Teve sorte de não perder a virgindade!

Um rubor violento se espalhou por ela, do espartilho à touca, e ele ficou boquiaberto.

– Laoghaire MacKenzie! Você não foi tão tola a ponto de deixar que ele a levasse para a cama!?

– Eu não sabia que ele era casado! – gritou ela, batendo o pé. – E isso foi depois de você ter se casado com a Sassenach. Eu o procurei em busca de consolo.

– Ele não se fez de rogado!

– Cale a boca! – gritou ela e, pegando um regador de pedra do banco junto ao barracão, atirou-o em sua cabeça.

Não esperava aquilo. Claire costumava atirar coisas nele, mas Laoghaire nunca o fizera. Ele quase foi atingido na cabeça; o regador bateu em seu ombro quando ele se desviou e foi seguido por uma chuva de outros objetos que estavam no banco e uma torrente de palavras incoerentes, xingamentos nada apropriados a uma mulher, pontuados por guinchos agudos como os de uma chaleira. Uma panela de coalhada zuniu em sua direção, errou o alvo, mas o encharcou do peito aos joelhos com soro e grumos de leite.

Jamie riu quando ela agarrou uma picareta da parede do barracão e partiu para cima dele. Alarmado, agachou-se e agarrou seu pulso, torcendo-o de tal modo que ela largou a pesada ferramenta com uma pancada no chão. Laoghaire emitiu um grito agudo como o de uma *ban-sidhe* e lançou a outra mão pelo seu rosto, quase o cegando com as unhas. Ele agarrou esse pulso também e a pressionou contra a parede do barracão, ela ainda chutando suas canelas, esperneando e se contorcendo.

– Desculpe! – gritava ele em seu ouvido para ser ouvido acima do barulho que ela fazia. – Desculpe! Está me ouvindo? Desculpe!

A algazarra, no entanto, o impediu de ouvir qualquer coisa atrás deles e ele não estava preparado quando algo monstruoso o atingiu atrás da orelha e o fez cambalear, luzes espocando em sua cabeça.

Ele continuou agarrando seus pulsos enquanto tropeçava e caía, arrastando-a por cima dele. Envolveu-a com os braços, para impedi-la de arranhá-lo outra vez, e piscou, a fim de limpar sua visão devido aos olhos lacrimejantes.

– Solte-a, *MacIfrinn*! – A picareta tirou um naco do chão ao lado de sua cabeça.

Ele se virou de supetão, Laoghaire ainda agarrada a ele, rolando pelos canteiros da horta. Som de arfadas e passos irregulares; a picareta desceu sobre ele outra vez, prendendo sua manga no chão e arranhando a pele de seu braço.

Soltou-se com um safanão, sem se preocupar em rasgar o tecido e a pele, rolou para longe dela e se pôs de pé. Em seguida, arremeteu sem fazer uma pausa sobre a figura encarquilhada do criado de Laoghaire, em pleno ato de erguer a picareta acima da cabeça, o rosto minguado contorcido pelo esforço.

Jamie deu uma cabeçada no rosto do sujeito e se lançou sobre ele, socando-o no estômago antes que se estatelassem no chão. Arrastou-se para cima dele e continuou a socá-lo, a violência uma forma de alívio. O homem gemia e grunhia, e ele atirara a perna para trás, a fim de dar um soco nos testículos do canalha para acabar de vez com a escaramuça, quando percebeu Laoghaire a seu lado, berrando e batendo em sua cabeça.

– Largue-o! – gritava ela, chorando e o estapeando. – Largue-o, largue-o, pelo amor de Santa Brígida, não o machuque!

Ele parou, ofegante, sentindo-se um completo idiota. Batendo em um aleijado franzino que só pretendia proteger sua patroa de um óbvio ataque, dominando uma mulher como se fosse um baderneiro de rua. *Santo Deus*, qual era o seu problema? Saiu de cima do sujeito, reprimindo um impulso de se desculpar, e desajeitadamente se levantou, pretendendo ao menos dar a mão ao pobre coitado para ajudá-lo a se erguer.

Antes que o fizesse, Laoghaire caiu de joelhos ao lado do sujeito, chorando e o agarrando, finalmente conseguindo fazê-lo se sentar, a cabeça pequena pressionada contra seus seios redondos e macios, ela indiferente ao sangue que jorrava do nariz do sujeito, afagando-o, murmurando seu nome. Joey, parecia.

Jamie ficou parado, oscilando um pouco, olhando admirado para aquela demonstração efusiva. Escorria sangue de seus dedos e seu braço começava a arder onde a picareta o esfolara. Sentiu algo pinicante escorrer para dentro dos olhos e, limpando--os, descobriu que a testa sangrava. Joey o havia atingido com os dentes quando lhe deu uma cabeçada. Fez uma careta de nojo, sentindo a marca dos dentes na testa, e tateou à cata de um lenço para estancar o sangue.

Enquanto isso, apesar de zonzo, a situação no chão à sua frente se tornava mais clara a cada instante. Uma boa patroa podia tentar consolar um empregado ferido, mas ele nunca ouvira uma mulher chamar um criado de *mo chridhe*. Muito menos beijá-lo na boca, sujando o rosto de sangue e muco no processo.

– Mmmmhum – murmurou ele.

Espantada, Laoghaire virou o rosto sujo de sangue, banhado de lágrimas, para ele. Ela nunca lhe parecera tão bonita.

– *Ele?* – perguntou Jamie, incrédulo, acenando com a cabeça na direção do encolhido Joey. – Por quê, pelo amor de Deus?

Laoghaire estreitou os olhos, encarando-o, agachada como um felino prestes a saltar. Considerou-o por um instante, depois se endireitou, segurando a cabeça de Joey de novo contra o peito.

– Porque ele precisa de mim – respondeu sem alterar a voz. – E você, seu filho da mãe, nunca precisou.

Deixou o cavalo pastando à beira do lago e, tirando as roupas, entrou na água. O céu estava nublado e o lago, cheio de nuvens.

O leito pedregoso do lago desapareceu e ele deixou a água cinzenta e fria levá-lo, as pernas soltas atrás dele, os pequenos ferimentos se entorpecendo com a friagem. Enfiou o rosto dentro da água, os olhos fechados, para lavar o corte na cabeça, e sentiu as bolhas de sua respiração deslizarem, fazendo cócegas, pelos ombros.

Ergueu a cabeça e começou a nadar, devagar, sem pensar em nada.

Deitou-se de costas entre as nuvens, os cabelos flutuando como algas, e fitou o céu. Um chuvisco perfurava a água ao seu redor, depois se intensificou. Mas era uma chuva suave; nenhuma sensação de gotas pesadas o atingindo, apenas uma noção do lago e de suas nuvens banhando seu rosto, seu corpo lavando o sangue e o aborrecimento dos últimos momentos.

Ele voltará algum dia?, perguntou-se.

A água encheu seus ouvidos com seu silêncio e ele se sentiu reconfortado pela conclusão de que, na verdade, nunca havia ido embora.

Por fim, nadou até a margem. Chovia com mais força agora, as gotas um tambo-rilar constante em seus ombros nus enquanto ele nadava. Ainda assim, o sol poente brilhava sob as nuvens e iluminava Balriggan e sua colina com uma claridade suave.

Sentiu o fundo do lago se erguer e colocou os pés em seu leito, depois ficou parado por um instante, com água até a cintura, olhando para a casa por um momento.

– Não – disse baixinho, e sentiu o remorso se reduzir a pesar e, finalmente, à absolvição da resignação. – Tem razão, eu nunca a compreendi. Sinto muito.

Saiu da água e, com um assovio para seu cavalo, jogou o xale molhado por cima dos ombros e tomou a direção de Lallybroch.

79

A CAVERNA

Ervas úteis, escrevi e parei para pensar.

Escrever com uma pena fazia a pessoa ser, ao mesmo tempo, mais deliberada e mais econômica. Eu deveria fazer apenas uma lista aqui e lançar as anotações sobre cada erva conforme as abordasse, depois passar tudo a limpo, quando tivesse certeza de que estava tudo correto e que não havia me esquecido de incluir nada, em vez de tentar fazer tudo de uma vez só.

Alfazema, hortelã, confrei, escrevi com determinação. *Calêndula, tanaceto, dedaleira, ulmária.* Depois, voltei para acrescentar um grande asterisco ao lado de *dedaleira,* para me lembrar de adicionar inúmeras restrições a sua utilização, já que todas as partes da planta eram venenosas, a não ser em minúsculas doses. Brinquei com a pena, mordendo o lábio com indecisão. Deveria mesmo mencioná-la, considerando que o livro pretendia ser um guia para pessoas comuns, não para praticantes de medicina com experiência em diversos medicamentos. Porque, na verdade, não se devia administrar dedaleira a *ninguém*, a menos que se tivesse experiência... Melhor não. Risquei-a, mas depois comecei a ter dúvidas. Talvez fosse melhor citá-la, com um desenho ao lado, mas também com um sério alerta de que deveria ser usada *apenas* por um médico, para o caso de alguém ter a brilhante ideia de tratar a hidropisia de tio Tophiger de uma vez por todas...

Uma sombra se estendeu no assoalho à minha frente e ergui os olhos. Jamie estava parado ali, com uma expressão estranha no rosto.

– O que foi? – perguntei, sobressaltada. – Aconteceu alguma coisa?

– Não – respondeu ele e, avançando para dentro do gabinete, colocou as mãos sobre a escrivaninha, trazendo o rosto para perto do meu. – Você algum dia teve a menor dúvida de que eu preciso de você?

Refleti durante meio segundo antes de responder:

– Não. Até onde eu saiba, você precisou de mim no instante em que eu o vi. E não tive nenhuma razão para achar que você ficou mais autossuficiente depois disso. O que aconteceu com sua testa? Parecem marcas de dentes... – Ele se inclinou por cima da mesa e me beijou antes que eu pudesse terminar minha observação.

– Obrigado – falou e, endireitando-se, girou nos calcanhares e saiu muito satisfeito.

– O que houve com tio Jamie? – perguntou Ian, entrando assim que Jamie saiu.

Olhou para trás, para a porta aberta para o corredor, das profundezas do qual vinha um zumbido alto e desafinado de alguém cantarolando, como o de um abelhão preso numa armadilha.

– Ele está bêbado?

– Acho que não – respondi, em dúvida, molhando os lábios. – Não tinha gosto de nada alcoólico.

– Bem... – Ian ergueu um dos ombros, desdenhando as excentricidades do tio. – Eu estava lá em cima, depois de Broch Mordha, e o sr. MacAllister me contou que a sogra passou mal à noite e perguntou se você poderia ir lá se não fosse muito incômodo.

– Não, nenhum incômodo – assegurei-lhe. – Deixe-me pegar minha bolsa.

Apesar de ser primavera, uma estação fria e traiçoeira, os colonos e vizinhos pareciam saudáveis. Com alguma cautela, eu voltara a medicar, aos poucos oferecendo conselhos e remédios onde podiam ser aceitos. Afinal, eu já não era a senhora de Lallybroch e muitas das pessoas que haviam me conhecido já tinham morrido. As que ainda viviam pareciam, de modo geral, contentes em me ver, mas havia um ar de cautela em seus olhos que não estava ali antes. Isso me entristecia, mas eu compreendia.

Eu deixara Lallybroch e o senhor de Lallybroch. Apesar de fingirem acreditar na história que Jamie espalhou, sobre eu ter achado que ele morrera e depois fugido para a França, eles não podiam deixar de sentir que eu os traíra ao ir embora. Eu mesma *sentia* que os traíra.

O relacionamento fácil que antes existia entre nós desaparecera, por isso eu não visitava as pessoas como costumava fazer. Eu esperava ser chamada. E nesse meio-tempo, quando *tinha* que sair de casa, ia colher plantas sozinha ou caminhava com Jamie.

Certo dia, quando o tempo estava bom, ele me levou mais longe do que de costume, dizendo que me mostraria sua caverna se eu quisesse.

– Gostaria muito – respondi.

Protegi os olhos do sol com a mão para olhar para o topo de uma encosta íngreme.

– É lá em cima?

– Sim. Você consegue ver?

Assenti. Exceto pela grande pedra branca que as pessoas chamavam de Salto do Barril, podia ser qualquer colina das Terras Altas, coberta de tojeiras, giestas e urzes nas poucas áreas de terra entre as rochas.

– Vamos, então – disse Jamie, e, colocando o pé em um estribo invisível, sorriu e estendeu a mão para me ajudar a subir.

Era uma subida árdua e eu estava suada e arquejante quando ele afastou a cortina de tojo para me mostrar a boca estreita da caverna.

– Quero entrar.

– Ah, não quer, não – assegurou ele. – É úmida e suja.

Ela lhe lançou um olhar de desdém e esboçou um sorriso.

– Eu jamais teria imaginado – disse ela. – Quero entrar mesmo assim.

Não adiantava discutir com ela. Ele deu de ombros e tirou o casaco para que não se sujasse, pendurando-o em uma muda de sorveira que nascera perto da entrada. Ergueu as mãos para as pedras de cada lado da entrada, mas depois ficou em dúvida. Era ali que ele sempre se apoiava na rocha? *Santo Deus, e isso importa?*, repreendeu a si mesmo e, segurando-a com firmeza, balançou-se para dentro e saltou.

Estava tão fria quanto ele se lembrava. Ficava protegida do vento, ao menos. Não era um frio cortante, mas uma friagem úmida que penetrava na pele e corroía as extremidades dos ossos.

Virou-se e estendeu os braços. Ela tentou descer pela parede da caverna, perdeu o equilíbrio e escorregou, aterrissando nos braços dele em uma confusão de roupas e cabelos soltos. Ele riu e a virou para ver a caverna, mas manteve os braços ao seu redor. Teve vontade de se entregar a seu calor e a segurou como um escudo contra a fria lembrança.

Ela permaneceu quieta, recostada contra ele, apenas a cabeça se movendo enquanto observava a caverna. Mal chegava a 2,5 metros de comprimento, mas a extremidade mais distante estava oculta nas sombras. Claire ergueu o queixo, vendo as fracas manchas pretas que revestiam a rocha em um dos lados da entrada.

– Era ali que ficava minha fogueira... quando eu ousava acender uma. – Sua voz soou estranha, fraca e abafada, e ele limpou a garganta.

– Onde era sua cama?

– Bem aí, perto do seu pé esquerdo.

– Você dormia com a cabeça para cá? – Ela bateu o pé no solo de terra e cascalho.

– Sim. Eu podia ver as estrelas se a noite estivesse clara. Virava para o outro lado se chovesse. – Ela ouviu o riso em sua voz e colocou a mão em sua coxa, apertando-a.

– Foi o que pensei – disse ela, a voz um pouco embargada. – Quando soubemos do Dunbonnet e da caverna... pensei em você, aqui sozinho... e torci para que pudesse ver as estrelas à noite.

– Eu podia – sussurrou ele, inclinando a cabeça para pousar os lábios em seus cabelos.

O xale que ela usava havia deslizado e seus cabelos cheiravam a erva-cidreira e ao que ela chamava de erva-dos-gatos.

Claire cruzou os braços sobre os dele, aquecendo-o através da camisa.

– Sinto como se já a tivesse visto antes – revelou ela, parecendo um pouco surpresa. – Embora eu imagine que todas as cavernas sejam parecidas, a menos que tenha estalactites ou mamutes desenhados nas paredes.

– Nunca tive talento para decoração – disse ele, e ela achou graça. – Quanto a já ter estado aqui... você esteve muitas noites aqui comigo, Sassenach. Você e nossa filha. Embora eu não soubesse que era uma menina na época – acrescentou, lembrando com uma pequena e estranha pontada que de vez em quando se sentava na pedra plana da entrada da caverna, imaginando às vezes uma filha, aquecida em seus braços, mas às vezes sentindo um garotinho em seu joelho, e apontando para ele as estrelas que podiam guiá-lo em uma viagem, explicando-lhe como se caçava e a prece que devia rezar quando matava para comer.

Ele tinha dito tudo isso a Brianna mais tarde – e a Jem. *O conhecimento não se perderia. Mas seria útil?*, perguntou-se.

– As pessoas ainda caçam? – indagou ele. – No outro tempo?

– Sim – assegurou ela. – Todo outono tínhamos uma leva de caçadores chegando ao hospital; a maioria idiotas que se embebedavam e atiravam uns nos outros acidentalmente, embora certa vez tenha tido um paciente que fora pisoteado por um veado que ele achou que estivesse morto.

Ele riu, chocado, mas reconfortado. A ideia de caçar bêbado... apesar de que ele já vira uns tolos fazerem isso. Ao menos os homens ainda caçavam. Jem poderia caçar.

– Tenho certeza de que Roger Mac não deixaria Jem beber muito antes de caçar – comentou ele. – Ainda que os outros rapazes bebessem.

Sua cabeça se inclinou um pouco, como costumava fazer quando se perguntava se deveria lhe contar alguma coisa, e ele apertou um pouco os braços ao seu redor.

– O que foi?

– Só estava imaginando um bando de adolescentes do colégio tomando uma dose de uísque antes de partir para casa, na chuva, depois da aula – disse ela. – As crianças não podem consumir bebida alcoólica na minha época... Ou, ao menos, não deveriam. Se os pais permitirem isso, é considerado um escandaloso caso de negligência parental.

– É mesmo?

Aquilo parecia estranho. Deram-lhe cerveja com a comida desde... bem, desde que se lembrava. E sem dúvida uma dose de uísque contra o frio, ou se sentisse frio na barriga ou tivesse dor de ouvido ou... No entanto, era verdade que Brianna fazia Jem tomar leite, mesmo depois de parar de usar macacão de criança.

O rangido de cascalhos na encosta embaixo o surpreendeu e ele soltou Claire, dirigindo-se à entrada da caverna. Achava que não devia ser nenhum problema, mas ainda assim fez sinal para ela permanecer ali, içou-se para fora da caverna e estendeu a mão para seu casaco com a faca no bolso, antes de olhar para ver quem estava a caminho.

Havia uma mulher mais abaixo, uma figura alta de capa e xale, perto da pedra grande onde Fergus perdera a mão. No entanto, ela olhava para cima e o viu sair da caverna. Acenou para ele e fez sinal para que descesse. Com um rápido olhar à volta para se assegurar de que ela estava sozinha, ele começou a descer, deslizando pelo declive, até a trilha onde ela estava.

– *Feasgar math* – saudou-a, enfiando-se no casaco.

Ela era bastante jovem, talvez com 20 e poucos anos, mas ele não a conhecia. Ou achou que não conhecia, até ouvi-la falar.

– *Ciamar a tha thu, mo athair* – disse ela, de maneira formal. *Como vai, papai?*

Espantado, olhou-a com mais atenção.

– Joanie? – perguntou, incrédulo. – A pequena Joanie? – Seu rosto comprido, bastante circunspecto, abriu-se em um breve sorriso.

– Me reconheceu?

– Sim, reconheci, agora que a vejo melhor. – Ele estendeu a mão, querendo abraçá-la, mas ela se manteve um pouco afastada, tensa. – Já faz algum tempo, menina. Você cresceu.

– As crianças crescem – retrucou ela. – É sua mulher que está com você? A primeira, quero dizer.

– É, sim – respondeu ele, o choque de sua presença inesperada substituído pela cautela.

Ele a examinou de cima a baixo, para o caso de ela estar armada, mas não tinha como saber. Estava enrolada em sua capa, por causa do vento.

– Por que não pede a ela que venha aqui? – sugeriu Joan. – Gostaria de conhecê-la.

Ele duvidava um pouco disso. Ainda assim, ela parecia controlada e ele não podia se recusar a apresentá-la a Claire se ela assim desejava. Ele fez um sinal na direção da boca da caverna, chamando a esposa, depois se virou de novo para Joan.

– Como veio parar aqui, menina? – perguntou, de frente para ela.

Balriggan ficava a uns 12 quilômetros dali e não havia nada perto da caverna que pudesse atrair alguém.

– Eu estava indo a Lallybroch para vê-lo... Perdi sua visita quando você foi lá em casa – acrescentou ela, com um breve lampejo de humor. – Mas eu vi você e... sua mulher... andando, então vim atrás de vocês.

Enterneceu-se ao pensar que ela quisesse vê-lo. Ao mesmo tempo, estava cauteloso.

Já haviam se passado doze anos e ela era uma criança quando ele fora embora. E ela havia ficado todos esses anos com Laoghaire, sem dúvida ouvindo opiniões nada lisonjeiras a seu respeito.

Examinou seu rosto, vendo apenas uma vaga lembrança das feições infantis de que se recordava. Ela não era linda, nem mesmo bonita, mas tinha certa dignidade que a tornava atraente. Não parecia se importar com o que ele pensava. Possuía os mesmos olhos e nariz de Laoghaire, embora nada mais de sua mãe, sendo alta, de cabelos escuros, com ossos proeminentes, um rosto fino e comprido e uma boca que não parecia muito afeita a sorrisos, refletiu ele.

Jamie ouviu Claire descendo a encosta atrás dele e se virou para ajudá-la, mas sem deixar de vigiar Joanie, por via das dúvidas.

– Não se preocupe – disse Joan às suas costas. – Não pretendo dar um tiro nela.

– Bem, isso é bom.

Desconcertado, ele tentou se lembrar. Ela estava em casa quando Laoghaire atirou nele? Achava que não, embora não estivesse em condições de notar. Mas com certeza tomara conhecimento do ocorrido.

Claire segurou sua mão e deu um pequeno salto para a trilha, sem parar para se recompor, mas se adiantando e, sorrindo, tomando nas suas as mãos de Joan.

– Fico muito contente em conhecê-la – disse ela, com sinceridade. – Marsali me pediu que lhe desse isto. – E, inclinando-se para a frente, beijou o rosto de Joan.

Pela primeira vez, ele viu a jovem desconcertada. Ela corou e recolheu as mãos, virando-se para o lado e passando uma dobra da capa sob o nariz como se sentisse cócegas, para que ninguém visse seus olhos ficarem rasos de lágrimas.

– Eu... Obrigada – disse, enxugando os olhos. – Você... Minha irmã me escreveu sobre você.

Ela demonstrou um franco interesse por Claire, um interesse que foi retribuído.

– Félicité se parece com você – comentou Claire. – Henri-Christian também, um pouco... mas Félicité se parece muito.

– Coitada – murmurou Joan, sem conseguir reprimir o sorriso que iluminou seu rosto ao ouvir as palavras de Claire.

Jamie tossiu.

– Vamos descer até a casa, Joanie? Seria muito bem-vinda.

– Mais tarde, talvez. Eu queria falar com você, *mo athair*, onde ninguém pudesse nos ouvir. A não ser sua mulher – acrescentou, com um rápido olhar para Claire. – Já que ela deve ter algo a dizer sobre o assunto.

Isso pareceu um pouco sinistro, mas Joanie acrescentou:

– É sobre o meu dote.

– Ah. Bem, venha, vamos sair do vento, ao menos.

Jamie as conduziu para a face da rocha protegida do vento, perguntando-se o que estaria ocorrendo. Será que a jovem queria se casar com alguém inapropriado e sua mãe se recusava a lhe dar seu dote? Alguma coisa acontecera com o dinheiro? Duvidava disso. O velho Ned Gowan redigira os documentos e o dinheiro estava a salvo em um banco em Inverness. E, o que quer que ele pudesse pensar de Laoghaire, tinha certeza de que nunca faria algo para prejudicar as filhas.

Uma forte rajada de vento subiu pela trilha, agitando as saias das mulheres como folhas ao vento e arremessando sobre eles nuvens de poeira e urzes secas. Eles correram para o abrigo da rocha e riram um pouco da euforia do tempo, batendo a poeira das roupas e arrumando os cabelos.

– Bem, então – disse Jamie, antes que o bom humor azedasse –, com quem pretende se casar?

– Jesus Cristo – respondeu Joan.

Ele a fitou por um instante, até perceber que sua boca estava aberta e fechá-la.

– Você quer ser freira? – As sobrancelhas de Claire se ergueram com interesse. – É mesmo?

– Quero. Sei que tenho vocação há muito tempo, mas... é complicado.

– Imagino que seja – comentou Jamie, recobrando-se um pouco do choque. – Já conversou com alguém sobre isso? O padre? Sua mãe?

– Com ambos – respondeu, desgostosa.

– E o que falaram? – perguntou Claire.

Ela estava fascinada, recostada contra a rocha, penteando os cabelos para trás com os dedos.

– Minha mãe diz que eu fiquei maluca de tanto ler livros – contou Joan. – E que isso é culpa *sua* – acrescentou para Jamie – por me fazer gostar de ler. Ela quer que eu me case com o velho Geordie McCann, mas eu retruquei que prefiro morrer na miséria.

– Quantos anos tem o velho Geordie McCann? – indagou Claire.

– Vinte e cinco, mais ou menos – disse ela. – O que isso tem a ver?

– Apenas curiosidade – murmurou Claire, parecendo achar divertido. – Há um jovem Geordie McCann, então?

– Sim, seu sobrinho. Tem 3 anos – informou Joan, no interesse da absoluta precisão. – Não quero me casar com ele também.

– E o padre? – interveio Jamie, antes que Claire pudesse fazer a conversa descarrilar por completo.

Joan inspirou fundo, parecendo ficar mais impotente e decidida.

– *Ele* diz que é minha obrigação ficar em casa e cuidar da minha mãe em sua velhice.

– A qual está se deitando com Joey, o empregado, no barracão das cabras – acrescentou Jamie, prestativo. – Você sabe disso, não é?

Pelo canto do olho, ele viu o rosto de Claire, o que lhe deu tanta vontade de rir que ele precisou se virar. Ergueu a mão atrás das costas, indicando que lhe contaria mais tarde.

– Não quando estou em casa – respondeu Joan. – Que é a única razão para eu ainda estar lá. Acha que minha consciência vai me deixar partir, sabendo o que eles estariam fazendo pelas minhas costas? Esta é a primeira vez que fui mais longe do que a horta em três meses, e, se não fosse pecado fazer apostas, eu apostaria minha melhor roupa que estão fazendo exatamente isso neste momento, condenando suas almas ao inferno.

Jamie limpou a garganta, tentando, sem sucesso, não pensar em Joey e Laoghaire atracados na cama dela com a colcha azul e cinza.

– Sim. – Ele podia perceber os olhos de Claire em sua nuca e sentiu um arrepio no pescoço. – Então. Você quer se tornar freira, mas o padre diz que não deve, sua mãe não lhe dará seu dote por isso e sua consciência, de qualquer modo, não permitirá que faça isso. Esta é a situação, não é?

– Sim, é – concordou Joan, satisfeita com seu resumo.

– E o que você quer que Jamie faça a respeito disso? – perguntou Claire, dando a volta para se postar ao lado dele. – Matar Joey?

Lançou um olhar de esguelha fulminante para o marido, pleno de maldosa satisfação com o embaraço dele. Ele estreitou os olhos para ela, que retribuiu com um largo sorriso.

– Claro que não! – As grossas sobrancelhas de Joan se arriaram. – Quero que eles se casem. Assim, não estariam em pecado mortal toda vez que eu virasse as costas *e* o padre não poderia dizer que eu deveria ficar em casa, não se minha mãe tiver um marido para cuidar dela.

Jamie coçou o nariz, tentando imaginar como ele poderia induzir dois pecadores imorais de meia-idade a se casarem. À força? Sob a mira de uma espingarda? Até poderia, imaginava, mas... Bem, quanto mais pensava no assunto, mais gostava da ideia...

– Ele *quer* se casar com ela, você acha? – perguntou Claire, surpreendendo-o. A ideia não lhe ocorrera.

– Sim, quer – disse Joan, com óbvia desaprovação. – Está sempre se lamuriando sobre isso, quanto ele a aaaaama... – Ela revirou os olhos. – Não que ele não devesse amá-la – apressou-se a acrescentar, ao ver a expressão de Jamie. – Mas ele não devia estar falando disso para *mim*, não é?

– Ah... não – concordou ele, sentindo-se um pouco zonzo.

O vento ribombava pela rocha e seu lamento nos ouvidos dele o irritava, fazendo-o se sentir como costumava se sentir na caverna, vivendo sozinho durante semanas a fio, sem nenhuma voz para ouvir, a não ser a do vento. Forçou-se a se concentrar no rosto de Joan, a ouvir suas palavras acima do vento.

– Ela também quer, eu acho – dizia Joan, ainda com a testa franzida. – Embora não fale sobre isso comigo, graças a Santa Brígida. Mas ela gosta dele; faz comidinhas especiais para ele, esse tipo de coisa.

– Bem, então... – ele tirou uma mecha esvoaçante dos cabelos de dentro da boca, sentindo-se aturdido – por que não se casam?

– Por sua causa – disse Claire, com um pouco menos de bom humor. – E é aí que eu entro, imagino.

– Por causa do...

– Do acordo que você fez com Laoghaire quando eu... voltei. – Sua atenção estava concentrada em Joan, mas ela se aproximou e tocou a mão dele de leve, sem encará-lo. – Você prometeu sustentá-la, arranjar dotes para Joan e Marsali, mas isso acabaria se ela se casasse outra vez. É isso, não é? – indagou a Joan, que confirmou com um aceno de cabeça.

– Joey e ela conseguem ir sobrevivendo – disse ela. – Ele faz o que pode, mas... você o viu. Se você parasse de mandar dinheiro, ela teria que vender Balriggan para viver... e isso partiria seu coração – acrescentou num sussurro, abaixando os olhos pela primeira vez.

Uma estranha dor tomou conta de seu coração, e ele a reconheceu. Foi em algum momento nas primeiras semanas de seu casamento, quando ele preparava novos canteiros na horta. Laoghaire lhe trouxera uma caneca de cerveja fria e ficara ali parada enquanto ele a bebia, depois lhe agradecera pelo trabalho. Ele ficara surpreso e rira, perguntando por que ela achava que devia lhe agradecer por isso.

– Porque você cuida da minha casa – respondera ela –, mas não tenta tirá-la de mim.

Então pegara a caneca vazia de sua mão e voltara para dentro.

E certa vez, na cama – e ele corou diante do pensamento, com Claire bem ali ao seu lado –, Jamie lhe perguntara por que ela gostava tanto de Balriggan. Não era uma propriedade de família nem tão extraordinária assim. Ela suspirara um pouco, puxara a colcha até o queixo e respondera:

– É o primeiro lugar em que me senti segura.

Ela não quisera se prolongar na explicação, apenas fingira que dormia.

– Ela preferiria perder Joey a perder Balriggan – comentava Joan com Claire. – Mas ela também não quer perdê-lo. Vê a dificuldade?

– Sim, vejo.

Claire parecia sentir pena dela, só que lançou um olhar para Jamie indicando que isso era problema *dele*. Claro que era, ele pensou, exasperado.

– Eu... farei alguma coisa – murmurou ele, sem ter a menor noção do que faria. Mas como poderia recusar? Deus iria derrubá-lo por interferir na vocação de Joan, isso se seu sentimento de culpa não acabasse com ele primeiro.

– Papai! *Obrigada.*

O rosto de Joan se iluminou com um deslumbrante sorriso e a garota se atirou em seus braços. Ele mal teve tempo de levantá-los para ampará-la; ela era uma jovem bastante robusta. Jamie a envolveu no abraço que quisera lhe dar assim que se encontraram e sentiu a estranha dor se aplacar, conforme essa filha desconhecida se encaixava com perfeição no vácuo de seu coração que ele nem sabia que existia.

O vento continuava a açoitá-los e deve ter sido um grão de poeira que fez os olhos de Claire brilharem ao olhar para ele, sorrindo.

– Só uma coisa – retomou ele com ar severo depois que Joan o soltou e recuou um passo.

– Qualquer coisa – disse ela.

– Vai rezar por mim, não é? Quando se tornar freira?

– Todos os dias – assegurou-lhe ela – e duas vezes aos domingos.

O sol já havia começado a baixar no horizonte, mas ainda faltava algum tempo para o jantar. Eu deveria, imaginava, estar lá para oferecer ajuda nos preparativos da refeição. Esses preparativos eram trabalhosos, com tanta gente indo e vindo, e Lallybroch já não podia se dar ao luxo de ter uma cozinheira. Ainda que Jenny estivesse ocupada cuidando de Ian, Maggie com as filhas e as duas criadas eram mais do que capazes de dar conta. Eu só iria atrapalhar. Ou foi o que falei a mim mesma, consciente de que sempre havia trabalho para mais um par de mãos.

Fiz a difícil descida da colina atrás de Jamie e não disse nada quando ele se desviou da trilha que levava a Lallybroch. Fomos caminhando, sem pressa, contentes, na direção do pequeno lago.

– Talvez eu tenha tido alguma coisa a ver com os livros, hein? – perguntou Jamie após algum tempo. – Quero dizer, eu lia para as meninas à noite de vez em quando. Elas se sentavam no banco comigo, uma de cada lado, com as cabeças recostadas em mim, e era...

Interrompeu-se ao olhar para mim e pigarreou, preocupado que eu ficasse ofendida com a ideia de que ele tenha desfrutado de algum momento feliz na casa de Laoghaire. Sorri e tomei seu braço.

– Tenho certeza que elas adoravam. Mas duvido que tenha lido alguma coisa para Joan que a tenha feito querer ser uma freira.

– Sim, bem – disse ele, em dúvida. – Na verdade, eu costumava ler para elas *Vidas dos santos*. E *O livro dos mártires*, de Fox também, embora grande parte dele tenha a ver com protestantes, e Laoghaire disse que os protestantes não podiam ser mártires porque eram horrendos hereges, e eu retruquei que ser um herege não excluía a possibilidade de ser um mártir e... – Ele riu. – Acho que essa foi a troca de palavras mais próxima de uma conversa decente que tivemos.

– Pobre Laoghaire! – falei. – Mas deixando-a de lado, e por favor, vamos deixar, o que achou da situação de Joan?

– Bem, talvez eu consiga subornar Laoghaire para se casar com o aleijadinho, mas isso iria requerer muito dinheiro, já que ela iria pedir mais do que recebe de mim agora. Não me resta muito do ouro que trouxemos, de modo que isso teria que esperar até eu conseguir voltar à Cordilheira e extrair mais um pouco, levar a um banco, providenciar uma ordem de pagamento... Detesto a ideia de Joan ter que passar mais um ano em casa, tentando manter aqueles assanhados nos trilhos.

– Assanhados? – perguntei, achando graça. – Não. Você os viu se agarrando?

– Não, não vi – retrucou ele, tossindo. – Mas podia se ver que havia uma atração entre eles. Venha, vamos seguir pela margem; eu vi o ninho de um maçarico-real no outro dia.

O vento abrandara e o sol estava quente e brilhante... por enquanto. Eu podia ver nuvens espreitando no horizonte. Certamente estaria chovendo de novo ao anoitecer, mas no momento era um belo dia de primavera, e nós dois estávamos dispostos a apreciá-lo. Deixamos de lado todos os assuntos desagradáveis e não conversamos sobre nada em particular, apenas desfrutando a companhia um do outro, até chegarmos a um pequeno outeiro recoberto de grama onde pudemos nos empoleirar e nos deliciar com o sol.

No entanto, a mente de Jamie parecia voltar de vez em quando a Laoghaire – imagino que ele não conseguisse evitar. Não importava, na verdade, já que as comparações que ele fazia eram todas em meu benefício.

– Se ela tivesse sido minha primeira mulher – disse ele, pensativo, em determinado momento –, acho que eu teria uma opinião muito diferente das mulheres em geral.

– Bem, você não pode definir todas as mulheres em termos de como elas são ou de como uma delas é na cama – objetei. – Conheci homens que, bem...

– Homens? Frank não foi seu primeiro? – perguntou ele, surpreso.

Coloquei uma das mãos atrás da cabeça e olhei para ele.

– Faria diferença se não tivesse sido?

– Bem... – Desconcertado com a possibilidade, ele hesitou em busca de uma resposta. – Suponho que... – Parou de repente e me observou, pensativo, passando um dedo pelo cavalete do nariz. – Não sei.

Eu mesma não sabia. Por um lado, de certa forma gostei do choque que ele levou diante da ideia – e na minha idade eu não era nem um pouco avessa a me sentir um pouco libertina. Por outro...

– Bem, e quem é você para começar a atirar pedras?

– Você foi *minha primeira* – ressaltou ele, com considerável aspereza.

– Foi o que você *disse* – retruquei, caçoando. Para meu divertimento, ele enrubesceu.

– Não acredita em mim? – indagou, a voz se elevando, a despeito de si mesmo.

– Bem, você parecia muito bem informado para um pretenso virgem. Sem falar de... imaginativo.

– Pelo amor de Deus, Sassenach, eu cresci em uma fazenda! É uma questão muito clara, afinal. – Fitou-me de cima a baixo, o olhar se demorando em alguns pontos de interesse. – E quanto à imaginação fértil... Santo Deus, eu passara meses... anos!... imaginando! – Certa luminosidade tomou conta de seus olhos e eu tive a distinta impressão de que ele não parara de imaginar nos anos subsequentes, de modo algum.

– Em que está pensando? – perguntei, intrigada.

– A água do lago está fria demais. Se não fosse encolher meu pau, a gente poderia mergulhar. Estou imaginando como seria a sensação de estar dentro de você nessa água... Claro – acrescentou de maneira prática, examinando-me como se avaliasse o esforço envolvido em me forçar a entrar no lago –, não precisaríamos fazer isso *dentro* d'água, a menos que quisesse. No entanto... meu Deus, seu traseiro deve ficar muito bonito com a combinação molhada agarrada à pele. Completamente transparente... Consigo imaginar suas nádegas como dois grandes melões, lisos e redondos...

– Retiro o que eu disse... Não quero saber o que você está pensando!

– Você perguntou – ressaltou ele. – Quando estiver embaixo de mim e não puder fugir... Você prefere ficar deitada de costas, Sassenach, ou dobrada para a frente, sobre os joelhos, e eu por trás? Poderia segurá-la de um jeito ou de outro e...

– Não vou entrar num lago gelado para satisfazer seus desejos pervertidos!

– Está bem – disse ele, rindo. Estendendo-se ao meu lado, passou a mão por trás de mim e agarrou minha nádega. – Você pode satisfazê-los aqui mesmo, se quiser, onde está quente.

80

OENOMANCIA

Lallybroch era uma fazenda ativa. Nada em uma fazenda pode parar por muito tempo, mesmo para chorar um morto. E foi assim que eu vim a ser a única pessoa na frente da casa quando a porta se abriu no meio da tarde.

Ouvi o barulho e enfiei a cabeça para fora do gabinete de Ian para ver quem havia entrado. Um rapaz desconhecido estava parado no vestíbulo, olhando ao redor de forma avaliadora. Ele ouviu meus passos e se virou, fitando-me com curiosidade.

– Quem é *você*? – dissemos ao mesmo tempo e rimos.

– Sou Michael – respondeu ele, em uma voz grave e aveludada, com um leve sotaque francês. – E você deve ser a mulher-fada do tio Jamie, imagino.

Ele me examinava com franco interesse e eu me senti, portanto, à vontade para fazer o mesmo.

– É assim que a família me chama? – perguntei, examinando-o.

Era esbelto, não forte e corpulento como o Jovem Jamie, nem tinha a altura rija do Jovem Ian. Michael era gêmeo de Janet, mas também não se parecia nem um pouco com ela. Esse era o filho que fora para a França, para se tornar sócio no negócio de vinhos de Jared Fraser, Fraser et Cie.

Quando tirou a capa de viagem, vi que estava muito bem-vestido para as Terras Altas, embora seus trajes fossem sóbrios tanto no corte quanto na cor – mas ele usava uma fita-crepe preta no braço.

– Isso ou a bruxa – disse ele, sorrindo. – Dependendo se for papai ou mamãe que estiver falando.

– De fato – concordei, com certa aspereza, mas não consegui deixar de sorrir também. Era um jovem tranquilo, mas muito cativante... Devia ter quase 30 anos, pensei. – Meus pêsames por sua... perda – disse, com um aceno de cabeça indicando a fita preta. – Posso perguntar...

– Minha mulher... morreu há duas semanas. Eu teria vindo antes, não fosse por isso.

Aquilo me deixou desconcertada.

– Compreendo. Mas seus pais, seus irmãos e irmãs... não sabem ainda?

Ele balançou a cabeça e se adiantou, de modo que a luz da janela em forma de leque acima da porta recaiu sobre seu rosto, e eu vi as olheiras sob seus olhos e as marcas de profunda exaustão, que é o único consolo pela morte de um ente querido.

– Sinto muito mesmo – falei e, movida por um impulso, abracei-o.

Ele se inclinou para mim, sob o mesmo impulso. Seu corpo cedeu por um instante ao meu toque e houve um momento extraordinário em que senti o profundo entorpecimento que havia dentro dele, a guerra insuspeita entre a aceitação e a negação. Ele sabia o que estava acontecendo, mas não conseguia sentir nada. Ainda não.

– Ah, querido – lamentei, dando um passo para trás, afastando-me daquele curto abraço. Toquei de leve em seu rosto.

– Minha nossa. Eles têm razão.

Uma porta se abriu e se fechou acima. Ouvi passos na escada e, um instante depois, Lallybroch tinha despertado para a notícia de que seu último filho voltara para casa.

O redemoinho de mulheres e crianças nos transportou para dentro da cozinha, onde os homens apareceram, de um em um ou de dois em dois, pela porta dos fundos, para abraçar Michael ou dar tapinhas em seu ombro.

Houve grandes demonstrações de solidariedade, as mesmas perguntas e respostas várias vezes – como a mulher de Michael, Lillie, morrera? Ela morrera da gripe; assim como a avó dela; não, ele mesmo não pegara a gripe; o pai dela enviava suas preces e solidariedade pelo pai de Michael – e por fim os preparativos para o banho, o jantar e colocar as crianças na cama começaram, e Michael se esquivou do alvoroço. Eu mesma, ao sair da cozinha para pegar meu xale no gabinete, o vi ao pé da escada com Jenny, falando serenamente. Ela tocou seu rosto, como eu fizera, perguntando-lhe alguma coisa em voz baixa. Ele esboçou um sorriso e, endireitando os ombros, subiu sozinho para ver Ian, que se sentia muito mal para descer para o jantar.

Entre os Murrays, somente Michael herdara o gene para cabelos ruivos e se destacava entre seus irmãos, queimando como uma brasa. Mas ele herdara uma cópia exata dos meigos olhos castanhos do pai.

– E ainda bem – dissera Jenny. – Ou o pai dele teria certeza de que eu andara me deitando com o pastor de cabras, pois Deus sabe que ele não se parece com mais ninguém da família.

Mencionei isso a Jamie, que pareceu surpreso, mas depois sorriu.

– Sim. Ela não sabe, porque nunca conheceu Colum MacKenzie.

– Colum? Tem certeza? – Olhei por cima do ombro.

– Sim. A tonalidade é diferente, mas se levar em conta a idade e a boa saúde... Havia um retrato de Colum em Leoch, pintado quando ele tinha uns 15 anos, antes de sua primeira queda. Lembra? Ficava pendurado no solário, no terceiro andar.

Fechei os olhos, franzindo a testa em concentração e tentando reconstruir o andar térreo do castelo.

– Me leve até lá – disse.

Ele achou graça, mas pegou minha mão, traçando uma linha delicada na palma.

– Sim, aqui está a entrada, com a grande porta dupla. Uma vez dentro, você atravessaria o pátio, depois...

Ele me conduziu sem vacilar ao ponto exato em minha mente e, de fato, havia o retrato de um jovem com um rosto fino e inteligente e uma expressão nos olhos de alguém que enxerga longe.

– Sim, acho que tem razão – disse, abrindo os olhos. – Se ele for tão inteligente quanto Colum... tenho que lhe contar.

Os olhos de Jamie, escuros de reflexão, esquadrinharam meu rosto.

– Não pudemos mudar as coisas antes – informou, um tom de advertência na voz. – Provavelmente você não pode mudar o que está por vir na França.

– Talvez não – concordei. – Mas o que eu sabia, o que eu lhe disse, antes de Culloden, não impediu Carlos Stuart de fazer o que fez, e *você* sobreviveu.

– Não intencionalmente – retrucou ele.

– Não, mas seus homens viveram também, e *esse* era o propósito. Assim, talvez... talvez... *possa* ajudar. E não posso viver em paz comigo mesma se não o fizer.

Ele assentiu, circunspecto.

– Está bem, então. Eu os chamarei.

...

A rolha se soltou com um suave *pop* e o rosto de Michael relaxou também. Ele cheirou a rolha escurecida, depois passou a garrafa sob o nariz, os olhos semicerrados em apreciação.

– Bem, o que diz, rapaz? – perguntou seu pai. – Vai nos envenenar ou não?

Ele abriu os olhos e lançou um olhar ofendido ao pai.

– Você disse que era importante, não foi? Portanto, tomaremos o *negroamaro*. De Apúlia – acrescentou, com uma nota de satisfação, e se virou para mim. – Está bom, tia?

– Hã... certamente – respondi, um pouco desconcertada. – Por que me pergunta? É você o especialista em vinhos.

Michael olhou para mim, surpreso.

– Ian disse – começou, mas parou no meio da frase e sorriu para mim. – Minhas desculpas, tia. Devo ter entendido mal.

Todos se viraram e olharam para o Jovem Ian, que corou sob aquele escrutínio.

– O que você disse, Ian? – perguntou o Jovem Jamie.

O Jovem Ian estreitou os olhos para o irmão, que parecia estar achando graça da situação.

– Eu disse – retrucou o Jovem Ian, endireitando-se com ar de desafio – que tia Claire tinha algo importante a dizer a Michael e que ele devia ouvir porque ela é uma...

– *Ban-sidhe* – completou Michael.

Não riu para mim, mas um profundo humor brilhou em seus olhos e, pela primeira vez, eu vi o que Jamie quis dizer ao compará-lo a Colum MacKenzie.

– Eu não sabia ao certo se era isso que ele queria dizer, tia, ou se é apenas que você é uma curandeira... ou uma bruxa.

Jenny soltou o ar em uma arfada diante da palavra, e até mesmo o Ian mais velho ficou impressionado. Ambos se viraram e olharam para o Jovem Ian, que deu de ombros.

– Bem, eu não sei o que ela é – contemporizou. – Mas ela é do Povo Antigo, não é, tio Jamie?

Algo estranho pareceu atravessar o ar no aposento; um vento fresco, repentino, lamentou-se pela chaminé, fazendo o fogo abafado explodir e lançar uma chuva de fagulhas e borralhos na lareira. Jenny se levantou com uma ligeira exclamação e os apagou com uma vassoura.

Jamie estava sentado ao meu lado; segurou minha mão e fixou em Michael um olhar firme.

– Não há uma palavra exata para o que ela é, mas tem conhecimento de coisas que irão acontecer. Preste atenção no que ela disser.

Isso fez todos pararem o que faziam e prestarem atenção. Limpei a garganta, embaraçada com meu papel de profeta, mas obrigada a falar. Pela primeira vez, tive uma repentina sensação de parentesco com alguns dos mais relutantes profetas do Antigo Testamento. Achei que sabia *exatamente* como Jeremias se sentiu quando lhe disseram para profetizar a destruição de Nínive. Eu só esperava ter uma recepção melhor; lembrava mais ou menos que os habitantes de Nínive o haviam jogado em um poço.

– Você deve saber mais do que eu sobre a política na França – falei, olhando para Michael. – Não sei nada sobre acontecimentos específicos pelos próximos dez ou quinze anos. Mas depois disso... as coisas vão se deteriorar. Haverá uma revolução, inspirada pela que está ocorrendo agora na América, mas não igual. O rei e a rainha serão feitos prisioneiros com sua família e ambos serão decapitados.

Uma arfada geral se elevou da mesa e Michael suspirou.

– Haverá um período chamado Terror e as pessoas serão arrancadas de suas casas e denunciadas, todos os aristocratas serão mortos ou terão que fugir do país, e não será bom para os ricos de um modo geral. Jared poderá estar morto até lá, mas você não. E, se você tiver metade do talento que acho que tem, você *será* rico.

Ele suspirou e houve uma sombra de risos no aposento, mas não durou muito.

– Eles construirão uma máquina chamada guilhotina... talvez já exista, eu não sei. Foi criada como um método humanitário de execução, eu acho, mas será usada com tanta frequência que se tornará o símbolo do Terror, e da revolução em geral. Você *não vai* querer estar na França quando isso acontecer.

– Eu... Como você sabe disso? – perguntou Michael.

Parecia pálido e um pouco beligerante. Bem, ali estava a dificuldade. Segurei a mão de Jamie com força por baixo da mesa e lhes contei como eu sabia.

Fez-se um silêncio mortal. Somente o Jovem Ian não parecia estarrecido – só que ele já sabia, e mais ou menos acreditava em mim. Eu podia ver que a maioria ao redor da mesa não acreditava. Ao mesmo tempo, não podiam me chamar de mentirosa.

– Isso é o que eu sei – afirmei, falando para Michael. – E é assim que eu sei. Você tem alguns anos para se preparar. Leve seu negócio para a Espanha ou Portugal. Venda e emigre para a América. Faça o que quiser, mas não fique na França por mais que dez anos. É só.

Levantei-me e saí, deixando um rastro de absoluto silêncio.

Eu não devia ter ficado surpresa, mas fiquei. Foi no galinheiro, colhendo os ovos, que ouvi os cacarejos assustados e o bater de asas das galinhas do lado de fora, anunciando que alguém entrara no terreiro delas. Lancei um olhar glacial para a última galinha, desafiando-a a me bicar, agarrei um ovo e saí para ver quem era.

Era Jenny, com um avental cheio de milho. Isso era estranho. As galinhas já tinham sido alimentadas, pois vira uma das filhas de Maggie fazendo isso uma hora antes.

Ela balançou a cabeça para mim e começou a jogar o milho aos punhados. Coloquei o último ovo, ainda morno, no meu cesto e esperei. Obviamente, ela queria falar comigo e tinha arranjado uma desculpa para fazê-lo em particular. Tive uma profunda sensação de mau presságio.

Aliás, justificada, pois ela deixou cair o último punhado de milho socado e, com isso, toda a pretensão de casualidade.

– Quero pedir um favor – disse ela, mas evitava me olhar e pude ver que o sangue latejava em sua têmpora.

– Jenny – chamei, sem poder impedi-la ou atendê-la. – Eu sei...

– Queria que você curasse Ian – disse ela num rompante, erguendo os olhos para os meus.

Estava certa sobre o que ela pretendia pedir, mas errada quanto à sua emoção. Havia preocupação e medo em seus olhos, mas nenhuma timidez, nenhum constrangimento; ela possuía olhos de falcão e eu sabia que rasgaria minha carne como um falcão se eu lhe negasse o favor.

– Jenny – respondi –, eu não posso.

– Não pode ou *não quer*? – retrucou ela.

– Eu *não posso*. Pelo amor de Deus, acha que eu já não teria feito isso se tivesse o poder?

– Talvez não, por causa do rancor que você guarda de mim. Se é isso... direi que sinto muito, e falo sinceramente, embora eu tenha feito o que fiz com a melhor das intenções.

– Você... o quê? – Eu estava sinceramente confusa, mas isso pareceu enfurecê-la.

– Não finja que não sabe o que quero dizer! Na última vez que você voltou e eu mandei chamar Laoghaire!

– Ah. – Eu não havia me *esquecido* disso, mas não me parecera importante, à luz de todo o resto. – Está... tudo bem. Não guardo rancor por isso. Mas por que você mandou chamá-la? – perguntei, tanto por curiosidade quanto na esperança de esvaziar um pouco a intensidade de sua emoção. Eu já vira muitas pessoas à beira da exaustão, da dor e do terror, e ela estava dominada pelos três.

Ela fez um movimento impaciente, espasmódico, e pareceu que ia dar as costas e ir embora, mas não o fez.

– Jamie não lhe falara sobre ela, nem ela sobre você. Eu podia entender o porquê, talvez, mas sabia que, se a trouxesse aqui, ele não teria escolha senão encarar os fatos e esclarecer a questão.

– Ela quase o matou! – exclamei, começando a ficar enfurecida. – Ela *atirou* nele, pelo amor de Deus!

– Bem, eu não dei a arma a ela, dei? Não pretendi que ele lhe dissesse o que quer que tenha dito a ela, nem que ela pegasse uma pistola e atirasse nele.

– Não, mas você falou para ele ir embora!

– Por que não o faria? Você já havia partido o coração dele uma vez e eu achava que o faria de novo! E você com o descaramento de voltar aqui toda arrogante, bela e cheia de viço, quando nós tínhamos... nós tínhamos... Foi isso que provocou a tosse em Ian!

– Isso...

– Quando o levaram e o prenderam em Tolbooth. Só que você não estava aqui quando isso aconteceu! Não estava aqui quando passamos fome e congelamos de frio e tememos pelas vidas de nossos homens e de nossas crianças! Você estava a salvo, na França!

– Eu estava em Boston, a duzentos anos de agora, achando que Jamie estava morto – respondi friamente. – E eu *não posso* ajudar Ian.

Lutei para dominar meus sentimentos, liberados ao remexermos nas feridas do passado, e senti compaixão ao ver sua expressão, seu rosto bem delineado macilento e atormentado, as mãos apertadas com tanta força que as unhas penetravam na carne.

– Jenny – disse com mais serenidade –, por favor, acredite. Se eu pudesse fazer qualquer coisa por Ian, daria minha alma por isso. Não tenho nenhum poder. Apenas um pouco de conhecimento, e não o suficiente. Eu daria minha *alma* para fazer isso – repeti, com mais ênfase, inclinando-me para ela. – Mas não posso. Jenny... não posso.

Ela me fitou em silêncio. Um silêncio que durou além do suportável, e passei por ela e me dirigi para a casa. Atrás de mim eu a ouvi sussurrar:

– *Você não tem alma.*

81

PURGATÓRIO II

Quando Ian se sentia bastante bem, saía para caminhar com Jamie. Às vezes, apenas até o pátio ou o celeiro, para se apoiar na cerca e dizer umas palavras às ovelhas de Jenny. Outras vezes, sentia-se bem para andar quilômetros, o que surpreendia e assustava Jamie. Ainda assim, pensou, era bom caminharem pelas charnecas, pela floresta e pelas margens do lago, sem falar muito, mas lado a lado. Não tinha importância que fossem devagar; sempre o fizeram, desde que Ian voltara da França com uma perna de pau.

– Estou ansioso para ter minha perna de volta – comentara Ian de forma descontraída certa vez, quando estavam sentados ao abrigo da rocha onde Fergus perdera a mão, olhando para o riacho que corria pelo sopé do monte e observando o lampejo eventual de uma truta saltando.

– Sim, isso vai ser bom – respondera Jamie, com um sorriso amargo ao se lembrar de quando tinha acordado depois de Culloden e achara que sua perna tivesse sido decepada.

Ficara transtornado e tentara se consolar com o pensamento de que por fim a teria de volta se conseguisse sair do purgatório e entrar no céu. Claro, ele também achara que estava morto, mas isso não lhe parecera tão ruim quanto a perda imaginária da perna.

– Acho que não vai ter que esperar muito – disse sem constrangimento.

– Esperar o quê? – perguntou Ian.

– Sua perna. – De repente, percebeu que Ian não fazia ideia do que ele andara pensando e se apressou a explicar: – Só estava pensando, você não vai passar muito tempo no purgatório, se é que vai passar algum tempo lá, portanto logo terá sua perna de volta.

Ian abriu um largo sorriso.

– O que o faz ter tanta certeza de que não passarei mil anos no purgatório? Eu posso ser um terrível pecador, hein?

– Bem, sim, pode ser – admitiu Jamie. – Mas, se for assim, você deve ter muitos pensamentos pecaminosos, porque se andasse fazendo alguma coisa eu saberia.

– Acha mesmo? – Ian pareceu achar graça naquilo. – Faz anos que você não me vê. Eu posso ter andado fazendo qualquer coisa e você nunca ficaria sabendo!

– Claro que ficaria – disse Jamie. – Jenny me contaria. Ou você acha que ela não ficaria sabendo se você tivesse uma amante e seis filhos bastardos ou que andara pelas grandes estradas assaltando as pessoas com uma máscara negra de seda?

– Bem, saberia – admitiu Ian. – Mas convenhamos, meu caro, não há nada que você possa chamar de grande estrada num raio de 200 quilômetros. E eu morreria de frio muito antes de encontrar alguém que valesse a pena roubar em um desses caminhos. – Parou, os olhos semicerrados contra o vento, contemplando as possibilidades criminosas ao seu alcance. – Eu poderia roubar gado, mas existem tão poucos animais hoje em dia que toda a paróquia ficaria sabendo assim que desse falta de um deles. E duvido que eu conseguisse escondê-lo entre as ovelhas de Jenny com alguma esperança de que não fosse notado.

Continuou pensando, com a mão no queixo.

– A triste verdade, Jamie, é que ninguém nas Terras Altas teve algo que valha a pena roubar nos últimos vinte anos. Não, receio que o roubo esteja descartado. Assim como fornicação, pois Jenny já teria me matado. O que resta? Não há nada para cobiçar... imagino que só restem a mentira e o assassinato, e, apesar de ter encontrado um ou outro homem que teria gostado de matar, nunca o fiz. – Balançou a cabeça com pesar e Jamie riu.

– É mesmo? Você falou que matou homens na França.

– Bem, sim, matei, mas foi num contexto de guerra... ou negócios – acrescentou. – Estava sendo pago para matá-los; não fiz isso por maldade.

– Bem, então eu estou certo – ressaltou Jamie. – Você vai passar direto pelo purgatório como uma nuvem ascendente, pois não me lembro de uma única mentira que você tenha contado.

Ian sorriu com cumplicidade.

– Sim, bem, eu posso ter contado uma ou outra mentira de vez em quando, Jamie... mas não, não para você.

Ele abaixou os olhos para a gasta perna de pau estendida à sua frente e coçou o joelho naquele lado.

– Fico me perguntando: será que fará diferença?

– Como poderia não fazer?

– Bem, a questão é que – começou Ian, meneando o único pé de um lado para outro – eu ainda posso sentir o pé que perdi. Sempre fui capaz de senti-lo, desde que o perdi. Não o tempo todo, veja bem – acrescentou erguendo os olhos. – Mas eu realmente o sinto. Uma sensação muito estranha. Você sente seu dedo? – perguntou com curiosidade, indicando com o queixo a mão direita de Jamie.

– Bem... sim, sinto. Não o tempo todo, só de vez em quando... E o pior é que, embora o tenha perdido, ele ainda dói um bocado, o que não me parece justo.

Teve vontade de morder a língua. Ian estava morrendo, e ele se queixando de que a perda de um dedo não era justa. Mas o outro chiou com uma risada e inclinou a cabeça para trás, assentindo.

– Se a vida fosse justa, como seria?

Permaneceram sentados em amistoso silêncio por algum tempo, observando o vento se mover pelo meio dos pinheiros na encosta da colina em frente. Depois, Jamie enfiou a mão no seu *sporran* e retirou um pacotinho. Estava um pouco surrado por ter ficado no *sporran*, mas fora embrulhado e bem amarrado.

Ian examinou o pequeno embrulho na palma de sua mão.

– O que é?

– Meu dedo – respondeu Jamie. – Eu... bem... eu pensei se você não se importaria se eu o enterrasse junto com você.

Ian olhou para ele por um instante. Em seguida, seus ombros começaram a se sacudir.

– Por Deus, não ria! – pediu Jamie, assustado. – Não pretendia fazê-lo rir! Nossa, Jenny me matará se você tossir um pulmão para fora e morrer bem aqui!

Ian *estava* tossindo, acessos de tosse entremeados de longos e laboriosos chiados de risada. Lágrimas de alegria afloraram aos seus olhos e ele pressionou os dois pulsos contra o peito, lutando para respirar. Finalmente, entretanto, a tosse cessou e ele se endireitou devagar, fazendo um som como o de um fole. Fungou com força e cuspiu uma massa de um terrível escarlate nas pedras.

– Eu prefiro morrer aqui rindo de você a acabar na minha cama com seis padres rezando – disse ele. – Mas duvido que tenha a chance. – Estendeu a mão, a palma para cima. – Sim, me dê isso.

Jamie colocou o embrulhinho branco em sua mão e Ian guardou o dedo despreocupadamente no *sporran*.

– Vou guardá-lo comigo até você me alcançar.

Ele desceu pelo meio das árvores e se dirigiu para a orla da charneca que ficava embaixo da caverna. Fazia um frio cortante, com uma brisa inclemente, e a luz mudava sobre a paisagem como o adejar das asas de um pássaro conforme as nuvens deslizavam no alto, longas e efêmeras.

Ele havia encontrado uma trilha de cervo através do urzal mais cedo pela manhã, mas a trilha desaparecera em um declive pedregoso perto de uma encosta, e agora ele retornava para casa. Estava atrás da colina em que ficava a torre, este lado coberto por um pequeno bosque de pinheiros e faias. Não vira nenhum cervo, nem mesmo um coelho, mas não se importava.

Com tanta gente em casa, sem dúvida seria bom pegar um veado. Mas estava satisfeito só de ficar fora de casa, ainda que voltasse de mãos vazias.

Não podia olhar para Ian sem querer gravá-lo na memória, incutir aquelas últimas imagens de seu cunhado na mente da maneira como se lembrava de momentos vívidos, ali guardados para serem acessados e revividos quando necessário.

Ao mesmo tempo, não queria se lembrar de Ian como ele era agora. Muito melhor conservar o que tinha dele: a luz do fogo ao lado de seu rosto, prestes a ter um acesso de riso quando conseguiu vencer Jamie em uma queda de braço, a força de seus tendões vigorosos surpreendendo a ambos. Suas mãos longas na faca de caça, o movimento rápido e o cheiro de metal quente do sangue que escorria pelos seus dedos, seus cabelos castanhos agitados pelo vento que vinha do lago, as costas estreitas curvadas e retesadas como um arco quando se abaixava para levantar um dos filhos ou netos pequenos e atirá-lo, dando risadinhas, no ar.

Foi bom terem vindo, pensou. Melhor ainda que tivessem trazido o filho de volta a tempo de conversar com o pai como homem, reconfortar a mente de Ian e se despedir da maneira adequada. Mas viver na mesma casa com um irmão amado que morria embaixo de seu nariz desgastava tristemente os nervos.

Com tantas mulheres na casa, as discussões eram inevitáveis. Com tantas Frasers, era como caminhar por uma fábrica de pólvora com uma vela acesa. Todos se esforçavam para manter a calma, para contemporizar... mas isso só piorava as coisas quando uma fagulha finalmente explodia um barril de pólvora. Ele não saíra para caçar apenas porque precisavam de carne.

Teve um pensamento solidário a Claire. Depois do pedido angustiado de Jenny, Claire passou a se esconder no quarto ou no gabinete de Ian. Ele a convidara a usá-lo, e Jamie achou que isso só havia piorado a situação com Jenny. Claire escrevia ativamente, preparando o livro que Andy Bell plantara em sua cabeça.

Ela possuía um grande poder de concentração e podia se dedicar ao trabalho por horas a fio, mas precisava sair para comer. Estava sempre lá, o conhecimento de que Ian estava morrendo, triturando como uma pedra de moinho, devagar, mas inclemente, desgastando os nervos.

Os nervos de Ian também.

Dois dias antes, Ian e Jamie andavam devagar pela margem do lago quando Ian parou, curvando-se sobre si mesmo como uma folha de outono. Jamie se apressou a segurá-lo pelo braço antes que caísse e o ajudou a se sentar no chão, encontrando uma pedra grande para ele apoiar as costas, puxando o xale bem alto nos ombros debilitados, procurando alguma coisa, qualquer coisa que pudesse fazer.

– O que foi, *a charaid*? – indagou Jamie, ansioso, agachando-se junto a seu cunhado, seu amigo.

Ian tossia baixinho. Finalmente o espasmo amainou e ele conseguiu inspirar, o rosto brilhando com o acesso febril da doença, aquela terrível ilusão de saúde.

– Dói muito, Jamie.

As palavras foram ditas com simplicidade, mas as pálpebras de Ian estavam fechadas, como se não quisesse olhar para Jamie enquanto falava.

– Eu o carregarei de volta. Talvez a gente possa lhe dar um pouco de láudano e...

Ian abanou a mão, reprimindo suas ansiosas promessas. Respirou superficialmente por um instante antes de assentir.

– Sim, parece que tem uma faca no meu peito – confirmou por fim. – Mas não é isso que quero dizer. Não me importo muito em morrer... mas, Cristo, a demora está me matando.

Ele prendeu sua atenção em Jamie e riu tão silenciosamente quanto tossira, um débil sopro de som enquanto seu corpo se sacudia.

"Está doendo muito, Dougal. Preferia que acabasse logo." As palavras vieram à sua mente como se tivessem sido ditas agora diante dele em vez de trinta anos antes em uma igreja escura, arruinada por tiros de canhão.

Rupert dissera isso, morrendo devagar. "Você é meu chefe", dissera ele a Dougal, implorando. "*É* seu dever." E Dougal MacKenzie fizera o que o amor e o dever exigiam.

Ele segurava a mão de Ian com força, tentando lhe incutir alguma noção de bem-estar de sua palma calosa para dentro da pele fina e acinzentada do cunhado. Seu polegar deslizou para cima, pressionando o pulso onde vira Claire apertar, buscando a verdade da saúde de um paciente.

Sentiu a pele ceder, deslizando pelos ossos do pulso de Ian. Pensou de repente nos votos de sangue que fizera em seu casamento, a picada da lâmina e o pulso frio de Claire pressionado contra o dele e o sangue escorregadio entre eles. O pulso de Ian estava frio também, mas não de medo.

Olhou para o próprio pulso, porém não havia nenhum sinal de cicatriz, votos ou grilhões; esses ferimentos eram passageiros, curados havia muito tempo.

– Lembra-se de quando fizemos um pacto de sangue?

Os olhos de Ian estavam fechados, mas ele sorriu. A mão de Jamie se apertou no pulso fino, um pouco espantado, mas não surpreso que Ian tivesse entrado em sua mente e captado o eco de seus pensamentos.

– Sim, claro. – Não pôde deixar de esboçar um sorriso também, um sorriso doloroso.

Os dois tinham 8 anos. A mãe e o irmão de Jamie haviam morrido no dia anterior. A casa estivera cheia de gente, seu pai aturdido com o choque. Eles saíram furtivamente, ele e Ian, escalaram com dificuldade a colina atrás da casa, tentando não olhar para a sepultura recém-cavada junto à torre. Entraram na floresta, sentindo-se a salvo sob as árvores.

Diminuíram o passo, vagando sem rumo. Pararam no topo da alta colina, onde uma antiga construção de pedra que eles chamavam de forte tinha desmoronado havia muito tempo. Ficaram sentados nas ruínas, enrolados em seus xales para se protegerem do vento, sem falar muito.

– Pensei que ia ter um novo irmão – dissera ele de repente. – Mas não. Vamos continuar somente Jenny e eu.

Nos anos seguintes, ele havia se esquecido daquela pequena dor, a perda de seu esperado irmão, o menino que poderia lhe devolver um pouco do amor pelo irmão mais velho, Willie, que morrera de sarampo. Ele alimentara essa dor por algum tempo, um frágil escudo contra a enormidade de saber que sua mãe havia desaparecido para sempre.

Ian ficara parado, pensando por um instante, em seguida enfiara a mão no seu *sporran* e retirara dali a faquinha que o pai lhe dera no último aniversário.

– Eu serei seu irmão – dissera ele, de modo prático, e fizera um corte no polegar, chiando um pouco entre dentes.

Depois entregara a faca a Jamie, que se cortou também, surpreso por ter doído tanto. Em seguida, pressionaram os polegares juntos e juraram ser irmãos para sempre. E foram.

Jamie respirou fundo, preparando-se para a aproximação da morte, o negro fim.

– Ian, quer que eu...

As pálpebras de Ian se ergueram, o meigo castanho de seu olhar se aguçando à claridade diante do que ouvira na rouquidão da voz de Jamie. Jamie olhou para longe, depois retornou o olhar para Ian, sentindo que seria covardia desviar o olhar.

– Você quer que eu o apresse? – completou.

No mesmo instante em que falou, a parte racional de sua mente buscou a maneira. Não com uma lâmina. Era rápido e limpo, uma partida adequada para um homem, mas causaria uma grande dor a seu irmão e aos filhos; nem ele nem Ian tinham o direito de deixar uma lembrança final manchada de sangue.

O aperto dos dedos de Ian não aumentou nem diminuiu, mas de repente Jamie sentiu o pulso que procurara em vão, uma pulsação fraca, constante, contra a própria palma.

Jamie não desviou os olhos, mas eles se turvaram, e ele abaixou a cabeça para esconder as lágrimas.

Claire... Ela saberia como, mas não podia lhe pedir que fizesse isso. Seu juramento a impedia.

– Não – disse Ian. – Ainda não, pelo menos. – Ele sorriu, os olhos enternecidos. – Embora eu tinha ficado contente de saber que você fará isso se eu precisar, *mo brathair.*

Um leve movimento estancou seus passos e o arrancou de seus pensamentos.

Ele não o vira. Mas o vento soprava para Jamie e o cervo estava ocupado, mordiscando entre as crostas de urzes secas, à cata de pequenos tufos de capim e plantas mais macias da charneca nos vãos. Ele esperou, ouvindo o vento. Somente a cabeça e as espáduas do animal eram visíveis atrás de uma moita, embora ele achasse, pelo tamanho do pescoço, que se tratava de um macho.

Esperou, sentindo a emoção da caça se infiltrar nele outra vez. Caçar um cervo vermelho na charneca era diferente de caçar nas florestas da Carolina do Norte. Uma operação muito mais lenta. O veado se moveu um pouco de trás da moita, concentrado em seu alimento. Devagar, Jamie começou a erguer o rifle. Ele mandara um armeiro em Edimburgo endireitar o cano de seu rifle, mas não o usara desde então; esperava que estivesse com a mira certeira.

Não o usava desde que acertara o hessiano com ele na batalha. Teve uma lembrança vívida e repentina de Claire deixando cair a bala deformada que matara Simon no prato de louça, sentiu o tinido em seu sangue.

Mais um passo, dois; o cervo encontrara algo suculento e arrancava e mastigava com grande concentração. Como a finalização de um único movimento, a boca da arma se fixou em seu alvo. Um macho grande a não mais de 100 metros. Podia sentir o coração bombeando sangue sob suas costelas, pulsando nas pontas de seus dedos sobre o metal. A coronha se encaixou com força na cavidade de seu ombro.

Ele começava a apertar o gatilho quando ouviu gritos vindo da floresta atrás dele. A arma disparou, o tiro partiu descontrolado, o cervo desapareceu com um estrépito de urzes se quebrando e os gritos cessaram.

Jamie correu para dentro da floresta, na direção de onde os gritos vinham, o coração batendo com força. Quem? Uma mulher, mas quem?

Encontrou Jenny sem muita dificuldade, paralisada na pequena clareira onde ele, ela e Ian costumavam ir quando eram pequenos, para compartilhar pequenas guloseimas e brincar de cavaleiros e soldados.

Ela fora um bom soldado.

Talvez ela estivesse esperando por ele, tendo ouvido sua arma. Talvez não conseguisse se mover. Permanecia empertigada, mas com o olhar vazio, vendo-o se aproximar, o xale enrolado à sua volta como uma armadura enferrujada.

– Você está bem, mana? – perguntou ele, colocando o rifle junto ao grande pinheiro onde ela costumava ler para ele e Ian nas longas noites de verão quando o sol mal se escondia do crepúsculo à aurora.

– Sim – respondeu ela, a voz sem entonação.

– Tudo bem, então – disse ele, suspirando. Aproximando-se, insistiu em segurar suas mãos; ela não estendeu as mãos para ele, mas não opôs resistência. – Ouvi você gritar.

– Não queria que ninguém escutasse.

– Claro que não.

Ele hesitou, querendo perguntar outra vez se ela estava bem, mas seria tolice. Sabia qual era o problema e por que ela precisava ir ali para gritar na floresta, onde ninguém a ouviria nem perguntaria estupidamente se ela estava bem.

– Quer que eu vá embora? – indagou ele em vez disso, e ela fez uma careta, tentando libertar as mãos, mas ele não as soltou.

– Não. Que diferença faz? Que diferença qualquer coisa faz? – Ele percebeu o tom de histeria em sua voz.

– Ao menos... trouxemos o garoto para casa a tempo – argumentou ele, por falta de outra coisa a lhe oferecer.

– Sim, você trouxe – disse ela, com um esforço para se controlar que se esfrangalhava como seda velha. – E trouxe sua mulher de volta também.

– Me censura por ter trazido minha mulher? – indagou ele, chocado. – Ora, pelo amor de Deus! Você não deveria estar feliz por ela ter voltado? Ou você...

Reprimiu as palavras seguintes. Estivera a ponto de perguntar se ela tinha raiva por ele ainda ter sua esposa, enquanto ela estava prestes a perder o marido, mas não podia dizer *isso*.

Só que não fora isso que Jenny quisera dizer.

– Sim, ela voltou. Mas para quê? – berrou. – Para que serve uma feiticeira de coração frio se ela não pode salvar Ian?

Ele ficou tão espantado com isso que não conseguiu fazer nada além de repetir, aturdido:

– Coração frio? Claire?

– Eu pedi a ela, e ela se negou a me atender. – Os olhos da irmã estavam secos, tresloucados de dor e ansiedade. – Não pode convencê-la a ajudar, Jamie?

A chama da vida em sua irmã, sempre brilhante e pulsante, agora estremecia como relâmpagos em cadeia. Era melhor que ela desabafasse com ele, pensou. Ela não poderia feri-lo.

– *Mo pìuthar*, ela o curaria se pudesse – afirmou ele o mais delicadamente possível, sem soltá-la. – Ela me contou que você lhe pediu... e chorava ao contar. Ela ama Ian tanto...

– Não *ouse* me dizer que ela ama meu marido tanto quanto eu! – gritou, arrancando as mãos das suas com tal violência que ele teve certeza de que pretendia esbofeteá-lo.

E ela o fez, com tanta força que seu olho daquele lado lacrimejou.

– Eu não ia dizer isso de forma alguma – explicou ele, mantendo a calma. Tocou o lado do rosto. – Eu ia dizer que ela o ama tanto...

Pretendera dizer "quanto a mim", mas não conseguia completar. Ela o chutou na canela com tanta força que fez sua perna vergar, e ele cambaleou, agitando os braços para manter o equilíbrio, o que lhe deu a oportunidade de se virar e descer pela encosta como uma bruxa numa vassoura, as saias e os xales se agitando ao seu redor.

82

ARRANJOS

Limpeza de ferimentos, escrevi com cuidado, e parei para arrumar minhas ideias. Água fervente, panos limpos, remoção de detritos, *utilização de larvas em carne morta...* Incluir um aviso referente às larvas das moscas-varejeiras mais comuns? Não, não fazia sentido. Ninguém seria capaz de diferenciar sem uma lente de aumento. *A costura de ferimentos (esterilização de agulha e linha). Emplastros úteis.* Deveria colocar uma seção específica sobre produção e uso da penicilina?

Tamborilei a pena no mata-borrão, formando estrelinhas de tinta, mas decidi não incluir. O livro pretendia ser um guia útil para a pessoa comum. A pessoa comum não estava preparada para o penoso processo de fazer penicilina, muito menos ter um aparato de injeção – embora eu tivesse considerado por um instante a seringa de pênis que o dr. Fentiman me mostrara, com uma leve pontada de humor.

Isso, por sua vez, me fez pensar em David Rawlings e seu *jugum penis. Ele o usaria?*, perguntei-me, mas apressadamente afastei a visão evocada pelo pensamento e folheei várias páginas à procura de minha lista de tópicos principais.

Masturbação, escrevi. Se alguns médicos discutiam o assunto sob uma luz negativa – e sem dúvida o faziam –, imagino que não houvesse nenhuma razão para que eu não oferecesse a visão oposta – discretamente.

Alguns momentos depois, vi que continuava fazendo estrelinhas de tinta, absorta no problema de falar com discrição sobre os benefícios da masturbação. Meu Deus, e se eu dissesse com todas as letras que as mulheres costumavam fazer isso também?

– Queimariam a edição inteira, e a gráfica de Andy Bell também – falei em voz alta.

Ouvi alguém inspirar profundamente e ergui os olhos, deparando-me com uma mulher parada à porta do gabinete.

– Está procurando por Ian Murray? – perguntei, empurrando a cadeira para trás. – Ele...

– Não, é você quem eu estou procurando. – Havia um tom muito estranho em sua voz e eu me levantei, na defensiva, sem saber direito por quê.

– Ah – murmurei. – E você é...?

Ela deu um passo à frente, saindo do corredor às escuras e entrando na luz.

– Você me conhece, não? Laoghaire MacKenzie... Fraser.

– Ah! – exclamei.

Eu a teria reconhecido imediatamente, pensei, não fosse pela incongruência do contexto. Esse era o último lugar em que eu esperaria encontrá-la e o fato de ela estar ali... A lembrança do que acontecera na última vez em que ela viera a Lallybroch me fez pegar o abridor de cartas de cima da escrivaninha.

– Está procurando por mim – repeti –, não Jamie?

Ela fez um gesto de desdém, afastando a ideia de Jamie, e enfiou a mão no bolso à sua cintura, retirando dali uma carta dobrada.

– Vim pedir um favor – falou, e pela primeira vez ouvi o tremor em sua voz. – Leia isto. Por favor – acrescentou, e pressionou os lábios com força.

Olhei para seu bolso, desconfiada, mas não estava volumoso; se tivesse trazido uma pistola, não a carregava ali. Peguei a carta e lhe indiquei uma cadeira do outro lado da escrivaninha. Se ela resolvesse me atacar, eu perceberia.

Ainda assim, eu não estava com medo dela. Ela estava transtornada; isso era evidente. Mas muito controlada.

Abri a carta e, com uma olhada ocasional para me certificar de que ela permanecia onde estava, comecei a ler.

15 de fevereiro de 1778, Filadélfia

– Filadélfia? – exclamei, surpresa, erguendo os olhos para Laoghaire.

Ela assentiu.

– Foi para onde eles foram no verão do ano passado, o senhor achando mais seguro. Dois meses depois, o Exército Britânico entrou marchando na cidade e eles estão lá desde então.

"O senhor", imaginei, era Fergus. Notei o uso da palavra com interesse. Evidentemente, Laoghaire se reconciliara com o marido de sua filha mais velha, pois usou a palavra sem ironia.

Querida mamãe

Preciso pedir que faça uma coisa por amor a mim e aos meus filhos. O problema é com Henri-Christian. Por causa da peculiaridade de sua forma física, ele sempre teve algum problema para respirar, particularmente quando gripado, e tem roncado como um golfinho desde que nasceu. Agora, ele começou a parar de respirar quando dorme, se não estiver recostado em almofadas, quase sentado. Mamãe Claire examinou sua garganta quando papai e ela nos visitaram em New Bern e disse na época que suas adenoides eram muito grandes e poderiam causar problemas no futuro. (Germain também tem isso e dorme com a boca aberta a maior parte do tempo, mas não é um risco para ele como é para Henri-Christian.)

Sinto um terror mortal de que Henri-Christian pare de respirar uma noite dessas e ninguém perceba a tempo. Nós nos revezamos ao lado de sua cama, para manter sua cabeça na posição certa e acordá-lo quando ele parar de respirar, mas não sei por quanto tempo conseguiremos manter essa vigília. Fergus está exausto com o trabalho da loja e eu com o da casa (ajudo na loja também, assim como Germain. As meninas são uma grande ajuda para mim em casa, que Deus as abençoe, e estão sempre dispostas a cuidar de seu irmãozinho – mas não podemos deixá-las acordadas à noite, vigiando-o sozinhas).

Mandei um médico examinar Henri-Christian. Ele concorda que as adenoides são provavelmente as responsáveis pela obstrução da respiração. Ele sangrou o menino e me deu um remédio para fazê-las encolher, mas de nada adiantou. Henri-Christian apenas chorava e vomitava. Mamãe Claire – perdoe-me por falar dela com você, pois sei dos seus sentimentos, mas é necessário – disse que talvez fosse preciso remover as amídalas e as adenoides de Henri-Christian em algum momento, para facilitar sua respiração, e esse momento chegou. Ela fez isso para os gêmeos Beardsley há algum tempo, na Cordilheira, e eu não confiaria em mais ninguém para tentar tal operação em Henri-Christian.

Poderia ir vê-la, mamãe? Creio que ela deva estar em Lallybroch agora e eu vou escrever para ela, suplicando-lhe que venha à Filadélfia o mais rápido possível. Mas temo minha inabilidade para comunicar o horror de nossa situação.

Como você me ama, mamãe, por favor, procure-a e peça-lhe que venha o mais rápido possível.

Sua afetuosa filha,
Marsali

Abaixei a carta. *Temo minha inabilidade para comunicar o horror de nossa situação.* Não, ela fizera isso muito bem.

Apneia do sono, é como chamavam a tendência a parar de respirar ao dormir. Era comum, e muito mais comum em alguns tipos de nanismo, em que as vias respiratórias eram prejudicadas pelas anormalidades do esqueleto. A maioria das pessoas que sofria disso acordava se debatendo e roncando antes de voltar a respirar. Mas as adenoides e as amídalas aumentadas, obstruindo sua garganta, eram provavelmente um problema hereditário – eu havia notado isso em Germain e, com menor intensidade, nas meninas também – e agravavam a dificuldade, já que, mesmo que o reflexo que faz com que uma pessoa com falta de oxigênio para respirar consiga retomar a respiração automaticamente, Henri-Christian não conseguiria inspirar com a rapidez e a profundidade que o acordaria.

A visão de Marsali e Fergus – e provavelmente Germain – revezando-se em vigília na casa escura, observando o menino, talvez eles mesmos cambaleando de sono no frio e no silêncio, despertando, aterrorizados de que ele tivesse mudado de posição em seu sono e parado de respirar... Um nó de temor se formara sob minhas costelas ao ler a carta.

Laoghaire me observava, os olhos azuis fixos em mim por baixo da touca. Ao menos dessa vez, a raiva, a histeria e a suspeita com que sempre me observava não estavam presentes.

– Se você for – disse ela, e engoliu em seco –, eu desistirei do dinheiro.

Olhei para ela.

– Acha que eu... – comecei a dizer, incrédula, mas parei.

Bem, sim, ela *acreditava* que eu desejava ser subornada. Ela achava que eu abandonara Jamie depois de Culloden, retornando somente quando ele se tornara próspero outra vez. Lutei contra a ânsia de tentar dizer a ela... mas de nada adiantava, e era irrelevante agora. A situação era clara e cortante como caco de vidro.

Ela colocou as mãos sobre a escrivaninha, pressionadas com tanta força que suas unhas ficaram brancas.

– Por favor – pediu. – *Por favor.*

Eu tinha consciência de impulsos fortes e conflitantes: de um lado, esbofeteá-la; de outro, colocar a mão sobre a dela. Lutei contra ambos e me forcei a pensar com calma por um instante.

Eu iria, é claro; eu teria que ir. Não tinha nada a ver com Laoghaire ou com o que havia entre nós. Se eu não fosse e Henri-Christian morresse – ele *poderia de fato* –, *eu* nunca me perdoaria. Se chegasse a tempo, eu poderia salvá-lo; ninguém mais poderia. Era simples assim.

Meu coração esmoreceu à ideia de deixar Lallybroch agora. Que horror. Como eu poderia, sabendo que deixava Ian pela última vez, talvez também todos eles e o lugar. Mas, até mesmo enquanto esses pensamentos passavam por minha cabeça, a parte de minha mente que era médica já havia apreendido a necessidade de ir e começava a planejar a maneira mais rápida de voltar para a Filadélfia, considerando como eu poderia adquirir o que precisava quando chegasse lá, os possíveis obstáculos e complicações que poderiam surgir – toda a análise prática de como eu deveria fazer o que me havia sido solicitado.

Enquanto minha mente saltava entre essas questões, a implacável lógica dominando o choque, subjugando a emoção, comecei a ver que esse repentino desastre podia ter outros aspectos.

Laoghaire esperava, os olhos fixos em mim, a boca firme.

– Está bem – concordei, recostando-me na cadeira e lhe devolvendo o mesmo olhar direto. – Vamos chegar a um acordo, então?

– Assim – disse, os olhos fixos no voo de uma garça cinzenta que atravessava o lago –, fizemos um trato. Eu vou para a Filadélfia o mais rápido possível para cuidar de Henri-Christian. Ela se casará com Joey, desistirá da pensão... e dará sua permissão para que Joan vá para um convento. Embora eu ache melhor colocarmos isso por escrito, por via das dúvidas.

Jamie me fitava, espantado e mudo. Estávamos sentados no capim alto e áspero à margem do lago, aonde eu o levara para relatar o que acontecera – e o que iria acontecer.

– Ela, Laoghaire, manteve intacto o dote de Joan, que o receberá, para viajar e para sua entrada no convento – acrescentei. Respirei fundo, esperando manter a voz firme. – Estou pensado que... bem, Michael partirá em poucos dias. Joan e eu poderíamos ir com ele para a França; posso partir de lá em um navio francês e ele poderia levá-la em segurança ao seu convento.

– Você... – começou ele, e eu estendi o braço, para apertar a mão dele, para impedi-lo de falar.

– Você não pode ir agora, Jamie. Sei que não pode.

Ele fechou os olhos e sua mão apertou a minha em uma instintiva negação do óbvio. Agarrei seus dedos com igual força, apesar do fato de estar segurando sua sensível mão direita. A ideia de ficar longe dele por menor que fosse o tempo ou o espaço – quanto mais o oceano Atlântico e os meses que se passariam antes que pudéssemos nos reencontrar – fez um buraco no meu estômago e me encheu de desolação e de uma vaga sensação de terror.

Ele iria comigo se eu lhe pedisse, se eu desse espaço para dúvida sobre o que ele devia fazer. Eu não podia permitir.

Ele precisava tanto disso. Precisava de qualquer breve período de tempo que restasse a Ian; precisava ainda mais estar ali por Jenny quando Ian morresse, pois ele podia ser um conforto para ela que nem mesmo seus filhos poderiam ser. E, se ele tivera necessidade de ir ver Laoghaire por culpa do fracasso de seu casamento, quanto mais agudo seria seu sentimento de culpa em abandonar sua irmã, mais uma vez, quando ela mais precisava.

– Você não pode ir embora – sussurrei. – Eu *sei*, Jamie.

Ele abriu os olhos e olhou para mim, um olhar angustiado.

– Não posso deixar você ir. Não sem mim.

– Não... vai demorar muito – falei, forçando as palavras através do nó que se formara em minha garganta, um nó que reconhecia tanto a minha tristeza em me separar dele quanto a dor maior pelo motivo pelo qual nossa separação não duraria muito. – Afinal, eu já fui mais longe sozinha – argumentei, tentando sorrir.

Sua boca se moveu, tentando responder, mas a inquietação em seus olhos não mudou.

Ergui sua mão aleijada aos meus lábios e a beijei, pressionei minha face contra ela. Uma lágrima escorreu pelo meu rosto e percebi que ele sentiu a umidade em sua mão, pois estendeu a outra e me puxou para ele, e ficamos sentados, pressionados um contra o outro, por um longo, longo tempo, ouvindo o vento que agitava o capim e encrespava a água. A garça havia pousado no outro lado do lago, parada em uma das pernas, esperando pacientemente entre as pequenas ondulações na superfície da água.

– Vamos precisar de um advogado – comentei, sem me mover. – Ned Gowan ainda está vivo?

• • •

Para minha grande surpresa, Ned Gowan *ainda* estava vivo. *Que idade ele pode ter?*, perguntei-me. *Uns 85, 90 anos?* Estava encarquilhado como um saco de papel amassado e sem nenhum dente, mas ainda lampeiro como um grilo e com sua sede de sangue intacta.

Ele havia redigido o acordo de anulação do casamento entre Jamie e Laoghaire, dispondo os pagamentos anuais a Laoghaire, os dotes de Marsali e Joan. Agora, sentava-se com a mesma alegria para desfazer tudo isso.

– Agora, a questão do dote da srta. Joan – disse ele, lambendo a ponta de sua pena. – O senhor especificou, no documento original, que essa quantia *muito* generosa deveria ser destinada à jovem na ocasião de seu casamento e passar a ser de sua única propriedade dali em diante, sem transferir para seu marido.

– Sim, isso mesmo – confirmou Jamie, sem paciência.

Ele tinha me dito em particular que preferia ser preso a uma estaca, nu, em um formigueiro a ter que lidar com um advogado por mais de cinco minutos, e estávamos lidando com as complicações desse acordo por mais de uma hora.

– E então?

– Bem, ela não está se casando – explicou o sr. Gowan, com a indulgência devida a alguém não muito inteligente, mas ainda assim merecedor de respeito, pelo fato de ser ele quem estava pagando seus honorários. – A questão é se ela pode receber o dote sob esse contrato...

– Ela *está* se casando – argumentou Jamie. – Está se tornando Noiva de Cristo, seu protestante ignorante.

Olhei para Ned um pouco surpresa, não tendo nunca ouvido falar que era protestante, mas ele não contestou a afirmação. O sr. Gowan, perspicaz como sempre, notou minha surpresa e sorriu para mim, os olhos piscando.

– Não tenho nenhuma religião, a não ser a lei, senhora – disse. – A observância de uma forma de ritual sobre outra é irrelevante; Deus para mim é a personificação da Justiça, e eu O sirvo nesse aspecto.

Jamie fez um ruído escocês no fundo da garganta em resposta a essa declaração.

– Sim, e isso lhe serve muito bem, que seus clientes aqui jamais percebam que não é um papista.

Os olhinhos escuros do sr. Gowan não pararam de piscar quando os voltou para Jamie.

– Tenho certeza de que não sugere algo tão desprezível quanto chantagem, não é, senhor? Ora, hesito até mesmo em mencionar essa nobre instituição escocesa, conhecendo como conheço a nobreza de seu caráter... e o fato de que não vai conseguir este maldito contrato sem mim.

Jamie suspirou e se acomodou na cadeira.

– Sim, ande logo com isso. O que tem o dote, então?

– Ah... – O sr. Gowan se voltou para a questão em pauta. – Conversei com a jovem a respeito de seus desejos no assunto. Como autor original do contrato, você pode, com o consentimento dos outros signatários, que, pelo que sei, foi concedido, alterar os termos do documento original. *Já que*, como eu disse, a srta. Joan não pretende se casar, você quer rescindir o dote, manter os termos existentes ou alterá-los de alguma forma?

– Quero dar o dinheiro a Joan – respondeu Jamie, com um ar de alívio ao ser colocado diante de uma pergunta concreta.

– Absolutamente? – perguntou o sr. Gowan, a pena parada no ar. – A palavra "absolutamente" tendo um significado na lei diferente de...

– Você disse que conversou com Joan. O que *ela* quer, então?

O sr. Gowan pareceu satisfeito, como sempre acontecia quando percebia uma nova complicação.

– Ela quer aceitar apenas uma pequena parte do dote original, para custear sua recepção em um convento; tal doação é costumeira, acredito.

– É mesmo? – Jamie ergueu uma das sobrancelhas. – E quanto ao resto?

– Ela quer que o resíduo seja dado a sua mãe, Laoghaire MacKenzie Fraser, mas não dado "absolutamente", se me compreende. Dado com condições.

Jamie e eu trocamos olhares.

– *Quais* condições? – perguntou ele.

O sr. Gowan ergueu a mão ressequida, dobrando os dedos enquanto enumerava as condições.

– Primeira: que o dinheiro *não* seja liberado até que haja um documento oficial do casamento de Laoghaire MacKenzie Fraser e Joseph Boswell Murray registrado na paróquia de Broch Mordha, testemunhado e atestado por um padre. Segunda: que um contrato seja assinado, reservando e garantindo a propriedade de Balriggan e todos os seus bens a Laoghaire MacKenzie Fraser, como proprietária exclusiva, até sua morte, sendo depois destinada como a supracitada Laoghaire MacKenzie Fraser assim dispuser em um testamento oficial. Terceira: o dinheiro não deverá ser dado "absolutamente", mas retido por um curador e desembolsado na quantia de 20 libras por ano, pagas em conjunto à supramencionada Laoghaire MacKenzie Fraser e a Joseph Boswell Murray. Quarta: que esses pagamentos anuais sejam usados em questões relativas à manutenção e melhoria da propriedade de Balriggan. Quinta: o pagamento do desembolso de cada ano deverá ser condicionado à apresentação da documentação adequada relativa ao uso do desembolso do ano anterior.

Ele dobrou o polegar e abaixou o punho fechado, em seguida ergueu um dedo da outra mão.

– Sexta e última: que James Alexander Gordon Fraser Murray, de Lallybroch, seja o curador desses fundos. Concorda com as condições, senhor?

– Concordo – disse Jamie com firmeza, levantando-se. – Faça dessa maneira, sr. Gowan, por favor. E agora, se ninguém se importar, vou me afastar e tomar uma dose de uísque. Provavelmente duas.

O sr. Gowan colocou a tampa em seu tinteiro, arrumou suas anotações em uma pilha caprichada e se levantou devagar.

– Vou acompanhá-lo nessa dose, Jamie. Quero saber sobre essa sua guerra na América. Parece uma aventura extraordinária!

83

CONTANDO CARNEIROS

Conforme o tempo passava, Ian achava cada vez mais difícil adormecer. A necessidade de partir e encontrar Rachel ardia dentro dele de tal forma que ele sentia carvão em brasa na boca do estômago o tempo inteiro. Tia Claire chamava isso de "azia". Dizia que era causada por engolir a comida sem mastigar da maneira adequada. Mas não era azia. Ele mal conseguia comer.

Passava a maior parte do tempo possível com o pai. Sentado no canto do aposento onde recebia os colonos, observando o pai e o irmão mais velho tratar dos negócios de Lallybroch, não conseguia compreender como seria possível se levantar e ir embora, deixando-o para trás. Para sempre.

Durante o dia, havia coisas a fazer, pessoas a visitar e terra a ser percorrida. A beleza impressionante da propriedade era um bálsamo para seus sentimentos quase insuportáveis. À noite, entretanto, a casa ficava silenciosa, o silêncio rangente pontuado pela tosse distante do pai e a respiração pesada dos dois sobrinhos mais novos ao seu lado no mesmo quarto. Começava a sentir a casa respirar à sua volta, com uma respiração pesada e entrecortada após outra, e a sentir o peso dessa respiração no peito.

Sentava-se na cama, puxando o ar, apenas para se certificar de que conseguia respirar. Por fim, saía da cama, descia as escadas furtivamente com as botas nas mãos e saía pela porta da cozinha para caminhar pela noite sob estrelas ou nuvens, o vento límpido abanando as brasas de seu coração, atiçando as chamas, até ele poder encontrar suas lágrimas e a paz para vertê-las.

Certa noite ele encontrou a porta já destravada. Saiu com cautela, olhando ao redor, mas não viu ninguém. Provavelmente, o Jovem Jamie indo ao celeiro; uma das duas vacas iria dar cria a qualquer momento. Talvez ele devesse ir ajudar... mas a queimação sob suas costelas era dolorosa, precisava caminhar um pouco primeiro. Jamie teria ido buscá-lo, de qualquer forma, se achasse que precisava de ajuda.

Afastou-se da casa e das construções anexas e começou a subir a colina, passando pelo cercado das ovelhas e carneiros, pálidos sob o luar, de vez em quando emitindo um suave, repentino balido, como se espantados com algum sonho de animal.

Tal sonho adquiriu forma diante dele, uma figura escura se movendo contra a cerca, e ele emitiu um breve grito que fez com que os animais mais próximos se assustassem e resmungassem em um coro de balidos abafados.

– Quietos, *a bhailach* – ordenou a mãe dele baixinho. – Despertem os outros e acordarão os mortos.

Podia divisá-la agora, uma figura pequena, magra, com os cabelos soltos formando um volume macio contra a brancura de sua combinação.

– Por falar em mortos – disse ele, irritado, forçando o coração a descer de sua garganta –, pensei que fosse um fantasma. O que está fazendo aqui fora, mamãe?

– Contando carneiros – respondeu ela, um toque de humor na voz. – É o que deve fazer quando não consegue dormir, não é?

– Sim. – Ele se aproximou e se postou a seu lado, apoiado na cerca. – Funciona?

– Às vezes.

Ficaram imóveis por alguns instantes, observando os animais se remexerem e se acomodarem outra vez. Exalavam um cheiro imundo e adocicado, de capim mastigado combinado com fezes e lã engordurada, e Ian achou que era reconfortante apenas estar ali com eles.

– Funciona contá-los, quando você já sabe quantos são? – perguntou após um breve silêncio. A mãe balançou a cabeça.

– Não, eu fico repetindo seus nomes. É como rezar o rosário, só que você não sente necessidade de pedir. Pedir cansa.

Principalmente quando você sabe que a resposta será não, pensou Ian e, movido por um impulso repentino, passou o braço pelos seus ombros. Ela fez um pequeno ruído de divertida surpresa, mas depois relaxou, apoiando a cabeça contra seu peito. Ele podia sentir seus ossos pequenos, leves como os de um passarinho, e achou que seu coração ia se partir.

Ficaram assim por algum tempo. Ela então se libertou, com delicadeza.

– Já está com sono?

– Não.

– Tudo bem. Vamos, então. – Sem esperar por uma resposta, começou a atravessar a escuridão, afastando-se da casa.

Havia uma lua crescente e ele já estava fora por tempo mais do que suficiente para seus olhos se adaptarem; era simples segui-la, apesar do emaranhado de capim, pedras e urzes na colina atrás da casa.

Aonde ela o estaria levando? Ou melhor... por quê? Pois estavam escalando a colina, na direção da velha torre – e do cemitério ao lado. Sentiu um frio no coração: ela pretenderia lhe mostrar o lugar da sepultura do pai?

Mas ela parou e se abaixou, de modo que ele quase tropeçou nela. Endireitando-se, ela se virou e colocou uma pedrinha em sua mão.

– Aqui – disse baixinho e o conduziu a uma pequena pedra quadrada enfiada na terra.

Ele pensou que fosse a sepultura de Caitlin – a criança que viera antes da Jovem Jenny, a irmã que vivera apenas um dia –, mas depois viu que a pedra da sepultura de Caitlin ficava a alguns passos de distância. Essa era do mesmo tamanho e formato, porém... Ele se agachou ao lado da laje e, correndo os dedos pelas sombras de sua gravação, descobriu o nome.

Yeksa'a.

– Mamãe – disse ele, e sua voz soou estranha aos seus ouvidos.

– Está correto, Ian? – disse ela, um pouco ansiosa. – Seu pai disse que não estava muito certo da grafia do nome indígena. Mas mandei o gravador escrever os dois nomes. Achei que estava certo.

– Os dois? – Sua mão já se movera para baixo e encontrara o outro nome.

Iseabail.

Ele engoliu em seco.

– Está certo – confirmou ele, quase sem voz. Pousou a mão, aberta, sobre a laje de pedra, fresca sob sua palma.

Ela se agachou ao seu lado e, estendendo a mão, colocou sua pedrinha sobre a laje. Era o que se fazia, ele pensou, perplexo, quando se ia visitar um morto. Deixava uma pedra para dizer que você esteve ali; que você não havia esquecido.

Sua pedrinha ainda estava na outra mão; não conseguia depositá-la na laje. As lágrimas escorriam pelo seu rosto e a mão da mãe segurou seu braço.

– Está tudo bem, *mo duine* – disse ela, de um jeito terno. – Vá para a sua jovem. Sempre estarei aqui com você.

O vapor de suas lágrimas se erguia como fumaça de incenso de seu coração, e ele colocou a pedrinha na sepultura da filha. A salvo em meio à sua família.

Foi somente muitos dias depois, no meio do oceano, que ele percebeu que sua mãe o considerara um homem.

84

DO LADO DIREITO

Ian morreu logo após o amanhecer. A noite tinha sido infernal. Por uma dúzia de vezes, ele quase se afogara no próprio sangue, engasgando, os olhos se esbugalhando, depois se revirando em convulsão, cuspindo fragmentos dos pulmões. Sua cama parecia o local em que havia ocorrido um massacre e o quarto fedia a suor de um desesperado, de luta inútil, o cheiro da presença da morte.

Por fim, entretanto, ele se apaziguara, o peito magro mal se movendo, o som de sua respiração um débil estertor, como o roçar dos espinhos da roseira selvagem na vidraça.

Jamie se mantivera afastado, para dar ao Jovem Jamie o lugar à cabeceira do pai como filho mais velho. Jenny havia passado a noite toda sentada do lado de Ian, limpando o sangue, o suor doentio, todos os líquidos fétidos que exsudavam do marido, dissolvendo seu corpo diante de seus olhos. Perto do fim, no escuro, Ian erguera a mão direita e sussurrara "Jamie". Não abriu os olhos, mas todos sabiam qual Jamie ele queria, e o Jovem Jamie abriu espaço, tropegamente, para que seu tio pudesse se aproximar e segurar aquela mão súplice.

Os dedos ossudos de Ian se fecharam ao redor dos seus com surpreendente força. Ian murmurara alguma coisa, baixo demais para ser ouvida, e depois soltou sua mão – não com o relaxamento involuntário da morte. Apenas a soltou, tendo terminado de dizer o que queria, e deixou a mão cair de novo, aberta, para os filhos.

Ele não falou outra vez, mas pareceu se acalmar, o corpo diminuindo de volume conforme a vida e o sopro o abandonavam. Quando seu último suspiro sobreveio, aguardaram em estupefato sofrimento, esperando nova respiração. Após um minuto inteiro de silêncio, começaram a se entreolhar e a fitar de relance a cama devastada, a quietude no rosto de Ian.

E compreenderam que, por fim, tudo tinha acabado.

Jenny teria se importado?, perguntou-se. Que as últimas palavras de Ian tenham sido para ele?

Achava que não. A única misericórdia para uma partida como fora a do cunhado era que houvera tempo para se despedir. Ele encontrara um tempo para falar a sós com cada um dos filhos, Jamie sabia. Confortá-los como podia, talvez deixar um conselho para eles, ao menos a reafirmação de quanto os amava.

Estava de pé ao lado de Jenny quando Ian morreu. Ela suspirou e pareceu desmoronar ao seu lado, como se a vara de metal que mantivera suas costas eretas no último ano tivesse repentinamente sido arrancada pela sua cabeça. Seu rosto não demonstrou nenhum pesar, embora ele soubesse que era o que sentia. Naquele momento ela apenas ficara aliviada por ter terminado. Pelo bem de Ian, pelo bem de todos eles.

Portanto, sem dúvida, eles encontraram um tempo, ela e Ian, para dizer o que tinha que ser dito entre eles, nos meses desde que souberam.

O que digo a Claire em tais circunstâncias?, perguntou-se de súbito.

Provavelmente, o que já dissera a ela quando se despediram. *Eu a amo. Eu a verei de novo.* Não via nenhuma outra forma de expressar o sentimento, afinal.

Não pôde ficar na casa. As mulheres haviam lavado Ian e colocado seu corpo na sala de estar; agora, estavam empenhadas em uma orgia de limpar e cozinhar, pois a notícia se espalhara e as pessoas já começavam a chegar para o velório.

O dia amanhecera com chuva, mas no momento não caía nem uma gota do céu. Ele saiu pela horta e subiu a pequena encosta até o bosque. Jenny estava sentada lá, e ele hesitou por um instante, mas depois se aproximou e se sentou ao seu lado. Ela podia mandá-lo embora se quisesse ficar sozinha.

Não o fez; ela estendeu a mão para ele e ele a tomou, engolfando-a nas suas, pensando em como seus ossos eram delicados, frágeis.

– Quero ir embora – disse ela calmamente.

– Não a culpo – concordou ele, com um olhar de relance para a casa.

O bosque estava coberto de folhas novas, o verde fresco e macio da chuva, mas logo alguém os encontraria.

– Quer descer e caminhar pelo lago um pouco? –perguntou.

– Não, quero dizer que quero ir embora daqui, Lallybroch. Para sempre.

A afirmação o deixou chocado.

– Não fala de coração, eu acho – disse ele, cauteloso. – Afinal foi um golpe. Você não devia...

Ela balançou a cabeça e levou a mão ao peito.

– Alguma coisa se partiu dentro de mim, Jamie – explicou ela. – O que quer que me prendia aqui... não me prende mais.

Ele não sabia o que dizer. Evitara a visão da torre e do cemitério em sua base quando saíra de casa, incapaz de suportar a ideia da nova sepultura escavada lá, mas agora ergueu o queixo, apontando para o local.

– E você deixaria Ian? – perguntou.

Ela emitiu um ruído gutural. Sua mão ainda repousava sobre o peito e, diante disso, pressionou-a, espalmada, com força contra o coração.

– Ian está comigo – revelou ela, e suas costas se empertigaram em desafio à sepultura recém-escavada. – Ele nunca me deixará, nem eu a ele. – Seus olhos estavam vermelhos, mas secos. – Ele também nunca o deixará, Jamie – disse. – Você sabe disso tão bem quanto eu.

Lágrimas assomaram a seus olhos e ele desviou o rosto.

– Sei disso, sim – murmurou, e esperava que fosse verdade.

No momento, o lugar dentro dele em que costumava encontrar Ian estava vazio e ressonante como um *bodhran. Ele voltaria?* Ou Ian apenas se movera um pouco, para um lugar diferente de seu coração, um lugar onde ainda não procurara por ele? Esperava que sim, mas não iria procurar ainda por algum tempo e sabia que era pelo medo de não encontrar nada.

Queria mudar de assunto, dar a ela espaço e tempo para pensar. Só que era difícil encontrar alguma coisa a dizer que não tivesse a ver com o fato de Ian estar morto. Ou com a morte de um modo geral. Toda perda é única, e uma única perda se torna todas as perdas; uma única morte, a chave do portão que bloqueia a memória.

– Quando papai morreu – disse ele de repente, surpreendendo a ela e a si mesmo. – Conte-me o que aconteceu.

Ele sentiu que deveria encará-la, mas manteve os olhos nas mãos, os dedos da mão esquerda esfregando, devagar, a cicatriz grossa e vermelha que cortava as costas da mão direita.

– Eles o trouxeram para casa – disse ela por fim. – Estendido em uma carroça. Dougal MacKenzie estava com eles. Ele me contou que papai o vira sendo chicoteado e de repente caíra, e quando o levantaram um lado de seu rosto estava contraído de angústia, mas o outro estava flácido. Ele não conseguia falar nem caminhar, e assim eles o trouxeram para casa.

Ela parou, engolindo em seco, os olhos fixos na torre e no cemitério.

– Chamei um médico para examiná-lo. Ele sangrou papai, mais de uma vez, e queimou coisas em um pequeno fogareiro, depois passando o vapor sob seu nariz. Tentou lhe dar remédio, mas papai não conseguia engolir. Eu pingava gotas d'água em sua língua, mas isso era tudo. – Ela suspirou. – Ele morreu no dia seguinte, por volta do meio-dia.

– Ah. Ele... não falou mais nada?

Ela balançou a cabeça.

– Ele não conseguia falar nada. Apenas movia a boca de vez em quando e emitia uns sons gorgolejantes. – Seu queixo se franziu um pouco diante da lembrança, mas ela firmou os lábios. – Eu podia ver, no entanto, que ele estava tentando falar. Sua boca tentava formar as palavras e seus olhos ficavam fixos em mim, tentado me fazer compreender. – Ela o encarou. – De fato, ele disse "Jamie". Disso eu tenho certeza. Achei que ele estava tentando saber sobre você e contei a ele que Dougal dissera que você estava vivo e prometera que você ficaria bem. Isso pareceu confortá-lo um pouco e ele morreu logo depois.

Ele engoliu com dificuldade, o som do esforço alto em seus ouvidos. Recomeçara a chover, uma chuva fina, as gotas batendo nas folhas acima.

– *Taing* – murmurou ele por fim. – Eu fiquei me perguntando. Queria ter podido lhe dizer que eu sentia muito.

– Não precisava – disse ela no mesmo tom. – Ele sabia.

Jamie assentiu, incapaz de falar por um instante. Recuperando o autocontrole, no entanto, segurou sua mão outra vez e se virou para ela.

– Mas posso dizer a você que sinto muito, *a pilhar.*

– Sente muito o quê? – retrucou ela, surpresa.

– Por ter acreditado em Dougal quando ele me disse... Bem, quando ele disse que você se tornara a prostituta de um soldado inglês. Fui um tolo.

Olhou para sua mão mutilada, sem querer fitá-la nos olhos.

– Sim – disse ela, e colocou a mão sobre a dele, leve e fria como as folhas novas que se agitavam ao redor deles. – Você precisava dele. Eu não.

Permaneceram ali sentados por mais algum tempo, sentindo-se em paz, de mãos dadas.

– Onde você acha que ele está agora? – perguntou Jenny. – Ian, quero dizer.

Ele olhou para a casa, depois para a nova sepultura que o esperava, mas esse não era mais Ian. Ficou em pânico por um instante, a sensação de vazio anterior retornando, mas então algo lhe veio à mente e, sem surpresa, compreendeu o que Ian lhe dissera.

"*À sua direita, amigo.*" À sua direita. Guardando seu lado mais vulnerável.

– Está bem aqui – disse ele a Jenny, indicando com a cabeça o lugar entre eles. – No lugar que lhe pertence.

PARTE VII

Ecos do passado

85
FILHO DE UMA BRUXA

Quando Roger e Buccleigh pararam o carro em frente à casa, Amanda saiu correndo ao encontro deles e retornou para sua mãe, agitando um pequeno cata-vento de plástico azul preso a uma vareta.

– Mamãe! Olhe o que eu ganhei, olhe o que *eu* ganhei!

– Que lindo! – Brianna o admirou e, soprando, fez o brinquedo girar.

– Eu faço, eu faço! – Amanda pegou o cata-vento de volta, soprando e bufando com determinação, mas fazendo pouco progresso.

– De lado, *a leannan*, de lado. – William Buccleigh deu a volta no carro e pegou Amanda no colo, virando sua mão de modo que o cata-vento ficasse perpendicular ao rosto. – Agora sopre. – Colocou o rosto junto ao dela e ajudou a soprar o cata-vento. – Sim, assim é melhor, não é? Tente você agora, sozinha. – Deu de ombros para Brianna como um sinal de desculpas e carregou Amanda pelo caminho, ela soprando e bufando. Passaram por Jem, que parou para admirar o cata-vento. Roger saiu do carro com duas sacolas de compras e parou para dar uma palavra em particular com Brianna.

– Se tivéssemos um cachorro, eu me pergunto se iria gostar dele também – murmurou ela, fazendo um sinal com a cabeça na direção de seu hóspede, que agora mantinha uma animada conversa com as duas crianças.

– Um homem pode sorrir mil vezes e ainda assim ser um patife – retrucou Roger, estreitando os olhos para ele. – E, tirando os apelos do instinto, não creio que cachorros ou crianças sejam bons juízes de caráter.

– Hum. Ele falou mais alguma coisa enquanto estavam fora hoje? – Roger levara William Buccleigh a Inverness para comprar roupas, já que não possuía nada além de jeans, camiseta e um casaco da instituição de caridade com os quais chegara.

– Algumas coisas. Eu perguntei a ele como tinha vindo parar aqui, em Lallybroch, quero dizer, e o que ele fazia vagando por perto. Ele contou que me viu na rua em Inverness e me reconheceu, mas eu entrei no carro e parti antes que ele pudesse se decidir a falar comigo. Depois me viu mais uma ou duas vezes e andou indagando com cautela por aí até descobrir onde eu morava. Ele... – Parou e olhou para ela, com um leve sorriso. – Lembre-se do que ele é e de que época veio. Ele achou, e não creio que estivesse inventando uma história, que eu devia ser alguém do Povo Antigo.

– É mesmo?

– Sim, é verdade. E diante disso... Bem, eu sobrevivi a um enforcamento, o que a maioria das pessoas não consegue. – Ela sorriu um pouco ao tocar a cicatriz em sua garganta. – E eu... nós... realmente, é claro, viajamos através das pedras em segurança. Quero dizer... eu pude compreender o que se passava na mente dele.

Apesar de nervosa, ela achou graça.

– Bem, sim. Quer dizer que ele estava com medo de você?

Roger deu de ombros.

– Estava. E acho que acredito nele, embora deva dizer que, se este for o caso, ele sabe disfarçar bem.

– Você agiria como se tivesse medo caso topasse com um poderoso ser sobrenatural? Ou tentaria aparentar calma? Sendo um "macho da espécie", como mamãe costuma falar. Ou "um homem de verdade", como papai diz. Tanto você quanto papai agem como John Wayne se alguma coisa suspeita está acontecendo e esse sujeito tem parentesco com vocês dois.

– Bem pensado – disse ele, embora sua boca se torcesse ao "poderoso ser sobrenatural". Ou talvez à parte de "John Wayne". – E ele admitiu que estava meio zonzo com tudo que acontecera. Eu podia entender *isso*.

– Hum. E nós *sabíamos* o que estávamos fazendo. Mais ou menos. Ele me contou o que aconteceu quando atravessou as pedras. Ele lhe contou isso também?

Estavam andando devagar, mas já haviam quase alcançado a porta. Ela podia ouvir a voz de Annie no corredor, perguntando alguma coisa, falando acima da tagarelice das crianças, e o ruído mais grave da voz de William Buccleigh em resposta.

– Sim, contou. Ele queria... quer, e quer muito... voltar para sua época. Obviamente, eu sabia como e ele teria que vir conversar comigo para descobrir. Mas só um tolo bateria à porta de um estranho, ainda mais um estranho que ele quase matara, um estranho que podia matá-lo ali mesmo ou transformá-lo em um corvo. – Deu de ombros outra vez. – Assim, ele deixou seu emprego e começou a espreitar. Para ver se estávamos atirando ossos humanos pela porta dos fundos, imagino. Jem se deparou com ele perto da torre um dia e ele lhe disse que era um *nuckelavee,* em parte para afugentá-lo de medo, mas também porque, se ele voltasse e me dissesse que havia um *nuckelavee* no alto da colina, eu poderia sair e fazer alguma coisa mágica em relação a isso. E se eu fizesse...

Ergueu as mãos, as palmas para cima.

– Se fizesse, você podia ser perigoso, mas ele ficaria sabendo que você tinha o poder de enviá-lo de volta. Como o Mágico de Oz.

Ele olhou para ela por um instante.

– Qualquer um menos parecido com Judy Garland do que *ele* – começou a dizer, mas foi interrompido por Annie MacDonald querendo saber por que estavam se demorando ali fora, sendo devorados pelos mosquitos, quando o jantar já estava na mesa.

Desculpando-se, eles entraram.

Brianna jantou sem notar o que havia em seu prato. Jem ia passar a noite com Bobby outra vez e sair para pescar no sábado com Rob em Rothiemurchus. Ela sentiu uma pequena pontada de inveja disso. Lembrava-se de seu pai pacientemente ensinando

Jem a pescar, com a vara feita em casa e a linha de costurar, que era tudo que tinham. Ele se lembraria?

Ainda assim, era conveniente tê-lo fora de casa. Roger e ela deveriam se sentar com William Buccleigh e decidir a melhor maneira de fazê-lo voltar à sua época, e era melhor que Jem não estivesse nas proximidades dessa conversa com os ouvidos atentos. Deveriam consultar Fiona?, perguntou-se de repente.

Fiona Graham era a neta da velha sra. Graham, que trabalhara como governanta para o pai adotivo de Roger, o reverendo Wakefield. A idosa e digna sra. Graham também fora a "inovadora", a guardiã de uma tradição secular. Na festa do fogo de Beltane, as mulheres cujas famílias haviam passado a tradição para elas se encontravam ao alvorecer e, vestidas de branco, realizavam uma dança que Roger disse ser uma antiga dança de roda nórdica. Ao final dessa tradição, a inovadora cantava com palavras que nenhuma delas compreendia mais, fazendo o sol se levantar no horizonte de forma que o raio de luz atravessasse a fenda da pedra.

A sra. Graham morrera tranquilamente durante o sono anos antes, mas deixara seu conhecimento, e seu papel como guardiã dos rituais, para sua neta, Fiona.

Fiona ajudara Roger quando ele atravessou as pedras para encontrar Brianna, contribuindo até com seu diamante do anel de casamento para ajudá-lo, depois que sua primeira tentativa terminara de modo bem semelhante à descrição da tentativa de William Buccleigh: em chamas no meio do círculo.

Podiam conseguir uma pedra preciosa sem muita dificuldade, pensou ela, passando a saladeira para Roger. Do que sabiam até agora, não havia necessidade de ser uma pedra cara, nem mesmo uma pedra muito grande. As granadas do medalhão da mãe de Roger haviam sido suficientes para impedir que fosse morto na primeira tentativa malograda.

Ela pensou na marca de queimadura no peito de William Buccleigh e, ao fazê-lo, percebeu que olhava fixamente para ele. E ele lhe retribuía o olhar. Ela se engasgou com um pedaço de pepino e a subsequente confusão de tapas nas costas, soerguimento dos braços, tosse e busca de água por sorte explicou a vermelhidão de seu rosto.

Todos voltaram a se concentrar na comida, mas Brianna estava consciente do olhar enviesado de Roger sobre ela. Inclinou a cabeça ligeiramente como se dissesse "Mais tarde. Lá em cima" e ele relaxou, retomando uma conversa com "tio Buck" e Jemmy sobre a pesca de trutas.

Ela queria conversar com ele sobre o que Buccleigh tinha dito e decidir o que fazer com ele o mais rápido possível. Ela *não* contaria a Roger o que William Buccleigh dissera a respeito de Rob Cameron.

Roger estava deitado na cama, observando o luar sobre o rosto adormecido de Brianna. Era muito tarde, mas ele não conseguia dormir. *Estranho*, pois geralmente adormecia em questão de segundos depois de fazer amor. Felizmente, ela adormecia também; adormecera essa noite enroscando-se contra ele como um camarão grande e afetuoso antes de resvalar para uma inércia cálida e nua em seus braços.

Fora maravilhoso, mas um pouquinho diferente. Brianna estava quase sempre disposta, até mesmo ansiosa, e dessa vez não fora diferente, embora ela tivesse feito questão de trancar a porta do quarto. Ele havia instalado a tranca porque Jem aprendera a forçar fechaduras aos 7 anos. Ainda estava trancada, na realidade. Então saiu das cobertas para destrancá-la. Jem estava passando a noite com seu novo amigo, Bobby, mas, se Mandy precisasse deles durante a noite, ele não queria que ela encontrasse a porta trancada.

O quarto estava frio, mas agradável. Eles haviam instalado aquecedores, que, embora não fossem adequados para as temperaturas do inverno das Terras Altas, eram excelentes para o final do outono. Bri ficava quente quando dormia; ele podia jurar que sua temperatura subia 2 ou 3 graus quando estava dormindo, e ela arrancava as cobertas. Dormia agora, nua até a cintura, os braços atirados acima da cabeça e roncando levemente. Ele segurou seus testículos, imaginando se deveria fazer amor outra vez. Achava que ela não iria se importar, mas...

Talvez ele não devesse. Quando fazia amor com ela, não se apressava e, no final, sentia um prazer enorme quando ela cedia seu órgão coberto de pelos ruivos, de bom grado, sem dúvida, mas sempre com um instante de hesitação, um único suspiro final de algo que não era resistência. Ele achava que era um meio de assegurar a si mesma – se não também a ele – que tinha o direito de recusar. Uma fortaleza uma vez violada e reparada possui defesas mais fortes. Não achava que ela tivesse consciência de que fazia isso; nunca o mencionara para ela, pois não queria que nenhum fantasma se intrometesse entre eles.

Fora um pouco diferente essa noite. Ela relutara, depois cedera com uma espécie de ferocidade, puxando-o para si e arranhando suas costas com as unhas. E ele...

Ele parou por um ínfimo momento, mas, uma vez seguramente montado, sentira a necessidade insana de cavalgar sem piedade, para mostrar a si mesmo – e também a ela – que Brianna na verdade pertencia a ele, e não a si mesma, inviolável.

E ela o encorajara.

Notou que não havia retirado a mão e agora olhava para sua mulher como um soldado romano avaliando o peso e a portabilidade de uma das Sabinas. *Raptio* era a palavra em latim, geralmente traduzida por "estupro", apesar de na verdade significar sequestro ou rapto. *Raptio,* a captura da presa. Ele podia ver isso dos dois lados, e notou a essa altura que ainda não havia removido a mão de seus genitais, os quais nesse ínterim haviam decidido que ela não se importaria nem um pouco.

Seu córtex cerebral, logo dominado por algo muito mais antigo e muito mais embaixo, aventurara uma última e fraca conjetura de que tinha a ver com haver um estranho na casa – especialmente alguém como William Buccleigh MacKenzie.

– Bem, ele terá partido até o Halloween – murmurou Roger, aproximando-se da cama.

O portal nas pedras deveria estar aberto na ocasião e, com alguma pedra preciosa na mão, o patife estaria de volta para sua mulher em...

Deslizou para baixo dos lençóis, segurou sua mulher com a mão firme em seu traseiro quente e sussurrou em seu ouvido a frase clássica da bruxa malvada do *Mágico de Oz:*

– Vou pegá-la... e o seu cachorrinho também.

O corpo dela estremeceu com uma risada muda, subterrânea, e sem abrir os olhos ela estendeu a mão para baixo e deslizou uma unha por sua carne muito sensível.

– Estou deeeeeeeerrrrrretendo – murmurou ela.

Ele dormiu depois disso. Acordou de novo, em algum momento da madrugada, e se viu aborrecidamente desperto.

Deve ser ele, pensou, deslizando para fora da cama. *Não vou conseguir dormir direito enquanto não nos livrarmos dele.* Não se preocupou em ser cauteloso; sabia pelo som áspero do ronco de Brianna que ela estava morta para o mundo. Enfiou-se em seu pijama e saiu para o corredor de cima, ouvindo com atenção.

Lallybroch conversava consigo mesma à noite, como fazem todas as casas antigas. Estava acostumado com os repentinos estalos das vigas de madeira quando esfriavam à noite, e até mesmo com o rangido do corredor do andar de cima, como se alguém estivesse andando depressa por ele, de um lado para outro. O chacoalhar das janelas quando o vento estava a oeste, fazendo-o se lembrar do ronco irregular de Brianna. No entanto, tudo estava muito quieto agora, envolto na sonolência do meio da noite.

Eles haviam instalado William Buccleigh no final do corredor, tendo decidido, sem discutir o assunto, que não o queriam no mesmo andar das crianças. Deviam mantê-lo por perto, ficar de olho.

Roger percorreu o corredor em silêncio, ouvindo. A fenda embaixo da porta de Buccleigh estava escura e de dentro do aposento ele ouvia um ronco regular, profundo, interrompido uma vez, quando o hóspede se virou na cama, murmurou alguma coisa incompreensível e caiu no sono outra vez.

– Tudo bem, então – murmurou Roger para si mesmo, afastando-se.

Seu córtex cerebral agora retomava o curso dos pensamentos. Claro que tinha a ver com ter um estranho na casa – e que estranho. Tanto ele quanto Brianna se sentiam ameaçados por sua presença.

Em seu caso, havia um sólido substrato de raiva sob a cautela, e uma boa dose de confusão também. Ele havia, por absoluta necessidade, assim como por convicção religiosa, perdoado William Buccleigh por seu papel no enforcamento que lhe tirara a voz. Afinal, o sujeito não tentara matá-lo e não podia ter sabido o que iria acontecer.

Mas era muito mais fácil perdoar alguém que se sabia que estava morto havia duzentos anos do que manter esse perdão com o desgraçado vivendo sob seu nariz, comendo sua comida e sendo encantador com sua família.

E também não vamos nos esquecer de que ele é um bastardo, pensou Roger, descendo as escadas no escuro. A árvore genealógica que ele mostrara a William Buccleigh o revelava com correção, registrado no papel, como pais e filho. O mapa genealógico, entretanto, era uma mentira. William Buccleigh MacKenzie era o filho ilegítimo de Dougal MacKenzie, chefe de guerra do Clã MacKenzie, e Geillis Duncan, bruxa. E Roger achava que William Buccleigh não sabia disso.

Em segurança ao pé da escada, ele acendeu a luz do corredor térreo e se dirigiu à cozinha para se certificar de que a porta dos fundos fora trancada.

Brianna e ele discutiram o assunto, mas ainda não haviam chegado a um acordo. Ele achava melhor não remexer no vespeiro; que bem podia fazer ao sujeito conhecer a verdade sobre suas origens? As Terras Altas que geraram aquelas duas almas desgraçadas já tinham desaparecido, tanto agora quanto na época de William Buccleigh.

Bri insistira que Buccleigh tinha direito de saber a verdade – apesar de, quando desafiada, não saber explicar que direito era esse.

– Você é quem você acha que é e sempre foi – disse ela, frustrada por não conseguir explicar. – Eu não era. Acha que teria sido melhor se eu nunca tivesse sabido quem era meu verdadeiro pai?

Com toda a honestidade, poderia ter sido, pensou. O conhecimento, uma vez revelado, havia dilacerado tudo que tinham, exposto ambos a coisas terríveis. Destruíra sua voz. Quase acabara com sua vida. Colocara Brianna em perigo, fizera com que fosse estuprada, responsável por matar um homem – não conversara com ela a esse respeito. Mas deveria. Às vezes, ele via o peso desse conhecimento em seus olhos e o reconhecia. Ele carregava o mesmo peso.

No entanto... ele teria preferido não ter sabido o que agora sabia? Nunca ter vivido no passado, conhecido Jamie Fraser, visto o lado de Claire que só existia na companhia de Jamie?

Afinal, não se tratava da árvore do bem e do mal no Jardim do Éden. Era a árvore do *conhecimento* do bem e do mal. O conhecimento pode ser uma dádiva venenosa – mas ainda era uma dádiva e poucas pessoas o devolveriam. Ainda bem, imaginava, já que *não podiam* devolvê-lo. E esse tinha sido o seu argumento na discussão.

– Não sabemos quais danos isso poderia causar – argumentara. – Não sabemos que *não poderia* causar nenhum dano, e danos graves. E qual seria o benefício para o sujeito, saber que sua mãe era uma louca, uma feiticeira, ou ambas, sem dúvida muitas vezes assassina, e seu pai um adúltero e no mínimo um quase assassino? Já foi um choque grande para mim quando sua mãe me contou sobre Geillis Duncan, e ela está oito gerações atrás da minha. E, antes que pergunte, sim, eu poderia viver sem saber disso.

Ela mordera o lábio e balançara a cabeça, relutante.

– É só que... eu não paro de pensar em Willie – dissera Bri finalmente, desistindo. – Não em William Buccleigh, mas... no meu irmão. – Ela corou um pouco, como sempre acontecia, embaraçada ao pronunciar a palavra. – Eu queria que ele *soubesse.* Mas papai e lorde John... eles não queriam que ele soubesse, e talvez tivessem razão. Ele tem uma vida, uma vida boa. E eles disseram que ele não poderia continuar tendo essa vida se eu lhe contasse.

– Eles tinham razão – afirmara Roger. – Se você contasse e ele acreditasse, iria forçá-lo a viver em um estado de ilusão e negação, o que o devoraria vivo, ou a reconhecer que ele é o filho bastardo de um criminoso escocês. O que não seria justo. Não na cultura do século XVIII.

– Eles não tirariam seu título de nobreza – argumentara Bri. – Papai explicou que pela lei inglesa uma criança nascida em um casamento é a herdeira legal do marido, não importa se ele é ou não o verdadeiro pai.

– Não, mas imagine viver com um título a que você acha que não tem direito, sabendo que o sangue em suas veias não é o sangue azul que você sempre pensou que fosse. Ouvir as pessoas chamá-lo de "lorde Tal" e saber do que elas o chamariam se soubessem a verdade. – Ele tentara fazê-la compreender. – De qualquer modo, isso destruiria a vida que ele tem, como se você o colocasse em cima de um barril de pólvora e acendesse o pavio. Você não saberia quando a explosão viria, mas sem dúvida aconteceria.

– Humm – murmurara ela, e a discussão terminara ali.

Mas não fora um som de concordância, e ele soube que a discussão não terminara.

Agora, já havia verificado todas as portas e janelas do andar térreo, terminando em seu gabinete.

Acendeu a luz e entrou no aposento. Estava desperto, os nervos à flor da pele. *Por quê?* A casa estaria tentando lhe dizer alguma coisa? Bufou com desdém. Era difícil não se entregar a fantasias no meio da noite em uma casa antiga, com o vento chacoalhando as vidraças. No entanto, ele sempre se sentia muito confortável naquele aposento, sentia que o lugar lhe pertencia. O que havia de errado?

Olhou, por cima da escrivaninha, o parapeito da janela, com o pequeno vaso de crisântemos amarelos que Bri colocara ali, as prateleiras...

Parou de repente, o coração batendo forte no peito. A cobra não estava lá. Não, não, estava – seu olhar desenfreado se fixou nela. Só que estava no lugar errado, não na frente da caixa de madeira que continha as cartas de Claire e Jamie, mas na frente dos livros duas prateleiras abaixo.

Pegou-a, afagando a madeira polida de cerejeira com o polegar. Talvez Annie MacDonald a tivesse mudado de lugar? Não, ela varria e tirava o pó do gabinete, mas nunca havia trocado nada de lugar. Aliás, nunca mudava coisa alguma de lugar. Ele a vira pegar um par de galochas do meio da entrada, varrer cuidadosamente embaixo delas e colocá-las de volta no mesmo lugar, sujas de lama e tudo. Ela jamais teria mudado a cobra de lugar.

Muito menos Brianna. Ele sabia – não sabia como, mas sabia – que ela também se sentia como ele. A cobra de Willie Fraser guardava o tesouro de seu irmão.

Ele já trazia a caixa para baixo antes que o curso de seu pensamento consciente tivesse chegado à conclusão lógica.

Sinais de alarme disparavam de todas as direções. O conteúdo fora remexido; os livretos estavam em cima das cartas em uma das extremidades da caixa, não embaixo. Ele tirou as cartas, amaldiçoando a si mesmo por nunca tê-las contado. Como saberia se uma delas estivesse faltando?

Separou-as entre lidas e não lidas, e *achou* que a pilha de não lidas continuava a mesma. Quem quer que tivesse remexido na caixa não as abrira, o que já era alguma coisa. Quem quer que tenha sido também quis evitar ser descoberto.

Folheou as cartas abertas e percebeu que faltava uma: aquela escrita no papel feito à mão, com flores embutidas, de Brianna. A primeira. Santo Deus, o que ela dizia? *Estamos vivos.* Lembrava-se disso. E depois Claire lhes contara tudo sobre a explosão e o incêndio da casa grande. Ela dissera nessa carta que estavam indo para a Escócia? Talvez. Mas por quê?

Dois andares acima, Mandy se sentou na cama e começou a gritar como uma *ban-sidhe.*

Ele chegou ao quarto de Amanda meio passo antes de Brianna e levantou a criança nos braços, embalando-a junto ao seu coração disparado.

– Jemmy, Jemmy! Ele desapareceu! Ele DESAPARECEU! – Este último foi um grito estridente enquanto ela se retesava nos braços de Roger, enfiando os pés com força em sua barriga.

– Ei, ei! – Ele tentava acalmá-la. – Está tudo bem, Jemmy está bem. Ele está bem, só foi passar a noite com Bobby. Ele vai voltar para casa amanhã.

– Ele DESAPARECEU! – Ela se contorcia, não tentando se desvencilhar, mas possuída por um paroxismo de angústia frenética. – Ele não tá aqui, ele não tá aqui!

– Sim, eu já falei, ele está na casa de Bobby, ele...

– Não tá *aqui* – disse ela, aflita, batendo com o dedo na testa. – Não tá aqui comigo!

– Aqui, querida, venha cá – disse Bri, angustiada, tomando a criança banhada em lágrimas dos braços de Roger.

– Mamãe, mamãe! Jemmy DESAPARECEU! – Ela se agarrou a Bri, fitando-a em desespero. – Não tá comigo!

Bri franziu a testa para Mandy, intrigada, passando a mão por ela, verificando a temperatura, glândulas inchadas, barriga dolorida...

– Não tá com você – repetiu ela, tentando arrancar Mandy de seu pânico. – Conte para a mamãe o que você quer dizer, querida.

– Não tá *aqui*! – Em completo desespero, Mandy deu uma cabeçada no peito da mãe.

– Uuuuf!

A porta no final do corredor se abriu e William Buccleigh saiu, vestindo o roupão de lã de Roger.

– Que confusão é essa, em nome da Virgem Maria? – perguntou.

– Ele levou, ele levou o Jemmy! – gritou Mandy, enterrando a cabeça no ombro de Brianna.

A despeito de si mesmo, Roger começou a se sentir contagiado pelo temor de Amanda, irracionalmente convencido de que alguma coisa terrível acontecera.

– Sabe onde Jem está? – perguntou a Buccleigh.

– Não, não sei. – Buccleigh franziu o cenho. – Não está na cama dele?

– Não, não está! – retrucou Brianna. – Você o viu sair, pelo amor de Deus. – Abriu caminho entre os dois homens. – Parem com isso, vocês dois! Roger, segure Mandy. Vou ligar para Martina Hurragh.

Ela atirou Amanda, que chupava o polegar, nos braços do marido e correu para as escadas, as roupas vestidas apressadamente. Ele ficou embalando Mandy, distraído, assustado, quase dominado pelo pânico. A filha emitia medo e angústia, e sua respiração vinha em espasmos curtos, as mãos úmidas de suor onde ele agarrava sua camisola.

– Calma, *a chuisle* – disse ele, com a entonação mais tranquila que conseguiu imprimir à voz. – Calma, agora. Vamos resolver isso. Conte ao papai o que a acordou e eu vou resolver isso, prometo.

A criança tentou reprimir os soluços, esfregando as mãozinhas rechonchudas nos olhos.

– Jemmy – choramingou. – Eu quero o Jemmy!

– Vamos trazê-lo de volta agora mesmo – prometeu Roger. – Diga, o que a fez acordar? Você teve um pesadelo?

– Aham. – Agarrou-se a ele com mais força, o rosto aterrorizado. – Eram *pedas gandes, gandes.* Elas *guitaram* comigo!

Sentiu suas veias gelarem. Meu Deus, meu Deus. Talvez ela *realmente* se lembrasse de sua viagem através das pedras.

– Sim, compreendo – disse ele, dando tapinhas nas costas de Mandy da maneira mais apaziguadora que conseguia, com o peito em ebulição.

Ele *realmente* compreendia. Mentalmente, viu aquelas pedras, sentiu-as e ouviu outra vez. E, virando-se um pouco, notou a palidez do rosto de William Buccleigh. Ele também ouvira a verdade na voz de Mandy.

– O que aconteceu, então, *a leannan*? Você se aproximou das pedras grandes?

– Não. Foi Jem! Aquele homem levou ele e as *pedas* engoliram ele! – Com isso, ela irrompeu em lágrimas outra vez.

– Aquele homem – disse Roger devagar, e virou-se um pouco mais, de modo que

William Buccleigh ficasse no campo de visão de Mandy. – Você quer dizer *este* homem, querida? Tio Buck?

– Não, nã-nã-nã-nã-nã, *outo* homem. – Ela estava com os olhos arregalados e cheios de lágrimas, esforçando-se para fazê-lo compreender. – O pai de Bobby!

Ouviu Brianna subindo as escadas rápido. Parecia que ela dava encontrões contra as paredes da escada, perdendo o equilíbrio enquanto corria.

Ela surgiu de repente no topo e Roger sentiu cada pelo de seu corpo se eriçar ao ver o rosto lívido, assustado, da mulher.

– Ele desapareceu – disse ela, a voz embargada. – Martina falou que ele não está com Bobby, ela não o esperava esta noite. Eu a fiz sair e ir olhar... Rob vive três casas mais abaixo. Sua caminhonete não está lá.

As mãos de Roger estavam dormentes de frio e o volante escorregava com seu suor. Pegou a saída da autoestrada em tal velocidade que as rodas de fora se ergueram e o carro inclinou. A cabeça de William Buccleigh bateu no vidro.

– Desculpe – murmurou Roger, e recebeu um grunhido de aceitação em resposta.

– Tenha cuidado com você mesmo – disse Buccleigh, esfregando a têmpora. – Vai nos jogar em uma vala, e depois?

E depois? Com esforço, levantou um pouco o pé do acelerador. A lua estava quase desaparecendo no céu, e uma pálida lua minguante pouco ajudava a clarear a paisagem, escura como breu à volta deles. Os faróis do pequeno Morris mal penetravam na escuridão e os fracos fachos de luz oscilavam de um lado para outro conforme sacolejavam loucamente na estrada de terra que levava até perto de Craigh na Dun.

– Por que esse *trusdair* levaria seu filho?

Buccleigh girou a manivela e abriu a janela, depois enfiou a cabeça para fora, tentando em vão enxergar mais longe do que era possível através do para-brisa empoeirado.

– E por que, pelo amor de Deus, trazê-lo *aqui*?

– Como vou saber? – indagou Roger entre dentes. – Talvez ele ache que precisa de sangue para abrir a passagem pelas pedras. *Santo Deus*, por que eu escrevi isso? – Bateu com o punho cerrado no volante, sentindo-se frustrado.

Buccleigh estava espantado, mas seu olhar se aguçou no mesmo instante.

– É isso? – perguntou, ansioso. – É assim que se faz? Sangue?

– Não, droga! – respondeu Roger. – É a época do ano, as pedras preciosas. Nós achamos.

– Mas você escreveu "sangue", com um ponto de exclamação ao lado.

– Sim, mas... O que quer dizer? Você leu minhas anotações também, filho da mãe?

– Olhe a boca, meu caro – disse William Buccleigh, soturno, mas sereno. – Claro que li. Li tudo que havia em seu escritório, e você faria o mesmo, em meu lugar.

Roger reprimiu o pânico que se apoderara dele o suficiente para fazer um breve aceno de cabeça.

– Sim, provavelmente sim. E, se você *tivesse* levado Jem, eu o mataria assim que o encontrasse, mas talvez eu entendesse. Mas *esse* desgraçado! O que ele acha que está *fazendo*, pelo amor de Deus?

– Acalme-se – aconselhou Buccleigh. – Você não vai ajudar seu filho se perder a cabeça. Esse Cameron... ele é um de nós?

– Não sei.

– Mas há outros, não é? Não ocorre só na família?

– Não sei. Acho que há outros, mas não tenho certeza. – Roger se esforçou para pensar e para manter o carro a uma velocidade baixa nas curvas da estrada, parcialmente invadidas pelo tojo rastejante.

Ele tentava rezar, mas não conseguia nada além de um aterrorizado *Senhor, por favor!* Queria que Bri estivesse com ele, mas não podiam trazer Mandy para perto das rochas e se chegassem a tempo de alcançar Cameron... se Cameron estivesse lá... Buccleigh o ajudaria, tinha certeza disso.

No fundo de sua mente, ele acalentava uma esperança desesperada de que houvesse algum mal-entendido, que Cameron errara a noite e, ao perceber, estivesse trazendo Jem de volta para casa, naquele mesmo instante em que Roger e seu cinco vezes bisavô irrompiam pela charneca pedregosa na escuridão, dirigindo-se para a coisa mais terrível que conheciam.

– Cameron, ele leu meu caderno também – disse Roger num rompante, incapaz de suportar os próprios pensamentos. – Acidentalmente. Ele fingiu achar que tudo não passava de uma... uma... ficção, algo que eu inventara por diversão. Meu Deus, o que eu *fiz*?

– Cuidado!

Buccleigh lançou os braços sobre o rosto e Roger pisou fundo no freio, saindo da estrada e batendo em uma pedra grande. Por pouco não colidiu com a velha caminhonete azul parada na estrada, escura e vazia.

Ele se arrastou aos trambolhões encosta acima, tateando em busca de apoio para as mãos no escuro, pedras deslizando de baixo de seus pés, espinhos de tojo espetando suas palmas, de vez em quando penetrando embaixo das unhas, fazendo-o xingar. Bem lá embaixo, ele conseguia ouvir William Buccleigh o seguindo.

Começou a ouvi-las muito antes de alcançar o topo. Faltavam três dias para o Halloween, e as pedras sabiam disso. O som que não era som vibrou pela medula de seus ossos, fez seu crânio reverberar e seus dentes doerem. Ele cerrou os dentes e continuou subindo. Quando finalmente chegou às pedras verticais, apoiava-se sobre as mãos e os joelhos, incapaz de ficar em pé.

Meu Deus, pensou, *meu Deus, ajude-me! Mantenha-me vivo o suficiente para encontrá-lo!*

Ele mal conseguia formular seus pensamentos, mas havia se lembrado da lanterna. Trouxera-a do carro e agora a procurava, remexendo no bolso, deixando-a cair e tateando pela grama do círculo de pedras, encontrando-a por fim e apertando o botão com um dedo que escorregou quatro vezes antes que ele conseguisse a força para acendê-la.

O facho de luz se projetou e ele ouviu uma exclamação abafada de surpresa vinda de trás dele. *Claro,* pensou atordoadamente, William Buccleigh nunca vira uma lanterna. O facho de luz oscilante percorreu o círculo lentamente, e de volta. O que ele procurava? Pegadas? Algo que Jem tivesse deixado cair que mostraria que ele viera para este lugar?

Não encontrou nada. Nada além das pedras. Estava ficando pior, e ele deixou a lanterna cair, segurando a cabeça com as duas mãos. Tinha que se mover... tinha que ir... ir pegar Jem...

Ele se arrastava pela grama, cego de dor, quando mãos fortes o agarraram pelos tornozelos e o puxaram para trás. Achou ter ouvido uma voz, mas, se assim fosse, tinha se perdido na gritaria lancinante que ecoava dentro de sua cabeça, dentro de sua alma, e ele gritou o nome do filho com todas as forças para ouvir alguma coisa além daquele barulho; sentiu sua garganta se rasgar com o esforço, mas não ouviu nada.

Então a terra se abriu sob ele e o mundo despencou no abismo.

Despencou. Quando recobrou os sentidos, algum tempo depois, viu que William Buccleigh e ele descansavam em uma cavidade rasa na encosta da colina, 12 metros abaixo do círculo de pedras. Caíram e rolaram. Sabia disso pela maneira como se sentia e pela aparência de Buccleigh. A aurora começava a se insinuar pelo céu e ele pôde ver Buccleigh, arranhado e rasgado, sentado, agachado, ao seu lado, curvado sobre si mesmo como se sua barriga doesse.

– O que...? – murmurou Roger.

Tentou perguntar de novo o que acontecera, mas não conseguiu emitir mais do que um sussurro, e até mesmo isso fez sua garganta arder como fogo.

William Buccleigh sussurrou alguma coisa e Roger percebeu que ele rezava. Tentou se sentar e conseguiu, apesar de sua cabeça girar.

– Você me puxou para fora? – Ele quis saber, com um sussurro rouco.

Os olhos de Buccleigh estavam fechados e permaneceram assim até terminar sua prece. Então abriu-os e se voltou para o alto da colina, onde as pedras fora de seu campo de visão ainda entoavam sua canção fantasmagórica de outros tempos – nada mais ali, graças a Deus, do que um lamento estranho que fazia seus dentes rangerem.

– Sim – respondeu Buccleigh. – Achei que não iria conseguir sozinho.

– Não, não conseguiria. – Roger se esticou no chão, zonzo e dolorido. – Obrigado – acrescentou instantes depois.

Havia um grande vazio dentro dele, amplo como o céu cada vez mais claro.

– Sim. Talvez ajude a compensar por ter causado o seu enforcamento – comentou Buccleigh. – E agora?

Roger fitou o céu girando no alto devagar. Isso o deixou ainda mais tonto, de modo que fechou os olhos e estendeu a mão.

– Agora, vamos para casa e pensar melhor. Ajude-me a levantar.

86

VALLEY FORGE

William vestia seu uniforme. Era necessário, dissera a seu pai.

– Denzell Hunter é um homem de consciência e princípios. Não posso convencê-lo a deixar o acampamento americano sem uma licença adequada de seu oficial. Acho que ele não viria. Mas se eu puder obter permissão, e acho que posso, então acredito que venha.

Só que, para obter permissão formal para os serviços de um médico Continental, ele tinha que pedir formalmente. O que significava ir ao quartel-general de inverno de Washington em Valley Forge de casaco vermelho, independentemente do que pudesse acontecer em seguida.

Lorde John fechou os olhos por um instante, visualizando exatamente que tipo de coisa *poderia* acontecer em seguida, então os abriu:

– Muito bem. Quer levar um criado com você?

– Não – disse William, surpreso. – Para que precisaria de um?

– Para cuidar dos cavalos, dos seus pertences… e para ser os olhos atrás de sua cabeça – disse o pai, lançando-lhe um olhar indicando que ele já devia ter alguma ideia do que iria precisar.

Portanto, ele *não* falou "Cavalos?" ou "Que pertences?". Apenas assentiu e disse:

– Obrigado, papai. Pode me arranjar alguém adequado?

"Adequado" veio a ser um tal de Colenso Baragwanath, um jovem mirrado da Cornualha que viera com as tropas de Howe como tratador de cavalos. Ele sabia muito sobre cavalos.

Eram quatro cavalos e uma burrinha de carga, a última carregada com cortes de carne de porco, quatro ou cinco perus gordos, um saco de batatas, outro de nabos e um bom barril de sidra.

– Se as condições lá forem tão ruins quanto eu acho que são – dissera o pai enquanto supervisionava o carregamento da burra –, o comandante lhe concederia os serviços de metade de um batalhão em troca disso, quanto mais um médico.

– Obrigado, papai – disse ele outra vez, montando na sela, seu novo gorjal de capitão em volta do pescoço e uma bandeira branca de trégua dobrada no alforje.

Valley Forge parecia um gigantesco acampamento de carvoeiros amaldiçoados. O lugar era uma terra para plantio de árvores, ou fora antes de os soldados de Washington começarem a derrubar tudo que estava à vista. Havia tocos por toda parte e o solo estava coberto de galhos quebrados. Enormes fogueiras ardiam em diversos pontos e se viam pilhas de toras cortadas. Estavam construindo cabanas o mais rápido possível – e já não era sem tempo, pois a neve começara a cair há três ou quatro horas e o acampamento já estava coberto de branco.

William esperava que pudessem *ver* a bandeira de trégua.

– Certo, vá na minha frente – disse ele a Colenso, entregando ao rapaz a longa vara em que amarrara a bandeira branca.

Os olhos do jovem se arregalaram, horrorizados.

– Eu?

– Sim, você – respondeu Willie com impaciência. – Vá ou dou um chute no seu traseiro.

As costas de William coçavam quando entraram no acampamento. Colenso estava agachado como um macaco em cima do seu cavalo, segurando a bandeira o mais baixo que ousava segurar e murmurando estranhas imprecações em seu idioma córnico. A mão esquerda de William coçava também, querendo agarrar o punho espada, o cabo da pistola. Mas ele tinha sido desarmado. Se pretendessem atirar nele, fariam-no de qualquer jeito, armado ou não, e vir desarmado era um sinal de boa-fé. Assim, ele jogou sua capa para trás, apesar da neve, para mostrar a ausência de armas, e entrou devagar no meio da tormenta.

As preliminares foram bem. Ninguém atirou nele, que foi conduzido a um coronel Preston, um homem alto, esfarrapado, vestindo o que restara de um uniforme continental, que o olhou de viés, mas ouviu com surpreendente cortesia sua solicitação. A permissão foi concedida, mas, sendo aquele o Exército Americano, não foi uma licença para levar o médico, mas para *perguntar* ao médico se ele queria ir.

Willie deixou Colenso com os cavalos e a burra, com instruções rígidas de ficar de olhos abertos, e subiu a pequena colina onde lhe haviam dito que Denzell Hunter estaria. Seu coração batia acelerado, e não apenas do esforço. Na Filadélfia, ele tinha certeza de que Hunter viria a seu pedido. Agora, já não tinha tanta.

Ele já lutara contra americanos, conhecia muitos que não eram, em nenhum aspecto, diferentes dos ingleses que haviam sido dois anos antes. Mas nunca atravessara um acampamento do Exército Americano antes.

Parecia caótico, mas todos os acampamentos pareciam nos estágios iniciais, e ele podia perceber a ordem grosseira que de fato existia entre as pilhas de escombros e os tocos de árvores abatidas sem qualquer esmero. Havia algo muito diferente naquele acampamento, algo quase exuberante. Os homens pelos quais passava eram maltrapilhos: um em dez tinha sapatos, apesar das condições do tempo, e vários grupos se amontoavam como mendigos em torno de fogueiras, enrolados em cobertores, xales e restos de lonas de barracas e sacos de aniagem. No entanto, não se aglomeravam em um silêncio infeliz. Eles conversavam.

Conversavam amistosamente, contando piadas, discutindo, afastando-se para ir urinar na neve, para bater os pés ao redor da fogueira e manter o sangue circulando. Ele já vira um acampamento com moral baixo, e aquele ali *não era*. O que era, considerando tudo, surpreendente. Presumia que Denzell Hunter devia ter o mesmo ânimo. Assim, ele consentiria em deixar seus companheiros? Não havia como saber, a não ser perguntando.

Não havia porta onde bater. Deu a volta em um pequeno grupo de pequenos carvalhos sem folhas que até agora haviam conseguido escapar do machado e encontrou Hunter agachado no chão, costurando a perna de um sujeito estendido diante dele em um cobertor. Rachel Hunter segurava os ombros do ferido, a cabeça coberta pela touca, inclinada sobre ele enquanto lhe dirigia palavras encorajadoras.

– Eu não falei que ele era rápido? Não mais do que trinta segundos, eu disse, e assim foi. Eu contei, não foi?

– Você conta de forma muito descansada, Rachel – brincou o médico, sorrindo, enquanto estendia a mão para a tesoura e cortava o fio. – Um homem poderia dar três voltas ao redor da St. Paul em um dos seus minutos.

– Bobagem – retrucou ela. – Está terminado, de qualquer forma. Vamos, sente-se e beba um pouco de água. Você não... – Ela se voltara para o balde ao lado e, ao fazê-lo, percebeu William parado ali. Sua boca se abriu com o choque e logo estava de pé, atravessando a clareira correndo para abraçá-lo.

Ele não esperava por *isso*, mas ficou encantado e retribuiu o abraço com afeto. Ela cheirava um pouco a fumaça, e isso fez seu sangue correr mais rápido.

– Amigo William! Pensei que nunca mais o veria – disse ela, dando um passo para trás, o rosto iluminado. – O que faz aqui? Acho que não veio se alistar – acrescentou, examinando-o de cima a baixo.

– Não – respondeu ele, um pouco ríspido. – Vim pedir um favor. A seu irmão – acrescentou.

– Venha, então, ele já está terminando. – Ela o conduziu a Denny, ainda olhando para ele com grande interesse.

– Então, você é mesmo um soldado britânico – observou ela. – Achávamos que devia ser, mas temíamos que pudesse ser um desertor. Estou contente que não seja.

– É mesmo? – perguntou ele, sorrindo. – Você preferiria que eu renegasse meu serviço militar e buscasse a paz?

– É claro que eu gostaria que você buscasse a paz... e a encontrasse – disse ela, de modo prático. – Mas você não pode encontrar paz na quebra de um juramento e numa fuga ilegal, sabendo que sua alma estaria condenada ao erro e temendo por sua vida. Denny, veja quem chegou!

– Sim, eu vi. Amigo William, fico feliz em vê-lo! – O dr. Hunter ajudou seu paciente recém-enfaixado a ficar de pé e veio ao encontro de William, sorrindo. – Ouvi você dizer que veio me pedir um favor. Se estiver ao meu alcance, considere feito.

– Não vou cobrar essa promessa – disse William, sorrindo e sentindo um grande alívio. – Acho que concordará em vir.

Como ele esperara, Hunter de início ficou hesitante em deixar o acampamento. Não havia muitos médicos e com tantas doenças devido ao frio e ao excesso de gente... Mais de uma semana poderia se passar até ele retornar ao acampamento... Mas William se manteve em silêncio, olhando apenas uma vez para Rachel e depois fitando Denzell.

Vai preferir fazê-la permanecer aqui durante todo o inverno?

– Quer que Rachel me acompanhe? – perguntou Hunter, compreendendo o significado do olhar de William.

– Eu irei com ele de qualquer maneira – ressaltou Rachel. – E ambos sabem disso.

– Sim – disse Denzell –, mas achei mais educado perguntar. Além do mais, não é só uma questão de você vir. É que...

William não ouviu o final da frase, pois um enorme objeto foi repentinamente atirado entre suas pernas por trás e ele emitiu um gritinho pouco másculo, dando um salto para a frente e girando para ver quem o atacara dessa maneira covarde.

– Sim, estava me esquecendo do cachorro – disse Rachel, ainda tranquila. – Ele já pode andar, mas não creio que aguente fazer a viagem até a Filadélfia a pé. Você pode dar um jeito de transportá-lo?

Ele reconheceu o cachorro de imediato. Sem dúvida, não podia haver dois iguais.

– Este é o cachorro de Ian, não é? – perguntou, estendendo o punho fechado para o enorme animal cheirar. – Onde está o dono dele?

Os Hunters trocaram um rápido olhar, então Rachel respondeu:

– Escócia. Ele foi à Escócia em uma missão urgente, com seu tio, James Fraser. Conhece o sr. Fraser?

Pareceu a William que os irmãos Hunter o encaravam de forma exagerada, mas ele apenas balançou a cabeça e disse:

– Eu o encontrei uma vez, há muitos anos. Por que o cachorro não foi para a Escócia com seu dono?

Mais uma vez, o olhar cúmplice. *O que teria havido com Murray?*, perguntou-se.

– O cachorro se machucou pouco antes de embarcarem. O amigo Ian foi muito gentil em deixar seu companheiro aos meus cuidados – explicou Rachel com calma. – Você consegue arranjar uma carroça, talvez? Acho que seu cavalo pode não gostar de Rollo.

...

Lorde John ajeitou a tira de couro entre os dentes de Henry. O rapaz estava quase inconsciente com uma dose de láudano, mas ainda tinha consciência do que se passava ao seu redor. Assim, deu ao tio uma débil tentativa de sorriso. Grey podia sentir o terror pulsando através do corpo de Henry. Havia uma bola de serpentes venenosas em sua barriga, uma sensação escorregadia constante, pontuada por pontadas repentinas de pânico.

Hunter insistira em amarrar os braços e pernas de Henry à cama, para que não houvesse nenhum movimento durante a operação. O dia estava brilhante; o sol cintilava da neve congelada que emoldurava as janelas e a cama fora movida para aproveitar ao máximo essa luz.

O dr. Hunter ouvira falar do rabdomante, mas dispensara educadamente a sua vinda, dizendo que aquilo cheirava a adivinhação e, se ele tivesse que pedir a ajuda de Deus nessa empreitada, achava que não poderia fazê-lo sinceramente se houvesse alguma coisa de feitiçaria no processo. Isso ofendera um pouco Mercy Woodcock, que bufou, mas se manteve em silêncio, alegre demais - e ansiosa demais - para discutir.

Grey não era supersticioso, mas tinha uma mente prática e havia registrado com cuidado a localização da bala que o rabdomante encontrara. Explicou isso e com o relutante consentimento de Hunter pegou uma pequena régua e triangulou o local na barriga afundada de Henry, aplicando um pouco da fuligem preta da vela no lugar para assinalá-lo.

– Creio que estamos prontos – informou Denzell.

E, aproximando-se da cama, colocou as mãos na cabeça de Henry e rezou rapidamente pedindo orientação e apoio para si mesmo, força e cura para Henry, e terminou reconhecendo a presença de Deus entre eles. Apesar de seus sentimentos racionais, Grey sentiu uma pequena diminuição da tensão no quarto e se sentou do lado oposto ao médico, com as serpentes em sua barriga sossegadas por enquanto.

Segurou a mão flácida do sobrinho e, com muita calma, disse:

– Aguente firme, Henry. Não vou soltá-lo.

Foi rápido. Grey já vira cirurgiões militares trabalhando e sabia como eram rápidos, mas mesmo por esses parâmetros a velocidade e a destreza de Denzell Hunter eram notáveis. Grey perdera qualquer noção de tempo, absorto no errático aperto dos dedos de Henry, no queixume estridente de seus gritos através da mordaça de couro e nos movimentos do médico, rapidamente brutais, depois fastidiosos enquanto ele espetava, limpava e costurava.

Dados os últimos pontos, Grey respirou, ao que parecia pela primeira vez em horas, e viu pelo relógio de viagem no console da lareira que mal havia se passado um quarto de hora. William e Rachel Hunter estavam de pé junto à lareira, um pouco afastados para não atrapalhar, e ele notou com algum interesse que estavam de mãos dadas, os nós dos dedos tão lívidos quanto seus rostos.

Hunter verificava a respiração de Henry, levantando suas pálpebras para examinar suas pupilas, enxugando as lágrimas e o muco de seu rosto, tocando embaixo de seu queixo para sentir o pulso. Grey podia ver isso, fraco e irregular, mas ainda bombeando, um fio azul minúsculo sob a pele cor de cera.

– Muito bem, muito bem, e graças ao Senhor, que me deu forças – murmurava Hunter. – Rachel, você poderia trazer os curativos para mim?

Rachel se desvencilhou de William e foi buscar a pilha perfeita de pequenas almofadas de gaze dobrada e tiras de linho, juntamente com um tipo de massa viscosa ensopando de verde o pano em que estava enrolada.

– O que é *isso*? – perguntou Grey, apontando.

– Um emplastro que me foi recomendando por uma colega, a sra. Fraser. Já constatei que possui efeitos louváveis sobre ferimentos de todos os tipos – assegurou-lhe o médico.

– Sra. Fraser? – exclamou Grey, surpreso. – Sra. *James* Fraser? Onde... quero dizer, onde o senhor encontrou essa senhora?

– Em Fort Ticonderoga – foi a surpreendente resposta. – Ela e o marido estavam com o Exército Continental durante as batalhas de Saratoga.

As serpentes na barriga de Grey despertaram.

– Está querendo me dizer que a sra. Fraser está agora em Valley Forge?

– Não. – Hunter balançou a cabeça, concentrado no curativo. – Poderia levantá-lo um pouco, amigo Grey? Preciso passar esta atadura por baixo... Ah, sim, obrigado. Não – retomou ele, endireitando-se e enxugando a testa, pois estava muito quente no quarto, com tanta gente e um fogo forte na lareira. – Não, os Frasers foram para a Escócia. Apesar de o sobrinho do sr. Fraser ter feito a gentileza de nos deixar seu cachorro – acrescentou.

Rollo, curioso com o cheiro de sangue, levantou-se do canto e enfiou o focinho sob o cotovelo de Grey. Cheirou com interesse os lençóis sujos de sangue, para cima e para baixo do corpo nu de Henry. Em seguida, espirrou, balançou a cabeça e voltou para o seu canto, onde se deitou, rolou de costas e relaxou, com as patas para o ar.

– Alguém precisa ficar com ele nos próximos dias – informou Hunter, limpando as mãos em um pano. – Ele não deve ser deixado sozinho, caso pare de respirar. Amigo William – chamou, virando-se para Willie –, seria possível encontrar um lugar para nos alojarmos? Devo ficar por perto por vários dias, de modo que possa vir visitá-lo para ver como está progredindo.

William lhe afirmou que isso já fora providenciado: uma hospedaria muito respeitável e – nesse ponto ele olhou para Rachel – bem próxima. Deveria acompanhar os Hunters até lá? Ou levar a srta. Rachel, se seu irmão ainda não tivesse terminado?

Era evidente para Grey que nada teria agradado mais a Willie do que um passeio pela cidade reluzente de neve sozinho com a atraente quacre, mas a sra. Woodcock jogou água fria em seus planos observando que, na verdade, era Natal; ela não tivera tempo nem a oportunidade de fazer uma grande refeição, mas os senhores e a senhorita não honrariam sua casa e o dia tomando um copo de vinho, para beber à recuperação do tenente Grey?

Todos concordaram que essa era uma excelente ideia e Grey se ofereceu para ficar sentado com seu sobrinho enquanto iam buscar o vinho e os copos.

Com tanta gente saindo repentinamente, o quarto ficou muito mais fresco. Quase frio, na verdade, e Grey puxou tanto o lençol quanto a colcha sobre a barriga envolta em ataduras de Henry.

– Você vai ficar bom, Henry – sussurrou, apesar de os olhos do sobrinho estarem fechados e ele achar que o rapaz devia estar dormindo. Esperava que estivesse.

Mas não estava. Os olhos de Henry se abriram devagar, as pupilas mostrando os efeitos do ópio; as pálpebras enrugadas mostrando a dor que o ópio não conseguia minorar.

– Não, não vou – disse ele, a voz fraca e clara. – Ele só tirou uma bala. A segunda vai me matar.

Seus olhos se fecharam outra vez, enquanto o som das aclamações do Natal subia as escadas. O cachorro suspirou.

Rachel Hunter colocou uma das mãos sobre o estômago, a outra sobre a boca e reprimiu um arroto que se formava.

– A gula é um pecado – disse. – Um pecado que carrega seu castigo. Acho que vou vomitar.

– Todos os pecados fazem isso. – Distraído, seu irmão retrucou, mergulhando a ponta da pena na tinta. – Mas você não é gulosa. Eu a vi comer.

– Mas parece que vou explodir! – protestou ela. – Além do mais, não posso deixar de pensar no pobre Natal que aqueles que deixamos em Valley Forge vão passar, em comparação com a... *a... decadência* de nossa refeição esta noite.

– Bem, isso é culpa, não gula. E uma culpa falsa. Você comeu não mais do que constituiria uma refeição normal; é só que há meses não faz uma refeição decente. E acho que ganso assado talvez não seja a última palavra em decadência, mesmo quando recheado de ostras e castanhas. Agora, se fosse um faisão recheado de trufas ou um javali com uma maçã dourada na boca... – Sorriu para ela acima de seus papéis.

– Você já viu essas coisas? – indagou ela, curiosa.

– Sim, já. Quando trabalhei em Londres com John Hunter. Ele frequentava a sociedade e de vez em quando me levava com ele para atender um caso e às vezes para acompanhá-lo e sua mulher a alguma grande ocasião... Muita gentileza dele. Mas não devemos julgar, especialmente não pelas aparências. Mesmo aquele que parece muito frívolo, perdulário ou doidivanas ainda tem uma alma e valor perante Deus.

– Sim – disse ela, sem prestar muita atenção.

Afastou a cortina da janela, vendo a rua lá fora como uma mancha branca. Havia um lampião pendurado junto à porta de entrada da hospedaria que lançava um pequeno círculo de luz, mas a neve continuava a cair. Seu rosto flutuava no vidro escuro da janela, fino e de olhos grandes, e ela franziu o cenho para a própria imagem, ajeitando uma mecha extraviada de cabelos escuros de volta para baixo da touca.

– Acha que ele sabe? – perguntou ela. – O amigo William?

– Ele sabe o quê?

– Sua surpreendente semelhança com James Fraser – respondeu ela, deixando a cortina cair. – Você não acha que se trata de uma coincidência.

– Acho que não é da nossa conta. – Denny retomou a escrita arranhada com sua pena.

Ela deu um suspiro. Ele tinha razão, mas isso não significava que estava proibida de observar e se perguntar. Sentira-se feliz, mais do que feliz, de ver William outra vez, e, apesar do fato de ele ser um soldado inglês ter confirmado suas suspeitas, ficara extremante surpresa ao verificar que era um oficial de alta patente. Muito mais do que surpresa ao saber por intermédio de seu mal-encarado ajudante de ordens da Cornualha que ele era um lorde, embora a criatura não soubesse de que tipo.

Entretanto, sem dúvida dois homens não podiam se parecer tanto se não tivessem o mesmo sangue em um grau muito próximo. Ela vira James Fraser muitas vezes e o admirava por sua postura e dignidade, impressionando-se um pouco com a ferocidade de seu rosto, uma sensação de reconhecimento quando o via. Mas foi somente quando William surgiu diante dela no acampamento que compreendeu *por quê*. No entanto, como poderia um lorde inglês ter qualquer parentesco com um jacobita escocês, um criminoso perdoado? Pois Ian lhe contara um pouco de sua história familiar – embora não o suficiente.

– Está pensando em Ian Murray outra vez – observou seu irmão, sem levantar os olhos do papel.

Parecia resignado.

– Pensei que você repudiava a feitiçaria – disse ela com sarcasmo. – Ou não inclui leitura da mente entre as artes da adivinhação?

– Vejo que não nega. – Ergueu os olhos, então, empurrando os óculos para cima do nariz com um dedo, para vê-la melhor.

– Não, não nego – disse ela, levantando o queixo. – Como soube, então?

– Você olhou para o cachorro e suspirou de uma maneira que revelava uma emoção não compartilhada entre uma mulher e um cachorro.

– Hum! – murmurou ela, desconcertada. – Bem, e se eu realmente penso nele? Isso não é da minha conta? Imaginar como ele está, como sua família na Escócia o recebeu? Se ele sente que voltou para casa lá?

– Se ele voltará? – Denny tirou os óculos e passou a mão pelo rosto.

Ele estava cansado. Podia ver o esforço do dia em suas feições.

– Ele vai voltar – afirmou ela, sem alterar a voz. – Ele não abandonaria seu cachorro.

Isso fez seu irmão rir, o que a aborreceu muito.

– Sim, ele é bem capaz de voltar pelo cachorro – concordou ele. – E se ele voltar com uma esposa? – Sua voz era delicada agora e ela se voltou para a janela outra vez, para que ele não visse que a pergunta a havia perturbado. Não que ele precisasse ver para saber disso.

– Pode ser melhor para vocês dois se isso acontecer, Rachel. – A voz de Denny ainda era suave, mas tinha um tom de aviso. – Você sabe que ele é um homem selvagem.

– O que preferia que eu fizesse, então? – retrucou ela, sem se virar. – Casar-me com William?

Houve um breve silêncio na direção da escrivaninha.

– William? – perguntou Denny, surpreso. – Você gosta dele?

– Eu... Claro que tenho amizade por ele. E gratidão.

– Eu também – observou seu irmão. – No entanto, a ideia de você se casar com ele não tinha passado pela minha cabeça.

– Você é uma pessoa muito irritante – comentou ela, furiosa. – Não pode deixar de rir de mim por um dia ao menos?

Ele abriu a boca para responder, mas um barulho do lado de fora atraiu sua atenção e ela olhou de novo pela janela, abrindo a pesada cortina. Seu hálito embaçou o vidro escuro e ela o esfregou com a manga do casaco, a tempo de ver uma liteira embaixo. A porta da liteira se abriu e uma mulher saiu para o torvelinho de neve. Vestia peles e estava apressada; entregou uma bolsinha para um dos carregadores da liteira e correu para dentro da hospedaria.

– Bem, isso é estranho – disse Rachel, virando-se para olhar primeiro para seu irmão e depois para o pequeno relógio que decorava seus quartos. – Quem vai fazer uma visita às nove horas na noite de Natal? Não pode ser um amigo, não é?

Pois os amigos não celebram o Natal e não achariam a data um impedimento para viajar, mas os Hunters não tinham nenhuma ligação – ainda – com os amigos de nenhuma congregação da Filadélfia.

O barulho de passos nas escadas impediu a resposta de Denzell e um instante depois a porta do quarto se abriu de par em par. A mulher envolta em peles ficou parada na soleira da porta, branca como suas peles.

– Denny? – disse ela, a voz embargada.

Seu irmão se levantou como se alguém tivesse aplicado uma brasa nos fundilhos de suas calças e entornou a tinta.

– Dorothea! – gritou e, com um único salto, atravessou o aposento e abraçou a mulher vestida de peles.

Rachel não se moveu, paralisada. A tinta gotejava da escrivaninha sobre o tapete de lona pintada e ela achou que devia fazer alguma coisa a respeito, mas não fez. Continuou paralisada, boquiaberta. Achou que devia fechar a boca, e o fez.

Repentinamente, compreendeu o impulso que fazia com que os homens blasfemassem sem nenhuma cerimônia.

Rachel pegou os óculos do irmão do chão e ficou parada segurando-os, aguardando que eles se desvencilhassem do abraço. *Dorothea*, pensou consigo mesma. *Então esta é a mulher... mas certamente ela é a prima de William!*

William havia mencionado sua prima quando viajavam de Valley Forge. Na verdade, a mulher estivera na casa quando Denny realizava a operação em... Mas, então, Henry Grey devia ser irmão daquela mulher! Ela se escondera na cozinha quando Rachel e Denny foram à casa naquela tarde. Ora, claro: não era timidez ou medo, mas a intenção de não ficar cara a cara com Denny quando ele estava prestes a realizar uma operação perigosa.

Com isso, a impressão que tinha da mulher ganhou alguns pontos, embora não estivesse ainda disposta a abraçá-la contra o peito e chamá-la de irmã. Duvidava que a mulher também se sentisse assim em relação a ela – embora talvez ainda nem tivesse percebido a presença de Rachel, quanto mais tirado conclusões a seu respeito.

Denny soltou a mulher e deu um passo para trás, embora, pela expressão radiante de seu rosto, ele mal pudesse deixar de tocá-la.

– Dorothea – disse ele. – O que você...

Ele foi impedido de continuar. A bela jovem recuou um passo e deixou sua elegante capa de arminho cair no chão com um ruído suave e surdo. Dorothea usava um saco de aniagem. Não havia outra palavra para isso, apesar de que, agora que olhava, percebesse que tinha mangas. Mas era feito de um tecido rústico e cinzento, caindo reto dos ombros da jovem, mal tocando seu corpo em alguma parte.

– Serei uma quacre, Denny – disse ela, erguendo um pouco o queixo. – Já tomei minha decisão.

O rosto de Denny se contorceu e Rachel achou que ele não sabia se ria, chorava ou cobria sua amada com a capa de arminho outra vez. Não gostando de ver a bela capa jogada no chão, Rachel se abaixou e a pegou.

– Dorothea – sussurrou ele, sem saber o que dizer. – Tem certeza? Acho que você não sabe nada sobre os quacres.

– Claro que sei. Você... vê Deus em todos os seres humanos, busca paz em Deus, repele a violência e usa roupas sem graça para não distrair a mente com as coisas fúteis do mundo. Não é isso? – perguntou Dorothea, ansiosa.

Lady Dorothea, Rachel se corrigiu. William dissera que seu tio era um duque.

– Bem... mais ou menos, sim – respondeu Denny. – Você mesma... fez esta roupa?

– Sim, claro. Alguma coisa errada com ela?

– Não – disse ele, a voz soando um pouco estrangulada.

Dorothea lhe lançou um olhar penetrante, depois outro a Rachel, parecendo notar sua presença.

– O que há de errado com ela? – indagou, apelando para Rachel, e Rachel viu seu pulso latejando no pescoço branco e roliço.

– Nada – disse ela, reprimindo sua vontade de rir. – Mas os amigos podem usar roupas ajustadas ao corpo. Você não precisa se enfear.

– Compreendo. – Lady Dorothea olhou para a saia e o casaco de Rachel, muito bem-arrumados, que podiam ser de tecido rústico de cor creme, mas sem dúvida tinham um bom corte e lhe assentavam muito bem. – Bem, então está certo – disse lady Dorothea. – Vou ajustá-lo um pouco aqui e ali. – Deixando de lado a questão, deu um passo à frente outra vez e tomou as mãos de Denny nas suas. – Denny, achei que nunca mais o veria.

– Eu também – concordou ele, e Rachel viu no seu rosto a luta entre o dever e o desejo, e seu coração se condoeu dele. – Dorothea... você não pode ficar aqui. Seu tio...

– Ele não sabe que eu saí. Vou voltar – garantiu Dorothea. – Depois que tivermos acertado as coisas entre nós.

– Acertado as coisas – repetiu ele e, com notável esforço, retirou as mãos das suas. – Quer dizer...

– Aceita um pouco de vinho? – interveio Rachel, pegando a garrafa que a criada deixara para eles.

– Sim, obrigada. Ele também tomará um pouco – respondeu Dorothea, sorrindo para Rachel.

– Acho que ele vai precisar – murmurou Rachel, com um olhar para o irmão.

– Dorothea... – disse Denny, desamparado, passando a mão pelos cabelos. – Sei o que pretende. Não é apenas uma questão de você se tornar uma amiga... presumindo-se que isso seja... seja... possível.

Ela era orgulhosa como uma duquesa.

– Duvida de minha convicção, Denzell Hunter?

– Hã... não. Só acho que talvez você não tenha pensado bem no assunto.

– É o que você pensa! – Um rubor inundou as faces de lady Dorothea. – Saiba que eu não fiz outra coisa *senão* pensar desde que você deixou Londres. Como você acha que consegui chegar aqui?

– Conspirou para que atirassem na barriga de seu irmão? – perguntou Denny. – Parece um pouco cruel e talvez sem sucesso garantido.

Lady Dorothea inspirou duas ou três vezes, fitando-o sem piscar.

– Agora, veja bem – disse ela, em um tom de voz comedido –, se eu não fosse uma perfeita quacre, eu lhe daria um tapa. Mas não dei, não é? Obrigada, querida – disse a Rachel, pegando o copo de vinho. – Você é irmã dele, não?

– Não, não deu – admitiu Denny, ignorando Rachel. – Mesmo aceitando, para fins de discussão – acrescentou ele, com um vislumbre de seu eu costumeiro –, que Deus de fato lhe falou e disse que você deveria se unir a nós, isso ainda deixa a pequena questão de sua família.

– Não há nada em seus princípios de fé que exija que eu tenha a permissão do meu tio para me casar – retrucou ela. – Eu me informei.

– Quem? – perguntou Denny.

– Priscilla Unwin. É uma quacre que conheço em Londres. Você também a conhece, eu acho; ela contou que você lancetou um furúnculo no traseiro do irmãozinho dela.

Nesse ponto, Denny percebeu – talvez porque os olhos do irmão estivessem esbugalhados para Dorothea, concluiu Rachel – que estava sem os óculos. Ele estendeu um dedo para empurrá-los mais para cima no nariz, depois parou e olhou ao redor, estreitando os olhos. Com um suspiro, Rachel deu um passo à frente e os colocou em seu nariz. Em seguida, pegou o segundo copo de vinho e o entregou a ele.

– Ela tem razão – disse a ele. – Você precisa deles.

– Obviamente – observou lady Dorothea –, não estamos chegando a lugar algum.

Ela não parece uma mulher acostumada a não chegar a lugar algum, pensou Rachel, mas está mantendo um bom controle sobre seu gênio. Por outro lado, estava longe de ceder à insistência de Denny para que voltasse para a casa do tio.

– Não vou voltar – disse ela, em um tom de voz moderado. – Se eu o fizer, você vai fugir para o Exército Continental em Valley Forge, achando que eu não o seguirei.

– Você não faria isso, não é? – indagou Denny, e Rachel achou ter divisado um fio de esperança na pergunta, mas ela não sabia ao certo que tipo de esperança era.

Lady Dorothea cravou nele seus olhos azuis arregalados.

– Eu o segui através de um maldito oceano. Você acha que um exército pode me impedir?

Denny esfregou o nó de um dedo pelo cavalete do nariz.

– Não – admitiu. – Acho que não. É por isso que eu não fui. Não quero que você me siga.

Lady Dorothea engoliu de forma audível, mas corajosamente manteve o queixo erguido.

– Por quê? – perguntou, e sua voz estremeceu apenas um pouco. – Por que não quer que eu o siga?

– Dorothea – disse ele, o mais delicadamente possível –, deixando de lado o fato de que ir comigo a transformaria numa rebelde e a colocaria em conflito com sua família, trata-se de um exército. Um exército muito pobre, que não tem nenhum conforto imaginável, inclusive roupas, roupas de cama, sapatos e comida. Além disso, é um exército à beira do desastre e da derrota. Não é um lugar adequado para você.

– E é um lugar adequado para sua irmã?

– Na verdade, não – concordou ele. – Mas... – Parou, percebendo que estava prestes a cair em uma armadilha.

– Não pode me impedir de ir com você. – Rachel completou a frase por ele. Não tinha muita certeza se deveria ajudar aquela mulher estranha, mas admirava a determinação de lady Dorothea.

– E também não pode me impedir – disse Dorothea com firmeza.

Denny esfregou três dedos com força entre as sobrancelhas, fechando os olhos como se estivesse sofrendo.

– Dorothea – disse ele –, tenho a vocação de fazer o que faço e é uma questão entre mim e Deus. Rachel vem comigo não só porque é cabeça-dura, mas porque é minha responsabilidade; ela não tem outro lugar para ir.

– Eu tenho também! – respondeu Rachel. – Você disse que encontraria um lugar seguro com os amigos se eu quisesse. Eu não quis e não quero.

Antes que Denny pudesse vir com outra resposta, lady Dorothea estendeu a mão em um dramático gesto de comando, paralisando-o.

– Tenho uma ideia – disse ela.

– Temo muito perguntar qual é – comentou Denny, parecendo falar com sinceridade.

– Eu não – retrucou Rachel. – Qual é?

Dorothea olhou de um para outro.

– Eu fui a uma reunião quacre. Duas, na verdade. Sei como é. Vamos realizar uma reunião e pedir a Deus que nos oriente.

Denny ficou boquiaberto, para diversão de Rachel, que raramente era capaz de deixar seu irmão sem fala. Começava a apreciar ver Dorothy fazer isso.

– Isso... – começou ele, parecendo perplexo.

– É uma excelente ideia – disse Rachel, já puxando outra cadeira para perto da lareira.

Denny mal pôde argumentar. Visivelmente desconcertado, ele se sentou. Rachel percebeu que ele a colocou entre Dorothea e si mesmo. Ela não sabia se ele tinha medo de ficar muito perto da moça, no caso de o poder de sua presença dominá-lo, ou se era apenas o fato de querer um ângulo de visão melhor.

Todos se acomodaram devagar, remexendo-se um pouco para ficar mais confortáveis, e caíram em silêncio. Rachel fechou os olhos, vendo a vermelhidão quente do fogo por dentro de suas pálpebras, sentindo o conforto do seu calor nas mãos e nos pés. Agradeceu por isso, lembrando-se do constante frio que passavam no acampamento, as unhas dos dedos das mãos e dos pés roxas, e o tremor que diminuía, mas não parava, quando se enrolava em seus cobertores à noite e deixava seus músculos fatigados e doloridos. Não era de admirar que Denny não quisesse que Dorothea fosse com eles. Ela não queria voltar, daria quase qualquer coisa para não voltar –

qualquer coisa que não o bem-estar de Denny. Ela detestava sentir fome e frio, mas seria muito pior estar aquecida e bem alimentada sabendo que ele sofria sozinho.

Será que lady Dorothea faz ideia de como seria?, perguntou-se e abriu os olhos. A moça estava sentada em silêncio, as mãos graciosas entrelaçadas no colo. Rachel imaginava que Denny estivesse, assim como ela, visualizando aquelas mãos avermelhadas e manchadas de frieiras, aquele rosto adorável macilento de fome e sujo de poeira e fuligem.

Os olhos de Dorothea estavam ensombreados pelas pálpebras, mas Rachel tinha certeza de que ela fitava Denny. *Um jogo arriscado da parte de Dorothea*, pensou. E se Deus falasse com Denny e dissesse que era impossível, que ele tinha que mandá-la embora? E se Deus falasse com Dorothea agora, pensou repentinamente, ou se já tivesse falado? Rachel ficou desconcertada com a ideia. Não que os amigos pensassem que o Senhor falasse apenas a eles; é só que achavam que as outras pessoas não ouviam.

Ela mesma teria ouvido? Com toda a honestidade, era forçada a admitir que não. E sabia por quê. Por não querer ouvir o que sabia que iria ouvir – que deveria se afastar de Ian Murray e esquecer os pensamentos que aqueciam seu corpo e seus sonhos na floresta gelada. Aqueciam tanto que às vezes ela acordava com a certeza de que se pusesse a mão para fora, na neve que caía, esta chiaria e desapareceria na palma de sua mão.

Engoliu em seco e fechou os olhos, tentando se abrir para a verdade, mas tremendo de medo de ouvi-la.

Tudo que ouviu, entretanto, foi um ruído arquejante, e um instante depois o nariz úmido de Rollo se enfiou em sua mão. Desconcertada, afagou suas orelhas. Certamente, não era adequado fazer isso no meio de uma reunião, mas iria continuar esfregando o focinho em sua mão até ela ceder, sabia. Ele semicerrou os olhos amarelos de prazer e descansou a cabeça pesada em seu joelho.

O cachorro o ama, pensou ela, afagando os pelos ásperos e grossos. *Como ele pode ser mau?* Não foi Deus quem ela ouviu em resposta, mas seu irmão, que certamente diria: "Apesar de os cachorros serem criaturas de valor, não creio que sejam bons juízes de caráter."

Mas eu sou, pensou consigo mesma. *Sei quem ele é... e também o conheço pelo que ele pode ser.* Olhou para Dorothea, imóvel em seu largo vestido cinzento. Lady Dorothea Grey estava disposta a abandonar sua vida pregressa, e muito provavelmente sua família, para se tornar uma amiga, por Denny. Não poderia ser, perguntou-se, que Ian Murray deixasse a selvageria por ela?

Bem, esse é um pensamento arrogante, repreendeu-se. *Que tipo de poder você acha que tem, Rachel Mary Hunter? Ninguém tem esse tipo de poder, a não ser Deus.*

O Senhor de fato tinha. E, se Deus assim desejasse, tudo era possível. Rollo balançou o rabo devagar, batendo três vezes no assoalho.

Denzell Hunter se endireitou um pouco em sua cadeira. Foi um movimento quase imperceptível, mas, vindo da absoluta imobilidade, surpreendeu as duas mulheres, que ergueram a cabeça como pássaros surpresos.

– Eu amo você, Dorothea – confessou ele. Falou muito devagar, mas seus olhos meigos ardiam por trás dos óculos, e Rachel sentiu seu peito doer. – Quer se casar comigo?

87

SEPARAÇÃO E REENCONTRO

20 de abril de 1778

No que diz respeito a viagens transatlânticas – e após nossas aventuras com o capitão Roberts, Hickman e Stebbings eu me considerava uma *connaisseuse* em desastres marítimos –, a travessia para a América fora bastante maçante. Na verdade, tivemos um pequeno atrito com um navio de guerra britânico, mas o deixamos para trás, enfrentamos dois vendavais e uma tempestade, mas felizmente não naufragamos, e, apesar de a comida ser execrável, eu estava distraída demais para fazer algo além de tirar gorgulhos do biscoito antes de comê-lo.

Metade da minha mente estava no futuro: a precária situação de Fergus e Marsali, o perigo da condição de Henri-Christian e a logística de lidar com o problema. A outra metade... Bem, para ser justa, sete oitavos ainda estavam em Lallybroch com Jamie.

Sentia-me machucada e ferida, com alguma parte vital extirpada, como sempre me sentia quando me separava de Jamie por muito tempo, mas também como se eu tivesse sido violentamente ejetada de meu lar, como uma craca arrancada de sua rocha e negligentemente atirada na arrebentação.

A maior parte disso era a iminente morte de Ian. Ele era uma parte tão vital de Lallybroch, sua presença ali tão constante e tão reconfortante para Jamie todos esses anos, que a sensação de sua perda era de certa forma a perda da própria Lallybroch. Estranhamente, as palavras de Jenny, injuriosas como possam ter sido, não me perturbavam. Conhecia muito bem a dor e o desespero que se transformavam em fúria. Essa era a única maneira de continuar vivendo. Na verdade, também compreendia seus sentimentos, porque os compartilhava: irracional ou não, eu também sentia que deveria ter sido capaz de ajudar Ian. De que adiantava todo o meu conhecimento, toda a minha capacidade, se eu não podia fazer nada quando a ajuda era realmente vital?

Havia ainda outra sensação de perda – e outra perturbadora sensação de culpa – no fato de que eu não poderia estar lá quando Ian morresse, que eu tenha tido que deixá-lo pela última vez sabendo que não o veria mais, incapaz de lhe oferecer conforto ou de estar com Jamie ou sua família quando o golpe fosse desfechado, ou mesmo testemunhar seu falecimento.

O Jovem Ian também sentia isso, em grau ainda maior. Eu sempre o encontrava sentado perto da popa, olhando fixamente para o rastro do navio com olhos transtornados.

– Acha que ele já se foi? – perguntou certa ocasião em que fui me sentar ao seu lado. – Papai?

– Não sei – respondi com sinceridade. – Creio que sim, com base no estágio de sua doença... mas as pessoas às vezes surpreendem. Quando é o aniversário dele, você sabe?

Ele olhou para mim, confuso.

– Algum dia de maio, perto do aniversário de tio Jamie. Por quê?

Dei de ombros e me enrolei mais no xale contra a friagem do vento.

– Geralmente, as pessoas que estão muito doentes, mas estão perto de seu aniversário, parecem esperar até ele passar antes de morrerem. Li um estudo sobre isso certa vez. Por alguma razão, é mais provável se a pessoa for famosa ou muito conhecida.

Isso o fez rir, ainda que dolorosamente.

– Papai não é. No momento, eu acho que deveria ter ficado com ele. Sei que ele disse para eu vir... e eu queria vir – acrescentou de modo justo. – Mas me sinto mal por ter vindo.

Suspirei.

– Eu também.

– Só que você tinha que vir – protestou ele. – Não podia deixar o pequeno Henri-Christian morrer sufocado. Papai entenderia isso. Sei que entendeu.

Sorri à ansiosa tentativa de me fazer sentir melhor.

– Ele também compreendeu por que você tinha que partir.

– Sim, eu sei.

Ele ficou em silêncio por uns instantes, observando o sulco do rastro do navio. Era um dia límpido, com um ar revigorante. O navio singrava bem as águas, embora o mar estivesse agitado, salpicado de cristas espumantes.

– Gostaria – disse ele de repente, então parou e engoliu em seco. – Gostaria que papai tivesse conhecido Rachel – completou em voz baixa. – Queria que ela pudesse conhecê-lo.

Fiz um ruído solidário. Lembrei-me dos anos em que vi Brianna crescer, sofrendo porque ela jamais conheceria o pai. E então um milagre acontecera... mas não aconteceria para Ian.

– Sei que você contou sobre Rachel para seu pai. Ele me falou e estava muito feliz em saber. – Isso o fez sorrir um pouco. – Você falou para Rachel sobre seu pai? Sua família?

– Não. – Ele pareceu surpreso. – Não, nunca falei.

– Bem, você precisa... O que foi?

Ele franziu a testa e sua boca se curvou para baixo.

– Eu... Na verdade, nada. É que acabo de pensar... eu nunca contei nada a ela.

Quero dizer, nós... não conversamos realmente, sabe? Quero dizer, eu dizia algumas coisas de vez em quando, e ela também, mas somente amenidades, como todo mundo. E então nós... Eu a beijei e... bem, isso foi tudo. – Fez um gesto de desalento. – Eu nunca perguntei nada a ela. Eu tinha certeza.

– E agora não tem?

Ele balançou a cabeça, os cabelos castanhos esvoaçando ao vento.

– Não, tia. Tenho certeza do que existe entre nós como eu tenho de... de... – Ele olhou ao redor em busca de algum símbolo de solidez no convés oscilante, mas desistiu. – Bem, estou mais certo de como me sinto do que se o sol se levantará amanhã.

– Tenho certeza que ela sabe disso.

– Sim, sabe – disse ele, com voz mais branda. – Sei que sabe.

Permanecemos sentados em silêncio por mais algum tempo. Então levantei-me.

– Bem, neste caso... talvez você deva rezar uma prece para o seu pai e depois ir se sentar perto da proa.

Eu já estivera na Filadélfia uma ou duas vezes no século XX, em congressos médicos. Não gostara do lugar na época, achava-o sujo e inóspito. Era diferente agora, mas não mais atraente. As ruas que não eram pavimentadas com paralelepípedos eram verdadeiros mares de lama e aquelas que por fim iriam ficar ladeadas de fileiras de conjuntos residenciais caindo aos pedaços, com quintais cheios de lixo, brinquedos de plástico quebrados e peças de motocicletas, estavam agora orladas com casebres em ruínas, quintais cheios de lixo, conchas de ostras descartadas e cabras amarradas. É bem verdade que não havia nenhum policial bravo à vista, mas os pequenos criminosos ainda eram os mesmos, apesar da presença ostensiva do Exército Britânico. Casacos-vermelhos se reuniam nas portas das tavernas e colunas em marcha passavam pela carroça, mosquetes nos ombros.

Era primavera. Havia árvores por toda parte, graças ao pronunciamento formal de William Penn de que 1 acre em 5 deveria ser deixado com árvores – nem mesmo os gananciosos políticos do século XX tinham conseguido desflorestar o lugar, apenas porque não haviam descoberto um meio de lucrar com isso sem ser pegos –, e muitas das árvores estavam floridas, confetes de pétalas brancas caindo sobre os lombos dos cavalos conforme a carroça entrava na cidade propriamente dita.

Uma patrulha militar fora instalada na principal entrada da cidade. Ela nos parou, exigindo salvo-conduto dos dois passageiros homens e do condutor. Eu colocara uma touca adequada, não olhei ninguém nos olhos e murmurei que estava vindo do interior para cuidar de minha filha, prestes a dar à luz.

Os soldados olharam dentro do enorme cesto de comida que eu carregava no colo, mas não fitaram meu rosto antes de mandarem a carroça prosseguir. Respeitabilidade tinha suas vantagens. Perguntei-me distraidamente quantos chefes de espiões tinham pensado em usar senhoras de idade. Não se ouvia falar de mulheres idosas como espiãs. Por outro lado, isso poderia apenas indicar quanto elas eram boas no que faziam.

A gráfica de Fergus não ficava no bairro mais nobre, mas também não era longe, e fiquei satisfeita de ver que era um sólido prédio de tijolos vermelhos, em meio a uma fileira de casas agradáveis como a loja. Não havíamos escrito avisando que viríamos; eu teria chegado junto com a carta. Com o coração acelerado, abri a porta.

Marsali estava de pé junto ao balcão, separando pilhas de papéis. Ela ergueu os olhos quando o sino acima da porta soou, depois me encarou boquiaberta.

– Como vai, querida? – cumprimentei-a e, colocando minha cesta no chão, corri para suspender a tampa da passagem pelo balcão e abraçá-la.

Ela parecia um zumbi, apesar de seus olhos terem se iluminado com um intenso alívio ao me ver. Marsali se deixou cair em meus braços e irrompeu em lágrimas. Bati de leve em suas costas, dizendo palavras tranquilizadoras e me sentindo um pouco alarmada. Suas roupas caíam frouxamente no corpo e ela cheirava a ranço, os cabelos sem lavar havia muito tempo.

– Vai dar tudo certo – repeti com firmeza pela décima vez.

Ela parou de soluçar e recuou um passo, tateando no bolso à cata de um lenço. Levei um choque ao perceber que ela estava grávida outra vez.

– Onde está Fergus? – perguntei.

– Não sei.

– Ele a deixou?! – indaguei num rompante, horrorizada. – Ora, o desgraçado...

– Não, não – disse ela, quase rindo através das lágrimas. – Ele não me deixou. É que ele está escondido. Sempre muda de lugar e não sei em qual deles está no momento. As crianças o encontrarão.

– Por que ele está se escondendo? Não que eu precise perguntar, imagino – disse, com um olhar à máquina impressora negra, baixa e sólida que se via atrás do balcão. – Algum motivo específico?

– Sim, um pequeno panfleto para o sr. Paine. Ele tem uma série em andamento, sabe, chamada "A crise americana".

– Sr. Paine... O sujeito do Senso Comum?

– Sim, ele mesmo – respondeu ela, fungando e limpando os olhos. – Ele é um bom homem, mas você não vai querer beber com ele, segundo Fergus. Sabe como alguns homens são meigos e gentis quando estão bêbados, mas outros ficam insanos e querem partir para a luta cantando a marcha de Bonnie Dundee sem nem mesmo serem escoceses?

– Ah, esse tipo. Sim, conheço bem. Com quanto tempo você está? – perguntei, mudando para um assunto de interesse geral. – Não deveria se sentar? Não pode ficar em pé durante muito tempo.

– Com quanto...? – Ela pareceu surpresa e involuntariamente colocou a mão onde eu estivera olhando, em sua barriga protuberante. Então riu. – Isso. – Ela enfiou a mão sob seu avental e retirou uma bolsa de couro volumosa que amarrara ao redor da cintura. – Caso ateiem fogo à casa e eu tenha que fugir com as crianças.

Notei que a bolsa era surpreendentemente pesada quando a tirei de sua cintura, e ouvi tinidos abafados no fundo, sob a camada de papéis e pequenos brinquedos infantis.

– O Caslon itálico 24? – perguntei, e ela sorriu, logo rejuvenescendo dez anos.

– Tudo, exceto o "X". Tive que derretê-lo e trocá-lo por dinheiro no ourives para comprar comida, depois que Fergus partiu. Mas ainda há um "X" aí dentro, veja bem – disse ela, olhando para a bolsa –, mas esse é de chumbo mesmo.

– Teve que usar o Goudy negrito 10?

Jamie e Fergus haviam moldado dois conjuntos completos de tipos com o ouro. Depois os esfregaram com fuligem e recobriram de tinta até ficarem imperceptíveis entre os muitos conjuntos de tipos de chumbo genuínos na caixa de tipos que ficava contra a parede atrás da impressora.

Ela balançou a cabeça e estendeu a mão para pegar a bolsa de volta.

– Fergus o levou com ele. Pretendia enterrá-lo em local seguro, por via das dúvidas. Você parece bastante cansada da viagem, mamãe Claire – continuou ela, inclinando-se para a frente para me ver melhor. – Quer que eu mande Joanie ao restaurante para trazer uma jarra de sidra?

– Seria maravilhoso – disse, ainda um pouco zonza com as revelações dos últimos minutos. – E Henri-Christian... como vai? Está aqui?

– Lá nos fundos com seu amigo, eu acho – respondeu ela, levantando-se. – Vou chamá-lo. Está um pouco cansado, coitado, e sua garganta está tão mal que ele soa como um sapo resfriado. Mas isso não o desanima muito, posso afirmar.

Ela sorriu, apesar do cansaço, e atravessou a porta que levava aos aposentos da família, chamando Henri-Christian.

Caso ateiem fogo à casa. Quem?, perguntei-me com um calafrio. O Exército Britânico? Legalistas? E como Marsali conseguia administrar sozinha um negócio e uma família, com um marido escondido e uma criança doente que não podia ser deixada a sós enquanto dormia? *O horror de nossa situação*, escrevera na carta a Laoghaire. E isso fora meses antes, quando Fergus ainda estava em casa.

Bem, ela não estava sozinha agora. Pela primeira vez desde que deixara Jamie na Escócia, senti algo mais do que a força da triste necessidade em minha situação. Escreveria para ele esta noite. Ele poderia deixar Lallybroch antes de minha carta chegar lá, mas, se assim fosse, Jenny e o resto da família ficariam contentes em saber o que estava acontecendo ali. E se por acaso Ian ainda estivesse vivo... Mas eu não queria pensar nisso; saber que sua morte significaria a liberação de Jamie para vir ao meu encontro me fazia sentir mal, como se eu desejasse que sua morte acontecesse mais cedo. Embora, com toda a honestidade, eu acreditasse que Ian preferia que não se demorasse.

Esses pensamentos mórbidos foram interrompidos pelo retorno de Marsali, Henri--Christian saltitando ao seu lado.

– *Grandmère!* – gritou ele ao me ver e pulou nos meus braços, quase me derrubando. Era um menino muito compacto.

Ele esfregou o nariz em mim e senti uma notável onda de ternura ao vê-lo. Beijei-o e o abracei, sentindo preencher-se o buraco deixado em meu coração pela partida de Mandy e Jem. Isolada da família de Marsali na Escócia, eu quase havia me esquecido de que ainda tinha quatro lindos netos e fiquei grata por ser lembrada disso.

– Quer ver um truque, *grandmère*? – perguntou Henri-Christian.

Marsali tinha razão: ele soava mesmo como um sapo resfriado. Assenti e, pulando do meu colo, o garoto retirou do bolso três sacolinhas de couro cheias de farelo de trigo e começou a fazer malabarismos com grande destreza.

– O pai que ensinou – explicou Marsali, com certo orgulho.

– Quando eu for grande como Germain, meu pai vai me ensinar a bater carteiras também!

Marsali soltou um suspiro e cobriu a boca com a mão.

– Henri-Christian, nunca fale disso – ralhou. – A ninguém. Está me ouvindo?

Ele olhou para mim, confuso, mas assentiu obedientemente.

O calafrio que eu sentira retornou. Germain estaria batendo carteiras? Olhei para Marsali, mas ela balançou a cabeça. Falaríamos sobre isso mais tarde.

– Abra a boca e ponha a língua para fora, querido – sugeri a Henri-Christian. – Deixe a vovó ver sua garganta... Parece muito inflamada.

Ele protestou, mas acabou abrindo, com um largo sorriso. Um cheiro ligeiramente pútrido flutuou dali de dentro e, mesmo não dispondo de um instrumento com luz para exame, pude ver que as amídalas inchadas quase obstruíam a garganta.

– Santo Deus! – exclamei, virando sua cabeça de um lado para outro para ver melhor. – Surpreende-me que consiga comer, quanto mais dormir.

– Às vezes ele não consegue – observou Marsali, e notei a tensão em sua voz. – Em geral, não engole nada, a não ser um pouco de leite, e, ainda assim, é como faca em sua garganta, pobrezinho. – Ela se agachou ao meu lado, alisando e afastando os belos cabelos escuros de Henri-Christian de seu rosto corado. – Acha que pode ajudar, mamãe Claire?

– Sim – disse, com muito mais confiança do que sentia. – Sem dúvida.

Senti a tensão se esvair dela como água e, como uma drenagem literal, as lágrimas começaram a escorrer pelo seu rosto. Ela puxou a cabeça de Henri-Chistian para o seu peito a fim de que ele não a visse chorar e eu estendi os braços para envolver ambos em um abraço, repousando minha face contra sua cabeça coberta pela touca, sentindo o cheiro rançoso e almiscarado do terror e da exaustão.

– Está tudo bem agora – falei, afagando suas costas magras. – Eu estou aqui. Você pode dormir.

Marsali dormiu o resto do dia e a noite inteira. Eu estava cansada da viagem, mas consegui cochilar na cadeira junto ao fogo da cozinha, Henri-Christian aninhado em meu colo, roncando. Ele parou de respirar uma ou duas vezes durante a noite e, apesar de eu ter conseguido fazê-lo retomar a respiração sem nenhuma dificuldade, pude ver que algo deveria ser feito imediatamente. Em consequência, tirei um rápido cochilo de manhã e, depois de lavar o rosto e comer um pouco, saí em busca do que precisava.

Eu possuía os mais rudimentares instrumentos médicos comigo, mas o fato era que a extirpação de amídalas e adenoides não requeria nada complexo nessa linha.

Desejei que Ian tivesse vindo à cidade; ele me seria útil, e a Marsali também. Mas era perigoso para um homem de sua idade. Ele não podia entrar abertamente na cidade sem ser parado e questionado por patrulhas britânicas, provavelmente preso por aparência suspeita - o que ele sem dúvida tinha. Fora isso... ele estava ansioso para procurar Rachel Hunter.

A tarefa de encontrar duas pessoas - e um cachorro - que podiam estar praticamente em qualquer lugar entre o Canadá e Charleston, sem nenhum meio de comunicação além dos pés e da palavra, teria desalentado qualquer um menos teimoso do que um Fraser. No entanto, por mais amável que pudesse ser, Ian era tão capaz quanto Jamie de perseguir um rumo traçado, custasse o que custasse e independentemente de sugestões sensatas.

Ele tinha, como ressaltou, uma vantagem. Denny Hunter provavelmente ainda era médico do Exército. Se fosse assim, ele estaria com o Exército Continental, *alguma parte* do Exército Continental. Então a ideia de Ian era descobrir onde estaria a parte do Exército mais próxima no momento e começar suas investigações ali. Para esse fim, pretendia se esgueirar pela periferia da Filadélfia, entrando sorrateiramente em tavernas e bares ilegais nas cercanias da cidade e, por meio dos mexericos locais, descobrir onde as tropas se encontravam.

O máximo que consegui persuadi-lo a fazer foi mandar notícias para a gráfica de Fergus, informando para onde estava indo, quando descobrisse alguma coisa que lhe desse um destino.

Enquanto isso, tudo que eu podia fazer era uma pequena prece para seu anjo da guarda - um ser muito atarefado -, depois dar uma palavrinha com o meu (que eu imaginava como uma espécie de figura de avó com uma expressão ansiosa) e me dedicar a fazer o que viera fazer.

Agora eu caminhava pelas ruas lamacentas, refletindo sobre os procedimentos. Eu fizera uma cirurgia para retirada das amídalas uma vez - bem, duas, se contasse os gêmeos Beardsley separadamente - nos últimos dez anos. Era um procedimento rápido, sem complexidades, mas por outro lado não era realizado em uma gráfica escura em um anão com as vias respiratórias contraídas, sinusite e um abscesso na região das amídalas.

Ainda assim, não precisava fazer isso na gráfica se pudesse encontrar um local mais bem iluminado. Onde poderia ser? A casa de alguém rico, onde cera de vela pudesse ser gasta sem restrições. Eu já estivera em muitas casas assim durante o tempo que passamos em Paris, mas não conhecia ninguém nem sequer moderadamente próspero na Filadélfia.

Bem, uma coisa de cada vez. Antes que eu me preocupasse mais com um teatro de operação, precisava encontrar um ferreiro capaz de executar trabalhos delicados, para fazer o laço de fio metálico que eu precisava. Eu poderia, com uma rápida picada, cortar as amídalas com um bisturi, mas seria mais do que difícil remover as adenoides, localizadas acima do palato mole. E a última coisa que eu queria era ficar talhando e remexendo na garganta inflamada de Henri-Christian no escuro com um instrumento afiado. O laço de fio de metal seria cortante, mas com pouca probabilidade de danificar qualquer coisa em que esbarrasse; apenas o fio circundando o tecido a ser removido seria capaz de cortar, e mesmo assim somente quando eu fizesse o movimento contundente que iria remover uma amídala ou adenoide com precisão.

Perguntei-me se ele teria uma infecção por estreptococos. Sua garganta estava muito vermelha, mas outras bactérias podiam causar isso.

Não, teríamos que correr o risco em relação a estreptococos. Eu havia colocado algumas tigelas de penicilina para fermentar logo depois que cheguei. Não havia como saber se o extrato que poderia obter delas em alguns dias estaria ativo ou não. Mesmo assim, não saberia também *quanto* estaria. Mas era melhor do que nada.

Eu tinha, no entanto, algo útil – ou teria, se a busca desta tarde fosse bem-sucedida. Quase cinco anos antes, lorde John Grey me enviara um vidro de vitríolo e um utensílio de vidro necessário para destilar. Ele obtivera esses objetos de um farmacêutico na Filadélfia, eu achava, apesar de não conseguir lembrar seu nome. Mas não devia haver muitos farmacêuticos na Filadélfia e eu pretendia visitar todos eles até encontrar o que procurava.

Marsali informara que havia duas grandes lojas de boticário na cidade e somente uma teria o que eu precisava para produzir éter. Qual era o nome do cavalheiro de quem lorde John adquirira meu aparato? Estaria ele na Filadélfia? Minha mente parecia uma folha em branco, de fadiga ou simples esquecimento; a época em que eu preparei éter em meu consultório na Cordilheira dos Frasers parecia tão distante e mítica quanto o dilúvio de Noé.

Encontrei o primeiro boticário e obtive dele alguns itens úteis, inclusive uma jarra de sanguessugas – apesar de estremecer um pouco à ideia de colocar uma dentro da boca de Henri-Christian; e se ele engolisse o bicho?

Por outro lado, ele era um menino de 4 anos com um irmão mais velho muito imaginativo. Provavelmente já engolira coisas muito piores do que uma sanguessuga. Com sorte, entretanto, eu não precisaria delas. Também adquiri dois instrumentos de cauterização bem pequenos. Era uma maneira dolorosa e primitiva de parar um sangramento, mas muito eficaz.

O boticário, entretanto, não tinha vitríolo. Desculpou-se pela falta, dizendo que tais coisas tinham que ser importadas da Inglaterra e com a guerra... Agradeci e me dirigi à segunda loja, onde fui informada que venderam havia algum tempo o pouco de vitríolo que tinham para um lorde inglês, embora o homem atrás do balcão não soubesse para que ele poderia querer tal coisa.

– Um lorde inglês? – perguntei, surpresa.

Certamente não era lorde John. No entanto, poderia ser. Não que a aristocracia inglesa tivesse ido em bandos para a Filadélfia ultimamente, a não ser aqueles que eram soldados. E o sujeito dissera "um lorde", não um major ou um capitão.

Quem não arrisca não petisca. Fui informada de que se tratava de um lorde John Grey e ele pedira que o vitríolo fosse entregue em sua casa na Chestnut Street.

Sentindo-me um pouco como Alice caindo pelo buraco do coelho – eu ainda estava um pouco tonta pela privação de sono e pelo cansaço da viagem da Escócia –, perguntei onde ficava a rua.

A porta da casa foi aberta por uma jovem muito bonita, vestida de tal forma que ficava evidente que não se tratava de uma criada. Ela não estava me esperando, mas, quando perguntei por lorde John dizendo que era uma velha conhecida, convidou-me a entrar, informando que seu tio logo estaria de volta, só levara um cavalo para pôr ferradura.

– É de imaginar que ele mandasse o criado – disse em tom de desculpas a jovem, que afirmou se chamar lady Dorothea Grey. – Ou meu primo. Mas tio John é muito meticuloso com seus cavalos.

– Seu primo? – indaguei, minha mente vagarosa traçando as possíveis ligações familiares. – Não está falando de William Ransom, está?

– Ellesmere, sim – confirmou ela, parecendo surpresa, mas satisfeita. – A senhora o conhece?

– Nós nos encontramos uma ou duas vezes – revelei. – Se não se importa com a minha pergunta... como ele veio parar na Filadélfia? Eu... hã... tinha entendido que obtivera liberdade condicional com o resto do exército de Burgoyne e fora para Boston a fim de voltar para a Inglaterra.

– Ele está, sim! – disse ela. – Em liberdade condicional, quero dizer. Só que veio aqui primeiro, para ver seu pai, tio John, e meu irmão. – Seus grandes olhos azuis se anuviaram um pouco à menção do irmão. – Receio que Henry esteja muito mal.

– Lamento muito – comentei com sinceridade.

Eu estava muito mais interessada na presença de William ali, mas, antes de poder perguntar qualquer outra coisa, foram ouvidos passos leves e ligeiros na varanda da frente e a porta se abriu.

– Dottie? – perguntou uma voz familiar. – Sabe onde...? Desculpe-me. – Lorde John Grey entrara na sala de visitas e parara ao notar a presença de uma visita. Depois, ele realmente me viu e ficou parado, boquiaberto.

– Que prazer revê-lo. Lamento saber que seu sobrinho está doente.

– Obrigado – disse ele e, observando-me de maneira cautelosa, fez uma profunda reverência sobre a minha mão, beijando-a com elegância. – Estou encantado em vê-la de novo, sra. Fraser – acrescentou, parecendo sincero. Hesitou por um momento, mas não pôde deixar de perguntar: – Seu marido...?

– Está na Escócia – respondi, sentindo-me um pouco mesquinha por desapontá-lo.

A decepção atravessou seu rosto, mas foi logo apagada – lorde Grey era um cavalheiro e um soldado. Na verdade, usava um uniforme militar, o que me surpreendeu.

– O senhor voltou para a ativa, então? – perguntei, erguendo as sobrancelhas para ele.

– Não exatamente. Dottie, ainda não chamou a sra. Figg? Tenho certeza que a sra. Fraser gostaria de tomar alguma coisa.

– Eu acabo de chegar – informei, enquanto Dottie se levantava e saía.

– É mesmo? – disse ele, reprimindo o "Por quê?" tão evidente em seu rosto. Indicou-me uma cadeira e ele mesmo se sentou, com uma estranha expressão no rosto, como se tentasse pensar de que forma poderia dizer algo embaraçoso.

– Estou encantado em vê-la – repetiu devagar. – A senhora... Não quero de forma alguma ser indelicado, deve me desculpar... mas... veio me trazer um recado de seu marido, talvez?

Ele não pôde conter a pequena luminosidade que assomou aos seus olhos e eu me senti quase pesarosa ao balançar a cabeça.

– Sinto muito – respondi, e fiquei surpresa de ver que falava com sinceridade. – Vim pedir um favor. Não para mim mesma, para meu neto.

– Seu neto – repetiu, sem compreender. – Pensei que sua filha... Claro! Estava me esquecendo que o filho adotivo de seu marido... A família dele está aqui? Trata-se de um dos filhos dele?

– Sim, isso mesmo. – Sem mais confusão, expliquei a situação, descrevendo o estado de Henri-Christian e o lembrando de sua generosidade ao me enviar o vitríolo e o instrumento de vidro havia mais de quatro anos. – O sr. Sholto... o boticário na Walnut Street... me contou que lhe vendeu uma garrafa grande de vitríolo há alguns meses. Será que por acaso ainda tem algum? – Não fiz nenhum esforço para ocultar a ansiedade em minha voz e a expressão de seu rosto se suavizou.

– Sim, tenho – respondeu e, para minha surpresa, sorriu como o sol saindo de trás de uma nuvem. – Eu o comprei para a senhora.

Fizemos um acordo no mesmo instante. Ele não só me daria o vitríolo como também compraria quaisquer outros suplementos médicos que eu pudesse precisar, se eu consentisse em operar seu sobrinho.

– O dr. Hunter removeu uma das balas no Natal – disse ele – e isso melhorou um pouco o estado de Henry. Só que a outra continua incrustada e...

– Dr. Hunter? – interrompi. – Não está falando de Denzell Hunter, está?

– Estou, sim – disse ele, surpreso e franzindo um pouco a testa. – A senhora o conhece?

– Na verdade, sim – confirmei, sorrindo. – Trabalhamos muitas vezes juntos, tanto em Ticonderoga quanto em Saratoga com o exército de Gates. Mas o que ele está fazendo na Filadélfia?

– Ele... – começou a dizer, mas foi interrompido pelo som de passos leves descendo as escadas.

Eu estivera vagamente consciente de passos em cima enquanto conversávamos, mas não prestara atenção. Olhei na direção da porta agora e meu coração deu um salto quando vi Rachel Hunter, parada no vão, fitando-me com a boca formando um "O" perfeito de assombro.

No instante seguinte, ela estava em meus braços, abraçando-me a ponto de quebrar minhas costelas.

– Amiga Claire! – exclamou, soltando-me por fim. – Nunca imaginei vê-la... Estou tão contente... Claire! Ian. Ele voltou com você?

Seu rosto estava carregado de ansiedade e temor, esperança e cautela passando como nuvens aceleradas por suas feições.

– Voltou – assegurei a ela. – Mas não está aqui. – Sua expressão se desfez.

– Ah – murmurou, quase sem voz. – Onde...

– Ele foi procurar por você – informei, tomando suas mãos.

A alegria se espalhou por seus olhos como um incêndio numa floresta.

– Ah! – exclamou ela, em um tom diferente.

Lorde John deu uma tossidela educada.

– Talvez fosse melhor eu não saber onde seu sobrinho está, sra. Fraser – observou. – Como presumo, ele compartilha os princípios de seu marido? De fato. Se me dá licença, então, vou contar a Henry sobre sua chegada. Imagino que queira examiná-lo.

– Ah – murmurei, convocada de volta à questão em pauta. – Sim, é claro. Se me permitir...

Ele sorriu, olhando para Rachel, cujo rosto ficara branco ao me ver, mas que agora, com tanta empolgação, parecia uma maçã.

– É claro – disse ele. – Suba assim que puder, sra. Fraser. Vou esperar pela senhora lá em cima.

88

UM POUCO CONFUSO

Sinto saudade de Brianna o tempo todo, em maior ou menor grau, dependendo das circunstâncias. Mas senti muita falta dela agora. Ela teria resolvido o problema de fazer a luz chegar à garganta de Henri-Christian.

Eu o fiz deitar em uma mesa na parte da frente da gráfica, tirando o máximo proveito da luz que entrava ali. Mas ali era a Filadélfia, não New Bern. Quando o céu não estava encoberto de nuvens, estava enevoado da fumaça das chaminés da cidade. E a rua era estreita. Os prédios em frente bloqueavam a maior parte da luz que havia.

Não que fizesse muita diferença, disse a mim mesma. O aposento podia estar ensolarado e ainda assim eu não poderia ver nada nos recônditos da garganta de Henri-Christian. Marsali tinha um pequeno espelho com o qual direcionava a luz, e isso talvez ajudasse com as amídalas. As adenoides teriam que ser feitas pelo tato.

Eu podia sentir a borda macia e esponjosa de uma adenoide, logo atrás do palato mole. Ela tomou forma conforme eu ajustava o laço ao seu redor, com delicadeza, de modo a não deixar o fio de metal cortar a ponta dos meus dedos ou o corpo da adenoide inchada. Haveria um jato de sangue quando eu a extirpasse.

Eu tinha Henri-Christian preso em ângulo, Marsali segurando seu corpo inerte quase de lado. Denzell Hunter mantinha a cabeça firme, segurando o chumaço encharcado de éter firmemente sobre seu nariz. Eu não tinha nenhum outro meio de sucção além da minha boca. Teria que virá-lo depois de fazer o corte e deixar o sangue escorrer de sua boca antes que descesse pela garganta e o sufocasse. O minúsculo instrumento de cauterização estava esquentando, a ponta em forma de pá enfiada em uma panela em brasas. Essa poderia ser a parte mais complicada, refleti, parando para me estabilizar e acalmar Marsali com um aceno de cabeça. Não queria queimar sua língua ou a parte interna da boca, e isso iria ser muito escorregadio...

Girei o cabo com um movimento rápido e preciso e o menino se sacudiu sob minha mão.

– Segure-o firme. Um pouco mais de éter, por favor.

Marsali respirava ruidosamente e os nós de seus dedos estavam lívidos como seu rosto. Senti a adenoide se desprender e a pincei entre os dedos, tirando-a da boca antes que ela escorregasse pelo esôfago. Inclinei sua cabeça para o lado, sentindo o cheiro metálico de sangue quente. Deixei o pedaço de tecido extraído cair em uma vasilha e acenei para Rachel, que tirou o ferro de cauterização das brasas e o colocou com cuidado em minha mão.

Continuava com a outra mão em sua boca, mantendo a língua e a úvula fora do caminho, um dedo no local de onde tirara a adenoide, marcando o ponto exato. O instrumento de cauterização queimou uma linha branca de dor ao longo do meu dedo quando o deslizava pela garganta do menino e deixei escapar um pequeno chiado entre dentes, mas não me mexi. O cheiro contundente de sangue e tecido chamuscados veio quente e denso, e Marsali fez um pequeno ruído convulsivo, mas não afrouxou as mãos que seguravam o corpo do filho.

– Está tudo bem, amiga Marsali – sussurrou Rachel, segurando seu ombro com força. – Ele respira bem, não está sentindo dor. Está sob a luz, vai ficar bom.

– Sim, vai – falei. – Tire o ferro agora, Rachel, por favor. Mergulhe o laço no uísque e passe-o para mim de novo. Um já foi, faltam três.

– Nunca vi nada igual – observou Denzell Hunter, talvez pela nona vez.

Olhou do chumaço de éter em sua mão para Henri-Christian, que começava a se mexer e choramingar nos braços da mãe.

– Eu não teria acreditado, Claire, se não tivesse visto com meus próprios olhos!

– Bem, achei que era melhor que você visse – falei, limpando o suor do meu rosto com um lenço.

Sentia-me tomada por uma sensação de profundo bem-estar.

A cirurgia fora rápida, não mais do que cinco ou seis minutos, e Henri-Christian já estava tossindo e chorando, saindo do estado de torpor causado pelo éter. Germain, Joanie e Félicité observavam de olhos arregalados da porta que dava para a cozinha, Germain segurando com força as mãos das irmãs.

– Posso lhe ensinar a preparar isso, se quiser – sugeri a Denny.

Seu rosto, já brilhante de felicidade com a cirurgia bem-sucedida, iluminou-se.

– Claire! Que dádiva! Ser capaz de cortar sem causar dor, manter um paciente imóvel sem amarras. É... é inimaginável.

– Bem, está longe da perfeição – avisei. – E é muito perigoso, tanto para fazer quanto para usar. – Eu havia destilado o éter no dia anterior, do lado de fora, no barracão de depósito de lenha; era uma substância muito volátil e havia grande probabilidade de explodir e destruir o barracão, matando-me no processo. Tudo correra bem, embora a ideia de fazer isso de novo deixasse as palmas de minhas mãos suadas e uma sensação oca no estômago.

Levantara o conta-gotas e o sacudira delicadamente; cheio com mais de três quartos, e eu já tinha outro frasco maior.

– Vai ser suficiente, você acha? – perguntara Denny, percebendo o que eu estava pensando.

– Depende do que encontrarmos.

A cirurgia de Henri-Christian, apesar das dificuldades técnicas, tinha sido muito simples. A de Henry Grey não seria. Eu já o havia examinado, Denzell ao meu lado para explicar o que ele vira e fizera durante a cirurgia anterior, quando removera uma bala logo abaixo do pâncreas. Isso causara irritação e cicatrizes locais, mas na verdade não danificara um órgão vital. Ele não conseguira encontrar a outra bala, já que estava profundamente alojada no corpo, em algum lugar sob o fígado, e temia que pudesse estar próxima à veia portal hepática; assim, não ousara sondar muito à sua procura, já que uma hemorragia seria fatal.

No entanto, estava quase certa de que a vesícula e o duto biliar não haviam sido atingidos, e, considerando o estado geral e a sintomatologia de Henry, suspeitava que a bala perfurara o intestino delgado, mas cauterizara o ferimento interno de entrada, fechando-o em seu rastro; caso contrário, o rapaz teria morrido em poucos dias, de peritonite.

Podia estar enquistada na parede do intestino; essa seria a melhor situação. Podia estar, na verdade, alojada dentro do próprio intestino, e isso não seria nada bom, mas eu não saberia dizer a gravidade da situação até chegar lá.

Mas tínhamos éter. E os bisturis mais amolados que o dinheiro de lorde John pôde comprar.

A janela, depois do que parecera a John Grey uma discussão prolongada de maneira excruciante entre os dois médicos, permanecia parcialmente aberta. O dr. Hunter insistia nos benefícios do ar fresco e a sra. Fraser concordava por causa dos vapores do éter, mas falava sobre algo que chamava de "germes", preocupada que entrassem pela janela e contaminassem o "campo cirúrgico". *Ela fala como se isso fosse um campo de batalha*, pensou ele, mas depois olhou com atenção para seu rosto e compreendeu que de fato ela raciocinava assim.

Nunca vi uma mulher como essa, pensou, fascinado, apesar de sua preocupação com Henry. Ela prendera seus escandalosos cabelos e enrolara um pano cuidadosamente ao redor da cabeça como uma escrava negra. Com o rosto assim exposto, os ossos delicados em evidência, a intensidade de sua expressão – com aqueles olhos amarelos se movendo como os de um falcão –, era a coisa menos feminina que ele já vira. Era o olhar de um general comandando suas tropas para a batalha, e, vendo-a, sentiu a bola de serpentes em sua barriga relaxar um pouco.

Ela sabe o que está fazendo, refletiu.

Ele endireitou os ombros, aguardando ordens – para completa surpresa dela.

– Você quer ficar? – perguntou Claire.

– Sim, claro.

Sentia um pouco de falta de ar, mas não havia dúvida em sua voz. Ela lhe contara com franqueza quais eram as chances de Henry – não eram boas, mas *havia* uma chance –, e ele decidira permanecer com o sobrinho, independentemente do que acontecesse. Se Henry morresse, ao menos morreria ao lado de alguém que o amava. Embora Grey estivesse certo de que Henry não morreria. Ele não permitiria.

– Sente-se lá, então.

Ela indicou um banco na outra extremidade da cama com um aceno de cabeça e ele se acomodou, dando um sorriso encorajador a Henry ao fazê-lo. Henry parecia aterrorizado, mas determinado.

– *Não posso continuar vivendo assim* – dissera ele na noite anterior, decidindo-se a permitir a operação. – *Simplesmente não posso.*

A sra. Woodcock insistira em estar presente também e, após instruções detalhadas, a sra. Fraser declarara que ela deveria administrar o éter, aquela substância misteriosa em um conta-gotas em cima do móvel, um cheiro enjoativo emanando dele.

A sra. Fraser deu ao dr. Hunter algo que parecia um lenço e levou outro ao seu rosto. *É* um lenço, notou Grey, mas com tiras presas nos cantos. Amarrou-as atrás da cabeça, de modo que o tecido cobrisse seu nariz e sua boca, e Hunter obedientemente seguiu o exemplo.

Acostumado como Grey estava à rápida brutalidade dos cirurgiões do Exército, os preparativos da sra. Fraser pareciam extremamente laboriosos: esfregou a barriga de Henry com uma solução alcoólica que havia preparado, conversando com ele em voz baixa e apaziguadora através de sua máscara de assaltante de estrada. Ela lavou as mãos – e obrigou Hunter e a sra. Woodcock a fazerem o mesmo. Depois, esterilizou os instrumentos, de modo que o quarto inteiro recendia a uma destilaria de baixa qualidade.

Seus movimentos eram, na verdade, bastante enérgicos, ele percebeu após um instante. Mas suas mãos se moviam com tanta segurança e graça que davam a ilusão de planar como um par de gaivotas no ar. Nenhum bater de asas frenético, apenas movimentos seguros, serenos e quase místicos. Ele se viu mais calmo ao observá-los, ficando hipnotizado e em parte esquecendo o propósito final daquela silenciosa dança de mãos.

Ela se moveu para a cabeceira da cama, inclinando-se bem baixo para falar com Henry e alisar os cabelos para fora de sua fronte, e Grey viu os olhos de falcão se suavizarem momentaneamente em dourado. O corpo de Henry relaxou devagar sob o toque de suas mãos; Grey viu as mãos dele, cerradas, rígidas, se abrirem. Ela ainda tinha outra máscara, um objeto rígido feito de vime forrado com camadas de tecido de algodão macio. Claire a ajustou ao rosto de Henry e, depois de lhe sussurrar algo inaudível aos outros, pegou seu conta-gotas.

O ar se encheu de um aroma doce e pungente que grudou no fundo da garganta de Grey e fez sua cabeça girar um pouco. Ele piscou para dissipar a tontura e percebeu que a sra. Fraser lhe dirigira a palavra.

– Desculpe, o que disse?

Ergueu os olhos para ela, um grande pássaro branco com olhos amarelos – e uma garra brilhante que brotou de sua mão.

– Falei – repetiu ela com calma através da máscara – que talvez queira se sentar um pouco mais longe. Vai ficar um pouco confuso aqui.

...

William, Rachel e Dorothea se sentavam na borda da varanda da frente como passarinhos em uma cerca, Rollo esparramado no caminho de tijolos aos seus pés, desfrutando do sol de primavera.

– Está um silêncio terrível lá em cima – disse William, relanceando um olhar inquieto para a janela do quarto de Henry. – Acha que já começaram?

Ele pensou, mas não disse, que esperava ouvir Henry fazendo algum barulho se já tivessem começado, apesar do relato do irmão de Rachel sobre as maravilhas do éter da sra. Fraser. Um homem ficar tranquilamente adormecido enquanto alguém abre sua barriga com uma faca? *Asneira.* Só que Denzell Hunter não era um homem que pudesse ser facilmente enganado – embora ele achasse que Dottie houvesse de algum modo conseguido isso. Lançou um olhar de esguelha à prima.

– Já escreveu para tio Hal? Sobre você e Denny, quero dizer?

Sabia que não – ela havia contado a lorde John, forçosamente, e o convencera a deixá-la dar a notícia ao pai –, mas queria distraí-la, se pudesse. Ela estava com os lábios pálidos e as mãos embolavam o tecido sobre os joelhos. William ainda não se acostumara a vê-la em cinza e bege em vez de sua brilhante plumagem de costume – embora achasse que as cores suaves lhe caíam bem, particularmente agora que Rachel afirmara que ela ainda podia usar seda e musselina, se quisesse, em vez de tecido rústico de algodão.

– Não – disse Dottie, lançando-lhe um olhar de agradecimento pela distração enquanto ao mesmo tempo lhe mostrava que sabia o que estava fazendo. – Ou sim, mas ainda não enviei a carta. Se tudo ficar bem com Henry, escreverei com a notícia e acrescentarei a parte sobre mim e Denny no final, como um pós-escrito. Ficarão tão contentes por causa de Henry que talvez nem notem, ou ao menos não se aborreçam com isso.

– Acho que irão notar – disse William, pensativo. – Papai notou.

Lorde John ficara perigosamente quieto quando lhe contaram e lançara a Denzell um olhar que sugeria espadas ao amanhecer. O fato é que Denny salvara a vida de Henry uma vez e agora estava ajudando, com sorte e a sra. Fraser, a salvá-lo de novo. E lorde John era, acima de tudo, um homem honrado. Além disso, William achava que seu pai estava aliviado por saber o que Dottie andara tramando. Ainda não comentara com William sobre o papel deste na aventura de Dottie, mas em breve o faria.

– Que o Senhor mantenha seu irmão a salvo – disse Rachel, ignorando a observação de William. – E o meu e a sra. Fraser também. Mas e se nem tudo for como desejamos? Você ainda terá que contar a seus pais e eles poderão ver a notícia de seu iminente casamento como um insulto acrescentado a uma injúria.

– Você é a criatura mais franca e sem tato que conheço – comentou William, um pouco irritado, ao ver Dottie ficar ainda mais pálida à lembrança de que Henry poderia morrer nos próximos minutos, horas ou dias. – Henry vai ficar bem. Eu sei disso. Denny é um excelente médico e a sra. Fraser... ela é... hã... – Com toda a honestidade, ele não sabia ao certo o que a sra. Fraser era, mas ela o assustava um pouco. – Denny diz que ela sabe o que está fazendo.

– Se Henry morrer, nada mais importará – disse Dottie, olhando para as pontas de seus sapatos. – Para nenhum de nós.

Rachel fez um ruído de solidariedade e passou o braço ao redor dos ombros de Dottie. William pigarreou e por um instante achou que o cachorro tinha feito o mesmo.

A intenção de Rollo, entretanto, não foi de solidariedade. Ele levantara a cabeça várias vezes e os pelos de seu pescoço se eriçaram, um rosnado surdo retumbando no peito. William virou a cabeça na direção em que o cachorro olhava e sentiu um repentino enrijecimento dos músculos.

– Srta. Hunter – disse ele. – Conhece aquele homem? Aquele lá, perto do final da rua, conversando com a vendedora de ovos e manteiga?

Rachel protegeu os olhos com a mão, olhando para onde ele indicara, mas balançou a cabeça.

– Não. Por quê? Acha que ele está perturbando o cachorro? – Ela cutucou Rollo com a ponta do pé. – O que há de errado, amigo Rollo?

– Não sei – respondeu William. – Pode ser o gato; teve um que atravessou a rua correndo logo atrás da mulher. Eu já vi esse homem antes, tenho certeza. Eu o vi ao lado da estrada, em algum lugar em Nova Jersey. Ele me perguntou se eu conhecia Ian Murray... e onde ele poderia estar.

Rachel arfou diante dessa informação, fazendo William olhar de viés para ela, surpreso.

– O que foi? – indagou ele. – Sabe onde Murray está?

– Não – respondeu ela. – Não o vejo desde o outono, em Saratoga, e não faço a menor ideia de por onde anda. Sabe o nome desse homem? – acrescentou, franzindo o cenho.

O homem desaparecera, afastando-se por uma rua secundária.

– Aliás, tem certeza de que se trata do mesmo homem? – acrescentou.

– Não – admitiu William. – Mas quase. Ele tinha um cajado, e esse homem também tem. E há alguma coisa na maneira como ele fica em pé, meio curvado para a frente. O homem que encontrei em Nova Jersey era muito velho e este anda do mesmo jeito.

Ele não mencionou a falta dos dedos. Não havia necessidade de fazer Dottie se lembrar de violência e mutilação nesse momento, e de qualquer forma ele não conseguiu ver a mão do sujeito àquela distância.

Rollo parara de rosnar e se acomodara com um breve resmungo, mas seus olhos amarelos ainda estavam alertas.

– Quando pretende se casar, Dottie? – perguntou William, tentando manter a mente dela ocupada.

Um cheiro estranho vinha da janela acima deles; o cachorro torcia o focinho, balançando a cabeça meio perturbado, e William não o censurava. Era um odor horrível, enjoativo, mas ele podia sentir o cheiro de sangue também, e o leve fedor de fezes. Era um cheiro de campo de batalha, e isso fez suas entranhas se revolverem.

– Quero me casar antes que a luta recomece a sério – respondeu a prima, virando o rosto para ele –, de modo que eu possa ir com Denny... e Rachel – acrescentou, tomando a mão da futura cunhada com um sorriso.

Rachel devolveu o sorriso, porém rapidamente acrescentou para ambos:

– Que coisa estranha. – Seus olhos castanhos estavam fixos em William, meigos e perturbados. – Em pouco tempo deveremos ser inimigos outra vez.

– Nunca me senti seu inimigo, srta. Hunter – retrucou ele, do mesmo modo brando e suave. – E sempre serei seu amigo.

Um sorriso aflorou nos lábios de Rachel, mas a inquietação continuou em seus olhos.

– Sabe o que quero dizer.

Seus olhos deslizaram de William para Dottie, sentada do seu outro lado, e ocorreu a William com um choque que sua prima estava prestes a se casar com um rebelde. Que na verdade, ela se tornara uma rebelde. Que ele logo deveria, então, estar em guerra com uma parte da própria família. O fato de que Denny Hunter não pegaria em armas não o protegeria – nem a Dottie. Nem a Rachel. Todos os três eram culpados de traição. Qualquer um deles poderia ser morto, capturado ou preso. *O que farei*, pensou, horrorizado, *se tiver que ver Denny enforcado um dia? Ou mesmo Dottie?*

– Sei o que quer dizer – sussurrou.

Mas tomou a mão de Rachel e ela não resistiu. Os três permaneceram sentados em silêncio, conectados, aguardando o veredito do futuro.

89

SUJO DE TINTA

Voltei para a gráfica cansada, naquele estado de espírito em que uma pessoa se sente meio bêbada, eufórica e descoordenada. Estava na verdade um pouco bêbada também. Lorde John insistira em encher tanto Denzell Hunter quanto a mim com seu melhor conhaque, vendo quanto estávamos exaustos em consequência da cirurgia. Eu não recusara.

Foi uma das mais assustadoras cirurgias que eu já fizera no século XVIII. Realizara duas outras abomináveis: a bem-sucedida extirpação do apêndice de Aidan McCallum, sob o efeito do éter, e a malsucedida cesárea que realizara com uma faca de jardim no corpo assassinado de Malva Christie. Essa lembrança me fez sentir a costumeira pontada de tristeza e pesar, já amenizada. O que eu me lembrava agora, caminhando para casa na noite fria, era da sensação da vida que segurara em minhas mãos – tão breve, tão fugaz –, mas *ali*, inebriante e inequívoca, uma breve chama azul.

Eu segurara a vida de Henry Grey havia duas horas e senti essa chama ardente de novo. Mais uma vez, colocara todas as minhas forças em manter essa chama viva –, e agora eu a senti se estabilizar e se erguer em minhas mãos, como uma vela ganhando força.

A bala penetrara em seu intestino, mas não se convertera em quisto. Em vez disso, mantivera-se embutida, mas móvel, sem conseguir deixar o corpo mas se movendo o suficiente para irritar o revestimento interno do intestino, seriamente ulcerado. Após uma rápida discussão com Denzell Hunter – que estava tão fascinado com a novidade de examinar as entranhas ativas de uma pessoa enquanto ela permanecia desacordada que mal conseguia se manter concentrado no problema, exclamando, estupefato, diante das cores vívidas e da vibração pulsante de órgãos vivos –, decidi que a ulceração era extensa demais. Removê-la iria estreitar o intestino delgado drasticamente e arriscar a formação de uma cicatriz que iria estreitá-lo ainda mais, talvez até o obstruindo por completo.

Em vez disso, fizemos uma modesta excisão cirúrgica e eu senti uma pontada de algo entre o riso e a consternação ao me lembrar do rosto de lorde John quando cortei o segmento ulcerado do intestino e o deixei cair no chão a seus pés. Não fiz de propósito. Precisava de ambas as mãos e das de Denzell para controlar o sangramento, e não tínhamos uma enfermeira para ajudar.

O rapaz não estava fora de perigo nem de longe. Não sabia se a minha penicilina seria eficaz ou se ele poderia desenvolver alguma terrível infecção apesar dela. Mas ele *estava* consciente e seus sinais vitais eram surpreendentemente fortes – talvez, pensei, por causa da sra. Woodcock, que segurara sua mão com força e afagara seu rosto, instando-o a acordar com uma ardente ternura que não deixava dúvidas a respeito de seus sentimentos por ele.

Eu me perguntei por um instante o que o futuro lhe reservaria. Surpresa com seu nome fora do comum, eu indagara com cautela sobre seu marido e tinha certeza de que cuidara dele, cuja perna fora amputada, durante a retirada de Ticonderoga. Achei muito provável que ele estivesse morto; se assim fosse, o que aconteceria entre Mercy Woodcock e Henry Grey? Ela era uma mulher livre, não uma escrava. Um casamento não estava fora de questão – não tanto quanto tal relacionamento seria na América duzentos anos no futuro: casamentos envolvendo negras e mulatas de boa família com homens brancos, se não comuns nas Antilhas, também não eram uma questão de escândalo público. Mas a Filadélfia não era as Antilhas e pelo que Dottie me contara de seu pai...

Eu estava cansada demais para pensar nisso e não precisava – Denny Hunter se oferecera para ficar com Henry a noite toda. Afastei esses dois da minha mente ao descer a rua, cambaleando um pouco. Não havia comido nada desde o café da manhã e já estava quase escuro; o conhaque fora absorvido pelas paredes do meu estômago vazio e entrara em minha corrente sanguínea, e fui cantarolando baixinho para mim mesma enquanto andava. Era hora do crepúsculo, quando as pedras redondas da calçada parecem etéreas e as folhas das árvores pendem pesadas como esmeraldas, brilhando com um verde cuja fragrância penetra no sangue.

Eu devia caminhar mais depressa. Havia um toque de recolher. No entanto, quem iria me prender? Era velha demais para que os soldados das patrulhas me molestassem e do gênero errado para ser suspeita. Caso encontrasse uma patrulha, não fariam mais do que me xingar e mandar ir para casa – o que eu estava fazendo, de qualquer modo.

De repente, compreendi que podia transportar as coisas que Marsali descreveu como "o trabalho do sr. Smith": as cartas que os Filhos da Liberdade faziam circular entre os vilarejos, entre as cidades, e que giravam pelas Colônias como folhas levadas por uma tormenta de primavera; eram copiadas e reenviadas, às vezes impressas e distribuídas dentro das cidades, se um tipógrafo corajoso pudesse ser encontrado para fazer o trabalho.

Havia uma rede frouxa através da qual essas coisas se moviam, mas estavam sempre correndo o risco de serem descobertas, muitas vezes com pessoas sendo presas. Germain frequentemente carregava esses papéis e meu coração vinha à boca toda vez que pensava nisso. Um rapaz ágil era menos notado do que uma jovem ou um comerciante cuidando de seus negócios, mas os ingleses não eram bobos e com certeza o parariam se ele parecesse suspeito. Enquanto eu...

Repassando mentalmente as possibilidades, cheguei à gráfica e entrei, deparando com o cheiro de um jantar saboroso, com as alegres saudações das crianças e com algo que eliminou da minha mente qualquer pensamento a respeito de minha futura carreira como espiã: duas cartas de Jamie.

20 de março de 1778, Lallybroch

Querida Claire

Ian morreu. Já faz dez dias de seu falecimento e achei que agora já poderia escrever calmamente sobre isso. No entanto, ler estas palavras me infligiu a mais inesperada tristeza. Lágrimas escorreram pelo meu rosto e fui forçado a parar para enxugá-las com um lenço antes de continuar. Não foi uma morte tranquila e eu deveria estar aliviado por Ian agora estar em paz e contente com sua passagem para o céu. E estou. Mas também estou desolado, de uma forma que nunca estive antes. Somente a ideia de poder confiar meus sentimentos a você, minha alma, me consola.

O Jovem Jamie é o novo proprietário, como deveria ser. O testamento de Ian foi lido e o sr. Gohan o executará. Não há muito mais além da terra e das construções; apenas pequenos legados aos outros filhos, na maior parte objetos pessoais. Ian confiou minha irmã aos meus cuidados (ele me perguntou antes de sua morte se eu estava de acordo. Respondi que ele nem precisava perguntar. Ele disse que sabia disso, mas achou melhor perguntar se eu me sentia à altura da tarefa, e riu como um lunático. Santo Deus, que falta vou sentir dele).

Havia algumas dívidas insignificantes a serem pagas; eu já as saldei, como tínhamos combinado.

Preocupo-me com Jenny. Sei que ela sofre com a perda de Ian, mas não chora muito. Apenas fica sentada por longos períodos, com os olhos fixos em algo que somente ela vê. Há uma calma nela que chega a ser estranha, como se sua alma tivesse voado junto com a de Ian, deixando para trás apenas o seu corpo, como uma concha vazia. E, por falar em conchas, ocorre-me que talvez ela seja como o náutilo de concha alveolar, o molusco que Lawrence Sterne nos mostrou nas Antilhas. Uma concha grande e bela, de múltiplas câmaras, mas todas vazias, salvo a mais interna, em que o pequeno animal se esconde com segurança.

Falando em Jenny, ela me roga que lhe diga de seu remorso pelas coisas que falou. Assegurei a ela que conversamos sobre isso e que sua compaixão não lhe permitiria guardar rancor, compreendendo as circunstâncias desesperadoras em que ela se encontrava.

Na manhã da morte de Ian, ela conversou comigo com aparente racionalidade e disse que pensava em deixar Lallybroch, que nada a prenderia aqui depois que seu marido se fosse. Fiquei, como pode imaginar, perplexo ao ouvir isso, mas não tentei questioná-la ou dissuadi-la, presumindo que não passasse do conselho de uma mente perturbada pela dor e pela privação de sono.

Desde então, ela vem repetindo essa intenção para mim, afirmando que tem plena consciência do que está dizendo. Vou à França por um curto período – tanto para realizar algumas transações particulares que não mencionarei aqui quanto para me assegurar antes de partir para a América que Michael e Joan estão bem instalados, pois partiram juntos, no dia seguinte ao enterro de Ian. Eu disse a Jenny que ela deve pensar bem enquanto eu estiver ausente – se ela estiver de fato convencida de que é isso que quer, eu a levarei para a América. Não para morar conosco (sorrio, imaginando seu rosto, que é transparente, mesmo em minha mente).

Mas ela teria um lugar para ela com Fergus e Marsali, onde seria útil, e não seria relembrada todos os dias de sua perda – e onde estaria em condições de ajudar e dar apoio ao Jovem Ian, caso ele precise (ou ao menos saber como ele está passando).

(Também me ocorre – como ocorreu a ela – que a mulher do Jovem Jamie será agora a senhora de Lallybroch e que não há lugar para duas. Ela é bastante sábia para entender quais seriam as dificuldades de tal situação, e bastante generosa para querer evitá-las, em prol do filho e da mulher dele.)

De qualquer modo, pretendo partir para a América até o final deste mês ou o mais perto dessa época que eu possa conseguir passagem. A perspectiva de me reunir a você outra vez alegra meu coração.

Para sempre seu,

Seu dedicado marido, Jamie

Paris, 1º de abril

Querida esposa

Retornei muito tarde para a minha hospedaria em Paris esta noite. Na verdade, encontrei a porta trancada quando cheguei e fui obrigado a gritar, chamando a senhoria, que ficou de mau humor por ser tirada da cama. Por minha vez, fiquei ainda mais mal-humorado ao não encontrar a lareira acesa ou algo para jantar e nada em cima da cama, a não ser um colchão fino e mofado e um cobertor esfarrapado que não serviria para cobrir nem o pior dos mendigos.

Novos gritos não me propiciaram nada além de xingamentos (de trás de uma porta trancada) e meu orgulho não me deixou oferecer subornos ainda que meu bolso pudesse pagar. Assim, permaneço em meu sótão árido, enregelado e faminto (este triste quadro aqui descrito com o covarde propósito de angariar sua compaixão e convencê-la de quanto estou sofrendo sem você).

Estou resolvido a deixar este lugar assim que amanhecer e a buscar outra hospedaria melhor sem grandes danos ao meu bolso. Enquanto isso, vou me esforçar para esquecer o frio e a fome em uma agradável conversa com você, esperando que o esforço de redigir possa evocar sua imagem diante de mim e me dar a ilusão de sua companhia.

(Consegui uma fonte suficiente de luz descendo furtivamente as escadas, de meias, e retirando dois candelabros de prata da sala de estar, cuja enganosa grandiosidade me seduziu a ficar hospedado aqui. Devolverei os candelabros amanhã – depois que a madame me devolver a exorbitante diária desta miserável acomodação.)

A assuntos mais agradáveis: vi Joan, agora em segurança em seu convento e aparentemente satisfeita (bem, não exatamente); não compareci ao casamento de sua mãe com Joseph Murray, que é, ao que se descobriu, um primo de segundo grau de Ian (enviei um bonito presente e meus votos de felicidades, que são sinceros); visitarei Michael amanhã; estou ansioso para ver Jared outra vez e lhe darei lembranças suas.

Enquanto isso, hoje de manhã fui comer em um café em Montmartre e tive a sorte de encontrar o sr. Lyle, que conheci em Edimburgo. Ele me cumprimentou muito amavelmente, perguntou como eu estava passando e, após uma curta conversa de natureza pessoal, me convidou a comparecer à reunião de certa Socie-

dade, cujos membros incluem Voltaire, Diderot e outros, cuja opinião é ouvida nos círculos que busco influenciar.

Assim, às duas horas, de acordo com a hora marcada, fui admitido a uma casa luxuosamente mobiliada, sendo a residência de Paris de monsieur Beaumarchais.

O grupo ali reunido era bastante diversificado. Abrangia dos mais pobres filósofos dos cafés de Paris aos espécimes mais elegantes da sociedade parisiense, a característica comum a todos eles sendo apenas o amor pela conversa. Sem dúvida, foram feitas algumas pretensões à razão e ao intelecto, mas sem muito empenho. Eu não poderia encontrar um vento melhor para a minha viagem de estreia do que um provocador político – e vento é, como verá, uma metáfora muito apropriada, considerando os acontecimentos do dia.

Após algumas conversas inconsequentes junto à mesa de comes e bebes (se eu tivesse sido avisado das condições desta estalagem, teria tomado a providência de encher os bolsos com bolos, como vi mais de um dos meus colegas convidados fazendo), o grupo se retirou para um salão e todos tomaram seus assentos, com a finalidade de testemunhar um debate formal entre dois grupos.

O assunto em debate era aquela tese popular, a saber: que a pena é mais poderosa do que a espada, com o sr. Lyle e seus seguidores defendendo a proposição, monsieur Beaumarchais e seus amigos resolutamente afirmando o contrário. A conversa era animada, com muita alusão às obras de Rousseau e Montaigne (menosprezo o primeiro, devido à sua visão imoral do casamento), mas por fim os argumentos do grupo do sr. Lyle prevaleceram. Pensei em mostrar à Sociedade minha mão direita, como prova da contraproposição (uma amostra da minha escrita teria comprovado a tese para satisfação de todos), mas me abstive, não sendo mais do que um espectador.

Mais tarde, encontrei uma oportunidade de me aproximar de monsieur Beaumarchais e fiz tal observação para ele como um gracejo, visando prender sua atenção. Ele ficou impressionado com a falta de meu dedo e, informado de como acontecera (ou melhor, do que escolhi lhe contar), insistiu que eu acompanhasse seu grupo à casa da duquesa de Chaulnes, onde era esperado para o jantar; sabe-se que o duque possui grande interesse nas questões relativas aos indígenas das Colônias.

Você deve estar se perguntando qual é a conexão entre os selvagens aborígines e sua elegante cirurgia. Tenha paciência por mais algumas linhas.

A residência ducal fica situada em uma rua com um extenso caminho para a entrada de veículos no qual eu observei diversas carruagens elegantes à frente da carruagem de monsieur Beaumarchais. Imagine minha satisfação ao ser informado de que o cavalheiro que desceu logo antes de nós não era outro senão monsieur Vergennes, ministro das Relações Exteriores.

Fiquei satisfeito com a minha sorte de encontrar tantas pessoas essenciais aos meus propósitos e fiz o melhor que pude para me aproximar delas. Para isso, contei sobre minhas viagens na América e, no processo, tomei emprestadas algumas histórias de nosso bom amigo Myers.

O grupo ficou muito bem impressionado, particularmente com relação ao nosso encontro com o urso e com Nacognaweto e seus amigos. Exaltei seus valorosos esforços com o peixe, o que muito divertiu o grupo, apesar de as senhoras parecerem muito chocadas com minha descrição de suas vestimentas indígenas. O sr. Lyle, ao contrário, ficou ansioso para saber mais sobre sua aparência com as calças de couro. Por isso, eu o considerei um inveterado libertino e depravado, um julgamento corroborado mais tarde da noite por uma ocorrência que observei no corredor entre o sr. Lyle e mademoiselle Erlande, que vi ser muito libertina em sua conduta.

De qualquer forma, essa história levou o sr. Lyle a chamar a atenção do grupo para a minha mão e me instar a lhes contar a história que eu lhe contara à tarde, de como vim a perder o dedo.

Vendo que o grupo tinha atingido um grau de diversão tão elevado – muito bem lubrificado com champanhe, gim e grande quantidade de vinho do Reno – que estavam presos às minhas palavras, não medi esforços em tecer uma história de terror capaz de deixá-los trêmulos em suas camas.

Eu fora (revelei a eles) capturado pelos terríveis iroqueses quando viajava de Trenton para Albany. Descrevi em detalhes a temível aparência e os hábitos sanguinários desses selvagens – o que não exigia nenhum grande exagero – e elaborei sobre as horríveis torturas que os iroqueses costumam infligir às suas indefesas vítimas. A condessa Poutoude teve um desmaio diante do meu relato da morte horrenda do padre Alexandre e o resto do grupo ficou muito abalado.

Contei-lhes sobre Duas Lanças, que espero que não se oporá à minha difamação de seu caráter por uma boa causa, ainda mais porque ele nunca ficará sabendo. Esse cacique, eu falei, determinado a me torturar, me desnudou e me açoitou. Pensando em nosso bom amigo Daniel, que tirou vantagem do mesmo infortúnio, levantei a camisa e exibi minhas cicatrizes. (Me senti um pouco como uma prostituta, mas já observei que a maioria das prostitutas segue essa profissão por necessidade e me consolei que este era também meu caso.) A reação da plateia foi tudo que se podia esperar e continuei minha narrativa, na certeza de que a partir daquele ponto eles acreditariam em qualquer coisa:

Depois disso, dois índios me levaram desmaiado à presença do cacique e me amarraram, estendido, sobre uma laje de pedra, cuja superfície dava um sinistro testemunho de sacrifícios anteriores ali conduzidos.

Então um sacerdote pagão ou xamã se aproximou de mim, emitindo gritos abomináveis e sacudindo um cajado decorado com muitos escalpos pendurados, o que me fez temer que minha cabeleira pudesse parecer tão atraente devido à sua cor inusitada que logo seria acrescentada à coleção (eu não havia empoado meus cabelos, mas por falta de talco, não por ter previsto essa situação). Esse pavor aumentou ainda mais quando o xamã arrancou uma enorme faca e avançou para mim, os olhos brilhando de maldade.

Nesse momento, os olhos de meus ouvintes também brilhavam, atentos à minha história. Muitas senhoras gritaram de compaixão pela minha situação desesperadora e os cavalheiros emitiram ferozes imprecações contra os selvagens infames responsáveis pelo meu infortúnio.

Eu lhes contei como o xamã enfiara a faca direto através da minha mão, me fazendo perder a consciência de medo e de dor. Acordei e vi que meu dedo anelar havia sido extirpado, o sangue escorrendo da minha mão mutilada.

Porém o mais apavorante foi a visão do cacique iroquês, sentado no tronco escavado de uma árvore gigante, arrancando a carne do dedo decepado com os dentes, como se fosse uma coxa de galinha.

Nesse ponto da minha narrativa, a condessa desmaiou outra vez e a ilustre srta. Elliot – para não ser superada – se lançou em um completo acesso de histeria, o que felizmente me salvou de ter que inventar o meio pelo qual escapei dos selvagens. Afirmando estar abalado pelas lembranças de minhas provações, aceitei uma taça de vinho (eu suava copiosamente a essa altura) e me afastei do grupo, assediado por convites de todos os lados.

Estou muito satisfeito com os resultados da minha primeira incursão. Estou ainda mais alentado pela reflexão de que se a idade ou um ferimento me impedirem de ganhar a vida com uma espada, um arado ou uma impressora, posso me dedicar à escrita de romances.

Imagino que Marsali vai querer saber em detalhes como eram os vestidos usados pelas senhoras presentes, mas devo lhe pedir que se contenha por enquanto. Não vou fingir que não notei os referidos trajes (embora pudesse negar, se achasse que assim o fazendo conseguisse tranquilizar sua mente de apreensões concernentes a qualquer suposta vulnerabilidade aos artifícios femininos. Conhecendo sua natureza desconfiada e irracional, minha Sassenach, não faço tais declarações), mas minha mão não suportará o esforço de relatar tais descrições agora. Por enquanto, basta dizer que os vestidos eram muito suntuosos e os encantos das senhoras dentro deles muito visíveis em função do estilo.

Minhas velas roubadas estão chegando ao fim, e tanto minha mão quanto meus olhos estão tão fatigados que tenho dificuldade em decifrar minhas palavras, quanto mais em criá-las. Posso apenas esperar que você consiga ler a última parte desta carta ilegível. Ainda assim, retiro-me para minha cama inóspita de bom humor, encorajado pelos acontecimentos do dia.

Desejo-lhe uma boa noite e meus pensamentos mais amorosos, certo de que terá paciência e permanente afeto por

Seu marido devotado e sujo de tinta,
James Fraser

P.S.: Sujo de tinta, sem dúvida, pois vejo que consegui cobrir tanto meu papel quanto minha pessoa com feios borrões. Tento me convencer de que o papel é o mais desfigurado.

P.S. 2: Fiquei tão absorto na redação que me esqueci da intenção original de minha carta: dizer que reservei passagem no Euterpe, *que sai de Brest dentro de duas semanas. Caso surja alguma mudança de planos, eu lhe escreverei outra vez.*

P.S. 3: Anseio por me deitar ao seu lado outra vez e ter seu corpo junto ao meu.

90

ARMADOS DE DIAMANTE E AÇO

Brianna desmontou o broche com mão firme e um par de tesouras de cozinha. Era uma antiguidade, mas não era valioso: um feio adorno vitoriano na forma de uma flor de prata esparramada, cercada por galhinhos retorcidos de uma trepadeira. Seu único valor residia em pequenos diamantes espalhados que decoravam as folhas como gotas de orvalho.

– Espero que sejam grandes o suficiente – disse ela e ficou surpresa ao ver como sua voz soava calma.

Passara as últimas 36 horas gritando dentro da própria cabeça, o tempo que levaram para fazer seus planos e preparativos.

– Acho que vão servir – disse Roger.

E ela sentiu a tensão sob a calma de suas palavras. Ele estava de pé atrás dela, a mão em seu ombro, e seu calor era, ao mesmo tempo, consolo e tormento. Mais uma hora e ele teria ido embora. Talvez para sempre.

Mas não havia escolha, e ela fazia o que era necessário com os olhos secos e mãos firmes.

Amanda, muito estranhamente, adormecera depois que Roger e William Buccleigh partiram em perseguição a Rob Cameron. Brianna a colocara em sua cama e ficara lá sentada observando-a dormir e se preocupando, até os homens retornarem quase ao amanhecer com suas terríveis notícias. Só que Amanda tinha acordado como sempre, alegre como o dia, e aparentemente sem nenhuma lembrança de seu sonho de pedras gritantes. Nem parecia incomodada com a ausência de Jem. Perguntou uma vez quando ele estaria em casa e, tendo recebido um evasivo “Logo”, voltara à sua brincadeira, aparentemente satisfeita.

Ela estava com Annie agora. Tinham ido a Inverness para fazer compras, com a promessa de um brinquedo. Só retornariam no meio da tarde e a essa hora os homens já teriam partido.

– Por quê? – perguntou William Buccleigh. – Por que ele teria levado seu menino?

Essa era a mesma pergunta que Roger e ela se faziam desde o instante em que descobriram o sumiço de Jem – não que a resposta pudesse ser de alguma ajuda.

– Só podem ser duas coisas – respondeu Roger, a voz entrecortada. – Viagem no tempo... e ouro.

– Ouro? – Os olhos verde-escuros de Buccleigh se voltaram para Brianna, intrigados. – Que ouro?

– A carta que está faltando – explicou ela, cansada demais para se preocupar se seria seguro lhe contar. Nada mais era seguro e nada importava. – O pós-escrito que meu pai escreveu. Roger disse que você leu as cartas. *A propriedade de um cavalheiro italiano*, lembra-se?

– Não prestei muita atenção – admitiu Buccleigh. – É ouro, não é? Quem é o cavalheiro italiano, então?

– Carlos Stuart.

E assim eles contaram, de maneira descoordenada, sobre o ouro que viera à praia nos últimos dias do levante jacobita. Buccleigh seria mais ou menos da idade de Mandy na época, pensou Brianna, espantada com a ideia. O ouro deveria ser dividido, por segurança, entre três cavalheiros escoceses, homens de confiança de seus clãs: Dougal MacKenzie, Hector Cameron e Arch Bug, dos Grants de Leoch. Ela observou com atenção, mas ele não deu sinal de reconhecimento ao nome de Dougal MacKenzie. *Ele não sabe.* Mas isso também não era importante agora.

Ninguém sabia o que acontecera aos dois terços do ouro francês guardado com os MacKenzies ou os Grants, mas Hector Cameron fugira da Escócia nos últimos dias do Levante, a arca com o ouro sob o assento de sua carruagem, e o trouxera consigo para o Novo Mundo, com parte do qual comprara sua propriedade, River Run... O resto...

– O espanhol o guarda? – perguntou Buccleigh, as grossas sobrancelhas louras franzidas. – O que isso significa?

– Não sabemos – respondeu Roger. Ele estava sentado à mesa, a cabeça entre as mãos, fitando a madeira. – Só Jem sabe – acrescentou.

Levantando a cabeça, pôs-se a pensar olhando para Brianna.

– As Orkneys – comentou subitamente. – Callahan.

– O quê?

– Rob Cameron – disse ele, ansioso. – Que idade você acha que ele tem?

– Não sei – respondeu ela, confusa. – Trinta e poucos, quase 40. Por quê?

– Callahan disse que Cameron o acompanhou em escavações arqueológicas quando tinha 20 e poucos anos. Será que isso foi há bastante tempo... quero dizer, só agora é que me ocorreu... – Ele precisou parar para limpar a garganta e o fez com raiva antes de continuar: – Se ele teve contato com essa matéria antiga há quinze, dezoito anos, pode ter conhecido Geilie Duncan? Ou Gillian Edgars, como eu creio que se chamava na época.

– Não! – exclamou Brianna, mas em negação, não em descrença. – Não. Mais um fanático jacobita, não!

Roger quase sorriu diante de sua exclamação.

– Duvido – disse ele. – Não acho que o sujeito seja louco, muito menos um idealista político. Mas ele de fato pertence ao Partido Nacional Escocês. Eles também não são loucos... Mas quais as chances de Gillian Edgars também ter se envolvido com eles?

Não tinha como saber, não sem vasculhar as ligações e a história de Cameron, e não havia tempo para isso. Mas era possível. Gillian – que mais tarde assumira o nome de uma famosa bruxa escocesa – certamente esteve muito interessada tanto na antiguidade escocesa quanto em política. Rob Cameron e ela poderiam ter se cruzado. Se assim fosse...

– Se assim for – Roger concluiu –, só Deus sabe o que ela pode ter dito a ele ou ter deixado com ele. Alguns dos cadernos de anotações de Geillis estavam em seu gabinete; se Rob a tivesse conhecido, ele os teria reconhecido. E nós sabemos muito bem que ele leu o pós-escrito de seu pai – acrescentou, esfregando a testa. – Havia um ferimento roxo ao longo da linha dos cabelos. – Não faz diferença, não é? A única coisa que importa agora é Jem.

E assim Brianna deu a cada um deles um pedaço de prata cravejado de pequenos diamantes e dois sanduíches de pasta de amendoim.

– Para a viagem – disse, com uma débil tentativa de humor.

Roupas quentes e sapatos fortes. Ela deu a Roger seu canivete suíço; Buccleigh pegou uma faca de carne de inox da cozinha, admirando o gume serrilhado. Não havia tempo para muito mais.

O sol ainda estava alto no céu quando o Mustang azul seguiu sacolejando pela estrada de terra que levava até perto de Craig na Dun. Ela teria que estar de volta antes que Mandy chegasse em casa. A caminhonete azul de Rob Cameron ainda estava lá; um tremor a percorreu ao vê-la.

– Vá na frente – disse Roger a Buccleigh quando ela parou. – Já estou indo.

William Buccleigh lançou um rápido olhar a Brianna, direto e desconcertante, com aqueles olhos tão iguais aos de Roger, tocou rapidamente em sua mão e saiu. Roger não hesitou; tivera tempo no caminho para decidir o que dizer – e só havia uma coisa a dizer, de qualquer modo.

– Eu amo você – declarou, segurando-a pelos ombros por tempo suficiente para dizer o resto: – Eu o trarei de volta. Acredite em mim, Bri... Eu a verei de novo. *Neste* mundo.

– Eu amo você – retrucou ela, tentando acreditar.

Saiu como um sussurro quase inaudível contra a boca de Roger, mas ele o recebeu, juntamente com seu hálito, sorriu, agarrou seus ombros com tanta força que ela veria manchas roxas ali mais tarde e abriu a porta.

Ela ficou a observá-los. Não podia tirar os olhos deles. Enquanto subiam para o topo da colina, na direção das pedras invisíveis, até desaparecerem de sua vista. Talvez fosse imaginação; talvez pudesse ouvir as pedras lá em cima: um zumbido estranho que reverberava em seus ossos, uma lembrança que permaneceria lá para sempre. Trêmula e cega pelas lágrimas, dirigiu de volta para casa. Com cuidado, com cuidado. Porque agora ela era tudo que Mandy tinha.

91

PASSOS

Mais tarde, naquela mesma noite, ela se dirigiu ao gabinete de Roger. Sentia-se entorpecida e pesada, o horror do dia embotado pela fadiga. Sentou-se à mesa dele, tentando sentir sua presença, mas o aposento estava vazio.

Mandy dormia, despreocupada do caos dos sentimentos dos pais. Claro, ela estava acostumada às ausências ocasionais de Roger, viajando a Londres ou Oxford, virando noites na loja em Inverness. *Ela se lembrará dele se ele nunca mais voltar?*, pensou Brianna com uma pontada de dor.

Não podendo suportar esse pensamento, levantou-se e ficou rondando, inquieta, pelo escritório, buscando o que não podia ser encontrado. Não fora capaz de comer nada e estava se sentindo zonza e fraca.

Pegou a pequena serpente, encontrando um consolo mínimo em sua lisa sinuosidade, sua expressão agradável. Ergueu os olhos para a caixa, perguntando-se se deveria buscar consolo na companhia de seus pais. Mas a ideia de ler cartas que Roger talvez nunca lesse com ela... Devolveu a serpente ao seu lugar e ficou olhando para os livros nas prateleiras mais baixas.

Ao lado dos sobre a Revolução Americana, que Roger encomendara, estavam os do pai, de seu antigo escritório. Franklin W. Randall, as lombadas perfeitas diziam. Ela tirou um deles e se sentou, segurando-o contra o peito.

Brianna lhe pedira ajuda uma vez, para olhar pela filha perdida de Ian. Certamente, ele tomaria conta de Jem.

Ela folheou as páginas, sentindo-se um pouco apaziguada pela fricção do papel.

Papai, pensou, não encontrando outra palavra além dessa e não precisando de mais nenhuma. A folha de papel dobrada enfiada entre as páginas não veio como nenhuma surpresa.

A carta era um rascunho. Pôde ver isso no mesmo instante pelas palavras riscadas, os acréscimos nas margens, trechos destacados com pontos de interrogação. E, sendo um rascunho, não tinha data nem saudações, mas sabia que era destinada a ela.

Você acaba de me deixar, querida e exímia atiradora, depois de nossa maravilhosa tarde no Sherman's (o lugar do pombo de barro, lembra-se?). Meus ouvidos ainda estão tilintando. Sempre que atiramos, fico dividido entre um imenso orgulho de sua habilidade, inveja e temor. Não sei quando você vai ler esta ou se vai lê-la algum dia. Talvez eu tenha a coragem de lhe dizer antes de morrer (ou farei algo tão imperdoável que sua mãe o fará – não, não fará. Nunca conheci ninguém tão confiável quanto Claire. Ela manterá sua palavra).

Que sensação estranha é escrever isto. Sei que você saberá quem, e talvez o que, você é. Mas não faço ideia de como chegará a esse conhecimento. Estarei prestes a revelar você a você mesma, ou será notícia velha quando a descobrir? Somente posso esperar que tenha conseguido salvar sua vida, de uma maneira ou de outra. E que você a descobrirá, mais cedo ou mais tarde.

Desculpe-me, querida, isto é muito melodramático. A última coisa que desejo é assustá-la. Tenho toda a confiança do mundo em você. Mas sou seu pai e, portanto, sujeito aos medos que afligem todos os pais. Tenho receio de que algo terrível e imprevisível aconteça a seu filho e você seja impotente para protegê-lo. E a verdade é que, não sendo de forma alguma culpa sua, você...

Nesse ponto, ele mudara de opinião várias vezes, escrevendo *é uma pessoa perigosa*, emendando para *está sempre em algum perigo*, depois riscando e, por sua vez, adicionando *está em uma posição perigosa*, riscando novamente e fazendo um círculo em volta de *é uma pessoa perigosa*, embora com um ponto de interrogação.

– Eu entendi, papai – murmurou ela. – De que você está *falando*? Eu...

Um som emudeceu suas palavras. Passos desciam o corredor. Lentos, confiantes. De homem. Todos os pelos de seu corpo se arrepiaram.

A luz do corredor estava acesa. Escureceu um pouco quando uma figura assomou à porta do escritório.

Ela olhou para ele, estupefata.

– O que *você* está fazendo aqui?

Enquanto falava, já se levantava da cadeira, tateando em busca de alguma coisa que pudesse servir de arma, a mente ficando muito para trás do corpo, ainda incapaz de penetrar o nevoeiro de horror que se apoderara dela.

– Vim atrás de você, meu bem – disse ele, sorrindo. – E do ouro. – Ele colocou alguma coisa em cima da escrivaninha: a primeira carta de seus pais. – "Diga a Jem que o espanhol o guarda" – citou Rob Cameron, tamborilando no papel. – Achei que talvez seja melhor que você diga isso a Jem. E diga a ele para me mostrar onde está esse espanhol. Se quiser mantê-lo vivo, quero dizer. Você é quem sabe... – o sorriso se ampliou – chefe.

92

DIA DA INDEPENDÊNCIA II

Brest

Ver Jenny lidar com tudo aquilo perturbava sua presença de espírito. Ele pôde ver o coração dela na garganta na primeira vez em que ela falou francês com um verdadeiro francês. Sua pulsação adejou na curva do pescoço como um beija-flor capturado numa armadilha. O *boulanger* compreendeu o que ela dizia - Brest era cheia de estrangeiros e seu sotaque peculiar não despertou nenhum interesse particular - e o puro prazer em seu rosto quando o sujeito pegou sua moeda e lhe entregou uma baguete recheada com queijo e azeitonas fez Jamie ter vontade de rir e chorar ao mesmo tempo.

- Ele me entendeu! - gritou ela, agarrando-o pelo braço enquanto saíam. - Jamie, ele me entendeu! Eu falei *francês* com ele e ele compreendeu o que eu disse, claro como água!

- Com muito mais clareza do que teria se você tivesse falado com ele em *gaidhlig* - garantiu ele. Sorriu diante de sua empolgação, dando uns tapinhas em sua mão. - Muito bem, *a nighean*.

Ela não estava ouvindo. Sua cabeça virava de um lado para outro, absorvendo a vasta exibição de lojas e vendedores que enchiam a rua cheia de curvas, avaliando as possibilidades que se abriam para ela. Manteiga, queijo, feijão, linguiça, roupa, sapatos, botões...

Ela enterrou os dedos no braço dele.

- Jamie! Eu posso comprar qualquer coisa! Sozinha!

Ele não pôde deixar de compartilhar sua alegria ao descobrir assim sua independência, apesar de sentir uma leve pontada. Ele estava gostando da sensação nova de sua irmã depender dele.

- Bem, é verdade - concordou ele, pegando a baguete de sua mão. - Mas é melhor não comprar um esquilo amestrado ou um relógio de pêndulo. Seria difícil de levar no navio.

- Navio - repetiu ela, e engoliu em seco.

A pulsação que havia se acalmado, voltou a acelerar.

- Quando é que nós vamos... embarcar?

- Ainda não, *a nighean* - disse ele. - Vamos comer alguma coisa primeiro, sim?

O *Euterpe* estava marcado para partir com a maré da noite e eles se dirigiram às docas no meio da tarde para subir a bordo e ajeitar suas coisas. Só que a rampa no cais onde o *Euterpe* flutuava no dia anterior estava vazia.

– Onde está o navio que estava aqui ontem? – perguntou ele, agarrando pelo braço um rapaz que passava.

– O *Euterpe*? – O rapaz olhou com displicência para onde ele apontava e deu de ombros. – Partiu, eu acho.

– Você *acha*?

Seu tom de voz assustou o rapaz, que libertou o braço com um safanão e começou a recuar, na defensiva.

– Como eu poderia saber, *monsieur*? – Vendo o rosto de Jamie, acrescentou: – Seu mestre foi para o distrito há algumas horas; provavelmente ainda está lá.

Jamie viu o queixo da irmã formar uma covinha e percebeu que estava à beira do pânico. Ele mesmo não estava muito longe disso, pensou.

– É mesmo? – perguntou, muito calmo. – Sim, bem, então vou buscá-lo. A que casa ele costuma ir?

O rapaz deu de ombros.

– A todas, *monsieur*.

Deixando Jenny no cais para tomar conta da bagagem, voltou para as ruas próximas às docas. Uma moeda de cobre lhe assegurou os serviços de um dos moleques que vagavam pelos estábulos, na esperança de uma maçã meio podre ou uma bolsa não vigiada, e ele seguiu seu guia soturnamente pelas vielas imundas, uma das mãos na bolsa, a outra no cabo da adaga.

Brest era uma cidade portuária. Aliás, era um porto muito movimentado. O que significava, ele calculava, que aproximadamente uma em três de suas cidadãs era uma prostituta. Várias do tipo independente o saudavam quando ele passava.

Foram necessárias três horas e várias moedas, mas ele encontrou o mestre do *Euterpe*, completamente bêbado. Empurrou para o lado sem nenhuma cerimônia a prostituta que dormia com ele e acordou o sujeito, esbofeteando-o até que ele recuperasse um pouco da consciência.

– O navio?

O sujeito o fitou estupidamente, passando a mão pelo rosto barbado.

– Merda. Quem se importa?

– Eu me importo – disse Jamie entre dentes. – E você também vai se importar, seu patife desgraçado. Onde está o navio e por que você não está nele?

– O capitão me expulsou – informou o homem, mal-humorado. – Tivemos uma discussão. Onde está o navio? A caminho de Boston, eu acho. – Abriu um sorriso largo e debochado. – Se nadar bem depressa, talvez consiga alcançá-lo.

Precisou usar o resto do seu ouro e uma calculada mistura de ameaças e persuasão, e conseguiu outro navio. Este se dirigia para o sul, para Charleston, só que no momento ele aceitaria ir para o continente certo. Uma vez na América, ele decidiria como fazer.

Sua ira começou a se aplacar quando o *Philomene* chegou a mar aberto. Jenny estava de pé ao seu lado, pequena e silenciosa, as mãos apoiadas na balaustrada.

– O que foi, *a piuthar*? – Ele pousou a mão nas suas costas, afagando-a com os nós dos dedos. – Sente falta de Ian?

Ela fechou os olhos por um instante, pressionando as costas contra a mão dele, em seguida os abriu e lhe virou o rosto, franzindo a testa.

– Não, estou preocupada pensando em sua mulher. Ela vai ficar furiosa comigo... sobre Laoghaire.

Ele não pôde evitar um sorriso irônico ao pensar em Laoghaire.

– Laoghaire? Por quê?

– O que eu fiz... quando você trouxe Claire de volta a Lallybroch, de Edimburgo. Nunca lhe pedi perdão por isso – acrescentou ela, erguendo os olhos para ele.

Jamie riu.

– Eu nunca pedi perdão a *você*, pedi? Por trazer Claire para casa e ser bastante covarde para não lhe contar sobre Laoghaire antes de chegarmos lá.

Sua expressão se suavizou e uma centelha de luz voltou aos seus olhos.

– Bem, não – disse ela. – Você não pediu perdão. Então, estamos quites, não é?

Ele não a ouvia dizer isso desde que deixara sua casa aos 14 anos para viver em Leoch.

– Estamos quites – concordou.

Colocou um braço ao redor dos ombros da irmã e ela passou seu braço pela cintura dele, e ficaram ali abraçados, observando as últimas terras francesas desaparecerem no mar.

93

UMA SÉRIE DE CHOQUES CURTOS E VIOLENTOS

Eu estava na cozinha de Marsali, trançando os cabelos de Félicité enquanto vigiava o mingau no fogo, quando a sineta da porta da gráfica tocou. Amarrei uma fita na ponta da trança e, com um rápido aviso às meninas para tomarem conta do mingau, saí para atender o freguês.

Para minha surpresa, era lorde John. Um lorde John que eu nunca vira antes. Não que estivesse desarrumado, mas estava destruído, tudo em ordem, salvo seu rosto.

– O que foi? – indaguei, alarmada. – O que aconteceu? Henry está...

– Henry não – disse ele com voz rouca. Espalmou a mão sobre o balcão, como se precisasse se apoiar. – Tenho... más notícias.

– Estou vendo – falei, um pouco ríspida. – Sente-se, pelo amor de Deus, antes que caia.

Ele assentiu como um cavalo espantando as moscas e olhou para mim. Seu rosto estava lívido e transtornado, e as bordas de seus olhos estavam vermelhas. Se não era Henry...

– Meu Deus! – exclamei, levando o punho cerrado ao peito. – Dottie. O que aconteceu a ela?

– *Euterpe* – falou.

Estaquei, abalada até a medula.

– O que foi? – murmurei. – *O quê?*

– Perdido – disse ele, em uma voz que não era a sua. – Perdido. Com todos os tripulantes.

– Não – retruquei, tentando raciocinar. – Não, não é verdade.

Pela primeira vez, ele me agarrou pelo braço.

– Me ouça – ordenou, e a pressão de seus dedos me aterrorizou. Tentei me desvencilhar, mas não consegui. – Me ouça. Eu soube hoje de manhã por um capitão da Marinha que conheço. Encontrei-o no café e ele contava a tragédia. Ele viu. – Sua voz tremia e ele parou por um instante, firmando o maxilar. – Uma tempestade. Ele estava perseguindo o navio, pretendendo pará-lo e abordá-lo, quando a tormenta os atingiu. O navio dele sobreviveu e veio se arrastando, muito danificado, mas ele viu o *Euterpe* submergir em um vagalhão, conforme descreveu... O navio afundou diante de seus olhos. O *Roberts*, seu navio, ficou por ali na esperança de recolher sobreviventes. – Engoliu em seco. – Não havia nenhum.

– Nenhum – repeti, entorpecida.

Eu tinha ouvido o que ele dissera, mas não compreendia o significado de suas palavras.

– Ele está morto – revelou lorde John, e soltou meu braço. – Morto.

Da cozinha, veio o cheiro de mingau queimado.

John Grey parou de andar porque tinha chegado ao fim da rua. Estava andando para cima e para baixo, ao longo de todo o comprimento da State Street, desde antes do amanhecer. O sol já ia alto agora e a poeira grossa, úmida de suor, irritava sua nuca; lama e esterco respingavam em suas meias e cada passo parecia enfiar os pregos das solas dos sapatos em seus pés. Ele não se importava.

O rio Delaware fluía pelo seu campo de visão, lamacento e cheirando a peixe. As pessoas esbarravam nele, aglomerando-se na ponta do cais na esperança de pegar a barca que vinha lentamente na direção deles, desde o outro lado do rio. Pequenas ondas se erguiam e batiam contra o píer com um som agitado que parecia provocar as pessoas que esperavam, pois começaram a empurrar e se acotovelar, e um dos soldados no cais tirou o mosquete do ombro e o usou para empurrar uma mulher.

Ela tropeçou, com um gritinho estridente, e seu marido, um homem pequeno e briguento, deu um salto para a frente, os punhos cerrados. O soldado disse alguma coisa, arreganhou os dentes e o enxotou com um movimento da arma. Seu amigo, atraído pelo distúrbio, virou-se para ver e, sem nenhum outro incitamento, formou-se uma aglomeração enfurecida no final das docas e gritos e berros percorreram o resto, enquanto as pessoas na retaguarda tentavam fugir da violência, homens na multidão pressionando em sua direção, e alguém foi empurrado para dentro da água.

Grey deu três passos para trás e ficou observando enquanto dois meninos saíam correndo da multidão, os rostos apavorados, e fugiam pela rua. Em algum lugar da multidão, ele ouviu os gritos de uma mulher, desesperada:

– Ethan! Johnny! *Joooooohnnny!*

Algum confuso instinto lhe disse que deveria interferir, erguer a voz, fazer valer sua autoridade, resolver aquilo. Virou-se e se afastou.

Não estava de uniforme, lembrou a si mesmo. Não o atenderiam. Seria confuso. Ele iria fazer mais mal do que bem. Só que não estava acostumado a mentir para si mesmo e abandonou essa linha de pensamento imediatamente.

Grey já havia perdido outras pessoas antes. Algumas a quem amava muito, mais do que à própria vida. Agora ele se perdera.

Caminhou de volta para a casa, em um estado de entorpecimento. Não dormia desde que recebera a notícia, a não ser nos intervalos de completa exaustão física, afundado na cadeira da varanda de Mercy Woodcock, acordando desorientado, pegajoso com a resina dos plátanos do pátio e coberto com as minúsculas lagartas que se balançavam das folhas em invisíveis fios de seda.

– Lorde John.

Finalmente percebeu uma voz insistente e, com ela, a compreensão de que quem quer que estivesse falando já chamara seu nome várias vezes. Virando-se, viu-se diante do capitão Richardson. Sua mente ficou vazia. Provavelmente seu rosto também, pois Richardson o segurou pelo braço de um jeito familiar e o conduziu para dentro do restaurante de uma estalagem.

– Venha comigo – chamou Richardson em voz baixa, soltando seu braço, mas fazendo um aceno com a cabeça na direção das escadas.

Uma pequena movimentação de curiosidade e cautela foi sentida através da névoa que o envolvia, mas ele seguiu o capitão, o som de seus sapatos oco nas escadas de madeira. Richardson fechou a porta do quarto atrás dele e começou a falar antes que Grey pudesse sair de sua perplexidade para começar a questioná-lo com relação às circunstâncias muito peculiares que William havia lhe contado.

– Sra. Fraser – disse Richardson sem preâmbulos. – Até onde o senhor a conhece?

Grey ficou tão desconcertado com isso que respondeu.

– Ela é a mulher... a viúva – corrigiu-se, sentindo como se tivesse enfiado um alfinete em uma ferida aberta – de um grande amigo.

– Um grande amigo – repetiu Richardson, sem nenhuma ênfase em particular. O sujeito não poderia parecer mais comum, pensou Grey, e teve uma visão repentina e arrepiante de Hubert Bowles. Os mais perigosos espiões eram homens para os quais ninguém olharia duas vezes.

– Um grande amigo – repetiu Grey com firmeza. – Suas lealdades políticas não são mais um problema, são?

– Não, não se ele estiver realmente morto – concordou Richardson. – Acha que está?

– Tenho absoluta certeza. O que deseja saber, senhor? Estou ocupado.

Richardson sorriu diante dessa falsa declaração.

– Pretendo prender essa senhora como espiã, lorde John, e queria ter certeza de que não havia nenhuma... ligação pessoal de sua parte antes de o fazer.

Grey se sentou um tanto abruptamente e agarrou a borda da mesa em busca de apoio.

– Eu... Ela... Por que razão? – perguntou.

Com educação, Richardson se sentou à sua frente.

– Ela vem passando materiais subversivos de um lado a outro por toda a Filadélfia nos últimos três meses... talvez há mais tempo. E, antes que pergunte, sim, tenho certeza. Um dos meus homens interceptou uma parte desse material; dê uma olhada, se quiser.

Enfiou a mão no bolso e retirou um maço desordenado de papéis, que parecia já ter passado por várias mãos. Grey não achava que Richardson estivesse pondo sua lealdade à prova, mas examinou o material com deliberada atenção. Largou os papéis sobre a mesa, sentindo-se exangue.

– Ouvi dizer que essa senhora frequentou sua casa e que ela está sempre na casa em que seu sobrinho está hospedado – afirmou Richardson. Seus olhos pousaram no rosto de Grey, atentos. – Mas ela não é uma... amiga?

– Ela é médica – informou Grey, e teve a ligeira satisfação de ver as sobrancelhas de Richardson se arquearem. – Ela tem prestado... serviços inestimáveis para mim e meu sobrinho.

Ocorreu-lhe que seria melhor que Richardson não soubesse quanta estima ele tinha pela sra. Fraser, pois, se achasse que *havia* um interesse pessoal, deixaria de dar informações a Grey.

– Mas isso já terminou – acrescentou, falando o mais descontraidamente possível. – Eu respeito essa senhora, é claro, porém não existe nenhuma ligação, não. – Levantou-se, então, de maneira decidida, e se despediu, pois fazer mais perguntas iria comprometer a impressão de indiferença.

Partiu na direção de Walnut Street, não mais entorpecido. Sentia-se mais uma vez dono de si mesmo, forte e determinado. Havia, afinal, mais um serviço que podia prestar a Jamie Fraser.

• • •

– A senhora tem que se casar comigo.

Eu o ouvira na primeira vez, mas a repetição não fazia mais sentido. Enfiei um dedo no ouvido e o cocei, depois repeti o processo no outro.

– O senhor não pode ter dito o que eu acho que disse.

– Mas eu disse – confirmou, com seu habitual tom ferino de volta à voz.

O torpor do choque começava a se dissipar e algo horrível rastejava de um pequeno buraco em meu coração. Eu não podia encarar isso e busquei refúgio olhando para lorde John.

– Sei que estou chocada, mas tenho certeza de que não estou delirando nem ouvindo coisas. Por que o senhor está me *propondo* isso, pelo amor de Deus?!

Levantei-me, disposta a esbofeteá-lo. Ele percebeu e deu um passo para trás.

– Você vai se casar comigo – declarou, um tom cortante na voz. – Tem ideia de que está prestes a ser presa como espiã?

– Eu... não. – Sentei-me outra vez, tão bruscamente quanto tinha me levantado. – O que... Por quê?

– A senhora deve saber melhor do que eu – respondeu ele.

De fato, eu sabia. Reprimi o repentino estremecimento de pânico que ameaçava me dominar, pensando nos papéis que eu havia levado secretamente de um par de mãos para outro dentro da minha cesta, alimentando a rede secreta dos Filhos da Liberdade.

– Ainda que fosse verdade – falei, lutando para manter a voz inalterada –, por que eu deveria me casar com o senhor? Ou melhor, por que o senhor iria querer se casar *comigo*, o que eu não acredito nem por um instante.

– Acredite. – aconselhou. – Farei isso porque é o último serviço que posso prestar a Jamie Fraser. Eu posso protegê-la; como minha mulher, ninguém pode tocá-la. E *você* fará isso porque...

Lançou um olhar frio para trás de mim, levantando o queixo, e eu me virei, deparando-me com todos os quatro filhos de Fergus amontoados no vão da porta, as meninas e Henri-Christian me observando com olhos enormes e redondos. Germain tinha sua atenção voltada para lorde John, medo e desafio evidentes em seu rosto comprido e bonito.

– Eles também? – perguntei, respirando fundo. – Pode protegê-los também?

– Sim.

– Eu... Sim. Está bem. – Coloquei as mãos abertas sobre o balcão, como se isso pudesse de alguma forma me impedir de sair girando e ser projetada no espaço. – Quando?

– Agora – disse ele, e me segurou pelo cotovelo. – Não há tempo a perder.

Eu não tinha a menor lembrança da breve cerimônia, conduzida na sala de estar da casa de lorde John. A única recordação que mantive foi a visão de William, sobriamente ao lado de seu pai – seu padrasto – como padrinho. Alto, ereto, o nariz reto e longo, os olhos de gato pousados em mim com vaga compaixão.

Ele não pode estar morto, lembro-me de ter pensado, com lucidez incomum. *Ele está ali.*

Eu disse o que me mandaram dizer e depois fui escoltada ao andar de cima para me deitar. Adormeci imediatamente e só acordei na tarde seguinte.

Infelizmente, ainda era verdade.

Dorothea estava lá, pairando acima de mim, preocupada. Permaneceu ao meu lado o resto do dia, tentando me fazer comer alguma coisa, oferecendo-me pequenos goles de uísque e conhaque. Sua presença não era exatamente um consolo – nada poderia ser –, mas ela era ao menos uma distração inócua, e a deixei falar, as palavras se derramando sobre mim como o som de água corrente.

Lorde John e Willie voltaram quase ao anoitecer. Eu os ouvi no térreo. Dottie desceu e a ouvi conversando com eles, uma ligeira elevação de interesse em sua voz, em seguida seus passos na escada, leves e ligeiros.

– Tia – disse ela, sem fôlego –, acha que está bem o suficiente para descer?

– Eu... Sim, creio que sim.

Ligeiramente desconcertada por ser chamada de "tia", levantei-me e fiz algumas tentativas vagas de me arrumar. Ela pegou a escova das minhas mãos, prendeu meus cabelos para cima e, abrindo uma touca enfeitada de fitas, enfiou-os por baixo. Deixei que o fizesse, como deixei que me conduzisse com gentileza ao térreo, onde encontrei lorde John e William na sala de estar, ambos um pouco afogueados.

– Mamãe Claire. – Willie tomou minha mão e a beijou. – Venha ver. Papai encontrou algo que acha que você vai gostar. Venha ver – repetiu, arrastando-me para a mesa.

Era uma grande caixa de madeira, feita de madeira nobre, com aros de ouro. Estendi a mão para tocá-la. Parecia um estojo de talheres, porém muito maior.

– O que...?

Ergui os olhos e vi lorde John de pé ao meu lado, parecendo um pouco envergonhado.

– Um, hã, presente – disse ele, privado dessa vez de seus modos tranquilos e imperturbáveis. – Pensei... Quero dizer, notei que lhe faltam... bons equipamentos. Não quero que abandone sua profissão – acrescentou.

– Minha profissão.

Um calafrio começava a se espalhar pela espinha, assim como pelas bordas dos meus maxilares. Tateando um pouco, tentei levantar a tampa do estojo, mas meus dedos suavam e escorregaram, deixando uma mancha de suor brilhando na madeira.

– Não, não, assim.

Lorde John se inclinou para me mostrar, virando a caixa para ele mesmo. Deslizou o ferrolho escondido, ergueu a tampa e abriu as portas com dobradiças, depois recuou um passo com o ar de um mágico.

Meu couro cabeludo se arrepiou com suor frio e pontos negros começaram a dançar nos cantos dos meus olhos.

Duas dúzias de frascos vazios com a boca dourada. Duas gavetas rasas embaixo. E acima, brilhando em sua cama de veludo, as peças de um microscópio. Um estojo médico.

Meus joelhos cederam e desmaiei, apreciando a madeira fria do assoalho sob a minha face.

94

OS CAMINHOS DA MORTE

Deitada no emaranhado de minha cama à noite, busquei o caminho para a morte. Desejava com todas as fibras do meu ser passar desta existência para a outra. Se o que estava do outro lado da vida fosse uma glória inimaginável ou apenas o misericordioso esquecimento, o mistério era preferível a meu atual e incontornável sofrimento.

Não sei o que me impedia de uma fuga simples e violenta. Os meios estavam sempre à mão. Eu tinha escolha de tiro de pistola ou lâmina de faca, além de venenos que iam da rapidez ao estupor.

Revirei frascos e jarras do armário de remédios como uma louca, deixando as gavetinhas abertas, as portas escancaradas, buscando, remexendo tudo em minha pressa, saqueando conhecimento e memória como saqueava o armário, derrubando vidros e potes e fragmentos do passado no chão em grande desordem.

Finalmente, achei que tinha todos eles e, com mão trêmula, arrumei-os um a um sobre a mesa à minha frente.

Acônito. Arsênico...

Tantas formas a escolher. Qual, então?

Éter. Seria a mais fácil, se não a mais segura. Deitar, encharcar uma grossa almofadinha de pano na substância, colocar a máscara sobre o nariz e a boca e me deixar levar, sem dor. Só que sempre havia a chance de alguém me encontrar. Ou que, tendo perdido a consciência, pudesse virar a cabeça para o lado ou sofrer convulsões que deslocariam o pano, e eu iria acordar de novo para esta existência vazia.

Permaneci sentada, imóvel, por um instante, e depois, sentindo-me em um sonho, estendi a mão para pegar a faca que estava sobre a mesa, onde eu descuidadamente a havia deixado depois de usá-la para cortar hastes de linho. A faca que Jamie me dera. Era afiada. A lâmina brilhava, brutal e prateada.

Seria certeira, e seria rápida.

Jamie Fraser estava de pé no convés do *Philomene*, observando a água deslizar interminavelmente e pensando na morte. Ele havia ao menos parado de pensar nisso de uma maneira pessoal desde que o enjoo do mar havia finalmente diminuído. Seus pensamentos agora eram mais abstratos.

Para Claire, pensou, a morte era o inimigo eterno. Algo contra o qual sempre lutar, ao qual nunca ceder. Ele estava tão familiarizado com isso quanto ela, mas fizera as pazes com a morte. Ou achava que tinha feito. Como o perdão, não era uma coisa que se aprendia e depois deixava de lado, mas sim uma questão de prática permanente: aceitar a ideia da própria mortalidade e, mesmo assim, viver era um paradoxo digno de Sócrates. E esse valoroso ateniense havia abraçado exatamente esse paradoxo, refletiu, com a sombra de um sorriso.

Ele ficara frente a frente com a morte vezes suficientes – e se lembrava desses encontros com bastante nitidez – para compreender que de fato havia coisas piores. Muito melhor morrer do que sobreviver para prantear.

Ainda tinha a terrível sensação de algo pior do que tristeza quando olhava para sua irmã, pequena e solitária, e ouvia a palavra "viúva" em sua mente. Era *errado*. Ela não podia ser isso, não podia ser excluída dessa forma brutal. Era como vê-la ser cortada em pedaços e estar impotente para fazer qualquer coisa.

Afastou esses pensamentos e voltou suas lembranças para Claire. Sentia falta dela, sua chama no meio da escuridão. Seu toque, um consolo e um calor além daquele do corpo. Lembrou-se da última noite antes de sua partida, de mãos dadas no banco do lado de fora da torre, sentindo as batidas de seu coração nas pontas dos dedos, seu coração se firmando àquela pulsação rápida e quente.

Estranho como a presença da morte parecia trazer consigo tantos acompanhantes, sombras havia muito esquecidas, rapidamente vislumbradas na penumbra do anoitecer. A lembrança de Claire, e de como ele havia jurado protegê-la desde o primeiro instante em que a abraçara, trouxe-lhe de volta a jovem sem nome.

Ela morrera na França, do outro lado do vazio em sua cabeça que fora provocado pelo golpe de um machado. Havia anos não pensava nela, mas repentinamente ela estava ali outra vez. Esteve em sua mente quando abraçara Claire em Leoch e sentira que seu casamento podia ser uma pequena reparação. Ele aprendera a se perdoar por aquilo que não fora culpa sua e, amando Claire, dera alguma paz à sombra da jovem, esperava.

Sentia de forma obscura que devia uma vida a Deus, e pagara essa dívida tomando Claire como esposa – embora Deus soubesse que ele a teria desposado de qualquer forma, pensou, com um sorriso melancólico. Mas mantivera a promessa de protegê-la. *A proteção do meu nome, do meu clã – e a proteção do meu corpo*, ele dissera.

A proteção do meu corpo. Havia nisso uma ironia que o fez se encolher quando vislumbrou outro rosto entre as sombras. Estreito, malicioso, de olhos dissimulados – tão jovem.

Geneva. Mais uma mulher jovem morta em decorrência de sua luxúria. Não exatamente culpa sua. Ele lutara e conseguira vencer a culpa, nos longos dias e noites que se seguiram à sua morte, sozinho em sua cama fria em cima dos estábulos, tirando um pouco de consolo da presença sólida, muda, dos cavalos, remexendo-se e mastigando nas baias abaixo. Se ele não tivesse se deitado com ela, ela não teria morrido.

Ele deveria outra vida a Deus?, perguntou-se. Achava que a vida de William lhe fora dada para proteger com a sua, em troca da vida de Geneva. Mas essa confiança tivera que ser entregue a outra pessoa.

Bem, tinha sua irmã agora e assegurou a Ian que zelaria por sua segurança. *Enquanto eu viver*, pensou. E isso ainda iria levar algum tempo. Pensou que tinha usado apenas cinco das mortes que a adivinha em Paris lhe garantira ter.

Você morrerá nove vezes antes de descansar em seu túmulo, dissera ela. Seriam necessárias tantas tentativas para provar isso?, refletiu.

Deixei minha mão cair para trás, expondo meu pulso, e coloquei a ponta da faca no meio do antebraço. Eu já vira muitos suicídios malsucedidos, aqueles que cortavam os pulsos de um lado a outro, os ferimentos eram pequenas bocas que gritavam por socorro. Eu vira aqueles que tinham intenção de morrer. A maneira correta era cortar as veias na vertical, profundamente, cortes certeiros que iriam drenar o meu sangue em questão de minutos, provocar a inconsciência em segundos.

A marca ainda era visível no monte na base do meu polegar. Um fraco e lívido "J", a marca que ele deixara em mim na véspera de Culloden, quando pela primeira vez enfrentamos a morte e a separação.

Tracei a fina linha branca com a ponta da faca e senti o sussurro sedutor do metal em minha pele. Eu quis morrer com ele na época, e ele me mandara através das pedras com mão firme. Eu carregava uma filha dele; não podia morrer.

Eu já não a carregava, mas ela ainda existia. Talvez ao meu alcance. Permaneci sentada, imóvel, pelo que me pareceu um longo tempo, depois suspirei e coloquei a faca de volta sobre a mesa com cuidado.

Talvez fosse o hábito, uma tendência da mente que considerava a vida sagrada ou um medo supersticioso de extinguir uma chama acesa por outra mão que não a minha. Talvez fosse obrigação. Havia aqueles que precisavam de mim... ou ao menos a quem eu podia ser útil. Talvez fosse a teimosia do corpo, com sua inexorável insistência em processo infinito.

Eu podia reduzir meus batimentos cardíacos, reduzi-los o suficiente para contar as batidas... reduzir o fluxo do meu sangue até o coração ecoar nos meus ouvidos com a perdição de tambores distantes.

Havia caminhos na escuridão. Eu sabia. Já vira pessoas morrerem. Apesar da decadência física, não havia morte enquanto o caminho não fosse encontrado. Eu não podia ainda encontrar o meu.

95

TORPOR

O novo estojo médico estava sobre a mesa do meu quarto, brilhando suavemente à luz da vela. Ao lado, estavam as sacolinhas de gaze de ervas desidratadas que eu tinha comprado pela manhã, os novos frascos de tintura que preparara à tarde, para grande desprazer da sra. Figg em ver a pureza de sua cozinha assim corrompida.

Seus olhos oblíquos diziam que ela sabia que eu era uma rebelde e me considerava uma bruxa. Ela havia se retirado para a porta do prédio da cozinha enquanto eu trabalhava, mas não se afastou inteiramente, mantendo, em vez disso, uma vigilância desconfiada e silenciosa sobre mim e meu caldeirão.

Uma grande garrafa de conhaque de ameixa me fazia companhia. Durante a última semana, eu descobrira que um copo à noite me deixava encontrar uma trégua no sono ao menos por algumas horas. Não estava funcionando. Ouvi o relógio no console da lareira no andar de baixo soar melodicamente uma vez.

Inclinei-me para pegar uma caixa de camomila seca que tinha caído, varrendo as folhas espalhadas com cuidado de volta para dentro do recipiente. Uma garrafa de xarope de papoula havia tombado também e ficara ali deitada, o líquido aromático se infiltrando ao redor da rolha. Sentei-me ereta, limpei as gotículas douradas do gargalo da garrafa com meu lenço, enxuguei a minúscula poça do chão. Uma raiz, uma pedra, uma folha. Uma a uma, peguei-as, limpei-as e as guardei, os equipamentos de minha profissão, os ingredientes do meu destino.

O vidro frio parecia de certa forma longínquo; a madeira reluzente, uma ilusão. Com o coração batendo devagar, de modo errático, coloquei a mão espalmada sobre a caixa, tentando me estabilizar, fixar-me no tempo e no espaço. Cada dia que passava ficava mais difícil.

Lembrei-me, com uma nitidez dolorosa e repentina, de um dia durante a retirada de Ticonderoga. Havíamos alcançado um vilarejo, encontrado refúgio temporário em um celeiro. Eu tinha trabalhado o dia inteiro, fazendo o que podia sem nenhum suprimento, nenhum remédio, nenhum instrumento, nenhuma atadura, a não ser as que eu fazia com as roupas imundas, suadas, dos feridos. Sentindo o mundo se perder cada vez mais na distância enquanto trabalhava, ouvindo minha voz como se pertencesse a outra pessoa. Vendo os corpos sob minhas mãos, apenas corpos. Membros. Ferimentos. Perdendo o contato.

A escuridão sobreveio. Alguém chegou, colocou-me de pé e me mandou para fora do celeiro, para uma pequena taverna. Estava apinhada de gente. Alguém, talvez Ian, disse que Jamie tinha comida para mim lá fora.

Ele estava sozinho lá, no barracão de lenha vazio, mal iluminado por uma lanterna distante.

Fiquei parada na soleira da porta, cambaleando. Ou era o barracão que oscilava.

Pude ver meus dedos se cravarem na madeira do batente da porta, as unhas brancas.

Um movimento na penumbra. Ele se levantou ao me ver e veio em minha direção. Qual era seu...?

– Jamie. – Senti uma distante sensação de alívio ao descobrir seu nome.

Ele me segurou, levou-me para dentro e eu me perguntei por um instante se estaria andando ou se ele estava me carregando; ouvi o barulho dos meus pés se arrastando no chão de terra, mas não sentia meu peso nem seu deslocamento.

Ele falava comigo, o som de sua voz tranquilizante. Parecia um esforço terrível distinguir as palavras. Mas eu sabia o que ele devia estar dizendo e consegui falar ao mesmo tempo que me perguntava se aqueles sons seriam palavras e se faziam sentido.

– Tudo bem. Apenas... cansada.

– Quer dormir? – disse ele, os olhos preocupados fixos em mim. – Ou comer um pouco?

Ele me soltou para pegar o pão e coloquei a mão contra a parede para me equilibrar, surpresa ao encontrá-la sólida.

A sensação de frio e entorpecimento voltara.

– Cama – balbuciei. Sentia meus lábios azuis e exangues. – Com você. Agora mesmo.

Ele colocou a mão em meu rosto, a palma calosa quente em minha pele. Mão grande. Sólida. Acima de tudo, sólida.

– Tem certeza, *a nighean*? – disse ele, um tom de surpresa na voz. – Você parece que...

Eu coloquei a mão em seu braço, temendo que fosse atravessar sua carne.

– Com força – sussurrei. – Me machuque.

Meu copo estava vazio, a garrafa pela metade. Servi outro e segurei o copo com cuidado, sem querer derramá-lo, determinada a encontrar o esquecimento, por mais temporário que fosse.

Eu poderia me separar inteiramente?, perguntei-me. Minha alma poderia deixar meu corpo sem que eu morresse? Ou já deixara?

Bebi devagar, um gole de cada vez. Outro. Um gole de cada vez.

Deve ter havido algum som que me fez erguer os olhos, mas eu não tinha consciência de ter levantado a cabeça. John Grey estava parado na porta do meu quarto. Não usava seu lenço de pescoço e sua camisa se dependurava, frouxa, dos ombros, vinho entornado na frente. Seus cabelos estavam soltos e emaranhados, e os olhos, tão vermelhos quanto os meus.

Levantei-me devagar, como se estivesse submersa em água.

– Não vou chorar sua morte sozinho esta noite – disse ele, e fechou a porta.

Fiquei surpresa de acordar. Não esperava e continuei deitada por algum tempo tentando encaixar de novo a realidade à minha volta. Sentia apenas uma leve dor de cabeça, que era quase mais surpreendente do que o fato de eu ainda estar viva.

Ambos os fatos perderam o significado diante do homem a meu lado na cama.

– Quanto tempo faz desde a última vez que dormiu com uma mulher, se não se importa que eu pergunte?

Ele não pareceu se importar. Pensativo, franziu um pouco a testa e coçou o peito.

– Há... quinze anos? Pelo menos. – Olhou para mim, a expressão se alterando para um ar de preocupação. – Peço desculpas.

– Pede? Por quê?

Arqueei uma das sobrancelhas. Eu podia pensar em inúmeras coisas pelas quais ele *poderia* pedir desculpas, mas provavelmente nenhuma delas era o que ele tinha em mente.

– Receio que talvez eu não tenha sido... – hesitou – um verdadeiro cavalheiro.

– Não foi. Só que eu também não fui uma verdadeira dama.

Ele olhou para mim, sorrindo, como se tentasse formular uma resposta, mas após um instante balançou a cabeça e desistiu.

– Além do mais, não foi comigo que você fez amor. Nós dois sabemos disso.

Ele levantou a cabeça, surpreso, os olhos muito azuis. Então a sombra de um sorriso atravessou seu rosto e ele abaixou os olhos para a colcha.

– Não – concordou ele. – Nem você fez amor *comigo*. Fez?

– Não – retruquei.

A dor e o pesar da noite anterior haviam abrandado, mas seu peso ainda estava lá. Minha voz era baixa e rouca, porque minha garganta estava obstruída onde a mão da tristeza me pegara desprevenida.

John se sentou e estendeu a mão para a mesa, onde havia uma garrafa de bebida, outra garrafa e um copo. Ele serviu algo da segunda e me entregou o copo.

– Obrigada – disse, levando-o aos lábios. – Santo Deus, isto é *cerveja*?

– Sim, e muito boa – comentou ele, entornando.

Tomou vários goles generosos, os olhos semicerrados, depois devolveu a garrafa à mesa com um suspiro de satisfação.

– Limpa o céu da boca, refresca o hálito e prepara o estômago para a digestão.

Achei graça... e fiquei chocada.

– Está me dizendo que tem o hábito de beber cerveja como café da manhã todos os dias?

– Claro que não. Eu como alguma coisa também.

– Surpreende-me que ainda tenha um dente na boca – afirmei severamente, mas arrisquei um pequeno gole.

A cerveja *era* boa: encorpada e adocicada, com um toque amargo na medida certa.

Nesse ponto, notei certa tensão em sua postura que o conteúdo da conversa não explicava. Como meu raciocínio estava lento, levei algum tempo para perceber qual era o problema.

– Se precisa peidar, não se preocupe. Vá em frente.

Ele ficou tão surpreso com minha observação que o fez.

– Peço-lhe mil desculpas, senhora! – disse, a pele clara enrubescendo até a linha dos cabelos.

Tentei não rir, mas o riso reprimido sacudiu a cama e ele ficou ainda mais vermelho.

– Você hesitaria sobre isso se estivesse na cama com um homem? – perguntei, apenas por curiosidade.

Ele esfregou os nós dos dedos contra a boca, a cor esmaecendo um pouco de suas faces.

– Ah... Bem, isso iria depender do homem. De modo geral, não.

O homem. Eu sabia que Jamie era o homem em sua cabeça... assim como na minha. No momento, não estava disposta a me ofender com isso.

Grey também sabia o que eu estava pensando.

– Ele me ofereceu seu corpo certa vez. Sabia disso?

– Imagino que não tenha aceito. – Eu sabia que ele não aceitara, mas estava mais do que curiosa em ouvir seu lado da história.

– Não. O que eu queria dele não era isso... ou não somente isso – acrescentou. – Eu queria tudo, e era jovem e orgulhoso o suficiente para achar que, se não pudesse ter tudo, não aceitaria menos. E tudo, naturalmente, ele não podia me dar.

Fiquei em silêncio por algum tempo, pensando. A janela estava aberta e as longas cortinas de musselina se agitavam com a brisa.

– Você se arrependeu? – perguntei. – De não ter aceitado sua oferta, quero dizer.

– Dez mil vezes, no mínimo – garantiu, abrindo um sorriso largo e melancólico. – Ao mesmo tempo... recusá-lo foi um dos poucos atos de verdadeira nobreza que eu alegaria em meu favor. É verdade, sabe – confessou –, o desprendimento tem suas recompensas, pois, se eu tivesse aceitado, isso teria destruído para sempre o que existia entre nós. Em vez disso, ter dado a ele a dádiva de minha compreensão, por mais difícil que tenha sido – acrescentou ironicamente –, me deixou sua amizade. Assim, enquanto sinto um arrependimento momentâneo por um lado, tenho satisfação por outro. E no final das contas foi à amizade que eu dei mais valor.

Após um momento de silêncio, ele se virou para mim.

– Posso... A senhora vai me achar estranho.

– Bem, o senhor *é* um pouco estranho, não? Mas não me importo. O que é?

Lançou-me um olhar que dizia que, se um de nós era realmente estranho, ele não achava que fosse ele mesmo. Entretanto, o instinto de cavalheiro reprimiu qualquer comentário que pudesse ter feito a esse respeito.

– Você permitiria que eu a visse? Hã... nua?

Fechei um dos olhos e olhei para ele.

– Esta não é a primeira vez que você dorme com uma mulher, é? – perguntei.

Grey fora casado, embora eu me recordasse que ele passara a maior parte da vida de casado vivendo longe de sua mulher.

Ele tentou se lembrar.

– Bem, não. Mas acho que esta é a primeira vez que fiz isso de maneira voluntária.

– Ah, estou *lisonjeada*!

Ele olhou para mim, sorrindo um pouco.

– Deveria estar mesmo – falou.

Eu era de uma época, afinal, em que... Bem, por outro lado, ele não tinha as mesmas reações instintivas que a maioria dos homens, em termos de atrações femininas. O que de certa forma deixava aberta a questão...

– Por quê?

Um sorriso tímido tocou o canto de sua boca e ele se levantou um pouco, recostando-se no travesseiro.

– Eu... não sei bem, para lhe dizer a verdade. Talvez seja apenas um esforço para conciliar minhas lembranças desta noite com a... hã... realidade da experiência?

Senti um forte solavanco, como se ele tivesse me golpeado no peito. Ele não poderia ter percebido meus primeiros pensamentos ao acordar e vê-lo – aquele clarão repentino, desorientador, quando pensei que era Jamie, lembrando-me de forma tão aguçada do peso, do corpo e do calor de Jamie, e tão desesperadamente desejando que ele fosse Jamie que consegui por um instante pensar que era, somente para ser esmagada pela realidade.

Ele teria sentido ou pensado as mesmas coisas ao acordar e me encontrar ali ao seu lado?

– Ou talvez seja curiosidade – disse ele, abrindo um pouco mais o sorriso. – Não vejo uma mulher nua há muito tempo. Salvo escravas negras nas docas em Charleston.

– Quanto é "muito tempo"? Quinze anos, você disse?

– Bem mais do que isso. Isobel... – Parou de repente, o sorriso desaparecendo. Nunca havia mencionado sua falecida esposa.

– Você nunca a viu nua? – perguntei, com mais do que mera curiosidade.

Ele desviou um pouco o rosto, os olhos baixos.

– Ah... não. Não era... Ela não... Não. Eu estou nu para você – disse ele, e afastou o lençol.

Assim convidada, eu não poderia deixar de olhar para ele. E, com toda a sinceridade, eu queria, por simples curiosidade. Ele era esbelto e de constituição delicada, mas musculoso e rígido. Um pouco de flacidez na cintura, mas nenhuma gordura – e recoberto de pelos fortes e dourados, que escureciam para castanho no triângulo entre as pernas. Era o corpo de um guerreiro. Estava bem familiarizada com eles. Um dos lados de seu peito era recoberto de cicatrizes em forma cruzada, e havia outras - uma bem profunda no alto de uma das coxas, uma linha irregular, recortada como um relâmpago ao longo do antebraço esquerdo.

Ao menos, minhas cicatrizes não eram visíveis, pensei, e, antes que pudesse hesitar ainda mais, retirei o lençol do meu corpo. Ele o observou com curiosidade, sorrindo.

– Você é linda.

– Para uma mulher da minha idade?

Seu olhar me percorreu sem nenhum senso de julgamento, mas com o ar de um homem de gosto refinado avaliando o que ele via à luz de anos de observação.

– Não – disse ele. – Não para uma mulher da sua idade; nem mesmo para uma mulher, eu acho.

– Como o quê, então? – indaguei, fascinada. – Um objeto? Uma escultura?

De certo modo, eu podia entender isso. Algo como esculturas de museu, talvez: estátuas envelhecidas, fragmentos de culturas desaparecidas, conservando em seu interior algum remanescente da inspiração original, esse remanescente amplificado pelas lentes da idade, santificado pela antiguidade. Eu nunca me vira sob tal luz, mas não podia imaginar o que mais ele podia estar querendo dizer.

– Como minha amiga – respondeu ele.

– Obrigada – agradeci, enternecida.

Esperei, depois puxei o lençol sobre nós dois.

– Já que somos amigos... – comecei, um pouco encorajada.

– Sim?

– Eu só me pergunto... Você... ficou sozinho esse tempo todo? Desde que sua mulher morreu?

Ele suspirou, mas sorriu para que eu soubesse que não se importava com a pergunta.

– Se quer mesmo saber, eu tenho há muitos anos desfrutado de um relacionamento físico com meu cozinheiro.

– Com... seu cozinheiro? Ou cozinheira?

– Não, não com a sra. Figg, não – disse ele, percebendo o horror em minha voz. – Estou me referindo a meu cozinheiro em Mount Josiah, na Virgínia. Seu nome é Manoke.

– Ma... – Lembrei-me de Bobby Higgins ter me contado que lorde John mantinha um índio chamado Manoke como seu cozinheiro.

– Não se trata apenas de aliviar necessidades urgentes – acrescentou virando a cabeça para me encarar. – Há um verdadeiro afeto entre nós.

– Fico satisfeita em saber – murmurei. – Ele, hã, ele é...

– Não faço a menor ideia se prefere apenas homens. Duvido disso... Fiquei um pouco surpreso quando ele demonstrou interesse por mim. Mas não estou em posição de me queixar, quaisquer que sejam seus gostos.

Passei o nó de um dedo pelos lábios, não querendo parecer curiosa. No entanto, estava.

– Você não se importa se ele... tiver outros amantes? Ou ele em relação a você, se for esse o caso?

Tive uma repentina e inquietante apreensão. Eu não pretendia que o que acontecera na noite anterior voltasse a acontecer. Na verdade, ainda estava tentando me convencer de que não acontecera. Nem pretendia ir à Virgínia com ele. E se eu fosse e os empregados de lorde John presumissem... Tive visões de um índio ciumento colocando veneno na minha sopa ou de tocaia atrás da latrina com um tacape.

John parecia considerar a questão, os lábios franzidos. Ele tinha uma barba cerrada, notei; os pelos louros da barba por fazer suavizavam suas feições e ao mesmo tempo me davam certa sensação de estranheza – só muito raramente eu o vira sem estar barbeado e bem-arrumado.

– Não. Não há... nenhuma relação de posse nisso.

Lancei-lhe um olhar de evidente descrença.

– Eu lhe asseguro – disse ele, sorrindo. – Na... Bem; talvez eu possa descrever isso melhor por analogia. Em minha fazenda... que pertence a William, é claro; refiro-me a ela como minha apenas no sentido de habitação...

Fiz um ruído educado na garganta, indicando que ele podia abreviar suas explicações à absoluta precisão no interesse de contar logo o fato.

– Há uma grande área aberta nos fundos da casa – continuou, ignorando-me. – No começo, era uma pequena clareira e, com o passar dos anos, eu a reformei e fiz um amplo gramado, mas a orla da clareira encosta nas árvores. Durante a noite, com muita frequência, os cervos saem da floresta para se alimentar ali. De vez em quando, entretanto, eu vejo um determinado cervo. É branco, eu acho, mas parece ser prateado. Não sei se ele aparece somente quando há luar ou se eu é que não consigo vê-lo se não estiver claro, mas é uma visão de rara beleza.

Seus olhos haviam se enternecido e eu podia ver que ele não estava olhando o teto acima, mas o cervo branco, brilhante ao luar.

– Ele vem durante duas, três noites e depois desaparece, e eu não o vejo durante semanas, às vezes meses. Depois vem de novo e eu fico fascinado outra vez.

Ele rolou sobre o corpo com um farfalhar de cobertas e ficou de lado, olhando para mim.

– Compreende? Eu não sou dono dessa criatura. Ainda que pudesse, não seria. Sua visita é uma dádiva, que aceito com gratidão, mas quando ele vai embora não há nenhum sentimento de abandono ou privação. Fico apenas feliz por tê-lo pelo tempo que ele quer ficar.

– E está dizendo que seu relacionamento com Manoke é assim. Você acha que ele também se sente dessa forma a seu respeito? – perguntei, fascinada.

Ele olhou para mim, perplexo.

– Não faço a menor ideia.

– Vocês, hã, não... conversam na cama? – indaguei, tentando ser delicada.

Ele desviou o rosto.

– Não.

Permanecemos em silêncio por alguns momentos, examinando o teto.

– Já teve alguma vez? – questionei.

– Tive o quê?

– Um amante com quem conversava.

Lançou-me um olhar de esguelha.

– Sim. Talvez não tão francamente quanto me vejo conversando com *você*, mas sim.

Ele abriu a boca como se fosse dizer ou perguntar mais alguma coisa. Em vez disso, respirou fundo, fechou-a com firmeza e soltou o ar devagar pelo nariz.

Eu sabia que ele desejava saber como Jamie era na cama, além do que eu inadvertidamente lhe mostrara na noite anterior. E fui obrigada a admitir que me sentia muito tentada a lhe contar, apenas para trazer Jamie de volta à vida pelos breves momentos em que conversávamos. Mas sabia que tal revelação teria um preço: não só uma posterior sensação de traição a Jamie como uma sensação de vergonha em usar John. Se as lembranças do que se passara entre mim e Jamie em nossa intimidade não fossem mais compartilhadas... ainda assim elas pertenciam apenas a essa intimidade, e eu não poderia dispor delas.

Ocorreu-me que as lembranças íntimas de John pertenciam somente a ele também.

– Não tive intenção de bisbilhotar – esclareci, desculpando-me.

Ele sorriu, mas com verdadeiro humor.

– Sinto-me lisonjeado que possa ter algum interesse em mim. Conheço muitos casamentos mais... convencionais... em que os parceiros preferem permanecer na mais completa ignorância dos pensamentos e histórias um do outro.

Surpresa, percebi que havia agora uma intimidade entre mim e John – voluntária e inesperada para ambas as partes, mas... lá estava ela. Essa percepção me intimidou e, com ela, veio outra mais prática: a saber, uma pessoa com rins funcionais não podia ficar deitada na cama tomando cerveja para sempre.

Ele notou meu leve movimento e se levantou, vestindo seu *banyan* antes de ir buscar meu roupão – o qual, vi com inquietação, alguém fizera a gentileza de pendurar no encosto de uma cadeira para aquecer diante da lareira.

– De onde veio isso? – perguntei, indicando com a cabeça o roupão de seda que ele segurava para mim.

– De seu quarto, eu presumo. – Franziu a testa para mim por um instante antes de entender o que eu queria dizer. – A sra. Figg trouxe para cá quando veio atiçar o fogo.

– Ah! – exclamei.

A ideia de a sra. Figg me ver no quarto de lorde John – sem dúvida com frio, descabelada e roncando, se não na verdade babando – era mortificante. Quanto a isso, o mero fato de eu *estar* na cama dele era embaraçoso, independentemente da minha aparência.

– *Nós somos casados* – ressaltou ele, com um tom cortante na voz.

– Hã... sim. Mas... – Outro pensamento me ocorreu: talvez essa não fosse uma ocorrência tão incomum para a sra. Figg quanto eu imaginara. Ele teria recebido outras mulheres em sua cama de vez em quando? – Você dorme com mulheres? Hã... não dormir, quero dizer, mas...

– Não de bom grado – respondeu ele. Parou, em seguida abaixou o pente de prata. – Há mais alguma coisa que gostaria de me perguntar – indagou, com extrema educação – antes que eu mande o engraxate entrar?

A despeito do fogo na lareira, o aposento estava frio, mas minhas faces irradiavam calor. Apertei ainda mais o roupão de seda ao redor do corpo.

– Já que propõe... Sei que Brianna lhe contou o que... o que somos. Você acredita?

Ele me fitou por algum tempo antes de falar. Não possuía a habilidade de Jamie de mascarar seus sentimentos e pude ver sua leve irritação com a minha pergunta anterior se desfazer em divertimento. Fez uma pequena mesura para mim.

– Não – disse ele –, mas lhe dou minha palavra que me comportarei sob todos os aspectos como se acreditasse.

Olhei para ele até perceber que estava de boca aberta, de uma maneira bem pouco atraente. Fechei a boca.

– Bastante justo – concordei.

A estranha e diminuta bolha de intimidade em que havíamos passado a última meia hora estourara e, apesar do fato de que fora eu quem fizera perguntas intrometidas, sentia-me como um caracol privado de sua concha. Fatalmente exposta, completamente perturbada, murmurei uma despedida e me dirigi à porta.

– Claire? – chamou ele, uma interrogação na voz.

Parei, a mão na maçaneta, sentindo-me muito estranha. Ele nunca havia me chamado pelo primeiro nome antes. Precisei fazer um esforço para encará-lo por cima do ombro, mas, quando o fiz, eu o vi sorrindo.

– Pense no cervo – disse ele.

Assenti, sem dizer nada, e saí. Mais tarde, depois de ter tomado banho e me vestido, e depois de uma revigorante xícara de chá com conhaque, é que sua última observação fez sentido para mim.

Sua visita é uma dádiva, dissera ele a respeito do cervo branco, *que aceito com gratidão.*

Inspirei o vapor aromático e observei as minúsculas espirais das folhas de chá mergulharem para o fundo da xícara. Pela primeira vez em semanas, perguntei a mim mesma o que o futuro me reservaria.

– Bastante justo – murmurei, e esvaziei a xícara, os fragmentos das folhas de chá fortes e amargos em minha língua.

96

VAGA-LUME

Estava escuro. Mais escuro do que qualquer lugar onde ele já estivera. A noite lá fora nunca era completamente escura, mesmo com o céu nublado, mas ali era mais escuro que o fundo do closet de Mandy quando brincavam de esconde-esconde. Havia uma fenda entre as portas, podia senti-la com os dedos, mas nenhuma luz passava por ali. Ainda devia ser noite. Talvez passasse luz pela fenda quando amanhecesse.

Talvez o sr. Cameron voltasse de manhã também. Jem se afastou um pouco da porta, pensando nisso. Não achava que o sr. Cameron quisesse machucá-lo – segundo ele, não queria –, mas ele podia tentar levá-lo de novo lá para cima das rochas e Jem não iria *lá* por nada neste mundo.

Pensar nas pedras doía. Não tanto quanto no momento em que o sr. Cameron o empurrou contra uma delas e ela... começou a funcionar... mas doía. Havia um arranhão onde ele batera na pedra, em seu cotovelo, quando revidava, e esfregou o local agora, porque era muito melhor sentir isso do que pensar nas pedras.

Não, disse a si mesmo, *o sr. Cameron não iria machucá-lo, porque ele o puxara de volta da pedra quando ela tentou...* Engoliu em seco e procurou pensar em outra coisa.

Ele achava que sabia onde estava, porque se lembrava de mamãe contar a papai sobre a peça que o sr. Cameron pregara nela, trancando-a no túnel, e ela dissera que as rodas que trancavam as portas soavam como ossos sendo triturados – e foi *exatamente* assim que soaram quando o sr. Cameron o empurrou ali para dentro e as fechou.

Estava meio trêmulo. Fazia frio ali, mesmo estando com seu casaco. Não tão frio quanto nas vezes em que ele e seu avô se levantavam antes do amanhecer e esperavam na neve que o cervo descesse para beber água, mas ainda assim bastante frio.

O ar tinha uma densidade estranha. Farejou-o, tentando descobrir o que estava acontecendo, como seu avô e seu tio Ian sabiam fazer. Sentiu cheiro de pedra, mas apenas as velhas pedras comuns. Não... *elas*. De metal também, e um cheiro de óleo, como em um posto de gasolina. Um tipo de odor superaquecido que lhe pareceu ser de eletricidade. Havia alguma coisa no ar que não era bem um cheiro, mas uma espécie de zumbido. Isso era a usina de força, reconheceu. Não idêntica à grande câmara que sua mãe mostrara a ele e Jimmy Glasscock, onde as turbinas funcionavam, mas parecida. Máquinas, portanto. Sentiu-se um pouco melhor. Sentia-se bem com máquinas.

Pensar em máquinas o fez se lembrar de que sua mãe dissera que havia um trem ali, um trenzinho, e se sentiu muito melhor com isso. Se havia um trem ali, não era tudo apenas espaço escuro e vazio. Talvez aquele zumbido fosse do trem.

Estendeu os braços e seguiu em frente arrastando os pés até bater em uma parede. Então tateou ao redor e caminhou ao longo da parede com uma das mãos sobre ela, e descobriu que estava indo na direção errada quando literalmente deu de cara com as portas.

– Ai! – exclamou.

O som da própria voz o fez rir, mas a risada soou estranha no grande espaço vazio; parou e deu meia-volta, seguindo na direção oposta, com a outra mão na parede para se guiar.

Onde estaria o sr. Cameron agora? Ele não informou aonde ia. Só disse a Jem para esperar que ele voltaria com comida.

Sua mão tocou em algo redondo e liso e ele deu um salto para trás. Nada se moveu e ele colocou a mão sobre o objeto. Cabos de força, correndo ao longo da parede. Grandes. Podia sentir um leve zumbido dentro deles, o mesmo que ouvia quando seu pai ligava o motor do carro. Isso o fez pensar em Mandy. Ela emitia aquele tipo de zumbido sereno quando dormia e um mais alto quando estava acordada.

Imaginou se o sr. Cameron não teria ido buscar Mandy e o pensamento o deixou com medo. O sr. Cameron queria saber como atravessar as pedras e Jem não sabia lhe dizer. Mandy também não poderia, ela era apenas um bebê. Pensar nisso o fez se sentir vazio e tentou entrar em contato com ela, em pânico.

Mas lá estava ela. Algo como uma pequena luz cálida em sua cabeça, e ele respirou fundo. Mandy estava bem, então. Ficou interessado em descobrir que podia saber disso mesmo com a irmã distante. Nunca antes pensara em tentar; em geral ela estava *lá*, enchendo seu saco, e quando ele e seus amigos saíam, ele não pensava nela.

Seu pé bateu em algo e ele parou, estendendo uma das mãos para descobrir o que era. Não encontrou nada e, após um instante, adquiriu coragem para se afastar da parede e ir mais longe, avançando para dentro da escuridão. Seu coração batia com força e ele começou a suar, embora ainda sentisse frio. Seus dedos tocaram em metal e seu coração deu um salto no peito. O trem!

Encontrou a abertura e foi tateando para dentro, engatinhando sobre as mãos e os joelhos. Ao se levantar, bateu a cabeça na peça dos controles. Isso o fez ver estrelas e deu um gritinho agudo. Soou estranho, sem tanto eco agora que estava dentro do trem.

Rindo, sondou os controles. Eram como sua mãe tinha dito, apenas um interruptor e uma pequena alavanca, e ele apertou o interruptor. Uma luz vermelha brilhou repentinamente e o fez dar um salto. Mas só o fato de vê-la o fez se sentir muito melhor. Podia sentir a eletricidade percorrendo o trem e isso também lhe deu certo alento. Empurrou a alavanca, apenas um pouco, e ficou encantado quando o trem se moveu.

Para onde ia? Empurrou a alavanca um pouco mais e o ar começou a soprar em seu rosto. Cheirou-o. Estava se afastando das grandes portas, afastando-se do sr. Cameron.

Será que o sr. Cameron iria tentar saber sobre as pedras com sua mãe e seu pai? Jem esperava que sim. Seu pai iria fazer picadinho do sr. Cameron, disso ele tinha certeza, e o pensamento o reconfortou. Então eles viriam e o encontrariam, e tudo ficaria bem. Imaginou se Mandy conseguiria dizer a eles onde ele estava. Ela o conhecia do mesmo modo como ele a conhecia. Olhou para a pequena luz vermelha no trem. Brilhava como a irmã, firme e afetuosa, e se sentiu bem olhando para ela. Empurrou a alavanca um pouco mais e o trem acelerou dentro da escuridão.

97

NEXUS

Rachel cutucou a ponta de um pão, desconfiada. A vendedora, percebendo, virou-se para ela com um rosnado.

– Ei, não toque nisso! Se quiser, custa 1 *penny*. Senão, vá embora.

– De quando é este pão? – perguntou Rachel, ignorando a carranca da jovem. – Tem cheiro de pão dormido e é tão velho quanto parece. Não daria mais do que meio *penny* por um.

– Só tem um dia! – A jovem puxou de volta a bandeja de pães, indignada. – Não haverá pão fresco até quarta-feira. Meu patrão não consegue farinha de trigo até lá. Agora, quer pão ou não?

– Humm – murmurou Rachel, fingindo ceticismo.

Denny teria um ataque se achasse que ela estava tentando ludibriar a mulher, mas havia uma diferença entre pagar um preço justo e ser roubado, e não era mais justo deixar que a mulher a enganasse do que o contrário.

Eram farelos na bandeja? E eram marcas de dentes na ponta daquele pão? Inclinou-se para examinar mais de perto, franzindo o cenho, e Rollo ganiu de repente.

– Acha que os ratos andaram por ali, cachorro? – perguntou. – Eu também.

Só que Rollo não estava interessado em ratos. Ignorando tanto a pergunta de Rachel quanto a resposta indignada da vendedora de pães, cheirava o chão com entusiasmo, fazendo um ruído estranho.

– O que você tem, cachorro? – indagou Rachel, olhando consternada para o animal.

Colocou a mão em seu pescoço e ficou surpresa com a vibração que percorria o grande corpo peludo. Rollo ignorou o toque, assim como sua voz. Ele se movia quase correndo, em pequenos círculos, ganindo, o focinho rente ao chão.

– Esse cachorro não ficou maluco, não é? – perguntou a ajudante do padeiro, observando a cena.

– Claro que não – respondeu Rachel, distraída. – Rollo… *Rollo!*

O cachorro havia irrompido para fora da padaria, o focinho no chão, e se dirigia para o final da rua, quase correndo em sua ansiedade.

Resmungando baixinho, Rachel agarrou sua cesta de compras e foi atrás dele.

Para seu espanto, ele já estava na rua seguinte e desapareceu em uma esquina enquanto ela olhava. Ela correu, chamando-o, a cesta batendo contra sua perna e ameaçando derrubar as compras.

O que havia com ele? Rollo nunca tinha agido assim. Correu mais depressa, tentando não perdê-lo de vista.

– Cachorro malvado – disse, arfando. – Vai ser bem feito se eu deixá-lo ir embora!

Mas continuou correndo atrás dele, chamando-o. Uma coisa era Rollo deixar a estalagem em suas expedições de caça, quando sempre retornava. O problema era que ela estava bem longe da hospedaria e temia que ele se perdesse.

– Mesmo com um olfato tão bom assim, sem dúvida você poderia me seguir de volta!

Ela arquejou e, então, parou de repente, atingida por um pensamento. Era claro que ele estava seguindo um cheiro. Que cheiro faria o cachorro correr desse jeito? Certamente não se tratava de um gato, nem de um esquilo...

– Ian – sussurrou consigo mesma. – Ian.

Segurou as saias e correu atrás do cachorro, o coração martelando em seus ouvidos, enquanto ela mesma tentava restringir a desenfreada esperança que sentia. Ainda podia ver o cachorro, o focinho no chão e o rabo abaixado, concentrado em sua trilha. Ele entrou em um beco e ela o seguiu sem hesitação, saltando e dando guinadas para os lados, no esforço de evitar pisar nos detritos nojentos esparramados pelo caminho.

Qualquer um desses teria normalmente fascinado qualquer cachorro, inclusive Rollo. No entanto, ele ignorava tudo, seguindo seu faro.

Agora entendia por que as pessoas diziam "obstinado como um cão", pensou com um sorriso.

Poderia ser Ian? Sem dúvida era loucura pensar isso. Sua esperança seria frustrada. Mesmo assim, não conseguia dominar a convicção que tomara seu peito de assalto diante da possibilidade. A cauda de Rollo abanou em uma esquina e ela arremeteu para a frente, sem fôlego.

Se fosse Ian, o que poderia estar fazendo? A pista os levava na direção da periferia – não ao longo da rua principal, mas bem longe da parte próspera e organizada da cidade, para uma zona de casas miseráveis e acampamentos informais dos seguidores do Exército Britânico. Um bando de galinhas se espalhou, cacarejando, à aproximação de Rollo, mas ele não parou. Agora andava em círculos, de volta, saindo de trás de um barraco para uma viela de terra batida, ziguezagueando entre fileiras de casas amontoadas.

Ela sentia uma dor no flanco e o suor escorria pelo rosto, mas continuou. O cachorro, por sinal, estava se distanciando dela. Iria perdê-lo de vista a qualquer instante – seu sapato direito havia esfolado a pele do calcanhar, que parecia estar sangrando, embora isso provavelmente fosse só sua imaginação. Ela vira homens com os sapatos cheios de sangue...

Rollo desaparecera no final da rua e ela se lançou atrás dele, as meias descendo pelas pernas e as anáguas pendendo, de modo que ela pisava na bainha e as rasgava. Se encontrasse mesmo Ian, Rachel o xingaria. Bem, se ainda conseguisse falar.

Não havia sinal do cachorro no fim da rua. Olhou em volta. Estava nos fundos de uma taverna; podia sentir o cheiro do lúpulo das tinas de fermentação e o mau cheiro do refugo, e ouvia vozes vindas do outro lado do prédio. Vozes de soldados – não havia como se enganar com a maneira como os soldados falavam, ainda que não pudesse distinguir as palavras –, e ela estacou, o coração na boca.

Só que eles não tinham capturado alguém. Era apenas a maneira comum de os homens conversarem, descontraídos, preparando-se para fazer alguma coisa. Ouviu o tilintar e o chocalhar dos equipamentos, o barulho de botas no calçamento...

Alguém agarrou seu braço e ela engoliu o grito antes que irrompesse por sua garganta, aterrorizada de revelar a presença de Ian. Mas não foi Ian quem a agarrou. Dedos rígidos se fincaram em seu braço e um velho alto, de cabelos brancos, olhou-a de cima a baixo com olhos ardentes.

Ian estava faminto. Não comia havia mais de 24 horas, sem querer perder tempo para caçar ou encontrar uma fazenda que pudesse lhe dar comida. Percorrera os 35 quilômetros desde Valley Forge em uma espécie de transe, mal notando a distância.

Rachel estava ali. Por algum milagre, *ali*, na Filadélfia. Ele levara algum tempo para superar as suspeitas dos soldados de Washington, mas finalmente um corpulento oficial alemão, com um enorme nariz e um jeito amistoso e inquiridor, aproximara-se e demonstrara curiosidade em relação ao arco de Ian. Uma breve demonstração da arte de manejar arco e flecha com um papo em francês – uma vez que o inglês do oficial alemão era muito rudimentar – e ele pôde perguntar sobre o paradeiro de um médico chamado Hunter.

No começo, isso provocou apenas olhares vazios, mas Von Steuben gostara de Ian e enviou alguém para sondar enquanto trazia um pouco de pão. Finalmente, o mensageiro retornou e disse que havia um médico chamado Hunter que se encontrava no acampamento, mas que ia de vez em quando à Filadélfia para cuidar de um paciente particular. A irmã de Hunter? A pessoa não soube dizer.

Mas Ian conhecia os Hunters: onde Denzell estivesse, Rachel estaria. É bem verdade que ninguém sabia *onde* na Filadélfia morava o paciente particular do dr. Hunter. Havia certa reserva a esse respeito, alguma hostilidade que Ian não entendia, mas estava impaciente demais para compreender – ao menos eles estavam na Filadélfia.

E agora Ian também. Ele se esgueirara para dentro da cidade pouco antes do amanhecer, movendo-se cautelosa e silenciosamente pelos acampamentos que a cercavam, passando por formas enroladas em cobertores, dormindo, e por fogueiras dos acampamentos, abafadas e com forte cheiro de fumaça.

Havia comida na cidade, comida em abundância, e ele parou por um instante de antecipado êxtase na orla da praça do mercado, decidindo-se entre peixe empanado e pastel. Acabara de dar um passo à frente, na direção da barraca da vendedora de pastéis, quando viu a mulher olhar por cima do ombro dele e seu rosto mudar para uma expressão de horror.

Ele se virou e foi derrubado no chão. Ouviu uma gritaria, mas se perdeu na louca alegria da língua de Rollo lambendo cada centímetro de seu rosto, inclusive dentro do seu nariz.

Ele suspirou com força e se sentou, protegendo-se do cachorro extático.

– *A cù!* – exclamou, e abraçou a criatura enorme e agitada, encantado.

Em seguida, segurou o pescoço do cachorro com ambas as mãos, rindo de suas demonstrações de alegria.

– Sim, eu também estou feliz em ver você – declarou. – Mas o que você fez com Rachel?

A mão decepada de Fergus coçava. Havia muito tempo que isso não acontecia. Estava usando uma luva recheada de farelo de trigo e presa à sua manga em vez de seu útil gancho – era muito mais notado com ele – e era impossível coçar o toco do braço.

Procurando se distrair, saiu do celeiro onde dormia e foi caminhando até uma fogueira de acampamento próxima. A sra. Hempstead o cumprimentou com um aceno de cabeça, pegou uma caneca de lata, onde despejou uma concha de mingau ralo, e a entregou a ele. *Sim*, pensou, *havia alguma vantagem na luva.* Não podia agarrar a caneca com ela, mas podia mantê-la contra o peito sem se queimar. E, ficou satisfeito em descobrir, o calor acabava com a coceira.

– *Bonjour,* madame – saudou, com uma mesura educada, e a sra. Hempstead sorriu, apesar de seu cansaço e desalinho.

Seu marido fora morto em Paoli e ela tentava obter o sustento dos três filhos lavando roupa para os oficiais ingleses. Fergus aumentava sua renda em troca de comida e abrigo. Sua casa tinha sido tomada pelo irmão do marido, mas ele havia felizmente permitido que ela e sua família dormissem no celeiro. Fergus alugava um dos três ou quatro cubículos do celeiro.

– Teve um homem procurando pelo senhor – disse ela em voz baixa ao lhe dar um copo de água.

– É mesmo? – Absteve-se de olhar ao redor. Se o homem ainda estivesse ali, ela teria lhe dito. – Você viu esse homem?

Ela balançou a cabeça.

– Não, senhor. Ele falou com o sr. Jessop, que contou ao filho mais novo da sra. Wilkins, que passou por aqui e falou com Mary. Jessop disse que era um escocês muito alto, um homem de boa aparência. Achou que ele já devia ter sido um soldado.

O peito de Fergus se encheu de ânimo, quente como o mingau.

– Tinha cabelos ruivos? – perguntou, e a sra. Hempstead o olhou surpresa.

– Bem, não sei o que o menino disse. Mas me deixe perguntar a Mary.

– Não se preocupe, senhora. Eu mesmo perguntarei. – Engoliu o resto do mingau, quase escaldando a garganta, e lhe devolveu a caneca.

A pequena Mary, cuidadosamente interrogada, não sabia se o escocês alto tinha cabelos ruivos; ela não o vira e Tommy Wilkins não dissera. No entanto, ele havia lhe dito onde o sr. Jessop vira o sujeito, e Fergus, agradecendo a Mary com o melhor de sua cortesia gaulesa – o que a fez corar –, dirigiu-se para a cidade, o coração acelerado.

Rachel puxou o braço com um safanão, mas o velho apenas o apertou com mais força, o polegar enfiado no músculo abaixo do seu ombro.

– Solte-me, amigo – disse ela com calma. – Você me confundiu com outra pessoa.

– Acho que não – retrucou ele, e ela notou que era escocês. – O cachorro é seu, não é?

– Não – disse ela, intrigada e começando a ficar assustada. – Só estou tomando conta dele para um amigo. Por quê? Ele comeu uma de suas galinhas? Terei prazer em lhe pagar por ela...

Procurou se afastar dele, tateando com a mão livre em busca da bolsa, avaliando as chances de fuga.

– Ian Murray é o nome de seu amigo – disse ele, e ela ficou alarmada ao ver que ele não tinha formulado a frase como uma pergunta.

– Solte-me – disse ela com mais ênfase. – Não tem o direito de me deter.

Ele não deu nenhuma atenção a isso, mas fitou seu rosto. Seus olhos eram velhos, avermelhados e remelentos, mas afiados como lâminas.

– Onde ele está?

– Na Escócia – respondeu ela, e viu sua reação de surpresa.

– Você o ama? – perguntou baixinho o velho, mas não havia nada de suave no tom de sua voz.

– Solte-me!

Ela chutou sua canela, mas ele deu um passo para o lado com uma agilidade que a surpreendeu. Sua capa se abriu quando ele se moveu e ela vislumbrou um brilho de metal em sua cintura. Era um pequeno machado e, à repentina lembrança da terrível casa em Nova Jersey, ela deu um safanão para trás e gritou com todas as forças.

– Quieta! – retrucou o velho. – Venha comigo.

Ele colocou a mão grande sobre sua boca e tentou puxá-la, mas ela se debateu, chutou e conseguiu livrar a boca o tempo suficiente para gritar outra vez, o mais alto possível.

Exclamações alarmadas, assim como o som de botas pesadas, vieram em sua direção.

– Rachel! – Um berro familiar atingiu seus ouvidos e seu coração deu um salto.

– William! Socorro!

William corria para ela e, a alguma distância atrás dele, mais três ou quatro soldados ingleses, mosquetes na mão. O velho disse alguma coisa em gaélico, em tom de absoluta surpresa, e a soltou tão repentinamente que ela cambaleou para trás, tropeçou na bainha rasgada das anáguas e caiu sentada na rua.

O velho se afastava, mas William estava enfurecido; arremeteu contra o sujeito abaixando o ombro, pretendendo derrubá-lo. Mas o velho tinha o machado na mão e Rachel gritou o nome de William com todas as suas forças. Em vão. Viu-se um lampejo de luz sobre o metal e um baque surdo nauseante, e William cambaleou para o lado, deu dois passos desengonçados e caiu.

– William! William! Meu Deus, meu Deus...

Ela não conseguiu ficar de pé, mas se arrastou até ele o mais depressa possível, gemendo. Os soldados gritavam, rugindo, perseguindo o velho, mas ela não tinha nenhuma atenção a dispensar a eles. Tudo que via era o rosto pálido de William, os olhos revirados para trás de modo que se via a esclera e o sangue escorrendo, escuro, ensopando seus cabelos.

Ajeitei William na cama, apesar de seus protestos, e mandei que ficasse lá. Eu tinha quase certeza de que os protestos eram por Rachel, já que, assim que eu a enxotei do quarto, ele permitiu que eu o ajudasse a se recostar no travesseiro, o rosto pálido e pegajoso sob a atadura enrolada ao redor da cabeça.

– Durma – falei. – Vai se sentir muito mal pela manhã, mas não vai morrer.

– Obrigado, mãe Claire – murmurou ele, com um débil sorriso. – Você é sempre um grande consolo. Mas antes que vá... – Por pior que ele se sentisse, sua mão em meu braço era sólida e firme.

– O que foi? – perguntei.

– O homem que atacou Rachel. Tem ideia de quem é ele?

– Sim. Pela descrição dela, é um homem chamado Arch Bug. Ele vivia perto de nós na Carolina do Norte.

– Ah. – Seu rosto estava pálido e viscoso, mas os olhos azul-escuros brilharam um pouco, de interesse. – Ele é louco?

– Sim, creio que sim. Ele... perdeu a mulher em circunstâncias muito trágicas e acredito que isso de certo modo tenha afetado suas faculdades mentais.

Eu achava que essa era a verdade, e os meses e meses desde aquela noite de inverno na Cordilheira, sozinho na floresta, percorrendo estradas intermináveis, ouvindo a voz distante da esposa morta... Se no começo ele não era maluco, eu achava que agora podia ser. Ao mesmo tempo, não estava disposta a contar toda a história a William. Não agora. Provavelmente nunca.

– Falarei com alguém – disse ele, dando um grande bocejo. – Desculpe. Estou... com um sono terrível.

– Você tem uma concussão. Virei acordá-lo de hora em hora. Vai falar com quem?

– Oficial – respondeu ele, os olhos já se fechando. – Mandar homens à procura dele. Não posso deixar que ele... Rachel. – Seu nome veio com um suspiro enquanto o corpo grande e jovem ficava paulatinamente frouxo. Observei-o por um instante para ter certeza de que estava realmente adormecido. Então beijei sua testa, pensando, com o mesmo aperto no coração com que beijara sua irmã com a mesma idade.

Meu Deus, você é tão parecido com ele.

Rachel aguardava no patamar da escada, ansiosa e desalinhada, embora tivesse feito algum esforço para arrumar os cabelos e a touca.

– Ele vai ficar bem?

– Sim, creio que sim. Tem uma concussão leve... Sabe o que é? Sim, claro que sabe. Dei três pontos em sua cabeça. Ele vai sentir uma dor de cabeça insuportável amanhã, mas foi um ferimento de raspão, nada grave.

Ela suspirou, os ombros delicados se abaixando repentinamente quando a tensão se esvaiu.

– Graças a Deus – disse ela, depois olhou para mim e sorriu. – E a você também, mamãe Claire.

– Foi um prazer ajudar. Tem certeza que está bem? Devia se sentar e tomar alguma coisa.

Não estava ferida, mas o choque da experiência havia deixado suas marcas. Eu sabia que ela não tomava chá por uma questão de princípios, mas um pouco de conhaque, até mesmo de água...

– Estou bem. Melhor do que nunca. – Aliviada de sua preocupação com William, ela agora olhava para mim, o rosto radiante. – Claire, ele está aqui! Ian!

– O quê? Onde?

– Não sei! – Ela olhou para a porta do quarto de William e me puxou para mais longe, abaixando a voz: – O cachorro, Rollo. Ele farejou alguma coisa e partiu atrás do cheiro como uma bala. Corri atrás dele, e foi então que deparei com o pobre louco. Eu sei, você vai me dizer que ele pode correr atrás de qualquer coisa, e pode mesmo... mas, Claire, ele não voltou! Se não tivesse encontrado Ian, ele teria voltado.

Sua empolgação me contagiou, apesar de ter medo de nutrir tantas esperanças quanto ela. Havia outras coisas que podiam impedir Rollo de voltar, e nenhuma delas era boa. Uma delas era Arch Bug.

A descrição que Rachel fez dele me desconcertara. No entanto, ela estava certa. Desde o funeral da sra. Bug na Cordilheira dos Frasers, eu via Arch Bug como uma ameaça apenas a Ian. No entanto, com as palavras de Rachel, eu também vi as mãos artríticas, aleijadas, tateando para colocar um broche na forma de um pássaro na mortalha de sua amada mulher. Pobre louco, de fato.

E extremamente perigoso.

– Vamos descer – falei, com outro olhar para a porta do quarto de William. – Tenho que falar do sr. Bug.

– Ian! – murmurou ela quando terminei meu relato. – Pobre homem!

Eu não sabia se a última exclamação se referia ao sr. Bug ou a Ian, mas Rachel tinha razão, de qualquer forma. Ela não chorou, mas seu rosto ficara pálido e imóvel.

– Ambos – concordei. – Todos os três, se contar a sra. Bug.

Ela balançou a cabeça de consternação, não por discordar.

– Então foi por isso que... – começou ela, mas parou.

– O quê?

Rachel fez uma leve careta, mas olhou para mim e deu de ombros.

– Foi por isso que ele me disse que tinha medo que eu pudesse morrer porque o amava.

– Sim, imagino que sim.

Continuamos sentadas por mais alguns instantes com nossas xícaras fumegantes de chá de erva-cidreira, analisando a situação. Finalmente, ela ergueu os olhos e engoliu em seco.

– Acha que Ian pretende matá-lo?

– Eu... Bem, não sei – respondi. – Ele se sentiu muito mal com o que aconteceu à sra. Bug...

– Com o fato de tê-la matado, você quer dizer.

Lançou-me um olhar franco e direto. Rachel Hunter não fugia dos problemas.

– Sim. Se ele compreender que Arch Bug sabe quem você é, souber o que você significa para Ian e pretender lhe causar algum mal... e não se engane sobre isso, Rachel, ele realmente pretende atingi-la... – tomei um gole do chá quente e respirei fundo – sim, acho que Ian irá tentar matá-lo.

Ela ficou imóvel, a fumaça de seu chá o único movimento no ambiente.

– Ele não deve – afirmou.

– Como pretende impedi-lo? – perguntei, por curiosidade.

Ela soltou um suspiro lento e longo, os olhos fixos no suave redemoinho da superfície de seu chá.

– Rezando – respondeu.

98

MISCHIANZA

18 de maio de 1778
Walnut Grove, Pensilvânia

Já fazia muito tempo desde a última vez que eu vira um pavão assado e não esperava ver outro. Certamente não na Filadélfia. Não que eu devesse estar surpresa, inclinando-me para olhar mais de perto – sim, ele *realmente* tinha olhos de diamante. Não depois da regata no Delaware, as três bandas de música levadas em barcaças e a saudação de dezessete tiros de canhão dos navios de guerra no rio. A noite fora anunciada como uma *mischianza*. Segundo me disseram, a palavra significa "miscelânea" em italiano. Parecia ter sido interpretada de forma a dar rédea larga às almas mais criativas do Exército Britânico e da comunidade legalista na produção de uma celebração de gala em homenagem ao general Howe, que pedira exoneração do cargo de comandante em chefe e seria substituído por sir Henry Clinton.

– Sinto muito, minha cara – murmurou John ao meu lado.

– Por quê? – perguntei, surpresa.

Ele, por sua vez, também ficou surpreso; suas sobrancelhas louras se arquearam.

– Ora, conhecendo suas preferências políticas, devo supor que seja difícil para você ver tanta... – fez um gesto discreto com a mão, indicando a exibição de opulência à nossa volta, que não se limitava ao faisão – ... tanta pompa e tantas despesas extravagantes dedicadas a... a...

– À gula? – terminei. – Talvez... mas não. Sei o que vai acontecer.

– O que vai acontecer? A quem?

O tipo de profecia que eu possuía raramente era uma dádiva bem-vinda; nessas circunstâncias, entretanto, senti um prazer um pouco cruel em lhe contar.

– A vocês. Ao Exército Britânico, quero dizer, não a você pessoalmente. Eles vão perder a guerra dentro de três anos. De que vão adiantar faisões dourados então, hein?

Ele disfarçou um sorriso.

– De fato.

– Sim, de fato – retruquei. – *Fuirich agus chi thu.*

– O quê?

– Gaélico – disse, com uma pequena e profunda pontada de dor. – Significa "Espere e verá".

– Farei isso – assegurou. – Nesse ínterim, permita-me apresentar-lhe o tenente-coronel Banastre Tarleton, da Legião Britânica. – Fez uma mesura para um jovem baixo e rijo que se aproximara de nós, um oficial dos dragões em um uniforme verde-garrafa. – Coronel Tarleton, minha esposa.

– Lady Grey. – O jovem se inclinou diante de minha mão, roçando-a com lábios muito vermelhos e sensuais. Tive vontade de limpar a mão na saia, mas não o fiz. – Está se divertindo?

– Estou aguardando os fogos de artifício.

Ele tinha olhos astutos de raposa que não deixavam nada escapar, e sua boca vermelha e suculenta abriu um sorriso diante disso, mas não fez nenhum comentário, virando-se para lorde Grey.

– Meu primo Richard me roga que lhe mande suas lembranças.

O ar de agradável cordialidade de John se tornou satisfação genuína.

– Richard Tarleton foi meu oficial subalterno em Crefeld – explicou antes de voltar sua atenção para o dragão verde. – Como ele vai, senhor?

Resvalaram para uma conversa detalhada de comissões, promoções, campanhas, movimentos de tropas e política parlamentar, e eu me afastei. Não por tédio, mas por diplomacia. Eu não prometera a John que iria me abster de passar adiante informações úteis; ele não pediu. Mas tato e certo senso de obrigação exigiam que eu ao menos não adquirisse tais informações por meio dele, ou diretamente embaixo do seu nariz.

Perambulei devagar pelo meio da multidão no salão de baile, admirando os vestidos das mulheres, muitos importados da Europa ou cópias dos vestidos europeus modeladas com tecido local.

As sedas brilhantes e os bordados reluzentes formavam um contraste tão grande com os tecidos rústicos e as musselinas que eu achava que tudo parecia irreal – como se de repente me visse em um sonho. Essa impressão era intensificada pela presença no meio da multidão de vários cavaleiros, vestidos com mantos e tabardos, alguns com o elmo enfiado sob o braço – os festejos da tarde haviam incluído um torneio simulado de justa –, e de diversas pessoas com máscaras fantásticas e fantasias extravagantes, que presumi que mais tarde fariam parte de alguma apresentação teatral.

Minha atenção se voltou para a mesa onde espalhafatosas iguarias estavam dispostas: o pavão, as penas da cauda abertas em um grande leque, ocupava o lugar de honra no centro da mesa, ladeado por um javali assado inteiro em uma cama de repolho – este exalando um aroma que fez meu estômago roncar. Além disso, havia três enormes tortas de carne de caça, decoradas com pássaros canoros recheados. Estes me fizeram recordar o jantar do rei da França com os rouxinóis recheados e meu apetite desapareceu imediatamente, substituído por uma ânsia de náusea e pesar.

Desviei o olhar para o pavão, engolindo em seco. Perguntei-me quão difícil seria extrair aqueles olhos de diamante e se alguém os estaria vigiando. Era quase certo que sim e olhei à volta para ver se conseguia identificar a pessoa. Sim, lá estava ela, um soldado uniformizado, parado em um canto entre a mesa e o enorme console da lareira, os olhos vigilantes.

Mas eu não precisava roubar diamantes, pensei, e meu estômago se contraiu um pouco. Eu os tinha. John me dera um par de brincos de diamantes. Quando chegasse a hora de eu partir...

- Mãe Claire!

Eu estava me sentindo invisível e, arrancada repentinamente dessa ilusão, olhei para o outro lado do salão e avistei Willie, a cabeça desgrenhada despontando do tabardo com uma cruz vermelha de um Cavaleiro Templário, acenando com entusiasmo.

- Gostaria que você pensasse em outra maneira de me chamar - censurei, alcançando-o. - Sinto-me como se devesse estar rodopiando por aí em um hábito de madre religiosa com um rosário pendurado na cintura.

Ele riu, apresentou como srta. Chew a jovem que lhe lançava olhares melosos e se ofereceu para ir pegar sorvetes para nós duas. A temperatura no salão de baile era elevada e o suor escurecia não poucas das sedas luminosas.

- Que vestido elegante! - comentou a srta. Chew. - É da Inglaterra?

- Ah - murmurei, um pouco desconcertada. - Não sei, mas obrigada - acrescentei, baixando os olhos para mim mesma pela primeira vez.

Não havia prestado atenção no vestido além das necessidades mecânicas de entrar nele; vestir-me não passava de um estorvo diário e, desde que nada fosse apertado demais ou me incomodasse, não me preocupava com o que estava trajando.

John me presenteara com o vestido naquela manhã, bem como havia convocado um cabeleireiro. Eu fechara os olhos, um pouco chocada em como era prazeroso o toque dos dedos do sujeito nos meus cabelos - porém ainda mais chocada quando ele me deu um espelho e vi uma elaborada torre de cachos e talco, com um minúsculo navio encarapitado nela. Com as velas desfraldadas.

Esperei até ele sair, depois apressadamente escovei meus cabelos retirando enfeites e cachos e os prendi para cima da maneira mais simples possível. John me lançou um olhar enviesado, mas não comentou nada. No entanto, preocupada com a cabeça, eu não tive tempo de me olhar abaixo do pescoço e fiquei vagamente satisfeita agora de ver como a seda cor de chocolate me caía bem. Escura o suficiente para não mostrar manchas de suor, pensei.

A srta. Chew olhava para William como um gato espreitando um rato gordo e bonito, franzindo um pouco a testa quando ele parou para flertar com duas outras jovens.

- Lorde Ellesmere vai permanecer muito tempo na Filadélfia? - perguntou, os olhos ainda fixos nele. - Alguém me contou que ele não deverá ir com o general Howe. Assim espero!

- É verdade - confirmei. - Ele se rendeu com o general Burgoyne. Essas tropas estão todas em liberdade condicional e devem voltar para a Inglaterra, mas há uma razão administrativa que as impede de embarcar agora.

Eu sabia que William esperava ser trocado por outro oficial, para poder lutar outra vez, mas não mencionei o fato.

- Verdade? - disse ela, iluminando-se. - Que notícia esplêndida! Talvez ele esteja aqui para meu baile no mês que vem. Naturalmente, não será tão bom quanto este – arqueou o pescoço um pouco, inclinando a cabeça na direção dos músicos, que haviam começado a tocar na outra extremidade do salão –, mas o major André disse que usará seus dons para pintar a tela de fundo de modo que tenhamos um cenário, portanto será...

– Desculpe, mas você disse major André? Major... John André?

Ela olhou para mim, surpresa, um pouco contrariada com minha interrupção.

– Claro. Ele desenhou as fantasias para a justa hoje e escreveu a peça que encenarão mais tarde. Olhe, lá está ele, conversando com lady Clinton.

Olhei para onde ela apontara com seu leque, sentindo um calafrio percorrer meu corpo, apesar do calor no aposento.

O major André estava no centro de um grupo de homens e mulheres, rindo e gesticulando, obviamente o foco da atenção de todos. Era um jovem bem-apessoado de 20 e poucos anos, com um uniforme de corte perfeito e um rosto vívido, afogueado de calor e satisfação.

– Ele parece... encantador – murmurei, querendo desviar os olhos dele, mas sem conseguir.

– Sim! – exclamou a srta. Chew com entusiasmo. – Peggy Shippen, ele e eu fizemos quase tudo para a *mischianza* juntos. Ele é maravilhoso, sempre com excelentes ideias, e toca flauta com perfeição. Uma pena que o pai de Peggy não a tenha deixado vir esta noite, muito injusto! – Achei que havia um tom de satisfação subjacente em sua voz; ela estava muito contente de não ter que dividir os holofotes com a amiga. – Deixe-me apresentá-lo a você – disse ela de repente e, fechando o leque, passou o braço pelo meu.

Fui pega de surpresa e não consegui encontrar uma maneira de me desvencilhar antes de me ver arrastada para o grupo ao redor de André, a srta. Chew tagarelando alegremente com ele, rindo, a mão pousada em seu braço com familiaridade. Ele sorriu para ela, depois se voltou para mim, os olhos entusiasmados e vívidos.

– Encantado, lady Grey – disse, com uma voz suave e aveludada.

– Eu... Sim – falei, quase me esquecendo da resposta de praxe. – Você... Sim. Prazer em conhecê-lo!

Retirei minha mão antes que ele a pudesse beijar, desconcertando-o, e recuei um passo. Ele pestanejou, mas a srta. Chew solicitou sua atenção de novo e eu me afastei, indo me postar perto da porta, onde ao menos havia um pouco de ar fresco. Estava coberta de suor frio e todos os meus músculos vibravam.

– Aí está você, mãe Claire! – Willie surgiu ao meu lado, dois sorvetes um pouco derretidos nas mãos, suando copiosamente. – Tome.

– Obrigada. – Peguei um, notando que meus dedos estavam quase tão frios quanto a taça de prata embaçada com a temperatura do sorvete.

– Está se sentindo bem, mãe Claire? Está muito pálida. Como se tivesse visto um fantasma. – Ele fez uma expressão de constrangimento, como um breve pedido de desculpas por essa desastrada referência à morte, mas fiz um esforço para devolver o sorriso. Não foi bem-sucedido, porque ele tinha razão: eu acabara de ver um fantasma.

O major John André era o oficial inglês com quem Benedict Arnold, herói de Saratoga e ainda um lendário patriota, iria conspirar. E o homem que iria para a forca por tomar parte nessa conspiração em algum momento nos próximos três anos.

– Gostaria de se sentar um pouco?

Willie me olhava com a testa franzida, preocupado, e fiz um esforço para me livrar do meu horror. Não queria que ele se oferecesse para deixar o baile e me levar para casa. Por isso, sorri para ele, mal sentindo meus lábios.

– Não, está tudo bem – falei. – Acho... que vou dar uma volta lá fora para tomar um pouco de ar fresco.

99

UMA BORBOLETA NO PÁTIO DE UM AÇOUGUEIRO

Rollo estava embaixo de uma moita, devorando os restos de um esquilo que havia capturado. Ian se sentava em uma pedra, contemplando-o.

A cidade da Filadélfia estava fora de vista. Ele podia sentir o cheiro da nuvem de fumaça, o odor de milhares de pessoas vivendo amontoadas. Podia ouvir o barulho das pessoas indo para lá, na estrada que ficava a apenas 100 metros dali. E em algum lugar, a menos de 2 quilômetros dele, escondida naquele aglomerado de prédios e pessoas, estaria Rachel Hunter.

Ele queria pegar a estrada, entrar no coração da Filadélfia e começar a desmontar a cidade, tijolo por tijolo, até encontrá-la.

– Por onde começamos, *a cù*? – perguntou a Rollo. – Pela gráfica, imagino.

Ian nunca estivera lá, mas achava que não seria difícil encontrá-la. Fergus e Marsali lhe dariam abrigo – e comida, pensou, sentindo o estômago roncar – e talvez Germain e as meninas pudessem ajudá-lo a procurar Rachel. Talvez tia Claire pudesse... Bem, ele sabia que ela não era nem bruxa nem fada, mas não havia nenhuma dúvida em sua mente de que ela fosse alguma coisa e talvez pudesse encontrar Rachel para ele.

Esperou Rollo terminar sua refeição, depois se levantou, uma extraordinária sensação de calor o permeando, apesar de o dia estar nublado e frio. Poderia encontrá-la dessa forma?, perguntou-se. Caminhando pelas ruas, fazendo o jogo das crianças de "mais quente, mais frio", esquentando cada vez mais à medida que se aproximasse dela, encontrando-a pouco antes de entrar em combustão?

– Você poderia ajudar, sabia? – disse a Rollo em tom de censura.

Ele havia tentado fazer Rollo seguir a pista de Rachel assim que o cachorro o encontrara, mas o animal estava tão frenético de alegria com a volta de Ian que nada o fazia prestar atenção. Mas era uma ideia. Se por um acaso cruzassem seu caminho, talvez Rollo pudesse captar seu cheiro, agora que estava mais sóbrio.

Sorriu diante desse pensamento; a maior parte do Exército Britânico estava acampada em Germantown, mas havia milhares de soldados aquartelados na Filadélfia. Era como pedir que o cachorro seguisse o cheiro de uma borboleta no pátio de um açougueiro.

– Bem, não vamos encontrá-la ficando aqui sentados – concluiu, levantando-se. – Vamos, cachorro.

100

UMA DAMA À ESPERA

Eu esperava que as coisas fizessem sentido, mas nada fazia. Vivia na casa de John Grey, com sua escada elegante e seu candelabro de cristal, seus tapetes turcos e porcelana fina, havia quase um mês. No entanto, acordava todos os dias sem noção de onde estava, estendendo a mão à procura de Jamie na cama vazia.

Não conseguia acreditar que ele estivesse morto. *Não podia estar.* Fechava os olhos à noite e o ouvia respirando devagar ao meu lado. Sentia seus olhos em mim, cheios de humor, de desejo, aborrecidos, brilhantes de amor. Virava-me uma dúzia de vezes por dia, achando que ouvira seus passos atrás de mim. Abria a boca para lhe dizer alguma coisa, e mais de uma vez *realmente* falara com ele, só percebendo que não estava ali quando ouvia as palavras se perderem no ar vazio.

Eu me sentia destruída cada vez que isso acontecia. No entanto, nada me reconciliava com sua perda. Eu havia, com grande esforço de concentração, visualizado sua morte. Como ele teria detestado morrer afogado! De todas as maneiras que havia para morrer! Eu só podia esperar que o naufrágio do navio tivesse sido violento e que ele tivesse caído na água inconsciente. Porque, de outro modo... ele não podia desistir. Ele não teria desistido. Teria nadado e continuado a nadar, a quilômetros infindáveis de qualquer praia, sozinho nas profundezas vazias, porque não podia desistir e se deixar afundar. Teria nadado até aquele corpo vigoroso ficar exausto, até não conseguir mais levantar a mão e então...

Rolei sobre meu corpo e pressionei o rosto com força no travesseiro, o coração oprimido de horror.

– Que maldito, maldito *desperdício*! – gritei dentro das penas, agarrando o travesseiro com todas as forças.

Se ele houvesse morrido em uma batalha, ao menos... Rolei sobre o corpo de novo e cerrei os olhos, mordendo o lábio até sentir gosto de sangue.

Por fim, minha respiração diminuiu e abri os olhos para a escuridão outra vez, retomando a espera. A espera por Jamie.

Algum tempo mais tarde, a porta se abriu e uma fresta de luz do corredor penetrou no quarto. Lorde John entrou, colocando uma vela na mesa junto à porta, e se aproximou da cama. Não olhei para ele, mas sabia que me observava.

Continuei deitada, fitando o teto. Ou melhor, olhando através dele para o céu. Escuro, cheio de estrelas e vazio. Não me dera ao trabalho de acender uma vela, mas também não maldizia a escuridão. Apenas olhava para dentro dela. À espera.

– Você está muito solitária, minha cara – disse ele com delicadeza –, e eu sei. Permite que eu lhe faça companhia, ao menos por pouco tempo?

Não respondi, mas me afastei um pouco e não resisti quando ele se deitou ao meu lado e me envolveu com cuidado em seus braços.

Descansei a cabeça em seu ombro, agradecida pelo consolo do simples toque e do calor humano, apesar de não atingirem as profundezas do meu desolamento.

Tente não pensar. Aceite o que existe. Não pense no que não existe.

Permaneci quieta, ouvindo a respiração de John. Ele respirava diferente de Jamie, mais superficialmente, mais rápido. Uma falha muito leve em sua respiração.

Percebi, devagar, que não estava sozinha em minha desolação ou em minha solidão. E que sabia muito bem o que havia acontecido na última vez que esse estado de espírito se tornou óbvio para ambos. É bem verdade que não estávamos bêbados, mas achei que ele também não pôde deixar de se lembrar.

– Você quer... que eu... a console? – perguntou, quase em um sussurro. – Eu não sei, você sabe. – Levando a mão para baixo, moveu um dedo muito devagar, em tal lugar e com tal delicadeza que eu arfei e me afastei.

– Sei que sabe. – Tive um instante de curiosidade de como exatamente ele aprendera, mas não pretendia perguntar. – Não é que eu não aprecie a ideia... – garanti, e senti minhas faces ficarem ainda mais quentes. – É... é só que...

– Que você iria se sentir infiel? Eu compreendo.

Houve um longo silêncio depois disso. E uma crescente consciência da presença um do outro.

– Você não se sentiria? – perguntei.

Ele permaneceu absolutamente imóvel, como se dormisse, mas não estava.

– Um pau duro é cego, minha cara – disse ele, os olhos ainda fechados. – Sendo médica, você sabe disso.

– Sim, eu sei.

E, tomando-o em minha mão, lidei com ele em terno silêncio, evitando qualquer pensamento de quem ele podia estar vendo mentalmente.

Colenso Baragwanath correu como se os saltos de suas botas estivessem em chamas. Irrompeu na taverna Fox, perto do fim da State Street, e atravessou o salão como uma bólide, entrando na sala de jogos de cartas nos fundos.

– Eles o encontraram – disse, arquejante. – O velho. Machado. Com o machado.

O capitão lorde Ellesmere já se levantava. Para Colenso, ele parecia ter mais de 2 metros e um aspecto assustador. O lugar onde a médica havia costurado sua cabeça estava espetado de cabelos novos, mas a cicatriz escura ainda podia ser vista. Seus olhos deviam estar lançando chamas, mas Colenso teve medo de olhar. Seu peito subia e descia por causa da corrida e ele estava sem fôlego, mas ainda assim não conseguia pensar em nada para dizer.

– Onde? – perguntou o capitão.

Ele falou bem baixo, mas Colenso o ouviu e recuou para a porta, apontando. O capitão pegou o par de pistolas que deixara ao lado e, colocando-as em seu cinto, aproximou-se.

– Mostre-me.

Rachel se sentou no banquinho alto atrás do balcão da gráfica, a cabeça apoiada na mão. Acordara com uma sensação de pressão, provavelmente por causa da tempestade iminente, que evoluíra para uma dor de cabeça latejante.

Preferia ter voltado para a casa do amigo John, para ver se Claire teria um chá que pudesse ajudar, mas prometera a Marsali que viria e tomaria conta da loja enquanto ela levava as crianças ao sapateiro para consertar os calçados e Henri-Christian tirar as medidas para um par de botas, pois seus pés eram curtos e largos demais para caber nos sapatos que não davam mais nas irmãs.

Ao menos a loja estava tranquila. Apenas uma ou duas pessoas entraram ali e somente uma delas lhe dirigira a palavra, perguntando pelo caminho para Slip Alley. Ela esfregou o pescoço dolorido, suspirando, e deixou os olhos se fecharem. Marsali voltaria logo. Então ela poderia ir se deitar com um pano úmido na cabeça e...

A sineta acima da porta da loja soou e ela se endireitou, um sorriso de boas-vindas se formando em seu rosto. Viu o visitante e o sorriso desapareceu.

– Saia – ordenou ela, descendo do banquinho, medindo a distância entre ela e a porta que dava para dentro de casa. – Saia agora mesmo. – Se conseguisse passar por lá e sair pelos fundos...

– Fique onde está – disse Arch Bug, com uma voz enferrujada.

– Sei o que pretende fazer – retrucou ela, recuando um passo. – E não o culpo pelo seu luto, pela sua raiva. Deve apenas saber que não é certo o que pretende, o Senhor não pode desejar que você...

– Fique quieta, garota – ordenou ele, e seus olhos pousaram nela com uma estranha espécie de delicadeza. – Ainda não. Vamos esperar por ele.

– Por... *ele*?

– Sim, ele.

Com isso, Arch se lançou por cima do balcão e a agarrou pelo braço. Rachel gritou e debateu-se, mas não conseguiu se soltar. Arch Bug levantou a tampa do balcão e a arrastou para fora, empurrando-a com força contra a mesa de livros, de modo que as pilhas oscilaram e desmoronaram com uma série de baques surdos.

– Não pode ter esperança de que…

– Eu não tenho nenhuma esperança – interrompeu-a ele, muito calmo. O machado estava em sua cintura; ela o viu, sem capa. Prateado. – Não preciso de nenhuma.

– Você vai morrer – afirmou ela, sem evitar que sua voz tremesse. – Os soldados o levarão.

– Sim, levarão. – Seu rosto se suavizou um pouco. – Verei minha mulher de novo.

– Não aconselho suicídio – sugeriu ela, afastando-se o máximo possível. – Se pretende morrer de qualquer forma, por que insiste em… em manchar sua morte, sua alma, com violência?

– Acha que a vingança é uma mancha? – As sobrancelhas brancas e hirsutas se arquearam. – É uma glória, garota. Minha glória, meu dever para com minha esposa.

– Bem, certamente não minha – disse ela. – Por que devo ser forçada a servir à sua vingança bestial? Não fiz nada a você ou a ela!

O homem não ouvia. Ao menos, não a Rachel. Virara-se um pouco, a mão se dirigindo ao machado, e sorriu ao som de passos correndo.

– Ian! – gritou ela. – Não entre!

Ele entrou, é claro. Ela agarrou um livro e o arremessou na cabeça do velho, mas ele se desviou com facilidade e a agarrou pelo pulso outra vez, o machado na mão.

– Solte-a – ordenou Ian, esbaforido devido à corrida.

Seu peito arfava e o suor escorria por seu rosto; ela podia sentir seu cheiro, acima mesmo do odor bolorento do velho. Rachel arrancou sua mão das garras de Arch Bug, muda de pavor.

– Não o mate – pediu ela, para ambos.

Nenhum dos dois a ouviu.

– Eu avisei, não foi? – lembrou Arch a Ian.

Sua voz soou de maneira sensata, um professor demonstrando um teorema. *Quod erat demonstrandum.*

– Afaste-se dela – pediu Ian.

Sua mão pairou sobre a faca e Rachel gritou, engasgando-se nas palavras:

– Ian! Não! Não faça isso. Por favor!

Ian lhe lançou um olhar de furiosa confusão, mas ela o enfrentou e ele abaixou a mão. Respirou fundo e deu um passo rápido para o lado. Bug girou para mantê-lo ao alcance do machado e Ian deslizou ainda mais rápido para a frente de Rachel, protegendo-a com seu corpo.

– Mate-me, então – disse ele a Bug. – Ande.

– Não! – exclamou Rachel. – Não foi isso que eu… Não!

– Venha cá, garota – disse Arch, estendendo a mão boa, chamando-a. – Não tenha medo. Serei rápido.

Ian a empurrou com força, de modo que ela se chocou contra a parede e bateu a cabeça. Ele se preparou para a luta, à frente dela, agachado, à espera. Desarmado, porque ela pedira.

– Vai ter que me matar primeiro – disse, em tom casual.

– Não – falou Arch Bug. – Você vai esperar a sua vez.

Os olhos envelhecidos o mediram de cima a baixo, frios e astutos, e o machado se moveu um pouco, impaciente. Rachel fechou os olhos e começou a rezar, mesmo sem encontrar as palavras, em um frenesi de terror. Ouviu um barulho e os abriu.

Uma longa mancha cinzenta cortou o ar e, em um instante, Arch Bug estava no chão, Rollo em cima dele, rosnando e batendo os dentes em seu pescoço. Ele podia ser velho, mas ainda era robusto e tinha a força do desespero. Com a mão boa, agarrou o cachorro, empurrando-o para trás, mantendo afastadas as mandíbulas salivando, e um braço longo e vigoroso se estendeu, o machado agarrado à mão aleijada, e se ergueu.

– Não! – Ian mergulhou para a frente, derrubando Rollo, buscando pegar a mão que segurava o machado, mas era tarde demais; a lâmina desceu com um ruído oco que fez a visão de Rachel ficar branca e Ian gritou.

Ela estava se movendo antes de poder enxergar e gritou quando a mão de alguém a agarrou pelo ombro e a arremessou para trás. Bateu na parede e deslizou para o chão, aterrissando sem fôlego e boquiaberta. Travou-se uma luta de membros, pelos, roupas e sangue engalfinhados no chão à sua frente. Um sapato bateu contra seu tornozelo e ela saiu rastejando como um caranguejo, os olhos arregalados.

Parecia haver sangue por toda parte. Respingado no balcão e na parede, lambuzado pelo chão, e as costas da camisa de Ian estavam encharcadas de vermelho e agarradas ao corpo de tal forma que ela via os músculos retesados. Estava ajoelhado sobre Arch Bug, que se debatia, tentando agarrar o machado com uma das mãos, o braço esquerdo frouxamente caído. Arch atacava seu rosto com dedos rígidos, tentando cegá-lo, enquanto Rollo se lançava como uma enguia, enfurecido, no meio da luta corpo a corpo, rosnando e mordendo. Concentrada na cena, percebeu com uma vaga consciência alguém de pé atrás dela, mas ergueu os olhos, sem compreender, quando o pé dele tocou seu traseiro.

– O que você tem que atrai homens com machados? – perguntou William, irritado. Ele mirou e disparou.

101

REDIVIVUS

Eu estava prendendo meus cabelos para o chá quando ouvi um arranhão na porta do quarto.

– Entre – disse John enquanto calçava as botas.

A porta se abriu, revelando o estranho e pequeno rapaz da Cornualha que às vezes servia como ordenança de William. Ele falou alguma coisa para John, no que presumi ser inglês, e lhe entregou um bilhete. John assentiu amavelmente e o dispensou.

– Compreendeu o que ele disse? – perguntei com curiosidade enquanto ele quebrava o selo com o polegar.

– Quem? Colenso? Não, nem uma palavra – comentou, distraído, depois enrugou os lábios em um assovio sem som diante do que estava lendo.

– O que aconteceu? – indaguei.

– Uma mensagem do coronel Graves – disse ele, dobrando o bilhete com cuidado.

Será que...? Houve outra batida à porta e John franziu a testa.

– Agora não – disse ele. – Volte depois.

– Bem, eu voltaria – retrucou uma voz educada com sotaque inglês. – Mas há certa urgência, sabe?

A porta se abriu e Jamie entrou, fechando-a atrás de si. Ele me viu, ficou paralisado por um instante e logo eu estava em seus braços, seu tamanho e calor devastadores apagando instantaneamente tudo mais ao meu redor.

Não sei para onde meu sangue havia fugido. A última gota tinha deixado minha cabeça; luzes piscantes dançavam diante dos meus olhos, mas nenhuma gota alimentava minhas pernas, que bruscamente se dissolveram sob mim.

Jamie me segurava no ar e me beijava, com gosto de cerveja e os pelos curtos da barba arranhando meu rosto, os dedos enterrados em meus cabelos e meus seios quentes e inchados contra seu peito.

– Lá está ele – murmurei.

– O quê? – perguntou ele, separando-se de mim por um instante.

– Meu sangue. – Toquei meus lábios formigantes. – Faça isso de novo.

– Eu farei – assegurou. – Só que há muitos soldados ingleses nas vizinhanças e eu acho...

O som de batidas fortes veio do térreo e a realidade voltou de supetão. Fitei-o e me sentei, o coração ribombando como um tambor.

– Como você não está morto?

Ele ergueu um dos ombros, o canto da boca se torcendo num sorriso. Estava muito magro, o rosto bronzeado e sujo; eu podia sentir o cheiro de suor e das roupas imundas, usadas por muito tempo. E o leve cheiro de vômito – não fazia muito tempo que ele saíra de um navio.

– Demore-se mais alguns segundos, sr. Fraser, e poderá voltar a estar morto. – John tinha se dirigido à janela, espreitando a rua. Seu rosto estava lívido, mas luminoso como uma vela.

– É mesmo? Foram um pouco mais rápidos do que eu pensava – disse Jamie com pesar, indo olhar. Virou-se da janela e sorriu. – É um prazer revê-lo, John, ainda que só por um instante.

John respondeu com um sorriso que iluminou seus olhos. Estendeu a mão e tocou o braço de Jamie, como se quisesse se certificar de que ele de fato estava vivo.

– Sim – disse ele, dirigindo-se, então, para a porta. – Venha. Pela escada dos fundos. Há uma escotilha para o sótão... se conseguir subir ao telhado...

Jamie olhou para mim, o coração nos olhos.

– Eu voltarei – prometeu. – Quando puder.

Ergueu uma das mãos para mim, mas parou com um esgar, virou-se para seguir John e desapareceram, o som de seus passos quase abafado pelo barulho no térreo. Ouvi a porta se abrir embaixo e uma voz masculina ríspida exigindo entrar. A sra. Figg, que Deus abençoe seu coraçãozinho intransigente, mantinha-se inarredável.

Fiquei sentada como a mulher de Lot, paralisada pelo choque, mas, diante dos profusos protestos da sra. Figg, fui incitada à ação.

Minha mente estava tão estupefata com os acontecimentos dos últimos cinco minutos que fiquei, para minha surpresa, muito lúcida. Não havia espaço em meu cérebro para pensamentos, especulações, alívio, alegria ou mesmo preocupação – a única faculdade mental que eu ainda possuía era a capacidade de reagir a uma emergência. Agarrei minha touca, enfiei-a na cabeça e comecei a me dirigir à porta, empurrando os cabelos para dentro enquanto prosseguia. Certamente a sra. Figg e eu poderíamos atrasar os soldados por tempo suficiente...

Esse plano teria funcionado se eu, ao correr para o patamar da escada, não tivesse esbarrado em Willie. Ele veio galgando os degraus aos saltos e colidiu com força contra mim.

– Mãe Claire! Onde está papai? Tem... – Ele me agarrara pelos braços quando cambaleei para trás, mas sua preocupação comigo foi sobrepujada por um som vindo do corredor do outro lado do patamar. Olhou na direção do barulho e em seguida soltou-me, os olhos arregalados.

Jamie estava parado no final do corredor, a uns 3 metros de distância; John estava ao seu lado, branco como uma folha de papel, os olhos tão esbugalhados quanto os de Willie. Essa semelhança com Willie, apesar de surpreendente, foi completamente superada pela semelhança de Jamie com o nono conde de Ellesmere. O rosto de William havia endurecido e amadurecido, perdendo qualquer traço de suavidade infantil, e, das duas extremidades do curto corredor, os olhos de gato azul-escuros dos Frasers fitavam a estrutura óssea sólida, arrojada, dos MacKenzies. E Willie já tinha idade para se barbear todos os dias; ele *conhecia* sua aparência.

William moveu os lábios sem conseguir emitir nenhum som devido ao choque. Olhou para mim, de novo para Jamie, e voltou para mim. E viu a verdade em meu rosto.

– Quem é você? – perguntou com a voz embargada, ignorando o barulho embaixo.

– James Fraser – respondeu este.

Seus olhos estavam fixos em William com uma intensidade flamejante, como se quisesse absorver cada vestígio de uma visão que não teria de novo.

– Você me conheceu um dia como Alex MacKenzie. Em Helwater.

William piscou duas vezes e seu olhar se voltou por alguns segundos para John.

– E quem... sou *eu*? – indagou, o final da pergunta se elevando em um grito esganiçado.

John abriu a boca, mas foi Jamie quem respondeu, com precisão:

– Você é um maldito papista e seu nome de batismo é James. – O fantasma do arrependimento atravessou seu rosto e desapareceu. – Era o único nome que eu tinha o direito de lhe dar – explicou, os olhos fixos no filho. – Sinto muito.

A mão esquerda de Willie bateu em seu quadril, buscando uma espada. Como não a encontrou, bateu no peito. Suas mãos tremiam, já que não conseguia lidar com os botões. Simplesmente agarrou o tecido e rasgou a camisa, enfiando a mão e tateando em busca de alguma coisa. Puxou-a por cima da cabeça e, com o mesmo movimento, atirou o objeto em Jamie.

Os reflexos de Jamie o fizeram levantar as mãos e o rosário de madeira se chocou contra elas, as contas balançando, emaranhadas em seus dedos.

– Maldito seja, senhor – disse William, a voz trêmula. – Que Deus o mande para o inferno! – Ele encarou John. – E você! Você *sabia*, não é? Maldito seja também!

– William... – John estendeu uma das mãos para ele, desamparado. Antes que pudesse dizer mais alguma coisa, ouviram-se vozes no corredor embaixo e passos pesados na escada.

– Sassenach, detenha-o! – A voz de Jamie me alcançou em alto e bom som através da algazarra. Por puro reflexo, obedeci e agarrei Willie pelo braço. Ele olhou para mim, boquiaberto.

– O que... – Sua voz foi abafada pelo troar de pés na escada e um brado triunfante do casaco-vermelho na frente.

– Lá está ele!

De repente, o patamar ficou apinhado de corpos se empurrando e se acotovelando, tentando passar por mim e Willie e entrar no corredor. Finquei-me no chão com todas as forças, apesar do empurra-empurra e dos tardios esforços de Willie para se libertar.

De repente, a gritaria parou e a pressão dos corpos relaxou um pouco. Minha touca fora deslocada para cima dos olhos durante a refrega e soltei uma das mãos do braço de Willie a fim de tirá-la. Deixei-a cair no chão. Tinha a impressão de que minha condição de mulher respeitável não seria importante por muito mais tempo.

Afastando os cabelos desgrenhados dos olhos com o antebraço, retomei minha pressão no braço de Willie, embora fosse desnecessário, já que ele parecia petrificado. Os casacos-vermelhos remexiam os pés, preparados para atacar, apesar de inibidos. Virei-me e vi Jamie, um dos braços ao redor do pescoço de John Grey, segurando uma pistola contra a têmpora do amigo.

– Mais um passo – disse ele, alto o suficiente para ser ouvido – e eu enfio uma bala no cérebro dele. Acham que tenho alguma coisa a perder?

Na verdade, considerando que Willie e eu estávamos parados bem à sua frente, eu achava que ele teria. Mas os soldados não sabiam disso e, a julgar pela expressão no rosto de Willie, ele teria preferido arrancar a língua a deixar escapar a verdade. Também achei que ele não se importava se Jamie *de fato* matasse John e depois morresse com uma saraivada de balas. Seu braço era como aço sob minhas mãos. Ele teria matado ambos se pudesse.

Houve um murmúrio de ameaça à minha volta e uma movimentação de corpos, os homens se preparando para atacar, mas ninguém avançou.

Jamie olhou uma vez para mim, o rosto inexpugnável, depois se dirigiu até a escada dos fundos, praticamente arrastando John com ele. Eles desapareceram de vista e o cabo ao meu lado entrou em ação, virando-se e gesticulando para seus homens na escada.

– Deem a volta por trás! Depressa!

– Parem! – exclamou Willie. Puxando o braço com um safanão do aperto frouxo de minha mão, ele se virou para o cabo. – Você colocou homens de guarda nos fundos da casa?

O cabo, notando o uniforme de Willie pela primeira vez, endireitou-se e bateu continência.

– Não, senhor. Não achei que...

– Idiota! – gritou Willie.

– Sim, senhor. Podemos alcançá-los se corrermos, senhor.

Ele já se balançava sobre as pontas dos pés enquanto falava, desesperado para sair em disparada. Os punhos de Willie estavam cerrados, assim como seus dentes. Eu podia ver os pensamentos atravessando sua mente com tanta clareza quanto se estivessem impressos em sua testa com tipos móveis.

Não *achava* que Jamie iria atirar em lorde John, mas não tinha certeza. Se enviasse homens atrás deles, havia uma boa chance de que os soldados os alcançassem – o que por sua vez significava alguma chance de que um deles, ou ambos, morreria. E se nenhum dos dois morresse, mas Jamie fosse capturado, não tinha a menor ideia do que ele poderia dizer, nem a quem. Arriscado demais.

Com uma leve sensação de déjà-vu, eu o vi calcular seus próximos passos, depois se virar para o cabo:

– Retorne ao seu comandante. Faça-o saber que o coronel Grey foi feito refém por... pelos rebeldes e peça-lhe que notifique todos os postos de guarda. Devo ser informado de qualquer novidade.

Houve um murmúrio de insatisfação dos soldados no patamar, mas nada que pudesse ser chamado de insubordinação, e mesmo isso definhou diante do olhar fulminante de William. O cabo mordeu o lábio por um breve instante, então bateu continência.

– Sim, senhor. – Virou-se com um gesto autoritário que enviou os soldados escada abaixo com passos rápidos e pesados.

Willie os observou sair. Em seguida, como se então notasse minha touca, abaixou-se e pegou-a do chão. Girando-a entre as mãos, lançou-me um olhar longo e especulativo. Os próximos instantes seriam interessantes, percebi.

Não me importava. Embora eu tivesse certeza de que Jamie não atiraria em John sob nenhuma circunstância, sabia o perigo que ambos corriam. Eu podia sentir a ameaça; o cheiro de suor e pólvora pairava, pesado, no ar do patamar e as solas dos meus pés ainda vibravam com a batida da pesada porta da frente. Nada disso importava.

Ele estava vivo.

Eu também.

Grey ainda estava em mangas de camisa; a chuva havia penetrado no tecido até sua pele.

Jamie foi para a parede do barracão e colocou o olho em uma fenda entre as tábuas. Ergueu uma das mãos, pedindo silêncio, e John ficou parado, à espera, tremendo, enquanto o som de cascos e vozes passava por eles. Quem poderia ser? Não soldados; não havia nenhum som metálico, nenhum chocalhar de armas ou esporas. Os sons desapareceram e Jamie se virou de novo. Ele franziu o cenho, notando pela primeira vez que Grey estava encharcado, e, tirando o casaco, envolveu seus ombros com ele.

O casaco também estava úmido, mas era de lã, e o calor do corpo de Jamie permanecia nele. Grey fechou os olhos por um instante, sentindo-se abraçado.

– Posso saber o que você anda fazendo? – perguntou Grey, abrindo-os.

– Quando? – Jamie esboçou um sorriso. – Agora mesmo ou desde a última vez que o vi?

– Agora mesmo.

– Ah.

Jamie se sentou em um barril e se reclinou para trás, recostando-se na parede. Grey notou com interesse que o som foi quase um "Arrh" e deduziu que Fraser havia passado a maior parte de seu tempo na Escócia. Também observou que os lábios dele estavam franzidos, como acontecia quando estava pensativo. Os olhos azuis rasgados se viraram em sua direção.

– Tem certeza de que quer saber? Provavelmente, é melhor não.

– Confio em sua capacidade de julgamento e em sua discrição, sr. Fraser – disse Grey com educação –, porém um pouco mais em mim mesmo. Tenho certeza de que poderá me desculpar.

Fraser pareceu achar aquilo engraçado, mas balançou a cabeça e tirou de dentro da camisa um embrulhinho, costurado em pele de animal oleada.

– Eu fui observado no ato de aceitar isso de meu filho adotivo – disse ele. – A pessoa que me viu me seguiu até um restaurante, depois foi buscar o batalhão mais próximo enquanto eu comia. Ou assim deduzi. Eu os vi descendo a rua, achei que estavam vindo para me pegar e... fui embora.

– Suponho que esteja familiarizado com a alegoria a respeito de um culpado que foge quando ninguém o persegue. Como sabe que estavam atrás de você e não apenas interessados em sua fuga intempestiva?

O leve sorriso tremulou outra vez, agora com um toque de ironia.

– Chame a isso de instinto da presa.

– Compreendo. Estou surpreso que você tenha se deixado encurralar, seus instintos sendo como são.

– Sim, bem, até raposas envelhecem, não é? – perguntou Fraser.

– Por que você veio à minha casa? – indagou Grey, irritado. – Por que não correu para a periferia da cidade?

Fraser pareceu surpreso.

– Minha mulher – disse ele, e ocorreu a Grey, com uma pontada, que não fora inadvertência ou falta de cautela o que impelira Jamie Fraser a ir à sua casa, mesmo com soldados em seus calcanhares.

Ele fora por ela. Por Claire.

Meu Deus!, pensou em pânico. *Claire!*

Não houvera tempo de dizer nada, ainda que ele tivesse pensado no que poderia ter saído. Jamie se levantou e, tirando a pistola da cintura, acenou para ele.

Desceram uma viela, depois atravessaram o quintal de uma taverna, esgueirando-se pela tina de fermentação aberta, a superfície perfurada pelos pingos da chuva que caía. Cheirando a lúpulo, emergiram em uma rua e diminuíram o passo.

Jamie tinha agarrado seu pulso durante todo o caminho e lorde John sentia sua mão começando a ficar dormente, mas não falou nada. Passaram por dois ou três grupos de soldados, mas ele caminhou com Jamie, acompanhando-o passo a passo, olhando para a frente. Não havia nenhum conflito entre coração e dever ali: gritar pedindo ajuda poderia resultar na morte de Jamie; certamente resultaria na morte de pelo menos um soldado.

Jamie mantinha sua pistola fora de vista, parcialmente escondida pelo casaco, somente a colocando de volta no cinto quando alcançaram o local onde ele havia deixado seu cavalo. Era uma residência particular; deixou Grey sozinho na varanda por um instante com um murmurado "Fique aqui", enquanto desaparecia dentro da casa.

Um forte senso de autopreservação incitava lorde John a correr, o que ele não fez, e foi recompensado quando Jamie emergiu outra vez e sorriu ao vê-lo ali. *Então, não tinha certeza se eu ficaria? Bastante justo*, pensou Grey. Ele mesmo não sabia.

– Vamos, então – pediu Jamie e, com um aceno de cabeça, chamou Grey para acompanhá-lo até o estábulo, onde rapidamente selou e colocou os arreios em um segundo cavalo, entregando as rédeas a Grey antes de montar no seu. – *Pro forma* – disse educadamente a Grey e, sacando a pistola, apontou-a para o amigo. – Caso alguém pergunte depois. Você virá comigo e eu *vou* atirar em você se fizer qualquer movimento para me denunciar antes que estejamos fora da cidade. Estamos compreendidos?

– Estamos – respondeu Grey e subiu na sela.

Cavalgou um pouco à frente de Jamie, consciente do pequeno lugar redondo entre suas omoplatas. *Pro forma* ou não, ele parecia estar falando sério. Perguntou-se se Jamie iria dar um tiro em seu peito ou quebrar seu pescoço quando descobrisse. *Talvez com as próprias mãos*, pensou. Sexo era o tipo de coisa visceral.

A ideia de esconder a verdade não havia lhe ocorrido. Não conhecia Claire Fraser tão bem quanto Jamie a conhecia, mas sabia que ela não conseguia guardar segredos. De ninguém. E certamente não de Jamie, devolvido a ela pela morte.

Claro, poderia se passar algum tempo até Jamie poder falar com ela outra vez. Só que conhecia Jamie Fraser melhor do que conhecia Claire – e a única coisa de que tinha certeza é que nada ficaria oculto muito tempo entre Jamie e sua mulher.

A chuva havia passado e o sol brilhava nas poças conforme eles chapinhavam pelas ruas. Havia uma movimentação por toda parte, uma agitação no ar. O exército estava aquartelado em Germantown, mas sempre havia soldados na cidade, e o conhecimento de sua partida iminente, a expectativa de retorno à campanha militar, contagiava a cidade como uma praga, uma febre passada invisivelmente de homem a homem.

Uma patrulha na estrada fora da cidade os parou, depois acenou para que prosseguissem quando Grey deu seu nome e patente. Seu companheiro, ele apresentou como sr. Alexander MacKenzie e achou que sentiu uma vibração de humor do dito companheiro. Alex MacKenzie era o nome que Jamie usara em Helwater – como prisioneiro de Grey.

Ah, meu Deus, pensou Grey, liderando o caminho para fora da vista da patrulha. *William.* No choque do confronto e de sua partida abrupta, ele não tivera tempo de pensar. Se Grey estivesse morto, o que William faria?

Seus pensamentos zumbiam como um enxame de abelhas amontoando-se umas sobre as outras em uma massa fervilhante; impossível se concentrar em um por mais de um segundo antes que ele se perdesse no zumbido ensurdecedor. Denys Randall-Isaacs. Richardson. Com Grey morto, ele sem dúvida prenderia Claire. William tentaria detê-lo se soubesse. Mas William não sabia o que Richardson era... Grey tampouco, não com certeza. Henry e sua amante negra. Grey agora sabia que eram amantes, vira isso no rosto de ambos. Dottie e seu quacre. Se os dois choques não matassem Hal, ele estaria em um navio com destino à América no mesmo instante, e *isso*, sim, certamente o mataria. Percy. Ah, meu Deus, Percy.

Jamie seguia à sua frente agora, liderando o caminho. Havia pequenos grupos de pessoas na estrada: a maioria fazendeiros vindo com carroças carregadas de suprimentos para o exército. Olhavam com curiosidade para Jamie, mais ainda para Grey. Ninguém os deteve ou desacatou. Uma hora mais tarde, Jamie os conduziu por uma trilha que partia da estrada principal e penetrava em uma pequena região de bosque, gotejante e enevoada da chuva recente. Havia um riacho. Jamie desceu do cavalo e o deixou beber água, e Grey fez o mesmo, sentindo-se irreal, como se o couro da sela e das rédeas fosse estranho à sua pele, como se o ar frio da chuva passasse através dele, através de seu corpo, em vez de ao redor.

Jamie se agachou junto ao riacho e bebeu água, depois a jogou sobre a cabeça e o rosto e se levantou, sacudindo-se como um cachorro.

– Obrigado, John – disse ele. – Não tive oportunidade de agradecer antes. Sou muito grato a você.

– Grato a mim? Não foi minha escolha. Você me raptou sob a mira de uma arma.

Jamie sorriu; a tensão da última hora diminuíra e, com isso, as rugas de seu rosto.

– Não é isso. Por cuidar de Claire.

– Claire – repetiu ele. – Ah. Sim. Isso.

– Sim, *isso* – disse Jamie, inclinando-se para espreitá-lo, preocupado. – Você está bem, John? Parece um pouco indisposto.

– Indisposto – murmurou Grey.

Seu coração batia erraticamente. Talvez parasse de bater. Aguardou um instante para permitir que isso acontecesse, mas o órgão continuou a funcionar alegremente. Nenhuma ajuda daí, portanto. Jamie ainda o encarava com um olhar examinador. Era melhor acabar logo com isso.

Respirou fundo, fechou os olhos e encomendou a alma a Deus.

– Eu tive conhecimento carnal de sua mulher – falou de uma só vez.

Esperara morrer mais ou menos depois da declaração, mas tudo continuou como sempre. Os pássaros continuaram gorjeando nas árvores, e os ruídos dos cavalos mascando capim eram o único som acima da água corrente. Abriu um dos olhos e encontrou Jamie Fraser parado, observando-o, a cabeça inclinada para o lado.

– Por quê? – perguntou Jamie, curioso.

102

ENTRANHADO NOS OSSOS

– Hã... Poderia me dar licença por um instante...?

Recuei devagar para a porta do meu quarto e, segurando a maçaneta, entrei rapidamente e a fechei, deixando Willie se recobrar com digna privacidade. E não só ele.

Pressionei-me contra a porta como se estivesse sendo perseguida por lobisomens, o sangue latejando em meus ouvidos.

– Meu Deus – murmurei.

Algo como um gêiser crescia dentro de mim e explodia em minha cabeça, os respingos cintilando com sol e diamantes. Eu estava vagamente consciente de que começara a chover lá fora e uma água cinzenta e suja escorria pelas vidraças, mas isso não tinha a menor importância para a efervescência dentro de mim.

Fiquei imóvel por vários minutos, os olhos fechados, sem pensar em nada, apenas murmurando "Obrigada, Senhor" sem parar.

Uma batida hesitante à porta me arrancou desse transe e me virei para abri-la. William estava no patamar. Sua camisa ainda pendia aberta onde ele a rasgara e pude ver a pulsação rápida em seu pescoço. Ele fez uma reverência desajeitada, tentando forçar um sorriso, mas fracassando na tentativa. Desistiu.

– Não sei bem como chamá-la – revelou. – Nas atuais... circunstâncias.

– Ah – disse, um pouco desconcertada. – Bem, não creio... ao menos, *espero* que o relacionamento entre nós não tenha mudado.

Compreendi, com um súbito arrefecimento de minha euforia, que agora poderia muito bem mudar, e o pensamento me deu uma profunda pontada de dor. Eu gostava muito dele, tanto por ele mesmo quanto pelo seu pai – ou pais, com base na situação.

– Conseguiria continuar me chamando de "mãe Claire"? Pelo menos até pensarmos em alguma coisa mais... apropriada – acrescentei apressadamente, vendo a relutância estreitar seus olhos. – Afinal, acho que ainda sou sua madrasta. Independentemente da... hã... situação.

Ele considerou isso por um instante, depois assentiu.

– Posso entrar? Gostaria de falar com a senhora.

– Sim, claro que sim.

Se eu não conhecesse seus pais, teria ficado impressionada com sua habilidade de reprimir a raiva e a confusão que tão claramente demonstrara quinze minutos antes. Jamie fazia isso por instinto; John, pela longa experiência. Mas ambos tinham uma força de vontade de ferro e, se essa capacidade de William estava entranhada nos ossos ou fora adquirida por meio do exemplo, ele sem dúvida a possuía.

– Peço alguma coisa? – perguntei. – Conhaque? É bom em situações como esta.

Ele balançou a cabeça. Recusava-se a sentar – acho que ele não conseguiria –, mas se reclinou contra a parede.

– Imagino que a senhora sabia, não? Não poderia deixar de notar a semelhança, imagino – acrescentou.

– De fato, é notável – concordei, com cautela. – Sim, eu sabia. Meu marido me contou – busquei uma maneira delicada de colocar a questão – sobre as... hã... circunstâncias de seu nascimento há alguns anos.

E como *eu* iria descrevê-las?

Não que eu não tivesse percebido que havia algumas explicações embaraçosas a serem feitas, mas, surpreendida com o súbito reaparecimento e fuga de Jamie e a vertigem de minha euforia subsequente, de algum modo não me ocorrera que eu seria a pessoa que iria dar essas explicações.

Eu vira o pequeno santuário que ele mantinha em seu quarto, os retratos de suas duas mães – ambas tão jovens. Se a idade fosse boa para alguma coisa, certamente teria me dado a sabedoria para lidar com isso, não?

Como eu poderia lhe dizer que ele fora produto da chantagem de uma jovem impulsiva e voluntariosa? Quanto mais que ele fora a causa da morte de seus pais legítimos? E, se alguém fosse lhe contar o que seu nascimento significara para Jamie, teria que *ser* Jamie.

– Sua mãe... – comecei a dizer, e hesitei.

Jamie teria assumido a culpa sozinho em vez de sujar a memória de Geneva para seu filho, eu sabia. Eu não concordava com isso.

– Ela era imprudente – disse William. – Todo mundo diz que era imprudente. Foi... Acho que eu só queria saber... foi estupro?

– Santo Deus, não! – exclamei, horrorizada, e vi seus punhos cerrados relaxarem um pouco.

– Isso é bom – disse ele, soltando a respiração que estava prendendo. – Tem certeza de que ele não mentiu para a senhora?

– Absoluta.

Ele e seu pai podiam ser capazes de ocultar seus sentimentos; eu, certamente não, e, apesar de nunca poder viver de jogos de cartas, ter um rosto transparente às vezes era uma boa coisa. Permaneci imóvel, deixando-o ver que eu falava a verdade.

– A senhora acha... Ele disse... – William parou e engoliu em seco. – Acha que eles se amavam?

– Tanto quanto puderam, acho. Não tiveram muito tempo, apenas uma única noite. – Senti pena dele e tive vontade de tomá-lo em meus braços e consolá-lo. Mas ele era um homem, e jovem, feroz em relação à sua dor. Lidaria com ela da melhor forma que conseguisse e achei que levaria alguns anos até ele aprender a compartilhá-la, se é que o faria algum dia.

– Sim – disse ele, e comprimiu os lábios, como se fosse dizer mais alguma coisa, mas achou melhor não o fazer. – Sim, eu... compreendo.

Pelo seu tom de voz, era claro que ele não compreendia. Zonzo com o impacto dos acontecimentos, não fazia a menor ideia do que perguntar em seguida, quanto mais o que fazer com todas aquelas informações.

– Eu nasci quase exatamente nove meses depois do casamento dos meus pais – falou, lançando-me um olhar intenso. – Eles enganaram meu pai? Ou minha mãe agiu como uma prostituta com seu cavalariço antes de se casar?

– Isso pode ser um pouco difícil – comecei.

– Não, não é – retrucou ele. – Qual das duas opções?

– Seu p... Jamie. Ele jamais enganaria outro homem em seu casamento.

Exceto Frank, pensei, um pouco transtornada. Mas, é claro, no começo ele não sabia que estava fazendo isso...

– Meu pai – disse ele. – Pa... Lorde John, quero dizer. Ele sabia... sabe?

– Sim.

Terreno perigoso outra vez. Achava que ele não tinha a menor ideia de que lorde John se casara com Isobel principalmente para o bem dele – e de Jamie –, mas não queria que ele conhecesse os motivos de lorde John.

– Todos eles – disse com firmeza –, todos os quatro queriam o melhor para você.

– O melhor para mim – repetiu ele sem entender. – Sei.

As juntas de seus dedos ficaram brancas outra vez e ele me lançou um olhar através de pálpebras apertadas que eu conhecia muito bem: um Fraser prestes a explodir. Eu também sabia muito bem que não havia nenhuma maneira de impedir alguém de detonar, mas tentei assim mesmo, estendendo a mão para ele.

– William – comecei –, acredite...

– Acredito – afirmou ele. – Não diga mais nada! *Droga!*

Deu um soco no painel de madeira da parede com uma pancada surda que sacudiu o quarto. Arrancou a mão do buraco que fizera e saiu intempestivamente. Ouvi ruídos de madeira arrancada e estraçalhada quando ele parou para chutar vários dos balaústres no patamar e arrancar uma parte do corrimão da escada.

Cheguei à porta a tempo de vê-lo levantar um pedaço de madeira de mais de 1 metro acima do ombro, girar e golpear o candelabro de cristal pendurado no vão da escada com uma explosão de estilhaços. Por um instante, ele oscilou na beirada aberta do patamar e achei que fosse cair, ou se atirar dali, mas ele cambaleou para trás, afastando-se da borda, e arremessou o pedaço de madeira como uma lança no que restara do candelabro, com uma arfada que podia ter sido um grunhido ou um soluço.

Em seguida, precipitou-se pelas escadas, batendo o pulso ferido a intervalos contra a parede, deixando manchas de sangue para trás. Chocou-se contra a porta da frente com o ombro, abriu-a com um safanão e saiu como uma locomotiva.

Fiquei paralisada em meio ao caos e à destruição, agarrada na balaustrada destroçada. Minúsculos arco-íris dançavam nas paredes e no teto, como libélulas multicoloridas saídas do cristal estilhaçado que se espalhava pelo chão.

Algo se moveu; uma sombra se projetou no assoalho do corredor abaixo. Uma figura escura e pequena entrou devagar pela porta aberta. Afastando para trás o capuz de sua capa, Jenny Fraser Murray olhou para a devastação ao redor, depois ergueu os olhos para mim, o rosto um oval pálido reluzente de humor.

– Tal pai, tal filho, pelo que vejo – observou. – Que Deus nos ajude.

103

A HORA DO LOBO

O Exército Britânico estava deixando a Filadélfia. O Delaware estava entulhado de navios e as barcaças atravessavam o rio sem parar, do final da State Street até Cooper's Point. Três mil *tories* também partiam, com medo de permanecer ali sem a proteção do Exército.

O general Clinton lhes prometera passagem, embora a bagagem deles causasse uma terrível confusão – empilhada nas docas, abarrotando as barcaças – e ocupasse muito espaço a bordo dos navios. Ian e Rachel se sentavam na margem do rio abaixo da Filadélfia, sob a sombra de um chorão, e observavam uma plataforma de artilharia sendo desmontada a uns 100 metros.

Os artilheiros trabalhavam em mangas de camisa, seus casacos azuis dobrados sobre a grama próxima, retirando os canhões que haviam defendido a cidade, preparando-os para despachá-los nos navios. Não tinham pressa e não prestavam atenção nos espectadores. Não importava mais.

– Sabe para onde eles vão? – perguntou Rachel.

– Sei, sim. Fergus disse que estão indo para o norte, para reforçar Nova York.

– Você o viu?

Ela virou a cabeça, interessada, e a sombra das folhas tremulou pelo seu rosto.

– Sim, ele voltou para casa ontem à noite; estará seguro agora, com a saída do Exército e dos *tories*.

– Seguro – repetiu ela, com uma entonação cética. – Tão seguro quanto qualquer um em tempos como este, você quer dizer. – Ela tirara sua touca por causa do calor e afastou os cabelos escuros, úmidos, do rosto.

Ele sorriu, mas não falou nada. Ela sabia tão bem quanto ele quais eram as ilusões de segurança.

– Fergus contou que os ingleses pretendem dividir as Colônias ao meio – observou. – Separar o Norte do Sul e lidar com cada uma delas.

– É mesmo? E como ele sabe disso? – perguntou ela, surpresa.

– Um soldado inglês chamado Randall-Isaacs. Ele conversa com Fergus.

– É um espião, você quer dizer? Para qual lado?

Seus lábios se comprimiram um pouco. Não sabia ao certo onde a traição recaía, em termos de filosofia quacre, mas não se preocupou em perguntar. Era um assunto delicado, a filosofia quacre.

– Não quero especular – disse Ian. – Ele se faz passar por agente americano, mas pode ser apenas um disfarce. Não se pode confiar em ninguém durante uma guerra, não é?

Ela o olhou de frente, as mãos atrás das costas ao se apoiar contra a árvore.

– Você não pode?

– Eu confio em você – disse ele. – E em seu irmão.

– E em seu cachorro – completou ela, com um olhar para Rollo, contorcendo-se no chão para coçar as costas. – Em sua tia e seu tio também, e em Fergus e na mulher dele, não? Parece um bom número de amigos. – Inclinou-se para ele, estreitando os olhos, preocupada. – Sente dor no braço?

– Já está quase bom.

Encolheu o ombro bom, sorrindo. Seu braço realmente doía, mas a tipoia ajudava. O golpe do machado quase arrancara seu braço esquerdo, cortando a carne e quebrando o osso. Sua tia contara que ele tivera sorte, já que não danificara os tendões. O corpo é flexível. Os músculos se recuperariam, e o osso também.

Os de Rollo haviam se recuperado. Não havia vestígio de rigidez do ferimento do tiro e, apesar de seu focinho estar ficando branco, ele deslizava pelo meio das moitas como uma enguia, farejando diligentemente.

Rachel suspirou e lhe lançou um olhar direto por baixo das sobrancelhas escuras e retas.

– Ian, você está pensando em algo doloroso e eu preferia que você me dissesse o que é. Aconteceu alguma coisa?

Muitas coisas haviam acontecido, estavam acontecendo à sua volta, continuariam a acontecer. Como podia lhe dizer...? No entanto, tinha que fazê-lo.

– O mundo está virando de cabeça para baixo – explicou ele num ímpeto. – E você é a única coisa estável. A única coisa que me prende à Terra.

Os olhos dela se enterneceram.

– Sou?

– Sabe muito bem que é – confirmou ele.

Desviou o olhar, o coração batendo forte. *Tarde demais*, pensou, com um misto de consternação e euforia. Ele tinha começado a falar. Não podia parar agora, independentemente do que pudesse acontecer.

– Sei o que eu sou – disse ele, canhestramente, mas com determinação. – Eu viraria um quacre por você, Rachel. Só que, no fundo do meu coração, sei que não sou. Jamais poderia ser. E acho que você não iria querer que eu falasse sem sinceridade ou fingisse ser alguém que não sou.

– Não – disse ela suavemente. – Eu não ia querer isso.

Ele abriu a boca, mas não encontrou mais nada a dizer. Engoliu, a boca seca, esperando. Ela também engoliu em seco. Ian viu o leve movimento de seu pescoço, macio e bronzeado. O sol começava a tocá-la outra vez, a jovem morena cor de noz amadurecendo após o florescimento pálido do inverno.

Os artilheiros carregaram o último canhão em uma carreta, amarraram as carretas a parelhas de bois e com risadas e estardalhaço começaram a subir a estrada em direção ao ponto das barcas. Quando desapareceram, fez-se silêncio. Ainda havia ruídos:

o borbulhar da água do rio, o farfalhar dos galhos e folhas do chorão e, muito além, gritos e batidas de um exército em movimento, o som de violência pairando no ar. Mas entre eles havia silêncio.

Perdi, refletiu ele, mas a cabeça de Rachel ainda estava abaixada, pensativa. *Será que está rezando? Ou apenas tentando imaginar como me mandar embora?*

O que quer que fosse, ela ergueu a cabeça e se levantou, afastando-se da árvore. Apontou para Rollo, agora sentado com a cabeça levantada, imóvel mas alerta, os olhos amarelos seguindo cada movimento de um gordo pintarroxo ciscando na grama.

– Este cachorro é um lobo, não é?

– Sim, bem, em grande parte.

Um pequeno lampejo cor de mel lhe disse para não usar de evasivas.

– No entanto, ele está em sua boa companhia, uma criatura de rara coragem e afeição, e no geral um ser de valor.

– Sim – disse ele com mais confiança. – Ele é, sim.

– Você é um lobo também, e eu sei disso. Mas você é meu lobo, e é bom que saiba disso.

Ele começara a arder enquanto ela falava, uma ignição rápida e forte como a de um dos fósforos de sua prima. Estendeu a mão, a palma para a frente, ainda cauteloso, com receio de que entrasse em combustão.

– O que eu disse para você antes... que eu sabia que você me amava...

Ela deu um passo à frente e pressionou a palma de sua mão contra a dele, seus dedos pequenos e frios apertando com força.

– O que afirmo é que realmente o amo. E se você caça à noite, você voltará para casa.

Sob o chorão, o cachorro bocejou e colocou o focinho em cima das patas.

– E dormirei aos seus pés – sussurrou Ian, puxando-a para si e a envolvendo com o braço são, ambos ardentes como a luz do sol.

NOTAS DA AUTORA

General de brigada Simon Fraser

Como qualquer pessoa que tenha lido meus livros já terá notado, existem *muitos* Simon Fraser percorrendo o século XVIII. O general de brigada que lutou e morreu em Saratoga não é um dos Frasers de Lovat, e sim um Fraser de Balnain. Ou seja, não é um descendente direto da Velha Raposa, mas certamente um parente da família. Ele teve uma brilhante carreira militar, inclusive a famosa tomada de Quebec com James Wolfe em 1759 (cuja batalha faz parte de uma novela intitulada "The Custom of the Army", uma história de lorde John Grey publicada em março de 2010 como parte de uma antologia intitulada *Warriors* - caso deseje mais detalhes).

A razão para eu mencionar o general de brigada em particular, entretanto, é a interessante questão de sua sepultura. Muitos relatos de Saratoga que mencionam Simon Fraser de Balnain registram que ele foi enterrado na noite do dia em que morreu, dentro dos limites da Grande Fortificação (não a fortificação de Breymann, que Jamie invadiu com Benedict Arnold, mas a maior no campo), a seu pedido.

Alguns relatos acrescentam detalhes, como a presença dos batedores de Balcarres ou o disparo de uma salva de canhão pelos americanos em honra a Fraser quando eles perceberam o que estava ocorrendo. Outros consideram tais detalhes românticos, mas apócrifos, e registram que ele só foi acompanhado pelos membros mais próximos de seu exército.

Bem, nem sempre é possível ir a um lugar sobre o qual se está escrevendo, e nem sempre é necessário. Em geral, *é* aconselhável, e Saratoga é de fácil acesso. O campo de batalha é preservado e bem administrado. Caminhei pelo de Saratoga três vezes no decorrer de vários anos desde que resolvi usar essa batalha em particular como peça central de um livro, se não o livro que estava escrevendo na época.

Em uma dessas ocasiões, eu estava lá sozinha, não havia outros turistas, e comecei a conversar com um dos funcionários do parque (trajando um figurino de época e montando guarda no local da fortificação da fazenda Bemis). Depois de pacientemente responder a inúmeras perguntas intrometidas (por exemplo, "Você está usando roupas de baixo?", à qual obtive um "Não" como resposta; outra curiosidade: "camisa de fraldas longas" é a melhor maneira de evitar esfoladuras ao usar calças de tecido rústico), me permitir manusear seu mosquete Brown Bess e me explicar como carregá-lo e dispará-lo, iniciamos uma discussão sobre a batalha e suas personalidades – já que eu, a essa altura, conhecia bastante o assunto.

Na ocasião, a sepultura do general Fraser estava assinalada no mapa do parque, mas não ficava na Grande Fortificação. Estava localizada perto do rio. Eu estivera lá, mas não encontrara nenhum marco assinalando-a. Assim, perguntei onde ficava. Fui informada de que a administração do parque tinha, em determinado momento, feito uma escavação arqueológica da Grande Fortificação, inclusive da suposta sepultura. Para surpresa de todos, o general Fraser *não* estava enterrado lá. Existiam sinais de que uma sepultura havia sido escavada ali, mas não encontraram nenhum sinal de um corpo. (E, apesar de que o corpo havia muito já teria se decomposto, ainda se esperariam encontrar alguns vestígios.)

Havia um relato que dizia que a sepultura do general Fraser fora removida para um local perto do rio e que, por isso, o mapa estava marcado assim. No entanto, ninguém sabia onde era exatamente ou se o general estaria ali, razão pela qual não havia nenhum marco na margem do rio.

Ora, os escritores são uma gente sem consciência. Aqueles de nós que lidam com a história tendem a ser respeitosos dos fatos registrados (sempre tendo em mente a ressalva de que só por estar impresso não quer dizer que seja necessariamente *verdade*). Mas nos dê uma brecha por onde nos insinuarmos, uma omissão nos registros, uma dessas misteriosas lacunas que ocorrem mesmo na vida mais bem documentada...

Assim, achei que talvez o general Fraser tivesse sido enviado para sua terra natal, na Escócia. (Sim, às vezes eles enviavam corpos de um lado a outro no século XVIII. Alguém exumou o pobre Tom Paine de sua sepultura na França, pretendendo despachá-lo de volta para a América, para que pudesse ser enterrado com honras como um profeta da Revolução. Seu corpo se perdeu no caminho e nunca mais foi encontrado. Por falar em lacunas interessantes...)

De qualquer modo, aconteceu que fui à Escócia no ano passado. Enquanto vagava pela zona rural em busca de um local lógico, perto de Balnain, onde estaria o general Fraser, tropecei no enorme marco fúnebre de pedras de Corrimony. Sítios como esse são sempre evocativos e quando li na placa que, em certa época, houve um corpo na câmara central, mas que este se decompusera e fora absorvido pelo solo (havia vestígios de ossos na terra, mesmo depois de mil anos ou mais) *e* que o túmulo fora violado em algum momento do século XIX (assim explicando por que você não encontrará nada no monte de pedras se por acaso visitá-lo agora)...

As pessoas sempre perguntam aos escritores de onde eles tiram suas ideias. De toda parte!

Saratoga

Um livro como este requer um volume enorme de pesquisa histórica (sempre fico perplexa com as cartas de leitores me contando que visitaram um museu, viram alguns artefatos do século XVIII e ficaram espantados ao descobrir que eu não tinha inventado tudo!). Apesar de não haver espaço para listar sequer uma fração das fontes que utilizei, gostaria de mencionar um livro específico.

As duas batalhas de Saratoga foram historicamente importantes, notavelmente dramáticas e muito complexas, tanto na logística quanto no movimento das tropas e nas decisões políticas. Tive a sorte de encontrar, no começo de minhas pesquisas, *Saratoga*, de Richard M. Ketchum, que é um esplêndido retrato das batalhas, do cenário e da abundância de personagens pitorescos que nelas tomaram parte. Queria recomendar esse livro àqueles que tiverem interesse em se aprofundar nos aspectos históricos, já que estes podem ser apenas superficialmente mencionados no contexto de um romance.

Lago Errochty e os "tigres dos túneis"

Durante os anos 1950 e 1960, um grande projeto de hidrelétrica foi implementado nas Terras Altas escocesas. O trabalho de muitos "tigres dos túneis" (ou "rapazes da hidrelétrica") - operários, muitos deles da Irlanda e da Polônia - era cavar túneis nas montanhas e construir represas para a criação de lagos artificiais. O lago Errochty é um desses.

O túnel que descrevi como sendo ligado a ele (até mesmo com um trem em miniatura) é como aqueles comuns ao projeto da hidrelétrica, mas não sei se realmente há um desses no lago Errochty. Por outro lado, a represa, a câmara de manutenção das turbinas e a câmara de observação dos peixes em Pitlochry existem de fato. Assim como pescadores amadores, com seus caniços.

AGRADECIMENTOS

Levo cerca de três anos para escrever um destes livros, período no qual entrevisto pessoas, que muitas vezes me oferecem informações fascinantes que eu não pensei em solicitar. Nunca me lembrarei de todas, mas penso nelas com enorme gratidão.

Gostaria, ainda, de agradecer a:

John Flicker e Bill Massey, meus editores, ambos cavalheiros de fibra, que lidaram com muito respeito com um livro escrito em pedaços (muitos pedaços) e uma escritora que vive perigosamente.

Danny Baror e Russell Galen, meus agentes literários, dois cavalheiros que valem seu peso em ouro, o que quer dizer alguma coisa nestes dias de recessão.

Kathy Lord, minha heroica preparadora de originais, e Virginia Norey, programadora visual (também conhecida como "a deusa do livro"), ambas responsáveis pela beleza e legibilidade deste livro.

Vincent La Scala e demais funcionários tão cruelmente explorados da equipe de produção, que, contra todas as probabilidades, conseguiram mandar este livro para impressão no prazo.

Steven Lopata, pela vívida descrição de como é ser caçado em terra por uma serpente mocassim-d'água, bem como pela poética descrição do cheiro delas ("Uma mistura do cheiro do covil das cobras em um zoológico com pepinos podres").

Catherine MacGregor e Catherine-Ann MacPhee, pelas traduções do *gàidhlig* e pela ajuda nas sutilezas do uso do gaélico. Também a Katie Beggs e vários dos membros da Máfia Gaélica Internacional.

Tess, a enfermeira, dr. Amarilis Iscold, Sarah Meir (enfermeira-parteira), bem como diversos profissionais da área médica, pela orientação nessas questões, incluindo doenças inusitadas e aterrorizantes detalhes cirúrgicos.

Janet McConnaughey, pelos verbetes do *Ominificant English Dictionary in Limerick Form*, chamando a minha atenção para a explosão de ciprestes.

Larry Tuohy (e outros), por me explicar como era o casaco de voo do piloto de um Spitfire.

Ron Parker, Helen, Esmé e Lesley, pela ajuda com o macaco peludo.

Beth e Matthew Shope e Jo Bourne, por informações úteis relativas à Sociedade Religiosa dos Amigos. Quaisquer imprecisões são de minha inteira responsabilidade.

Jari Backman, por suas detalhadas cronologias e listas de citações, bem como pela ajuda com o céu noturno e as estrelas visíveis em Inverness e na Cordilheira dos Frasers.

Katrina Stibohar, por suas detalhadas listas de quem nasceu quando e do que aconteceu a cada um. Igualmente, às hordas de gentis aficionados por trivialidades, sempre por perto para me dizer a idade de alguém ou se lorde John se encontrou com Fergus quando teve sarampo.

Pamela Patchet Hamilton (e Buddy), pela descrição vívida de um ataque de gambá.

Karen Henry, czarina do tráfego, que mantém minha pasta no Compuserve Books and Writers Community sempre arrumada e os ocupantes diplomaticamente reunidos.

Nikki Rowe e sua filha Caitlin, pelo maravilhoso canal no YouTube que criaram para mim: www.youtube.com/user/voyagesoftheartemis – para aqueles que querem ver se minha voz realmente se parece com a do Pato Donald.

Rosana Madrid Gatti, minha *web-mistress*, pelas atualizações precisas e imediatas e pelo design criativo.

Susan Butler, pelo constante apoio logístico, pelos pernoites dos cachorros, por me manter sempre abastecida de cartuchos de tinta preta e por sua brilhante sugestão concernente a Jem.

Allene Edwards, Catherine MacGregor e Susan Butler, pela revisão dos originais e pela extremamente útil busca de erros.

Shirley Williams, pelos biscoitos morávios e as vistas de New Bern.

Becky Morgan, pelos livros de culinária históricos.

Meu bisavô, Stanley Sykes, pela fala de Jamie sobre tiro ao alvo.

Bev LaFrance, Carol Krenz e muitos outros, pela ajuda com o francês. Ainda, a Florence, a tradutora, Peter Berndt e Gilbert Sureau, pelas excelentes distinções entre o pai-nosso em francês de 1966 (*accorde-lui*) e a versão anterior, mais formal (*accordez-lui*).

John Kruszka, pela grafia e pronúncia correta de "Kościuszko" (é "kous-T-CHUUSH-kou", caso queiram saber. Ninguém na Revolução conseguia pronunciá-lo também. Na verdade, chamavam-no de "Kos").

Ladies de Lallybroch, pelo permanente apoio e pelos presentes interessantes.

Meu marido, porque ele também sabe muito bem para que serve um homem.

Alex Krislov, Janet McConnaughey e Margaret Campbell, operadoras de sistema do Compuserve Books and Writers Community, e às incontáveis pessoas que navegam pelo site todos os dias, oferecendo observações e informações úteis, bem como diversão em geral.

Alfred Publishing, pela permissão de citar a letra de "Tighten up", de Archie Bell e The Drells.

Floris Books, por gentilmente autorizar o uso de "The White Swan" (O cisne branco), tirado de *Carmina Gadelica.*

CONHEÇA A COLEÇÃO OUTLANDER

LIVRO 1
A viajante do tempo

LIVRO 2
A libélula no âmbar

LIVRO 3
O resgate no mar

LIVRO 4
Os tambores do outono

LIVRO 5
A cruz de fogo

LIVRO 6
Um sopro de neve e cinzas

LIVRO 7
Ecos do futuro